# 中国皇朝末期的长篇小说

## 第二卷

DER CHINESISCHE ROMAN DER AUSGEHENDEN KAISERZEIT

[德] 司马涛 著　顾士渊　葛放　吴裕康　丁伟强　梁黎颖 译

主编：[德] 顾彬　　译文审校：李雪涛

华东师范大学出版社

# 中文版序

四十年来，我将自己所有的爱都倾注到了中国文学之中！但遗憾的是，目前人们在讨论我有关中国当代文学价值的几个论点时，往往忽略了这一点。从《诗经》到鲁迅，中国文学传统无疑属于世界文学，是世界文化遗产坚实的组成部分。同样令人遗憾的是，很多人（包括中国人）却不了解这一点。但以貌似客观、积极的方式来谈论1949年以后几十年的中国文学却是无益的，这也与观察者缺乏应有的距离有关。评论一位唐代的作家比评论一位2007年的女作家显然要容易得多。此外，相对于一个拥有三千年历史的、高度发达而又自成一体的文学传统，当代文学在五十年间的发展又是怎样？它依然在语言上、精神上以及形式上寻求着自我发展的道路。这不仅仅在中国如此，在德国也不例外。当今有哪位德国作家敢跟歌德相提并论？又有哪一位眼下的中国作家敢跟苏东坡叫板？我们应当做到公正。在过去鼎盛时期的中国也有几十年是没有（伟大的）文学的。更为重要的是：我们能期待每一个时代都产生屈原或李白这样的文学家吗？一些文学家的产生是人类的机遇。一个杜甫只可能并且只可以在我们中间驻足一次，他不可能也不会成为大众商品。

1967年我在大学学习神学时，首先通过庞德（Ezra Pound，1885—1972）的译文发现了李白，因此，中国的抒情诗便成了我的最爱。这种最爱不仅仅局限于悠久的中国文学史，而且超越了中国文化的界限。早在第一批德国诗人开始创作前的两千年，中国诗人就已经开始写作了。在经历了几个世纪之后，德国才有诗人可以真正同中国诗人抗衡。

我主编的十卷本《中国文学史》中的三卷（诗歌、戏剧、20世纪中国文学）以及散文卷中的将近半部都是由我亲自执笔的。事实上我从来就没有想过能独自一人完成这么多卷书稿。其间又有其他事情发生，个中缘由我在此不便细说。对我来说写作有时并不困难，特别是诗歌史这一卷更是如此。我很庆幸可以在此回忆一下往事。20世纪70年代初我有幸在波鸿鲁尔大学师从霍福民（Alfred Hoffmann，1911—1997）教授，他于40年代在北平和南京跟随中国的先生们学习过解诗的方法。胡适也属于他当时的先生和朋友之列！几乎在每节课中霍教授都向我们少数几个学生讲解分析古典(唐)诗的"三步法"(破、转、结)。霍教授解唐诗的视角使我铭记在心,一直到今天我还在用这些方法。他所拥有的这门艺术似乎在汉学界(在中国也不例外)几近失传,而正是在这一艺术的基础之上,王国维提出了中国抒情诗的两种意境之说,而刘若愚又在此之上扩展为三种境界的理论。

正是借助于这三种境界的理论,我在书中描述了中国思想的发展,因此我的中国诗歌史并非一篇简单的论文,而是对中国思想的深度和历史之探求！我前面提到的其他两部半著作也可作如是观！我所写的每一卷作品都有一根一以贯之的红线,这点我在每一部的前言中都提到了,在此恕不赘言！

德国汉学界在中国文学史研究方面可谓硕果累累。从1902年以来,德国汉学家一再探讨中国古典文学的形成和发展,其中不少汉学家也将哲学和历史纳入其中。因此,作为作者和主编,我只是这无数汉学家中的一位,绝非"前无古人,后无来者"。我想,之后的来者不再会想写一部整个的中国文学史了,而只是断代史,以及具有典范作用的有关古代,或中世纪,或近代的文学史。我和我的前辈们在文学史书写方面最大的不同是：方法和选择。我们不是简单地报道,而是分析,并且提出三个带 W 的问题：什么(was),为什么(warum)以及怎么会这样(wie)。举例来说,我们的研究对象是什么？为什么它会以现在的形态存在？如何在中国文学史内外区分类似的其他对象？

在放弃了福音神学之后,我接受了古典汉学的训练,也就是说我成为了一位语文学家,尽管我能读现代汉语,但既不能说,也不能明白是什么意思。1974年11月我快30岁的时候,德国学术交流中心(DAAD)给我提供了一个到北京语言学院学习现代汉语的机会。在北京的一年里,我认识到了鲁迅和其他中国现代作家的价值。一年之后,我于1975年到了日本,在那里更加勤奋地阅读了大量译成日文的中国现代文学作品,从而为以后的研究打下了基础。

今天我怀着一颗感恩之心来回首往事：1967年我是从李白开始慢慢接触中国文学的；1974年通过现代汉语的学习,我对中国文学的理解达到了一个意外的深度,这两个年份可以说是我人生的转折点。两者都与语言和文学有关,其核心当然是中国了。这一切不是偶然,而是命运！

顾 彬
2008 年 8 月

# 目 录

前 言 *1*

**第一章 绪论**
  一 中国早期叙述艺术的来源和地位 *5*
    （一）定义的问题 *5*
    （二）对早期叙述艺术的探讨 *8*
    （三）一种文学体裁的基础和成形 *9*
    （四）试论中国古典小说的确认 *21*
  二 中国古典长篇小说的产生和发展 *26*
    （一）小说的精神文化的营养基础 *28*
    （二）长篇小说的主人公：文学世界与"亚文化" *31*
  三 中国古典长篇小说的研究现状和讨论方法 *38*
  四 中国古典小说文学的探源问题 *51*

**第二章 权势的世界**
  一 历史的重负——中国早期历史小说 *57*
    （一）分裂的统治 *63*
    （二）家族军 *80*
    （三）遭欺骗的将军 *82*
    （四）追忆开国皇帝 *88*
    （五）追寻过去 *92*
    （六）末代暴君形象 *95*
    （七）明朝末年权倾一时的宦官 *110*
    （八）与历史的脱轨——18世纪与19世纪交替时期的中国历史小说 *116*
    （九）历史之痛——清朝末年的历史小说 *128*
  二 "强盗的武器"——小说《水浒传》及其续集 *136*
  三 "成人童话"——中国早期英雄、侠客和探险小说 *161*
  四 人类迷茫的历史记载——中国早期公案和侦探小说 *182*

## 第三章　世界后面的世界——奇幻和现实的解读
一　神话、宗教和奇幻故事在早期小说中的综合描述　205
二　《西游记》及其续本　209
三　通往西方的海上之路和关于远方的神话　244
四　神话时期的统治者世界——小说《封神演义》　255
五　从信仰的讨论到宗教思想的传道　268
六　狐狸精的转型——以自我完善为主题的宗教伦理小说　272
七　来自天国和阴间的奇人　277
八　用神话手法寻求文化认同　282

## 第四章　情感世界——联系万物的纽带
一　明末以来中国长篇小说中的色欲、爱情、家庭和自传中的多愁善感　291
二　君主荒淫，世风日下——从历史角度看艳情小说　297
三　触犯淫戒的堕落僧尼　308
四　罪恶之家——裸体之人及其使命　317
五　小说《金瓶梅》及其续书——西门庆和他的六个妻妾　326
六　李渔和他的小说《肉蒲团》——斩断尘根是最好的解脱　339
七　从采花大盗到惧内"英雄"——明清之际小说中的婚姻和家庭　345
八　完美的爱情：才子佳人小说　363
九　女作家创作的弹词　380
十　城堡——17、18世纪的中国家庭生活小说　387
　　（一）妇女的警戒线——小说《林兰香》　390
　　（二）多重人格——《红楼梦》及其续书　398
　　（三）浪子回头——小说《歧路灯》　427
　　（四）小说《蜃楼志》——一个商家子弟的故事　439
十一　小说《绿野仙踪》和《野叟曝言》——对完美的追求　444
十二　可以买到的爱情：大变革时期爱与性主题的文学倾向

——19世纪与20世纪早期　472
　　　（一）完美的男性之爱——小说《品花宝鉴》　472
　　　（二）不幸的嫖客和妓女　486
　　　（三）上海——"东方巴黎"的妓院风情画　496

## 第五章　与世界的痛苦碰撞——对传统的质疑和探索
　一　18世纪至20世纪初的中国谴责小说　519
　二　虚伪的文人和腐败的官吏　526
　　　（一）讽刺大全——吴敬梓的《儒林外史》　526
　　　（二）从官员到无情批判时代的人——李伯元及其作品　534
　　　（三）关于权谋与话柄的影射小说——曾朴的《孽海花》　550
　　　（四）其他写中国官场症结的小说　557
　三　中国所处困境的全景画　565
　　　（一）讽喻式告别旧中国——刘鹗的小说《老残游记》　565
　　　（二）文学家和煽动者——吴沃尧的社会批判代表作　572
　四　清末小说中的其他倾向　585
　　　（一）改良还是革命？一场政治辩论及其在文学中的反映　585
　　　（二）赌徒和巨头——清末小说中的商界　591
　　　（三）候鸟——海外华侨的命运　600
　　　（四）描写妇女解放的小说　607

**总结和展望　641**

**参考文献　647**
**译后记　689**

# 前　言

对中国的古典长篇小说的了解，一直存在着两种特有的情况。在德语书籍市场上，只有诸如孔舫之(Franz Kuhn)所译的《红楼梦》和《金瓶梅》等少数杰出的文本，数十年来持续获得青睐，并以此影响了一代又一代读者对古代中国的印象。孔舫之及其译著一直是个绝无仅有的例子，几乎后无来者。中国早期长篇小说能在德国获得读者，孔舫之的贡献功不可没。西方汉学曾试图在这一方面添砖加瓦，但迄今为止，实质性的建树屈指可数。标准范本仍然是20世纪60年代夏志清(C. T. Hsia)的论著。在当今研究中国的众多学术领域中，如果有人自称是中国古典长篇小说艺术的行家或爱好者，难免遭到白眼。学者们依旧过于拘泥于西方叙述文学传统的美学原则。而中国古典长篇小说艺术自16世纪以来赖以生存的历史文化背景，在很大程度上还是未解之谜。鉴于近代以前中国的小说篇幅都很长，研究人员很快产生顾虑：究竟是否值得一读？最好对此不闻不问，避之大吉。

敢于超越雷池，把研究的目光移向那四至六本固定的经典长篇小说以外的作品到目前为止只是单项研究才敢做的事，而这些作品广大读者都不熟悉。想要在眼前的这本书里突破陈规旧习，顺着小说故事的情节发展，去感受跨越几个世纪逐步形成的题材，其挑战性不可谓之不大。本卷尽力对中国长篇小说发展的丰富内涵加以揭示、深入探索、恰如其分地进行翻译。并非每一个人都愿意将其精力耗费在这样的读物之上，这情有可原。文学理论性的评述和比较文学性的判断，即便其非常引人注目，也必须退位壁上，以期让长篇小说自身说话。其中还特别包含着这样的愿望，即给今后文学研究者提供直接的资料。

或许是出于阅历浅薄、急于求成、虚荣心太强、对自己估计过高、对所从事的研究知之甚少等多方面的缘故，使我在大约十年前接受了顾彬(Wolfgang Kubin)的邀请，与人共同承担起中国文学史大系的中国长篇小说卷的编撰工作。过了不久，先前自告奋勇的编撰合作者宣布对此专题失去了兴趣。虽然该项目进度没有因此受到影响，但还是发生了很大的改变。

要想完成像本书这样内容如此广泛的研究,没有许多人和机构的支持、建议和帮助是根本不可能的。在此,我要特别感谢顾彬,承他信任而让我担任这一研究,并帮我建立了一些联系,汉学系内创造富有启迪的氛围以减轻我的压力去完成此项任务;在研究刚刚起步的时候,我从美国哈佛大学的魏尔特·L·伊维德(Wilt L. Idema [Harvard])教授和普林斯顿大学的浦安迪(Andrew H. Plaks [Princeton])那里获得了非常有价值的建议;中国北京大学的王锦民教授为我提供了进入一些图书馆的便利,并能有针对性地告诉我北京城里的哪家书店正好有哪些价格便宜但颇有意义的著作可以购买;德国研究协会(DFG-Deutsche Forschungsgemeinschaft)在1994至1995年间为我提供了一年的科研资助,使我完成了阅读计划。

在K.G. Saur出版社明确表明将出版此书并确定了出版日期后,茜梦娜·安德瑚朴(Simone Anderhub)和马克·赫尔曼(Marc Hermann)分别校看了手稿;由于茜尔克·熙蒙斯(Silke Simons)灵巧细致的工作,手稿的语句整理能够准时完成。对于上述各位所付出的努力,我在此诚表谢意。

我将此书奉献给我已逝的妻子佩青。她尽管重病缠身,但数年来一直满腔热忱地关心我的研究,为此作出了巨大的牺牲。

中国皇朝末期的长篇小说

## 第一章 绪 论

一　中国早期叙述艺术的来源和地位

（一）定义的问题

中国长篇小说艺术研究面临着这样一个问题，即在通常的**小说**概念的背后显然隐藏着一系列来源各异的定义。这样也就有必要对与此相关的来源和出处作一个审视。

"小说"一词，很难翻译，若译成"小型议论，小型解释，小型描写以及小型授学观点"（也就是说，采用与**小说**这一名词结构接近的翻译方法），就其价值而言却形似脚注，不为重视，这与"大"和值得受人尊重截然相反。无论怎么说，在"小"与"大"相互对立中，**小说**一词最早出现在哲学家庄子（公元前3—4世纪）的著作中，他写道："饰小说以干县令，其与大达亦远矣。"①如果从传统的中国哲学著作如《荀子》和《韩非子》等其他文献中找出相应的出处，就更加增强了这一有意识的界定给人的印象，因而可以得出这样的结论：**小说**一词在其早期是作为**小道**的同义词，——而"小道"系指每个人都知晓其为何物，但却不为学者们所推崇的东西，即孔子所以为的"虽小道必有可观者焉"（《论语·子张》），相对于**大道**而言——孔子曰："大道之行也，天下为公"②——，同时，"小道"也可理解成是**小学**的同义词，即以研究字词和语法为主的学说，与此相对而言的则是**大学**，即重要哲学家们的著作。

将**小说**确认为短小，并对其加以轻视，是汉代（公元前206年—公元220年）针对这一类话题的常见态度，这在桓谭（约公元前43年—公元28年）的《新论》一书的如下片

---

① 出自庄子《杂篇·外物》。本文引文摘自达珂玛·蔡斯勒-居特勒（Dagmar Zissler-Gürtler）著《不曾叙述了的世界，也非对世界的解释——汉朝时期的"小说"概念》（Nicht erzählte Welt noch Welterklärung——Der Begriff "Hsiao-shuo" in der Han-Zeit），德国巴特霍内夫（Bad Honnef），Bock & Herchen出版社1994年版，第9页；参见所收集的中文资料，选自侯忠义主编：《中国文言小说参考资料》，北京大学出版社1985年版，第3页；以及胡怀琛《中国小说概论》，选自刘麟生主编：《中国文学八论》，中国书店1985年版，第1—54页（根据1936年版加印）。
本句话按照德文本字面翻译：谁以短小的故事作为装饰，以期获得县长之位，则离获取大的成功相距甚远。其中对原文有误解，有注释称"干，追求，县令，美好的名声"。——译者注

② 参见方正耀的《中国小说批评史略》对此的解释，中国社会科学出版社1990年版，第9页；侯忠义主编：《中国文言小说参考资料》，第4页。

段中就得到更为清晰明了的阐述:"若其小说家,合丛残小语,近取譬论,以作短书,治身理家、有可观之辞……"①

假如对**小说**的可能含义的说法粗粗加以归纳的话,就会出现截然不同的诠解。在这个"小"字后面明显有纯粹与作品本身篇幅相关的地方,也被广义地用于对质量的评价:1. 小、短、无意义的、愚拙的、无价值的、被人鄙视的塑造和醉心于细枝末节或涉及部分观点并水平浅薄的理论及叙述;2. 仅着眼于对简短、意义不大的内容、枝节问题和陈词滥调及其诠释和理论等;3. 平庸的哲学家及普通人和学生的授学观点和解释;4. 针对普通人和学生的叙述和讲解。归入**小说**之列的文字作品可能有短小的故事(纯文学)、对特定作品的短小诠释(评注文献)以及就主流思想方向而言没有多大意义哲学理论文献。②

将不同来源的文章进行精细的分类,也将**小说**考虑在其中,最早可以追溯到汉朝出现的藏书学。这在当时主要与编撰史书,尤其是完成本朝历史有关。对**小说家**的最早记述见于班固(32—92)编修的《汉书》中的文学篇《艺文志》。班固自己则是采纳自刘向(公元前77—公元前6年)和其子刘歆(卒于公元23年)的著作。他们的著作将当时所有的文学作品分为七大类别(**七略**)。③ 班固除了《辑略》的第一篇没有采纳外,其他都承继了这两位前辈的格式化方法,将文学作品分了六大类。④ 至于将**小说家**归入有关哲学家各自不同流派方向的《诸子略》中的第十位(也就是最后一位),是否是班固的个人贡献,现在无从考证。而对于本书来说,重要的是他对**小说家**的如下解释:

> 小说家者流,盖出于稗官,街谈巷语,道听途说者之所造也。孔子曰:"虽小道,必有可观者焉,致远恐泥。是以君子弗为也。"然亦弗灭也。闾里小知者之所及,亦使缀而不忘,如或一言可采,此亦刍荛狂夫之议也。⑤

文学研究中许多探索旨在证明**小说家**是从历史上的官衔"稗官"演变而来的,但却难以给出令人满意的结论。曾在这一问题上写过多篇文章的齐斯勒-贵特勒(Zißler-Gürtler)猜测说,班固的这一官衔提法仅仅是为了与哲学家相对而言的一种仿词,是他

---

① 摘自达珂玛·蔡斯勒-居特勒著:《不曾叙述了的世界,也非对世界的解释——汉朝时期的"小说"概念》,第24页。
② 同上,第11页。
③ 参见来新夏著:《古典目录学浅说》,中华书局1981年版。
④ 这六大类别的名称分别为:"六艺略"、"诸子略"、"诗赋略"、"兵书略"、"术数略"、"方技略"。
⑤ 摘自达珂玛·蔡斯勒-居特勒著:《不曾叙述了的世界,也非对世界的解释——汉朝时期的"小说"概念》,第15页起;参见侯忠义主编:《中国文言小说参考资料》,第4页起。

自己杜撰出来的,其目的在于将这一现象编入业已完善的类比系统之中。这一猜测不无道理。无论怎么说,选用稗官之说(**稗**的意思就如同许多评论文献中所言,表示"细小的颗粒"),以暗示这类人卑微和意义不大。街头巷尾之谈,荒村野老之言,都是形象的比喻,也就是说是比喻愚昧、片面和胡编故事的委婉语。① 班固在上述引言中引人注目的说法"街谈巷语、道听途说者"栏目界定下总共列举了 15 种小说篇目②,但现在只留下了这些作品的残片③。对这些篇目的进一步分析研究则可发现,在小说这一词语背后并无文学史记载中随着时间的推移而形成的"文学性叙述"、"纯文学"或其他某个记叙文学形式的概念。班固的评述中充满着隐喻,把**小说**作品点评为"表面的,渺小的",其中有在儒家观点看来非正统的描述。荒村、街巷、平民百姓等等,都是体现无知、愚昧的形象比喻。这里的"来自民间的书籍"④绝对不能简单地理解为"民间文学",而更多的是指未经认可的经典文章版本或具有政治背景的著作。⑤

除了上面所谈到的定义类问题之外,与后代的断代史相应章节中的**小说家**栏目下的数量相比,班固的《汉书·艺文志》中对**小说**栏目下所列篇目的纯粹数量,对后世断代史相应章节中的**小说**这一话题的发展是一盏崭新的明灯,起码对迄今为止一再提出的一种推测给予了合理的说法,这种推测认为,不断繁荣的叙述文学始于汉朝、以中篇小说形式盛于唐朝⑥。无论怎么说,在隋朝年间(581—618)显然不存在班固所列举的**小说**作品,至少在《隋书》的"经籍志"一章中没有收。与班固不同的是,其中在**小说家**栏目下再次被列举作品篇目只占 3%。即便是历经数百年有些轶失,这一状况也无论如何难

---

① 摘自达珂玛·蔡斯勒-居特勒著:《不曾叙述了的世界,也非对世界的解释——汉朝时期的"小说"概念》,第 33 页。
② 班固所列举的众多作品篇目是否原本作为一个统一的**小说**概念设计或作为一个怪物塑造,这一问题这里没有直接加以讨论。汉代当时所有的文献以及对这些文本所作的相应修订,也就引起了编辑工作对这些小说作品的采纳,从其他著作中作为"有缺陷"的文字取出单列(参见达珂玛·蔡斯勒-居特勒著:《不曾叙述了的世界,也非对世界的解释——汉朝时期的"小说"概念》,第 135 页)。
③ 所有所列出的题目见于达珂玛·蔡斯勒-居特勒著:《不曾叙述了的世界,也非对世界的解释——汉朝时期的"小说"概念》,第 35 页。
④ 未能找到原话,现按照德文本字面翻译。——译者注
⑤ 卫德明(Hellmut Wilhelm)在他的论文《有关周代虚构的笔记》(Notes on Chou Fiction),选自大卫·C·巴克斯鲍姆(David C. Buxbaum)和费里德里克·W·莫特(Frederick W. Mote)主编的纪念萧公权的专辑《传统与永久:中国历史与文化》(Transition and Permanence: Chinese History and Culture),香港,Cathay 出版社 1972 年版,第 251—263 页。在这一篇文章中,威廉探索了《艺文志》中所列作品名称的来源,试图从中找到可能作为文献修订的例证。其结果是,周代的文学叙述作品没有清楚地形成。但他却引人注目地认定,所列出的作品名称绝对不属于神话范畴或巫术领域,而后者在他看来构成了后来叙述文学话题的主要来源。归纳在小说栏目下的作品多与文本的道德特点有关,很少能与虚构的叙述特点联系在一起。
⑥ 依据达珂玛·蔡斯勒-居特勒的研究(参见《不曾叙述了的世界,也非对世界的解释——汉朝时期的"小说"概念》,第 38 页),班固将小说栏目下的 15 个篇目列入近 1400"**篇**"中,这约占哲学文章栏目下著作的 30%。这究竟在小说一类中实际上占多少比例,确实难以确认,因为"**篇**"本身只是作为内容的整体,而非计算的单位。有时候甚至将单一的逸事或格言也列为"**篇**",而另一方面又将那些篇幅较长、有几页论述某一专题的文章也归入"**篇**"之下。"**篇**"字下有大量的作品,有时可以就其相对多的内容片断加以分割,自立一个章节,其篇幅也可以相对短小一些。

以符合叙述文学不断发展之说。由于难以想象班固曾提到的作品的全部轶失,所以人们更多地推测,在上面简要介绍的发展背后原本用词很模糊的**小说**概念发生了嬗变。

迄今为止还缺乏对断代史相关章节中有关**小说**的进一步研究,但还是可以确认与这一话题有关的发展趋势的痕迹。在唐朝以及前面提及的《隋书》中还是可以看到一些发展迹象,已经在文学编目中有一些明确的分类。可以推测,自那时起,在断代史中**小说**一栏中搜集的是一些不十分重要却又难以分类的文献,虽然也已经显然可以归入"真正"叙述艺术的作品,就像先前引语中提及的事例。其他所有断代史文献中相应章节表明,其中也有很大的不肯定性和随意性。11世纪欧阳修(1017—1072)编修的《新唐书》(其中的《艺文志》)中收集了《茶经》,这是一部有关如何煮制茶饮料的书籍。在这一方面更值得一提的是令人困惑的《宋史·艺文志》,在**小说家**分类栏目下还搜集了植物学和诗歌类的材料①。

## (二) 对早期叙述艺术的探讨

上述对**小说**概念定义的阐述清楚表明,将其与一种文学形式联系在一起并非易事,因为使用这一术语很清楚主要出于功能因素的考虑。

如果说现代观念中的**小说**种类被视为是一种文学叙述作品,那么自汉代以来就存在这类作品(比如据称是伶玄撰写的《飞燕外传》可谓一个例证)。以此观念来探索小说的发展,首先遇到的也是分类的问题,这是一个至关重要的问题。我们想借助所谓**志怪**小说的几则例子对此加以阐述。这类例子是以幻想的生物、地点和事件为主的"奇异的描写",文章可以是一行评论文字,也可以是一篇自成结构的故事。尽管到目前为止学术界也未能对如何归类志怪作品达成完全一致的意见②,但特定的一些作品却被视为这一话题的主要组成部分,其中干宝(卒于317—322)的《搜神记》位居首位。其次是据称为曹丕(187—226)所写的《列异传》(成书大约于220年)和张华(232—300)的《博物志》(成书大约于290年)符合这一话题分类标准。**志怪**是中国虚构叙述艺术的重要先驱,这已得到了普遍的认可。③ 至于公元纪年以后的第一个千年中期前后出现可以理解为现在概念的**小说**之趋势,梁朝(502—557)秘书监殷芸以《小说》为题所写的一本书可以

---

① 参见程毅中著:《古小说简目》,中华书局1981年版,第5页。
② 参见肯内斯·J.德沃斯金(Kenneth J. Dewoskin):《六朝志怪与虚构的诞生》("The Six Dynasties Chih-Kuai and the Birth of Fiction"),选自浦安迪(Andrew H. Plaks)主编:《中国叙事作品:评论和理论短文》(Chinese Narrative. Critical and Theoretical Essays),美国,普林斯顿大学出版社(N.J. Princeton UP)1972年版,第23页。
③ 参见浦安迪主编:《中国叙事作品:评论和理论短文》。

佐证，在这一本书中也收录了许多志怪作品。而第一本确确实实将**小说**作为短篇叙述作品收集成书的文集是公元10世纪问世的百科全书类作品《太平广记》。此外，本书中作为小说类典型代表的志怪在正史和典籍中只占边缘地位。干宝的《搜神记》还见于《隋书》、《旧唐书》中的《杂传》一栏和《新唐书》中的《小说》部①。尽管如此，古典叙述文学在唐代的昌盛在正统的史书文献不见任何记载。这一事实表明，当时人们在总体上是把小说视为非正统的东西而随意处置的。唐朝的**传奇**故事则仅存于《新唐书》中的《补江总白猿传》②。

### （三）一种文学体裁的基础和成形

上述对早期**小说**概念的分析已经大致表明，对这一概念的解释徘徊于虚构的叙述文学和历史记载之间。

中国对于**小说**类叙述艺术明显不确定性的探索通常解释为，西方国家传统的三分法标准，即抒情文学诗歌、叙事文学和戏剧，在中国文学中缺乏根基，因为那里"几乎完全不存在"英雄史诗，而《其他途经发展而成的长篇小说又显得相对"稚嫩"③。有感于中国小说长期无法形成自己独特的文体，马汉茂提出下面一个重要的原因："……一个被称为闲言碎语（小说）的文学体裁几乎不可能得到严肃的文学理论论著的任何批评。"④

可以肯定的是，与将这一文学形式在"模仿"的概念下有意识发展起来的西方不同，中国明显存在着不同的认知标准⑤，并受到了孔子在《论语》⑥中的说法观点的影响，比

---

① 参见程毅中的《古小说简目》，第4页。
② 同上，第5页。
③ 参见京特·德博（Güther Debon）的《中国文学理论和文学批评》（"Literaturtheorie und Lieraturkritik Chinas"），选自Ders的《东亚文学》（Ostasiatische Literaturen）第二十三卷（同时见于克劳斯·封·泽鄂（Klaus von See）主编的《文学新手册》（Neues Handbuch der Leteraturwissenschaft），德国威斯巴登 Aula 出版社1984年版，第39页）。
④ 马汉茂（Helmut Martin）著，《李笠翁论戏剧：17世纪中国的剧评集》（Li Li-Weng über das Theater：Eine chinesische Damaturgie des siebzehnten Jahrhunderts），1966年海德堡 Ruprecht-Karls 大学博士论文（本书依据台北 Mei Ya1968年印刷出版），第13页。
⑤ 对于中国文学中模仿问题的论述，参见刘勰的《文心雕龙》（The Literary Mind and the Carving of Dragons A Stududy of Thought and Pattern in Chinese Leterature），Vincent Yu-Chung Shi 翻译、作序并注释，纽约，哥伦比亚大学出版社1959年版；詹姆斯·J·Y·刘（James J.Y. Liu）的《中国文学理论》（Chinese Theory of Lieterature），美国，芝加哥大学出版社1975年版，第24页起。
⑥ 参见克雷格·费斯克（Craig Fisk）《文学批评》（"Literature Criticism"），选自威廉·H·尼恩豪瑟（William H. Nienhauser）主编：《印第安纳编中国古典文学指南》（The Indiana Companion to Traditional Chinese Literature），美国 Bloomington，印第安纳大学出版社（Bloomington：Indiana UP）1986年版，第50页。

如他在该书第七章第二十一条说:"子不语怪力乱神。"①

假如不依据西方国家模仿观点作评判,那么中国的叙述文学又有哪些观点呢?这里先论述几个术语上的说法:概念词"叙述"②在中国家喻户晓,常被称为**述**,**叙述**或**叙事**(意为讲述,说和传递),但叙述作品却在这一形式的研究中和传记中没有作为一种文学范畴的名称,而这一术语更多地仅被作为公认的文学作品的一种资质。鉴于中国缺乏史诗传统,应该寻找另外一个文体范畴作为概括叙述作品整个范围的概念词。就如同前面论述**小说**概念所明显表明的一样,普遍存在着一个非常接近记载历史、在处理叙事内容的方式上尤其贴近断代史写作的现象。③

对于**小说**的兴趣自唐朝以后非常明显地得到了增强。我们虽然无法详细列举这一对叙述文学而言颇为重要的发展的每一阶段,但至少可以简短扼要地介绍一些能体现这一过程的代表性作品。

关于这一方面比较重要的文选《太平广记》,在前节已经简短提到过。其作为**小说**素材而开列的 92 种类别涵盖了地理、艺术和巫术、医学、地理、植物学等领域,如果本书将其一起列出,就会令人困惑不解,似乎与传统的古典概念不相吻合。但从中可以看到的是**小说**这一概念的范畴之大,似乎可以包罗万象。《太平广记》中的**小说**功能主要还是古典概念中的教育意义和消遣作用。

至于**小说**作为叙述艺术的观念在这一时期前后进入一个新的阶段之说,最终在北宋的孟元老 1148 年撰写《东京梦华录》一书的序中有些提法可以佐证。依据这些提法,小说应限制于历史、幻想等题材范围。还有耐得翁(卒于 1235 年),他在其《都城纪胜》一书中对叙述历史的艺人(**说话**)的主要话题和**小说**与口述文学的关联关系加以了注释,暗示这些是除了正史编撰外非常有意义的历史题材。以后几个世纪中的叙述文学

---

① 拉尔夫·莫里茨(Ralf Moritz)译自中文的孔子《论语》,美因河畔法兰克福 Röderberg 出版社 1983 年版,第 71 页;对中国文学概念的论述参见马汉茂的《中国文学批评:传统文学概念的现今意义以及文学史研究的对象和来源环境》("Chinesische Literaturkritik: Die heutige Bedeutung des traditionellen Literaturbegriffs sowie Forschungsstand und Quellendsituation der Literaturkritikgeschichte"),选自《东方的极端 27.1》(*Oriens Extremus* 27.1),1980 年发表,第 115—125 页。

② 由于语言概念的差异,德文本中统一使用了 Erzählung 这一概念,该词含有"叙述,讲述,短篇小说"等意,同时也被用于中文中"评书,说书,说话"等术语方面,所以在翻译时难以处理。——译者注

③ 参见浦安迪主编的《中国叙事作品:评论和理论短文》,美国,普林斯顿大学出版社 1972 年版,第 312 页(对中国叙述艺术的理论探讨必须从尊重中国的历史学着手);关于中国史书记载的论述参见查尔斯·S·加登纳(Charles S. Gardener)的《中国历史上的历史学》(*Chinese Historical Historiography*),美国 Mass,哈佛大学出版社 1967 年出版(历史记载的意义不仅体现在后世的叙述作品篇目上,如"传"、"志"或"记",而且明末出现的长篇小说在很大程度也可归纳为传统的写史作品)。有关不同修辞手段的运用的论述,参见威廉·麦克奈格顿(William McNaughton)的《中国小说与现代西方的历史观》("The Chinese Novel, and Modern Western Historismus"),选自温斯顿·L·Y·杨(Winston L. Y. Yang)/库提斯·P·亚德金斯(Curtis P. Adkins)的《中国虚构作品的评论文章》(*Critical Essays on Chinese Fiction*),香港中文大学出版社(The Chinese UP)1980 年版,第 213—219 页。

几乎都无法背离他的这一说法。耐得翁将说书艺人及其说书内容归类为四组:"(虚构的)故事"(**小说**)、"佛经故事"(**谈经**)、"历史报道"(**讲史**)和"即兴创作"(**合生**)①。此外还有一系列子目录,这在后面将加以讨论。无论如何,耐得翁在同一地方的一大重要文学区分在于,他发现虚构的话题中想象的(**虚**)成分多于实际的(**实**)成分。耐得翁直言"对小说者的畏惧",言下之意是指叙述文学的感召力,这种感召力在秦朝末期就被人有意地利用过。

> 讲史书,谓讲说《通鉴》汉唐历代前代书史文传兴废争战之事。
> 最畏小说人,盖小说者,能讲一朝一代故事,顷刻间捏合。②

从文学上看,这一提法令人感兴趣在于表达了评价,即以历史题材为题的叙述艺术能够将一些素材概括在一个专题之下(譬如一个王朝的兴衰)并加以编排。耐得翁在其《古杭梦游录》中终于有了一个进一步的专门分类,将它们分为情爱、志怪和不同寻常的故事,并把最后一种又分成了公案故事和盗匪故事。值得注意的是,在这一分类中历史事实被排除在外,没有再提及。

中国叙述文学早期阶段中对**小说**概念的最明了和最精确的说法终见于罗烨(估计生活在12世纪末叶和13世纪初叶)的《醉翁谈录》。在这一收有79篇故事的辑传中,不再有《太平广记》中所列出的怪异的、无疑是无法归纳进虚构的叙述艺术材料,而更多的是明显依据话题分类所进行的划分。相应的说法可见于该书第一章节中题为"小说开辟"(叙述艺术的开始。)的部分。开始先对讲史艺人作了一些泛泛的评论,按照罗烨的说法,这些人虽然名声不大,少有学者,却也得到过一定的教育。对于这些讲史艺人的知识来源,被提及的有《太平广记》和断代史。而将由此提及的107个篇目又分成了9种讲史艺人所擅长的话题:**灵怪、烟粉、传奇、公案、剑朴道、赶棒、妖术**以及**神仙**③。至少从这一时候开始,**小说**有了哪些意义呢?刘辰翁(1232—1294)第一次将其视为经典和标准史料加以处理,并对800年以前问世的《世说新语》作了一个评注。从文学研究角度将其与叙述艺术分而处置,却是明朝才有的事,重要的佐证是提高对以想象(**幻**)为基础的文学的评价。袁于令(1592—1674)作了如下的注释:

---

① 参见卢小鹏 Shenldon Hsiao-Peng Lu 的《从历史到虚构:中国叙述文学》(From Historicity to Fictionality: The Chinese Poetics of Narrative),美国加利福尼亚州,斯坦福大学出版社1994年版,第133页。
② 摘自方正耀的《中国小说批评史略》,第19页。
③ 参见罗烨《醉翁谈录》(The Rales of an Old Drunkard)译本,嘉比莉埃勒·弗卡迪(Gabriele Foccardi)翻译和主编,德国威斯巴登,Harrassowitz 1981年版,第16—37页。

文不幻不文,幻不极不幻。是知天下极幻之事,乃极真之事;极幻之理,乃极真之理。故言真不如言幻,言佛不如言魔。魔非他,即我也。①

这一观点在冯梦龙(1574—1646)的故事选集《警世通言》的序中更为细化。他强调,只要故事中隐藏的普遍原则(理)显而易见,那么故事不必完全以真实的事实为基础②。

我们接下来要介绍一下关于长篇小说中事实资料与虚构资料相结合可能性的几种截然不同的见解,以便读者了解当时作品有多少具体的创作空间,而相关的讨论基础自然而然地构建了历史小说文体。相应的阐述,往往多为技术性的方式方法阐述,只有在理解术语解释的同时也了解到早期比较文学方面尚不成熟的观点,才能使人产生兴趣。竭力追求保持传统,与记载下来的史料有最紧密的关联,这些是蔡元放(约生活在18世纪中叶)列于长篇小说版的《东周列国志》书前的《读法》一文中的观点。其中所列要求的出发点是尊重与历史相关意义上的史实,而与这些要求相悖的有一系列作品,其中也包括《三国演义》。尽管该小说在很大程度上贴近了历史的真实,但还是内含了许多编造(**造作**)的东西。而完全相反的是《东周列国志》,这一小说中所有事例都基于记载下来的历史,没有进行额外添加。值得一提的是,《读法》作者如何依据所谓"记载下来"这一观点的?就东周时期而言,并无现存的相关史书记载,而大家对这一时期的了解所依赖的大部分文献,或是后人所撰写的历史作品,或是一些逸事之类作品。但概念词**造作**(意为:编造,"任意的虚构")一词的术语创意却与西语词语"虚构"(Fiktion)的拉丁词根(即"fingere",意味"做")显然有异曲同工之处。在论述中集中的观点是,小说当以官方的断代史方式供人阅读,而非只当小说。这一论述概括性地列举如下:

> 《列国志》与别本小说不同,别本都是假话,如《封神》、《水浒》、《西游记》等书,全是劈空撰出。即如《三国志》,最为近实,亦复有许多造作在内。《列国志》却不然。有一件说一件,有一句说一句,连记实事也记不了,那里还有功夫去添造。故读《列国志》,全要把作正史看,莫作小说一例看了。③

---

① 摘自亨瑞·Y·H·赵的《拘谨的叙述者:中国虚构作品从传统到现代》(*The Uneasy Narrator: Chinese Fiction from the Traditional to the Modern*),英国,牛津大学出版社1995年版,第206页。
② 在目前新版的文集(如人民文学出版社1987年出版的《警世通言》中经常缺序。本书依据黄保真的《中国文学理论史》的相应资料,北京出版社1991年版,第359页。
③ 摘自孙逊、孙菊园主编:《中国古典小说美学资料荟萃》,上海古籍出版社1991年版,第27页。

对于过于追求贴近官修史书的著作，承认其"读来非常不畅"，从另一个方面也佐证了一种论点，在涉及普及历史题材的叙述艺术时这种观点在叙述艺术的普及历史题材活动中一再被提及，即史书中的单调性给其传播带来的阻碍以及成语典故的运用。首要的是有关娱乐性和易解性的观点。在这一点上，还未曾有不同于袁宏道（1568—1610）在《东西汉通俗演义》的前言中对这一方面的论述，他写道：

> 予每检《十三经》或《二十一史》，一展卷，即忽忽欲睡去，未有若《水浒》之明白晓畅，语语家常，使我捧玩不能释手者也。……今天下自衣冠以至村哥里妇，自七十老翁以至三尺童子，谈及刘季起丰沛，项羽不渡乌江，王莽篡位，光武中兴等事，无不悉数颠末，详其姓氏里居，自朝至暮，自昏彻旦，几忘食忘寝，讼言之不倦。及举《汉书》、《汉史》示人，毋论不能解，即解亦多不能竟，几使听者垂头，见者却步。……文不能通而俗可通，则又通俗演义之所由名也。①

袁宏道在此巧妙地回避了史书的相关性和精确性问题，而将自己的论述限制在为大众广泛熟悉的历史题材上。由于对历史文献的精确性要求像其表现形式一样最终是通过定义来表现的，所以对涉及历史过程的主题仅仅进行改写是远远不够的，作者和评论家们就努力在文学的题目上借助作品的外部特点来表明，如在题目上专门表明是"非官修的历史"（**外史**）、"失传的故事"（**逸史**）等和对官修史书进行相应合理的"补充"（**补史**），而这些则通过其合乎情理的想象和塑造拓展写作空间，便于汲取——就像后面探讨历史小说的章节中将进一步看到的那样——范围广泛的轶事类素材，以使历史人物的形象更加完满。这一点在诸如（清朝的学者）李雨堂的论证中有所提及。李雨堂1808年在就偏离相关编年史文学"写作规则"的长篇小说《万花楼杨包狄演义》的序中写道："然柄笔难详，大题小作，一言而包尽良相之大功，一笔而挥全英雄之伟绩，述史不得不简而约乎！自上古以来，数千秋以下，千百数帝王，万机政事，纸短情长，乌能尽傅？"②上面那段话，重复了几百年前就有人主张的小说题材边缘化的观点，而这一次却更有意识地要求对那些其价值没有得到全面的表现、其中还有某些"缺陷"的文献加以补充。这一切也预示了叙述艺术在挣脱束缚方面跨出了一大步。上述所有对历史素材的改编，至少就其本身的理解，不是"胡乱汇编的历史"，而相当明确的是，总是在有意识

---

① 摘自孙逊、孙菊园主编：《中国古典小说美学资料荟萃》，上海古籍出版社1991年版，第89页起。
② 参见《万花楼杨包狄演义》，北京戏剧出版社1991年版，附录，第567页。

地致力于不质疑世代相传的价值观,让其保留原来的历史相关性,正如刘廷玑(生卒年代不详,是活跃在17世纪末和18世纪初康熙年代的诗人和文学评论家)在《女仙外史》的序中所写的:

> 若仅出于正史者,则懵然无所见闻,唯读书者能知之。即使日与世人家喻户晓,彼亦不信。故作"外史"者,自贬其才以为小说,自卑其名曰"外史",而隐喻其大旨焉。俾市井者流,咸能达其文理,解其性事。……此固扶植纲常,维持名教之深心,"外史"之功也;虽然,亦"外史"之罪欤!

按照刘廷玑的说法,"外史"像他在小说前言中详细阐述的那样获得合理性,并非基于转述了一个历史的"信息",更多地是通过必要的虚构,通过依据真实性的原则(**理真**)"杜撰"英雄形象和事例(**言诞**),以期达到合理性(**正**)。① 什么才能正确地突出历史意义的正确?历史小说又该如何处理呢?此前又有一个匿名为吉衣主人②的作家作过阐述。在他为《隋史遗文》所作的序中就提及了对官修史书加以补充的想法。按照他的界定,这些补充尊重史实和事例,以此更具确实的可信性(**传信**,字面表示"传递真相")。历史的实际情况(**真**)被定义为"为子死孝,为臣死忠",也就是说,这涉及到的是对历史人物身后的表彰。而这种观点认为,诸如无名氏所写的有关秦叔宝的历史小说之类的"遗事",收集的是正史未收或轶失的资料,改编成为不同寻常的故事(**传奇**),其中想象力(**幻**)的成分成了手段,以此来表现在其他文学作品中很少提及的主人翁感情变化(提及的有发怒和欢心),进而表现出主人翁的"本来的特质"(**本色**)。依据这一观点,"遗事"与官方的史书并不矛盾,对此再加以简述就成了多余之举。③

正是那些最终"偏离"得相当远、几乎与任何相关的参考版本没有关联的模仿文学,依赖的却是自由的添加。相应的解释可以参见蔡元放批注的《水浒后传》中《读法》一文作者的说法:在那部描写宋朝发生的事件的小说中既采用了一些"与正史全合者"的东西,也有一些"全不合者"或"半合半不合者"的东西。解除小说要严格符合历史事实的强迫性,这一论点集中体现在如下的判断中,即这部长篇小说以梁山勇士为题,而非大宋朝廷的编年史,因此所描述的过程也不必"参照正史敷陈"。④

---
① 参见《女仙外史》附录的序,上海古籍出版社1991年版,第一卷,第1079页。
② 其实就是袁于令(1599—1674),又名蕴玉,字令昭,号箨庵、吉衣主人、剑啸阁主人等,吴县(今江苏苏州)人,晚明文学家。——译者注
③ 摘自孙逊、孙菊园主编:《中国古典小说美学资料汇粹》,第68页。
④ 同上,第69—70页。

我们就此谈到了文学评论家和文人对小说作品的价值和其内部虚实比例加以确认的尝试。在这一方面,谢肇淛(1567—1624)属于最早提出"虚构和真实相结合"(**虚实相半**)的学者之一。谢肇淛激烈推崇历史小说作品的"可读性"观点,而《三国演义》由于大量地依赖于史书,被他以此观点评论为"腐",他要求:"凡为小说及杂剧戏文,须是虚实相半,方为游戏三昧之笔。"①这一说法所持的论点是,叙述作品和杂剧如果过于依赖历史则成为多余的东西,读者对历史感兴趣尽可埋头于历史文献,而不必阅读虚构的作品。只有将历史小说这一形式视为促进"民间"历史意识的手段时,才时不时有人还会要求在相应描写中注意真实性,而只在寓言领域明确表现虚构的东西,绝对不能将两者糅合在一起。而这方面经典反面例子不是别的什么小说,而恰恰是《三国演义》。章学诚(1738—1801,作为史学家和文人)将这部作品贬为"七分实事,三分虚构"(他所举的例子是没有历史史实依据的桃园三结义),倒也先证实了一系列其他历史小说中对于史实的忠实,确认了诸如《西游记》和《金瓶梅》中"全凭虚构"的小说情节之"皆无伤也"②。

这一限制在此后的一段时间内大多只在叙述作品之间的直接比较中有些意义,即使在这方面也很少有分类的意义——这在后面将作进一步探讨。大多数点评小说性质的评论家和评注者则赞同谢肇淛主张一部小说作品中要**虚**与**实**相糅合的论述,其中在强调以易于读者阅读的美学(以达到总体上提升小说话题目的)的同时突出小说的描述。这种设想最终在18世纪起到了独特的作用,当时人们相信,虽然上天操纵着历史预设的命运,但这一命运与人类社会的基本法则相一致时才能体现出来。"天与人"是一致的(**天人合一**),史实和虚构的故事都同样具有其合理性。《说岳全传》中标明作于1744年的"序"作者金丰对这问题给出了如下说法:

> 从来创说者,不宜尽出于虚,而亦不必尽由于实。苟事事皆虚,则过于诞妄,而无以服考古之心;事事皆实,则失于平庸,而无以动一时之听。[……]自始至终,皆归于天。故以言乎实,则有忠有奸有横之可考;以言乎虚,则有起有复有变之足观。实者虚之,虚者实之,娓娓乎有令人听之而忘倦矣。③

由此可见,这意味着最终脱离与史实的必然关系,而史实的平直和毫无杜撰越来越

---

① 见谢肇淛的短篇评论《五杂俎》,第三卷《事部》;摘自黄保真等:《中国文学理论史》,北京出版社1991年版,第四卷,第675页。
② 参见孙逊、孙菊园主编:《中国古典小说美学资料汇粹》,第70页。
③ 参见金丰所作的《说岳全传》的序,华夏出版社1995年版。

被视为一种缺陷而不再是真相的标准了。如果说,长篇小说的评论家过去明显是以经典著作《春秋》和《史记》等作范本,从风格修辞、布局编排等问题着手对他们所评注的小说加以评价,那么,这一点在主张虚构的前提下突然就遇到了截然不同的视角。极具代表意义的评论见于陶家鹤于18世纪末在其为李百川所编撰的《绿野仙踪》所作的"序",其中他对小说中的"假"和"谎"进行了辩护:

> 世之读说部者,动曰"谎耳,谎耳"。彼所谓谎者固谎矣。彼所谓真者,果能尽书而读之否?左丘明即千秋谎祖也。而世之读左丘明文字者,方且童而习之,至齿摇发秃而不已者,为其文字谎到家也。夫文至于谎到家,虽谎亦不可不读矣。愿善读说部者,宜急取《水浒》、《金瓶梅》、《绿野仙踪》三书读之,彼皆谎到家之文字也。①

如果说这段文字无疑还是与质疑相传的文学传统有关,那么罗浮居士则在对成书于19世纪初叶的《蜃楼记》作序时抓住了其形象生动和清晰明了方面,以此概述了当时处于蓬勃态势的小说话题的叙述性潜质:

> 其事为家人父子日用饮食往来酬酢之细故,是以谓之小;其辞为一方一隅、男女琐碎之闲谈,是以谓之说。然则,最浅易、最明白者,乃小说正宗也。②

而在张竹坡为《金瓶梅》所写的《读法》一文中提出了如下问题:小说中所塑造的人物是否一定要真实存在过?所描述的故事是否一定要如实道来?至此,在确认小说是否具有"真实性"时,细节的喜闻乐见,小说的生动活泼和充满想象的塑造占了主导地位。一部好的叙述文学作品不再是以必不可少的历史确切性为标志,而必须传递人和社会的感情和精神变化过程,以使虚构的真实性得以完满。其中起决定作用的不再是"历史",而是以作者详尽的知识和生平了解作为最后的审视,确保是"真实的虚构"。——这是脂砚斋评注《红楼梦》时在中一篇令人印象深刻的短篇逸事中传递的观点:

> 近闻一俗笑语云:一庄农人进京回家,众人问曰:"你进京去可见些个世面否?"

---

① 参见陶家鹤为《绿野仙踪》所作的序,人民中国出版社1993年版,第一卷,第2页。
② 参见罗浮居士为《蜃楼志》所作的序,花山文艺出版社1994年版,第1页。

庄人曰:"连皇帝老爷都见了。"众罕然问曰:"皇帝如何景况?"庄人曰:"皇帝左手拿一金元宝,右手拿一银元宝,马上捎着一口袋人参,行动人参不离口。一时要屙屎了,连擦屁股都用的是鹅黄缎子,所以京中掏茅厕的人都富贵无比。"试思凡稗官写富贵字眼者,悉皆庄农进京之一流也。盖此时彼实未身经目睹,所言皆在情理之外焉。①

在呼唤与"情感"(情)的一致性和事物发展的普遍原理以及更好的是"健康的人之见解"(理)的前提下,长篇小说开辟了另外一个领域,形成了相应的方法,即在文学创作中以含蓄的形式贴近生活,塑造描述大家庭生活的小说作者身边的事情,以此放弃再现历史真实的要求,促进了文学现实主义。此类观点也时常出现在一些评注中,比如张竹坡为《金瓶梅》所作的《读法》一文。其中他指出:

其书凡有描写,莫不各尽人情。……读之,似有一人亲曾执笔在清河县前西门家里。大大小小,前前后后,碟儿碗儿,一一记之,似真有其事,不敢谓操笔伸纸做出来的。②

类似的说法也出现在脂砚斋在《红楼梦》第二十二回描述贾宝玉与他父亲发生冲突的场景旁的点评中,他写下了如下文字:"写宝玉如此,非世家曾经严父之训者,断写不出此一句。"③这样,就为叙述文学作者的个人经历背景打开了一个新的展示可能性,即可以将自己写入所描述的过程之中,(含蓄称之为"入世",也像后面所引的金圣叹[1608—1661]评注中的"懂心",)以期达到(李贽[1527—1602]评注《水浒传》时所用的概念)"逼真"效果。这也最终促使董月岩(应该是"月岩氏",现根据德文本"Dong Yueyan"翻译。——译者注)评注的长篇小说《雪月梅》一书的《读法》作者写下了这样一句对任何时代的好文学小说都行之有效的格言:"不通世务人,做不得书。"④这不仅是指作家对人世的编造,也是指作家对人世的认知。人的感受文学化中的主观部分该由什么尺度去衡量?作者与所塑造的人物形象间的合一性可以被接受的范围有多大?对此最早作出答复人之一是金圣叹,他在点评《水浒传》的一个场景时明确表达出来了,其

---

① 《脂砚斋重评石头记》中针对甲戌本(1754年版)《红楼梦》第三回中的注,本书摘自孙逊、孙菊园主编的《中国古典小说美学资料汇粹》,第76页。
② 摘自孙逊、孙菊园主编:《中国古典小说美学资料汇粹》,第64页。
③ 同上,第76页。
④ 摘自《雪月梅》再印本重评论文,齐鲁书社1986年版,第3页。

中还提及了假定的小说作者施耐庵和小说中的"风骚的女人"(**淫妇**)及"喜欢追逐女人者"(**偷汉**)①形象。

> 若夫耐庵之非淫妇、偷儿,断断然也。今观其写淫妇居然淫妇,写偷儿居然偷儿,则又何也?噫嘻。吾知之矣!非淫妇定不知淫妇,非偷儿定不知偷儿也。谓耐庵非淫妇、非偷儿者,此是自未临文之耐庵耳。……惟耐庵于三寸之笔,一幅之纸之间,实亲动心而为淫妇,亲动心而为偷儿。既已动心,则均矣,又安辨泚笔点墨之非人马通奸,泚笔点墨之非飞檐走壁耶?②

持同样观点的还有王国维(1877—1927)。他认为小说作品的内容能从可信性必然与作者的生平经历有关中解脱出来,并确认,"所谓亲见亲闻者,亦可自旁观者之口言之,未必躬为剧中之人物。如谓书中种种境遇,种种人物,非局中人不能道,则是《水浒传》之作者,必为大盗,《三国演义》之作者,必为兵家,此又大不然之说也"。要对所列的有关虚实关系问题的说法和对现实的要求以某种方式进行量化是非常困难的。总是相左的观点数量表明,评注者在诸如**虚**与**实**及**真**与**假**等概念之背后看到了成对的相对关系,这些成对的关系相互制约,相互依附。总之,这些比喻性解释,包括那些注重描述"超越自然"事件的作品中的比喻性解释,确保了真实事件最大程度的发挥,将想象的世界提升为真实世界的翻版。李贽对《西游记》的赞扬就是这个意思,他将这部小说视为杰出的叙述小说,因为其中的塑造"说假如真"③。涉及到"神、仙、鬼、怪"的事情加以叙述性修饰,并未对"真实"提出毫无节制的要求,因而许多文人,甚至在明朝以前的文人都清楚,通过这一方式可以在日常的场景或事件中添加奇异的东西,以此表达其他的意义层面(**意**),以期达到广泛的真实性理解(**理**)。这一认识自韩邦庆(1856—1894)的阐述之后就属于叙述艺术内部的共识④。与此相关联的还有将虚幻小说话题提升为文学。假如说过去对神怪"或其他离奇故事"令人感觉"一般",就像金圣叹在对《水浒传》与《西游记》作对比时所说,是因为这些关联性缺乏给任意捏造的场景提供了太大的空间⑤,那

---

① 原文引用的汉语拼音如此。估计误引,应该是"偷儿",此处指"奸夫"。——译者注
② 见金圣叹在他批阅的《水浒传》版本的第五十五回的点评,参见孙逊、孙菊园主编:《中国古典小说美学资料汇粹》,第 75 页。
③ 李贽在他所评注的《西游记》版本的第九十四回结尾处的批注。参见孙逊、孙菊园主编的《中国古典小说美学资料汇粹》,第 71 页。
④ 参见韩邦庆对其小说集《太仙漫稿》的文前解释,孙逊、孙菊园主编的《中国古典小说美学资料汇粹》,第 73 页。
⑤ 参见金圣叹为《水浒传》撰写的《读法》。详见大卫·L·罗尔斯顿(David L. Rolston)主编的《如何阅读中国的小说》(*How to Read the Chinese Novels*),美国,普林斯顿大学出版社 1990 年版,第 134 页。

么,19世纪初叶的冯镇峦则在评注那些诸如蒲松龄(1640—1715)所撰写的经典作品《聊斋志异》等虚幻的描述时给予了完全相反的地位:

> 昔人谓:莫易于说鬼,莫难于说虎。鬼无伦次,虎有性情也。说鬼到说不来处,可以意为补接;若说虎到说不来处,大段著力不得。予谓不然。说鬼亦要有伦次,说鬼亦要得性情。谚语有之:"说谎亦须说得圆。"此即性情伦次之谓也。试观《聊斋》说鬼狐,即以人事之伦次、百物之性情说之。说得极圆,不出情趣之外;说来极巧,恰在人人意愿之中。虽其间亦有意为补接、凭空捏造处,亦有大段吃力处,然却喜其不甚露痕迹牵强之形,故所以能令人人首肯也。①

在前面的几页中,我们尝试详细地介绍有关长篇小说中虚构手法的主要观点,特别是与因写史小说而形成的、在文学方面很长时期占主导的写作要求进行了比较,借此对虚构手法有一个较为清晰的了解。直接的文献资料见于小说评论家们对长篇小说理论特定的见解提法。对于这些见解,我们将在后面再作论述。扩充上述论点以确定长篇小说功效,就涉及到在叙述文学处理中所使用的理论工具。在这一方面,首先必须面临的是对历史故事和历史小说与相传的历史文献间进行比较的界定。仅仅以笔名"可观道人"而闻名的作者在其为《新列国志》所作的序中所表达的看法非常直白,他指出,这部作品以**增添**、**润色**和**形容**作为突出的虚构手法,但不能忘记"不敢尽违其实"②的原则。叶昼(卒于约1624—1625年)的说法即便也极其寻常,但鉴于他的观点着重于至少西方学者迄今为止在对中国长篇小说的文学研究中极少涉猎的人物塑造,其论述对美学在这一领域的后来发展不无影响,因而我们将对它作一番探讨。③ 叶昼的小说评论中对《水浒传》的几段情节论述尤为突出,这些情节在他继剖析个人叙述情况后开始提及美学要求时就提出来了。这些论述见于专门为读者而写的"虚构内部的关键"部分中对虚构手法非常重要的提法。叶昼用"**趣**"这一术语来表示虚构,以此表达叙述文学内部的中心意图:

> 天下文章当以趣为第一,既然趣了,何必实有其事,并实有其人?

---

① 冯镇峦,个人的具体生活情况不详,参见其1818年开始写的评注《读〈聊斋志异〉杂说》,摘自孙逊、孙菊园主编的《中国古典小说美学资料荟萃》,第98页。
② 参见孙逊、孙菊园主编的《中国古典小说美学资料荟萃》,第66页。
③ 关于叶昼的生平和著作介绍,迄今只见于叶朗的《中国小说美学》,北京大学出版社1982年版,参见其附录中的文章《叶昼评点〈水浒传〉考证》,第280—302页。

在详细讨论前面所提到的"**润色**"中,叶昼指出,小说中的人物形象是根据直接的环境(**光景**)的设计在一定程度上加以塑造而成的,而这种程度能使读者明确区分角色。作者、语言文字、插图说明,这一切都让位于令人信服的虚构,它们仅仅表示了"外部形式"的任务,这也体现了庄子《外物》所含的哲学意义,后来就成了文学美学中的重要原则。

> 荃者所以在鱼,得鱼而忘荃。蹄者所以在兔,得兔而忘蹄。言者所以在意,得意而忘言。①

在虚构设想的意义上更为大胆的却是金圣叹,他在区分小说《水浒传》与司马迁的历史著作《史记》时将其作为正面的区分标志。金圣叹认为,后者重视"使用文字来传递历史事件"(**以文运事**),而在小说则是"从文字中制造历史事件"(**因文生事**)。

> 以文运事,是先有事生成如此如此,却要算计出一篇文字来……因文生事即不然,只是顺着笔性去,削高补低都由我。②

金圣叹在其文章的另外一处继续对此加以讨论,他写道,小说中的36个主角在《宣和遗事》(《水浒传》以其为蓝本的一本文学历史作品)就曾提及,有可能历史上确有其人。而他们在小说中的生平经历却是凭空杜撰的。金圣叹以此认为,历史著作中的人物形象应与历史流传的真实和事件相关,而在刻画这些人物形象时小说作者却可依据自己自由独特的设计创作。

与此密切相连的是对小说人物个性化的文学原则(即千差万别的"**性格**"设计)。在金圣叹看来,这适用于他所推崇的小说中一百零八个盗匪形象的特点,借助外部形象、个人品性和言语风格等淋漓尽致地表达出来。这一观点接近李贽的个性主义想法,李贽的想法中提出了一个要求,即"天生一人,自有一人之用"③。那么作者在对角色进行生动的个性化塑造时该依赖哪一种文学方法呢?金圣叹使用了**格物**一词,这一术语原本出自儒家"四书"中《大学》,被朱熹解释为"格物穷理"。将其运用于文学,意思在于能赋是作者善于将自己观察周围的能力赋予作品人物角色。但金圣叹将

---

① 见庄子的《外物》。本书摘自叶朗的《中国小说美学》,第37页。
② 见金圣叹为《水浒传》而写的《读法》。参见大卫·L·罗尔斯顿主编的《如何阅读中国的小说》,第133页。
③ 参见叶朗的《中国小说美学》,第35页。

"**格物**"专题化了,他在自己为《水浒传》所写的第三篇序中写到,**格物**包含了忠诚(**忠**)和忍耐(**恕**),也就是说,所塑造的人物形象的真实性和相关性与读者自己的想象及作者的感觉相一致。金圣叹进而在小说人物的文学性塑造方面提出了"**因缘生法**"的原则,即"从其原始形象和逻辑条件(**缘**)引申出(**生**)事物和人物(**法**)"。这一原则肯定是源于佛家思想,却恰恰在作者难以凭借自己的阅历来构思设计而却又必须使充满想象力的刻画合乎逻辑以提高可信度之时得到了用武之地。有关作者应具备"深入角色内心的能力"(**懂心**),我们在前文中已经进行了阐述①。有关小说艺术的这些想法如何开始起作用,李渔在其《闲情偶寄》为杂剧确定的题为"**则此力求匹配**"的原则中着重提到了《水浒传》:

> 言者,心之声也。欲代此一人立言,先宜代此一人立心……无论立心端正者,我当设身处地,代生端正之想;即遇立心邪辟者,我亦当舍经从权,暂为邪辟之思。务使心曲隐微随口唾出,说一人,肖一人,勿使雷同,弗使浮泛。若《水浒传》之叙事……斯称此道中之绝技。②

## (四)试论中国古典小说的确认

现在该如何看待中国早期长篇小说?这些小说过去是受到如何看待的?我们在此先就几个概念问题展开讨论。首先引人注意的是,**小说**这一术语仅仅是文学体系内一种带有贬义的归类,而起先并不具有一致性、整体性等特性。它既适用于短篇形式的叙述作品,也适用于长篇形式的叙述作品,至今还被部分地使用。而直到清朝才出现的"**章回小说**"概念也只是间接地指出了篇幅较长的作品以写有标题的章回连接起来而已。这一概念一直延续使用到20世纪,直至根据篇幅的多少将**长篇小说**与叙述形式略短的**中篇小说**和**短篇小说**分离。这种以章回为序的想法,虽然未被特别提出,但出现时期却要更早些,在文学研究中被提及的例子是宋朝**话本**《大唐三藏取经诗话》,其中讲述的是我们在《西游记》中评述的唐朝僧人三藏。此书的27**段**都各自标有标题。而我们将这一结构视为"具有开创性",这一问题与**小说**这一概念相关,小说概念既指篇幅略短的叙述作品,又指长篇小说,而用于表示章节的"**回**"(字面意思为"聚在一起",这里是指

---

① 对这一想法的详细论述,参见黄保真的《中国文学理论史》,第四卷,第660—663页。
② 引文见马汉茂(Martin):《李笠翁论戏曲》,第137、138页。

"聚在一起听书")又与过去的说书艺人有关,而说书这类叙述艺术又很长时期不被人承认为书面表达形式。西方中、短篇小说等具有各自的历史渊源,与之不同的是,中国世代相传的说书**话本**基于其特殊的修辞风格更具有同一性。追根寻源发现,在**话本**这一叙述形式背后还有一种类似舞台提词使用的小册子,对说书艺人起到帮助记忆的作用。① 由于旨在给"口头叙述"增添神奇效果的修辞手法(对读者的称呼、夹叙夹议等),无论是在篇幅较短的叙述作品话本还是在后来出现的长篇小说中有许多一致性,会令人很快想到其中的传承关系,而这些关系似乎可以让我们知道长篇叙述作品是源自将材料编撰成读物的传统。

而荷兰汉学家伊维德(Idema)在 1970 年代初找到证明,即长期以来与**话本**齐名被视为说书艺人书面文字的民间书籍(**评话**),其中五本成书于元朝(1264—1368),无法与说书艺人相关。由此清楚表明,长篇小说是出自书面文字,而非口头版本,以至于人们不得不将明朝的叙述作品视为"尽管不正统,但依然是亚里士多德文学传统的一部分"②。通过这一方式,不仅打破了小说直接源于口头叙述传统之说,而且也预示了早期小说有文字版前身③。对《三国演义》、《水浒传》和《西游记》等作品来源的研究也证实了这一论点④。除此以外,在过去的几十年中大量的考古发掘也找到了一系列明代叙述作品的新来源。在对这些考古作学术评价后,长篇小说和短篇叙述文学与口头传统间关系得到了更加明显的解释。最为重要的发现是 1967 年在上海附近一个墓葬中发现的成化年间(1465—1487)16 册"**词话**"。这次发现证实了,15 世纪时已经有一个提供这类叙述作品的大市场,当时的藏书家赵琦美(1563—1624)的说法能够佐证这一点,他在描述晚一个世纪的苏州书肆时这样写道:

> 吴中廛市闹处,辄有书籍列入檐部下,谓之书摊子。所鬻悉小说、门事、唱本之

---

① 参见普实克(Jaroslav Průšek):《探索中国普及小说的起源:宋朝的说书》("Researches into the Beginnings of the Chinese Popular novel. Story-telling in the Sung-Period"),第二部分,选自《东方文献》(*Archiv Orientální*),第十一卷,1939 年版,第 110 页;参见约翰·L·比朔夫(John L. Bishop)著:《中国口头短篇故事:对三言集的研究》(*The Colloquial Short Story in China: A Study of the San-Yen Collections*),美国 Mass 剑桥,哈佛大学出版社 1956 年版,第 11 页;这一概念的问题介绍和话本的时代划分参见司马涛的《韩擒虎话本》(*Das Huaben über Han Qinhu*),选自 minima sinica 1992 年第 2 期,第 55—72 页。

② 参见何谷理(Robert Hegel):《明朝文学研究:艺术观点综述》("Studies of Ming Literature: Observations on the State of Art"),选自《明朝研究 2》(*Ming Studies*),1976 年版,第 28 页。

③ 参见 W.L. 伊维德(W. L. Idema)著:《中国本地的虚构作品——形成时期》(*Chinese Vernacular Fiction — the Formative Period*),荷兰莱顿,Brill 出版社 1974 年版,第 70—134 页。

④ 证明来自诸如 De-An Wu Swihart 著:《中国小说形式的演变》(*The Evolution of Chinese Novels Form*),普林斯顿大学出版社 1990 年版,第 19—38 页。

类,所谓门事,皆闺中女子之所唱说也。①

尽管成化词话粗俗的语言风格、自成一体的印刷格式,类似元代的民间书籍,但在其他方面则明显不同,例如说书艺人在表达情节时用词单一。这一点就证明,词话是一个重要的"缺失环节"(missing link),这也表明后世的长篇小说作者和话本集刊印者不是简单地凭空杜撰叙述内容,而是依据了诸如词话这样的叙述文学形式中的特征展开的。

**有关早期中国长篇小说结构的论述**

在认定长篇小说起源之后,进一步探讨一下章回的划分就会发现,作品的外部结构划分对叙述结构并没有多大的作用,对此有两点事实足以证明:一点是早期长篇小说的同一文本在不同的刊印中被分成不同的叙述单元,其内在的叙述节奏却未造成断裂;另一点也同样重要,这些章回的划分通常是在作品完成后刊印时才进行的。此前的"手稿"中则通常是划分成篇幅较大的**卷**本。三国故事的早期版本(即《三国志通俗演义》)不是划分成**回**,而是以每段描写划分成**则**或类似形式。尽管如此,结尾采用常见的叙述格式,引入下一回书。即便是后来出现的术语**章回**也不构成长篇小说内在的"段落"性结构划分。②

那些为长篇叙述作品松散结构而辩护的论据显然不能排除,给人一种印象,即中国的小说理论中不存在整体性的构想。有一批学者,主要是明末的学者,曾对长篇小说和叙述艺术设想方面的问题作了探讨,对他们的一些说法深入研究,得出的则是另外一种结论。被研究的作品不只是被视为松散的段落捏合在一起,而被视为内部紧凑的完整作品。这一点表现在诸如经常出现的指内在关联的概念术语**一贯**及**两贯**或指章回顺序结构划分的概念术语**章法**。这些设想在先于这些评论的最早期作品撰写时扮演着多么重要的角色?这一点并没有得到澄清。而对 16 至 17 世纪的评论家来说,将这些文本看作一个整体的结构的问题经常作为评论的破题。最为明显的是毛宗岗(约 17 世纪后半叶)和其父毛纶所写的《读三国志法》。毛氏父子的《读法》一文是中国长篇小说评论

---

① 摘自安娜·伊丽莎白·麦克拉伦(Anne Elizabeth McLaren)著:《明朝的 Chantefable 与早期中国小说:对中国成化年间的研究》(*Ming Chantefable and the Early Chinese Novel:A Study in the Chenghua Period China*),澳大利亚国家大学的博士毕业论文(Ph. D. Dissertation an der Australian National University),1994 年版,第 7 页。

② 参见 De-An Wu Swihart:《中国小说形式的演变》,第 4 页起。有关中国早期长篇小说的"情节设想"(Plot-Konzeptes)问题的论述,参见帕屈克·韩南(Patrick Hanan):《中国本地故事》(*The Chinese Vernacular Story*),美国 Mass 剑桥,哈佛大学出版社 1981 年版。有关所提及的阴阳在小说机构中的相互作用意义的论述,参见 Shue-Fu Lind 的《《儒林外史》中的礼俗和叙述结构》("Ritual and Narrative Structure in Ju-Lin Wai-Shih"),选自浦安迪(Andrew H. Plaks)主编:《中国叙事作品:评论和理论短文》,第 244—265 页。

的典型文献中的代表作①,问世于17世纪中叶。其中某处指出了小说行文中特定的布局框架(指术语**照应**)使作品成为整体,并举例提到了小说开头(第一回)和结尾(一百十五回和一百二十回)的描述中提及太监和方士的恶劣作用,以此说明小说"结构"的完整。② 除了提及到《三国演义》总体结构外,毛氏父子还确认了该小说中将各个段落连接在一起并直接相互过渡的六处"启"和"结"③。他们在论及《三国演义》总体结构时注释道,整部小说读起来"一篇如一句"。这种感觉并非绝无仅有的例子,金圣叹(1608—1661)和李渔(1611—1679/80)也有类似的言论,他们两人不约而同地把叙述作品的结构设计比喻为裁缝的剪裁。金圣叹在其评论《水浒传》的第一篇序中写道:

> 才之为言裁也。有全锦在手,无全锦在目;无全衣在目,有全衣在心;见其领,知其袖……离然各异,而宛然共成者,此所谓裁之说也。④

李渔在1670年撰写《闲情偶寄》时将剧情直接称为"针线紧密",对完成后的文学作品来回审读,注重其彻底性和事情间的衔接。⑤ 尽管此处显而易见地对有关叙述作品的统一性和整体性作了设想,而这本身与作为纯粹的插曲而被接受是相矛盾的,这让人不得不假设出与西方叙述文学理论观点相比的等级上区别。在这两件事例上或许有一点是可以肯定的,无论作者还是刊印者或评论家在作品原本的编排之前已经对通篇结构了如指掌,其中中国的叙述作品与西方相关作品在偏离的结构性组织上存在较大不同。引人注目的是中国文学评论家不以原本的情节作为分析长篇小说的形式。"**故事**"(字面意思是"过去的事情")的概念是作为"短篇叙述作品"(story)使用的,而不是作为情节。毛宗岗及其父亲在其文章中每次谈及"结构",都十分在意于叙述结构的开篇、承启及结尾,这不同于亚里士多德创建的西方的"统一情节",而亚氏的这种观点也含有开始(即其自身未必是起因,但却导出其他的事情)、中间阶段(即与前面某事相关联,从而又导出其他事情)和结尾(即与前面某事有依赖,但此后没有延续)。毛氏父子极少关注情节的原由,而更多地强调各叙述单元间的关系。按照这一想法,**结构**具有长篇小说各叙述单元间有机安排的意义,这些叙述单元又内含故事整体的特点和具体情节。⑥ 在此意

---

① 有关中国文学评注的起源和发展的论述,参见罗尔斯顿主编:《如何阅读中国的小说》的第一章节,第3—123页。
② 参见《读法》翻译本的第二十节,罗尔斯顿主编:《如何阅读中国的小说》,第189页起。
③ 参见《读法》翻译本的第六节,罗尔斯顿主编:《如何阅读中国的小说》,第164页起。
④ 摘自黄保真著:《中国文学理论史》,北京出版社1991年版,第四卷,第664页。
⑤ 参见马汉茂:《李笠翁论戏曲》,第112—115页。
⑥ 参见吴德安(De-An Wu Swihart)的《中国小说形式的演变》,第48页。

义上,重要的是认定,正如早期长篇小说评论家们的读法类文章所明确表明的那样,得到关注的不是一部作品的整体性结构,而更多的是较小的叙述单元结构,换句话说,理论家们的兴趣仍然在于小场景的细腻文笔。

但也有例外,即在小说的行文中列举了一些较大的关联。正是明末年间的四大长篇小说作品在这一话题的发展中起到了样板作用。我们拟简单扼要提出与此相关的最重要的长篇小说结构设想,要说明的是,无法对所提及的所有特点作深入的探讨。一开始是某种形式的序幕(**楔子**),借助这一序幕给出了一个象征性的或专题性的框架。首先可以引以为例的是《水浒传》中一百单八个星辰的故事,他们下凡来到地球上,被锁在一块大石板下,由于偶然的原因重获自由,变成了叛匪的身形,分散各地,最终又汇聚到宋江的山寨中。类似的还有《西游记》一开始的天庭神话,其中美猴王孙悟空由于不服管教,给地方带来了灾难,被拘押五指山下,不得不同意踏上危机四伏的旅程,直到最终受如来佛革面洗心,才获得机会重返天堂。最后还值得一提的是《红楼梦》中的创世神话和遗留下来的一块石头,这块石头自炼成精,化作宝玉下凡人间,以便这一年轻的主人公有了上界的生活来历。在其他小说中,自始至终有不计其数的这类例子,借助"犯天条"而被贬下凡,以投胎问世这一泛神论的想象作为作品的框架。此外在小说开头和结尾的认定,也为通过小说内贯穿整个故事情节形象化的再现历史史实的有关发展规律,以此形成关联,譬如《三国演义》中的公式"分久必合,合久必分"(第一回)及"合久必分,分久必合"(第一百二十回)。引人注目的是,在许多叙述作品中运用了大量的主人公或"集体传记"作为结构方式。这就提到一种可溯源到司马迁《史记》的塑造形式,其实质特点是,一个角色的个性是通过分散在小说行文多处地方表现出来,以及一个人物的心理特点是通过书中多个人物形象的比较而点明(经常通过配对方式强调其相似性、差异性和互补性),而不采取以一个情节或主人公作为基础结构。重复运用的象征事件和动机是对此细心结构安排的另一个例证。

## 二 中国古典长篇小说的产生和发展

**伴随着 16 世纪长篇小说文学形式出现的非文学因素**

本节标题所作的认定,并依此假设中国长篇小说文学形式出现应不早于 16 世纪,会激起中国文学研究的众多议论,因而需要作几点解释。**小说**之概念本身含糊不清,可涵盖各类形式和长短不一的叙述文学①,至少还有些人力求尽可能将这一时间提前,他们的依据是几乎无法证明的那些同时代人的说法,在此背景下,现有的中国文学史材料中将长篇小说艺术的起始时间定为 14 世纪。与此相关而一直被提及的重要例证是罗贯中和施耐庵及其据称是他们撰写的《三国演义》和《水浒传》。我们将在谈历史小说一章中对其作者身份作进一步探讨。无论怎么说,在此可以确认的是,罗贯中或施耐庵的作者身份远没有确定无疑。更多地似乎是就文学而言,主要不是着眼于罗施二氏在多大程度上参与了这些长篇小说的形成,而是着眼于中国小说的早期形成。在这一论点中,就以《三国演义》和《水浒传》为例,未曾澄清的是这些作品为什么仅作为孤本流传下来,而在此后的 200 多年中没有一本至少内容或规模相似的书籍出现。在这一方面,将其解释为停滞而提出的论据苍白无力,因此更需要作进一步的观察。他们主要指出了明朝统治初年审查过于严厉,其中在一些引言中谈及的对**小说**材料的排斥显然借助了官方的禁令起了关键性的作用,以至于由于害怕被迫害而促使小说作家谨慎从事。被人引用最多的例子是瞿佑(1341—1427)在其为中篇小说《剪灯新话》中所作的序(标明写于 1378 年)中的自我审查,其中写道:

> 既成,又自以为涉于语怪,近于诲淫,藏之书笥,不欲传出。②

瞿佑去世后,该书乃因此被列入禁书,被指责为是某个"俗儒"所作,有诱导唆使读

---

① 参见鲁迅的标准作品《中国小说史略》,外文出版社 1981 年版。
② 摘自《中国学术名著——剪灯新话》,台北,世界书局 1962 年版,第一集,《增补笔记小说》,第一卷,第 8 版,第 1 页。

者学坏的"作伪猎奇"的内容。1412年,皇帝的圣旨强化了官方审查措施,根据这一圣旨,只能出版颂扬神仙事迹的戏曲和杂剧以及劝人为善,特别是宣扬节妇、孝子的作品。而拥有或翻印辱骂皇帝、先祖和神祇的叙述文学作品及杂剧等都要遭到杀头的惩罚。[①]

至于是官府审查还是自我审查对短篇或长篇小说的作者可能带来多大的影响,多大地阻碍了这一话题的进一步探讨,则不得不暂时搁置一下,最起码,在明末以前的这些相应作品的作者身份辨认上面尚待时日。当时人们在出版这类与小说有些关联的书籍和文章时小心翼翼,仅限于私人范围,没有试图广泛传播,对于这些问题,1967年在上海附近一个墓葬中出土的成化年间(1465—1487)短篇小说和词话可引以为证,在这其中发现了一系列明朝初年被列为禁书的作品。

对于罗贯中、施耐庵以后长篇小说缺失问题,最终还有第二个观点,即作品是否确实存在过的问题。事实是,明朝初年与其后200多年的情况不同,几乎没有私人的刊印坊肆。最大的刊印机构(包括各尚书衙门所属的小型印务所)都隶属朝廷,开国皇帝的洪武年间(1368—1398)拥有印工约500人,每年出品约1000万字的木刻量,照此规模几乎无法满足需求。对于诸如小说一类无关紧要的文字作品,即便这些作品确实存在,也没有能力去印。不经印刷或再版,这些文字作品无论其形式如何都不可能让许多人接触到,也无法长期保存。仅以手抄本存在的书籍,其数量稀少,被损后也不能指望新版出现,严重的则可能彻底佚失,就像清朝年间出现的题为《大禹治水》的长篇小说,现在仅存于同时代读者的笔记中。命运略好一点的是18世纪中叶的大部长篇小说《歧路灯》,原本只留下了三到五部手抄本,早已被人遗忘。但在其成书200多年以后终于刊印出版——该书我们后面还将详细讨论。

如果我们将前面针对中国16世纪前不存在长篇小说现象作出一番解释的论点归纳一下,至少可以肯定,约1360—1400年与1522年之间这段时间,即能找到最早的刊印版《三国演义》(其前言中常标明的形成时间1494年也仅略早一些)和那些早期长篇巨著的时期,其存在的环境条件是非常不利的。这些论述表明,长篇小说艺术的生存问题与撰写事实本身没有多大的关联,而与一连串或多或少的客观因素,如刊印业、官家的审查乃至因其兴趣而产生市场的读者群密切相关。而在中国、在对小说敬而远之的传统情形下,绝对不能不考虑某种精神哲学倾向,而这种精神哲学倾向为文学形式提供了根本性的营养基础。对此,我们接下来要加以探讨。

---

[①] 参见陈大康著,郭毅世校:《通俗小说的历史轨迹》,湖南出版社1993年版,第48页。

## （一）小说的精神文化的营养基础

　　本文不准备在此对 16 世纪中国异常错综复杂的精神、艺术、文化乃至政治状况作详细的剖析，但至少试图对列举一些我们而言颇为重要的问题领域的观点，首先是对有关"精神的内向性使用"以及浦安迪（Anderew H. Plaks）所命名的"意识的能动性"及"艺术的表现性"概念加以认定，而这些概念的核心是正统的信仰形式与艺术表现间的冲突。① 毫无疑问，作为文学形式的 16 世纪长篇小说产生于这一时期的复杂局面，是对中国文明的这一发展时期内部历史文化的压力给予的某种回应。就思想历史而言，这还是有意义的，其中长篇小说被视为对某种综合形式需求的体现，也就是说，对过去众多文化经验进行重新评价，以便适应新发展趋势。也可以说，在源自宋朝的新儒家学说的影响下，中国对世界认识的相互关联性和一再强调个性性格的问题实质使之成为长篇小说成熟的土壤。②

　　对长篇小说艺术的出现，明朝的思想发展趋势起着决定性的作用。自**"心学"**创始人王阳明（1472—1529）起被提及的对"个性"的强调③，——此处使用一个时髦的概念词，——从一开始就面临着这样一个问题：自古流传下来的、同时又阻碍个性发展的儒家道德学说和社会学说尽管得到了重视，却似乎使人无法完全摆脱其设想的束缚。这一点在王阳明的著作中也有所反映。他承继了主要是人与人关系方面的儒家伦理道德，除了对传统不彻底的偏离外，也提到了不断出现的有关个性主义的实质问题，即人们不能依赖旨在维护其自身目的的国家体制，而刚处于萌芽状态的，尤其是以商人为主的中间阶层还只是奔向仕途的一个过渡阶段，没有得到文人世界的广泛支持。④

　　在王阳明影响下产生的诸多学说以其对正统的传统思想极少注意的领域（如"日常生活"和"肉欲"等）的推崇，导致在极其错综复杂生活中有了一种对生活的新颖接纳形式，这就是**小说**，它以特殊的方式来关注此类话题。其中最为明显的例子是李贽

---

　　① 参见浦安迪：《明代小说的四大名著》（*The Four Masterworks of the Ming Novel*），美国普林斯顿大学出版社 1987 年版，第 17 页。
　　② 参见浦安迪的《完整的小说与西方小说：总评》（"Full Length Hsiao-shuo and the western Novels: Generic Reappraisal"），选自《新亚洲报道一》（*New Asia Bulletin* Ⅰ），1978 年版，第 176 页。
　　③ 参见顾彬在其《情绪不安的猴子》（"Der unstete Affe"）的论述，选自西尔克·克里格尔（Silke Krieger）、鲁尔夫特劳·蔡特（Rolf Trauzettel）主编：《儒学与中国的现代化》，德国美因茨，Hase & Koehler 出版社 1990 年版，第 99 页。
　　④ 参见 Wm.·泰沃多勒·德·巴雷（Wm. Theodore de Bary）：《明朝末期思想中的个人主义和人道主义》（"Individualism and Humanitarism in late Ming Thought"），选自 Ders 主编：《明朝思想中的自我与社会》（*Self and Society in Ming Thought*），美国纽约，哥伦比亚大学出版社 1970 年版，第 220—224 页。

(1527—1602)。李贽不仅将明朝时期对蛊惑性的自我问题如"人必须自私"及"通过激情而大彻大悟"之类的讨论推向了高潮,而且作为诸如《水浒传》等明朝一些著名小说的评论家和刊刻家,促使长篇小说这一话题得到了更加明显的承认,从而以其"童心说"为这一话题表达了新的文学基础,同时还有意识地将这一文学形式置于经典传统的对立面,因此开启了与流传千年的传统形式截然不同的可能性。在李贽的中心章节中有如下的论述:

……夫童心者,真心也;若以童心为不可,是以真心为不可也。夫童心者,绝假纯真,最初一念之本心也。若夫失却童心,便失却真心;失却真心,便失却真人。人而非真,全不复有初矣。

童子者,人之初也;童心者,心之初也。夫心之初,曷可失也?然童心胡然而遽失也。盖方其始也,有闻见从耳目而入,而以为主于其内而童心失。其长也,有道理从闻见而入,而以为主于其内而童心失。其久也,道理闻见,日以益多,则所知所觉,日以益广,于是焉又知美名之可好也,而务欲以扬之而童心失。知不美之名之可丑也,而务欲以掩之而童心失。夫道理闻见,皆自多读书识义理而来也。古之圣人,曷尝不读书哉。然纵不读书,童心固自在也;纵多读书,亦以护此童心而使之勿失焉耳,非若学者反以多读书识理而反障之也。夫学者既以多读书识义理障其童心矣,圣人又何用多著书立言以障学人为耶?童心既障,于是发而为言语,则言语不由衷;见而为政事,则政事无根柢;著而为文辞,则文辞不能达;非内含以章美也,非笃实生辉光也,欲求一句有德之言,卒不可得。

夫既以闻见道理为心矣,则所言者皆闻见道理之言,非童心自出之言也,言虽工,于我何与!岂非以假人言假言,而事假事,文假文乎!盖其人既假,则无所不假矣。……虽有天下之至文,其湮灭于假人而不尽见于后世者,又岂少哉!何也?天下之至文,未有不出于童心焉者也。苟童心常存,则道理不行,闻见不立,无时不文,无人不文,无一样创制体格而非文者。诗何必古选,文何必先秦,降而为六朝,变而为近体,又变而为传奇,变而为院本,为杂剧,为《西厢曲》,为《水浒传》,为今之举子业,大贤言圣人之道,皆古今至文,不可得而时势先后论也,故吾因是有感于童心者之自文也,更说什么六经,更说什么《语》《孟》乎!

夫六经《语》《孟》,非其史官过为褒崇之词,则其臣子极为赞美之语。又不然,则其迂腐门徒、懵懂弟子,记忆师说。……后学不察,便为出自圣人之口也,决定目之为经矣,孰知其大半非圣人之言乎!

这段文字极其清晰地表明,李贽在非常明确叙述艺术在传统中没有得到完全尊重的情况下,如何致力于设计新的传统,并追溯到遥远的过去,以未被玷污心灵——"童心"为契机,阐述在远古的圣人之作中的童心塑造也是他所处时代叙述作品的根本。所提出的"真心"毕竟是艺术创作的基础。依据李贽的观点,每个人都有自己的价值,自己推崇的真实。谁也不必遵循自己认为是讹传的古代经典,没有被错误教养的"原始"之心才是最高的裁决机构。

　　与此相关的还有以"情"为中心的心理因素,这同样也可解说长篇小说及其文学塑造,也有一些叙说文学作者及著名刊印者的相应观点值得一提。在这方面,冯梦龙"创作了感情之学,并将以此撰写所有的作品",其作品《情史》收入了涉及面颇广的逸事趣闻,其中主题为特定情感的形式,如争风吃醋、仇恨、淫荡之爱等。其中也致力于偏离儒家学说的中心观点,其程度在冯梦龙自己所写的《情侠》卷中的一章的一段文字中可见一斑:

　　　　世人常警世或责人以罚,提醒上天之善恶之意,或求自于儒家道德和荣誉,借用现有的原则和基础。能者多求自于情感。① (根据德文本翻译。——译者注)

　　相关的论点还不断出现。人们不仅可以像冯梦龙在其叙述文学中一样感受其情感表达形式,而文学本身也因此被扯进了这一直接的关联之中,1600年前后万历年间中期的学者汤宾伊以其名言"凡文以情为母"②将其推向了顶峰。此后不久,张潮(1650—1709)则致力于解释明末大型长篇小说问世仅仅出于作者宣泄个人情感和心理:

　　　　《水浒传》是一部怒书,《西游记》是一部悟书,《金瓶梅》是一部哀书。③

　　到现在为止,我们主要讨论了儒家传统以及16世纪与之相悖的精神传统。假如把眼光扩大到中国另外两大思想和信仰观点(道家学说和佛教观点),就可清楚看到,正是在叙述文学范畴内存在着一种非常清晰的努力,致力于将这三种学说融为一体。这一情况并不掩饰学者非常明了儒、道、佛之间的差异。明末的道家学说与长期留传下来的传统关系并不紧密,而后者则由老子和庄子的经典文章和与之相关的评述解说

---

① 参见冯梦龙对《白话情史》章回的作者点评,三环出版社1991年版,第166页。
② 摘自夏咸淳:《晚明士风与文学》,中国社会科学出版社1994年版,第186页。
③ 张潮的《幽梦影》,本书引文摘自夏咸淳:《晚明士风与文学》,第190页。

及旨在唠叨长生不老和道家不同礼仪的炼丹术和实际上的冥思苦想组成。而16世纪佛教内部方向也并非禅宗佛教，而更多的是不同流派的言论。①这"三种学说"结合的基本思路是寻找一种途径，借助道家学说和佛教观点来充实儒家文化。在朝廷方面看来，其本质成分首先是必不可少的。明朝许多思想家之所以被道家和佛教所吸引，是因为他们自认为从中找到了用以深化自己内在的经历、消除幻想的方法。但这种吸引是有选择性的。那种不求正直的自我修养而追崇长生不老被视为江湖骗术，还有像两种信仰中的放浪越轨倾向，均遭到了拒绝。如果承认这一时代的思想家的思维中普遍具有对各个传统信仰的不信任，其中儒家、道家和佛教都同样遭到了怀疑，就像《西游记》或《金瓶梅》中相关形式所体现的那样，就能正确理解这一点。在追求道德和责任、"自我意识"和修养的背后，首先还要有一致的抱负。

## （二）长篇小说的主人公：文学世界与"亚文化"

正如前面的讨论所表明，对于长篇小说出现于16世纪的中国而言，当时的精神艺术氛围已经是非常有利的，其中不应遗忘的是，整个形势估计要比我们这里的简要阐述复杂得多。无论离经叛道和表现力是以何种程度得到强化，它们或多或少只是与正统传统一脉相承、并得到官方认可的普遍文化活动侧面的小股思潮。②这样就产生了直接的问题，即这些长篇小说是如何得以传播？它们是在什么条件下产生？读者又可能是哪些人③？而这类叙述艺术的欣赏者至少在明朝统治的最后一个世纪甚至包括皇亲国戚，其中包括正德年间（1506—1522）的皇帝本人，他喜读这些叙述类读物，尤其对《三国演义》和《水浒传》中的题材津津乐道，万历皇帝（1573—1620）则推崇《水浒传》。而天启

---

① 参见卡特琳娜·卡尔利茨(Katherine Carlitz)：《〈金瓶梅〉的修辞》(*The Rhetoric of 〉Chin p'ing mei〈*)中"《金瓶梅》的文学世界"("The Literary World of Chin p'ing mei")一章的详细论述，美国Bloomington，印第安纳大学出版社1986年版，第13页起。

② 有关主要由公安派推崇的离经叛道(Exzentrik)的论述，参见理查德·约翰·林恩(Richard John Lynn)：《明朝文学理论中自我实现的路线选择》("Alternate Routes of Self-Realization in Ming Theories of Poetry")，选自《中国的美术理论》(*Theories of the Arts in China*)，第317—340页；参见有关文学创作的论述，Siu-Kit Wong：《王夫之评论文章中的 Ch'ing 与 Jing》("Ch'ing and Jing in the Critical Writings of Wang Fu-chi")，选自 Adele Austin Rickett 主编：《从孔子到梁启超：中国对文学的接近》(*Chinese Approaches to Literature from Confucius to Liang Ch'i-ch'ao*)，美国，普林斯顿大学出版社1978年版，第121—150页。离经叛道在当时的表演艺术方面也起着重要的意义，参见理查德·巴恩哈特(Richard Barnhart)：《明朝绘画的"狂野和异教流派"》("The 〉Wild and Heterodox School〈 of Ming Painting")，选自 Susan Bush and Christian Murck 的《中国的美术理论》(*Theories of the Art in China*)，美国普林斯顿大学出版社出版。有关同时代的其他绘画主要参见这一论文。参见《中国文人绘画：从苏轼(1037—1101)到董其昌(1555—1636)》(*The Chinese Literari Painting: Su Shih (1037—1101) to Tung Ch'i-Ch'ang (1555—1636)*)，美国 Mass 剑桥，哈佛大学出版社1998年版。

③ 参见斯特凡·J·卢迪(Stephen J. Roddy)：《知识界的认同与中国晚期帝国的虚构再现》(*Literati Identity and it's Fictional Representations in Late Imperial China*)，美国，斯坦佛大学出版社1998年版。

皇帝（1622—1648）更偏爱民间的戏剧艺术。① 以此等级自上而下查看，则与长篇小说艺术有着这样那样关系的还有许多杰出的学者、诗人和官员。李开先（1502—1568，具有进士头衔，在翰林任职）像唐顺之（1507—1560，同样也是进士、御史，与李开先同为"嘉靖八才子"之一）一样，对《水浒传》颇有赞誉之词。这两位的同时代人黄训（同为进士、御史）对香艳小说《如意君传》作了笔记点评。更为热衷于这一时期长篇小说的是汪道昆（1525—1593，进士、兵部侍郎），他为《水浒传》作了序。不能忽视的还有许多拥有诸如《金瓶梅》等小说作品完整或部分抄本的人士，其中值得一提的重要人士有王世贞（1526—1590，进士、刑部尚书）和王肯堂（进士，万历时期福建省参政）。此外，谢肇淛（进士，广西高官右布政使）和胡应麟（1551—1602）也被提及。

对于我们认为意义重大的问题，诸如如何在极少部分高官显贵和学者文人之外的广大社会阶层争取到对长篇小说的潜在读者，自然由于缺少相关材料无法提出确切的说法。对于前面提到的袁宏道（1568—1610）在其为历史长篇小说《东西汉通俗演义》所作的序中令人鼓舞的述说，无论如何还是应该持谨慎态度的：

　　今天下自衣冠以至村哥里妇，自七十老翁以至三尺童子，谈及刘季起丰沛、项羽不渡乌江、王莽篡位、光武中兴等事，无不能悉数颠末，详其姓氏里居，自朝至暮，自昏彻旦，凡忘食忘寝，讼言之不倦。②

其中谈到了"讼言"，至少那些著名长篇小说中的素材通过说书艺人得以传播，以及通过杂剧使更多的观众对此有所了解，这是公认的事实。但我们在此不无疑问地假设，首先所提及的长篇小说曾被口头传播重新处理过，其次这些摘录的残片显然作为书面形式的手稿或书籍非常接近著作。这就产生了这样一个问题，即特别是这些**村哥里妇、三尺童子**究竟怎么能阅读到这些作品的？对于阅读这些长篇小说，袁宏道的同时代人叶盛从流传下来的日志中摘录了一段文字，而在袁宏道的印象中好像由此获得了证实。

　　今书坊逐利之徒，伪为小说、杂书。……农工商贩，抄写绘画，……痴骏女妇，尤素酷好。……有官者不以禁，士大夫不以为非，或者以为警世之为，而忍为推波助澜者，亦有之矣③。

---

① 参见陈大康著，郭玉石校：《通俗小说的历史轨迹》，第64—65页。
② 摘自孙逊、孙菊园主编：《中国古典小说美学资料汇粹》，第89—90页。
③ 夏咸淳：《晚明士风与文学》，第87—88页。

这类说法究竟有多大的可信度，依然还是个问题。至少这些说法谈到了民间文学和艺术的特定传播。就像我们后面还将看到的一样，最终不同途径出现的长篇小说作品有形形色色的版本。① 这里的问题在一般意义上与教育有关，在特别意义上与书面作品传播有关。总体而言，至少当时在百姓中尚未有旨在普及普通教育的学校，这一判断的确认是切合实际的。尽管自宋朝以后中国在所有省份乃至州府一级都建立了一些学校，而且数量有所增多，但首先，就其数量而言这些设施还是非常少的（1398 年曾经有这类学校 200 多所）。其二，录取学生的数量一开始就限制在获得第一级文人头衔**生员**的狭小圈子里，这些生员将可能进入仕途。再者是在管理机构中担当某种形式的职务，或者在学校担任教员。②

上面讲的只是指国家组织的教育机构，而在这些学校中小说一类靠边站的文学体裁**小说**是无法想象的。

这类国家组织的教育机构旨在帮助众多**生员**（清朝年间数量达到 30 万人左右③）获取今后从事与文化知识有关的工作。撇开这类机构来假设通过私塾和乡学的范围和教学内容来传授那些阅读长篇小说的能力，其可能性也有限。至少在家族学校内通常是以简化了的四书五经及其章节作为教材，还多为白话形式④（类似的一个有趣形式见于长篇小说《歧路灯》，其中私塾教师恰恰是用叙述文学作品作为他上课的基本材料）。而长篇小说读者群中有相当大的比例估计是女性，起码是富裕家庭的女性，在这些家庭中有相应读书机会的并不少见。尽管不给这些女童和女性传授对她们无关重要的四书五经，但还是有专门为女性编撰的读物，诸如《女论语》、《女孝经》和《女四字经》等，旨在识字断文。在这一至少可归入文人学者边缘的社会阶层中，可以估计有些从事不同职业的人员对书面文字有一定的熟识，这与他们的工作相关，如誊抄书面协议和文告等。这一方面的例子不胜枚举，因为所有行业，就连小船主都需要用书面文字将契约固定下来，这是众所周知的事实。⑤ 这些基础知识通常在最为简单的村学和乡学中都加以传授，但其总体数量非常稀少（在 1700 年至 1750 年间，中国九大省中只有约 300 家此类机构有证可查），而那里使用的教学材料如《千字文》和《百家姓》中的用字也分别只有

---

① 参见何谷理对这一问题的论述，《中华帝国后期有插图的虚构作品的阅读》（Reading Illustrated Fiction in Late Imperial China），美国，斯坦佛大学出版社 1998 年版。
② 参见 Ping-Ti Ho：《中华帝国成功的阶梯：社会动员的观点，1368—1911 年》（Ladder of Success in Imperial China：Aspects of Social Mobility, 1368—1911），美国纽约，Da Capo Press 1976 年版，第 171 页。
③ 参见伊菲林·萨卡基达·劳斯基（Evelyn Sakakida Rawski）著：《中国清代的教育和普及文学》（Education and Popular Literacy in Ch'ing China），美国 Ann Arbor，密西根大学出版社 1979 年版，第 9 页。
④ 参见伊菲林·萨卡基达·劳斯基著：《中国清代的教育和普及文学》，第 90 页。
⑤ 同上，第 9 页。

1000字及400字,是非常简便的基础教材,稍加补充,就成了那些出身富裕家庭的儿子们在私塾老师那里学习的材料。①

依我们的分析,前面所阐述的情况有点自我矛盾,尤其是在涉及流传长篇小说的读者群时。尽管大多数相关资料都提及这一时期手工业和贸易发展鼎盛,出现了城市小市民,大商人阶层也正在崛起,但不得不怀疑这些社会阶层中的大部分人与长篇小说会有直接接触。② 因而长篇小说是否可以明确被视为"民间"文学值得怀疑。但将这些作品作为教材使用,就像我们刚才所描述的,与上述观点并不矛盾。商人阶层的生活水平提高增添了他们要求通过商人买卖的方式获得官职的可能性,也迫使过去对经典教育资源不够重视的阶层进一步扩大。因此,在时代潮流涌现之中,包括王阳明和李贽等人的加入,致使对传统学说的独尊现象受到质疑,小说就似乎用以弥补这一缺憾。受传统教育而长大的学者文人就好像在这一新的文体中开启了更佳的前景,正如周清源(约17世纪中叶)在其为《西湖二集》第一回中所说:

> 终日拿了这几本破书,"诗云子曰"、"之乎者也"个不了,真个哭不得、笑不得、叫不得、跳不得,你道可怜也不可怜?所以只得逢场作戏,没紧没要做部小说,胡乱将来传流于世。……一则要诫劝世上都做好人,省得留与后人唾骂;一则发抒生平之气,把胸中欲歌欲笑欲叫欲跳之意,尽数写将出来,满腹不平之气,郁郁无聊,借以消遣。③

在正统的儒家传统中,书籍总是与某种正确的使用密切相关,而将阅读视为纯粹的消遣则遭到鄙视。照此观念,那么16世纪出现的长篇小说则是一种新式的阅读体验,而这种阅读体验只能从社会方面加以解释,长篇小说似乎体现了好逸,只要有丰富的想象力,而对记忆几乎没有要求。长篇小说中对情节的详细描述似乎迎合了缺少教育读者的理解能力。这类如伊凡·沃特(Ian Watt)④在谈到欧洲长篇小说时所确认的估计,在中国的长篇小说方面则适用有限,正如学者内部相应的设想所表明的那样,众所周

---

① 参见伊菲林·萨卡基达·劳斯基著:《中国清代的教育和普及文学》,第47页及第90页(表格)。
② 有关16世纪末社会经济关系的论述,参见雅克·吉内(Jacques Gernet)著:《中国的世界:中国从开始到现在的历史》(Die chinesische Welt: Die Geschichte Chinas von den Anfängen bis zur Jetztzeit),摘自雷琴·卡帕勒(Regine Kappeler)的法语版本,德国美因河畔的法兰克福,Insel 出版社 1989年版,第361页起。
③ 摘自夏咸淳的《晚明士风与文学》,第282页。
④ 参见伊凡·沃特(Ian Watt)的《市井小说》(Der bürgerliche Roman),由库尔特·魏尔菲尔(Kurt Wölfel)从英语本翻译,德国美因河畔的法兰克福,Suhrkamp 出版社 1974年版,第53页起。

知,这里只是一种离经叛道的行为。无论怎么说,当时阅读四书五经已经被强调为令人厌烦的无聊之事,而长篇小说这样的"破书"则使读者与作者及其书中主人翁有机会达到"心会",如李贽在谈到读书乐时所描述的:

> 读书伊何?会我者多。一兴心会,自笑自歌;歌吟不已,继以呼呵。……歌匪无因,书中有人;我观其人,实获我心。……未见其人,实劳我心。

这是指在此类对生动感人和拍案惊奇的要求框架,即诸如"**趣**"("趣味性"和"欢愉特点",广义上指"某文学作品的精髓")[①]和长篇小说艺术的**真**(忠实,真实和现实)的影响下开拓的全新领域。长篇小说及短篇叙述作品中的描述对象不仅是历史上的著名人物如皇帝、大臣和将军,而更多的是根据主题编排的一些(诸如《如意君传》中的)"堕落妇女"和(诸如《金瓶梅》中的)商人等人物形象和社会阶层,而这些人物和阶层在此之前的文学作品中从来没有得到过重视。只有通过与**伪**(即虚假和空洞)相反的**真**,作品才能达到"**趣**"。放弃过去传统文学形式中旨在追求塑造场景中现实情况的模仿,从而以全新的美学观点为主,使诗歌、狂想曲所强调的传统文学的艺术形式意义让位于对"贴近生活内容"的享受,而这种享受与"文学现实"的"有教养口味"[②]不同。与之相关的是对易于理解的追求,如冯梦龙在《古今小说》的序中所言:"不通俗而能之乎?"[③]一段强调纯娱乐想法的文字也表示:"夫小说者,固非国史乙纲,无过消遣于长夜永昼,或解闷于烦剧忧愁,以豁一时之情耳。"[④]为达到这一目的,文学必须具有趣味性,必须展示"真实的内容"、"真实的语言"和"真实的情感",而求"奇"则成了叙述作品新观念的另一个中心概念,不仅存在于神话想象的复杂主题中,而且应表现在日常生活中,如凌濛初(1580—1644)在其《拍案惊奇》小说集的自序中所理解的:

> 今之人,但知耳目之外,牛鬼蛇神之为奇,而不知耳目之内,日用起居,其为谲诡幻怪,非可以常理测者固多也。[⑤]

---

① 参见 Charves 对这一概念的详细论述:《形象的华丽外衣:对公安派文学的重新评估》("The Panoply of Images: A Reconsideration of the Literary of the Kung-an School"),选自《中国艺术理论》(Theories of the Arts in China),第 345 页起。
② 参见李泽厚的评述:《美的历程,中国文化和美学的实质和历史》,卜松山(Karl Heinz Pohl)和古德隆·瓦克尔(Gudrun Wacker)主编,弗赖堡,Herder 出版社 1992 年版,第 349 页。
③ 冯梦龙的《古今小说》,人民文学出版社 1984 年版,第一卷,第 2 页序。
④ 笔名为"西阳野史"的不知名作家在《新刻续篇三国志》的注释,本书摘自夏咸淳的《晚明士风与文学》,第 298 页。
⑤ 凌濛初的《拍案惊奇》,上海古籍出版社 1985 年版,第一卷,第 1 页序。

依此观点,神鬼的塑造基于纯粹的虚构,是不真实的,而真奇存在于日常生活中,"新"东西层出不穷。在离经叛道的学者团体中有意识推动的"俗化"不仅表现在提出文学的新设想,而且还体现在日益增多的庸俗化和寻欢作乐。携朋友,狎歌伎,畅饮豪宴,此外还有听戏赏乐,收集名书古董,游山玩水等,在圈内弥漫成风。自古教育传统中代代相传的"雅人"与"俗人"的区分界线开始模糊不清①。其中隐藏着一种崭新的生活方式,这在袁宏道关于《五乐》一文中可以略见一斑,他写道:

目极世间之色,耳极世间之声,身极世间之安,口极世间之谈,一快活也;堂前列鼎,堂后度曲,宾客满席,觥筹若飞,烛气薰天,巾帻委地,皓魄入帷,花影流衣,二快活也;箧中藏万卷书,书皆珍异。宅畔置一馆,馆中约真正同心友十余人,就中择一识见极高如司马迁、罗贯中、关汉卿者为主,分曹部署,各成一书,远文唐宋酸儒之陋,近完一代未竟之篇,三快活也;千金买一舟,舟中置鼓吹一部,知己数人,游闲数人,泛家浮宅,不知老之将至,四快活也;然后一身狼狈,朝不谋夕,托钵歌妓之院,分餐孤老之盘,往来乡亲,恬不为怪,五快活也。②

有几个非常熟悉经典文献、又对叙述话题作品宠爱有加的 16 世纪和 17 世纪的学者特别突出,他们明显效仿儒家经典的**四书**,努力在浩如烟海的叙述文学作品中遴选出类似的经典加以推崇。但这一举动却是另有图谋,在明清两代的常见文学评论实践中开列诸如"大师之作"(**才子书**)和"令人惊异的书籍"(**奇书**),可以理解为是为了达到将这一话题提升到一种广泛传播的目的。在许多著作的书目中用**才子**这一概念词,从中明显可以看出某种意图,即将叙述作品圈入一个确立的话题,以此创立一个相应的经典。金圣叹开列的"才子书"参考版本中有李贽归纳的"五大作品",其中包括了《水浒传》、杜甫诗、苏轼诗词、李梦阳的文章和司马迁的《史记》——1679 年,李渔在对毛宗冈批注《三国演义》所作的序中曾两次出现"四大奇书"的说法,这两次说法中较早的一次好像可以追溯到王世贞——还收入了哲学著作《庄子》以及杂剧《西厢记》。假如说这与先前提到的李贽做法相似,显而易见是为了将这些叙述作品与古代文献中名声卓著的著作相提并论,以期获得更多的承认,那么在后来的两大列表(被认为是冯梦龙所写)中则将四大长篇小说作品《三国演义》、《水浒传》、《西游记》和《金瓶梅》作为**小说**的代表作

---

① 参见夏咸淳的《晚明士风与文学》,第 36 页。
② 袁宏道的文章,参见夏咸淳的《晚明士风与文学》,第 37—38 页。

收入其中。到了 18 世纪,这四部著作后又添加了《红楼梦》和《儒林外史》,并统称为"六大古典小说",且各自又在**古典小说**术语范畴下自成一体。到了 20 世纪,夏志清(C. T. Hsia)则将这些作为其研究的对象。自 18 世纪以后,有许多作者也效仿早期致力于提出经典的情况,将自己的书作为"才子书"发表而且还明确相关的排名顺序:如《玉娇梨》谋求成为"第三才子书"(《三才子书玉娇梨》),《平山冷燕》也自誉"第四才子书"(《四才子书平山冷燕》);有些作者则衔接这一传统,讲自己的作品挂了头牌才子书,以期将自己凸显于古人之前;谋求成为"奇书"的有《野叟曝言》和《雪月梅》。到了 19 世纪,通俗叙述艺术作品和杂剧艺术作品的经典包含了 10 部著作,其中除了历史小说的主要代表作《三国演义》和侠义小说主要代表作《水浒传》外,突出的主要是**才子佳人**话题作品(《好逑传》、《玉娇梨》、《平山冷燕》、《驻春园》和《白圭志》),还有些神怪的幻想作品《捉鬼传》和两部最著名的杂剧(《琵琶记》和《西厢记》)。

## 三 中国古典长篇小说的研究现状和讨论方法

在本书中我们无法涉及某个重要的观点,即中国早期长篇小说究竟在多大程度上属于"世界文学"。只有在极其个别的事例中才有可能在涉及叙述艺术的被接受和其作用的重大问题时将其纳入亚洲范围加以阐述。在这方面已有一本对这些复杂问题进行探讨的论文集,这就是萨尔蒙(Salmon)主编的论文集①。在绪论行将收尾之际,正是在中国长篇小说题材的处理方法和着手方式背景下,如下问题尤其令我们感兴趣,即迄今为止在现有的研究文章范围内究竟能做多大的尝试,其中绝对必要的是先简短地介绍一下过去的研究成果。在这方面不求大求全,更多是将主要来自中国学术界乃至欧洲和美洲学术界对长篇小说艺术探讨的一些最重要的阶段作为目标。有关中国部分中,我们更多地是对文学史方面的研究进行探讨,而不以某些单个作品研究作重点,对单个作品研究本书在主要论述部分将加以讨论。

第一本有关中国叙述作品——这些作品将在相关章节加以评述——书籍的历史概论是由张静庐编写的《中国小说史大纲》,问世于五四运动前后(1920年)。这本书原来设想编成五册,分别论述直至现代的**小说**概念、来源、发展和变化,但在发表时却残缺不全,只出版了一册。此后数十年中对这一专题研究影响最大的是鲁迅(1881—1936)编写的《中国小说史略》,那是他以20年代在北京大学的讲稿为基础整理而成的,1923年在北京大学发表,到1930年前曾多次修订出版。② 这一时期还有范烟桥1927年发表的《中国小说史》,作者在书中对文学范畴内叙述作品归类依据作了深入研究,其中因循鲁迅编写的《中国小说史略》中有关**小说**脱胎于中国早期神话故事的观点,对这类素材作了深入的探讨。前面提到的这些研究乃至其他未曾提到的研究中有一个共同点,即他们把对**小说**的概念进一步扩大了,将短小的叙述材料与长篇小说同等看待。对于其中的这个或那个问题,尤其是涉及鲁迅的论述部分,将在后面作进一步论述。不可忽视、并在较

---

① 参见克劳迪娜・萨尔梦(Claudine Salmon)的《文学的漂移:17世纪到20世纪中国传统的虚构作品在亚洲》[Literary Migrations. Traditional Chinese Fiction in Asia (17—20th Centuries)],国际文化出版公司1987年版。

② 鲁迅的《中国小说史略》,外文出版社1981年版(德译本)。

长一段时期内一直作为中国长篇小说艺术概论主要参考资料的是孙楷第(1898—1989)1932年以相当系统的形式撰写的《中国通俗小说书目》一书,其中也产生了一系列将这些搜集来的材料建议归类的问题,这一点我们在后面还要谈到。19世纪与20世纪交替时期叙述艺术大多带有追忆性质,并以此形成了传统叙述文学的一个重要部分,这在阿英(1900—1977)的《晚清小说史》得以证实。阿英的这本书比一年半前(1923)胡适(1891—1962)所发表的文章《五十年来中国之文学》更为详细地深入研究了长篇小说领域内相应的发展态势,是一本直到最近为止依然是针对这一领域最可信的概论。而胡适1942年出版的《中国章回小说考证》则进一步研究了传统的长篇小说文学,其中独具匠心地系统提出了许多早期长篇小说为"集体作者"所创作的问题,这明显表现在他关于历史小说一章中,其重点论述了《水浒传》。他将这部作品从"**创作小说**"的后一类(在他的阐述中列为第二类)的目录中特别提了出来;而这一类主要谈论《红楼梦》,这是他那个时代盛行的《红楼梦》研究中的一个里程碑。在10年以后问世的许多研究和概论中,我们特别要提到具有革新意义的叶朗(生于1938年)于1982年完成的研究《中国小说美学》,其中第一次对中国叙述作品评论问题作了深入的探讨。此后有陈平原(生于1954年)于1988年打印出版的博士论文《中国小说叙述模式的转变》,这可以说是中国对这一专题的第一个全面研究,给予了史书作为叙述文学艺术相应的地位。至于中国长篇小说与叙述作品的一系列比较并获得了独特的关注,这一点在徐振贵(生于1942年)于1990年发表的《中国古代长篇小说史》中可见一斑,其中也全面地将长篇小说划分成历史小说、豪杰小说、神话小说、人情习俗小说、**才子佳人**小说等类别。而在图书学方面的另一个里程碑则是同一年问世的由江苏社会科学院主编的《中国通俗小说总目提要》——关于这一本书,我们将在绪论的最后一节中作进一步的论述。

西方国家对中国叙述艺术的感受开始较早——对这一点将在第二部分概述中加以论述。1700年方济会教士卡罗·奥拉茨·达·卡斯托朗诺(Carlo Orazi da Castorano,1673—1755)以传教活动名义到达中国,他可以说是第一个提及中国**小说**的欧洲人,并将其称为"世俗的",其涵义除了"尘世"之外还更多地表示"病态的"及"亵渎神灵"的。引起奥拉茨注意的主要是三部作品,除了冯梦龙的《醒世恒言》外就是《西游记》和《玉娇梨》(当时颇受欢迎的**才子佳人**代表作之一)。值得提醒的是奥拉茨似乎对中国学者在评判这类书籍时鄙视小说的口味持迎合态度,他将这些书籍与正统的经典文学推崇的**文言**形式相比较,指出其语言风格"庸俗",不"庄重"(aut sermone),其内容也不值得一提,只是"杜撰"和"史实"(facta et inventiones)的杂烩拼盘。更值得关注的是,奥拉茨在中国期间,欧洲长篇小说也尚未进入其最佳时期,这个教士的评判还受到了西方国家对这一文学形式的普遍排斥的影响。奥拉茨正是基于其深受"迷信"和错误行为的影响而把《西游记》贬为一文不值,得出判断称这部作品只能用作寻求开心和消遣,纯粹是浪费时间。从文学史角度看比较有意义的,是奥拉茨批注称《西游记》不仅可以供人阅读,还可由说书艺人口头讲述。与这部有关孙悟空的小说不同的是,奥拉茨对《玉娇梨》没有加以评价,只是缩写了作品的故事。①

我们拟将奥拉茨的评注作为西方对中国长篇小说艺术的早期接纳和感受的例证,而这方面总的来说研究不多,却有时还能发掘一些令人感兴趣的资料。非常显眼的是,这个教士的评判俨然就像是当地一个学者深深着迷于对当时文学情况的观察,以及受到其中国信息提供者的"灌输"。在另外两部代表作《金瓶梅》和《水浒传》遭到官方傲慢反对情况下,他仅关注到"四大奇书"中经清代严格审查后完好无损地保存下来的《西游记》,也就不足为奇。但他为什么忽略了深受清朝皇帝青睐并于1644年以后被擢升为"国家小说"的《三国演义》?在此我们不想更多地议论奥拉茨在华期间业已存在的众多长篇小说,没有提及这些小说也可以解释为它们当时没有得到广泛的流传。其中收入17至18世纪交替(1700)前后盛行的才子佳人小说的代表作,则一点也不值得奇怪,当时这类小说显然深受官方偏爱。在19世纪英国和法国的翻译家致力于翻译这类小说之后,这类小说在西方喜欢中国小说的圈内也较长时间深受关注。对此我们将在本书主要部分的相关章节中再作详细论述。这一阶段西方对中国叙述艺术的讨论特点是:资料少,限于单一的作品,小说内容易懂,或许其爱情题材对欧洲读者颇具吸引力。我们在此无法对长篇小说的丰富多彩地不断扩大,即使仅是长篇翻译或短篇研究逐一论述。同样,格罗贝(Wilhelm Grube, 1855—1908)是在自己1902年发表的《中国文学史》中作了涉及这一发展的总结的第一人,并为长篇小说在《叙述文学》章节中专设了一个栏目,用了40页的篇幅。② 由于格罗贝明显依赖于此前几十年中完成的译本,而不是通过自己的阅读形成自己对丰富的中国长篇小说的印象,所以他的阐述从总体上说是不全面的。但我们必须承认,格罗贝要想接触到更多的文本是有一定困难的,因为这些文本必须是可供使用的手稿或来自可靠的刊印社。鉴于格罗贝

---

① 有关奥拉茨(Orazi)论述,参见 Lionello Lanciottid《一个方济会教士与小说》("A Franciscan Missionary and the Xiaoshuo"),选自《明清研究》,意大利,拿坡里/罗马1996年版,第109—113页。
② 参见威廉·格罗贝(Wilhelm Grube)的《中国文学史》(Geschichte der chinesischen Literatur),德国莱比锡,C. F. Amelangs出版社1902年版,第406—446页。

所处的时代,那时就连中国也几乎没有关于**小说**及其个别作品方面的有意义研究,他接触到的全是各自不同的分类和评价,也就不足为奇了。因而格罗贝将《三国演义》视为中国大型长篇小说中的第一部小说,但却不是将其视为历史小说,而更多地是一个"浪漫的故事"。对于西方后来的文学研究而言,糟糕的是依据西方长篇小说概念所作的认定,不是将《三国演义》当作一些英雄人物的完整叙述,而是当作"冒险和传说的丛书"。[①]有些段落谈及《水浒传》,"其中的幽默段落"令人想起"我们古代的流浪汉小说"[②]。在格罗贝看来,内容上非常接近《三国演义》的是《列国志》,在他的文章中也对其作了简短的介绍。他还在提及戴维斯(Davis)、德阿尔希(D'Arcy)和尤里耶(Julien)三人翻译的三部才子佳人小说《好逑传》、《玉娇梨》和《平山冷燕》时将这三部作品大加赞赏,称之为"对这一特别民族人情习俗描写的真正精美之作"和"绝妙的长篇文学小说"[③]。依格罗贝之见,描写中国人情习俗的小说中,最受关注的是《金瓶梅》和《红楼梦》(提及作者为曹雪芹),其中后者"无可争辩地是中国长篇小说文学中最美的创作";但在提及的书名外却没有有关这两部作品更多的介绍。作为富有想象力的神怪小说代表作《封神演义》出现在好几页篇幅之中,而提及《西游记》的笔墨却不多,格罗贝在谈到这两部著作的同时也谈到了《白蛇传》,起码他提到了尤里耶1834年完成的译本。格罗贝从文学历史角度研究中国叙述艺术重大意义的评述主要有两大特点,其一是倾向于以西方长篇小说发展作为背景探讨中国早期长篇小说,尤其是18世纪至19世纪的作品;其二是尝试进行诸如"人情小说"等固定分类。

格罗贝的《中国文学史》是一个开端,鉴于这一时期针对中国长篇小说的研究肯定还有许多问题不甚明了,似乎也想以此给予解答。此外,这也与出自亚洲作者之手的关于叙述艺术早期研究的情形相仿,比如吴毅泰(另一种拼音写法为 Ou Itaï)自己以欧洲语言发表的评论(《中国小说》[*Le Roman Chinois*]),和由欧洲译者兼改写者[指范佛(Feifel)]改写发表的、长泽规矩也(Nagasawa Kikuya)所编《中国文学史》[④]。假如说长泽、范佛基于整个文学史概论而自然对小说进行详细论述偏少,那么此前的吴毅泰则出于其概论中对作者和作品必要资料无法理解等的原因而把自己的研究局限于不超过14部长篇小说。在这样的背景下,也就可以理解在19世纪20年代至60年代的几

---

① 参见格罗贝的《中国文学史》,德国莱比锡,C.F. Amelangs 出版社1902年版,第406页。
② 同上,第418页。
③ 同上,第423—430页。
④ 参见吴毅泰的《中国长篇小说史》,富图纳特·斯特罗夫斯基(Fortunat Strowski)作序,法国巴黎 Les Éditions Véga 出版社1933年版;范佛根据长泽规矩也撰写的《中国学术和艺术史》(*Shina Gukujutsu Bungeishi*)改编出版的《中国文学史》,德国达姆施塔特,科学书籍协会(Wissenschaftliche Buchgesellschaft)1952年版。

十年中众多翻译先驱如孔舫之、基巴特兄弟(Kibat)、赛珍珠(Pearl Buck)、高罗佩(Van Gulik)以及一大批男女译者竭力促使所选的作品能接触到更多的公众。而对这些所提及的译本质量,本书不想加以评论。这些尝试也形成了一种不仅从文学研究角度方面来看不甚满意的解答,就是如其中也自己承认的经常评判于篇幅较长的长篇小说的简写本,在面对严格保持作品的结构并考虑到中国的长篇小说本身也流传有多种不同章回的版本的事实,——约翰娜•赫尔茨费尔特[Johanna Herzfeldt]是按照七十回本《水浒传》进行全译,——又总是优先采用孔舫之的方法,即任意删节和加入自己的评述以求得完满的翻译表象。因而在翻译工作范围内第一次明显地将丰富的叙述文学著作集中限制在不到24部"代表作"上,这也造成了迄今一些书名在不同译本中呈现出五花八门的翻译的现象。在1970和1980年代同时分别从事《西游记》全本翻译并以不同版本出版的两位美国汉学家余国藩(Anthony C. Yu)和W. J. F. 詹纳尔(W. J. F. Jenner)也是众多例子中的一个。中国长篇小说作品中究竟有多少拥有可供查阅的西方语言译本?这些西语译本是否符合充当难以看懂的"原始文献"的补充的要求?研究表明,这些问题相互间是没有关联的。在这方面应不无遗憾地确认,由于意识形态及语言方面的原因,过去曾长期禁止接触苏联汉学家在这一方面的研究。撇开通常将社会主义及其实际行为归咎于资源匮乏不谈,学术界和文化界的通力合作则是苏俄汉学界(至少在中国长篇小说小范围的研讨方面)有非常密切的关联的一大原因。值得注意的不仅有1950年代版、可以纳入小说翻译经典的俄译本《三国演义》(V. A. Panasjuk 译,1954年出版)、《西游记》(罗高寿[Rogacev 罗加乔夫]/Kolokov 合译,1959年版)、《儒林外史》(D. Voskresenskij 译,1959年版)和《红楼梦》(Panasjuk 译,1958年版),而且还有至少在西方汉学界主流倾向以外同期对"略短的"长篇小说关注的现象,诸如本书提及的俄译本《孽海花》(V. Semanov,1960年版)、《岳飞全传》(Panasjuk 译,1974年版)和《三侠五义》(Panasjuk 译,1974年版)。除了罗高寿(A. P. Rogacev)1955年出版的《水浒传》俄译本外,这些早期的翻译没有一个再版过。就连对中国长篇小说的学术感受,苏联学者也有相应专著。舍曼诺夫(Semanov)1970年发表的《中国长篇小说的变迁》(*Evolution des chinesischen Romans*)至少在西方影响不大,遭到同样命运的还有李福清(Boris Riftin)的《中国的历史时期与叙述传统》(*Historisches Epos und Erzähltradition in China*)及其著作《从神话到长篇小说》(*Vom Mythos zum Roman*),这两个学术作品1979年就已发表。对苏联汉学家研究的忽视迄今还在某些方面依稀可见,以至于有人还在显露出方法上的固执,比如奥尔加•费斯曼(Olga Fismann)在其1966年发表的《中国讽刺小说》中仍然竭力试图将欧洲传统思想中的"启蒙"概念套用到16—17世纪的中国。①

西方汉学中对中国长篇小说艺术多领域的早期分类倾向见于约翰·比索普(John Bishop)1950年代出版的题为《中国虚构作品的一些划分》(Some Limitations of Chinese Fiction)论文之中。② 该文章很少理论分析,而是借助接受美学原则为背景加以阐述。尽管比索普自己也承认其方法有许多不足,他简要地注明他基本上无法避免以欧洲叙述作品的标准来评判中国的叙述艺术,但最后他还是给出了负面的评判,确认对于西方读者来说,中国的相应文学形式的显著特征之一是异类和片段,并以此对其长篇小说的性质提出了根本上的质疑。比索普觉得另外两个局限在于叙述习惯及其目的性方面。归纳起来说,这些指责集中在中国叙述艺术不具备独特性,过于依赖模仿而缺乏作者的个人特点,这就造成故事的叙述显得单一,而不是揭示性地传达个性化的特点。比索普这些鄙视观点不曾想到在20多年后遭到了欧阳桢(Eugene Eoyang)在其题为《对杏子的一种品尝》、强调中国长篇小说作品的整体性和独特性的论文和毕鲁直(Luty Bieg)在他为《东亚文学》手册而写、具有相同意思说法的文章的批驳。③ 到1960年代,一些知名学者看中这些存有疑问的长篇小说作品形式,以求在研究文章和论著中获得对此的解答,但看上去却有意或无意地停留在比索普对中国早期长篇小说价值的拒绝上,因为非常明显的是,无论是柳无忌(Liu Wu-chi)的文章《无名作者的伟大小说》还是夏志清内容丰富的长篇专著《中国经典小说·绪论》都存在着一种不得已的辩解,这种不得已的辩解都只限于对那几部无可争议的长篇小说经典代表作的。④ 因此,柳的研究依照他自己的说法只限制在"重要的"和"篇幅较长的"长篇小说上,言下之意,就是研究了《西游记》、《金瓶梅》、《红楼梦》和《儒林外史》,而历史小说、侠义小说和**才子佳人**作品都只是稍微提到而已。而夏志清将经典小说扩大到两部无可争议的代表作《三国演义》和《水浒传》,但他的评判也像前面提到的比索普一样是着眼于"被长篇小说

---

① 参加马汉茂的详细论述,《俄国关于明清文学的研究:献给V. M. Alekseev 1981年1月2日的百岁诞辰》("Russische Studien über Ming- und Qing-Literatur. V.M. Alekseev zum 100. Geburtstag am 2. Januar 1981 gewidmet"),选自马汉茂《中国的传统文学与现代史开端》(Traditionelle Literatur Chinas und der Aufbruch in die Moderne),德国多特蒙德的项目出版社(Projekt-Verlag)1996年版,第91—144页。

② 第一次出版于《远东季刊》(Far Eastern Quarterly)1956年第15期,第239—247页;再版见于约翰·比索普主编的《中国文学研究》(Studies in Chinese Literature),美国波士顿哈佛大学出版社1966年版,第237—245页。

③ 参见欧阳桢的《对杏子的一种品尝:接近中国虚构作品》("A Taste for Apricots: Approaches to Chinese Fiction"),选自浦安迪主编的《中国叙事作品:评论和理论短文》,第53—69页;毕鲁直的《旧中国伟大作品的诞生》,选自德博(Güther Debon)的《东亚文学》(Ostasiatische Literaturen),德国威斯巴登,Aula出版社1984年版,第127—142页;《文学新手册》第二十三卷)。

④ 参见柳无忌(Liu Wu-chi)的《无名作者的伟大小说》("Great Novels by Obscure Writers"),选自柳无忌的《中国文学入门》(An Introduction to Chinese Literature),美国Bloomingtond的印第安纳州大学出版社1966年版,第228—246页;夏志清的《中国经典小说·绪论》,艾克·宣恩菲尔德(Eike Schönfeld)译自英文,马汉茂作序,德国美因河畔法兰克福,Insel出版社1989年版,第一次印刷于1968年。

宠坏了的"西方对这一话题的爱好者,被迫确认"在欧洲将长篇小说作为有意识的艺术进行写作是后来发展而起的",很难期待"以口语流传这种朴素形式起家的中国通俗白话小说"能够"设计得符合有教养的现代读者的口味"。① 其中读者必然会面对的问题是,假如连那些"篇幅较长的"长篇小说至少依据夏志清的估计都无法满足西方读者诸如"对生活整体性"、"将作者个人的情感行为与问题完全保持一致"等要求的话,那么那些没有提及的其他作品会糟糕到什么程度呢。无论是对比索普还是夏志清,都不能因为他们的鄙视言论而严词责备他们对文化多元性的无知,而这种文化多元化对于文学的多样性也是至关重要的。这些先入为主的方法有两点是难以令人满意的。首先是一个事实,即处于学术目的而采用的评判基本上是多余的,尤其是这种评判是在对特定形式和美学价值绝对化后仅以非常有限的部分作品为基础得出的。这一缺陷在夏志清和浦安迪内容更深入的研究《四大名著》中都曾出现。确切地说,无论是将长篇小说限制于四部(如普拉克斯)或六部(如夏志清),这些作品都最终归于某一种复杂的经典说法,如中国早期将其推测为"四部突出的作品"(**四大奇书**)。无论怎么说也不可能将由此所作出的确认当作中国长篇小说的评判基础。这种做法的不可信正好遇到中国长篇小说研究,那可是灾难性的,不将这一话题视为与其他文学形式不同,当作一个整体归入经典,就会导致极大的分散和难以接近。以李绿园的《歧路灯》为例,其第一次问世是 20 世纪 20 年代,但直到 80 年代再版才得以广泛流传。无论是鲁迅还是吴毅泰都没有提到这部书。为了能够研讨评判中谈及的第二个弊病,主要起作用的也只是从不全面的比较文学分析得出的判断。袁鹤翔在自己论文中谈到比较文学的主导思想时提到比索普,指出他有"文化沙文主义"倾向,这似乎有些过头。要讲文化优越感的话,应举出更多的例子来,一篇只有几页纸的小论文分量尚显得不足。② 但这一概念如果是不完善的比较文学方法的可能结果,那么其方向就是正确的,它正确表明(如同夏志清对那一时期发展的研究所揭示的)早期中国长篇小说不能简单地与欧洲的诸如 19 世纪的作品进行比较,因为 19 世纪这一文学形式已经相当繁荣,甚至还有许多理论和美学方面的反思。也就是说,如果觉得必须进行比较并得出价值判断,那么就应该在被视为"优越的"文学范围内对相应的早期版本进行研究。假如为了停留在欧洲的范围之内又不愿意追溯到希腊早期长篇小说文学,那么就会从范围广大、根植于 16 世纪早期之前、与《水浒

---

① 夏志清的《中国经典小说,绪论》,艾克·宣恩菲尔德(Eike Schönfeld)译自英文,马汉茂作序,德国美因河畔法兰克福,Insel 出版社 1989 年版,第一次印刷于 1968 年,第 13 页。
② 参见袁鹤翔 He-Hsiang Yuan 的《东西方比较文学:一种可能性的探索》("East-West Comparative Literature: An inquiry into Possibilities"),选自李达三(JOHN J. DEENY)主编的《中西文学比较理论和战略》(*Chinese-Western Comparative Literature Theory and Strategy*),香港中文大学出版社 1980 年版,有关提及比索普的论述参见第 1 页。

传》相关的阿玛迪斯怪圈(Amadis-Zyklus)的对立面中产生有趣的关联。这总是必要的,中国学术界的最新研究成果在这方面也无法表明已超越了比索普,在尝试比较文学中不能任意将自己的某个臆想的"合适"因素与某个外国文化相比较,而应该致力于在两个领域内寻找出尽可能早的、并可以进行比较的形式。这种情况也非一直出现,正如徐振贵在其《中国古代长篇小说史》中所表明的。该书(以罗贯中为一系列中国早期作品的作者为出发点)论证了中国长篇小说为什么出现较晚,同时还指出薄迦丘(Boccaccios)的《十日谈》(Decamerone)也仅问世于14世纪。① 令人生疑的是,首先《十日谈》不是长篇小说,其次根本没有注意到西方国家的长篇小说文学起源于希腊。无论是从什么方面进行此类比较,或产生什么样的评判结论,结果都一样:不能说明什么问题。与之相反,有必要采用一种可以信赖的文学比较方法,将原因和由此产生的效果罗列出来,使两种文学的先驱之间的关联更加清晰,其中必须将文化方面的因素和一系列其他因素(广义的艺术、宗教、哲学、政治等因素)都放置在一起,最终形成显然易见的并列,以此比较其不同②。我们基于这一方法本身的困难性,在研究时优先采用了放弃深入进行比较文学研究的先前方式,只是在那些看上去有必要表明在专题上或在设想方面类似性的地方才给予提示,但不加以评价。

　　事实是,针对中国传统长篇小说的现代文学研究集中在一小部分代表作品上,其中绝大部分关注的是曹雪芹的《红楼梦》比如马幼垣(Y. W. Ma)将此称为可以非常省力地研究半П长篇小说,并从这些少量的作品中寻找出特性的东西,拟作为所有早期中国长篇小说艺术的研究尺度,并由此形成一个大致的整体框架。③ 鉴于这些显而易见的误解,也就不奇怪即便在有关中国长篇小说艺术的文学史最新研究中也没有值得称道的成果,看得见的是所采取的研究分量。1979年由康达维(David R. Knechtges)和宇文所安(Stephen Owen)所提出的建议,出版共计11卷的中国文学史,设想其中5卷按时代和风格分门别类专门谈论经典的诗词,却对长篇小说这一篇幅数量异常庞大的文学形式,仅以"白话叙述艺术"为范畴出单卷本加以探讨。而鉴于被列在"白话小说"栏下,有长篇小说,还包括形式多样、作品数量丰富的短篇小说,这一待遇就显得太低了。④ 尽

---

① 参见徐振贵的《中国古代长篇小说史》,中州古籍出版社1990年版,第2页。
② 参见袁鹤翔有关这一要求目录的论述,《东西方比较文学》(East-West Comparative Literature),第6—10页。
③ 参见马幼垣的《虚构作品》("Fiction"),选自威廉·H·尼恩豪瑟(William H. Nienhauser Jr.)主编的《印第安纳编中国古典文学指南》(The Indiana Companion to Traditional Chinese Literature),美国Bloomington的印第安纳大学出版社1986年版,第35页。
④ 参见康达维/宇文所安的《关于中国文学史的总则》(General Principles for a History to Chinese Literature),Clear出版社1979年版,第49—53页。

管有空间的限制,原计划用10年时间来落实项目方面,这种限制估计因遭遇与"篇幅较长的"长篇小说的分歧而搁浅(其结果据我们所知迄今没有公布),计划者好像曾清楚了解着手研究这一范围内容丰富的作品之难处。有一点是清楚的,即康达维和宇文所安与已经开始整理的其他几卷,至少是涉及项目早期时段的几卷不同,没能为研究叙述艺术确定好工作班子。假如说宇文所安新近发表的《中国文学的一部选集》(*An Anthology of Chinese Literature*)确确实实是1979年倡导的那个项目所迫切需要的东西,其中长篇小说也没有被怎么提到过,而只是在《神的授礼》(*Investitur der Götter*)的摘要中略微提及了一下。①

尤其是比索普的观点在数十年后的作用,依然可见于一些虽不如康达维和宇文所安所编撰的材料那样广泛流传,但确也编撰完成的文学史研究中的描述。这方面值得一提的是施寒微(Helwig Schmidt-Glintzer)1990年出版发表的单卷本《中国文学史》一书,其中为搁置对长篇小说深入研究补充提出了"空间"论证。② 但施寒微不是在这一顺理成章、鉴于实际和空间的逼迫性易于理解的论证思路上展开,却一定程度上陷入了自相矛盾的表述,附和了比索普的观点,声称在"四大奇书"问世到《红楼梦》及《儒林外史》成书的150年中不曾有其他值得一提的长篇小说作品(以此来涵盖他对整个发展史了如指掌的研究)③,另一方面他又不得不承认中国的香艳小说迄今为止没有得到真正的研究。④ 为求完整性,我们因而不局限于前面提及的有问题的事例,而是代之以引论一系列最新的研究例子,其中的一些文学史研究分析在我们看来非常成功地考虑到了时间上紧密相连的时期。无论是何谷理的《中国17世纪的小说》还是马克梦的《中国17世纪虚构作品中的诱因与抑制》,在各自的专题范围内都提出了针对17世纪文学发展的代表性概论,其中黑格尔对7本此前为西方汉学界关注不多的作品作了深入研究,找到了更为有意思的研究切入口,而马克梦则立足于对许多故事集进行详细论述。⑤ 后一种研究方法,还被马克梦用于对18世纪一些作品的研究中(如《吝啬鬼、泼妇、一夫多妻者》),也是吴燕娜(Yenna Wu)的研究(《中国的泼妇》)的基础。⑥ 前面提及的两个研究

---

① 宇文所安主编和翻译的《中国文学的一部选集。从开始到1911年》(*An Anthology of Chinese Literature:Beginning to 1911*),美国纽约的哥伦比亚大学出版社1996年版。
② 参见施寒微的《中国文学史》(*Geschichte der chinesischen Literatur*),瑞士伯尔尼的Scherz出版社1990年版。
③ 参见施寒微的《中国文学史》中的说法,第427页。
④ 同上,第475页。
⑤ 参见何谷理的《中国17世纪的小说》(*The Novels in Seventeenth Century China*),美国纽约哥伦比亚大学出版社1981年出版;马克梦的《中国17世纪虚构作品中的诱因与抑制》(*Causality and Containment in Seventeenth-Century Chinese Fiction*),荷兰莱登的Brill出版社1988年版。
⑥ 参见马克梦的《吝啬鬼、泼妇、一夫多妻者:18世纪中国小说中的性和男女关系》(*Misers,Shrews,and Polygamists. Sexuality and Male-Female Relations in Eighteenth Century Chinese Fiction*),Durham的Duke大学出版社1995年版,该书中译本2001年由人民文学出版社出版——译者注;吴燕娜的《中国的泼妇:一个文学专题》(*The Chinese Virago:A Literary Theme*),美国Mass剑桥的哈佛大学出版社1995年版。

中所采用的研究方式因为这与这两个研究的主题相吻合，就具有了其合理性。而这种类型的划分难以将一部长篇小说作为整体加以研究，因为这将会把一部长篇小说作为素材的来源化整为零。

上面，我们对中国早期长篇小说在文学史著作中，尤其是西方汉学界的相关著作中的"悲惨遭遇"作了一个扼要的介绍。就其根本而言，这一问题好像主要在于那些从事中国叙述艺术的学者中迄今几乎没有人真正投入精力，去满足在前文所提及的《印第安纳编中国古典文学指南》一文中提出的要求，即在少强调篇幅较长的长篇小说的价值判断和比较尺度前提下致力于寻找出一种尽可能广泛适用于长篇小说作品的归纳，其中特别注意按照时间的顺序。①

本书在编撰过程中尽力遵循马幼垣所提出的要求，以求在引用本章节中国或西方对文学史研究著作时进一步解释自己的方法。

首先我们议论一下基本材料以及划定时代框架的问题。将其限制在明清两代，即专门着眼于公元15世纪到1911年帝王时代结束这一时段，从这一任务上看也是理所当然的，特别是因为首先这一时期的长篇小说能够正确地确认。这样也带来一个问题，即在**小说**这一适用于篇幅较长、也适用于篇幅较短作品上的概念范围内，寻求将长篇小说区分于不同类型的"叙述故事"（即具体表现在**话本**、**评话**等以及内容简单的**小说**上的"短篇故事"）的可靠界定，至少可以作为书面文字**白话**体挑选的标准，并以此标准区分长篇小说和短篇小说，而且这个标准几乎可以涵盖所有作品。使用一般确定标准将长篇小说定为虚构的非韵文叙述艺术篇幅较长形式，并对前面所提到的针对这一中国式文学形式而专门谈及的定义特点加以严格分析，其中就产生了一种首先纯粹依照类型对长篇小说的划分。这一划分基本上包含了所有作品，其中如纳入非**章回**作品《痴婆子》，这是数量不多的**文言**叙述作品之一，或有些偏题的**弹词**，后者具有韵律语言风格，与**小说**区别甚大。至于将《痴婆子》归入长篇小说，有异于长度相同或篇幅更长的非章回形式叙述话本及文集，究其原因，除了是单独出版外，主要还是其情节统一，且相互关联。在此方面，这一虚构标准也可将过去列入叙述艺术的作品如《浮生六记》排除在外，正是在这方面，也可通过这一详细的作品得以验证。因此，面对过去关于文学史的研究，总体上产生了对叙述作品实质上更为接近其类型的印象。因此非常遗憾的是，鲁迅的《中国小说史略》在翻译成德文时书名被译为《*Kleine Geschichte der chinesischen Romandichtung*》（意为：《中国长篇小说作品的小史》），起码对**小说**概念有所误解，因为

---

① 参见马幼垣的《*虚构作品*》(*Fiction*)，第35页。

鲁迅不仅对长篇小说的本来概念加以论述,而更多地是阐述叙述艺术总体的情况(就是说也含短篇形式的影响的情况)。与此相同的还有吴毅泰的学术研究《中国长篇小说》(*Le Roman Chinois*),其中与书名相差较大的是,除了论及一系列毫无争议的长篇小说外还有关于类似长篇小说的早期版本形式如民间书籍(**评话**)的资料以及单独一章谈论叙述故事文集。

涉及中国早期长篇小说迅速发展的时期超过三个半世纪,鉴于在绪论中所探讨的长篇小说的叙事同一性,也就表明没有必要再对其修辞风格、表现形式等设定单一的时期划分,而这种划分是欧洲在阐述艺术和文学时常采取的方式,用以对罗可可风格的作品与巴洛克风格作品、启蒙运动风格作品等加以比较。但类似承继欧洲传统的系统分类法,在中国也得到了应用,比如傅斯年(1896—1950)在自己的《中国文学史分期之研究》中假设了4个时期,每一个时期都有某个文学形式和风格为主导。在长篇小说方面也集中在几本杰出的作品上,如《红楼梦》和《儒林外史》,并誉之为"中国的文艺复兴"(**文学复古潮**)。① 在继续撇开"时期划分问题"不谈的前提下,也就不出现可能致力于虽然是围绕着客观性的时代划分,但其中却非常倾向于片面性,彻底地将特定习俗的没落和新习俗的兴起直接归于历史的变迁,而忽视了这样一个事实,即习俗依旧持续地存在。② 事实上,鲁迅的《中国小说史略》也曾遇到这类困难,他直接按照明清两个朝代的划分对其引用的长篇小说进行归类。如果鲁迅在谈到被称之为**人情小说**的习俗小说时分别就其在明清两代作相应的发展描述的话,这一方式也许是可行的。而在专门针对明代设立的分类"**神魔小说**",在清代没有相应的代表作,这就似乎给人一种印象,在满族人建立了新皇朝后这类小说作品就销声匿迹了,而据我们所见,事实却非如此。在本书中,我们尽可能地将相同时代的同一类别作为基础,以及至少摒弃严格按照朝代的划分(这一视角主要限制于长篇小说的发展研究),列举各个主题和用意的长篇小说及其当时对其产生影响的时代环境,诸如哲学、宗教、官吏制度等,③以便符合文学研究的方法要求④。一个根本的原则是按照时间顺序,这在各自不同主题和用意内的个别问题方

---

① 参见傅斯年《中国文学史分期之研究》,《新潮》(*Xinchao*)1919年版。
② 这一问题参见王大伟的《时代风格和划分。有关中国和德国的历史理论与实践的时代风格和划分》("Period Style and Periodzations. A Survey of Theory and Practice in the Hisories of Chinese and European Literature"),选自 *William Tay*, *Ying-Hsung Chou* 和 *He -Hsiang* 等主编的《中国和西方:比较文学研究》(*China and the West*: *Comparative Literature Studies*),由 A·欧文·阿尔德里基(*A. Owen Aldrige*)作序,香港中文大学出版社1980年版,第45—67页。
③ 关于文学以外所涉及事务的分类参见科劳迪奥·古伦(Claudio Guillén)的《系统文学:文学理论的论述》(*Literature as System*: *Essays toward the Theory of Literature*),美国,普林斯顿大学出版社1972年版,其中的专门文章《第二个千年的文学时代》("Second Thoughts on Literary Periods"),第420—469页。
④ 参见弗朗克·施塔尔(Frank Stahl)的书评中的注释:"文学与历史,施寒微的《中国文学史》,德国慕尼黑,Scherz 出版社1990年版,选自《定位》(*Orientierungen*)1991年第二期,第155—160页。

面就意味着是以年代发展作为出发点。

现在我们来讨论所使用的作品资料的内容安排问题。这些安排鉴于其范围涉及面广,需要特别的思路。本书的优先目标是尽可能地进行全面的资料搜集,除了搜集已具有一定译本和论著的著作外,尽量找到那些迄今为止尚未被人认识到其价值或在研究但极少被视为有价值的资料。至于搜集资料的特定问题,我们将在接下来的章节"探源"部分加以阐述。鉴于论述有必要符合研究设想,即揭示原策划的用意和主题内部的发展及指出其文学再现。搜集资料撇开与其他文学作品在用意和题材上有关联的长篇小说不说,还包含了那些从其书名或内容上看显然与某部作品相关的后续"仿作"。比较例外的应该算是有关《红楼梦》的续作,数量众多,完全可以针对这一主题另立一个归类,但考虑到其书名及作品的同一性,就忽略不计了。出于这些考虑,从一开始就产生了这样一种必要性,即将对某一主题的论述尽可能地扩展开来。对这些叙事作品的研究也基本上被迫按照理想化和历史性进行系统归纳。而就中国的长篇小说历史内部而言,寻求各种文体概念时难以摆脱某种成规。这方面较少遇到这一困难的当属**"公案小说"**(刑侦类小说),就我们所见到的,此类小说的书名直到清朝末年还依然清晰地维持着这一文体形式的传统。与此类似的有描述历史故事的**演义**文学及直接用**"史"**来作书名的作品。比较困难的是那些使用**"逸史"**(轶失的历史)或**"外史"**(非正式的历史)书名的作品,其中固然提到了历史内容,但其本身的小说内容难以与历史小说归为一类,其中比较明显的例子是吴敬梓的《儒林外史》。

不太令人满意,也就是以从事长篇小说研究为主题的中国早期文学研究所显现的破题方式。鲁迅的《中国小说略史》也明显受困于这一问题,小说作者在着手选择文体形式撰写时一方面追溯了民间说书艺人传承的口述历史事件的**说书体**,另一方面又任意地、主要着眼于内容地采用了不同的表达,其中包括很少见的**"以小说见才学者"**(才学小说)的中国形式,这种形式不是以对主人翁内心变化的刻画为基础,而是采取某些作者假定的趋势,通过长篇小说来体现其才学。这方面鲁迅列举了诸如《野叟曝言》和《镜花缘》作为范例。而某种程度上比鲁迅更为吹毛求疵的区分出现在孙楷第1932年完成的《中国通俗小说书目》。① 和鲁迅一样,孙楷第也是将朝代内部的时代划分作为最高的编排原则,对历史题材的叙述作品的归类也是袭用了前人的**讲史小说**这一名目。孙楷第将所有涉及到历史的叙述文学作品又进行了归类,这些归类进一步按照内容的观点先后排序。尤为复杂的是对于**"艳粉小说"**的多样化分类,共分成了五种:**"人情小**

---

① 下列注释选自人民文学出版社 1982 年版的新版本中的《分类说明》,第 1—6 页。

说"(习俗小说,如《金瓶梅》和《红楼梦》),"狎邪小说"(妓院文学,如《海上花列传》),"才子佳人小说"(有关才子和美女的小说),"英雄儿女小说"(有关男女英雄的小说,如《野叟曝言》)以及"猥亵小说"(色情小说,如《株林野史》)。"灵怪小说"(有关超自然的小说,如《西游记》)内部的神话想象类也非常复杂。"侠义小说"和"精察小说"分两个归类(骑士小说和侦探小说),同属公案小说类。难以理解的是最后一个大类"讽喻小说"(有寓意的小说),其中孙楷第收入了"讽刺小说"(具有嘲讽意义的小说,如《儒林外史》)和"劝诫小说"(警示类小说,如《歧路灯》)——这最后一种分类却是唯一按照功能观点进行划分的归类。那些无法归入这些文体形式的作品,孙楷第便将它们归入了他自己设置的"不确定类"。吴毅泰最后在他的论著《中国小说》中部分地采用了与鲁迅和孙楷第完全相似的分法,但也采用了另外的归类。这样,《红楼梦》就不像《金瓶梅》一样归入"人情小说"(Roman des mœurs),而是单独列为"情感小说"(Romans sentimentaux)。至于表面上看很难归类的作品《野叟曝言》和《镜花缘》,吴毅泰提出了一个令人费解的分类"珍品小说"(Roman de parade)。

## 四　中国古典小说文学的探源问题

本节所探讨的问题首先涉及的是,中国皇朝时代小说作品究竟可能有多少数量?官方认可出版的文学经典作品的一再限制及出版遭禁的问题,除了毁灭了一些作品外,也导致了中国乃至国外的私人藏书中的一些书籍和手迹轶失,造成这些作品的汇编造册从一开始就遇到了极大的困难。

暂且将所有定义问题搁置不谈,也就得出如下的一个印象,其中主要是孙楷第(1898—1986)在 20 世纪 30 年代初期所作的一些重要早期研究,这些研究至今还常为学者们所提起,即在他的《日本东京所见小说书目》(1931 年版)和《中国通俗小说书目》①(1932 年版)的研究中共列出了近 800 个篇目。有关清末小说领域非常丰富的创作的研究有同为 1930 年代发表的阿英(1900—1977)《晚清戏剧小说目》(1937 年版),其中列出了 497 个篇目,而所提及的这一时期长篇小说作者数量达到了 1000 多人。②前面所提到的 3 个书目主要是作为基础,并以此为基础不断修订和扩充。如果说一些有关的参考书籍,如《中国小说大辞典》③、《中国古代小说百科全书》④或《古代小说百科大辞典》⑤收入了数百篇长篇小说,那么明清小说研究中心和江苏社会科学院文学研究所 1990 年推出的《中国通俗小说总目提要》⑥是迄今为止对中国现代以前叙事艺术和长篇小说收集最全的著作,共有 1164 个篇目。尽管事实上有一百多位专门从事中国书籍目录修订的学者参与了这一项目,但依然无法称其为完整的介绍。《中国通俗小说总目提要》严格按照朝代先后详细地列举了相关作品,标明了其作者姓名、刊印年代、不同的

---

① 《中国通俗小说书目》一再得到修订,笔者手头所有的是人民文学出版社 1982 年版。对于这两篇目录及其中未收入的叙事作品提出批评,并指出其分类的方法缺陷的论述,参见张颖/陈速的《中国章回小说新考》,中州古籍出版社 1991 年版,第 302—320 页。
② 基于研究和 1937 年第一次刊物发表基础上的目录于 1940 年第一次成书出版,1954 年由上海文艺联合出版社重新修订出版。
③ 侯健主编,作家出版社 1991 年版。
④ 该书编写组主编,中国大百科全书出版社 1993 年版。
⑤ 白维国和朱世滋主编,北京,学苑出版社 1991 年版。
⑥ 中国文联出版公司出版。

手稿版本、小说内容和章回目录,尽管将其局限于1911/1912年之前问世的长篇小说,但由于收入了唐宋年代问世的**变文**和**话本**,因而缺乏明确的**小说**设想(concept)。①

假如对长篇小说的统计不是像前面所提到的《中国通俗小说总目提要》编者那样,由于所提到的定义方面的不足而将时间扩展到千年范围以上,而是将其截短,首先以朝代为编写单位,以期假设长篇小说只含明朝末年的作品,那么书目的数量会更为精确些。也许值得一提的是,1784年,日本汉学家高野足在大阪所编的明朝长篇小说篇目"不少于160部"②。无论怎么说,他所提供的数目令人惊异地覆盖了孙楷第和《中国通俗小说总目提要》所提到的数目,即对于1522至1644年期间的估算为141部③。在黄人(1868—1913)20世纪初期出版的《中国文学史》中,所列出的是明朝期间问世的长篇小说数目达400多部,似乎估算过多,其中将某些长篇小说的不同手稿版本都当作一部独立的长篇小说计算了。④ 至少在满清的第一个百年(所包含的时间为1646至1735年)问世的长篇小说数量达143部,与所说的明朝末年相比差不多。⑤ 考虑到18世纪中叶以后新问世的长篇小说数量众多,而这些长篇小说不是那些诸如《红楼梦》、公案小说及才子佳人小说等深受读者欢迎作品的续集,而主要是在20世纪初叶特别有专题性的呐喊类作品,我们自己粗略估计在1522至1911年间问世的作品约有1200部至1300部,这可能是比较正确的数目。⑥

在这一引论部分的结尾,对所研究的小说文本作一个说明:就像本书开始时所提到的,在中国帝王时期,长篇小说艺术不为人所重视,有异于其他文学领域曾出版非正式的汇编(丛书),这些作品通常只是偶然刊印,或以手稿形式流传,这给后人研究带来明显困难。重新刊印乃至写有编者批注的、能为大量读者所获得的新版出现在20世纪上半叶,但通常也只是涉及最著名和最受欢迎的长篇小说。北京华夏出版社在1990年代初开始出版100多部中国古典叙事作品的众多系列,这与由台北双笛国际出版社1994/1995年出版、主要收入了通常难以获得的香艳小说中的最重要作品的《中国历代禁毁小说》一起,为研究者奠定了值得信赖的基础,范围如此广泛,是任何一家图书馆都难以单独提供的。

---

① 作者的设想不包含通过翻译获得的异族语言长篇小说,这样在"大中华帝国"概念下的那些不是出自汉族,而是源于西藏或蒙古族的长篇小说就收入甚少。
② 参见《金瓶梅》中的"跋"或孔舫之从中文直接翻译的《西门和他六个女人的逸史》(*Die abenteuerliche Geschichte von Hsi Men und seinen sechs Frauen*),德国威斯巴登的 Insel 出版社1950年版,第905页。
③ 参见陈大康的《通俗小说的历史轨迹》(Guo Yushi 审校)的第3页中列表,长沙,湖南出版社1993年版。
④ 参见张颖、陈速的《中国章回小说新考》,第310页。
⑤ 参见陈大康的《通俗小说的历史轨迹》的第3页中列表。
⑥ 这里指的是可确认的长篇小说作品的自成一体版本,不同的手稿版本、缩写本等类似版本不计入在内。

就学院图书室而言，有两本文集值得一提，它们肯定可以作为传统丛书的补充，就其特点而言可以说是世界范围内图书馆藏或私人收藏的中国长篇小说的重印本。它们是北京中华书局1988至1991年间出版的《古本小说丛刊》，其中收入了两个系列400多部作品；其次是上海古籍出版社于1990至1994年出版的《古本小说集成》，收入了自宋朝到清朝共530部小说。

中国皇朝末期的长篇小说

第二章 权势的世界

## 一 历史的重负——中国早期历史小说

> 现今要想借助回想重新找回早已消失的历史话题经过,没有想象和推测,史实又如何彼此吻合?没有什么东西能自然而然地成为史实,所有的故事都需要历史学家创造性的努力。
>
> 约翰内斯·弗里德(Johannes Fried)

世上肯定没有一个民族像中华民族那样给后人留下如此丰富的文献,来记述历史和与此相关的话题。除了爱情的话题之外,历史题材在白话叙述文学和戏剧文献中皆具有重要的地位。在绪论中,我们曾指出历史故事的意义在于它是中国早期长篇小说中的基本模式,在此,我们想首先对历史题材的评话说书艺术与流传至今的史料文献间更为密切的关系作进一步的探讨。

众所周知,中国历史记载的形成期可以追溯到公元前6世纪至公元后2世纪,继而又以神话形式得以发展。① 中国的各式各样的神祇通常是作为历史主宰的形象出现,祭司们在尽其祭祀神祇之职的同时还承担着按年代记叙历史事件的职责——在此,我们不想就此问题展开深入探讨——但正是这一逐渐形成的编年史风格在其所涉及的领域,此处主要是指"帝国史"方面,无论采用的形式是什么,记述的事情又是什么,都对其他的文章形式具有很大的影响。这类形式除了编年史中司空见惯的粉饰特点外,还明显带有道德教化的口吻,这种口吻也为后来问世的历史小说所采纳。

正是司马迁(公元前145?—公元前90?)以其《史记》②为后世史官纂写官方的朝代史(**正史**)树立了范文,最终在清朝期间(1644—1911)规范化成二十四史,并在乾隆皇帝主政年间(1736—1796)汇编成册③。除了这些就其描述而言显然颇为枯燥的历史小说

---

① 陶德文(Rolf Trauzettel)的《中国的史书》("Die chinesische Geschichtsschreibung"),选自德博(Gnther Debon)主编的《东亚文学》(*Ostasiatische Literaturen*),德国威斯巴登的 Aula 出版社 1984 年版,第77—89页(同时见于克劳斯·封·泽鄂(Klaus von See)主编的《文学新手册》(*Neues Handbuch der Literaturwissenschaft*)第二十三卷)。
② 见于杨宪益和戴乃迭(Gladys Yang)选译出版的《史记》(*Records of the Historian*),外文出版社 1979 年版。
③ 此外还有一种称为野史的非官方历史记载,主要是指个人的记事和对过去人物和事件的分述记录文章。

资料来源外,值得一提的还有诸如《左传》一类的书面文字记载。这些文字记载在其叙述角度上与编年史风格有很大的不同,是不可忽略的长篇小说的先驱。①

要想在中国的历史记载和由此演绎而成的长篇小说中寻找到源自旨在传世的历史真相,是异常困难的,其困难在于难以寻找到依托于深思熟虑的学术性基础,以期反映中国历史所记载的真相。历史学家的任务是将一些假设的真相用恰当的文字表达出来。② 因而中国历史编纂中基本上都依照着一种改朝换代式的编写大纲,其中真实与非真实、善缘与邪恶、有序与混乱不断相互替换。这一改朝换代观可以追溯到代代相传的对自然变化、特别是四季交替的观察。统辖帝国的合法性仅为那个能获得上苍委托被称为"天子"的人所获得。在描述方式千变万化的白话叙述文学中,为给各朝代的开国皇帝获得统治权编一个合法的理由。仅出于如此微不足道的缘故,就会把他们描述成恰是天人下凡,譬如在长篇小说《英烈传》中谈到明朝(1368—1644)开国皇帝朱元璋(1328—1398年)就如此。官方修订的史书能够对帝国内的权利关系不偏不倚地记录下来③,而长篇小说中则难以做到这一点,例如《三国演义》难以重现史实:依据"官修"记载,曹操及其儿子曹丕所建的魏国(220—265)是寿终正寝的汉朝(公元前206—公元后220)的合法继承者,但在长篇小说中则出于同情明白无误地将汉室后胄刘备所辖的蜀国(221—263)视为正统。

假如小说仅罗列过去的事情无疑是不够的。只有将历史事件编织到情节结构之中才能称之为历史小说④。此外,历史题材的叙述作品的特点就是故事本身比历史精确性更重要。它提供的只是最重要的历史信息,而且只是点到为止,不求甚解。历史长篇小说的作者比起历史学家更为自由的也仅仅在于可以杜撰人物和具体情节,历史学家对有些情形和条件必须轻描淡写,而作者则着力不断将完整的故事栩栩如生地展现出来。历史情节的展示究竟有多少描述空间,这一点我们将在后面详述。以这样的定义,至少有些作品无法归入其中,这些作品依据历史事实甚微,难以符合这一方面的模式。

寻找历史小说的特定线索也来自中国文学自身,特别是相关作品的书名。诸如"演

---

① 这一作品也见于华兹生(Burton Watson)选译本的《左传,中国最古老的叙事性历史选集》(*The Tso Chuan: Selections from China's Oldest Narrative History*),美国纽约的哥伦比亚大学出版社1989年版。对于历史专题的第一份简介还参见 Jacques Pimpaneau 的《中国文学史》(*Histore de la Litterature Chinoise*),巴黎 Éditions Philippe Picquier 1989年版,第336—361页。

② 参见陶德文的《中国的史书》,第79页。

③ 对于这一问题,参见骆雪伦(Shelley Hsuen-lun Chang)的《历史与传说:明朝历史小说的想法和形象》(*History and Legend: Ideas and Images in the Ming Historical Novels*),美国 Ann Arbor 的密西根大学出版社1990年版,第43页。

④ 这一定义来自马幼垣的《中国历史小说:专题及关联的概要》(*The Chinese Historical Novels: An Outline of Themes and Contexts*)。

义"、"志"、"志传"、"列传"等名称就首先表明这是一篇历史题材的作品。详细辨析一下总是物有所值。古典的历史小说通常冠以"**演义**"二字(字面意思为"塑造")。这一词语的第一次出现是在晋朝(1115—1234)①潘岳的一首题为《西征》的**赋体诗**中②,其中的意思为"往事"。在后世的白话叙述文学作品中它经常与**通俗**一词连用,以表明采取了通俗的形式描述了历史事件。但"演义"并非历史小说的专用概念词,事实上还有一些作品是挂其名而难入其类,即便非虚构的作品也在其书名中标上这一词语。③ "志"(西文翻译:"编年史册")和"志传"(西文翻译:"通俗年史")一词至少在形式内容上而非语言上更贴近官修的历史记载④,而"列传"(西文翻译:"生平传记")则在司马迁的《史记》就已出现,作为该书的五大分类之一。但"列传"或简称为"传"并非一定是记述某一人物生平的传记,而相反颇为饶舌地将一群人的心情和生平以及不同家族的情况等全都纳入其中。

至于中国历史记载的意义,许多历史小说的内容都因循历史模式的精神,主角大都是开国皇帝以及他的谋臣和战争中的英烈,这并没有什么值得奇怪。如何才能成为一国之君,这一想象肯定能唤起读者浓厚的兴趣,作者在其神秘色彩中还总是特地添加了某个"软弱无能的末代君王",将其描述成一个**昏君**,即这一国君毫无主见,治国无方,荒淫无耻,轻信谗言,遗害忠良,譬如历史上的商朝(公元前约 16 世纪—公元前 11 世纪)的末代君王纣以及短命王朝隋朝(581—618)的隋炀帝。获得同情的仅仅是明朝的末代皇帝崇祯(1628—1644),记述他悲剧之死的虚构作品不胜枚举。⑤

上述详细论述已简明扼要地指出了中国历史小说所涉及的一些题材。接下来的重点则是:绝大部分的历史小说似乎是讲述朝代的兴衰史,而后再细说一段皇位的争夺、新朝代初建的冲突、领土的扩张、繁荣和衰败。用历史小说的这一形式可以讲述一两个朝代的故事,诸如《三国演义》及《隋唐演义》,或者拉洋片式地写故事,好似写中国通史一般,至少涉猎延续数世纪的较长时期,比如《东周列国志》。⑥ 而恰恰是一个皇朝建立初期的情形被历史小说作者一而再再而三地编入其神秘色彩之中⑦,以至于某些作品仅

---

① 应该是 265—316 年的西晋,书中所标乃是金朝年代。——译者注
② 《辞海》则称初见于《后汉书·周党传》。——译者注
③ 参见马幼垣的《中国历史小说:专题及关联的概要》的注 4。
④ 这两个概念词在司马迁的《史记》以及班固的《汉书》中就出现过。"传"指报道或生平传记,而"志"意思是"专题论著"或"历史故事短文"。
⑤ 其中有十回本短篇历史小说《剿闯通俗演义》,成书于 1645 年。在奋战于朝代更替战役中的众多历史人物中,只有两个英雄被文学拔高了:项羽,主要是司马迁确立的;刘备,《三国演义》中的英雄。
⑥ 以塑造所有中国帝王朝代为目标而值得一提的作品只有一本,那就是四十四回本的《二十四史通俗演义》,出自一个名叫吕抚(吕安世)的人之笔,他还作了序,标明是 1727 年。
⑦ 这类描写战争或军事的长篇小说有《说岳全传》。参见夏志清的《军事小说:中国虚构话题》("The Military Romance: A Genre of Chinese Fiction"),选自 Cyril Birch 主编的《中国文学研究》(*Studies in Chinese Literature*),美国伯克利,加利福尼亚大学出版社 1874 年出版,第 339—390 页。

仅在这一题材上挥金泼墨,这方面值得一提的例证如专门描写宋朝开国皇帝赵匡胤的《飞龙全传》;同样,一部作品也可专门着力探讨皇朝的衰败,如《残唐五代史》;在此类长篇小说中,同样也有着力描写某个历史人物或家族生平和兴亡过程的作品,如《杨家府演义》和以明末阉臣魏忠贤为题材的《明珠缘》。①

  有关历史小说作者的问题,将在本书中论及各自作品时加以讨论。但许多背景残缺不全,与作者撰写其作品相关的背景来源也常常佚失,这在中国早期长篇小说文献方面并不鲜见。至于那些失传的或只供专家研究的作品,要想探讨出那些所塑造的角色原型人物是谁,则非常困难。即便是罗贯中所著的《三国演义》中的角色也未必一定与原型相符。正是这些诸如《三国演义》一样的历史巨著,形成现在这样的长篇小说规模应有一个漫长的过程,所以更多地应该说是一群作者集体创作而成,而非出自某一个作者。② 鉴于长篇历史小说的作者如此难以确定,所以,16世纪的某一个人名被保留下来了,作为早期作者的代表人物:生活在嘉靖(1547—1566)年间的熊大木,真名应该是熊福镇("大木"是他的笔名)。③ 他的名字成了一系列作品的作者署名,最早问世的有16世纪50年代的《大宋中兴英烈传》(1552)、《唐书志传通俗演义》(1553),余下历史作品有成书于后一时期——万历年间(1573—1620)的《全汉志传》(1588)和《南北两宋志传》(1593)。这些作品都在熊大木的家乡建阳(今福建省)由当地的余氏和杨氏两族的坊肆刊印出版。在众多通俗历史作品的出版者中,万历年间和崇祯年间(即明朝1644年灭亡前的最后约70年间)的余家是独树一帜的。除了出版了熊氏的一些作品外,他们还出版了一系列历史题材的白话叙述文学作品,先是《三国志演义》,而后有《东西晋志传》和最后一本作品《英烈传》,其中《列国志传》为他们自己创作的作品。如果说开始时只是某些作家或出版者独自冒险承担历史小说的出版,而随着时间的推移则有越来越多的人跻身其间,对这一专题进行寻觅,发掘素材,改写素材和拓展素材。他们很早就开始着手弥补历史描述中的断痕,关于中国历史起始的远古神话(如《盘古至唐虞传》)直到描述明朝末代皇帝时期的作品《剿闯》,历史的各个时期都无所不及。④ 但依然有两个例外:对南北朝(420—589)和元朝(1260—1368)这两大历史时期的小说性

---

  ① 这里所描述的历史小说划分标准主要见于孙楷第的《中国通俗小说目录》,人民文学出版社1982年版,第4—6页;马幼垣的《中国历史小说》(The Chinese Historical Novels),第280—285页。
  ② 或许可以孟姜女或八仙的故事素材作为例子。
  ③ 参见陈大康的《通俗小说的历史轨迹》中的研究结果,湖南出版社1993年版,第101页起。
  ④ 对于各篇长篇小说及其中所涉及的各个朝代的介绍,参见骆雪伦的《历史与传说》(History and Legend);此外蔡东藩所作出的贡献,在民国时期(1911—1949年)致力于用口语新编了四十四卷历史小说。(参见蔡东藩:《历朝通俗演义》,香港文匡书局1956年再版。)

描述尚存空白。据猜测,原因在于这两个时期是"黑暗时期",其中一个时期标志着帝国政坛上颇为可怕的四分五裂,而另一时期则体现了蒙古人的异族统治。① 而借助历史小说述说的历史在1620年前后就彻底告一段落。引人注目的是,一整套的历史小说却是相当迅速地依次完成,仅仅在1604至1617年间就有12部著作问世,其中也包括那些明显成功并获得青睐的书籍的续集,如1603至1613年间出版的署有"空谷老人"之名的《续英烈传》。这样,故事的素材几乎用尽,因此有些作家就转而书写过去朝代的故事。甄伟就在他一篇标明为1613年口述的前言中表明了他对熊大木在《全汉志传》中有关汉楚相争描述的不满,撰写了一本题为《西汉通俗演义》,重写了这一段历史。1605年无名氏撰写的小说《两汉开国中兴传志》也促使谢诏创作了以《东汉十二帝通俗演义》为题的新作,但这本著作的具体刊印出版日期却至今不详。此外,题材的严重残缺迫使作者们偏离旨在体现过去历史时期的传统**演义**文学之道,去转眼观察近在身边的本时代历史事件,其中一个例子是成书于1603年的栖真斋名道狂客②百回小说《征播奏捷传通俗演义》。小说记述了1601年被镇压下去的扬州地区杨应龙起义。因此,也就开辟了认可当朝故事进入历史小说的途径,作者们就集中精力关注明朝末期20年间发生的一系列事件:东林党与官宦之争,阉臣魏忠贤之死,农民起义和满人势力的鹊起。有关本朝事件被撰写成书问世的速度之快令人叹为观止。一本1624/1625年间由无名氏撰写成书、现已佚失的小说《辽东传》则记述了女真人1621/1622年成功入侵中国东北地区,还提到了这些事件的直接后果。被写入文学作品速度更快的是1628年有关自缢身亡的魏忠贤故事题材,有关此题材本书将在后面重点论述小说的章节中加以详细讨论。这些叙事作品在历史事件之后马上撰写完成,在处理时刻变化的逸闻同时不得不依赖对当时常见的官方邸报或类似的文字出版物上的描述,因而也催生了一种崭新的写作方式,并一直沿用至明朝末年。鉴于其传播范围依然有限,描述诸如战争和宫闱阴谋等历史事件的长篇小说就肩负起了传播此类消息的重任。这一点在塑造魏忠贤形象时就显得更为重要,而难以在官修的明朝编年史中找到与之相关的材料。因此,记述本朝故事的长篇小说的直接资料来源与记述历史故事的长篇小说有着本质上的区别。这一点连作者们也非常明了,他们为开创一种全新的传统奠定了基础。

在明朝的最后数年中,终于将有关历史小说中尚缺的时期全部填补完毕,那些专写远古时期帝王朝代的历史小说,诸如已提及的《盘古至唐虞传》和《有夏志传》、《有商志

---

① 涉及上述两者事例的忧虑也非新情况,在当时撰写异族皇朝辽(937—1125)和金(1115—1234)的编年史时就曾在学者中间引起激烈的争论。

② 德文本中只有"栖真斋",缺"名道狂客"四字。——译者注

传》或《开辟演义通俗志传》等作品终于在崇祯年代(1628—1644)问世了。严格说来,这是一些神话作品,因为完全缺乏确信无疑的史学基础,取材更多是来自诸如《山海经》等的描述。就总体而言,塑造史学上难以把握的朝代人物所需的资料来源模糊,可能对于这些书籍作者本人来说,这一点也是预料之中的事,因而譬如《有商志传》一书虽然是以商朝(公元前1600—公元前1000)为题,但其中3/4的篇幅着笔于末代皇帝[①]纣,借用《武王伐纣评传》一书中现成的素材。

在清朝第一个十年中,历史小说的这一故事还在一定时期内存在着,但鉴于是改朝换代的历史阶段,尤其是那些过去历史中的动荡不安的时期成了历史小说感兴趣的话题。也应该承认的是,当时流行着一种趋势,即将业已存在的历史章节重新修订和扩写,这一点我们将在后面介绍一些以隋唐时期为题的作品时再作详细探讨。此后,历史小说作者们则尽量选择新的写作途径,作品中越来越多地放弃对某一个朝代全部历史的完整记述,而是更多地着力于特定的历史人物身上,这便可能在顾及历史资料的同时大量地注入自己的观点。这方面《水浒传》提供了范例。可以明确地说,这已经不再是历史小说系列发展的内容了,而更多的是与《三国演义》引发的虚构历史故事并驾齐驱的、深受《水浒传》影响的侠义文学小说了。尽管如此,其语调和构思在清朝时期还是发生了明显变化,随着时间的推移,侠义小说以其对轰动效应和畅销流行的偏好逐渐被"武侠小说"以及"公案小说"所替代。写这类小说可以借助于一系列篇幅略短的说书中的现成素材。这两种长篇小说形式我们将在后面更多地加以分析讨论,这一点似乎最终无法解释为什么武侠小说迄今为止依然深受人们偏爱,这是某种一直被人至少视为消遣意义的标志,而我们依然清楚,中国的武将就其地位而言则永远隶属于文官之下("**好钢莫打钉,好男不当兵**")。特别是在学者眼里,这些作品显然难以归入要求颇高的文学之列。无论是武侠小说还是公案小说,这两种长篇小说类型受其题材的限制,影响力颇为单一。很少有评论指责这些作品不符合历史,而更多的则是指责它们没有充分利用长篇小说的表现能力。这些作品中的历史依据似乎像司各特和大仲马的作品,肤浅得很。

历史画卷般的长篇小说的诗情画意在清朝末年也发生了巨大变化。至少是吴沃尧(1866—1910),他以其评注突破了传统史书写法对历史小说的巨大影响,他冀望历史小说能承担起真正的教育意义,他强调说:"旧史之繁重,读之固不易矣,而新辑教科书,又

---

[①] 应为"王",不是皇帝。——译者注

适嫌其略。吾于是欲持此小说,窃分教员一席焉。"①因而,经典的历史小说如《三国演义》也被横加指责,吴沃尧严厉指责该小说难以理解,理由是只有学者们才能摸清其门道。而他的苛求则产生于那个时代将白话叙述艺术政治化这一大背景,当时有一种要求,即历史小说必须能借古鉴今。类似的提法还见于章太炎 1906 年在为《洪秀全演义》所作的序言之中。章太炎在他详尽论述中追根寻源,他说虚构故事的写法早在战国时期(公元前 475—公元前 221)就已存在。在章太炎看来,虚构的历史故事是理想的教学资料和消遣作品,给作者提供了通过直观的详尽论述、佚事等手段传授特定历史观点的可能性。通过历史小说,"即便农家的妇孺"也能够获知朝代变迁的前后顺序和古代大臣及皇宫内院人们的生活②。

## (一)分裂的统治

《三国演义》很可能是中国文学上无与伦比的长篇小说,没有一部历史小说能像它那样对后世这类题材的作品产生如此之多的影响。这一作品覆盖了自汉朝分崩离析至晋朝立朝问世整个时期,即大约从 168 年到 265 年,当时有三个帝国分治中国:北有曹丕创建的魏国(220—265),西南有刘备所辖的蜀国,东有孙权麾下的吴国。三国纷争统治权给当时及后人的写作提供了许多素材,最终形成了这部长篇小说。

有关三国历史的最早文字材料存在于陈寿(233—297)所著的相应官方编年史《三国志》和公元 5 世纪南北朝时期裴松之(372—451)对三国历史的长篇评论③。此后的小说版本自然与早期的资料差距非常大,只是在个别事例上完全取材于其中的章节④。更为重要的是如何看待这些国家乃至其君王的正统合法性,其中作为刘姓汉室后胄创建蜀国的刘备和创建魏国的篡位奸臣曹操就自然而然地成为了中心人物。常规上,那些在明朝以前隶属于北方地区所建朝代的文学作家们将魏国视为汉朝的正统继承者,而在南方朝廷所辖地区文学作家们则更多地推崇刘备的蜀国。明确突出魏国和吴国,着重强调这两国强大,并将其宣布为汉朝合法继承者,这在陈寿的编年史中就可以略见一

---

① 出自吴沃尧的《历史小说序》,转摘自方正耀的《中国小说批评史略》,中国社会科学出版社 1990 年版,第 267 页。
② 黄小配:《洪秀全演义》,上海古籍出版社 1981 年版,章太炎序序,第 1 页。此处的"演义"一词是使用了其本意,即"诠释涵意",参见温迪·I·泽尔丁(Wendy I. Y Zeldin)的《国家的新史:中国历史构的来源与记载》(New History of the States: The Sources and Narrative Structures of a Chinese Fictionalized History),哈佛大学出版社(Ph. D. Harvard University) 1983 年版。
③ 参见童超等主编的《〈三国志〉精华注译》,北京广播学院出版社 1992 年版。
④ 值得一提是许劭对曹操官场命运的预言。这一段文字分别见于《三国演义》第一章及《三国志》第一节。曹操将是有能力治理国家的大臣,但同时也指出由于其势力和叛逆的倾向会给国家带来灾难。

斑，他花了比蜀国多得多的笔墨描写了这两个国家。① 就连司马光（1019—1086）在他的《资治通鉴》这一后人评判重要的史书著作中所持的观点依然是具有"北方色彩"，他像陈寿在规划正统朝代时一样重点记述了所控制的土地面积和皇权禅让。按照他的划分，帝国的统一和朝代的承继应归功于周、秦、汉、晋、隋、唐6个朝代。这一观点最迟在朱熹（1130—1200）针对司马光的史书著作而作的《资治通鉴纲目》才得以改变②，其中曹操则演变成了异族篡位者，这一变化多少与南宋的命运有关，南宋是在契丹人入侵以后被迫将朝廷南迁杭州，并试图以汉室自居。曹操的这一篡位奸臣的形象总之被白话叙述作品《三国演义》所采纳。

除了历史记载以外，还有哪些来源可供我们这部小说的作者们所利用呢③？很有可能是成书于6至7世纪隋朝的《刘备乘马渡檀溪》。元朝和明朝的杂剧如《三英战吕布》、《桃园结义》、《千里独行》等约五六十部作品也贡献不小，也就是说在所有这一类型的700部作品中约占1/10。④ 恰恰是这些引用的戏剧或杂剧中的表现形式又好像有一种完全独特的处理三国故事素材的传统，在它们和长篇小说间除诸如主角人物依然是刘备、关羽、张飞、诸葛亮等外几乎没有完全相一致之处，他们的命运大都极少在场景中加以描述。在涉及个人的侧重点方面，至少这些杂剧起到了一定的桥梁作用，比如在关羽形象的塑造方面可以肯定这一点。关羽从一个历史上微不足道、在《三国志》中仅以不足千字加以介绍的人物，演变成了杂剧中叱咤风云的人物。在长篇小说中他也嬗变成了这样一个角色，以他为中心的场面占了许多篇幅。而白话叙述文学本身中最早的例子之一是1321至1323年间形成的民间版评话本《全相评话三国志》，此书1926年发现于日本。这本民间评话本有类似长篇小说的结构，但区别较大的是开头部分：与长篇小说不同的是在序篇中对三国时代的天下大乱和错综复杂的关系作了一段阐述，其中作者也表达了善恶报应的理论观点。特别之处在于，这一报应的因果从时间上看前后

---

① 陈寿偏重魏国，表现在多个方面，比如在编年史的结构上，他极其详细地（动用了整篇文章的约一半篇幅）讲述了魏国的情况，而后才谈到蜀国和吴国，而对与魏国不利的情况只是一笔带过（提到曹操征黄巾起义军失败一事只有一句话）；其次是头衔的运用，在谈到曹操时用了魏太祖（意为"魏国的缔造者"）——这一头衔只用于某一皇朝的开国皇帝，而谈到蜀国和吴国首领时则称之为"蜀主"和"吴主"（"主"表示"统治者"）。

② 参见金文京的《从"秉烛达旦"谈到〈三国演义〉和〈通鉴纲目〉的关系》，选自周兆新主编的《〈三国演义〉丛考》，北京大学出版社1995年版，第272—279页。参见温斯顿·L·Y·杨（Winston L. Y. Yang）的〈三国志演义中历史人物的文学再现〉("The Literary Transformation of Historical Figures in the San-Kuo chih yen-I"），选自温斯顿·L·Y·杨/库提斯·P·亚德金斯（Curtis P. Adkins）的《中国虚构作品的评论文章》（Critical Essays on Chinese Fiction），香港中文大学出版社（The Chinese UP）1980年版，第50页起。

③ 这一说法见于李福清（Boris Riftin）的《中国的历史时期和叙述传统,〈三国〉故事的口头及书面版本》（Istori-českaja epopeja i fol'klornaja tradicija v Kitae，Ustnye I knižnye versii〉Troecarstvija〉，莫斯科的 Namka 出版社 1979 年版。

④ 有关这一题材改编成杂剧，可参考陈翔华的综述《三国故事剧考略》，选自周兆新主编的《三国小说研究》，第362—435页。

达三四百年：因为汉朝的开国皇帝汉高祖曾剥夺了为了确保帝国的安危而付出艰辛的功臣们的胜利果实，所以最高的上天主宰（**天公**）就将统一的帝国一分为三，并确定了谁转世投胎变成谁，担任什么角色。过去的韩信、彭越、英布王[①]分别以曹操、刘备和孙权的身份再次出世，而高祖自己则转世为汉朝末代皇帝献帝，最后让曹操设计报复成功。[②]但民间评话本是否就是长篇小说撰写蓝本却无法确定。对此，孙楷第则求助于某个缺失的、纯粹假设的词话本《三国词话》，一种可能的过渡版本，他试图借此说明民间评话本与长篇小说间的区别[③]。

我们先且将谁是《三国》的第一小说作者问题搁置一旁，来注意一下这一著作的最早版本。目前所获得的最早《三国》版本，是在 1522 年印刷完成的，但依据前言中所标的时间，可以假定《三国志通俗演义》的某个版本成书于 1494 年[④]。此后出现了一系列的福建印刷版本（**闽本**），这些版本主要是成书于 1522 年的《三国志传》、《三国全传》、《三国全传评林》等。明朝时期共有总计约 30 种小说版本，在清朝年间则达到近 70 种[⑤]。罗贯中的名字是在 1522 年版本的卷首出现的。这一版本是否是罗贯中先前完成的重新再版？这依然是颇存疑义的。罗贯中身边的许许多多诗人和同时代人对《三国》却是陌生的。就连现存的最早《三国》版本也好像是在罗贯中去世后一个多世纪才被人发现，这一事实也足以令人产生疑惑。1522 年的版本完全有可能是脱胎于小说的另外一个不同的版本。[⑥]

即使将罗贯中（约 1330—约 1400）视为作者的假设非常受人欢迎，但我们对其生平和作为白话叙述文学及其著作的作者事迹认识所需的确凿材料却少得可怜[⑦]，唯一来自同时代有关罗贯中资料是收入明朝早期（1424）作品中一篇简短的生平介绍。该作品题为《录鬼簿续编》，其中作者贾仲明自称是罗贯中青年好友，提到曾在 60 年前，即 1364

---

[①] 德文本中只有"英布"，缺"王"字。——译者注
[②] 这里提及的评话版本见于钟兆华主编的《元刊全相平话五种校注》，巴蜀书社 1989 年版，第 371—501 页。参见周英雄《小说-历史-心理-人物》中关于三国故事的史书、评话和小说间的关系论述，台北，东大出版社 1989 年版，第 51—54 页。
[③] 参见孙楷第：《三国志评话与三国志传通俗小说》，选自孙楷第的《沧州集》，中华书局 1965 年版，第一卷，第 109—120 页。
[④] 标明写于 1494 年的序称作者是一个笔名为庸愚子（Yong Yuzi）的作者，其实是蒋大器（Jiang Daqi）；1522 年的序则是名为修髯子（Xiu Ranzi）或张尚德（Zhang Shangde）的作者。
[⑤] 参见沈伯俊 1996 年所撰写的文章《80 年代以来〈三国〉研究的回顾和展望》，第 6 页（所获得的复印件上出版单位看不清楚）。
[⑥] 参见浦安迪：《明代小说的四大名著》（*The Four Masterworks of the Ming Novel*），美国，普林斯顿大学出版社 1987 年版，第 364 页，注释 11（Anm. 11）。
[⑦] 对这一问题进行探讨的最初研究文章应是刘春延的《罗贯中和他的历史小说》，选自杨/亚德金斯的《中国虚构作品的评论文章》，第 85—114 页。中国文学的新研究表明，罗贯中生活的年代应该在 1315/1318 至 1385/1388 年间。参见沈伯俊 1996 年所撰写的文章《80 年代以来〈三国〉研究的回顾和展望》，第 5 页。

年的最后一次会面,此外就再没有什么与罗贯中有关的材料了。该小说是否是罗贯中编撰而成,该书也只字未提,只是说到他曾撰写过杂剧。这些杂剧中仅有一本尚存①。总之,罗贯中撰写或参与撰写了其他多部作品,对此我们在后面的文章中还将有所论及。② 能从这些资料来源获悉的所有与罗贯中生平有关的是,称他曾与中国南方的抗元运动有些关联,曾效劳于控制着南方大部分地区的张士诚(卒于1353与1367年间)麾下。③ 至于《三国》是否确为元明两朝更替时期的产物,或者只是15世纪中下叶(即出自1522年版本之前的一、二代人之手)才成书,这些问题最终不得不搁置一边。一连串的时代氛围,如农民起义、孝宗皇帝(1488—1505)和武宗皇帝(1506—1521)执政时期宦官专权,都可能为该小说的形成提供了有利的政治气候。有关这一小说的一种非常可信的观点认为,这一围绕着汉朝末年展开的作品应是对明朝读者的告诫,以免重演历史的悲剧。

《三国》的早期小说版本篇幅都较长,而《三国演义》的广泛流传主要得益于1660年有可能生活在长州一带(今江苏吴县)的毛宗冈。他和其父毛纶曾致力于校对和修订诸如《三国》或传奇作品《琵琶记》等作品。毛宗冈除了撰写了针对我们所能看到的长篇小说的评论《读法》和在章回开头及文本中开列了修改列表及加注外,还删除了许多的章节和片段,彻底删除了汉代和三国时期的原始文献资料,将原来版本砍去了约1/6,最终形成一百二十回的版本,也为现在的众多小说版本奠定了基本框架。与毛宗冈同时代的著名的戏剧家李渔(1611—1680)对这一版本甚为不满,刊印了自己的修订本,但却没有像毛氏版本那样广泛流传。

该小说共分240个叙述单元,而不同的版本则有不同的划分。1522年版本分为二十四卷,每卷十个故事小段;其他版本如《志传》和《全传》则分二十九卷,每卷为十二个故事小段。如今流行划分为一百二十回版本,每回含两个故事小段,形成于万历年间(1573—1620),被毛宗冈所采纳,作为后来小说的范本。这一划分按《三国》的内在情节发展而设置,即小说的重大情节大都包含十回。第一回至第十回描写董卓的强盛和衰败。他作为地方长官,纠集众多英雄豪杰,欲夺取朝廷的大权,最后中了其养子吕布诡计而成为了牺牲品。而此后的十回(第十一回至二十回)中则记述了吕布这一角色的故

---

① 指《宋太祖龙虎风云会》。
② 罗贯中除了撰写了《三国演义》外,同时还被视为另外三版叙述文学作品的作者,即《隋唐两潮志传》、《残唐五代史演义传》和古本《三遂平妖传》;他还被视为是《水浒传》、《大唐亲王词话》的作者之一。
③ 参见罗慕士(Moss Roberts)从中文直接翻译的 Three Kingdoms, attributed to Luo Guanzhong《罗贯中著三国》)一书的跋中说明,伯克利的加利福尼亚大学出版社与外文出版社1991年共同出版,第962页。

事。① 在这以十回为一大单元中,一而再再而三地用一至十个回目的篇幅讲述一些短小一点的故事片段(如二十五回至二十七回描述关羽被俘和出逃)。

小说以其嫁接结构,在六十回左右,即书的一半部分,到达其高潮:曹操毫不费力地登上了权利的顶峰;刘备收复益州,确保了其统治。这作为转折点,也通过作者对小说开头较为隐蔽地前后照应愈加明显。借助对张鲁起义的描述(第五十九回至六十回)追忆第一回中因黄巾军起义引起的混乱局势;作者以重提桃园结义使小说中段与开头形成前后呼应。在小说临近结尾处,作者又一次使用了这一技巧(一百十八回的钟会和姜维的结盟;一百十九回又提到黄巾军重起威胁)。小说高潮之后置入的逆向发展,在整部作品的四分之三后愈加明显,七十七回中关羽之死引发了一批英豪的溘然去世:曹操(七十八回)、张飞(八十一回)和刘备(八十五回)。此后的二十几回中,诸葛亮成了主角,直到他的病逝(一百零四回)。在此后的段落中只出现一些次要人物。正是小说以众多英豪之死和新的朝代确立作为结尾告诫人们,简单的复仇终将是徒劳无益的。②

在小说布局方面值得一提的是再现。这种再现伴随着主题变化蕴含在诸如宫闱斗争、国宴场面、战争对决和计谋运筹的历史事件之中,也同时可以在特定人物的塑造中加以体现。在覆盖整部小说情节的一百多个人物中,只让一小部分人获得了真正的"个性特点",除此之外就只是些忠君顺从的谋士、高傲自大的将领、优柔寡断的统治者等。这里不可遗漏的是一些文章元素,特别是不厌其烦地一再重复出现的用词和套式。作者在描述朝廷争辩中不断重复使用"座上一人问曰"的字句,并以这一方式导出一种相反的意见。至于每一章回结尾以及引出一段诗词前的惯用词语则毋须特别列出了。尽管《三国》采用了许多古典小说共同的匠心和语言元素,但这部作品在特有的语言层次选择上还是明显有别于同时代的长篇小说,诸如《水浒传》和《西游记》等。《三国》大量使用了传统书面语中的相对简单的成语,以此突显其不同于更多使用白话口语的作品,这一点在1494年版本的序言中就曾强调注明,其文字选择力求"不要太庸俗"(**言不甚俗**)。有关这一题目的可能文字来源的影响以及在语言运用上与这些历史人物相匹配的分量,也通过在白话中加入使用书面语言文言文使其充分表现出来。因而,《三国》与其他早期白话小说艺术作品不同,大量摘录皇帝诏书和官方公文等原文,这一点也就不足为奇了。

---

① 涉及小说划分这些及其他问题,主要参见浦安迪的《明代小说四大名著》,第 378 页起。
② 有关这些章回中叙述的速度,参见安德列夫·欣鹏·罗(Andrew Hing-Bun Lo)的《〈三国志演义〉和〈水浒传〉在历史学中的关系:一种解释性的研究》()*Sanguo chih yen-I*〈 and 〉*Shuihu zhuan*〈 *in the Context of Historiography:An Interpretive Study*),美国,普林斯顿大学出版社 1981 年版,第 56 页起。

假如我们在前面有关结构、文字等的注释之后把目光投往《三国》的内容，首先引人注意的是，随着对汉朝分解成三国直至后来晋朝一统天下，提出了对于中国历史记载颇为重要的改朝换代问题。该作品涵盖了从 168 年到 280 年总共 120 年的历史时期。从这一历史的侧重点来看，小说的八十回围绕着汉朝末代皇帝汉献帝执政时期（189—220）展开，直到最后四十回才是写三国时代本身。皇室的兴盛和衰败，既作为中国许多历史时期的"改朝换代"模式，在小说的一开始和结尾都以历史规律的形式鲜明地表现出来，也构成了小说颇具匠心的、重要的首尾呼应。小说第一回就开宗明义地写道："**分久必合，合久必分**。"到一百二十回，作者又把这句句子改写为："**天下大势，合久必分，分久必合**。"而在以此演义的故事情节间实质性内容的关联则是被小说化拔高的刘备、关羽和张飞的结义神话。他们生活在动乱的年代，这个动乱也导致了帝国丧失其统一局面。在朝代稳定时期，那些胸怀抱负的男人们除了沿着官宦门阀等级逐步向上攀登外似乎无所作为，而像公元 3 世纪这样的动乱年代则给予了特别是那些冒险家和武将们直上云天的机会。在权利争夺之中，命运青睐于谁呢？即便《三国》一书也完全停留在这一传承的价值观的传统之中。这一点我们在后面还将看到。小说从一开始就淘汰那些"不够格的"领袖们，直到最后仅留下了魏、吴、蜀三国的顶尖人物。他们之所以能够历经先前的筛选而屹立不倒，主要是依靠了他们手下智慧过人的军师谋士。如此众多的军师谋士在其他历史小说中还未曾出现过。

一连串的自然灾害，伴随着宫闱中宦官弄臣巨大的影响，在小说一开始就预示着汉家皇朝行将衰败。[①] 刘备（161—223，公元 221 年起自封为"蜀国皇帝"），从其姓氏上看是汉朝皇家的远房宗亲——这一自称的正统合法性后来在小说中写到夺取蜀地后曾受到质疑——自身却出生寒门，以贩履织席为业，路遇关羽和张飞，三人对帝国内的灾难性局势不甚满意，遂在张飞的庄园——桃园结义，宣誓同心协力，相互支持，共佐汉室，为百姓福祉而共同奋斗。三人自筹资金，装备拥有五百余人的军队，加入到围剿 184 年宣布起义的道教分支黄巾军，在多方合力下成功地镇压了这一农民运动。但这些英雄豪杰们却从汉室专权者的傲慢态度中看出朝廷的颓势。朝廷对协助镇压的民团首领赏赐官爵时，刘备和其好友们仅被授予低微的官职，而就连这一官职不久也被刘备丢了。直到参与镇压了另外一支起义军后，刘备才被提升军中级别。在小说中，刘备的个性特

---

① 得出相关观点基于对下列《三国演义》版本的研究：一百二十回《三国演义》（上下册），长江文艺出版社 1981 年版；孔航之的简译本《Die Drei Reiche》（《三国演义》），德国，美因河畔法兰克福的 Insel 出版社 1981 年版，其中重点在于第一回至第三十八回的内容；迄今唯一西方语言全译本——罗慕士（Moss Roberts）翻译的《Three Kingdoms》（《罗贯中著三国》），美国伯克利的加利福尼亚大学出版社与北京外文出版社 1991 年共同出版。

点是在相当后面才显示出来,很长一段时间内他给人的仅仅是一个命运变化无常的好好军官形象。即使在寻找合适的军师谋士之时,他起先好像也是命运坎坷,由于曹操的计谋,他还失去了身边干练的军事行家单福(徐庶)。在描写寻找"卧龙"诸葛亮时则花费了许多篇幅来褒扬这一至关重要的角色(三十七回至三十八回)。作者在描写刘备求访时使用了象征的手法,将这作为非常重要的场景与改朝换代有关的时机相结合,非常艺术地渲染了这一段文字:刘备数次登诸葛亮的草屋之门而不遇,第二次求访不遇发生在隆冬,四周一片冰霜严寒的景色。直到春天进行的第三次求访才终于大获成功,他的宏图也终于为智慧的隐士所理解,他也赢得了一个能在逐鹿中原中助他一臂之力的人才。小说中刘备一点也没有展示出一个英雄的光辉形象,作者很早就让读者了解到他才疏学浅,却野心勃勃。即使作为一名军事指挥官也无数次在自己亲自统帅的战役中败北。① 小说中作为刘备的短处还有对两性道德规范的违悖,作者在有些章节有所暗示②。倍受指责的还有刘备的"夺权"之举,因为这一举动是基于违背诺言和当时公认的道德准则,仅仅代表了他的权利政策。就连刘备的人际交往也出现问题,他与两个盟弟的关系也不像在第一章中所盟誓那样和睦。因此,刘备多次对张飞发怒表现出惊愕,时常发展成有关谋略问题的争执,这些争执似乎达到不可容忍的地步,刘备也称"吾弟自来饮酒失事"③。他对关羽是更为器重的,但在后者死后也违背了"同日死"的诺言,率领他的复仇军队,一直等到了张飞死后也未死。这一带兵出征是刘备在蜀国登基后的第一次、也是最重要的一次。小说对这一行动是否合适的问题作了详尽的讨论,这其中的关键和贯穿整部小说的灵魂是作为儒家价值观的"**义**"(名誉)。该词的其他意义可诠释为如正义、正直、忠贞等特性。在许多章节中也强调了这种某一个人所享有的个人荣誉(**私义**)和公众的、普遍的信任(**公义**)的冲突。因而,刘备最终是在过于强调忠义的情况下毁灭了自己和曾为之奋斗过的事业。而他与诸葛亮之间的关系更多地表现出私人性质,这个聪明的军师和那两个盟弟处于同一种地位。临终前病榻旁的那种非常私密性的场面上,他委托军师担任其子刘禅的摄政王,甚至赋予他在危急时刻可自己亲任皇帝的权利。

结盟兄弟中第二个重要角色无疑是关羽。④ 历史上的关羽(约162—220)原本是追随刘备的一个军官,在《三国》中却以杰出的英雄豪杰之一登场。在小说开头所设计的

---

① 例如第二十四回、第三十一回、第四十三回、第六十三回、第八十四回至八十四回中的战役。
② 例如第五十四回。
③ 例如第六十五回和第七十回。
④ 有关关羽形象的转变,参见温斯顿·LY·杨的《从历史演变成虚构——关于形象的普及化》("From History to Fiction — the Popular Image of Kuan Yu"),选自《翻译》(*Renditions*),1981年版,第67—79页。

一个人物是体力强悍、富有军事谋略,常以"青龙偃月刀"令每一个对手肃然起敬,而这些修饰文字在后来的故事中就不再出现了,而更多地着重表现他对刘备唯命是从、忠贞不二,刘备则对他委以担任保护家眷的重任。当刘备与曹操打仗中战败后,关羽与受托保护的刘备家眷一起被俘,出于对盟兄的忠诚,这位武将拒绝曹操为了争取他加入自己队伍而给予的特权,致使曹操大失所望。这种忠诚的尺度使他在重要的赤壁之战陷入不光彩的境地:由于关羽除了膂力过人、体格健壮和意志力强外缺少精明,而精明对于一个成功的将军来说是不可或缺的,当时已经溃败的曹操利用了关羽的弱点,即一种夹杂着义气、感激之情以及易于自负傲慢的复杂情感,成功地撤退和逃遁。这里是对关羽有意识的揭露,同时也是对所谓义气说法的一种批评,因为依据历史资料的记载,曹操其实是借助大雾而成功逃脱的。当刘备成功获得君主的地位后,关羽开始走下坡路了,因为他对自己仅仅名列五"虎将"而耿耿于怀,接着又拒绝迎娶孙权的女儿。小说对英雄之死花了许多笔墨,并用梦见一头野公猪撞伤了他的臀部①作为暗示。后来关羽在战役中确确实实也受了伤,而自己对此未予以重视,接着就导致了他越来越虚弱,最后造成大败,失去可以世袭的封地荆州,最终被人用大网擒获后斩首。关羽的命运之所以成为悲剧,给人的感觉是他不能认识到自身的弱点。小说中关羽与民俗中的关羽形象有着非常鲜明的不同,其中一点也感觉不到中国民俗宗教性质的关帝庙中后来拔高的神祇形象②。

在三个盟友中,给人的印象是小说对张飞所花的笔墨最少。张飞(约 166—221)和关羽一样在刘备手下担任军事职位,221 年在出征吴国期间被杀。他在民间话本和戏剧(**杂剧**)中的形象较之小说要正面得多③。他和刘备的关系很长时间没有遵守桃园结义时的誓言。在许多回目中他不得不忍受刘备对他酗酒、残暴和军事能力不足的责备④。另一方面,张飞时常感到被误解,他真正的军事才华不为人识⑤。张飞与关羽两人的敌对主要是在刘备登上皇位后他与关羽争夺影响力和地位时才显现出来。他在军

---

① 小说中咬的是关羽之足。——译者注
② 关羽的神化发生在三国历史发生若干世纪以后。1120 年根据皇帝诏书,关羽由于他的忠义首先被尊为关公,后来提升为关帝侯。元文宗追封他为"壮缪义勇武安显灵英济王",这一头衔一直保持到明朝末年,直到 1594 年万历皇帝给他加封"三界伏魔大帝神威远震天尊关圣帝君"。至少在这一时期形成了习俗,开始以"关公"或"关帝"的名义建庙加以祭祀。而后关帝在许多行业被视为守护神,其神化的高潮发生在清朝,那时人们以为关羽会帮助他们战胜欧洲人。参见安东尼·克里斯蒂(Anthony Christie)撰写的《中国神话学说》(*Chinesische Mythologie*),由埃丽卡·辛德尔(ERIKA SCHINDEL)译自英语,德国威斯巴登的 Emil Vollmer 出版社 1968 年版,第 105 页起。
③ 最早出现的一些作品不同于毛宗岗的版本是,张飞在战场上的表现更多的是无懈可击、勇猛善战的英雄。
④ 例如第十三回、第十四回、第十六回、第二十一回和第二十二回。
⑤ 例如第二十二回和第七十回。张飞与刘备的关系真可与《水浒传》中的李逵和宋江的关系相提并论。参见浦安迪的《明代小说的四大名著》,第 416 页起。

中虐待自己的兵士是造成贼人范疆、张达违抗君主的盟弟并将他刺杀的原因。这一点上小说和历史资料中的描述相吻合。

《三国》中最令人感兴趣的人物是曹操（155—220），一位风光的军事统帅和谋略家，也确实是一个充满权利欲望、肆无忌惮和诡计多端的政治家的标志人物，而在官方的历史文献中他却是一个稳健的形象。他这个人物形象是在宋朝以后的民间文学中被盖上了许多贬义词语。他在朝廷中能青云直上主要是归功于他在镇压黄巾军起义期间的成就，并于192年以后战胜了其他热衷于角逐霸权的汉朝大将。在他的大力扶植下，196年幼小的献帝登基。213年被授予魏国公，但没有能够公开获得皇帝身份。而皇帝的头衔在220年在宣布建立魏朝时为他儿子曹丕（187—226）所获得。而这些也仅仅展示了曹操性格中的一部分。他除了为《孙子兵法》添加注释外，还创作了大量的文学作品，抒发自己内心忧伤和对世界的不满，中国古典文学要求苛刻的诗歌文集都收入了他的作品①，小说至少在这一方面对他的才华没有完全回避，在第四十八回中加入了与《短歌行》相关的情节。刘备和曹操至少在开始的时候怀着相同的抱负和愿望，携手并肩走过一段路程，此后他们俩在国内就成了直接的竞争者。将这两位国君相比较，那么曹操要比刘备强，主要表现在传统观念上标志着领袖形象的忠君道德方面：即**得势**——将有能力的追随者招募到身边；**知人**——评价人能力的天赋；**用人**——根据一个人的才华和能力将他合理运用的智慧。曹操在谋求帝位过程中也彰显出一种合法统治者所具有的豪气（**霸王气**），即作为合法统治者的专制。曹操的这种双重性格形象在小说开始就留下了伏笔。

尽管作者在《三国》中对曹操这一人物一再表现出厌恶之情，但也没有过分地把曹操描写成法制上的暴君形象。他的残暴更多的是对个别人的冷酷复仇，却不是无缘无故的。即便是常用于他身上的**奸雄**二字（肆无忌惮的英雄）到头来也并非完全贬义，比如有时刘备也被说成是奸雄，他还报以微笑。

在所提及的所有武将形象中，没有一个人永远是好运的，战场上的运气也变化无常，就连老谋深算的曹操也有败北的经历。无论是曹操还是刘备给人的印象是都没有能够一直控制局面，而为他们出谋划策的军师谋士们常常成为了决定性的角色。其中出类拔萃的要算诸葛亮（181—234），一个杰出的谋略家，自己也研制了各种新的兵器。在官修的史书记载中，诸葛亮是一个正直、勇敢和忠诚的人物形象②，在小说中则主要突

---

① 有关曹操所遗留下来的20首诗词和歌赋介绍，可参见闻春的《曹操和他的诗歌》，选自《中国文学》（*Chinese Literature*）杂志1975年第3期，第102—108页。
② 参见苏轼的短文《诸葛亮论》，其中他指责这一政治家有独断专行的倾向。

出了他非凡的军事禀赋。在受托摄政蜀国期间他亲自挂帅率领军队征服了南方民族,其间他不是力求凭借武力,而是主张用善良和智慧,提出论点:"**攻心为上,攻城为下;心战为上,兵战为下。**"小说作者赋予诸葛亮某些超越自然的能力,一种在小说的其他地方却很少提及的生物特性,以强化他的优势。借助这些能力,他在赤壁之战中呼唤到东南风,实施他的火攻策略,将曹操的军队葬身火海之中。

  小说中展现在读者眼前的诸葛亮是一个弃世遁隐却保持儒家爱国理念的智者形象。像他这样的隐士却有一个约定,即在国家需要他们的时刻会放弃归隐,辅佐正义的君主。由于他天下归一的计划最终失败了,因而不得不令人产生疑虑:诸葛亮是否是一个不可或缺的军师?他放弃归隐、出山匡复汉家皇朝的决定,最终证明是做错了。这一点无疑是一种通过这部内容纷繁的小说整篇故事阐述出来的观点。在小说临近结尾时,这一当时重要的军事决策家还成功地运用他的计谋,即便显然在失败在即的时刻他还是能够屡次逃脱。[①]

  一段很有可能是归结于佛教(应该是道教。——译者注)影响的场景最终预示了诸葛亮的死亡降临:这个国家的栋梁数日中一直滞留营帐中禳星,夜晚明亮的烛灯之光给他带来快乐。突然一个大将来报魏国军队来犯,随身带入的风将蜡烛扑灭,已经预感到命不长久的诸葛亮垂下宝剑,叹息说:"死生有命,不可得而禳也!"(一百零三回)烛灯熄灭预示着空虚以及人生努力的徒劳,这在中国评话说书艺术中的描写人将归逝的章节中时常出现。希望的破灭,英雄的逝去,计划的流产,这一主题贯穿整部小说。确实,诸葛亮不久就获病而逝。在他死后,小说紧接着又描述了蜀国最后的岁月。整个场面是三个国家血腥的战争和与北方地区新生政权的冲突。而蜀国的最后君主生活放荡无羁。当年迈的皇帝蜀后主想归降魏国之时,他的一个儿子刘谌责备阻止,由于不为其父所采纳,便先杀了自己全家,而后自刎。蜀国就此灭亡(历史上是公元 263 年)。魏国和吴国时期也宣告结束,皆被晋朝所征服。

  因此,诸葛亮的卓识远见最后也给人更多的企盼,印象特别深的场景出现在有关针对反王孟获的征南战役章节中。该战役的描述在刘备死后不久发生。首先可以确认的是,在历史资料中也指出,其重要性主要在于可以腾出手来开展抗击北方魏兵的决定性战役,以此强调这一措施的正确。[②] 但这一长期策略却未能奏效,因为在一百一十八回中蜀国向南蛮请兵支援时没人响应。即便是反王孟获也没有表现出像诸葛亮在形容他

---

[①] 关于诸葛亮的这一相互矛盾的形象,可参见刘敬华的《诸葛亮的忠君和失误》,选自谭良啸主编的《诸葛亮与三国文化》,成都出版社 1993 年版,第 52—61 页。

[②] 参见唐龄的《以"攻心"治南中》,选自谭良啸主编的《诸葛亮与三国文化》,第 86—89 页。

和他的武将们那样的"野蛮",孟获也曾在一个场景中承认自己是"化外之人",强调自己不像诸葛亮那样的"专施诡计",是一个重义气的人物(八十九回)。就连聪慧的军师也抱怨在七次征服孟获的战役中人员伤亡巨大,最终坦诚承认实施作战计划过于惨烈。最后在详细分析了小说中的所有故事以后终于可以考虑这样一个问题:诸葛亮在与刘备早期论天下时就宣告三分天下是**不可更改的事实**,而他再用这样惨烈的战争去达到帝国统一是否真是明智之举。此时此刻给人的印象是,这个智者完完全全地回落到事实的大地上。

在诸如《三国》这类小说中,浓墨描述战争的详细情况是非常自然的事。大多数战役描得却很单调,而相反详尽的笔墨则用在战争准备和兵械装备的具体情况。唯一例外的战役是赤壁之战。这一战役在并不缺乏战争场面描写的中国民间文学中也相当出名。战争冲突的历史背景是孙权和刘备间的携手同盟,这一同盟是诸葛亮竭力促成的,并使两国军事将领们汇聚一起抵抗曹操的军队。[①] 208年秋,孙权命令他的两个将领周瑜和程普率三万人马的军队与刘备的军队会合于长江南岸、今湖北省嘉鱼县东北的赤壁迎击敌军。在遭受了第一场小规模的战败后,曹操先将其军队后撤到长江北岸(嘉鱼县西部)的乌林,由此扩大了战线。曹操出征时的形势也有诸多不利,他从一开始就遇到了一系列的问题。这一战之所以能成为《三国》的重头戏,是因为孙权和刘备成功地阻止了曹操跨越长江天堑征服吴国。作品战争场面对诸葛亮卓有成效排兵布阵方面的描述,与其他历史传说和文学创作有很大的不同。就在战役开始之前,曹操显出完全自信可以获胜。他那不善水战的北方士兵在长江上操练时吃尽苦头,抱怨恶心和不适。假装从南方叛降而来的庞统向曹操献计献策,将他的船只首尾相连,形成不再摇晃的平地,士兵们可以借助踏板从船上急步走到岸上。曹操对这后来证实是灾难性的计谋感到非常欢欣鼓舞,自以为敌人的末日快要到来了[②]。

战前,曹操的大将们获悉战船连锁计划后,也有一些人产生了疑虑,程昱提出了火攻危险的忠告,大火正好可以在连锁的船只上迅速蔓延。但曹操却拒绝了一切忠告,他绝对自信已经对至关重要的大风问题给予了必要的关注:由于他的军队处于江北,此时正应刮北风季节,历来没有刮来南风的情况。假如对方放火也只会烧着自己人。后来的败北显示,是曹操弄错了。

---

[①] 有关该战役之前和之中的历史关联和事件,参见第二章"赤壁之战和三国鼎立局面的形成",选自柳春藩的《三国史话》,北京出版社1981年版,第75—114页(关于战争场面主要在第99—106页)。

[②] 关于战役那天晚上的宴席场面(小说第四十八回)可参见夏志清的《中国经典小说·绪论》(*Der klassische chinesische Roman·Einführung*),艾克·宣恩菲尔德(Eike Schönfeld)译自英文,马汉茂作序,德国,美因河畔法兰克福的Insel出版社1989年版,第81—84页。

在中国民间文学中,有关三国素材非常普及。有一点是不足为奇的,那就是一些作者尽力用自己的方式来表现这些前人的素材。其间存在一个问题,那就是三国时代是一个完整的历史框架,既要保留那些非常重要的故事或事件,又要拓展原来的文本,只有在写作的同时跳出相关时间的束缚并摆脱蜀、魏、吴三国自身的主题才能够做到。明朝时期出版的《续三国演义》做到了这一点,这是一部无名氏撰写的小说,内容广泛,时间上从西晋(265—317)的武帝出征写起,可以直接衔接《三国演义》的结尾。① 与接近历史事实故事不同的是,《续三国演义》很少以强大的魏国为视角描述故事的过程,而首先谈起蜀国的刘渊组织抵抗晋兵谈起,叙述中以蜀国与晋国的冲突为中心,也写到了晋兵南撤和成帝(约325—343)重振东晋皇朝(213—420)。该作品也大量摘录了民间轶事和官修编年史的内容,基于其篇幅已包含了那一历史时期著名的阶段,而明朝年间(约1612)出版的无名氏撰写的《东西晋演义》也同样描述了这一时期。后者从内容到语言都接近历史传说,也就是说它从当时由房玄龄(578—648)编修的《晋书》中汲取了许多东西。房玄龄最成功的作品之一是著名的《淝水之战》,介绍历史上原本处于弱势的军队如何打败强大的敌兵并获得胜利②。

对于某一续写小说而言,以《三国》为话题的另一个可能是,突破严格的历史顺序和整个历史环境的限制,以此将一些在这个或那个方面得到确保的历史故事作为写作的对象,而非更多地去凭空虚构。采用这一方式的作品是一个不知名作者在1740年撰写出版的《后三国石珠演义》,现尚存三十回,总体上是基于想象的历史背景进行写作,明显的目的是将汉朝刘家皇室尊为正统。作品中的两个主角具有非凡的出生:金朝武帝年间的某一天,潞安州的一座山开裂,从中走出一个美丽的妇人,这是"上天的织锦仙女",下凡来到人间,名唤"石珠",径直来到了尼姑庵。一天,尼姑庵的一个主持递给她一本天书,要求她学会上面所描写的武功。她自练成一个勇猛的女将后,逐渐收罗了许多英雄豪杰,组成了一支军队。

在平阳府生活着一个年迈的刘姓(暗示汉朝刘家皇室)的私塾先生③和他妻子,膝下无子。某日他路经龙门山,山上滚下来一个大肉团,陷在泥里,四周围护着成千上百个乌鸦。这些鸟儿让刘员外靠近肉团,他就将肉团带回了家。半道下起了雨,他到尼姑庵

---

① 要想精确地确定编撰年份是不可能的,以"酉阳野史"而言本身也只不过是提供了一个无法确认的笔名。《续三国演义》尚存一百四十五回本,在书结尾处却有一个提示,称这只是两集中的第一集。这一作品的最新一次印刷本是长沙,岳麓书社的1994年版。

② 《东西晋演义》总共有十二集,其中四集一百七十六个场景(则)描写西晋,八集二百三十一个场景描写东晋。新版的中文本有1991年上海古籍出版社出版的版本。

③ 小说原文:"宦官刘员外,躬耕墾田为业。"——译者注

避雨，此时此刻，肉团突然变成了一个漂亮的小男孩，被刘员外纳为义子。历史人物刘弘祖的真实性或许值得怀疑，但根据《金书》记载，他实际上却是一个匈奴人。但从历史来源上可以看出，刘弘祖想要继承已经败落的汉家皇室的遗业。他长到十六岁那年，一个道士给了他一个装有一只石鹊的小盒子，这只石鹊不久活了过来，飞往京城去招募英雄豪杰，并将其中一个英雄引到某一处地方，那里有一个箱子，其中有一把神剑，上面的铭文清晰可见，是给刘弘祖的。这个寻到宝贝的英雄带上神剑前往平阳府，途中又结识了一个英雄，最后与刘弘祖一起结拜为兄弟①。这是《三国》桃园三结义的再现。再后来，刘弘祖与石珠的军队相遇，两支队伍合二为一。起先刘弘祖拒绝了这个神女尊他为首领的建议。后来他们又征召了其他队伍，一起去与诸侯开战。在打了许多胜仗后，石珠自命为赵王。在攻克京城洛阳后，一个上天使者再一次出现，指责石珠强取统治权，而这本应是刘弘祖的。这一不合法的女王便"恍然开悟"，告别尘世，而刘弘祖登基成为了"汉王"。

假如我们将眼光从与纯中国有关的联系移开——在其中《三国》无疑是起了"国史小说"的作用——这部小说对整个亚洲背景也是意义深远的。我们无法在接下来的小说中进一步研究中国白话叙述艺术为亚洲文学所采纳和对亚洲文学的影响，只能在特别事例中言及特定素材的关系②。《三国》的影响超出了文学领域本身，正是这一点使中国文学和非中国文学的相应关系具有一定的意义。将其他地区与这部作品连接在一起的动机具有截然不同的特性。满族人在其旨在取代汉人的明朝天下的扩张时期，其关键的目的在于借助这部小说获取军事知识用于冲突战争。这一点不仅保证了学者达海（1599—1632，死后于1650年出版）将《三国》翻译成为早期的满文本，而且君主人物努尔哈赤（1559—1626）和太宗（1592—1643）还对小说加了批注，对这部作品大开绿灯，这与他们对其他中国白话叙述文学却采取了严格的审查制度大相径庭。在这一背景下也就不难理解他们对诸如关羽这样的中国武将英雄的尊重，并将关羽列入了满族人的国家祭祀之中③。在朝鲜不少人喜欢《三国》也有类似的目的，他们期望通过研究计谋和与叛变者打交道的文字来深层次地理解权利政治基础。而散居国外的中国人社区中则完

---

① 应是段珪与石宏、慕容廆结为三兄弟，不包括刘弘祖。——译者注
② 中国叙述作品对亚洲文学的影响问题，主要根据克劳迪娜·萨尔梦（Claudine Salmon）主编的《文学的漂移：17世纪到20世纪中国传统的虚构作品在亚洲》[Literary Migrations：Traditional Chinese Fiction in Asia（17—20th）]，国际文化出版公司（International Culture Publishing Corporation）1987年版。
③ 参见稽穆（Martin Gimm）的《中国小说和短篇故事满文译本——编撰整理的尝试》（"The Manchu Translations of Chinese Novels and Short Stories — an Attempt at an Inventory"），选自《文学的漂移：中国传统的虚构作品在亚洲》第145页起。

全不同，对于发奋向上的华人精英来说更多地引起人们注意的是无数白话叙述作品的民族认同特点，就像泰国的例子所表明的那样：一个名叫昭披耶（Chao P'hya K'hlang）（约1750—1805）完成了早期翻译，此人具有中国血统，并是曾担任外交部长一职的高级官员。① 《三国》在上述提到或未提到的亚洲国家文化中的突出作用也表现在小说的全文翻译，并以此作为蓝本素材开拓出诸如表演剧或戏剧等其他艺术形式。——我们就此结束偏离主题的话题。

在中国文学史中，罗贯中的大名还与另外一部历史小说连在一起，这部小说至少在题材上与《三国》有些关联。《残唐五代史演义传》在其题目之下有一个说明，其中称作者是罗贯中②，在小说中也提到了《三国》③。也很有可能是某个匿名作者自称罗贯中，想借助名人的装点来提高作品的身价。因而，其真正的作者身份就被否定掉了，充其量只是小说的汇编者④。事实上这部小说只有六十回，每一回的回目简单，没有题诗，加工粗糙，通篇缺乏精工细雕。现存的《残唐五代史演义传》有好几个版本，其中有一个版本产生于晚明时期，上有李贽（1527—1602）的点评，但版本的具体印书年份却没有标明。而另外还有两个错误百出的清朝版本（成书于1762年）。

早在南宋时期（1127—1279），五代历史（907—960）就成了白话叙述艺术和戏剧的常用题材。现存小说版本之前的著名话本是《五代史评话》。这一题材在元朝一而再再而三地被加工成话本或戏剧，譬如白朴的《李克用箭射双雕》。

这部小说首先详细地描述了唐朝灭亡以及此后的后梁国（907—923）和后唐国（924—936）历史。这一时期的描述就动用了总共六十回中的五十回篇幅，这样，五代的其他国家后晋（937—946，第五十回至第五十七回）、后汉（947—950，第五十八回）和后周（951—960，第五十九回至第六十回）的篇幅就非常有限了。通过不间断的连贯叙述，给人以直接的时间顺序印象。确实，从以黄巢（卒于884年）名字命名的起义（爆发于875年）到赵匡胤（927—976）于960年建立宋朝，这些故事也就发生在不足一百年的历史之中。

《残唐五代史演义传》用易于读者接受的简单形式写了一系列神话般的主题。后来成为起义军首领的黄巢也采用了中国民间评话说书艺术中喜闻乐见的天人下凡方式：

---

① 参见巴萍（Prapin Manomaivibool）的《中国文学作品的泰文译本》（"Thai Translations of Chinese Literary Works"），选自《文学的漂移：17世纪到20世纪中国传统的虚构作品在亚洲》，第317—321页。
② 参考版本为北京宝文堂书店1983年版。
③ 在《残唐五代史演义传》的第二十九回中有一句诗直接提示了《三国演义》第六十八回中的场景。
④ 这一观点参见赵景深的《小说闲话——〈残唐五代史演义传〉》，该文作为宝文堂版本的附录发表（第235—242页）。

一个黄衫小儿坐在道路边上,化作一团黄色气体飞入一个后来成为其母亲的妇女腹中。这个妇女怀孕 25 个月后终于生下了一个奇丑无比的孩子。这个男孩却在读书和武术方面展露了自己的才华,最后参加了长安城的比武大会,成为比武大会英雄。由于皇帝见其面丑而不予承认,黄巢就发誓报复:

> 黄巢退出朝门之外,默然叹曰:"明诏上只说选文章武艺,不曾说拣面貌,早知昏君以面貌取人,我也不来。"……只见街头一只锦毛雄鸡,望黄巢叫了一声。巢曰:"昏君不识贤,鸡倒识贤。"就对鸡说:"鸡,我若有天下之分,你大叫一声!"那鸡又叫一声,巢大悦,举笔写诗八句云:雄鸡有五德,今朝见我鸣,顶上红冠正,身披紫锦文,心中常怀义,大叫两三声,唤出扶桑日,重教天下明。遂发誓灭唐朝。①

黄巢在客栈的墙壁上题写反诗,而后逃离京城。有两个鬼魂预言,假如黄巢在某一个庙宇杀了僧人,那么肯定要发生席卷全国的厄运。黄巢也充满怨恨地逃到了这个庙宇,埋怨自己的命运:

> 昏君失政,宠用奸邪,荒荒离乱,文武无能。唐僖宗有眼无珠,见贤才不能擢用,可惜我十年辛苦,到今日不得成名。暗思昔日楚汉争锋,一个力拔泰山,一个量宽沧海,他两个战乌江,英雄抵敌,诣咸阳火德肇兴。某也志高汉斗,气吐虹霓,意欲匹马单刀,横行天下,管取那刀兵动处,把唐朝一旦平吞。②

黄巢铭记两个鬼魂的咒语,远远地逃离,避免发生杀死僧人的事情。开始试剑前,非常细心地看好庙宇中没有人,但却忽略了还有一个僧人正倚靠在树身上。当他在树干后想试一试宝剑是否锋利时,砍倒了僧人,咒语所预言的天命开始了。

紧接着,帝国内爆发了黄巢领导下的起义,僖宗皇帝逃离京城。僖宗采纳了一个大臣的提议,启用了李克用(856—908)。李克用是流放北方的一支武装的将领,在那里建立了强大的武装势力。在他的帮助下朝廷成功地剿灭了黄巢起义军。李克用的重振军队出山之际,小说中的另一个英雄出场了——安景思,一个曾经被遗弃在深山老林的野

---

① 《残唐五代史演义传》第三回,第5页。
② 同上,第四回,第9页。

地牧羊的帝王之子。安景思摽倒了一头袭击李克用的老虎①,并接着向这位大将谈起了他奇异的出生:

> 其人[安景思]曰:"俺一生有母无父,因无姓氏。"晋王曰:"人禀天地,按阴阳二气而生,安有有母而无父之理?"其人曰:"只闻吾母崔氏之女,年方二八,并未许配他人,时值艳阳天气,同班姊妹,请母出游灵求峪,一来采野菜,二来游春玩景,行至皇陵,两傍列着八个石人,众姊妹相戏曰:'我等皆已适人,汝已及笄,尚未偕偶,今吾众人为汝保一丈夫,可乎?'母曰:'可!但不知保着何人?'众曰:'将此石人与你为夫,任你自择。'母曰:'烈女不择夫,择夫不烈女。'便将手持菜篮丢去,随石自接,结为夫妇,不想左边第二石人脖子上挂住篮儿,吾母向前抱之,呼曰:'石人石人,排行第二,汝为丈夫,吾心无异。'言罢各散,同众而归。当夜二更左侧,分明是石人容貌,撩然来与吾母成其夫妇。母遂怀孕。员外觉之,究问吾母,与何人交媾?母以实告之,员外不信。随逐吾母出外,后在破窑过活,生吾七岁,沿门乞食,行至那坟边,见石人皆被推倒,头也打落了,是母教去捧头来安上,复旧如初,不差毫忽。母言安头为姓,遂取名安景思。言罢,大哭一场,回家自缢身死,我就将母尸与石人葬埋一处。我孤身无倚,今投邓万户家,牧羊十年,人只叫吾为牧羊子也。"②

一个复活而且做爱的石像的说法令人极其容易想起有关希腊神话中的塞浦路斯国王皮格马力翁的故事素材。在这一素材中,同样名字的国王爱上了爱神阿芙洛狄忒的雕像,但也只是在女神将其雕像复活后才娶她为妻。

李克用收安景思为义子,给他改名为李存孝。在他初次参与显露自己军事才能的战役中,李存孝就通过成功地攻克函谷城和占领军事要塞石岭关,以此来证明自己是一个颇有计谋的武将。这方面也与西方神话奥德塞用计攻克特洛伊城有令人惊讶的相似。

> 原来函谷城郭坚固,濠堑深险,连围七日,攻打不下。薛阿檀进计与李存孝曰:"城中无水少柴,古语有云,民非水火不生活,连围七日,军民已慌,不如暂且收

---

① 小说中是"食羊"。——译者注
② 《残唐五代史演义传》第十回,第33页。

军,如此如此,唾手可得。"存孝曰:"此计甚妙。"实时告于晋王,着令字旗,传言诸将,尽皆退军。当晚存孝断后,各部兵渐渐撤退。存惠此时于城上观看,军兵退了,恐有计策,只开西门,令人哨探,果然去远,纵令军民出城,打柴取水,只限三日。众皆惧唐军再来,多打柴薪入城,乱乱纷纷,出入难以盘诘。第三日,人报晋王人马又到,军民竟奔入城。存惠领兵上城守护,存当自引本部兵将,各门提调,守至三更,忽见城门里一把火起,存当急来救时,城边转过一人,手持大刀,斩存当于马下。随后,十余骑勇士,杀散军士,斩开门锁,放存孝军马入城。……原来是薛阿檀献的计,故意退军,却扮作打柴军人,杂在百姓伙内,挑柴入城,当夜里应外合,得了此城。①

为了表彰其在围剿黄巢起义军中的功绩,这对父子最后都受到了皇帝的嘉赏:李克用被封为晋王,李存孝被授予宫廷的高级官员。

皇帝身边的大臣们非常嫉妒。黄巢手下的旧将朱温娶僖宗的妹妹为妻,当皇帝在一次打赌输了后拒绝偿还曾允诺的赌资后,他就与皇帝翻脸。朱温后来又重新出现在后梁国的故事中,时间是在叛贼李存信和康君利趁李克用喝醉酒后矫改他的命令,杀死李存孝之后。朱温成功地废黜了昭宗(889—904),而昭宗是在僖宗饿死后登上皇帝宝座的。李克用再次聚集军队,但却战死疆场。朱温自己也很快在此后的权力诱惑中倒台。他趁儿子不在家与儿媳偷情,这一乱伦行为被儿子发现后为儿子所杀,由他建立的后梁国随即灭亡。最终唐朝的军队杀入开封,将李存勖立为后唐的皇帝。李存勖却不久就沉湎于酒色,遭到了李克用之子李嗣源的指责,后来李嗣源登上了皇位,号明宗。后唐的末代皇帝李从珂在一次家庭内讧中与驸马石敬瑭闹翻。石敬瑭遂建立了后晋,但后晋仅维持了约十年,就被刘志远大将所建立的后汉所替代。不到三年,后汉政权也宣告结束,郭威建立了五代时期的最后一个政权后周。此时契丹的威胁已经难以遏制,首次成功抵御异族统治的功绩主要是宋朝开国皇帝赵匡胤建立的。他是小说的最后几个场面中的重要角色,在小说结尾他轻松地宣告:"五代日事干戈,胡虏交驰,乱贼横行,中原始无宁宇,幸宋太祖一统中华,其亦世道之幸欤!"②

有关宋朝,我们还将在历史小说的框架下从特别挑选的不同角度作几次探讨。中华帝国在这一时期创造了辉煌的文化成就,但是也极其罕见地表现出汉族在经常

---

① 《残唐五代史演义传》第十二回,第40页起。
② 小说中清楚表明是卓吾子的点评。——译者注

面临着北方游牧民族对汉族民众的不断威胁时所表现出来的懦弱。也正是宋家皇朝因两个皇帝被掠遭受了最大的屈辱,并于12世纪初南迁。基于明朝中期也有非常相像的类似问题,譬如边境上的外患以及明英宗(执政时间为1436—1449年)御驾亲征蒙古人时被俘等事例,就有人一再将宋朝的相应历史时期编入评话说书艺术。这也就不足为奇了。

## (二)家族军

《杨家将》描述的是在出征北方的辽国(契丹人)和西夏国(党项人)过程中出自杨姓家族的几代杰出的大将。这一素材在元朝以后颇受偏爱,有许多版本的话本和戏剧可以作为佐证[1]。杨家将的故事被采纳为小说形式大概在明朝中期,现存的最早版本是1606年刊印的八卷五十四回本。具体作者是谁无从考证,但熊大木的名字却出现在相关的文字中[2]。无论有多大疑问,熊大木确实与这本书有些关联。他在《杨家将》的基础上编撰了《北宋志传通俗演义题评》。在《杨家将》故事前由一个名叫纪振伦(秦淮墨客)的南京人用毛笔写的前言,但此人的情况也不为人知。这部小说所描述的内容只有部分与史实相吻合,这一点我们还将在后面加以讨论。其背景是耶律私家军中某个名叫阿保机的成员于907年被拥立为皇帝,建立了北方契丹国,并亲自执政,使契丹国逐渐强盛,版图覆盖蒙古、中国东北和朝鲜半岛,挑起与中国的冲突,导致979年爆发战争,宋朝惨败。此后的数十年中,双方都无法对北方的局势作出决定性的改变。1005年签订了"澶渊之盟",其中宋朝每年有义务向契丹交纳军税,以省却契丹庞大军队的费用开支。与此同时,党项人在11世纪的前10年也势力增强,1038年宣布脱离宋朝统治。就连这一件事,中华帝国也用支付的方式维持了边境地区的安定。但这一方式是非常屈辱的,这部小说中也有所提及。

《杨家将》一书起首还描述了宋朝开国皇帝奇迹般的诞生,接着一段是谈赵匡胤和他的兄弟在老师陈抟那里读书,而后是他当兵后的军事行动和功勋,以及大将们"推选"赵匡胤做宋朝太祖皇帝。在提到北方边患后最终过渡到故事的主题正文。通过这样的方式,读者对杨家将的来龙去脉有了些了解。突出的历史人物首推杨业(杨继业),他是宋朝的一位著名大将,出生在中国北方的太原,具体的出生日期不详,但死于986年,当

---

[1] 研究杨家将故事所基于的文本是一些片断,如"杨令公"或"五郎为僧"。其中元剧有《谢金吾诈拆清风府》。参见赵景深的《杨家将故事的演变》,选自赵景深《中国小说丛考》,齐鲁书社1980年版,第212—218页。

[2] 有关熊大木的个人情况介绍,参见本章的绪论部分。

时年龄是60岁。宋太祖976年袭击北汉时,杨业劝汉王刘继元归顺宋朝。后来,杨业因其英勇被任命为宋太祖手下的领军统帅、郑州节度使。

小说中有许多战争场面,其中杨业之死的场面最令人难忘。他率领着身边仅有的一些兵士驻守狼牙谷,尽管身负箭伤还是再一次成功地击退了敌兵。他和他的手下退守到纪念同样战死在异国他乡的汉朝英雄前辈的李陵碑庙。在毫无退路的情况下,情况越发严峻。

> 却说令公见辽兵不来索战,遂绝食,三日未死,乃与众人言曰:"圣上遇我甚厚,实期捍边讨贼以仰答之。不意为奸臣所逼,而致王师败绩,我尚有何脸面求活!"时麾下尚有百余人,令公又谓之曰:"汝等俱各有父母妻子,与我俱死无益,可走归报天子,代我达情。"众皆感激,言曰:"愿与将军同尽!"令公忖道:"外无救援,辽兵重围,毕竟难脱此厄。且我素称'无敌',若被辽人生擒,受他耻辱,不如趁早死之为愈也。"主意已定,乃望南拜曰:"太宗善保龙体,老臣今生不能还朝再面龙颜矣!"言讫,取下紫金盔,撞李陵之碑而死,年凡五十九岁。众军士见令公既死,遂奋激杀出谷来,尽被辽兵砍死,只逃走二、三人而已。①

小说描写战争场面的最高潮无疑是大战九龙谷。萧太后在那里摆下了一系列带有一些妖气的兵阵,开始宋军无一人识得此阵图和机关所在,直到应招而来的**令婆**②,才带来了破阵之法。为了攻破妖阵,必须弄来一些萧太后的头发。在这一情节中第一次出现了称之为令婆孙子的杨宗保名字,这是以后故事中起到重要作用的英雄。但他的生平却是无从查考,而与之比较符合的历史人物则是杨文广(?—1074),杨业的孙子,真宗时期的宋朝大将。③

杨延郎死前的最后一件大事是,他已逝父亲之魂曾现形抱怨一直没有找到一个真正安魂的地方,所以他忧虑将其父亲在狼牙谷的遗体落葬。在后来一次仁宗皇帝派遣宋军出征的行动中,杨家将中领军人物、后起之秀杨宗保与狄青元帅发生了冲突。毫无战绩的狄青在杨宗保抵达后向他发号施令。与其他许多出自当时或以后时期的文学形

---

① 《杨家府演义》,上海古籍出版社1980年版,第一回,第40页。
② 指杨令公妻子佘太君。——译者注
③ 杨延昭(958—1014年)共有4个儿子,只有杨文广在《宋史》中被提及。杨文广曾像其父和祖父杨业一样被授命为戍边大将。杨文广是杨延昭晚年得子,当时他已经50多岁。当杨延昭去世时,杨文广尚是孺子,最早也要到1023年至1031年间才可能从军戍边。民间传说却忽视了杨延昭与杨文广虽然年岁差距大但确实是父子的事实,在他们之间添加了虚构的杨文广之父杨宗保,以致杨延昭与杨文广突然变成了祖孙关系。

象（如我们后面要说到的清朝小说《万花楼》）不同，这个狄青是一个反面角色。这一点只能解释为作者出于戏剧结构的原因让这个举足轻重的英雄形象狄青充当反面角色，以突出杨宗保和杨家将的光辉形象。总之，杨宗保在与敌国国王侬智高作战中获得了胜利，而且又因逮捕了固执己见的狄青而招致狄青的仇恨。由于担心势力较大的狄青会在朝廷上对他报复，杨宗保用少见的方式辞去了他的朝廷官职：他在仁宗眼前化作了一只小鸟，朝着天空飞去。大家都以为他死了或至少被化走了，但他却飞回了杨府，告诫全家所有人保密，不要将他的出现告诉别人，这样他就可以不再受召于皇帝，可以在乡村过着安逸祥和的生活①。

与《杨家将》题材相关的还有许许多多评话说书作品，也与狄青有关，这一点我们将在后面加以讨论。而直接脱胎于对《杨家将》战争场面的增扩发展而成、主题上与前者关系非常密切的一部小说是现存的四十回小说《说呼全传》，成书于清朝年间，刊印于1779年。作者估计是某个名叫张榕的人，这个名字是从前言的署名图章上获得的②。小说中两个主角呼延守勇和呼延守新的前辈呼延赞曾作为杨令公的重要亲戚出现在《杨家将》的许多情节中。但《说呼全传》的内容却与母本《杨家将》差别很大，与历史相关的故事着笔不多，而是把注意力集中在其成书时期发达的说书艺术中有关呼家将与大臣庞集一家冲突的野史。庞集之子庞黑虎对年轻的赵凤奴抢婚，恰逢呼延守勇和呼延守新兄弟前来相救，被兄弟俩打死，庞集通过其女、仁宗皇帝宠妃庞多花下诏进行报复，抄灭呼延全家。呼延守勇和他兄弟在杨令公和其他正义人士的协助下成功地逃脱了，在西部边界重整兵马，开赴京城。包丞相向皇帝禀明了对呼延家族的枉杀，并上书对庞集等人提出惩罚，仁宗皇帝下诏处死庞妃，将庞集本人贬官降级。庞集最终在无人守护的情况下被呼延兄弟杀死。

## （三）遭欺骗的将军

作为中国历史的评话说书艺术最早作者之一，熊大木于万历年间撰写了一本描写12世纪宋朝与女真人的金朝政权之间战争的完整小说，其中采取了一些方法，我们可以以此衔接上前面所提到的历史阶段。1552年刊印了八卷八十则的《大宋中兴通俗演义》。在这部小说中熊大木依然坚持采用官修史书《宋书》中的流传题材。小说粗线条

---

① 北京出版社出版的《杨家将演义》将此事写成杨文广之所为。——译者注
② 参见蔡国梁《明清小说探由》，浙江文艺出版社1985年版，第47—53页；该书对这部小说作了详细阐述。

地描写了岳飞的全部事迹,但有关这个将军的塑造不如后来出版的《说岳全传》,主要提到的是一些军事行动。超出史书描述的有同样成书于明朝末年的于华玉所著《按鉴通俗演义精忠传》①。

八十回的《说岳全传》成书于1684年至1744年间,被称为作者或刊印者的为钱彩和金丰,但有关这两人的情况除了1744年金丰所写的前言外都无从查考。

与后面将提到的《隋史遗文》相关的小说英雄形象秦叔宝不相同,秦叔宝在其人物和情节发展中主要显示的是个人的特点,而宋朝英雄岳飞(1103—1141)的塑造则完全依仗了添加的神话力量和宿命论的影响②。与这一武将及其所处时代有关的戏剧性描写都建筑于上天的情节框架内。在小说最早的一些场面中,有一段被安排在天庭的大雷音殿里。佛主如来正在讲经,但天庭中的蝙蝠(女土蝠)撒出一个臭屁,打断了佛主的讲经,佛主如来对这大逆不道未加理会,但座上的护法神祇(大鹏金翅明王)却愤愤而不能自已,认为蝙蝠污秽不洁而杀之。这只蝙蝠就还魂化作了王氏,后来成为宰相秦桧之妻,对那位由于在天庭乱行杀戮获罪而受罚下凡的护法神祇(即岳飞)进行了报复。这一添加使主要角色涉及到的仅仅是一个非常狭小的范围,而其他的情节在时间结构上则包含了宋朝逐步走向没落的整个时期。接着,宋徽宗(1101—1126)也在尊天的仪式上书写最高天神时错写一笔,误将"玉皇大帝"写成了"王皇犬帝",铸成大错,就得为此罪孽受惩罚。因此天庭就遣赤须龙下界到敌对的女真国去,以此挑起与宋国的战争。但为了对他的强大势力有所限制,又选了岳飞作为他的对手;岳飞同时还要努力阻止宋朝统治提前被灭掉。就这样还没有完全达到上天的安排,因此就在护法神祇在下凡途经黄河时啄瞎了一条蛇精的眼睛。这一命运的安排是为了让这条蛇精后来投胎为万俟卨再生,正是这个万俟卨在风波亭上加害岳飞。此外,书中还设计将黄河作为宋朝和金朝的分界线,起非常重要的作用,每次若有金兵接近或越过这条线,宋朝就面临危险了。后来在岳飞死后过了很长时间,玉皇大帝派人来调查情况,惩治了罪犯,仅允许岳飞返回天庭。岳飞将军在小说中的形象是完美高大的,因而岳飞便成了继关羽之后被奉入

---

① 除了官方史书当时自然还有许多对早期素材进行杂剧及叙述艺术的处理,比如13世纪末问世的元朝杂剧《地藏王证东窗事犯》,其中主要描写秦桧下令处决岳飞。1445年赵弼重拾这一题材,撰写出《续东窗事犯传》,并将其收入《效颦集》。就连冯梦龙也亲手就这一题材撰写了另外一部题为《精忠旗》的短篇小说。到了清朝,由于满族人的异族统治,岳飞题材的塑造在这一背景下成了紧迫的话题,元帅的形象也越来越理想化了。长篇小说《说岳全传》在乾隆年间(1736—1796)被列为禁书。小说中排满的敌视情绪,在金丰所作的序中有所暗示。其中金丰承认,小说中的许多情节细部与历史事实不相符,同时他也强调应该战胜外来民族金。这一点几乎不可能不被视为要求汉族人奋起反对北方的满清统治者的。

② 对岳飞生平的深入研究参见卫德明(Heumut Wilhelm)的《从神话到神话:岳飞生平考》("From Myth to Myth: The Case of Yue Fei's Biography"),选自《儒家人物》(Confucian Personalities),来特(ARTHUR F. WRIGHT)/邓蒂杜希德(Denis Twitschett)主编,加利福尼亚州斯坦弗的斯坦弗大学出版社1862年版,第146—161页。

神庙的神话般英雄形象①。岳飞精通儒家道德,受过良好的教养,拥有不可战胜的武功。这里,简单扼要却深受偏爱的解释形式,即这一切错综复杂的关联关系来源于上天的安排,与官方的历史记载是相吻合的。在官方的历史记载也提到了他尚未满月就经历了洪水的灾难,他妈妈和他坐在一个大浴盆②中逃生。小说《说岳全传》也采纳了这个故事题材,描述他们母子因此流落到河北,被一名叫王明、家境殷实的地主家庭收留。在这家人家,岳飞结交了年幼于他的王家儿子王贵,王贵也就成了他日后身边的一群战将中的第一个朋友。小说在有关其他的英雄豪杰聚集的描述与《水浒传》相似,这一相似性在后面的情节中通过对在王家担任授课的周侗老师的塑造更为强化③,也包括对后来一些英雄豪杰的描述,其中有些人物形象直接取材于《水浒传》,比如燕青、安道全或阮小二。

这部小说通篇谈到了帝国的东北地区国王完颜阿骨打和他死后即位的吴乞买(1075—1135)建立了女真族的金朝。

大宋朝廷对金兵的进犯感到惊慌失措。张邦昌开始玩弄他的两面手法,一方面在钦宗面前表示要用多进贡的方式平息对方的进攻,其实是在干着出卖宋皇朝的勾当。他向兀术出谋献策:要他必须对宋朝统治者斩草除根,应该从提出扣押亲王作人质的要求开始。钦宗接着就与父王徽宗商议,徽宗提议将钦宗的弟弟太子赵王派去作人质,后来成为奸臣的宰相秦桧(1090—1155)自愿陪同出使北国。但女真人尚未退兵,赵王就死了。下一个就轮到了钦宗的弟弟康王,陪同康王前往的是李若水。经张邦昌的提醒,兀术干脆对大宋朝廷来一个彻底清除,将包括徽宗和钦宗两皇帝在内的皇族所有男丁都掳到自己控制之下。小说描述的事情经过与历史的真实情况相比是采取浓缩重现的方式。总而言之,张邦昌作为与金兵谈判的负责官员确实起了极其重要的作用,金朝为了表彰他的贡献,册封一块名为"大楚"的封地给他作为辖地,一直延续到大宋朝廷逼他自杀为止。

两位皇帝被北人掳去,对中国人来说是史无前例的奇耻大辱,此后一再被评话说书艺术作为话题。两位大宋皇帝被贬为平民来到金朝宫廷,这就出现了小说中所详细描述的低三下四场面:

番官出朝,带领徽、钦二帝来到里边,见了金主,立而不跪。老狼主道:"你屡次

---

① 历史人物岳飞受到人们崇拜始于他遭害数十年后,当时在杭州为他建立一座庙。就连权倾一时的袁世凯也于1914年尊他为最高的军事守护神。
② 小说中称是"花缸"。——译者注
③ 在扬州评书《武松传说》中就有周侗的人物形象。

伤害我之兵将,今被擒来,尚敢不跪么?"吩咐左右番官:"把银安殿里边烧热了地,将二帝换了衣帽,头上与他戴上狗皮帽子,身上穿了青衣,后边挂上一个狗尾巴,腰间挂着铜鼓,带子上面挂了六个大响铃,把他的手绑着两细柳枝,将他靴袜脱去了。"

少刻,地下烧红。小番下来把二帝抱上去,放在那热地上,烫着脚底,疼痛难熬,不由乱跳,身上铜铃锣鼓俱响。他那里君臣看了他父子跳得有兴,齐声哈哈大笑,饮酒作乐。可怜两个南朝皇帝,比做把戏一般!这也是他听信奸臣之语、贬黜忠良之报。①

接下来的一个牺牲品是李若水,他冲到金朝权势面前破口大骂,威胁说如果今后宋兵北进,他们肯定遭到报因,他们如此对待两位皇帝,今后必将付出沉痛的代价。

这李若水口内不住的千囚奴、万囚奴骂个不休不了。那老狼主不觉大怒,吩咐小番:"把他的指头剁去。"小番答应下来,把李若水手指割去一个。若水又换第二个指头,指着骂道:"囚奴!你把我李若水看做什么人?虽被你割去一指,我骂贼之气岂肯少屈?"

狼主又叫:"将他第二个指也割去了。"如此割了数次,五个指头尽皆割去了。李若水又换右手指骂。狼主又把他右手指头尽皆割去了。李若水手没了指头,还大骂不止。

老狼主道:"把他舌头割去了。"那晓得割去舌头,口中流血,还只是骂。但是骂得不明白,言语不清,只是跳来跳去。众番人看见,说道:"倒好取笑作乐。"众番官一面吃酒,一面说笑。那外国之人,俱席地而坐的。过了一会,都在上酒之时,不曾防备李若水赶将上来,抱住老狼主,只一口咬了他耳朵,死也不放。那老狼主疼痛得动也动不得。那时大太子、二太子、三太子、五太子,文武众官,一同上来乱扯,连老狼主的耳朵都扯去了。把李若水推将下来,一阵乱刀,砍为肉泥。②

来年春天,女真族的四太子兀术第二次进犯大宋,由于此次他又攻克了几处要塞,推进速度缓慢,直到夏天才在黄河边安营扎寨。有一天众人传言有一支穿着华丽的骑

---

① 《说岳全传》,华夏出版社 1995 年版,第十九回,第 102 页。
② 《说岳全传》,华夏出版社 1995 年版,第十九回,第 102 页。

兵队伍前来,后来又从中发现了骑在马上的康王。在金兵占领雁门关时被掳去北国的年迈将军崔孝也在其中,他曾探望过身陷囹圄的两位皇帝,拿到了用血写给康王的诏书,诏书要求康王南逃,登基即位。康王的马靠近并看到军队时突然害怕得直立起来,但马上的康王还是及时拉住了缰绳。这个章节非常重要,因为从中提示了后来要发生的一些情况,即康王不善骑马。兀术欣然给了康王一处营帐。兀术与亲生儿子和被质押的康王一起祭祀了北国的祖先。想起自己家族目前的悲惨处境,康王不禁流下了泪水。兀术因此让他退下休息。崔孝马上搀扶主公离开,终于找到机会将徽宗和钦宗两皇帝在地牢中所写的诏书递给康王。他一直将这诏书藏于袖中。康王及时将诏书藏于自己袖中,正在此时有人在营帐外报兀术来了解他的身体情况。接着就是小说对康王冒险出逃的描述。

  正说之间,只见半空中一只大鸟好比母鸡一般,身上毛片,俱是五彩夺目,落在对面帐篷顶上,朝着营中叫道:"赵构!赵构!此时不走,还等什么时候?"崔孝听了,十分吃惊,兀术问道:"这个鸟叫些什么?从不曾听见这般鸟音,倒像你们南朝人说话一般。"康王道:"此是怪鸟,我们中国常有,名为'枭鹈鸟',见则不祥。他在那里骂父王。"兀术道:"听他在那里骂我什么?"康王道:"臣儿不敢说。"兀术道:"此非你之罪,不妨说来我听。"康王道:"他骂父王道:'骚羯狗!骚羯狗!绝了你喉,断了你首!'"

  兀术怒道:"待某家射他下来。"康王道:"父王赐与臣儿射了罢。"兀术道:"好,就看王儿弓箭何如?"康王起身抬弓搭箭,暗暗祷告道:"若是神鸟,引我逃命,天不绝宋祚,此箭射去,箭到鸟落。"祝罢,一箭射去。那神鸟张开口,把箭衔了就飞。崔孝即忙把康王的马牵将过来,叫道:"殿下,快上马追去!"这康王跳上马,随了这神鸟追去。崔孝执鞭赶上,跟在后边。逢营头,走营头;逢帐房,踹帐房,一直追去。兀术尚自坐着,看见康王如飞追去,暗想:"这呆孩子,这枝箭能值几何,如此追赶?"兀术转身仍往大帐中去,与众王子吃酒取乐。不一会,有平章报道:"殿下在营中发辔头,踹坏了几个帐房,连人都踹坏了。"兀术大喝一声:"什么大事?也来报我!"平章嘿然不敢再说,只得出去。倒是众王子见兀术将殿下如此爱惜,好生不服,便道:"昌平王,踹坏了帐房人口不打紧。但殿下年轻,不惯骑马,倘然跌下来,跌坏了殿下,这怎么处?"兀术笑道:"王兄们说的不差,小弟暂别。"就出帐房来,跨上火龙驹,问小番道:"你们可见殿下那里去了?"小番道:"殿下出了营,一直去了。"兀术加鞭赶去。

且说崔孝那里赶得上,正在气喘,兀术见了道:"吓!必定这老南蛮说了些什么?你不知天下皆属于我,你往那里走?"大叫:"王儿!你往那里走?还不回来!"康王在前边听了,吓得魂不附体,只是往前奔。兀术暗想:"这孩子不知道也罢,待我射他下来。"就取弓在手,搭上箭,望康王马后一箭,正中在马后腿上。那马一跳,把康王掀下马来,爬起来就走。兀术笑道:"吓坏了我儿了。"康王正在危急,只见树林中走出一个老汉,方巾道服,一手牵着一匹马,一手一条马鞭,叫声:"主公快上马!"康王也不答应,接鞭跳上了马飞跑。兀术在后见了,大怒,拍马追来,骂道:"老南蛮!我转来杀你。"

那康王一马跑到夹江,举目一望,但见一带长江,茫茫大水。在后兀术又追来,急得上天无路,入地无门,大叫一声:"天丧我也!"这一声叫喊,忽然那马两蹄一举,背着康王向江中"哄"的一声响,跳入江中。兀术看见,大叫一声:"不好了!"赶到江边一望,不见了康王,便呜呜咽咽哭回来。到林中寻那老人,并无踪迹。再走几步,但见崔孝已自刎在路旁。兀术大哭回营。众王子俱来问道:"追赶殿下如何了?"兀术含泪将康王追入江心之事说了一遍。众王子道:"可惜,可惜!这是他没福,王兄且勿悲伤。"各各相劝,慢表。

且说那康王的马跳入江中,原是浮在水面上的,兀术为何看他不见?因有神圣护住,遮了兀术的眼,故此不能看见。康王骑在马上,好比雾里一般,那里敢开眼睛,耳朵内但听得呼呼水响。不一个时辰,那马早已过了夹江,跳上岸来。又行了一程,到一茂林之处,那马将康王耸下地来,望林中跑进去了。康王道:"马啊!你有心,再驮我几步便好,怎么抛我在这里就去了?"

康王一面想,一面抬起头来,见日色坠下,天色已晚,只得慢慢的步入林中。原来有一座古庙在此。抬头一看,那庙门上有个旧匾额,虽然剥落,上面的字仍看得出,却是五个金字,写着"崔府君神庙"。康王走入庙门,门内站着一匹泥马,颜色却与骑来的一样。又见那马湿淋淋的,浑身是水,暗自想道:"难道渡我过江的,就是此马不成?"想了又想,忽然失声道:"那马乃是泥的,若沾了水,怎么不坏?"言未毕,只听得一声响,那马即化了。康王走上殿,向神举手言道:"我赵构深荷神力保佑!若果然复得宋室江山,那时与你重修庙宇、再塑金身也。"说了,就走下来,将庙门关上,旁边寻块石头顶住了。然后走进来,向神厨里睡了。①

---

① 《说岳全传》,华夏出版社1995年版,第二十回,第106页起。

这一著名的出逃场面也出现在《宣和遗事》中的一片短篇文章中。《宣和遗事》成书于14世纪初,主要写北宋没落和覆灭的事情,该书本身就成了《水浒传》的蓝本①。

康王在抵达中国本土之后马上补缺登基为南宋(1127—1279)的高宗皇帝(1127—1162),铭记被拘押的皇帝的嘱托,聚集了一些勇士,以期在他们的帮助下重新收复大宋江山。那就自然有人想起了岳飞。岳飞也马上追随他赶赴京城。由此可见,岳飞被拽入朝廷政治是非常晚的。此前他针对流寇和地方权势的战役和收伏活动主要是自发的行为,这也使他名声鹊起,甚至也使他产生了自己登上皇帝宝座的抱负,这一点也表现在他将自己和开国皇帝赵匡胤进行比较的言语上。②

在此后直到第四十五回的小说章节中,岳飞和他的将军们在不同程度上成功地打败了金兵,却无法抗拒让他们南撤返回新京城杭州的命令。历史上的岳飞1134年至1135年间获得的重大战役胜利促使一个转折,即吃了败仗的兀术只好采取其他途径来达到完全统治中国的目的。他觉得最为理想的工具是曾作为皇帝特使的秦桧,他此时正和原本是兀术相好的妻子王氏以放牧为生。秦桧和妻子王氏带着钦宗的信件(其间徽宗已于1135年死于拘押之中,钦宗本人也于1156年同样客死异乡),来见南宋高宗皇帝,此后给岳飞制造麻烦,多次算计都没有得逞,但最终他还是成功使得岳飞陷入他的诡计网中不能自拔,最后在"风波亭"被害(六十一回)。小说中的中心冲突表现在于皇家将士兵们在前线浴血奋战,却得不到朝廷的支持。在这方面高宗皇帝的形象具有截然不同的性格特点。在他那次即便没有上天的偏爱也可以成功地绝妙逃脱后,他给读者的印象是一个"真正的统治者",而此时的形象却由于这位皇帝登基后醉心于过度糜烂生活而显得如此昏聩。在秦桧陷害岳飞的众多肮脏事情中虽然这个皇帝的名字被省略了,但人们要问,皇帝怎么可能不对此加以干涉呢?在此后的章回中,前面出现的那些英雄豪杰的儿子们则踩上了父辈的足迹:岳雷、牛通、宗良、韩起龙和韩起凤。奸臣秦桧虽然逃脱了凡尘的处罚,但也受到了命运的报应,将不得不受许多年地狱的折磨,而后只能来世投身牛羊猪。小说结尾是岳雷在杭州受到了孝宗皇帝(1162—1164)的出城迎接。

## (四)追忆开国皇帝

先前讨论的小说中曾提及的宋朝开国皇帝赵匡胤,我们在有关清朝问世的小说《飞

---

① 民间作品中相关场景,参见《宣和遗事》,江苏古籍出版社1993年版,第105页。
② 参见约亨·德克维茨(Jochen Degkwitz)的《岳飞和他的神话》(*Yue Fei und sein Mythos*),德国波鸿,Brockmeyer出版社1983年版,第11页。

龙全传》中还将研究。与他不同的是,明朝的开国皇帝、历史小说《英烈传》中的主角人物朱元璋则出身贫寒,家境败落,年少时就投靠了佛教的一个支派"白莲教"。这个教派后来举行了地方规模的起义。经历了较长的一段时期,广大民众才得以投身于朱元璋的社会革命性质的起义之中。在1368年,他终于战胜了蒙古人建立的元朝,自己也在新的京城升格为皇帝。

《英烈传》这本小说曾以多种名称出现,但这些版本都表明,该书成书于1591年,共有八十回,皆托称为大作家徐渭(1521—1593)所作,他在作品的情节表现方面非常重视历史记载[①],但在丰富故事素材方面也没有弃用大量的传闻逸事。

这部小说可以说是竭尽一切可能,收罗了中国评话说书艺术中那些用天地权势间互动作用作为背景解释的各类剧目场景,从梦见天神插手干涉开始,直到自然现象的出现,着重展现沉湎奢侈和荒淫生活的蒙古族末代皇帝妥懽帖睦尔(元朝末代皇帝,中文称为顺帝,执政于1333年至1368年间)与后起之秀朱元璋之间的敌对。作为警示,首先在顺帝的梦中多次暗示了被推翻的危险:在他的睡梦中出现了一个身着红衣的奇异人物,左肩架着太阳,右肩架着月亮,扫尽宫殿上的蝼蚁和毒蜂。当此人也欲将他扫出去时顺帝被吓醒了。接着宫殿的一角塌陷,这一不幸又一次给予了可怕的暗示。尽管周边已经明明白白地出现了如此之多的预兆,但这个皇帝依然不愿意改弦更张。当他最终(六十六回)中梦见一头猪(汉语中与朱元璋的姓谐音)冲进宫殿时则为时已晚,此时大明的军队已经抵达京城的城门口。

而朱元璋则与此完全相反,他在上天玉皇大帝的旨意下出身寒门就颇有意义了。玉皇大帝派遣了身边随从中金童玉女,即后来成为开国皇帝的朱元璋夫妇下凡来到人间。出生时的情景描写就使读者毫无疑问地感受着天子的到来:奇异的光彩,伴随着这一情节的是上天的香气,美妙的音乐和帝王象征的龙(第五回)。玉皇大帝的摺子和占卜的预言伴随着这个年轻人成长,使读者明眼看出他的必然命运。所有这些听起来有些乏味单调,只是强调帝王形象与常人不同之处,而这位未来皇帝的小时候调皮捣蛋却显示出这个人后来在民间文学中享有的可爱一面。此时此刻,朱元璋的人物形象就变得有声有色。

朱家整天挨饿,邻居汪婆就建议他的父母让这个当时已经11岁的男孩(小说中时而称他为元龙,时而称他为太祖)到刘家去充当牛童。元龙自然是不愿意,但在他母亲的好心哄劝下就先服从了命运,而后用自己的方式解决了这一问题。

---

① 此处特别值得一提的是《元史》和《明史》以及杨仪的《明良记》。《英烈传》的许多场景成为了许多风格迥异的杂剧和戏剧的母本(参见《英烈传》,目录,宝文堂1981年版,第351—358页,这也是本书后面谈论的对象)。

且说太祖在刘家,一日一日,渐渐熟了,每日与众孩子玩耍。将土垒成高台,内有两三个大的,要做皇帝玩耍,坐在上面。太祖下拜,只见大孩子骨碌碌跌的头青脸肿。有一个孩子说:"等我上去坐着,你们来拜。"太祖同众孩子又拜,这个孩子将身扑地,更跌得狠些。众人吓的皆不敢上台。太祖说:"等我上去。"众孩子朝上拜来,太祖端然正坐,一些不动。众人孩子只得听他使令,每日玩耍不题。

一日,皇觉寺做道场,太祖扯下些纸幡做旗,合众孩子手执五方站立,又将所牧之牛,分成五对,排下阵图,吆喝一声,那牛跟定众孩子旗幡串走,总不错乱。忽一日,太祖心生一计,将小牛杀了一只,同众小孩洗剥干净,将一罐子盛了,架在山坡,寻些柴草煨烂,与众孩子食之。先将牛尾割下,插入石缝内,恐怕刘大秀找牛,只说牛钻入石缝内去了。到晚归家,刘大秀果然查牛,少了一只。太祖回道:"因有一小牛钻入石缝去,故少一只。"大秀不信,便说:"同你看去。"二人来到石边,太祖默嘱山神、土地快来保护,果见一牛尾乱动。大秀将手一扯,微闻似牛叫之声,大秀只得信了。后又瞒大秀宰了一只,也如前法。大秀又来看视,心中甚异,忽闻见太祖身上膻气,暗地把众孩子一拷,方知是太祖杀牛吃了。大秀无可奈何,随将太祖打发回家。①

从摘引的这段文字上可以看出,小说恰当地使用了传奇作品特有的离奇手段,使朱元璋的形象在一开始就被赋予了某种领导才能的一系列个性,造成一种印象:他必然成为皇帝。小说在其他的一些层面上描述了朱元璋如何逐步收罗英勇善战的将军和智高计多的谋士。他找到了徐达这个能帮他打赢一场又一场胜利的大将;在文官方面,历史人物刘基(1311—1375)成了中心人物。但在这一谋士的塑造方面,也充分发挥了想象力,竭力地将他拔高了:刘基的故事开始也是以辞去官职隐居开始。一天他外出散步,途中一块山崖岩石突然开裂,但在他准备走进去时有一个声音提醒他说,洞中有毒气。但他依然毫无顾忌地走了进去,接着在其中找到了由白猿看守的道家著作。白猿告诉他说,书中包涵了治国的方略,开导他必须用在为民众的福祉上。借助由此赋予的力量刘基完成了许多非凡的事情。②

在描述其结果主要是依赖战争获得的某一历史时期中,给予战争场面的描写许多空间便是自然而然的事情。朱元璋的军队取得了一场又一场战役的胜利,曾经强大的

---

① 《英烈传》第五回,第 19 页。
② 参见《英烈传》第十七回和第十八回。刘基和他在小说中的形象参见陈学霖(Hok-Lam Chan)的《刘基(1311—1375):中华帝国谋臣的双面形象》[*Liu Chi*(*1311—1375*), *the Dual Image of a Chinese Imperial Adviser*],博士论文(Ph. D. Dissertation),普林斯顿大学 1967 年版;陈学霖的《〈英烈传〉中的刘基(1311—1375)》("Liu Chi (1311—1375) in the Ying-lieh chuan: The fictionalization of a scholar-hero"),选自(*Journal of the Oriental Society of Australia 5*),1967 年版,第 25—42 页。

元朝则是一片凄惨的景象。由元朝造成的危险是不是就此便一劳永逸地消除了呢？小说用自己的方式对此作出了回答。

　　（文忠率兵）追过红罗山。将及五十里地面，遥望元兵无食可飨，俱从旷野中拔草为粮，看见朱兵将到，惊慌逃避。傅友德、朱亮祖奋击向前，斩获二千余级。止有三五百骑随着元太子前至乌龙江，渺渺茫茫，无船得渡。朱兵又追赶渐渐近来，那太子血泪包着双珠，下马跪在地上，望着青天祷告说："自古以来，舜有三苗，周有犭严狁，秦汉有匈奴，唐有契丹，宋有金辽；直至我世祖有中国已经百年，今大明追逐我们至此，无路可逃，全望苍天不殄灭我等，曲赐周全。"三五百人，个个嚎天哭地。忽然江中雪浪分开，狂波四裂，显出一道长虹，横截那千顷碧水上一条铜桥，待元兵一拥而渡。朱兵连忙追及，将欲上桥，谁想是空中一条白浪，何从得济。文忠望了半晌，叹息数声，说道："可是皇天不欲绝彼。"惆怅之间，只听响亮一声，看见红罗山上有个东西，身高六尺，色苍乌云，头上一角，碧色的一双眼睛，如笙如簧的叫声。文忠对傅、朱二人并所领士卒说："此必是甪端神兽了。"因高叫说："甪端，甪端，尔乃天之神奇，物之灵异，必能识天地未来气数，倘元人此后更不复生，尔可藏形不叫；若元人复生，尔可叫一声；若止南侵，不能进关，尔可叫两声；若复来犯边，尔可叫三声。"文忠吩咐才罢，那甪端连叫三声而去。文忠知天意，便引兵乘夜回红罗山①。

　　朱元璋作为"真命天子"的角色到最后全面地塑造完成，他成功地将时代造成的、并影响到每一个人生活的混乱局面恢复了正常的秩序，作为儒家道德的维护者创建了相应的基本原则。这些表现在大明的军队攻克元朝京城大都前夕的两个例子：第一件是一个男子被带到朱元璋的面前，因为他为了酬谢神救了他重病的母亲而杀死了自己的儿子。众人都因这一对母亲至孝之举而赞赏他，而朱元璋却感到非常愤怒，解释道：家庭中的父子关系具有天伦的意义，不应为任何东西而有所损伤，破坏了这种关系绝对不能称为至孝。因此这个杀害了儿子的父亲受到了重杖的责罚。第二件是一个男子带着自己年轻的女儿来到朱元璋的营帐，期望这位未来的君王能将这一女子收入随从或留在身边使唤。朱元璋对这个男子的违背习俗想法非常愤怒，说道：他可选佳婿配

---

① 《英烈传》第七十四回，第306页起。此处小说中所塑造的角兽，原本在《三宝太监西洋记通俗演义》的第九回就有描述。

之,而他未让孩子学习良好的道德榜样就是犯罪。并给予了这个人和前面一个一样的责罚。①

## (五) 追寻过去

受到历史小说如《三国演义》和其他早期评话说书艺术作品普及化的鼓舞,16世纪期间,人们把历史小说的视线投向了那时民间文学艺术鲜有涉足的时代,其中《列国志传》就是早期尝试的一个例子,将业已存在的材料加以扩充,形成更为成熟的形式。②

大约在16世纪中叶,余邵鱼编撰了《列国志传》。如同熊大木家族一样,余家刻坊也坐落于自宋、元以来出版业蓬勃发展的建阳地区(现福建省),是一个刊印出版的机构。余家刻坊似乎把重点放在熊氏未曾涉猎的题材上,商业性的考虑则可能出现在余氏撰写《列国志传》以后。余邵鱼编撰的《列国志传》最早版本已经佚失,但其侄儿于1606年又重新刻板,将这部作品分成了8册226则。1615年又出现了12册的新版本。余氏的作品结构主要仍然是编年史形式,一点也没有后来重新改写版本中的那些复杂结构。与后者不同的是,这部著作不仅涉及了东周时代(公元前770—前256),而且覆盖了整个周朝(即始于公元前1122年)。除了历史题材取之于司马迁的《史记》和朱熹的《资治通鉴纲目》外,余氏在编撰中还吸纳了许多野史故事素材,采用了戏剧和民间话本如《武王伐纣平话》的情节。

余邵鱼虽然已经给该作品安排了一个结构,但依然被视为是一部比较粗糙的素材处理,而关键性的作者应该是冯梦龙(1574—1646),他对该作品作了改写,以《新列国志》之名重现出版。冯梦龙出生于苏州府长洲,他以各类形式的文体为中国民间文学作品作出了卓越的贡献。他除了在中年时期曾短期在县衙里任职外,将其毕生精力都特别奉献给了白话叙述文学。他致力于宋朝以后的白话故事,编撰了许多专集。除了对上述的《新列国志》材料加以修订外,也为我们后面将讨论的长篇小说《平妖传》奠定了成熟的结构,并将该作品增添至一倍,从原本20册改变成40册。只有一件事尚待考证,即他是否为题为《皇明大儒王阳明先生出身靖乱录》一书的作者③。

---

① 《英烈传》第六十八回,第208页起。
② 有关这一作品及其文学编撰稿的研究,至少有一篇科研文章,即泽尔丁的《国家的新史:中国历史虚构的来源与记载》。
③ 有关冯梦龙的研究文章有:韩南(Patrick Hanan)的《一些古今小说故事的作者》("The Authorship of some Ku-chin Hsiao-shuo Stories"),选自《哈佛亚洲研究通讯》(Harvard Journal of Asiatic Studies),1969年第29期,第190—200页;韩南《中国本地小说》(The Chinese Vernacular Story),Cambridge/Mass 的哈佛大学出版社1981年版,第四章和第五章,第75—120页;胡望穿的《冯梦龙生平及其对小说之贡献》,台北1973年版,苗永和的《冯梦龙》,上海1979年版。

冯梦龙大约在1630年左右完成了他一百零八回本的《新列国志》。与余邵鱼的小说相比，《新列国志》的篇幅长度仅为前者的一半，涵盖了中国历史上的一段500年跨度的时期，起始于周宣王（公元前826—公元前780），终结于秦始皇于公元前221年统一中国。这大致与东周时期相吻合，这一时期在史学中更多地被称为"春秋"和"战国"时期。

冯梦龙在他的这一著作中安排了一些"**凡例**"，标明他所采用的资料出处：故事的塑造、评论、诗选等。其中最为重要的有《左传》、《国语》，但也提到了哲学著作《庄子》、《晏子春秋》、《韩非子》和春秋编年史《吕氏春秋》及其公羊和谷梁评注该书的《公羊传》和《谷梁传》[①]。《新列国志》是用文言撰写的，这也许同该书的资料出处均为文言有关。那个时期叙述文学的基本特征是使用口语元素，这也是冯梦龙编写的故事集的一大特点。但这一特点在《新列国志》中没有表现出来。

冯梦龙虽然详细地列出了他所引用的著作文献，但对他故事叙述时曾采纳过大段情节的主要来源——余氏编撰的《列国志传》版本却只字未提。这一业已存在的虚构故事版本有一大优点，就是它已经按照时间的顺序编撰历史故事，只需要添入其他情节素材并加以扩充就行了。因为与《左传》（与鲁国史承接的编年史）和《国语》（其中的对话更多的是强调历史事件，而非按部就班的编年史书）等历史资料不同的是，余邵鱼在其作品中更多的是依据周朝史书。而冯氏的文本更多的是评注，从解释个别字的意义到释解内容间的关联关系。他给予自己的小说版本一种特有的才智思想基础。对于有关周朝日趋衰败的塑造，他在前言中就明确表明，一场战争的胜败，一个朝代的存亡，决定性的因素不是命运，而是人的行为：一个威严的君王善于使用有威信的、正直的臣子，选择称职的继承者。与此相应，小说中因此用较大的分量描述了许多宫廷内君王与谋臣间的对话、侦破阴谋诡计的措施等。

这一素材终于在乾隆年间（1736—1796）以蔡元放编撰的《东周列国志》获得了其最终的形式[②]。就是在这一版本中，蔡元放也没有作实质性的修改，只是作了些修饰性的改动，更换了某个词语或词组，或添加了某个注释，此外，对冯梦龙的版本就未有变动。蔡元放对这一著作的最大贡献，或许就是他以引导性的口吻添加了详细的《读法》（读者指南），要求将其视为读本，以便能够正确地理解过去的历史。蔡元放以此强调了《新列国志》的历史价值，远远超越了纯白话叙述艺术的意义，可以激发人们对历史、战术和权

---

[①] 有关来源参见泽尔丁的《国家的新史》，第67页起。
[②] 早期一个版本上有蔡元放所作的序，写作年代为1736年。

谋的研究。文章的大部分则谈论是与非这一对立面以及一个君王寻求忠诚的追随者的重要性。他对其《读法》引导性意图加以强调并指出,借助像该书一样虚构的历史故事,人们能够将历史进程的知识传播给"妇孺和农民"[1]。

在《列国志》涵盖的这一大跨度的历史时期内,并不奇怪的是许多东西依然保留着时代特点。连贯性最强的故事(第七十回至八十三回)是有关伍子胥(?—公元前484年)的故事。伍子胥是一个英雄人物,在文学中对他的忠贞不二一直是推崇的,他也因而上升到了中国的贤人行列中。其中详细地描述了他的命运,他的出生来历,他当大臣时期的情况,直到最后他去世。精彩片段中有一段是描述伍子胥逃亡吴国的情节:

伍员[伍子胥]疾行,至于[现在的武昌县]鄂渚,遥望大江,茫茫浩浩,波涛万顷,无舟可渡,伍员前阻大水,后虑追兵,心中十分危急。忽见有渔翁乘船,从下流溯水而上,员喜曰:"天不绝我命也!"乃急呼曰:"渔父渡我!渔父速速渡我!"那渔父方欲拢船,见岸上又有人行动,乃放声歌曰:"日月昭昭乎侵已驰,与子期乎芦之漪。"伍员闻歌会意,即望下流沿江趋走,至于芦洲[武昌县西三里],以芦荻自隐。少顷,渔翁将船拢岸,不见了伍员,复放声歌曰:"日月夕兮,予心忧悲,月已驰兮,何不渡为?"伍员同芈胜从芦丛中钻出,渔翁急招之,二人践石登舟,渔翁将船一篙点开,轻划兰桨,飘飘而去。不匀一个时辰,达于对岸。渔翁曰:"夜来梦将星坠于吾舟,老汉知必有异人问渡,所以荡桨出来,不期遇子。观子容貌,的非常人,可实告我,勿相隐也!"伍员遂告姓名,渔翁嗟呀不已,曰:"子面有饥色,吾往取食啖子,子姑少待。"渔翁将舟系于绿杨下,入村取食,久而不至,员谓胜曰:"人心难测,安知不聚徒擒我?"乃复隐于芦花深处。

少顷,渔翁取麦饭、鲍鱼羹、盎浆,来至树下,不见伍员,乃高唤曰:"芦中人,芦中人,吾非以子求利者也!"伍员乃出芦中而应。渔翁曰:"知子饥困,特为取食,奈何相避耶?"伍员曰:"性命属天,今属于丈人矣,忧患所积,中心皇皇,岂敢相避?"渔翁进食,员与胜饱餐一顿。临去,解佩剑以授渔翁,曰:"此先王所赐,吾祖父佩之三世矣,中有七星,价值百金,以此答丈人之惠。"渔翁笑曰:"吾闻楚王有令:'得伍员者,赐粟五万石,爵上大夫。'吾不图上卿之赏,而利汝百金之剑乎?且'君子无剑不游'。子所必需,吾无所用也!"员曰:"丈人既不受剑,愿乞姓名,以图后报!"渔翁怒曰:"吾以子含冤负屈,故渡汝过江,子以后报啖我,非丈夫也!"员曰:"丈人虽不望

---

[1] 根据德文翻译。——译者注

报,某心何以自安?固请言之。"渔翁曰:"今日相逢,子逃楚难,吾纵楚贼,安用姓名为哉?况我身楫活计,波浪生涯,虽有名姓,何期而会?万一天遣相逢,我但呼子为'芦中人',子呼我为'渔丈人',足为志记耳。"员乃欣然拜谢。方行数步,复转身谓渔翁曰:"倘后有追兵来至,勿泄吾机。"

只因转身一言,有分丧了渔翁性命。要知后事,且看下回分解。

话说渔丈人已渡伍员,又与饮食,不受其剑,伍员去而复回,求丈人秘密其事,恐引追兵前至,有负盛意。渔翁仰天叹曰:"吾为德于子,子犹见疑,倘若追兵别渡,吾何以自明?请以一死绝君之疑。"言讫,解缆开船,拔舵放桨,倒翻船底,溺于江心。史臣有诗云:

数载逃名隐钓纶,扁舟渡得楚亡臣。

绝君后虑甘君死,千古传名渔丈人。

……伍员见渔丈人自溺,叹曰:"我得汝而活,汝为我而死,岂不哀哉!"①

有关伍子胥的故事流传久远,可以追溯到公元年前几个世纪。比如《左传》中在赵王二十年时谈到了伍奢和其子伍尚被处决一事,进而描述伍子胥本人和他出逃吴国故事。《吕氏春秋》也在多处谈到了伍子胥,比如在《异宝》篇章中写到了渔夫拒绝接受伍子胥的佩剑,也没有随即投江,只是在吴军大胜后寻找他时没有能够找到而已②。在《首时》篇章中谈到了伍子胥在吴国渐渐获得了影响,领兵征战楚国并获得了胜利,掘平王之坟而鞭尸③。

故事的关键部分在《史记》中就已存在,而公元9、10世纪出现的**变文**体则将其重点作了一些变动,与后来一些小说比较一致。

## (六)末代暴君形象

中国史书以及在其影响下的白话叙述文学都难以客观地评述末代帝王的成就、困境,或许也还包括他们的功过。"君权神授"是通过道德的完美无瑕来维护人世间的统

---

① 《东周列国志》,安徽文艺出版社1993年版,第七十二回至第七十三回,第751—754页。参见西方语言译本的《东周列国志》中Jacques Pimpaneau所翻译的法文节译本 *Royaumes en Proieà la Perdition:Chroniqques de la Chine ancienne*,巴黎,Flammarion出版社1985年版。

② 参见德译本的《吕氏春秋》,由里卫礼贤(Richard Wilhelm)从中文翻译出版,德国杜塞尔多夫/科隆的Diederichs出版社1979年版,第126页。

③ 德译本的《吕氏春秋》,第184页起。伍子胥故事还散见于《吕氏春秋》的一系列章节,比如《长攻》和《知化》。

治和有效的执政。这一要求过于沉重,因而每一个朝代的末代帝王的形象就不得不显得非常负面,似乎不再拥有这样神授的君权。在这种评判中最为可恶的是只持续几十年的短命皇朝隋代(589—618)的末代皇帝隋炀帝。他属于一连串恶贯满盈、凶残暴虐的末代帝王中的一个。在本文的后面我们还将介绍其中的几个。隋炀帝之前一个最为出名的是商代(公元前1766—1122)末代君王纣。对于这两个末代君王的贬义词也很相似:贪图享乐、好逸恶劳、专横跋扈、放浪形骸、暴虐荒淫、残害忠良。所有这些行为举止都与儒家文化道德相悖离。至于作为一个统治者在其任期内的可能贡献,则被后世故意忘却了①。

《隋炀帝艳史》是明朝晚期的一本历史小说,于1631年以笔名"齐东野人"匿名出版②。这本四十回本的小说作品博采了众多文字材料,主要是唐、宋时期的野史传闻。此外,该小说中还汇集了一定数量的诗词作品,小说的编撰风格适中而明了。连这一博学的作者也再一次地追溯中国过去的历史,以此促使这一原本摇摇欲坠的朝廷显示一些强势,用以抗拒似乎无法避免的历史发展。一个始终贯穿作品的揪心问题是:面对一个不称职、不合格的统治者该如何做才算是维护合法?不能仅仅将这部小说理解为具有一定的告诫意义,而是朝廷应该对自己提出这样的疑问,正是这一点致使该小说在明朝灭亡后的清朝曾长时期遭到禁止。

透过对隋炀帝皇帝形象的个性塑造,也可以看到成书的直接时代背景③。对于那些熟悉北京朝廷的人士来说,《隋炀帝艳史》作者不言而喻是以隋炀帝来比喻执政40多年后于1620年去世的万历皇帝。就像隋炀帝依赖杨素一样,万历皇帝也依仗着他的母后和大臣张居正;他也像隋朝皇帝一样后来于1589年搬入皇宫内院,以追求淫欲而出名,直到1615年还拒绝再次上朝。其私生活沉浸于贪婪、酗酒和荒淫无度。这两个皇帝不仅在性格方面相似,而且对于他们财政方面的批评也有非常大的相似性。隋炀帝在小说中受到的指责主要在耗费巨资建造大运河,而几百年后的对万历皇帝的指责则主要在于倾尽钱财修缮富丽堂皇的宫殿(1596—1597)、穷兵黩武东征高丽(1594)和修建黄

---

① 隋炀帝最有价值的贡献是,鼓励学者出版古代的文献,编撰书目。此外,隋炀帝还开设科举考试制度,这一制度运用达千年以上。参见 Bernard Llewellyn 的《中国的宫廷与嫔妃:中国的一些历史人物》(*China's Courts and Concubines. Some People in Chinese History*),英国伦敦的 George Allen & Unwin 出版社1956年版,第77页。

② 西方对这一部著作的研究主要是何谷理的《中国17世纪的小说》,第84—103页和第106—111页。

③ 万历年间曾刊印过两本写隋唐历史的书籍(一本成书于1550年,另外一本则出版于1619年),但显然还有一个很少引人注意的事例,即也在那时成书的作品《隋唐两朝志传》,共十二卷,一百二十二回,有时也有人将其归为罗贯中所撰写。《隋唐两朝志传》对后面将谈论的《隋唐演义》的撰写有非常大的影响。另一本对塑造隋唐时期历史颇有影响的是熊大木编撰的《唐书志传通俗演义》。无论是《唐书志传通俗演义》还是《隋唐两朝志传》,后来都被徐文长合写成两卷本、一百十四回的《隋唐演义》的早期版本。

河与淮河间的运河(1593—1604),造成国库空虚。

为了能够更好地理解《隋炀帝艳史》中的描写,我们首先简短地回顾一下历史背景[①]。隋朝的开国皇帝为隋文帝(杨坚,执政期间581—601),他统一了分裂较长时期的中国,致力于扩建水渠系统来促进国内经济。

朝廷上的决策人物是隋文帝的远房亲戚杨素。除此之外,杨素还是一个权势很大的人物,据《隋书》记载,他曾和皇后联手对付其他皇子,以便使后来的隋炀帝(杨广,出生于569年,从604年开始执政直到617年去世)登上皇位。就其个性和天赋而言,隋炀帝可以说还是有一些本事的,至少有些资料上强调他博学和善于吟诗。其隐藏的诡计多端也多因兄弟之间的明争暗斗而起。只有隋炀帝成功地利用了父亲对五位野心勃勃的皇子们的畏惧,避开了父母的敌视。

后世数百年中崇尚儒家的历史学家都指责隋炀帝耗费了巨资修建大运河,并动用了上百万民工,却闭口不谈这些运河水渠大多利用了过去几个世纪修建的河网,其作用不是用于追求声望,而是在帝国内各地运送物资方面起着重要的作用。

对东北方的高丽征战不胜,日益削弱了帝国,以致公元613年一再爆发暴乱。616年秋天,隋炀帝离开京城洛阳,前往扬州。在扬州他如同瘫痪之人一样,面对帝国内发生的一系列事件毫无建树。一年后,暴乱者将他的孙子推上了皇位,618年隋炀帝遭受了他曾一手提拔重用的宇文述将军之子宇文化及的打击。宇文家将中的这些人物将在后面选自《隋史逸文》的一个令人印象深刻的情节中加以介绍。在我们把话题转向讨论小说之前,请允许我提一下:隋炀帝在任期间还是做出了许多事情,怎么也不应该把他视为中国历史上最坏的皇帝。他做皇帝期间的专制行为远不及其他大多数皇帝。

《隋炀帝艳史》的前四回,作者简单扼要地描述了年轻杨广的对手被排挤和他自己登上皇位的故事[②]。就在这小说开头,作者就用简单的象征和影射来预示朝廷的命运,但作品借助自身方式的简朴流畅引人入胜。小说采用一切方法丑化未来的皇帝。独孤皇后有一次梦见她儿子杨广的出生,她生产了一个生命,开始像一条龙(皇帝的象征),后来却渐渐地蜕变成了一只老鼠。老鼠的话题贯穿了整部小说,经常令人讨厌地瞬间变成了抢匪,使国家不得安宁。后来人们在一次神秘的洞窟探访中获悉,隋炀帝事实上

---

[①] 这里的描述还是依据来特的《隋朝(581—617年)》("The Sui dynasty (581—617)"),选自杜希德和费正清(John K. Fairbank)主编的《The Cambridge History of China》,剑桥大学出版社1979年版,第三卷,第48—149页。

[②] 研究版本为中州古籍出版社1988年版。

真是老鼠精投胎转世①。既是龙又是老鼠,这一双重象征符合这个孩子出生时复杂的情感矛盾。孩子出生的喜悦最终以被失火的报信突然打断。但这一臆想的火焰映红了皇宫,皇帝和皇后将其看成是祝福的意思;而这些美言吉语只是想掩盖什么,皇朝将陷入血光之灾这一真实的后果却是明明白白的。这里可以清楚地看到的是对预示命运的信号和祝福没有足够认识的批评。意义双关、暗示危机的梦魇和现象(如十四回中皇帝一个妃子梦见自己身处火光之中),却被盲目的隋炀帝视为好事。小说中有一处生动的场景描写,希望这个皇帝通过对天象的观察更好地获知未来。

> 炀帝又问道:"帝星安在?"袁紫烟用手向北指着道:"那紫微垣中一连五星,前一星主月,太子之象;第二星主日,有赤色独大者,即帝星也。"炀帝看了道:"为何帝星这般摇动?"袁紫烟道:"帝星摇动无常,主天子好游。"炀帝笑道:"朕好游乐,其事甚小,如何上天星文便也垂象?"袁紫烟道:"天子者,天下之主,一举一动,皆上应天象。故古之圣帝明王,常凛凛不敢自肆者,畏天命也。"炀帝又细细看了半晌,问道:"紫微垣中为何这等晦昧不明?"袁紫烟道:"妾不敢言。"炀帝道:"上天既已有象,妃子不言,是欺朕也。况兴亡自有定数,妃子不妨明对朕言。"袁紫烟道:"紫微晦昧,但恐怕国祚不永。"炀帝沉吟良久道:"此事尚可挽回否?"袁紫烟道:"陛下若修德禳之,何患天心不回!"②

《隋炀帝艳史》接下来的十四回(第五回至第十八回)则着重描写他如何巩固自己的权力。尽管这是徒劳无益的,但第六回又出现了一个象征性的情节,清楚地表明隋朝气数渐尽。隋炀帝和杨素进行钓鱼比赛。起先,皇帝陛下领先,而这个大臣妄自尊大的话语却使他非常生气。杨素自称要为皇帝钓一条金鳞鲤鱼,后来也确实钓到了一条似乎分量很重的鲤鱼。杨素建议最好杀了这条鱼以免异日风雷之患,但隋炀帝不予采纳,决定给鱼做个记号后重新放生。这条名为"鲤"的大鱼是谐音暗示隋代后的唐朝(618—906)李姓皇帝,在后面的章节中也时常出现。"鲤鱼"一词后来在隋炀帝的头脑中总会换起唐朝开国皇帝李渊率领的李家军要与他分庭抗礼的感觉,最后巨大的鲤鱼变成了一条龙。这一比喻后来又借助皇家花苑中的一棵壮观的梨树(李的谐音)进一步加以暗示。因此而惊慌失措的皇帝在听报附近有一丛美丽的杨梅也盛开终于有些安慰,杨梅

---

① 这一场景在后续作品《隋史遗文》(三十四回)中以简洁的形式表现出来,但与原来说法保持了较大的距离,是通过秦叔宝以迷信的口吻说出。
② 《隋炀帝艳史》第十六回,第175页。

的"杨"字多少与他自己的家族姓氏有些关联。隋炀帝亲眼观看后私底下还是承认梨树的花儿更为艳丽。最终梨树的花儿越发光彩照人,而杨梅却日渐枯萎。

小说此后的十回(第十九回至第二十九回)为第三部分,在这些章回中描述了隋炀帝由于荒淫无度而逐渐败落。作者不可避免地用了大量的笔墨描写由于修建大运河造成民众的劳役和困苦。负责该项工程的是皇帝委派的麻叔谋。接下来的非常残酷的情节中的主要角色不是隋炀帝,而是他的开河都护臣麻叔谋。这个麻叔谋因病卧床不起,皇帝派来的医生却开出了一副罕见的药方:须用嫩羊羔祛除病根。麻叔谋用了此药后不久也确实病愈。但病虽好,但他却不愿意放弃食用嫩羊羔,以致不久别人给他起个外号"含酥脔",意思是某个贪吃肉的人①。他让人四处购买羊羔。他对羊羔的贪欲使那些想奉承拍马的人找到了向他进献烹煮好的羊羔机会。这也导致了在附近的一个村庄中出现了极其残酷的事情,有人给他提供稚童之肉。

> 陶榔儿含泪说道:"老爷,哪有蒸羊方儿,只有个蒸小孩子的方儿。"麻叔谋听见蒸孩子,便大惊失色道:"怎么蒸孩子?"陶榔儿道:"实不敢瞒老爷,前日初次来献的,就是小人的亲生儿子,今年才三岁。因闻得老爷喜吃羊羔,故假充羊羔来献。后来家中没了,其余都是各乡村偷盗来的。"麻叔谋道:"胡说!小孩子可是轻易杀的,我不信你谎言!"陶榔儿道:"小人怎敢在老爷面前说谎!偷盗的人家姓名,小人都有一本账,记得清清白白。就是孩子的骨榇,现今都在。老爷如不信,只消差人去看便知。"
>
> 麻叔谋听见是真,心下也有几分惊惧,因说道:"我与你素不相识,又无统属,你何苦干此惨毒之事,取悦于我?"陶榔儿道:"小人的苦情到此田地,也隐瞒不得了。小人一族有百十余丁人口,都共着一所祖坟;这祖坟曾被仙人题破,甚是灵验。若坟上动了一块砖,一块土,小人合族便或灾或病,害得七损八伤,只从新收拾好了,方才免得。今不幸这祖坟恰恰在河道界限中间,这一掘去,小人合族百丁,料应都是死了。欲要恳求老爷,苦于无门而入,故小人情愿将幼子杀了,充作羊羔以为进身之地。今侥天之幸,得蒙老爷青目,也是千载奇逢,只求老爷开天地之恩,将河道略委曲得三五丈地,便救了小人合族百十余条蚁命。"②

---

① 小说中是称赞羊肉酥嫩。——译者注
② 《隋炀帝艳史》第二十三回,第253页。

麻叔谋利用陶家之难,让他们继续提供"烹羊羔"佳肴。尽管孩子的父母不久获悉了他们孩子失踪的原由,但却无处伸冤。过了很久,隋炀帝终于知悉这悲惨的事情,将这些罪犯绳之以法。这个皇帝突然产生了一个想法要亲近民众:隋炀帝和他的后妃们乘坐大船行驶于大运河上,两岸的河堤上光秃秃的没有什么可以遮荫,隋炀帝便下令身边的所有人沿河堤每人栽一棵树。不久游玩便可以在树荫下进行。隋炀帝深为百姓乐于奉献所感动,便亲手栽下了一棵树,这也显得非常"时尚":

(炀帝)遂自家走到柳树边,选了一棵,亲自用手去移。手还不曾到树上,早有许多内相移将过来,挖了一个坑儿栽将下去。炀帝只将手在上面摸了几摸,就当他种了一般。群臣与百姓看见,都齐呼万岁。炀帝种过几棵,大臣也依次儿各种一棵。众臣种完,只见众百姓齐声喊叫起来,又不像歌,又不像唱。①

本文在此须做一个简短的解释:这一过程也是有内涵的,柳树在中国的语言中也被称为**杨柳**。此外,为了遮荫而栽树也是某种浪费和奢侈,统治者或暴君身上类似情况几乎在任何国家或任何时期都会发生。古罗马的尼禄皇帝在出巡途中让人在驴粪上喷洒名贵的香水,将这些驴粪带走,为了让皇后能够在远处洗牛奶浴;隋炀帝命人栽树为了获得树荫,都是一回事,——统治者奢华的方式在任何国家或任何时候都是一样的。

这种荒唐达到一定的时候,皇朝的没落也就不可避免了。这是小说最后十回(第三十回至四十回)的主题。在朝廷为了搞更多的大工程而加紧盘剥利税后,作者显然觉得再用暗示和星象之类手法不解恨了,便直接口诛笔伐,并对国内揭竿而起的纷乱表示理解:

你想天下能有多少钱粮?怎禁得数年之内,这里起宫,那里盖殿,东京才成,又造西苑;长城刚了,又动河工;又兼开市征辽,也不知费过多少钱财!便有神输鬼运,也不够这样耗散。就能点石成金,也不禁这般泼撒。况这些小民出产有限,供给自家身口,尚且艰难,怎当得千苛百敛、无了无休!有的时节,虽然舍不得,还要保全性命,只得剜心割肝拿了出去,到后来没的时节,好也是死,歹也是死,便持着性命去为盗为贼。此时天下已十分穷困,怎禁得又兴大工!故这些穷百姓,没法支

---

① 《隋炀帝艳史》,第二十七回,第299页。

撑,只得三五成群,相聚为盗。这里一起,那里一阵,渐渐聚集起来,小盗遂成大盗。中间少不得有几个乱世英雄豪杰。故窦建德在漳南作乱,李密在洛阳猖狂;瓦岗寨有翟让聚义,山后有刘武周称雄。盗贼纷纷蜂起,炀帝全然不知,终日还只是严旨催造宫室。①

隋炀帝对一个道士奉劝他迷途知返的良言置若罔闻,依然沉浸于糜烂荒淫的生活,耗尽了搜刮的民脂民膏,那么,对手李家军取而代之的厄运就指日可待了。

《隋炀帝艳史》问世后不足两年,1633年杭州刊印了另外一本名为《隋史遗文》的历史小说,其故事情节涵盖隋朝和唐朝初期,因而有些部分可视为是《隋炀帝艳史》故事的延续,编撰中也采纳了评话说书艺术中的一些人物形象和素材②。这部小说出自苏州殷实大户的后人袁于令(1599—1674)之笔③。袁于令的祖父袁年(1539—1617)曾于1577年参加科举考试,获得状元,后担任过多处的道府。

袁于令本人则以撰写小说类喜剧而闻名。他的著名作品《西楼记》似乎大量取材于自身的经历。《西楼记》描写了一个纨绔子弟、一个老鸨、一个才貌双全的情场失意妓女以及与之争风吃醋的诗人间的故事。也就是说,这一作品再现了袁于令不敌竞争者的情形。依据某个逸事,袁于令在讨好一个名叫周绮笙的意中人时与一个名叫沈同和的文人发生了冲突,后者于1620年前后将这个妓女拐走了。袁于令也因为这一争执而被捕,出于报复便在囹圄中将此经历写成文字。《西楼记》这一杂剧在明朝被灭后不久的1645到1646年的那个冬天在北京第一次上演。他本人当时离开家乡也已经很长时间了,在京城呆了好多年。就像小说中的英雄秦叔宝一样,他本人在当时动荡的年代中也面临着该投向哪一边的抉择。他像秦叔宝一样站到了胜利一方,出任工虞衡司主事,负责兴修水利的官职,以此成为了最早一批为满清效劳的文人。这一点尤其值得关注,因为袁于令出生于江南地区,这一地区即便在清朝年间,也是众多忠于明朝人士聚集的地方。1646年袁于令在山东省获得了一个官职,那里正是英雄秦叔宝的故乡。此后,他又在河北担任知府,但于1653年被控贪污革职,后来就辞去一切职务返回家乡苏州。

---

① 《隋炀帝艳史》第三十回,第327页。
② 研究的西方语言文献有何谷理的《中国17世纪的小说》,第112—139页。何谷理在翻译标题时作了一种新译法的尝试:"隋朝史官遗忘的故事"。何谷理的《成熟与冲突的价值:中国英雄秦叔宝在小说中的两种形象》("Maturation and Conflicting Values: Two Novelists' Portraits of the Chinese Hero Ch'in Shu-pao"),选自杨/亚德金斯的《中国虚构作品的评论文章》,第115—150页。
③ 《隋文遗史》的作者身份问题最终没有得到完全澄清,因为在小说的点评中提到了某个"原始版本"(**原本**或**本传**)。而相应的版本迄今没有找到,所以有关评论家所谈及的是元朝更早版本,只是在朋友中流传的猜测未得到证实。参见何谷理的《中国17世纪的小说》第124页。

他曾被指责为民族败类,也许就是由于这一原因,1633年以后他的《隋史遗文》再也没有重版。后来的读者对这一小说有所了解的原因是该书其中有些故事段落被《隋唐演义》所采纳。关于《隋唐演义》我们将在后面论述。

《隋史遗文》的主角是秦叔宝(卒于638年),这一形象在当时社会黑暗的背景下从早年迷茫的青年逐渐成熟为一个自觉的人士。与主要着眼于批评皇帝作为的《隋炀帝艳史》不同,《隋史遗文》提供了一个完全不同的视角:小说的大部分情节演绎于京城之外的城乡。滥用职权,盗匪成群——受到起诉的不是某个个人,而是整个时代。在秦叔宝的身上,时代的困境明显地展现出:个人的自由和责任问题被一再提出:人可以有多大的自由?如何选择人生的社会角色?

小说中的年轻英雄秦叔宝对人生起初充满浪漫的向往。他的祖先都是赫赫有名的大将,其中最后一个在抵抗隋朝征战中战死疆场。秦叔宝没有专门拜师求学,而是自学武艺。他身边没有模仿的榜样,似乎也不知所措,但又不愿意从事一般的活计。还是他母亲促使他接受了一个低等的职位:都头。秦叔宝押解囚徒发配异乡成了这个年轻人人生的一个转折——途中他救了后来唐朝的开国皇帝李渊。李渊还没来得及谢他,他已经转身走了。他身无分文地在潞州滞留了好长一段时间,还经常遭到旅店老板的冷嘲热讽,最后不得不低声下气地将自己的坐骑给卖了。他自己无法实现自己的意愿,失望至极,终于病倒了。接下来,这个年轻人只好一再靠别人的施舍度日。他被才子魏征(580—643,后来唐朝的宰相)和殷实的庄主单雄信所收留。在返回故乡的途中因卷入谋杀事件被发配到罗艺军中作军犯。罗艺是秦叔宝的姑父。在结束兵役后,他回到母亲身边做一个信差。但由于对宇文惠及(谋杀隋炀帝的宇文化及的兄弟)残酷强奸一个女孩义愤填膺而使自己成为了杀人犯。在一段短暂的激情和愤怒之后,秦叔宝的复仇很少被人视为英雄壮举,而更多地是被看成导致琬儿、她母亲被害和住房被毁的原因。

接着秦叔宝担任了右仰领军校尉,其中的一项任务是护送一队民工去建造大运河。他发现了麻叔谋的食人肉恶习,拘捕了绑架孩子的恶人,但这些人在麻叔谋的串通下又被释放了。因此秦叔宝弃官而去,返回家乡过起隐居的生活。在一段时间的退隐之后,秦叔宝内心越发坚强了,当隋朝军队出兵东征高丽国时,被一名将军委以重任。他忠诚善战,甚至避免了与被他打死的宇文惠及的父亲的冲突。一个伟岸强大的榜样,终于成为将军家族的继承人,后来秦叔宝荣归故里。

秦叔宝最终找到了自我,但却面临时代的问题。他最终在李世民(598—649,唐朝开国皇帝的儿子)身上看到了"真龙天子"。他拥有作为一个勇士的体魄(最终作为一个历史英雄帮助唐朝建立了自己的政权),而对作者来说却自然失去了复杂的个性,到头来又重新回归常见的英雄神话。

整部小说中令人印象最为深刻的是二十二回中琬儿遭强暴受辱的一段描写。这是一段少见的现实描述,相同的例子在当时同时代的评话说书艺术中为数甚少,在此后的诸如《隋唐演义》等作品中都没有这段描述。这段塑造在详尽方面远远超出了刻板的描述方式,比如在描写战争场面时大多省略了残酷的情节。袁于令在其《隋史遗文》中重拾了《隋炀帝艳史》(三十一回)的一段描写,其中有隋朝皇帝将年仅13岁的幼年女童绑在用于寻求刺激而制造的"任意车"上进行戏弄。在这里出现的残暴场面同样是巨变的序曲:在下一回小说中就称隋皇身体虚弱,他儿子便登上了皇位。

> 且说那些长安的妇人,生在富贵之家,衣丰食足,无日不是快乐之时。她眼界又大,外面景致也不大动得她心里。况且出入车舆,前后簇拥,也不甚轻薄得着。是那小户人家,巴巴急急过了一年,喜遇着个闲月,见外边满街灯火,连陌笙歌,也有跳鬼判的,也有踏高竿的,也有舞翠盘的,也有斗龙灯的,也有骑骆驼的铮铮镗镗,跳跳叫叫,挨挨挤挤,攒攒簇簇,推推拥拥,来来往往,若老若幼,若贵若贱,若僧若道,若村若俊,多少人游玩。凭你极老成极贞节的妇女,不出她心神荡漾,一双脚头只管向外生了。遇一班好事的亲邻,彼此相邀,有衣服首饰的,妆扮了出来卖俏;没有的东央西借,要出来走桥步月。张家妹子搭了李店姨婆,赵氏亲娘约了钱铺妈妈,嬉嬉哈哈,如痴似醉,都捺不住。若是丈夫少有趑趄,阻当一句,先要变起脸嘴,骂一个头臭。到底邻舍亲眷,走来打合,原要出去一遭。也有丈夫父兄肯助兴的,还要携男挈女,跟随在后,大呼小叫,摇摆装腔,扬扬得意,正是:
> 
> 谁家见月能闲坐,何处闻灯不看来。
> 
> 就是妇女也不同:有一种不在行的妇女,涂脂抹粉,红裙绿袄,打着偏袖,扭着屁股,努着嘴唇,眇着眼睛,趑头趑脑,惹人批点。但凡那在行的妇女,浅妆淡服,不施脂粉,潇洒轻盈,不烦做作,斜行侧立,随处有天然波俏;巧言倩笑,动辄有实地风流。那种妇人,又忒煞惹人欹美。长安中王孙公子,游侠少年,铺眉苫眼,轻嘴薄舌的,都在灯市里穿来插去,寻香哄气,追踪觅影,调情绰趣,忙忙急急,眼皮上做工夫。好像闻香的蚂蚁,采花的蜂蝶,几曾站得脚住,也何尝真心看灯。有一个好标致的妇人,在一所挺挤,就是没有灯的所在,他们也要故意挤住,抠臀捏手,亲嘴摸胸,讨他的便宜。……那些风骚妇女,明知有此种光景,在家坐得不耐烦,又喜欢出来布施,与少年们抠挖。结识得两个清标的汉子,也趁此一番机会,就是被人干打

哄，寡称赞，也好燥脾。回到家里，刁顿那丈夫，见得外边多人歆美，你却难为我不得的意思。也还要害得这些少年们，回去乱梦颠倒，也有把自家妻子憎厌，对了里床睡的；也有借自家妻子来摹拟干事的；也有因了走桥相会，弄出奸谋杀祸的。最不好的风俗，是这走桥看灯一事。

不想有一个孀居的王老娘，不识祸福，不早些睡了，却领了一个十八岁老大的女儿，小名琬儿，也出去走起桥来。走桥倒不打紧，那晓得惹出一场大是非，却只争这老妪一时高兴，携女观灯之过。

只为中间少一着，教人错认满盘星。

那女儿生得如何，生得来：

腰似三春杨柳，脸如二月桃花。冰肌玉骨占精华，况在灯间月下。

母子两人锁上了门，走出大街看灯。才出门时，便有一班游荡子弟，牵歌带曲，跟随在后，挨上闪下，瞧着琬儿。一到大街，蜂攒蚁拥，身不由己。不但琬儿惊慌，连王老娘也着忙得没法了。抠臀摸乳，这些也还弄做小事。不料宇文公子，有多少门下的游棍，在外寻绰，略有三分颜色的，就去报知公子，出来领略。见了王琬儿十分姿色，万种娉婷，飞报公子得知。公子闻了美女在前，急忙追上。见了琬儿容貌，魂销魄荡。报事的又早打听得止有老妇人同走，公子越道可欺，便去推肩擦背，调戏他。琬儿此时吓得只是不做声，走避无路。那王老娘不认得宇文公子，看到不堪处，也只得发起话来。宇文惠及趁此势头，便假发起怒来，道："这老妇人这等无礼，敢挺撞我！锁他回去。"说得一声，众家人齐声答应，轰的一阵，把母女掳到府门。老妪与琬儿，吓得冷汗淋身，叫喊不出，就似云雾里推去的，雷电里提去的一般，都麻木了。就是街市上，也有傍观的，那个不晓得宇文公子向来这样胡行，敢来拦挡解劝？到得府门，王老娘是用他不着的，将来羁住门房里。只有琬儿，被这干人撮过几个转弯，过了几座厅堂，是书房中了，众人方才住脚。宇文惠及早已来到，宇文惠及把嘴一努，众家人都退出房外，只剩几个丫鬟。宇文惠及定睛一看，果是好个女子，虽在惊恐之时，一似：

娇花着雨偏添媚，弱柳牵风更助妍。

一把抱将过来，便把脸傍将过去亲嘴。这时候琬儿是个未经识、未在行的女子，连他不知这叫做什么账儿，忙把脸侧开，把手推去。那公子一只手，又从裤裆边伸来了。琬儿惊得乱跳，急把手掩，眼泪如注，啼哭起来。怪叫道："母亲快来救我！"此时王老娘何尝不叫道："孩儿你在那里？还我的孩儿。"不知隔了几座楼墙，便叫杀，彼此也不听得。宇文公子笑嘻嘻，又一把紧抱在怀内，道："不消叫得了，倒不如从直,若肯贴心从我在此,少不得做个小夫人;若不愿情,消停几日,着人送你还家。如今是染坊铺出不得白了。"这女子如何肯听,两脚不住乱蹬。公子将手要摸去,去不得,头不住向脸上撞来。公子将嘴要亲去,亲不得,延推了一会。自古道:公子性儿,早已恼了。道:"丫鬟推他床上去。"公子将琬儿推出怀内,这些丫鬟一齐笑嘻嘻,将琬儿推在床上。这床不是寻常的床,叫做巫山床,就是公子一个好友,叫做何稠送的,又叫做尽欢床。凡遇着诓劫来良人女子,断没口好气对着公子扭身缩股,脚踢手推,光景都是有的。这床四角俱有机揆,中有锦带二条,推上床时,扑的一声,手脚拴定,但凭雨云。我想人对着一个情意不曾投的妇女,又将他脚手拴住不动,死死的有甚光景,有甚趣兴。但这宇文惠及不过是个蠢才,晓甚得趣,只取一时像意而已。正是:

蜂狂只解偷香,那爱名花未放。

但是琬儿年纪,虽有十八岁,身子生得娇怯。不曾磨锡,那话儿又不曾开折的。公子叫侍儿掌了纱灯,照着琬儿。公子将手擘开,恰似桃子擘缝,鲜滴嫩红一线。公子兴发,阳物翘然举起,一挺而进,元红迸出。琬儿痛哭叫喊,声咽不能透转,身定不能跳动。侍儿掩口暗笑。窗外边有男女偷瞧动火的,逐对抱住了干事。这些男女总是公子的婢妾家人等辈,公子荒淫,上行下效,不为奇事。只是那宇文惠及,平日纵欲宣淫,门下养有七青八黄的方术道人,争送春方,又不是海狗肾、阳起石、仙茅、肉蓉等寻常药料,却都是海外奇方,日夜服著丸药,又有洗药,不住泡洗阳物,龟头上生出乾鞑肉环,根上又带着药制铅箍,那阳物本身,涨得十分饱满,好像生瓜一般。况兼头上乾鞑肉多,五六寸青勋虬结曲蟮般起,扔扔刺刺,最是利害。琬儿从不曾开动的,第一次便经着这个狠呆的公子,抽得一张阴门,刀剐的一般,血流满裤,牙关咬紧,手足如冰。公子怪他不肯顺从,虽是与他干事,却无好气,故意把腰头乱撬,要弄得他阴门肿破,凭他哭求,不肯饶放。后边也弄得不耐烦了,秃的一声拔出阳物,又把火来照着。那琬儿熬不得羞耻,只得骂道:"那里说起,撞着你这没天理、狠心的强盗,把我这般埋灭,你倒不如一刀杀了我罢。"公子听见琬儿骂他,便怒骂道:"你这小贱人,怎般放肆!京城里面,多少良贱妇人,闻了我宇文公子的风流大名,巴不得替我亲近。似你这里巷丫鬟,人身也变不全的,受我抬举也彀了你了,反肆触犯,就该一顿打死你这泼贱。我如今也不难,将你锁禁在此,永世不许出我府门。"叫手下:"取书童的名册过来。"公子照了名册,唤集众书童:"你们替我把这妇女着实戏弄,挨了名册,逐一轮流干事,不许争先厮闹。有本事的,尽力抽送,射死了他,埋在后园空地上去;射不死,放在书厅西房,赏与你们未娶妻的夜间公用。"众书童喜从天降,一个个脸上堆下笑来,应道:"多谢大爷恩赐。"这些书童也有年十六七岁的,也有二十一二岁的,都是绝精壮的狠后生。得了主人乱命,果然挨次干事。这些饿鬼,一两爬就完事了,但见吓喽喽笑做一团。公子拍掌大笑。也有几个长久的,当了主人的面,着实抽送。公子拍掌喝彩,取大碗酒赏鉴。

正在荒淫之际,外边有人进来附耳密报道:"方才那老妇人在外,要死要活,怎生发付他去?"公子道:"不信有这样撒泼的?待我自家出去。"公子走出书房来,那些书童,越发高兴,把琬儿一上一落,弄得七死八活,眼泪都已哭干了,竟似死人一般了。这些书童里面,也有有人心的,暖了些酒,私下开了拴板,扶琬儿起来,打铺与他睡了。琬儿略觉苏醒,又问起母亲在那里?众书童道:"你的母亲早已打发回去了,还问他怎的?"琬儿哭泣不休,众童拥住劝解不题。

公子走出府门,问老姬何故这般撒泼?老姬闻公子出来,越添叫号,捶胸跌足,呼天呼地,要讨出女儿。公子道:"你的女儿,我已用了。你好好及早回去罢,不消在此候打。"老姬道:"不要说打,就杀我也说不得,决要还我女儿。我老身孀居,便生得这个女儿,已许人家,尚未出嫁,母女两人性命相依,不还我的,今夜就死在这里。"公子道:"若是这等说起来,我这门首也死不得这许多。你就死了,我也不在心上,不如快快回去罢。"叫手下撑他开去。众家人推的推,扯的扯,打的打,把王老娘一顿打开,一打出了两巷口栅栏门,再不放进去了。①

《隋史遗文》的故事情节一直延续到唐朝初期。这部作品问世几十年后,大约在1675年前后,同样出生于苏州地区的褚人获(约1630—1705)撰写完成了一本名为《隋唐演义》的历史小说。该小说涉及的时间绵延两百年(就是说约从570年至770年),远远超出了前面提到的小说,内容包涵了唐朝初建至唐明皇(唐玄宗,执政时期为712—755)②。褚人获当时没有一官半职,估计是出于这样的经济原因而写作的。或许正是这一点决定了他自觉没有义务去写一部正史,而是创作出一部历史专题的故事,其中除了数量众多的历史人物外,还出现了传奇世界的人物形象。这部拥有多种(10多种)版本的小说是中国最受读者欢迎的小说之一。这也造成了一种困难,即难以像其他小说那样找出褚人获的原创小说版本,所有的版本都可与他的原创作品相吻合。除了上述对

---

① 译文根据北京大学出版社1988年版,第二十二回,第175—181页。其中部分的翻译参见何谷理的《中国17世纪的小说》第113—118页,这段翻译显然没有依据原文版本处理。

② 研究参考了何谷理的《隋唐演义和17世纪苏州精英的美学》("Sui T'ang Yen-I and the Aesthetics of the Seventeenth-Century Suchou-Elite"),选自浦安迪主编的《中国叙事作品:评论和理论短文》,第124—159页;浦安迪的《中国17世纪的小说》(The Novels in Seventeenth Century China),第190—208页。这部小说的现存最老版本出自1695年。

小说第一回到第六十回很有影响的①两部作品之外，褚人获本人主要在17世纪初集成了众多历史故事集、宋朝诗词集、唐朝传奇等的素材。其作品最后三分之一的内容至少成了《混唐平西传》②的重要蓝本。历史的虚构，公案小说，爱情故事，离奇非凡的描述，以及道德规范的训示——除第六十四回以外的所有章回都有一个短小的诲人评语，通常还揭示该本章回中可以获取什么道德行为规范——这一切都奇妙地糅合在一起，无疑赋予了作品吸引力。因而，《隋唐演义》并非严格意义上以展示历史情节为标志的历史小说，而更多地是将所叙述的事件粗略地按历史的前后顺序排列，隐去了主要人物的历史性。

尽管褚人获没有完全按照历史时间的顺序进行创作，但既然该小说概括性地勾画整个一个时期的形象，那也就很难不将其归入历史小说一类。当时的历史小说中，颇有戏剧性的高潮被迫低调处理，各个场面仅有的松散衔接大多只是创作成插入式结构。褚人获无疑是尽力逆这一趋势而动，采用的方式不是严格按编年史的时间顺序将故事串连起来，而是按照专题内容将其安插在小说的不同段落中③。这部百回本小说大致可以划分成八个大的专题：隋朝的兴起与统治（散见于第四十八回之前）；秦叔宝的冒险经历和其他各路英雄（散见于第四十六回之前）；唐朝李家的兴起和内部权利之争（散见于第六十回之前）；爱情纠葛（第六十回至第六十三回）；唐太宗李世民执政（第六十回至第七十回）；女皇武则天的冒险经历（第六十九回至第七十五回）；韦皇后（第七十六回至第七十七回）；唐明皇执政及宣宗时期（第七十七回至第一百回）。这些本来松散的素材被褚人获用不同的手法捏合在一起，甚至将唐明皇和杨贵妃描写成是隋炀帝和其爱妃朱贵儿的重新投胎。就连一些不太重要的小说人物也在其中作用重大，比如秦叔宝的母亲宁夫人，其形象在小说中一直延续到小说后半部，在第七十一回中她还以105岁的高龄老妪上朝。这种罕见的高龄似乎是当时评话说书艺术中绝大部分作品偏爱的框架元素，在诸如《醒世姻缘传》中也不乏其例。

由于小说前半部分的人物形象在前面两部小说中为我们所熟知，所以我们在有限的内容介绍中将重点放到论述小说的结尾部分。除了身着男性服饰代父从军并赢得胜

---

① 这里涉及褚人获的原始作品：第二十七回（王义得佳偶），第三十四回（朱贵儿割股救隋炀帝），第四十二回（李密初战隋军告捷），第五十一回到第五十二回（秦叔宝投唐），第五十七回（李世民作法脱身）。

② 依据中州古籍出版社1993年版。这部作品有好几个书名，比如《混唐后传》、《大唐后传》等。作者不详（常提及一个名叫钟兴德的人，但除了名字没有任何资料），这部三十七回本的小说成书年代肯定在康熙年间（1662—1722）。《混唐后传》主要写的是唐太宗至唐肃宗年间（即627年至762年间）唐朝重要人物的生活插曲和影响。这部作品本身根本就是依据了司马光的《资治通鉴》中的形象塑造。

③ 我们熟悉的秦叔宝和其他英雄历险的经历见于第三回到第四回，第六回到第十八回，第二十一回至第二十六回，第三十一回至第三十三回，第三十七回至第三十九回和第四十一回至第四十六回。

利的中国北方颇有争议的女英雄——传奇人物木兰外①,这里主要着眼于皇帝爱妃杨贵妃和乱臣贼子安禄山这两个角色。

杨贵妃无疑是中国历史上最著名的皇妃,她与皇帝的爱情数百年来令诸如李白、白居易等无数诗人产生遐想和吟诵。她原名为杨玉环,718 年出生于今日的山西,父亲去世后来到长安,年轻时就以美貌出名,原本被内定婚配给宫内一个皇子,后来却为了安慰妻子刚死于难产的唐玄宗,给他当了妃子。不久这个年轻女子就成功地获得了傲视其他宫妃的地位,也给她的家人带来了显赫的官职。杨贵妃后来被称为祸水红颜,主要是由于与安禄山的奸情。安禄山(?—757),突厥血统,是一个具有影响力的人,后来与鞑靼人相勾结,将中国拽入了血腥的战争之中。杨贵妃 756 年死于皇帝逃离京城的途中②。小说用一个简短的场景,点明了这对情人之间的复杂关系,当时杨贵妃为了便于和安禄山私下幽会,刚与皇帝一起将他收为义子。

当下杨妃懒妆便服,翩翩而至,更觉风艳非常。玄宗看了,满脸堆下笑来。适有外国进贡来的异香花露,即取来赐与杨妃,叫他对镜匀面,自己移坐于镜台旁观之。杨妃匀面毕,将余露染掌扑臂,不觉酥胸略袒,宾袖宽退,微微露出二乳来了。

玄宗见了,说道:"妙哉!软温好似鸡头肉。"安禄山在旁,不觉失口说道:"滑腻还如塞上酥。"

他说便说了,自觉唐突,好生踧踖,杨妃亦骇其失言,只恐玄宗疑怪,捏着一把汗。那些宫女们听了此言,也都愕然变色。玄宗却全不在意,倒喜孜孜的指着禄山说道:"堪笑胡儿亦识酥。"说罢哈哈大笑。于是杨贵妃也笑起来了,众宫女们也都含着笑。③

假如安禄山事先没有亲眼所见,他如何能够知道杨贵妃酥胸之美?作者紧接着这一情节就提出了言简意赅的问题。

又过了一段时间以后,局势恶化了。一只最会人言的白鹦鹉之死,导出了一场灾难,不久就落到了皇帝和他的贵妃身上。

---

① 就在创造性地处理木兰素材(五十六回至六十回)方面,褚人获也显示了为其叙述作品处理现有素材的改编大师的能力。在原始的版本中,木兰拒绝了可汗给予的厚禄,回到了父母身边,而《隋唐演义》中名为花的女英雄与之不同,在可汗要求她入宫为妃后在父亲墓前自刎而死。这里作者有可能在一定程度上影射满族人夺取中原政权一事。
② 参见 B. Llewellyn 的《中国宫廷和嫔妃》,第 92—101 页。
③ 《隋唐演义》,台北,世界书局 1982 年版,第八十三回,第 642 页。

看官,你道那梁间说话的是谁?原来是那能言的白鹦鹉。这鹦鹉还是安禄山初次入宫,谒见杨妃之时所献,蓄养宫中已久,极其驯良,不加羁绊,听其飞止,他总不离杨妃左右,最能言语,善解人意,聪慧异常,杨妃爱之如宝,呼为雪衣女。一日飞至杨妃妆台前说道:"雪衣女昨夜梦兆不祥,梦己身为鸷鸟所逼,恐命数有限,不能常侍娘娘左右了。"说罢惨然不乐。杨妃道:"梦兆不能凭信,不必疑虑;你若心怀不安,可将《般若心经》,时常念诵,自然福至灾消。"鹦鹉道:"如此甚妙,愿娘娘指教则个。"杨妃便命女侍炉内添香,亲自捧出平日那手书的《心经》来,合掌庄诵了两遍,鹦鹉在旁谛听,便都记得明白,琅琅的念将出来,一字不差。杨妃大喜。自此之后,那鹦鹉随处随时念《心经》,或朗声念诵,或闭目无声默诵,如此两三个月。

一日,玄宗与杨妃游于后苑,玄宗戏将弹弓弹鹊,杨妃闲坐于望远楼上观看,鹦鹉也飞上来,立于楼窗横槛之上。忽有个供奉游猎的内侍,擎着一只青鹞,从楼下走过;那鹞儿瞥见鹦鹉,即腾地飞起,望着楼槛上便扑将来。鹦鹉大惊,叫道:"不好了!"急飞入楼中。亏得有一个执拂的宫女,将拂子尽力的拂,恰正拂着了鹞儿的眼,方才回身展翅,飞落楼下,杨妃急看鹦鹉时,已闷绝于地,半晌方醒转来。杨妃忙抚慰之道:"雪衣女,你受惊了。"鹦鹉回说道:"噩梦已应,惊得心胆俱碎,谅必不能复生,幸免为他所啖,想是诵经之力不小。"于是紧闭双目,不食不语,只闻喉颡间,喃喃呐呐的念诵《心经》。杨贵妃时时省视。三日之后,鹦鹉忽张目向杨妃道:"雪衣女全仗诵经之力,幸得脱去皮毛,往生净土矣。娘娘幸自爱。"言讫长鸣数声,耸身向着西方,瞑目戢翼,端立而死。正是:

人物原皆有佛性,人偏昧昧物了了。鹦鹉能言更能悟,何可人而不如鸟。

鹦鹉既死,杨妃十分嗟悼,命内侍监殓以银器,葬于后苑,名为鹦鹉冢。又亲自持诵《心经》一百卷,资其冥福。玄宗闻之,亦叹息不已,因命将宫中所蓄的能言鹦鹉,共有几十笼,尽数多取出来问道:"你等众鸟,颇自思乡否?吾今日开笼,放你们回去何如?"众鹦鹉齐声都呼万岁。玄宗即遣内侍持笼,送至广南山中,一齐放之,不在话下。①

杨贵妃之所以一直牵记个小动物,是因为它是安禄山所赠之物。这段美丽动人的历史传说源自何方,无人知晓,或许是作者自己杜撰的。安禄山引发了这一叛乱迫使唐玄宗离京外逃,甚至在忠于自己的将士们要杀杨贵妃时也无力挽救她。

---

① 《隋唐演义》第八十七回,第672页起。

尽管褚人获如此创造性地塑造了自己诠释的隋唐两朝故事,但文学的发展并未就此告终。直到《说唐全传》问世,对隋唐时期的早期文学塑造才告一段落,后来只出现了两本后续作品①。这部成书于1783年的现存早期版本(前言却出自1736年),没有继续描述宣宗去世后的历史时期,而是从讲述瓦岗寨的英雄们展开的。这些瓦岗寨的英雄聚义于隋朝末年,是推翻隋朝的重要力量。《说唐全传》很大部分依据了褚人获《隋唐演义》,却也采纳了其他一些不同的民间故事,特别是明朝时期作者诸圣邻的《大唐秦王词话》。

《说唐全传》的故事情节表现时间是推翻隋朝和李世民登基成为唐太宗(627年)。小说的主角还是秦叔宝,他开始还是在隋朝军队中当差,后来加入了瓦岗寨英雄的行列。秦叔宝的最大贡献是阻止了未来皇帝李世民在战争中被害。而后续作品《说唐后传》②则从时间而言讲述了唐太宗登基以后的历史故事,重点放在巩固边疆和为此而进行的罗通征北和薛仁贵征东。故事首先描述了罗通如何出兵救援秦叔宝,并以此在后面的故事中取代了秦叔宝成为主角。尽管其中也出现了许多历史人物,但无论是征北还是罗通这一形象都是杜撰的。而与之不同的是历史上的将帅薛仁贵(614—683)率兵东征,小说对此也用了大量的篇幅③。他的对立面是张世贵(?—656)。张世贵同样是一个历史人物,曾因其卓越贡献被皇帝委以军事重任,但在小说中则由于剧情的需要被塑造成类似狄青在杨家将小说中一样的反面人物。《说唐后传》的作者在第五十五回末尾提到,这一题材自然将续出第三集,其中继续讲述薛仁贵的出征。也确实有类似的作品问世,尽管刊印出版的时间要晚很久:1847年出版了一本名为《三唐征西演义》的小说。

### (七) 明朝末年权倾一时的宦官

如果说,问世于16世纪末万历时期的众多评话说书作品多采用写过去历史时期(如刚才谈到的隋炀帝)的手法,揭示当时社会现实,含沙射影地表达了对普遍存在的弊端的不满的话,那么最迟是随着万历皇帝去世(1620),官吏和学者的处境在某种程度上变得无法忍受了,就需要直接的控诉④。小说艺术也由此暂时地获得了现实性——而这

---

① 这里依据的是中州古籍出版社1989年版,十卷本,共有六十八回。
② 这里依据的是中州古籍出版社1992年版,有五十五回,其现在保持下来的最早版本出自1768年。
③ 薛仁贵是民间艺术偏爱的英雄豪杰,写他的作品元代就有《薛仁贵锦衣还乡》,明末清初则有短篇小说《定天山》。
④ 有关万历年间中国思想-政治情况的论述,参见黄仁宇(Ray Huang)的《万历十五年》(1587 — *ein Jahr wie jedes andere*:*Der Niedergang der Ming*),德国美因河畔的法兰克福的Insel出版社1986年版。

种现实性在19世纪向20世纪过渡的清朝末年又重新出现了一次——明朝人将自己的朝代变成了评话说书的重要题材。如果说前面谈到的诸如《英烈传》等作品中口吻还是中性的，仅仅是想给人一种追忆般的情景再现，那么在《正统传》中，英宗于1449年在出征蒙古期间被俘而引发的国内危机则成了中心议题。类似的还有1603年问世的小说《征播奏捷传通俗演义》，讲述的是成功平息四川起义的过程。而在天启年代（1621—1627）和崇祯年代（1628—1644）的评话说书艺术则终于直接涉猎政治：前面曾经提及的《辽东传》，是当年魏忠贤追随者炮制的，目的应该是为了搞臭和清除武将熊廷弼（1595—1626）。但是，1627年魏忠贤死后自己却很快变成了文学作品愤怒攻击的对象。1628年出现了两本各四十回本的作品专门讲述这个遭人怨恨的宦官：《警世阴阳梦》和《魏忠贤小说斥奸书》。这两部作品对1630—1650年间明末清初问世的五十回本《明珠缘》影响很大。《明珠缘》还有一些其他的书名，是一直深受读者欢迎的书籍①。在1868年文字狱期间，这部小说遭禁，因此也就时常与《红楼梦》《金瓶梅》等伟大著作相提并论。由于其中主要表达了对官僚作风的不满，也就具有了和吴敬梓的《儒林外史》的相似性。就其历史性而言，《明珠缘》的意义主要在魏忠贤的个性和时代环境的差异上体现出来，因而，尽管小说竭力宣扬中国文学中常见的"神的力量"，但它依然被人称为"现实小说"②。

《明珠缘》的作者是谁，哪儿都没有提到过，但在与之相关的材料中一再出现李清（1602—1683）的名字。李清1631年参加科举考试并获得**进士**头衔，此后在京城担任官职。

那谁是身后遭到如此怨恨的明末宦官的原型呢？为了弄懂小说人物的塑造，现在对此作一个简短的历史回顾③。魏忠贤（1565—1627）出生在现今河北省的肃宁地区，没有受过什么教育，曾是一个颇有声名的赌徒④。魏忠贤曾有过短暂的婚姻，有一个女儿。在一次被人追还赌债时遭到一批流氓的欺辱，他决定改变生活方式。为了享受荣华富贵，他自愿自宫——这是入宫廷内院听差的前提条件，17世纪初在一个帝妃身边当太

---

① 参见近年的出版物：《梼杌闲评》，人民中国出版社1993年版；《魏阉全传》，华夏出版社1995年出版；本书还参阅了桂林，漓江出版社1994年出版的《明珠传》。
② 参见《梼杌闲评》"跋"，第481页起。
③ 这段塑造依据牟复礼（Frederick W. Mote）和杜希德（Denis Twitchett）主编的《剑桥版中国史》（*The Cambridge History of China*）第七卷中的资料：《明朝：1368—1644年》（"The Ming Dynasty, 1368—1644"），剑桥大学出版社1988年版，第591—614页；参见蔡石山 Shih-shan Henry Tsai 的魏忠贤小传《中国明代的太监》（*The Eunuchs in the Ming Dynasty*），美国Albany的纽约州立大学1996年版，第3—6页。
④ 有关魏忠贤的学术争论主要参见 Ulrich Mammitzsch 的《魏忠贤（1568—1628年）：论明末宦官和派系之争》（*Wei Chung-hsien（1568—1628）: A Reappraisal of the Eunuch and the Factional Strife at the Later Ming Court*），夏威夷大学出版社（Ph. D. Dissertation, University of Hawaii）1968年版。

监。这个帝妃生下了后来于1621年登基成为天启皇帝的朱由校。朱由校是泰昌皇帝的长子。而泰昌皇帝自己在1620年登基做皇帝后仅几个月就因服用红丸而丧命。小说(二十三回)也提到了去世时不可思议的情形。这件事被称为"红丸案",并被赋予了政治意义。新登基的天启皇帝被看作弱势皇帝,所受教育甚少,智力也有些低下。由于他没有能力亲自干涉恶化的局面,也就退居内宫,将公务大事都委托给宦官和侍从。这样,魏忠贤就作为负面形象粉墨登场了。皇帝多病体弱,所以乐于让魏忠贤和一个姓客(书中名为客印月)的乳母陪伴。这个乳母死于1627年,与魏忠贤有些不正当的关系,小说也对此作了详细的描述。魏忠贤从原本地位低下的皇帝侍从,在天启皇帝登基后获得更多的权力和影响力,在短时期内上升到司礼监官员,成为帝国京城中宦官势力的中心。依据历史资料所言,魏忠贤仅仅依靠乳母客氏对皇帝的影响力得以确保自身的重要地位。魏忠贤被皇帝赋予了很大的权力,成为了当时最有权势的宦官。面对御史王心一(1572—1645)的批评,魏忠贤作出的反应是1621年对宫廷的大清洗,其中"好的"宦官和同情东林党的名人王安都成了牺牲品。

接下来的数年中,魏忠贤越发致力于巩固自己的权力地位,排斥异己,继续谋求更高的地位扩大影响。1624年魏忠贤被命名为受宦官控制的特务组织"东厂"的提督,以此获得了司法和生杀大权;1625年被赐"顾命元臣"印;1626年他的一个侄子被封侯。全国各地为了表示效忠魏忠贤而大肆筹备贡品和为他设立生祠。有人在朝廷奏折中对魏忠贤的人品和能力大加颂扬,远离京城的军事胜利也被归功于他的英明领导。对魏忠贤的崇拜于1627年达到了高潮,甚至有人提议将对魏忠贤的崇拜与尊孔相提并论。

1627年天启皇帝染病,不久便一命呜呼。在新皇帝朱由检(1611—1644)登基执政后,魏忠贤递交了辞呈,起先遭到了拒绝。此时,国内对魏忠贤及其追随者的怨恨声日趋高涨。崔呈秀作为魏忠贤第一个同党辞去了官职。1627年12月8日魏忠贤也被逐出京城,到开国皇帝的家乡去担任一个位卑的礼仪官员。他带着大批的珍宝和财富来到离京城200多公里的阜城,在那里获悉皇帝下诏逮捕和审讯他。为免遭严刑拷打,他和一个亲近的太监在12月第二周自缢身亡。此后不久,崔呈秀也自杀了。无论是他还是魏忠贤都没有被赐予体面的葬礼,其尸体都遭到凌迟,并在京城悬首示众。尽管这个权倾一时的宦官已经身亡,但对其党羽的清剿没有停止,客氏乳母及其兄弟、儿子以及魏忠贤的一个侄子和其他20多人分别被处死或自杀。全国各地当年为魏忠贤歌功颂德的祠堂都被捣毁,那些曾遭受魏忠贤迫害的家庭都得到了平反昭雪。

小说《明珠缘》可以清晰地分成两部分,其中第一部分(第一回到第十九回)吸引读者的是对魏忠贤进宫前的一段生活的描述,而篇幅更长的第二部分则全面详细地描述了他是如何升迁到皇帝身边的,这些内容在我们提供的生平简介中已经提及。

这部小说明显表现出当时罕见的贴近早期中国评话说书的形式,特别是与话本极其相近,不仅采用了无数评话说书的形式和用诗歌进行解释性过渡(与前面有节奏——抑扬顿挫的部分相协调)的手法。小说还提供了涵盖一回以上的内容导论,可以看出是话本中典型的开篇(入话)形式,点明与小说前面部分内容上的直接关系。作者在导论中还专门提到了大水灾,这些水灾经常在国内肆虐,以此来暗示宦官魏忠贤后来把全国推入灾难。

年轻的魏进忠(魏忠贤入宫前的名字)命运多变,其出生和青年时期丝毫无法让人感到他后来会变成独断专权的宦官。作者以此为我们形象地描述了魏进忠的生活低潮期。

不觉过了十数日,酿出一场大病来,浑身发热,遍体酸疼,筋都缩起来难伸,日夜叫喊。有半个月,忽发出一身恶疮来,没得吃,只得把被当出钱来盘搅。过了几日,疮总破了,浓血淋漓。店家先还伏事他,后来见他这般光景,夫妻们撇下屋来不知去向。进忠要口汤水也无人应,只得挨了起来,剩的几百文钱渐渐用完了。邻家有好善的便送些饭食与他,后来日久难继,未免学齐人的行境。幸的天气渐暖,衣服薄些还可捱得,只是疮臭难闻,邻家渐渐厌他臭味,虽讨也没得。一连饿了两日,只是睡在地下哼。有一老者道:"你睡在这里也无用,谁送与你吃?今日水陆寺里施食,不如到那里去,还可抢几个馒馒吃。"进忠哼着道:"不认得。"老者道:"进了南门,不远就是。"

进忠饿不过,只得忍着疼捱起来,拄着竹子,一步步捱进城来。已到寺了,只见许多乞儿都在寺门前等哩。见门外已搭起高台,铺下供养。到黄昏时,众僧人上台行事。……直至二更后,法事将完,众僧将米谷馒道斛尖等物,念着咒语乱抛下来,众花子齐抢。正是力大者为强,进忠也抢到几个馒首,捱不动,只得就在山门下睡了一夜。只听见同宿的花子相语道:"明日泰山庙有女眷来游玩,我们赶趁去。"

次日,进忠也挨着跟了来,见那泰山庙真盖得好。……进忠同众花子进庙,来到二门内,见一块平坦甬道,尽是磨砖铺的,人都挤满了。两边踢球、跌搏、说书、打拳的无数人,一簇簇各自玩耍。士女们往来不绝。烧香的、闲游的,鱼贯而入。众花子坐在前门,不敢进去,只等人出来,才扯住了要钱。有那好善的还肯施舍,那不行善的便乱骂。还有一等妇女,被缠不过,没奈何才舍几文。一日到晚,会要的讨六七十文。进忠一者为疮疼挤不过人,二则脸嫩不会苦求,止讨得二三十文,买几个馍馍并酒,仅够一日用。……

……不觉又是四月中。每年十八日,大户人家都有素食、银钱施舍三日,众花子便摩拳擦掌,指望吃三日饱。及到了十五日,大殿上便撞钟擂鼓,启建罗天大醮道场。……午斋后,众信善整担的挑了米饭等进来,各家堆在一处,将上等的供给道士,也有鞋袜的,也有银钱的,也有布匹、手巾、扇子的不等。每人一分,俱有咸食汤饭馍馍。两廊下行脚的众僧道并各斋公,俱留斋并衬钱五十文。其次分散众乞丐,每人米饭一碗,馒首四个,咸食汤一碗,钱五文。起初还是挨次给散,后来众乞儿便来乱抢,斋公们恼了,都丢在地下,听他们乱抢。那有力的便抢几分去,无力者一分也无。进忠挤不上去,只抢了一个馒首。众人把白米饭抢撒得满地,都攒在西廊下吃。那抢得多的便扬扬得意,见进忠没得吃,反嘲骂他不长进。进忠忍着饿,望着他们吃。众人正在喧嚷,只见从大殿上摇摇摆摆,走下个少年道士来,到西廊下过。那道士生得甚是清秀,只见他:

头戴星冠,身披鹤氅。头戴星冠金晃耀,身披鹤氅彩霞飘。脚踏云头履,腰束紧身绦。面如满月多聪俊,好似蓬莱仙客娇。

那道士法名元朗,俗家姓陈,年方二十,生得十分聪俊,经典法事,件件皆精,乃道官心爱的首徒。其人平生极好施舍,他一头走一头看众花子抢食,及走到进忠面前,见他蹲着哼,没得吃,便问道:"他们都吃,你为何不吃?"进忠道:"我没有得,不能抢。"众花子道:"他是个公子花子,大模大样的要人送与他吃哩!"又一个道:"他是个秀才花子,妆斯文腔哩!"元朗将他上下看了一会,道:"你随我来。"进忠慢慢撑起,挨着疼跟到他房门首来。元朗开了门,取出四个馒头、一碗素菜,又把一碗热茶与他,道:"可够么?若不够,再与你些。"进忠道:"多谢师父,够得狠了。"元朗道:"你吃完了再出去,不要被他们又抢了去。"又向袖中取出两包衬钱来与他,竟上殿去了。进忠吃那馒头素菜,与赏花子的迥不相同。进忠吃毕出来,仍旧蹲在廊上。①

在接下来的情节中,元朗(道士)注视着魏进忠,给他提供食物和衣服。但他无法改变这个年轻人的经济困境。无奈之中,魏进忠变卖了印月存放的明珠。这也充分表明了小说主角命运中最终的落魄情形。他的衣衫褴褛也引起了买家的怀疑,疑心这些珠宝是魏进忠偷来的。魏进忠卖得的钱财并没有给他带来多长时间的快乐,他就遭到了

---

① 《明珠传》第十七回,第201—204页。

乞丐的抢劫,自己还被推入河流中。接下来是彻底改变他的人生的场面。

  他要从大路走,众人却拉他走小路,道:"这条路近多哩!咱弟兄们有壶水酒代你饯行,管你到家得快。"进忠被众人拉得没法,只得同着走了一会。只见前面一道大河阻路,众人挽着进忠到柳荫下,将几罐子酒,荷叶包的菜拿出来,你一碗我一碗,把进忠灌得大醉睡倒。众人动手把他剥得赤条条的,抬起来向河心里一掠,大家分散了行囊,飞跑而去。

  那水急如飞箭,一个回旋将进忠送到对面滩上。那滩上有两只狗在那里,忽见水里推上一个人来,那狗便走来,浑身闻了一会。那进忠是被烧酒醉了的人,又被水一逼,那阳物便直挺挺的竖起来。那狗不知是何物,跑上去一口,连肾囊都咬去了。进忠醉梦中害疼,一个翻身复滚下水去,一浪来打下去,竟淹得晕死过去了。①

他的命不该绝,一个河神救了他的命,一个僧人医治了他的伤。作者通过将其转入命运般的冒险之中,给予了这个宦官一段崭新的施展空间。自然,他也略去了对历史上的魏忠贤采取自宫的内在心理变化的描写②。

  魏忠贤带着日后有助于他升迁的灵丹妙药离开了僧人,又来到了北京。在那里遇到了年轻的皇子、后来的天启皇帝招纳侍从。在那里他得到了此时已经被人称为"客乳母"的以前的情人客印月的相助。在天启皇帝登基后,一个有利的命运终于向魏忠贤招手了。至于他是如何逐步青云直上的,上面已经作过简单介绍了。小说还详细地描述了他与东林党之间的冲突,其中兵部尚书杨涟(1571—1625)③对魏忠贤来说成了危险的挑战者。就连杨涟 1624 年列书魏忠贤二十四大罪[擅权,阴谋反对正直的大臣,操纵铨政,谋杀宫中异己,强迫皇后堕胎,绝帝嗣子(依据上疏奏折魏忠贤曾阻止天启皇帝获得继承人)等]④的著名上疏奏折,小说也不曾遗漏。尽管魏忠贤施了许多阴谋诡计,还通过给亲戚许多肥缺职位来巩固自己在朝廷的权势,但还是未能成功地将自己的命运与皇帝命运分离。天启皇帝去世后,魏忠贤的倒台也就为期不远了。

  魏忠贤恶行满贯,造成严重后果,导致整个明王朝分崩离析的结果,当然,这个王朝

---

  ① 《明珠传》,第十八回,第 209 页。
  ② 有关阉割处理方式的论述,参加乌尔里克·居格尔(Ulrike Jugel)的《汉代(公元 25—220 年)末年太监的政治作用和社会地位》(*Politische Funktion und soziale Stellung der Eunuchen zur späten Hanzeit (25—220 n. Chr.)*),德国威斯巴登的 Franz Steiner 出版社 1976 年版,主要见第 17 页起《慕尼黑亚洲研究》第十五卷)。
  ③ 查相关资料得他曾官至"左副都御史",但未见有"兵部尚书"职衔,今按德文译。——译者注
  ④ 《明珠传》第三十一回,第 339—342 页。

还延续了十几年。就像本章开宗明义所提到的,一系列的历史小说与当时的历史事件相吻合,而回顾1620年至1644年间往事的评话说书却自然出现在清朝。这一方面比较突出的是《樵史演义》,该书出版于清代早年,为陆应旸(约1572—约1658)所撰写。陆应旸是与著名文人王世贞(1526—1590)同一个团体的成员,王世贞对16世纪的评话说书作品,特别是《金瓶梅》曾作出非常直率的评述。① 小说《樵史演义》相当全面地讲述了明朝末年最后20年中的历史事件。书中十分概括地提到了宦官魏忠贤的阴谋诡计和山东爆发的白莲教起义,讲述中国北方受威胁的局势时则将其与李自成(1606—1645)的农民起义军迅速壮大相结合。李自成在其妻被害后越狱逃跑,在边境地区甘肃获得军事首领的地位,与"诚实"的强盗建立了联系,后来成了他们的首领,最终成功地攻入北京,导致明朝最后一个皇帝崇祯于1640年在景山自缢。而其中对李自成的描写特别明显地表现出将历史真相与野史传闻相结合的特点。小说对战役采取简单描写,采用官方的文告等写作手法,减弱了原有的评话说书特点,而赋予编年史的风格。该书用大量篇幅详细讲述了李自成的爱情生活,他与风尘女子的苟合,被盗去了精力,过早地削弱了他作为未来皇帝的潜质。《樵史演义》结尾讲述了守边大将吴三桂(1612—1678)期望得到满人的帮助赶走李自成,以及他1644年勾结满人造成严重后果:满人后来自取皇位,成功南征,将整个帝国纳入自己的掌控之下。尽管评话说书作品略显粗糙,但这部小说的历史价值甚高,由于是对历史时期的直接描述,对于后来的作品创作影响颇大,比如以此为背景的传奇剧作《桃花扇》。

## (八)与历史的脱轨——18世纪与19世纪交替时期的中国历史小说

前面谈到《隋史遗文》及其续集作品时曾提到清朝时期的历史小说风格有很大的转变。18世纪与19世纪交替时期问世的这一题材作品,对历史资料依赖甚少,因而也就同时失去了历史的可信性。小说的中心人物更具个性特点,很少依附于天神的力量。这一点至少对后来不同时期的"开明"读者来说有些积极意义。其中处理历史素材的方法有二:一种是将历史人物编入虚构的情节框架之中,比如对狄青题材的处理;另一种是放弃对历史事件或历史人物的虚构,而将杜撰的人物编入历史框架,其中不表明特定的帝王或大臣,却给人一种真实的外部感觉。

---

① 小说《樵史演义》收于系列出版的《中国古典小说名书百部》,华夏出版社1995年版。

这种非历史化倾向尤始于一部其题目没有明显历史特征的作品,令我们感兴趣的小说《飞龙全传》。与本书前面分析的《英烈传》类似,书中讲述的对象是宋朝开国皇帝赵匡胤。宋朝以后的中国评话说书艺人、剧作家、诗人一再偏爱贡献卓越的两朝开国皇帝——赵匡胤和朱元璋,并以此作为题材,这也绝非偶然。赵、朱两人是中国最后两位(尤其是赵匡胤)在帝国数十年山河破碎后成功地推翻异族统治、实现帝国统一的汉族皇帝。与此相应的是,民间剧作和评话说书艺术作品的作者塑造的帝王形象竟如此地清新鲜明。

这部六十回本的《飞龙全传》显然出自中国南方出生的一个名为吴璿的人之手。此人在一篇标明写于1749年的序言中指出了大约的成书过程①。在吴璿编撰此书时,这一题材已有一系列现成书籍供其参考,先是有罗贯中的剧作《宋太祖龙虎风云会》,李渔的短篇作品《风云会》,直至演戏台本《赵太祖千里送京娘》和问世于清朝年间的同名长篇小说。在这些书的基础上,吴璿完成了其作品②。

《飞龙全传》的情节主要是虚构的,可明显看出其非常倾向于侠义小说的内容。吴璿描述了宋朝960年建立之前的最后12年情况,极少受制于官方史书的记载,更多的是加入了野史传闻,详细描述了这个未来皇帝逃离京城的经历,以此在读者眼前呈现出晚清历史小说典型的历尽艰险终于达到自己目标的侠义英雄形象。

与家人住在京城开封的赵匡胤,出场时才18岁。他与结拜兄弟张光远和罗彦威在京城胡闹滋事。一天逛灯会时,三个年轻人让人算命,问道他们三个之中是否有一个日后会当上皇帝。为了体验一下,他们便骑上了寺庙院子中的一匹泥马——这一场景巧妙地与我们在《说岳全传》中提及的康王冒险从金国出逃的故事相呼应。我们在此作一个回顾:康王骑马渡过黄河之后来到一座寺庙,此时这匹马才显露其本来面目,轰然倒地。

> 罗彦威道:"虽然如此,却也论不定的,常言说得好,道是:'皇帝轮流转,今年到我家。'自从盘古到今,何曾见这皇帝是一家做的?"张光远接口道:"真是定不得的,即如当今朝代去世的皇帝,他是养马的火头军出身,怎么后来立了许多事业,建了许多功绩,一朝发迹,便做起皇帝来?又道:'寒门产贵子,白户出公卿。'况大哥名门贵族,那里定得?"匡胤道:"果有此事么?"罗彦威道:"那个说谎?我们也不须闲

---

① 依据人民文学出版社1985年版。
② 参见伊维德(W. L. Idema)的《有关宋朝小说的根据》("Novels about the founding of the Sung‑Dynasty"),选自《宋朝研究报(九)》(*Sung Studies Newsletter 9*),1974年版,第2—9页。

论,今日趁着无事,这真皇帝虽还未做,且装个假皇帝试试,装得像的,便算真命。"张光远道:"说得是,我们竟是轮流装起便了。"

匡胤见他们说得高兴,也便欢喜道:"既是如此,你我也不必相让,这里有一匹泥马在此,我们轮流骑坐,看是那个骑在马上,会行动得几步的,才算得真主无疑。"二人道:"大哥所见甚当。"正是:

沿江撒下钩和线,从中钓出是非来。

当下匡胤说道:"我们先从幼的骑起,竟是罗兄弟先骑,次后张兄弟,末后便是愚兄。"罗彦威听言,不胜欢喜,口中说了一声:"领命。"即便拾了一根树枝儿,走将过去,卷袖撩衣,奋身上马,叫一声:"二位兄长,小弟占先,有罪了。"即忙举起树枝儿,把那泥马的后股上尽力一鞭,喝声:"快走!"那马那里得动,彦威连打几下,依然不动。心下十分焦躁,一时脸涨通红,即便骂道:"攮刀子的瘟畜生!我皇帝骑在你身上,也该走动走动,怎么的只是呆呆地立着?"便把两只脚在马肚子上乱踢,只磕得那泥屑倾落下来,莫想分毫移动。张光远在旁大笑道:"兄弟,你没福做皇帝也就罢了,怎的狠命儿把马乱踢,强要他走?须待我来骑个模样儿与你瞧瞧。"彦威自觉无趣,只得走了下来。张光远上前,用手扳住了马脖子,蹿将上去,把马屁股上拍了两掌,那马安然不动。心下也是懊恼起来,犹恐他二人笑话,只得把两脚夹住不放,思量要他移动。谁知夹了半日,竟不相干,使着性子,也就跳了下来。彦威笑道:"你怎的不叫他行动一遭?也如我一般的空坐一回,没情没绪,像甚模样?"光远道:"俺与你兄两个,都没有皇帝的福分,让与大哥做了罢。"

匡胤道:"二位贤弟都已骑过,如今待愚兄上去试试。"说罢,举一步上前,把马细看一遍,喝彩道:"果然好一匹赤兔龙驹!只是少了一口气。"遂左手搭着马鬃,右手按着马鞍,将要上马,先是暗暗的祝道:"苍天在上,弟子赵匡胤日后若果有天子之分,此马骑上就行;若无天子之分,此马端然不动。"祝毕,早已惊动了庙内神明,那城隍、土地听知匡胤要骑泥马,都在两旁伺候,看见匡胤上了马,即忙令四个小鬼扛抬马脚,一对判官扯拽缰绳,城隍上前坠镫,土地随后加鞭,暗里施展。却好匡胤把树枝儿打了三鞭,只见前后鬃尾有些摇动。罗彦威拍手大笑道:"原是大哥有福,你看那马动起来了。"匡胤也是欢喜道:"二位贤弟,这马略略的摇动些儿何足为奇?待愚兄索性叫他走上几步,与你们看看,觉得有兴。"遂又加上三鞭,那马就腾挪起来,驮了匡胤出了庙门,往街上乱跑。

那汴梁城内的百姓,倏忽间看见匡胤骑了泥马奔驰,各各惊疑不止,都是三个一块,四个一堆,唧唧哝哝的说道:"青天白日,怎么出了这一个妖怪?把泥马都骑了出来,真个从来未见,亘古奇闻。"一个道:"不知那家的小娃子,这等顽皮,若使官府知道了,不当稳便,只怕还要带累他的父母受累哩。"一个认得的道:"列位不必胡猜乱讲,也不消与他担这惊忧。这个孩子,也不是个没根基的,他父亲乃是赵弘殷老爷,现做着御前都指挥之职。他恃着父亲的官势,凭你风火都不怕的,你们指说他则甚?"内中就有几个游手好闲的人,听了这番言语,即便一齐挤在马后,胡吵乱闹,做势声张。光远见势头不好,忙上前道:"大哥,不要作耍了,你看众人这般声势,大是不便,倘若弄出事来,如何抵挡?你快些交还了马,我们二人先回,在家等候。"匡胤道:"贤弟言之有理,你们先回,俺即就来。"光远二人竟自去了。匡胤遂把泥马加上数鞭,那马四蹄一纵,一个鹢头返身复跑到庙内,归于原所。匡胤下马看时,只见泥马身上汗如雨点,淋漓不止,心内甚觉希奇。①

此事被人告发到朝廷,赵匡胤因其放肆行为被处罚三年流放。其间这位英雄人物结识了交际花韩素梅。赵匡胤在遭罚之后在京城待了一小段时间,对朝廷严酷鞭罚他父亲,而杀人,最后不得不逃离京城,自此开始了一段漫长的漂泊生涯。在漂泊中先是认识了张桂英并拜为夫妻,不久以后又结识了贩伞小贩柴荣和刚脱离困境的郑恩,并与他们歃血盟誓同为战友,后来由于局势混乱而又一再走散。总之,赵匡胤在任何地方的行为,诸如解救赵京娘送其返乡等举动,都表明了他是道义上的未来皇帝。就像一开始骑马所暗示的一样,他与上天主宰有千丝万缕的关系,在此后的故事中还打败了玉面狐狸和玉石琵琶两妖怪。后来柴荣在京城获得了后周开国皇帝郭威的玉玺大宝,赵匡胤的漂泊生涯不久也就告一段落。在与帝国内其他君主的战役中他总是表现出色,地位也青云直上。他与柴荣和郑恩一起受封王位。在他攻克扬州城后有一段非常有趣的情节,我们可以从中了解到部队远征中的经济情况。在周军攻克了重要的关隘凤祥关之后,军队面临着一大串供给问题。赵匡胤为了建立国家至上的威严,被迫采取了严厉的措施。

适有军政司上前禀道:"军中兵多粮少,如何给发?"匡胤心甚担忧,具表奏知世宗。世宗急与君臣商议,一时无策。有一臣姓杨,名子禄,上前奏道:"臣闻此处有一铜佛寺,内有丈六金身三尊大佛。不如借此法身,开局铸钱,散与军士行用,待平了南唐,铸还佛像,此亦救急一时之策也。"世宗依奏。又有一臣奏道:"不可。陛下

---

① 《飞龙全传》第一回,第6页起。

若依此言,坏佛像以铸钱,恐获罪愆,于国家不便。"世宗道:"不然。朕闻佛祖当日现身说法,尚割肉喂鹰,舍身喂虎,何况铜像特观瞻之具乎?"即传旨召取工匠,开局铸钱,与银搭发行用。不道这钱有周朝年号,南唐不得通行;况周兵又是将银藏下,只用新钱;南唐百姓恐周兵去后,此钱何处使用?一时民间受累,各有不平。

时有一人,名叫王德盛,开张布店为业。这日因周兵买布,强将新钱行使,竟取布匹而去,王德盛气忿不过,藏了利刃,来到局中,闪在旁边,思欲行刺。匡胤端坐中间,两边站立文武,正在发钱。那王德盛往旁边偷走上去,却被匡胤看见,喝声:"家将们,这人来得古怪,与吾拿下!"两边一声答应,走出几个家将来,将王德盛拿住,身边搜出利刃,把他绑了,推上来,禀道:"此人系是奸细,身边现有利刃,候千岁发落。"匡胤看他面有杀气,况又立而不跪,遂喝问道:"汝是何人所使?暗藏利刃,欲刺何人?"王德盛大喊道:"昏君昏臣!上明不知下暗。尔等只图天下,不顾百姓死活。古人云:'民乃国之本。'尔无钱粮,与百姓何干?将铜佛铸钱行使,倘日后尔等去后,此钱何处去用?尔等纵兵强买货物,只把此钱推抵,将我们血本亏折,何以为生?故此特地前来杀你。不料被你拿住,这是我命该如此,听凭你狗王将吾怎样处治!"匡胤听了大怒道:"你这该死刁民!这是万岁旨意,那钱上现有天子国号,怎么不用?若平了南唐,总有收钱之法。你这厮反来行刺,理法通无。若不将你斩首,此钱如何能得通行?"叫左右将他拿出局门,斩首号令,以安百姓。①

寺庙的场景在下一回还有续集。在返回家乡的途中,世宗皇帝病倒了。在寻找水源的时候,赵匡胤来到了一个泉水处想汲水,发现有三个僧人在其中沐浴,便责问他们如何可以在别人的饮用水中洗濯自己肮脏的身体。他斥问道:"汝等出家人慈悲之心,岂如是乎?"但僧人们说他们是皇帝为铸钱而熔化的塑像现身,因被烧得疼痛而到这凉水中冷却身子。赵匡胤被迫允诺给他们再塑金身,僧人们才从用于替皇帝治病的水中消失。

但皇帝的厄运并未因此而中止。这个后周皇帝去世后,下层军官们推举了赵匡胤做了天子。

从谈到《杨家将》开始,我们就已经熟悉了——自然多为负面形象的人物——狄青(1008—1057),他曾是宋仁宗年代抗击女真族和契丹族入侵战功赫赫的一名武将。这个在《宋史》中有明确记载的狄青,却在民间剧作和评话说书艺术中渐渐地成了一名被

---

① 《飞龙全传》第五十七回,第522页起。

任意刻画的角色,少不了出现在有关宋仁宗、包拯或杨家将的作品中。这些历史人物的故事都出自宋朝中期,当时还有能力抗击入侵的北方游牧民族。当然,不仅是基于这些历史事件使皇帝与武将们休戚与共,神话中还将仁宗视为赤脚大仙下凡,同样是神仙转世的包拯和狄青则是辅佐他的左膀右臂,但两人却以截然不同的外形互衬:包拯长得黝黑丑陋,却是刚正不阿、铁面无私的大理寺卿;而形象光彩耀人的狄青则是能战胜叛国逆贼和乱臣暴民的英雄。

正是嘉庆年间(1796—1820)问世的狄青小说代表了历史小说副类——历史战争小说的最后一个篇章,此后就为武侠小说所替代,武侠题材一直延续至今,仍为大众所喜闻乐见。有关此话题,我们在后面的部分还将进一步加以论述。

标明1801年问世的一百二十回本是最早版本的狄青题材小说,名为《五虎平西前传》①。与描写征南的续集小说不同的是,该小说内容是杜撰的征西辽之战。有关这一战役,在任何一本史书中都找不到记载。

故事是以宋仁宗皇帝的朝廷为背景展开的,宰相庞洪把持朝廷。三关元帅狄青当时正身居京城,与庞洪的女婿王天化比武获胜,因而就引起了丞相对他的仇恨。只是因为惧怕颇有影响力的大理寺卿包拯,庞洪才不敢报复打击,但当包拯受皇命钦差出巡陕西时,他便开始放手报复,将这个结有私仇的武将解职,同时任命狄青与张忠、李义、刘庆和石玉(统称五虎将)一起出征西辽,而让自己的另一个女婿孙秀顶替狄青镇守三关。接下来,小说对庞洪玩弄权术进行了描述,狄青和他的英雄好汉们不得不忙于应付这些阴谋诡计。

小说最后,有人在皇帝面前列举了庞洪和孙秀的所有罪恶和暗算,以事实证明他们两人通敌,因此他俩被斩首。八宝公主抵达开封,与狄青一起生活。

《五虎平西前传》在小说结尾时就言明将有续集出版,但事实上到1807年才有《五虎平南后传》作为续集问世。不仅如此,两部小说的语言运用和风格特点都很一致,足以让人猜测两部作品应出自同一作者之手。四十二回本的《五虎平南后传》讲述的是历史上确实存在的狄青出征并战胜中国南方的侬智高。其中又编入了朝廷背景内的许多暗算密谋,这是孙秀后人所为。而这次与狄将军一起出征的是他的两个儿子狄虎和狄龙以及杨家的几员大将。

也许是这两部五虎将题材的长篇小说大受欢迎的缘故,李雨堂在1808年前后又以

---

① 这部小说又名为《五虎平西珍珠旗演义狄青全传》。本书依据《狄青演义前传·五虎平西》,中国戏剧出版社1991年版。有关这些狄青题材的历史小说的成书时间和前后顺序,参见夏志清的《军事浪漫故事》(*The Military Romance*),第384页起。

此为题,在他的六十八回本小说《万花楼》给读者奉献了有关狄青的故事①。

该小说追溯到宋朝早期的真宗皇帝年间(998—1023)。真宗皇帝命太监陈琳前往太原挑选80名年轻女子进宫当宫女。在选中的人中有个名叫狄千金的女子,她是太原总兵狄广最小的妹妹。在这个美貌女子进宫后,皇帝就将她赐予王兄八王爷为妻,后来,则派一个钦差前往太原酬谢狄广。出于对过去积怨的报复,钦差孙秀传达了一个错误的消息——孙秀是叛国逆贼庞宰相的女婿,而其父曾被狄广的父亲狄元处死。孙秀在太原说:狄千金对于赐婚感到闷闷不乐,已经自杀身亡。狄广感到痛苦万分,遂辞去了其他职务,带着妻子、一个女儿和儿子狄青回到了乡下。

后来,皇帝亲征契丹,远离家乡长达七年之久(有材料称:"一连相持十余年"。——译者注)。在他刚离开京城不久,皇后刘氏获悉皇妃李氏生了一个儿子,很可能成为未来的皇位继承人,而自己"只是"生了一个女儿。刘氏让内宫太监放出口风,称她也生了一个儿子,但又怕皇帝回朝后被识破,随即指使人干出了可怕的事情:她命令太监郭槐将李妃儿子换成剥了皮的狸猫,将偷出的孩子浸在池塘里淹死。但这个命令没有得到实施,半道中这个孩子被送到了八王爷府中,被八王爷纳为子嗣。但他自己也不知道这个孩子究竟是谁。皇后刘氏让人放火烧了李妃的住处,但李妃还是成功地逃到了城外。这个用狸猫偷换太子的故事可以追溯到早年的野史传闻,早已被人编入元代杂剧之中。最受欢迎的清朝时期杂剧是《狸猫换太子》。作为最高社会阶层的刑事案件,这也成了小说《包公案》或《七侠五义》的题材,由此形成了历史小说发展的又一种形式——公案小说。有关公案小说,我们在后面还将讨论。在《包公案》中,这一素材作了一些改动,太监郭槐偷偷地将两个孩子对换了,而李妃由于不小心造成了那个暗塞给她的女孩死亡,被囚禁在宫中。在包拯审案时,郭槐起先闭口不语,后来包拯玩了一个小诡计,装神弄鬼地请来了阎罗王,才成功地使真相大白。最后,李妃和她的儿子(后来的仁宗皇帝)在宫中又重新相见。在这一版本中,包拯成了重要的力量,这一素材也变成了由大理寺卿裁定的刑事案件。

再回到我们前面提到的《万花楼》。在父亲去世后不久,逃难中狄青和母亲失散,自己来到了峨嵋山,师从方丈学会了武功。而京城内,狄千金正抚育着那个皇子,后来自己又生了一个儿子。此后不久,八王爷去世,但回京的皇帝接纳了王弟全家,将其最大的养子(其实是皇帝的亲生儿子)封为太子。这个太子最终登基成为仁宗皇帝。在女儿

---

① 此处所标的时间依据原序中所标的时间。这部小说又名为《万花楼杨包狄演义》,本书依据的版本出自1831年。中国戏剧出版社于1991年以同样的书名整理出版。

嫁给皇帝后,庞洪便做了宰相,孙秀做了兵部尚书。杨宗保受命镇守三关。

狄青学会了所有的武功韬略后只身前往京城,也与李义、张忠结为盟友。在万花楼大吃大喝时,三人与豪门出身的胡公子发生争执,胡公子被打身亡。此案被送到大理寺卿包拯处受审。包拯释放了狄青,但将他的两个朋友投入大牢。接着,这个年轻人遇到了姑姑狄千金。要给他封王位,但他却婉言谢绝了,想依靠战功来获得升迁机会。在一个版本中,太监郭槐和盘托出后,包拯知道了刘皇后与李妃间的真相,刘皇后最终自缢身亡。

这正是这一颇有争议时期的历史小说的新特点。与诸如《隋炀帝艳史》和《杨家将》等呆板、缺乏匠心雕琢的作品相比,更显得流畅和细腻,不再以说教为主,重点不在于警示读者的历史信息,而显然是以事悦人,供人消遣。这种印象在我们西方文学中并不鲜见,比如大仲马和司各特的作品就是明证。其中对当时的历史人物进行演绎,但他们不是担当故事中的主要角色,而是跑龙套式的陪衬人物。替代他们的是穿上历史外衣展开角逐或爱情的冒险家、虚拟的角色。其结构与其他大多数作品类似:总是以天下大乱或自然灾害(时常多为人祸,始于对某个人物的不公处理及拆散一户人家)为小说开头,接着讲述一个英雄与恶势力展开抗争直到最后取得胜利。也总会有一定数量的千篇一律人物形象一再出现,就像我们在介绍狄青题材时所看到的一样:在远方战役失利期待援兵的官员和武将,忙于解救父亲的孝子,可恶的宰相,真挚的友情等。

更为人熟悉的早期中国的这类作品是《粉妆楼全传》。其中,历史的框架被削弱,只留下最重要的部分,除了在小说开头提到故事发生在唐朝初期这一历史时段外,唯一的历史人物皇帝也几乎难以与现实相吻合,仅被冠以"天子"出现。

《粉妆楼全传》在嘉靖年间以八十回本无名氏小说问世,现确认的最早版本定于1798年。作者的语言、风格和结构更贴近杂剧或戏剧①,作品中不少场景直到19世纪初还被改编成舞台剧形式②。

剧情让人惊讶地想起前面所说的狄青小说:正直的罗增被与他有仇的宰相沈谦派往边境地区戍边,抵御"野蛮人"(番,这是无名氏编撰的历史小说中常用的简化表达)的入侵。其妻和两个儿子罗焜和罗灿起初还留在城里。有一天,两人外出游玩,在粉妆楼与宰相的儿子沈廷芳吵了起来。当然这也不足以让那个非常有权势的宰相父亲对罗家采取报复行动。因为罗家在建国初期曾贡献卓越,连皇上都非常器重。但不久以后,宰

---

① 在1806年无名氏所作的序中称这部小说是罗贯中所撰写,但从作品的风格和成熟情况来看,可能性不大。
② 参见《粉妆楼全传》的附录,宝文堂书店1986年版,第387—394页;本书也以此为依据。

相却觅得了一个机会进行报复:罗增在一份急报中恳请派兵支援边境,但沈谦却贿赂信使,让他谎称罗增已经叛国投敌。在捉拿其家人时,两个儿子罗灿和罗焜偕母亲侥幸脱险,出了京城。罗焜和罗灿分头去各地招募兵马以救援父亲。接下来的情节主要是讲述罗焜的艰辛经历。他在一路寻找中经历了许许多多的冒险,其中也穿插了许多恋情。他寄养于一户农家时,与这户农家的女儿程玉梅有天赐姻缘。还有一个出生富裕人家的女儿柏玉霜,早年曾许配罗家公子,但在罗家遭难后又解除了婚约,她自己便离家出走。罗焜在鸡爪山强盗那里获得了兵马救援。在这支强盗军队中有许多官家子弟,他们因不堪忍受可恶的沈谦宰相而采用落草方式暂栖其身。那都是些"诚实"的强盗。这也是自《水浒传》问世以后中国评话说书文学中一再采用的手法。

他的哥哥罗灿在此期间也不无作为。他在南方率领一批人揭竿而起,遭到了官兵的围剿。在经历了后来的冒险和最后一分钟成功获救之后,这对兄弟终于在鸡爪山将两支力量汇合在一起,一起进军京城长安。强盗们偷偷混入城里。在城里,离家出走的柏玉霜打死了想强暴她的宰相儿子沈廷芳。沈谦在审理过程中,将自己的罪恶嘴脸暴露得一览无余。

沈谦(朝被缚的龙标)喝道:"你是何方的强盗?姓甚名谁?柏都堂是你何人?快快招来,饶你性命。"

龙标大怒道:"我老爷行不更名,坐不改姓!姓龙名标,鸡爪山裴大王帐下一员大将,特奉将令,来杀你这班奸贼,替朝廷除害的。什么柏都堂黑都堂的,瞎眼!"

骂得沈谦满面通红,勃然大怒,骂道:"这大胆的强盗,原来是反叛一党!"叫令左右:"推出斩首示众!"米顺道:"不可。且问他党羽是谁,犯女是谁,到京何事。快快招来!"

龙标大喝道:"俺到京来投奔的!"

沈谦道:"那犯女是谁的指使?可从实招来!"

龙标道:"他却是天上仙女下凡的。"沈谦大怒。见问不出口供,正要用刑,忽见探子前来报说:"启上太师爷:劫法场的乃是鸡爪山的人马。王越、史忠都是他一党,反上山东去了。"

沈谦大惊,复问龙标说道:"你可直说,他到京投奔谁的!"

龙标道:"要杀便杀,少要啰唆!"沈谦又指着柏文连问道:"你可认得他?"

龙标道:"俺只认得你这个杀剐的奸贼!却不认得他是谁。"

沈谦见问不出口供,叫令带去收监;又喝令左右剥去柏文连的冠带。

柏爷大怒道:"我这官儿乃是朝廷封的,谁敢动手?"

沈谦大叫道:"朝廷也是老夫,老夫就是朝廷。"喝令:"快剥!"左右不由分说,将柏爷冠带剥去,赶出相府去了。沈谦即令刑部尚书代管都察院的印务。各官散去,沈太师吩咐康龙:"恐柏文连明早入朝面圣,你可守住午门,不许他入朝便了。"沈谦吩咐已毕,回后堂去了,不表。①

他们齐心协力——罗增在得到儿子们的增援后也参与协同作战——终于在小说最后大获全胜,击败了番人的入侵,沈谦也得到了应得的惩罚。各路年轻人在封官加爵后也各自找到了命中注定的妻子。

早在《粉妆楼全传》问世之前,还出现了一部长篇小说名为《绣戈袍全传》,估计编撰时间在乾隆(1736—1796)末年。此书出自一个笔名为"江南随园主人"的无名氏作者之手,四十二回本,以嘉靖皇帝时期为历史背景,讲述户部尚书唐尚杰一家遭受不公待遇的故事。这一不公待遇与一个来自戈国的贡品绣戈袍有关。和《万花楼》一样,小说行文流畅,相互衔接。与《五虎平西前传》虚构的单单国类似,该小说的情节中心也涉及一个杜撰的戈国。

《绣戈袍全传》一开始也描述戈国的一个使节抵达大明皇帝的朝廷,想在数年不来朝贡后再次开始进贡,并以一件价值连城的宝衣作为补偿。

只见这件绣戈袍:如宝如珍,针线转泯;有质有文,花虫作衬。既不是洋巾陆离误认,又不是布缙命名翻新。只见织夫无痕,巧夺天孙的锦。看来甚新,典重涂山的觐。黻冕制自神人,空劳目樱丝胎,贡厥远臣,反惹心恨。②

皇帝的谋臣、太子少师梁柱劝皇帝收下这件宝衣。这件宝衣因其质量能盛夏不暑,隆冬不寒,入水不濡,入火不焚。由于唐家对朝廷贡献巨大,这件宝衣就被赐予户部尚书唐尚杰。这引起了工部侍郎张德龙的嫉妒。后来张德龙想借宝衣参加一个盛典,遭到唐尚杰的拒绝,于是嫉妒就变成了无法抑制的仇恨。

此后的话题则涉及户部尚书唐尚杰的众多儿子,其中六人随他居住在京城,而名叫唐云卿的第七个儿子则远在福建侍奉祖母。唐尚杰派一个仆人去叫他赴京城。接着,

---

① 《粉妆楼全传》第六十四回,第310页。
② 《绣戈袍全传》,人民中国出版社1993年版,第一回,第2页。

唐云卿就遭遇了一连串的惊险。

京城中,张德龙千方百计想清除仇家唐尚杰,但密谋计划败露后,张德龙就远逃戈国。当时,戈国正想用其他东西换回宝衣绣戈袍,却没有得到中国的回应,中国与这个邻国关系正处于紧张时期。事前曾杀了谢骥和他母亲的张豹也随父出逃。由于绣戈袍正落在张德龙的手上,他便将宝衣给了戈国国王,并得到了厚赏。张德龙提议出兵攻打中国,戈国也未反对。敌方军队在戈国元帅、张豹和女主人公鸾娜公主的率领下,打破了恰好是唐云卿曾成功把守的关隘,进入了帝国的疆域。局势很快不利于大明国,军事上较弱的戈国耍了一个计谋:托言为遭到满门诛戮唐家报仇而出兵讨伐,所以大明皇朝的子民们有的箪食迎师,有的归顺入侵者。身处困境的皇帝调来了唐家的忠臣良将,并为这个家族死去的亲属平反昭雪,以期打灭敌军的气焰。唐家男女老少非常高兴,叩首谢恩,率唐家军为皇帝效劳。在一次两军对垒中,唐吉看到了鸾娜便为之倾倒,以致被对方擒获。他也不隐瞒自己的身世,却博得了公主的芳心。

  须臾,且见他(鸾娜公主)喝退将士,只剩手下女军。鸾娜脱了军装,微微笑道:"奴家欲放回公子,但心中有二事相请,未知纳否?"唐吉感他恩情,一时忘却仇敌,说道:"既蒙不杀,万事皆肯相从,请说便是。"鸾娜道:"第一件要将家兄放回,第二件要公子……"一时鸾娜说出"要公子"三字,反面红起来,说不完一句言语。唐吉见他如此,急问道:"比如公主要公子什么?"鸾娜畏羞,终是道不禁唐吉故意再三根究,鸾娜忍耻说道:"总是要公子便了。"有一个老女将在旁,忍不着替他答道:"想必要公子为婚的。"唐吉说道:"须忧令尊不允。"老女将答道:"我国中自祖宗传下,皆是女自择婿,与父母无涉。成了亲,始行关白。"唐吉道:"既如此,求公主拜上父王,亦须依我两件事。一要将张德龙捆缚献出,二要收兵回国。依旧朝贡,不得反背天朝。"公主说个允从,亲自与唐吉松了缚。

  唐吉即欲扬去,鸾娜说:"有如此易事?坐坐方能去得。"吉只得忍耐,鸾娜又要与他对天道了誓,放下表记,方免反悔。唐吉反被鸾娜引动不过,上前求合。干柴烈火,一燃便灼,两家会意。公主假说送公子回营,行至荒郊草地野合。事毕,鸾娜说道:"一时仓卒,求君紧看落红,日后洞房,勿说番人兽行。"两人情热一番,各归营寨。①

---

① 《绣戈袍全传》,第四十回,第185页起。

两国用奇异的方式达成了和平,诛了张德龙,戈国归还绣戈袍。中国皇帝收鸾娜为公主,宣进皇宫,以此提高了鸾娜公主的地位。

本段论述的 18 世纪和 19 世纪交替时期的几篇历史小说,与历史的关连相当模糊,甚至很难看出与当时现实的关系。这些与当时社会批判相关,作者们偏爱著名的海瑞(1513—1587)的题材,但故事发生的时间却不详细。海瑞在明朝末年曾担任多个不同的官职,载入史册的形象是拒贿不贪、刚正不阿①。

无论什么朝代,谁要是在文学作品中描写像海瑞这样的历史榜样人物,那么他必须明白,这样的"清官"形象就意味着要历经磨难。因而,清代一至多名佚名作家将这一题材的原始版本都归在一个无法确认的明朝作者李春芳名下②。事实上,《海公大红袍全传》的最早六十回本小说出现在 1813 年,自此到 1867 年间又出现了另外三个版本。而像《朝阳凤》和《吉庆图》等略短的该题材说书话本也只能确认为清朝时期问世。

小说《海公大红袍全传》中详细地讲述了海瑞的一生:出生时有吉祥的征兆。13 岁欲前往应考的进城途中,海瑞在征得母亲同意情况下作出一件了不起的事,即从病魔下救出了一个小女孩宫花,并按照其母的意愿马上娶她为妻。在经历了一系列艰苦磨难后,他终于参加了京试。从此,他却陷入了与把持嘉靖皇帝朝廷的权势人物严嵩(1480—1567)集团的冲突。海瑞作为正直的官员和劝诫者,不久即在民众中获得良好的声望,但在与权势人物的冲突中引起了这些人的极大仇恨,在京城也无法回避与在此期间青云直上、位居宰相的严嵩的针锋相对。与严府的这一冲突贯穿了整个小说,但海瑞还是成功地将无法无天的宰相之子严世蕃绳之以法,最终也被贬到南京当御史。他带着没有能够清算严氏集团的忧伤死于异乡。临终前他请求妻子:

"吾不幸,今与你中道分别。吾自出仕以来,历任封疆,却未曾受民间一丝一线。今有红袍一件,贮于箱中。倘我死后,当以此袍为殓,亦表我生平之耿介也。"③

显然,作品中描写海瑞与朝廷权势官员的冲突有故意夸大的地方,许多方面并不正确(比如张居正绝非如小说所描写的是严嵩一党,而在后来的万历皇帝身边还担任了元辅)。在文学作品中,海瑞则更多的是"为民作主"的形象,而历史上那个敢于直言犯上的海瑞形象倒反而见不着了。因而,小说也就理所当然地让海瑞在嘉靖皇帝宾西不久

---

① 有关海瑞生平,参见黄仁宇(Ray Huang)的《万历十五年》,第 221—260 页。
② 至于本书参阅的《海公大红袍全传》刊印者,宝文堂 1984 年版也有差错。
③ 《海公大红袍全传》第六十回,第 403 页。

就去世了,而历史上的海瑞却在万历皇帝登基后还活了好些年。

代之而起的是1832年问世的续集,四十二回本的《海公小红袍全传》。其中描写了海瑞回朝,在年轻的万历皇帝手下担任元老。此后张居正(1525—1582)夺取了朝廷的重权。海瑞对京城混乱不堪的局面异常愤怒,不顾年事已高,前往北京,上疏六十条弹劾张居正。海瑞联手已经沦为山贼的杨家将后人,一起推翻了张居正。因功被赏赐为兵部尚书,百岁时才寿终正寝。

受人欢迎的海瑞题材除了在评话说书和长篇小说中出现外,也理所当然地经常被搬上舞台,在地方戏曲和京剧中都不乏其例。历史学家、北京市副市长吴晗(1909—1969)在20世纪60年代初期写了剧本《海瑞罢官》,引起了极大的轰动,也造成了震惊全国的事件,从而引发了文化大革命[①]。

## (九) 历史之痛——清朝末年的历史小说

上一节曾尝试说明,中国的历史小说至少在19世纪早期步入了千篇一律阶段,从此几乎无法从中解脱出来。这并非是历史自己脱离了意识,而是中国小说的借古喻今和其自身传统习惯过强所致。过去出版的许多历史小说的创作本意不是着眼于对过去的历史时期的撰写以及对历史人物生平和作用的探讨,相反,明末清初的大量历史小说显然要以历史的内容对作品写作年代的局势进行借古喻今。这种对当时社会的含沙射影,后来由于清朝官员更加严厉的审查而暂告一个段落。直到清朝末年,皇帝的权威有所削弱,历史小说又在一段不长的时期内获得了强大的影响力。历史小说不再是代表了作者用其高超的文学手法表现出来的历史事实,而是再一次用传统的有影响力的方法表达对时代批评的一种媒体。

下面我们将详细论述吴沃尧(1866—1910)和他在清朝末年编撰的小说。这方面引人注目的是已在历史小说中占有一席之地的两部未完成的小说。二十七回本的未完小说《痛史》出版于1903年至1905年间,起先是作为《新小说》杂志的连载小说,1911年被汇编成集[②]。其情节背景是13世纪的元朝,当时蒙古人统治中国。英雄和叛逆者阵营分别以历史人物文天祥将军(1236—1283)和逆贼贾似道(1213—1275)为首。借中国汉

---

[①] 参见黄宗智(C. C. Huang)的《吴晗,海瑞罢官》(*WuHan, Hai Jui Dismissed from Office*),美国檀香山,夏威夷大学出版社1972年版;安世立(Clive Ansley)的《吴晗的邪说-其剧〈海瑞罢官〉及其在中国文化大革命中的角色》(*The Heresey of Wu Han — His Play 〈Hai Jui's Dissal〉 and its Role in China's Cultural Revolution*),加拿大,多伦多大学出版社1971年版。

[②] 该书虽然残缺不全,但却一再重版,本书依据福建人民出版社1981年版。

族人在蒙古人统治下深受折磨为历史背景,明显影射19世纪至20世纪交替(1900年前后)中国的现实:朝廷软弱昏庸,官员和大臣贪婪腐败,因对权力和财富的贪欲而出卖自己的国家等。将情节放到异族统治的元朝,也带来了两种解读:一方面是地理上更为明确地把矛头指向满清皇帝统治;另一方面也指出了当时列强——俄国、英国、法国、德国和新兴的日本。吴沃尧想以此唤起读者,用文学的言辞提出他的爱国精神。他的表达充满了愤怒和直截了当,书中无一点妥协。其中的插图也表达了暗示、讽刺和批评。在作品的开头几行中,吴沃尧就誓与民族共存亡。他写道:

> 大地之上,列为五洲;每洲之中,万国并立。五洲之说,古时虽未曾发明,然国度是一向有的。既有了国度,就有竞争。优胜劣败,取乱侮亡,自不必说。但是各国之人,苟能各认定其祖国,生为某国之人,即死为某国之鬼,任凭敌人如何强暴,如何笼络,我总不肯昧了良心,忘了根本,去媚外人。如此则虽敌人十二分强盛,总不能灭我之国。他若是一定要灭我之国,除非先将我国内之人,杀净杀绝,一个不留,他方才能够得我的一片绝无人烟的土地。
>
> 看官,莫笑我这一片是呆话,以为从来中外古今历史,总没有全国人死尽方才亡国的。不知不是这样讲,只要全国人都有志气,存了个必要如此,方肯亡国的心,他那国就不会亡了。纵使果然是如此亡法,将来历史上叙起这些话来,还有多少光荣呢!看官,我并不是在这里说呆话,也不是要说激烈话。我是恼着我们中国人,没有血性的太多,往往把自己祖国的江山,甘心双手去奉与敌人。还要带了敌人去杀戮自己同国的人,非但绝无一点恻隐羞恶之心,而且还自以为荣耀。这种人的心肝,我实在不懂他是用什么材料造成的。所以我要将这些人的事迹,记些出来,也是借古鉴今的意思。①

吴沃尧写作的年代决定了文人的精神创作不仅是对王朝受到威胁、行将灭亡的忧虑,而且还有越来越多对自身文化的怀疑和稍后对"东亚病夫"的反思。此时此刻中国正处在十字路口,对过去荣耀和强大的追忆已经无济于事,一些根本性的问题必须解决。与外国列强的冲突、自身的落后和软弱,激化了人们对自我价值和人格的思考。被捕的宋朝水师军官张贵与投降蒙古人的张弘范之间的对话充分表现了这一点。

---

① 《痛史》第一回,第1页。

"老实对你说吧,你要叫我投降,须知我张贵自祖宗以来,便是中国人;我自有生以来,食的是中国之米,踏的是中国之土,心中目中何会有个什么'鞑靼'来!不像你是个忘根背本的禽兽,只图着眼前的富贵,甘心做异种异族的奴隶,你去做奴隶倒也罢了。如何还要带着他的兵来,侵占中国的土地,杀戮中国的人民!我不懂中国人与你有何仇何怨,鞑子与你有何恩何德,你便丧心病狂,至此地步!难道你把中国人民杀尽了,把中国土地占完了,将一个堂堂大中国,改做了'鞑靼国',你张弘范有什么光荣么?看你这不伦不类的,你祖宗讨给你的肢体,没有一毛不是中国种,你却守戴了一身的胡冠胡服,你死了之后,不讲见别人,你还有面目见你自家的祖宗么!①

吴沃尧的小说通篇激扬文字,也就不令人惊讶,他的兴趣在于亲自呐喊,这远远超过讲历史的故事。作者对与逆贼贾似道之死有关的场面的描写,进一步加深了这一印象。贾似道被派往芜湖率军队抗击元人。他的使命失败后,在扬州被忠臣郑虎臣所逮捕,发配到某地流放。出于个人对逆贼贾似道的仇恨,郑虎臣最后将他推入粪缸淹死,而后自己出逃。在这里,吴沃尧注释道:据正史上说起来,是陈宜中到漳州去,把他拿住了,在狱中瘐毙了他。但照这样说起来,没有趣味,他这衍文义书也用不着做,看官们只去看正史就得了②。

元人夺得整个帝国后,许许多多正直人士开始了抵抗。宗仁和胡仇("仇恨野蛮人/胡人")扮成蒙古人公子的模样前往北方了解情况,在那里亲眼目睹了许多汉人在蒙古人的统治下受尽屈辱和苦难。胡仇看到了两个蒙古人按着一个汉人周老三在那里攒殴的场面。等两个蒙古人走后,他问起周老三:

胡仇走到他铺子里,拱拱手道:"借问老哥,为何被这两个鞑子乱打,却不还手,难道甘心愿受的么?"那人听说,把舌头吐了一吐,道:"你这个人,敢是蛮子,初到这里来的么?"胡仇道:"在下是中国人,不是什么'蛮子'。可是今日初到贵地,因见你老哥被人殴打,心有不平,所以借问一声。又何必大惊小怪呢!"那人听说,站起来道:"客官既是初到此地,请里边坐吧。"胡仇也不谦让,就跟他到里间去。

那人先问了胡仇姓名,然后自陈道:"我姓周,没有名字,排行第三,因此人家都

---

① 《痛史》第四回,第 31 页。
② 同上,第六回,第 53 页。

叫我周老三。又因为我开了这牛肉铺子,又叫我做牛肉老三。胡客官,你初到此地,不知此地的禁令,是以在下好意,特地招呼你一声。你方才在外边说什么'鞑子',这两个字是提也提不得的。叫他们听见了,要拿去敲牙齿拔舌根呢。"胡仇道:"我不问这些,只问你为什么被他们乱打?我来得迟,并没有看见你们起先的事,但是我看你光景,好像没有还过手,这是什么意思?"周老三吐舌道:"还手么,你还不知这条律例!此地新定的条例:天朝人打死汉人,照例不抵命;汉人打死天朝人,就要凌迟处死。天朝人打汉人,是无罪的;汉人打了天朝人,就要充到什么乌鲁木齐、乌里雅苏台去当苦工。你道谁还敢动手打他呢!"

胡仇满腹不平,问道:"难道你们就甘心忍受他么?"周老三道:"就不甘心也要忍受。忍受了,或者还可以望他们施点恩惠呢!"胡仇道:"这又奇了,眼见你被他打了,还有什么恩惠?难道你方才是自家请他打的么?"

周老三道:"天下也没有肯请别人打自家的道理。因为这两位兵官,到我小店里买一斤牛肉,我因为刀子不便。"胡仇道:"怎么你开了牛肉铺子,不备刀子的呢?"周老三道:"你真是不懂事。这里的规矩,十家人共用一把刀子;倘有私置刀子的,就要抄家的呢!这一把刀子,十家人每天轮着掌管。今天恰不在我家里,所以要到今天掌管的家里去取了来,方能割剖。那两位兵官等不得,只给了我五十文钱,就要拿了一只牛蹄去。我不合和他争论,他就动了怒,拉我到外面去打了一顿,倒把牛蹄拿了两只去,五十文也不曾给得一文。"胡仇道:"这明明是白昼横行抢劫,还望他施什么恩惠呢?"

周老三道:"我今天受了打,并没有还手。他明天或者想得起来,还我五十文,也未可定。这不是恩惠么!"

胡仇听得一肚子气;却因为要打听他一切细情,只得按捺着无明火。又问道:"他的规矩,虽然限定十家共用一把刀,你们却很不便当,不会各人自家私置一二把么?"周老三道:"这个那里使得!这里行的是十家联保法:有一家置了私刀时,那九家便要出首,倘不出首时,被官府查出了,十家连坐。你道谁还敢置私刀么!"胡仇道:"我只藏在家里,不拿出去,谁还知道。"周老三道:"到了晚上,官府要出来挨家搜查呢!搜查起来,翻箱倒匣,没有一处不查到,哪里藏得过来。"胡仇听了,暗暗记在心上。却又问道:"这镇上有多少人家?他哪里夜夜可以查得遍?"周老三道:"他不一定要查遍。今天查这几家,明天查那几家,有时一家连查几夜,有时几夜不查一次。总叫你估量不定。"

胡仇道:"你们也一样是个人,一样有志气的,怎么就甘心去受那骚鞑子的刻薄?"周老三连连摇手道:"客官噤声。这两个字是提不得的,叫巡查的听见了,还了得么!这里安抚使衙门出了告示,要称他们做'天朝',叫你们中国人做'蛮子'。"胡仇大怒道:"难道你不是中国人么?"周老三道:"我从前本来也是中国人,此刻可入了'天朝'籍了。我劝你也将就点吧,做蛮子也是人,做天朝人也是人,何必一定争什么中国不中国呢!此刻你就是骂尽天朝人,帮尽中国蛮子;难道那蛮子皇帝,就有饭给你吃,有钱给你用么?从古说:'识时务者为俊杰。'我看客官你真是不识时务呢!"

胡仇听了,一肚子没好气,知道这等人,犹如猪狗一般的,不可以理喻。立起来就走了。①

最后,郑虎臣和胡仇率领人马抗击蒙古人,进行了一系列偷袭。小说以此收尾。

接着,吴沃尧又写了另外一部历史小说,题为《两晋演义》,先是在 1906—1907 年间连载于《月月小说》杂志上,后来又收集成二十三回本未完小说。就像吴沃尧在作品前言中所强调的,他试图将此写成《三国演义》的续集,非常明确地追求教育目的,即这部小说可以充当学校里的教材使用。吴沃尧写到:与《痛史》不同之处在于,他不再借古喻今,更多地依据传统的史书记载,特别是司马光《资治通鉴》。这部小说以晋朝 208 年统一全国至 308 年为背景,但也像吴沃尧的第一部小说一样没有完成②。

在论述历史小说范畴下作品的最后,再介绍一部有关某个历史人物的书,此人以几乎前所未有的摧毁力量加速了清王朝的崩溃。这里所说的就是洪秀全(1813—1864年)。他曾是南方省份广东的一个秀才,19 世纪 40 年代牵头发起了有反清分子、宗教分子和社会革命分子一起参与的运动,1851 年建立了"太平天国"。史书上称"太平军暴动"(1851—1864)。

太平军暴动失败后没过几十年,同样出生于广东的黄小配就撰写了他的《洪秀全演义》。黄小配是民间革命团体同盟会的早期会员,长期在香港地区从事宣传工作,主持出版了多份报纸,还写了一批像前面提到的小说一样有关同时代历史人物的作品。对此我们在后面还将进一步加以讨论③。

---

① 《痛史》第十一回,第 98 页起。
② 参见凯·尼帕尔(Kai Nieper)的《九死一生——吴沃尧(1866—1910):晚清的一个讲述者》(*Neun Tode, ein Leben — Wu Woyao*(*1866—1910*);*Ein Erzähler der späteren Qing-Zeit*),德国莱因河畔的法兰克福,Peter Lang 出版社 1995 年版,第 113 页起。有关该作品的早期发表情况,参见《九死一生》的第 366 页起。
③ 有关黄小配的生平,参见王俊年的《关于〈洪秀全演义〉》,选自《文学遗产》1983 年第 3 期,第 110—118 页。黄小配还在论述清朝末年中国批判小说一章中讨论并列举了作品中的个别情节。

黄小配所写的有关洪秀全小说是中国第一部以太平军暴动为题的小说,其命运和同时代的其他小说相似,都没有完稿。黄小配完成了五十四回,应该是作者原设想的一半。作者前言中标明的时间是黄帝4406年(相当于1908年)。这一纪年法数字本身就清楚表明了作者反清复明的思想。根据前言中的说法,黄小配应该是1905年开始写作这部小说,嗣后不久挑选了其中一部分在两份报纸上公开发表①。黄小配在日本东京遇到了章炳麟,后者于1906年为他写了小说的前言。沉寂了几十年,1949年后不同的作者又重拾太平天国领袖的题材,在黄小配的作品基础上续写了这部小说,其中最出名的应算是王继昌的作品,他亲笔续写了一百二十回,也就出现了一百七十四回本的小说版本。

就像黄小配在其前言中所强调的,他的《洪秀全演义》除了取材于同时代的《太平天国战史》等外,还采纳了青少年时期耳闻的许多传闻和故事,另外不可忽略的是他1895年与那些在起义失败后遁入广州一带寺庙的前太平天国官员的谈话录。

《洪秀全演义》在结构布局上用很大的篇幅描写了战争场面,保留了历史小说的写作传统,与《三国演义》和《水浒传》有许多类似之处。小说从描写后来聚集在洪秀全身边的那些人开始着手,描写了太平军暴动以及该运动经历的所有重要阶段:金田起义,向北方进军,攻克南京以及其他军事行动。其中还提到了许多内部的争斗,特别是杨秀清事件。小说写到李秀成1860年攻打清军大营时中断。

该作品中没有像吴沃尧那样旗帜鲜明的宣传,但在阅读《洪秀全演义》一书时会产生这样一个印象:作者在写作时表现出汉族的爱国主义和对满清王朝的仇恨思想,因而非常明显地推崇太平军,对其行为没有半点指责。相反,对历史人物曾国藩(1811—1872)和李鸿章(1923—1901)却加以指责。这些人曾效劳于清王朝,镇压起义军,与外国人合作——这些行为在像黄小配这样的同时代爱国者眼里就是奴颜婢膝。由于时间距离上的因素,要全面评价一个人是很困难的。特别是对太平军重要将领杨秀清的愤恨,对于后来的读者来说是难以理解的。

小说中的这一英雄形象,其对近代中国历史的意义,曾在美国汉学家史景迁撰写的洪秀全传记作品《上帝的中国儿子》中有过专门论述②。但在《洪秀全演义》中却特别弱化,以至可以认定,黄小配对小说题目中的人物洪秀全的复杂性格描写是失败的,因此也就无法达到小说题目所表示的介绍其生平的要求。当洪秀全的出身和心理本身引起

---

① 即1905—1906年的《有所为报》及《少年报》。
② 史景迁的《上帝的中国之子:洪秀全的太平天国》(*God's Chinese Sonm:The Taiping Heavenly Kingdom of Hong Xiuquan*),美国纽约,W. W. Northon出版社1996年版。

了国内外文人和研究者兴趣①后,这一切就更加显得可惜了。引起兴趣的原因正是影响洪秀全一生的宗教题材以及他与基督教的联系。在历经了20多年中多次科举考试失败后,洪秀全怀着沮丧和幻想,于1836年接触到了美国传教士(应该是史第芬,Edwin Stevens),从他那里得到了梁阿发(1789—1855)编写宣传小册子《劝世良言》一书。这一充满了梁发基督思想的作品给洪秀全留下了深刻的印象,特别是对天堂(后来他称之为"天国")的描写和救世主弥赛亚影响了他的后来生活。

《洪秀全演义》在介绍这一关联时非常轻描淡写,对洪秀全的精神狂热的指导思想完全是从爱国主义的角度加以诠释。在小说中我们看到的太平天国领袖是一个年逾30岁的男子,在偏僻的广东和广西赢得了许多人的支持。在寻找一块根据地的过程中,洪秀全在一个当地牧师那里获得了一次宣教的机会,宣传自己的目的:

> 只洪秀全与秦日纲不同:日纲不过演说上帝的道理,洪秀全则志不在此。草草说几句,崇拜上帝的日后超登天堂;不崇拜上帝的生前要受虎咬蛇伤,死后要落酆都地狱,就从国家大事上说道:"凡属平等人民,皆黄帝子孙,都是同胞兄弟姊妹,那里好受他人虐待!叵耐满洲盘踞中国,把我弟兄姊妹,十分虐待。我同胞还不知耻,既失人民资格,又负上帝栽培。"②

但洪秀全的演讲却产生了与预料截然相反的效果,人们以为他疯了,教堂内一片骚乱。

黄小配有关太平军领袖洪秀全的作品在这一方面也贴近世纪交替时期的现实,即当时人们从更严格的意义上说不再对历史小说有浓厚的兴趣。黄小配的另外两部小说更能佐证这一点。这两部小说就其所选题目和放弃了演义格式而言,很难归入传统的历史小说行列。而黄小配更多的是成功地以他那个时代的有影响力人物为题,给政治小说注入了新的东西。对小说英雄同情较少的还有1908年出版的十六回本未完小说《大马扁》。其中黄小配描述了改革家康有为(1858—1927),字里行间表现出对这一改革家的鄙视,最早将其指责为狂妄自大。黄小配还指责说,康有为不是为了政治抱负,而仅仅是为了追名逐利,巧妙利用了朝廷中光绪皇帝和慈禧皇太后之间的纷争,发动了1898年的

---

① 艾尔温·维克特(Erwin Wickert)对洪秀全心理研究的有趣途径不仅仅在于这部由现实和虚构材料整理而成的、描述太平暴乱者的小说,参见他的《上天的任务》(*Der Auftrag des Himmels*),斯图加特,德意志出版机构(Deutsche Verlags-Anstalt)1979年版。

② 《洪秀全演义》,上海古籍出版社1981年版,第四回,第24页。

改革运动,达到扩大个人影响的目的,妄图最终自己做皇帝。康有为最终败在军事领袖袁世凯手上,袁世凯先答应这些思路不清的改革者一起行动,而后又变卦,将秘密告诉了慈禧皇太后一伙人。在北京改革失败后逃亡日本的康有为则有生活放荡、说谎和欺骗的倾向,后来在那里又被人驱逐出境。而在改革失败后拒绝出逃而英勇就义的谭嗣同(1865—1898)则成了最理想的与康有为对立的人物形象。

而黄小配于1909年出版的小说《宦海升沉录》中对主角袁世凯(1859—1916)的描写则要比康有为好得多。这部小说有二十二回,明显长于《大马扁》。在历史面前,袁世凯得到的宽宥远低于康有为,但却时常出现评价的任意性从当时情况出发作出判断的必要性[①]。在其《宦海升沉录》中,黄小配借助袁世凯这一人物角色描写了中日甲午战争(1894—1895)至光绪皇帝和慈禧皇太后去世的1908年间近15年中国政治舞台上的种种情况。袁世凯继李鸿章之后得以升迁,其间也谈到了他当时参与的战争,1898年的改革和两年后的义和拳起义。值得注意的是黄小配与这些政治事变十分贴近,抓住了袁世凯冷漠、老谋深算的性格。至少在当时日趋高涨的反清运动中,作者对袁世凯这样一个人物所遭受困难险阻有些同情:一个汉人在朝廷中不得不经常面对强大的阻力。

---

[①] 对袁世凯的全面研究,参见陈志让(Jerome Ch'en)的《袁世凯(1859—1916年)》,加利福尼亚的斯坦佛大学出版社1961年版。

## 二 "强盗的武器"——小说《水浒传》及其续集

小说《水浒传》讲的是选择了山东省梁山沼泽地区①作为栖身之地的宋江和他的一百单八个强盗团伙的故事。小说又一次让我们回到了北宋末年宋徽宗年代(1101—1125)。

自鲁迅(1881—1936)以来的中国当代文学研究习惯于将《水浒传》归入历史小说范畴。尽管小说中无可否认与历史有些关联,但该作品还是体现了许多评话说书文学艺术所特有的东西,与《三国演义》有明显的区别。《水浒传》对历史小说的影响也是不容置疑的,就如我们在前面章节中特别是讲到 18 世纪末 19 世纪初的作品时所强调的。由于《水浒传》和《三国演义》一样都被人誉为"四大奇书",也就有必要从研究方法上专设一章对这一作品展开讨论②。

从文学角度看,《水浒传》较之于《三国演义》更能体现长篇小说艺术的发展,语言更加生动,特别是在塑造角色方面,完全不拘泥于历史记载。如果说这部作品仅仅提供了"少量的令人振奋的材料",受制于"绝对的历史不足"③,其原因主要是自身一些缺陷,如无法摆脱千篇一律的情节因素的使用——这一点在评话说书艺人身上就存在——和没有充分使用现实主义的塑造手段。

《三国演义》由于其作为蓝本的历史时期有着丰富多彩的特点和情节片段而具有很大的吸引力,《水浒传》则不得不强化对历史过程的现实感唤起读者对水泊梁山传闻的兴趣。为了让英雄更具个性,使小说喜闻乐见,小说给许多书中人物添加了历史及野史传闻中令人喜欢的英雄姓名和特征。最新的材料,如前些年社会研究中日趋为人关注的县志也为水泊梁山上的成员提供了详细的资料。按照这些资料记载,小说中所汇聚的人物在历史上散布在不同的地方,前后生活在整个宋朝的不同时期,一直延续到 13

---

① 这一地区原本是两河交汇处,当黄河后来将其河床南移,这一沼泽地区的水就渐渐地退去,成了陆地。
② 《水浒传》的例外性,夏志清就曾提到,参见夏志清的《中国古典小说》,第 100 页。
③ 同上,第 99 页起。

世纪①。其中柴进是后周世宗皇帝柴荣的后裔,杨志是杨家将的后人。历史上互不相干的事件就用这样的方式被串连在一起了。

《水浒传》的整个成书过程是非常复杂的,其中许多故事取材于史书、文学作品和杂剧话本,尤其能表现出中国早期小说的发展史。与《三国演义》不同的是,这部描写宋江和他的盗匪伙伴们的作品不是单一依据与之相应的史书。正如从宋朝的正史或野史资料中获悉的②,宋江和他的手下于1120年前后在中国北方省份山东和河北作乱,但1121年惨败后归顺朝廷。而与此同时,在中国南方有在其家乡浙江进行活动的方腊(？—1121)暴乱,并严重动摇了宋朝的统治。与之相比,宋江的起义几乎没有多大的政治意义。大多数历史记载几乎都同样写到宋江及其同伙被剿灭的事情。至于(一百回本至一百二十回本小说中提到的)宋江战败后是否真的去参加了对方腊的镇压,并得到了皇帝的宽宥,或接着因与朝廷的军队发生冲突又重新起义,最终丧身(所述的时间大约在1122—1124年间),说法也不尽相同③。

如果说后来成书的小说框架在史料中就已经形成,那就可以推想至少不晚于13世纪至14世纪交替时期问世的《宣和遗事》则是该题材的第一部文学作品。在此基础上才慢慢地添加了其他人物角色和故事情节。《宣和遗事》是明朝以前白话文学创作中最长的作品④,以宋徽宗为重点,描述了北宋王朝衰败和灭亡的过程。其中六个单篇故事后来被《水浒传》小说的续集所采纳,在这些早期文学形式的故事中,宋江为首的"匪徒"给人留下的印象首先是极其常见的"盗匪"⑤。

元朝以后,评话说书中的宋江盗匪故事在进一步扩大的同时,杂剧也涉及了许多故事情节和人物角色,描述与《水浒传》相关的舞台剧本总共达30多部,尤其以元朝为甚,部分出自明清两代⑥。其中至少有9个杂剧被收入小说⑦。除了细节的修饰外,杂剧的

---

① 余凯恩(Klaus Mühlhahn)的《统治、权势和暴力:〈水浒传〉的世界》("Herrschaft, Macht und Gewalt: Die Welt des Shuihuzhuan"),选自 minima sinica 1992年第1期,第59页起。
② 正史主要是指《宋史》。有关这一来源及其他来源的材料使用,参加里夏德·格雷格·伊尔维(Richard Gregg Irwin)的《中国小说的嬗变:水浒传》(The Evolution of a Chinese Novel: Schui-hu-chuan),美国Mass 剑桥,哈佛大学出版社(Harvard UP)1953年版,第9—53页。这是西方对这一部小说的最早研究文章之一。
③ 参加鲁迅《中国小说史略》中的资料,外文出版社1981年版,第188页;以及孔舫之从中文直接翻译本《水浒传》的后记,德国美因河畔法兰克福,Insel 出版社 1975年版,第859页起;此外还有伊尔维()的《中国小说的嬗变》,第9—18页。
④ 《宣和遗事》一书的形式与民间小说相似,但其结构更接近明朝早期。
⑤ 参见威廉·O.黑尼塞(William·O. Hennessey)的《野史和文学的宋朝徽宗皇帝:早期中国小说〈宣和遗事〉》(The Song Emperor Huizong in Popular History and Romance: The early Chinese Vernacular Novel 〈Xuanhe yishi〉),密西干大学出版社(Ph. D. Dissertation Univ. of Michigan)1980年版。
⑥ 其中的15部杂剧被收入了由傅新华主编的《水浒戏剧集》,上海古籍出版社1985年版。
⑦ 参见余凯恩的《故事、女性形象和文化记忆——明代小说〈水浒传〉》(Geschichte, Frauenbild und kulturelles Gedächtnis — Der mingzeitliche Roman Shuihu zhuan),德国慕尼黑,Minerva Publ. 1994年版,第88页《柏林中国研究》第二十三卷)。

主要贡献在于强化了人物的刻画,尤其是对李逵这一人物的刻画,他曾在 20 多个杂剧中任主要角色。可以就此推测,这也是促使他的角色在小说中备受重视的原因所在。李逵是宋江以外一个令人关注的人物。此外,小说中有关起义合法的说法也受到了杂剧的影响:史书中所称的犯罪"盗匪"变成了反对腐败、反抗贪官的合法战士。

应该也可以设想,鉴于这些材料明显的大众化,除了上述的一些历史记载资料以外,还存在着另外一种口头流传的途径,即职业口头说书人的存在,但这一点难以找到例证。这一时期大多数白话编撰的长篇小说所特有的修辞手段和说书方式,尤其是指每一章结尾时常见的说书形式和章回起首用诗歌作楔,以及时常出现的假借说书人之口表达的评议,这些也在《水浒传》中屡见不鲜。这也是最早的例证①。此外,同时代的材料也表明"宋江事见于街谈巷语"②。《水浒传》的主题和题材直到 20 世纪都是以特有的传统说书形式流传,为评书艺人所推崇,20 世纪的一个相应例子尤为明显,其中值得注意的是,由单一的故事片断、人物和场景发展而成的如此可观的一本大书:1959 年,一个名叫王少堂的扬州评话艺人用有关武松的相应题材出版了一本 80 万字的评话,其篇幅长度相当于《水浒传》本身。更令人惊讶的是,王少堂此外还口头讲述过篇幅差不多的宋江、石秀和卢俊义题材的故事③。

在对小说所参考的资料作了简短分析之后,我们现在探讨一下小说的作者问题和各自不同的文学版本。被称为是《水浒传》这本小说作者的有两个人,另外书中还留下了许多批评家、评注人和刊印者的痕迹,仅凭这一点,要想推测出谁是该书作者,绝非易事,也似乎意义不大。由于无法排除被称为作者的人对该书的影响,而在有关施耐庵和罗贯中的说法占主导的情况下是否会出现新的观点尚是一个无法明确的未知数,因而就将这些提法一起提出来。鉴于罗贯中在评述《三国演义》时曾作过详细介绍,我们拟在此更多地介绍一下施耐庵其人。据推测,他应该是在元朝末期将水浒素材写为小说形式的第一人。明代鲜有介绍此人的资料,我们只知道他是个元代作家,生于杭州。依据另外一种始于 19 世纪中叶发现的一块墓碑碑文而流传开来的说法,施耐庵是扬州人

---

① 这也说明了从事《水浒传》编撰的作者们的文学表现能力,他们不是只适用单一的表现形式,而是寻找到独特的形式来暗示那些不是直接在下面一回,或是在作品晚些回目中才出现的事情。将这一回目中的内容导向另外一个回目的特别出色的事例见于第二十二回的结尾:"……又过了三二日,那一日,武松走出县前来闲玩,只听得背后有一个人叫声:'武都头,你今日发迹了,如何不看覷我则个?'武松回头来看了,叫声:'阿呀!你如何却在这里?'不是武松见了这个人,有分教阳谷县中,尸横血染;直教钢刀响处杀人滚,宝剑挥时热血流。"(约翰娜·赫尔茨费尔特(Johanna Herzfeldt)从汉语翻译并主编出版的《水浒传》(译本名:《梁山强盗》Die Räuber vom Liangshan),莱比锡,Insel 出版社 1968 年版,第一卷,第 476 页)。有关小说中的不同语言修辞手段的美学效果的论述,参见德波拉赫·L·珀特(Deborah L. Porter)的《〈水浒传〉的修辞/风格》(The Style of the 〈Shui-hu Chuan〉),美国,普林斯顿大学出版社(Ph.D. Princeton University)1989 年版。

② 摘自德波拉赫·L·珀特(Deborah L. Porter)的《〈水浒传〉的修辞/风格》,第 90 页。

③ 参见王少堂口述、扬州评话研究小组记录整理出版的《武松》,江苏人民出版社 1984 年版。

氏，曾于1331年获得元朝进士。退出仕途后，闲暇去修撰《水浒传》。过去几十年的最新研究又有另外一种说法：施耐庵于1296年至1370年间，曾在杭州做了两年下级官吏。与据称是施耐庵所写的作者前言不同的是，根据这一说法，被蒙古人赦免后委以浙江太尉之职的张士诚（1321—1367）曾邀请施耐庵做他的军幕，试图让他进入日常的政治生活。施耐庵拒绝之后，由于张士诚打击报复才移居淮安，在那里从事修撰《水浒传》和其他诸如《三国演义》、《平妖传》等小说。而通常被人称为该书作者的罗贯中只是一个助手角色①。所有这些说法都自相矛盾，难以使人置信，只是更加表明了找到早期白话叙述文学作者的艰难。造成这些怀疑的关键恰恰是被称为施耐庵亲笔所写的序言之真伪。这一序言是在17世纪金圣叹删减成七十回本的小说版本上被人发现的。在抱怨过去的低落情绪中，作者谈到了与友交谈是其仅有的安慰。他的愿望是将未完的事业做完：

> 然而每日言毕即休，无人记录。有时亦思集成一书，用赠后人，而至今阙如者：名心既尽，其心多懒，一、微言求乐，著书心苦；二、身死之后，无能读人；三、……是《水浒传》七十一卷，则吾友散后，灯下戏墨为多；风雨甚，无人来之时半之。……盖薄暮篱落之下，五更卧被之中，垂首拈带，睒目观物之际，皆有所遇矣。……呜呼哀哉！吾生有涯，吾呜呼知后人之读吾书者谓何？但取今日以示吾友，吾友读之而乐，斯亦足耳。且未知吾之后身读之谓何，亦未知吾之后身得读此书者乎？②

我们至少应该弄明白的是：施耐庵及罗贯中是否真的修撰了《水浒传》一书？其所撰写部分有多少？尽管迄今为止有许多推测和假设，但还是没有发现有一本明确署明上述作者或另有其人的"原始版本"小说。第一部一百回本的**繁本**小说好像出现于16世纪早期③，至少有好几家私人藏书楼的目录证明了这一点，但所有版本都残缺不全，最早的全本一百回小说本要晚出现一百年，那是指明万历年间杭州容与堂1610年刻印出

---

① 参见威廉·H·尼恩豪瑟（William H. Nienhauser）主编的《印第安纳是中国古典文学指南》（*The Indiana Companion to Traditional Chinese Literature*），台北，SMC Publisching 出版社 1988 年版，第 699 页起。
② 《水浒传》第一卷，第 7 页起。
③ 小说的**繁本**和**简本**的问题与章回数目的多少无关，而是指内容的塑造而言，比如在一本鲁迅曾依据的一百十五回本中缺少一些一百回本所有的回目。有关简本的由来和目的，在过去曾发生过意见相左的争论。鲁迅至少表示了这样的猜测，即简本并非长篇的缩短，而更多地是符合接近原始作者的文本。后来鲁迅加入了反对胡适、孙楷第等所代表观点的行列。而按照后者的观点，简本与原始作者根本无关，而更多地是出于书商为了赚更多钱的考虑（参见夏志清的《古典小说》，第 96 页起）。

版的《李卓吾先生批评忠义水浒传》①。作为传统思想家的李卓吾(1527—1602),名声甚于其本名李贽。他对如何唤起民众兴趣、发挥其本来无邪的精神展开研究,对明朝末年的思想史影响颇大。正是在明朝末年,有许多作者写下了许多白话叙述著作②。此外,就像我们在导论中所提到的,李贽对白话文学有过高度的评价。以他之见,有异于中国传统的诗赋艺术,更符合人性的自然,这恰恰是《水浒传》深得其心的缘故。因而他的名字也一再出现在小说的作者前言中,被称为是《水浒传》及其他白话叙述著作的评注者③。

上述所言及的容与堂版与后来详尽的版本有许多关联,其中最重要的则是1612年前后问世的一百二十回本④。随着时间的推移,又出现了其他一些创作版本,也就有了如今的一百回本、一百零九回本、一百一十回本、一百一十五回本、一百二十回本和一百二十四回本的《水浒传》长篇著作。在相关的情节内容和细节的详细描写方面,各个不同的版本间有明显差别。但小说的基本情景却依然保留了主题——这是指宋江及其同伙们自愿归顺投靠朝廷一边,就像李贽在评述一百二十回本小说时所表达的。

> 夫忠义何以归于《水浒》也?其故可知也。夫水浒之众何以一一皆忠义也?所以致之者可知也。(《忠义水浒传叙》)⑤

几十年后,所有这些早期的小说版本都让位于金圣叹(1610—1661)腰斩成七十回或七十一回本的版本。该版本是1644年刊印出版,并被赋予了一种截然不同的说法。这种说法在明末政治社会动荡的背景下尤其易于为读者所接受。金圣叹出身在苏州一个祖传的文人家庭,但自己却只得到了一个**秀才**头衔。除了攻读儒家经典诗书外,非常偏好于各种不同形式的文学作品,这表现在他编撰的选集本《六才子书》中。《水浒传》是其中的第五部著作⑥。在他同时代人眼里,金圣叹因其博学而被视为一个文学大家,

---

① 参见浦安迪的《明代小说四大名著》,第288页。

② 关于李贽的介绍,参见黄仁宇的《万历十五年》,第319—370页;维尔弗里德·施帕尔(Wilfried Spaar)的《李贽的批判哲学与其在中华人民共和国中的政治方案》(*Die kritische Philosophie des Li Zhi（1527—1602）und ihre politische Rezeption in der VR China*),德国威斯巴登,Harrassowitz出版社1984年版;顾彬的《情绪不安的猴子——论儒家的自我问题与中国现代化》(*Der unstete Affe — Zum Problem des Selbst im Konfuzianismus und die Modernisierung Chinas*),德国美因茨,Hase & Koehler出版社1990年版,第99页。

③ 有关对李贽评注真实性的怀疑,详见大卫·L·罗尔斯顿(David L. Rolston)主编的《如何阅读中国的小说》(*How to Read the Chinese Novels*),主要见附录二,第356—363页。

④ 这部一百二十回本的作品名为《李卓吾先生批评忠义水浒全传》(德文本原脚注为《李卓吾评忠义水浒全传》,但在书后索引中确为《李卓吾先生批评忠义水浒全传》,现根据后者改。——译者注)。

⑤ 参见余凯恩的《故事、女性形象和文化记忆:明清小说〈水浒传〉》,第96页。

⑥ 另外还包括屈原大师的悲歌《离骚》、哲学著作《庄子》、司马迁的《史记》、戏剧《西厢记》和杜甫的诗集。

而对后世而言,他得以出名则是由于他对小说《水浒传》的修改。他之所以要腰斩这部作品,这在其诠释小说基本结构的《读法》一文中作了解释①。其中他明确表示,其做法不仅仅是出于政治的标准,而且也是出于美学的标准。金圣叹死于1661年一个悲剧式的背景,他与100多名学者在家乡为了反对当地官吏而举行的"哭庙"一案被人视为是造成顺治皇帝(1644—1661)去世的直接原因,因此获罪问斩②。

随着金圣叹对古老版本毫不留情的修改并删去了五十回,小说一下子就少掉了梁山头领的光荣归顺——以及因此获得颂扬的机会。在这新的诠释中,宋江及其一伙就仅仅是违法者,《水浒传》似乎是一部诲盗的作品。金圣叹的小说版本在此后的三百年中被充当标准版本供中国读者捧读,还成为了大部分翻译文本的底本③。一百回本和一百二十回本小说被人彻底遗忘了,直到20世纪初才被人重新发现。

不少人提出这样的问题:在金圣叹腰斩之前是否已经有缩写本(**简本**)呢?在时间上这些简本与长篇版本之间有什么关联?先有简本后有长篇小说的设想比较符合文学发展的逻辑性,《水浒传》很可能是在《宣和遗事》一书的基础上通过后来不断丰富题材而形成的。刘春雁则进一步推测,存在着两本早期的版本,分别为罗贯中和施耐庵所撰写。按照刘春雁的观点,罗贯中的版本后来演变成了通俗易懂的一些版本,而施耐庵的版本则主要体现在一些长篇版本中④。持简本是从问世更早的长篇删减而来假设的人认为,简本出现的时间不早于1594年,成书要晚些时候。而浦安迪则推测长篇和简本在时间上是并存发展的⑤。

《水浒传》的成书过程复杂,原始素材中又不断添加了口头相传的野史传闻,它们的情节又被小说版本所采纳。这些表明,这部著作的不同读者能接触到对他而言截然不同的说法。各自的故事片断从那些口头流传的传统中分离出来,在小说里就一下子占得了一席之地,这是这些片断原先所没有的。可以肯定的是,对于《水浒传》来说从一开始就存在不同的诠释,而鉴于内容的丰富多彩,小说未曾做到统一成唯一"正式"版本,这与各自所处的历史时期的形势不无关系。小说成书过程中遇到的一些问题也是出现

---

① 金圣叹的《读法》全译本见大卫·L·罗尔斯顿(David L. Rolston)主编的《如何阅读中国的小说》(*How to Read the Chinese Novels*),第124—145页。有关重要的机构组成如前后照应、紧密衔接等,参见余凯恩的《统治,权势和暴力:〈水浒传〉的世界》,第74页起。
② 金圣叹作详细的研究,参见王清宇(John Ching-Yu Wang)的《金圣叹》,美国纽约,Twayne Publishers,1972年版。
③ 比如前面已经摘引的约翰娜·赫尔茨费尔特的文字。
④ 刘春雁的("Sur l'authenticité des romans historiques de Lo Guanzhong"),选自 *Mélanges de Sinologie offerts à M. Paul Demiéville*,II,法国巴黎的法兰西大学出版社1974年版,第188页起。
⑤ 浦安迪的《明代小说四大名著》,第301页。

各种说法不一的原因之一①。在《水浒传》的被接纳过程中也出现了两种截然对立的理解观点：有一些人认为该著作是赞同现有制度，而另外一些人则认为是煽动造反②。在后一种情况下就遇到了严格的审查③。

随着时间的推移和意识形态的变化，作为白话叙述作品的《水浒传》开始受到了有趣的青睐：在共产党人眼里，这部著作具有特别值得同情的"阶级背景"。这部著作在20世纪70年代初之前的中华人民共和国被誉为农民革命的史诗。

作为引言，以上我们对《水浒传》的来源和被接受的过程做了介绍，现在谈谈小说的结构和内容问题。首先分析一下第一回到第七十一回（小说的楔子加上第七十回）的内容情节，其中描写了一百单八将聚义梁山寨的过程④。比较特别的是小说开头有一段关于释放星宿的故事情节。金圣叹设计这一段是为了给这一片断一个特有的楔子，并以此引出其他的故事。小说开始部分将读者引入了道教世界，谈到了一种精神行为，而这一精神行为在著作的后面几乎没有再提及过。在帝国内平和富庶好多年后，全国遭受了一种瘟疫的侵扰。尽管皇帝已经降旨减免税收和大赦天下，以减缓百姓负担，但这一瘟疫施虐依旧，不得不派人去江西请一个姓张的道家天师进京，以祈禳来安慰天庭，便选派了宫廷礼仪官殿前太尉洪信作为钦差。为了能够成功找到张天师，洪信不得不焚香沐浴，亲自爬山。由于他途中一再抱怨登山之苦，因而他也没有认出张天师正骑着水牛从他身边路过，不打招呼就径直朝京城而去。张天师在京城开封作法成功降伏了瘟疫，而此时此刻的洪信却还逗留在江西的道士那里。有一天他参观道观设施时，来到了"伏魔之殿"，不顾观主的提醒，命人打开殿门。其中有一块石碣上刻有诱人的指令：此石板"遇洪而开"，这个太尉便受此鼓舞，命身边的人掀开石板。直见一股黑烟从洞中涌出直上云天，化作金光飞向四面八方，他这才意识到灾祸降临了，但为时已晚。洪信从道观观主那儿获知，道观中囚禁着36个天罡星和72个地煞星。他们将作为梁山的一百单八好汉搅乱全国。洪信返回京城后当然没有向皇帝禀报此事。

---

① 有关不一致性和矛盾问题的论述，参见魏爱莲（Ellen Widmer）的《乌托邦的余想：〈水浒后传于明朝忠义的文学〉》(*The Margins of Utopia：Shui-hu hou-zhuan and the Literature of Ming-Loyalism*)，美国 Mass 剑桥，哈佛大学出版社 1987 年版，第 81 页。

② 参见余凯恩的《统治、权势和暴力：〈水浒传〉的世界》，第 68 页起。

③ 参见赛珍珠（PEARL BUCK）翻译的《水浒传》（英文译本名：《众人皆兄弟》*All Men are Brothers*），美国纽约，The John Day Company 1968 年版（根据 1933 年及 1937 年版再版），第 6 页起。除了被命令销毁印版和现有的版本外，一旦有官员被人发现在阅读《水浒传》将遭到停俸禄一年的处罚。

④ 本书依据了除约翰娜·赫尔茨费尔特、孔舫之和赛珍珠的译本外，还参阅了人民文学出版社 1984 年出版的一百回本《水浒传》以及上海古籍出版社 1976 年出版的一百二十回本《水浒传》。从完整性而言还值得一提的是参阅了《水浒传》的一本新译本《*The Broken Seals：Part one of 〈The Marshes of Mount Liang〉*》及约翰（John）和阿雷克斯·邓特-永（Alex Dent-Young）翻译的《施耐庵和罗贯中编撰的 *Water Margin*》，香港中文大学出版社 1994 年版。

借助星宿下凡这样超自然的现象导出后面的故事,这是早期白话通俗小说常见的特点,并以此特殊形式从内容上突出后面小说中所描述的人间的实际行动。这一超自然的因素在长篇小说《水浒传》中作用不大——按照评论家金圣叹的批注,这是值得赞赏的一个因素,这一因素使这部有关宋江的作品明显区别于其他诸如《西游记》等同一时期问世的"太无脚地"的小说,使人百看不厌①。因而更为明确地是,小说前后呼应,作者在第七十一回中描述了一道与先前方向相反的金光从天而降:在随之而降的一块石碣上终于公开了108个星宿的名称和与之相应的人物形象。首先很少有人会感到不解,小说在先前不解释这些星宿的作用,而将其放在小说最后,其用意在于,英雄们终于上了梁山,也是在较晚的时候才悉数到齐。而这种耐人寻味的序曲设计中却暗示了佛教的四大皆空与徒劳无益的观点。对此作者是这样处理的:从一开始"强盗"英雄们是从无中出现(星宿之光出自地下),最后这个群体又遭解体和覆灭②。

除了这个楔子,这七十回本小说中占篇幅很大的情节部分是由许多小的叙述段落组成的,其中介绍了一些主要英雄。在八个自成一体的片断中,各有一个英雄是其中心人物③。各个叙述段落首尾相连,形成了一个相对较弱的内部结构。这些相互关联又相互制衡的是山寨所在的梁山以及汇聚在宋江身边志向相同的众多英雄好汉们。小说开始,不断出现的地理变化首先强调梁山周围地区的沼泽地非常偏僻,而这座山也渐渐地变成了地理上一个中心,记载着这一伙人的日益扩大。山寨成为了某种意义上的"家","强盗"们每一次深入帝国腹地出击后都返回此地,有些好汉和全家居住在这里。这种借助偏僻地区而构成的乌托邦理想社会的作用,我们在后面还要加以论述。

楔子后小说的真正第一回塑造了一个暗示性的氛围,让读者先熟悉一个人物,此人后来依附于皇帝身边,决定着国家的命运。高俅——"姓高的踢球人",他的名字来源于他善于踢"足球"(这确实是这项如今被普遍喜欢的体育运动的早期形式),原是京城开封的一个游手好闲的人物,发配充军期满后回到了京城,被皇帝的一个女婿王晋卿驸马收作亲随。高俅的发迹却发生于他在端王身边当差以后。端王后来登基成了徽宗皇帝,并任命这名球员为御林军太尉。高俅后来与宰相太师蔡京(1046—1126)和童贯一起并称为"奸臣",他们的所作所为造成了宋朝的朝纲大乱。在小说的大部分内容中没

---

① 参见大卫·L·罗尔斯顿主编的《如何阅读中国的小说》,第133页。
② 参见浦安迪的《明代小说四大名著》,第354页起。
③ 有关《水浒传》结构的研究,参见余凯恩的《故事、女性形象和文化记忆》,第100页起;彼得·李(Peter Li)的《〈三国演义〉和〈水浒传〉中的叙述典范》("Narrative Patterns in San-Kuo and Shui-Hu"),选自浦安迪主编的《中国叙事作品:评论和理论短文》,第73—84页。

有出现徽宗皇帝,只是在《水浒传》临近结尾时才提到这位陛下。但其间通过蔡京之口,给人留下一个印象:宋徽宗皇帝软弱无能。在小说结尾的一个场面对此作了交代。陛下面对蔡京建议派两个武将带兵出征剿灭梁山盗匪,龙颜大悦,接着就拟旨下诏,"天子驾起,百官退朝。众官暗笑"。①

接下来的一段是描写开封禁军教头林冲的故事,其中首先充分表现了高俅的无赖形象。林冲从小说一开始就属于那类与荣誉观念(**义气**)连在一起的英雄豪杰(如秦明、杨雄和卢俊义等),因此他们比小说中的其他中心人物遇到的麻烦要少得多。像林冲这样的角色更能体现成语"逼上梁山"的意义:不得不逃脱奸臣狗官的迫害。林冲和与他类似的其他好汉起先也都拒绝上梁山落草。

林冲是被人用卑鄙的合谋手段一步步逼入困境:他从一个不可靠的商人那里买了一把宝刀后,被据称要看看这个武器的高俅诱骗进府。后来他才发现被人带入的客厅是"白虎节堂",这是通常用来讨论军机大事的,严禁带武器入内。但为时已晚,他被指控谋杀,从轻发落,被罚脊仗、黥面发配。按照判决,他自愿发配到沧州。在那里他认识了柴进。这是一个很有影响的人,乐于帮助落难的英雄,与梁山盗匪有些往来。柴进在梁山好汉中地位特殊,是后周(951—960)世宗皇帝柴荣的后人,"匪帮"中唯一一个贵族血统。正是他后来那个将杀了人的林冲推荐给梁山"匪帮"的。那时候,梁山"匪帮"自然还是一个恶劣的"匪徒"军队,以一个名为王伦的人为首。不要把这个王伦与一个同名同姓的历史人物混淆,后者于1774年在中国北方地区发动起义,是宗教领袖和暴乱者。阿弗雷德·多布林(Afred Döblin)于1915年所出版的小说《王伦的三大飞跃》曾专门描写这个人②。

对梁山"匪徒"进行剿灭是先由济州府开始的。通过城里城外的一系列事件,读者终于认识了小说中的一些主角。首先是晁盖,他是一个富庶但好斗的人,代表着有义气的英雄好汉,劫富济贫。有一天他获悉大名府梁中书派遣一个私人商队去开封,送一份昂贵的礼物给他岳父大人宰相蔡京,便决定与几个人一起去打劫。已经两次被盗匪劫走生辰纲的蔡京便组织人马对山东盗匪进行了严厉围剿。一个参与打劫的同案犯经不住严刑拷打供出了晁盖的名字后,晁盖的处境受到了威胁,经郓城衙门中担任押司之职的宋江提醒,晁盖成功地逃到了梁山。在林冲杀了王伦之后,晁盖坐上了第一把交椅。这个首领团体此时(十九回)仅有11人,而在他的率领下,这个团体到他去世时(五十

---

① 《水浒传》第六十七回,第二卷,第548页。
② 参见阿弗雷德·多布林视为背景资料的瓦特·慕施克(Walter Muschg)为阿弗雷德·多布林《王伦的三大飞跃》(*Die drei Sprünge des Wang-lun*)所作的跋,德国慕尼黑,dtv1980年版,第482页起。

九回)已经发展到88人。这样,他的贡献也就不同于宋江长时期仅作为梁山的首领。同样也是他给这个"匪帮"建立起自己的特色,将其从丧尽天良的罪犯改编成了一个富有战斗力的军队,不再以纯粹的打家劫舍为目的。特别具体表现在,晁盖被推为首领之后在总共只有七八百人的强盗帮中确定了头目等级,给原本的乌合之众建立了一个体制上的结构,还关心下层喽罗的生活,制定了新的社会标准,更不必说在军事上进行了革新,改善了队伍的攻打和防守能力。这一点也体现了前文所说的山寨"理想社会"。

> 便教取出打劫得的生辰纲金珠宝贝,并自家庄上过活的金银财帛,就当厅赏赐众小头目,并众多小喽罗。当下椎牛宰马,祭祀天地神明,庆贺重新聚义。众头领饮酒至半夜方散。次日,又办筵宴庆会。一连吃了数日筵席,晁盖与吴用等众头领计议:整点仓廒,修理寨栅,打造军器,枪刀弓箭,衣甲头盔,准备迎敌官军。①

说到这儿,我们就有必要详细介绍一下小说主人翁宋江其人了。也许应该先谈谈有关这个人物的历史资料:在官修的史书中,对这个未曾参加过科举考试的暴乱者处以带有惩罚性的咨啬,其中没有一篇关于此人的有价值生平的简介。间接提到宋江的文字出现在《宋史》官军武将的生平介绍中,在侯蒙大将的材料中有文字称:这个武将于宣和二年(1120年)在一份给皇帝的急报中谈到了宋江"匪帮",建议给予赦免②。

而与《水浒传》中的其他人物不同,有关宋江的描写材料较多,不仅涉及他的外貌,还描写了他的品性③。也许他是中国文学中疑问多多的一个英雄人物。读者获得的印象似乎是,宋江的塑造正是为了彻底重塑英雄形象,并摒弃千人一面的模式。

在小说中宋江大多是一个心地善良、乐善好施的人,从不拒绝别人,人称"及时雨"。这一绰号在涉及宋江的片断中出现最多。对这一说法还有颇具讽刺的理解:说宋江常常"及时"地容易掉眼泪和草率出兵④。而另外一个称呼"保义"也表明了宋江本质上的重要性格特点,即他对忠君、正义等崇高原则的义务。宋江的道德要求太高,而他所处

---

① 《水浒传》第二十回,第一卷,第407页。
② 参见孔舫之翻译的《水浒传》第859页起。其中提到了有关宋江的另外一个历史来源资料,即《东都事略》。
③ 德波拉赫·L·珀特(Deborah L. Porter)对宋江复杂的个性做了语言学途径的研究:《一个形象的塑造:用语言学方式分析宋江的个性形式》("The Formation of an Image: An Analysis of the Linguistic Patterns that Form the Character of Sung Jiang"),选自《美国东方协会通讯》(*Journal of the American Oriental Society*)(1992年)第112.2期,第233—253页。
④ 参见浦安迪的《明代小说四大名著》的解释,第330页。

的时代也困难重重,以致他不得不常常陷入与所追求的原则相悖的境地。这是一个言行不一的典型人物。

在一系列实际行动中,宋江并非是个好形象。有一天他帮助一个老妇人为其死去的丈夫置办了一口棺木。这个阎姓老妇人为了表示感谢,便想促合宋江和她的女儿阎婆惜。她女儿当时在一些酒肆和乐坊卖唱赚钱。宋江过了一会儿也确实依允了这一建议,为其母女俩租赁了房子,供给她们生活费用,连续几个月夜夜与阎婆惜一处歇卧,但后来的次数就渐渐少了。

> 却是为何?原来宋江是个好汉,只爱学使枪棒,于女色上不十分要紧。这阎婆惜水也似后生,况兼十八九岁,正在妙龄之际,因此宋江不中那婆娘意。①

所以当后来坊间到处传言说阎婆惜有了一个新的相好张三,宋江也无所谓,他的反应是:"又不是我父母匹配的妻室。他若无心恋我,我没来由惹气做什么。我只不上门便了。"②

后来那个阎姓老妇人又一次鼓动宋江去看他的女儿并劝说他留下过夜,这才看出两个年轻人已经话不投机了。事不凑巧,宋江第二天早上把一个包袋遗忘在那里,其中装有晁盖的一封密信,结果让阎婆惜看到此信并获悉信中不可告人的内容。最后宋江要求其归还这封信时,那个妇人否认知道此信。宋江只好委屈求全地同意那个妇人的所有要求:凡事由她自己作主,金银首饰和衣服都归她所有,最后还送她一笔钱款。后来两人动起手来,宋江就用匕首将阎婆惜杀了。

这一段描写表明,宋江的行为也不光彩,更说不上仗义。另外一个片断也能说明这一点。那事发生在他发配途中。在浔阳楼上,宋江先是畅饮酣食,欣赏美景,而后不久,激动的心情转化为心中的痛楚。

借着酒力,满腔痛楚和失望,宋江吟赋了一首语气激昂的诗,用毛笔题写在酒楼的墙壁上。此时此刻的宋江绝不是一个充满激情的暴乱者,想以此引起众人的注意而寻求志同道合者。他的所作所为仅仅是为了抒发内心的苦闷,以及为他日身荣留下一些传世的东西。既未经深思熟虑,也看不出有什么坚强的意志。宋江完全是在醉酒的状况下写的,对此他所作出的解释耐人寻味:

---

① 《水浒传》第二十回。
② 同上。

"倘若他日身荣,再来经过,重睹一番,以记岁月,想今日之苦。"乘着酒兴,磨得墨浓,蘸得笔饱,去那白粉壁上,挥毫便写道:

"自幼曾攻经史,长成亦有权谋。恰如猛虎卧荒丘,潜伏爪牙忍受。不幸刺文双颊,那堪配在江州。他年若得报冤仇,血染浔阳江口。"①

在诗被发现后,宋江起先不承认是自己写的,而后为了逃避受罚,诈作疯魔,将尿屎之物涂抹身上。在无法使人相信后才表示忏悔,承认是在醉酒时写的,但没有谋反的想法。这一切都无济于事。后来他被捕入狱的消息传到梁山"强盗"那里,他们及时劫法场救他,并把他带到了山寨。他才得以脱逃,捡回一条性命。在这个时候(三十九回),宋江才无可奈何地加入了梁山"匪帮",而在此前很长一段时间他一直徘徊于这一"匪帮"的边缘。因而宋江也只是一个逼上山的"强盗"。这一点也体现在他从来没有坦诚地宣布信奉梁山的事业。好像他只是处在一个特别的压力下为"国家的福祉"奋斗。只是到小说的后半部宋江才承认他的暴乱意图:

盖为朝廷不明,纵容奸臣当道,谗佞专权,设除滥官污吏,陷害天下百姓。宋江等替天行道,并无异心。②

如果说宋江从一开始就以一个"伟岸之人"面目自居的话,那么他至少在位居山寨首领之后就应该身体力行了。但成为首领后不久,宋江就暴露出他自身的一连串弱点,就和中国白话叙述文学中另一个历史形象差不多:他非常类似《三国演义》中的刘备,作为军事领袖常率兵为自己报私仇。第一个事例就是攻打那个在浔阳楼发现他所写诗词的黄文炳。

宋江杀了上面提到的阎婆惜后曾在柴进家里待了一段时间。这是小说中一个重要的情节。小说巧妙地将话题从本该一直讲到结尾的宋江身上转移到作品中几个最令人感兴趣的人物之一的武松身上。武松在清河县与一个高级官员发生的争吵中打了人,犯事后逃到柴进府上躲藏。就人物类型而言,武松介于凡事小心翼翼的林冲和遇事莽撞的李逵之间。李逵是我们后面还将论述的一个中心人物。武松这个人物和与他题材有关的故事非常受人喜欢,前面提及的传统扬州评话作品就是一个例证。此外,杭州西

---

① 《水浒传》第三十九回。
② 同上,第六十四回。

湖岸边还保留着一块武松的墓碑。武松这一形象也与中国早期长篇小说艺术中一段精彩的公案有关。这一段公案被人写进了另一部白话小说作品《金瓶梅》。

武松最突出的特点是崇尚武力。先是采取"温和"的方式，渐渐上升到血腥行动。这给中国的评话说书艺术带来了令人难以忘怀的场面，也值得仔细分析一下。

武松在逃到柴进府上不久就开始到处遭人厌烦，特别是在喝酒之后就容易与人吵架斗殴。因此不久就和宋江一起离开了那里。接着他又独自选择了一条山路去他哥哥那里。武松在继续赶路之前到一家酒店喝酒，酒店老板提醒他山上有老虎，行走不安全，但武松却不当一回事，继续赶路，直到沿路看到许多官方文告才相信山上确实有猛虎，但为时已晚。武松想在黄昏将临之时小憩一下，这个时候老虎出现了。

那一阵风过处，只听得乱树背后扑地一声响，跳出一只吊睛白额大虫来。

武松见了，叫声"阿呀"，从青石上翻将下来，便拿那条哨棒在手里，闪在青石边。那大虫又饥又渴，把两只爪在地上略按一按，和身望上一扑，从半空里撺将下来。武松被那一惊，酒都做冷汗出了。

说时迟，那时快；武松见大虫扑来，只一闪，闪在大虫背后。那大虫背后看人最难，便把前爪搭在地下，把腰胯一掀，掀将起来。武松只一躲，躲在一边。大虫见掀他不着，吼一声，却似半天里起个霹雳，震得那山冈也动，把这铁棒也似虎尾倒竖起来，只一剪。武松却又闪在一边。原来那大虫拿人，只是一扑，一掀，一剪；三般提不着时，气性先自没了一半。那大虫又剪不着，再吼了一声，一兜兜将回来。

武松见那大虫复翻身回来，双手轮起梢棒，尽平生气力，只一棒，从半空劈将下来。只听得一声响，簌簌地将那树连枝带叶劈脸打将下来。定睛看时，一棒劈不着大虫，原来打急了，正打在枯树上，把那条梢棒折做两截，只拿得一半在手里。那大虫咆哮，性发起来，翻身又只一扑，扑将来。武松又只一跳，却退了十步远。那大虫恰好把两只前爪搭在武松面前。武松将半截棒丢在一边，两只手就势把大虫顶花皮胳嗒地揪住，一按按将下来。那只大虫急要挣扎，被武松尽力气捺定，那里肯放半点儿松宽。

武松把只脚望大虫面门上、眼睛里只顾乱踢。那大虫咆哮起来，把身底下扒起两堆黄泥，做了一个土坑。武松把大虫嘴直按下黄泥坑里去。那大虫吃武松奈何得没了些气力。武松把左手紧紧地揪住顶花皮，偷出右手来，提起铁锤般大小拳头，尽平生之力只顾打。打到五七十拳，那大虫眼里，口里，鼻子里，耳朵里，都迸出鲜血来。……那大虫更动弹不得，只剩口里兀自气喘。

武松放了手,来松树边寻那打折的棒橛,拿在手里,只怕大虫不死,把棒橛又打了一回。眼见气都没了,方才丢了棒。①

　　在武松打死老虎之后,他像英雄一样受到了阳谷县城百姓的欢迎,还被授予步兵都头。就在这个地方,他意外地遇到了要找的哥哥武大郎。他原以为哥哥还在清河县,此时才知道他已搬到这里来了。

　　接着故事过渡到接下来的公案之中,其结果更加残酷。卷入其中的有潘金莲,她是那软弱无能的武大郎的妻子,年轻貌美,水性杨花。她曾想勾引坐怀不乱的武松,但遭到了严词拒绝。后来是名叫"老王"的女邻居(王婆)充当牵线人,成功地为潘金莲和这个三角关系中第三者西门庆牵线搭桥,还给他们提供定期私会的场所。西门庆在《金瓶梅》中是个主角,基于他放荡荒淫的生活,其结局与《水浒传》中完全不同。

　　武松起先对身边发生的事情一无所知,也没有时间进一步察觉这一渐渐走近的不幸,因为有公务在身(运送一批黄金去京城),他就离开了阳谷县。他刚走不久,王婆、年轻的妻子和其情夫西门庆就密谋将这个碍手碍脚的武大郎支开。当武大郎听说了他妻子与西门庆苟合之事后,威胁说等他天不怕地不怕的兄弟回来告诉他,那三人就觉得非得赶快下手不可;武大郎不久就被毒死,尸首被受收了贿赂的收殓人(团头)火化了。潘金莲和西门庆毫无顾忌地往来,自然也引起了当地人的愤怒,但由于害怕这个年轻大官人的权势,没有人敢到衙门告状。武松顺利完成使命返回后,听说哥哥抱病身亡,开始却被蒙在鼓里。有一天他在灵前给亡者烧纸祭奠,武大郎的鬼魂出现了,述说他死得很惨,这才引起了武松的怀疑。他审问了收殓人,最终获得了真相。他把王婆和潘金莲请进屋参加他策划的祭奠活动。接着他就先审问了两个妇人,然后亲手杀了那个谋害亲夫的女人。

　　拖过这妇人来跪在灵前,喝那老狗也跪在灵前,洒泪道:"哥哥灵魂不远!今日兄弟与你报仇雪恨!"……
　　那妇人见头势不好,却待要叫,被武松脑揪倒来,两只脚踏住他两只胳膊,扯开胸脯衣裳。说时迟,那时快,把尖刀去胸前只一剜,口里衔着刀,双手去斡开胸脯,抠出心肝五脏,供养在灵前。②

---

① 《水浒传》第二十三回。
② 同上,第二十六回。

这样复仇就完成了一半。武松将王婆交给了随身亲兵之后,即刻手提死者的首级去找她的情夫,找到了正在大吃大喝的西门庆,交手没多久,西门庆就夺路而逃,但武松马上就制服了他,割下了他的首级。武松带着两个死者的首级到衙门自首。衙门尽力为武松寻找有力的理由减轻他的罚责,最后被黥面发配到别的地方。

武松、潘金莲和西门庆之间的故事,明显地表达出《水浒传》鄙视妇女的口吻,小说中的大多数女性——比如在前面提到的宋江与阎婆惜的故事中——与男性英雄相比,缺少教养,尤其突出的是她们性生活放荡。这给人一个假象,似乎正是由于女人的性放荡,小说主人公诸如武松和宋江等才会情不自禁地对这些女人产生无法遏制的忿恨,视她们为最可恶的敌人,因为他们"体现了一种对英雄般自我陶醉的非自然性痛苦回忆"①。抑制性欲也就成为对每一个英雄好汉的试金石,即使对于有家眷的"匪帮"成员,书中对其性爱也只字未提。

武松接下来的发配之路也伴随着暴力和血腥。武松的自负——这也是他的一贯品性——使他不久就失去了行为准则,先是私自执行了对谋害者和其同谋的判决,最后在张都监家杀得性起,使他们家的所有人都成了牺牲品,先是张都监和几个仆人死于狂暴的武松之手,最后连无辜的妇女和儿童也被武松杀了。

武松道:"一不做,二不休!杀了一百个,也只是这一死!"提了刀,下楼来。夫人问道:"楼上怎地大惊小怪?"武松抢到房前。夫人见条大汉入来,兀自问道:"是谁?"武松的刀早飞起,劈面门剁着,倒在房前声唤。武松按住,将去割头,刀切不入。武松心疑,就月光下看那刀时,已自都砍缺了。武松道:"可知割不下头来!"便抽身去厨房下拿取朴刀,丢了缺刀,翻身再入楼下来。只见灯明,前番那个唱曲儿的养娘玉兰,引着两个小的,把灯照见夫人被杀在地下,方才叫得一声"苦也!"武松握着朴刀,向玉兰心窝里搠着。两个小的亦被武松搠死。一朴刀一个结果了,走出中堂,把闩拴了前门。又入来寻着两三个妇女,也都搠死了在房里。武松道:"我方才心满意足!走了罢休。"②

最后武松连杀了 15 人。这个好汉的做法与他在阳谷县的复仇之举极其相似,也就给别人留下了新的口实:杀害无辜和离屋时的盗窃行为(武松卷走了金银细软),似乎有

---

① 夏志清的《中国古典小说》,第 125 页。
② 《水浒传》第三十一回。

意要引起人们的反感。①

接下来我们将讨论《水浒传》中最黑的角色形象。说到李逵,又被人称为"天煞星",除了他的星座名称外更出名的是"黑旋风"。李逵更多地是被塑造成一个复杂的人物角色,既有虔诚忠君的一面,又有暴虐凶残的一面。他全身心地投入到山寨的"匪帮"事业和忠于主子宋江。在他身上,小说中(体现在义气、复仇、团结和抑欲)的基本**好汉**理念暴露出最大的问题。李逵的本性充满着极端和矛盾。一方面拥有野性和蛮力——他一直用双斧参与战斗——而当他在作战中面对女人时就又显得异常软弱。由于他的社会地位,在"匪徒"中具有特殊的地位,是另类的形象代表。属于这一类社会地位的还有小庄园主、商人、地方官吏的家仆、手工工匠、渔民、士兵等②。鉴于中国自古以来农民人数众多,这一部分人在强盗"匪帮"中数量也不少,而李逵是梁山"匪徒"中唯一一个明确写明是农民出身的人物形象。他无疑是中国古朴本质的典型,欣赏梁山题材的读者很快会接受这种类型的人物。因此李逵在与宋江抗争中尽管其性格常表现出不持久和犹豫不决,但还是体现出了土气的道德、忠诚、顺从以及忍耐。这一点一再得到读者的好评也就不足为奇了。首领与他正直的好汉构成了一个对立面,宋江身上表现出的是儒家忠君象征,而李逵则是"被释放出来的无知者能量"③。当代文学研究者甚至努力将李逵誉为持续革命的斗士④。李逵和宋江是小说中最为明显的对立面。"匪帮"的社会结构首先考虑的是社会阶层的代表与角色的性格类型,而不是实际的组合。为了增强这一印象,小说中的人物成对出场,他们间性格的对立掩饰了人之行为和本质的多棱性。除了宋江和李逵外,还明显可见的其他成对人物有卢俊义和燕青(主仆)、鲁达和武松(暴食暴饮者)。金圣叹在这一方面就突出了这种结构特点⑤。总而言之,这些对性格对立的描写在西方文学中也出现过,比如有关唐吉诃德(Don Quichotte)及其仆人桑丘·潘萨(Sancho Pansa)的作品。

小说中李逵的形象出场较晚,在第三十七回读者才看到李逵与宋江两人在江洲城的一个酒店认识。江州是宋江发配的地方。李逵也非自愿来到此地。他是因为在老家打死了人逃到这里,后来在此找到了一份活,监狱中担任小牢子。宋江和李逵的关系一开始就是相互同情,李逵认对方为"主子"。宋江对这个满脸络腮胡子汉子的孔武有力印象深刻,以他之见,此人不错。这两个人的接近彰显了小说在描述他们结帮过程中的

---

① 参见浦安迪的《明代小说四大名著》,第322页。
② 关于"匪帮"中的社会环境论述,参见余凯恩的《统治、权势和暴力:〈水浒传〉的世界》,第80页。
③ 夏志清的《中国古典小说》,第126页。
④ 参见余凯恩的《统治、权势和暴力:〈水浒传〉的世界》,第82页。
⑤ 夏志清的《四大名著》,第315页。

中心动机:众多诸如认识英雄的特定能力(**知人**)、找到值得大家追随的领袖人物(**求主**)和正确使用其才能(**用人**)等主体就像一根红线贯穿了小说中最大的也是首位的故事片段。

宋江调解了李逵与拿走李逵赌注的参赌者之间的纠纷后,邀请他一起吃饭。这就引出了一个场面,充分体现这个外表粗鲁但心地善良的人的自然和质朴。

> 宋江因见了这两人,心中欢喜,吃了几盏,忽然心里想要鱼辣汤吃……戴宗便唤酒保,教造三分加辣点红白鱼汤来。顷刻造了汤来。宋江看见道:"美食不如美器。虽是个酒肆之中,端的好整齐器皿!"拿起箸来,相劝戴宗、李逵吃。自也吃了些鱼,呷了几口汤汁。李逵并不使箸,便把手去碗里捞起鱼来,和骨头都嚼吃了。宋江看见,忍笑不住,呷了两口汁,便放下箸不吃了。戴宗道:"兄长,一定这鱼腌了,不中仁兄吃。"宋江道:"便是不才酒后只爱口鲜鱼汤吃,这个鱼真是不甚好。"戴宗应道:"便是小弟也吃不得;是腌的,不中吃。"李逵嚼了自碗里鱼,便道:"两位哥哥都不吃,我替你们吃了。"便伸手去宋江碗里捞将过来吃了,又去戴宗碗里也捞过来吃了,滴滴点点,淋一桌子汁水。宋江见李逵把三碗鱼汤和骨头都嚼吃了,便叫酒保来吩咐道:"我这大哥想是肚饥。你可去大块肉切二斤来与他吃,少刻一发算钱还你。"酒保道:"小人这只卖羊肉,却没牛肉。要肥羊尽有。"李逵听了,便把鱼汁劈脸泼将去,淋那酒保一身。戴宗喝道:"你又做什么!"李逵应道:"叵耐这厮无礼,欺负我只吃牛肉,不卖羊肉与我吃!"①

宋江对好汉李逵的好感在上了梁山以后有所减弱,原因是李逵越来越热衷于施虐和杀人,起先基于敬佩和欣赏的关系逐渐变成了又恨又爱。就像宋江在李逵一次杀人太多后指责他一样,李逵也坚决反对宋江一心要放弃首领职位,寻求宋朝统治者的宽宥。两人间的关系裂痕在上了梁山后就开始了。尽管一开始李逵忠实执行了宋江组织的对黄文炳的复仇。黄文炳就是那个因反诗要杀宋江头的官员。但李逵的行刑方式却引起了惊讶。黄文炳已经承认自己的罪行,仅仅请求速死,而李逵听到有人问"谁愿杀他"后就跨前一步,采取的方式恰恰是与黄文炳的要求相反:

> 便把尖刀先从腿上割起。拣好的就当面炭火上炙来下酒。割一块,炙一块。

---

① 《水浒传》第三十八回。

无片时,割了黄文炳。李逵方才把刀割开胸膛,取出心肝,把来与众头领做醒酒汤。①

对于这种残酷而没有必要的行为,命运给予了同样的报复:当李逵想接母亲上梁山时,这个老妇人途中被一只老虎吃了。

李逵的问题在于他意气用事,滥杀无辜,不得不经常受到宋江的指责,就像第四十九回中当他与祝家庄打仗时杀得性起,把与梁山强盗关系不错的一户人家全杀了。他动武时的任意性、不假思索和毫无顾忌,远甚于武松。但所有对他的指责,李逵全当耳边风。在宋江刚说了严厉的话不久,他又残酷地杀死了一个小男孩,为的是让衙门追捕都头雷横②,以便引诱他到梁山寨入伙——这是招募新人入伙的最成问题的强征手段,也是小说中绝对的野蛮化例子。

这里只是着重介绍了梁山"强盗"中最重要的几个英雄,也交代了最后大结局和上天对108个人物形象的来历和名称的揭晓。然后这伙人就在新建的"忠义堂"结拜起誓,为国家的福祉而奋斗。

　　但愿共存忠义于心,同著功勋于国。替天行道,保境安民。神天察鉴,报应照彰。③

金圣叹的七十回本小说就以梁山"匪帮"隆重结义的场面而告终。而在更长的一些版本中则描述了谋求大赦和宋江率领其众多英雄好汉为皇帝效劳,紧随其后的是这个"匪帮"的土崩瓦解。一百二十回本不同于流传更广的一百回本地方是,除了讲到出征契丹和围剿方腊外,还写到了剿灭田虎、王庆两支起义军的事情④。尽管竭力为皇帝效劳,宋江也无法阻止"匪帮"的解体和成员们一个一个地死去。宋江自己也被皇帝赐鸩酒毒死,被葬在楚州南门外的蓼儿洼。宋江死后还托梦给两个还活着的匪首,要他们赶到自己的墓前。吴用和花荣不约而同地来到了这里。两人一起自杀的场面常被人视为小说的高潮之一。

---

① 《水浒传》第四十一回。这种食用牺牲者人肉的举止并非《水浒传》的文学创作,在司马迁的《史记》中就有对高祖皇帝爱妃戚夫人施以残酷的断肢的描写。
② 应该是当牢节级朱仝。——译者注
③ 《水浒传》第七十一回。
④ 在此我们不想深入探讨这一补充性的战役。依据是一百回本《水浒传》,人民文学出版社1984年版。

吴用道："我得异梦，亦是如此，与贤弟无异，因此而来。今得贤弟到此最好，吴某心中想念宋公明恩义难舍，交情难报，正欲就此处自缢而死，魂魄与仁兄同聚一处。身后之事，托与贤弟。"花荣道："军师既有此心，小弟便当随从，亦与仁兄同归一处。"似此真乃死生契合者也。有诗为证：

红蓼洼中托梦长，花荣吴用各悲伤。

一腔义血元同色，岂忍田横独丧亡。

吴用道："我指望贤弟看见我死之后，葬我于此，你如何也行此事？"花荣道："小弟寻思宋兄长仁义难舍，思念难忘。我等在梁山泊时，已是大罪之人，幸然不死。感得天子赦罪招安，北讨南征，建立功勋。今已姓扬名显，天下皆闻。朝廷既已生疑，必然来寻风流罪过。倘若被他奸谋所施，误受刑戮，那时悔之无及。如今随仁兄同死于黄泉，也留得个清名于世，尸必归坟矣！"吴用道："贤弟，你听我说，我已单身，又无家眷，死却何妨？你今现有幼子娇妻，使其何依？"花荣道："此事无妨，自有囊箧足以糊口。妻室之家，亦自有人料理。"两个大哭一场，双双悬于树上，自缢而死。船上从人久等，不见本官出来，都到坟前看时，只见吴用、花荣自缢身死。慌忙报与本州官僚，置备棺椁，葬于蓼儿洼宋江墓侧，宛然东西四丘。楚州百姓，感念宋江仁德，忠义两全，建立祠堂，四时享祭，里人祈祷，无不感应。①

在结尾的一场梦境中，宋江和李逵又一次出现在皇帝面前，述说遭到暗算的背景。但那些被召来问话的密谋者都避而不答，逃脱了惩罚。戏剧般的小说结尾给宋江与李逵间具有破坏力的关系一个合乎逻辑的终结。整个强盗团体的意义和目的最终也是耐人寻味的。

像《水浒传》这样受人欢迎的小说，不可避免地会有人续写，但各种续集的结局则完全不同。19世纪中叶问世的《荡寇志》表现了一种野心勃勃的尝试，最终突破了颂扬宋江和他的"匪帮"的传统，还其历史真面目——仅仅是一般的强盗团体；而另外两本17世纪刊印的续集则另辟蹊径：《水浒后传》让一些活下来的英雄好汉远渡海外寻找其幸福——这是梁山寨上曾经有过的乌托邦思想的再现。而在另外一本晚些时候问世的《后水浒传》中，《水浒传》中的37个人物形象又重返人间，继续他们的事业，但最终还是失败了②。我们还是按先后顺序一一论述。

---

① 《水浒传》第一百回，第 1390 页。

② 这两部较早出现的续作中哪一部出现更早，难以确认。魏爱莲在其《乌托邦的余想》(The Margins of Utopia)（从第 197 页起）依据内容的观点进行了猜测，认为《水浒后传》应早几年问世。

《后水浒传》的作者佚名，但《水浒后传》则不同，作者是陈忱。陈忱（约1614—约1666/1696），出生在浙江太湖附近地区。有人推测认为，由于明朝日趋灭亡，他不曾参加过科举考试，但具有文学天赋，加入了明朝官员的诗人社团"惊隐诗社"。这个团体存在于1650年至1664年间的长江下游地区，其成员有著名人士顾炎武、归庄、吴炎等。陈忱有一段时间支持反清运动，甚至亲自参与其中，以此表达了他拒绝满清统治的态度。他对当时的现状感到非常的痛苦和失望，这也在他诗词作品中有所流露，最直接的是标明1662年夏天刊印的《九歌四首》。

> 我今潦倒垂半百，
> 相逢犹为披肝膈。
> 寒风刮天雪一丈，
> 独立柴门迟我客。
> 荆卿入秦何足多，
> 遂令白虹能贯日。
> 抱膝长吟环堵中，
> 草泽自有真英雄。
>
> （《明诗纪事》辛签卷十四）

在这一段开场诗之后，他诉说了百姓在异族统治下的痛苦和悲哀，以及对自己未来的怀疑。

也有一种说法称，陈忱就是在这个时候撰写了《水浒后传》的。几年以后，即1664年才第一次刊印出版。写作的时间也与当时的一些政治事件有些关系，因而小说中的一个人物形象与高丽国王子李玉一模一样。这个王子于1663年6—7月份来中国进贡。

这部四十回本小说从《水浒传》一百回本或一百二十回本结局的某一个场景写起。情况如下：

> 且说李俊三人竟来寻见费保四个，不负前约，七人都在榆柳庄上商议定了，尽将家私打造船只，从太仓港乘驾出海，自投化外国去了，后来为暹罗国之主。童威、费保等都做了化外官职，自取其乐，另霸海滨，这是李俊的后话。①

---

① 《水浒全传》，上海古籍出版社1976年版，第一百一十九回，第三卷，第139页起。

在前面的几章中曾有过描述说李俊和其他几个人要想远渡海外寻找幸福。选择暹罗国像是出于想到南洋地区的愿望。

陈忱的续集就从这一场景开始说起,讲述李俊等人对中国的政治现状不满,离国而去,乘船前往暹罗国——其中还伴随着许多预言和天意。到达这个描写成岛屿的异国后,李俊等人攻克了金鳌岛,接着与国王家族结成朋友;其中一人还与同样具有中国血统的暹罗国公主成婚。在故国,后来总共还活下来的32个梁山好汉,分别加入了山东和河北的两个山寨强盗。当时正值北宋行将覆灭的混乱不堪局势,大伙们听说李俊执掌暹罗国,便决定坐船前去。他们抵达得正是时候,马上投入攻城之战,帮助李俊消灭可恶的奸相共涛和叛党。战胜奸贼后,暹罗国王室将统治权禅让给了李俊。李俊刚加冕登基不久,就听说南宋皇帝宋高宗在暹罗国附近遇险。李俊救了宋高宗的性命,并把他送回了京城杭州。皇帝对他表示感谢,并为曾对残余的梁山英雄的不公行为请求原谅。接下来李俊就统治着暹罗国,这个国家越来越受中国的影响。32个英雄都在异国成家立业,生活美满。

陈忱的《水浒后传》分成比例不一的两个部分,其中第一部分有三十回,介绍帝国内混乱不堪的局势——这与各自英雄的命运密切相关,这些英雄也因此渐渐地走到了一起。在第二十九回时达到了32人。在最后的十回中,陈忱才写到这帮人决定到异国他乡。那里的人们依仗君主英明,为人善良和做事神勇,生活得幸福。

这里就产生一个问题:为什么陈忱面对当时众多复杂和困难的问题,会在其小说中用如此简单的凭空想象找出这样一个解决方法?清朝政府的严厉审查,或许能够解释或部分解释这种寻找和谐和"皆大欢喜"结局的需求。更多的好像是陈忱想用他的解决问题方法,给当时白话叙述艺术中经常出现的惯例一个合理的说法①。陈忱通过描写小说英雄们在暹罗国成家立业,提及一个在许多其他杂剧和故事中一再出现的主题,这一主题在17世纪中叶的有关**"才子佳人"**小说中也都出现过②。

《后水浒传》是明末清初一个署名为"绿莲室主"的佚名作者的作品③。最早的刊印版见于满清初年。或许很有可能是小说对当时现状提出了严厉的批评,这就成为该小说未受同时代文人欢迎的决定性因素。但这部著作被译成了朝鲜语,这才使其得以保存下来④。

小说一开始扼要地复述了吴用和花荣在宋江墓前的自杀和梁山一伙的土崩瓦解。接下来情节的连接点是燕青这一人物。他在《水浒传》中出场较晚,然而因他的许多社

---

① 参见据魏爱莲的《乌托邦的余想》,第72页起。
② 陈忱的小说也对后世的舞台文学和叙述文学产生了影响。与此题目相关的情况甚至在19世纪或20世纪的日本小说中得到证实。
③ 依据沈阳,春风文艺出版社1981年版。
④ 参见据魏爱莲的《乌托邦的余想》,第197页。

会关系,也包括与女人们的关系,他不同于其他梁山英雄,最后还牵线搭桥促成了皇帝对宋江的赦免。《后水浒传》中,《水浒传》中的主角又转生入世成了"妖儿"(宋江)和"魔儿"(卢俊义)出场。

这一续集非常欣赏《水浒传》在白话叙述艺术方面的高招,也将原有的许多场景编入其中。其中一个例子是武松打虎,当然不是为了复活这个好汉,而是写成杨幺的壮举,让他在一个假定的醉酒情况下,骑在以为是牛的老虎背上斗老虎直到把它斗死(第五回)。作者从全局上更多地接近其参考的原著,这一点可以从下面的一段描写中看出。和《水浒传》一样,紧接打虎场面之后模仿潘金莲、西门庆和武大郎的故事出现了三角恋,但主角的名字改为丈夫郐元、漂亮的王月仙和当地花花公子黄金。这一事件的结尾像《水浒传》一样血腥:郐元死后的复仇造成了六人死亡。

除了天雄山(暗示这些好汉是天神下凡)外,还有一些聚集着英雄好汉的山头,如峨眉山(杨幺落草为寇的地方)和王摩(即"魔儿"卢俊义)率领养父全家占山为王的麒麟山。王摩的几个继兄非常妒嫉他,怪他深得父亲的宠爱,但又拿这个收养来的兄弟没有办法,便在父亲面前编排他,说他如何不孝。

  第四个便接说道:"哥哥们还不晓,近日的言语,一发无状。"三人忙问道:"他说些什么?"第四个道:"俺不说,说来只道俺在阿爷面前搬斗是非,阿爷也是恼。"王突道:"四儿有话便说。"

  第四子只得说道:"前日同他在山前闲耍,见树林中有个雀巢,内有一对小雀。见了喜欢,取在手中顽要。因俺信步走到山后,顽了半晌。因见这对小雀,毛羽未乾,飞走不动,只向人哀叫讨食,起一点好生念头。因见道旁树上,有个大鸟巢,俺便攀援上去,将这一对小雀放在中间,俺便下来,立在树下。那小雀在巢中探头,向外啾啾唧唧地叫,等个来喂哺他。叫了多时,那巢中的大鸟回来,忽见巢中有了这对小雀,不是同种,不胜惊惶顾盼,只飞去飞来,向别树枝头喳喳鸣叫。那小雀儿见了,只道是他爷娘,俱齐向他哀鸣求食。那大鸟儿见了,也就哀怜,一只飞入巢中与小雀理毛羽,又将两翅遮护;一只飞去寻了些青虫来喂他,竟像自己养的一般。俺便见了,不胜欢喜,以为放生得所。他在旁边只是暗笑。俺便问他,他说道:'有恁呆鸟,枉看辛勤,日后毛长分飞,谁来认你?'说罢流下泪来。俺便急问,他又说道:'兄弟有些见物伤情'。"①

---

① 《后水浒传》,第二十回,第195页起。

这几个哥哥愤怒地认为这一点足以证明五弟的意图，故意对养父不孝。其实对这个故事也可以做出有利于五弟的解读，但养父却由此得出一个错误的结论，觉得自己不该收养这个外姓人。后来又出了一件事，这样便有足够理由将王摩赶出家门了。王摩就加入了山匪，落草在白云山。此时，那些兄弟们的起义还互不相干。在被推选为首领之后，杨幺有一次纲领性讲话（二十七回），宣布其做法与宋江大不相同，尽管宋江是个值得尊敬的人，但软弱无主见，造成了结盟的失败。山寨中普遍认为宋江不具备君王相。杨幺承认，他还没有将改变帝国现状作为己任，而是结帮后去某个他们能有所作为的地方。他听说八百里外①有一个岛屿，是天下无处可比的地方。那里不必向皇帝或帝国承担义务，更像是一个乌托邦社会。但这一想法并没有得以实现，这帮山贼此后更多地是忙于内部事务和与官兵的军事冲突。君山的最终失败是不可避免的。但首领们还是通过神秘的轩辕井逃往峨眉山，中途轩辕井发生爆炸，这些人都死于非命。紧接着，一个神仙解释说他们的轮回之轮被收回了。在结尾的一个场面中，三十六个天罡星和七十二个地煞星又化为一股黑烟。

七十四回本小说《荡寇志》所写内容完全不一样，出自俞万春（1794—1849）之笔②。俞万春出生在现在的浙江绍兴地区，生活在一个动荡不安的年代（死后不久就爆发了太平天国运动）。根据他亲戚的说法，这本书花费了20多年的精力，直到19世纪40年代中期才完成。他在作品中强烈反对任何有害于帝国的民众反抗形式。因此，《荡寇志》就站在"反革命"的立场上，将梁山强盗重新还以其被杂剧和评话说书艺术神化之前的面目：本该剿灭的可恶山匪。如果说早期的版本中这帮"匪帮"大多仅袭击城镇，抢夺官吏财产，而对黎民百姓加以保护，但在俞万春的相应描写中则强调在攻打中百姓也像富人官员一样遭殃，成了牺牲品。对俞万春的续集读者可以赞成也可以反对，但无论如何这部续集比过去数百年来的其他续著更为真实地塑造了"山匪"形象。与此相应的是，宋江的英雄豪气也烟消云散，对于山寨中的其他英雄，作者也进一步将他们描绘成非常可怜的人物形象：每次败仗后宋江都得大哭一场，在听到可怕的消息还尿裤子；军师吴用在与女将刘慧娘交手中败下阵来；神箭手花荣在一次战斗中中了敌方之箭而身亡。按照这一逻辑，俞万春在其续集《后水浒传》中删去了原《水浒传》第七十一回至一百回乃至一百二十回本中所描述这些好汉征辽和征方腊等章节，将这一情节直接安排在金圣叹的小说结尾处，此外还添加了新的回目，从第七十一回开始写起。

---

① 小说中称"洞庭湖面积方圆八百里"。——译者注
② 依据人民文学出版社 1985 年出版的版本。在作者去世后的 1853 年第一次印刷时，小说改名为《结水浒传》，估计出于出版商的原因，增加这一作品的吸引力。

前言中的回顾和同时代人对小说的评注,都呈相应的一边倒①。独断的说法认为:把这些"匪徒"神化为英雄会导致帝国的灾难和不幸,给皇帝带来许多困难。作者特别详细地阐述了自己的愿望:

> 既是忠义必不做强盗,既是强盗必不算忠义。乃有罗贯中者,忽撰出一部《后水浒》来,竟说得宋江是真忠真义。② 从此天下后世做强盗的,无不看了宋江的样:心里强盗,口里忠义。杀人放火也叫忠义,打家劫舍也叫忠义,戕官拒捕、攻城陷邑也叫忠义。看官你想,这唤做什么说话?真是邪说淫辞,坏人心术,贻害无穷。③

除去了原来那些值得怀疑的英雄好汉后,俞万春另外塑造了一批正直忠君的男女,他们为帝国的利益作出了真正的贡献,最后成功地攻克梁山,俘获了包括宋江在内的三十六个首领,并将他们押解到京城,全部斩首。

故事情节大致介绍到此。这部只有金圣叹本这一长度的小说事实上是一个刻意的尝试,要将宋江为朝廷和皇帝效劳过的故事否定掉。其中也没有遗漏那些原本计划剿灭宋江等"山匪"的刽子手们突然都站到暴乱者那里去了。

要想与几世纪以来流传下来的偏爱宋江等好汉的传统完全脱离,俞万春也不易做到,至少他在描写宋江被俘后还是让他表现出一些正义感,以此来反映百姓的看法和减轻对"匪徒"的仇视。

> 那宋江等三十六贼,都反剪捆缚,远远跪在御道之外。那班城里城外的百姓,早已邀张唤李,挨挨挤挤,都来看热闹。前番征平方腊奏凯时,百姓都已见过张经略的威风,今番再看,愈觉惊异。又不知宋江怎样一个三头六臂的模样,都要来瞻仰瞻仰。有的说:宋江可怜,被官府逼得无地容身,做了强盗,今番却又吃擒拿了。有的说:宋江是个忠义的人,为何官家不招安他做个官,反要去擒捉他?内中有几个明白事体的说道:宋江是个大奸大诈的人。外面做出忠义相貌,心内却是十分险恶。只须看他东抢西掳,杀人不转眼,岂不是个极凶极恶的强盗!众论纷纷不一。④

---

① 一系列的评注可以参见上述版本的附录,第二卷,第 1044—1055 页。
② 这一说法基于一种假设,即七十回本是施耐庵及金圣叹所撰写,而罗贯中则撰写了一百回本和一百二十回本。
③ 这一作者自序《〈荡寇志〉缘起》并未收录上述版本的附录,而作为《中国古代小说百科全书》中的摘录,中国大百科全书出版社 1993 年版,第 53 页。
④ 《荡寇志》第一百三十八回,第二卷,第 993 页。

俞万春声称自己继承了施耐庵和罗贯中等原作者的意图，一心想让自己的作品成为为梁山强盗盖棺论定的唯一的续集。他在小说最后一回的结束语（**结子**）这样写道：

> 在下听得施耐庵、金圣叹两先生都是这般说，并没有什么宋江受了招安，替朝廷出力，征讨方腊，生为忠臣，死为正神的话；也并没有什么混江龙李俊投奔海外，做暹罗国王的话。这都是那些不长进的小厮们，生就一副强盗性格，看着那一百单八个好汉十分垂涎，十分眼热，也要学样去做他，怎奈清平世界，王法森严，又不容他做，没法消遣，所以想到那强盗当日的威风，思量强盗日后的便宜，又望朝廷来陪他的不是，一相情愿，嚼出这番舌来。①

随着这一文学阐释，《水浒传》的所有表达早期版本精神的续集似乎突然都站不住。

---

① 《荡寇志》第 1037 页起。

## 三 "成人童话"——中国早期英雄、侠客和探险小说

什么是通俗文学?[①] 这个问题很难回答,它其实已经包含了对于这种文学的界定。"通俗文学"这一说法,实际上已经告诉人们,根据客观的分类标准,文学存在高雅与不很高雅的主题、形式与作品。然而古典作家中又有几个时至今日仍为人们所熟知,并且能经受得住几十年乃至上百年以来人们在审美观、时尚、流行趋势、接受方式与评论方面的种种不同看法?今日文学中所时兴的也许到明天或最迟后天就会被视为低级趣味,成为一种被人们逐渐淡忘的庸俗文学。

不过评判标准看来还是有的,即一段时期内的读者数量。高雅的经典作品一次的发行量或许并不大,但却能保持经常再版,不仅经受得住时间的考验,还更有可能在某一天成为文学爱好者争相追逐的目标。然而通俗文学的作品却截然不同,只能在短时间内给一大批读者带来快乐,其中只有那些冠以最优秀之名的作品才会得以再版,被誉为这类作品中的佳作。

创作通俗小说的目的主要在于供大众娱乐消遣。读者会被紧凑而又扣人心弦的情节所深深吸引,仿佛置身于一个梦幻世界中,而在这个梦幻世界里往往只有某些人名和地点同现实生活相符。其故事情节大多浅显易懂,总是围绕着爱恨情仇、是非黑白、探险奇遇、强权暴力以及凶险谋杀而展开。由于作品中的人物形象,无论是罪犯还是受害人、是逃犯还是绿林好汉,都是那么千篇一律,而且人数众多,反复地出现,所以只能以长篇章回小说的形式才能使读者最后看明白谁是小说的主人公,当然是如果有的话。

假如一个中国人来到德国,并且希望了解一些通俗文学的代表作,也许我们会向他一一报出从杰瑞·科顿(Jerry Cotton)和梅格雷(Maigret)的侦探小说到阿加莎·克里斯蒂(Agatha Christie)和雷蒙德·钱德勒(Raymond Chandler)的长短篇小说等等,可能还会列举一些最新的科幻小说,或者为了使其进入一个奇幻世界,我们还会推荐《佩

---

[①] 关于中国文学中的通俗文学问题也可参见司马涛(Thomas·Zimmer):《劣质葡萄酒——朱光潜(公元 1897—1986 年)与通俗文学的问题》("Schlechter Wein—Zhu Guangqian 1897—1986 und das Problem der Trivialliteratur"),载《袖珍汉学》,1997 年 1 月,第 41 至 54 页。

里·罗达》(Perry Rhodan)。

相反,如果西方文学爱好者在中国或者中国的少数民族聚居区想了解当地的通俗文学作品,人们又会推荐些什么呢？很有可能人们会让他关注武侠小说,它们至今仍是最受欢迎的文学体裁之一,尤其是深受海外华侨青睐。从洛杉矶到巴黎的唐人街,没有一家书店中找不到武侠小说,而且数量众多,其流行程度可见一斑。出自梁羽生（1922— ）、古龙（1936—1985）和金庸（1924— ）手笔的中国武侠小说早在别人竞相模仿之前就已一跃成为此类作品的经典。

在对善与恶、正与邪的描写以及对忠实、真诚、智慧和勇敢等传统美德颂扬方面刻意运用了淡化的描述方式,把中国的游侠世界引入了一种理想境界,这从作者给这类小说主人公所起的特定称谓中就能看出,例如出身高贵的男人会被称为"英雄"或"丈夫",而平民出身则会被唤作"好汉",或是简单地被冠以"非常人"的称谓。作为与恶势力搏斗的英雄,中国的侠客不仅要有聪明的头脑,还要有强健的体魄和打斗中的超常武功,这些使得他们与美国连环画中的"超人"非常相似。侠客式理想生活的真正意义在于能经受得住冒险的考验,在他们渴望证明自己的世界中似乎除了冒险就别无其他,世界就是专为侠客而创造的。①

显然,中国侠客的形象和气质并不是与主流思想相一致的,从表面上看,他们似乎形成了自身的思想体系,而且更多地是由性情脾气所决定,而非社会等级与社会角色。也许这就是中国的"侠"不同于欧洲的骑士形象的原因之一。他们完全不需要官僚机构的庇护,也不用在信仰中寻找精神寄托。欧洲的"骑士精神"必须是以规定的风俗礼仪为前提。为了虏获美女芳心,骑士们除了骁勇善战之外,更要做到风度翩翩与彬彬有礼;而中国的侠客大多是一些粗俗无礼的汉子,爱情在他们的生活中几乎毫无分量,他们宁愿通过克制性欲来为战斗养精蓄锐。中国侠客与欧洲骑士的生活环境之间也存在着显著差异:欧洲的骑士多半是居住在城堡或要塞里,而中国的侠客则更偏爱藏身于深山老林中。

西方骑士大多身披铠甲、手持沉重的兵器作战,而中国的侠客则更青睐轻巧而又舒适的着装以及短小的利器,这也是运用亚洲式传统作战方法的一个必备条件,②而这更

---

① 有关中国武侠小说参见凯·波特曼（Kai·Portmann）:《〈雪山飞狐〉——中国武侠小说的种类与著名作家金庸》("Der Fliegende Fuchs vom Schneeberg — Die Gattung des chinesischen Ritterromans und der Erfolgsautor Jin Yong"),波鸿,布罗克迈尔（Bochum Brockmeyer）出版社 1994 年版（中国主题,第七十七卷）(Chinathemen Bd. 77)。

② 参见同上,第 7 页起;也可参见刘若愚:《中国的侠》(The Chinese Knight-Errant),伦敦,Routledge and Kegan Paul 出版有限公司 1967 年版,第 15 页起。

进一步使得坐骑无法像在欧洲那样得到广泛利用。① 仅仅在中西方各自对正义、勇敢、正直、无私、荣誉与尊严等道德与品行的追求方面似乎体现了骑士与侠客之间的某些关联。

喜欢将"侠"选作为文学作品的素材，这就使得中国在传统道德观念上陷入了一个进退两难的境地。虽然英雄故事以及崇拜英雄强调的都是大家公认的基本价值，这些杰出人物形象看上去也能在乱世中维持社会稳定，但至少从儒家统治者与官员世界看来，这种英雄主义是在鼓励强者无视王法不走正道。②

将侠客式英雄人物用作小说题材始于公元 4 至 5 世纪，至少在干宝的长篇志怪小说《搜神记》中的《三王墓》和《李寄》等短篇小说中已可见到这种相应的特征。特别是那些武功盖世、各显神通的英雄人物在以后的众多长短篇小说中多次崭露头角。其中早期的代表作就是唐朝文学家杜光庭（850—933）所著的《虬髯客传》，故事发生在纷乱的隋朝，讲述了侠客虬髯客如何与未来的皇帝李世民（627—649 年在位）相遇，发现其过人之处，并不再继续争权夺位。小说通过历史背景、爱恨情仇的主题以及引入各式英雄的超人神功展现了武侠小说这一文学体裁的本质特征。这一时期以侠客为主题的其他文学作品还有《昆仑奴》和《红线传》等③。在中国文学史料中我们经常可以看到，《水浒传》中的梁山好汉个个"忠义"两全，可以说是中国第一部真正的武侠小说，其中某些人物（如李逵）身上更是能找到侠客所特有的模范特质，尽管如此，这一论断仍无法让人完全信服。如果以 17 世纪金圣叹批改过的小说版本为例，在很多场合我们可以发现，小说描写的主要是关于侠客伦理方面的问题，这与塞万提斯《堂·吉诃德》(*Don Quichotte*)中关于"悲剧骑士形象"的描述有一定的相似之处。当然这并没有阻止后来《绿牡丹》和《争春园》等一系列作品的涌现，它们刻意塑造了众多"忠义盗侠"，一概秉承《水浒传》中的英雄本色。最晚从清朝开始，公案小说中也出现了武侠小说的元素，有关公案小说我们将在后文中另作探讨。其代表作《儿女英雄传》则相反，将传统的武侠和言情融合在一起进行描写。《七剑十三侠》则展现了以后在流行小说中出现的武艺非凡的英雄形象。

---

① 参见侯健：《武侠小说论》，载《中国小说研究比较》，东大图书有限公司 1983 年版，第 181 页。从汉语中使用不同的术语就可明显看出其中的区别，如小说人物中的武侠或剑侠是根据各个人物在拳术或剑术中的本事来界定的，而武侠这个提法实际上就相当于西方文学作品中的骑士。

② 参见于如伯（Robert Ruhlmann）：《中国通俗小说戏剧中的传统英雄》("Traditional Heroes in Chinese Popular Fiction")，载芮沃涛（Arthur F. Wright）：《儒家与中国文明》(*Confucianism and Chinese Civilization*)，斯坦福（Stanford），Cal.：Stanford UP 1975 年，第 154 页。

③ 参见梁守中：《武侠小说话古今》，中华书局 1990 年版，第 1 至 8 页。

后期的这类文学作品大多出自 19 世纪,在我们对其进行探讨之前,先把目光投向另外两部明朝末期的长篇小说,它们汇集了探险与武侠小说的各色特征。这两部小说分别是《禅真逸史》及其续集《禅真后史》,若不是因为这两部小说的成功,作者方汝浩也不会因此声名远扬。① 据说方汝浩还著有一部内容丰富的小说《扫魅敦伦东度记》(序言所著日期为 1635 年),如果属实的话,那么他可以称得上是中国早期叙事文学中最多产的作家之一。

《禅真逸史》共有四十章回,讲述的是发生在南北朝(420—589)的故事,当时中国分裂为多个小国。小说描写了各个独立小国,特别是北魏(386—535)与梁朝(503—589)之间的更迭,明显带有小说《三国演义》中的特征。除了写史之外,《禅真逸史》的其他主题也都表明这是一部汇聚了"四大奇书"各式特色的作品:它既有《金瓶梅》中多处对于性爱的描写,又有《西游记》中神魔虚幻的情节,更不乏《水浒传》中梁山好汉的英雄气概。在一篇关于《禅真逸史》的序言中,作者更是提出,这部作品甚至可以与上述这些佳作相媲美。

《禅真逸史》可以分为两大部分,前二十回讲述的是北魏改信佛教的将军林时茂的故事,并且深入探讨了宗教方面的各种问题,故事以反对佛的教徒为基调,时而插入一些适应当时市井口味的荤段子,为全文平添了几分趣味。而下半部分的故事则以林时茂的门徒杜伏威为主线,叙述中心也随之转移到了战斗与战争场景中。这种故事中心表现手法的突变、叙述上所加入的散文元素连同其粗俗的语言,使《禅真逸史》成为此类作品早期发展阶段的代表作。②

小说开头几章写得扣人心弦,可惜这一水平未能贯穿始终。《禅真逸史》不同于该时期的其他长篇小说,作者探讨了宗教与信仰方面的各种问题:如建造庙宇给百姓带来的沉重负担、对禁欲的困惑以及对世间万物生与死等等,涉及的话题可以说是无所不有。

作为明朝末期的文学代表作,除了上述特点之外,《禅真逸史》的另外一大亮点就是对于情爱与性欲的处理。小说关注的并不是人们通过性爱所获得的快乐,而更多的是描写了关于性爱方面的各种问题,先是从处女写起,而后是初次性经历,又再发展到同

---

① 改编自:《禅真逸史》,黑龙江人民出版社 1986 年版;《禅真后史》,人民中国出版社 1993 年版。马克梦(Keith McMahon)曾在其著作《17 世纪中国小说中的诱惑和克制》(*Causality and Containment in Seventeenth-Century Chinese Fiction*), Leiden u. a. ,布尔 1988 年版,第 106—126 页中对这两部小说作过书评,并将其视作明朝后期长篇小说的典型代表。

② 参见蔡国梁:《明清小说探幽》,浙江文艺出版社 1985 年版,第 1—12 页。

性恋。① 作者描写这些场景的乐趣随处可见。

妙相寺附近住有一位名叫沈全的旧家子弟,他的妻子黎赛玉年轻貌美,靠做针线活来维持家计。一日,赛玉前往妙相寺瞻仰由信徒资助建造的木船,不想途中巧遇一位名叫钟守净的僧人,把他迷得神魂颠倒。在两人再次相遇之后,钟守净当晚便梦到了一个前来寻他诵经的貌美女子,他想把该女子引入屋中共品佳肴。

> 那美人并不推辞,就携着钟守净手,到佛堂中。守净愈觉心痒,忍不住挨肩擦背,轻轻问道:"施主适才许愿,实为着甚的一腔心事来?"那美人去鬟低鬋,星眼含娇,微笑道:"实不相瞒,贱妾身耽六甲,常觉腹痛不安,故烦许愿以求一子。"钟守净趁口道:"和尚有一味安胎种子灵丹,奉与娘子吃下去,管取身安体健,百病消除,临盆决生男子!"美人欢喜道:"若蒙赐药有灵,必当重谢。"钟守净道:"我是门中郎中,非世俗庸医之可比,先求谢礼,然后奉药。"美人道:"仓卒间未曾备得,怎么好?"钟守净笑道:"娘子若肯赐礼,身边尽有宝物。"美人道:"委实没有。"守净道:"贫僧要娘子腰间那件活宝,胜过万两黄金。"美人带笑道:"呆和尚休得取笑。"钟守净心花顿开,暗思道:"今番放过,后会难逢,顾不得了!"即将美人臂胸搂住,腰间扯出那话儿,笑道:"这小和尚做郎中,十分灵验,善能调经种子,活血安胎,着手的遍体酥麻,浑身畅快。"那美人掩口而笑。
>
> 二人正欲交欢,忽见壁缝里钻出一个红脸头陀,高声道:"你两人干得好事!咱待也插个趣儿。"一手将美人夺去亲嘴。钟守净吃了一惊,心中大怒,按不住心头火起,将一大石砚劈面打去。头陀闪过,赶入一步把钟守净劈领揪翻,大拳打下。钟守净极力挣扎不得,大声喊叫:"头陀杀人!地方救命!"行童来真听得喊叫,谅是钟守净梦魇,慌忙叫唤。钟守净醒来,却是南柯一梦。②

要解释钟守净有关性幻想的这个梦非常简单,红脸头陀可以说是他对竞争对手忧虑的象征。这个梦不但同心理有关,而且还或多或少隐含着一种预示,这点读者读到后面很快就能获知。其间钟住持在很有心计的小人(仆人)的帮助下得以将黎氏女子引入室内,四下无人后黎赛玉便与这淫荡的僧人双目相对。钟守净开始诱惑她,在她耳边不

---

① 参见马克梦:《17世纪中国小说中的诱惑和克制》,第106页起。
② 《禅真逸史》,第五回,第63页起。

断甜言蜜语,直至其毫无招架之力。不想两人正欲交欢之时,黎氏猛然腹痛难忍,直到钟守净给她端来一杯茶之后很久疼痛才有所缓解。最后钟住持准备替她宽衣解带时,黎氏又出了新的状况,原来她正值经期,不愿在佛祖面前行这苟且之事。

  守净笑道:"我们佛祖是大慈大悲的,哪里管这等闲事?"此时钟和尚欲火难禁,兴发如狂,正是火烧眉毛,且顾眼下,一手将赛玉搂住,一手持入裤里。赛玉慌忙推时,已被他摸着那话儿。守净忽失声道:"我的亲亲,为何这等着慌?尿皆溺出来了。"赛玉笑道:"呆和尚!你且将手看一看,可是尿吗?"守净伸出看时,满掌鲜血淋漓,心下大骇,道:"这是何故?终不然原有血淋病症的?"赛玉道:"适才我与住持讲过,女人家经水每月通流一次,人人如此。你这只手只索罢了,有一个月点不得香烛,近不得佛像经典哩!"守净一面取汤洗手,一面将元宵夜间之梦讲了一遍,笑道:"我向来恨这个红脸头陀,阻住了巫山云雨。大娘子今夜经通,败了一场高兴,只是我和尚福薄,不得消受。"赛玉道:"佳期有日,不必愁烦。"①

  故事的发展不禁让人联想到了《金瓶梅》中的潘金莲和西门庆,同样也有赵婆这样的同谋参与其中,帮他们安排私会。始终被蒙在鼓里的沈全得知此事后鼓足勇气离家前往店铺,却又因负债累累而四处遭人追查。而林时茂听闻钟守净的所作所为之后也不愿再在京城多作停留,重又踏上他的探险之旅。这位前将军与"忠义侠盗"之间的联系与《水浒传》也颇为相似,例如也有得狐仙所授天书的场景。最后侠盗们火烧寺庙,钟守净葬身火海,而沈全也亲手杀死了自己的妻子与赵婆,险恶的住持终于得到了他应有的报应。

  如果提升到小说的整体水平来看,作者在女性问题上也花了很多笔墨,令人印象深刻。例如在赵婆与黎赛玉丈夫沈全发生口角之后,作者就借赵婆之口说出了以下这段话:

  他男子汉只说得男子汉的话,不知我们做女人的苦处哩。三绺梳头,两截穿衣,上看公姑脸嘴,下凭丈夫做主。最可怜我等五漏之体,生男育女,污秽三光,罪孽不小。若不生育,老来无靠。身怀六甲,日夜担忧,及至临盆,死生顷刻。幸而母

---

① 《禅真逸史》,第七回,第86页起。

子团圆,万分之喜。①

但是妇女的命运又该如何改变呢？或者说她们的命运就果真如此悲惨吗？早在《西游记》的某一章节中就曾有过对于女儿国的描写,在《三宝太监下西洋记通俗演义》以及《镜花缘》等书中我们也都能找到类似的情节描写,而《禅真逸史》一书的作者则是以一种讽刺的手法来阐明其观点。"雌鸡市"内尤家当道,其中以懦弱无能的羊委(音同"阳痿")之妻为首。杜伏威与薛举在当地拿到了一张列有十大禁忌的清单,它从女性的角度重新定义了男女共居的生活。

一、禁嫖赌。凡赌者必致盗妻之衣饰而反目,嫖者未免忘妻之恩爱而寡情。有一于此,巨恶不赦。本村男子有犯此禁,绑至土地庙内,社长责青竹片三十下,罚银三两,以助公费。二、禁凌虐正室。世上女流最为烦苦,生育危险,井臼艰辛,如鸟锁樊笼,鱼游鼎釜。尔等男子宜体恤,深加爱护,低头下气,受其约束……三、禁擅娶妾媵。凡人子嗣,自有定数,岂因嬖宠而可广延？好色之徒,假正室无嗣之由,别买娇姿,朝夕取乐,结发反置不理,深可痛恨。凡我乡中,宁使绝后,毋得轻娶侧室。四、禁狎昵婢仆。凡美婢俊仆,每能夺主之爱,侵嫡之权,殊当痛革。我乡中有丰裕者,只许蓄邋遢苍头,粗蠢婢子,聊供使令而已……五、禁丧妻再娶。古云：烈女不更二夫,妇人重醮者为失节。则男子失偶再娶者,岂为义夫？本境如有鳏居,不问年之老少、子之有无,一概不许续弦重娶……六、禁夫夺妻权。盖妻为内助,乃一家之主,事无巨细,咸当听其裁夺,然后施行。七、禁纵饮游戏。本境除婚丧、群阴社、馈房、庆诞贺育之外,毋得呼朋拉友,引诱少艾,酣饮博唱。八、禁出入无方。世上男子心肠最歹,在家不畅,必然出外鼠窃狗偷,暗行欺骗奸淫之事。女流深处闺中,焉知其弊。今后男子凡出,必须禀明正室,往某处、行某事、见某人。归则禀复明白,方许进膳。九、禁妄贪富贵。功名富贵,从来天定,世之贪夫俗子,不思安分守己,妄图侥幸,抛妻撇子,久出远游。那知妻守孤灯,独宿而泪零如雨；室中寂寞,对月而梦逐云飞……纵使利得名成,而既往青春已成虚度,此恨怎消？反不若耕种开张,夫妻欢娶,母子团圆,免使深闺有白头之叹。即出仕者,必挈妻子同行,共享富贵……十、禁不遵条约。国有政,家有法,总属天理人情,共宜遵守……②

---

① 《禅真逸史》,第六回,第80页。
② 同上,第二十一回,第323页起。

故事并没有随着火烧妙相寺而结束,而是围绕青年杜伏威又有了新的发展。当年尚在襁褓之中的杜伏威被送到林时茂身边,逐渐成长为了一名真正的勇士,与薛举等同道中人共同替天行道,锄强扶弱。他们那漂泊不定的侠盗生活用一句话来简单概括就是:"成则为王,败则为寇!"①后来林时茂退隐江湖,深居简出,终日与老虎、猎犬和野猪为伴,被奉为圣人,而杜伏威与薛举等一干人则在隋文帝杨坚统一中国后干出了一番轰轰烈烈的事业。

人们完全有理由相信,上述小说六十章回的续集《禅真后史》同样也是出自方汝浩的手笔,两书作者的笔名"清溪道人"也完全一致。根据序言中所记载时间,《禅真后史》是于明朝末期编撰完成,1629 年之前印刷发行。

小说的主角名叫瞿琰,是薛举升天成仙后的转世。瞿琰可以说是这两部关于教徒与圣人的小说中的模范英雄,早在他尚未出世之前就已历经磨难,冤情大白后才作为救星再次出现。与小说中的女性人物相比,瞿琰自始至终都顽强不屈,富有韬略。撇开瞿琰的完美形象不谈,根据书中的描写,现实中的人物性格可分为两大类:一是斯文型,例如瞿琰的父亲瞿天民;二是好汉型,这类人物在书中举不胜举,其中最具代表性的就是羊雷(第四十一至四十七回),此外《水浒传》中的李逵、鲁智深和武松等也都属于好汉型人物。

与前传相比,《禅真后史》对于不同主题分量的平均分配做得要稍逊一筹,瞿天民一家的命运也因此显得有些散乱,而把各种不同战争场景连接起来使人会产生一种过分随意的感觉。小说在"性"这个话题上也花了很多笔墨,从一开始的寡妇濮氏向瞿天民请求行男女之事,一直写到女皇武则天。而对于僧侣纵欲无度的描写在此书中也是频频出现,当时的文学作品中似乎都少不了这个话题,或许这也说明了唯独如此才能迎合更多读者的口味。

在濮氏欲火焚身的一幕中,小说对她的饥渴难耐进行了众多细节描写,将怪诞之事和性掺和在了一起,而这正是当时小说的特点所在。有趣的是,这一对现实细节的描写最后演变为一个不切实际的结局。

> 忽一日晚上,濮氏吃罢晚膳,正欲脱衣寻睡,猛听得床头戛戛之声,急执灯看时,却是一对蚕蛾,两尾相接,在那里交媾,四翅扇扑,故此声响。濮氏疑道:"此物从何而来?"掀起枕席瞧看,见一个破损空纸包儿。问儿子时,答道:"早上在花园内

---

① 《禅真逸史》,第二十七回,第 415 页。

扑得的,故包了放于枕下作耍。"濮氏哦了一声,将蚕蛾掷于床下,熄灯睡了。闭眼一会,……转辗思量。

睡不安枕,翻来覆去,心绪如麻,长吁数声,披衣而起。

此时天色瞋热,纱窗半启,只见一轮月色,透入罗帏。濮氏轻身下床,移步窗前,凭槛玩月,不觉欲火如焚,按捺不下,倚着围屏,立了一回,奈何情兴勃然,势不可遏。一霎时面赤舌干,腰酸足软……恨不得天上坠下一个男子来耍乐一番。又想着家下有几个小厮,年俱长成,已知人事,寻觅一个消遣也好,只是坏了主仆之体,倘若事露,丑脸何以见人?呆思一会,猛然想起瞿师长青年美貌,笃实温雅,若谐片刻之欢,不枉人生一世,纵然做出事来,死而无怨。正是色胆如天大,只因睹物生情,拴不住心猿意马。当下侧耳听时,谯楼已打二鼓,回头看宪儿和侍女们皆已熟睡,忙移莲步,悄悄地开了房门,轻身下楼,趸出银房,黑暗里被胡床绊了一跌,急跃起转过轩子,趁着月光,一步步捱出茶厅,早见是书房了。濮氏四顾寂然,伸出纤纤玉手,向前敲门。

却说瞿天民正在睡梦中,被剥啄之声惊醒,心下疑道,更阑人静,何人至此?急抬头问道:"是谁?"门外应道:"是我。"却是一个妇人声音。再问时,依旧应声:"是我。"瞿天民惊诧道:"这声音分明是耿徒之母,禽夜至此,必有缘故。"原来濮氏与瞿生虽未觌面相见,然常出入中堂,呼奴唤婢,这声音却是厮熟的。当下瞿天民口中不说,心下思量:"夜深时分,嫠妇独自叩门,必有私意存焉。不开门,虑生嗔怪,坐馆不稳;若启门,倘以淫污之事相加,如何摆脱?"正暗想间,敲门之声愈急,外厢轻轻道:"瞿相公作速开门,奴有一至紧事相恳,伏乞见纳。"瞿天民听了濮氏娇娇滴滴的声音,不觉心动,暗算计道:"这是他来就我,非是我去求他,无伤天理,何害之有?不惟他妙年丽色,抑且财谷丰饶,私情一遂,余事可图。"即起身离床,正待启门,忽抬头见天光明亮,又猛省道:"阿呀,头顶是什么东西!咦,只因一念之差,险些儿堕了火坑矣!堂堂六尺之躯,顶天立地一个汉子,行此苟合之事,岂不自耻?此身一玷,百行俱亏,快不宜如此!"一霎时,念头端正,邪欲尽消,侧身而睡。又听得门外唧唧哝哝,推敲不已。瞿天民心生一计,哼哼地假作鼾声,睡着不理。

濮氏低声叫唤,无人瞅睬,又延捱了一会,不见动静,跌脚懊恨而回,径进房内,恰好宪儿醒来声唤,濮氏抚息他依然睡了。此时更觉欲动难禁,频咽津唾,两颊赤热,小腹内那一股邪火直冲出泥丸宫来,足有千余丈高,怎么遏得他下?自古道:妇人欲动而难静。耿寡妇被这魔头磨弄了半夜,无门发泄,恨的他咬定牙根,双手搂抱一条黑漆厅柱,两足交叉,直至小腹中卷了一回,豁剌地一声响,一块物件从牝门里脱将下来,就觉四肢风瘫,一身无主,忽然晕倒床边,半晌方苏。又不敢惊动侍儿,只得勉强撑起,把一床单布被将那脱下的物件取起包裹了,藏于僻处,又取草纸试抹了楼板,撇在净桶里,才摸到床上,和衣眠倒,不觉沉沉睡去。①

此处探讨的主题就是寡妇的寂寞难耐。事后,濮氏就绝了经水,再无情欲之念,腹中脱将的这团血肉从此断了她的"色欲之根"。几年后,濮氏将这团血肉小心包裹后寄到了瞿天民家,以此告诫寡妇,改嫁远好过于饱受饥渴寂寞之苦。

上述两部小说的描写层面都很广,上至皇亲国戚,下至贫民乞丐,有虚有实。小说描写世界时采用了部分淫秽的细节,不过最终还是都归于虚幻的真理,而这正是师傅引导学徒由色变空的道路。最后作者出于对现实世界的失望塑造了瞿琰这样一个虚构的英雄,不过他也只能在自己没有陷入宫廷阴谋的情况下发挥点作用。

明朝后期作品中所呈现的现实主义表现手法在清朝时期并未得以沿袭下来,而是以虚构故事为目标,与说教基调相结合。侠客、英雄和冒险类小说中出现的大多是一些被理想化的人物形象,但他们那近乎完美的品性却让人有一种不切实际的感觉。不过在此期间还是涌现出一批佳作,不仅其文学功力日臻成熟,从中也能看出武侠小说写作手法的发展。与清朝早期千篇一律描写才子佳人的小说不同,这些作品同样以男女爱情为主题,但是却节奏明快,内容通俗易懂。尽管当时没有什么旷世巨作诞生,但还是有相当部分的小说集凭借其内容上的完整性和娱乐性深受读者青睐。爱情可以说是一个永恒的话题,即使《水浒传》这样的名著也不能免俗地会写到爱情。而除了爱情主题之外,这类小说还吸收了越来越多梦幻与侦探小说的元素,由此也使得各类文学作品开始枝繁叶茂,例如神怪小说与公案侠义小说等等。

《绿牡丹》②是一部涉及内容很广的武侠小说,为清代无名氏撰,初刊于1832年,可能是清朝最早的武侠小说之一。该书又名《续反唐传》和《后唐后传》。与其他讲述全唐史与半唐史小说相比较,在时间的叙述上《绿牡丹》更有其独到之处。小说以唐代武则天当上女皇为背景,贯穿全书的主线是将门之子骆宏勋与江湖侠女花碧莲之间的爱情故事。这批江湖之士以碧莲父亲花振芳与"江湖水寇"鲍自安为首,共同辅助朝廷命官狄仁杰(我们将在后面对这位侦探小说中的"清官"作进一步介绍)起兵,迫使武则天退

---

① 《禅真后史》,第一回,第3页起。
② 此为上海古籍出版社1993年出版的六十四章回版本。

位。可以说《绿牡丹》实现了从公案小说到侠客小说的转变。乾隆与嘉庆年间，民间小说中出现了拥有多个中心人物的文学作品，例如《史公案》，《绿牡丹》一书就深受该书的影响，为《三侠五义》等流行小说铺平了道路，同时还起到了承上启下的作用。与《水浒传》相比，《绿牡丹》在描写爱情与侠客风范等主题方面已经向前迈进了一大步，但仍脱不了才子佳人类小说的印记。这部小说经有关部门审查后1881年予以发行。①

无论如何，《绿牡丹》在语言上还是有其独到之处的，例如作者在描写侠盗使用的装备上就费了很多心思。下文中的一些术语就是出自于汉语中的行话：

> 花老连忙打开包裹，换了一身夜行衣服：青褂、青裤、青靴、青褡包、青裹脚。两口利刀，插入裹脚内边，将莲花筒、鸡鸣断魂香、火闷子、解药等物，俱揣在怀内；有扒墙索甚长，不能怀揣，缠在腰中。看官，你说那扒墙索其形如何？长有数丈，绳上两头系有两个半尺多长的铁钩，逢上高墙时，即将绳子的一头抛上去，待铁钩挂住墙头以后，再缘着绳子一把一把登上。如下来时，即用一钩插在上边，绳子松开，坠绳而下。此物一名"扒墙索"，一名"登山虎"，江湖上朋友个个俱是有的。②

《争春园》③现存的最早版本出自1846年，作者不详。该小说与《绿牡丹》不同，结合了探索主题的典型特征，并在部分地方添入了幻想色彩。故事发生在汉平帝时期，叙述仕宦之子郝鸾，得道士司马傲所赠三口宝剑，遵命寻访另外两位英雄。郝鸾在开封争春园云游之际忽然被卷入一起事件之中，而这正是引发后来一系列事件的导火线。一次偶然的机会郝鸾与长者凤竹相识，事后得知其为郝家亲属的结拜兄弟。年高德劭的凤竹为郝鸾引荐了其未来女婿孙佩，而当时其女凤栖霞则待在园中一个远离男人世界的凉亭之中，但是这种良好氛围很快就随着宰相米中立之子米玉（原文为：Mi YU，历史人物应该为米斌仪。——译者注）携其随从的到来而被打破。至此小说中所有的重要角色已经悉数登场，一场正义之战由此拉开了帷幕。最后不法恶徒都得到了其应有的下场，其中米玉死于第三口宝剑的主人马俊之手。马俊在登场之初便给人以一种忠诚公正的印象，而后面的情节也证明他是一个言出必行的好汉。不过在与众人商议营救孙佩的计策时，马俊展现在我们面前更多的是其暴躁的脾气性格，沉着冷静似乎与中国武侠小说中的主角永远都沾不上边。

---

① 参见蔡国梁：《明清小说探幽》，第33—36页。
② 《绿牡丹》，第十三回，第52页起。
③ 此为北京师范大学出版社1993年出版的四十八章回版本。

酒过了半晌，郝鸾猛然想起鲍刚、孙佩，不觉的眉头倒促，闷上心来。周顺便问道："今日蒙兄的雅爱，理应兄弟欢聚一堂才是，怎么兄到长眉双锁，莫不是有甚事关心？"马俊道："敢是恨与小弟们结义么？"郝鸾说道："非也，愚兄虽是与贤弟们聚义，有趣之至矣，怎奈我想起孙、鲍二人的苦处，我虽在此欢乐，其心伤悲不尽。"言毕，泪如雨下。马俊道："终有相会之期，何必忧虑？"郝鸾又道："鲍刚往湖广去了四个月不见消息，这还可以放心；只是不知孙佩生死如何？故此虑他。"马俊道："孙贤弟无非在家读书做买卖，仁兄何出此言？"郝鸾道："量无人救得他，说也无用。"马俊生平性燥，忙起身来说道："孙佩既与俺们拜过，便是骨肉的弟兄，仁兄何欲言又忍，不以心腹说之？那里算得一个弟兄？"郝鸾道："兄弟们怎么不是心腹？只因孙佩身陷图圄，遭奸人的圈套，命在旦夕，那里有偷天换日的手段救得出来？"周顺说道："马贤弟是个性快的人，仁兄可说明孙佩被何人坑害，倘若小弟们做得来也未可知。"马俊说道："兄长说来，我马俊若是救不出孙佩，誓不为人。"郝鸾听了，即将闹争春园打米公子，前后说了一遍。急得马俊暴燥如雷，说道："世上有这样庸劣的人，小弟不才，情愿不避汤火，到开封府走这一遭。若不救出孙佩，不杀那米斌仪这贼子，乃万世的匹夫。"郝鸾道："贤弟莫非戏言？"马俊道："大丈夫一言既出，驷马难追，怎敢戏言？"郝鸾道："不知贤弟几时动身？"马俊道："要走就是今日，若是迟延时日，非为弟兄。只差一个帮手，不知那位贤弟与我走走？"言还未了，周顺应声道："俺与你去。"马俊道："若是二哥同去，越发好了。"当时马俊起身，说："今日权且告别，多则两月，少则月余，必带孙佩到此相会。"那陈雷见马俊如此性急，恐不能成事，便说道："马仁兄不要性急，闻得开封府乃繁华之地，必有守府参军镇守城池，如今孙佩身陷重地，非同小可，待我回到山寨，邀请他二十个兄弟，同心合胆劫取，方保无事。仁兄须当三思。"那陈雷言毕，常、柳二人听了此言，越发心焦，暗地里埋怨郝鸾说道："大哥怎与响马强盗结交？后来不知怎样结局。"只见马俊笑道："此时俱是自家兄弟，何必隐瞒，但黑夜里勾当是兄弟做熟了的，虑他做什么？但我马俊平昔言不及齿，要去就去。"郝鸾不好催他，只是点头说是。又见马俊如此着急，那里肯停一刻？一时气性急燥，立刻就要起身。郝鸾见马俊真心实意，便想道：看来周顺、周龙、陈雷非真侠士，倒是马俊如此义气，不若赠他一口宝剑。"①

当然中国武侠小说中的英雄人物光有侠肝义胆还远远不够，他们更需要有绸缪江山社

---

① 《争春园》，第十三回，北京大学出版社1993年版，第66页起。

稷的才智。才子佳人类小说中的青年才俊靠着勤奋刻苦与学术天赋便能平步青云,而虽然武侠小说中同样也有一个完全透明的理想社会,但在这个社会中,英雄除了忠诚与荣誉之外还需同时兼备强健的体魄,如此方能博得天子青睐。《争春园》中的勇士不仅为上当受骗的驸马柳绪讨回公道,而且还挫败了宰相米中立与太监周栋弑帝自立的阴谋诡计,称得上是真正的英雄好汉。郝鸾率铁球山英雄豪杰出山相助朝廷,戡平内乱,班师回朝,众人各得封赏。最后司马傲出现并收回了三口宝剑,郝鸾、马俊与鲍刚三人在了结各自的尘缘后也得以升天成仙。

《绿牡丹》中的江湖侠女花碧莲为我们诠释了一位中国武侠小说中的巾帼英雄形象,与中国文学中最著名的女中豪杰之一花木兰齐名。孝女花木兰女扮男装、替父从军的故事出自南北朝时期(420—580)的民歌《木兰诗》,公元 12 世纪郭茂倩又将根据其改编的《木兰辞》收录到《乐府诗集》之中。后来木兰从军的故事被白居易和杜牧等唐朝诗人广为传颂,为我们塑造了一个忠孝两全的义女形象。除了流传在民间歌颂花木兰的民歌之外,文学家徐渭(1521—1593)还为其创作了一部杂剧《雌木兰替父从军》。此外,《隋唐演义》中还收录了一个有别于原版的叙事版本(有关《隋唐演义》一书已在历史小说章节中作过详细介绍)。而最早将木兰从军写成完整小说的则是张绍贤,①该作品为十二卷四十六回的《闺孝烈传》,②现存最早版本出自 1850 年,可以说这部小说为后来晚清各种不同体裁的改编版本开了先河③。

《闺孝列传》的作者在小说中,尽其所能地向读者描绘了女英雄这一人物形象,并勾勒了一个大的历史背景,而这通常在诗歌以及戏剧中是不常见的。故事发生在南北朝国家分裂时期,南朝由宋王刘裕统治,而北朝则被好战的魏国统治者拓跋珪掌权,当时,他陷于内忧外患,除了以来与宋朝有军事纷争之外,还受到来自北部边界异族的威胁,在那荒凉的黑山地区,绰号为"豹子皮"的贼首贺虎已造反称王,并自封"黑山大王",与结拜兄弟赵让和盖熊入侵魏国,直接威胁到了拓王的统治。一个名叫孙思巧的书生充当贼军军师,他曾被山贼挟持上山,却坚决不愿留守于那,故可见其对皇族的忠心尤存。对此,皇帝拓跋珪也组建了一支由辛平大都督为首的远征军,并由副都督牛和作先锋。因为紧张的局势牵动了宋朝的边境,魏方只得被迫在百姓中追加征兵。辛平率正规军所到之处,又将征召令下到了县镇,以至牵连到了年事已高的老千夫长花弧,他本已举家迁回河北省一小城,其长女木兰年方十七,对于兵法甚是精通,并已与邻村的年轻男

---

① 有关张绍贤只知其名,可能为福建人氏。
② 此为黄山书社的 1991 年版本。
③ 例如无名氏所著的三十二章回小说《忠孝永烈奇女传》、传奇小说《花木兰》以及地方戏剧《木兰从军》等。

子王青云订下婚约。根据征兵令,花弧必须与两万人马一同去征剿贼匪,这无疑就会打破原本平静祥和的家庭生活。木兰建议另觅一年轻男子替父从军,该建议却遭到了斥责否决,因为逃避兵役会被判极刑。于是,勇敢的木兰又酝酿了另一个计划——女扮男装替父从军,并秘密地着手准备。直到临行前,一身戎装的木兰径直出现在了一无所知的母亲面前。

"母亲,孩儿不是进来闹笑,实在要来告辞父母,就要起身替父亲从军去了。"说罢,一撩袍服就跪倒在地。……老安人先吃了一惊,连忙跑上前去,把花小姐拉将起来。哭着说:"我的娇儿呵,你哪里去得?!"只说得这一句话,将花木兰扶住,扑簌簌两眼流下泪来。花小姐叫声:"母亲,此事不是徒哭能得了事的,即是心疼女儿,不准我去,难道父亲可是去得的?"贾氏哽哽咽咽了一会方才止泣,说道:"他老了,怎么去得?这两天急得你父几次要去上吊,你还不知。"

花小姐道:"如此说叫兄弟咬儿去罢。"

贾安人哭道:"儿呵,他偌大孩子如何去得?"

花小姐笑道:"老的又老了,小的又太小,这个不去,那个不去,这件事情难道就罢了不成?母亲你当真忍心看着父亲自尽吗?"

贾氏说:"儿呵,做娘听你这一片言语都是全忠尽孝的话,何尝不好,只是为娘的不舍得你去。又恐你父亲眼下就要餐刀,欲要放儿替去,叫为娘的怎能割舍。木兰我儿呵,你是一个千金小姐,女儿之见,总拿不定主意,须再问问你父亲,商量商量再处。"①

当带兵人前来催行时,父亲欲阻止木兰而自己上前线。之后的一个场景颇具戏剧色彩,木兰表示了对其未婚夫的忠诚,表示她生是王家人,死是王家鬼。事实上,王家后来将木兰从军的行为视为正义的儒家行为。县主派了两个当地的伙伴莫欠珠和何如古随木兰从军,他俩侍奉我们的女英雄12年之久,对她的真实身份却是毫无所知。直到凯旋归来后,一切才真相大白,关于该场景的描述我们之后还将提到。

作者在书中凭借其悟性真实可信地描述了木兰在这个由男人世界组成的陌生环境中的经历和生活。在夜间仰望明月时,她时常会产生一种远离家乡的伤感。特别是由于大家不得不一起挤在狭小的营寨中宿营时,木兰就会觉得非常尴尬。她是在过了一

---

① 《花木兰》,第三回,第13页。

段时间后才逐渐适应了她所扮演的这个男人角色。

莫欠珠和何如古二人脱了衣裳靴袜也就睡下。虽然他二人也思忆家乡,到底是男人心性宽,一霎时就朦朦睡去,鼾声震耳。惟有花小姐是个女儿家,突然和着男人睡做一堆,到底不惯,且心中千愁万绪,思想父母,牵挂弟妹,又不知这一路上怎么防备,到那里是怎么样出兵,颠来倒去,眼泪也不知滴了多少,一夜不曾合眼。①

尽管有这些疑惑,木兰仍迅速在军营中找到了定位,并赢得了大将军辛平的信任,命她统帅五千民兵。木兰在战斗中指挥若定,惟有目睹到诸多士兵的遗体时,作者才在这里描述出她女性独有的细腻与敏感。

再说花小姐催着那五千民兵带着喽罗进了西山口,看见满地都是死人,一个个血糊身首,由不得在马上暗暗流泪,说道:"我在闺阁中作女孩,哪里看得见这些死人,如今临阵当先,杀人只当儿戏,这数千人性命都死在我手里,观之令人好不凄惨。"②

最终,木兰给了贼首贺虎应有的惩罚。此时,也是她摆脱男儿身的时候了,在一同回乡的路上,她首次向那两个终日不离左右而又一无所知的伙伴作了些暗示。

"两位兄长,咱们的村子南边有一个金刚寺,你们知道不知道?"何如古先答,说道:"先锋老爷,这个寺我们做小孩时节,常常在里头玩耍,那个金刚还有一尊是铸铁的呢。"花木兰小姐说道:"正是。昨日我在店中,听见一个人告诉我,说那金刚寺一尊铁金刚,今日忽然变了一个女菩萨。你们想一想,这宗事奇也不奇?"何如古、莫欠珠两人齐心应道:"这事就奇怪了,金刚是铸铁的,因何会变成女菩萨来?想是世上的女人时兴,那个金刚情愿失了便宜,去变做女人,待我们回家,也要去看他一看,也长长见识。"花木兰小姐听他两人应答,好笑起来,心中暗骂道:"你这两个真真是个蠢东西!这样提醒他,还不知道!"③

---

① 《花木兰》,第四回,第22页。
② 同上,第七回,第37页。
③ 同上,第四十二回,第247页。

当木兰返乡后重现女儿身时,两个伙伴惊诧异常。对木兰的真实面目,皇帝和大将军辛平也大为惊讶。另外令木兰的丈夫惊讶万分的是,木兰还替他定了一位绝色佳人,名卢玩花,因为此女救过木兰的性命,所以木兰与她结为姐妹,并情愿和她同嫁王郎。故事以大团员结局收场,魏主特授王青云为吏部尚书,并分别封花木兰为节孝一品夫人和卢玩花为忠义夫人,共侍一夫美满地生活。

接下去要介绍的《儿女英雄传》也属于这一类小说。全书包括序言部分共四十回,作者名叫文康(约 1800—1870)。单从书名中,我们就能看到中国传统叙事手法的影子,既与《水浒》这类古典英雄冒险小说相似,又与才子佳人小说以及《红楼梦》等儿女情爱小说有一定的关联。该小说不仅使用中国北方方言,并还运用了更多的要素。①

作者文康出身满族,镶红旗人,他的祖父勒宝将军因其战功赫赫而被授予了可以世袭的贵族等级,然而这却未能传到身为孙子的文康身上,而是旁落给了家族中的另一支亲戚,原因是文康虽被家族安排了仕途之路,却在科举考试中铩羽而归,最终不得不用金钱买了一个小小的秘书职位。直到 19 世纪 50 年代,他才最终升到了安徽省徽州县长一职,此后,文康又因病而未能被封皇族。

文康的一生经历了家族从荣华富贵到日益没落,直至贫困潦倒的过程。他晚年才投身写作,在《儿女英雄传》中描绘了一个望族的理想形象。他在作品中所描述人物的真实背景,能在其家族一名为文敬的亲戚身上找到影子,他曾于朝廷担任大臣之职,卒于 1856 年。②

《儿女英雄传》直到作者身后才出版,是时 1878 年。按照情节——文中经常提及雍正皇帝——故事发生在 18 世纪 20 年代,即约 1725 年至 1727 年。小说主要描写女英雄何玉凤和她的命运,小说中流氓纪献堂的原形取自一个有权有势的省级地方官年羹尧(卒于 1726 年),这个历史人物主谋策划了一系列事件,最终使得胤禛太子夺走了康熙皇帝众多其他太子的机会,而得以登基。此后,年羹尧由于作恶多端而被处以极刑。

小说的序言部分,阐明了此类中国小说极少融合侠义冒险和情爱题材的原因。因此,作者反对英雄崇拜的时代,反对一味地推崇有勇无谋。他竭力反对这种乏味的、纯粹出于身体感官上对轰动效应的追求,而是主张民族英雄主义。民族英雄主义除了不可或缺的勇气、胆量和战斗力之外,还要具备忠、孝、节、义四大品质。因此,对于他选择了一个善感的女英雄作为主人公,我们也就不会觉得惊讶。她无非是交换了性别角色,

---

① 参照文康:《儿女英雄传》,岳麓书院 1991 年版以及孔舫之译(汉译德):《黑衣女骑士》(*Die Schwarze Reiterin*)(初版于 1954 年),法兰克福,Insel 出版社 1980 年版,改编。孔舫之翻译至第二十八回,最后九回有缩略。

② 关于文康的传记,参见人民文学出版社 1978 年版的《中国小说史》,第 322 页起。

而仔细看来,她与文学作品中的男性同类几无区别,同样怀有报复欲(她要对一曾经杀害其父的达官显贵实施报复),同样充满血腥性(她为了解救其未来的夫君安骥,在"能仁古刹"中杀死了九个强盗)。小说中何玉凤这个文学形象我们既可以从具有草莽风度的女英雄"越女"中(《越女》是公元1世纪后半叶出版的《吴越春秋》中的一个文学角色),①也可以从我们已熟悉的充满争议的女英雄木兰身上找到身影。西方小说中女英雄题材的影响力可能不及在中国之大,不过《旧约》中杀死敌方大将军的尤迪特(Judith),与《越女》中的人物角色有所相似。

《儿女英雄传》一开篇就详尽叙述了北京一满族安姓家庭的命运。父亲安水心过着安宁的乡村生活,50岁才中了进士,并且——违背初衷地——被指派到离家遥远的江苏省,在洪水泛滥后的黄河流域修筑堤坝。因不懂贿赂和关系而未能保证前任的利益,他被派到了一个极其险峻的河段。然而,因其缺少修坝所必须的物资和材料,安水心的工作注定要以失败告终。夏日水灾带来的灾难,致使他最终在朝廷遭人谗言。尽管他得以逃脱更进一步的谋害,但不得不继续留在那里,"革职事问,带罪赔修"。家中唯一的公子安骥,只懂闭门读书,缺乏生活经验,一直以来因生性胆小,唯有在侍从的陪同下才敢踏出家门,而如今,他亦不得不亲自上京为解救父亲筹备赔修所需的银两。《红楼梦》中的贾宝玉是个女性化了的宝贝儿子,他把喜怒哀乐的时间都放在与两位表姐妹林黛玉、薛宝钗打闹上了,但最终还是选择了隐居。与此相反,从小受到父母溺爱并和外界很少接触的安骥决心为孝敬父母经受一场艰巨的考验。小说支持中国传统的价值观,并且总体来说对生活持肯定态度,因此,其基调与无可奈何、听天由命的《红楼梦》以及讽刺小说《儒林外史》大为不同,所以该小说得到了首肯。②

安骥是个全然不懂与人交往的文弱书生,在上京的途中,因为华忠中途患病使他不得不失去了一位忠实的友人和侍从,当时的情况对他非常不利,然而救父的信念支撑着他继续下去。在一家客栈中,这个年轻人首次与下层社会的人们进行交往,而这也充分显示了他是多么地无助。

> 这个当儿,恰好那跑堂儿的提了开水壶来沏茶,公子便自己起来倒了一碗,放在桌子上晾着。只倒茶的这个工夫儿,又进来了两个人。公子回头一看,竟认不透是两个什么人;看去一个有二十来岁,一个有十来岁。前头那一个打着个大长的辫

---

① 金庸根据《越女》的故事题材写作了他的短篇小说《越女剑》。
② 参见侯健:《中国小说比较研究》,第60页。

子,穿着件旧青绉绸宽袖子夹袄,可是桃红袖子;那一个梳着一个大歪抓髻,穿着件半截子的月白洋布衫儿,还套着件油脂模糊破破烂烂的天青缎子绣三蓝花儿的紧身儿。底下都是四寸多长的一对金莲儿,脸上抹着一脸的和了泥的铅粉,嘴上周围一个黄嘴圈儿——胭脂是早吃了去了。前头那个抱着面琵琶。原来是两个大丫头。公子一见,连忙说:"你们快出去!"那两个人也不答言,不容分说地就坐下弹唱起来。公子一躲躲在墙角落里,只听他唱的是什么"青柳儿青,清晨早起丢了一枚针"。

公子发急道:"我不听这个。"

那穿青的道:"你不听这个,咱唱个好的。我唱个《小两口儿争被窝》你听。"

公子说:"我都不听。"

只见他捂着琵琶直着脖子问道:"一个曲儿你听了大半拉咧,不听咧?"

公子说:"不听了!"

那丫头说:"不听,不听给钱哪!"

公子此时只望他快些出去,连忙拿出一吊钱,掳了几十给他。他便嘻皮笑脸地把那一半也抢了去。

那一个就说:"你把那一撒子给了我罢。"公子怕他上手,赶紧把那一百拿了下来,又给了那个。他两个把钱数一数,分作两分儿掖在裤腰里。那个大些的走到桌子跟前,就把方才晾的那碗凉茶端起来,咕嘟咕嘟地喝了。那小的也抱起茶壶来,嘴对嘴儿地灌了一起子,才撅着屁股扭搭扭搭地走了。①

也是在那个客栈中,安骥遇到了何玉凤,在她透露真实身份前,先是以一个神秘黑衣骑士的形象出现,后又自称"十三妹"。读到这里时,读者对她的了解还只是停留在她是一位为维护权利和正义而斗争的勇士,她总是会在危难之时以救星身份出现。同时,这位女英雄还识破了一次针对安公子的谋杀,并杀了强盗。此外还救了被押在庙中的张乐世一家,包括他的妻子和女儿。一家人得到解救后没多时,女儿张金凤就被认定为安骥的结婚对象——这对于安公子来说,无疑只是为了遵循其父母之命。如我们现在所知,孝,也是何玉凤品行中的一个基本特质。她要为父亲之死报仇,只是因为母亲的反对才不敢贸然行事。由于报仇心切,她一开始还是没有任何与安骥结婚的想法(只是梦到了三人"共床")其实何玉凤与安水心之间并不陌生,她小时候就曾被他抱过。直

---

① 《儿女英雄传》,第四回,第36页起。

到安母去世后,她才获悉纪献堂因其恶劣行径已被皇帝处死,这时玉凤才控制不住嚎啕大哭。

作者对于女英雄与安骥婚后故事的叙述,却失去了与前文的一致性,小说最后几个章回着重描写了何玉凤如何承担了全部的家务活,致使小说女主角的人物形象显得过于苍白。婚后,她在一天夜里当场活捉了一小偷,而这也是仅有的一次表现出她昔日勇猛的场面。为了安骥的未来仕途,玉凤和锦凤两个妻妾一心一意地支持他的数次考试——这也与《红楼梦》中的女性形象大相径庭,那里的年轻女子更多地是与贾宝玉在爱情游戏中调戏嬉闹。在《儿女英雄传》的结尾部分我们可以看到很多提示,安骥的成功得益于其贤妻们的"才智"。最终,他承皇帝之爱,得显贵之职。

以上这部出自满族旗人之笔的作品,无疑肯定了清朝统治者的合法化,与此相似的是,19 世纪 90 年代的一部大作亦表现了清朝异族统治者为天和国顺所作的努力,进而也表明了作者视之为合法化的态度立场,这里所说的这部作品名叫《永庆升平全传》,全书共由两部分组成。第一部分包括最初的二十四卷二十七回,写于 1891 年。据该书卷首书序所言,系咸丰年间演说流传,然后由郭广瑞根据原演说录成该书。① 该书的第二部分写于 1893 年,共六卷一百回,由匿名作者"贪梦道人"所撰。两位作者据说均来自北平。"贪梦道人"这个笔名,还和小说《彭公案》有所关联。

《永庆升平全传》与大多数武侠小说的不同之处在于,它描绘了一个具体的历史背景,即抗击信奉"八卦教"的"天地会"。清朝统治初期,无数忠诚的明朝拥戴者被剥夺了反抗的可能,于是他们便逃向寺庙。1674 年左右,一小部分忠实的明朝拥护者本着反清复明的目的,在福建省的少林寺"天地会"建立了"天地会"教派。"天地会"这个名字,出自一句谚语,视天为父,视地为母。在一次自发的仪式上,新教派的成员们立下了誓言:"如天空般永恒,如大地般持久,我们定要复仇,哪怕一万年也在所不惜。"而教派在西方文学中,通常强调天、地、人的和谐,称为"三合一会"。②

小说大部分篇幅是以短小的场景描述了各路英雄在与"天地会"成员的战斗中所立下的战绩和变化无常的命运,而小说前十回的序言则对书中主要英雄人物进行了介绍,这使我们联想起了舞台戏剧的结构。比较独特的是在早期版本中,康熙皇帝也总是出现在小说中,他经过亲自调查之后,会赋予各位英雄相称的官职,而不像在其他小说中

---

① 根据上海古籍出版社 1993 年的版本改编。
② 参见徐中约(Immanuel C. Y. Hsue):《当代中国的崛起》(*The Rise of Modern China*),牛津大学出版社 1970 年版,第 170 页起;关于天地会,请特别参阅谢诺(Jean·Chesneaux):《*Les societes secretes en Chine*,*XIXe et XXe siecles*》,1965 年版。

那样,往往在事后才对他们嘉奖。

小说一开始就描述了那支由各路英雄组成的松散队伍被马成龙、马梦太及受皇帝之托在黄河沿岸修建大坝的钦差伊哩布等人镇压瓦解了,但马成龙等人还得面临一系列的艰巨挑战。特别是在抗击天地会的战斗中,他们立下了赫赫战功,主要是马成龙打败了一个名叫"独眼龙"的人物,而他在天地会中身居要职。随后,人们也逐渐了解了这个教义,令该教引以为豪的是,它在部分地区拥有了广泛的拥戴者。在一个村庄里,人们对画在屋上的白色八卦符有一段时间无法解释,而起初调查亦没有结果:

(马梦太与马成龙)离开了公馆,一直往北走了有一里之遥,见前面是昨天来的那个村子,一瞧,见家家关门闭户,不见有人来往。墙上画着白八卦,家家皆是如此。二人至路北清水戟门楼,双扇禁闭,不见有一人在此村庄街上。连忙打门,只听里面有人答话说:"哪位?"马成龙说:"我们借光,问问你路。""哗啦"一声,门儿开放,出来一人,黑面微有胡须,月白裤褂,高腰袜子,青布鞋,说:"你叫门作什么?"马成龙说:"我们问问,你们这个村庄为什么都画这个八卦?是什么缘故,你可知道?"那人说:"你问这个呀?""呼噜"将门儿关上了,也不言语。马成龙再叫,人家也不出来了。①

几个男子在黑暗中摸行许久,但与钦差们不同的是,在他们看来,八卦图之事并不离奇,那些符号甚至还美化了房屋的墙壁。直到一位当地居民讲清事情的原委。

马成龙、马梦太二人来至自己屋内,早有听差之人将酒饭摆好。二人喝酒,又提起方才大人说的这回事来了,真是无处去访。旁边有一听差之人答言说:"二位老爷访十天也访不着,此事关系重大,无人敢说。"成龙说:"你知道吗?你姓什么,叫什么?你自管说来,有什么祸事都有我哪,你自管放心。"听差之人说道:"我姓姚,名直正。我在这驿站里当差多年,常常伺候过往大人的差使。提起画白八卦、画白圈的事情,我们这里有一家财主,姓余,名四敬,别号人称小耗神,此人家产百万。那一年,我们这里闹蝗虫、水灾,在我们桃柳营西南有一座山,他明着是开山修路,每人日给工钱二百,暗中聚众招贤。此山名为剪子峪,进去有五千余人,俱不让出来。将山口堵死,上插两杆大旗,上写'重整天地会,再立八卦教',每日在里边操兵演将,传出信来,要将桃柳营六十一村俱皆扫平,如归降他教中,免死。人人惧

---

① 《永庆升平全传》,第十三回,第57页。

怕,大家纷纷望里递花名册子,因此这些庄村俱是他们八卦教之人。门前画白八卦、画白圈为记。依我说,二位老爷回大人,就不必管这闲事:一则又未带官兵;二则又奉旨查黄河,也管不着地面上什么事。"①

倘若他们在不利的条件下放弃战斗,就难以得到皇帝的赏识。战场形势多变,后来余四敬被捕后他还与钦差伊哩布一起讨论了关于一起掌权这个有趣的话题,提出该教能够获得合法化。

(得知了余四敬被拿之事)钦差此时心中甚喜。大家先用饭,用饭之后升中军帐,吩咐把贼人带上来。众差官把余四敬拉上大帐,一见大人,两旁人齐说:"跪下!"余四敬说:"你们是你皇上家的忠臣,我是我们会总爷的义士,不可如此无礼!"大人一听此言,说:"余四敬,你既知道忠臣、义士,你何必如此无礼作乱?你说说我听。"余四敬说:"胜者王侯败者寇。要是我们会总爷得了江山,拿住你等也是一样。不必多说,好好的把你会总爷杀了,凌迟了,处死了,我绝不归降于你!"大人说:"自我太祖入关以来,省刑罚、薄税敛,你等也应该早早的知时达务才是。为何甘做叛逆之人,所因何故?"余四敬说:"你要问,人人都有贪心。汉高祖起身于草莽之中,后来兴汉世江山四百年。你大清国之主,在关东满洲城发祥,因吴三桂请清兵入关,替明朝打闯王李自成,后来你等就在北京登基。你也不必说先前的事,要杀要剐,任你自便,我也没有别的话说。"②

首次镇压天地会的战役以胜利告终,那些参战的将士受到了皇帝的封官嘉奖。

开头的几个章回主要是围绕天地会的问题展开的,此后作者开始对英雄逐个描写,他们在各地与天地会进行殊死斗争。在战斗中失败的吴恩逃往云南最南端,寄望与那里的王杨胜联手再建一支新军。吴恩最后归顺于云南当地享有权势的"天文教"首领张宏雷,但还是未获成功。最终,吴在云南被马成龙和其他英雄将士抓获,并按皇帝的命令被就地处死。

---

① 《永庆升平全传》,第十五回,第65页。
② 同上,第二十三回,第97页。

## 四 人类迷茫的历史记载——中国早期公案和侦探小说

在前一章中已经提到,中国骑士小说和冒险小说最迟从清朝中期开始与公案小说有紧密的关联,例如在《绿牡丹》等作品中出现的狄青这个主张正义的英雄人物并不是偶然的,此类英雄往往与当时的法律不无冲突。在晚期的公案小说代表作中,这种"英雄"人物形象越来越突出,而且往往是以群体英雄人物取代了之前的个人英雄人物,关于这一点在《三侠五义》中就可以看到。后面我们还将从吴沃尧的作品中接触到这个崭新的文学体裁。

这儿暂且不从这种备受喜爱的文学体裁的传统谈起而是先关注于公案类小说晚期作品。从对中国公案小说中的专门术语和人物形象快速浏览中可以看出,公案小说这一文学体裁,与当时整个特定的管理形式和公共社会律法密不可分。早期中国的公案文学作品中所显露的特征和特点,使那些深受如柯南·道尔(Arthur Conan Doyle)具有敏锐洞察力的侦探小说或爱伦·坡(Edgar Allan Poe)紧张和扑朔迷离的谋杀小说熏陶的西方侦探小说喜爱者感到惊奇。

人们只是含糊地从宋元年间表示"案卷"、"公共事务"、"公职",以及"庭审判决"的"公案"等概念中引出了中国公案小说这一定义。在宋代,公案主要是以木偶剧的戏剧形式来展现的。如果说当时还没有叙事艺术,在文学作品中却大都含有刑事犯罪这一素材。[1] 据有关研究文献所载,"公案"这一术语以及早期代表作品都是严格限制在真实案例基础上的。所以更确切地说,可以称之为"法制文学",因为不管怎样,现代侦探故事终究自成了一个全新的名字,即"侦探小说"。[2] 然而为了简述起见,在此我们还是将此称之为"公案小说"或"侦探小说"。

在公案小说的晚期代表作中,清官通常占主导地位,其中的代表人物就是我们在前面介绍中国历史小说的章节中就已熟悉的海瑞。下面我们将会读到,真正的刑法工作

---

[1] 参见韩南(Patrick Hanan):《中国白话小说史》(The Chinese Vernacular Story),剑桥/马萨诸塞州,哈佛大学出版社1981年版,第40页。

[2] 参见张国风:《公案小说漫话》,中华书局1989年版,第4页。

首先是由低等行政级别的官员担任的,即州府级的知府,或者皇朝省级的巡抚。一个知府就已经可以在他的职位上掌握巨大的权力。他通常负责管辖区内百姓的日常生活,并且负责公共安全以及教育和税收事务。除了庭审判决外,他还常常握有对当地驻军的指挥权。作为刑事官员和判官,他负责对罪犯的追查、案件的调查、庭审裁决以及判决的执行。在短篇小说和中长篇小说中,详细的案件调查占有很大篇幅,也许是出于对读者阅读兴趣的考虑,题材通常只局限于耸人听闻的事件,但也不失起到了教育和告诫的作用。由于律法严格规定,所有不承认犯罪事实的嫌疑人都不能被误判,所以这些小说中的主人公往往不得不对疑犯施加刑罚和刑讯。根据刑法规定,合法的刑罚形式有:戴枷锁、竹板棍打和夹手指。与此相反,跪玻璃碎片、睡铁床或用钉鞭鞭挞是不允许的。受法官允许的施刑必须有利于结案才能执行。如果被告由于施刑导致死亡,而最后证明被告是无辜的话,法官和判官同样可以被判有死罪。① 值得注意的是,在那些包拯和他的继任者们作出的判决中,很少有单纯的监禁处罚。相反,是分成各种等级的体罚形式,流放或官职降级。对于在长短篇小说中所描述的严重经济犯罪,最常见的是处以死刑,其中主要分三种行刑方式:其一,绞死,作为"最威严"的处死方式,以此求得保留全尸,并寄期来世能转世重生;此外,还有斩首,和最后一种"五马分尸",作为最残忍的刑罚,刑犯被肢解,其来世再生的希望也化为泡影。② 最迟从唐代起,所有的死刑判决必须经由皇帝确认。而犯人向上级管理层的官员申诉程序也并非很神秘,我们将在吴沃尧的《九死一生》中对此加以介绍。

包拯以及那些我们即将探讨的公案小说的主人公,在小说中大多是从事司法部门工作的州府知府。包拯、施世纶或狄仁杰的职权越高,他们的职责就更具有代表国家性质。例如,在《彭公案》中,彭鹏被委以剿灭土库克斯坦叛贼的重任,其原形很可能就是阿古柏(Yakub Beg,约 1820—1877)。狄仁杰也被委以惩治朝廷中的谋反者的重任。在此,出现了那些与朝中官员走得很近的正直良匪形象,这些人的行为可能与律法相抵触,但因他们将国家社稷视为己任,从而获得赦免的待遇。

公案小说在 16 世纪末到 17 世纪初,即明朝万历年间能得以流行,其中原因有很多。③

---

① 关于中国传统判决基础和原则请参见奥斯卡·韦格尔(Oskar Weggel):《中国法制史》(*Chienesische Rechtsgeschichte*),莱顿,布里尔(Brill)出版社 1980 年版。
② 参见利昂·库默(Leon Comber),拉特兰·弗蒙特(Rutland·Vermont)等的英译本,《包公奇案:中国侦探故事》(*The Strange Cases of Magistrate Pao. Chinese Tales of Crime and Detection*),查尔斯·E·塔特尔(Charles E. Tuttle)出版公司 1964 年版,第 22 页起。
③ 参见众多当时出版的公案小说汇编,参见黄岩柏:《中国公案小说史》,辽宁人民出版社 1991 年版,第 139—145 页,该书提到的公案小说就有 7 部之多。

较为广泛的说法是,当时叙事文学的普遍繁荣和出版印刷业的迅速发展,也推动了公案文学作品的发展。① 包青天——历史上宋朝的一个清官——他所参与的审判案例出现在众多元朝戏剧之中,可见类似相关的题材在当时是非常流行的。② 而很多短篇侦探小说早就通过像《太平广记》、《醉翁谈录》等汇编集得以出版发表。③

作为文学作品,公案小说的意义主要是进行道德上的教育。它们在格调上与案例汇编非常相似,一名精通文学艺术和哲学的中国官员,可以借助这些案例为参加法律知识的考试作准备,以胜任其职能的要求。④ 这样的案例汇编如《棠阴比事》早在13世纪就已有了,而且与18世纪在法国出版的同名小说《案例汇编》很相似。该书作者是一位法国研究西方法律的法学家。⑤ 然而,中国案例汇编的特点在于,他们既不力求在所有的案例中阐述律法,也不力求对罪行进行分析,而是重点对违法者加以合理的惩罚,所以首先要符合道德法律。每一个政府官员都必须遵守相关律法细则,所有的细则均可以从相关的手册中加以了解。⑥

与19世纪的欧洲相反,当时中国侦探小说中丝毫没有出现任何科学启蒙思想。即使是在那些描写详细的、介绍犯罪心理动机的犯罪记录中,作者也从未进行过详尽的阐述刻画,只是简单地关注那些因贪婪、妒忌或通奸而引发的犯罪行为。案例汇编中的杀夫或杀妻案件的起因几乎全简单地归结为因通奸而起,如《彭公案》中的一对情侣将各

---

① 我们接下来将继续介绍有关以各种各样方式塑造包拯的汇编。这里只需要介绍一些从16世纪末到1644年明朝灭亡期间出版的部分作品和汇编:如《诸司公案》,1598年出版,共有五十九章回,介绍了众多侦破案例;《相形公案》,万历年间后期,四十章回;《法林灼见》,1621年出版,四十章回;《明镜公案》,1624年版,二十五章回。以上所提及的汇编中,大部分是由民间口耳相传后用白话文写成的故事,而由24个故事编写成的小说集《蓝公奇案》则由文言文写成,故事是围绕知县蓝鼎元(1680—1733)这个人物展开的。

② 参见耶鲁大学哲学博士马幼垣(Ma Yau-Woon):《中国通俗文学中的包公传说》(*The Pao-Kung Tradition in Chinese Popular Literature*),1971年出版,第78页起;亦参见乔治·A·海顿(George A. Hayden):《元明杂剧中之包公案》(*Crime and Punishment in Medieval Chinese Drama*),剑桥/马萨诸塞州,哈佛大学出版社1978年版。

③ 参见黄岩柏的《中国公案小说史》,第4至11页。

④ 关于中国官员法律教育情况参见约翰·瓦特(John Watt):《晚清帝国的地方行政官员》(*The District Magistrate in Late Imperial China*),纽约,哥伦比亚大学出版社1977年版。

⑤ 关于中国案例汇编与叙事文学的关系可参见安·沃特纳(Ann Waltner)在《美国东方学会学报》1990年110.2卷,第281—289页上刊登的《从案例到小说:晚清帝国的公案文学》("From Casebook to Fiction: Kung-An in Late Imperial China")一文。早期的案例汇编《棠阴比事》有高罗佩(Robert van Gulik)译《棠阴比事:13世纪的司法和侦探手册》(*Parallet Cases from under the Pear Tree*),莱顿,布里尔出版社1956年版;随着该书1648年被译为日文后,也对日本侦探小说的兴起产生了影响:1689年作家井原西鹤(Saikaku Ihara)(1642—1693)出版了他的《本朝樱阴比事》(*Einheimische Gerichtsverhandlungen im Schatten eines Kirschbaums*),笔者感到与中国的那本《棠阴比事》命名非常相近(参见《日本侦探故事》(*Japanische Kriminalgeschichten*),由英格丽德·舒斯特(Ingrid Schuster)选编,斯图加特Philipp Reclam jun出版社1985年版,第6页);详细的关于早期德国侦探小说的评价,可参见弗里德里希·席勒(Friedrich Schiller),霍夫曼(E. T. A. Hoffmann)等作家编著的侦探小说《疑难谋杀案》(*Des Mordes schwere Tat*)的后记,由约阿希姆·林德纳(Joachim Lindner)选加注释、作者生平介绍和后记,戈尔德曼出版社(Goldmann)1993年版,第323至371页。

⑥ 参见弗兰克·蒙策尔(Frank Munyel):《明朝时期中国刑法》(*Strafrecht im alten China nach den Strafrechtskapiteln in den Ming Annalen*),威斯巴登,Harrassowitz出版社1968年版。

自的配偶谋杀的那起凶杀案(第十二回—第十四回)。在西方文学中,那些侦探小说的杰出代表作不会去描写那些偶然发生的事件。夏洛克·福尔摩斯和他的同行们以其出色的洞察力、快速的领悟、迅捷的判断及其直觉而闻名。他们对所接手的案例总是要进行严格的逻辑推导。相反,在中国的公案文学作品中,包拯和它的后继者们在办案时,很大程度上会受"阴曹地府"的影响,他们与"魂灵"来往,甚至探访"阴界",这些只是为了对案件的侦破作铺垫。① 先是对疑点进行排查,最后是令人信服地揭迷破案,以此来构造小说的紧张氛围,这些在中国侦探小说中几乎是看不到的。在中国早期叙事文学中,除了这种与生俱来的对神幻色彩的偏爱,还表现出了百姓对公平、正直、廉洁的官员的渴望,令人印象深刻。

早期公案文学中最受欢迎的人物形象,以及由此广受后期作品模仿的侦探官员形象,应该就是包拯(999—1062),这一历史人物宋仁宗年间(1023—1064)出生于合肥,这段时期是宋朝相对安稳的时期,包拯先后在朝中担任过不同的职位。例如,他曾任京城开封府知府,以及监察御史和三司使。② 在包拯去世之前不久,他最高担任过枢密院的枢密副使。由于他的清正廉洁,包拯成为了闻名的公诉人,甚至是职掌重权的官员,同时,他也因此树敌不少。但更重要的是,在百姓眼中,由于包拯通过向皇帝上书呈文,旨在推进税收制度、废除徭役制度,从而广得民心。百姓都称包拯为"包龙图",因为他曾经担任翰林院龙图阁直学士时的称谓。

关于包拯的文学故事极其广泛,直到万历年间就已经经历了几百年的持续发展。因此,在元杂剧中很早就出现了关于包拯的剧目,在 22 部公案类元杂剧中至少有 10 部是关于包公的。③ 与大多数的公案小说一样,这些作品中的包拯也几乎都是以一个侦探或法官的形象出现在读者面前,在《灰阑记》中包拯所展现的睿智使该剧成为了最出色的公案剧之一④(而布莱希特的《高加索灰阑记》使这一题材远远超过了中国版本的意义)。

---

① 关于包拯和西方侦探小说中的类似人物的异同点参见扎比内·朔默(Sabine Schommer):《包拯——中国的福尔摩斯:〈包公案〉案例汇编的研究》(*Richter Bao — der chinesische Sherlock Holmes. Eine Untersuchung der Sammlung von Kriminalfaellen Bao Gong an*),波鸿,Brockmeyer 出版社 1994 年版,尤其是第 159 至 202 页。

② 关于包拯的生平简历参见贝恩德·施莫勒(Bernd Schmoller):《政府官员和政治家包拯(999—1062)》(*Bao Zheng (999—1062) als Beamter und Staatsmann*),波鸿,Brockmeyer 出版社 1982 年版。

③ 马幼垣:《中国通俗文学中的包公传说》,第 78 页起;赵景深:《包公传说》,1933 年发表,载 Ders:《中国小说丛考》,齐鲁书社 1980 年版,第 481 至 500 页收录了 11 部描写包公的元剧(同上,第 482 页);此外还有早在宋朝就出现的有关包公的文学作品(第 481 页起),如短篇轶事《割牛舌》;有关包公的素材出现在了多种文学体裁中,其中有 8 部传奇剧和 14 部京剧(同上,第 495 页起)。

④ 赵景深:《包公传说》,第 483 页起。文中提到了一个较早的例子,将汉朝晚期的灰阑剧这个题材用来改编包公的故事。

与在戏剧中不同的是,在早期的话本小说中几乎很少出现包拯这一人物形象。① 直到 16 世纪末产生了案例汇编,包拯才在叙事文学中形成了一位杰出的英雄人物形象。这些汇编成的故事大多源自分散在民间的早期话本,其中最早的版本是 1594 年版的《全补包龙图判百记公案》。② 这一时期几乎近一半的有关类似情节的故事(没有具体注明初版年代的)与同时期其他案例汇编中的包拯故事,都被吸收进了后来的版本中,如 17 世纪早期出版的《龙图公案》。③ 全书选取了 100 个关于包公断案的故事,其中大多刻画了其严肃正直的形象,尽管小说是由诸多独立的故事组成,但作者还是成功地将这些故事编写成了一部比较完整的小说。虽然新老版本之间只间隔数十年,但两者之间的不同是非常显著的。最明显的就是,新版中剔除了那些超越自然的行为活动和身居要职高官的犯罪行为。相反,在新版中收录的故事,不少僧人犯罪,从而将人置于故事的中心,旨在唤醒读者的道德意识。④ 在后期的发展阶段,1802 年还出版了一部包含 62 个案例的《绣像龙图公案》。

现在我们来简要地浏览几个有关包公这个人的故事。如早在 1594 年出版的版本中有一篇很长的序,其中描述了包拯的仕途历程,为读者构塑了一个既与当时社会的权势来往又与阴间鬼神打交道的人物形象。其中刻画了与阴间阎王的交涉,而阎王正是主宰包拯死后去的那个地方的鬼神(例如收集在老版本中的故事《巧拙颠倒》)。⑤ 在一知府要员的帮助下,包拯结识了交际花张某,她在包拯进京备考期间为其提供住宿。一次偶然机会,包拯居然还看到了玉皇大帝信使的一份资料,获悉他将在不久举行的考试中表现最优秀。不仅在这长篇序言中,包拯的形象被神秘化了,在另外几部小说中(如在《包公智捉白猴精》里)⑥,包拯也被赋予了超自然的能力,一如既往地赢得了胜利。

前面已经简要地介绍了早期和晚期新老版本中关于叙述包公这个人物的不同目的。当然,包公这个人物形象也并非从未改动过。在 1594 年版的《包龙图判百记公案》中,包公主要被描写成了忠诚和勤奋的官员形象,对皇帝的指示命令言听计从。在整部

---

① 马幼垣在他的调查中从 132 篇经考证的话本中只引用了两篇以包拯为题的文章为例(马幼垣:《中国通俗文学中的包公传说》第 93 页起)。

② 关于包公的案例汇编参见朔默:《包公》,第 17—21 页;韩南:《重塑包公一百案》("Judge Baos Hundered Cases Reconstructed")一文,刊登于《哈佛东亚丛书》第四十卷,1980 年第 2 期,第 301 至 323 页;马幼垣:《〈龙图公案〉的主题与人物塑造》("Themes and Characterization in the Lung-Tu Kung-An"),载《通报》第五十九卷(1973 年),第 179 至 202 页。

③ 参见朔默:《包公》,第 17 至 22 页。

④ 参见鲍吾刚(Wolfgang Bauer)在《急流中的尸体:包公案奇闻》(*Die Leiche im Strom. Die seltsamen Kriminalfaellen des Meisters Bao*)译文后记中的介绍,弗赖堡,Herder 出版社 1992 年版,第 232 页;关于包公故事的其他西方语言的版本,参见朔默:《包公》,第 251 页;最早的译本出现于 1839 年,译者为特奥多尔·帕维尔(Theodore Pavir)(《*Le Lion de Pierre*》,载 Ders.:《*Choix des Contes et Nouvelles*》,巴黎)。

⑤ 鲍吾刚译:《急流中的尸体》,第 190 至 193 页。

⑥ 同上,第 75 至 88 页。

小说中皇帝宋仁宗几乎是无处不在。与此形成鲜明对比的是，在以后的老版本《龙图公案》中，几乎不再看到皇帝的身影，而是更注重包公的形象刻画。从此以后包拯成了一个具有传奇色彩的人物形象。

所以，包拯的人物形象发展在中国叙事文学中一直没有中断过。在《三侠五义》的前二十七章回中，包拯以故事的主角身份出现过多次，该书可以看作是从公案小说向骑士、冒险小说过渡转变的标志。[①] 1879 年出版时该书已经增加至一百二十回，取名为《忠烈侠义传》，[②]作者笔名为"问竹主人"。这部小说最早源自生于天津，后居住在北京的著名说书人石玉昆（1801—1871）的话本原稿。他的这部取名为《龙图公案》的话本集——并非是那部出版于 16、17 世纪之交的作品集——可能从未被印刷出版过。然而，一位与石玉昆同时代的名叫谢蓝斋的文人可能在 1848 年在这部话本集的基础上编集出版了谢蓝斋抄本，取名为《龙图耳录》，[③]共有一百二十章回。藉此，这本以其作者笔名编著而成的《三侠五义》最终出现在了读者面前。[④]

《三侠五义》中几乎所有有关包公的故事都集中于这部书的前 1/5 的篇幅里面。在第二十七回后的章节中，包拯只是纯粹的次要角色，偶尔才出现，第五十八回后他几乎就没再出现过。一直到侠客们纷纷登场，读者才多少了解了有关包公的仕途历程和他断案的能力。偶尔也会回忆起先前版本中包拯这个"星主"人物。衙役包兴偷试游仙枕的场景便是一例：在忙碌地审完了案件后，众人纷纷歇息去了。包兴念着游仙枕，想悄悄地睡睡游仙枕，便嘱咐府中另一衙役李才替他值夜。

> 包兴点头一笑，即回至自己屋内，又将游仙枕看了一番，不觉困倦，即将枕放倒。头刚着枕，便入梦乡。出了屋门，见有一匹黑马，鞍鞯俱是黑的，两边有两个青衣，不容分说，搀上马去。迅速非常，来到一个所在，似开封府大堂一般。下了马，心中纳闷："我如何还在衙门里呢？"又见上面挂着一匾，写着"阴阳宝殿"。正在纳闷，又见来了一个判官，说道："你是何人？擅敢假充星主，前来鬼混！"喝声："拿下！"便出来了一个金甲力士，一声断喝，将包兴吓醒，出了一身冷汗。暗自思道：

---

[①] 有关《三侠五义》出现了一系列的补记和续本。对此，我们在后面将继续进行介绍。马幼垣在他的《包公传说》(*The Pao-Kung Tradition*)第 250 页中提到了二十多篇的相关作品。

[②] 这里以赵景深 1956 年整理的《三侠五义》为蓝本，上海古籍出版社 1988 年版。另外，参见朔默（Schommer）在《包公》第 37 页，脚注 32 中的注释，提到了《三侠五义》的德语译文的译者为徐恩本（P. Huengsberg）：《法官与救星》(*Richter und Retter*)，维也纳，Mödling 出版社（Mödling bei Wien）1966 年版。

[③] 《龙图耳录》，上海古籍出版社 1981 年版。

[④] 详见苏珊·布莱德（Susan Blader）的论文：《〈三侠五义〉的批评研究及其与〈龙图公案〉话本集的关系》(*A Critical Study of 〈San Hsia Wu-Yi〉 and Relationship to the 〈Lung-Tu Kung-An〉 Textbook*)，宾夕法尼亚大学出版社 1977 年版。

"凡事都有生成的造化。我连一个枕头都消受不了。判官说我假充星主,将来此枕,想是星主才睡得呢。"①

除了一起朝中阴谋案件,大多包拯经办的案子都相当简短完整。令人惊讶的是,小说作者在早期的案例汇编中只用了很小的篇幅刻画包拯,而采用了较多篇幅勾画新案宗,而这些案例仍可以在流传的小说和戏剧中找到共同的主题。② 首先是锄庞昱和葛登云在侠义之士的"三侠"(南侠展昭、北侠欧阳春和双侠丁兆兰、丁兆蕙)的协助下与包拯一起共同维护皇妃的利益。而书名中的"五义",其实是五鼠的化身,分别为钻天鼠卢方、彻地鼠韩彰、穿山鼠徐庆、翻江鼠蒋平和锦毛鼠白玉堂。起初五鼠作为盗贼时不时洗劫皇宫,但最后经包公的感化,弃暗投明,归顺包公。在众人的齐心协力下,众侠客义士与压迫者抗争,剪除马朝贤、马强、赵珏,诛强除暴。小说结局为勇斗襄阳王这个在续集《小五义》最后一章回中以失败告终的叛贼。此前,晚清鸿儒苏州人俞樾(1821—1906)在1889 年将《三侠五义》改名为同样为一百二十章回的《七侠五义》。③ 虽然在总体把握上参照了原先的老版本,但俞樾完全是根据自己的见解而非基于历史因素来写《狸猫换太子》的。他重新改写了第一章回,并引入了艾虎、智化和沈仲元等作为小说主要人物。为使情节更紧凑,俞樾引用了《三侠五义》第一回中的狸猫换太子情节,但鉴于对宋朝历史的考虑他先写了几点解释性的说明,这点基本上与前面已经提到的历史因素相符合。

在《三侠五义》出版 11 年后,小说续集《小五义》终于在 1890 年 5 月也出版了,紧随其后又于同年 10 月出版了另一本续集《续小五义》。两部作品均各由一百二十四章回构成。

在《小五义》的序中可以看到,与《三侠五义》一样,作者描写的是同一个人,这两部作品中至关重要的是石玉昆,他的手稿由一位学生保存,最后流传到了编著者的手中。文中经常出现的"赞"以及诗歌韵律均说明了作品与街头说唱文学有一定的关联。有趣的是,根据该序的介绍,《三侠五义》和《小五义》都源自同一卷宗《忠烈侠义传》,其中"三侠"代表了《大五义》,"五义"代表了《小五义》。

《小五义》延续了老版本的内容,并在此基础上加以延伸,目的是对襄阳王赵珏的谋叛计划背景加以阐述。

小说一开始就可以看到作为开封府尹的包拯派钦差颜按院大人前往襄阳,调查襄

---

① 选自《三侠五义》十四回,第 92 页。
② 参见马幼垣:《中国通俗文学中的包公传说》第 253 至 257 页。
③ 两部作品均由中国戏曲出版社 1992 年版。

阳王谋反传言一事。途中由锦毛鼠白玉堂护送。另外,还有一队秘密到达的多位英雄帮助他们两人,文中有刻画这些豪杰大破"铜网阵"的情节。小说中,年事已高的侠客与年青义士新老交替的情节,是许多作品中颇受作者青睐的写作手法。至少随着时间的推移,众侠士铲除了襄阳王手下最重要的同党,并破解了机关密布的铜网阵。小说在此戛然而止。内容可以随意加以补充,正说明了小说是可以灵活处理的,关于这一点,第八十九章回中有一个很形象的例子。光绪年间,编者正在叙说《小五义》,有人要听其中的一篇引自柳真人的《孝顺歌》。下面这一场景的描述形象地说明了当时众多小说中所反映出来"价值保守主义",也表明了那些将小说以偏概全地批评为"蛊惑人心"是毫无根据的。

众人们,焚起香,侧耳静听。柳真人,有些话,吩咐你们。谈甚今,论甚古,都是无益。有件事,最要紧,你们奉行。各自想,你身子,来从何处?那一个,不是你,爹娘所生?你的身,爹娘身,原是一块。一团肉,一口气,一点血精。分下来,与了你,成个身子。你如何,两样看,隔了一层?且说那,爹和娘,如何养你:十个月,怀着胎,吊胆提心;在腹时,担荷着,千斤万两;临盆时,受尽了,万苦千辛;生下来,母亲命,一生九死;三年中,怀抱你,样样辛勤;冷和暖,饱和饥,不敢失错;有点病,自埋怨,未曾小心;恨不得,将身子,替你灾痛;那一刻,敢松手,稍放宽心?顾儿食,顾儿衣,自受冻饿。盼得长,请先生,教读书文。到成人,请媒妁,定亲婚娶。指望你,兴家业,光耀门庭。有几分,像个人,欢天喜地。不长进,自羞愧,暗地泪零。就到死,眼不闭,挂念儿子。这就是,爹和娘,待你心情。看起来,你的身,爹娘枝叶;爹和娘,那身子,是你本根。有性命,有福气,爹娘培植;有聪明,有能干,爹娘教成。那一点,那一件,爹娘不管?为什么,把爹娘,看做别人?你细算,你身子,长了一日;你爹娘,那身体,老了一层。若不是,急急的,趁早孝养,那时节,爹娘死,追悔不能。

可叹的,世上人,全不省悟。只缘他,婚配他,恰似当行。却不想,乌反哺,羔羊跪乳。你是人,倒不及,走兽飞禽。不孝处,也尽多,我难细述。且把那,眼前的,指与你听。你爹娘,要东西,什么要紧。偏吝惜,不肯送,财重亲轻。你爹娘,要办事,什么难做?偏推诿,不肯去,只说不能。你见了,富贵人,百般奉承。就骂你,就打你,也像甘心。你爹娘,骂一句,斗口回舌;你爹娘,打一下,怒眼瞪睛。只爱你,妻与妾,如花似玉;只爱你,儿和女,似宝如珍。妻妾亡,儿女死,肝肠哭断;爹娘死,没眼泪,哭也不真。这样人,何不把,儿女妻妾,并富贵,与爹娘,比较一论。天不容,地不载,生遭刑祸;到死时,坐地狱,受尽极刑。锯来解,火来烧,磨捱碓捣;罚变禽,罚变兽,难转人身。

我劝你,快快孝,许多好处。生也好,死也好,鬼敬神钦。在生时,人称赞,官来旌奖,发大财,享大寿,又有儿孙;到死时,童男女,持旛拥盖,接你去,阎罗王,也要出迎。功行大,便可得,成仙成佛;功行小,再转世,禄位高升。劝你们,孝爹娘,只有两件。这两件,也不是,难做难行。第一件,要安你,爹娘心意;第二件,要养你,爹娘老身。做好人,行好事,休要惹祸;教妻妾,教儿女,家道兴隆。上面的,祖父母,一般孝养;下边的,小弟妹,好生看成。你爹娘,在一日,宽怀一日;吃口水,吃口饭,也是欢心。尽力量,尽家私,不使冻饿;扶出入,扶坐立,莫使孤伶。有呼唤,一听得,连忙答应;有吩咐,话一完,即便起身。倘爹娘,有不是,婉转细说;莫粗言,莫盛气,激恼双亲。好亲戚,好朋友,请来劝解。你爹娘,自悔悟,转意回心。到不幸,爹娘老,百年归世;好棺木,好衣被,坚固坟茔。尽心力,图永久,不必好看。只哀痛,这一生,何处追寻?遇时节,遇亡辰,以礼祭奠;痛爹娘,永去了,不见回程。这都是,为人子,孝顺的事。切莫把,我的话,漠不关心。

叹世人,不孝的,有个通病:说爹娘,不爱我,孝也无情。这句话,便差了,解说不去。你如何,与爹娘,较论输赢。①

如前面所述,《小五义》是以众英雄大破铜网阵结束的,而最后结局是在《续小五义》中才出现的。该书描述了襄阳王赵珏先是隐姓埋名,直到有消息称,他已经秘密朝西面逃窜了。经过朝廷对襄阳宫仔细搜查后,发现了他的谋反计划及同党。智化,一位足智多谋的英雄,对荣誉看得很淡。在京城开封一举挫败了一起密谋行刺包公的预谋,他在书中一直作为配角出现,在第十一回中他还破解了一起当铺众多员工的凶杀案。在各种变化莫测的处境中,这些英雄豪杰们——主要是智化、艾虎和徐良——在与襄阳王的抗争中历经千险,最终在宁夏战胜并擒获了襄阳王。然而,当人们押解他回京城时,赵珏却离奇死亡,因此也就免遭皇帝的判决。

虽然《三侠五义》和其续篇仍广受读者的喜爱,在清朝末年出现了一系列续写作品,如一本佚名作者的仅十六回的《续侠义传》。文中英雄们的出处与《小五义》中的很相似,但内容有所不同。在《续侠义传》中,白玉堂并没有命丧铜网阵,而是成功逃脱了。在他勇斗襄阳王期间,受到了女侠翠绡的支持,该女子为其逃离襄阳王的地牢作出了关键性的帮助。两人合力推翻了叛贼的冲霄楼,并引领朝廷军队剿灭了襄阳王。小说末

---

① 《小五义》八十九回,第548页起。

尾以白玉堂和翠绡奉旨成婚结束，两人在生下一儿子后隐退山林。

包拯并非只是清代小说文学中唯一的侦探人物形象。根据他的形象，人们塑造出了众多不同的英雄人物，这些人物的历史根系可追溯到满族王朝。继包拯之后最早出现在小说中的类似侦探的人物当数施世纶（逝于1722年）这个人，他在康熙皇帝时期先后在泰州和扬州担任了重要官职，其仕途的顶峰是在朝廷担任掌管税收和户籍的户部尚书。① 最早讲述他办案的小说是1798年出版的《施公案》，共有九十七章回。从1840年到1903年期间，分别出版了九部不同篇幅的续篇，以至于最后有关施世纶的案例汇编达到了五百二十八章回，远胜于在他之前出版的所有章回小说。② 由此可见，这个时期是公案类小说的转折期：如果说1798年出版的老版本中，作者偏好以较多的笔墨刻画施公，如同之前有关包拯系列小说一样，而在往后的续篇中，众侠客义士渐渐扮演了小说中的重要角色。

从施世纶去世到第一部小说的出版，达70多年的历史，其间，自然经过说书人的加工润色，但比起包拯，有关施公的素材更加完整地在文学作品中被记录了下来。③ 从中可以看出作者在写作时比较偏爱交叉展开小说的情节。一起案件的引出、查处、破案直到处决，分散布局于众多章回中，于是作品中所塑造的施公与现实生活中的官员形象很相似，他一般同时会处理几起不同的案子。如第一回的一开始，时任扬州知府的施世纶就遇上了一起残忍的谋杀案，当地秀才胡登举的父母为人所杀，头颅不见。经过初次调查，只发现了一些疑点，所以一直没有结果，等过了很久后才侦破了罪犯作案过程（第二十四回）。其间又破获了多起案件。等又经过了三十一章回，才终于将谋害胡秀才双亲的凶手与同其他犯人一起判决入秋问斩。施世纶这个人物形象比包拯要更符合现实，但这里也不乏超自然的神幻元素存在。在破解胡秀才双亲被害一案时，施世纶看了一篇写清官海瑞的文章后入睡，在梦中得到了重要的提示。

  梦中看见外边墙头之下，有群黄雀儿九只，点头摇尾，唧哩喳啦，不住乱叫。施公一见，心中甚惊。又听见地上哼哼唧唧的猪叫，原来是油光儿的七个小猪儿，望着贤臣乱叫。施公梦中称奇，方要去细看，那九只黄雀儿，一齐飞下墙来，与地上七个小猪儿，点头乱哨。那一个小猪儿，站起身来，望黄雀拱抓，口内哼哼乱叫。雀哨

---

 ① 参见赵景深的《中国小说丛考》，第512至521页。
 ② 这些早期版本中的各个章回经过重新排列之后，后来被重新收入进了新版本中，取名为《施公案》，宝文堂书店1982年版，三卷本（四百零二章回）。
 ③ 有关施世纶这个人物在清代编年史中有相关的记载，参见李汉秋、胡益民的《清代小说》，安徽教育出版社1989年版，第109页起。

猪叫,偶然起了一阵怪风,把猪雀都裹了去了。施公梦中惊觉。①

施世伦预感自己在梦境中得到了一条破案的重要提示。因此他吩咐手下,追查两个分别叫"九黄"、"七朱"的人。终于,人们意外地发现,九黄和七朱原来是一对情人,正分别乔装成和尚尼姑躲藏于莲花院庙中,在那里,他们的伤风败俗行为被胡秀才的双亲发现。于是恼羞成怒的两人将二老杀害。

有些案例即便没有人提出诉讼,也时常会出现一些揭示某些案子的蛛丝马迹和超自然力量。在第二十八回中,起先是施公的轿子被风吹到了河里,接着一只白化水獭与一只奇异的绿螃蟹把人们引向了一具尸体。有意思的是,当施公请求河神将他送回府中时,他在途中又被卷入了一起新案件。

施公端坐轿中,忽见道旁有一少妇,身穿白衣麻裙,手持纸锭,系新丧模样,站立路旁,让施公轿子过去。忽然起一阵狂风,在那少妇前旋转不定,猛然将那少妇麻裙吹开。施公瞥眼一看,见麻裙中露出红裤,心中大异。即于轿前,密令王殿臣、郭起凤二人道:"你暗暗尾随这妇人前去。看他所往何处,及家住那里,一一访明,回来禀告。"王、郭二人答应去探。施公回衙。②

施公调查发现,此寡妇姓何,左邻右舍对她丈夫吴其仁的死均感到很惊讶。最后揭露出她与奸夫合谋杀亲夫的真面目。有趣的是,与之前描写发现尸体的场景一样,施公在风神的帮助下再次得到了破案的线索——风神的灵魂确实在场。何氏所穿的红裤,正暗示了她有奸情方面的暴力犯罪。但最关键的是要有证据,而要施公找出证据,并非易事。在此,一个有逻辑思维的读者也会为法官面对此类离奇现象时心里到底有多少把握而感到困惑。当施公在梦中与寡妇何氏对质时,他遇见了城隍神现身,城隍神告之说,死者的灵魂指控她犯有谋杀罪,何氏断然否认,并反驳说,不能将梦境作为有效的证据。这对施公的处境很不利。

山阳县怒道:"尔仗这利口辩驳,便思驳倒本县吗?且再问你丈夫即使暴病身亡,尔何得死后遽殓?殓后即葬?足见情虚,恐致泄漏,所以草草葬了,即可杜绝人

---

① 《施公案》第一回,第2页起。
② 同上,卷三,第三百回,第978页。

口了!如此狡谋,本县已洞悉尔的肺腑,尔尚有何强辩?"何氏道:"大老爷此言,更觉差矣!世界上随殓随葬的,不知凡几,难道都是谋害亲夫的吗?而且论国法,停柩不葬,是大干例禁。论人情,殓毕即葬,即所谓入土为安。孀妇以一妇人,既无翁姑伯叔,若将死者之柩,久停在室,万一风火不测,将何以对亡夫?在孀妇看,随殓随葬,于国法人情,两无偏废。大老爷以此借口,孀妇可不解大老爷何以谓为民父母了?"

　　山阳县被何氏这一顿话,驳得个禁口无言,不禁大怒道:"好大胆的淫泼妇!尔既说未曾谋害亲夫,本县明日申详上宪,请示开棺相验,彼时看尔尚能狡赖不成?"何氏道:"大老爷既要开棺相验,孀妇岂敢不遵?但有一件,如果验出伤来,孀妇情甘认罪。若竟无伤,大老爷擅翻尸骨,于律例上尚有处分吗?"

　　山阳县道:"若验不出伤来,本县也愿自请处分。"①

当施公对吴其仁的尸体开棺验尸并未发现任何外伤时,控告何氏便毫无证据了。直到他偶然遇到一位匿名目击证人的帮助,该证人当时目睹了这对谋杀犯将一根粗针扎进了醉酒的吴其仁的身体,于是,施公终于能将此案解开了。

　　但这样写,对施公的人物形象不公平,将他贬低成了一个只是依赖于偶然事件和灵异现象的探长。事实上,他曾多次通过精准判案和对案件的逻辑推导破解迷案,下面一例子便可证明。一幢房子被火烧化为灰烬,房子主人孟文科丧命。人们将其妻张氏作为纵火嫌疑犯逮捕,但张氏矢口否认,并称,其夫是一个酒鬼,是他自己不小心失火而死的。施公命人对其进行验尸,同时下令对两只同样在火中丧命的羊进行尸检。在死者孟某和死羊的口中,人们发现了特别的线索。尸检显示,死者孟某的嘴是干净的,而一只活活被烧死的羊的口中充满了烟灰。而一只事先已死、后被焚烧的羊口中与孟某一样干净。由此,施公断定,火是在孟死后被点燃的,否则,他的口中会因呼救而充满烟灰。至此,张氏的罪行已经确凿无疑。②

　　至此,施世纶判案的故事基本暂告段落,他担任了比知府更高的职位,其工作范围比原先查处案例涉及面更广。我们从中可以看到这种文学体裁的发展,它将公案小说的要素和骑士小说结合在了一起。由于施公此次要与江湖上各种无视王法的豪杰打交道,作者不得不改变之前施公断案时的形象,以其他手法对施公进行重新塑造。而塑造

---

① 《施公案》第三百零一回,第985页起。
② 见《施公案》第七十八至八十回。

出的施公形象类似于柯南·道尔小说中的喜剧丑角形象。在阅读小说过程中,读者可以从施公的绰号"施不全"中发现施世纶肢体有残缺,所以更具生动色彩,给人印象深刻。书中塑造了一个身残志坚的人物形象——在中国文学中同样的人物形象最早以晏婴闻名。晏婴(公元前?—前500)是春秋时期齐国的大夫,据《晏子春秋》记载,晏婴常因身材矮小而遭受讥笑讽刺。下面是书中描写施世纶造访满洲白旗赵索色的一段情节:

> 索御史闻听,仔细将贤臣一看,只见头戴纬帽,身穿蟒袍补褂,足穿官靴,左带矮拐,右带点脚,前有鸡胸,后有斜肩,身体瘦小歪斜,十分难看。索御史心中暗笑:怪不得人称他"施不全",真名不虚传。①

除了那些描写施世纶的小说之外,还有关于彭鹏的作品也是当时广受欢迎的公案类小说代表作②,如1892年出版的《彭公案》(一百回),在这之后又出现了众多续篇。③ 总共先后出版了12部有关彭鹏的小说,其中8部于清朝末期,其余的4部直到1911年之后的民国时期才得以出版。作者笔名为贪梦道人的《永庆升平全传》就是讲述彭公此人。在写完这部书之后,据说这位来自福建的诗人、作家杨挹殿就隐逸江湖了④。令人感到奇特的是,有关这位与施世纶同时代的判官彭鹏(1636—1704)先是出现在民间艺术其他形式中,然后才进入了小说文学。当时演出的描述此人的戏曲和舞台剧至少可以对此加以佐证。⑤

历史上的彭鹏出生于福建省的莆田市。1684年,彭鹏被任命为北京西郊三河县知县,在任期间,他在百姓心中是一个清正廉洁的县官形象,然而却也遭到了满旗权贵们的蔑视。由此也引申出了相关题材,刻画彭鹏在查办凶杀案和剿匪行动中没能破案,最终导致了他的官位降级。但不久之后,他于1690年又被召回北京,其官职得到了提升,负责主管江南水利工程。之后他又分别担任了其他几个省的知府:1699年任广西巡

---

① 《施公案》第一卷,九十一回,第211页。
② 这里顺便提及一下早期保存下来、附有序言但很少有人知晓的《于公案奇闻》,1800年出版。该书共计二百九十二章回,描述了二十七件不同的刑事案例。故事的主角是于成龙(1617—1684),早期曾任广西罗城知县,晚年在他去世前几年出任江西总督。于成龙也是1903年出版的二十回小说《八仙传》中的人物之一,该书描写了于成龙和其他七位正直的官员一起抗争朝中奸臣索艾的故事。值得注意的是,在这本书中刻画的康熙皇帝是一个听信谣言、杀害忠良的庸帝。
③ 这里指的是《彭公案》,北京师范大学出版社1993年版。
④ 参见《彭公案》序言。
⑤ 相关戏剧作品有《吴文化》、《英雄会》、《九龙杯》等。

抚,后任广东巡抚直至 1704 年去世。①

小说《彭公案》运用夸张手法将彭公的形象和仕途理想化,小说赋予了他在现实生活中根本没有获得过的职权和官位。例如,在第一回中,书中写到彭鹏获得了最高的学者头衔进士,后来又官至兵部尚书(第六十七回)和西北钦差(第六十八回)。尽管如此,小说在大体上还是阐述了彭鹏在朝廷任职期间的仕途轶事。与《施公案》相同,《彭公案》中的彭鹏作为一名侦探和法官的人物形象也逐渐地淡化。此外,在这两部作品中,还都出现了另外几个重要人物角色。②

如果说,1892 年出版的《彭公案》还只是一部集侦探、骑士和冒险小说为一体的作品,那么在众多的后续小说中更可以明显看到骑士和冒险小说这两种文学体裁的特点。在《彭公案》第一百回的末尾还可以看到这一转变,文中告示了续篇将描写彭鹏西巡宁夏和出使土库克斯坦。由此彭鹏作为朝廷高级官员,担当起了国家政治使命,而且其主要工作就是与暴乱者进行交涉。③

与描写包拯、施世纶以及彭鹏的小说相比较,当时中国另一部以高官为题材的小说则并不那么出名。小说主角狄仁杰(629—700)是太原人,他生活的年代恰逢唐高宗、中宗以及武则天时期(625—705,690 年夺取政权,并改国号为周,自称皇帝)执政期间先后担任各级官职。狄仁杰晚年位居高位,著于 1902 年的六十四章回小说《武则天四大奇案》④(又名《狄梁公全传》)便取材于此,书中只用了很少的篇幅叙述狄仁杰探案情况,其余部分则都描写了狄仁杰与武则天以及朝廷佞臣之间的矛盾冲突。

小说从狄仁杰受命出任断案官员,做昌平知令说起。狄仁杰任期并不长,他有两名亲随,乔太和马荣,两人本是盗贼,但武艺高强,被狄仁杰收服,相助为理。狄仁杰审理的案件大体上而言与包拯及其后人所遇到的相差无几,只是细节上略有不同,但读起来仍颇为有趣。超自然现象("还魂")以及从冥府中而来的线索——这些活动空间都是众人皆知的。有一个关于谋杀亲夫的案件颇为棘手。狄仁杰之前所认定的凶手,一名周氏小妇人,在刑讯过程中只字不漏。开棺之后,在掘尸检验时发生了很罕见的现象:

---

① 有关彭鹏的生平简历参见陈志让(Jerome Chen):《叛乱中的叛乱者——从小说〈彭公案〉看秘密结社》("Rebels Between Rebellions — Secret Societies in the Novel Peng Kung An"),载《亚洲研究学报》第二十九卷,第四期,1970 年 8 月,第 810 页。
② 例如在第二十一回中出现的李佩,也曾出现于《施公案》中。
③ 陈志让在《叛乱中的叛乱者》一书中详细阐述了包括所有新旧版本总共一百三十回的小说中所发生的事件的历史背景。
④ 这里是指《武则天四大奇案》,中国戏剧出版社 1992 年版。

众人领命上前,才将盖子掀下,不由得一齐倒退了几步,一个个吓个吐舌摇唇,说道:"这是真奇怪了,即便身死不明,决不至一年有余,两只眼睛犹如此睁着。你看这形象,岂不可怕!"狄公听见,也就到了棺柩旁边,向里一看,果见两眼与核桃相似,露出外面,一点光芒没有,但见那种灰色的样子,实是骇异。乃道:"毕顺,毕顺,今日本县特来为汝伸冤,汝若有灵,赶将两眼闭去,好让众人进前,无论如何,总将你这案讯问明白便了。"哪知人虽身死,阴灵实是不散,狄公此话方才说完,眼望着闭了下去。①

狄公偶然听说一个叫徐德泰的人,此人在私塾读书,被公认为是正直勇敢的年轻人,无论是私塾的先生还是同窗都不相信他会做出越礼违法之事。但是在狄公发现徐德泰卧室通往毕家的一个地窖之后,徐和该案的干系变得明朗起来。徐德泰很快对其罪行供认不讳,并坦白了和周氏的奸情,狄公还须获得周氏的供词才能定案,于是他想出一条计策:自己扮作阎王,几个手下扮作阴官,一起来到关押周氏的牢房审案,其中一人假装成死鬼毕顺。周氏直到在"阴曹地府"即将被叉入油锅时,才承认了自己的罪行并叙述了谋害其夫的案发经过。她用一根长针钉在她丈夫头顶,将其害死②,事发之后丧尽天良的周氏害怕女儿在外面说出她和徐德泰的非法关系,又将女儿药哑。

狄仁杰所查明的另一起扑朔迷离的命案,其前因后果与发生在西方国家的一件众所周知的案例非常相似。

一天李氏妇人前来狄府申冤,说其女李黎姑在与华家之子成亲之日不幸身亡。狄公开始调查此案,很快怀疑到婚庆当日一名叫胡作宾的宾客,该年轻男子当日越分而行、无理取闹,可能因生妒忌之心而暗中谋害。胡作宾拒不承认该案为己所为。狄公心下狐疑不定,仔细检查了案发现场并剖验了尸体,经过缜密调查和判断,终于确定死者因误饮毒茶身亡。狄公又从烧茶这一环节入手,进一步调查了事发经过。令人惊讶的是,最后断定新娘并非被人谋害。原来华家厢房的屋梁已朽坏,檐口正好是一条毒蛇的巢穴。有人在檐口下的炉灶烧水沏茶时,炉内上冲的热气吸引了毒蛇,蛇将头伸出巢穴,张开嘴,口中的毒液滴入水中。新娘的死因正是喝了用有毒的水沏的茶。③

有意思的是该案和亚瑟·柯南·道尔(Sir Arthur Conan Doyle)(1859—1930)所著的《福尔摩斯探案集》(Sherlock·Holmes·Abenteuer)中的"花斑蛇案"有惊人的相

---

① 《武则天四大奇案》第九回,第43页。
② 关于该案的始末以及最后如何破案,同上,第二十八回。
③ 《武则天四大奇案》,第十九至二十三回里对该案有详尽的叙述。

似之处①。而柯南·道尔算得上是西方文学史上最受欢迎的早期侦探小说家，其作品于20世纪初被译为中文，1911年后成为众多中国作家效仿的范本②。

与此内容相关联的叙述至小说前三十回即告一段落。在后面的章回中展现在读者面前的是完全另一个以"一代名臣"形象出现的狄仁杰。小说首先简要地描述了朝廷现状，叙述了武则天及其党羽如何篡权。武则天曾削发为尼，因获唐高宗宠幸复行蓄发，在唐高宗登基后被纳入后宫，并很快成为后宫中举足轻重的人物。她在毒害皇后之后开始参与朝政，深得倚重，等高宗驾崩之后，将继位的中宗贬至房州，降为卢陵王。武则天善于权术，取代李唐江山将武氏亲戚封为皇亲国戚，让其执掌朝政。小说所认可的武则天的唯一优点就是敬贤爱士。受益于此，狄仁杰升任为河南（首府位于开封）巡抚。在小说接下来的章回中，狄仁杰越来越多地以"清官"形象出现，并被百姓誉为"狄青天"，这部分不是写狄公如何断案，而是主要描写狄公如何挫败被武则天重用安插在首都的党羽。武则天的根基被逐步削弱，狄仁杰的"清洗行动"还延伸至武则天的私生活。武则天这位女皇帝在中国的历史和文学作品中不仅因其权欲更因其性欲而声名狼藉③。在这部作品中，武则天这一形象被施以如此浓墨重彩，其影射当时当政的慈禧太后的用意非常明显，因为该作品问世之时，正值慈禧太后垂帘听政、把持清王朝朝政。

中国的公案小说从初始到最终为世人所接受，此间经历了曲折的道路。狄仁杰这一中国古代法官形象在部分欧洲读者中或许比在中国本土读者中更为深入人心，这一点不得不归功于荷兰外交官、汉学家和翻译学家高罗佩的作品。在中国，狄公的知名度根本无法和包公相提并论。高罗佩在1940年代末翻译出版了《武则天四大奇案》的前三十回，命名为《狄公探案集》。在该书获得成功后，自1950年代起，高罗佩又自己创作了小说《狄公案》，即以历史事件为大致摹本参照狄仁杰其人生平进行了改写④。狄公案例汇编也被译成德语⑤。中国人似乎对高罗佩这个版本的狄仁杰颇感兴趣，又将其译为

---

① 参照亚瑟·柯南·道尔：《福尔摩斯六大奇案》(Six Great Sherlock Holmes Stories)，纽约：多佛(Dover)出版社1992年版，第39至59页。

② 在众多仿作者中，程小青以其侦探小说《中国福尔摩斯霍桑探案》而闻名。

③ 匿名撰写的《武则天外史》于1902年和关于狄公的小说同时问世，全书分二十八章回，汇集了武则天的众多轶事，以轻松随意的笔调讲述了武则天女皇的爱情生活。参见高罗佩在同名小说《狄公案》中第226页上的注释。《18世纪中国侦探小说的真实性》(An Authentic Eighteenth-Century Chinese Detective Novel)，由高罗佩翻译、作序并注释，纽约，多佛(Dover)出版社1976年版（根据1949年在东京未公开发行出版的版本；《狄公案：狄公三大谋杀案断案集》Dee Goong An: Three Murder Cases Solves by Judge Dee）。高罗佩英文版《狄公案》的德语译本，《狄公奇案》，格蕾特尔(Gretel)、库尔特·库恩(Kurt Kuhn)译，慕尼黑/苏黎世，德罗梅尔/科瑙尔(Droemer/Knaur)出版社1964年版。

④ 原作《狄公案》前半部和后半部的区别前面已叙。高罗佩改写了小说的前三十回，即狄仁杰得到提拔为止，他认为小说前三十回可视作独立的作品，后三十四回以武则天为中心，该部分作为补充，只能算是中流水平的作品。

⑤ 第欧根尼(Diogenes)出版社至少出版了十七种德语译本。关于对高罗佩其人及作品的详细评价，参见Janwillem van de Wetering：《高罗佩的一生与狄公》(Robert van Gulik. Ein Leben mit Richter Di.)，苏黎世，第欧根尼(Diogenes)出版社1900年版。

中文①。

关于彭鹏断案和狄仁杰断案的公案小说有一个共同的显著特点,即某一高官重臣被委派调查一系列案件,而这两部作品并非19至20世纪转折时期这类作品的唯一代表作。当时篇幅稍短的公案小说还有《李公案奇闻》②、《刘公案》③等,但就在当时的风靡程度而言,没有一部可以和上面所说的作品相匹敌,而且明显有仿作痕迹。

个别公案小说家在清末开始探索创作的新途径,逐渐摆脱纯粹的案例汇编这一文学形式,因为这类作品或多或少是一个个毫不相关的案例的堆砌,每个案件由一单独的探官负责侦破。逐渐有人开始尝试更多地将案件本身作为作品的中心,并深入剖析其潜在关联,注重对案件过程的描写,而关于案例说明的篇幅就明显减少了。

以案件本身为作品重心的公案小说,最著名的收录在吴沃尧(1866—1910)的作品里。我们在本书最后关于晚清批评小说这一章中将会读到,吴沃尧是晚清时期的一位多产作家,他在许多地方生活过,创作题材广泛,创作了众多针砭时弊的作品。他的公案小说《九命奇冤》④关注的并不是案件本身,他不是简单地将作案动机视为占有欲、复仇等,正如他所强调的那样,更多的是关注于当时人们封建迷信思想的陋习。案犯并不是没有罪责,但他们所犯下的事情可从另外一个角度加以审视。小说以1738年发生在中国南部广东省的一起真实谋杀案为背景,并有史可查。欧苏在这一案件过去几十年后,依据案发当地的报道和传言在《蔼楼逸志》一书中阐述了这一事件的背景⑤,后来在广东的"南音"歌谣中也可以见到对该案作案动机的叙述。吴沃尧创作的最重要来源可能是旧版《梁天来》,即1809年的《梁天来警富新书》,作者钟铁桥(化名安和先生)为该书作序。⑥

在钟铁桥以记叙手法写成的最初版本《梁天来警富新书》中包含吴沃尧在书中所写的所有细节。吴沃尧在小说一开头就把读者引入案件本身,这种叙述手法在当时是极

---

① 《大唐狄仁杰断案传奇》,甘肃人民出版社1986年版。
② 1902年出版,共三十四章回。此书讲述了静海知县李持钧的断案事迹,李持钧在历史上的原型为清末将领李秉衡,两次因帝国主义势力的干涉被罢官,最后自杀。
③ 共二十章回,根据1797到1804年间的手稿修订和编著,1903年出版。作品以历史人物、一代名臣刘墉(1719—1804)为中心。最新版的《刘公案》(人民文学出版社1990年版)讲述了刘墉审理山东巡抚国泰案。国泰贪赃枉法,并多次残杀为民请命告发他的人。刘墉在前往山东途中查清多起案件,终使国泰伏法受到处决。
④ 根据吴沃尧的《九命奇冤》修订编著,上海古籍出版社。小说分为三十六章回,1906年以连载小说形式发表于杂志《新小说》,后整理成书出版。
⑤ 欧苏的作品写于1794年,其卷五《云开雪恨》一条载此事甚详。参见罗尔纲《九命奇冤》一书附录中的"对九命奇冤的考证"节选,第187—197页。奇怪的是在当地有名的地方编年史中无该案的记载,但证实了涉及此案的凌贵兴和梁天来确有其人。罗尔纲早在19世纪30年代开始研究该案背景,并发现梁、凌两家直至他所处的时代(距离该案发生已经过去约200年)仍为世仇,两个宗族的成员禁止通婚。
⑥ 钟铁桥版比吴沃尧版略长,分为四十回。

为独特的。

"唏！伙计！到了地头了！你看大门紧闭,用什么法子攻打？"

"呸！蠢材！这区区两扇木门,还攻打不开么？来,来,来！拿我的铁锤来！"

砰訇！砰訇！"好响呀！"

"好了,好了！头门开了！呀！这二门是个铁门,怎么处呢？"

轰！"好了,好了！这响炮是林大哥到了。"

"林大哥！这里两扇铁牢门,攻打不开呢！"

"晤！俺老林横行江湖十多年,不信有攻不开的铁门,待俺看来。呸！这个算什么！快拿牛油柴草来,兄弟们一齐放火,铁烧热了,就软了！"

"放火呀！"劈劈拍拍,一阵火星乱迸。

"柴草烧他不红,快些拿木炭来！"

"好了,有点红了,兄弟们快攻打呀！"

豁剌剌！豁剌剌！"门楼倒下来了,抢进去呀！"

"咦！怪道人说梁家石室,原来门也是石的。"

"林大哥！铁门是用火攻开了！这石门只怕火力难施,又有什么妙法？"

"呸！众兄弟们有的是刀锤斧凿,还不并力向前,少停,凌大爷来了,倘使还没有攻开,拿什么领赏！"

"是呀,我们并力攻打上去,不怕他铜墙铁壁！"

……

"凌大爷到了！"

"凌大爷,这石室攻打不开,还求示下！"

"吓！你们在我跟前夸了嘴,此刻闹到骑虎难下,难道就罢了么？"

"大爷不要动怒！我老林还有一条妙计！"

"快点说来。"

"好在大爷不是要取他钱财……"

"我大爷有的是铜山金穴,要他钱财做什么？这个不消说得！"

"只要结果他一家性命,我老林还有一条妙计,不须打破他这牢房,便可以杀他个寸草不留！"

"也罢！我本来只要杀了他弟兄两个,怎奈他全不知机,只得一不做二不休的了！老林！你就施展你那妙计吧！"

> "兄弟们搬过柴草来，浇上桐油，就在这门前烧起来，拿风箱过来，在门缝里喷烟进去！阿七！你飞檐走壁的功夫，还使得么？"
>
> "老实说，我虽然吃了两口鸦片烟，这个本领是从小学就的，哪里就肯忘记了！"
>
> "既这么着，你上去把四面的小窗户，都用柴草塞住了，点上一把火。"
>
> "可以，我就干这个。"
>
> "凌大爷！这里有马鞭，你且坐在上风一边，看俺老林成功也！兄弟们快来动手！"①

对于习惯了中国白话小说严格的直线式和按编年的叙事文学的读者来说，这样的开头是别出心裁的，因为直到第十六回才补叙了这件命案的深层原因，而整个案件以对纵火和被围困在石室的罹难者痛苦窒息而死的描写告一段落。时间的跨度对于传统的小说已不再突兀，吴沃尧在小说中多处采用传统的写作方法，例如采用"延缓法"中断某处情节，通常用"原来……"开头，然后插叙在这之前已发生的关于另外一个人物的事件②。单纯从形式上来看，也可以把这样的开局理解为与故事本身相脱离的序言或"入话"。"南音"歌谣在时序的安排上也是将事情的经过部分安排在开头，吴沃尧很可能受此影响③。值得关注的是小说的开头不是叙述而是一段对话，更不同寻常的是，没有一句以"某人曰（或道）"开始，这显然是受到西方作家影响④。在对话形式的开头后，吴又回到了传统的写作手法上来，自己作为故事的叙述者身份出现，并把笔触转向读者：

> 嗳，看官们！看我这没头没脑的忽然叙了这么一段强盗打劫的故事。那个主使的什么凌大爷，又是家有铜山金穴的，志不在钱财，只想弄杀石室中人，这又是什么缘故？想看官们看了，必定纳闷；我要是照这样没头没脑的叙下去，只怕看完了这部书，还不得明白呢。待我且把这部书的来历，以及这件事的时代出处，表叙出来，庶免看官们纳闷。⑤

---

① 《九命奇冤》，第一回，第1页起。
② 在第十七，十八，三十一和三十五回中，吴沃尧采用这一文学形式实现时间跨度。
③ 参见吉尔伯特·方(Gilbert Chee Fun Fong)：《论〈九命奇冤〉在写作时序安排上的特征：西方的影响和本国的传统》("Time in Nine Murders: Western Influence and Domestir Tradition")，载米列娜·多列热诺娃·韦林格洛娃(Milena Dolezelova-Velingerova)：《19至20世纪转折期时期的中国小说》(The Chinese Novel at the Turn of the Century)，多伦多大学出版社1980年版，第121页。
④ 吉尔伯特·方在《论〈九命奇冤〉在写作时序安排上的特征》一书第123页中提到，吴沃尧的密友周桂笙在《新小说》杂志上发表了法国作家鲍福(原名Baofu, 音译)题为《黑色毒蛇圈》("Die schwarze Ringelschlange")的译文，其开头一章是以一位父亲和他女儿之间的一段对话开始的。
⑤ 《九命奇冤》，第一回，第3页。

这里,吴沃尧又放弃了开场白所采用的大胆写法,并在后面的章回中更多地倾向于传统写作手法。① 吴从发生在很久以前的故事讲起,解释了导致这起奇案的深层原因。梁、凌两家曾在广东省合伙开过绸缎铺子,凌宗客在别处发了一票横财后就退出,铺子归由梁家经营。凌宗客之子凌贵兴继承了父产,此人也就是后来"九命奇案"的主谋。梁家的两个儿子天来和君来继续从事绸缎生意,为了公平起见,付给凌贵兴一笔现银,只有一笔小的交易尚未结清(当然事先得到了凌贵兴的同意),这也成为了后来两家矛盾的导火索。凌贵兴决意通过科举考试使自己飞黄腾达。他自以为可以通过贿赂收买考官,加上有利的星相,以至于认为自己甚至可以中个解元,但发榜出来的消息令他大失所望,榜上连他的名字也没有。从取得功名的五个条件(命、运、风水、积阴功、读书)看来,他认为唯独缺了风水,于是又请来了马半仙,此人声称附近梁家的石室有碍他家的风水。梁家是凌贵兴的亲戚(梁、凌两家是姻亲),凌贵兴自认为石室的事商量一下不成问题,计划把这石室拆了。但事与愿违,因为石室是梁天来已逝父亲造的,梁天来恪守先父遗命,不愿变卖更不愿拆除。梁天来的儿子鲁莽地说不是什么风水使凌贵兴未能中举,而是凌贵兴不够用功、读书天赋不够。两家陷入了争吵。这件事的始作俑者是凌贵兴的叔父凌宗孔,他想出各种卑鄙方法,比如召来一帮人挖了梁家的祖坟,掘了梁家的棺材——这是对祖宗的大不敬。凌对梁家步步紧逼,毁了他家的鱼塘和庄稼,伪造了梁家欠债的借票,甚至殴打梁家兄弟。凌宗孔还充分利用当时的迷信思想("白虎守明堂,一岁几人亡"),在对着梁家石室明堂的土山壁上挂了一幅白虎画像。梁家只得在后墙上画了一只貔貅,用来克那只白虎。作者吴沃尧觉得有必要在此表明自己开明的观点:

> 看官!须知这算命、风水、白虎、貔貅等事,都是荒诞无稽的,何必要叙上来?只因当时的民智,不过如此,都以为这个神乎其神的,他们要这样做出来,我也只可照样叙过去。不是我自命写改良小说的,也跟着古人去迷信这无稽之言,不要误会了我的意思呀。②

梁家的女眷试图从中斡旋,凌贵兴的妹妹桂仙也对哥哥的行为感到羞愧来到梁氏家中,但最后白费周折,桂仙出于羞恼自缢而死。丧尽天良的凌贵兴却并不因为妹妹自

---

① 从和公案小说这类文学体裁的关系看,《九命奇冤》也有一系列和公案小说中相类似的人物,该书重要角色之一是一名乔装改扮的探官(即陈臬台)。
② 《九命奇冤》,第六回,第26页。

尽而有所触动,他眼里只有一个目标,就是要将梁家斩尽杀绝。因此召集了以林大有为首的一帮无赖对梁家下手。可是他们的阴谋被穷苦的乞丐张凤听到,张凤向梁氏兄弟报了信,起初没有人相信他,等到梁家兄弟有所警觉时却为时已晚。天来和梁家其他的男人决定逃走,认为女眷在家紧锁房门,应该不会遭歹徒毒手。不幸的是梁家的八名妇女都窒息而死,包括梁天来怀有身孕的妻子。只有梁的母亲凌氏死里逃生。小说接下来写了一帮腐败的官吏并没有查办这起一目了然的命案,也未将凶手绳之以法。黄知县被凌家收买,该案的主要证人张凤在公堂上陷入事先预谋的盘问而遭受夹刑,但张凤至死不渝,粉碎了凌贵兴企图收买他的阴谋。梁天来没有就此放弃,将诉状递交了两广总督孔大鹏,官兵包围了凌府,抓捕了七名案犯。由于此案重大,孔大鹏将其交由刑部审理,不久后被派往山东督工修理黄河决口。这下罪犯又占了上风,被贿赂的连太守把主谋和案犯全部释放,反而把梁天来收押起来,要办他诬告。凌贵兴胜券在握。

  这一天,天来有事走过双门底地方,忽然遇见贵兴,坐着一顶轿子,后头跟着两个小厮走过。天来故意回过脸来躲避,贵兴早看见了,喝令停轿。走下来,赶上天来,一把拉住道:"老表台,莫非又要到什么衙门告我么?"天来道:"告也使得,不告也使得,你休来管我!"贵兴哈哈大笑道:"梁天来,我告诉你,你想告我么?你会上天,便到玉皇大帝那里告我,你会入地,便到阎罗天子那里告我。你若是既不会上天,又不会入地,哪怕你告到皇帝那里去,也无奈我何!我明告诉你,事情是我做出来的,只是奈何不得我的钱多。我看见你因为和我打官司,衙门费也不知用了多少,把你的家产都用穷了,我觉得实在可怜!"说罢,叫小厮拿二百文钱,掼在地下道:"把这个送给你做讼费吧!我看见你精神颓丧,恐怕你忘记了,待我打起你的精神来!"说罢,举起手中的泥金折叠扇,向天来头上乱打,天来竭力挣脱。贵兴洋洋得意,仍旧坐上轿子,回到三德店。①

读者看到最后可以发现,凌贵兴这次过于自信了。梁天来谎称自己病危,争取了时间赶到京城,终于打赢了这场官司,使罪犯受到了应有的惩处。

---

① 《九命奇冤》,第二十八回,第140页。

中国皇朝末期的长篇小说

第三章 世界后面的世界
奇幻和现实的解读

## 一　神话、宗教和奇幻故事在早期小说中的综合描述

神灵悠然自得，还能呼风唤雨。

中国早期小说是按照时间和地点顺序，将当时历史背景下的世事作为叙述对象。如前面两个章节中对冒险、骑士和侦探所描述的那样，文学作品的描写重点不再是具体的某个帝王统治者或某个朝代的命运，而是对某个具体历史背景进行勾勒。这样至少会给读者传递一种幻觉，小说中的人物可以在现实中找到原型，因而故事情节确实是如此发展的。如我们所见，现实世事的描述常被奇幻和对超自然怪异想象的叙述所突破，读者要想在脑海中再现出完整的历史场景和令人信服的现实场景，是比较费力的。对此读者或许会直截了当地说，事情本该是这样或那样发展下去才对。

需要强调的是，我们这里要说的并不全然是现实主义或模仿现实主义这一定义。但我们认为，小说在布局和选择题材时和现实应该有合乎情理的内在联系。如果某个帝王统治者拥有至高无上的权利的话，在根据民间传说对其进行描述时，可以将其看作是连接天地间的纽带。但是一旦超自然的力量决定一切时，我们对包拯等类似官员具体办案的印象会大打折扣。

下面我们将从另一个角度来看这个问题，将神话、宗教和奇幻作为描述对象的中国叙事艺术，尤其是在后期出现的小说中所叙述的故事很难与历史史实相脱离，而纯粹去凭想象编造故事[①]。为了更好地了解明清小说，有必要简要回顾一下这类文学体裁的叙事形式和发展背景。

本章所要综合描述的中国叙事文学的面有意铺得比较开，目的是为了尽可能概括各种描写神话世界和超自然力量的文学形式。正如亚里士多德在他《诗学》（*Poetik*）一

---

[①] 中国文学在对这类综合描述的叙事文学归类上遇到了类似的问题。志怪小说这一术语的意思是"记录超自然的东西"，属于历史性体裁，以干宝等人为代表。鲁迅在其《中国小说史略》一书中提出了"神魔小说"这一概念，但与当时中国不同的思想和信仰流派是完全对立的。志怪小说和神魔小说可以统称为神怪小说，这一说法可以经常在中国出版的一些文集的书名中看到(参见林辰/段文桂主编：《中国神怪小说大系》，巴蜀书社 1989 年版，十卷本)。

书中所述,神话这一概念原来只不过是指一种叙事情节以及叙事结构,是与"理性"和"思辨性"文体相对的概念。在现代的文学评论中才更多地将神话定义为对历史、科学、哲学、现实的超自然或非自然和非理性反映①。与亚里士多德不同的是,这一定义将"神话"这一概念的涵义缩小为"对神灵的描述"。神话这一文学体裁的内涵要比人们通常认为的丰富得多,并不一定要以真实的神灵或神灵形象为前提,因而为超自然的、离奇荒诞的情节内容提供了广阔的创作空间②。每一部神话作品都是试图通过联系现实及现实人物的角色和地位来解释世界。神话可以传播一种文化的政治思想和道德观念,借助神话提供的体系,作者可以从一个更宽泛的视角阐述个人经验,作品中既可以有超人力量的干预,也可以有合乎自然和文化秩序的内容。③

中国神话是对超尘世人物的非经验性、非科学解释,在研究中国神话的过程中,有一点是引人关注的,即中国神话作品中缺少原创的神灵形象,而更多地来源于民间传说中根植的神魔形象④。中国没有对古代神话进行整理加工的明确记载,对此我们只能这样解释,中国没有像荷马(Homer)、赫西奥德(Hesiod)或奥维德(Ovid)这样的作家来复述并书面记录流传下来的神话。中国的神话分散在不同的文献中,作者写神话时撇开其本身的历史联系,只不过把它作为论据来论证自己的某一论点⑤。这种对神话素材轻率随意的处理方式最终导致相关人物形象缺乏准确性,神灵和传说中的人物似乎差别不大。尽管从理论上人们区分神话世界的天神和凡世的鬼神,但多数情况下,凡世的鬼魂可以升为神,相反神在传说中也可以丧失其原来的身份降为凡人。就取的人名而言,这些神话人物仍然家喻户晓,并成为以后文学创作的题材,但大多缺少具体的进化背景和有机的发展过程⑥。至于造成这种状况的原因,人们难以加以解释,只能根据自己的猜测。原因之一可能是受孔子的儒家思想的影响,儒家思想阐释了持家治国的伦理和实现安定的途径,排斥臆想和超自然。儒家思想重新强调了"贵族阶层"的重要性,排斥

---

① 参见雷纳·韦勒克/奥斯丁·沃伦(Rene Wellek/Austin Warren):《文学理论》(*Theorie der Literatur*),柯尼希施泰恩(Königstein)/Ts,雅典娜神殿 1985 年版,第 203 页起。

② 参见白安妮(Anne Birrell):《中国神话》(*Chinese Mythology*),巴尔的摩/伦敦,约翰·霍普金斯大学出版社 1993 年版,第 3 页。

③ 关于这一定义,参见威廉·G·多利(William G. Doly):《神话:神话和礼仪研究》(*Mythography: The Study of Myths and Rituals*),亚拉巴马大学出版社 1986 年版,第 11 页。

④ 沃纳(E. T. C. Werner)在其《中国的神话和传说》(*Myths and Legends of China*)一书中也提出这样的论断,乔治·哈拉普出版公司 1924 年版,第 60 页和第 74 页起。

⑤ 参见白安妮(Birrell):《中国神话》(*Chinese Mythology*),第 17 页;除了对各神话故事作出很好的归纳之外,白尚德(Chantal Zheng)还将《礼记》、《周礼》、《书经》等列为中国最重要的关于古代神话故事的典籍(参见白尚德:《中国古代神话》(法语)(*Mythen des alten Chinas*)弗兰克·菲德勒(Frank Fiedeler)译,慕尼黑,迪德里希斯(Diederichs)出版社 1990 年版,第 133 页起)。

⑥ 陈受颐在其《中国文学史述》一书中提出过这样的观点,纽约,罗纳德出版社 1961 年版,第 267 页起。

诸如神灵鬼怪的说法①。

奇幻文学可以理解为神话这种文学体裁的一个分支,最早可以追溯到中国古代的图腾崇拜。民间信仰受儒家思想所主张的理想境界的约束较小,因而对于怪异和超自然现象的兴趣得以在民间很大程度地保留下来。对闻所未闻见所未见事物的描述把人们的注意力集中到间接经验和与实际经历并不相符的现象上。奇幻文学为了达到荒诞离奇、鬼使神差的表达效果,较之神话更为超越现实。奇幻文学中较少记载事件而更多记载山川异物的第一部经典古籍是《山海经》。该书可追溯到公元前3到前4世纪,记述了大量的奇鸟异兽,直到最后才出现了带有人性色彩的"仙"的形象。②

当然,以上简短的引言部分显然不可能对神话、宗教、奇幻几大要素的中国古代小说的完整发展历程加以详细的描述。在汉朝灭亡后的公元3世纪,就出现了不同题材的作品,即志怪小说,这类以历史编纂为蓝本的鬼神故事根源于当时社会背景下盛行的宗教思想,但随后越来越多地受到传入中原的佛教思想的影响③。志怪小说最早最重要的代表作是干宝作于340年间的《搜神记》④。当时流传的这一类小说汇编还有很多,如曹操之子曹丕(187—226)所作的《列异传》。在这之后的作品还有吴均(469—520)的《续奇谐记》或王琰(也在5世纪左右)的《冥祥记》,带有明显佛教思想的痕迹。当时同样风靡的还有以道教为题材的作品。尽管在公元后的几个世纪中,已经有比较全面的神话奇幻故事汇编,但直到明朝这类题材才出现在较大篇幅的长篇小说里。中国较晚才出现神话小说导致了这类作品的早期代表作家受历史背景的影响并带有不同信仰流派的宗教思想。《西游记》叙述了佛教传入中国的艰辛历程,而《封神演义》更多则是一部关于神谱的神话史作品,在将故事情节移置到早期某个历史时期方面和荷马的《伊利亚特》(Iliad)很相似,其作品和历史的关联是可以考证的。撇开这两部中国小说本身的差异,它们都是以历史和民间的神话传说为摹本的,小说的情节不是围绕某一特定人物展开,而是通过普通人的行为展开的,这类人物通常处在某一历史背景下,人物塑造很大程度上由其所属作品的写作手法所决定。

---

① 相应的论述见记述孔子言行的《论语》。参见孔子的《论语》(中文),拉尔夫·莫里茨(Ralf Moritz)译,法兰克福(美因河畔),Röderberg 出版社 1983 年版,Ⅵ,22(第 67 页),Ⅶ,21(第 71 页)。如有疑问,参见赖讷·冯·弗兰茨(Rainer von Franz):《驯养幽灵》("Die Domestizierung der Gespenster"),载《袖珍汉学》(minima sinica),1994 年第 2 期,第 1 至 14 页。
② 对该处和带有奇幻因素的小说继续发展历程的全面描述参见 H. C Chang:《神话故事》(Tales of the Supernatural)一书的序约,纽约,哥伦比亚大学出版社 1984 年版,第 1 至 40 页。
③ 尤其是萨满教的巫术,参见陈受颐:《中国文学史述》,第 268 页。
④ 有关志怪小说汇编及其对中国小说叙事艺术的重要影响,参见肯纳斯·德沃斯金(Kenneth Dewoskin):《六朝志怪与小说的诞生》("The Six Dynasties Chih-kuai and the Birth of Fiction"),载浦安迪主编:《中国叙事体文学评论集》(Chinese Narrative, Critical and Theoretical Essays),美国,普林斯顿大学出版社 1977 年版,第 21 到 52 页。《搜神记》已有完整的英文译本(肯纳斯·德沃斯金/J.I. 克伦坡(J.I. Crump)译,斯坦福,1996 年版)。

不同的神话宗教小说和奇幻小说的写作目的和写作动机各有不同。小说《西游记》带有明显的喻意色彩，其他取材于佛教和道教教义的关于观音、禅宗祖师菩提达摩(Bodhidharma)和吕洞宾的作品很大程度上是以传教为目的的。而《狐狸缘》一书更接近奇幻小说，读者在阅读时可以明显感到作者叙述时的欣喜之情，而在清朝逐渐走向衰落时期的作品中，如《何典》，更关注政治社会问题。我们在这里探讨作者如何假借神话来委婉地表达其思想，其实很大程度上是为了追寻文化的同一性，这一点可以从李汝珍的《镜花缘》一书中看出。

## 二 《西游记》及其续本

中国古典四大名著中其余三部里的人物形象很少有像《西游记》里的那样深入人心。这可能是因为其中的情节很大程度上脱离了历史史实，而且故事围绕的中心不是一个带着沉重历史感的人物形象，而是一个动物——猴王孙悟空。那些平时喜欢看简易文学读本连环画的青少年读者，也会立即就喜欢上了这只活泼好动、用自己的智慧和力量击败对手的猴王。

当然，这些故事本身都是虚构的。《西游记》采用了游记小说的形式，主题是"探索和追求"，自然完全不同于儿童读物，更不能将其单纯地看作是提供消遣的读物。西游记仍是一部历史小说，如同我们之前已经熟悉的另外两部明朝的小说一样。然而叙述的并不是战争事件或是落草为寇的英雄好汉，而是讲一名高僧西行到印度天竺取经的故事。这位玄奘法师（约600—664）究竟是什么人？又是什么背景促使他踏上旅程的呢？[①]

玄奘早年见证了隋朝灭亡、经历了出现众多文化思潮的唐朝建朝初期，又看到了佛教传统重新复苏[②]。他和他的兄弟很小的时候便开始佛教修行，之后他们离开家乡洛阳，随后又从首都长安来到如今在四川省境内的县城，沿途不断寻找良师。关于宗教问题的各种不同观点虽然曾令玄奘感到迷惘，可同时也促使他慢慢下定决心，亲自去

---

[①] 关于玄奘法师的生平及其影响，我们首先参考了由他的弟子彦琮、慧立撰写的《大唐大慈恩寺三藏法师传》；还有一份令人印象深刻的资料是1929年由法国汉学家勒内·格鲁塞（Ren Grousset, 1885—1952）写的研究资料《西行之旅玄奘将佛教传入中国》（翻译：彼得·菲舍（Peter Fischer），慕尼黑，狄特里希出版社1994年版）；比较重要的新作品首先是A. L.迈尔（A.L. Mayer）；《玄奘一生及其作品》（*Xuanzangs Leben und Werk*），第二部分，威斯巴登1991/1992（乌拉尔—阿尔泰学会出版发行，34卷）和萨莉·霍维·里金斯（Sally Hovey Wriggins）；《玄奘：丝绸之路上的佛教徒》（*A Buddhist Pilgrim on the Silk Road*），博尔德，1996年；相比较而言总结性的论述还有池田大作（Daisaku Ikeda）；《中国佛教》（*Der chinesische Buddhismus*），黑尔加·特林德尔（Helga Triendl）英译，法兰克福/美茵河畔；乌尔斯坦出版社1990年版。

[②] 参见阿瑟·F·赖特（Arthur F. Wright）；《隋朝意识形态构成》（"The Formation of Sui Ideology"），第581—604页，载费亚清（John K. Fairbank）主编；《中国思想及其形成》（*Chinese Thought & Institution*），芝加哥，芝加哥大学出版社1973年版；A·F·赖特（A.F. Wright）；《唐太宗与佛教》（"T'ang T'ai-tsung and Buddhism"），载A·F·赖特、杜希德（A.F. Wright/Dennis Twitchett）主编；《透视唐朝》（*Perspectives on the Tang*），纽黑文，1973年版，第239至264页；斯坦利·温斯坦（Stanley Weinstein）；《唐代佛教形成中皇权的支持》（"Imperial Patronage in the Formation of T'ang Buddhism"），载同上，第265至306页。

佛教发源地寻找真知,并且带回一部完整的经书复本,这部经书就是著名的《瑜珈师地论》(Yoga-tschara-bhumi)。它在公元6世纪就已传入中国,但是却只翻译了部分章节。早在玄奘之前就有不少前往印度的朝圣者们,其中最有名的要数法显法师,他于399年到414年间游历了印度和东南亚,对佛教在中国的传播起了很大的作用。同他们一样,玄奘也抱着相同的信念,如果他能亲自前往印度的话,他就能带回完整精确的大乘佛教经典,如果不这么做的话,他甚至连将人民从愚昧中拯救出来的机会也没有了。尽管玄奘的理想高尚纯洁,然而却得不到当权者的赏识,因为在建朝初期这个动乱的年代里,当权者首要考虑的是边境是否稳固,根本顾不上给想要出国旅行的人签发通行证。629年,玄奘秘密地开始了他的旅行,他先来到吐鲁番(Turfan),然后经过库车(Kucha),撒马尔罕(Samarkand),最后到达摩揭陀国(Magadha)首都王舍城(Rajagaha)附近久享盛名的那烂陀寺(Nalanda-Kloster)。直到16年后,645年,玄奘才带着数百部佛教经文复本重新回到了当时中国的首都,并且在那里用自己的整个余生致力于这些经文的翻译。① 然而,玄奘这个人物形象留在后人的记忆中除了他的弟子们撰写的关于老师的生平传记之外,还有就是他自己写的《大唐西域记》一书,他在书中详细描述了佛教起源国的建筑物、纪念碑和各种风俗习惯等。② 各种关于玄奘的神奇传说由此传开,更是给玄奘法师的西行蒙上了一层传奇性的色彩;其中有一个版本把玄奘描写成是金蝉子的转世,据传他在西方极乐世界曾侍奉过佛祖,然而有一次在佛祖讲道训诫时他因一时开小差被暂时贬入凡间。③

玄奘法师由于其卓越的贡献被赋予"三藏法师"的称号(梵文中称为 Tripitaka),当然他的西行故事也随着各种各样的传说逐渐丰富起来。长期远离家乡、旅行中跋山涉险、孤游沙漠前往异国他乡——这所有的一切甚至给那些想象力不是很丰富的人提供了叙述精彩故事的丰富素材。与此同时,冒险和传奇小说的形式也不断发展,后来的作品中大多只保留了很少的历史内核,而将故事的叙述重心移向传奇、冒险和冒险者。这些在玄奘法师身上同样如此,据977/78年汇编的《太平广记》所记载,最晚于7世纪末期,以玄奘西天取经作为素材的口头文学已在民间流传。即使在南宋时期汇编整理而成的诗文《大唐三藏取经诗话》中,唐僧这个角色的重要性至少还能与他的猴子徒弟平起平坐,然而到了16世纪末期出版的小说里唐僧居然成了一个道德败坏的次要人物,

---

① 因此玄奘在日本被奉为法相宗(Hosso)的奠基人,同时也是日本另一对应宗派唯识宗创始人。
② 唐僧玄奘这个人物以其现实与小说中截然不同的内涵特点吸引了后代的很多传记作者和小说家。试比较参见与《西游记》同时期出版的《唐僧出身全传》,作者杨致和于16世纪末撰写,收录在1730年出版的早期版本中。(此文与《四游记》一书相呼应,讲述了取经者从四个方向通往天国之路)此外还有广东朱鼎臣编撰的《唐三藏西游释厄传》。
③ 《西游记》第八十一回中可以看出三藏的前世是如来佛祖的门徒。

并成了一个受人讽刺的佛教徒。猴子这个角色在《大唐三藏取经诗话》①中是作为这群取经者的保护者登场的,保护他们免受妖魔鬼怪的袭击。而猴子这个形象与之后《西游记》中的"孙悟空"已大不相同,尤其是在反叛性方面。从作为保护者的作用来看,《大唐三藏取经诗话》中的猴子似乎与印度教传说《罗摩衍那》(Ramayana)中率领猴群帮助萨拉王长子罗摩(Rama)的猴王哈努曼(Hanuman)十分相似。此书中,作为取经先驱的沙悟净也以"沙僧"的名字登场,只是第三主人公的猪八戒却还尚未登场。与上面提及的那些由玄奘弟子们所著的玄奘传记不同的是,《大唐三藏取经诗话》几乎很少关注那些历史地点和人物的描写,却对与妖魔鬼怪的搏斗十分感兴趣。此外与《西游记》不同的是——《大唐三藏取经诗话》用了相对更多的篇幅写他们师徒一行从天竺返回途中的经历。这些故事来源于14世纪的一些百科史料汇编或者教材中提到的只言片语,还有各种各样的断简残编,可以这么推测,在《西游记》成书200多年前就已诞生了这部详细完整地叙述西天取经的小说。②

在小说发展的同时,舞台戏剧表演也逐渐从三藏西天取经的故事中汲取了素材和构思。③ 在元朝向明朝过渡时期,这个不同凡响的人物角色和情节出现在一部共二十四幕的杂剧中,这部名为《西游记》的超长杂剧很好地描述了唐僧及其徒弟一行西天取经的故事。猪八戒这个角色也终于在此剧中粉墨登场。④ 除了唐僧师徒一行全部的取经历程之外,作品中这几个传奇人物,尤其是孙悟空分别成为小说和戏剧中的主要角色。⑤

遗憾的是,众多关于《西游记》的文学记载及其他版本居然在几百年间全部失传。由于这部作品在宗教及神话领域展现了丰富的多样性,有些读者甚至无法相信,这么一部长篇巨著居然是一位作者所写。联系之前我们就已提到的《三国演义》和《水浒传》,中国的文学历史小说有这么一个倾向,那就是一部作品只跟一个作者有关系。

---

① 仅仅十七章回的《大唐三藏取经诗话》在篇幅上远远少于日后的小说版本,内容上大概只有后者的2%。这两个小说版本都曾在日本以高山寺版本发行(与日本京都的名胜古迹高山寺同名)。

② 在上述提到的那些不完整的史料中,有一篇约1200字的文章出自《永乐大典》。《永乐大典》成书于永乐年间(1403—1424),是一部辑录了中国古代各类百科的综合性类书。此外还在一部公元14世纪的朝鲜教科书——《朴通事》(Pak t'ongsa ŏnhae)中发现用白话文写的关于三藏的史料,其中有两篇都是关于三藏的取经之路。相关的轶事在《西游记》第四十四至四十六回中可以找到对应的情节,只改变了姓名称呼(参见杜德桥(Glen Dudbridge):《〈西游记〉:中国16世纪古代小说研究》(The 》Hsi-yu chi《. A Study of Antecedents to the Sixteenth-Century Chinese Novel),剑桥,剑桥大学出版社1970年版,第67页)。

③ 杜德桥认为,杂剧《西游记》(第75页起)中引出了6个剧本,是日后小说的先行者。

④ 关于这部杂剧请参见杜德桥:《西游记》剧本,第84页;还有《西游记》小说序言,余国藩(Anthony C. Yu)编:芝加哥/伦敦,芝加哥大学出版社1977年版,第12页起。

⑤ 杜德桥认为,举例来说,《西游记》中第129—138页就引用了许多关于孙悟空的杂剧内容。

《西游记》与上述几部作品的情况几乎一样。经过数十年的广泛查证,证实吴承恩就是《西游记》的原作者。但所有这些考证的结果至今仍然无法消除人们的疑问。① 当然有一点是毋容置疑的,吴承恩肯定以某种方式参与了《西游记》成书,所以说要是否定吴承恩是该书作者的话,显然对他有些不公平。② 至少在明末时期吴承恩的名字就已经出现在江苏淮安当地的一份小报上。据说吴承恩于 1506 年出生在淮安,据这张报纸上的消息,认定吴承恩为《射阳先生存稿》及《西游记》的原作者。③ 此外,吴承恩及《西游记》书名也在 19 世纪末期被一起列入清朝藏书家黄虞稷所著的《千顷堂书目》。

那么这位吴承恩到底是谁呢?公元 16 世纪初他生于一个小商人家庭,自幼好学,聪明颖悟,兴趣爱好十分广泛。之后他去家乡的一个学堂求学,所写的散文和作业令老师和学习资助者印象深刻。吴承恩很早开始就热衷于白话文写作,并在这些作品中挑选了一部分成集,名为《禹鼎志》,可惜此书已经失传。尽管吴承恩的文学才华令他受到当地一些颇有影响力的权贵的赏识,并因此不断出版文集和给别人的作品作序,可是他在科举考试中却一直不如意。直到晚年 60 岁才得到一个小官职。此前在他 45 岁左右曾得到一笔津贴上京,在那里结交了许多当时著名的文人,如徐中行(1517—1578)和何良俊(1506—1573)。如上所述,尽管吴承恩在那时已是一位诗人和散文家,然而仍没有证据表明他与《西游记》一书有联系。如果他确实是小说的原作者或编者的话,那么可以这样说:小说直到 1570 年还未成书。④ 可是这又再一次给予了其他假设更多的推测余地,根据小说里的某些特定内容,判断原作者应该生活在 16 世纪中末期。小说中经常抨击深受道教影响的封建统治(第二十七—三十九回,四十四—四十六回,七十八—七十九回),因此人们总是将其与明朝的嘉靖皇帝(1522—1567)联系起来,他是道教的忠实信徒,曾经也做过和小说中比丘国皇帝类似的事情,企图将上千个童子作为祭品使自己长生不老(第七十八—七十九回)⑤。直到 19 世纪,吴承恩才被普遍认可为是创作《西游记》的原作者。他生命中的最后几年一直过着隐居的生活,据推测,他弃官后回到家乡淮安,一直到 1582 年去世。

与同时期的其他以三藏取经为题材的小说相比较,《西游记》很明显是一部独一无

---

① 浦安迪的《明代小说四大奇书》(第 187 页起)中也质疑了吴承恩究竟是否小说原作者。
② 柳存仁的一部令人印象深刻的吴承恩研究作品:《吴承恩评传》,出自《通报》第五十三卷,1967 年,第 1 至 97 页。
③ 参见余国藩在《西游记》译本序言中的原文,第 16 页。
④ 参见柳存仁在《吴承恩》第 59 页中的结论。
⑤ 参见《西游记》译本后记,詹纳(W. J. F. Jenner)译,北京,外文出版社 1990 年版,第三卷,第 635 页。在这里以及后文中所讨论的都只是这个版本。《西游记》中文原文,人民文学出版社 1984 年版。

二的具有时代烙印并且集各家之长的著作。人们无法通过一些细节上出现的分歧来驳斥到底是单独一人还是几个人共同完成这部作品的。① 单就《西游记》本身超长的篇幅来看,就让人不禁猜测:写这样一部长篇巨著要花多少年时间啊。而且在这么长的时间里,很可能作者已经无法完整清晰地回忆出故事中的某一个或者某几个事件。从围绕中心人物的整个布局和构思来看,不难推测出故事中的社会背景正是当时逐渐走向灭亡的明朝。同时期的小说没有一部像《西游记》那样在16世纪的中国敢于表达无神论的思想。王阳明以他的代表作《传习录》向中国传统思维模式发起了挑战,他提倡要以个人为中心,以及李贽对《论语》和《论语》中道德思想提出质疑,他们两人只是当时历史精神发展的重要代表,然而这两个人并没有真正得到人们完整的理解。我们设想吴承恩是《西游记》的原作者,是估计他当时生活在一个特殊的时期,那时很多原本曾经被认为可靠合理的事情突然间受到质疑。《西游记》中木偶般登场的人物与对真实性的讽刺体现了作者"嘉年华般的世界观"②,有点类似拉伯雷的作品《巨人传》(*Gargantua und Pandagruel*)③。

《西游记》这部书于1592年由世德堂出版,共二十卷一百章回,④距离人们推测吴承恩去世将近9年时间。小说的语言通俗,风格简洁,说明了作者或者说出版者在编写过程中的深思熟虑。尽管作品结构比较松散,但对以后人们对小说情节的补充自然带来了很大的方便。让我们来看一下作品的整体结构,值得注意的是这部百章回小说正好对半分成了两部分,其标志就是第四十九/五十回中的过河情节。作为交通工具的海龟在第九十九回里再次出现。此外,其他在第二部分开头出现的各种细节也都可以在小说的开篇找到出处,比如两个神灵偶像哪吒和李天王。作者在每隔十个章回还专门写上一段序,以此与前面的紧张情节进行连接,所以小说里的某些主题在每十章回里都很有规律地不断出现在相同的位置上:比如关于性方面的描写,经常出现在每十回的第三

---

① 刘一明(1734—1820)在他的《西游原旨读法》中也指出这一问题。他提出,三藏的出生日期与他为父母报仇以及开始写《西游记》的时间不能相互吻合。(参见刘一明:《西游原旨读法》,载罗尔斯顿(Rolston):《如何阅读中国小说》(*How to Read the Chinese Novel*)第304页起)。

② 这一短语来源于米哈伊尔·巴赫金(Mikhail Bakhtin)的《杜斯妥也夫斯基诗歌中的问题》(*Problem of Dostoyevsky's Poetics*),明尼阿波利斯,明尼苏达大学出版社1984年版,第158页;试比较该作者的另一部作品《拉伯雷和他的世界》(*Rabelais and His World*),海伦妮·伊斯沃斯基(Helene Iswolsky)译,布卢明顿,印第安纳大学出版社1984年版;嘉年华与《西游记》之间的联系参见 Zuyan Zhou《嘉年华在〈西游记〉:从小说中的节日看历史文化》,Clear,第十六卷,1994年12月16日,第69至92页。

③ 参见刘述先(James Shu-Shien):《〈西游记〉中的神话和喜剧因素:追求平行》,文学博士,印第安纳大学1972年版,可以进行比较的还有《哈克贝利·费恩历险记》(*Huckleberry Finn*)和《唐吉诃德》(*Don Quixote*)。

④ 《西游记》小说总共一百章的章回数在之后重印版本中一直被保留下来,直到19世纪,只改变了部分分法(参见浦安迪在《明代小说四大奇书》第525至530页中的阐述)。

第四回里。① 各个事件和冒险历程总是在二至四回里加以重复描述。② 其中一个不寻常的特点就是在《西游记》每十回的第二第三回之前有一个前置的章节作为引言。比如对于在女儿国经历的描写（第五十四—五十五回）时，前一个章回就叙述了师徒几个人的不幸"怀孕"的经历，以此作为铺垫。而作者在文中比较笼统地划分章节也直接影响到整书主体部分的确定。关于这点长期以来都很有争议，到底是第九回，第十二、十三回又或者是第二十二回里，集齐全体师徒才算是主体部分的开始？《西游记》中的每一回前面一段详细引入正题的话头，远远超过了《西游记评话》小说里"入话"序言的通常篇幅。此外，小说的结构和引文也与某些具体数字有紧密的联系，很有意思的是，这里"九"这个数字扮演着十分突出的角色，和在但丁的《神曲》里具有相同的意义。这些前去西天取经的一行人历经九九八十一难关，到了小说九十九回才终于取到了真经。此外，"九"这个数字还一直被用来形容里面的人物角色，比如八十九／九十回中出现的"九灵元圣"和"九头驸马"。

令人惊讶的是，像《西游记》这样一部极富想象力的作品，在一些人物和场景的设定上却是一成不变的，同一人物和场景总是反复出现，比如上面提到的哪吒和李天王的前后数次登场就是很好的证明。同样的还有武将代表"二郎神"，他在第六十三回里也再次登场。人们完全可以这样推测，作者让这些角色重复出现，旨在增加主要角色的出场密度，然而对于旁枝末节的叙述还是远远超过了对单个主要角色的描写。次重要角色也常常会不止一次出现，包括那些形形色色的妖魔鬼怪也同样经常出现在小说中。此外，旅途中的景色描写也并非那么丰富多彩，所有的景物描写基本只局限在山、河、洞穴之类等常见的地理场景，这显然是想特别强调他们师徒几人在取经的往返旅途中周而复始的所见所闻，同时也包含了非常明确的寓意。一部真正的旅行小说则与此相反，应该侧重于再现细节、地点场景和沿途经历。③

中国早期小说的一个显著特点，就是在故事开篇描写天上的神仙，他们对凡间众生有着重大影响。人们一直追求他们那些凭凡人力量永远无法获得的力量和权力，借助尘世变换来想象天庭法纪，或者实现自己的愿望，并以此推动情节发展。当然，《西游记》也无例外地给读者描绘了神的创世过程。④ 人类是置身于一个宇宙万象循环的终点，那里的一切都处于黑暗之中。在人类走向一个崭新而又充满光明的循环过程中，盘

---

① 参见浦安迪《明代小说四大奇书》第204页。小说中的第二十三回，五十三—五十五回，七十二—七十三回，八十二—八十三回和九十三—九十五回都涉及这方面描写。
② 更详细的论述参见同上，第207页。
③ 具体个别形式的描写参见浦安迪《明代小说四大奇书》，第216至219页。
④ 之后的描写参见小说第一回。

古造物取得了成功。他首先开天辟地,然后赋予人和动物以生命。创造人类之后出现了三帝,负责管理世间万物的运行规则,还有五侯,负责制定道德准则。随后地球被划分成四大洲,每个洲代表一个天庭方位,在东方大洲上的一片海洋里有座花果山,山里有一块充满了神秘力量的石头,他长年吸收日月精华,并最终从里面蹦出来一只猴子。这里我们可以看到中国古代名著之间的关联性,《红楼梦》开篇同样描述过一块起着关键作用的神秘石头。猴子长大之后在山的瀑布后面发现了花果山的仙境——水帘洞,并且成为猴群首领,日后那里也成为了他的家乡。猴王想要过像天庭那样各方面完全不受束缚的生活,可是他不久就发现,只要他和他的猴子猴孙们不像天庭仙人那样拥有不死之身,那他们的寿命总是有限的。有一只聪明的猴子知道如何行事,他告知猴王说在人间生活着佛和圣者已从六道中得到了解脱。猴王当即决定上路去寻找他们,希望找到长生不老的秘诀。之后他来到南方的赡部洲(Jambu-kontinent)拜师学艺,虽然慢慢学会了人类的语言和习惯,却一直没有找到不死秘诀。最后他在西部大洲上遇见显灵的须菩提(Subhuti),赐予他长生不老以及法名孙悟空。这个名字听起来颇具佛教色彩,如同梵文 Sunya(空)、Sunyata(空性)和 Maya(幻)的意思,指一切事物和生理现象皆空和其物质外在,是玄奘所属的瑜伽行派的一个重要概念。"空"这个概念和与此相关的心灵熏陶或者说"修心",对道教信徒来说也并不陌生。

  自从 20 世纪初胡适提出了具有开创性的观点以来[①],对孙悟空这个猴王形象的来源和其影响提出了很多质疑。当时人们普遍接受胡适得出的结论,即孙悟空这个形象的前身来源于公元前 4 至公元 2 世纪间出现的著名印度史诗《罗摩衍那》中的神猴哈努曼(Hanuman)。[②] 故事叙述的是神话英雄罗摩(Rama)的妻子被邪恶国王拉瓦那(Ravana)拐骗幽禁。经过和国王多次交战后,最后在哈努曼和众猴的帮助下,打败了拉瓦那,赢得美人归。然而对此结论,中国国内一直有人持反对意见,他们始终认为吴承恩和他之前的作者并不熟悉印度史诗文学。[③] 为此批评家总是能从中国源远流长的小说史里找到猴子这一形象本土由来。此外争论的焦点还在于"白猿"这个形象,在公元前 3 世纪的《吕氏春秋》里就将其作为例子引证,它身上具有一定的超常能力,楚国宫廷侍卫们都对它无可奈何,可是最终射手杨戬换准了它的行动方向,先发制人,将它射杀。[④] 白尚德(Chantal Zheng)根据以上所述推断猴子与新世纪开始有一定关联。之后

---

① 参见胡适《西游记考证》1923,出自《胡适文存》,台北,远东图书公司 1953 年版,第二册,354 至 390 页。
② 参见此项研究主题活动"关于文学与社会的跨文化研究"(Interkulturelle Studien ueber Literatur und Gesellschaft),1995 年 5 月莱顿大学,主题:"中国与印度备受赞扬的猴子"。
③ 参见夏志清在《中国古典小说史论》中的相应描述,第 153 页。
④ 参见《吕氏春秋》,卫礼贤(Richard Wilhelm)译,杜塞尔多夫,狄特里希 1979 年第 428 页。

杨戬在楚国的地位几乎与传说中射下了九个太阳恢复世界秩序并且标志新世界开始的神射手后羿平起平坐。① 此后从汉朝开始，小说又开始描写白猴这个角色，它总是以强抢民女的形象登场，硬是附加上了与淫欲有关的内容，②此外也将其与"忠诚"与"难以控制的力量"联系在一起。③

原先相互间毫无关系的哈努曼和白猴有可能成了小说《西游记》的源头，在小说中均可以看到两者的影子。事实上，孙悟空和哈努曼作为保护人所具有的各种能力也存在许多共同点（哈努曼像孙悟空一样，都能瞬间越过十万八千里，它也可以变换不同身形并且钻入敌人的身体里，等等），此外，在作为一个失利者形象方面，它和白猴也有许多相似之处。然而在小说中，孙悟空个性中至少有一点同白猴相区别：尽管孙悟空一开始狂妄自大，暴躁顽劣，可是经过教导感化，他最终成长为一个出色的人物，而白猴却始终是一个强盗怪物，并且最终被消灭。

此外，杭州城边被包围在群山中的灵隐寺也和《西游记》中的猴子有着莫大的联系。传说灵隐寺的建寺者慧理（大约于330年去世）和一只猴子一起从印度游历到中国（据说猴群当时就生活在杭州城附近）。慧理法师的随从猴子也像孙悟空一样有超人的功夫，然而与玄奘相反的是，慧理法师的旅程是由西向东。然而两个故事的结局都一致，慧理最终也登上山巅，进入天庭，拜见释迦牟尼菩萨。④

说完这些开场白后，接着让我们来了解一下《西游记》的大概内容。从故事一开场，就可以看到孙悟空的一些亵渎神灵的行为：做大王后不久，孙悟空便不再满足于花果山上和他的猴群们无忧无虑的生活了。他把自己和猴儿们的名字从地府阎罗王掌管的生死簿上抹去，执意追求永生，具有讽刺意义的是，他并不是采取和平方式或者通过自身努力修炼，而是强取豪夺。

孙悟空在地府的所作所为天庭当然不可能不知道，神仙纷纷向玉皇大帝抱怨这位猴王，最后玉皇大帝下令将其逮捕。只有太白金星提议赦免孙悟空，他建议说，猴王对成功炼丹起了无与伦比的巨大作用，为此他可以免于一死。由于天国的这一系列绥靖政策，猴王开开心心地接受了天庭的一个职位。可是由于狂妄自大，他不断逾越自己的

---

① 参见 Zheng《古代中国之谜》(*Mythen des alten China*)，第51页。
② 参见杜德桥：《西游记》第114至128页，书中对此有更详细的阐述。
③ 参见两部关于猴的文献《此猴如何走向灭亡》("Wie ein Affe sein Leben zum Opfer brachte") 以及《猴与鹰的战斗》("Der Kampf zwischen einem Affen und einem Falken")，载《中国古代动物史》(Altchinesische Tiergeschichten)，安娜·罗陶舍尔(Anna Rottauscher)译，维也纳，柏林，Paul Neff 1995年版。
④ 参见迈尔·谢安(Meir Shahar)：《灵隐寺的猴门徒以及孙悟空原型》("The Lingyin Si Monkey Disciples and the Origins of Sun Wukong")，载《亚洲研究之哈佛周刊》(*Harvard Journal of Asiatic Studies*)，51，1(1992年)，第193至224页。

职权范围，与各神仙为敌。

群猴为此时常与天兵天将展开搏斗，由于猴王和他的猴子猴孙们在战斗中无往不胜，对手只剩个别几位将士前来作战，在绝望之时，玉皇大帝向如来佛祖求援，如来佛不喜欢使用暴力，他想通过一场比赛找到战胜孙悟空的办法。孙悟空由于极度的权欲和他的盲目自信，最后还是受到了惩罚，他在失败之前甚至还敢口出狂言：

> 我本天地生成灵混仙，花果山中一老猿。水帘洞里为家业，拜友寻师悟太玄。炼就长生多少法，学来变化广无边。因在凡间嫌地窄，立心端要住瑶天。灵霄宝殿非他久，历代人王有分传。强者为尊该让我，英雄只此敢争先。①

孙悟空反叛天庭，并且甚至想要夺取玉皇大帝的皇位。如来佛祖和孙悟空的比赛其实很简单：猴王只要能从佛祖的手掌中跳出就算赢。孙悟空接受邀请，纵身跃出，来到五根肉红柱子处，不久他马上发觉，那五根肉红柱子不是别的，正是如来佛的手指，自然输了比赛，并且从此被压在五行山下。

关于小说开场的简短概括已经能使读者对这部小说有一个大致印象。有意思的是，小说里的天国被描绘成一个毫无乐趣、沉闷乏味又极其独裁的地方，从所执行的惩罚也可以看出，那里的统治十分残酷。唯有蟠桃园展现出一点天堂般的感觉，仿佛一个独立于天庭之外的田园乐土。比起天庭的其他地方，蟠桃园似乎和花果山更相似一些，这也是为何众多住在天国的人纷纷想逃往蟠桃园居住的原因。对道教（玉皇大帝、老子）和佛教（菩萨）圣人们来说，居住在天国正是他们的理想之地，而在凡间是找不到这种地方的，这一点与基督教徒的看法是一致的。然而在小说中没有一个神仙圣人扮演了中心人物角色。比较不同的是观音菩萨（在梵文佛经中称为 Avalokiteshvara），在大乘佛教中，他起初是代表男性形象的千手观音，但在中国人的观念信仰中逐步被赋予越来越多的女性特征。因此在《西游记》故事里，神、人、兽三者中占据中心地位的不是佛祖，而是观音菩萨。她同时也是三藏的保护神，这一点与希腊神话中的女天神雅典娜（Athena）和希腊英雄奥德修斯（Odysseus）的关系相类似。观音以谦逊自然的形象接近故事中的每一个角色，直到今天，还一直受到广大民众的尊敬。②

---

① 《西游记》第七回。
② 参见傅述先(James. S. FU)：《寻找神话与喜剧因素：通过唐吉诃德和哈克贝利·费恩看〈西游记〉》(*Mythic and Comic Aspects of the Quest: Hsi-yu chi as seen through Don Quixote and Huckleberry Finn*)，新加坡，新加坡大学出版社 1977 年版，第 28 页起。

通过佛祖制服猴王的那一幕中可以发现，天庭众神仙的意愿逐步浮出水面。佛祖认为南赡部洲（梵语 Jambu）的道德状况值得担忧，而挽救这一局面的唯一方法，就是制定一系列的佛教规范准则，并将这些规范准则附之实施；其中有"律"（Vinaya），就是指"戒律"，针对天庭；"论"（Sastra），针对凡间；"经"（Sutras），负责降服安抚妖魔鬼怪。而寻找一位在凡间致力于这些文献工作的人的重担就落在了观音菩萨的身上，她将目光投向凡界并最终找到了玄奘来完成这一使命。故事中为了使主人公的命运更加跌宕起伏，设定为，玄奘的父亲陈光蕊被歹徒所杀，母亲殷温娇被劫持。在和外公殷开山一起为父母报仇以后，玄奘回到了寺院里，过着潜心修佛的生活。①

接下来的几个章回中的中心人物就是唐太宗（626—649）这一人物形象，在他的帮助下社会顺利完成了向带有政治色彩的宗教大背景的过渡，并且促成了唐僧的印度之行。之后，作者用极富想象力的语言描写了唐太宗的地府之行，将其在地府的困顿境遇和宗教信仰问题生动地展现在读者面前。由于唐太宗的疏忽大意，违背了和掌管降雨降水的泾河龙王之前的约定，没有阻止处决犯了死罪的龙王。因此已被斩首的龙王鬼魂夜夜在唐太宗的梦里索命，要求他去阎君所在的地府一同解决此事，幸好观音菩萨赶来驱逐了龙王的鬼魂。尽管如此，唐太宗还是病魔缠身，没过多久就奔了黄泉。所幸在他赴黄泉前魏征让其随身携带书信一封，在地府交与在阴司执掌生死文簿的酆都判官，此判官生前与魏征相交甚好，会念及其情分，让唐太宗还阳世。因此酆都判官私自在生死簿上为唐太宗增加了二十年阳寿，助其顺利还阳。然而其重回人间之路却绝非儿戏，其艰难好比当年海因里希四世的卡诺沙忏悔之行（Canossagang）。② 唐太宗必须穿越整个阴间地府，经过十八层地狱以后被人领过奈何桥。在这个旅途中他总共受到两次实际的攻击，一次来自于其兄弟李建成和李元吉，向他索命；另一次是在回阳世的必经之路"枉死城"中遭遇饿死鬼。最后他被带到"六道轮回"，并且穿过"超生贵道门"重返人间，在那些认为他已死的人们为他准备的灵柩中苏醒。为了表达对自己死而复生的感激之情，唐太宗下令大赦天下，向众神表明自己的慈善仁爱之心。同时下旨修建寺庙，并出榜招僧，修建水陆大会，超度冥府孤魂。然而唐太宗的计划却遭到朝廷中一批德高望重的道教卫道士的反对，他们认为世间并无佛，不应修建寺院宝塔。其中太史丞傅奕（555—639）上奏说：

---

① 在1592年《西游记》第一版和之后的几个版本里缺少了详细描写陈光蕊之死的第九章，却由于某些因素又出现在1662年的《西游记》缩略版本中。

② 1077年海因里希四世的卡诺沙忏悔之行（Bußgang nach Canossa）成为历史上德意志王室权力屈服于教会权力的象征。——译者注

> 西域之法，无君臣父子，以三途六道，蒙诱愚蠢，追既往之罪，窥将来之福，口诵梵言，以图偷免。且生死寿夭，本诸自然；刑德威福，系之人主。今闻俗徒矫托，皆云由佛。自五帝三王，未有佛法，君明臣忠，年祚长久。至汉明帝始立胡神，然惟西域桑门，自传其教，实乃夷犯中国，不足为信。①

最终唐太宗驳回反对派的提议并且授玄奘大阐官爵，择日开演经法。与史实不同的是，在小说中，唐太宗被美化成佛教的倡导者，将重要使命托付与玄奘，命其前往西天取经，与我们之前所说的历史事实是不相符的。事实上当年玄奘和尚费了九牛二虎之力，疏通了众多关节，才得以越过边境前往印度。

在小说中，观音菩萨也在长安城现身显灵，指定玄奘和尚为前去西天取经的最值得信赖和最合适的人选。因此项任务，同时授予其"三藏"的法号。至此，带着唐太宗皇帝的祝愿，玄奘踏上了取经之路。可是他势单力薄，在旅途中无法独自与各种邪恶势力抗争，坐骑和两名随从陆续被抢夺杀害，也就在这个时候，孙悟空一声声唤着"我的师父来了"，并且让唐僧助其从五行山中脱困。日后孙悟空的故事在世界一些地方的民间流传，受到人们的朝拜，直到今日仍然深受爱戴。② 然而小说中在他和唐僧一同踏上西天取经之路后，由于他对人命的轻忽，很快导致了他们的第一次冲突。一次六个强盗袭击他们师徒，孙悟空毫不犹豫地将几个行凶的歹徒杀了，被唐僧责备，说这样是造孽，会影响他的修行，之后又进一步声称孙悟空的内心没有一点同情和善良。而如我们所见，相比自身内心达到圆满，孙悟空更看重权力和成功，他争辩说当年他在花果山做大王的时候，取的性命不计其数，这才获得了一个"齐天大圣"的称号。感觉自己受到侮辱的孙悟空离开了唐僧一段日子后又自愿回到他身边。其间，观音菩萨曾现身唐僧面前，交给他一个有魔力的金箍，用来管教孙悟空。这个金箍戴在头上以后，只要一念咒语，就会越箍越紧。可是由于唐僧太过任意滥用紧箍咒，渐渐磨灭了这个人物形象身上善良的闪光点，成为神权的代表，以至于根本无法表现其原型玄奘法师在史实中本该有的人格魅力——如果我们相信史书记载的话。之后唐僧原型还被描述成"虔诚、勇敢和优雅的男人"，据说还具有"智慧的好奇心"。③ 而在民间流传的版本恰恰缺少了这一智慧的特征，包括小说中的描写也是如此。这也造成了唐僧在完成这项西天取经事业过程中总是缺

---

① 《西游记》第十一回。
② 参见艾伯华(Wolfram Eberhard)：《中国17至19世纪小说》("Die chinesische Novelle des 17—19 Jahrhunderts")，《亚洲艺术》(Artibus Asiae)增补四，阿斯科纳，1948年版，125页和第147页起。
③ 参见夏志清：《中国古典小说史论》第145页。

乏勇气和决断力,而这对完成西天取经这一任务是必不可少的。他在这个充满艰难的旅途中丝毫没有获得一点心灵上的满足,相反,一直闷闷不乐,爱发脾气。与此相反,孙悟空义无反顾地全身心投入到西天取经的旅途中去,而唐僧在精神思想上却完全没有进步发展,始终还是那个会被表象迷惑的奴隶,无能,只求自身安宁。正如下面诗中所述,他总是提心吊胆,始终感到心神不定,充满不安:

当年奉旨出长安,只忆西来拜佛颜。
舍利国中金象彩,浮屠塔里玉毫斑。
寻穷天下无名水,历遍人间不到山。
逐逐烟波重迭迭,几时能勾此身闲?①

对孙悟空来说,西天取经的意义他并没能很快就明白。作为一个被天庭驱逐贬谪到凡间的人物,他本身自然也想重新赢得过往的地位。说起《西游记》这部小说的内涵,读者并不需要看到一个纯净无瑕的完美形象,而是一个像孙悟空那样虽然在途中不时出错却又一直在改错的人物形象。

如果说孙悟空这些缺点至多只是一种早先的返祖现象,因而可以当作特殊情况看待,那么唐僧身上的这些缺陷却极大地阻止了改正这些缺陷的过程。唐僧总是显得有些肤浅、虚荣而且虚伪,好几次因为他徒弟们丑陋的外表就想放弃他们,如在他们一行到达宝林寺(三十六回)的时候,要是没有徒弟们的帮助,唐僧显然会一事无成。由于唐僧的自负,每次都会带来麻烦,如这次就是由于他缺乏诚实,导致寺院方丈拒绝了他的借宿要求。这又给了孙悟空一个调侃他师父的理由。

欲待要哭,又恐那寺里的老和尚笑他,但暗暗扯衣揩泪,忍气吞声,急走出去,见了三个徒弟。那行者见师父面上含怒,向前问:"师父,寺里和尚打你来?"唐僧道:"不曾打。"八戒说:"一定打来,不是,怎么还有些哭包声?"那行者道:"骂你来?"唐僧道:"也不曾骂。"行者道:"既不曾打,又不曾骂,你这般苦恼怎么?好道是思乡哩?"唐僧道:"徒弟,他这里不方便。"行者笑道:"这里想是道士?"唐僧怒道:"观里才有道士,寺里只是和尚。"行者道:"你不济事,但是和尚,即与我们一般。常言道:

---

① 《西游记》第三十二回。

'既在佛会下，都是有缘人。'你且坐，等我进去看看。"①

孙悟空的幽默一直是他卓越超群的标志。他并不愤世嫉俗，对一切都保持一定距离，每次都用他的幽默击败人们的欲望。自从他于五行山被解救之后，他一直遵守佛教避世的清规戒律以及嬉笑是最高形式的世界观佛门智慧。

由于唐僧缺乏对真实世界的发展和关联的了解，导致他的说教总是那么公式化，其要求与现实完全脱节。在小说中尽管他嘴上成天挂着信仰的崇高教义，可是他身上仍然存在道德和智慧缺陷，和凡人没有什么不同。对于掌握了逻辑思考的读者来说，他的这些问题在旅途一开始就已经充分显现出来了。当他们来到一条宽敞的河流旁时（第二十二回），一开始所有人都想不出办法如何才能渡过河。孙悟空想，自己可以轻而易举地将唐僧在最短的时间内带到他要去的地方。可是在猪八戒提出反对意见后，他最终认识到，只有陪着唐僧走过千山万水，通过所有险阻之后，自己才可以卸下这沉重的担子。在之后的行程中，为了突出他们旅行的意义远远超过单纯地理考察，也多次提起这漫长而又必须完成的旅程所需要的时间，已经走了和将要走多少路。尤其令人印象深刻的是他们之间的一次对话，说明必须通过自身内心的发展提高才能达到目标。

"徒弟，我一向西来，经历许多山水，都是那嵯峨险峻之处，更不似此山好景，果然的幽趣非常。若是相近雷音不远路，我们好整肃端严见世尊。"行者笑道："早哩！早哩！正好不得到哩！"沙僧道："师兄，我们到雷音有多少远？"行者道："十万八千里，十停中还不曾走了一停哩。"八戒道："哥啊，要走几年才得到？"行者道："这些路，若论二位贤弟，便十来日也可到；若论我走，一日也好走五十遭，还见日色；若论师父走，莫想！莫想！"唐僧道："悟空，你说得几时方可到？"行者道："你自小时走到老，老了再小，老小千番也还难。只要你见性志诚，念念回首处，即是灵山。"②

唐僧作为一个书中角色无足轻重，还表现在他本身对于推动情节发展没起多大的作用上。尽管这是"他"的西行，路上发生的一切都与他安全到达目的地有关，但是他在途中却总是遭到各种攻击和危险，并且总是难逃被当作祭品的尴尬。事实上孙悟空在小说中的宿敌是猪八戒，书中最重要的一层关系就是他们两个之间的竞争。而猪八戒一直

---

① 《西游记》第三十六回。
② 参见《西游记》，余国藩译，第一册，第二十四回，第463页起。

所处的弱势地位更加突出了孙悟空的人物角色个性。由于猪八戒在《西游记》相关素材中出现相对较晚，因此在书中明显被赋予了一部分在早期素材中属于孙悟空的角色性格。在早期版本中，孙悟空还曾有过一位妻子并且也拥有性欲。书中通过在猪八戒身上夸大这一性格特点，越发把孙悟空这一角色神化了，使这种灵魂与肉体的对抗成为焦点。唐僧的徒弟们的一个共同特点，就是他们都曾被天庭驱逐贬谪。猪八戒本是天蓬元帅，由于调戏嫦娥而被天庭惩罚，放逐到人间，投胎成为一只猪。唐僧给他起名为"猪八戒"，意为"希望他戒掉八种欲望"。他这一突出的个性完全不同于人们之前对这个取经队伍的印象。所以尽管孙悟空在书中被赋予了智慧和谋略，可是猪八戒身上还一直保留着这种原始本能特质，对于佛教修行完全不感兴趣。由于嫉妒孙悟空超凡的能力，他总是要和孙起争执，也不愿意花大力气努力修行。每当西天取经之行几乎要失败之时，他表现出来的并不是遗憾，而是更多的懒散怠慢。在他身上可以看到很多"猪"特有的性格特征，诸如好色和贪吃，而猪八戒的这些生理和心理上的性格特征与人间凡人谋求世俗目标是相似的。即使到了西天取经之路的终点，他的这一原始本能也没有丝毫减退，就像他在印度国王宫廷里表现出来的那样。

在和唐僧一同前往西天取经的弟子中，沙悟净的能力是最弱的，他也是最后一个加入到这个队伍中的，在小说中始终是个边缘角色。同猪八戒一样，他以前在天庭也是一名将军，然而却因为一件可笑而又微不足道的小事（在蟠桃宴上摔碎了琉璃盏）惹怒了玉帝，被贬到凡间成为一个河怪，每七天要受一次飞剑穿身之苦，简直可与普罗米修斯所受的惩罚相比。因为他熟悉水性，在有些情况下他还可以帮上孙悟空，出些点子。①与唐僧的另外两个徒弟不同，沙悟净在全书中始终保持神秘低调。人们对他的评价一直是"正"，意为"耿直"、"忠厚"。唐僧的这三个徒弟还有一个共同点，那就是他们丑陋的外貌。由于外表丑陋，普通人看到他们就害怕，也暴露了这些凡人只看重表面的肤浅本质。因为实际上孙悟空、猪八戒和沙悟净的本领和力量要远远超过那个外貌清俊却毫无作为的唐僧。

唐僧一行人在前往西天的路上所经历的那么多磨难和冒险也是千差万别的。书中登场的妖魔鬼怪们都有其两面性：一方面在唐僧一行人的取经途中给他们设置重重障碍，另一方面又是推动故事情节发展的必要前提。他们对唐僧师徒的攻击也自然与整个旅程融为一体。考验和袭击的中心对象自然首先是唐僧。书中彻头彻尾的坏角色很少，就是有也只是个别现象，如只是为了钱财这种极其低俗的原因来攻击他们。基本上

---

① 沙僧分别在四十一和四十三回中建议用水与危险的红孩儿和黑河妖作战。

书中的妖魔鬼怪都只为了一个十分天真单纯的原因,希望通过吃唐僧肉这唯一捷径使自己的功力修得更精。真正卑鄙的行径只发生在那些为一己私欲而滥杀无辜的强盗和小偷之间。①

下面来看一下小说中他们与妖魔鬼怪相遇的典型描述。② 在介绍即将登场某个妖怪前总是要先描写一下它的居住地,一般来说,总是在荒野、洞穴、湖泊和山林这类地方。妖怪第一次登场时总是会幻化成各种模样,最常见的就是把自己装扮成人。唐僧和猪八戒每次都会被这些假象所迷惑,特别是当妖怪变身为女性时,唐僧更容易上当。不仅如此,有时候连菩萨也会误入歧途。③ 事实上妖怪们的目的并不仅仅在于杀害唐僧,而是希望通过吃唐僧肉这一最简易的方法长生不老,很明显这是对宗教信仰的表面形式的批评。男妖们致力于吃唐僧肉,使自己长生不老;女妖们的方法虽然不那么残忍,即通过与其交合获取纯净的精液使自己永葆青春,可这对于唐僧来说仍是无法接受的。第一次以美丽的女性形象登场的妖怪出现时,正逢整个取经队伍刚建立不久。唐僧、猪八戒和沙悟净都完全没有察觉到危险。只有及时赶到的孙悟空用火眼金睛看穿了妖怪的伪装并要除掉它,可每次都被唐僧拦下。尊严受损的孙悟空责备唐僧道:

> 师父,我知道你了,你见她那等容貌,必然动了凡心。若果有此意,叫八戒伐几棵树来,沙僧寻些草来,我做木匠,就在这里搭个窝铺,你与他圆房成事,我们大家散伙,却不是件事业?何必又跋涉,取甚经去!④

从对于这些残酷暴虐富有攻击性的妖怪的描写中,也可以看出作者对他们游离于道德底线之外为所欲为的存在表示了同情,有些妖怪身上甚至还折射出了一些温暖的人性光辉。例如铁扇公主这个角色就唤起了人们些许同情,先是丈夫牛魔王离开了她,接着孩子又被观音菩萨收了去。这些妖怪虽然外貌丑陋,可是内心充满了人性,学者由此得出结论认为这是作者在讽刺同时代的那些达官贵人。⑤

只要来到妖魔鬼怪们的老窝,就一定会有争斗,其可供表现剧情的范围十分广。当然妖术和有魔力的武器也是必不可少的。妖怪们使用的武器效果也反映了他们已经修

---

① 《西游记》九十六至九十七回。
② 关于此方面的详细论述参见罗布·康帕尼(Rob Campany):《妖魔、神仙与信徒:〈西游记〉的鬼神研究》("Demons, Gods and Pilgrims: The Demonology of the Hsi-yu Chi"),载 Clear 7(1985年),第 95 至 115 页。
③ 例如六十五至六十六回。
④ 《西游记》第二十七回。
⑤ 此处解释参见詹纳在《西游记》中的翻译后记,第三册,第 639 页。

炼到达的层次。一开始唐僧他们总是处于劣势,后来在天庭的支援下,最终还是取得了胜利,让妖怪现出原形。相对于那些无足轻重的小妖怪来说(其下场就是彻底消失),比较重要和有影响力的妖怪一般都不会被杀。也有一些妖怪笨拙得出奇,毫无还手之力,只是供孙悟空和猪八戒玩恶作剧。比如有一次猪八戒怂恿孙悟空一起折磨一条尚未开窍还不会说人话的红鳞大蟒。孙悟空让它将自己盘绕起来,然后开始对蟒蛇进行"内部净化",号称这是让魔物皈依我佛的一种形式。

八戒捶胸跌脚大叫道:"哥耶!倾了你也!"行者在妖精肚里,支着铁棒道:"八戒莫愁,我叫他搭个桥儿你看!"那怪物躬起腰来,就似一道东虹,八戒道:"虽是象桥,只是没人敢走。"行者道:"我再叫他变做个船儿你看!"在肚里将铁棒撑着肚皮。那怪物肚皮贴地,翘起头来,就似一只赣保船,八戒道:"虽是象船,只是没有桅篷,不好使风。"行者道:"你让开路,等我叫他使个风你看。"又在里面尽着力,把铁棒从脊背上一捣将出去,约有五七丈长,就似一根桅杆。那厮忍疼挣命,往前一撺,比使风更快,撺回旧路,下了山有二十余里,却才倒在尘埃,动荡不得,呜呼丧矣。①

那些在人间作恶的神兽被孙悟空打败之后,要么回到天庭重操旧业,要么被安排新的工作。由于负责看守他们的天庭官员监督不力,致使他们到凡间兴风作浪,这也影射了当时社会的官僚主义。这些神兽无非是因为触犯法规或者犯了其他错误害怕惩罚而擅自下凡,在凡间,他们通常是以妖魔或艺人的形象出现的。从佛学观点来看,正是由于他们在天庭中所造的孽,才使他们投胎变成了"低等生物"。而在小说中居主导地位的道教思想认为,由于他们自身修炼不够,所以才会作恶,必须通过自身修炼,这条既定的等级阶梯重新向上攀登。② 这些神兽拥有的超凡能力使他们下凡后有着和常人不一样的体魄,并且威胁到人间本来的秩序。而金蝉子,也就是唐僧的前身是个例外,他以一个僧人的形象出现,并将正面形象融入自身。还有动物神,诸如通天河的白龟选择了一条不破坏人间秩序的平和安宁的修炼之路。这里可能也暗示了一个自身修炼的过渡阶段,是通过努力从动物修炼到人类的第一步。孙悟空、猪八戒和沙悟净与其他妖怪不同的地方在于,他们选择了一条正确的修炼之路,他们跟随唐僧,按照佛教教义规则修行。他们在旅行中领悟到,修行的关键还是在于自身。此外还有一个重要关键就是自

---

① 参见《西游记》第六十七回,此处结论参见夏志清(HSIA)《中国古典小说史论》176页。
② 参见康帕尼《妖魔,神仙与信徒》,第99页。

身对于"空"的领悟。作者从各种小事中想要表达的精髓就在于佛教教义中的"空"的思想。他在小说中同时取笑了众多妖怪和唐僧师徒,因为一切皆为幻境。似乎只有孙悟空体会到了其中的真义,因此他的名字是"悟空",意为悟出一切皆空的道理。

  小说《西游记》传递的是什么信息?即使是中国国内那些早就对《西游记》耳熟能详的细心读者,也认为这部小说并不像其所取的书名那样是一部游记,而是"其用意处尽在言外",是一部讽喻性小说(与寓言相似)。[①] 即便如此,人们还是无法忽视其中明显的说教语气。[②] 从作者的写作意图中我们可以发现一个带有普遍性的常识,即只有通过自身的忍耐、勇气、想象力以及对创造世界的认识,才能成功地完成一项长期而又艰巨的任务。尽管小说与当时的现实世界没有多大关联,几乎全部以想象出的幻境为主,可还是已经给第一批的读者们留下了深刻的印象。[③]

  《西游记》这样一部角色关系复杂、多层次叙述的小说不同于另外一部我们即将介绍的19世纪末期的小说《七真传》,《西游记》并没有明显的信仰倾向,因此不能简单地归之为宗教小说。其中更多地是通过或多或少的一些较隐蔽的抨击和讽刺来疏远与统治中国的三大传统信仰理念——即道教、佛教和儒教的联系,这在下文中将详细说明。这些带有讽刺意味的描写首先可以从角色名字以及唐僧师徒的性格品质上看出——这表明当时《西游记》在体裁方面也是一部十分典型的具有学术研究价值的小说。[④]

  如果仅仅是粗浅地阅读这部小说,完全可以把作者的基本倾向归并于佛教。其中让人印象深刻的是有很大一部分道教和天庭神仙在途中给唐僧师徒设置障碍和考验。例如金晴山上的独角兕大王(第五十一—五十二回),一开始连哪吒太子也不是他的对手,最后才知道,原来竟是私自逃走的老子的青牛,令人感到滑稽可笑。还有道家巫师偷偷下凡后来到一个国家夺取了王位,用凡人作为牺牲品试着炼丹(第七十八—八十回),显得非常残忍。尽管在小说中可以看到在与佛教徒的争斗中道教信徒总是显示出他们的弱势,比如在小说开头,如来佛祖战胜孙悟空就是明证。但如果对小说进行深入仔细的分析,可以发现两者是旗鼓相当的。我们看到孙悟空首先是在一位道士处拜师,才学到了精湛的技艺。随后是道教神仙和佛教众菩萨在天庭中平等友好地相处:玉皇大帝与老子有他们的兴趣与爱好,菩萨和其他佛教诸神也同样如此。两派之间并不发生冲突。

---

  ① 诸如此类的意见参见李贽的评论,或者刘一明18世纪中期的作品《西游原旨读法》和几乎同时期的张书绅《新说西游记总批》。
  ② 此项解释参见张书绅作于1748年的《西游记总论》,小说具有很明显的说教意味。中心思想就是人应该坚持踏实的学习和努力,这样才能完成重要的任务。张书绅认为《西游记》这部小说对于各种信仰的信徒都是很好的读物。
  ③ 参见幔亭过客在《西游记题词》中的论述。
  ④ 参见浦安迪的《明代小说四大奇书》,第221页。

而当孙悟空的力量威胁到天庭秩序时,他们又会联合起来一起战胜他。

当然,佛教信徒并不是没有受到一些损害。作者在《西游记》中的基本态度可能是偏向佛教的,而且作者本身也偏信佛教。可是这部小说仍然不能与严格意义上的宗教书籍相提并论,其中甚至还搞错了部分佛教经文与菩萨的称呼。①《心经》作为佛教相关衍生物的一种,具有十分显著的影响,是大乘佛教智慧的集中体现。据历史史实记载,据说玄奘大师是在从印度返唐回程期间得到《心经》的。而小说则与此相反,是唐僧在旅行开始时就应邀前去拜访一位禅师接受《心经》,而且在第十九回中,我们也可以看到这部《心经》对其有着多么巨大的影响。与此同时,他对《心经》内容的理解却总是停留在肤浅的表面,因为如果他确实领会了这部巨著中的伟大真理,就应该能识别那些妖怪的外貌表象,而无需徒弟们的帮助。因此他似乎总是无法真正理解《心经》中最精华的结论——"色即是空,空即是色"。相反,孙悟空却有着远胜于他师傅的佛学领会力,一直劝告师傅要谨遵《心经》教诲,别总是被表象所迷惑。

佛教修行中通过冥想来达到个人大彻大悟的理想境界,而说到冥想,小说将其描绘成这样一幅漫画,唐僧精神紧张,饥寒交迫,总是为自己的安危忧心忡忡,结果他自己成了通往成佛神圣之路上的障碍。而此时,那些教义经文就都成了肤浅的空话。

当唐僧师徒一行历尽千难万险终于到达目的地时,大家甚至对这次西行取经本身提出了质疑,这可以说是对佛教的讽刺揶揄达到了极致:当他们一行到达佛门圣地灵山时,前来迎接他们的是一位接到观音菩萨指示后就已在此等了他们十年的不死仙人。在通往如来佛祖居住的灵鹫高峰的途中只有孙悟空看出了潜藏在困难之中的考验,而猪八戒和沙悟净都不敢过凌云仙渡上那条又窄又滑的独木桥,选择登上了南无宝幢光王佛的无底船来摆渡。尽管唐僧一行人已经到达西天的雷音寺——在那里洗净往日所有的腐败罪恶并且被赋予广大智慧——然而这一切的和谐美好却都只不过是幻象,因为还有最根本的东西不让他们知道。

> 如来方开怜悯之口,大发慈悲之心,对三藏言曰:"你那东土,乃南赡部洲。只因天高地厚,物广人稠,多贪多杀,多淫多诳,多欺多诈;不遵佛教,不向善缘,不敬三光,不重五谷;不忠不孝,不义不仁,瞒心昧己,大斗小秤,害命杀牲:造下无边之孽,罪盈恶满,致有地狱之灾;所以永堕幽冥,受那许多碓捣磨舂之苦,变化畜类。……虽有孔氏在彼立下仁义礼智之教,帝王相继,治有徒流绞斩之刑,其如愚

---

① 参见詹纳的《西游记》译本后记,第三册,第643页。

昧不明,放纵无忌之辈何耶!我今有经三藏,可以超脱苦恼,解释灾愆。三藏:有法一藏,谈天;有论一藏,说地;有经一藏,度鬼。……凡天下四大部洲之天文、地理、人物、鸟兽、花木、器用、人事,无般不载。汝等远来,待要全付与汝取去,但那方之人,愚蠢村强,毁谤真言,不识我沙门之奥旨。"①

如来佛让阿傩和伽叶两位年轻的菩萨引领唐僧师徒四人来到收藏经文的珍楼宝阁挑选佛经。然而,看守藏经宝阁的阿傩和伽叶却公开向唐僧索贿作为换经文的条件,这两位充满商人气息的尊者甚至明确告诉孙悟空这已经成了这里的习俗,因为唐僧无物奉承,两位菩萨便言辞扭捏,不肯传经。孙悟空忍不住与他们顶嘴叫嚷起来,谁知他们之后取到的竟是无字经。所幸中途他们发现自己被愚弄,于是回到佛祖处申诉,这才总算取到了真经,这次面对阿傩和伽叶两位年轻菩萨又一次的索讨,唐僧只好奉上自己的紫金钵盂。原本应该是美事一桩的经文传承,到最后还是堕落为一场廉价的交易。

全书最后部分的叙述是不是就表示在这场三大教派的争斗中最后由儒学胜出?答案绝非如此,那是因为在书中作者并没有刻画出一个完美的角色,他更多地是描写了那些施行暴政的统治者和假冒国王。② 当孙悟空救活被推落井底的乌鸡国国王并且打败了篡位者后也曾自问过这样做究竟是否合适,对国王的合法性表示了自己的怀疑。说到那位原本是道士的假冒皇帝,他所犯的唯一的过错,就是把原来的皇帝赶下台自己取而代之。可是历来各朝代的开国皇帝,哪个不是把前朝统治者推翻后自己称帝的呢?来看看孙悟空惩罚"假皇帝"时这个道士所说的吧:"孙行者,你好意懒!我来占别人的帝位,与你无干,你怎么来抱不平,泄漏我的机密!"③只是在对价值和道德进行论证时,如"明德"和"正心",才更强烈地表达了与儒教的紧密联系。

读者如果留意的话,小说中有一处地方很明确地提出"三教归一"是如何地重要,从中可以看出作者如此平衡协调佛教、道教和儒教三者关系的原因。当然,这次又是借美猴王之口向国王说出了这个建议:

---

① 摘自博纳(Georgette Boner),尼尔斯(Maria Nils):《西游记,猴王的梦幻之旅》(*Monkeys Pilgerfahrt, Die phantastische Reise des Affen Monkey*)(根据阿瑟·韦理(Arthur Waley)《西游记》的英译本改编,第九十八回,慕尼黑,戈尔德曼出版社(Goldmann Verlag)1983年版,第390页起;也可参见约罗斯和博纳(Nadia Jollos, Georgette Boner)的吴承恩《西游记》的英译德新版本,苏黎世,维尔纳克拉森出版社(Werner Classen)1997年版。
② 《西游记》的其他评论家也提出这一点,批评了儒学价值观中某些错误的道德观,最终这些也没有在统治者唐太宗身上体现出来(参见浦安迪:《明代小说四大奇书》,第240页,注释168)。
③ 《西游记》节选,第二册,第三十八回,第138页。

望你把三道归一,也敬僧,也敬道,也养育人才。我保你江山永固。①

　　让我们来回顾一下,如前面所述,以往《西游记》评论家们所作的讽喻性解释。② 其中,作品构思和叙述模式都不是以直截了当的方式进行的。根据定义,只有当作者从情节出发,启发读者对更深意义层面的思考,这才是讽喻。③ 除了师徒四人及妖魔鬼怪名字(例如:白骨精、红孩儿、铁扇公主)的讽喻功能外,还有一些专用术语也反映了佛教和道教的思想。④ 这里所指的是讽喻性的原始素材,其意义得由读者自己推测。正因如此,《西游记》也被称为中国名著中讽喻性最强的小说。⑤

　　吴承恩的《西游记》以及类似游记小说的布局特点为续集在如何借题发挥方面提供了丰富的想象空间。大约有10本《西游记》续篇是利用了已有的故事情节进行再创作的。⑥ 我们想介绍一下其中最重要的几部。首先是唐僧师徒返回东土大唐的故事——在吴的版本中缩减到8天,只有一个奇遇故事——为后续情节的延续和发展提供了一个很好的切入点。

　　在《西游记》系列中,最早和最优秀的小说之一是董说(1620—1686)所作的《西游补》。这部最早从心理学深度出发的小说选择了一个独特的切入点。⑦ 它并不是简单地用相似的经历和险遇虚构了师徒四人取经归来的旅途。董从西游记中选取某个章节,然后在该情节之后设想出一个围绕着孙悟空的别具一格的故事。我们都记得:在西游记第五十九至第六十回中,师徒四人来到了一个灼热得所有东西都被烤得发红的国家。他们得知,原来这个地方叫火焰山,而这座山正是造成这里炎热气候的根源。后来证实,罗刹女,即铁扇公主,有一把芭蕉树叶制成的扇子,只有用它才能熄灭火焰山中的火焰。但罗刹女不愿合作,拒绝交出宝扇。因为,她仍然无法原谅孙悟空和观音制服了她的儿子红孩儿。由此,孙悟空和罗刹女之间展开了激烈的搏斗。这个狠毒的对手不久就用宝扇将孙悟空扇走了。所幸孙猴子从菩萨那儿得到了"定风丸"和"抗风棒",才有

---

① 《西游记》节选,第二册,第四十七回,第273页。
② 有关西游记讽喻性解释请参见 Alfred Kuang-Yao:《一次叛乱的进化:解读吴承恩的〈西游记〉》(*The Evolution of a Rebel：An Interpretation of Wu Cheng-en's "Journey to the West"*),美国,塔尔萨大学1976年版。
③ 参看浦安迪:《西游记和红楼梦中的讽喻》("Allegory in Hsi-Yu Chi and Hung-Lou Meng"),载 DERS. 主编:《中国的记叙文、批评和理论论文》(*Chinese Narrative．Critical and Theoretical Essays*),普林斯顿,普林斯顿大学出版社1977年,第165页。
④ 详见浦安迪:《明代小说四大奇书》,第224至231页。
⑤ 同上,第224页。
⑥ 关于西游记续集的数量出自北京大学中文系的《中国小说史》,人民文学出版社1978年版,159页。
⑦ 董说中文版修订:《西游补》,上海古籍出版社1983年初版以及董说(1620—1786)的英文版 *the Tower of Myriad Mirrors, a supplement to Journey to the West*,由林顺夫(Shuen-Fu Lin)和 Larry Schulz 翻译,加州伯克利,亚洲人出版社1988年版(Berkeley, Cal.：Asian Humanities Press 1988)。

了定力。罗刹女返回了她的洞穴。此时，孙悟空变成了一只小虫，趁其不备钻入了她的胃里。罗刹女受尽了折磨，直到她同意将芭蕉扇借给了孙悟空。但这次孙悟空中了她的圈套，他用借来的假芭蕉扇只能将火焰山的火越吹越旺。经过又一轮的较量后，孙才最终得到宝扇，将火焰山的大火熄灭。

董说的补记表面上延用了原先的叙事模式，通过旅途中的冒险奇遇补充三藏西行取经的故事。孙悟空启程后在火焰山遇到了鲭鱼精，最终战胜并除掉了妖精。仅仅从这个故事的布局构思来看，我们就能看出董说对人物内心心理描述的功力。所以，有必要先介绍一下他的生平。

董说出生于1620年，出生地可能就是今天的浙江省的南浔镇。① 他出身于书香门第，他的祖父和几个叔伯都在科举考试中榜上有名，且获得了当时很高的学位进士。董出生后，他的家族却似乎渐渐衰落。但是，家族传统使年少丧父的董说仍然受到了很好的教育。董说很小的时候就已熟悉梵文和《般若心经》等作品。董说后来隐居避世，在一定程度上可以说是脾气古怪，他祖上的某些人的性格也十分特异。小董说超凡的理解力和对写作的精通使家人对他未来仕途抱有极高的期望。我们不知道，究竟是世事弄人，还是监考官受贿，最后导致了董说的仕途受挫，总之，他最后未能通过科举考试。一段在他的小说中具有现实意味的描写充分表达了董说对科举制度的内心感受。在这个场景中，他描写了孙悟空如何从万镜楼台上的镜子中看出中榜的书生。

> 顷刻间，便有千万人，挤挤拥拥，叫叫呼呼，齐来看榜。初时但有喧闹之声，继之以哭泣之声，继之以怒骂之声；须臾，一簇人儿各自走散：也有呆坐石上的，也有丢碎鸳鸯瓦砚；也有首发如蓬，被父母师长打赶；也有开了亲身匣，取出玉琴焚之，痛哭一场；也有拔床头剑自杀，被一女子夺住；也有低头呆想，把自家廷对文字三回而读；也有大笑拍案叫"命，命，命"；也有垂头吐红血；也有几个长者费些买春钱，替一人解闷；也有独自吟诗，忽然吟一句，把脚乱踢石头；也有不许僮仆报榜上无名者；也有外假气闷，内露笑容，若曰应得者；也有真悲真愤，强作喜容笑面。
>
> 独有一班榜上有名之人：或换新衣新履；或强作不笑之面；或壁上题诗；或看自家试文，读一千遍，袖之而出；或替人悼叹，或故意说试官不济；或强他人看刊榜，他

---

① 董说的详细生平见刘复（1891—1934）的《西游补作者董若雨传》（这里是指中文版西游补复本，上海古籍出版社1983年版，第77至129页）。至今西方语言研究董的生平最全面的要数弗雷德里克·P·布兰道尔（Frederick P. Brandauer）的《董说》（*Tung Yüeh*），波士顿，特怀恩出版社1978年版，在本章节撰写过程中也参照了该书。除此之外何谷理在《17世纪的中国小说》中的第124至第166页也对董说作了比较完整的介绍。

人心虽不欲，勉强看完；或高谈阔论，话今年一榜大公；或自陈除夜梦谶；或云这番文字不得意。①

尽管董的学术生涯不是那么一帆风顺，但那时他作为一个成长中的青年在文学方面的创作还是十分活跃的。所以，他在20岁时就完成了《西游补》。② 这部作品首次出版的时间为1641年。但世人对董说的评价是不公正的，他们看了他所有的文学作品后将他贬低为书呆子、书虫。董说加入复社——一个由张溥（1602—1641）领导的具有政治导向性的文人社团，这为他以后的道路指明了新的方向。董说早在15世纪40年代中期改朝换代之时，就已放弃了谋求一官半职的愿望。董说为他书中表达的反清思想而感到恐惧。他在1643至1644年间首次将他的作品烧毁，绝不仅仅是一种怪异的行为。在随后的其他两次时间内（1646和1656年），据说他同样选择了焚书。由于对功名不就的失望，董逐渐投身于佛门弟子之中。董也是个行事果敢的人。1651年再造苏州近郊著名的灵岩寺寺院，他在清兵抓走原任主持后，主持灵岩寺大局。1656年，他最后一次将他的作品烧毁，并断然决定脱离尘世：他给自己取了法号，在灵岩寺出家为僧。在接下来直到他1686年圆寂的30年里，董说周游各地，创作诗歌，作为不同寺院的住持，他在佛教术语方面的造诣盛名远扬。

尽管董说将他大部分的作品都烧毁了，但他那些留下来的作品，无论是在篇幅还是质量上仍让人惊叹不已。他的作品既有涉及战国时期的历史题材（如《七国考》，1641或1642年出版），也有宗教哲学方面的汇编集，另外他还写了很多诗歌，这些诗都被收入进了各类诗歌选集中。而他的兴趣远不止这些方面，他还研究词源学和音韵学，甚至医学和天文学。③ 更为特别的是，他对梦也很有兴趣，并写了4篇相关的文章。④ 当然，这里我们主要列举他的小说作品。

从各个方面看，《西游补》与它同时代的作品相比可谓独具匠心。从外部看，它以短短的十六回跃入眼帘，这在大量冗长的记叙作品中实为罕见。除了第十二回是例外以外，其余所有章回都没有了典型的章回叙述结尾："欲知详情，请听下回分解。"另外，在其他的诗歌和散文中也没有描写那些自然风景和战争的场面。

小说的结构以其独特的视角而别具一格，梦境内外场景和时间的变换交织。首先，

---

① 《万镜楼》(The Tower of Myriad Mirrors)，第四回，第57页起。
② 董说年纪轻轻就写出了如此成熟和深刻的作品，所以总是引起人们对他是否是原作者的怀疑。
③ 这个推断来自于刘复的调查，他对董说的作品从各种不同的主题视角进行了研究（参见布兰道尔[Brandauer]：《董说》[Tung Yüeh]，第39页）。
④ 参见同上，第95页，4篇文章的题目如下：《昭阳梦史序》、《梦乡志》、《证梦篇》和《梦社约》。

《西游补》故事的情节设计与《西游记》没有什么不同。师徒四人过了火焰山之后继续前行。一行人在途中被一群跳舞嬉戏的孩子嘲弄。孙悟空一怒之下脱下衣服,杀了几个小男孩。孙为自己的残暴行为所震惊,并试图在师父面前掩盖事实真相。但他还是害怕被师父赶走。实际上,他可以欺骗三藏说那些孩子是一只吃人的妖怪的牺牲品。在第二回开头,一句作者的暗示就道破玄机:"自此以后,悟空用尽千般计,只望迷人却自迷。"①——这正可以说明孙在面对日益增长的时间与空间的迷茫中逐渐瓦解了他对现实的看法。为了去寻找食物,孙离开了师父。他到达了一个在城墙上插着大唐国旗的城池,得知这里由一个据称是唐太宗第三十八代子孙的君王统治。那么,他们会不会是错过了取经的目的地呢?孙最终作出了一个很有意思的结论:

> 我闻得周天之说,天是团团转的。莫非我们把西天走尽,如今又转到东来?若是这等,也不怕他,只消再转一转,便是西天。②

关于提到唐朝第三十八代子孙也是很独特的。难道每个月都有一位新皇帝登上王位?孙悟空想要弄清楚事情的真相。然而,他要求当地臣服于他的土地公解释,甚至向云霄宝殿里的玉皇大帝寻求答案,都一无所获。于是,孙带着不解又返回了大唐幻境,并在绿玉殿中偷听王妃们私下探讨时光的短暂。

从三藏那里传来惊人的消息(他要被任命为将军),于是,孙又重回天宫。途中碰到了一群正在用斧子和凿子在天空上凿窟窿的建筑工人。之后的内容显然是模仿描写中国神话故事的经典作品,即《天问》,这是公元前出版的《楚辞》中的一部分。从原来孙对自己提出的关于在天地间可能修建一座宫殿的意义问题,引申为关于天体本质的问题。

> 不知是天生多骨,请个外科先生在此刮洗哩?不知是嫌天旧了,凿去旧天,要换新天;还是天生帷障,凿去假天,要见真天?不知是天河壅涨,在此下泻呢?不知是重修灵霄殿,今日是黄道吉日,在此动工哩?不知还是天喜风流,教人千雕万刻,凿成锦绣画图?不知是玉帝思凡,凿成一条御路,要常常下来?
>
> 不知天血是红的,是白的?不知天皮是一层的,两层的?不知凿开天胸,见天有心,天无心呢?不知天心是偏的,是正的呢?不知是嫩天,是老天呢?不知是雄

---

① 《万镜楼》,第二回,第33页。
② 同上,第34页。

天,是雌天呢?①

询问后美猴王得知,"青青世界"大王,别名小月王,抓住了唐三藏。那大王听说孙悟空西行路上出于苦悯众生杀敌无数而大为震怒,竟把西天大路铸成通天青铜壁,尽行夹断,西天与东天自此隔断,不可逾越。因为三藏一心要上西天,于是命人凿开天空,请他径往玉皇殿讨取经路上的关文。不料,挖错了地方,使玉帝的宫殿倒塌,天宫大乱。——这里明确指出了孙悟空在取经之初就开始叛乱。不久,孙造成灾祸的谣言就传开了,并称孙悟空应该再被压到五指山下去受罚。在寻找师父的路上,孙悟空来到了一个城墙上插着"青青世界"旗号的地方。突然,一块石头从墙上掉了下来,孙撞入了一座由玻璃制成的城楼,它的墙是由无数面镜子组成的。但是,他在镜子里并未看到自己的容貌,却在每一面镜子中找到了一个不一样的天,不一样的地,不一样的太阳和森林等等。一个声音忽然和猴王搭话,并自称是刘伯钦,在唐僧将悟空从五指山的牢狱中救出时,刘也助过一臂之力。刘开始向孙解释这幢楼的特点。这楼名为万镜楼台,由小月王建造。每一面镜子都展现了一个不同的世界和里面所有的东西。这座楼是所有时空之间的轴心,正是醒悟的关键,是孙对不同世界理解的答案。根据现代梦的解析心理学,万镜楼台这一插曲反映了深层潜意识下猴王的过往经历。《万镜楼》与《华严经》有相应之处。其中弥勒佛建了一座供奉善财童子楼,将宇宙封在了里面。在这座楼里有无数的小楼,每个楼中又有一个自己的宇宙、弥勒和善财童子。这样,各个时代就能一眼看穿,善财童子成功地看破尘世。②

在孙悟空想要弄清楚天际之时,他就要面对中国古人世界。他在那里想起中国第一位君主秦始皇(公元前 221—210 年在位),据说他有一口能用来移山的大钟。带着用这钟移去西行取经路上障碍的愿望,孙悟空跳进了一面镜子。寻找钟成了此后情节展开的一条主线。孙一开始既没有找到皇帝也没有找到钟。却碰见了项羽的几个随从丫头,项羽是公元前 300 年末期的一名贵族。他在与刘邦(汉朝建立者)争夺天下中战败,死于公元前 202 年。与项羽的谈话中美猴王——孙悟空已化成了他的爱妾虞美人——得知有一个梦通世界,并决定前去一探虚实。途中他先到达了一个未来世界。孙又代替死去的阎罗王上堂上判人生死。其中,最重要的案子是判犯叛国罪的秦桧(死于 1155 年),秦桧当时是南宋丞相,极力主张与金国议和,并排斥当朝岳飞将军。

---

① 《万镜楼》,第三回,第 46 页。
② 《万镜楼》,序言,第 17 页。

在对秦桧施以酷刑后,猴王又遇见了岳飞。孙最终又回到了镜楼中,在试图离开此楼之时,又陷入一张红色的网中。身处弱势,走投无路,孙陷入了莫名的恐惧之中。① 也许这部小说正是要通过孙悟空不断感受到的混乱和恐惧,反映出中国 17 世纪知识分子群体的恐惧和疑虑。② 只有当一位是孙真神的老人出现时,孙悟空才被解救了。这里是故事以及猴王本性的转折点。那个尚未醒悟的孙悟空和真正自我的孙悟空短暂相遇之后,孙的真神已化成菩萨在佛光中骑马而去。③ 当然,孙不久后就从鲭鱼精的圈套中逃脱了。

孙开始寻找他的师父,有好几次他已离师父不远,但还是未能与其谋面。然后,那个被擢升为将军的三藏突然在一次战役中被杀了。孙在一人的呼唤中惊醒。空虚尊者向孙悟空解释道,他是专程来叫醒孙的,因为猴王一直陷于鲭鱼精妖气的幻境中。下面的对话道清了事情的始末。

> 行者便问:"鲭鱼是何等妖精,能造乾坤世界?"
> 
> 虚空主人道:"天地初开,清者归于上,浊者归于下;有一种半清半浊归于中,是为人类;有一种大半清小半浊归于花果山,即生悟空;有一种大半浊小半清归于小月洞,即生鲭鱼。鲭鱼与悟空同年同月同日同时出世。只是悟空属正。鲭鱼属邪,神通广大,却胜悟空十倍。他的身子又生得忒大,头枕昆仑山,脚踏幽迷国;如今实部天地狭小,权住在幻部中,自号青青世界。"④

猴王最终在一条山路上找到了他的师父三藏,他的身边有个小和尚。孙认出了他是鲭鱼精变的,便一棍将其打死。

对于中国传统叙事艺术的爱好者来说,董说的《西游补》从多个角度看都绝对是一部独树一帜的作品。从形式上看,这部作品很短,才十六回,且叙述方式不一。读者整体把握这部作品的难点在于它对心理深层的描述,尤其是在小说布局方面的梦中场景跳跃式的转化,以及一些无法使人一目了然的象征和暗示。实际上,那些习惯相信所有

---

① 对于贯穿全文的恐惧这一问题参看夏志清/夏济安(C.T. Hsia/T.A. Hsia)论《西游补》部分和《明代小说〈西游记〉及〈西游补〉之新透视》("New Perspectives on Two Ming Novels: Hsi Yu Chi and Hsi Yu Pu"),载周策纵(Chow Tse-tsung)主编: Wen-lin. Studies in the Chinese Humanities,麦迪逊/密尔沃基,威斯康星大学出版社 1968 年版,第 242 页。

② 这一解释参见弗雷德里克·P·布兰道尔(Frederick P. Brandauer):《以〈西游补〉为例论中国小说中的神话构造》("The Hsi-Yu Pu as an Example of Myth-Making in Chinese Fiction"),淡江评论,第六册,第一期,1975/1976 年,第 114 页。

③ 在禅宗背景下对《西游补》的详尽解释参看马克·F·安德斯(Mark F. Anders):《〈西游补〉中禅宗象征主义:开化的猴子》("Ch'an Symbolism in Hsi-yu Pu: The Enlightment of Monkey"),淡江评论,第二十册,第一期,1989 年,第 23—44 页。

④ 《万镜楼》,第十六回,第 184 页。

历史背景真实性和解释的读者在相当长的一段时间里都蔑视这部作品。董说似乎也已预料到了这一结果,因为在问答形式的序言中董说就道出了他的真实写作意图。小说的主题就是围绕如何真正达到顿悟而展开的。

  顿悟得道,必先自空,斩断情根。欲断情根,先入情境。历经种种,才知世间万念本为空,惟有大道才是真。

《西游补》描写了化为鲭鱼精之情魔。《西游补》不像古本《西游记》那样,从一开始就写明谁与妖精碰面,而是在文章的最后一回才阐明与解释了情魔这一主题:

  情之魔人,无形无声,不识不知;或从悲惨而入,或从逸乐而入,或一念疑摇而入,或从所见闻而入。其所入境,若不可已,若不可改,若不可忽,若一入而决不可出。知情是魔,便是出头地步。故大圣在鲭鱼肚中,不知鲭鱼;跳出鲭鱼之外,而知鲭鱼也。且跳出鲭鱼不知,顷刻而杀鲭鱼者,仍是大圣。迷人悟人,非有两人也。①

在作者对虚构人物的阐述中,整本书的构思清晰可见。在火焰山这一情节中再次可以明显看到,猴王始终深信自己的体力。他总是机械地接触事物表面的、可立即把握的本质。作为唐僧西行取经的陪伴者,猴王在各种磨难中经历的修炼过程可以归结为他的被征服,但是真正的内心转变却很难看出。

整体情节几乎被安插在一种梦的形式中。因此,除了前唐时期的短篇小说如《枕中记》和《南柯太守传》,《西游补》也可称为中国关于梦的叙事文学中最长的一部。而董说在他的作品中却完全另辟蹊径。传统上中国作家常常采用梦的形式,在人类世界和超自然世界中划出一条界线:命中注定的变得可以认识,罪过有了解脱的出路,有时仅仅蕴含在简单的象征意义中。同时却保留了清醒生活的逻辑,大多数仅仅是地点不同而已,最多是做梦人在梦醒时发现,事情是在很短的时间内发生的。董说的手法却别有特色。在他的笔下无一处正式明确指出孙悟空当时是陷入了一个梦境中。相反,作者更多地运用了一种固有的、寓于梦境之中的逻辑:时间及地点跳跃还表现在由下意识控制的各种联系上。因此,孙在探寻第一个皇帝秦始皇,此时正是长城始建后,又来到将东天和西天分开的通天壁处,这里只是列举了该书众多精彩内容中一个例子。

---

① 《万镜楼》,第十六回,第 192 页起。

诚然,对董说的《西游补》的阐释有多种。特别是当代文学评论家如刘大杰或韩厥,认为本书隐含了对满清外族统治的攻击。据此,"鲭鱼"指的是同音异义字满洲朝的"清",清朝建立于1644年,即小说成稿之日后的4年。因此,《西游补》绝不能被理解为对已经发生事件的回顾,而应按照实际情况仅仅理解为对当时正在中国东北部崛起的满族人的警示。①

作为《西游记》的另一部续书,《后西游记》的构思与《西游补》截然不同。这部书共四十回,撰者不详,在刘廷玑1715年的《在园杂志》中首次论及。② 撰书时间出处不一,不过可以推测,《后西游记》可能是在明末、最晚在清初康熙年间成书的。该书的匿名作者究竟为何人,对此有过很多猜测。③ 否定吴承恩作者身份后,研究集中于在小说封面上题笔名"天花才子"的点评人身份。这很可能与17世纪中期叙事文学中以"天花主人"或"天花藏主人"为笔名享有盛名的作家及编选人为同一人。④

在对主题的处理上,《后西游记》的每个细节都深受《西游记》的影响。在小说的开头几段场景中,读者被带到孙悟空的生身之地花果山。自保唐三藏西天取经成佛之后,孙悟空已高登极乐世界,只有众猴仍生活在山上。忽有一天,一石卵中又迸出一个石猴来,于是他像孙悟空一样成为宇宙循环中创造力和进步的验证。其他众猴看了,又惊又喜,只有一个年老的猴子,他从孙悟空时期一直活到现在,不由联想到前猴王相似的诞生过程。面对死亡现象,这个小石猴心里也萌发出追求长生不老的愿望。

> 忽然一日,一个同类的老猴子死了,小石猴看见,不禁悲恸。因问众猴道:"他昨日还与我们同饮食行走,今日为何便漠然无知,动弹不得了?"众猴道:"他过的岁月多,年纪大,精血枯,故此就死了。"小石猴道:"这等说,我们大家过些时也都要死了,岂不枉了一世?"众猴道:"这个自然,何消说得。"
>
> 小石猴从此以后便惨然不乐,每每问众猴道:"我们可有个不死的法儿?"众猴道:"若要不死,除非是修成了仙道,便可长生。"小石猴道:"既修仙可以不死,何故不去修仙?"众猴笑道:"'修仙'二字,岂是容易讲的?"小石猴道:"何故讲不得!"众猴道:"修仙要生来有修仙之根器,又要命里带得修仙之福分,又要求遇仙师,又要

---

① 之所以不能排除这一解释是基于一个事实,即早在1636年满族统治者皇太极已建号"大清"。
② 本书分析参考的是1985年版本《后西游记》,沈阳,春风文艺出版社;关于《后西游记》已有众多研究,本书撰写时也参照了其中部分文献如[刘晓林(Liu Xiaolin)]:《佛教思想的奥德赛:〈后西游记〉的寓意》(*The Odyssey of the Buddist Mind: The Allegory of the Later Journey to the West*),兰汉姆美国大学出版社,1994年。
③ 《佛教思想的奥德赛》,第275—284页。本书对可能谁是作者进行了详细深入的探究。
④ 作为"天花主人"的作者写了两部书,作为编者及评论家编了其他五部著作。

讲明仙道,不知有许多难哩!若是容易修时,人人皆神仙矣。"小石猴听了,虽不再言语,心下却存了一个修仙的念头。①

小石猴决定效仿他的祖先,并在他开始寻找之前给自己取名孙履真,意为"履行真理的孙"。履真心想,他必须像悟空一样完善自己,实现不死之愿望。

孙履真经历了最初几个磨难后,接下来的情节是去幽冥下界走访决定生死循环顺序的十殿阎君。孙悟空曾把生死簿上他的和凡属猴类之名全勾了去,由此摆脱了十殿冥王的支配和重生的强制。孙履真此次入地与悟空如出一辙,但由于他被告知,对于一个真正的不死之人来说,务必要先悟透生死、善恶,于是他与十王展开了讨论,其中他对十王判决的公正性提出了质疑。履真力砭当年泾河老龙被杀一案,这是在《西游记》开头已颇为重要的人物。

> 孙小圣道:"此宗卷案,列位贤王判断,可称允合情理矣!但有一事,不足服人。"十王道:"何事不足服人?"孙小圣道:"我闻善恶皆因心造,这龙王未生时,善恶尚未见端,为什么北斗星君先注其合死入曹官之手?既先注定了,则老龙擅改天时,克减雨数,这段恶业皆北斗星君制定,他不得不犯了!上帝好生,北斗何心,独驱老龙于死地?吾所不服。"十王皆茫然,半晌道:"或者老龙前世有孽,故北斗星君报于今世。"
>
> 孙小圣道:"若说今世无罪遭刑,足以报前世之冤孽,则善恶之理何以能明?若今世仍使其犯罪致戮,以彰善恶之不爽,则前世之冤怨终消不尽。况前世又有前世,后世又有后世,似这等前后牵连,致令贤子孙终身受恶祖父之遗殃,恶子孙举世享贤祖父之福庇,则是在上之善恶昭然不爽,在下之善恶有屈无伸矣!恐是是非非如此游移不定,不只足开舞文玩法之端乎?"②

十王无力反驳这尖锐的论证。与悟空不同,履真的取胜不是单凭蛮力,而靠的是他辩论的高超智慧。

孙履真短暂的开篇之行,造就了他的本领和超自然力量,之后经天国经历了一系列事件而结束。在那里,他向西天王母索要长生不老仙桃(这些仙桃被孙悟空偷取后还未

---

① 《后西游记》,第一回,第4页。
② 《后西游记》,第三回,第28页起。

再次长熟),最后被用一些桃干、仙肴和酒打发了。小说开始的诗歌即用小石猴经历的冒险寓指道家内丹术,以一种谜语的形式,蕴含着丰富的含义:

> 我有一躯佛,世人皆不识,
> 不塑亦不装,不雕亦不刻,
> 无一滴灰泥,无一点彩色,
> 人画画不成,贼偷偷不得。
> 体相本自然,清静非拂拭,
> 虽然是一躯,分身千百亿。①

这个诗谜暗示了存在的两个层面:一个是物质世界,就像涂色的灰泥佛像所传达的那样,另一个是佛在我们内心的精神世界。人们能够一眼认出佛像,而在人们的内心里,佛是压抑的并被人们所忽视。现实两个层面的对照贯穿了整部小说。石猴孜孜不倦地追寻永生,却最后在自己身上找到了真相。

直到孙履真大彻大悟后,《后西游记》整个情节发展的历史背景才揭示出来。时间距唐三藏西天取经约200年。对石猴成功制服后,孙悟空归服于三藏。师徒两人决定,在长安了解他们曾从印度带回中国的佛经所产生的影响。公元819年,即宪宗皇帝(806—820年在位)在位的第十四年,他们来到法门寺,据传,三藏就是在那里的一次禅修中圆寂的。人们推测的佛祖舍利子被保存在一个宝塔中,并每隔30年在一次典礼上取出,从而为国家赐予财富和福音。意想不到的是每次典礼的间隔时间总是提前,宪宗皇帝还命令将舍利子移送到首都。虽然三藏反对这种做法并否认所有与他本人有关联的事情,但最终还是没有被接受。在小说中,对皇帝僵化的迷信行为的批评也逐渐多了起来。

> (唐宪宗)也算做唐朝一代英主。只是听信奸佞,既好神仙,又崇佛教。崇佛教,又不识那清净无为、善世度民之妙理,却只以祸福果报,聚敛施财;庄严外相,摇惑愚民。②

事实上,宪宗在位期间有一件众所周知的佛祖舍利子崇拜事件,它曾在儒家圈内激起千

---
① 《后西游记》,第一回,第1页。
② 同上,第五回,第47页。

层浪,并可视为小说情节展开的出发点。身为佛教信徒,宪宗经常前往都城寺庙膜拜并参加各种仪式。他对佛的朝拜愈演愈烈,竟要将"佛指骨"接到皇宫里以表虔诚。为迎骨一事,刑部侍郎韩愈(768—824)给唐宪宗上了一道奏章,劝谏宪宗不要迷信"腐朽的骨头"。他说,佛法的事,中国古代是没有的,这是外来的东西。宪宗大怒要处死韩愈,后因众臣求情才没杀,却把他贬到了遥远的边疆。

仅是皇帝的舍利子崇拜显然不能在《后西游记》中成为新朝圣之行的理由,孙悟空和三藏在拜庙时得到了全面的了解。在一次布道中他们大为吃惊地发现,佛教的物质说教竟得到了全新的诠释:

> 人世上为祸为福,皆自作自取。如何叫做为善?布施乃为善之根;如何叫做修行?信佛乃修行之本。若有善男信女,诚能布施信佛,自能为官为宰,多福多寿;今之贫穷祸夭,皆不知信佛布施之过也。①

重返灵山后,世尊在授教后叫他们两人设法复往西天,对三藏取回的佛经虔求真解。

实际历史真相是,韩愈将他的备忘录交给朝廷,并被发配边疆。在那里他认识了禅僧大颠,由此找到了新西游中三藏传人形象。和玄奘一样,大颠绝不是一个虚构人物,而是一个真实的历史人物,俗名陈宝通(生于741年),是禅宗六祖慧能的三传弟子。他在819年与韩愈相晤。②

在孙履真及后来征招的猪一戒和沙弥——即八戒和悟净的传人——陪伴下,大颠一行开始了新的朝圣之行,在西行中师徒几人以近乎象征的形式战胜了途中所有阻碍他们顿悟的障碍。团队的组成已不仅仅是指四个朝圣者。由于西行被理解为人们对精神真相和完美境界追寻的象征,作者给每个成员在功能上分配了一个更大整体的部分功能,并由此突出了他们之间的相互依赖性。在石猴身上鲜明突出了这一点,朝圣者组成一个自成一体的团队后,石猴在大颠面前说道:

> "来路各别,虽若遭际,若论道理,实是自然。"唐半偈道:"怎见得自然?"小行者道:"譬如,自有一身,自有一心,一手一足,配合成功,岂非自然?"③

---

① 《后西游记》,第50页。
② 对于此背景的详细描述见《佛教思想的奥德赛》,第119至123页。
③ 《后西游记》,第十六回,第160页。

此处"心"无疑指的是履真,"身"指的是大颠。猪一戒和沙弥,他们具有《西游记》中相似的人物特征,被分配了一个集合整体中不可或缺环节的功能。小说中各个地方都突出了这一精神—身体的主题,如妖魔对大颠的种种威胁,以及孙履真获胜后与团队的重新统一。心和体不能脱离对方单独存在,任何不和谐都会导致忧愁和不幸。要想实现共同目标就必须先克服四个行者之间的争吵和不和。在这种关系中,作者反复强调"一心"及"一体",这成为达到顿悟的前提。

作为顿悟过程中必须完成的历炼,为行者们设置了要经历的磨难和考验。其中,对手力量基本上可分为两个范畴,即模仿和象征性人物。模仿性人物大多都具备人类的容貌特征,在模仿现实的环境中登场,如寺庙、城市及乡村,同时突出体现了社会的及宗教的祸端;而妖魔和怪兽则更多占据着大自然和象征性地点,如阴间、山、河流等,并象征性体现了人们愿望和情感的内心世界。在"解脱王"领域中要克服三十六坑、七十二堑的天险——影射阴间不同层级以及在那里实施的处罚种类,如愿望和激情、忧愁和快乐,不可忘的是四个祸根:酒、色、财、气。解脱王和手下的妖精们体现了恶的魔力,这股魔力将它们的牺牲品从内心摧毁掉。①

在"弦歌村"等候行者们的是一个完全不同的劫难。这一带是以儒家伦理和传统为尊的。居民们不仅轻视行者们,还教他们的孩子说,佛是一个外国的妖魔。在费心劝说居民们皈依佛教中,大颠师徒得知,这个村曾经由于佛教和尚的无耻布施要求而遭到毁灭。

弦歌村以及周围其他村落由一个名叫"文明天王"的魔王统治着。他的武器是一支巨笔,并在作战中受助于他的两个将军石(这里代表砚)和黑(即墨)——从这一儒家博学的文房四宝的象征中,对儒家道德礼教的批判显而易见,作者以此说明他显然是对佛教禅宗比较认可,这和《西游记》很相似,但同时表示作者对所有的宗教保持一定的距离。②

小说详细描写了师徒四人最终克服所有磨难后,艰难登上灵山并来到佛的住地雷音古刹等情节。行者们总是走错路,这暗示了达到顿悟的艰难。大颠师徒最先发现的是佛教的虚空——从无人的佛庙中悟出。履真的解释如下:

> 我想,佛家原是个空门,一向因世人愚蠢要见佛下拜,故现出许多幻象引诱众

---

① 本情节出现在小说第十六至十八回。
② 儒家学说批判这一段出现在第二十二至二十四回。

生。众生遂从假为真,以为金身法相与世人的须眉无异。今日师父既感悟而来,志志诚诚要求真解,我佛慈悲,怎好又弄那些玄虚?所以清清净净,显示真空。①

但这一解释并不能使大颠满意。他奉唐王之命而来,因此想见得如来真面,领得如来法旨。孙信心满怀道:

"有我在,必定要见佛也不难。"猪一戒道:"师兄说话也要照前顾后,莫要不识羞,惹人笑。你又不是佛,怎说见佛不难?"小行者笑道:"兄弟呀,你不晓得,人心只知舍近求远,我与你整日在一处,看熟了,便不放在心上。不知我佛却平平常常,还没有我的神通哩!"猪一戒听了笑个不了道:"罪过,罪过!羞死,羞死!你且说你哪些儿是佛?"小行者道:"我说与你听:佛慈悲,我难道不慈悲?佛智慧,我难道不智慧?佛广大,我难道不广大?佛灵通,我难道不灵通?佛虽说五蕴皆空,我却也一丝不挂;佛还要万劫修来,我只消立地便成。若说到至微至妙之处,我可以无佛,佛不可以无我!你去细想想,我哪些儿不如佛?"②

这里从孙履真口中表达的,正是小说的主旨所在,即根据佛教禅宗的理论,佛存在于每个人的心中(即每个人都具有佛的本性),且每个人都能够通过自我完善成佛。

在笑和尚指引下,行者们最后在须弥园芥子庵见到了佛。大颠对三藏曾带回中国的佛经作了评论,人们在 5 年西游后于公元 824 年再次相聚长安,其间穆宗皇帝也在位。在皇宫过了一段时间后,孙履真将行者们带到灵山,在这里他们成了佛。

这里还要介绍三本最著名的《西游记》续书中最后一本,是一百回本小说《续西游记》。③ 从早期的出处可推断出该小说撰写于 17 世纪。刘廷玑在《在园杂志》中曾把《续西游记》同时也称为《后西游记》,不过,找到的最早版本却是 19 世纪中期的。

关于此书作者,有三种说法,可能性最大的一种说法是《续西游记》为季跪所著,人们认为他是在 1642 到 1717 年之间写了这部《西游记》续书。季是毛奇龄(1623—1716)的一个朋友,并在《季跪小品制文引》中指为作者。另一种说法认为小说早在明初就已

---

① 《后西游记》,第三十九回,第 468 页。
② 同上,第 469 页。
③ 此处参考《续西游记》版本,上海古籍出版社 1993 年版。第一本用西方语言对该书进行简要评论的作品为弗雷德里克·P·布兰道尔(Frederick P. Brandauer):《狗尾巴的意义:〈续西游记〉评论》("The Significance of a Dog's Tail: Comments on the Xu Xiyou ji"),载《美国东方学会杂志》(Journal of the American Oriental Society)113.3(1993 年),第 418 至 422 页。

撰写成书，而且就出自吴承恩之笔，可是《西游记》和《续西游记》风格迥异，说明这种说法站不住脚。①

接下来我们将会看到，《续西游记》不仅在内容描写上开辟了与已介绍的两部作品不同的路子。作者既没有以一个特定的情节为出发点，也没有让《西游记》中行者们的后代登场。《续西游记》采用的情节是原著中行者们东回归程仅有的一个小空间——即只有一回。这一点归因于一个事实，即归途中白龟将行者们和佛经掀入通天河中，使三藏丢失了部分经书，并成为八十一难中最后一难。

《续西游记》以西方佛地开始，在那里等候东土大唐行者们的到来。如来佛认为三藏师徒在归途中需要特殊保护，所以就另派了比丘僧和优婆塞灵虚子沿途护送。小说在第三到九十九回中用三十三个故事描述了返回东土途中的经历。途中，师徒几人不断遇到来时途中所遭遇的妖魔鬼怪。与他们西天取经途中经历的磨难不同的是，这里的磨难针对的是所带经书而不是三藏，由此孙悟空、猪八戒和沙悟净被赋予了新的角色：现在需要保护的是佛经，而不是唐僧。在小说最后一回中师徒几人最终圆满结束行程到达长安，并将所带经书呈交给太宗皇帝。与《西游记》一样，小说仍以重返灵山，各个行者都被佛祖加封结束。

稍加仔细阅读会发现，尽管由于续书的特点所造成的局限性，作者却从一种独特的视角创造了一部有个人风格的作品。首先在对猴王的性格塑造上突出了新的重点。一个关键情节是行者们在达到西方极乐世界后佛祖对他们的询问。三藏的回答让人看到他在抵达佛地之前已修得正直和纯净，猪八戒及沙悟净的回答也颇令佛祖满意。只有孙悟空还存在疑虑，对于为何求取经书的问题他是这样回答的：

> 弟子想当年生自花果山一块石，乃天真地秀，日精月华，感动所出。今日取经，盖为报答这盖载照临之恩。若说本心，弟子一路来，随着师父降了无数妖魔，灭了许多精怪，皆亏了弟子这心中机变，便是机变心来取。②

佛祖称赞了孙报答天地日月之恩的意愿。但猴子言语中却透露着机心万种，如来预感危机，认为其变幻无穷诡诈，不足以取得真经。如来错误的评价使孙悟空恼羞成怒并自我辩护。他承认，就是机变，也不过临机应变，又不是盗心、邪心、欺心、忍心、逆心、乱

---

① 布兰道尔：《狗尾巴的意义》，第420页，布兰道尔提出这三种说法并没有进行任何解释，而上面提及的《续西游记》的编者却明确认为季跪就是作者(参见序言第1页)。

② 《续西游记》，第三回，第16页。

心、歹心、诬心、骗心、贪心、恶心、昧心、凶心、暴心、疑心、奸心、险心、狠心、杀心、痴心、恨心、惰心等,他列举了48种性格缺陷。佛祖的疑虑并未因此消除,而是相反。他使孙悟空明白,每说一心,便种了一心之因。因此,一开始孙悟空就被认为是尚需觉悟之人。在这种关系下的小说可理解为是对孙悟空逐渐转变的一部报道,如他怎样一步步达到作者眼中一位德高望重之佛所具备的本质。关系整个取经队伍的教化,首先表现在佛祖收缴三藏三个徒弟的武器并换给他们三根普通禅杖。作战中对付妖魔的武器现在只剩下所带经书。

  孙悟空自然不甘心被收缴武器,且他在非理性支配下反复表露出对真正佛教信条的领悟欠缺,使他的形象第一次在《西游记》素材的书中成为讽刺对象。尽管在其他作品中——从吴承恩笔下的《西游记》开始——已可以看出孙悟空必须觉悟,但他本身却从未成为讽刺焦点。而在这部书中,对猴王仅用蛮力驱除妖魔、而不借助所带佛经的帮助使其皈依的行为作了批判。孙悟空三次重返灵山想要索回他的金箍棒,但每一次都宣告失败。所得到回复的核心是佛教学说的非暴力精神。在当时以牙还牙成为风气的中国,小说中对妖怪宽恕并劝导皈依的思想在这一时期中国叙事文学中树起一面赫然不同的旗帜,暴力的升级应被遏制,温和则被倡导。根据作品的新主题,唐僧也被赋予新的角色。他比《西游记》中的表现要智慧和深思熟虑得多。唐僧和面对新的妖怪威胁时抱怨丧失武器钉耙的猪八戒之间展开的一次简短对话,反映了这一新的观点。

  三藏道:"悟能徒弟,难道你没些手段?"
  八戒道:"都是取得经,缴了钉耙。逢妖遇怪,老大的不方便。"
  三藏道:"徒弟,你还要提钉耙,天道好还,世事反复。你要钉耙筑妖怪,便要惹妖怪兵器伤你。莫说钉耙九齿,凶器利害,不可筑生灵。便是这禅杖,也不可轻易打人。你们前日把绳索捆了狐妖,打了他许多禅杖,他便怀恨去了。我也恐你们种此根因,或被妖魔捆打。"
  八戒道:"这事,都是猴精做的。"三藏说:"你也莫推,你快去探听,看悟空在那里,霪雨林可走得过去?好天明前去。"[①]

水滴石穿,这对孙悟空来说也不例外。猴王为自己和他的两个师弟重新造了降妖灭怪的板斧后,受到三藏最后一次指责,三藏不许他携带器械上路,因为这沾血的工具与神

---

① 《续西游记》,第四十三回,第248页。

圣的经文是不相配的。① 最后猴子也似乎参悟了此理。他不再使用任何武器,而通过援引经书来降妖灭怪。在这种新理念的带动下,作者在小说中还指出了另一种信仰方向。这里宣扬的不再是强调突然觉悟的佛教禅宗。相反,更多的是一个循序渐进的漫长过程,在这个过程中,孙悟空最终达到了顿悟。

---

① 《续西游记》,相应对话见第八十四回结尾,第474页。

## 三 通往西方的海上之路和关于远方的神话

15世纪初,郑和率领舰队远航东南亚、印度,直至阿拉伯和东非。关于该题材的文学作品,或许不会给人以神话的感觉,但事实上,小说《三宝太监西洋记通俗演义》[①](简称《西洋记》)与吴承恩的《西游记》却有着密切的联系;同时,尽管有着具体的历史背景,它也绝非一部历史小说,而应列入演义文学的范畴。不过,对于这些问题,我们尚不想过早探讨,我们首先想关注的是那些对文学作品产生影响的历史事件。

中国的航海家并不多见,其中首屈一指的这个人究竟是谁?这个在拓展本国文化方面,可以与哥伦布、达·伽玛,或麦哲伦等西方大航海家齐名的人是谁?[②] 根据当今的资料,郑和最初姓马,来自中国南方的云南省,信仰伊斯兰教。他的祖先可能是中亚的回族人,他的祖父和父亲姓"哈只"(Haji),据此判断,他们可能是麦加的朝圣者。可惜的是,关于郑和这位重要人士的生平记录相当少见,即便有也只是些不算详尽的记录。他可能出生于1370年左右,11岁左右被选为太监,在皇宫争权夺利期间,郑和辅佐日后的永乐皇帝处理事务,并于1403年永乐皇帝登基后迅速荣升成太监总管。为肯定他的功绩,皇帝随即赐于他"郑"姓。因为他熟悉伊斯兰教,1405年他得到一项海事远航任务,作为新晋的海军上将,郑和率领着一支由62艘大船、255艘小船和超过27000名船员组成的超级舰队,途径爪哇、苏门答腊和锡兰,直抵南印度。他们关心的不仅是外交和霸权,还包括政治秩序的问题,这在一件事上就足以证明:郑和在从苏门答腊回来的途中,杀死了海盗头目陈祖义,摧毁了他的船队,并把他的尸首运回了南京。首次航行持续了两年,此后直到15世纪30年代,他又率领了6次航行,其中的第四次航行(1413—1415)堪称中国域外大显国力的颠峰之作。远航的头一两年给人一种假象,似乎当时中国的海事活动颇为神秘(撇开可能由于日本在元朝时的侵略不论),这与郑和密不可分,至少在他死后,再没有出现过可与他比拟的航海家。当时的航行极尽奢侈,甚至连欧洲15、16

---
① 参见《三宝太监西洋记通俗演义》(简称《西洋记》),上海古籍出版社1985年版(2卷本)。
② 关于郑和的航行,除了之后引用的文献外,较为详尽的描述主要选自傅卡迪(Gabriele Foccardi):《明朝的中国旅行家》(The Chinese Travellers of the Ming Period),威斯巴登,哈拉梭维茨出版社1986年版,第25—92页。

世纪的海上列强也无法与之相比。同时,这些去往印度、阿拉伯和非洲的航行,也为中国带来了极富价值的新认识。尽管中国大型舰队规模庞大,但他们和欧洲人的想法不尽相同,他们并非想在东南亚拓展领土、建立殖民地,他们还远没想到要把那些陌生的港口城市建成自己的海外基地或殖民地,而只是希望通过扩大贸易来获利。不过这些航海活动也并非全无野心,要是以为外来的中国舰队毫无威胁,也太过于天真了①。中国欲以一个优越的文化大国的姿态,来炫耀自己的国力,这在之后将介绍的小说中也是显而易见的。对于郑和为何远下西洋,若我们抱以实际的态度,就能揣度出最可能的答案。登基不久的永乐皇帝一心想让中国称霸东亚,并为之付出努力。永乐皇帝只想统治印度支那地区,他试图想在敌手帖木儿的背后与阿拉伯地区国家结盟②。至少,这些推测的可信度都要比另一个传说要大,该传说只关系到永乐皇帝的个人恩怨,说的是所有的航行只有一个目的,那就是寻找流亡的先帝朱允炆,他被罢免后逃亡到了一个神秘深处。在这个版本中,至少是有个寻找的主题,就像贯穿小说的红线一样,人们寻找传国玺却一无所获,而传国玺对一个受到排挤的统治者来说,绝对是权力的象征。

在他的有生之年和死后数十年中,郑和应是一个著名人士。在明朝一段较长的时间内,他的航海故事以民间文学的形式传播开来,标志是由一位匿名作者在1522年左右写成的一部名为《奉天命三宝下西洋》(三宝即指郑和)的戏剧。虽然随着时间的流逝,郑和在中国渐被遗忘,但南亚的海外华人对他的崇拜之情却越发强烈。③

关于小说④的写作时间,并无特别说明。有人推测,1597年该书序言的作者罗懋登可能就是该书的作者,但对罗懋登亦未获得其生平信息。他在序言中表露的感知观念,恰好符合了16至17世纪交替的万历年间知识分子的态度。在中国的威望和国力衰落后,他对于中国同朝鲜的争端,以及葡萄牙人在中国南部显示的军事优势,流露出了痛惜之情。小说似乎想借昔日的伟人,给同代人以新的鼓舞,表述的方式并不露骨,很是含蓄。传国玺的丢失也象征了孔夫子儒家学说受到的威胁。《西洋记》并未产生独立的影响,在很多方面让人感到受到了文学前辈的影响,其中尤以《西游记》为甚⑤。两部作

---

① 普塔克(Rodrich Ptak):《以明朝以郑和探险为主题的戏剧和小说。下西洋:翻译和研究;西洋记:阐释的尝试》(Cheng Hos Abenteuer im Drama und Roman der Ming-Zeit. Hsia Hsi-Yang: Eine Übersetzung und Untersuchung; Hsi-Yang Chi: Ein Deutungsversuch),弗兰茨·石泰出版社1986年版(同慕尼黑东亚研究第四十一卷),第19页。
② 同上,第15页。
③ 同上,第14页,注释10。
④ 这部小说分成二十册和章回。
⑤ 普塔克特别强调了这两部小说之间的关系。参见普塔克:《西洋记-阐释及与西游记的比较》("Hsi-Yang Chi-An Interpretation and Some Comparisons with Hsi-Yu Chi"),载 Clear 第7期1985年,第117—141页。此外,还可参见古德(Walter Goode):《关于三宝太监下西洋记及其资料来源的研究》(On the Sanbao taijian xia xiyang-ji and some of its sources),(博士论文)澳大利亚堪培拉大学,1976年。

品都立足于冒险探寻的主题,这部讲述郑和的小说寻找的是传国玺。航行途中,舰队征服了一系列的国家,然而与《西游记》不同的是,这次的寻找是无果的,传国玺最终无处可寻。不过这也是可以理解的,因为最初寻找的活动是由奸臣张天师发起的,从逻辑上讲确实也不该成功,否则就是"邪恶势力"获胜了。

同样,在主人公的安排上,《西洋记》也明显受到了吴承恩作品的影响,两部小说的情节都由四个主角构成。《西洋记》中的两个尘世人物,即舰队的名义指挥官郑和和王景弘,以及和尚金碧峰长老、道士张天师,恰好代表了三大信仰教派。《西游记》和《西洋记》中的统帅者(唐僧与郑和)都是软弱的,他们都要依靠外来的辅佐才能成功地完成远行。甚至在两部作品的建构上也有相同之处。引文部分都由七个章回组成,在简短地阐释了世界观后,都提出以追求和谐作为旅程的动因。在《西游记》中,如来佛祖宣告中国南方的赡部洲陷入了混乱,于是玄奘想通过获取佛教真经来拯救他们。然而在《西洋记》中,昏庸的皇帝将在50年后下令迫害佛教徒,于是便作出了未来混乱的预言。接下来更重要的部分(《西游记》第八至十二回,以及《西洋记》第八至十四回)有所不同,《西洋记》关注的重点是金碧峰和其敌人张天师的矛盾。此外,两部作品都融合了高度模仿和神话探险的写作方式。

根据唐代僧人和明代航海家的历史事实,两部小说在地理概念上也有相同之处,即都是向西行进。《西洋记》充满了幻想,启程后征服的软水洋和磁岩峰与《西游记》中的河流和山峰也很相似,而这将(中国的)文明世界和其余的"蛮夷"世界区分开来①。此外,具体的冒险活动也和西游记很相似,主要表现在,遇到了敌人总会出现更为强大的力量来战胜它。除了女儿国(四十六—五十回)或是散发国(五十一至六十一回)等充满想象的国家外,还有爪哇、亚丁、摩加迪沙等真实存在的地名②。有些地方的描述也非常真实,这在《瀛涯胜览》和《星槎胜览》中能读到,这两本书的作者马欢和费信都参加了郑和的西行,并在书中记录了他们的印象感受。一位1431—1433年航行的参与者巩珍,曾写下《西洋泛国志》,虽然时至今日已失传,但当初作者撰写《西洋记》时也许还能读得到。此外,罗懋登可能还引用了一些其他的资料出处,因为有几个人名和地名恰恰出现在了

---

① 横渡软水洋时,东海龙王出面调解矛盾。他逐步提到了《西游记》中的故事,唐朝太宗皇帝因未实现拯救一条雨龙的誓言而沦落阴间。东海龙王说,根据佛陀的指示,群龙在唐僧一行(皇帝下访阴间后,命他们"拯救"灵魂)取得真经后,能获得力量征服危险的软水,并关注硬水。然而,金在此事上却未与龙纠缠,他系紧了船头,最终同样过了这关。

② 郑和的舰队在小说中,抵达了九大国五十余个地方,一些是真实的,一些是想象的。《西洋记》主要描写了航行的经过(第十五至一百回),中间还作了进一步的细分,此外还有航行的准备和中断(第十五至二十二回)以及归程(第九十四至一百回)。

其他的明代官史中①。

现在让我们回到作品的内容上来。《西洋记》以天体演化开篇,之后过渡到明代的历史上。永乐皇帝上位登基,整个国家平和安定,井井有条,列国公使在宫殿里向皇帝请安。一次拜谒后,极具影响力的道士张天师留在大堂高呼数声"万岁",引起了皇帝对他的注意。他告知皇帝,所有那些进贡上来的宝贝都不够稀有,身为天子的皇帝还缺少一件具有决定性意义的东西,即传国玺。按照传统,拥有了传国玺,就拥有了统治的权力。张天师说,由于上一任统治者仓皇出逃,传国玺已流失在了西域。他详尽地讲述了传国玺的传说,自远古以来,它就一直为皇帝所有。

"却说楚武王当国,国中有一个百姓,姓卞名和,闲游于荆山之下,看见一个凤凰栖于石上。卞和心里想道:璞玉之在石中者,这块石头必定有块宝玉。载之而归,献于武王。武王使玉人视之,玉人说道:'石也。'武王说和欺君,刖其右足。文王即位,献于文王。文王使玉人视之,玉人说道:'石也。'文王说和欺君,刖其左足。卞和抱着这块石头,日夜号哭,泪尽继之以血,闻者心酸。楚文王听见他这一段的情事,方才把石头解开来,只见里面果真是一块娇滴滴美玉无瑕。后来秦始皇并吞六国,得了这玉,到了二十六年上,拣了选天下良工,把这块玉解为三段,中一段,碾做一个天子的传国玺,方圆约有四寸,顶上镌一个五龙交纽,面上李斯镌八个篆字,是哪八个篆字?是'受命于天,富寿永昌'八个篆字。左一段,碾做一个印形,其纽直竖,直竖纽上有两点放光,如人的双目炯炯。右一段,碾做一个印形,其纽横撇,横撇纽上霞光灿灿。这两段却不曾镌刻文字。到二十八年上,始皇东狩,过洞庭湖,风浪大作,舟船将覆。始皇惧,令投横纽于水。投讫,风浪稍可些。又令投竖纽印于水,投讫,风浪又可些。遂令投传国玺于水,投讫,风平浪静,稳步而行。最后三十六年,始皇巡狩,到华阴,有个人手持一物,遮道而来。护从的问他是甚么人,其人说道:'持此以还祖龙。'从者传与始皇。始皇看来,只见是个传国玺。始皇连忙问道:'还有两颗玉印,可一同拿来么?'护从的跟问那个人,那人已自不见踪迹了。故此只是传国玺复归于始皇。始皇崩,子婴将玺献与汉高祖。……"万岁爷道:"这传国玺现在何处?"天师道:"这玺在元顺帝职掌。我太祖爷分遣徐、常两个国公。追擒顺帝,那顺帝越输越走,徐、常二国公越胜越追,一追追到极西上叫做个

---

① 对此问题,请参见戴闻达(J. J. L. Duyvendak):《西洋记杂断记》("Desultory Notes on *the Hsi-Yang Chi*"),载《通报》(*T'oung Pao*),第四十三卷 1954 版,第 1—35 页。

红罗山,前面就是西洋大海。元顺帝只剩得七人七骑,这两个国公心里想道:'今番斩草除根也!'元顺帝心里也想道:'今番送肉上砧也!'那晓得天公另是一个安排,只见西洋海上一座铜桥,赤磣磣的架在海洋之上,元顺帝赶着白象,驮着传国玺,打从桥上竟往西番。这两个国公赶上前去,已自不见了那座铜桥。转到红罗山,天降甪端,口吐人言说话。徐、常二国公才自撤兵而回。故此历代传国玺,陷在西番去了。昨日诸番进贡的宝贝,却没有个传国玺在里面,却不都是些不至紧的?①"

永乐皇帝心系传国玺,于是便下令征募军队占领相关国家,旨在重获传国玺。后因有人劝戒存在危险,他暂时将此事搁置。此时,张天师感到有机会为自己的信徒立功,遂向皇帝许诺,有意协助一次西海航行,前提条件是要皇帝压制国内的佛教活动。他想以此来报复姚太师,此人信佛,多次在皇帝前斥责他寻找传国玺之事。皇帝大抵默许了张天师的提议,立即关闭了佛教寺院,和尚因未被授圣职而被治罪。不过,他这样的做法激怒了一位佛徒金碧峰,他动身前往都城,冲破诸多禁令拜谒了皇帝。金与张天师当面对峙,给了他的道教对手沉痛的打击,这和唐代变文中所记载的很是相似。作为惩罚,皇帝命令张天师参与西行征途。在宣布了旅途的决定及率领者后,金引荐了前海事将军郑和与其副将王景弘,从而打消了永乐皇帝最后的疑虑。随后,银河中的虾蟆精化身成了郑和,白虎星下凡成了王尚书,整个物资筹备、船体建造以及铸锚过程都是在上天神力的保佑下完成的。

在占巴(Champas),即今天的越南,他们与陌生国家的居民们发生了第一次争执。他们派遣探子去搜集该国的信息。这样的过程在此后也反复出现。探子回来时会记录下居民、风俗、习惯等讯息。探子报告,一城门上有块写着"金莲宝象国"的牌子。国王对中国人和其统治者的能力印象深刻,他的大臣建议投降,然而骄傲的三太子坚决反对,认为自己的军队有很强的战斗力,于是国王决定开战。数番交战后,中国人占有优势,此时年轻的女战士姜金定出现在了战斗中,她的魔法幡旗把中方将士打得大败而归。郑和陷入了艰难的处境,于是张天师开始投入了战斗,他成功地救出了被监禁的将领,但也没能获得最终的胜利。虽然国王已和大臣以及军师们一起考虑了投降的问题,这位年轻的女斗士依旧渴望着为她死去的亲人们报仇雪恨。在一次激烈的辩论中,她说服国王要坚决反抗,充满了高涨的爱国情绪。

姜金定说道:"这都是些卖国之臣,违误我王大事。"番王道:"怎叫做是个卖国

---

① 《三宝太监西洋记通俗演义》,第九回,第 110 页起。

之臣?"姜金定说道:"我王国土,受之祖宗,传之万世,本是西番国土的班头,西番国王的领袖。今日若写了降书降表,不免拜南朝为君,我王为臣。君令臣共,他叫我王过东,我王不得往西;叫我王过北,我王不得往南。万一迁移我王到南朝而去,我王不得不去,那时节凌辱由他,杀斩由他。若依诸臣之见,是把我王万乘之尊,卖与南朝去了,我王下同韦布之贱,这却不都是个卖国之臣!"①

在与陌生国家爆发冲突前,这种态度是非常典型的。金定施展的巫术"白羊角"在一次战役中打败了金碧峰,但最终还是失败了,因为金碧峰拜会天神时,发现了白羊存在的原因,并获得了降伏的方法。这就像《西游记》一样,唐僧一行遇上的敌人不会被消灭,而是被天上的上司驯服,从而得以改过自新。

不过,并非所有矛盾都是通过双方首领的交战解决的。小说没有美化任何东西,在写到爪哇事件时,也揭示了郑和之行的好战性。正如事先所期望的那样,作为外来者,中国人并未受到友好的欢迎,而是遇到了由咬海干率领的一群危险的水下侦察兵,他们能在水下连续度过数天。在中国海军司令的指挥下,中方取得了多次胜利,但咬海干试图再度扭转战斗态势。幸而张天师有先见之明,做了充分的准备,他们为防止潜水员的攻击,投放了水雷,展开了一场浴血奋战,俘虏了数千名的爪哇士兵。本来中国人还想树立一个礼仪的典范,但王景弘将军对这种好战的欢迎方式和己方无数的损失很愤怒,他认为是时候该震慑对方一下了,否则中国在这个地区的威望将会受到威胁。郑和同意了这种看法,问他现在该怎么处理这些俘虏。王景弘建议道:"切其头,剥其皮,剐其肉,烹而食之。"郑和点头同意,立即执行,于是三千个爪哇人就以这样的方式结束了性命。

令人感到惊讶的是,中方的态度鲜有改变,这就像《西游记》中一样,无论经历多少事,根植于文化中的固有态度从未改变。郑和的舰队到达孟加拉后,几番交火后最终受到了友好的欢迎。不过在这之前,雷应春和30个人在海岸边进行了侦察。守城的卫士一开始拒绝中国先遣队进入。一个卫士和雷应春之间还有一段有趣的对话,让气氛也缓和了不少。

那些把守城门的小番不肯放人进去,问说道:"你们是那里来的?"
雷应春道:"我们是南朝大明国朱皇帝驾下钦差来的。"

---

① 《西洋记》,第二十六回,第335页起。

把门的道:"你到这里来做甚么?"

雷游击道:"要来与你国王相见。"

把门的道:"你那南朝大明国,可是我们西洋的地方么?"

雷游击说道:"我南朝大明国,是天堂上国,岂可下同你这西洋?"

把门的道:"岂可我西洋之外,又别有个南朝大明国?"

雷游击道:"你可晓得天上有个日头么?"

把门的道:"天上有个日头,是我晓得的。"

雷游击道:"你既晓得天上有个日头,就该晓得世界上有我南朝大明国。"

把门的道:"我西洋有百十多国,那里只是你南朝大明国?"

雷游击道:"你可晓得天上有几个日头么?"

把门的道:"天上只有一个日头,那里又有几个。"

雷游击道:"你既晓得天上只有一个日头,就该晓得世界上只有我南朝一个大明国。"

把门的道:"只一个的话儿,也难说些。"

雷游击道:"你岂不闻天无二日,民无二主?"

把门的道:"既是天无二日,把我吸葛剌国国王放在那里?"

雷游击道:"蠢人!你怎么这等不知道?譬如一家之中,有一个为父亲的,有一班为子的。我南朝大明国,就是一个父亲。你西洋百十多国,就是一班儿子。"

把门的道:"岂可你大明国,就是我国王的父亲么?"

雷游击道:"是你国王的父亲。"

原来,吸葛剌这一国的人虽不读书,却是好礼,听说道是他国王的父亲,他就不想是个比方,只说是个真的,更不打话,一径跑到城楼上,报与总兵官知道,说道:"本国国王有个父亲,是甚么南朝大明国朱皇帝。这如今差下一个将军在这里,要与国王相见。"总兵官叫做何其礼,又悟差了,说道:"怪知得人人都说是国王早失父王,原来在南朝大明国。今日却不是天缘凑巧。"①

随后故事继续发展,但国王对此也感到离奇。直到最后,真相才由吸葛剌国的宰相揭开。

舰队经历了一系列的冒险活动之后,抵达了亚丁国,而这从很多方面来看都预示着

---

① 《西洋记》,第七十二回,第923页起。

一个转折,不仅仅是因为"未战既占",即未遭遇魔法和巫术(亚丁是通过突袭得手的)就占领了当地,更多的是因为这个国家被视为地狱世界的分界线。在获得了继续旅行的钱财后,舰队来到了麦加,一个在小说中有着天堂般的名字"极乐世界"的地方。郑和拜访了伊斯兰圣地,由此完成了身为穆斯林的使命,一个信仰所赋予他的使命。麦加当地的统治者坚信,他的国家地处最西面,然而郑和仍命舰队继续西行,因为传国玺仍未找到。接下去的航行持续了数月,穿过了海上的浓雾,最终看到了陆地,这亦是由王明侦察到的。他以一种很奇特的方式遇到了牛头马面,而这些都是来自于阴间的典型特征。接下去的旅程是走访"酆都鬼国"①,是由阴间阎罗王的助手崔判官引导的,他把王明引领到各个地方。关于地狱阴间,在目连地狱寻母的素材中有所涉及,在《南海观音全传》中对观音在阴间的逗留有所描述,除此之外,就是这里共七回的叙述。这些可以说是中国文学中对地狱最详尽的描述了。王明认为,他们是很偶然地进入了这个地方,根据王明这一说法,崔解释说,很多人抱怨说在途中被中国人杀害,并欲报仇雪恨。这样的事件,在《西游记》中太宗皇帝拜访地狱时也有发生,他在那里还遇见了被杀害的弟兄和战死疆场的士兵们。《西洋记》里的拜访以阎罗王给金碧峰密函通告而告终,通告要求金去拯救那些冤屈的死者,以此来为自己和郑和免除罪名,因为他们曾准许了无数次的谋杀。于是金碧峰开始了为期49天的改邪归正,并预示了回程的开始。从比较文学的层面上看,整个章节的叙述也是颇有趣味的,因为它与诸如维吉尔(Vergil)的《艾尼斯》(《Aeneas》)、但丁的《神曲》②等西方文学对造访地狱的描写,有着许多异曲同工之处。

归途一切顺利,舰队轻松地克服了困难,并于七年之后回到了皇宫③。这一部分最值得一提的是五鼠(第九十五回)迎接仪式,"鼠精"这一主题让人联想到另一位文学先驱,即包公的历史典故④,只有他能够终结这些鬼怪的胡作非为。

郑和为正下榻在南京的永乐皇帝宣读了各国投降书,并呈上了39个国家的贡品。文中只简单提到了传国玺未能找到,皇帝也只是附带地提了一下。在允诺了各式各样

---

① 按照道教教义,酆都国所处位置与这里所说的不同,它并非在世界的边缘,而是在中华文明起源的边缘,即四川省。(参见戴闻达:《一则中国神曲》("A Chinese Divina Commedia"),载《通报》(T'oung Pao),第四十一卷1952年版,第265页,注释2)。

② 对此问题,请参见余凌儒:《异化之旅中的向导角色:维吉尔的〈艾尼斯〉、但丁的〈预言喜剧〉,和罗懋登的〈三宝太监西洋记通俗演义〉》("The Role of the Guide in Catabatic Jouneys: Virgil's Aeneid, Dante's Divine Comedy and Lo Mou-teng's The Voyage to the Western Sea of the Chief Eunuch San-pao"),载《淡江评论》(Tamkang Review),第二十卷、第一期,1989版,第67—75页。

③ 根据书中记载,应为1406—1416十年时间。

④ 参见《西洋记》中第1223—1229页及附录中第1322页。

的奖赏和任命后,整部作品画上了句号。

人们对于本国的人民会保持多大的疏远感和多远的距离感,这在屠绅(1744—1801)的文言神话历史小说《蟫史》①中有许多描述。小说借鉴了明代作家穆希文的同名小说,提及了各式各样的鸟类、昆虫和甲壳类软体动物。屠绅所描绘的是一幅神话般的居民景象,他们居住在中国边境地区。更值得一提的是,来自江苏的屠绅20岁已成进士,在其仕官身涯中担任过不同的职位,也到过遥远的中国边陲。他先在云南担任了一个市衙职位,之后做到了省总管。《蟫史》出版于屠绅去世前的1800年,并配有插图和前言。

作品讲述的是闽人桑蠋生的船在南方旅途中触礁,之后他被广东的渔民救起,并认识了在南粤及四川指挥战斗的总督甘鼎,他的形象让人联想起中国的战斗英雄傅弼,他于1795年镇压了苗族②。桑蠋生辅佐甘鼎打败了海盗老鲁。面对白苗(一个少数民族,在贵州、湖南、云南、广西、四川和广东居住)国王策动的起义,他俩同往四川,镇压了白苗和黑苗的主力部队。回到福建后,甘鼎在女英雄木兰的巫术帮助下,平息了沿海地区的局面,该巫术是以"天女"的形式出现的。打赢白苗之后,甘的战斗力被一股邪恶的妖气吸走,之后又是木兰拯救了他③。屠绅的小说因为一些虚幻的情节而倍受喜爱,充满了神话的想象,故事的背景是木兰抗击一个野蛮女人的原始部落,她们由一个淫狂的女将士率领。一天,利川县农民看到了一些女人的锁骨残骸,吓得落荒而逃。次日再去时,骸骨已不见踪影,空中出现了一美艳超凡的女子,还同人们交谈,称自己为"锁骨菩萨",来自唐朝,与81个男子性交而死,现已证菩提之果。今应劫运复出,当杀四名秀才、五名进士(以应一九之数);又要淫十六健儿(以应七九之数)。如此再不入尘世。该女子入山中,鸟、鱼都见之而逃。率一众女子建起明淫之家。该地区所有的男子都来寻找她们的部落,她就用这样的方式逐步赢得了无数的追随者。木兰与她开战,虽然失败了,却想出了一个计策:英俊的战士们要在床上打败她④。

直到数年战斗后,才终于消灭了这些祸害。白苗首领万乐般战败后,用神话的口吻婉述了不同苗族的来源。

  向未尝与儿数典,则五苗之谱牒,何自知之?我家姓氏,显于春秋,封号荣于七

---

① 参见中国戏剧出版社1993年版的二十回小说《蟫史》,该小说最初为文言文形式,这里已转化为白话文。
② 参见赵景深《中国小说丛考》第452页起,齐鲁书社1980年版。
③ 参见北京大学中文系《中国小说史》第七章,探讨了中国18世纪少数民族起义与小说的叙述表现,该书由人民文学出版社于1978年版,第307页。
④ 该内容见《蟫史》第七回。

国,及迈种德于吾,为西川文学,非真白苗之裔,香火禀君者也。若黄苗以死鹿痂白茅下,经岁复生,与水精合而孕育,遂有人种,其女多夭,其男多寿,人家建尘鹿祠云,青苗则草木之怪,变女子以交于土狗而生,代为妖邪所凭,如莎鸡蟋蟀,一物而名随时异矣。红苗乃赤蛤蟆化人与虹精篝,既生子,虹精以法压蛤蟆于井,越数传而至青气之父,为野人所诛锄。青色十岁,报父仇而自立,红苗附之。黑苗之先,即唐尧时洞庭之修蛇,被斩而骨为邱陵,其魂郁结于大泽之滨,附穴居淫狐,遂强使交而有子,上世常以三十岁为人,过此则变蛇相,托于巫者。塑蛇神形,置野庙,居人入山者,辄祀豚蹄,为其家捍水火盗贼之患,又五世而子孙为人后,不复蛇相,潜约村寨,自长其地,在楚者曰乌鬼。祠蛇祖,少陵诗所谓"家家养乌鬼"是也。别派在粤者曰蛋人,明乎人而蛇蛋所出,在滇者曰黑樊晋,时樊氏为南蛮太守。曾入朝,其部滋大,今鞑靼又修蛇骨中之趄,化为巨鬼,感运而起,欲与代兴者,总帅而能无惧乎?①

成功镇压了一些少数民族的暴动后,甘鼎将军从官场隐退,结局悬而未决。主和人士蚩尤的一番梦中呓语,质疑了甘鼎的能力:在去四川晋谒皇帝的路上,他应该抵抗巫师,但他冲入了一个洞穴,开始了一场毫发无损的梦游,幽灵般地来到一个地方。他受到了一位长者的迎接,引入了一间宫殿,在那里诸侯接待了他。该诸侯公开告诉甘鼎,他们双方在黄帝时期,都曾是高级将领,并且应该尝试用魔法互相战斗。甘早期任封侯时已杀死了巫师蚩尤。身为凡人,诸侯应该用战争来赢得世界,并受到严厉的惩罚,以此来完善自己、维护品德。如此一来,甘将军应该信服了。

  君侯曰:"予以造兵启刲觎之渐,今将销兵息征诛之缘。"
  甘君稽首问曰:"愿闻销之说。"
  君侯曰:"苑中自有澄潭,下置风琴雅管,命神妃四人掌之,投一兵刃,化为水泡。今日已销中州十二武库物矣。"
  甘君以手加额曰:"遂可兵不用乎?"
  君侯曰:"国之戎兵,不可不诘也。予所销者,乃攘窃凶器,弄兵之兵。"
  甘君曰:"何年遂无此兵?"
  君侯慼然曰:"构乱以六年,定乱三倍之,需二纪也。"

---

① 《蟫史》卷一,第十回,第276页起。

甘君再拜曰:"胜残去杀之德,格于皇天,我侯其赞化之神乎?"

君侯曰:"俟九首之蛇,浸水而死,则二纪销兵之候也。予生而应运,死亦乘时,何言乎赞化。"①

---

① 《蟫史》,卷一,第三回,第76页起。

## 四 神话时期的统治者世界——小说《封神演义》

从《西洋记》的诸多地方能明显看出,它和之前的作品有着千丝万缕的联系。我们现在要关注的是《封神演义》这部作品①,从内容上来说,它和《西游记》都营造了一个神话人物和事件构成的宇宙世界,同时也并未脱离历史事实,所以被称为"演义"题材。

小说《封神演义》总共一百回,虽然里面无数的神话想象并不能与《西游记》相媲美,但因其极其完整的交战描写,至今仍是中国皮影戏和现代舞剧最钟爱的题材之一。②

关于作品的写作时间引发了诸多争论,人们想探寻的是,与以唐代作为历史背景的《西游记》不同,《封神演义》与边缘历史有关。人们试图从历史的联系中,解释为数众多的神话和曲折故事。因此,有人曾尝试将《封神演义》与11世纪伊朗诗人兼编年史家菲尔多西(Firdausi)的波斯史诗《列王纪》(Shahanameh,写于 990—1001 年间)作过比较,并推测过去安居在萨卡(Saka)的人们,在波斯和中国之间的题材传承上,可能充当过中间人的角色③。直到 1931 年,中国文学研究者孙楷第在日本发现了一部明朝版本的《封神演义》,出版者叫许仲琳,人们日后也把他当成了小说的作者,但孙的猜测很快就遭到了异议。幸得有柳存仁 1930 年代以来的研究文章,让现在的我们对这部小说的诞生和发展有了更多的了解④。关于小说的作者,柳存仁得出的结论是,《封神演义》并非许仲琳所写,而是陆西星(1520—约 1601)所作。他的理由是,18 世纪末,由国家控制局整理

---

① 这里涉及若干文学出处。早期第一至四十六回的权威德译本由格罗贝(Wilhelm Grub)完成,并于 1912 年以《神灵的变化》(Die Metamorphosen der Götter)为题出版(Leiden: Brill,对于后第四十七——一百回有内容提要,并附出版者穆勒(Herbert Müller)的整体分节。还请参见马汉茂的《中国传统文学及现代转型〈中国形象Ⅰ:传统文学、晚清文学及共和国文学〉中的小说〈神灵的变化〉的德译》(Zur deutschen Übertragung des Romans Metamorphosen der Götter in: ders.: Traditionelle Literatur Chinas und der Aufbruch in die Moderne. Chinabilder Ⅰ: Traditionelle Literatur, Späte Qing-und Republikliteratur),第 183 页起,普罗杰克特出版社 1996 版。浙江文艺 1985 版的《封神演义》(2 卷本),参见英语全译本《神灵的创造》(Creation of the Gods),顾执中译,新世界出版社 1992 年版(2 卷本)。

② 关于作品的评价和接受,主要请参见蒙山(Ylya Monschein):《狐狸精的魔力 中国文学中"女性灾难"主题的形成和演变》(Der Zauber der Fuchsfee. Entstehung und Wandel eines "Femme-fatale"-Motives in der chinesichen Literatu),哈格海辛出版社 1988 年版)(同海德堡东亚学科论文第十卷),第 219 页起。

③ 参见索雅奇(Sir J.C. Coyajee):《古伊朗和古中国的祭礼传奇》(Cults and Legends of Ancient Iran and China),卡拉姆之子出版社 1936 年版。

④ 柳存仁将他的研究结果写在下列专著中:《〈封神演义〉的作者身份》(The Authorship of the Feng Shen Yen I),哈拉梭维茨出版社 1962 年版。

的《乐府考略》将陆西星视为《封神传》的作者①。同样,《封神演义》的内容也证明了,只有一个真正的道教信仰者,才能游刃有余地处理好作品中的诸多细节。陆最初是扬州兴化的一名道士,之后转投了佛教。除此之外,《封神演义》中的一些细节也与陆自己作品中的东西很一致②。

正如我们接下来将看到的,《封神演义》是在许多文学作品的基础上写就的,并和它们有着或多或少的关系。小说起草于嘉靖皇帝(1522—1567)的中期,文本则诞生于16世纪末万历皇帝统治的时期。最迟在17世纪20年代,小说首次付梓印刷③。

《封神演义》的历史事件,必须要追溯到公元前12世纪,那是商朝(公元前1766—公元前1122)没落、周朝(公元前1122—公元前255)崛起的时期。小说的故事情节发生在公元前1148到公元前1121年间,完整讲述了商朝的没落以及周朝奠基人武王领导下的反纣战争。正如我们前面在历史小说章节中所看到的那样,故事的主要情节发生在公元前首个世纪末,陆西星显然借鉴了16世纪中叶的《列国志传》第一回吴王攻打周王的交战描写,有的地方甚至是字句照搬④。在这方面,元朝的《武王伐纣评话》(1321—1323)⑤无疑具有更为重要的意义,该作品可谓《封神演义》的"最早版本",它是用更为史实般的基调写作的,用简短的篇幅复述了历史的情节,这无疑缺少了《封神演义》中的神话因素,尤其是缺少了神灵和仙人在周商战斗中的介入。在《封神演义》中处于重要地位的"封神"仪式,在元朝的缩略版本中只是被稍微提了一下。同样,情节发展也不尽相同:《封神演义》中纣王面对以姬昌为首的叛臣下令展开讨伐(姬昌之子姬发正是后来的武王),而在《武王伐纣评话》中,是姜子牙在西岐称臣三年后鼓动按兵不动的主君去讨伐朝歌暴君的。纣王的情妇苏妲己几乎丧失了人性的本质,这在民间书籍和《封神演义》中是一样的,在两部作品中,她都是狐狸精的化身,杀害了一名前往都城的少妇,并化身为该少妇的模样。民间版本中,没有《封神演义》中女娲预言商朝灭亡的内容。只是说一个玉女出现在了纣王的睡梦中,并允诺100天内答应他的求婚,这算是个性课题。玉女留下了一条佩带作为信物,然而却再未现身,以致纣王要在本国的美女中去寻

---

① 从生平来看,陆西星无疑是一名元朝的道士,柳存仁借助地方年鉴和其他资料,认为陆西星的别名为陆长庚(参见同上,第118—123页)。
② 有关这些结论,请参见同上第290—293页。中国大陆1985年的版本称许仲琳为出版者,而台湾版本(世界书局1983版)则倾向于陆西星为作者,这也表明了作者身份的不确定性。
③ 孙楷第在《中国通俗小说数目》中提到了《封神演义》的三个版本,该书于1932年出版并数次重印。明朝的两个版本当时存于东京的日本图书馆。这里引用的清朝1695年版,藏于北京国家图书馆,此后的重印大都基于此版(参见孙的《中国通俗小说书目》第196页起,人民文学出版社1982年版)。
④ 参见柳存仁的《〈封神演义〉的作者身份》,第90—94页引证的举例。
⑤ 该民间话本的英语全译见柳存仁,同上,第10—75页。

找,就这样引出了妲己这个角色。和"世俗的"民间书籍中完全一致的是,这里也没有说明姜子牙的上天使命。身为凡夫,姜子牙在出逃前同母亲告别。《封神演义》中说他的出逃主要是超能力的结果,而在这一民间版本中,他的逃离则主要要归功于他的神机妙算。

关于《封神演义》在创作上借鉴过的作品,在此只能介绍最重要那几部。《封神演义》的内容如此绚丽多姿,就已表明作者在创作时借鉴了诸多戏剧和小说的写作艺术①。在中国古代"四大名著"中,率先跃入我们眼帘的,就是《水浒传》和《三国演义》,特别是对于后者的借鉴,无论是在创作动机还是场景描写上,都非常明显。比如,姬昌寻找一位贤臣(最终找到的正是姜子牙)的行为和《三国演义》中刘备找到诸葛亮很相似,这两个人物身为起义国统治者的谋臣,无疑也有颇多的相似性②。在另一处(第二十九回),武王驾崩前将国事托付给姜子牙,对此他深表谢意,而他所说的正是诸葛亮在《三国演义》(第八十五回)中说过的话语。借鉴《水浒传》的地方,则表现在诗行(《封神演义》第十三回关于热的描写,正如《水浒》第十六回所述)和一些特定地名的转引,比如《封神演义》中殷红打败四将士的"二龙山",和《水浒》中鲁智深、杨智打败政府军后庆祝的地方完全一致③。

与上面两部小说相比,《封神演义》与《西游记》的关系更为复杂。作为充满神话想象的小说,两部作品的人物有着相当紧密的关系。许多人物,比如哪吒、杨戬、道士慈航在两部作品中都完全一致。据推测,《封神演义》和《西游记》尽管出处不同,但作者可能有着共同的社会背景④。柳存仁深入研究后认为,《封神演义》写在吴承恩的《西游记》之前。《封神演义》(第十二—十四回)完整地描写了哪吒的形象,所以人们揣度,《西游记》的作者也借鉴了这个原型。哪吒是中国神话中最常提起的英雄人物,同时也是道家信仰中最高的天神之一。他的责任是降伏所有的恶魔、化解人世的不幸(在《西游记》中他起的也是这个作用)。按照民间的说法,他应该是个三头、九眼、八手的狂人⑤。《封神演义》中他是蚌精的肉体化身,其母怀了他三年半,一出世就带有武器(金色的"乾坤圈"和红色的"带"),单就这个出生的过程,就已经和从石缝里蹦出的孙悟空有着相当的关联了。哪吒脱离娘胎时,是一个圆形的肉团,直到其父李靖——他是镇守城塘关的将

---

① 参见柳存仁《〈封神演义〉的作者身份》,第 201—212 页。
② 此场景见《封神演义》第二十四回。
③ 与此和类似相关的内容请参见柳存仁:《〈封神演义〉的作者身份》,第 213—216 页。有关类似的情节我们将会随着情节的展开加以介绍。
④ 同上,第 2 页起,柳存仁援引了作家张恨水的评论,他在 1935 年的一封书信中将其归入了中国古典小说的范畴。
⑤ 艾士宏(Werner Eichhorn):《神话与传说》(*Myths and Legends*),第 305 页。

领——把肉团一劈为二,他才呈现了幼儿的人形①。这个血腥的过程,似乎注定了哪吒之后的发展。通过同龙王敖广、石矶娘娘等众神的争执,还有父子之争,最终臣服于上天的任务,这些都能让人联想起《西游记》中美猴王的反叛举动。哪吒的师父"太乙真人"是第一个天神,既是北极星神亦以五天国首领形象出现。哪吒滋事者的身份还引发了道家教派的首次争论,他无意中杀死了石矶娘娘的一个弟子,代表截道的石矶娘娘同代表另一道家门派阐道的太乙真人发生了争执。他们试图争论出哪一门派更为强大,石矶娘娘失败而归,并被处决再度回复到最初的石头形象。因为对她的不幸感到内疚,哪吒选择了自杀,并回到了师父太乙真人的乾元山,希望以后能再回人世。他断绝了与所有家人的关系,并与兄长木吒、金吒格斗,唯有一座神奇的塔,才能制服这个狂人。直到哪吒向父亲承认错误、并请求原谅之后,他才被从塔里放出,重获自由。

不过,《封神演义》和《西游记》的渊源并不止这些——还有唐僧取经途中遇到的困难——吴承恩可能运用了《封神演义》中的一些素材②。另一方面,人们认为《封神演义》的作者借鉴了唐僧取经的素材也并不奇怪,因为这个故事早已流传了数百年。猴王孙悟空和猪八戒的形象,我们只能在细微的暗示中找到,比如小说的结尾(第九十二、九十三回),化身人型的白猴精袁和猪精朱子真,出现在商朝建造的阎王殿中。袁和孙悟空一样拥有七十二变的本领,同时这两个妖精在《封神演义》中的老家叫"李山",这也让人联想起《西游记》中孙悟空居住的花果山。

甚至有一本与《西游记》题材相同的缩减本——写于1602年,书名《西游记》,后为《四游记》的一部分——也涉及到《封神演义》的核心主题。该书共二十四回,在二十三回中也写了封神。其中写到③玉皇大帝命真武为"真武大帝",统领30万天兵天将,于每月第二十五日巡游三界,行使三界大都督之职。

接下来,我们想更深入地研究一下《封神演义》的内容,并尝试区分作品中神话的成分和历史的事件。小说中处于中心地位的无疑是那位于公元前1075年以帝辛之名登基的商朝统治者纣,他基本以一个商朝"昏庸的末代统治者"的形象出现。不过,司马迁在《史记》中却记录了他的另一面形象,至少在他统治之初,还给人以坚毅、贤君的形象,之后却逐渐堕落、背离贤臣④。小说伊始天下太平,就如尧帝、舜帝的统治时期,但很快

---

① 李靖,此处他作为哪吒的父亲,其真实身份是唐初的历史英雄,与佛教四大天王中的北方天王相似,自公元760年以来在道观中占有一席之地。
② 详尽内容请参见柳存仁:《〈封神演义〉的作者身份》,第240页起。
③ 西曼(Gary Seaman)的新译本:《北行:中国民间文学的历史种族分析与注释翻译记》(Jorney to the North. An ethnohistorical Analysis and annotated Translation of the Chinese Folk Novel Pei-Yu Chi),加州大学柏克利分校1987年版。
④ 参见白安妮(Birrell):《中国神话》(Chinese Mythology),第110页起。

纣王就不再拥有这片昌盛。

> 故尧、舜与民偕乐,以仁德化天下,不事干戈,不行杀伐,景星耀天,甘露下降,凤凰止于庭,芝草生于野;民丰物阜,行人让路,犬无吠声,夜雨昼晴,稻生双穗;此有道兴隆景象也。

纣王执政之初,携夫人在宫中生活平和,整个国家也尚属和睦。不过,这一切在他拜访了一座寺庙后彻底改变。在庙中,纣王看到神仙女娲的图像,生出非分之念。还在墙上写了一些亵渎神灵的话,这招惹了女娲的愤恨。按照中国的民间传说,女娲是古代天上最高的女神,她的职责是,修补塌陷的天空,因为共工氏的马撞断了不周山,造成了西北的天空塌陷,并导致了地球的东南边沉没(女娲补天在小说中也提到了)。除此之外,人们还赋予了女娲造人的职能,是她用黏土捏成了人型①。为了对自己遭受的侮辱报仇,女娲决意让商朝灭亡,但之前纣王已在位28年,所以为了不让自己的愿望落空,女娲从轩文墓中唤来了三个妖怪:千年狐狸精、九头雉鸡精和玉石琵琶精。她们的任务是,化身人形进入纣王的宫殿,诱惑他疏远朝政,从而在战争中实现改朝换代。事实上,纣王的道德也开始堕落:女娲的模样在他脑中挥之不去,为了找到一位美人,他命国家的四位大臣,每人带一百个年轻女子入宫。种种迹象预示了一个"昏君"的诞生:丞相商容劝他停止奢靡,纣王视为耳边风,对国家的旱灾和贫困也无动于衷。更有甚者,他轻信费仲("非忠"之臣)这类庸臣,却对那些忠臣恼羞成怒。一个愤怒的臣子苏护,声明不再随从纣王,并发誓要对其封地开战,而他的漂亮女儿妲己则应纣王的强求进了王宫。后来一位来自西域深受百姓喜爱的大臣姬昌,建议苏护将女儿嫁给纣王,才得以平复了一场风波。姬昌在之后的小说中更多被称做"周文王"。不同于先前神话传说中的开朝元勋,他属于一个真正的历史时代。文王在其领地上,散播智慧、奉行贤德②。在《封神演义》中最突出的,是姬昌对纣王的一片忠诚,即使纣王将他流放7年并杀害了他的儿子。

跟民间版本一样,千年狐狸精为了完成使命,在妲己进宫的路上杀了她,并变成了她的模样。和大多数狐狸精在中国小说中的形象完全一致③,狐狸精充满了色情诱惑的特性,这在妲己初现王宫时已可见一斑:

---

① 参见艾士宏:《神话与传说》,第82页。
② 参见白安妮:《中国神话》,第260页。
③ 详尽内容及研究请参见蒙山:《狐狸精的魔力》。

> 见妲己乌云叠鬓,杏脸桃腮,浅淡春山,娇柔柳腰,真似海棠醉日,梨花带雨,不亚九天仙女下瑶池,月里嫦娥离玉阙。妲己启朱唇似一点樱桃,舌尖上吐的是美孜孜一团和气……

正如人们所预料的那样,在妲己的诱惑下,纣王很快就疏远了朝政、数月不与群臣共商国是。作者借此也强烈抨击了明朝当代的社会问题,中国历来有许多皇帝因不理朝政而声名狼藉,比如臭名昭著的明帝宪宗,他在1474—1486年间疏远朝政;更有甚者——明朝最后一位大帝万历,在其统治期间明朝开始没落,在1590—1615年长达25年的时间里,他总共才与群臣两次议政。

纣王对朝政的疏远,并非为其最大的劣迹,更甚的是他深受妲己蛊惑,对劝戒者实行了一系列的暴行,这引发了大臣们极度的不满,甚至还导致了民众的背弃。他不再是个百姓"父母"官式的明君,只对美人妲己兴趣浓厚,而正是这个美人,不断地创造出新的行刑手段,手法凶残毒辣到了极致。最先遭殃的是大臣梅伯,他被绑在一根自制的、烧得炽热的铜柱上,活活烧成了灰烬(第六回)。妲己稳固了自己妃子的地位后,开始谋害起她周围的人:她控告姜皇后策动了暗杀纣王的行动,并随之戳瞎了她的眼睛。太子殷郊、殷洪欲为母后报仇却未能成功,迫于纣王的斩杀威胁不得不开始了逃亡,黄飞虎将军骑着神马追上了他们,却不忍杀他们,于是赦免了这对兄弟,两人被带到了外祖父姜桓楚家中,然而纣王的密探还是追到了那里,这时出现了神奇的一幕:因为两位王子的名字列于"封神榜"上,故他俩在一场狂风中被两位神仙救走。妲己进一步对姜皇后身边的亲信实施毒刑,她抓来了老皇后身前的70个宫女,理由是她们在歌舞表演后未向她致敬。于是,妲己把她们推下了一个自挖的蛇穴,而从纣王对此的反应,足见其蒙昧无知、昏庸至极:

> 纣王见宫人落于坑内,饿蛇将宫人盘绕,吞咬皮肤,钻入腹内,苦痛非常。妲己曰:"若无此刑,焉得除宫中之患!"纣王以手拂妲己之背曰:"喜你这等奇法妙不可言!"

妲己的"创意"还未结束,她的凶残还在继续,有"肉林"、"酒塘",还有随后更为奢华的一笔:这个狐狸精计划建造一座昂贵至极的"鹿台",上面要用宝石玉器雕饰,其奢华美艳要与神仙花园中的建筑物相媲美。其后果是无数平民百姓的丧命。

妲己虽然化身人形,却仍会不时露出凶残的狐狸原形,这也让该角色变得颇为有趣。我们或许会有这样的疑问，是否按照中国小说的创作习惯，狐狸精总是扮演着诱惑的角色。这与欧洲中世纪的美女没有可比性，因为她们经常是以女巫的形象降落在柴堆上的。出于狐狸精的淫荡本性，妲己在《封神演义》中又在制造下一个不幸。侯爷姬昌被流放7年后，其子伯邑考前往朝歌为其求自由。他在都城见到了纣王，带来了好多无价之宝，比如一辆会按车夫意志自动驾驶的车子，一只能演唱一千首歌并又善舞的白面猴等。伯邑考的外表引发了妲己的性欲，因为他比纣王更有魅力。妲己借口要向他学音乐来接近这个年轻男子，她想坐到他怀里，"能更好地向他学习"，但伯邑考忿然拒绝了她的非分之想。妲己随即转爱为恨，在纣王面前控告伯邑考勾引自己。出于动物的本性，猴子首先预感到了妲己残暴的危险，并对此作出了相应的反应。他先用歌声迷惑众人：

（那猿猴）……把妲己唱得神荡意迷，情飞心逸，如醉如痴，……将原形都唱出来了。这白猴乃千年得道之猿，……又修成火眼金睛，善看人间妖魅。妲己原形现出，白猿看见上面有个狐狸，……隔九龙侍席上一撺，劈面来抓妲己。

之后也一直有动物的出现，展现出了残忍的天性。第二十八回，妲己变回原形在宫中徘徊搜寻人肉，那时黄飞虎的猎鹰就扑向了她。

妲己自然要通过残暴的方式，来报复自己所蒙受的羞辱：她把伯邑考带到了自己的房间，把他牢牢地钉在了床上，然后对他实行了肢解。为了考察姬昌的超常能力，她让人把尸体的肉做成了酱，端给他吃。姬昌知道这是对他的威胁，但为了免受酷行，他吃下了伯邑考的肉。在回程的路上，当他听到一首悲凉的歌曲时，当即在众目睽睽下呕吐不止。

文王作罢歌，大叫一声："痛杀我也！"跌下逍遥马来，面如白纸。慌坏世子并文武诸人，急急扶起拥在怀中，速取茶汤连灌数口，只见文王渐渐从喉中一声响，吐出一块肉羹。那肉饼就地上一滚，生出四足，长上两耳，望西跑去了。连吐三次，三个兔儿走了。

小说的作者在此处的描述，应该是借鉴了一部名为《前汉书平话》的民间文学，该书第二册中，刘邦让英布吃了彭越的肉，英布随后把肉吐进了一条河，这些肉变成了螃蟹。

这里，我们并不打算列数妲己所有的恶行，她还残害了许多人的生命，还有许多诸如"比干挖心"的残忍场景①。纣王辜负了上天的托付,故蒙受了罪孽,不得不频繁地应对叛乱,还发动了与诸侯国的战争(第三十六至六十六回)。在这一部分中,西岐的诸侯们还主要以防卫抵御为主。周武王最终奋起反击推翻商朝,还要过一段较长的时间。战争带来灾难的同时,妲己的残暴手段也从未停歇,最终她激怒了上天("日月失辉")。随着正直的大臣们纷纷离开朝歌,那里聚集起了更多妲己的同类,比如有白猿精袁洪②,植物精无文化,整个篇幅延续到了第九十五回。从那时开始,西周的胜利之师才占领了都城,诸侯聚集到一起悉数了纣王的种种罪行:他对百姓毫无爱慕之心,并且触犯了天条;他导致了皇后的死,还要灭绝自己血肉;他肆意动用法律、实行残忍无比的酷刑;更不能忘记的是,他挥霍了无价的资源用来建造奢华的宫殿。女娲第二次出现,也和小说开头形成了呼应,强烈斥责了众妖魔在"努力"加速商朝灭亡的同时残害了太多的人民,最后由她处死了妲己。没多时后,纣王在一座塔楼的火焰中自尽。

至此,我们叙述了小说的核心部分,尽管在很多地方仍充斥了神话想象的因素,但还是具有历史性的。现在让我们来关注一下小说的最后部分,即"封神",这在小说的标题中就已清晰可见,这并非作者自己的发明创造,而是在先前的作品中已多次出现。其实这里讲述的不仅是个虚幻的事件,而是一个历史的进程,很明显能追溯到中国古老的习俗,对那些为百姓效忠过的人们,举行一个集体崇敬仪式③。这个仪式和天主教堂中的行宣福礼、敕封圣徒号有一些相似,我们长久以来一直提及的"上帝"的分量也减轻了,相对于中国人所说的"上天"即"上帝"来说,"神"充当的只是一个从属的角色。就"神"所拥有的力量和地位来说,我们或许可以用"圣贤"来比拟。在中国历史上,有三次大规模的封神仪式:第一次是"黄帝"(也就是轩辕皇帝,他的坟下栖身着狐狸精)举行的;第二次是周朝开国前,即公元前1122年姜尚(即姜子牙)发起的;最后一次是14世纪明朝初期,皇帝自行决定进行的。

《封神演义》中的封神仪式直到小说的最后才开始。姜子牙前往昆仑山的玉虚宫,请求天神授予拥有法令的玉牌用来封神,从而将新晋的神仙们从生死轮回中拯救了出来,按照他们的功绩,把他们分别划到四个神仙等级中。若要一一叙述365个神仙的命运,会过于繁复,《封神演义》的作者借用了一部文学作品的处理方式,划分了36个天星、72个地星,这让人很容易联想到小说《水浒传》,不过在《水浒传》中每一颗星都和鲜

---

① 《封神演义》,第二十六、二十七回。
② 袁洪(第九十一回)很容易让人联想到孙悟空,他和孙悟空一样也会七十二变,同样也是因偷食桃子而引发灾难。最后修道未果,被打败斩首。
③ 此后的详述参见穆勒:《〈神灵的变化〉导言》("Einleitung" zu *Metamorphosen der Götter*),第20—22页。

活具体的英雄人物相联系的,而在《封神演义》的"封神"过程中只是作了简单的提及,这些英雄在生前都曾"与一万个神仙战斗过"。除了有几个名字的不同,两部小说中星宿的排列顺序是一致的。除此之外,还有许多在《西游记》中出现过的神仙角色①。有趣的是,封神仪式并未对战争的敌我双方作出评价,相反,两大阵营中死去将士的灵魂,通过"真正的路"升上了"封神塔"。

正如我们在《西游记》中已经看到的那样,《封神演义》中关于各路神仙的封号与前者也有相似之处,"三教"(道教,佛教和儒家)也再次出现,不过这里是一个新的组合(即:道教的两派,和"西域教派"佛教)。在云中子和纣王的一次谈话中,我们可以看出,作者本身可能对道教中的阐道有所偏好,在那次谈话中,儒家弟子被斥责为权欲熏心,而道教中的另一派截教则被视作与巫术勾结(第五回)。

《封神演义》封神台上的角色,很明显地分成两类,一类是神仙和妖魔,比如女娲、狐狸精、雉精、植物精等角色,另一类则是道教三圣的代表,具体说来,首先便是老子,他身为始祖只有一个随徒,负责牵引他的神骑;然后,就是元始天尊这一角色,他身居昆仑山玉虚宫,乃禅佛的代表人物。传说中说,这位重要的道教神仙曾化身为一块磐石,躲藏于巨浪翻腾的大海中,从而经受住了宇宙的毁灭和新生②。他以上天统治者的形象,暗示了与佛教的关系,小说作者很清楚时间先后的问题:尽管从时间上来说,《封神演义》的故事先于佛教盛行数个世纪,在封神坛上仍不忽略这一信仰,弟子中有四人来自佛教世界:即惧留孙菩萨,七老菩萨中的第四位菩萨(这些形象可参见佛门中的七佛[Mahapadhana]、长阿含[Dirghagama],以及文殊[Manjusri]等形象)此外,通过不同的佛教术语,我们也能感受到作者对佛教的熟悉程度,在整部作品中,能陆续读到一些相应的汉语佛教词汇,例如"智慧"、"报仇"或者"再生"等③。

三位巨头中最后一位提及的是通天教主,他是道教中截教的最高首领,居于绿水殿,该角色的出处不明,但早在司马迁的《史记》中就已有关于"通天台"的记载,此台是为神灵所建的。此后,明朝皇帝世宗(1522—1566)也在北京近郊的颐和园中,命人建造过一座"天台",希望以此与星辰交汇。皇帝把"教主"的头衔加在自己头上,显然不够合适,但是"通天教主"很可能是皇帝用来称呼自己的④。《封神演义》中的通天教主每次都是以负面形象示人,他的魔咒失灵被老子中伤而战败,又因怕被徒弟看到窘态而隐退。

---

① 参见柳存仁:《〈封神演义〉的作者身份》,第153页起。
② 参见艾士宏:《神话与传说》,第128页。该文学起源显然要追溯到《隋书》,说的是天神在世界元初前早已存在,并经历数百万年而未曾有变。
③ 参见柳存仁:《〈封神演义〉的作者身份》,第166—173页的内容。
④ 参见柳存仁:《〈封神演义〉的作者身份》,第141页。

为了报复,他把仇敌的名字写在了一块石碑上(第七十八回)。从神仙的等级划分中也能看出官僚等级的影子,这对于中国神坛来说,非常典型①。根据合理的要求,三位道教首领最终共同屈身于一位叫"鸿钧道人"的新首领,他住在紫云殿,代表着大自然开天辟地前的生机,不过这完全是一个由《封神演义》的作者杜撰出来的人物。

《封神演义》中商朝和周朝的世俗对抗,也是道教两大教派之间——由老子和元始天尊领衔的"阐"(阐教)和由通天教主掌管的"截"(截教)的争斗。根据"三教归一"思想多次提到的同源概念,《封神演义》的作者也一再强调"阐"和"截"本为同根。虽然"阐"这个说法自明代以来仍被官员用于研究宗教问题,但这两个术语在中国并未被视为正式的教派术语。此外,明代皇帝曾封西藏的政治宗教首领"阐教王"的名誉称号。尽管有着种种的虚幻成分,"阐"、"截"却切实地代表着道教两大教派,元朝以来则有所变化:一为正一教,可以追溯到汉朝后期的张陵,他发现了长生不老药,该教的教徒主要依靠符和印,人们猜测,这样能汲取幽灵和邪恶的力量;另一为全真教,开创者为宋朝的王喆,此人精于配制延年益寿的仙丹、修炼气功等。

在封神仪式中,起决定性作用的角色,还属姜子牙,他同纣王一样,也是个历史人物。在小说中,72岁的姜子牙在昆仑山上修炼40年,女娲决定灭商后,元始天尊告诉姜子牙他出身贫苦,故无仙缘。所以,他应当替元始天尊主持封神,并辅佐周朝繁荣昌盛。而这个决定,亦是由阐教、截教以及儒家一同作出的。

> 话说昆仑山玉虚宫掌阐教道法元始天尊,因门下十二弟子犯了红尘之厄,故此闭宫止讲,又因昊天上帝命仙首十二称臣,故此三教并谈,乃阐教、截教、人道三等,共编成三百六十五位成神,又分八部:上四部雷、火、瘟、斗,下四部群星列宿、三山五岳、步雨兴云、善恶之神。②

不过为了完成封神这个任务,姜子牙还有一段艰难的路要走。因为不受商朝的末代皇帝重视,他逃离了朝歌,直到遇到了姬昌的随从。姬昌发现了姜子牙罕见的才能,于是姜子牙从一介渔夫跃身为丞相。此后,在他完成使命前共死过七回。尽管在作品中,姜子牙处于中心地位,不过他所做的只是一些既定之事,"商朝的没落和周朝的崛起、神仙

---

① 参见克里斯蒂(Anthony Christie):《中国神话》(*Chinesische Mythologie*),由辛德尔(Erike Schindel)译成德语,第104页,威斯巴登,艾米尔弗梅尔出版社1968年版。
② 《神灵的变化》,第十五回,第196页。

触犯死禁、元始天尊授命的封神仪式——所有的这些都是预先设定好的,而非意外发生的"①。令人惊讶的是,这里还追溯到中国的民间信仰形式,将英雄个人的力量和非人的神力联系到一起,比如姜子牙抵达韩荣镇守的汜水关后,便指出了上天的影响力。②

> 话说韩荣在马上见子牙,口称:"姜元帅请了!'率土之滨,莫非王臣',元帅无故动无名之师,以下凌上,甘心作商家叛臣?吾为元帅不取也!"子牙笑曰:"将军之言差矣!君正,则居其位;君不正,则求为匹夫不可得。是天命岂有常哉?惟有德者能君之。昔夏桀暴虐,成汤伐之,代夏而有天下。今纣王罪过于桀,天下诸侯叛之,我周特奉天之罚,以讨有罪,安敢有逆天命,厥罪惟钧哉!③

封神的本身是和宗教事件联系在一起的。元始天尊递给姜子牙封神榜后,他要在岐山上造封神塔,并把榜张挂其上(第三十七回)。包括谁将最终被封神,也是已经定好的事。大多数被封神的人物原本便是神仙,只因根行浅薄,不能成正果朝元,故需重新努力,改过自新,终能再成神道(第三十八回)。

先发生了引发商纣王讨伐西岐三十六战役的事件,紧接着便是充满神话色彩的封神榜的递交。在回到元始天尊大殿的途中,姜子牙疏忽了一个警告。圣经中的罗得的妻子曾发过毒誓,却又违抗了上帝的命令,从而再次背负了已洗脱的罪行,最后凝结成了盐柱。姜子牙和她一样,也曾发过誓,即若有人叫他,他不能回头响应。而那一充满罪孽的叫声,来自申公豹,他也曾和姜一样是元始天尊的徒弟,并试图拉拢姜协助商朝,遭到了姜子牙的拒绝。随后便出现了几组不同层面的对立:商朝与周朝,申公豹与姜子牙、截教与阐教等。直到后来(第七十二回)惧留孙才得以擒住申公豹,并在他发誓不再纠缠姜子牙后才放了他。

至此,我们有意忽略那些讲述商周交战的篇章,因为小说的描述相对单一,大多都依靠圣人的超能力,或是营造魔幻般的场景、或是通过魔法来征服对手。在成功占领之前,先夺取战略要塞,比如各个"关"。在结束对《封神演义》的概述之前,我们还想提一个小说中十分有趣的战士形象,他就是"土行孙",当然这也是作者臆造的一个角色,但借用了民间"土地神"的形象。第五十一回土行孙首次亮相,他在前往飞龙洞时被申公

---

① 《封神演义》第十五回,第126页。
② "福"、"命"同样属于非人的力量。风、水等自然力作用于生活中,一位占卜师预言,自然力似乎完全置身于神灵范围之外(参见克里斯蒂《中国神话》,第106页)。
③ 《封神演义》第七十四回,第648页。

豹发现。凭借其侏儒形象,他能在地下穿行,并配有武器"困仙绳"。在加盟了邓九公率领的商军后,他打败了诸如哪吒、黄天化等一系列的对手。邓九公信誓旦旦地许诺他,若能打败西岐大军,就把女儿邓婵玉许配给他,这也极大地驱动了他夜潜敌军武王的宫殿,试图将其杀死。随着他的猛烈一击,武王的首级和躯体一分为二。

  土行孙只一刀,把武王割下头来往床下一掷,只见宫妃尚闭目鼾睡不醒;土行孙看见妃子脸似桃花,异香扑鼻,不觉动了欲心,乃大喝一声:"你是何人?兀自熟睡?"

  那女子醒来惊问曰:"汝是何人,禽夜至此?"

  土行孙曰:"吾非别人,乃成汤营中先行官土行孙是也。武王已被吾所杀,尔欲生乎,欲死乎?"

  宫妃曰:"我乃女流,害之无益,可怜赦妾一命,其恩非浅,若不弃贱妾貌丑,收为婢妾,得侍将军左右,铭德五内,不敢有忘。"

  土行孙乃是一位神祇,怎忘爱欲,心中大喜:"也罢,若是你心中情愿,与我暂效鱼水之欢,我便赦你。"女子听说,满面堆上笑来,百般应诺;土行孙不觉情逸,随解衣上床往被里一钻,神魂飘荡,用手正欲搂抱女子,只见那女人双手反把土行孙搂住一束,土行孙气儿也喘不过来,叫道:"美人略松着些。"

  那女子大喝一声,"好匹夫!你把吾当谁?"叫左右拿住了土行孙,三军呐喊,锣鼓齐鸣。土行孙及至看时,原来是杨戬。土行孙赤条条的,不能展挣,已被杨戬擒住了。①

  土行孙行刺武王是许多虚构的场景中的一个,而这一事件的主要策划者是姜子牙手下的道士杨戬。很显然,他和土行孙拥有相似的本领,他可以变换形象,可先被人吃下、再从内摧毁对手。如果说,土行孙在上面的一幕还能逃脱,但当他后来碰上一样能在地下行走的张奎时,就难逃命运的劫数了,张奎逮住了他,并将他斩首(第八十七回)。

  19世纪中叶还有一部繁复的作品,以其变化的形式,再次描绘了群神的主题,神仙们在战胜了世俗的磨难后聚到了"绣云阁",而《绣云阁》同样也正是小说的标题,由一位名叫魏文中的作者于1854年写就②。直到清朝末期,它仍是此文学种类中为数不多的

---

  ① 《封神演义》第五十四回,第462页起。
  ② 《绣云阁》,辽沈出版社1992年版,共一百四十三回。

长篇小说。故事由一个"紫霞真人"叙述,他奉上级道神之命,派遣弟子虚无子下凡建一楼阁,供神圣道士的追随者们聚集于此。虚无子投生为"三缄"后,遭受了无数的尘世的困苦和妖魔的袭击,还要经历一系列的冒险旅程。紫霞真人让他受尽了磨难,使他终于看穿了尘世的虚无,而献身于阐道大业。在经历了父母去世、悲伤痛苦之后,虚无子云游天下,连妖魔也弃恶行善了。最后他号聚了一群年轻人,一起入住了绣云阁,所有人都荣升为不死之身。

## 五　从信仰的讨论到宗教思想的传道

　　至此，我们已探讨的明末小说所表达的宗教思想通常不是单一的，而总是传达出不同的思想和信仰流派，通过或多或少的明喻暗讽，流露了当时文人雅士们的不安和忧虑。同时，还明显颠覆了传统观念，比如《西游记》反映了16、17世纪转折期的时代精神，但与其同代的许多短篇小说，则用不同的结构颠覆了小说的要求，并以更为严肃的形式，表达了具体的宗教思想。内容大都集中在佛教和道教的主要人物上，表现了这些人物形象的大众化和通俗性，尽管如此，却很少深入讲述主人公的命运和信仰的探索，通常这些作品都是由一些传奇的素材构成，还结合了相应的条约、箴言和其他的宗教文书。这里，最先引起我们兴趣的是《南海观世音菩萨出身修行传》，它属于上述众多作品中的一部，讲述的是深受百姓爱戴的佛教救世主观音，而关于观音这个形象，我们已经结合《西游记》提到过了①。这部二十五则的作品，初稿大约在1600年完成，出版者是一个叫朱鼎臣的人，而其作者则以"南州西大午辰走人"的笔名隐匿真名。正如序言中所述，作为一部佛教信仰文书，这本书旨在"劝善除恶"。

　　小说本身分为两大部分，第一部分讲述的是，原名婆伽、来自兴林国的妙庄王与皇后宝德年逾四十，并无子嗣，只有三个名为妙清、妙音、妙善的女儿。这一情节同宋朝禅师普明在其作品《香山宝卷》中的描述完全一致。因为没有男性继位者，皇帝马上就为女儿们寻找合适的驸马，并很快分别为妙清、妙音找到了适合的夫君赵魁与何凤。然而，妙善却拒绝了婚事，并称欲出家为尼。

　　小说的第二部分讲的是，天上众仙忙于为西方王母娘娘筹办蟠桃大会时，青狮和白象下到人间诱惑妙清和妙音公主未果，将她俩监禁在一个石室中。妙善拯救了父母和两位姐姐，所有人最后都信仰了佛教。释迦牟尼命哪吒将青狮和白象打入阴间，然而妙善却宽恕了他俩，并将他们带到了她的普陀岛上。也正是在普陀岛，妙善后来被玉皇大帝封为仁慈的观音菩萨，她的姐姐妙清和妙音也成了佛，并得到青狮和白象作为坐骑。

---

① 参见华夏出版社1995年版的《中国古典小说名书百部》。

尽管这部观音小说在叙述转换上有不尽人意的地方,但整体来看还是有一些小说特性的。而同代朱开泰的《达摩出身传灯传》,或许只能从题目中能看出是在讲故事①。作品总共70段,每段大多只有几行字,也因为如此,整部作品并不具有完整的联系性。作者注重的只是宗教的文书以及关于菩提达摩这位佛教禅派奠基者的种种传奇②。作者通过最简略的形式,集中传达的内容是,身为印度香至国国王的第三个儿子,菩提达摩如何成为释迦牟尼教派的追随者,他先叛逆了父亲,后作为教派奠基人在整个国家布道数十年之久,最后通过海上航行到达中国(479或520年发生的事)。菩提达摩在布道过程中,与儒家弟子发生了争执,因受人嫉妒而遭受迫害,有人多次投毒谋害他,都被他侥幸逃脱。最终,他在一次冥想中圆寂,神光继续了他师父的工作,并与菩提达摩一样升上了释迦牟尼天国。

与《达摩出身传灯传》相类似的还有1604年印刷出版的《二十四尊得道罗汉传》,这部由朱星祚写的小说只有一个松散的体系,主要由简短的故事构成③。但该作品最引人注目的地方是,尽管在书名讲的是二十四尊罗汉,但事实上只讲述了二十三尊。

如果说,前面几部作品在内容上大都以著名的佛教形象为主,那么,同样出自17世纪初的邓志谟的小说《飞剑记》,则是取材于道教八仙之一的吕洞宾(生于798年)。而我们之后还会看到,他的形象还出现在了别的小说中④。该书总共十三回的传奇故事可能晚于12世纪的宋朝(徽宗皇帝1115年奉吕洞宾为尊神),其中部分的描写还记录在了冯梦龙的小说集《醒世恒言》中。关于吕洞宾有许多的故事传说,小说以他闻名的法宝"战妖"为题。在民间描述中,吕洞宾配有"云帚"这一道教标志,表明他会飞、且能在云上游走。

作品写的是吕洞宾20岁游庐山时遇到了火龙真人,得魔法宝剑两把,学会"天遁剑法"。拜访都城长安时,遇上神仙汉钟离,让他见识了炼丹术,并教他炼制延年益寿仙丹。吕洞宾随即表示欲拜其为师,不过他必须先经受十个诱惑,通过这些考验之后,他被授予超常能力和魔力法宝。吕洞宾开始游历全国,他制服了蛟精,还大地一片太平。而按照另一个粗略的版本,吕洞宾在农地肆酒时,遇上汉钟离,他拜汉为师、饮酒作乐后,随即醉倒,梦到人们赠予他官位,享有了巨大的财富,度过了50年的富裕生活。但

---

① 参见华夏出版社1995年版的《中国古典小说名书百部》。
② 关于菩提达摩这一形象鲜有历史文献记录,参见斯密斯(D. Howard Smith):《中国的宗教》(*Chinese Religions*),霍尔特莱因哈尔特温斯顿(音译Holt, Rinehart and Winston)出版社1968年版,第128页起。
③ 华夏出版社1995年版的《中国古典小说名书百部》中的一部。
④ 《飞剑记》也属于华夏出版社1995年版的《中国古典小说名书百部》。在之后将详述的《狐狸缘》中吕洞宾也是个重要角色;此外他在《韩湘子全传》中亦起着重要的作用,该作品的作者笔名雉衡山人,实为知名作家杨尔曾。

因一次渎职而失了宠,继而他被流放、家人被诛杀,他独自在尘世中痛哭,直至清醒,原来一切都是场梦。这一场景在中国文学被称作"米酒梦"。

邓志谟还在 1603 年写过一部具有宗教性质的作品《铁树记》,这一总共十五回的作品讲述了真君降伏妖魔鬼怪的故事。①

上述小说力求表达出中国宗教中各种形象的命运和作用,这一点不仅存在于早期的作品中,我们想以一部精心写就的小说《七真传》为例,来表明此类作品到清朝末期仍鲜活存在②。《七真传》的宗教题材取材于全真道教的救世学说。这部作品被视为宗教性的教义小说,故在中国文学史中很少被提及。与书名所暗示的内容不同,小说并非具有历史意义的传记,而主要是对早期圣人逸事和圣徒传记的文学再现,其中的素材还受到了元曲的影响。出版人黄永亮于 1893 年在序言中写道,这部小说写于清朝末年。小说一直到当代仍有新版,这也表明了该题材文学流行的持续性。小说的总体内容与 1909 年的白话小说《金莲仙史》相似,该小说共二十四回,中心内容是金(1115—1234)的没落,与之不同的是,《七真传》关注的重点则是历史人物全真道教的奠基人王喆(1112—1170),他起先在军队服役,后于 1169 年在山东北部建立了多个宗教统一协会。

作者的期望和作品的目的——即使人信服、传达信息——让出版人摈弃了修饰和臆造。与《西洋记》用大量文本阐明观点不同,《七真传》用不同的形式、通过书中的每个场景,营造了一种传教的风格,从根本上引入了"贞洁"和"全真"等全真道教的理念。

> 即说全真妙理曰:"所谓全真者,纯真不假之意也。人谁无真心? 一转便非了! 人谁无真意? 一杂便亡了。……初心为真。变幻即为假心! 始意为真,计较即为假意。至情为真,乖戾即为假惰。"③

相类似的内容在另一处也有出现,只是有着更为严格的道德要求:

---

① 同属华夏出版社 1995 年版的《中国古典小说名书百部》。

② 这部二十九回的小说没有参阅汉语版本,不过这部以不同标题著称的小说通过译作记录了下来。这里主要介绍几位作者。安德列斯(Günther Endres):《实现完善的七真人——道教小说七真传的翻译及来源》(*Die Sieben Meister der Vollkommen Verwiklichung. Der taoistische Lehrroman Ch'i-chen chuan in Übersetzung und im Spiegel seiner Quellen*),朗彼得出版社 1985 年版(维尔茨堡汉日研究卷十三);此外,还有英译本《七真人——中国民间小说》(*Seven Taoist Masters. A Folk Novel of China*),黄(Eva Wong)译,香布利出版社 1990 年版。科学论文方面,除了安德列斯的论著外,还有艾士宏:《一篇道教小说的阐释》("Bemerkungen über einen taoistischen Roma"),载鲍吾刚主编:《汉学蒙古学研究》(*Studia Sino-Mongolica*),弗兰茨·石泰因出版社 1979 年版,第 353—361 页;此外,一篇新近的汉语研究《七真祖师列仙传》考证载张颖、陈速:《中国章回小说新考》,中州古籍 1991 年版,第 107—135 页。

③ 安德列斯:《七真传》(*Die Sieben Meister*),第 108 页。

> 若要成仙、佛、智者或圣人，须用始心。若心正，则人亦正，遂皆行亦正。若心腐，则人亦腐，遂皆行亦腐。故欲行善者，须心先正，遂意正。……若意不正，则脑中百般空想尽缠，真道永失。①

关于王嚞逐步收纳的弟子，《七真传》并未一一详述，不过他们在小说里展现了皈依道教的不同可能性。

---

① 安德列斯：《七真传》，第 131 页。

## 六　狐狸精的转型——以自我完善为主题的宗教伦理小说

明、清小说有个显著的特点,即邪恶的反面角色一般都不是抽象出现,而多以一种不能自悟自醒的姿态出现,他们是"惘然"、"无知"的。改变他们的不是良知的力量,而是化身为凡人的善神,他具有无坚不摧的力量,劝导的方式也不是循循善诱,而是残酷的体罚,直至对方屈服。越是邪恶的生灵,遭受的惩罚就越残酷,不过,这也要区分不同的等级。在《西游记》中被孙悟空彻底打败的蟒蛇,还完全是动物之身,而孙悟空本身,亦处在自我完善的过程中。妲己作为一个邪恶的生灵,至少已达到了一个更高的境地,她能以一个"人"的形象出现,不过她所作的努力还不足以使她到达更高的觉悟层面。化身人形的动物,明显表现出了"蒙昧"的本质,因为基于动物的本能,它们与人相比,缺少了一种"变坏的能力",比如肆意地毁灭、屠杀的快感等。中国小说中的动物故事与拉·封丹(La Fontaine)纯粹的动物寓言不同,寓言中的动物通过它们的言谈举止,通常能让人清晰地看出历史人物的影子。西方文学总是偏好通过动物的比喻,来衬托出人类的形象,比如佛朗士(Anatole Frances)的《企鹅岛》(*L'ile des Pingouins*)或乔治·奥威尔的《动物庄园》(*Animal Farm*)都是如此。中国动物的形象,经常是亦雌亦雄的,这绝对是本体论的变体。动物和人类,人性之善,畜性之恶,半人半畜——这里暗示的种种对立,为修行完美提供了可能,通过出生与转世,体现了比凡人的一生更为广阔的时空理念。有些生灵从蒙昧的动物晋升到超脱的神仙,而人类和他们又有何不同呢?

让我们将此话题暂时打住。在道教和佛教的文本中,动物把更大空间让位于魔法巫术和各种变化,而我们要做的,则是透过中国小说中那些具体的动物形象,找出它们背后所对应的人类特性。由于进化的关系,猴子的形象无疑与人类最为相近。在所有的动物中,猴子的形象是最不邪恶的,并且通过不断的努力,他们最有能力达到完善。与此相反则是狐狸,它的动物劣根性最强。身为人畜混合体(比如:美女),狐狸将蒙昧的本质体现得最为极致,下面的一段引文就很好地证明了这一点,它选自我们将要介绍的小说:

> 话说诸虫百兽多有变幻之事，就中惟猿、猴二种，最有灵性。算来总不如狐成妖作怪，事迹多端。……大凡妖狐要哄诱男子，便变做个美貌妇人；妖狐要哄诱妇人，便变做个美貌男子。都是采他的阴精阳血，助成修炼之事。你道什么法儿变化？他天生有这个道数，假如妖狐要变妇人，便用着死妇人的骷髅顶盖；妖狐要变男子，也用着死男子的骷髅顶盖。取来戴在自家头上，对月而拜。若是不该变化的时候，这片顶盖骨碌碌滚下来了；若还牢牢的在头上，拜足了七七四十九拜，立地变作男女之形。扯些树叶花片遮掩身体，便成五色时新衣服。①

小说《平妖传》通过动物、狐狸的形象，揭示了众多生灵在修行完善道途中获得的不同成果。然而，历史进程中的罪孽会带给生灵厄运并导致它们灭绝。《平妖传》的原本为14世纪末罗贯中所作的《三遂平妖传》②，后者与历史还有着很大的联系，当然，这也不足为奇，因为罗贯中在我们的印象中正是创作历史小说的元老级人物。与早期的《三遂平妖传》相比，由冯梦龙（1574—1646）增补修订的《平妖传》③内容更为丰富，但狐狸精的形象并未多次出现，在总共十六章回的书中，只有一个场景与此有关。冯梦龙主要以短篇小说的出版人和作者而闻名，对他来说，创作于16世纪末的《平妖传》是唯一一部具有长篇小说性质的作品。④

小说的历史背景被一笔带过，讲述的是北宋（960—1127）的一起事变。时值1047年，一名下等军官王则（？—1048）鼓动卫队士兵和该地区百姓发动兵变，反叛迂腐无能的政府，并以郡王的身份统治该省城66天⑤。在小说中王则是富家地主之子，乃贝州一官吏。他命中注定要与妖魔牵扯，并且又是唐代女皇武则天（624—705）的再生，武于690年夺取王位更改国号，中断了唐史15年之久。习惯了铺张奢靡，贪恋女色的王则，某天在城里的集市上，遇见了胡永儿，她在小说（第十六回）已是狐狸精媚儿（胡媚儿）的转世，身为武则天至爱的张昌宗（一个著名的文学形象）早先便向她献过多年殷勤。他俩在小说中经历了性别的转换，这能追溯到他们曾经许下的诺言，即今生今世、乃至再生再世永不分离。审判两人的判官乃年已80的文彦博，他以丞相的身份率御林军抵抗

---

① 罗贯中：《平妖传》，由冯梦龙定稿的明代小说。满晰博（Manfred Porkert）将其译成德语并作序，岛屿出版社1986年版，第三回，第49页起。
② 参见北京大学出版社1983年版的明朝二十回文稿。
③ 《三遂平妖传》与《平妖传》的故事情节从第十六回起大体一致。但与罗懋登相比，冯梦龙更为详细地叙述了一些被罗忽略的素材。
④ 小说参阅了上海古籍出版社1981年版的《平妖传》，及罗贯中《平妖传》的德译本。
⑤ 《宋史》，卷二百九十二，《明镐传》中对于王则发动的起义都有记载。

武则天的部落,之后却未果并被杀。出于对他的同情,上天命其为"星",并让他以文彦博的形象出现在宋代。

《三遂平妖传》一开始描写了狐狸母亲"圣姑姑"和她的两个儿女胡黜、胡媚儿。在小说里的动物形象中,母狐狸显然是最栩栩如生的角色,她利用美色诱惑收买,作为唯一一个动物升上了神仙的天国。她修道完善的道路,贯穿了整部作品。

在修道的预备阶段,她显然已具备了超常能力。在开封,官吏杨春被她所迷,并将其收留在杨府。随后,她通过幻术营造了种种奇幻的景象,被奉为"活菩萨"。之后她在白云洞的墙上读到《如意宝册》。正是借助这些内容,让她对自身在宇宙中的存在有了更深的理解。

> 天是阳,地是阴;天不定,地确定;天崇高,地附属;天单一,地复杂。若人会施妖魔之术,则只能统领一般生灵,在人世千变万化,但万般皆从属于天数。若人善天神之道,则能有如守护神,在天空漫步,可统领不死之仙,连最高的皇帝也奈他不可。①

因母狐狸修行道术,她逐渐发生了蜕变,这从其外表已可见一斑:

> 她有着长者的躯体,沧桑的面容,雪白的鬓发,浓密的眉毛,头戴一顶星帽,身穿一件鹤绒衣,俨然一副备受崇敬的模样,似将尘世抛到了身后。②

尽管母狐狸充当了王则的巫师并为之战斗,但她已经修行到了一定的程度,故最后面对白猿和九天玄女娘娘的严惩,也能毫发无损。比母狐狸更早退出王则起义的是蛋子和尚,他投身于贝州城门前的甘泉寺。

母狐狸的两个孩子胡黜、胡媚儿都未能与她并驾齐驱。尽管胡黜在道观长期留守,却未能修得结果,直到加入了王则的起义军,其本领才被释放了出来。他用魔力招揽了精兵良将,用法术集结了虎、狼、豹等野兽,袭击了敌军,该法术只有巫师才能破解。最终,他面对神仙的照妖镜,不得已现原形而死。

作为小说中三大狐狸精的又一重要形象胡媚儿受到了上天的指令,与唐代女皇武

---

① 《平妖传》,第十二回,第215页。
② 同上,第十八回,第334页。

则天有着命中注定的联系。她的任务主要是展现狐狸妖媚诱惑的天性特质。通过万般引诱,将不同的男人置于死地。

在思想上,冯梦龙的《平妖传》宗教色彩并不浓重,这与明末清初的思想意识倒很一致。此后,狐狸修行这一主题,还一再出现,比如在19世纪早期一部四十二章回的作品《瑶华传》中。该作品由苏州人丁秉仁所作[1],说的是亳州一雄狐狸欲修炼成仙,却耐不住禁欲,欲通过滥交来吸收女性元阴,以成仙道。最终因糟蹋了太多无辜童女而被剑仙斩杀。

中国的文学作品多次采用了狐狸精这一主题,此外,还借用了其他艺术种类的特色素材,这在下面的例子中将会看到,同时,我们也想以此来结束神魔小说中的动物部分。光绪(1875—1908)在位之初,有一部长篇小说《狐狸缘》[2],从书名就已能明显看出这部作品的主题更偏重爱情而非宗教,特别是爱情里的"才智与美貌"。通过叙述人性的堕落,小说在心理层面上表现了人类恶的天性,还深刻揭示了男人在潜意识中畏惧美女的特性。小说作者的真名不得而知,只是以笔名"醉月山人"示人[3],他在创作《狐狸缘》时,借鉴了弹词作品《青石山》。如该弹词一样,故事发生在浙江省宁波市以西,不过小说的开篇用了一种神秘的笔调来描述:

> 从来说深山古洞多住妖魔。这座青石山,虽非三岛五岳之比,亦是浙西省内一个绝妙的境界。真是高通霄汉的奇峰,横锁烟霞之峻岭。却说此山有一槎岈洞,因无修行养性的真人居住,洞内便孳生许多妖狐。有一只为首的乃是九尾元狐,群妖称他作玉面仙姑。大凡狐之皮毛,都是花斑遍体,白质黑章。取其皮,用刀裁碎,便作各色的皮袄。惟独元狐,通身一色皆黑,如同黛染貂皮一般,故其价最昂贵。这槎岈洞九尾元狐就是黑色,股生九接尾,乃是九千余年的道行。将及万载,黑将变白,因先从面上变起,故名曰玉面。[4]

离青石山不远处,住着一位才华横溢的官吏周斌,和其子周信,还有家仆李忠(人称"老苍头")和其子延寿。周斌死后葬在了青石山山坡的林子里,也恰恰是在那儿,他的儿子

---

[1] 小说《瑶华传》应写于1803年左右,此处是辽沈出版社1992年版。
[2] 《狐狸缘》共二十二回,北京师范大学出版社1992年版。续篇《续狐狸缘后传》使其广为流传。
[3] 作者的真实姓名不详,据该书序言介绍,作者可能是宁波人。从该书编者生活在民国初期推测,作者据说可能叫蒋迪路,对其更为确切的生活情况不得而知,但他至少是多部武侠小说的作者,书目有《白眉毛》等。参见张颖,陈速:《中国章回小说新考》,中州古籍1991年版,第246—251页。
[4] 《狐狸缘》第一回,第2页。

周信在一个清明节遇上了玉面狐,她有着一张美貌少女的脸庞,在该地区游荡。两个年轻人眼神初次交汇后,玉面狐便全然忘却了千年修道之事,爱慕与欲望油然而生。玉面狐谎称自己叫胡(与"狐"同音)芸香,还答应周信深夜去他书房。只有老苍头对这个神秘女子感到怀疑,因为他认识所有的邻居,唯独对此女子不熟识。玉面狐回到青石山的巢穴后,与同伴密谋了一番行动,即吸取周信的生命力,最终成仙升上道教三十六重天的最高层大罗天。

从此,玉面狐与周信开始了私通,她多次在深夜前往周信的家中与之幽会,而周信也以苦读为借口将仆人支开。这对人畜情侣沉迷于欢愉,周信未能抵挡玉面狐强烈的欲望,而愈发身陷其中;同时,玉面狐的性欲也遭到了来访的女友凤笛的斥责,她被告诫要从"欲网"中抽身,从而心无杂念地修道。

玉面狐原本打算吸尽周信的生命力,从而能炼成仙丹,然而她的计划却因周信身体的虚弱而难以实现。于是她决定与另一个年轻男子结交,以此来获取周信体内缺乏的精华。一天,她的目光落到了延寿身上,当时他正偷偷爬上了花园的篱笆,偷吃树上的水果。延寿斥责了玉面狐和周信的关系,玉面狐心中升腾起了恨意,她现出了原形把延寿咬死。

> 这妖狐见顽童已死,忙上前扯去衣裳,用钢针似的利爪先刺破胸膛,然后将肋骨一分,现出了五脏。妖狐一见,满心欢悦,伸进他那尖嘴,把热血吸净,又用两爪捧出五脏,放在嘴岔子里细嚼烂咽。吃罢,将二目钩出,也吞在腹内。真实吃了个美味香。不多一时,将上身食尽。抱着两条小腿,在土坡下去啃。①

最后,老苍头发现了儿子的遗骸,心中骇然。同时,他对于周信沉溺狐狸精的怀疑,也得到了证实,然而,周信对他的忠告却充耳不闻。

此后玉面狐再次变身人形,并以李玉香为名嫁给了周信。然而周信因放荡不羁而得到了报应,在神经错乱中度过余生。

---

① 《狐狸缘》,第四回,第28页。

## 七 来自天国和阴间的奇人

在中国早期的小说中，与神魔小说有着密切联系的是传奇人物。这些奇人通常拥有如美猴王孙悟空一般的超能力，在我们这一文学体裁中也是尘世阴间来去自由。奇人大多是因为被委任了更高的任务而拥有特异行为，尤其在那些无视他为神仙的人群中，他的行为显得光怪陆离、异于常人。怪人在具体的人类生活中所充当的角色深刻揭示了人类的缺陷和弱点，同时也赋予了作品讽刺的特质。故事的创作与逝去的时代有所联系，这也体现了对现实的批判。① 正是在一些社会道德不被重视的地方，奇人发表了积极的社会舆论与批评，充当着警示者的角色。

小说中最早出现的奇人形象，是济颠和尚，他甚至可能是个真实的历史人物，但对其生活的年代还存有异议。根据一些典故，济颠生活在宋代，游走于杭州西湖畔的灵隐寺，他吃肉喝酒的习惯，打破了身为僧人的规则，而他怪异的举止也让他得到了"济疯子"的称号。根据另一个传说，灵隐寺曾遭受了一次火灾，济颠神奇地为寺院捐赠了木材，卒于1208年②。而按照另一个说法，宋代并没有一个叫济颠的和尚。关于这个人物，更多地是借鉴了道济禅师（释宝志，Shi Baozhi）的故事，他生活于南北朝420—477年间，行为怪异，饮酒食肉，就像西方的"圣人中的怪人"一样。③

小说与清末的一些作品一样结构松散，强调对话的描写，鲜有叙述的篇幅，还引用了相当的原始素材。这些都清晰地表明，该作品秉承了早先的小说传统。小说的原本出自明代1569年的一部题为《钱塘灵隐济颠禅师语录》手稿，讲述的正是济颠和尚的故事。尽管有章回的划分，但作品大体上仍只是语录的汇集，缺乏文学作品基本的特质。

---

① 参见梅耶(Hermann Meyer):《德语文学中的奇人》(*Der Sonderling in der deutschen Dichtung*)，乌尔斯坦出版社 1984 年版，第 25 页。

② 参见刘姓作者(Liu Guanying)《济公传》的德译本《济公传》(*Der Heilige als Eulenspiegel, zwölf Abenteuer eines Zenmeisters*)，Benno Schwabe 出版社 1958 年版，第 5 页起（译自四十二回、十二个故事的汉语版本）。济颠的十二个故事还有费尔韦瑟(Ian Fairweather)在 20 世纪初的英译本，题为《醉佛》(*The Drunken Buddha*)，昆士兰大学 1965 年版；明代作者田汝成在《西湖志游》中则将济颠视为真实的人物，在书中济颠因为行为怪异而被逐出了灵隐寺，收留在了净慈寺，参阅赵景深《中国小说丛考》，第 523 页。

③ 参见《济公传》，第 6 页起。

足足 100 年后康熙皇帝(1662—1723)时期,出版了王梦吉 36 册的《济公全传》,与明朝版本不同的是,该书增加了关于南宋两位皇帝高宗(1127—1163)与孝宗(1163—1190)的内容,另有一章关于济颠圆寂后的内容。不过,让济颠的故事流传最广的,是清末郭小亭编撰的二百四十回《全称评演济公传》。①

书中大多数济颠的故事,发生在 12 世纪南宋时期,都城杭州及其近郊。济颠外表邋遢,不修边幅,衣衫褴褛,步履蹒跚,酗酒成性,被市侩之人鄙视唾弃。但同时那些市侩之辈也因死板迂腐而最终被济颠羞辱嘲弄。作为一个成熟的菩萨角色,济颠总能体察到世间琐事的空虚无谓,打破常规和繁文缛节,讥讽荒谬。他的这些行为,恰好符合民间菩萨的"理想类型"。济颠在一次周游的途中唱了一首"空空歌",歌里清楚表露了他的为人信条。

> 南来北往走西东,看得浮生总是空。天也空,地也空,人生杳杳在其中,日也空,月也空,未来往往有何功? 田也空,土也空,换了多少地主翁。金也空,银也空,死后何曾在手中。妻也空,子也空,黄泉路上不相逢。官也空,职也空,数尽孽障恨无穷。朝走西来暮走东,人生恰是采花蜂。探得百花成蜜后,到头辛苦一场空。夜深听尽三更鼓,翻身不觉五更钟。从头仔细思量看,便是南柯一梦中。②

济颠和尚通过许多细小的情节揭露了人性的弱点,不过,他的形象得到提升,并进入神仙行列,则是因其打败了诸多"无个性"的妖魔鬼怪。与之不同的是,在接下去的两部作品中,被打败的妖魔则体现了特定的人性特质与弱点。

第一部短篇小说的中心人物是钟馗,这是个众人熟知的角色,甚至在民间传说中也留下了痕迹。自唐朝有了钟馗的崇拜热以来,他被尊为家庭守护神,人们认为他是邪恶的驱赶者,能够驱散不幸或疾病。为了纪念钟馗,也为了让他显灵保佑,每年十二月的第一天,有舞者身着钟馗的衣衫、挨家挨户地舞蹈,以此来驱赶妖魔。这清楚地表现了钟馗之于百姓的意义所在。在中国的文化中,钟馗并无自己的寺庙,只是供奉在各家各户中,然而在日本,他的地位却上升到了神仙的高度③。钟馗的形象和对他的崇拜,在许多戏剧和早期的文字作品都有所记载,比如沈括(1030—1094)的《补笔谈》,13 世纪末

---

① 此八十二回的版本(于 1905 年在上海出版),四川省社会科学院出版社 1985 年出版的《济公全传》以此为基础。
② 《济公全传》第八十三回,第 343 页。
③ 有关对钟馗的崇拜参见艾丽白(Danielle Eliasberg)的翻译及注释和评论:《魔鬼终结者的小说》(Le Roman du Pourfendeur de Demon),巴黎法国大学中文高等研究院 1976 年版,第 24—41 页。

的《唐遗史》，或是陈耀文写于 1550 年的《天中记》①。这一素材在明末之前，或许还未曾有小说的形式②，不过却一直被创作加工③。不同书名④的小说表现了历史故事，体现了丰富的小说传统，内容的重要性也远远超过了纯粹的消遣需求，人们将该小说以"第九才子书"的名号，归入了"中国十大才子书"⑤。

钟馗充当的角色是鬼魂征服者，在黄越于 1720 年为小说增写的序言中，已可见一斑⑥。其中提到了奇妙的传统故事，钟馗也身处其中，不过他与妖魔鬼怪的抗争，绝非"不真实的"，整个的主题属于上天酬善惩恶的大背景，而钟馗在其中扮演着任务执行者的角色。尽管受限于唐代，却仍与现实有着清晰的关联。在一个编织出来的虚幻故事中，我们能体会到时代迫切的真实性与诸多问题。小说将平日每个人都见得到的形形色色的行为方式用奇异和怪诞的手法加以渲染，展现到具有健全头脑的读者眼前⑦。

受掌管阴间的阎王之托，钟馗要在尘世寻找鬼，同时他得到了一份平鬼录，并赐其一支由阴间士兵组成的卫队，以及两位随从与追风乌锥马一匹，其核心组合与《西游记》中的四人行恰好也完全一致。他逐步杀死了短命鬼、无二鬼、下作鬼、粗鲁鬼、滑鬼、赖殆鬼、嘹荡鬼、冒失鬼、舛鬼等罪孽之鬼。多数情况下这些鬼之间都有着或多或少的联系，但除了一些显而易见的力量外，我们对他们知之甚少。每一个人物都有其特定的个性。但书中几乎没有日常生活的细节描述。通过拟人的手法，这些鬼构成了一幅怪诞丑恶的人性画像，作者不单鞭笞了一般的人性弱点，还斥责了诸如贿赂官员、铺张浪费、科举桎梏以及僧人的放荡不羁、好色淫荡等行为。在放飞联翩幻想与夸大人性缺点的方面，钟馗的所作所为与西方文学《痴儿西木传》(*Simplicissimus*)所表现的内容颇为相近。

19 世纪末有一部十回作品《何典》⑧与之颇为相似，但基调更为消极，全书几乎尽是吴方言，被称为"第十一才子书"，单从这一归类来看已能感受到钟馗作品的痕迹了。黄越通过钟馗这一驱鬼者，明确地向读者指出了作品的现实性。而与之不同的是，笔名为"过路人"的上海作者张南庄，为《何典》写下了"鬼话连篇录"的副标题，由此表现出了他

---

① 钟馗在《天中记》中扮演的是驱魔者的角色。书中曾记载他吞食了一个小魔鬼，从而治愈了玄宗皇帝(713—755)的疾病。钟馗的形象可能在公元前的《左传》、《礼记》中有所体现，但由于出现的名字不同，我们不能确定是否讲的是同一人物。
② 有一部有时间记载的明朝三十五回的仄文。
③ 今天的版本借鉴了一部 1785 年左右出版的十六回作品《唐钟馗平鬼传》。
④ 艾丽白：《魔鬼终结者的小说》，第 84 页提及了五个不同的标题。
⑤ 十大才子书中，除了这部讲述钟馗的作品《斩鬼记》外，还有两大历史小说《三国演义》、《水浒传》；三部才子佳人作品《好逑传》、《玉娇梨》、《平山冷燕》；两部戏剧《西厢记》、《琵琶记》以及《花笺记》、《三合剑》。
⑥ 德译本依据雷蒙(Clemensdu Bois-Reymonds)的译本（初版 1923 年），古斯塔夫·基本霍伊尔出版社 1987 年版。
⑦ 参见比尔(R. Beer)：《斩鬼者钟馗的民间本跋》(*Das Volksbuch vom Teufelsbezwinger Zhong Kui*)，第 267 页。
⑧ 张南庄《何典》，天津古籍 1994 年版，该版本基于人民文学出版社 1992 版，为了疏通读者阅读时遇到的方言困难而特别出版。小说首印于 1879 年，苏州人陈德仁对小说作了点评。

对于真实性的看轻。该爱情小说的情节由风流和美貌堆砌而成,故显得肤浅,同时这也表明了由于社会道德败坏,怀疑与失望依然存在。该书讲述的重点不再是具体的不幸,也不是《钟馗》中角色的堕落,那里人们还希冀通过铲除这些堕落之辈而改善生活,《何典》中的形象已堕落到了极致,就连阴曹地府对他们也全然不屑了。

《何典》一开始就宣布了世界分为上世、中世、下世,随后描述了位于鬼谷的"三家村"那虚幻的农家生活,那里住着土财主活鬼和他的妻子雌鬼,两人生活幸福,唯缺后嗣。他们向来访的形式鬼诉苦,形式鬼建议他们造庙祈祷,定能如愿。雌鬼梦到归家后一胎儿闯其腹中,名为活死人。出于感谢,活鬼捐造了一座寺庙,并在其中欢庆,谁料却引发了一场斗殴,破脸鬼打死了一个男子。嫉妒者将责任推卸到了活鬼的头上,最终他伤心至死。雌鬼的朋友劝诫她要对亡夫信守贞操,起初她还能牢记于心,然而随着时间的推移,儿子需要的关爱和自身需要的性爱,使她逐渐遗忘了贞操。下面这个生动的片段,或许就记录了她"内心堕落"的过程。

一日,雌鬼在家中扯些棉絮,要想翻条脱壳被头。忽然,膀掳裆里肉骨肉髓的痒起来,好象蛆虫、蚂蚁在上面爬的一般。心里着急,连忙脱开裤子,看时:只见一群叮屁虫,认真在屁屄沿上翻斤斗。

忙用手去捉时,被他一口叮住,痛得浑身都肉麻起来;只得放了手,一眼弗闪的看他。

三不知六事鬼走来,看见雌鬼绷开两只软腿,只管低着头看;心中疑惑,轻轻走到跟前,一看,不觉失惊道:

"怎的,活大嫂也生起这件东西来?"

雌鬼吃了一惊,急忙束好裤子,说道:"你几时到来?偷看我是何道理?"

六事鬼道:"这个虫是老屄里疥虫考的,其恶无比。身上有了他,将来还要生虱簇疮,直等烂见骨还不肯好。当时我们的鬼外婆,也为生了此物,烂断了皮包骨,几乎死了。直等弄着卵毛里跳虱放上,把虫咬干净了,方能渐渐好起来的。"

雌鬼忙问道:"你身上可有这跳虱么?"

六事鬼道:"在家人那里来?这须是和尚卵毛里才有两个。"[①]

消除危机的办法唯有破除她的忠贞。此后她与一个僧人发生了性行为,这一情事拯救

---

[①] 《何典》第四回,第50页起。

了她。重归清洁之身后,雌鬼通过压迫鬼的介绍,与锤子鬼结为夫妇,然而很快就贫苦交加。至此,这部短篇小说的第一部分结束。随后的第二部分讲述了雌鬼儿子的命运和活鬼的故事,他作为养子转世到了形式鬼家中。与继母争吵后,年轻气盛的他离家出走,寻找一位能助他修行的道士。在温柔村,活鬼被臭鬼一家收留,并与他家美丽的女儿臭花娘订婚,随后又开始了继续旅行。他能晋升高职,要归功于两个大头鬼引发的动乱。在混乱中,臭花娘成长成了女战士,活鬼与她一起大败了敌人,这为他俩今后带来了财富和职权。在小说的第一部分中,张南庄通过象征手法凸显了那个时代的种种弊端,而这种象征的手法正是第二部分所缺乏的。

## 八 用神话手法寻求文化认同

除了已探讨过的神怪动机外,在另一些小说中处于中心地位的并非神话素材,而是其他的内容。与其说这缘由流传下来的小说素材,不如说是在满人异族统治的背景下形成的。这些作品大都采用了清晰明了的形式,凸显了一个政治上受异族统治的时代,而这个时代急需文人雅士来保留住汉人的历史和文化。对此,神话这个外延形式是特别合适的,因为它能使作品摆脱直接的时代烙印,并在一些情况下逃脱苛刻的审查。接下来我们将要探讨两部作品,处于中心地位的不是统治者的形象,而是寻常的文化现象,这点在第一部体现得更为深刻,而这也正是出于现实的迫切要求。

吕熊(约1633—1716)的《女仙外史》写于清朝初期,初看是一部相当简单的作品①。小说1712年出版,讲述了月宫的嫦娥以唐赛儿为名降世,侍奉已被废黜的建文皇帝二十余载。

嫦娥转世于济南唐夔一家,其妻怀孕达15个月,分娩时也状况异常,这些都暗示了该女婴非一般的来历,他们给她取名为赛儿。在满岁抓福仪式上——婴儿要在面前摆放的物品中任抓一样——赛儿抓起的是一把剑,这也显示了她善战的天性。为了保护这个孩子,另一位女神鲍仙姑来到世间化身赛儿的乳母,并一直不离左右,引导着她的命运。赛儿的经历是命中注定的,比如她与好色的林家三公子的不幸婚姻,又比如她遇到了女妖曼陀尼。女妖从"南海大仙"那儿得到了天书和玉剑,而这两项礼物本来是给她准备的。虫害和自然灾害,都是国家不安的预兆。九天玄女传教了天书②。借助其中的教义,人能战胜自然,自由变化。而九天玄女这一形象,就如我们在《平妖传》中接触到的"赤脚大仙"。传授后赛儿得名月君。小说以永乐皇帝之死告终,正如预言的那样,他在1424年的一次战争归途中,驾崩于蒙古雨幕川村。嫦娥也由此完成了她的使命,然而鲍仙姑却告知她,她已经消灭了天狼后裔,天狼再无转世的可能了。

---

① 这部一百回的《女仙外史》为上海古籍出版社1991年版。作者吕熊来自昆山,位于今天的苏州和上海之间。小说还以《石头魂》闻名。
② 此内容见小说第八回,参阅《女仙外史》第80页起。

在中国的小说史上,几乎没有一部名作能像《镜花缘》那样,能同时收获好评与谴责,该小说由李汝珍写于19世纪早期①。对于小说内容的多样性,批评家们一再非难,因为这让他们很难对这部小说的体裁进行归类。《镜花缘》既是一部纯粹的讽喻小说,又是一部游历小说。它与前辈吴敬梓的《儒林外史》颇为相似,将中国的整体文化摆上了试验台。《镜花缘》则更加融合了传统、想象、哲学和意识等诸多方面。小说尽管有着乌托邦式的情景,尽管描绘了诸多女性故事,尽管遭受了社会的批评,尽管要求了政治改革,然而这其中却没有一个处于主导地位的主题,以至于进行小说划分时,硬是将它归入了"多样小说"的范畴。尽管我们不应否认,《镜花缘》已表现出与神怪小说全然不同的精神本质,但我们仍将看到为了迎合神怪小说的范例,故事情节还是充满了神话色彩。

李汝珍(约1763—1830)所生活的时代,在中国历史上是相对短暂的,该时期满人稳固了势力,也减弱了审查,这使汉人的教育资源得以享用,而在随后的鸦片战争中,这却受到了彻底的质疑②。尽管受过良好的教育,李汝珍却始终徘徊于"秀才"的名号下,这种情形迫使他在1782年离开了位于北京附近的家乡大兴,投靠在海州(今江苏省北部)担任官盐征税官的兄长李汝璜。在兄长那近20年的时间里,李汝珍潜心研究学问,研究的领域是当时流行的语音学和韵律学,其间他深受著名语言学家凌廷堪(1757—1809)的影响。1805年,李汝珍完成了中国南北方言的异同研究,重塑了汉语的语音系统。在小说中也出现了对语源学初步的定义和字符的探究。

李汝璜1799年离开海州后,李汝珍于1801年接过了河南副总督的官位,并至少做到了1807年。正如他的小说中所表现的那样,李汝珍研究了中国传统的教育资源,其中一个代表就是1817年发表的《受子谱》。除了学术方面,李汝珍每天需要面对众多的官务,这其中的经验和事务在《镜花缘》中也有所体现,比如在有段文字探讨了河流治理的问题。在其作品中,我们也能明显感受到他对技术的偏爱,身为一个地方文官,他对水利工程这一涉及百姓疾苦的重要事务,也事无巨细地加以负责,这为其为官生涯留下了重要的一笔。相应的描述在一些早期的中国小说中也能看到。不过,《镜花缘》所讲述的不只这些。士兵们在攻占都城(第九十五回)时所到之处使用的武器,乃是机械步枪的雏形,这或许还解释了中国人在本土背景下使用大炮和火药的传统。阴若花归家所乘的特殊飞车,被认为是纯粹的想象,或许是借鉴了蒙戈菲尔(montgofier)的初次飞

---

① 参阅李汝珍:《镜花缘》,香港广志书局,无出版年份。小说的个别章节已译成外文,如林太乙翻译编辑:《李汝珍:镜中花》(Li Ju-Chen: *Flowers in the Mirror*),加州柏克莱大学1965年版;以及恩格勒尔(F. K. Engeler):《女人国》(*Im Land der Frauen*),瓦格(音译 Waage)出版社1970年版。

② 对于李汝珍生平的概述,可参见高张信生(Hsin-Sheng C. kao):《李汝珍》(Li Ju-Chen),波士顿,特怀恩出版社1981年版。

行尝试,但从某种程度上说,它却赶在了莱特兄弟的首飞之前。

> 国舅同红红、仆人都将钥匙开了,运动机关,只见那些铜轮,横的竖的,莫不一齐乱动:有如磨盘的,有如辘轳的,好象风车一般,个个旋转起来。转眼间离地数尺,直朝上升,约有十余丈高,直向西方去了。①

这部小说体现了小说体裁发展和被接受过程中的一个趋势,即作者欲借助小说来展示自己的学识(以小说见才)。作为一个始终官位卑微的官吏,李汝珍官场失意,这也很可能促使他确定批判性的世界观。在弃官投靠兄长后,他于1810年开始创作小说《镜花缘》,据友人所称,这项工作至少持续了10年,直到1828年最终付梓于众。

《镜花缘》总共一百回,结构松散,与同体裁的长篇小说有着相似的问题。小说开始时就由上天的命名搭建了一个神话轮廓。李汝珍搭建了一个大框架,尝试将许多细小的片段结合起来。故事是由蓬莱山上的神仙百花仙子讲述的,她掌管着花花草草。小说对于社会问题的比喻效果,无疑让作品大大缺少了讽刺的特性,而这本该是能为作品加分的地方。正如许多的中国古典小说一样,百位花神转投尘世的想法(让人想到《水浒》中的一百零八将)是极其吸引人的。

小说开篇通过主角唐敖将诸多细节联在了一起。他从一场幻梦中苏醒后,寻访姐夫林之洋,身为商人的林为拓展生意正欲下海航行。于是唐敖以散心的借口,告之姐夫自己牵挂梦境,请求与他们同行,而他从此动身之后再没有归来。随后的三十三回(第七至四十回)通常被视为小说的核心部分,记录了唐敖游历42个国家的征程,同时作品的基调也发生了改变。李汝珍为表现社会愿望,通过特殊国家——名称和形象全部都与中国的神话地理作品比如《山海经》、《博物志》、《玄中记》等有关,这与乔纳森·斯威夫特(1667—1745)的《格列佛游记》有所相似——描绘了一系列的反面形象,它们应与当时中国的社会关系形成对立。然而,斯威夫特的作品写于1726年,比《镜花缘》早整整100年,他用游记的形式体现讽刺和挖苦,借此来"真实地"展现格列佛的探险历程。与之不同的是,李汝珍通过关联和影射描绘了不真实。对于大多数的国家,他只是用简短的语句描绘(这点与《山海经》颇为相似),与其说是关注社会问题,不如说是关注人性所共有的怪异弱点,最后得出的结论是,人之恶与其外表一致②。唯有女性主题是个特例,李汝

---

① 《镜花缘》第九十四回,第722页。
② 参见陈德鸿:《镜花缘的宗教和结构》("Religion and Structure in the Chin-Hua Yuan"),载《淡江评论》(*Tamkang Review*)第二十卷第一篇,1989年版,第63页,注释23。

珍对于女性在封建社会中的为人处事和心理状态给予了特别的关注。女性的教育、裹脚的形象等犹如一根红线贯穿着整部小说。小说的内容都以女皇武则天为背景,与许多强调她卑鄙和纵欲的作品不同的是,《镜花缘》因其重视教育,促进女性发展认为她是一个正面形象①。第八回伊始就讲到了女子读书同样重要。据记载,武则天曾甄选富有作诗才华的宫女,与大臣进行竞赛,高度赞赏那些学识丰富的女子,并督促所有人家的女子都要求知好学。百位花神再度集结,以年轻才女的形象前往都城应考,她们在原作用小山(Xiaoshan)的带领下,在武则天的花园中举行了盛大的宴会,一时间有如人间天堂。"庆典章节"(第六十七至九十四回)篇幅很长,李汝珍利用这一小说空间,以女子为例,将中国古典文化和教育的内容展现出来。此前几乎没有一部小说作品"讲述了如此多的与情节无关的事物"②,这也大大增加了阅读该书的难度,但是至少也为其赢得了"博学小说"的名号。不过需要提及的是,该名号是与同时代诸如《野叟曝言》等作品共同分享的。李汝珍始终都力图表现出女性的创造力,比如苏惠那巧妙复杂的"回文"就是一例,总共841个字构成方形式样,每行有29个字,朝前、朝后、朝上、朝下能读出200多首诗③。关于女性这个敏感的主题,在唐敖一行最终抵达女儿国时达到了高潮④。

唐敖与林之洋一家游历了许多地方,从写作方式上来看如出一辙。在首个异族领地上,八旬舵工多九公初次亮相,并在此后不断向他们诠释奇国异灵。随后,唐敖找到的那些由花神化身的女子,大都行为相近,她们中的许多人都有"中国背景",还称与唐敖相识,旨在让他伴自己回归"家乡"。此后,展现了许多熟悉和陌生的国度,从数量上看,那些看似奇特怪异的国家,与以伦理美德著称的国家势均力敌。作者并未对"君子国"(第十一回)和"大人国"(第十三回)的个性加以特别美化,对于"穿胸国"明显表明了批评的态度:

> 走了几日,过了穿胸国。林之洋道:"俺闻人心生在正中。今穿胸国胸都穿通,他心生在甚么地方?"

---

① 尽管面对众多非议,李汝珍仍不乏幽默的基调,如"庆典章节"(主要是第八十一—八十七回)中他将女性的足部写成了取乐之物(参见伊懋可[Mark Elvin]:《接受度范围:镜花缘命运的幽默种类》("The Spectrum of Accessibility:Types of Humor in The Destinies of the Flowers in the Mirror"),载《通过翻译阐释文化》(*Interpreting Culture Through Translation*),香港大学出版社1991年版,第106页)。
② 夏志清:《学者型小说家和中国文化:重评镜花缘》("The Scholar-Novelist and Chinese Culture:A Reappraisal of Ching-Hua Yuan")载浦安迪选编的《中国叙事小说·批评与理论研究》,第291页。
③ 该"回文"在小说第四十一回。
④ 参见李萍萍(Ping Ping Lee):《女性与讽刺的描写:格列佛游记和镜花缘》(*Representations of Women and Satire:Gulliver's Travels and Flowers in Mirror*),加拿大阿尔伯塔大学博士论文(1993)。

多九公道:"老夫闻他们胸前当日原是好好的;后来因他们行为不正,每每遇事把眉头一皱,心就歪在一边,或偏在一边。今日也歪,明日也偏,渐渐心离本位,胸无主宰。因此前心生一大疗,名叫'歪心疗',后心生一大疽,名叫'偏心疽':日渐溃烂。久而久之,前后相通,医药无效。亏得有一祝由科用符咒将'中山狼'、'波斯狗'的心肺取来补那患处。过了几时,病虽医好,谁知这狼的心,狗的肺,也是歪在一边、偏在一边的,任他医治,胸前竟难复旧,所以至今仍是一个大洞。"林之洋:"原来狼心狗肺都是又歪又偏的!"①

除了那些美德之国以外,还有一些国家将特质体现在了外貌上,比如"无胃国"、"犬封国"、"皮人国"等。李汝珍并未浅显地一味罗列,而是不失时机地将这些国家与故土相联系。比如他强调,黑齿国的人们认可中国在教育方面的领先地位,可随后却也发生了奇怪的现象,即男女在街上分道而行。尽管多九公曾强调,表象和本质是有所矛盾的,但显而易见的是,黑齿国乃李汝珍心中理想社会的一个典范。在这个国度中,每个人都能自由地尽情发展,它纯粹是一个乌托邦,居民们外表丑陋,但他们深暗的皮肤,黑色的牙齿,却并未磨灭内心澄净的思想。

黑齿国是第一个体现女子教养优先"问题"的国度,而这些女子真正的故土——"女儿国"——乃唐敖异国之行中篇幅最长、内容最丰富(第三十二—三十七回)的国度。正如唐敖一行很快会发现的那样,女儿国的特别之处是,一切都与中国大相径庭。那里的人们进行了简单的角色交换:男人反穿衣裙子,女人则反穿靴帽,还从事着男性职业。借此彻底批判了男权社会,正是这样的角色定位体现了专横跋扈,也正是在这种专横的基础上,产生了男女受教育不平等、女子必须裹小脚等不良风俗。身为商人的林之洋,在易货时被掳入国舅府。面对女国主的初次来访,林之洋表现了他的新角色,其举止俨然像一位后宫新宠。

> 林之洋见国王过来看他,已是满面羞惭,后来同国王并肩坐下,只见国王刚把两足细细观玩,又将两手细细赏鉴;闻了头上,又闻身上;闻了身上,又闻脸上:弄的满面通红,坐立不安,羞愧要死。②

历经诸多是非曲折后,林之洋得以与阴若花"王子"——该名字体现了花卉的特

---

① 《镜花缘》,第二十六回,第184页。
② 同上,第三十四回,第241页。

质——从府中逃脱。年轻的阴若花正在逃脱女王新欢的追踪,该男子企图谋害她。

富有启迪意义的是,李汝珍将批判的眼光对准了性别分工,通过与社会中女子的交往,客观地抨击了具体的弊病,从而避免了从一开始就将这一"弱势性别"理想化的危险。按照现代的标准,《镜花缘》绝非一部纯粹的女性小说,然而,它绝对是中国第一部将女性视为与男性同等重要的文学作品。李汝珍用他的诚意承载了一种愿望,而这份诚意也被后人视为典范。小说出版的 15 年后,清朝政府废除了裹小脚的习俗,几年以后,一名英国教士开办了第一所女子学堂。李汝珍的女性主义是他本人与中国传统道德作彻底斗争的思想成果。

一行人的奇幻游历在抵达了"小蓬莱"岛后终告结束。因林之洋卧病于船,多九公催促人马归程,却遭到了唐敖的拒绝,因为他已被岛屿的美丽景象深深吸引,并决定从此作别纷繁的凡尘。

> "不瞒九公说:小弟自从登了此山,不但利名之心都尽,只觉万事皆空。此时所以迟迟吾行者,竟有懒入红尘之意了。"①

小说的最后几回围绕长安宫庭争斗这一历史核心展开,年迈体弱的女皇武则天退位,不得不让位给中宗,这无异于唐朝统治的复辟。然而,结局远不只是对历史的描述,而是通过幻想世界的中心象征,再次突出了小说的讽喻特性。忠诚的唐朝士兵皆与花神成婚,在挺进都城的路途中,他们必须征服四大"自诛阵"——酉水阵、巴刀阵、才贝阵、无火阵(分别代表酒、色、财、气)。大多数士兵未能经受挑战而死,比如英勇的林之洋面对一个狂妄的走堂怒火上升,而那走堂本要赋予他更高的权力,林之洋"登时自己无名火引起阵内邪火,……一跤跌倒,昏迷过去。"②在才贝阵前,有一枚硕大无比的金币悬于空中,用来考验那些战士。贪婪充斥着他们的脑袋,为了搞到宝贝,许多人在混乱中丧命,横尸满地。不过,这些也只是作品的一个幻想,真正的拯救只能靠人本身的正直思想和幡然醒悟。幻想和异端,乃邪恶的主要根源,因此道姑在众花欢庆时教导这些年轻的女子:

> 人生在世,千谋万虑,赌胜争强,奇奇幻幻,死死生生,无非一局围棋。只因参

---

① 《镜花缘》,第四十回,第 280 页。
② 同上,第九十八回,第 752 页。

不透这座迷魂阵,所以为他所误。①

李汝珍的这些劝戒警言,与许多旨在引导和完善人性的哲学及小说作品相当一致。尽管李汝珍在小说中多次提到了宿命论的力量,他也并未将人性从责任和从善的可能性中解放出来。正如他所写的那样,宿命论与"缘"密不可分,而"缘"是不足以再现"命运"的、更多地是与印度的因果报应相似②。通过"缘"这一概念,宿命论支配着外在尘世的运转、甚至还居于这个外在世界之上,故而这部作品的书名《镜花缘》也预示着"幻觉的起因"。③

> 镜光能照真才子,
> 花样全翻旧稗官。
> 若要晓得这镜中全影,
> 且待后缘。④

李汝珍小说的续篇直到 20 世纪初才出现,确切地说是 1910 年,华琴珊出版的四十回的《续镜花缘》⑤。正如作者在序言中所说,小说第一回对始于《镜花缘》的故事作了一个总结,再次探讨了阴若花的命运,她在庆典后与女伴们回归故里,欲待女王驾崩后继位,她的伙伴兰英、红红和婷婷也都成为了大臣。此外,还讲述了新女王的命运,比如她的婚姻(第十回)、或打败美女国的故事。在续篇之初,每个女英雄的故事还错综复杂,不过最终所有的花神都找到了升天之路,由此也结束了整个故事。

---

① 《镜花缘》,第九十回,第 689 页。
② 参见高张信生:《李汝珍》(*Li Ju-Chen*),第 60 页。
③ 解释同上。
④ 《镜花缘》,第一百回,第 772 页。
⑤ 原稿藏于北京国家图书馆,由北京,书目文献出版社 1992 年付梓出版。

中国皇朝末期的长篇小说

第四章 情感世界
联系万物的纽带

## 一 明末以来中国长篇小说中的色欲、爱情、家庭及自传中的多愁善感

> 口不渴照样喝东西,随时可以谈情说爱,夫人,这就是我们和其他动物不一样的地方。
> ——费加罗

我们再次回到日薄西山的明朝。前面介绍过的历史小说都是以国内政治的衰败作为描写题材,这里我们无意再去理会统治集团内部的种种纷争,而是要集中关注大力促进小说繁荣的一些思潮,这些思潮尤其凸现了某些特定内容小说的地位。①

作为经典,儒家书籍向来为文人学者欣赏,如今却突然遭到质疑。吕楠(1479—1552)首先向同时代的人提出了摆脱束缚与依恋的要求。人在一生中遇到情况时不得不作出反应和决定,但只有按照自己固有的道德标准行事的人才能永葆真诚。王畿(1498—1583)认为:你好像站在空房间的一面镜子前,美的丑的都一清二楚。罗汝芳(1515—1588)在他的著作中提出自己对时代精神的设想:静心沉思,遇事不慌,不参与他人的仓促行动,像一个初生的婴孩那样去悟透事物的真谛。

> 静坐之人胸中自有一面明镜。劝你们在镜中照照自己的脸。如果你们内心正直坚强,便会看到你们自己衣衫整洁,行为坦荡。但如果你们脑子里想的尽是声色犬马、阴谋诡计,那么只会见到一张头发蓬乱的脏脸。不仅别人会笑话你们,替你们害羞,你们自己的内心也会恐慌不安。你们还能得到安宁么?②(原文未注明出处,只能按德语引文译出。——译者)

这是向人们提出的高标准与高要求,但同时也显示明末时期世风日下,僵死的传统

---

① 明末的中国情况详看谢和耐(Jacques Gernet):《中国的世界——从古至今的中国历史》(*Die chinesische Welt. Die Geschichte von den Anfängen bis zur Jetztzeit*),卡佩勒(Regine Kappeler)由法文译成德文,法兰克福,岛屿(Insel)出版社 1989 年版,第 359—370 页。

② 引自:克利尔利(J.C. Clearly):《世俗的智慧——明代的儒家教化》(*Worldly Wisdom. Confucian Teachings of the Ming Dynasty*),波士顿,莎姆巴拉(Shambala)出版社 1991 年版,第 119 页。

礼教已不足以解决面临的诸多问题。此外,这一段话也为当时正在兴起的艳情小说提供了一个重要的注解:如果我们还用上面提到的镜子作比喻的话,那么在镜子面前还有什么东西比一个赤身裸体充满情欲的人更能清楚地表现出那个时代的堕落面貌呢?人们自然可以对艳情小说仅仅因这一原因被创作和被接受的观点提出质疑。此类小说的作者通常喜欢匿名写作,而小说一出来官方检查便闻风而动,这清楚地表明双方对读者看完此类小说后能否获得道德真知都心存疑虑。在社会定向中——中国传统文化在这一方面总是极度漠视个人的情感和愿望——似乎更应固守新儒家传统:人的本性是天赋的,但是人的固有道德能力却受到私心杂念的威胁;私心杂念破坏和谐,扰乱社会秩序,必须摈弃;而维护秩序的手段则是官方检查以及严守道德规范。

因此,在那个时代的中国小说作品中看不到一个坚持激情与社会作殊死斗争的热血人物。小说往往注重在满足个人愿望和规避越轨风险之间去建立平衡。读者找不到一个主人公成功反对统治阶级礼教的正面例子。虽然作者在作品中不时流露出对误入歧途的主人公的同情,但这些人物最终都难逃罪责。不管他们先前的生活多么荒唐,多么淫荡,到头来还得同当时社会的道德观念保持一致。《痴婆子传》中阿娜对自己伤风败俗的往事的忏悔以及《金瓶梅》中西门庆的死亡都说明了这一点。许多艳情小说向读者传递了如下信息:享受性快乐是天经地义的,不容禁锢,但必须拒绝纵欲过度和淫乱。① 不过这类小说让我们看到了人的内心世界,长时间地为我们提供了丰富的研究资料。16 世纪中期一些早期的艳情小说语言比较粗俗,更接近口头文学,这表明此类作品并非仅仅是文人学者劝善说教的产物。尤其到 16 世纪末 17 世纪初,对裸体男女的描写大胆直露,明显有违传统,要知道中国文化在长期发展过程中总是强调端方贞洁的。② 中国艳情文学还明显包含医学方面的内容,这些内容最早见之于西汉时期(前206—25)保存下来的文献中。这是一些以房中书抄形式写下的篇幅不长的作品,如《合阴阳》或《天下之道》。不过还不能把中国的房中书抄归入指导身体健康的家庭卫生丛书范畴。虽然在中国神话中并没有像厄洛斯、阿莫尔、维纳斯或阿芙罗狄蒂这样的爱神

---

① 参看圣安吉罗(Paolo Santangelo)的解释性文字:《中华帝国晚期的七情六欲——明清激情感知的演变和继承》("Emotions in Late Imperial China. Evolution and Continuity in Ming-Qing Perceptions of Passions"),载:《评说中国的变化——欧洲中国研究协会第九次研讨会论文集》(Notions et Perceptions du Changement en Chine. Textes Présentés aux IXe Congrès de l'Association Européenne d'Études Chinoises),阿莱顿(Viviane Alleton)和沃尔科夫(Alexei Volkov)编,巴黎,法兰西学院中国研究所(Institut des Hautes Etudes Chinoises)1994 年版,第 177 页及后页。
② 参看福赫伯(Robert Franke)的评注:《中国艳情文学》("Chinesische erotische Literatur"),载:德博(Günther Debon):《东亚文学》(Ostasiatische Literaturen),《文学手册》(Handbuch der Literaturwissenschaft)第二十三卷,冯泽(Klaus v. See),威斯巴登奥拉(Aula)出版社 1984 年版,第 99 页。关于艳情绘画也可参看高罗佩有关中国性生活的杰出研究:《古代中国的性生活》(Sexual Life in Ancient China),莱登布里尔(E.J. Brill)出版社 1974 年版,第 317—332 页。

出现,①但男女交合曾被视为宇宙性事,体现在创世时的乾坤(即天地)合一之中,有关记载早在《易经》之中就能见到。②

故而大多数中国房中书抄都是在讲如何保存体力以达到长生不老的目的。至于用哪一家观点来佐证倒并不显得重要,只是各家的着眼点有所不同罢了。注重日常修炼的道家认为,人的身体作为天地两种力量的作用场所是人的精神活动的手段和目的。而儒家则把身体视为祖宗赐予的礼物而加以推崇。两家关于男女性事的观点多偏重理性而缺乏浪漫气息。儒家把家庭视为重要的社会生活模式,家庭实现祖先传宗接代的要求,从而保证了家族的生生不息。从这个意义上讲,结婚成家就不仅仅是一件卿卿我我,谈情说爱的事,只要想到后世有人尊崇自己便心满意足了。道家则认为凭借性技巧和炼丹术在今生今世就能踏上一条通往长生不老的路。③

由于篇幅关系,在此不可能对这些房中书抄一一作详细介绍。④但为了说明明清艳情小说的理论背景,有必要对这类颇有争议书抄的主要内容作一个简要概述。绝大部分的书抄都提倡性爱,但须有节制,任何纵欲放荡的行为都对健康有害,是很危险的。⑤随着年龄增高,人的性能力有所下降,而不得当的性生活也会催人变老。只有服用中草药,做到交合时不泄精才能趋利避害。书抄里的中草药方让我们了解到这类作品与中医治疗的密切关系。某些极端的做法如彻底拒绝性事也不宜提倡(至多只适合高龄人群),因为《素女经》中说不事性交会"阴阳闭隔,神气不宣布"。总体说来,作者是站在男性立场看待性事利弊的,比如书抄相信性能量可以由一个器官传递到另一个器官,这便为中国封建社会普遍存在的一夫多妻现象找到了一个蹩脚的理由。《房中补遗》一书直言不讳地谈到了这一命题:

凡妇人,不必须有颜色妍丽,但得少年,未经生乳,多肌肉,益也。若足财力,选

---

① 参看福赫伯《中国艳情文学》,第99页。
② 参看威尔(Douglas Wile):《房中术——中国性爱瑜伽经典及妇女独思文献》(Art of the Bedchamber. The Chinese Sexual Yoga Classics including Women's Solo Meditation Texts),阿尔巴尼,纽约州立大学出版社(State University of New York Press)1992年版,第11页。
③ 详看以上,第12页。
④ 此处采用的是威尔(Wile)的《房中术》(Art of the Bedchamber)一书,此书已多次提到,内有很好的评注。此外还收集了《房中术——中国性爱艺术》(Fang-chung-shu. Die chinesische Liebeskunst)一书的一些重要章节,海尔曼(Werner Heilmann)编,慕尼黑,海饽(Wilhelm Heyne)出版社1990年版。马汉茂(Helmut Martin)在其编撰的《张生和绮云庵的尼姑——古代中国的艳情小说》(Zhang und die Nonne vom Qiyun-Kloster. Erotische Erzählungen aus dem alten China)的后记中对中国社会和中国小说的性爱问题作了扼要的介绍,鲁梅尔(Stefan M. Rummel)由中文译成德文,慕尼黑,海饽(Heyne)出版社1993年版,第206—219页。
⑤ 关于这一普遍论断可参看马克梦(Keith McMahon):《明末清初小说中的艳情描写:美的王国和性的战场》("Eroticism in Late Ming, Early Qing Fiction: the Beauteous Realm and the Sexual Battlefield"),载:通报73(1987),第218页。

取细发,目睛黑白分明,体柔骨软,肌肤细滑,言语声音和调……数数易之则得益多。人常御一女,阴气转弱,为益亦少。阳道法火,阴家法水,水能制火,阴亦消阳,久用不止,阴气逾阳,阳则转损,所得不补所失。但能御十二女而不复施泄者,令人不老,有美色。若御九十三女而自固者,年万岁矣。①

男方获得性能量的最有效的形式便是阳物自固不泄,汲取从阴户中分泌出来的阴津。女人的气息、唾液和乳头分泌物的能量虽不如阴津,但也不是没有价值。女方越年轻,性经验越少,体内有用的能量就越大。一个女人生了孩子后会丧失其"阴气"精髓,就不能再向男人提供充足的性能量了。房中书抄的此类叙述十分片面,而事实上男女双方在争夺延年益寿的能量的交战中——这一过程在书抄中冠以"采补"这么一个中性词——是完全平起平坐的。男人只有不泄,才能占得上风,照书抄的说法精液便会经由脊椎升入脑髓之中。② 一旦女方让男方泄了精,不用说便旗开得胜了。正因为女人在交合中通常为得利一方,所以房中书抄均不遗余力地谴责女人的性优势。

《封神榜》中狐狸精妲己以及女皇武则天便是给我们留下深刻印象的坏女人文学典型。在这一章中,我们还会遇到潘金莲和素娥这一类人物。她们一个个精明狡诈,专横跋扈,性能力极强,具有破坏性。作为医用指导的房中书抄和艳情文学到这里似乎表现出了不同的宗旨。房中书抄的语气客观理性,而文学作品则专讲极端的例子:男人女人互为永恒的对手,一方仍欲壑难填,另一方已筋疲力尽,只有死亡才是最终的解决办法。色情场面被大肆渲染,只是在无意之中透露出一些劝人节欲的忠告。西方文学中有一系列作品如萨德(Euvre de Sade)的小说和缪塞(de Musset)的《嘉梅尼——两个荒唐夜》(Gamiani),有意对色情场面作出令人厌恶的描写,这种现象在中国作品中基本没有出现。③ 本章要介绍的作品《玉闺红》是唯一的例外。而房中书抄则强调男女交合的和谐之趣,这种和谐甚至是国泰民安的前提。④

上面我们对中国的房中术作了简要的介绍,其中的要旨,明代以来的各种艳情小说分别作了不同程度的采用。

---

① 参看威尔:《房中术》,第116页。
② 这种观念起源于一些似是而非的实践经验,除自固不泄外,还拟吸收女方体内带有原始力量的各种物质如尿液、经血或胎盘等,据说这些物质能增强自身的阳刚之气。参看《云雨——中国的性爱之术》(*Das Spiel von Wolken und Regen. Die Liebeskunst in China*),比德利(Michel Beurdeley)编,慕尼黑,凯泽舍出版社(Keysersche Verlagsbuchhandlung)1969年版,第30页。
③ 可参看皮姆帕纽(Jacques Pimpaneau):《中国文学史》(*Histoire de la Litterature Chinoise*),巴黎,菲利普·匹克威出版社(Editions Philippe Picquier)1989年版,第388页。他发展了范古利克的思想。
④ 参看威尔:《房中术》,第118页。

中国小说史中,色情描写直露的艳情作品取悦大量读者的时间最多长达150年左右,直至清初数十年。这类作品是根本无法同有千年传统的旧式爱情小说抗衡的。旧式爱情小说通常题材严肃,并且一而再再而三地强调儒家礼仪道德。因此,17世纪中期后出现的后期爱情小说对色情场面只是偶尔点到为止。一大批才子佳人小说表现的中心命题是爱情本身以及爱情的理想主义。这类小说的创作往往也遵循一系列通用的固定模式。贯穿小说故事的中心概念便是"情",被用来表现情感世界的意义。"情"是人体内的一种敏感力量,能将自己和别人以及自己身边的事物联系到一起。围绕"情"这个概念诞生了形形色色的文学作品,在一些小说的序文、引言或题词中,常常会遇到这个"情"字,它提示我们,作者是如何理解自己的作品的。明末文人冯梦龙是多部短篇小说集的编著者,他又将870余篇爱情故事汇总整理,编成一集出版。在篇头诗里他谈到自己的宗旨:

> 我欲立情教,教诲诸众生:
> 子有情于父,臣有情于君,
> 推之种种相,俱作如是观。
> 万物如散钱,一情为线索,
> 散钱就索穿,天涯成眷属。
> 若有赋害等,则自伤其情。
> 如睹春花发,齐生欢喜意。
> ……
> 无奈我情多,无奈人情少。
> 愿得有情人,一齐来演法。[①]

冯梦龙把爱情故事分门别类,有"情爱"、"情侠"、"情疑"等,虽然他对"情"这一概念并未作出确切的定义,但藏在"情"字背后作为主线的男女爱恋却跃然纸上。

我们在这个引言部分多次提到的小说《金瓶梅》场景纷繁,暴露出众多问题,是中国文学的一座里程碑,也是世情小说的开山之作。出于分类考虑,似有必要同时了解一下形式多样的早期艳情小说及其晚期作品。除《金瓶梅》以外,17世纪中期还出现了一系

---

① 引自尼佩尔(Kai Nieper):《九死一生——晚清小说家吴沃尧(1866—1910)》(Neun Tode, ein Leben. Wu Woyao [1866 - 1910]. Ein Erzähler der späfen Qing-Zeit),法兰克福,彼得·朗出版社(Peter Lang)1995年版,第220页。

列以婚姻和家庭为中心题材的作品,一百年以后这一题材在《红楼梦》和《歧路灯》等长篇巨著中再现。此前数十年中诞生的才子佳人小说影响也颇为深远,我们将在后面对这类小说作专门介绍。以上我们对明末的各种思潮作了简要的勾画,这些思潮开创了中国文学史的一个新时期。直至清初数十年,自传体作品起了十分重要的作用。由于文学检查越来越严,那种直言不讳的公开自白和自我描写渐渐看不到了。不过自我宣泄的需求当然不会因此而消失,于是人们寻求新的途径,并找到了写小说这一最佳方式。而《金瓶梅》和《醒世姻缘传》等早期小说恰好为描写私人的环境和空间提供了现成的框架,这种框架尤其被18世纪的作者所采用。

本章内容广泛,结尾部分还要介绍几部描写19世纪末大都市上海红灯区社会风情的小说。到那个年代,艳情题材已经靠边,即将登上文坛的社会批判文学的苗头已清晰可见。

## 二 君主荒淫,世风日下——从历史角度看艳情小说

早期的艳情文学描写了多种题材,这些题材明确地揭示了明朝末期的衰败。第一类题材便是描写统治者本身,故事中心是生活在王朝末代或者危机时期的帝王、高官以及一些特殊人物的无耻行径。这些人的荒淫无道正好象征皇朝的日暮途穷,在历史小说的这一章中我们介绍过的隋炀帝便是其中一位突出的代表人物。小说故事也许会放到很久前的某一个朝代,但读者可明显看出作品是在影射成书时的明代的现状。在上述传统道德理想的背景下,作品传递出来的信息首先是象征性的:皇帝作为"天子"本应是国家最高的道德卫士,而他自己却偏偏胡作非为,危及社稷,造成了动乱和祸害。当这种警告不起作用,帝国和皇朝陷于风雨飘摇、分崩离析的时候,作者们便采用一种新的描写方式。以我们今天的观点来看,这种方式更令人印象深刻。此时,作品客观描写社会的腐败堕落现象,皇帝、大臣成了边缘角色,时代框架只是故事的背景,表现上梁不正下梁歪,由于宫廷腐败才导致全社会的道德沦丧。本节中我们要介绍的一部名叫《玉闺红》的小作品便是生动的一例。

我们在这里首先要介绍的作品是一部历史艳情小说,小说的女主人公大家都已熟识,她便是在中国探案小说一章中已经出现过的历史人物武则天(625—705)。她在唐朝时期曾一度当过女皇,在此后流传的文学作品中她始终被描绘成一个内宫淫乱的形象。篇幅短小的《如意君传》也不例外,这部小说不像后来的小说,还不分章回,是用书面语言"文言文"创作的。① 作者及具体写作时间不详。不过从提及此作品的其他文字资料中我们能大抵了解到小说的成书时间。1572 年曾有黄训(1490—1540)的一本题为《读书一得》的文集出版,其中提到《如意君传》。那篇文章多半写于 1525 年之前,加

---

① 根据法译本《如意君传》(*Vie d'une Amoureuse*),Huang San 和 Lionel Epstein 译,埃尔勒斯菲利普·匹克威出版社(Arles: Éditions Philippe Picquier)1994 年版,第 95—158 页。清代(前言中注明是 1833 年)有一部七十二回的同名小说,讲的是明朝时金童和玉女的故事。金童和玉女转世到人间,分别是朝廷翰林田友三的儿子田文泉和明孝宗的公主。田文泉拔得状元,被孝宗招为驸马,与下凡的玉女定下终身。受皇帝委派,这对夫妇周游南方,取得功勋(平息蛮族起义,减少自然灾害造成的损失等)。田文泉被封为"如意君",按照正统的道德观念,他的这个头衔比起明代同名小说中的主人公自然荣耀得多。

上小说序言标明的干支年号,我们大致能认定此书创作于 1514 年和 1520 年间。①《如意君传》对以后的艳情小说影响有多大,从《金瓶梅》多处影射《如意君传》描写情节的事例中可知一端。②

探案小说不去详细描写女皇帝的荒淫生活,与此相反,《如意君传》则对此不惜笔墨,性爱描写竟然占了整个小说 2/3 的篇幅。作者先用寥寥几笔写了武则天的发迹史:她是荆州都督的女儿,14 岁入宫做年事已高的唐太宗的宫女;后来勾引太子高宗成奸,这一乱伦行为预示这位未来女皇的任意妄为。薛敖曹一到武则天身边,女皇帝便要试试他的能耐。

武后曰:"肉具大至此邪?朕当亲览焉。"遂令脱去中裙,后睥睨坐,久视其( )垂伟长,戏曰:"卿勿作逗留,徒忍人也!"眨敖曹肉具尚软,后引手抚弄,曰:"畜物诈大,尚未识人道。"

乃自解衣,出其牝,颅肉隆起,丰腻无毳毛。曹避不敢前。后引其手,令抚摩之。曹肉具渐壮,俄然而跽,脑窝中肉皆块满,横筋张起,坚劲挺掘。后捧定,如获宝曰:"壮哉!非世间物,吾阅人多矣,未有如此者。昔王夷甫有白玉尘柄,莹润不啻类,因名尘柄,美之极也。"……敖曹以手提后双足,置於牝口。后以两手导之,初甚艰涩,不能进。后曰:"徐徐而入。"曹欲急进,后勉强承受,蹙眉啮齿,忍其痛,仅没龟棱。既而淫水浸出,渐觉滑落,遂又进少许,……后谓敖曹曰:"尘柄甚坚硬粗大,阴中极疼痛,不可忍,宜稍缓往来。少息,再为之。"

未久,敖曹觉后目慢掌,热频赤气促,淫水溢下,后渐以身就曹,遂稍用抽拽。至二百回,后不觉以手攀敖曹腰,飒声颤语,双眸困闭,香汗尽出,四肢耽然于墩褥之上。敖曹曰:"陛下无恙乎?"后不能言。曹欲抽出尘柄,后急抱曰:"真我儿也!无败我兴。"③

上面引用了武则天和薛敖曹首次做爱的一大段文字,这是个典型例子,小说中还有许多性爱描写,只是场合和技巧有所不同罢了。

武则天逐渐年老色衰,身体也越来越虚弱。由于薛敖曹说服女皇让位给中宗并恢

---

① 参看《如意君传》(*Vie d'une Amoureuse*)的说明,第 97 页。按照书中的说法,有两处提到元朝元统年间(1333—1334),成书年代似乎还可以向上追溯,不过成书时间比起书中提及的还要早的说法不太可信。
② 小说第二十七回中还有多处提及。
③ 引自《如意君传》,第 125—126 页。

复唐朝统治,因而赢得了朝廷上下包括昔日敌对派的应有好评。至此,敖曹在宫中的任务已经完成。考虑到新君主即位后敖曹可能会送命,武则天便终止了他的服务,让魏王子①把他保护起来。但女皇后来又偷偷给他送情书,致使他逃出武家,最终入道归隐。

还有一本专写武则天淫荡一生的艳情小说《浓情快史》,共三十回,约于清代前期所作。小说表现出另一种对男女性爱的见解,主要体现在后来当上高官的狄仁杰这个人物身上。狄仁杰对自己提出了很高的道德要求,多次拒绝一位少妇的诱惑。情急之中,他展开了丰富的想象力,这样的描写在中国艳情文学中几乎是史无前例的。

狄生见房里走出一个妇人来,……不知他来意,忙施着礼道:"小娘子,暮夜至此,有何见教?"那女人笑道:"妾青年失偶,长夜无聊。今见君子光临,使妾不胜之喜。千里姻缘,信非人力,实乃天定。妾不违天,得侍君子,妾万幸也。"狄生心下一想,看见他花容月貌,不觉动火起来,即欲近身交感。立得起身,又转了一个念头道:"美色人人爱,皇天不可欺。我不淫人妇,人不淫我妻。此事怎么使得?"便道:"承小娘子美意,非学生迂腐,奈此事实干名节,学生不以一宵之爱而累终身之德。望小娘子自爱。"

那女人火热一片心肠被他说得冰冷,想道:"世间烈妇,常被人强奸,后得和美。我一妇人来就男子,反做作起来。比似他是一个烈妇,我为一男人,强也强他一夜。有何妨碍?"即逼近前道:"君子勿以贱妾为残花败柳,不堪攀折。妾已出头露面一场,不得如此,怎回故步,望君怜而察之。"道罢,近前一把搂定。

狄生情性如火,急欲淫污起来。又想道:"不可不可。"把身子挣脱,向前去扯那房门,那里扯得开,无计脱身,假说道:"小娘子美意,我非草木,直恁无情。实有一桩心事,不敢干犯小娘子贵体,故尔再三拒之。"妇问其详,狄生诈说:"患恶疮未瘥,今把此物溃烂,疼痛不堪,再何能乐?娘子想之。"

那妇人又冷了心肠,想道:"直恁无缘,使我羞答答怎生回去,反被他笑。"又道:"君既有暗疾,妾亦不敢强为此事,惟愿与君共枕同,如内官伴宫女之例,此愿足矣。"说罢,近前又搂住了。狄生情不自禁,将手欲去抱着,又想皇天不可欺之句,道:"不可不可。"口内虽言不可,那欲心转盛,怎生得灭。便想道:"向闻高僧语,我但凡因有美人,起了欲念,不能灭者,即当思此。美人日后死于棺中,其尸溃烂,万窍蛆钻,此念释矣。"狄生把此女一想,果然绝念,把妇人推开了说:"我写几句诗与

---

① 应为武则天的侄子魏武王武承嗣。——译者注

你看。"那女人不知他写着甚的。

狄生取笔而题：

美色人间至乐春，我淫人妇妇淫人。

色心狂盛思亡妇，遍体蛆钻灭色心。①

　　狄仁杰最后还成功地说服那位献媚的妇人摆脱了邪念，妇人感激地向他下跪。当然作为道学家的狄仁杰在这儿也罢，后来在朝廷也罢，总是在孤军奋战。对女皇的荒淫无耻他只能袖手旁观，听之任之。直到他本人去世，武则天让位给中宗后，由他一手提拔的五位大臣才得以一举摧垮皇帝身边的奸党。

　　《如意君传》出版近一百年后，在17世纪最初的20年间又有一本十六回的小说《株林野史》问世。《株林野史》写的是中国春秋时期（公元前722—前484）的故事。小说明显受到古代房中书抄的影响，引进了一些道家采补术的东西。《株林野史》的故事好几处依据史料记载，并作了较长的摘录。② 此外，小说还详细讲述了郑穆公的女儿素娥的故事。素娥约生于公元前630年，刘向（公元前80—前9）在《列女传》中记载了她的生平，在历史小说一章中我们详细介绍过的《东周列国志》也描写过这个人物（见《东周列国志》五十二、五十三和五十七回），《株林野史》的作者直接采用了这个故事。同《封神演义》中的妲己和前面提到的武则天一样，素娥也是一个娇艳女人，她荒淫无度，导致小朝廷的没落。

　　素娥及其同党最终被神奇地救出，表明祸根未除。她们飘然而去，象征着声色犬马依旧会在人世间大行其道。这正好就是下一部艳情名著要讲的故事。《昭阳趣史》写于辛酉年即1621年，其创作时间稍晚于《株林野史》，讲的是公元前汉朝前期发生的故事。③ 小说原著不像通常那样分章回，而是以两卷形式出版。从内容上看全书可分成七十四个叙述段落。后出的版本虽然出现了四十八回目录，但这些目录并没有排进正文。化名为"古杭艳艳生"的小说作者以及笔名为"情痴子"的跋文作者究竟是谁至今不得而知。

---

①　引自《浓情快史》，嘉禾餐花主人编。此处依据版本《中国历代禁毁小说集萃》，台北，双笛国际事务出版社1995年版（版号H417），第十一回，第107页及后页。

②　此处根据德译本《株林野史》(Dschu-lin yä-schi，ein historisch-erotischer Roman aus der Ming-Zeit)，恩格勒（F. K. Engler）译自中文原著，苏黎世，瓦格出版社（Die Waage Felix M. Wiesner o. J.）。

③　此处根据德译本《昭阳趣史》(Der Goldherr besteigt den weißen Tiger. Ein historisch-erotischer Roman aus der Ming-Zeit) 修订，恩格勒（F. K. Engler）译自中文原著，附福赫伯（Herbert Franke）撰写的一篇后记，苏黎世，瓦格出版社（Die Waage）1980年版。

小说主要讲的是汉成帝（公元前51—前6）内宫的事，这位皇帝在史书记载中因疏于朝政而威信扫地。故事围绕着皇帝和赵飞燕、赵合德姐妹的婚恋关系展开。此事在《汉书》中已有记载，汉朝后期有一位名叫伶玄的作者写了一部题名为《飞燕外传》的中篇小说，首次以文学形式表现了这一题材，可算得上开了暴露皇廷内宫糜烂生活的历史艳情小说的先河。① 汉成帝娶了这两姐妹后，合德住进了昭阳宫，昭阳宫是汉朝前期最华丽的建筑物之一，有不少描写它的诗歌流传下来，故而小说也以此题名。这幢建筑属长安汉宫，可能只是一座小殿堂或一个宫府，据说早在公元前200年就已被汉朝的开国皇帝所建。（不知何故，这段德文描写在《昭阳趣史》原著中没找到。——译者注）②

可惜成帝的这种三角婚姻并不美满。皇帝大部分时间在合德那儿寻欢，冷淡了正宫娘娘飞燕，他自己最后死于纵欲过度。

上面介绍的三部作品有一个共同点，就是将淫乱生活搬进内宫，于是便为该皇朝为什么即将垮台提供了一个陈腐的解释理由。也就是说，小说讲的都是统治者的故事；故事后面透露的信息是：天子荒淫无道，失掉了上苍庇护。"天机"往往是世间万事的起因，而个人的罪责反倒无足轻重了。《株林野史》和《昭阳趣史》等作品对宫廷外面的状况，即非统治阶层中的道德沦丧没有作任何具体的描写。这一任务只能由明末清初的艳情小说代表作家来完成了，这些作家不再用作品来解释和警告，而是进行真正的控诉。下面我们先来介绍和分析小说《玉闺红》。与《金瓶梅》一样，小说书名也是由几个主人公的名字组成的。作者没有把故事编排到遥远的过去，讲的就是当代的事。③ 这是因为有一段时间宦官魏忠贤（1566—1627）专权，皇帝都得听他的，弄得民怨沸腾，人所不齿。当时的文学作品都把他写成是一个危及明朝社稷的罪人。因为《玉闺红》多半在魏忠贤死后创作的，所以成书时间也就是在1627年至1632年北京首次出版这短短几年之中。由于不少粗俗的描写有违满族的道德标准，估计这本小说的流传面并不广，以致竟失传了数百年。④ 虽然1938年有人发现了小说残本，并在此基础上整理出了新版，但也只是流传到少数读者手中。尤其是西方的研究者至今只能接触到这本艳情小说的

---

① 参看德译本《飞燕外传》（"Der Kaiser und die beiden Schwestern"），载：《金宝箱——中国两千年来的中篇小说》（*Die goldene Truhe. Chinesische Novelle aus zwei Jahrtausenden*），鲍吾刚和福赫伯译，慕尼黑，汉泽尔出版社（Hanser）1959年版，第40—51页。
② 引自德译本《昭阳趣史》，第181页及后页。
③ 此处根据法译本《明代艳情小说玉闺红》（*Du Rouge au Gynécée, Roman érotique de la dynastie Ming*），马丁·毛雷（Martin Maurey）译自中文原著，Arles，菲利普·匹克威出版社（Editions Philippe Picquier）1990年版。
④ 据《中国通俗小说总目提要》，江苏社科院编，中国文联出版社1990年版，该小说已亡佚。

有关章节。① 署名为东鲁落落平生的作者究竟是谁,尚不得而知;② 不过从小说序言里我们可以得知这位作者青年时期在北京待过,还创作过几本诗集,但均已失传。

篇幅为十二回③的《玉闺红》破天荒地第一次把读者带到了皇城根外前门以南的北京红灯区里。本书后面还会谈到晚清时期有一系列描写妓女题材的小说问世,故事大都发生在大都市上海,《玉闺红》可算开了这一领域的头。不过一读到《玉闺红》所描写的环境和故事,我们很难随便地使用"艳情"这一概念。虽然在床上戏的细致刻画方面与别的艳情小说毫无二致,但通篇看不到通常纵情求欢的"甜蜜一刻",也见不到在有意无意的"巧合"之中做爱双方最终表现出来的两相情愿。《玉闺红》表现的东西完全不同:女主人公闺贞是混乱世道的牺牲品,她完全不是心甘情愿地要去纵欲寻欢的。小说向读者展现了一幅明末北京下层社会的现实主义画卷,作者的点睛之笔是对京城黑暗现象细致而生动的描绘。

故事发生在17世纪20年代初。宦官魏忠贤同皇帝内宫的客氏④沆瀣一气,在朝廷一手遮天,大权独揽。监察御史李世年对魏忠贤的倒行逆施忍无可忍,决定向皇帝上疏。李世年仕途通畅,在入朝做官前历任潮阳知县和贵阳知府,现在同夫人沈氏和女儿闺贞一起住在京城。他为官正直,名声很好,但他深知与魏忠贤抗争会带来什么样的灾难。为避风险,他决定让闺贞去湖州舅父家。由于形势急转直下,闺贞没有走成。父母突然双亡,闺贞孤立无援地流落到皇城根外。

> 原来这京师地方,乃首善之区,天下第一大城。上自天子,下侪庶民,人口有百万之多。这里边固然有的是王公大臣,绅耆善士;然而人也如坡里草一样,良莠不齐。有了这些达官贵人,也就有寡廉鲜耻、无恶不作的下流痞子。这才叫少一般不成花花世界。⑤

金枝玉叶的闺贞一下子掉进了一个流氓团伙的魔掌,为首的叫于得山,他同另外九个地痞无赖结成了死党。当时的艳情文学大都描写上流社会的风流韵事,很少表现下层芸芸众生的性饥渴。因此于得山一伙下面的一段对话更加值得关注。谈话是在一家茶馆里进行的,从中我们也能预感到闺贞即将面临多么悲惨的命运。

---

① 参看《玉闺红》(*Du Rouge au Gynécée*)的译者序,第8页及后页。
② 马丁·毛雷(Martin Maurey)猜测他也是《金瓶梅》一书的作者,参看《玉闺红》(*Du Rouge au Gynécée*),第8页。
③ 《玉闺红》共六卷,每卷五回,计三十回,现只残序、第一、二卷,共十回及第三、四卷目录。——译者注
④ 皇帝乳母。——译者注
⑤ 引自《玉闺红》第四回,第38页。

飞天豹刘虎说道:"我自幼惯好风月,嫖过的姐儿女娘,私的官的,不计其数。各有各的风味,各有各的情趣。你们几个想来风月事儿一定不少,我们弟兄乘今日盛会,曷不开怀一谈,以叙衷曲。"胡二接口道:"大哥所谈,正合小弟之意。小弟虽然爱好风月,怎奈身子不结实,不克久战。但是交过的女娘,已是不少。我生平只有二恨。"刘虎道:"是那二恨?"胡二道:"一恨只伴那些丐女娼妇,扯半旗,就炕沿,没有过千金小姐,玉嫩娇娃,与我同床并枕,压股交颈。"说罢,众人哈哈大笑。磁公鸡赵三道:"看不透你这癞蛤蟆,还有吃天鹅肉的心肠。"胡二道:"正是,那像你赛的,搂着老婆的屁股,就美得受不的,这才叫才子风流。"赵三啊了一口道:"你也配?"刘虎道:"不要斗嘴,接着再谈下去。那第二恨呢?"胡二道:"二恨只是玩些破烂饺子,陈旧蚌肉。从没吃过后庭娇花,元宵美味,这是第二恨,早晚有一天非喻喻不可。"吴来子笑道:"四哥也未免见识太少了。要说起后庭花这个调调儿,咱倒是个久行惯家。那些青头白脸的小厮们,正不知叫咱家玩过多少。只是弄这玩意儿,非小心不可。不然一不小心,弄出屁来,变成炮打旗竿顶,可就有性命之危。"刘虎道:"老六这也是经验之谈。"小白狼道:"大哥,这后庭可有什些好处,为何人们都这样爱好?"吴来子道:"七弟,你有所不知。这事的好处,一言难尽。是紧暖浅软嫩甘甜,不比那牝户,湿滑无味。"小白狼道:"原来有这么些好处,早晚我也非喻他一喻不可。"①

说了就动手,于得山一把拉过坐在邻桌一位年轻人,在众目睽睽之下对他进行了性强暴。

这个团伙同混名叫张小脚的一个上了年纪的妓女狼狈为奸。张小脚丈夫已亡,开一家私门头,因难于同年轻的同行竞争,落得个门可罗雀的程度。即使买上几个粉头,生意也只能好上一时。当时,越来越多的穷人涌进北京,他们有需求要满足,而有些下层的妇女为了赚钱也不顾廉耻,于是冒出一批又一批的小窑子,给京城渗入新的经济因素,也逐渐改变了京城的社会面貌,《玉闺红》的作者在第五回的开头给读者展现了明末京城妓女集聚地区的一幅诙谐的风情图:

原来北京城中繁华甲天下,笙歌遍地。上自贵公,下至庶人,无不讲求游乐。那些贵官富商,自不用说。吃的是珍馐美味,穿的是绸缎绫罗,住的是高楼大厦。

---

① 引自《玉闺红》第四回,第46页及后页。

内有妻妾美女之奉,外有酒楼饭庄茶棚戏馆,酬酢消遣。另有楚馆秦楼,燕赵脂胭,苏杭金粉,供他佚乐。那中等的也有教坊书场,作寻乐去所。下等的呢,姘私门头,逛小教坊。这乃是一等人有一等人的设置,一等人养一等人。

惟有那些走卒乞丐,每日所入无多,吃上没下。却也是一般肉长的身子,一样也要闹色。可是所入既少,浑家娶不起,逛私门头小教坊钱又不够,只有积攒铜钱,熬上个半月二十天才得随便一回。于是就有一般穷人为自家想,为人家想,想出了这一笔好买卖。那外城乃是穷人聚集之所,就有人拣几处破窑,招致诱几个女叫花子,干起那送旧迎新朝云暮雨的勾当来,名叫窑子,就是在破窑里的意思。

那些女叫花子有得什么姿色,肚脏破烂,也只有专接那些贩夫走卒,鼠偷乞丐。你想女叫花子无非是讨饭不饱才肯来卖,穿的不用说破烂不堪,有什么风流俏俊能招致游客。倒是那开窑子的有主意,衣裳破烂索性不要穿它,人身上的皮都可以用水洗干净,就只给这几个女叫花子置点脂粉头油,打扮起来,身上脱得赤条条的,露着那松松红穴儿,教唱几支俚词歪曲。学上几套掩腿品萧,颠摆送迎,就这样在破窑里任人观看。那长短黑白,肥瘦宽窄,高低毛净,引得行人情不自禁,入内花钱买乐。既可以招致客人,又省得花衣裳钱,真是一举两得之妙。当时有人在笔记中写出这种事情,有云:

近世风俗淫靡,男女无耻。皇城外娼肆林立,笙歌杂沓。外城小民度日难者,往往勾引丐女数人,私设娼窝,谓之窑子。室内天窗洞开,择向路边墙壁作小洞二三,丐女修容貌,裸体居其中,口吟小词,并作种种淫秽之态。屋外浮梁过其处,就小洞窥,情不自禁则叩门入。丐女辈裸而前,择其可者投钱七文,便携手登床,历一时而出。

话说开窑子这种事,在起初不过一二细民偶然想出的生财之道,也没想什么长局。不料风气一开,居然门庭若市,拥挤不动。当窑姐儿的丐女忙的连溺都没空儿撒,他们不得不另添新人另开地方。一般无衣无食又兼无耻的男女,也竞相效尤。更有那些小教坊私门头生意不好,挨饿的姑娘,也都情愿牺牲色相,脱光了眼子,到这里来接客。又赚钱又省衣裳,哪不乐干。一来二去,外城开设的窑子不计其数,却把那些私门头小教坊的买卖全夺去了。那窑子起初设在破窑里,所以叫做窑子。后来天气一凉,姑娘们一天到晚的光着身子,住在露天的破窑内,经不起秋风露冷,一个个害起病来。这些窑主们便连忙另谋栖处,便赁些破蔽民房。也用不着修葺,就这么搬进去,究竟比露天的破窑好的多。另在靠街的土墙上凿几个窗户小洞,以便行人窥视这些光眼的姑娘们,仍然叫做窑子。这京师中在外城开窑子的日多一日,姑娘上自然就有些挑剔,渐渐年轻美貌姑娘也有落到这里边光眼子卖的。①

千金小姐闺贞如今落到了老鸨张小脚的手中,那儿还有一些别的姑娘。从如何对待闺贞的详细描写中读者可了解到不同社会阶层之间的差异。闺贞的难友刘玉环因家道中落,沦为乞丐,结果落入老鸨和于得山一伙的魔爪,丧失了贞节。而刚刚下台的御史女儿闺贞依然保持大家闺秀的天生丽质,对于得山及其狐朋狗友来说这是一块正常途径永远得不到的"天鹅肉"。他们抢劫到了过去求之不得的猎物,于是便对她百般凌辱,其间表现出来的狂喜说明这伙人完全丧失了天良。上梁不正下梁必歪,这便是作者要传递的信息。

小姐被剥得赤条条一丝不挂,……在众人眼目之下,羞愤欲死。张小脚道:"门大爷请上来吧。"那门老贵早已把衣服脱好,露出一身鱼鳞般的黑皮,挺屌儿走上前来,要将小姐翻转过来,那双铁爪般的粗手,才一沾小姐的玉肌,小姐又大声娇哭起来。门老贵性子急,使劲将小姐扳将过来,横架在炕沿上,小姐益发撑拒,惨不忍闻。这里众兄弟拍掌叫好,外面也听不见小姐哭声,老贵一动手,小姐便如风引洞箫娇呼,惹的老贵性起,心想:"今天晚上倘事不成,我那三吊铜钱岂不白花了。"便双手捧定屌儿,照准屄缝便奋。

小姐到了这时,见已无可如何。只得含泪哀求道:"可怜奴还是女身,不曾破过肉的,从容些则个。"那老贵哪里肯听,腾身上去,大喝一声,整根奋进,小姐叫了声啊呀,只见她粉面死灰,星眸紧闭。张小脚道声:"不好。"叫老贵道:"你别动。"连忙取过一卷草纸点着了,在小姐鼻子上熏了两熏,小姐已是悠悠醒转,娇喊一声:"痛死奴也。"那老贵心疼三吊铜钱,欲火正炽,哪懂得怜香惜玉,挨开两股,径将腚子耸动,无奈小姐黄花幼女,含苞未放,门老贵一心为了捞本,根本不知怜香惜玉,只是一味蛮奋。小姐瞪目蹙眉,咬碎银牙,极力忍耐,偏体生津,额头上香汗像黄豆般大。

待门老贵兴尽精泄,霎时绿暗红飞,丹流浃席,云收雨散。大家过来向老贵道喜。小姐已是奄奄一息,伏卧在炕上,张小脚取过被子与她盖了。老贵心里惦记买卖,告辞回去。这里小白狼道:"大哥该是你了。"刘虎道:"让来子先上去吧,是他领

---

① 引自《玉闺红》(*Du Rouge au Gynécée*),第五十一—五十四回(应为第五回——译者)。

来的,怎的不叫他尝鲜呢。"吴来子依言,遂到小姐身旁道:"小姐,我来俞妳了。"小姐知道是他,只道不知,那吴来子一面俞,一面又小姐长,小姐短说个不了。小姐只是紧闭两眼,装作死去。吴来子道:"小姐妳怎么了?"小姐不答。又道:"小姐妳可也知道这有汉子的乐处?"小姐又不答,吴来子没趣,胡乱了事。接着上来胡二,又换刘虎。那小姐黄花之体已经三人,受创不堪,何况刘虎又是伟男,不由的双目圆睁,口中频呼饶命不止,声如猿啼,那小妤吓的躲在炕角,面如土色。①

这只是闺贞磨难的开始,最终她还是被解救出来了。由于闺贞被迫做过不洁的事,无法进入佛门。于是县官吩咐小姐先去京郊白云道观做道姑。因为万一闺贞欲心复萌,到庙堂里是会惹出麻烦的,而道家则有阴阳交合的实践或尚可被接受。道长对闺贞的劝诫和安慰也可视为对一心想避灾消祸的老百姓的鼓励。

我对你实话实说,恐怕会伤你的心。你的不幸没有什么了不起。你父母死得悲惨,不过死亡只有对不知终须离别人生的人来说才是悲剧。死得过早,尚不知死的真正意义,这才是憾事。你惨遭凌辱,从而获知人世间那些没廉耻的勾当。如今你要振作起来,就像一个变得一贫如洗之人又有了发迹的机会一样,因为有钱人才输得起。你历尽苦难,深知种种坏事,从切肤之痛中学到的东西胜过任何道德说教。(查不到原文,只能从德译文回译。——译者注)②

另一部在18世纪大受欢迎的历史艳情小说传递的信息与上面白云观道长这番鼓励的话有异曲同工之处。小说《金云翘传》约创作于1700年,书名也由主人公金重、王翠云和王翠翘的部分名字组成,故事刻画并不十分细腻,部分情节也发生在类似《玉闺红》描写的那种环境里。这部作品要告诉读者,哪怕是一个被命运所迫过着半人半鬼生活的女子,也能保持其灵魂的洁净和童贞。③ 这里,色情几乎被"扼杀",而身体只是物质世界里命中注定的苦难的象征。我们以后还要介绍小说《肉蒲团》,《肉蒲团》换一种方式宣扬了类似的观点:一个自觉不自觉走向荒淫堕落的人最终还是能醒悟过来的。

---

① 引自《玉闺红》,第八回,第101—102页。
② 引自《玉闺红》第十二回,第139页。
③ 此处根据德译本《金云翘传》(Eisvogelfeder — ein Frauenleben),恩格勒(F. K. Engler)译自中文原著,附有一篇后记,苏黎世,瓦格出版社(Die Waage)1980年版。《中国通俗小说总目提要》未收入该篇目。

《金云翘传》署名青心才人,作者究竟是谁尚无从得知。① 中国的文学研究工作者也拿不出这方面的信息。虽然有人提到作者可能是当时著名文人徐文长(徐渭,1521—1593)或余怀(1616—1693),但查无实据,不足为凭。

---

① 该书前言作者"天花藏主人"的身份很难断定。

## 三 触犯淫戒的堕落僧尼

艳情小说的许多主人公在一度轻佻荒唐之后纷纷踏进僧庙尼庵。他们走上此路的动机是超脱凡俗隐退修身。我们虽对中国的僧尼生涯始于何年何处不甚了了,但估计起源于公元前一千年中期的归隐风尚。这显然是另一种颇有吸引力的生活选择:来自不同阶层的人包括学者文人、普通百姓欣然告别红尘,企图通过静思和练功达到身心合一、天人合一的境界。在中国,修道生活是佛教教士的一大特征,道教一直到唐朝才产生有组织的道观修道生活。谁想皈依释迦牟尼的佛门,脱离无穷无尽的轮回苦难,谁就得灭欲断根,就得出家。① 这些出家人组成寺庙的僧团,严守戒规,其中安贫、不婚以及和气是僧尼生活的三项基本准则。和尚尼姑分别住在大小不一的庙宇中,其生活来源通常靠收租或居民的捐赠。

僧尼的修道生活在不同时期有不同的组织形式,这儿恕不一一细述。顺便提一提例外的情况:洛阳附近少林寺的和尚不守"和气"规矩,为朝廷提供作战士兵;欢喜佛教派的和尚在执行不准结婚的禁令方面就比较懈怠。不过最重要的还是修道生活的基本戒律,其中同这一节的主题关系最密切的则是禁欲主义,这是僧尼生活的基石之一。触犯了这方面的戒规,通常就会被逐出僧团。为此,僧尼随时随地都得谨慎小心。下面一段对话可说明早期佛教徒对这一问题的态度:

阿难:"应该怎么对待女人?"
世尊:"不见她们!"
阿难:"要是非见不可呢?"
世尊:"不同她们说话!"
阿难:"要是非说不可呢?"

---

① 参看马雷凯(Roman Malek):《天道——中国的宗教传统》(*Das Tao des Himmels. Die religiöse Tradition Chinas*),弗赖堡,赫德尔出版社(Herder)1996年版,第182页。

世尊:"牢牢把守好自己的思想!"①

这种禁欲主义的理想是建立在轻视肉体、重视服务于崇高目标的灵魂观念之上的。相对于感性享受的自然生存状态,精神的追求则高尚得多。在《西游记》对三藏经的文学描绘中以及在《七真传》那些努力跳出红尘的男女主人公身上都体现了这一理想。但是这种理想观念只有不断付诸实施才保得住。一旦坠入肉欲享受的泥潭,就无法再超凡脱俗;崇高的偶像一旦轰然倒塌,修道生活便成为冷嘲热讽的对象。

僧尼做了不轨之事,即使从正统的佛教徒的角度看也应受到谴责。撇开这一点不谈,占统治地位的儒家思想对于僧尼的生活方式总是采取保留态度,这是因为他们不结婚,从根本上违反了传统的家庭理想,违反了孝敬先人必须生子育女的义务。儒家批评的矛头即使不是指向僧尼们对淫戒的触犯,也会指向他们寄生型的生存状态。僧尼主要靠劳动者来养活,由于他们不得杀生,哪怕只是杀小虫子,故而不能自己耕地种庄稼。凡此种种在下面介绍的小说中都有所表现,只是在不同作品中表现形式各异,侧重点也不一样罢了。这些小说虽然写的是明朝晚期的事,但似乎很早以前文人就已经注意到"邪恶"僧尼这一题材了。如文集《僧尼孽海》讲的就是僧尼荒淫生活的,其中有些文章写于公元6世纪。这本文集的编者是画家兼书法家唐寅(1470—1524),大约于万历年间(1597年前后)出版。② 此书对僧尼伤风败俗的淫乱行为作了直接的描绘。

我们首先要介绍的是名为《灯草和尚》的小说。主人公是一位灯草一般大的和尚,内容讲的是因果报应,似乎十分离奇,但透过这个比喻小说的矛头直指僧人的无耻作为。③ 说穿了,灯草便是和尚生殖器的象征,灯草小人能变大变小,比喻男根的勃起和萎缩。全书十二回,虽然封面上印着好几个名字,作者究竟是谁始终是个谜。其中高则诚即高明(约1301—1370)是南戏传奇《琵琶记》的作者,但是他显然不是本书作者,因为小说里提到了《株林野史》和《隋炀帝艳史》,而这两本书均作于清代。此外,刻本提到的编者云游道人以及点评者明越周求虹究竟是谁也无从得知。

《灯草和尚》讲了两个层面的事。小和尚作为不速之客一再跑进杨府,这个谜直到故事结尾才解开。小和尚来历不明,唯一的本事便是闺房中的床上功夫,作者明显把这个人物视为僧人代表加以嘲讽,而他本身只不过是更高势力手中的一个工具,被用来给

---

① 引自爱德华·考尔策(Edward Conze):《佛教——本原与发展》(*Der Buddhismus. Wesen und Entwicklung*),斯图加特,科尔哈默出版社(Kohlhammer)1953年版,第54页。
② 参看德译本《张生和绮云庵的尼姑》(*Zhang und die Nonne vom Qiyun-Kloster*)中马汉茂撰写的后记,第207页及后页。
③ 此处根据版本《中国历代禁毁小说集萃》,台北,双笛国际事务出版社1995年版(版号H411)。

杨知县戴绿帽子,以惩罚他在越州做官时节对一对情人动刑的暴行。① 因此书中虽然对触犯淫戒的僧人不断提出谴责,但小说的中心思想却是要人们学会理解,学会真正的爱。一开头《灯草和尚》的作者便不寻常地提出了如下观点:

> 只说那夜深人静,欲火怂恿,男男女女,没一个不想成双著对,图那脐下风流快活。大凡男人一经漏泄,尚可消受半时,妇人家却安心受射,越弄越要弄,便弄到那形消骨化也不肯休,却是何故?只因男子是火性,被水一浇,那火便灭了一半;妇人家是水性,被火一烧,那水更热了几分。②

下面要讲的故事发生在元代居住在扬州的一位曾做过知县的杨官儿家,他的夫人娘家姓汪,女儿叫长姑。一日来了一个会变戏法的婆子,将一滴灯油变成一个三寸长的灯草和尚。这个灯草和尚是个"引火之物",专门让女人走火入魔。变戏法的婆子临走时对夫人说,奶奶若肯弄他,管保妇人快活。夫人想必领会了这番话的意思,马上就问小和尚可有撒尿的东西。于是出现了下面的场景:

> 小和尚掀开裙子道:"有的。"夫人打开一看,只有灯草粗细,一寸多长。笑道:"不济事!不济事!我家老爷六寸长的尘柄,又极粗大,尚不快活,你这些些儿何用?"小和尚嘻地笑了一声,跳下地来,钻入夫人裤子内,在阴门口舔了几舔,夫人觉得酸痒难熬,把手去拉他出来,越拉越舔,抖然将身子钻入阴门里去了。夫人只得坐在春凳上,仰面伸腿,任他在里面作弄。③

小和尚的生活没有什么问题,他专靠吸食女子做爱时下面流出来的阴津为生(有时也饮用人的吐沫)。这明显影射僧人以不正当的方式从女信徒那儿攫取自己的生存资源。

就这样,灯草和尚凭自己的小小身子不尽如人意地取代了丈夫杨知县。此后他还会神奇地变幻身材,本事越来越大。一天晚上,夫人一心盼望小和尚能变大。点灯一照,不见了小矮人,却见到了一个身高八尺的伟男子。和尚的尘柄也相应增大变粗,夫人一开始还心存疑虑,但此后的一夜风流便把一切顾虑都打消了,她得到了从未有过的

---

① 似与原书不符。——译者注
② 《中国历代禁毁小说集萃》,第一回,第1—2页。
③ 同上,第二回,第6页。

性满足。至此,作为惩罚之神的灯草和尚倒是同希腊神话中酒神狄俄尼索斯(Dionysos)和爱神阿芙罗狄蒂(Aphrodite)的儿子普里阿波斯(Priapus)有某些共同之处。普里阿波斯天生残疾,却有一根极大的阳物,女人为之倾倒,而男人则对他恨得咬牙切齿,他们到处驱赶他。为此,诸神给这些男人送去了梅毒以示惩罚。

夜间的纵欲无度使小说里的不少人物丢了命。还有别的和尚参与了杨府的淫乱,一时间扰得四邻不安,愤怒的人们把一个丫鬟和一个和尚痛打了一顿。后来丧偶的夫人上天竺寺进香,遭遇和尚的骚扰。一天晚上,她终于得知当年不速之客造访杨府的原委:

> 两人设香案交拜,那蜡烛忽爆了两爆,出来个三寸小和尚,说道:"奶奶,我来了。"……夫人道:"你是好意是歹意?"和尚道:"你家老爷原是个好人。只因在越州做官的时节,有一个乡宦也是明经出身。他家夫人与小厮通奸,被人出首。拿在杨官儿台下。你家老爷动起刑来,那乡宦青衣小帽上堂,再三哀告全他脸面,杨官儿不肯,差人提出,当堂众目之下,去了下衣,打了十板。那乡宦回家气死了。故此,上天震怒,差我下来引你的邪心,坏他的门风,转嫁周自如,代乡宦还报。那孩子是李可白的。从今后须吃些短斋,行些善事。你有个儿子,享年七十,再与女儿相见,我自此去也。"①

至此,《灯草和尚》要表达的另一层面也就显露出来了。本书的主旨不光是讲艳情和骂和尚。读者从小说的开场白和夹叙夹议的描写中得知,作者明显表现出对妇女追求性爱满足的理解。因此,尽管女主人公杨夫人行为不轨,入庙进香还执迷不悟,但并没有像她丈夫那样遭到严惩,最终甚至得到改过自新的机会。

另一部短篇《风流和尚》的无名氏作者选择了与《灯草和尚》迥然不同的主题。在《风流和尚》中,基本不写因果报应,却专写和尚的种种具体丑行。②以下短短一句话说出了小说的宗旨。

> 素有戒行,开口便阿弥陀佛,闭门只是烧香诵经。那知这都是和尚哄人。③

---

① 《中国历代禁毁小说集萃》,第十二回,第104页及后页。
② 此处根据版本《中国历代禁毁小说集萃》,台北,双笛国际事务出版社1995年版(版号 H425)。该书共十二回,成书年代未作说明。
③ 同上,第四回,第56页。

故事发生在江南城市镇江,那儿住着一位家境富裕的年轻人邬可成,妻子亡故,他意欲续娶。媒婆前来说合,为家道中落的盖姓商人的小姐桂姐牵线。两人很快成婚,做了三年的恩爱夫妻。一天,邬可成奉命去浙江做官。桂姐随夫同往,但到了那儿因水土不服又重返老家。丈夫便另娶妾房上任。

回到镇江后,桂姐同丫鬟秋芳一日同去参加香火大会散散心。因相貌姣好,桂姐引起了和尚净海的注意。净海是个偷香窃玉的老手,他暗中跟随主仆两人,知道了她们的住址。紧接着他乔装打扮成一个尼姑,以化灯油为名造访邬家。净海故意拉起长谈,到末了被留下过夜。净海和桂姐在亲切的气氛中说起了婚姻、家庭之类的儿女私情话,净海大谈特谈没有男人的尼姑生活的种种好处。

他提到能让女人自慰的"三十六宫都受春"的淫具,激起了桂姐的好奇。净海称东西就带在身边,答应拿出来给她看。两人同居就寝时,净海掏出来的自然不是别的什么器具,而是自己的阳物。可是即使已经进到了体内,桂姐还是蒙在鼓里。

且说净海着实将夫人抽将起来,夫人那知真假,紧紧搂住,柳腰轻摆,凤眼乜斜,道:"可惜你是妇人,若是男子,我便叫得你亲热。"净海道:"何妨叫我认作男人。"夫人道:"若你变做男人,我便留在房中,再不放你出去了。"净海道:"老爷回来知道,恐是性命难逃。"夫人道:"待得他回,还有三载。若得三年夜夜如此,便死也甘心。"净海见他如此心热,道:"奶奶,你把此物摸摸,看还似生就么?"夫人急用手摸了一摸,并无痕迹,粗大异常,如铁似火,吃了一惊。随口问道:"这等你果是男子?"①

于是桂姐就像自己表白的那样把净海偷偷藏在自己的身边,此事只有丫鬟秋芳一人知道。开始一段时间净海还假扮尼姑乘夜色溜进宅门。后来他干脆离开了大兴寺,偷偷地在情人的卧室里一待就是几年。

新的掌教和尚虚空与净海也是一路人。无法控制的色欲又是不轨行为的起因。一天,当地的艳妓水秀容跟随一位财主上庙烧香,虚空见了这位美人便动情动心,害起了相思。一天晚上,他脱掉了僧袍,穿上普通便装,跑到妓院去当嫖客。净海和虚空两人生性虚伪,行为荒唐,固然罪责难逃,但是大兴寺内最坏的和尚犯罪团伙是绿林(与"强盗"同义)、红林以及老和尚净心。他们三个人专门绑架女香客,然后像对待奴隶那样在

---

① 《中国历代禁毁小说集萃》,第四回,第54页。

她们身上发泄兽欲。

有一次绿林把女香客田寡妇骗到自己的居室,想一人独吞这个牺牲品。他先用了麻醉药,使田氏无力反抗。这位田氏却与其他女香客不同,居然对绿林的侵犯行为丝毫没有反感。

> 初时半推半就,次后越弄越骚;
> 起初心花蜂采,后来雨应枯苗。
> 且说那田氏被绿林把酒都弄醒了,道:"师父,我多年不曾如此,今日遇着你这般有趣,怪不得妇人家想要和尚,你可常到我家走走。"①

绿林不让田氏回家,把她留了下来。对此绿林似乎早有准备,田氏在这儿真的什么都不缺。从化妆品到各色衣服,绿林都拿得出来,直到县主插手处理,寺庙才恢复正常秩序。

小说《梧桐影》至少在叙事方面比较成熟,这是我们要介绍的与僧尼题材有关的最后一部艳情小说。②《梧桐影》采用明代比较常见的"词话"形式。翻遍全书,看不到谁是作者,作品是什么时候写的。不过从书中提及的年代以及作品的某些修辞特点判断,作者很可能是一位明末清初的苏州人。作品是在康熙年间(1662—1723)付印出版的。书中两位主人公和尚三拙以及艺人王子嘉历史上确有其人,我们可以从也是在康熙年间出版的《女开科传》一书中读到有关这两个人物的生平。

小说对主人公的底细、经历以及日常生活作了比较细腻的描写,不乏一定的吸引力,只是可惜不能做到善始善终。小说起头开宗明义讲了作者写这部书的目的,接着按话本小说的"入话"传统,讲述了一个故事作引子,但写到后边不免慢慢陷入老套。若对作品仔细研读,便会发现小说开宗明义的第一回"止淫风借淫事说法 谈色事就色淫开端"几乎是从《肉蒲团》照抄过来的。③《肉蒲团》一书我们到后面的章节才会讲到,这里似有必要先来介绍一下借淫事作戒淫说教的写法。《梧桐影》的作者标榜自己用的就是这种写法,他套用《肉蒲团》,一开始便表明自己的宗旨,这同别的艳情小说的做法截然不同。别的艳情小说通常要到故事结尾才用寥寥数语让主人公或悔过或受罚,不免给

---

① 《中国历代禁毁小说集萃》,第八回,第 72 页及后页。
② 此处也是根据版本《中国历代禁毁小说集萃》,(卷号 H425)。小说共十二回。
③ 相关段落可参看德译本李渔《明代艳情小说——肉蒲团》(Jou Pu Tuan, ein erotisch-moralischer Roman aus der Ming-Zeit),译者为孔舫之(Franz Kuhn),布鲁日,法克尔出版社(Fackelverlag)1972 年版,小说末尾第二十回;以及《肉蒲团》英译本(The Carnal Prayer Mat)的相关部分,韩南译,伦敦,箭书出版社(Arrow Books)1990 年版,第 1—7 页。

读者造成作者只是为前面津津乐道的色情描写找个简单借口的印象。这类软弱无力的说教通常用来逃避可怕的官方检查。《梧桐影》则不然，读者一开始便听到正经的说教。小说以太监和严守戒规的和尚一个个早衰的事实说明女色二字原本于人无损，但须用量适度。如同服用其他的药物一样，使用壮阳药也必须注重剂量，否则就会损害健康。紧接着谈到婚姻中的道德观念：男人应保持自己良好的形象，只找自家的妻妾，不该去外面寻花问柳。由于婚外性事频繁发生，小说作者把用小说将人们引回正道视为己任。他强调圣经贤传枯燥无味，谁都怕读，而他写的艳情小说则有很大的优越性。读者会黯然叹息道："女色之可好如此！岂可不留行乐之身，长远受用，而为牡丹花下之鬼，务虚名而去实际乎！"①

为强调这一宗旨，作者接着提到先哲孟子借用一位统治者悔过自新的故事②成功地说服了好货又好色的齐宣王行王政。作者认为只有肤浅之徒才会模仿小说中荒淫无度的主人公去寻欢作乐。这一回最后，作者许诺在明彰报应之处才会下几句针砭之语，使读者幡然大悟。但在后面的故事描写中读者却很难找到这样的说教词。只有在作为引子的故事开端可以读到下面这一段文字：

> 天下最可恨者，莫过这些坏法的淫僧，既占了名胜山川，复讨尽色界便宜。偏有那些宰官护法，世宦皈依，拼着自己的娇妻弱女，为佞佛长生之计。③

作者以同样责备的语气继续写道，根本不应该让僧尼享受到数不清的特权。这些僧尼都是寄生虫，于世无益。何不杂乱之时将和尚出阵，以报朝廷？若与僧尼往来，决受其害。

在小说正文开头，作者向读者指出江南一路的淫风之害。

> 话说从古到今，天子治世，亦岂能偏行天下！惟在各臣代宣天子恩威，第一先正风化。风化一正，自然刑清讼简了。风化惟"奢淫"二字最为难治。奢淫又惟江南一路最为多端。穷的奢不来，奢字尚不必禁，惟淫风太盛。苏松杭嘉湖一带地方，不减当年郑卫，你道什么缘故？④ 自才子李秃翁设为男女无碍教，湖广麻城盛

---

① 引自《梧桐影》(Sterkarienbaum)，第一回，第113页。
② 应为太王好色的故事。——译者注
③ 《中国历代禁毁小说集萃》，第二回，第117页。
④ 郑卫两地分别位于现在的河北和河南，自古以来两地被视为风化自由，是中国的"罪恶渊薮"。相关内容参看《汉书·艺文态》和朱熹的《诗集传》。

行,渐渐的南路都变坏了。① 古来最淫的,男无如唐明皇;女无如武则天。……如今罢了,渐渐的没人笑他骂他,倒有人羡他慕他。不但有人羡他慕他,竟有人摹他仿他了。可笑这一个男子,爱那一个妇人;那一个妇人的丈夫,却不爱老婆,而爱别人;这一个妇人,爱那一个男子,那一个男子的老婆,却又不爱丈夫,而爱别个,可不是真痴子么?②

估计《梧桐影》作者在创作时引用了关于主人公生平的不同出处的资料。书中有一位人物,自称"憨道人",我们对他的来龙去脉知之甚少。只知道他在故事一开始以江湖医师的面目出现,声言会教人采战。他以传授术法为名,串家访户,使许多妇女深受其害。第一个牺牲品是一个姓汪的女人,憨道人用花言巧语诱骗了她。女人死后,③他便悄悄地远走高飞了。

三拙这个人物同样来历不明。我们只知道他在一家寺院长大,后来就跟上了憨道人。三拙在当地渔猎女色,往往先采用强暴手段,后因深通采战之术将对手征服,化干戈为玉帛,于是勾搭成奸。其中最奇异的是下面的一幕:

又一日,在一家门首经过,听见门里有人道:"这一定是三拙和尚。"三拙抬头一看,却是个女人,独自站着,头梳的光光的,脸搽的白白的,嘴抹的红红的,手儿尖尖的,脚儿小小的,衣衫穿得齐齐整整的,像个跷蹊的货。三拙大着胆,竟走近前道:"娘娘叫我做什么?"女人一头走,一头说:"我不理你。"三拙随后跟进去,到了第三进,女人回头又说:"我不理你。"第三进是卧房了,并没一个别人,女人又说:"我不理你。"三拙一把搂住,女人又说:"我不理你。"三拙紧紧抱着亲嘴,把手去摸他的两奶,女人又笑道:"我只是不理你。"三拙知他是千肯万肯了,扯落他裤子,撤到床上。女人连声道:"我不理你,我不理你。"三拙忙把那活儿插入洞中,大弄起来。女人啊呀连声道:"我只是不理你。"三拙弄了一个时辰,怕人来,到底不像,放下了女人,扒起身来,女人又道:"我到底不理你。"三拙问道:"娘娘你家贵姓?"女人道:"不理你。"三拙只得道:"我去了。"女人又说:"不理你。"三拙大笑出门,一路想着,人说我闻有这笑话,不想亲见这等样女人。④

---

① 关于"李秃翁"的身份仍然存疑,可能指李时珍(1518—1593),他深入研究了中国的房中书抄。或者是含沙射影暗指起义领袖李自成(1606—1645),他推翻了明朝。
② 引自《梧桐影》(*Sterkarienbaum*),第三回,第128页及后页。
③ 应为:见女人不久要死。——译者注
④ 《梧桐影》,第七回,第177页及后页。

后来三拙的星运也开始衰落,逐渐走上了下坡路:他先是同一位风流跌宕的尼姑勾搭,这个尼姑又为他物色猎物,替他同一位寡妇牵线。但这位妇人极为贞净,把此事告诉了她兄弟。三拙和尼姑那天一到寡妇家便遭到了众人的驱逐。

　　最终让这个淫棍倒霉的是一位年轻姑娘。姑娘的母亲授意女儿委身三拙,紧要关头姑娘奋力抗争,大喊"救命"。四邻告官后,三拙被按院差人抓获归案。

## 四 罪恶之家——裸体之人及其使命

本节介绍的艳情作品也许对中国文学这一题材的小说发展造成最为深刻的影响。这部分小说去掉了历史背景，只讲宅院里面人与人之间的关系，让读者看到了中国人最隐秘的生活。在下面要讲的几部作品中，这种人与人之间的关系完全不是像《金瓶梅》或《红楼梦》中描写的那么错综复杂，故事似乎发生在一个非现实的世界中。读者看不到故事人物真实的生活背景，主人公们都像是飘在空中楼阁里。多半只是在作品开头草草提一下故事发生的时间和地点，读完全文看不出有什么精心编织的故事情节。作品将主人公的出身和家庭情况作了一番匆匆的交待后，紧接着便推出第一幕描写细腻、有声有色的性爱场面。接下来安排的故事情节依然内容空洞，唯一的目的是搞到新的性爱对象，然后仔仔细细地描绘出新的变化多端的做爱场面。人的生存状态似乎只是停留在纯肉欲享受的范围之内。不过这么一来，作品中的人物本身也只剩下了空洞的躯壳。他们没有真正的人性，也可以说没有灵魂。他们有超人的性欲，超人的性能力，性爱时享受着超人的欢乐，但他们只是活在变形世界中的肉体英雄。在性欲放纵的背后却有一种远远超越于文字描写的忧虑清晰可见：通过对家门败坏的刻画，这一类色情小说揭示出家庭内部的最隐秘处已经病入膏肓。

读者在阅读《绣榻野史》和《浪史》等小说时，自然而然要探究作者的立意和宗旨。小说留给对主人公惩罚并令其幡然自新的篇幅实在少得可怜，很难看出作者有道德劝化的诚意。再说作者在描写绣房内的淫乱生活时笔调明快欢乐，根本看不出有规劝的意思。《梧桐影》中的和尚还备受嘲讽，而当这儿的做爱者——其身份为官员、商人或地主——推送数百下后将性伴侣引向高潮造成淫水大泄时，只会令人惊叹之余目瞪口呆。所有的社会关系似乎突然一下子冰消瓦解了：有妇之夫和有夫之妇、堂兄表妹、丈母娘和女婿、主人和丫鬟、小青年和大男人——谁都可以成为性伴侣，谁都可以不要传统，不讲道德，肆无忌惮，为所欲为。同性恋与异性恋一视同仁，无论是口交还是肛交，所有的性交姿势几乎无一不受到推崇，随你怎么做都行。读者想要从这类小说中找出一种作为支撑点的秩序的话肯定是徒劳的，甚至爱情这个联系纽带也没有一处被提到。小说中出现的只是表现性爱"文化"的赤身裸体的人，这种人丢掉了一切道德包袱，从而向中华传统提出了根本性的质疑。摈弃了任何一种令人可信的说教，艳情文学从来没有像这样自由放任过。

有一部作品对本节讨论的色情文学产生不容低估的影响。这部作品在《肉蒲团》中被提到过两次（分别在第三回和第十四回），估计成书于乾隆统治时期（1567—1572）。如前面介绍过的《如意君传》一样，这部名为《痴婆子传》的短篇也是用文言所作，上下两卷，不分章回。①值得注意的是，《痴婆子传》主人公的追悔是用第一人称形式写的，这在中国小说中是很少见到的，叫人联想到堕落女人的传记，②如我们知道的欧洲作家格林默尔斯豪森（Grimmelshausen，1621/22—1676）在 1670 年前后创作的《超级骗子流浪女库拉舍的神奇一生》③，达尼尔·笛福（Daniel Defoe，约 1680—1731）在 1722 年创作的《坏女人莫尔·弗兰德斯的祸福》④以及约翰·克勒兰德（John Cleland，1709—1789）在 1749 年创作的《范妮·希尔回忆录》⑤。上述三本书都是成年女子追思年轻时期荒唐事的忏悔之作。与此类似，《痴婆子传》的主人公，70 岁的上官阿娜回顾其放荡的一生，把以往的所作所为称之为"痴"。写于 1764 年的本书序言认为，正因为女主人公沉湎淫乱，于是情流于痴。序言写道，情者性之动也，而性实具于心者也。心不正则偏，偏则无拘无束，随其心之所欲发而为情。小说一开头写阿娜如何从邻家少妇那儿获悉诸如男女生理差异的性爱之道。于是她一心一意等待初次实践的机会。后来表弟慧敏来家造访，她觉得机会来了，便叫慧敏同床共寝，只是床上还睡着她的妹妹。

> 妹居床之边，予居中，慧敏居床之里。慧敏疲，不移时忽忽睡去。予辄不成寐。因向表弟腰间，戏手以摹其重腹。腹下果如少妇言，但凸者眇而小耳。予窃念曰，彼凸而微，岂能苦我。……是在今夕黎明，予复往摹弄之，而凸者刚翘然直竖，虽微亦似不挠者。因推慧敏醒，执其手使抚予凹。慧敏笑曰，姊固若是乎。予既执其凸

---

① 小说出自版本《中国历代禁毁小说集萃》，（卷号 H407）。此处参考了法译本《痴婆子传》（Vie d'une Amoureuse），第 15—79 页。
② 早期作品采用的叙述方式，参看唐代张鷟的传奇小说《游仙窟》，"仙窟"是一种表示"妓院"的委婉说法。
③ 参看格里美豪森：《超级骗子流浪女库拉舍的神奇一生》（Trutz Simplex oder ausführliche und wundersame Lebensbeschreibung der Erzbetrügerin und Landstörtzerin Courasche），柏林，德国图书销售出版协会（Deutsche Buchvertriebs- und Verlangsgesellschaft o. J.）。
④ 笛福（Daniel Defoe）：《坏女人莫尔·弗兰德斯的祸福》（Glück und Unglück der berüchtigten Moll Flanders），汉堡，罗伏尔特出版社（Rowohlt）1958 年版。
⑤ 参看克勒兰德（John Cleland）：《范妮·希尔回忆录》（Die Memoiren der Fanny Hill），埃森，马格努斯出版社（Magnus o. J.）。

而刚者,予侧身而向之,以手抱慧敏,使向予。予因以手引凸而刚者,使就予挑凹。慧敏曰,姊欲何为。予低声而言曰,尔试以此触我凹中。慧敏不解其故,曰,触之何为。予曰,尔试从我,毋问,用力触之可也。

慧敏缘予手,用力而触,所触者虽在凹中,乃其上之改处,非凹之所由孔也。然侧身触之而孔复在下。转身令彼触之,而孔复在后。展转不能及,予曰,不如仰之。予因仰卧,抱慧敏置腹上,令慧敏触之,又不及,余乃开股纳慧敏于二肢中,以手植其凸其刚者当此孔。予曰,是此试触之。慧敏应声曰:诺。触之,觉痛。予曰:且已。慧敏复不触。予思又,虽痛,似可忍。乃又令之触。然凹中痛若着刺者。慧敏亦觉凸者亦痛。因而蹙眉曰:姊强我若此。乃苦,苦燥而痛,奈何?予曰:且已。遂用手捏摹其凸者,长出指许,其皮脱落,其头觉有棱矣。心内惊疑,予无计,诱之曰:以口唾抹之即可无燥。慧敏如予言,忽突然而进之。予始信唾能开塞。然凹中撑得热炙火燎的,其痛反甚。予急曰:姑已之。慧敏曰:唾而触之,良便,奈何又令止?予曰:痛耳。慧敏曰:痛则何苦迫我?予诱之曰:不必硬触,汝可投入抽之。慧敏曰:何谓抽?予曰:以尔之凸而刚者,退而出,复而进而入。数数于所触中,是抽也。慧敏因而抽送良久。凹中愈痛。

予曰:姑缓之。慧敏依言因不急而徐。虽徐,自觉痛不已,而气且闷如喉之咽食者,实不快。慧敏曰:命弟抽之,弟物且痒,奈何?予疑曰:何我不痒,而彼反痒也。少妇其欺我哉。谓之曰:弟抽我反不快,已之。慧敏曰:弟抽而弟忽爽然也。请再抽。予凹中簌簌痛,大不快,实欲已。无奈,慧敏反乐于抽。曰:快人快人。慧敏凸者仅二寸余,大如食指,所触不过寸余,而痛不已,益信男子之凸虽微不巨也。甚不堪,俄而妹展身而醒,予急驱慧敏卧。慧敏及起而小遗,小遗后实缩如死蚕,不复有刚武状矣。①

第二天,慧敏得意洋洋地将与表姐睡觉一事讲给同窗好友听,他居然还讨到了这方面的好主意。第二晚他主动请缨,并畅然至乐,而阿娜在慧敏抽出后至少产生了若有所失的感觉。此后几夜,慧敏表现乖巧,阿娜终于也尝到了性爱的甜头,两人相约永结秦晋之好。阿娜的妹妹生性古板,她向母亲抱怨夜里被闹得睡不好觉,结果好事被搅,表姐弟从此各分东西。

时光荏苒,阿娜18岁了,到了结婚的年龄。不过在嫁给栾克庸做新娘前,她在娘家

---

① 《痴婆子传》(Verrück Frau),第65—68页。

又与一名颇谙性事的年轻仆人有一腿。出嫁后阿娜与她周围男人之间的关系依然无拘无束。为祈祷婆婆的病体早日康复,阿娜入寺拜佛,与年轻的和尚如海私通,之后小叔子克饕向她求欢。克饕早就洞察阿娜的种种私情,甚至对她与仆人盈郎的奸情也了如指掌。阿娜深知丑事传出去会坏大事,无奈曲意逢迎。荒唐事一桩连一桩,结果她怀孕了。阿娜自己都不知道,肚子里的孩子究竟是丈夫的呢还是公公的、大伯或小叔子的、佛门弟子的还是仆人盈郎或大徒。幸好孩子生出来外貌与丈夫并无大异,躲过了一劫。然而她的情人花名册还远远没有填完。阿娜的妹妹娴娟嫁给费家公子。一日妹夫来访,深得大姨子的青睐。丈夫克庸外出,阿娜得以与妹夫幽会。公公生日,请戏班子来家唱堂会,于是旦角香蟾又成了下一位情郎。上面讲的只不过是这位淫荡女子在逢场作戏。儿子绳武渐渐长大,家里请来了一名教师,名叫谷德音。阿娜又与家庭教师成了一对情侣,俩人纵欲无度。阿娜到头来为此付出了代价。

> 及更入之,觉充满快人。……谷之物既伟,而复长,入不已,益令爽然。汗沾背。又美伸缩法,体不动而内若掷梭,真令人乐极。……谷亦曰:卿之鼎,如吾之美馆也。良不得易。其穴不深,而能受。不浅,而能迎。不严密,而轧轧焉,绕物而进。予曰:爱我甚矣。是夜,谷达旦不寐。予虽因之疲甚,然称快不已。已必谢绝他人,予而专萃焉。①

最后,阿娜决心不再事他人,但却也自食其果。谷生夜夜造访,精力不济,阿娜怜之,为他煮壮阳补汤。谷家贫寒,她便送钱接济。由于她怠慢了宅门里的其他男人,不久便谣言四起,后来连平时挺懂事的儿子也怨恨起母亲来。最后有人把此事告诉了她的丈夫克庸。

> 予夫惊曰:知之矣。犹豫未信。问予子,曰:果耶?子曰然。问翁曰:闻乎?翁曰:熟耳之。问饕曰:见否?饕曰:屡矣。予夫叹曰:以妇之不端,里巷歌之,友人知之,举家窃相笑,而独我不知。我其蠢然者耶!呼予曰:畜,我将断正首,暨谷奴首,而鸣之民牧,然吾不忍为。呼谷来扑之来。谷泣曰:亦赦其余息用。命举家之人笞之。自翁而下,各笞谷数下。谷哀嚎若驴鸣。血肉决裂。饕为之请曰:罪在嫂,彼不足深罪。乃令人曳之去。予夫凶悖,手握予发而乱击予。予愧不能言。夫曰:淫

---

① 《痴婆子传》,第 101—102 页。

而贱,其速缢死。予玉筋双注,曰:妾淫矣,何忍置死地,愿受刑,誓改行。予夫笑曰:畏死而自前濯诈也。否则饮鸩而死。①

全家聚在一起商议,最后作出了将阿娜逐出家门的决定。阿娜悔恨交加,她回顾自己所做的一桩桩荒唐事,认识到自从第一次与慧敏作奸,自己的行为便同一个正经女子毫无共同之处了。直到她当了尼姑才最终恢复内心的平静②

小说《痴婆子传》不管在语言方面还是叙事方式方面都是一个特例。如果故事最后真要劝戒世人的话,其实用第一人称痛陈往事,倒是更能打动人,本来是可以用到一系列此类小说之中的。至于本节介绍的其他小说虽有类似的结尾,但由于是第三人称的客观叙述,总显得隔了一层。《浪史》是此类小说的代表作。正如本节开头分析,小说里的主人公在性事方面的本领十分高强。③ 小说作于万历年间,共四十回。作为引子,第一回对隋炀帝的荒淫生活做了一个简短的回顾,紧接着便讲到小说主人公。主人公是个小秀才,元代钱塘人氏,名叫梅素先。年方 18 岁,因他惯爱风月中走,当地人都叫他作浪子。父母双亡,家中还有个堂妹叫俊卿,比他略小。随着故事的展开,浪子的风流艳事便一桩接一桩。

正值清明时节,人们纷纷上坟扫墓。浪子也正在坟地附近踏青。路遇王监生家的一位美貌女子,立即看上了她。此后他打听到这位女子名叫李文妃,是王监生的妻子。有位张婆子与王家走得很近,浪子向她坦承自己对李文妃的爱意,并托她帮忙。读者事后得知,其实李文妃对在墓地附近遇见的那位公子也并非没有意思。互通了情书后,浪子利用王监生一次外出的机会夜访李文妃。

文妃把膝裤除下,露出一双三寸多长的小脚,穿一双凤头小红鞋。浪子道:"只这一双小脚儿,便勾了人魂灵,不知心肝那话儿,还是怎的,快脱了裤儿罢。"文妃道:"到床上去,吹灭灯火,下了幔帐,那时除去。"浪子道:"火也不许灭,幔也不许下,裤儿即便要脱。这个要紧的所在,到被你藏着。"两个扯扯拽拽,只得脱了。露出一件好东西。这东西丰厚无毛,粉也似白。浪子见了,麈柄直竖约长尺许也,脱得赤条条的。妇人道:"好大个卵袋,到屄里去,不知死也活也,不知的有趣也。"两个兴发难当,浪子把文妃抱到床上去,那妇人仰面睡下,双手扶着麈柄,推送进去,

---

① 《痴婆子传》,第 104—105 页。
② 阿娜只是服斋思过,似乎并没有皈依佛门。——译者注
③ 此处根据版本《中国历代禁毁小说集萃》,(卷号 H415)。

那里推得进去,你道怎的难得进去? 第一件:文妃年只十九岁,毕姻不多时;第二件:他又不曾产过孩儿的;第三件:浪子这卵儿又大。因这三件,便难得进去。又有一件:那浪子卵虽大,却是纤嫩无比,一分不移的。当下妇人心痒难熬,往上着实两凑,挨进大半,户中淫滑,白而且浓的,泛溢出来,浪子再一两送,直至深底,间不容发,户口紧紧箍住,卵头又大,户内塞满,没有漏风处。文妃干到酣美之际,口内呵呀连声,抽至三十多回。那时阴物里,乌了一席,这不是浓白的了,却如鸡蛋清,更煎一分胭脂色。妇人叫道:"且停一会,吾有些头眩。"浪子正干得美处,那里肯停。又浅抽深送,约至二千余回,妇人身子摇摆不定,便似浮云中。浪子快活难过,却把卵头望内尽根百余送,不顾死活。两个都按捺不住,阳精阴水都泄了,和做一处滚将出来,刻许方止。此一战如二虎相争,不致两败俱伤者。幸亏文妃把白绫帕拭了牝户,又来抹麈柄,对着浪子道:"心肝,我自出娘肚皮,不曾经这番有趣。吾那三郎只有二三寸长,又尖又细,送了三五十次,便作一堆,我道男子家都是一样的。"①

两人又经一番云雨后,才情意绵绵话别。浪子别后好长时间不来,李文妃欲壑难填,便像吸血鬼一样地耗尽了丈夫王监生的精力。

话说李文妃,自送别浪子,日夜思念,寐梦不舍,往来通问浪子消息,只恐浪子丧了性命。时常望空烧香礼拜,祝诵不题。这一日监生归家,文妃外面接他,一心倒在浪子身上,到晚先自上床。不觉睡着了,却又梦与浪子云雨,那监生处,分了家中长短,脱衣上床。旷了许久,也要胡乱厮缠,又见文妃仰面躺着,露出雪白样的东西,越发动火了。也不去唤醒他,轻轻扶起两腿,把麈柄插进去,干了一回。那妇人还道是浪子,梦中骚水流出,口里胡言乱语,叫道:"心肝心肝,着实迎上来。"却便弄醒开眼看时,倒不是浪子,倒是监生。那时文妃只得闭了眼,把监生当做浪子,两个拥住,抽了数百抽,便泄了。文妃那里熬得兴来,问道:"你还干得么?"那监生向以在外多时不曾弄这话儿,骤的一泄,也不在话下,道:"还干得。"即将麈柄搓硬了。文妃道:"是这等弄也不爽利,带了帽儿精②进去,或可良久。"监生使与春娇讨这帽儿,带了放进去。那妇人又把监生来当是浪子意度,闭着眼道:"亲心肝,亲心肝,许久不见,如今又把大卵,弄的我不住的手舞足动。"那监生抽了三千多抽,便没气力,

---

① 《浪史》(Zügelloses Leben),第五回,第60—61页。
② 一种阴茎套,能推迟射精。

除去了帽儿,用手送了二三十次泄了。文妃彼时,虽不比与浪子一般爽利,那监生却曾没有这段本事,自觉略过得些,当下两个睡了,一夜无辞。次日监生起身,自觉有些不爽健,他一来感了风霜,二来骤行了两次,便得了疾。一日重一日,医祷无功,未及两月,可怜一命付与阎君矣。①

李文妃不是浪子的唯一情人。浪子偷香窃玉的手法其实很简单。只要听到谁家有一位漂亮的姑娘或一个寂寞的年轻少妇,他便千方百计地去结识她们。中间人往往都是住在这些姑娘少妇周围的大婶大娘。不是所有的堡垒都是一攻就破的,遇到了一位天真守规矩的姑娘,要说服她做情人就得多费一番功夫了。

年复一年,梅素先大富大贵起来,合家住在一所豪宅里。他自知富贵至极,便说出归隐的想法。他还是带了不少仆童使女,光金银宝物就装了四条船,上路探寻深山藏迹之所,半道上他遇见了已经成仙的铁木朵鲁,此后便同两位夫人过起了隐士生活。

《浪史》的作者让主人公归隐,给了他一个相当体面的结局。故事中的一个个场景虽然显得饶有兴味,但从总体看,这些场景之间联系薄弱,就像同一胶卷中一张张图片,唯一的主题便是渲染各种性趣。此类小说对色情场面的描写千篇一律,故事结局总是老一套的洗心革面或死于非命,使我们只能对其作出象征性的诠释。由于作品对主人公的刻画十分肤浅,而大家对作者们的身世又知之甚少,因此,这儿我们不可能像阿尔贝特·摩代尔那样在充分运用作家背景资料的情况下对艳情文学作出鞭辟入里的心理破解。② 在我们介绍的此类作品中,感官快乐十分片面地限制在性事中。在两个年轻的赏心悦目的身体交合中,人们似乎只见到一种审美的追求。但爱情的最高理想应该是身体美和精神美的结合,可是这种结合却完全被摒弃了。没有了身心结合,小说中违反现存道德标准的行为便更为凸显。

《浪史》在此类小说中属篇幅长的,不过我们看不出作者对故事情节有什么精巧的构思。《绣榻野史》则不同,故事情节紧凑,可见作者是用了一番心思的。《绣榻野史》的作者通常都认为是吕天成(1580—1620),他是明末有名的剧作家。③《绣榻野史》的故事情节和结构清楚明了,前后发生的事件衔接自然。不管是异性做爱还是同性做爱,主要为审美角度上的性事协调。同西方国家相比,这里对同性恋的态度表现得更为宽容。

---

① 《浪史》,第 16 回,第 115—116 页。
② 莫德尔(Albert Mordell):《文学中的性爱动机》(The Erotic Motive in Literature),纽约,科列出版社(Collier)1962 年版(首版于 1919 年)。
③ 此处根据版本《中国历代禁毁小说集萃》,(卷号 H422)。

与基督教文化不同,同性恋在中国不背断子绝孙的恶名。在《浪史》和《绣榻野史》等小说中,同性恋和异性恋等量齐观,相得益彰,表明好色(不管男色女色)的愉悦。小说主人公只有在异性恋中得不到满足或是想丰富自己的性经历时,才会表现出同性恋倾向。一切都听其自然,美男和美女外貌方面的标准也相差无几:年轻,形体柔美,皮肤细腻光洁。此外,同性恋双方通常是平等的,一起享受性爱的快乐,因此小说中几乎读不到与此有关的任何批评。有关这一题材还有一部小说值得一提,那就是讲演艺圈故事的《品花宝鉴》。

《绣榻野史》讲的是一名叫姚同心的人的故事。他很会讨女人欢喜,有观淫癖,即从偷看别人做爱中求得刺激。他为了探究自己妻子的内心,竟慷慨地将她带到家庭教师大里的书房,自己却在门口望风,欣赏里面发生的一幕。

  东门生……推着金氏走到书房门外,叫大里开门,道:"今晚你到快活,实费了我千方百计的力气,方得叫他出来。"便把金氏推进书房中去,东门生反把门扣了。道:"我自去不管了。"
  金氏故意将身子往外边走,大里搂住道:"我的心肝。"就亲了一个嘴,道:"如今我的心肝,没处去了,定任凭我弄了。"东门生在窗外张看他。只见大里抱了金氏在脚凳儿上,灯底下椅子上坐了,看看金氏,叫:"我的心肝,怎么这等生得标致。"

接下来便是人所共知的性爱描写。书房里的一幕最终使姚同心也心动起来。金氏在与情人交欢的第二回合中表现尤为出色。

  只见金氏迭起腰来,迎着屌儿,腿又摇,底鼓又颠,闭了眼,歪了头,口中做出百般哼哼嗳嗳的腔儿,只见屄会开亦会夹,把屌儿吞进吐出,紧抽紧锁,慢抽慢锁,骚水流了许多,把屌儿都浸湿透了。只听得叶着响声不歇。
  东门生在窗外看了半晌,也兴动起来。把手紧紧擦着自家屌儿,一边看一边弄,弄得精儿溅在书房窗下矮墙脚边。心内道:"这样一个标致的老婆,等他这样脱得光光的拍了爽利戏射,瞒诓自家躲差,那知道这折本白白送他燥脾胃,实在有些气他不过。只是爱金氏得紧,又是送他出来的,把老婆丢去凭他了。"
  闷闷昏昏回到房中去。只见丫头塞红,靠着挂画的小桌打盹。东门生心内道:"这丫头一向怕家主婆利害得紧,便是偷他,也是战陡陡的。我如今且好合他叙叙旧交。"就向前抱住亲了一个嘴,又把舌头伸出,把塞红牙齿上撬两撬。

只见塞红从梦中惊醒道:"啐!啐!啐!是那一个?"东门生笑道:"是我,你道是那一个呢?"……

　　东门生把屌儿插进屄里去,原来因方才在书房外边,把精儿弄出来了,阳气不济,一下抽去,合屄头鋬转,就似蚂蜒一般,把龟头挪了几挪,塞红呀的笑起来,道:"你的屌儿到自自己戏了。"

　　东门生过意不去,一来是羞,二来是性急,连忙把手将那挪弄得起来。只见屄眼有些俨水儿流出,一发像个绵花团了。塞红道:"这样没用的东西,也要我累这个名头,我自家合阿秀去睡。你自己睡了罢。"东门生道:"弄便不弄,你且睡一会儿,只怕待一会儿又会硬起来,我同你尽兴罢。"塞红道:"我便合你睡,就像宫女合内相睡,只好咬咬摸摸,倒弄的人心嘈,有什么趣儿?"东门生心里说,留他同睡,其实支撑不过,因塞红是这等说,假放他下床去,自家朝床里边睡去了。①

　　在这部小说中,大多数人物也因纵欲无度而走向毁灭。

---

① 引自《绣榻野史》(Besticktes Lager),第53—54页。

## 五　小说《金瓶梅》及其续书——西门庆和他的六个妻妾

上溯数百年,中国文学作品中也许没有一部小说像《金瓶梅》那样遭到如此大的争议和误解。直到当代,这部小说还是被一禁再禁,往往只能被一小部分读者接触到。但这似乎丝毫无损于它的成名,反而更使它妇孺皆知了。17世纪末就出现了最初的满文译本,可表明这部小说在当时受欢迎的程度。① 那些来自中国东北部入侵部落的富贵一族人手一册,争相阅读。这种现象在几百年之后得以重现。1949年后在中国出了该书的《内部研究资料》版,专供极少部分学者作学术研究使用,而市面上则只能见到经过删减的洁本。②

为说明中国中、短篇艳情小说的自成一体,我们在前面几节对直至18世纪初很长的一段历史时期作了回顾。跟明末多数大部著作一样,《金瓶梅》的创作年份尚无确切定论,不过可以定位在16世纪最后的几十年之内,因为从当时文人的书信和日记中可以读到这部小说以及小说部分章节的抄本已在少数文人圈内流传。③ 据传1606年就有了全抄本,不过直到1617年后才有小说刻本。④ 小说作者用的是笔名"兰陵笑笑生"。在这段时期内也有人说该作者是嘉靖年间(1573—1620)的大名士。同期还盛传以下的传奇故事:此书据说为王世贞(1526—1590)所作。为报杀父之仇,王世贞决心要除掉尚书的浪荡公子严世蕃(1513—1565),于是就把毒药涂在这本书的页边让他读。那个可恨的浪子只要在翻页时用指沾唇,就会吸入一定剂量的毒物,读完此书便必死无疑。尽管围绕这部小说的成书过程有此类趣闻,但传闻毕竟无法

---

① 可在普林斯顿大学杰斯特(Gest)图书馆查到。据嵇穆(Martin Gimm):《书目概览——中国小说的满文译本》(*Bibliographic Survey. Manchu Translations of Chinese Novels and Short Stories*):一份作于1989年的详细书单上标明由某一个叫和肃(音译)的人与徐元梦以及康熙或乾隆皇帝的兄弟一起参与满文翻译,翻译时间为1708年。

② 对与领导亲近的具有商业头脑的出版社员工来说,删除掉的好几千字可作为增补文字拿到黑市上去兜售。

③ 参看浦安迪:《明代小说四大奇书》,*The Four Masterworks of the Ming Novel* 第55页脚注(1)。第一次提到这部小说的是袁宏道(1568—1610),他在1596年的一封信中写到自己曾阅读过《金瓶梅》的部分内容。(参看韩南(Patrick D. Hanan):《〈金瓶梅〉的版本及其他》("The Text of the Chin P'ing Mei"),载:《泰东》(*Asia Major*),第九卷[1962],第39—46页。

④ 关于成书年代的问题,可参考列维(André Lévy):论《〈金瓶梅〉首版成书时间》("About the Date of the First Printed Edition of *the Ch'in P'ing Mei*"),载:《澄清》(*Clear*)第1期(1979),第43—47页。

弄清谁是真正的作者。后世人对此提出过种种猜测和考证,先后列举出李贽(1527—1602)、画家徐渭(1520—1593)、冯梦龙(1574—1646)以及剧作家汤显祖等候选作者。诗人及剧作家李开先(1502—1568),祖籍山东,因为山东正是小说故事的发生的地方,所以他也当作可能的作者被提及。到最后,只要与话本小说有那么点关系的那一时期的著名文人似乎谁也跑不了,全成了《金瓶梅》的作者了。还有人尝试从小说的题目中去探寻作者的线索。《金瓶梅》本来是由小说中三个女性(潘金莲、李瓶儿、春梅)名字合成,字面含义为"金瓶中的梅花"。不过同样的读音还可以变出很多花样来。比如法国汉学家安德烈·列维发现,根据谢肇淛(1567—1624)提供的资料,小说作者可以从刘守玉的周围找到。据说守玉的父亲有一套完整的小说版本。按读音,题目也可为"今评梅"的意思,于是又带出一位名叫梅国桢的已婚表兄来。①

究竟谁是那位抑或来自山东兰陵的笑笑生?这个问题恐怕有待今后的研究去解决了。不过值得注意的是,迄今为止涉及这部明末成书的小说创作的几乎都是当时的大名士。到目前为止几乎没有人去猜测作者也许是位富家私塾的教师,此人有机会通过自己的教书生涯窥见到那个时代的社会风情。② 作者要真是这样一个人,倒是与小说提供的视角比较一致,富商阶层林林总总的生活总是摆在叙事的中心位置。尽管小说作者是谁尚无明确定论,但由于许多名人被一一列举为作者,这本身就是对小说的一个重要的并且得到普遍认同的评价。事实上《金瓶梅》是一部完全独立创作的艺术巨著。与同时期的其他小说作品如《水浒》以及《西游记》不同,我们可以推断为由一名作者所作,至少全书的绝大部分出自一人之手。评点者也许会像对《红楼梦》那样,在原作者故事线索的基础上做最后的加工定稿。在布局方面,《金瓶梅》具备中国早期长篇小说中少见的完整结构。

除了作者是谁以及原本作过几次修改的问题,还值得一提的是至今尚未找到小说早期的原版本。毛宗岗发现《三国演义》只有一个原本,而《金瓶梅》却有三个版本,自17世纪初分别以不同印数、不同篇幅和不同的装帧问世。20世纪30年代发现的《金瓶梅词话》,共一百回,卷首有1617年(万历三十七年)的序,被认为是最接近原作的初刻本。③ 其后有崇祯年间(1628—1644)刊行的版本,回数相同,总的篇幅有所削减,有几回文字与前一版本有差异,这里指第一回、三十三回、三十四回和三十五回。

---

① 参看列维(André Lévy):《〈金瓶梅词话〉法译本介绍》(Introduction to the French Translation of Jin Ping Mei cihua),马丁内兹(Marc Martinez)翻译,载:《译丛》(Renditions),1985年秋,第120页。
② 这一猜测见于夏志清:《中国古典小说导论》(Der klassische chinesische Roman),第191页。
③ 冯梦龙(1574—1646)致力于通俗小说的编撰,据传他说过《金瓶梅》一书曾在1619/20年间流传。参看列维:《〈金瓶梅词话〉法译本介绍》,第127页及后页。

明代文人沈德符(1578—1642)在谈及小说第一个版本时曾指出,此后版本出现的文字差异可能与部分章节的文稿丢失有关。① 此外,还有扉页刻有《第一奇书》的第三种版本刊行。与上述版本不同的地方是这个版本卷首附有专论,另加回评和夹批,均出自张竹坡(约1670—1698)之手。此外,文字在崇祯本基础上也略有修改,有一篇1695年作的序。此后在清代出版的各种《金瓶梅》的版本,几乎全以张氏评点本作底本。

与《水浒》和《西游记》相比,《金瓶梅》在题材方面更多偏向私人生活领域,很少聚焦历史事件,故事背景独特,不同于任何传统模式,令人称奇。读了对西门庆一家是是非非极为写实的叙述,人们忍不住会将这部作品归入详细描写个人命运的家庭小说范畴。这就忽视了这部小说和其他作品之间存在的内在联系以及小说本身固有的象征意义,是个不可原谅的错误。张竹坡在一篇书评中早就指出了这一危险倾向,他写道,如果只是把《金瓶梅》视为一部写实作品,必将走入歧途;要把它当作一部文学著作来读。② 整个小说的故事,不管说的是时间还是说两个主要人物西门庆和潘金莲,大体同《水浒》的题材重合,这一点我们下面还要专门论述。至少有一点可以肯定,《金瓶梅》在全书布局方面首先交代了小说故事的外部背景。在后来的《红楼梦》里这一点也十分明显:小说将住在豪门深宅里一家人的生活情景通过与身边人物的社会联系同周遭的社会生活乃至同全国的权力中心联系到了一起。③ 考虑到小说的篇幅,《金瓶梅》的作者自然有权在故事情节的设计和世情问题的叙述方面采用一些传统公案文学以及话本小说、剧本和短篇艳情小说如上面已经提到的《如意君传》的元素。④ 有些作品比《金瓶梅》出版早,视为原始资料无可争辩。但是有些作品书面出版的时间晚于《金瓶梅》,在这种情况下,谁影响谁的问题就弄不清楚了。

夏志清指责小说《金瓶梅》结构混乱无序,我们不敢苟同。相反,我们倒觉得作者对小说的描写有高度的把握,正因为每一个生活琐事的描写对人物塑造起了重要的作用,

---

① 参看韩南:《〈金瓶梅〉的版本及其他》(*The Text of the Chin P'ing Mei*),第12页。
② 参看张竹坡:《〈金瓶梅〉读法》("How to read Jin Ping Mei"),罗尔斯通(David L. Rolston)翻译,载:《如何阅读中国小说》(*How to read the Chinese Novel*),第224页。
③ 这里只是把《金瓶梅》与《红楼梦》作一粗略比较,园子的作用不容忽视。曹雪芹在描写大观园时明显从前人作品中汲取了一系列要素。在两部作品中,园子都是家族崛起、兴旺和衰败的象征。
④ 法斯特瑙(Frauke Fastenau)在她1971年发表的博士论文中提到12种《金瓶梅》的原始资料。参看法斯特瑙:《〈金瓶梅〉和〈玉环记〉的人物》("Die Figuren des Chin P'ing Mei und des Yü Huan Chi"),慕尼黑大学博士论文,1971年,第13页。另可参看夏志清:《中国古典小说导论》,第192页。

使小说达到了有机的统一。① 夏志清批评这部小说得出结论说,整个小说由于结构方面的缺陷不具备思想和哲学上的连贯一致。② 这里,我们倒要实话实说,《金瓶梅》与《西游记》相仿,是一部"复调"小说,无法简单归于某一种特定的思潮。③ 小说没有统一的世界观,只是展现出各色人物的举止行为供读者品评。两千多年来在中国一直占统治地位的儒家思想在小说中有特别强烈的表现。整个作品可以看作是一部儒家自我修养理想的反面教材。这里,不仅仅"家"本身是一个象征,我们还可以从特别强调的"身"的象征中找到另一种联系,即"身"和"国"的联系,因为"身"和"国"往往被视为一体。明朝的监察大臣宇文虚中(1076—1146)曾在一个奏本中明确地提到这一点,其中数字"六"也有其特殊的意义。

> 今天下之势,正犹病夫尪羸羸之极矣。君犹元首也,辅臣犹腹心也,百官犹四肢也。④

西门庆不知不觉地走向死亡,仿佛在预示皇朝的衰败。宗教思想在《金瓶梅》中也同样若隐若现。我们刚才已经提到数字的象征意义,西门庆的六个妻妾也可视为是六根的体现,六根在佛教中指人身的眼、耳、鼻、舌、身和意。⑤《金瓶梅》的主旨是因果报

---

① 参看德文《金瓶梅》全译本(Djin Ping Meh. Schlehenblüten in goldener Vase, ein Sittenroman aus der Ming-Zeit),基巴特兄弟(Otto und Artur Kibat)译自中文原著,福赫伯(Herbert Franke)主编并作序,苏黎世,迪欧根内斯出版社(Diogenes)1989年版[首版于苏黎世,瓦格出版社(Die Waage)1967],第三卷,第522页及后页。基巴特兄弟的译本既非首译,也不是唯一的译本。1930年莱比锡出版了孔舫之的《金瓶梅——西门和他的六个妻妾的传奇故事》简译本(Kin Ping Meh. Oder die abenteuerliche Geschichte von Hsi Men und seinen sechs Frauen),1950年由岛屿出版社(Insel)重新出版。麦欧尔(Bernard Miall)于1940年在此基础上作了进一步加工,书名为:《金瓶梅——西门和他的六个妻妾的传奇故事》(Chin P'ing Mei: The Adeventurous History of Hsi Men and His Six Wives)。不久之前,即1939年,伊格顿(Clement Egerton)出了一部节译本,书名为《金莲》(The Golden Lotus),共四卷。英文全译本将由罗伊(David T. Roy)完成,目前已出了第一卷。参看:毕鲁直(Lutz Bieg):《外国作品引进史上的一个里程碑——罗伊〈金瓶梅〉新译》("Ein Meilenstein in der Rezeptionsgeschichte. Die Neue Chin P'ing Mei - Übersetzung von D. T. Roy"),载:《远东》(Oriens Extremus),第37期,2(1994),第247—255页。参看布勒梅尔斯特(Jörn Brömmelhörster):《中国小说在西方——关于明代小说〈金瓶梅〉的翻译评论》(Chinesische Romanliteratur im Westen: eine Übersetzungskritik des mingzeitlichen Romans Jin ping mei),波鸿,布洛克迈尔出版社(Brockmeyer)1990年版。这里引用的中文版本为《金瓶梅词话》(洁本),人民文学出版社1992年版。
② 参看夏志清:《中国古典小说导论》,第205页。
③ 关于在16、17世纪新儒学等思想流派的背景下对《金瓶梅》的讨论可参看《新儒学读者及〈金瓶梅〉的修辞艺术》("The Neo-Confucian Reader and the Rhetoric of the Jin Ping Mei")一章,载:拉什顿(Peter H. Rushton):《〈金瓶梅〉和中国传统小说的非线性维度》(The Jin Ping Mei and the Nonlinear Dimensions of the Traditional Chinese Novel),莱维斯顿,梅隆大学出版社(Mellen UP)1994年版,第27—50页。
④ 参看《金瓶梅》,第十七回,第一卷,第466页。援引的想法来自萨泰恩德拉(Indira Satyendara):《〈金瓶梅词话〉中的性经济隐喻》("Metaphors of the Sexual Economy of the Chin P'ing Mei tz'u-hua"),载:《澄清》(Clear)第15期(1993),第88页及后页。
⑤ 参看卡尔利兹(Katherine Carlitz):《〈金瓶梅〉的修辞艺术》(The Rhetoric of Ch'in p'ing mei),布鲁明顿,印第安纳大学出版社(Indiana UP)1986年版,第60页。

应,小说中出现了一系列关于冤冤相报的术语。① 正因为西门庆和潘金莲往日的罪孽深重,所以他们面对自己卑劣透顶的生活方式无能为力。只有等到儿子孝哥转世,后来当了和尚,这才意味着西门庆得以赎罪并获得解脱。

《金瓶梅》的作者并不注重对超凡脱俗和四大皆空的原则进行说教,而是用梦幻的笔调,特别通过十分具体的性描写强调一旦放弃了简朴和节制会造成多么不良的后果。虽然色情描写在整个小说中所占的篇幅不算很大,但其细致入微的程度在中国的同类小说中可称得上空前绝后。小说中的这种性事描写只强调一时的欢娱和片刻的痴醉,几乎没有一处写到真正的柔情和倾心相爱。小说《金瓶梅》也表现出要向读者介绍形形色色性爱花样的倾向,而作者在这方面掌握了惊人丰富的词汇和描写手段,无论是低俗的俚语还是高雅的委婉词都能运用自如。两情相悦,身心相交,本应产生极大的快乐,但小说中这些场面却都留下十分负面的印象。无论是西门庆和邪恶的潘金莲的纵欲无度,还是数不清的通奸行为(其中陈经济作为养子向养母潘金莲示爱,以及西门庆同家仆妻子的通奸特别令人恶心),还是这儿同样少不了的同性恋的描述(强盗头子对陈经济的强奸写得尤为粗俗),都无法给人愉悦的感受,只留下了不谐调的印象。性爱仿佛只是纯粹的欲望满足,只是一个人对另一个人的驾驭,并伴之以摧残、痛苦和欺凌。小说中某些人物所表现出的过于旺盛的精力和性能力预示事情终究会物极必反,这种对满足人间欲望的追求已经步入歧途,不可避免地要走向毁灭。

与举足轻重的主要人物西门庆相配,小说中也出现了来自社会各阶层的次要人物。在塑造甜言蜜语的皮条客、毫不中用的江湖郎中以及声名狼藉的和尚尼姑时,作者多半借鉴了传统话本中的典型形象。值得注意的是作者恰恰对这些下层小人物往往给以毫不留情的嘲讽,造成他似乎专为中等阶层读者写这本书的印象,而他自己也很可能来自这一阶层。② 这些形形色色的小人物往往由于"放肆"而遭到严惩,如蒋竹山竟敢娶西门庆钟情的李瓶儿为妻,结果惹怒了西门庆,随即命他手下爪牙将蒋竹山毒打一顿。为此,西门庆受到了如下的谴责:

> 常将压善欺良意,权作尤云媾雨心。③

在外部标记上,非上层出身的代表人物也往往遭到不公正的待遇,如给这些人物起

---

① 参看浦安迪:《明代小说四大奇书》(*The Four Masterworks*),第 134 页,第 234 条注。
② 参看夏志清:《中国古典小说导论》,第 208 页。
③ 引自《金瓶梅》,第十九回,第一卷,第 528 页。

姓名便是一例。这里有一条规则：越是无足轻重的人物，其姓名透明程度越高（西门庆的娈童名叫文必固，读音方面近似"吻屁股"）。在内容篇幅方面，作者也集中描写了几个重点人物。西门庆的六个妻妾中，二房李瓶儿和四房苏雪娥就明显处于次要地位，而在结义的十兄弟中也只有对应伯爵着墨较多一些。随着时间的推延，西门庆对这个兄弟会的兴趣越来越淡薄，第三十五回写到他与其中一位结拜兄弟谈话，公开表示自己不再把这个金兰之盟放在心上了。结果西门庆死后这批人也没有来追悼。

  如果硬要说作者到小说结尾改变了先前附庸风雅、轻视下等人的看法，那显然是言过其实。不过令人深思的是西门庆暴死家道中落后一些次要人物如婢女春梅或是那位过继给月娘改姓西门的义仆戴安最后都获得相当有出息的地位。威严的一家之主不复存在，一切都要从头开始。这个信息依稀带来了希望。那就是即使家破人亡，或是皇朝分崩离析，但生活还是要继续下去，而且必须重新开始。小说给一些起初被丑化的人物如王六或小流氓韩道贵改邪归正的机会，而那些地位名望比他们高的人物倒难逃死亡的厄运，这里突出了作者的一种信念，他是用这种信念表达自己宗旨的。①

  在对《金瓶梅》的中心问题先作了这番探讨之后，我们现在来深入谈谈小说的内容。先要来看看带有很大破坏性的西门庆和潘金莲之间的关系。在小说一开头，作者借用道家八仙之一吕洞宾的话向世人提出告诫。吕洞宾强调世人总被七情六欲所累，这不是件好事情，因为人们很难挣脱酒、色、财、权的缰绳。为表明并不是所有的人都会走入迷津，作者列举了好几位在女子面前恪守礼仪坐怀不乱的历史人物，同时指出一旦背离道德，陷入仇视、纷争、对抗和斗殴，就会造成可怕的后果。想知道丧失名誉、财富和权力后会是什么样子，作者认为西门庆的命运对每个读者来说是一个最好的教训。同一开头提出的警示相映照，接下来叙述的故事便是这么一个反面例子。在将《水浒》中武松的故事加以扩展描绘之前，作者先把读者带到1111年的山东清河县西门庆的家，我们这位主人公正准备同另外九名男子拜把子，缔结金兰之盟，从而让读者感受到明代另一部长篇巨著《三国演义》的影响。不过同刘备、关羽、张飞在张家后院庄重的桃园三结义不同，在《金瓶梅》中排场很大的结拜仪式一开始就遭到嘲讽，西门庆的这批把兄弟居然带坏银子来凑份子，于是在大娘子月娘的眼里看到的不是正人君子，而是乌合之众。

  就在结拜仪式上第一次提到当地有虎害。我们都知道：在《水浒》中是武松把老虎打死的。于是西门庆从舞台上退了下来，作者便着力描绘围绕这位梁山英雄所发生的

---

① 与此相反，卡尔利兹（Carlitz）则认为作者是在讽刺挖苦，暗示小说中出现的所有坏事必将重现。参看卡尔利兹（Katherine Carlitz）：《〈金瓶梅〉的修辞艺术》（*The Rhetoric of Ch'in p'ing mei*），第141页。

种种故事和他在清河的所作所为,情节与《水浒》第二十五回叙述的很贴近。由此,潘金莲这个人物也就出场了。我们知道她是一位通弈、能歌且善饮的伶俐女子。转买到一家大户人家当丫鬟,被大户主人收用,后又嫁给武松的大哥不幸的武大郎。武松住宿在哥嫂家,拒绝了嫂子的亲昵举动,潘金莲恼羞成怒,反诬武松,致使武松搬出大哥家。小说第一个错综复杂的故事内容同《水浒》中显然没有如此连贯的情节是基本一致的。通过茶馆老板娘王婆牵线,潘金莲和西门庆勾搭成奸,此后利用王婆的茶楼频频幽会。在那部描写绿林大盗的小说中,色情的场景几乎全部隐去,只有"西门庆自当日为始,时常和潘金莲做一处。"此类闪烁其词的叙述;而在《金瓶梅》中,却用大量篇幅去描绘这对男女的奸情。其中有一段专写早期的偷情:

少顷吃得酒浓,不觉烘动春心,西门庆色心辄起,露出腰间那话,引妇人纤手扣弄。原来西门庆自幼常在三街四巷养婆娘,根下犹带着银打就,药煮成的托子。那话煞甚长大,红赤赤黑须,直竖竖坚硬,好个东西:

一物从来六寸长,有时柔软有时刚。

软如醉汉东西倒,硬似风僧上下狂。

出牝入阴为本事,腰州脐下作家乡。

天生二子随身便,曾与佳人斗几场。①

除了同潘金莲,西门庆还从来没有同别的妻妾和情人举行过如此隆重、带有如此破坏性的情爱仪式。潘金莲专为西门庆编织了一根做爱使用的带子,这根带子能起银托子一般的作用。不仅如此,为更好享受到性高潮,他们总能想出新的做爱方式和技巧,如用鞋带把潘金莲的双腿高高绑起(这一做法已包含明显的暴力成分),直到把一颗李子夹入阴户,为增加刺激再用口衔出吞下肚。西门庆在做爱前居然在潘金莲的肚子上烧起香来,对情人身体的顶礼膜拜达到了极致。

没多久,西门庆和潘金莲的奸情在王婆茶楼的周围一带传得纷纷扬扬,只有那位戴绿帽子的丈夫还蒙在鼓里,直到爱打抱不平的郓哥据实相告后才知情。当武大郎冲进王婆的茶楼捉奸时,发生了斗殴,大郎挨了西门庆重重的一脚。最后,当身患重病的武大郎威胁潘金莲要把一切告诉兄弟武松时,也就注定了自己死亡的命运。潘金莲随即实施杀夫计划,此处又同《水浒》的描述吻合起来。

---

① 引自《金瓶梅》,第四回,第一卷,第 148 页及后页。

武大再呷第二口时,被这婆娘就势只一灌,一盏药都灌下喉咙去了。那妇人便放倒武大,慌忙跳下床来。武大"哎"了一声,说道:"大嫂,吃下这药去,肚里倒疼起来。苦呀,苦呀!倒当不得了。"这妇人便去脚后扯过两床被来,没头没脸只顾盖。武大叫道:"我也气闷!"那妇人道:"太医分付,教我与你发些汗,便好的快。"武大再要说时,这妇人怕他挣扎,便跳上床来,骑在武大身上,把手紧紧的按住被角,那里肯放些松宽!……

那武大当时"哎"了两声,喘息了一回,肠胃迸断,呜呼哀哉,身体动不得了。①

杀夫者、王婆和西门庆把尸体收拾干净,随即将其火化。出差已有半年的武松就要回家了,死去的兄长托梦给他诉说自己惨遭谋害,邻里乡亲也向他讲述他嫂子的奸情。他上告奸夫淫妇,但由于西门庆在当地势力庞大而最终败诉。于是武松采取复仇行动,他冲进一家酒楼,西门庆闻风而逃,没有被他抓住,而他却误杀了一个客人。自己沦为凶手的武松被捕。案子落到清廉的东平府尹陈文昭手中,他听了武松的陈述后决定从轻发落,免去死刑,脊杖四十,发配充军。西门庆动用了他所有的关系才得以逃脱大难。读者到小说结尾处(第八十七回)可再次读到武松,他充军归来后向拉皮条的王婆以及潘金莲实施了残酷的仇杀,剐出了潘金莲的心脏。

武松这个人物因与《金瓶梅》的整个故事背景息息相关而显得很突出,不过他并不是与小说《水浒》唯一有关联的人物。《金瓶梅》的二号女主人公李瓶儿与以宋江为首梁山好汉也有千丝万缕的瓜葛,并不是事出偶然。李瓶儿在嫁给太监花子虚之前就曾做过梁中书的妾,而梁中书恰恰就死在嗜血成性的李逵双斧之下。李瓶儿是少数得以逃跑的幸存者。在《金瓶梅》的结尾(第九十七、九十八回)又有一处情节与《水浒传》的故事有关。读者可读到皇上下令给周守备,命其征剿贼首宋江,最后传来了胜利的消息,地方平复。

武松被押走后,长达十四回的小说引子得以告终,于是故事完完全全转到了西门庆的大宅门内。中心人物就是一开始便出场的潘金莲和西门庆,西门庆当时对情人潘金莲所作的忠贞不渝的表白已经清楚地暗示了这一点。西门庆说的这番话同时表明了这一对主人公危险的生死恋的关系,预告西门庆最终成为这一极具破坏性的性关系的牺牲品。

西门庆家许多罪恶的根源在于他的淫欲。如为了同潘金莲保持奸情,即使去谋害

---

① 《金瓶梅》,第五回,第172页及后页。

人命也在所不辞。不过小说中有相当一部分的诱奸对象往往半推半就,甚至还主动配合,使这个声名狼藉的花花公子的罪责有所减轻。作者似乎以此强调当时流行的一种偏见,即男子总是毁于女子的淫荡和阴谋。①值得注意的是男主人公的性爱对象几乎都有一段不光彩的历史,更不用说他还是一个经常出入妓院的老牌嫖客了。只有到生命行将终结时,西门庆才从何千户的妻子那儿感受到纯情端庄之美,然而这样的女人他是永远得不到的。

必须指出,西门庆从本质上说并不是满脑子邪恶的坏人。在小说中他的形象并不是很坏,没有受到作者的任何嘲讽。表面上看上去,这位主人公还是一个乐天、大度又率真的人,他的乐善好施给人的印象也颇深。

作者对主人公的所作所为通常不作直接的褒贬,而往往通过小说中别人的印象和评价让读者自己去作判定。

披着私宅大官人外衣的西门庆在许多方面很像虚弱的末代皇帝隋炀帝的传统形象。隋炀帝看不清世局,却在自己的宫殿里一味骄奢淫逸。小说第二号人物——这里指的是潘金莲——也不是完全凭空虚构出来的,而是借鉴了先前文学作品中已有的人物形象。在一部出现谋杀场面名为《刎颈鸳鸯会》的话本中,就对《金瓶梅》里潘金莲式的命运作了示范性的描述。那部话本讲一个女人堕落一生。这个女人害了好几个男人,她的第一个牺牲品是一位邻家青年。当女子的父母亲突然回到家,那位青年因极度惊慌而身亡。父亲看到自己女儿的淫欲难填,于是便把她赶出家门。这个放荡女人频频嫁人,总是给一任又一任的丈夫带来不幸。女子最后嫁给了一位年轻的商人(这也许叫人联想到西门庆),因对婚姻不忠而被商人所杀,得到了应有的惩罚。②

读者在小说一开头只知道潘金莲谋杀了亲夫武大郎,而对这个人物本性尚知之不多。潘金莲对进入西门庆家后的自己的可悲境遇始终是心知肚明的。

面对西门庆其他妻妾的敌视,潘金莲千方百计扩展自己的权力地位。与手法简单的对手相比,潘金莲往往棋高一着。她善于用甜言蜜语笼络西门庆。她有十八般武艺,从含沙射影一直到破口大骂样样精通。

李瓶儿是潘金莲的死对头,她带来一大笔嫁妆,保持着相当大的独立性,又是第一

---

① 参看夏志清:《中国古典小说导论》,第 209 页。
② 参看韩南的简要说明:《中国本土文学故事》(*The Chinese Vernacular Story*),剑桥(马萨诸塞),哈佛大学出版社(Harvard UP)1981,第 67 页及后页。《金瓶梅》与该话本的关系密切,小说开端的道德说教源自"话本"中有关章节。此外,像还在"港口渔翁"、"至诚张主管"等一系列话本故事中都依稀闪现潘金莲式的身影(参看韩南:《〈金瓶梅〉的版本及其他》,第 32—43 页)。与潘金莲有关的素材又在近代文人之中引起了讨论。1928 年,欧阳予倩发表了一部短剧,取名就是《潘金莲》。还有香港的一位民间小说作家南宫搏也用《潘金莲》作书名。

个为丈夫生出儿子的女人,所以她嫁进门后潘金莲的日子就不太好过了。李瓶儿对前几任丈夫冷漠无情,而对西门庆却充满柔情蜜意,这似乎很难解释;她错嫁了蒋竹山,所以刚入门时不得不忍受种种羞辱,甚至还挨过鞭打。潘金莲的敌视倒反而促使李瓶儿的性格变化,她慷慨大度,赢得了众姐妹的喜爱,这更激起了潘金莲的反感。潘金莲原先就虐待过武大郎前妻生的女儿,曾是个凶恶的后娘,现在她一腔仇恨全用在折磨李瓶儿的小儿子官哥上。她有意带体弱多病的官哥外出,让他感染风寒;还驯了一只猫去吓唬那个孩子,致使孩子吓得半死,再也没有复原。这样,潘金莲对这位年幼继承者的夭折负有重大的罪责。在这个宅门里,大家心里都清楚,但就是没有一个人出来仗义执言,追究潘金莲的责任。面对潘金莲的狡猾奸诈,就是西门庆也一筹莫展。此外,他们俩都把对方当作纵欲的工具,并无子嗣产生。潘金莲在西门庆家流过两次产。她同西门庆享受性快乐显然不是为了传宗接代,所以①尤为卑劣。西门庆死后,潘金莲与陈经济勾搭,又怀了孕(参看八十五回),但由于是非法私通而被迫堕胎,接着又不得不离开西门家。西门庆和潘金莲结成了一个罪恶的联盟,他在潘金莲那儿度过了自己最甜蜜的时光,除了潘金莲,没有一个女人能给他的淫欲带来如此的满足。潘金莲一再强调他俩身心交融,以表明这种关系的不一般。这种不一般甚至到了彼此都给对方充分自由的地步。先是潘金莲,居然允许丈夫和女婢春梅胡搞;后来潘金莲和一名仆人私通,虽然遭到西门庆的打罚,但好像也没有影响他们之间的关系。

　　潘金莲诡计多端,在很大程度上决定了西门庆一家的命运。奇怪的是我们在小说的第三部分和最后部分读到有悖于潘金莲性格的描写。这一情况也让人猜疑这两部分文稿是否出于另一个作者之手。如在第一、二部分潘金莲表现出十分独特的性格,但等到她搬出西门家后头脑竟然变得如此简单,居然同意嫁给充军归来的武松,这就显得很不可信,因为她不可能对武松抱任何希望。当然,由于内容上要向《水浒》靠拢,潘金莲的下场早已成定局,她难以逃脱小叔子为报杀兄之仇对她残忍的惩罚。她的情人陈经济也没有什么好下场。小说最后的二十四回集中描写了这个人物。西门庆在世时,好色之徒陈经济就一门心思步西门庆的后尘,但实际上他对自己老丈人的模仿很拙劣。与西门庆相比,他一生的荣辱得失更依赖于同女人的关系。与潘金莲私通暴露后,他的妻子、西门庆的女儿把他赶出了家门,她自己后来因为受不了由此造成的恩恩怨怨而自缢身亡。陈经济穷困潦倒,被一家寺庙收容,被道士的大徒弟强暴,惨遭欺凌。他只好利用原来在西门庆家待过、现又重新出嫁的女子,如孟玉楼和春梅。在他不去主动勾搭

---

① 按儒家观点看来。——译者注

她们的情况下尚能图到些便宜。通过春梅的丈夫、镇压梁山好汉成功的守备周秀，陈经济谋得了一个职位。不过在与春梅的一次交合后他死于非命，杀手名叫张胜，张胜为挫败一个针对自己的阴谋对陈经济先下了手。

小说《金瓶梅》提供了大量的线索，一个聪明的作者凭借这些线索可以编织出许多故事来。从通过和尚尼姑之口说出的主人公们遍布全国各地的转世情况，到怨鬼在托梦时对自己昔日的冤家对头宣告来自阴间的神奇力量，这些都是撰写续集的好素材。即使对原作中自始至终都出场的人物也依然有充分的继续创作空间。最后，算命先生预言众多人物的命运都模糊不定，足以让续编者去添加新内容。

在中国文坛，自袁宏道始就流传一本题名为《玉娇梨》的《金瓶梅》的早期续集，这本续集与清代出版的才子佳人小说《玉娇梨》同名，但不是同一部书。袁宏道死于1610年，如果他的话可信，那么这本续集应写于万历年间，出书的时间比《金瓶梅》晚不了多久。不过袁宏道强调他本人没有亲眼目睹这本书，有关消息只是从别人口中听到的，所以对这本书除了几点大致的内容讲不出更多的东西来。① 根据业已掌握的少量线索，我们倒可以揣测《玉娇梨》同1662年前后成书的《续金瓶梅》大同小异。《续金瓶梅》作者为山东人丁耀亢，别号紫阳道人。② 由于在这两本续集中都突出了死后转世，《金瓶梅》中的反面人物到地狱走了一遭后在转世时均得到应有的报应，其间便有人认为《玉娇梨》和《续金瓶梅》是同一部书。③

小说故事的前面是一番道德说教。用的是自宋朝始民间喜闻乐见的老子写的《太上感应篇》的形式。④ 这番说教大力宣扬轮回转世思想，强调因果报应，提出了道德要求："祸福无门，唯人自招，善恶之报，如影随形。"⑤ 其中列举了24条善道（诸如是道则进，非道则退；积德累功；敬老怀幼；推多取少等）和153条恶类（诸如杀人取财；受恩不感；轻蔑天民；破人婚姻等），内容多取自葛洪（283—343）所著的《抱朴子》，与基督教义的问答手册倒有异曲同工之妙。作者对《感应篇》中的恶类善道未作解释，而是把它们当作小说的背景，用小说中的故事来加以"参解"。与此相应，小说从头至尾穿插了一些短闻轶事，提醒人们要循规蹈矩，好好做人。

---

① 关于小说《玉娇梨》中一些问题的简述参看鲁迅《中国小说史略》（Kurze Geschichte der chinesischen Romandichtung），第249页。
② 《续金瓶梅》有六十四回，收入《金瓶梅续书三种》，齐鲁书社1988年版，两卷本。
③ 参看《续金瓶梅》的前言说明，第2页及后页。
④ 图书全名为《太上感应篇阴阳无字解》。关于这个版本的说明，参看孔舫之（Franz Kuhn）翻译的《隔帘花影》（Blumenschatten hinter dem Vorhang），法兰克福，岛屿出版社（Insel）1983年版（1956年初版），第760页及后页。
⑤ 《金瓶梅续书三种》，引论部分，第11页。

小说中有一段议论用类似的语气专讲如何看待人的性欲，这一点在《续金瓶梅》中不时提及。对那些纵欲无度的人，老天的报应是让他们今后永远无法享受性快乐。这里，作者用说理的方式提出要讨论的问题，以辨明曲折是非：

单表人世上一点情根，从无始生来，化成色界。人从这里生，还从这里灭，生生死死，总从这一点红自轮回不断。

要依佛法说来尽该灭除，是把造物主人的路绝了。那如来还有摩耶夫人，老子岂是李树下生的？仲尼圣人也不应该生下伯鲤来。这段大道理，自圣圣相传，原不曾说绝欲，只说寡欲。①

仔细想来，《金瓶梅》作了许多夸张的渲染，描写了许多极端的例子，无非也试图要读者注意到纵欲的害处。而续集往后退了一步，大幅度摈弃了渲染式的描写，运用说教和规劝的手段来提倡节欲。

《续金瓶梅》中出现的人物有80多个，数量上与《金瓶梅》相仿。除了帝王将相等历史人物外，主要讲的是原作中的重要主人公以及他们转世后的化身的故事，此外还出现一些新的人物，这些人物往往在惩恶扬善类的文学作品如轶事、笔记中被提及。续书的故事结构松散，很难找出一条内容主线来。孝哥以及他的母亲月娘因战乱失散，很久以后才得以重聚，只有这个情节描写得比较详尽细致。而别的主人公的故事（尤其是其中三个女主人公即李瓶儿的化身李银瓶、潘金莲的化身黎金桂和春梅的化身孔梅玉）毫无关联，只有因果报应的思想倒是贯穿了整个小说，造就了此作品的某种整体形象。但由于续集的故事一再中断，往往翻过好几回后情节才能重新接上，所以给读者造成支离破碎的印象。《续金瓶梅》在内容上表现了政治上的分崩离析、社会动荡不安、人民流离失所、破坏和贫穷，正好映照出小说形式上情节松散、结构不统一。续集的众多人物不像在原作中大都生活在一个屋檐下，表现这些人物命运的故事之间缺乏联系。因而与原作《金瓶梅》相比，续集与其称作家庭世情小说，不如称作社会世情小说。

丁耀亢生活在一个极不稳定的时代，他本人的经历也许促使他用区别于《金瓶梅》的历史背景来映衬《续金瓶梅》，以造就一个完全不同的氛围。由于小说中入侵的金人使当时的读者不难联想到满族新统治者，因此仅仅从谨慎小心的角度考虑就应该作些删除。于是就出现了一本题为《隔帘花影》新续本，全书压缩为四十八回，作者为四桥居

---

① 《金瓶梅读书三种》，第二十三回，第207页。

士,用的是笔名。① 四桥居士也曾为流传于康熙年间(1662—1723)的另一部书作过点评,由此可以推断他大概生活在17世纪后期到18世纪前期。②《隔帘花影》使用了一些新的人名,此外对金兵入侵的篇章作了大量的删除,连北宋皇帝徽宗、钦宗被掳一节也不再提及。总之,只要可能引起清朝新统治者猜疑的或是可能授人以有排满倾向之柄的字句都被清除得一干二净。到末了,原续书中出身于金贵族的孔玉梅的丈夫哈木儿,也被换成了汉将的儿子。作了上述改动后,《隔帘花影》的可读性增大了(如改掉了强烈的道德说教的腔调),但这个精心改写的版本还是没能逃过被检查的命运,在1838年就曾多次被禁。③《隔帘花影》并不是最后一本写西门庆题材的书。此后又有一本题为《金屋楼》的续集,作者为孙敬安,发表于1915年《樱花》杂志上。因为此书出版于清朝以后,所以我们在这里只想简单提一下。同《续金瓶梅》相似,在这本书中历史场景的描写占了较大的篇幅,因此《金屋楼》比《续金瓶梅》短不了多少。

---

① 见之于孔舫之译作,参看上引《隔帘花影》续译本之说明。
② 参看黄霖解读《金瓶梅续书三种》,第18页。
③ 参看周琳:《金瓶梅续书之谜》,载:刘辉/杨扬《金瓶梅之谜》,书目文献出版社1989年版,第105页。

## 六 李渔和他的小说《肉蒲团》——斩断尘根是最好的解脱

在即将结束绝情小说部分的介绍前,值得一提的还有李渔(1611—约1680)的一部作品。李渔归纳和总结了前人创作的艳情小说的元素,并作了一番精致的改造。我们要介绍的是二十四回小说《肉蒲团》。作者为李渔,似乎争议不很大,争议大的是创作的时间。本节的引文取自孔舫之(Franz Kuhn)的德译本,孔舫之认为《肉蒲团》成书于1633年至1634年间。① 但由于这部小说文笔优异,早就有人提出质疑,认为一个二十出头的年轻人绝不可能写出这种高水平的作品来。于是马汉茂揣测的创作年份(1660至1679年间)在较长时间内便显得更可信了。② 不过英译本的译者韩南却指出,早在1657年这本小说的手抄本就已经在流传了。③

李渔的经历为我们提供了动乱年代明末文人的一个典型例子。这些文人的仕途被阻,为求生他们不得不另辟蹊径。④ 1635年,李渔考取秀才,但此后多次在乡试落选。满人当政后,他放弃了谋取一官半职的打算。从此,他投身文学创作事业数十年,与当时著名的思想家王世贞(1634—1711)、周亮工(1612—1672)以及吴伟业等人过从甚密,并自任班主,带领家庭戏班去各地巡回演出。17世纪50年代中叶,李渔从杭州迁居南京,1657年开设出版社兼书坊"芥子园",经营良好。但此后数年,他几乎周游全国,走过广东(1666)、甘肃(1667)和福建(1670),另外他在北京也待过较长时间。在友人的帮助下,他于1676年购得杭州西湖边的曾园,一年后他迁入该园居住。他创作了不少剧本,如《怜香伴》(1645年左右)、《凤求凰》(1666年完成),此外他还写了一系列中篇小说,其中有著名的《无声戏》(1654至1658年间出版)、《十二楼》(1685年作序)。长篇小说除了

---

① 参看李渔:《明代艳情小说——肉蒲团》(Jou Pu Tuan, ein erotisch-moralischer Roman aus der Ming-Zeit)(1633)德译本,孔舫之(Franz Kuhn)译,布鲁日,法克尔出版社(Fackelverlag)1972年版。
② 马汉茂:《李笠翁论戏剧》(Li Li-Weng über das Theater),海德堡大学博士论文(1966),台北:美亚出版公司1968年版,第265页。
③ 李渔:《肉蒲团》(The Carnal Prayer Mar),韩南译,伦敦,箭书出版社(Arrow)1990年版,见第12页。
④ 关于李渔的详细生平,参看:茅国权(Nathan K. Mao)与柳存仁:《李渔》,波士顿,特威恩出版社(Twayne Publishers)1977年版。

《肉蒲团》,李渔还创作了《回文传》(共十六册)。另有一部小说据传也是他写的,这部作品最早的版本出于1798年,但此前却并没有李渔是该书作者的任何记载,加上该书写作风格和《肉蒲团》相差悬殊,因此学者提出不少质疑。①

　　要是我们来考察一下《肉蒲团》的内容,那么很快就会发现这部作品带有强烈的革新特点。在全书第一回作者以个性化的随笔语言论述如何处理人的性欲问题,这一方面我们在前面结合小说《梧桐影》已有所论及,这里不须赘述。与他的许多小说前辈不同,李渔从来不提天堂或阴间,而是把色情话题完完全全放回到人世间的范围。他的书中人物显得比较可信,这是一个主要原因,尽管李渔并没有摈弃此类小说特有的夸张描写。如在《肉蒲团》中,作者对主人公几乎从不疲倦的性能力加以渲染,对其凭借精湛的房中术在交合时成功驾驭性伙伴作了描绘。阳物粗大,抽动次数成百上千,床上姿势变化多端,这一切夸张描写在《肉蒲团》中以相似手法被再次套用。此类作品中常见的行为动机如嫉妒、复仇和报应亦一一出现,在这部小说的某些人物身上表现得更为强烈。于是这部小说有了一个完整的故事,到故事结尾主人公们改过自新,但这并不仅仅是因性事疲乏的缘故,而是他们痛下决心要重塑自己的命运:玉香含羞上吊自尽,未央生最终决心斩断尘根,阉割自己。李渔不太注重生活细节的逼真刻画,在对人物的衣着、发式、饰物、食物以及屋宇的描写方面同《金瓶梅》相比,实在难以望其项背。不过在《金瓶梅》中,即使像西门庆、潘金莲这样的主人公都带有公式化的倾向,而《肉蒲团》的人物却具备惊人的连贯性以及性格变化。数十年前出版的《金瓶梅》带给李渔创作方面的影响是显而易见的:与西门庆一样,《肉蒲团》的男主人公未央生一开始也是个不讲廉耻、一味沉溺于肉欲享受的花花公子,在他的一生中也有六个女人起了举足轻重的作用。而他俩的结局也有相似之处。西门庆像一只贪婪的章鱼,拼命向四周去抓捕牺牲品,最后却耗尽了自己的所有精力;而未央生更像一个色欲的朝圣者,在长途跋涉之中不停地追求感情冒险,最终却被自己的作为所造成的恶果所震惊,斩断自己的尘根以求解脱,重新回到了故事开头的老地方。

　　《肉蒲团》里故事发生在元朝致和年间(1328)。在括苍山上住着一位名叫孤峰的长老,孤峰长老唯一的财产就是自己缝制的随身不离的皮布袋,因此当地老百姓称他为"皮布袋和尚"。这个人物形象的原型为唐代(约900)的一位高僧。② 一天,有位显然是

---

① 此处也可参看马汉茂的注释:《李笠翁论戏剧》,第276页,这里有一处关于《回文传》的简要介绍,作品讲了一段与已亡佚的回文有关的古老爱情故事。

② 关于《肉蒲团》中对佛理的参悟,参看安德斯(Mark Francis Andres):《审视明末两部小说〈西游补〉和〈肉蒲团〉的新角度》(New Perspectives on Two Late Ming Novels:〉Hisi yu Pu〈 and 〉Jou P'u T'uan〈),亚利桑那大学哲学博士论文(1988)。皮布袋和尚的生平在同名小说《皮布袋》中亦有记载。参看孔舫之在《肉蒲团》后记中的说明,第618页。

出身名门的年轻书生未央生来求见孤峰长老。长老发现此人只知道追求肉欲,便规劝他远离尘世,留在山上过隐居生活。自认为才貌双全的未央生脑子里想的是别的东西,他直截了当地宣称自己再回到这儿之前先要去享受几年人世间的快乐。他的第一个心愿是读尽天下异书,交尽天下异人,游尽天下名山,然后退藏一室,著书立言。这一切他自然几乎都没有去做。此后他的心思主要花在如何实现自己的第二心愿上,即求得天下第一佳人,并同她结婚、生子,深居简出安度一生。孤峰长老和未央生之间展开了较长时间的争论。孤峰长老认为放荡行为必然会有报应,而未央生却持有异议。他尖锐地指出长老关于天堂地狱的说教迂腐老套,自己无法接受。

未央生在谈话中表现出一种批判精神。要是他努力恪守道德的话,凭这种批判精神就一定能堂堂正正地立足于世。正因为如此,这个人物形象不仅远远胜过前几节介绍的作品中的包括西门庆在内的众多花花公子,而且也使和尚的谆谆告诫显得苍白无力。不过和尚预言:这个年轻人必须在肉蒲团上坐过一段时间之后才会豁然大悟。

正如自己预告的那样,未央生首先去寻求个人幸福,回到家他托媒婆替自己择妻。媒婆东寻西找,找到铁玉香头上。铁玉香是远近闻名的古怪的宿儒铁扉道人的女儿。她矜持、羞怯,对未央生的种种性爱技巧斥之以不正经,断然拒绝,给婚后初期的性福造成阻碍。但是这位丈夫通过夫妻共看春宫图片,同读《如意君传》、《痴婆子传》以及《绣榻野史》等方式引妻子"上道",于是没过多久玉香便成了性爱高手,夫妇同享琴瑟之乐。

但不久家中翁婿不合,铁扉道人看不惯未央生的轻浮举动,时常呵斥他。未央生便借口游学,决定离家外出。志愿和现实又一次脱离,也实属意料之中。他在全国周游多年,喜欢交友,颇受欢迎,不过在写文章方面毫无建树,只是四处寻访天姿国色的佳人。有一天,他与一名偷盗高手"赛昆仑"相识,昆仑这个人物出自唐宋传奇《昆仑奴》。赛昆仑在老百姓眼里有很高的声望,作为豪侠的盗贼他给自己定下规矩:遇吉不偷,遇凶不偷,偷过不偷。未央生一眼便看到与昆仑相识的好处来。比如那些富贵人家的女人平时从不出头露面,因此很不容易接近,不过赛昆仑在行窃之时却能看到她们。赛昆仑提出愿为未央生寻访当地的标致女人,未央生欣然同意,此后便搬到送子张仙庙中作寓。在庙里他开始偷看女香客,并根据姿色多寡分别登记入册。他看中了三个绝色女子,赛昆仑对她们同样作出好评,不过赛昆仑要他首先关注生性老实、常让妻子独守空房的丝绸贩子权老实的妻子艳芳。但是他没有忘记向未央生严肃指出这种偷情行为的危险性,不听规劝最终可能带来十分不良的后果。

赛昆仑道:"天下事都是穷汉好欺负,富贵人家难惹,只有偷妇人一节,倒是富贵人家好欺负,穷汉难惹。"未央生道:"这是何故?"赛昆仑道:"富贵人家定有三妻四妾,丈夫睡了一个,定有几个守空房。自古道饱暖思淫欲。那妇人饱食暖衣,终日无聊,单单想著这件事。到没奈何的时节,若有男子钻进被去,他还求之不得,岂肯推了出来?就是丈夫走来撞见,若是要捉住送官,又怕坏了富贵体面,若是要一齐杀死,又舍不得那样标致妇人。妇人舍不得,岂有独杀奸夫之理?所以忍气吞声,放条生路让他走了。那穷汉之家只有一个妻子,夜夜同睡,莫说那妇人饥寒劳苦不起淫心,就有淫心与男子干事,万一被丈夫撞见,那贫穷之人不顾体面,不是拿住送官,就是一同杀死。所以穷汉难惹,富贵人家好欺负。"①

如果说富贵人家的妇人一般不出头露面,而穷汉之家的妻子又被看得紧,那么从纯理论角度上讲就没有多大的选择余地了。此后,他俩又谈到性爱技巧和春药,赛昆仑对春药的功效持怀疑态度。未央生让朋友看了自己的阳物后得到的回应并没有自己期待的那么乐观。赛昆仑告诉他,他那个"本身莹白"、"皮里微丝隐现"的阳物还没有正常男人的三分之一大,因此不会引起女人的青睐。这样他的"本钱"就存在一大缺陷,根本比不上西门庆,西门庆至少天生一个粗大的阴茎。这个可怜的书生便自轻自贱起来,他不由得用另一种眼光重新审视从前的性爱生活。他下决心去接受一次特殊的手术,人家告诉他手术的经过如下:

改造之法,先用一只雄狗、一只雌狗关在空房里,他自然交媾起来。等他交媾不曾完事之时,就把两狗分开。那狗肾是极热之物,一入阴中长大几倍,就是精泄后还有半日扯不出来,何况不曾完事?而这时节先用快刀割断,然后割开雌狗之阴,取雄狗之肾,切为四条。连忙把本人的阳物用麻药麻了,使他不知疼痛,然后将上下两旁割开四条深缝,每一条缝内塞入带热狗肾一条,外面把收口灵丹即时敷上。只怕不善用刀,割伤肾管,将来就有不举之病,若肾管不伤,再不妨事养到一月之后,里面就像水乳交融,不复有人阳狗肾之别。再养几时,与妇人干事那种热性,就与狗肾一般。在外面看来,已比未做的时节长大几倍;收入阴中,又比在外的时节长大几倍。②

---

① 《肉蒲团》,第五回,第 135 页及后页。
② 同上,第六回,第 169—170 页。

未央生全副武装后便去勾引丝绸贩子权老实的妻子。权老实不久便获悉艳芳和未央生勾搭成奸的全部真相。他决心报复,不过他不想杀未央生,只想以牙还牙,去勾引他的结发妻子铁玉香。戏剧性的一幕由此开场。权老实探明了未央生的底细后,变卖了家产,踏上复仇的征途。他成功地在铁扉道人那儿租了一块地当佃户,并逐渐赢得在幽怨中独守空房的玉香的芳心。恰恰因为读了未央生留下来的艳情书籍,玉香才会打破一切顾虑,与新来的佃户偷情。

不久玉香怀孕,怕惹父亲生气,她与权老实带了一名贴身丫鬟如意出逃。虽然在途中慌乱之际她丢掉了腹中小孩,但回家的路也已断绝。权老实勾引玉香,成功地报复了至此尚一无所知的未央生,照理他俩之间的恩怨债业已结清。但这位昔日的丝绸贩子却肆无忌惮地继续实施自己的计划,抵京城后他把蒙在鼓里的玉香卖进了一家上等妓院。玉香屈从自己的命运,因姿容才情出色,不久便成了人人争相赏鉴的名妓,名声还传出京华以外。她的嫖客中有香云的丈夫,也有瑞珠、瑞玉姐妹俩的丈夫。这样未央生在他们老家的丑行遭到了报应,这几个戴绿帽子的丈夫一一得以复仇。不久,权老实意识到自己的所作所为太过分,决心远离红尘,用自己的余生赎罪。他被孤峰长老收留,苦修了二十年,成了正果。

玉香却成了名妓。未央生根本不知道这个名妓就是自己的妻子。耳闻她的名声,他便赴京要去会一会。中途他先回家一趟,丈人铁扉道人隐瞒了女儿外逃的真相,只说她不久前已身亡。他让未央生在一口空棺材边上追荐亡灵。小说里有多处幽默的场景,这便是一例。

前十七回中,李渔巧妙地编织了各种故事线索,这些线索到了故事的结尾便交汇到了一起。未央生抵京后同那位叫做"仙娘"的鸨母谈妥生意,打算出一大笔钱同这位传奇女子共度良宵。未央生引起了玉香的注意,她认出他就是自己的丈夫,便匆忙走开。未央生要鸨母作出解释时,玉香正在寻思自己的归途。她不堪忍受面对丈夫的尴尬,上吊自尽。看到死者的面孔,未央生大惊失色。听了丫鬟如意的招供后,他才知道事情的来龙去脉。李渔用冷嘲热讽的笔调对小说主要人物之间纠缠不清的命运作了总结:未央生不是一再宣称要娶天下第一佳人吗?结果恰恰是他自己的妻子,那位人人称羡的名妓,就是天下第一佳人。而他先前却根本看不到她的种种优点,由于自己行为轻薄却永远失去了她。此刻,未央生不由想起孤峰长老的话:我不淫人妻,人不淫我妇。这话听上去极像基督教的摩西十诫:"不可夺人妻,不可夺人奴,不可夺人牛,不可夺人驴。"孤峰长老的预言似乎都得到了应验,未央生恍然大悟:

我这几年,肉蒲团上的酸甜苦辣尝得透了,如今受这番打骂凌辱也无颜归故乡了,此时若不醒悟,更待何时?……我自家一个竟至括苍山寻见孤峰长老,磕他一百二十个响头,陪了以前的不是,然后求他指出迷津,引归觉路,何等不妙?①

孤峰长老欣然收留迷途知返的未央生,但他心头的欲望未绝。一次他梦见影响自己一生的六个女子,梦醒后他起初想通过诵经驱散欲念,结果无济于事,他便走出关键一步,用刀斩断尘根:

谁想翻来覆去再睡不着,总为那件孽根在被里打搅。心上想道,有这件作祟之物带在身边,终久不妙,不如割去了他,杜绝将来之患。况且狗肉这件东西是佛家最忌之物,使他附与身体也不是好事。若不割去,只当是畜类,算不得是人身,就修到尽头地步,也只好转个人身,怎能成佛作祖?想到此处,不待天明,就在琉璃上点下火来,取一把切菜的薄刀。一手扭住阳物,一手拿起薄刀,狠命割下。也是他人身将转,畜运将终,割下的时节竟不觉十分疼痛。

从此以后,欲心顿绝,善念益坚。②

其余的男主人公也没有逃过避世的吸引力。除了在孤峰长老处再次相逢的权老实,赛昆仑也走上了遁世的道路。这样,曲折纠缠的男主人公的命运殊途同归,在这里找到了各自的归宿。

---

① 《肉蒲团》,第十八回,第 539 页。
② 同上,第十九回,第 552 页及后页。

## 七 从采花大盗到惧内"英雄"
### ——明清之际小说中的婚姻和家庭

前几节介绍的艳情小说里的人物都是些性欲特别旺盛的男男女女,他们纵欲无度,道德败坏,往往既害了自己,又害了别人。故事叙述的侧重点多半是描写得十分细致的性事本身。即使在有些小说如《金瓶梅》中,男女色情场景的刻画同整部作品的长度相比所占的篇幅并不多,但恰恰是这些章节似乎首先影响着读者的价值评判。如果一定要对到《金瓶梅》为止的早期艳情小说代表人物固有的性别视角做一番探讨的话,那么似乎可以断定,在这些小说中大量存在男子中心主义的倾向:男人是而且永远是衡量一切事物的标准,男人总是有权作出选择,一个家庭乃至一个国家的兴衰都取决于男人的所作所为。但是在十全十美的英雄形象外衣里面,却是对肉欲的片面追求,以致无力把自己从堕落中拯救出来。面对这些人物,读者可以反省自己,引以为戒。西门庆或是未央生并不是示范性人物,对他们的描写更多的是讽喻,以引起读者的思考和批评。只是在带有极大破坏力的荡妇形象中显示出男人灵魂深处的恐惧。这种恐惧在早先的房中书抄中就有记载,它植根于"阴"与"阳"这两种对抗力量的争斗之中。

17 世纪中叶,多半是在明清之际产生的一系列小说中的人物形象有了明显的变化。虽然男主人公并没有完全放弃自己的性能力,但由于他丧失了自己的阳刚之气、声誉、权力和优势,结果便沦为惧内"英雄"。人物形象的变化如此巨大,令人不得不去探究其中的原因。要读者引以为戒的讽喻手法似乎让位给了辛辣的冷嘲热讽;先前的小说津津乐道的大男子气概不见了,代之以不知所措和惘然若失,其原因多半从动荡不安的时代中可以找到。① 之前艳情小说中的男主人公虽然道德败坏,但在很多方面尚能表现出雄性的力量和生存的欢乐,可是这种大环境而今已不复存在。不管用象征的手法——将西门庆的家庭同皇帝后宫相比——还是用直接的形式——只需回顾一下《玉闺红》中闺贞的悲惨命运——在以往总能听到对宫廷乃至整个王国淫乱的忧虑。到清

---

① 此处详看田汝康(T'ien Ju K'ang):《男性的焦虑和女性的贞洁——明清时期中国伦理价值的对比研究》(*Male Anxiety and Female Chastity. A Comparative Study of Chinese Ethical Values in Min-Ch'ing Times*),莱顿,布里尔出版社(Brill)1988 年版。

初,许多作家小心谨慎,放弃了对色情的公开描写,这很容易被解释为害怕新统治者越来越严格的文字检查。事实上光是乾隆年间(1736—1795),就有数千种图书遭到查禁。① 当局禁止的文学思潮包括所谓对满族统治者的批评,对儒家学说的质疑以及对道德规范的中伤。但原因不仅仅在此。更值得关注的是政治上的失意导致清初智识阶层在精神上进行自我反省,而这种自我反省无论在文学体裁的选择还是在整个学术研究领域,从顾炎武(1613—1682)对中国经典哲学著作(不是在内容和概念方面而是在篇章评析方面)的校勘考订以及由他创造的考证方法,直到阎若璩(1636—1704)通俗易懂的语言学方面的论文,都有所体现。② 同这种精神退却的倾向相适应,文学作品更集中到私人领域的描写上,不过不是以性爱为中心,而是更着力关注男女两性之间的关系。我们将看到在这一方面取得了惊人的心理破解,这一成果先前由于只限于身体感官领域的描写是无法达到的。婚姻和家庭这一课题几乎不可避免地成为故事描写的中心。同国家的敌人③的斗争已经失败,已经告一段落,那么家庭内部情况又是怎样的呢?这里有没有人们都向往的必要的幸福和安全呢?孔夫子曾在《论语》中用简明扼要的语言谈及家庭内部共同生活的问题,他说:"唯女子与小人难为养也。近之则不逊,远之则怨。"④而长篇小说《醒世姻缘传》的匿名作者西周生在其前言中对此论述得更为精辟。西周生提到了孟子(前372—前289)说过的君子有三件至乐的事即父母俱存,兄弟无故,仰不愧天,俯不怍人,得天下英才而教育之,认为还应再添一乐,⑤即有一个会持家、会排解纠纷、诸凡处事井井有条的贤德妻房。⑥

这儿我们感兴趣的是家庭内部妇女的生活状况。特别引人注意的是,不管是散文作品还是小说类的作品对妇女悲惨的外部生存条件都讳莫如深。妇女在经济上对男性

---

① 遭到查禁的作品数量约为2000—3000种。详看古德里奇(Luther Carrington Goodrich):《乾隆时期的文学检查》(The Literary Inquisition of Ch'ien-lung),纽约,派拉贡图书出版社(Paragon Book)1966年版。
② 参看:纳奎恩(Susan Naquin)和罗斯基(Evelyn S. Rawski):《18世纪的中国社会》(Chinese Society in the Eighteenth Century),纽黑文,耶鲁大学出版社(Yale UP)1987年版,第64—72页;鲍吾刚:《中国面孔——古今中国的文学自白》(Das Antlitz Chinas. Die autobiographische Selbstdarstellung in der chinesischen Literatur von ihren Anfängen bis heute),慕尼黑,卡尔·汉泽出版社(Carl Hanser)1990年版,第518页及后页。
③ 指满族入侵者。——译者注
④ 引自孔子:《论语》(Gespräche),莫里兹(Ralf Moritz)译自中文原著并出版,法兰克福,勒德贝格出版社(Röderberg)1983年版,第十七章,第二十五节,第131页。
⑤ 参看女史学家班昭(约公元49—120)的《女戒》及其核心主张,女性应"卑弱、屈从和敬慎",引自吴燕娜(Yenna Wu):《中国文学中的"悍妇—惧内"主题》(The Chinese Virago. A Literary Theme),剑桥(马萨诸塞),哈佛大学出版社(Harvard UP)1995年版,第19页。
⑥ 参看《醒世姻缘传》,上海古籍出版社1985年版,第一卷,前言第3页。该小说只有节译本,见之于蒲松龄:《醒世姻缘传》("Marriage as Retribution"),王际真(Chi-chen Wang)译成英文,载《中国通俗小说》(Chinese Middlebrow Fiction),柳存仁编,香港中文大学出版社1984年版,第41—94页,前二十回另有一个译本为:《醒世姻缘传》(The Bonds of Matrimony),(第一卷),《中国17世纪的一部小说》,奈仁(Eve Alison Nyren)译,路易斯,顿埃德温·美仑出版社(Edwin Mellen)1995年版。

的依附,缠足,即使天生聪慧也无法就业以及在家从父、出嫁从夫、夫死从子的种种课题一直到 20 世纪初期才在文学作品中得以触及,这些问题最终导致政治的解决和具体的改革要求。而在此以前的文学和相关文献的描写对象则主要是家庭成员之间、特别是夫妇之间的关系。在这些文学作品中若隐若现地表现出妇女对她们外部生存条件的反应;这里的话题并不是因为缠足造成的身体缺陷和行动不便,而是至少要在家庭之内力求获得一个权力地位,从我们今日的视角来看这是必然的,因而也是可以理解的;不是对"女子无才便是德"这种很成问题的要求去提出质疑,而是精明的妻子对无用的丈夫的嘲笑;不是企望废除一夫多妻制和妾居现象,而是设法在与众姐妹错综复杂的竞争关系中保全自己。此类描写表现的情景在很大的程度上受到了作者观点的影响。别忘了当时绝大部分作者为男性,因此当他们把自己的思想诉诸笔端时很少会去关心变更和改革,而只是对保持现状更感兴趣。他们在作品中表现出来的价值观、偏见和愿望很难洞察妇女的状况,在大部分情况下可视为对男性世界的提醒,提醒他们如何保持对女性的控制。即使是女作者,在其作品中对悍妇也缺乏足够的同情,小说《天雨花》便是一例,作者叫做陶贞怀,从其姓名便可推断为是位女性。在这些作品中,心慌意乱以及害怕丧失自己统治地位的情绪随处可见。小说里出现了男性作家笔下的悍妇形象,用来警告丈夫们不要把好端端的和睦家庭引向危机。哪一位丈夫当不好家,就会迅速变为"妻管严"。虽然要管教好自己的叛逆的妻子,丈夫有从体罚到休妻一系列手段可用,但在作品中这一切几乎都没有提到。

  作品时常会响起隐藏在男人灵魂深处的恐惧:妇女既是创造者,又是破坏者,她们既是能生儿育女的迷人的尤物,同时又有能力把男人毁掉。基于这种持续的畏惧,一些学者尝试在显然不合儒家理想的有弊端的婚姻背景下塑造忍气吞声的受气丈夫的典型形象。家门出此不幸,可能是因为丈夫对女人没完没了的宠爱,也可能由于门不当户不对,出身富裕一些家庭的妻子觉得支配丈夫是理所当然的。这样的话,每一个丈夫,不管其出身、教养以及人品如何,都可能沦为女人的牺牲品。家家都有一本难念的经。据此,谢肇淛(1567—1624)对惧内现象的危险性作了高度的概括:

  愚不肖之畏妇,怵于威也;贤智之畏妇,溺于爱也;贫贱之畏妇,仰余沫以自给也;富贵之畏妇,惮勃谿而苟安也;丑妇之见畏,操家秉也;少妇之见畏,惑床笫也;有子而畏,势之所挟也;无子而畏,威之所劫也。八者之外,而能挺然中立者,噫,亦难矣!①

---

① 谢肇淛:《五杂俎》,第 308 和第 312 页。此处引自吴燕娜:《中国文学中的"悍妇—惧内"主题》,第 37 页。

谢肇淛提出了各种各样的男人和女人的类型,涵盖面极广。他以及与他同时代的吕坤(1536—1618)、冯梦龙(1574—1646)都对男人的意志不坚、胆怯和好面子流露出担心,在他们看来正是上述弱点导致了男人的惧内。至于如何调教好不顺从的妻子倒是不缺好办法,常见的有罚打或逐出家门,不太传统的方式有求医、退避三舍或请亲戚来排解。上述的一部分方法我们下面还会继续谈到。① 大量描写悍妇的文学作品的出现促使一些学者如谢肇淛根据作品对惧内现象的地域分布进行探讨,结论是首当其冲为中国南方地区。但由于大部分作品是在江南地区写作发表的,所以也就显得不足为奇了。不过在南方,对不合传统的行为表现出较少的思想控制,"妒嫉"成了时常讨论的题目;在这种背景下,妇女通过对男性统治的抗击以获得应有尊重的倾向日趋明显。明末和清朝涌现出众多的女作家,这表明妇女受教育的程度逐步增高,她们要求在某些文学领域同男性作家平起平坐。

在前几节中,妇女是以男性生命力的挑战者姿态出现的,妇女对家庭、国家秩序构成了威胁。《封神榜》中的妲己、《昭阳趣史》中的赵飞燕和赵合德以及唐代女皇武则天作为诱惑者伴在君王身边,直接危害到朝廷利益。不过这样的女人即使不当贵妃只做人妻,恐怕情况也差不多。妻子在家中接管了丈夫的权力意味着政治等级制度的颠倒,必须避免。在每一位充满自信和权欲的妇女身上都带有滥用职权的独裁影子。不管她是后宫嫔妃还是一家富户的侍妾,妇女总是构成对权力的威胁。只有像花木兰那样循规蹈矩为捍卫祖国利益拔剑从戎的巾帼英雄才是正面形象。但即使是英雄花木兰也不得不女扮男装,这恰恰清楚地表明她作为女人是多么低调。不过在我们感兴趣的 17 世纪中叶的小说中,出现的问题有所不同。这儿受到威胁的并不是国家和家庭的秩序,而是男人的生存及其灵魂的解脱。② 嫉妒是一种性格上的缺陷,它是作为对第三者竞争的反应而出现的,于是在夫妻关系中一方要求对另一方有绝对的支配权。在中国理想的一夫一妻婚姻制度中,男女双方原则上都可能产生嫉妒。可是一到作家和学者的笔下,嫉妒几乎成了女子性格的专利,单从"妒"由"女"字旁和"户"合成一事便可见一斑。这些文人往往对被许多男人心仪的一夫多妻制忽略不提,而从中国妇女的特殊社会地位去解释她们的嫉妒心理:她们主要不是担心失去男人的爱,而往往更担心失去自己的社

---

① 此处详看马克梦:《吝啬鬼、泼妇、一夫多妻者——18 世纪中国小说中的性与男女关系》(Misers, Shrews, and Polygamists. Sexuality and Male-Female Relations in Eighteenth-Century Chinese Fiction),杜尔汉姆,杜克大学出版社(Duke UP)1995 年版,第 66—69 页。
② 关于男性身份认同危机的问题可参看爱泼斯坦(Maram Epstein):《美女就是野兽——清代四部小说中女性形象的两面性》(Beauty is the Beast: The Dual Face of Woman in Four Ch'ing Novels),普林斯顿大学哲学博士论文 1992 年,第 1—53 页。

会地位。她们嫉妒的对象自然是自己丈夫周围的来自社会各阶层的女性对手：丈夫的别的妻妾、女仆、妓女或者与自己丈夫有染的他人之妻。因为别人有才华有成就而造成的嫉妒现象倒很少见。

17世纪小说对惧内丈夫的文学描写可追溯到汉代的传记、唐代的传奇短篇轶事直至明代的一些剧本。《金瓶梅》中的潘金莲在许多方面可以说完成了一种形象的转换，由男权尤其是皇权统治象征性的挑战者以及由具有威胁性的阴谋力量的代表转变为具有鲜活个性的泼妇形象，而这种泼妇形象到17世纪愈来愈成为小说的中心人物。汪延纳（死于1596年）的剧本《狮吼记》大概是第一部以较长的篇幅描写一夫一妻一妾之间错综复杂的三角关系的作品，作者表现了女主人公的嫉妒如何在晓之以理的规劝下慢慢消失。从轶事和短篇的作者、发行者冯梦龙开始，经由袁枚（1716—1797）到沈起凤（1740/41年—？），这一题材的作品直至18世纪一直深受读书人的喜爱，经久不衰。

前面算是开场白。现在我们来看一看17世纪中期第一部详细探讨嫉妒问题的长篇小说。这部小说叫作《醒世姻缘传》，有一百回，小说从篇幅上力求继承先前四大名著的传统。不过究竟谁是那位署名为"西周生"的作者，作品又是什么时候写成的，至今无法得知。这部小说很长时间内没有得到中国文学研究者的重视，直到19世纪末才引起文学评论家李葆恂（1859—1915）和李慈铭（1830—1894）较为深入的关注。20世纪30年代，胡适（1891—1962）认为蒲松龄（1640—1715）《聊斋志异》中的一个以虐待丈夫的妻子的名字为题的鬼故事《江城》是《醒世姻缘传》的最初底本，因题材相同，西周生很可能就是蒲松龄。后来经过言语以及写作风格方面的分析，胡适的假设被否定了。① 因此，谁是小说的真正作者这个问题始终还是一个谜。近期的研究至少对这位神秘的"西周生"的来历提供了新的线索。有人指出小说笔名中的"西周"不一定就是指中国早期的一个朝代，而可能是指位于今日河南省的同名封地。在《醒世姻缘传》的第十六回，出现了一个来自河南省的名叫邢皋门的人物，于是有人猜测此人即为作者本人。② 这部小说何时成书，至今也无法确认。1728年，由日本人编著的《中国图书目录》（*Hakusaki shomoku*）中首次提到《醒世姻缘传》。当时这部小说已经流传了一段时间，所以孙楷第把小说成书的最晚期限定在17世纪20年代后期，此外孙楷第指出小说故事中出现的

---

① 参看莫宜佳（Monika Motsch）：《清代小说——〈醒世姻缘传〉》（"Ehegeschichte zur Erleuchtung der Welt. Ein Roman aus der Qing-Dynastie"），载：《方向杂志》（*Orientierungen*）1991年第1期，第79页及后页。

② 此处详看王素存：《〈醒世姻缘〉作者西周生考》，载：乐蘅军主编的《中国古典文学论文精选丛刊》，台北，幼狮文化事业出版社1980年版，第217—224页。

一些官场人物正是在这段时期履行此类官职的。①

从篇章结构角度来看,《醒世姻缘传》同其他小说如《西游记》或《金瓶梅》十分相似。小说每一个回目都由一对七字句组成,每十回组成一个故事单元,每一回结束都有典型的叙事套路等。与先前小说不同的是,叙事部分不夹诗赋,每一回的结束语也各各不同,故事布局也不像先前的小说那样一个接一个地讲述,而是以转世为主题,主人公按一定计划安排在两个生存层面上出现。此外,小说用带山东乡音的口语体写成,这一点同先前的巨著有明显的差异。

像许多同时代的作品一样,《醒世姻缘传》故事建立在因果报应的简单说教模式上。在这里,"天理"和"人欲"的冲突总是处于中心地位,这一冲突自16世纪以来通过"主要价值"与"次要价值"以及"自由意志"与"前世注定"之间造成的道德困境愈益明显。而在一百年之后,对"理"的定义不再建立在形而上学的基础上了,"理"作为理性世界的道德命令取代了超越人的控制范围的不可动摇的真理的意义,这里特别强调了个人的责任心。②《醒世姻缘传》的作者在小说"引言"部分针对婚姻明确表达了这种相互关系:

> 但从古来贤妻不是容易遭着的,这也即如"王者兴名世出"的道理一般。人只知道夫妻是前生注定,月下老将赤绳把男女的脚暗中牵住,你纵然海角天涯,寇仇吴、越,不怕你不凑合拢来。依了这等说起来,人间夫妻都该搭配均匀,情谐意美才是,如何十个人中倒有八九个不甚相宜?或是巧拙不同,或是媸妍不一,或是做丈夫的憎嫌妻子,或是妻子凌虐丈夫,或是丈夫弃妻包妓,或是妻子背婿淫人;种种乖离,各难枚举。正是:"夫妻本是同林鸟,心变翻为异国人。"
>
> 看官!你试想来,这段因果却是怎地生成?这都尽是前生前世的事,冥冥中暗暗造就,定盘星半点不差。只见某人的妻子善会持家,孝顺翁姑,敬待夫子,和睦妯娌,诸凡处事井井有条。这等夫妻乃是前世中或是同心合意的朋友,或是恩爱相合的知己,或是义侠来报我之恩,或是负逋来偿我之债,或前生原是夫妻,或异世本来兄弟。这等匹偶将来,这叫做好姻缘,自然恩情美满,妻淑夫贤,如鱼得水,似漆投胶。又有那前世中以强欺弱,弱者饮恨吞声,以众暴寡,寡者莫敢谁何;或设计以图财,或使奸而陷命。大怨大仇,势不能报,今世皆配为夫妻。看官!……不知人世

---

① 参看达德布里奇(Glen Dudbridge):《17世纪小说的一次朝圣——泰山和〈醒世姻缘传〉》("A Pilgrimage in Seventeenth-Century Fiction: T'ai-Shan and the Hsing-Shih Yin-Yüan Chuan"),载:《通报》,第七十七(LXXVII)卷,4—5(1991),第231页。

② 参看浦安迪:《衰落之后——〈醒世姻缘传〉和17世纪的中国小说》("After the Fall: Hsing-shih yin-yüan chuan and the Seventeenth-Century Chinese Novel"),载:哈佛亚洲研究杂志(HJAS),第四十五卷,第2号(1985),第552页及后页。

间和好的莫过于夫妇。虽是父母兄弟是天合之亲,其中毕竟有许多行不去、说不出的话,不可告父母兄弟,在夫妻间可以曲致。所以人世间和好的莫过于夫妻,又人世仇恨的也莫过于夫妻。①

以转世和报应为主题的《醒世姻缘传》的故事分为两个部分,第一部分从第一回到二十二回,叙述了狄希陈与薛素姐的婚姻中戏剧性事件的背景。晁源射杀狐仙姑,为以后的报应埋下伏笔。作者首先描绘这一情节,是要唤起人们同大自然以及大自然的生灵,尤其是动物建立亲密的关系。这样作者对和谐的追求便远远超出夫妇生活本身,它扩展到整个人世间的生存范围。

故事发生在 15 世纪,山东武城县有位名士叫做晁思孝,儿子晁源是个不肖之子,整日游湖打围,晁思孝却对儿子的作为一味放任。替儿子完婚娶计氏进门后,晁思孝便谋求自己的升迁,进京赶考,取中一名北方大县的知县。家中一下子发了财,晁源第一个沾光,他添了家人,买了好马,过起花天酒地的生活来。慢慢地妻子计氏不再中他的意,他动手打她。计氏以自尽相威胁,他也毫不理会,心里巴不得她早死。不久,他便寻花问柳,先是同家里丫鬟调情,后来又看上了当地戏班的女戏子珍哥,给她做衣裳,打首饰,把她安置在宅院侧房内。

有一天一帮朋友提议去围猎,晁源欣喜异常,还答应珍哥同去的要求。作了一番精心的准备后,一队人马出发去打猎。

雍山洞内住着一条老狐精,善于变作女人模样迷惑男人。那天她恰好遇见远近闻名的好色之徒晁源,便想下手,而晁源也被她的美貌勾引得魂不附体。可是猎犬却辨认出她不是个好东西,便发起猛烈攻击。狐精还了本形,钻进晁源的马肚下,指望他救自己的性命。可是晁源生性好杀生,他弯弓搭箭,一箭射去,于是狐仙一朝毙命。晁源回到县城便生起病来,这是他挨罚的第一个征兆。

在远方做官的父亲晁思孝对儿子在老家的胡作非为一无所知,不过有一次在梦中听到警告,于是他写信给晁源,要他与妻子一起去通州。因为父母不知道他纳妾一事,晁源便欺骗他们说计氏小产无法动身,他和珍哥到北京后不敢带她去通州见父母,便在北京租了一间小屋。但是没过多久事情还是败露了,他父母虽然对此并不十分高兴,但事关独生儿子的幸福,只好接受这一既成事实。

后来晁思孝用钱为无心读书的儿子捐了个官职。不久有人指控晁思孝贿赂,晁源

---

① 《醒世姻缘传》,第一卷序,第 4 页及后页。

进京为父亲摆平此事,亲眼见到因鞑靼人侵犯而引起的骚乱,皇帝也遭到拘捕和绑架。晁源在京完成了自己的使命。回通州不久,他便离开父母,满载父母赠给儿媳妇的礼物,返回武城。诡计多端且权欲熏心的珍哥处心积虑地排挤欺凌自己的冤家对头计氏。

武城县有一座白衣庵。年轻的道姑海会与一个姓郭的尼姑友情颇深,她俩看中迷信的计氏,指望得到她的捐助。

珍哥见到海会和郭尼姑从计氏的房中走出。因为郭尼姑长得胖大,珍哥便以为大老婆计氏同一个和尚和一个道士有奸情,于是大声到丈夫面前告起状来。晁源召集起仆人,只有门房说见到的是海会道姑和郭尼姑,而其他人都依照珍哥的口径,说来的是两个男人。盘问再三没有结果,晁源便把他的丈人请到家来。

屋子前边乱作一团,后面计氏还什么都不知道。乍听到这一指责,她气得说不出话来,可紧接着却反应激烈:

> 待了半晌,方才开口说道:"我实养着和尚来!只许他取娼的,没的不许我养和尚?他既然撞见,不该把那和尚一把手拉住?怎么把和尚放的走了?既是没有和尚了,别说我养一个和尚,我就养十个和尚,你也只好干瞪着眼生气罢了!教他写休书,我就走!留恋一留恋,不算好老婆!"①

计氏蓬松了头,手拿匕首,要找珍哥算帐,他父亲老计还想从中调解。计氏嚷嚷着要邻居作证自己只是同海会和郭尼姑有来往。她从屋后跑到屋前,大喊大叫,珍哥怕得把中门关死,晁源叫仆人拦住计氏,不让她出到街上闹出大动静来。不过吵闹声还是召来了许多看客。一位邻居大嫂总算说服了计氏,把她劝回了屋里。遭到这种不公正的诬陷,计氏在绝望中决定自杀。她把晁源给珍哥买的那顶新轿子烧了后,到夜里在中门门框上自缢身亡。死者娘家十分震惊,把晁源和他的"娼妇"告到官庭,官庭作出了颇为严厉的判决:晁源杖一百,而珍哥则判绞刑,秋后处决。只是最后看在晁源父亲做官的分上,将绞刑改为徒刑。珍哥后来的命运直到小说的第二部分才谈到(参看第四十三回)。读者获知珍哥在女牢中得到了晁源母亲晁夫人的接济。一天夜里珍哥的牢房失火,未被扑灭。第二天早上人们发现了一具烧焦的女尸。原以为珍哥已被烧死,谁想多年之后她被衙门的差役在姓张的刑房书办家发现(参看第五十一回)。在盘问时张书办一口否认,声称珍哥在九年前已烧死。当堂对质,差役认定此女就是珍哥。夹棍之下张

---

① 《醒世姻缘传》,第一卷,第八回,第121页。

书办招供道,女牢失火那天烧死的是一名家人媳妇。珍哥与姓季的典史有染,典史便声称那个面目全非的尸体就是珍哥,背地却将珍哥救了出去。后来季典史没了官回家,珍哥不肯同去,便留到张书办家里。县官行文到季典史原籍要求追究。季典史受到讯问,承认了事实,①不久身亡。张书办身陷此案,挨了脊杖,死于棒血攻心。珍哥没有逃过这一劫,重新被投入大狱。她又设法得到了狱外的帮助,但被发现后没有逃过又一次的棒打,顷刻身亡。晁夫人捐出棺木。这一桩官司在晁源去世了十四年之后②终于告一段落。

晁源自己不光彩的结局早在前面讲的故事中就显露出端倪。父亲死后他接管雍山庄的田产和收成。因为一名叫小鸦儿的新房客的年轻美貌的妻子唐氏引起了他的注意,他便改变了原有的打算,留在雍山庄。管家季春江开始十分担心晁源对唐氏的追逐,因为谁都知道小鸦儿的嫉妒心特别强。一年过去了,平安无事,年轻的唐氏起初竭力躲避晁源,即使晁源找她说话,她也会垂下头走开,不予搭理。

有一天小鸦儿去邻村给他姐姐做生日。他出乎意料地当夜赶回家,没有在自家房间里见到妻子。原来唐氏同晁源以及他的另一个情人晁住娘子晚间在一起饮酒,后就宿在主人房间里。小鸦儿悄悄走进主人屋里,发现晁源和他妻子赤条条地在那儿熟睡。小鸦儿取出刀先把淫妇唐氏的头割下,然后把晁源叫醒。晁源愿出一大批银两请求饶命,但小鸦儿毫不理会,他杀了晁源,也把他的首级取了下来。凶手自己去县官处自首。因为他惩罚的是奸夫淫妇,县官便对他不再追究,还断了一些银两给他今后娶妻用。至此,《醒世姻缘传》的第一部分结束。第一部分对晁源母亲晁夫人的悲惨的命运也作了描述,晁夫人一开始因缺子嗣陷于经济困境。晁思孝在去世前不久纳一小妾,名叫春莺。幸好春莺不久之后生了个男孩取名晁梁。晁源当年射死狐仙姑,到了故事最后,晁源的后世狄希陈也被箭射伤。除此以外,晁夫人和晁梁一直起着沟通故事前后两部分的桥梁作用。在篇幅较长的《醒世姻缘传》第二部分,读者可以在好几回中读到这两个人物变化不定的生活情景。在第九十回中晁夫人以104岁的老夫人形象出现在读者面前,而前世为和尚的晁梁直到最后一回还露面。读者正是从衔接前后故事的角色晁夫人那儿获悉小说主人公的转世情况的。在第三十回中死去的计氏托梦给晁夫人,称自己将托生做狄希陈的妾去报他前世的虐待之仇。当晁夫人问她为什么不托生做他的妻子时,计氏回答,妻子的位置已经被晁源当年射死的狐仙姑的灵魂所占。这么一来,人

---

① 与原作不符,季典史没做任何坏事,他是被张书办诬告的。——译者注
② 应为:从珍哥嫁到晁家到在衙门被打死历经十四年。——译者注

物的来龙去脉便理清了。

到第二十三回,第一部分的主人公——去世后,故事的情节和地点发生了改变,由晁源所在的武城县转到离省府一百多里路的绣江县。前半部分死去的主人公到了绣江县境又都转世。接着便是对这一新的故事地点有一番详细的描写,而后却又引出了极具意义的避世胜地——明水。明水民风淳厚,人人安居乐业,那儿几家人家合伙请师长来教自家的子弟,再没有人一字不识。

  读不得的,或是务农,或是习什么手艺,再没有一个游手好闲的人,也再没有人是一字不识的。就是挑葱卖菜的,他也会演个"之乎者也"。从来要个偷鸡吊狗的,也是没有。监里从来没有死罪犯人,凭你什么小人家的妇女,从不曾有出头露面,游街串市的。惧内怕老婆,这倒是古今来的常事,惟独这绣江,夫是夫,妇是妇,那样阴阳倒置,刚柔失宜,雌鸡报晓的事绝少。百姓们春耕夏耘,秋收冬藏完毕,必定先纳了粮,剩下的方才食用。里长只是分散由帖的时节,到到人家门上,其外并不晓得什么叫是"追呼",什么叫是"比较"。这里长只是送这由帖到人家,杀鸡做饭,可也吃个不了。秀才们抱了几本书,就如绣女一般,除了学里见见县官,多有整世不进县门去的。

  这个明水离了县里四十里路,越发成了个避世的桃源一般。① 这一村的人更是质朴,个个通是前代的古人。②

明水人长期以来生活和美守礼,天老爷对他们也格外眷顾,赠予他们好收成。不过当地诚实善良的人逐渐过世,那些奸盗诈伪的事渐渐行将开去,世风日下,像癌细胞一样袭击明水的男女老少。

作者对明水发生的一桩桩事件作了详细描述,使"道德沦丧"成了整个小说的关键词。明水这个小地方成了纯洁被玷污的象征。一个风景秀丽、气候适宜、政治清明且生活富庶的人间天堂逐渐蜕变为藏污纳垢的魍魉世界。那儿人们发放高利贷,谈婚论嫁只盯住钱财;教育受到忽视,科举制度被糟蹋。最终老天爷也不再帮忙,明水屡遭自然灾害,干旱、坏天气、风暴和严寒接踵而至。人们忍饥挨饿,等到树皮草根都啃光后,便吃起人来。先是吃死人的肉,后来又吃活人。各种疑难病症开始侵害当地居民。这里,

---

① 桃花源是指诗人陶渊明(372—427)在同名短篇中描绘的一处乌托邦式的田园风光。
② 《醒世姻缘传》,第一卷,第二十三回,第341页。

作者将婚姻问题纳入那个时代社会和道德衰败的范围之内，给人留下深刻的印象。这个称为明水的小镇显然在暗示明朝本身。

明水这个地方世风渐下。在此背景下，小说第一部分中的人物的转世被重新提起。我们首先了解到年轻的狄宾梁员外的身世，他读书无成，开始经商。有一天新来的客人引起了他的注意，客人是来自河南姓薛的教授，带着家眷和使女。

教授名叫薛起立，他告诉狄宾梁，自己尚无子女。狄员外也说自己没有孩子。不过他妻子不久生下一子，取名希陈，原来是晁源转世。

八年过去了，薛起立家也添了子女，他妻子生了个女儿，取名素姐，只比狄希陈小一点，她是被射死的狐仙姑的转世。正是合适的一对，两个孩子不久便订了亲。狄家后来又生一女，名唤巧姐，薛家生一子叫在冬，两家也替他俩配了婚。年幼的这一对的结合看来毫无波折，可是小姑娘素姐已经发出今后要报仇的谶语，表示未来的丈夫将来在她的身边没有好果子吃。素姐的整个下意识都充满着对要做一个贤妻良母的忠告的逆反心理。除了上一世遭受的不公正的罪，作者还将梦境用作心理描写的手段：

> 一家子俱还没睡觉，各自忙乱，只见素姐从睡梦中高声怪叫，吓得薛婆子流水跑进去。他跳起来，只往他娘的怀里钻，只说是："唬杀我了！"怪哭的不止。他娘说："我儿，你是怎么？你是做梦哩，你醒醒儿就好了。"醒了一大会子，才说的出话来。他娘说："我儿，你梦见什么来？唬的我这们着。"素姐说："我梦见一个人，象凶神似的，一只手提着个心，一只手拿着把刀，望着我说：'你明日待往他家去呀，用不着这好心了，还换给你这心去。'把我胸膛割开，换了我的心去了。"薛婆子说："梦凶是吉，好梦。我儿，别害怕！"①

新娘出嫁前夕的性格变化在这儿得到了充分的暗示。这种对下意识效应的诠释形式在中国小说中是全新的，它远远超越了前世因果以及神鬼力量的影响。作者在小说的另一处，同样表明了内心的恐惧以及灵魂深处的变化才是决定性因素的观点："莫说人间没鬼神，鬼神自古人间有。鬼神不在半空中，鬼神只在浑身走。"②

狄希陈也预感到他与素姐的婚姻上头不会有福星高照。结婚那天，各种仪式都过去了，狄希陈还一直留在他娘屋里。他娘叫他去新房同媳妇作伴，儿子却说出了心里的

---

① 《醒世姻缘传》，第二卷，第四十四回，第646页。
② 同上，第一卷，第十一回，第155页。

担忧:"我不知怎么,只见了他,身上渗渗的。"语气中道出有种力量在灵魂深处起作用,这种语气在小说后面一再出现。素姐有一次十分清醒地对自己虐待丈夫的野蛮行为作了如下的评价:

> 素姐说:"我实是不好干。我只见了他,那气不知从那里来,有什么闲心想着这个!""这却连我也自己不省的。其实俺公公、婆婆极不琐碎,且极疼我;就是他也极不敢冲犯着我;饶我这般难为了他,他也绝没有丝毫怨我之意。我也极知道公婆是该孝顺的,丈夫是该爱敬的,但我不知怎样,一见了他,不由自己就像不是我一般,一似他们就合我有世仇一般,恨不得不与他们俱生的虎势。即是刚才人家的媳妇都与婆婆告坐,我那时心里竟不知道是我婆婆。他如今不在跟前,我却明白又悔,再三发狠要改,乃至见了,依旧又还如此。我想起必定前世里与他家有甚冤仇,所以神差鬼使,也由不得我自己。"①

结婚第一天就发生了冲突,随后暴力越来越升级,伴随千奇百怪的花样。一次吃罢夜宴,素姐居然将胭脂涂在他的脸上,还将他头发打上髻子,对他加以羞辱(参看第五十八回);在另一场合,她还把他绳捆索绑(参看第六十回)。薛教授把女儿叫回家,对素姐的表现忍无可忍,对她不加理睬,不认她为女儿。不久,他被素姐的所作所为活活气死。受够了妻子虐待的狄希陈在当地找了一个相好,被素姐发现了这一关系后他便借口游学逃到京城。在夫妻关系上狄希陈并不是个无辜的羔羊,在卑鄙和奸刁方面他俩可称为同恶相济。狄希陈既是造孽者,又是牺牲品。他那传统意义上的男人角色主要是通过在家院外的活动完成的,只是离理想的君子形象还相差甚远。在自己的宅门里他却备受素姐的折磨。素姐不爱丈夫,不敬公婆,而且还不事家务。她竟然出轨离家,外出烧香,引诱她的是两个道婆。这样,小说依然没有脱离道士和尚担恶名的俗套。在我们的故事中是骗子张道婆和她的同伙侯道婆。她俩在明水组织妇女上山进香。

不久,素姐性格上的残缺还酿成自己身体上的残缺。在孤单无助的情况下,她企图借助一只无辜的动物向狄希陈报复,结果反而自己受辱致残。

> 二月十六日是素姐的生日,这伙狐群狗党的老婆都要来与素姐上寿。老侯荐了一棚傀儡偶戏,老张荐了一个弄猢狲的丐者,以为伺候奉客之用。素姐嫌那傀儡

---

① 《醒世姻缘传》,第五十九回,第850页。

与猢狲的衣帽俱不鲜明,俱要与他置办。将狄员外与老狄婆子的衣服尽行拆毁,都与那些木偶做了衣裳;把狄希陈的衣服都裁减小了,都照样与那猢狲做的道袍夹袄;把狄希陈原戴的方巾都改为猢狲的巾帻,对了众人取笑,说是偶人通是狄员外、狄婆子,猢狲通是狄希陈。一连演唱了数日,各与了那戏子丐者几两银钱,将傀儡中留了一个白须老者,一个半白头发的婆婆,当做了狄员外的夫妇,留下了那个活猴,当做狄希陈,俱着他穿了本人的衣帽,镇日数落着击打。那两个偶人虽是面目肌发宛然人形,亏不尽是木头雕的,凭你打骂不能动弹;那个猢狲是个山中的野兽,岂是依你打的?素姐忘记了是猴,只道当真成了自己的老公,朝鞭暮扑,打得个猴精梭天摸地的着急。这猴精日逐将那锁项的铁链磨来磨去,渐次将断。一日又提了狄希陈的名字一边咒骂,一边毒打。那猴精把铁链尽力挣断,一跳跳在素姐肩头,啃鼻子,抠眼睛,把面孔挝得粉碎。幸得旁人再三力救,仅抠瞎了一只眼,咬落了个鼻珠,不致伤命。猴精戴了半段铁锁,一跃上了房,厨房有饭,下来偷饭吃,人来又跳在屋上去了,揭了那房上的瓦片,炤了素姐住房门窗镇日飞击。①

最后,"还寻了那原旧弄猴的花子"赶来帮忙,总算把猴子逮着了。从此素姐往日的模样一点儿不剩,她只有认命,却把狄希陈当猴精,将千恼万恨再一次抛到他身上。她寻了一个过路瞎子,砍了一个桃木人,做成狄希陈的模样,用黄纸朱砂书了符咒,做了个小棺材,将桃人盛在里面,埋在狄希陈的床下。谁知有人从京城回来,告诉她狄希陈精神很好,还游遍城里和京郊的名胜古迹,并且吃得白胖,素姐气得半死。此后素姐也时常出于对丈夫盲目的仇恨做出损害自己的事情来,而她对他的厌恶是无穷无尽的。狄希陈在京期间新纳了一个妾叫做寄姐。只有在寄姐那里素姐才对青出于蓝胜于蓝有了切身体会。一次寄姐揍了素姐后,向她提出上、中、下三种活法:一、老实听话,可和寄姐共同当家,受到尊重;二、不作大业,除了有吃有穿,别的无权插手;三、再要洒泼,就会受到刚才的虐待。素姐痛哭流涕,最后只好接受新的现状,不过只要有机会,她总是要给狄希陈制造麻烦。别人都劝狄希陈休妻,狄希陈优柔寡断,下不了这个决心,最终差一点把自己的命也赔上。任期结束后狄希陈带妻妾先回山东。素姐想搬回武城,而寄姐想去京城。狄希陈一开始又举棋不定。最后决定只在武城上坟祭祖,作短暂停留,然后进京。大家开始以为素姐不肯一同进京,谁知她一心寻机复仇,因此欣然相从。

---

① 《醒世姻缘传》,第七十六回,第1086页及后页。

在通州暂住一段时间后合家进京。① 半途进一寺庙,遇见当上住持的晁梁,晁梁认出希陈的前世是自己同父异母的哥哥。谈话中提到射死仙狐一事,以及这些人物已转世托生,并指出狄希陈目前正处在危难之中。

全家搬进京城。② 一日,狄希陈如厕出来,素姐从墙上取了一张弓,拈了一支箭向他射去。故事一开始仙狐就是被箭射死的,至此,有了一个冤冤相报的结局。狄希陈中箭倒地,素姐以为终于报了仇。她丈夫却被一位赶来的医士救活。素姐害起病来,后又半身不遂。到故事结尾,狄希陈一家迁回武城,靠地租为生。素姐身亡,寄姐扶正后生下一个儿子。

《醒世姻缘传》通过嫉妒这个主题展现了当时社会的种种现象和弊病,特别是下层人民的命运。作者比较细致地描绘了商人、小贩以及手工业者、厨师的生活,跟相同篇幅的其他中国小说一样,展示出一幅五光十色的社会景象。明末时期还出现一部名叫《醋葫芦》的小说,共二十回,比《醒世姻缘传》短得多,题材也窄得多,仅仅局限于叙述母老虎和惧内"英雄"之间的关系,向读者表现"嫉妒"这一题材。③ 这部作品的作者用了好几个笔名:"西子湖伏雌教主"是全书作者的笔名。序由"笔耕山房醉西湖心月主人"所作。序后有对小说人名来由的解释,解释者署名为"且笑广主人"。上述第二个笔名"笔耕山房醉西湖心月主人"同时是二十回小说《宜春香质》和《弁而钗》的作者。加上《醋葫芦》,这三部小说都是以中上层以及富商阶层的爱情和夫妻性关系的矛盾为主题。而那位不知究竟是谁的伏雌教主看来是一位见多识广、博览群书的文人,他对城市生活的方方面面也很熟悉。

小说以嫉妒为主题,描述了杭州城内一位没有子嗣的惧内丈夫成珪和他的妻子都氏的故事。都氏疑神疑鬼,嫉妒成性,千方百计阻止丈夫为传宗接代另娶二奶。为此她变成一个名副其实的泼妇。全书的主旨从小说题目中便可知一斑,书名有"醋"字,而"吃醋"这个至今很常用的词就是"嫉妒"的意思。

小说一开始,作者就对惧内现象提出反思,指出即使许多德高望重、勇敢无畏的男子汉一见老婆也会甘拜下风。作者认为那是因为娶下一房妻妾,便有了一个"缄束"——"干事时他却还在底下,除了这事,他便要爬到丈夫头上屙屎",把丈夫变作一个小丑。

故事发生在宋代杭州。家境并不富裕的年轻人成珪娶了颇有财势的丝绸商都直的女儿都氏。年轻的都氏从来娇生惯养,有点看不上出身贫寒的丈夫。不用说,这个家从

---

① 原著中无合家进京一说。——译者注
② 有误,一家子实际还在通州。——译者注
③ 此处根据《醋葫芦》,天津,百花文艺出版社 1992 年版。

一开始就是她说了算。成珪早早地白了头,只要听到他妻子的名字便会吓出一身汗来。都氏担心丈夫会有外遇,因此成珪每次外出时都要点上一支线香,线香燃尽前务必返回。都氏十分霸道,一旦丈夫违反严格的时间限定,她就会把胆小如鼠的丈夫揍得身上青一块紫一块。为此,作者猜测都氏的前世大概是成珪的老娘,因成珪前世不孝而今来惩罚他。与《醒世姻缘传》一样,这部小说同样提出了因果报应问题。

时间一年年地流逝。邻居周智已有三个孩子,而成家夫妇虽已成婚四十年,却依旧膝下无子,都氏一点也不着急,而成珪却时刻放心不下。

成珪和妻子都氏还是没有孩子,此事总会引出嫉妒的话题。一天成珪拜访他的朋友周智。在花园散步时,风吹落树叶,使他不禁感叹自己的命运不济。他哭着向朋友一吐衷肠。周智清楚问题就出在都氏的嫉妒心上。他告诉成珪有一种办法可以疗妒。他提到生活在东海的名叫鸰䴊的鸟,吃了这种鸟肉,可以疗妒。从前梁武王因皇后犯妒,曾叫渔民搜捕过这种鸟。后来皇后吃过数餐之后,妒性果然减去了一大半。

成珪信心大增,回家后与妻子重修旧好,脑子里却日夜想着那个鸟肉方子,一心想治好妻子的妒病。一日在铺子里,捕鸟能手张小猫引起他的注意,他便向小猫打听百鸟的情况。张小猫口诵《禽赋》一首,将百鸟的各种性格一一道来,同时也确认了鸰䴊的神奇功能。成珪便极感兴趣打听哪儿可以弄到这种鸟。张小猫说这不是件难事,没过多久便把这种鸟送来了。成珪吩咐仆人成茂的妻子加以烹煮,然后亲手递给妻子,对她说你平日吃得太节约,我都看不下去了。都氏对丈夫的体贴和关心十分惊讶,便把鸟肉吃了下去。成珪说你若中意,我明天再去买。谁知老天不帮忙,都氏偏偏那天晚上受了风寒,腹痛不止。她便以为是吃了什么鸟的肉的缘故,而且马上想起了下毒。她认定丈夫要暗算自己,竟抓起匆匆赶来的丈夫的胳膊,狠命地咬上一口。

医生来到病床边,指出吃鸰䴊肉完全不碍事,但他却无意泄露了这原本是为了疗妒。都氏对丈夫这一行为怒不可遏,她告诉丈夫从现在起真的要做妒妇了。她命令他跪下,宣布她将想出一个白天监督他品行的办法。

第二天她找了一个专刻印章的先生到家,要他刻一个不带文字的花草鱼虫类的印章。章刻好后,都氏把丈夫叫到跟前,和盘托出她的一番心思。

都氏左手捏匣印色,右手提个印儿道:"我也不打你,我也不骂你,只从今日为始,每日起床,请你令尊出来,头上给一颗印,到晚要原封缴还。日间任你各处闲走,只要印儿无损。如有些儿擦落,以史胥洗补重大文书论,杖一百,律徒三年;全失者,以铺兵失去紧急公文,及旗牌官失去所赉虎符论,随所失之轻重治罪,轻则边远充军,重则辕门枭示;若曾于所在地方有司,呈明致失之由,罪亦减等。若不遵明旨,擅自私刻者,以假刻符玺论,罪诛不赦!"成珪道:"院君出得题目,便是难做,倘裤裆里擦去些,难道也打一百?"都氏道:"这也凭你遮护,亏那考武生封臂的,怎么过了日子?"成珪不敢回对,只得把那尘柄少少取出。都氏道:"怕什么羞哩!"把只嫩松的手儿,竟向裤里和根拽将出来。成珪又笑又怕,不觉老骚性发,那话儿已自勃然大举。都氏也不管三七二十一,竟向龟头上打下一颗印子。成珪惟恐擦坏,只得另寻个绢帕儿包裹上截,方敢行动。①

都氏对自己的监控办法十分得意,于是对丈夫的行动空间放宽了不少。可是到晚上她惊奇地发现那个印章却小掉了一半。她没有想到勃起的阳物会缩小,用竹片打了丈夫一顿。

因为自己还是没有孩子,都氏便思量为丈夫讨个妾,但她坚持要由她来挑选。周智和成珪为他们设下的计谋成功喝酒庆贺。

都氏托专做媒人的王婆觅妾。寻了几门人家,都被都氏回绝,王婆识破机关,知道都氏不想找一个竞争对手。于是她竭力向都氏推荐一位小姐,不过看在她父母的面子份上财礼要高一些。这位小姐的年龄已经不小,患有一些"不阴不阳"的毛病。都氏表现出很大的兴趣,得知这位小姐三十岁了,是熊阴阳的女儿。她心里明白这位年轻的小姐是什么样的情况,便叫她去说合。不久,两家便达成一致意见。熊家父母虽也疑惑成珪娶了他们这样的女儿究竟管什么用,但想到终于可以把女儿嫁出去了,而且还能到手二百两银子,心里很高兴。他们对都氏"正要这一等货"的解释十分满意。

家人成茂、成华将财礼送到熊家。熊家夫妇看到人称"雌太监"的女儿能嫁一个如此风光的男人,极为欣喜。为女儿置办嫁妆时,开始不想买许多东西,熊妈妈却提出找一个丫鬟做陪嫁。新娘娶进成家,都氏却对那个名叫翠苔的十五岁的陪嫁丫鬟耿耿于怀。

迎娶熊小姐,成珪大喜过望,他巴不得婚礼早点结束。在参加婚礼的亲朋近邻的哄笑声中,成珪把新娘带进新房。他倒了一杯茶递给熊小姐,茶还没有喝完,便动手替新娘宽衣解带。男人的这一作为让熊小姐百思不得其解。照理讲即便遇上熊小姐这样老处女也应该能成其好事,而令成珪惊讶的是他竟无缝可插。他用唾液抹了一下龟头,着力一拄,却在新娘下身来回打滑,差一点错进了后宰门。成珪又攻击了一通,还是不成

---

① 《醋葫芦》,第四回,第44页及后页。

功,却泄了精。当晚他歇了一会儿再次尝试,依然不成功。接连遭挫后,他仔细观察新娘,发现人家塞给他的是一个阴部发育不全的"石女"。接着,作者从夫妇性生活的角度道出石女问题的背景:

> 看官,你道那实女儿不阴不阳,是何缘故?却原来是先天所中的病根。旧说行经后,一日受胎为男,二日为女,至七日,各以双单分男女。又以夫妇之精血盈虚卜所中。倘其交媾之时遇着天清月朗,时日吉利,父母精血和平,水火相济,那十月满足之后,生下男女,自然目秀眉清,聪明标致,痘毒不侵,诸病不染。倘交媾时犯了朔望月日,或不忌月蚀日蚀,或风雨晦暝之时,年灾月煞之夕,恣意取乐,妄行不避,那时受的娠孕,生下之时,或者缺唇,或者少指,甚至驼肩跛足,眼盲耳聋,非止一件。及其既犯天地内恶之辰,又遇着男女精虚血冷之候,那子宫里本当生个男儿,却如铸造铜人的一般,铜汁少了些。若又遇那一处隔塞,便铸造不就,做了件废物,却像孩子生将下来没了前面那条家伙,时俗便把做女儿相待,无以命名,便强名说是个实女儿。①

成珪大清早起身,知道自己受骗,哭不得笑不得。他猜到是妻子都氏在背后插了手,却把怒气全洒在王婆身上,思量过几天告她给她一通毛板尝。但转念想到这种官司很难打赢,只好忍气吞声,自认倒霉。

第二天成珪打肿脸充胖子,装出新婚之夜过得很幸福的样子,还吹嘘自己人老性不老。熊二娘子在新家倒挺习惯,再说她还有翠苔丫鬟在身边伺候呢。都氏为此却十分不快,因为翠苔年轻貌美,她老是不放心。而成珪对这个丫鬟真的越来越上心了。自从与熊氏做爱失败,他一个人深居简出,既不亲近都氏,也不亲近熊氏。因为身上有都氏那个可恶的印章,他也不可能外出找女人。此后,成珪要那个既不能尽妻子义务自己又看不顺眼的熊二娘子削发为尼。熊氏听从了他的意愿,进了石佛庵,取了法名为"空趣",整日供佛念经。一天夜里她梦见一个野僧闯进她的房间,欲与她行不轨之事。人们得知她不是个寻常人,空趣而后瞑目而逝。她死后没有立即去天堂,而以波斯达那尊者的面目来到冥府,向冥府的判官打听成珪有无子嗣,得到的回答是成氏注定无嗣。于是空趣又去幽冥教主地藏王菩萨处关说,意欲撤销上述决定。地藏王果然成功地说服了转轮王,改变了成氏的命运。

---

① 《醋葫芦》,第六回,第72页及后页。

都氏被不争气的侄子活活气死,来到十八层地狱的最地底层阿鼻地狱。应妙应[①]的请求地藏王到如来处为都氏求情。如来为解救都氏和世上所有的妒妇制定了《妙法怕婆真经》,将嫉妒的报应一清二楚地收录其内。惧内源于男人的肉欲。寻花问柳,纵欲无度的人迟早会怕老婆。因为性事总是伴随着巨大的诱惑,所以只有逐步地斩断欲念才能有效地防止夫妻纷争。真经中说:一个普通男人与女人同床睡觉,只有不同被,才不会去碰女人;悟性高一层的男人则几乎会把自己的肉身忘掉;而在大彻大悟之人的心目中似乎根本就没有女人存在。真经要讲的核心是:如果男人不想受制于女人,唯一的途径就是尽可能不要把女人放在心上。

都氏回阳前,阎王叫人把她的脊梁上的那条妒筋抽走。后来有人问到她,她果然不再有任何妒意了。

家人把她放进棺材,已经办了四十九天的丧事,如今见她又重新活了过来,大吃一惊。大家惊喜地发现她脱胎换骨的变化。现在可以考虑让翠苔以及已经长大的小儿子搬进成家居住了。都氏含泪迎接翠苔母子,情愿把正妻的位子让给翠苔。

成珪一家从此福星高照。儿子梦熊年仅七岁便满腹文章,开口成句。他后来中了二甲进士,却决心削发为僧。原来他是熊二娘空趣转世,决心摆平嫉妒,打破家家户户的醋罐醋瓶。

---

[①] 应为空趣。——译者注

## 八 完美的爱情:才子佳人小说

才子佳人小说和上一节介绍的作品之间有极大的差异。在上一节小说中,丈夫们一个个畏畏缩缩,提心吊胆,总是在老婆的淫威下受气。而这一节讲的则是年轻的才子和他们追求的俏丽佳人之间建立起的和美的关系。在上一节,世间是昏暗的,充斥着猜疑、嫉妒和暴力;而到了这儿便大放光明,充满和谐。情感和思念进入到一个新的氛围,在这个氛围内有情人往往历尽纠葛终成眷属。此类小说的篇幅通常为十二回到十四回,早期代表作成书于17世纪中期。此时清朝刚建立不久,统治者正努力稳定帝国的局势。才子佳人小说公式化的故事倒是比较符合他们的意愿。在此类小说中既见不到上个世纪社会迅速衰败的景象,也听不到对阴险狡诈的高官、太监及其荒淫腐败的谴责。小说里出现了一批年轻有为之士,他们投身科举并成功地走上仕途,最终心满意足地把名门闺秀娶回家。男女主人公通常都不满二十岁,一个个美貌优雅,品德高尚,谨守规矩,深谙儒家礼仪。① 这些少男少女都爱才如命,最喜欢做的事莫过于命题比诗,思量着当场一展才华。有些才子不仅满腹经纶,而且武力高强,而那些千金小姐则除了善于吟诗作词外,还工于心计,锲而不舍,努力挫败种种阴谋诡计以赢得胜利。这些才子佳人小说里的主人公无疑是作为品德高尚、积极上进的楷模推荐给读者做榜样的,小说作者想必也注意到了不少读者是女性这一特点。清朝初期,文人们在一段时期内的思想倾向还表现为对婚姻生活的批评和嘲讽,到了写才子佳人小说时,作者则唱起了田园牧歌,想重新找回诸如道德、名誉、忠诚、贞操和修养等古老的传统理想。道德败坏和肉体纵欲的故事题材已成明日黄花。以主人公名字为题的小说《玉娇梨》的作者天花藏主人既是撰书人,又是出版商和评论家,他至少在 15 部才子佳人作品中留下了自己的笔墨。作为作者,他在《玉娇梨》的序言中用雄辩的词句揭露了前朝色情小说的毒害,他谴责此类小说把浪漫的爱情仅仅表现为低俗的肉欲享受。这位

---

① 按照传统的儒家观念,人应该做到如下几点:忠、孝、仁、义、礼、智、信。参看芮沃寿(Arthur F. Wright):《价值,角色和人格》("Values, Roles and Personalities"),载:芮沃寿/杜希德(Denis Twitchett)(主编):《儒家人格》(Confucian Personalities),加州,斯坦福大学出版社(Stanford UP)1962 年版,第 8 页。

大家列举了数百年以来众所周知的痴情男女后写道：

　　……方足脍炙闺帏,夸扬婚好；使谈者舌涎,闻者梦喜。何哉？盖郎挟异才,女矜殊色。甚至郎兼女色,女擅郎才。故其姤遇作合,为人欣美,始成佳话耳。……小说家艳风流之名……得罪名教,即秽言浪籍,令儒雅风流几于扫地,殊可恨也。每欲痛发其义,维挽淫风其道末由。①

　　与上一节介绍的描写中国悍妇和惧内丈夫的作品一样，才子佳人小说也能从中国古代文学以及史书中借鉴到一系列典型形象，这些人物在天花藏主人所作的那篇序言中也一一提到过。此类故事典型可上溯到《史记》中记载的历史人物宫廷诗人司马相如（前179—前117）和他的妻子卓文君的风流韵事，或是唐代元稹（779—831）的小说《莺莺传》和白行简（约于776年生）的小说《李娃传》。后来王实甫把莺莺的题材改编为元剧《西厢记》，同时又出现小说《娇红传》；至明末，汤显祖又写下了此类题材杰出的代表剧作《牡丹亭》。② 上面粗略提到的人物典型足以证明对爱情的描写可以探寻到众多的来源，不仅包括史书，而且还包括剧本和短篇小说。上述作品同才子佳人小说相比，虽然基本题材相近，都是描写爱情，但还是有差异。如司马相如结婚时已不年轻，他娶的卓文君也不是妙龄少女，而是一个寡妇。但他对她倾心爱慕，一片真情。他俩过着简朴的生活，直到他在汉武帝（前140—前87）金銮殿上一鸣惊人，得到应有的荣华富贵为止。李娃是一个妓女，与才子佳人小说中的贵族千金不同，没有任何社会地位。她出于同情帮助因为她而堕落的郑生上进，直至他应举及第。她在一侧相夫，最终共享殊荣，还受到册封。在《娇红记》中没有大团圆的结局，有情人王娇和她的表兄申纯因家庭的原因被禁止结婚，于是他俩共同殉情，死后变成一对永不分离的鸳鸯。虽然这些先期小说中的故事和主人公的性格特点与后期的爱情小说并不相同，但是在先期小说中已经包含一系列被后人采用的因素，诸如对爱情的忠贞不渝，男主角走上仕途以及对阴谋诡计进行英勇抗击等，一再被才子佳人小说的作者拿来当素材。

　　才子佳人小说总是描写完美的爱情。与此相应的是"缘"和"天意"。"缘"和"天意"能使有情人成功地经受种种加在他们头上的考验而终成眷属。先前的小说有写报复的

---

① 《玉娇梨》序，根据的版本：上海古籍出版社1994年版，合刻天花藏才子书序，第1页及后页。
② 关于其他一些对才子佳人小说的产生有影响的文学作品，可参看海诗纳（Richard C. Hessney）:《美丽、才智和勇敢——17世纪的中国才子佳人小说》(*Beautiful, Talented, and Brave: Seventeenth-Century Chinese Scholar-Beauty Romances*)，哥伦比亚大学哲学博士论文1979年，第89—115页。

(前面介绍的《醒世姻缘传》的故事为我们提供了一个鲜明生动的例子),也有写赎罪的,在天国某地犯下的什么罪孽通过投世下凡予以补偿(如小说《九云记》的故事),①这些题材的思路比较容易把握;而"缘"这个东西飘忽不定,犹如看不见的命运之线,凑巧把男女主人公牵到了一起。往往多亏了这个"缘",再加上一些先兆和卜算,小说中错综复杂的故事情节才得以滤清,矛盾也获得解决。天花藏主人在为小说《画图缘》作序时道出了作者们是如何自觉运用这一写作技巧的:

> 缘者,天漠然而付,人漠然而受者也。虽若无因,而忽生枝生叶,生花生果,凑合成树。又若一丝一缕,有因而不乱者,此其所以为奇,所以为妙,不得不谓之缘,而归之天也。……由此观之,则缘非无因,特因之来去甚微。且人之耳目不细,心思不精,不察其来之为来,去之为去,故茫然受领,而谓之无耳。惟有而若无,所以天颠倒之以为奇,仙指示之以为妙,而人疑疑惑惑、惊惊喜喜于奇妙中,而不知奇妙之所在。但睹美影而生欢,聆恶声而思惧,稍缠绵则相思,略参差则惊怪,究不知缘之作合有如斯。惟不知缘之作合,而缘之作合所以为缘也。②

我们看到,在"缘"这一概念中包含着一种积极的基本力量,它与建立在过错原则上的报复迥然不同。直到今天大家还经常使用"缘分"这个词,以表示人们走到一起是命定、是天意。

才子佳人小说深受民众的喜爱。两百年间,这一多产题材为读者留下了近50部作品。因其内容简单明了又不伤风化,绝大部分作品通过当局的严格审查保存了下来。但奇怪的是我们通常只知道小说作者的笔名。即使对上面提到的那位最具独特风格的才子佳人小说作者和出版者天花藏主人,我们也只知道他大概居住在中国的南方城市无锡,寿命很长,从明末一直活到康熙中期(大概从 1650 到 1750 年)。③这类小说情节简单,给作者带来文坛声誉的希望很小,而小说的作者通常都是文人学

---

① 这部小说的故事拼凑而成,有一些情节明显借用了《三国演义》和《西游记》等中国文学作品,其"才子佳人"的主题只是模式化的。性真和尚因在天庭动了凡心,与八仙娥调笑,违犯了仙家清规后被罚,转世投胎到凡间,名为杨少游,与八位女子恋爱。杨少游圆满完成交付给他的任务,被皇帝封为魏王,妻荣妾贵。此后性真醒来,之前发生的一切皆为南柯一梦。这部小说是中国早期小说中借鉴外国原著进行创作的为数不多的一个例子。原著书名为《九云梦》,出自朝鲜作家金万重(Kim Manjung,1637—1692)之手,共十六回。后来有位姓名不详的中国作者于 1818—1820 年间改写了这部作品,增添了某些中国文学的题材元素,扩充成三十五回。此处依据的版本:江苏古籍出版社 1994 年版。
② 《画图缘·序》,春风文艺出版社 1985 年版,第 1 页及后页。
③ 参看海诗纳的说明:《美丽、才智和勇敢》,第 17 页,此外参看苏兴:《天花藏主人及其才子佳人小说》,载:《才子佳人小说述林》,春风文艺出版社 1985 年版,第 9—26 页。

士,既好面子又怕出乖露丑,这恐怕就是他们不愿具实名的原因吧。与才子佳人小说同时代的《红楼梦》作者曾对此类小说的文学价值提出质疑。撇开《红楼梦》突出的文学性不谈,我们似乎可以说如果没有情节简单的先期爱情小说就不可能产生红楼梦。而恰恰在《红楼梦》一开头的神话故事里,作者曹雪芹却借石头之口向读者讲了下面一段话:

> 至若佳人才子等书,则又千部共出一套,且其中终不能不涉于淫滥,以致满纸潘安、子建、西子、文君,不过作者要写出自己的那两首情诗艳赋来,故假拟出男女二人名姓,又必旁出一小人其间拨乱,亦如剧中之小丑然。且鬟婢开口即者也之乎,非文即理。故逐一看去,悉皆自相矛盾,大不近情理之话。①

曹雪芹没有举出什么具体的例子,我们因而也无从知道他读过的是哪些才子佳人作品。他那总体性的批评首先指向写作手法方面的缺陷。对这一问题,他另外还作过更为详尽的阐述,由此他对才子佳人小说作者的崇高目标提出了质疑,并让我们从另一个角度去看上面提到的天花藏主人的意向。

尽管曹雪芹的批评有很大的杀伤力,但才子佳人小说对他这部《红楼梦》的重大影响却不容否定。这种影响哪怕只体现在他从中汲取了诸如人情世态之类的基本元素,塑造出主人公贾宝玉及其周围的一群年轻的姑娘,从而完成了一部优秀的曹氏才子佳人的丰碑巨著。才子佳人小说发展到了曹雪芹生活的年代,似乎可以说正处于其鼎盛时期。但与这一类相对比较单调的代表作品相比,《红楼梦》的内容无疑丰富得多,细腻得多,心理描写也自然深刻得多。曹雪芹的这种保留意见只是反映了出身上层欣赏水平高雅的文人学士对世俗爱情小说的态度。然而这一态度丝毫不影响这类小说持续经久的流行。事实上直到1911年中华民国建立以后的20年中,风行一时的被贬称为"鸳鸯蝴蝶派"小说的作者们依然继承了才子佳人小说的衣钵,并且同样不得不忍受知名文人和文艺批评家的严厉批评。② 总体看来,言情小说虽然随时会遇到种种责难,但从早期代表作品《玉娇梨》、《平山冷燕》问世以来,在中国小说的发展史中起着相当重要的作用。由于这类小说结构完整,故事脉络清晰,有别于那类篇幅虽长却往往只是穿插几个

---

① 曹雪芹/高鹗:《红楼梦》,人民文学出版社 1985 年版,第一卷,第一回,第 5 页。
② 参看小林克(E. Perry Link, Jr.):《鸳鸯蝴蝶派——20 世纪初期的中国城市通俗小说》(Mandarin Ducks and Butterflies. Popular Fiction in Early Twentieth-Century Chinese Cities),伯克利,加州大学出版社(University of California Press) 1981 年版。

情节的作品,至少在很大程度上符合西方国家通行的小说概念。小说常见的格式即男女主角从邂逅、离别、经历磨难到团圆,基本上与西方喜剧的布局不谋而合。①

因此才子佳人小说在国外比中国国内有时候更受欢迎。中国近邻日本有一位名叫泷泽马琴(Takizawa Bakin)(1767—1848)的作家,他深受《好逑传》的影响,创作了他那部未完稿的作品《义男侠女传奇》(Kaikan kyôki kyôkakuden)。才子佳人小说同样受到自17世纪以来造访中国的西方文人游客的关注。还是那部《好逑传》,作为第一部被完整译成欧洲语言的中国小说在西方问世:英国商人威尔金森(James Wilkinson,卒于1736年)译出初稿,该小说于1761年由托马斯·泼西教士(Thomas Percy,1729—1811)以 *Hao Kiou Choam or the Pleasing History*(好逑传)为名出版,在此基础上1766年法译本、德译本和荷兰语译本相继问世。数十年后至1829年,戴维斯(John Francis Davis)重译了这部作品,冠名为 *The Fortunate Union*(好逑传)。与此同时,法国的汉译者对另一部才子佳人名作《玉娇梨》产生了兴趣,于是便有了1826年版的由雷慕沙(Jean Pierre Abel-Rémusat,1788—1832)所译的 *Iu-kiao-li*, *ou les deux cousines*(玉娇梨)以及1842年版的由儒莲(Stanislas Julien,1797—1873)所译的 *Les deux Cousines*(玉娇梨)问世。儒莲在1826年就出了《平山冷燕》的法译本,冠名为 *Ping-chan-ling-yen*, *Les deux jeunes filles lettrees*(平山冷燕)。歌德(Goethe)1826年和1827年间读了《好逑传》和《玉娇梨》的德译本后,曾对爱克曼(Eckermann)谈过自己的感想,这些见解反映出当时的欧洲读者是如何满怀兴趣接受这些译作的。歌德表示中国人所感所思所为与欧洲人毫无二致,并认定他读过的这两部才子佳人小说与他自己的小说《赫尔曼和多罗特娅》(*Hermann und Dorothea*)以及里查森(Richardson)的作品颇有异曲同工之妙。②

以上是引言,我们现在来分析几部作品。《玉娇梨》也许可以称为最早的才子佳人

---

① 参看海诗纳:《美貌和才华之上——小说〈好逑传〉》中的道德规范和自律的骑士风度》("Beyond Beauty and Talent: The Moral and Chivalric Self in The Fortunate Union"),载:何谷理和海诗纳:《中国文学中的自我形象表现》(*Expressions of Self in Chinese Literature*),纽约,哥伦比亚大学出版社(Columbia UP)1985年版,第222页。

② 参看海诗纳的译文:《美丽、才智和勇敢》,第326—345页。关于上述三部小说翻译成欧洲语言的概览性介绍可参看布鲁斯(Crawford William Bruce):《园墙之上——三部才子佳人小说的批判研究》(*Beyond the Garden Wall: A Critical Study of Three*)Tsai-Tzu Chia-Jen《Novels》,印第安纳大学哲学博士论文1972年,附录第192页及后页。与艾克曼的谈话是指歌德1827年1月31日的一次谈话,载于《好逑传》德译本附录(吉本霍尔出版社[Kiepenheuer]1981年版,第323页)。也可参看德博(Günther Debon):《歌德讲解一部中国小说》("Goethe erklärt einen chinesischen Roman"),载德博:《歌德与海德堡的邂逅——23幅草图和袖珍图》(*Goethes Begegnungen mit Heidelberg. 23 Studien und Miniaturen*),海德堡,古德亚恩出版社(Guderjahn)1992年版,第181—191页。

小说了。① 该书共二十回,多半创作于清初顺治年间(1644—1661),但也可能更早些。序作者天花藏主人只说自己是出版者,他也可能就是真正的作者。

故事发生在明朝中期,英宗 1463 年即位后,宦官王振在宫中专权。太常正卿白玄是个正直的儒家君子,因不满王振弄权,挂冠而归,回到故乡金陵即今日南京。白太常因无子嗣,老是悲叹自己没有福分。直到年过四十良久,他夫人方生得一个女儿。临生此日,白公梦一神人赐他赤色美玉一块,因此为女儿取名红玉。托生玉石后来被曹雪芹神奇地与补天创世联系到了一起,《红楼梦》中贾宝玉嘴含一块这样的宝石初见人世时,这一主题又重新被捡起。

时光荏苒,直到王政遭斩后白玄才官复原职。回京后他开始为女儿择婿。年轻的红玉已满 16 岁,知书能文。父亲与好友翰林吴珪、御史苏渊以及御史杨延诏一起做诗时,她第一次表现出卓越的诗才。父亲因朝中无人肯去迎请 1449 年至 1450 年被劫持到蒙古的英宗感到失望而喝醉了酒。② 红玉小姐在极短的时间内信笔一挥替父亲完成了诗作,得到众口一致的称赞。杨御史十分赏识红玉的才学,意欲将其配给自己的儿子杨芳作妻子。虽然叫来的一位相士声称这将会是一段玉堂金马的好姻缘,但是白玄考察了杨芳的文才,觉得他在这方面远逊于红玉,因此拒绝了这门亲事。杨御史蓄意报复,便把北上迎请英宗回京的危险使命交付给白玄,心想乘白玄外出之机对其女儿红玉下手。白玄与红玉以及吴珪离别的场面是才子佳人小说作者刻画作品人物感情世界的突出一例,同时又凸现此类作品一再提及的道德价值。下面的一幕惊心感人,它在寻常离别的题材中又注入了恪守职责的儒家理想。

  白公吃了数杯,不觉长叹一声,说道:"我想,从来君子多受小人之累。小弟今日与吾兄、小女犹然对饮,明日就是匹马胡沙,不知生死何地。仔细思之,总是小人作祟耳。"吴翰林道:"小人虽能播弄君子,而天道从来只福善人。吾兄此一行,风霜劳苦,固所不免,然臣子的功名节义,当由此一显,未必非盘根错节之见利器也。"白公道:"仁兄之言,自是吾志。但恨衰迈之年,子嗣全无,止一弱女,又要飘流。今日

---

① 此处依据的《玉娇梨》版本自《明清艳情小说大观》,殷国光等编,华夏出版社 1993 年版,第二卷,第 126—271 页。这部小说除了上述法译本之外,还有多种德译本,只是不在笔者手边:《玉娇梨——一部中国家庭小说》(*Ju-Kiao-Li. Ein chinesischer Familienroman*),乌特克-比勒(Emma Wuttke-Biller)译,莱比锡,勒克拉姆出版社(Reclam jun.)1922 年版;《玉娇梨——红玉繁花梦》(*Yü Chiao Li. Rotjade und Blütentraum*),罗道舍尔(Anna von Rottauscher)译,维也纳,弗里克出版社(Frick)1941 年版;《三套车或玉娇梨》(*Das Dreigespann oder Yu-liao-li*),舒伯特(Mario Schubert)译,伯尔尼,舍尔茨出版社(Scherz)1949 年版。

② 与原文有出入。——译者注

虽有吾兄可托,而玉镜未归,当此之际,未免儿女情长,英雄气短矣。"小姐坐在旁边,泪眼不干,听了父亲之言,更觉伤情,说道:"爹爹也只是为着孩儿,惹下此祸,今到此际,犹系念孩儿,搅乱心曲,是孩儿之罪上通于天矣。恨不得一死,以释爹爹内顾之忧。但恐孩儿一死,爹爹愈加伤心,又恐有日归来,无人侍奉,益动暮年之感,叫孩儿千思万想,寸心如裂。孩儿既蒙嫡亲舅舅收管,就如母亲在的一般,料然安妥。只望爹爹努力前途,尽心王事,早早还乡,万勿以孩儿为念。况孩儿年纪尚小,婚姻未到愆期,何须着急。爹爹若只管痛念孩儿,叫孩儿置身何地?"

白公一边说话,一边吃酒,此时已是半酣,心虽激烈,然见小姐说到伤心,也不觉掉下几滴泪来,说道:"汉朝苏武出使匈奴,拘留一十九年,鬓发尽白,方得归来;宋朝富弼与契丹讲和,往返数四,得了家书不拆开,恐乱人意。这都是前贤所为。你为父的虽不才,也读了一生古人书,做了半世朝廷官,今日奉命前往,岂尽不如前贤,而作此儿女态乎?只是你爹爹这番出山,原为择婿而来,不料佳婿未逢,而先落奸人之局。况你自十一岁上母亲亡后,那一时一刻不在我膝下?今日忽然弃汝远行,心虽铁石,宁不悲乎。虽然如此,也只好此时此际。到明日出门之后,致身朝廷,自然将此等念头放下了。"吴翰林道:"父女远别,自难为情,然事已至此,莫可奈何。况吾兄素负丈夫之骨,甥女是识字闺英,若作楚囚之态,闻知杨贼,未免取笑。姊丈既以甥女见托,甥女即吾女也,定当择一佳婿报命。"

白公闻言,连忙拭泪,改容说道:"吾兄之言,开我茅塞。若肯为小女择一佳婿,则小弟虽死异域亦含笑矣。"①

白玄临行前将女儿托付给吴翰林。忠实的吴珪不久便看穿了杨御史图谋对红玉下手的诡计,他一面将红玉改名无娇认作二女儿,一面告假离京回老家金陵,以躲避老奸贼。一天吴珪在一座寺庙的粉墙上见到了年轻的苏友白的题诗,大加赞赏,当即产生了让他当红玉的乘龙佳婿的念头,于是就请人作伐为媒。苏友白自然十分好奇,便设法去偷觑小姐一面,只不过他见到的不是红玉,而是吴家姿色平平的大小姐无艳,好事由此受阻。苏友白情兴索然,他谢绝了这门亲事,一心离开金陵要去寻觅一位真正的绝色佳人。吴珪派刘玉成来问他不允婚事的理由,苏友白便对刘玉成说出了自己对终身大事的见解,这也是所有才子佳人小说主张的婚姻理想。

---

① 《玉娇梨》,第三回,第149页及后页。

苏友白道:"婚姻为人生第一件大事,若才貌不相配,便是终身一累,岂可轻意许人?"……"兄不要把富贵看得重,佳人转看轻了。古今凡博金紫者,无不是富贵,而绝色佳人能有几个?有才无色,算不得佳人;有色无才,算不得佳人;即有才有色,而与我苏友白无一段脉脉相关之情,亦算不得我苏友白的佳人。"刘玉成大笑道:"兄痴了,若要这等佳人,只好娼妓人家去寻。"苏友白道:"相如与文君,始于琴心相挑,终以白头吟相守,遂成千古佳话,岂尽是娼妓人家!"刘玉成道:"兄不要谈那千古的虚美,却误了眼前的实事。"苏友白道:"兄只管放心,小弟有誓在先,若不遇绝色佳人,情愿终身不娶。"①

刘玉成无法说服苏友白。一件本来非常简单的事,一下子变得十分复杂起来。为故事情节制造出一连串的悬念,这正是才子佳人小说作者偏爱的写作手法:恋人之间起初出现的一段误会迫使他们设法去解开命运的死结,以达到大团圆的结局。小说《玉娇梨》写到苏友白此后在旅途中邂逅张轨如,在张家读到白红玉作的一首诗,对这位女才子顿生爱意。张轨如很清楚论诗才自己不及苏友白,于是他把苏友白作的诗说成是自己的,骗到了不辱使命成功而归的白太常的赏识。白太常将这位姓张的年轻人聘为家庭教师,自以为找到了一位合适的准女婿。苏友白在侍儿嫣素的帮助下拆穿了这一骗局。但由于自己曾经拒绝过吴珪的提亲,他不得不赴京先向吴翰林作一番解释以澄清误会。途经山东,他结识了红玉美丽的表妹卢梦梨,卢梦梨表示支持他的这段婚事,暗中却对这位年轻的才子也脉脉含情。对此苏友白却毫不知情,因为卢梦梨乔装打扮,以一青年男子的面目出现,并将自己的情感假托给一位子无虚有的"舍妹"。同上述白玄离家的场面相似,小说在这儿着力描写了苏、卢两人的依依别情,十分感人,这在其他的才子佳人小说中是很难见到的。此外,作者还着重表现当时流行于民间的一种婚姻观念:一个才貌双全的姑娘宁可嫁给德学兼备的男子为妾,也要比做一个配不上自己的男人的正房强。苏友白在与这位不期而遇的朋友的谈话中,坦率道出了自己内心深处的渴望。

卢梦梨道:"仁兄青年高才,美如冠玉,自多掷果之人,必有东床之选,何尚求凤未遂,而只身四海也?"苏友白道:"不瞒卢兄说,小弟若肯苟图富贵,则室中有妇久矣。只是小弟从来有一痴想:人生五伦,小弟不幸父母双亡,又鲜兄弟,君臣朋友间

---

① 《玉娇梨》,第五回,第161页及后页。

遇合尚不可知,若是夫妻之间不得一有才有德的绝色佳人终身相对,则虽玉堂金马,终不快心。诚飘零一身,今犹如故。"卢梦梨道:"苏兄深情,足令天下有才女子皆为感泣。"因叹一口气道:"苏兄择妇之难如此。不知绝色佳人,或制于父母,或误于媒妁,不能一当风流才婿而饮恨深闺者不少。故文君既见相如,不辞越礼,良有以也。"苏友白道:"礼制其常耳,岂为真正才子佳人而设?"①

卢梦梨还劝苏友白抵京赶考,求得功名后与太常女儿联姻的条件就会好得多。苏友白不负所望,殿试中二甲第一,选作杭州府推官。可是他的顶头上司不是别人,恰恰是杨御史。杨御史一心想招这位青年甲科为东床快婿。遭拒后,杨御史勃然大怒,向苏友白造谣说②他的意中人红玉已亡。经过又一番是非曲折,苏友白终于来到太常侍郎白玄家,他不仅娶到了红玉,而且也娶到了为避祸而逃到舅父家的卢梦梨。

篇幅也是二十回的《平山冷燕》写作时间比《玉娇梨》稍晚些,天花藏主人在序言中标明为1658年。③ 至于谁是署名为荑荻散人或荻岸散人的编者,至今还不得而知。

与别的同类小说不同,《平山冷燕》似乎只是为了说明诗歌艺术有多么重要而写作的,而书中的少男少女们则为吟诗作词而大展才华。小说中一开始就直奔主题,讲述了明朝隆盛时期宫廷上发生的一个故事。一日一对白燕在御宴时飞进宫殿,皇帝便要求众大臣以白燕为题当场赋诗。只有大学士山显仁说有诗一首,但不是自己所写,而是年仅10岁的女儿山黛的手笔。山显仁将女儿的天才归之于她出生时发生的奇事:女儿将生时,山显仁梦见妻子吞下了瑶光星。皇帝大为称奇,便专门召见山黛小姐面试其才,随后又赐给她很多礼物。山黛由此名满京师,大家纷纷带来绫子、扇子求她在上面作诗。偏偏在这个时候山黛看见新考选知府晏文物丑陋无比,便在他求写的诗作中取笑了几句。晏文物受辱,咽不下这口气,便向自己的一个至亲、工科给事中窦国一求助。他俩与窦国一的朋友宋信④一起想出了上疏一法,告山显仁假借幼女蒙骗皇上犯了欺君之罪。不过皇帝并不相信这一指控,反命宋信和窦国一与山黛面较诗文。不出皇帝所料,在考较中大男人们一个个败下阵来。由于山显仁出面说好话⑤,宋信和窦国一才得以免遭重罚。山显仁请求宋信到各地代为寻觅通文之女以作女儿的闺友。宋信到扬州,见到了降职的窦国一。此后他结识了冷新,冷新有一个才貌双全的女儿,名叫冷绛

---

① 《玉娇梨》,第十四回,第222页。
② 书中造谣者为张轨如。——译者注
③ 此处根据版本:《平山冷燕》,北京师范大学出版社1993年版。
④ 宋信仅为缙绅门下走动的词客。——译者注
⑤ 原著中应为山黛。——译者注

雪。冷绛雪与宋信赛诗胜出，宋信便打算把这位俏佳人介绍到山家去。这一提议正合冷绛雪的心意，因为她不相信天底下还有比自己更强的女诗人。赴京途中在一座庙宇里，她与游学秀才平如衡以诗相交。自此，平如衡便一直无法对她忘情。

初到京城，冷绛雪举止失当，一开始在新主人家引起不悦。由于不知道摆正自己和山家的位置，姑娘表现得凌厉高傲。山显仁夫妇却同她友善对话，请她细讲什么叫做"才"，于是引出一段精彩的议论来，其实这正是才子佳人小说的价值观念所在。冷绛雪是这么说的：

> 盖闻天、地、人谓之三才，故一言才而天、地、人在其中矣。以天而论，风云雪月发亘古之光华；以地而论，草木山川结千秋之秀润。此固阴阳二气之良能，而昭著其才于乾坤者也，……且就人才言之：圣人有圣人之才，天子有天子之才，贤人有贤人之才，宰相有宰相之才，英雄豪杰有英雄豪杰之才，学士大夫有学士大夫之才。圣人之才参赞化育，贤人之才敦立纲常，天子之才治平天下，宰相之才黼黻皇猷，英雄豪杰之才斡旋事业，学士大夫之才奋力功名。……然非今日明问之所注也。今日明问之所注，则文人之才、诗人之才也。此种才，谓出之性，性诚有之，而非性之所能尽该；谓出之学，学诚有之，而又非学之所能必至。盖学以引其端，而性以成其灵；苟学足性生，则有渐引渐长、愈出愈奇、倒峡泻河而不能自止者矣。故有时而名成七步，有时而倚马万言，有时而醉草蛮书，有时而织成锦字，有时而高序滕王之阁，有时而静咏池塘之草。至若班姬之管，千古流香；谢女之吟，一时擅美。此又闺阁之天生，而添香奁之色者也。此盖山川之秀气独钟，天上之星精下降。故心为锦心，口为绣口，构思有神，抒腕有鬼；故挥毫若雨，泼墨如云，谈则风生，吐则落珠。
>
> 当其得意，一段英英不可磨灭之气，直吐露于王公大人前，而不为少屈，足令卿相失其贵，王侯失其富，而老师宿儒自叹其皓首穷经之无所成也。设非有才，安能凌驾一世哉！……每凭吊千秋，奇才无几；俯仰一世，未见有人。故冷绛雪不鄙裙钗，自忘幼小，而敢以女才子自负，以上达于太师之前，而作青云之附。①

在才子佳人小说中，"才"这个概念已经被用烂了。冷绛雪的这一番慷慨激昂的话指出了"才"的根源和"才"的特征，充实了这个概念的内容。为此，她很快取得了新主人的好感。再说，她随后奉旨题诗，证明自己确实是个女才子。从这一天起，山黛对她十

---

① 《平山冷燕》，第八回，第76页及后页。

分敬爱,两人相好,真如胶漆。

至此,小说笔锋转向男主人公。其背景是皇帝向御史王衮下令去全国各地搜求奇才。没过多久,王衮在科举考试中发现了真才之士燕白颔。燕白颔16岁,生于世家,最喜欢的是纵酒论文。因考场成绩优异而出了名,他不久便开始注意起平如衡来。经过一番周折两人成了一对好朋友。王御史上疏推荐他们俩赴京参加殿试。这对年轻人便有望与山黛和冷绛雪结缘。为了确保走对这一步,燕白颔和平如衡决定易姓换名去京城,以便私下会一会意中人,试一试她们的诗才。两位男子进行了一段有趣的谈话,话题是一个被男人钟爱的女子应具备什么品性,讨论围绕"美"这一概念展开,提到了女子不仅外表要美,而且还应兼有才情、诗书之气和风雅之姿。总之,对一个意中人来说这三样东西缺一不可。平如衡作了如下的总结:

> 平如衡笑道:"吾兄只知论美,不知千古之美,又千古之才美之也。女子眉目秀媚,固云美矣;若无才情发其精神,便不过是花耳、柳耳、莺耳、燕耳、珠耳、玉耳。纵为人宠爱,不过一时。至于花谢柳枯、莺衰燕老、珠黄玉碎,当斯时也,则其美安在哉?必也美而又有文人之才,则虽犹花柳,而花则名花,柳则异柳,而眉目顾盼之间,别有一种幽情思致,默默动人。虽至莺燕过时,珠玉毁败,而诗书之气、风雅之姿固自在也。小弟不能忘情绛雪者,才与美兼耳。若兄纯以色言,则锦绣脂粉中,尚或有人,以供吾兄之饿眼。"①

平如衡和冷绛雪以及燕白颔和山黛两对婚姻格局就此排定,四个年轻人在不暴露真实身份的情况下赛了一回诗,结果两位姑娘分别胜出,还把对手嘲笑了一通。两位年轻的才子后来科举成功,最后由主考官王衮出面牵线搭桥,两对有情人在大团圆结局场面下终成眷属。

从对几部早期才子佳人小说的简单介绍中我们就可以看到主人公身上的一个致命弱点:这些才子佳人无论在外貌方面,还是在才学和品性方面都惊人地相似,只要说出一个大致轮廓便可以炮制出一大批来。不管是才子男扮女装要去会一会意中人,还是像卢梦梨那样女扮男装想去试一试心上人,这些男男女女都是一个模子里刻出来的,根本无法分辨。要改掉这一缺陷,就得在男主人身上注入些阳刚之气,故事也就不能仅仅围绕赛诗斗文而展开。要提升男主人公的形象,应该让他经历真正的考验,不仅具备聪

---

① 《平山冷燕》,第十四回,第140页。

明才智,还要有一副强健的身体。十八回的小说《好逑传》为我们提供了第一例此类超群的英雄形象。由于较早就有人译介,《好逑传》在18世纪就已经闻名欧洲。① 在中国恐怕还要早上100年,现存最早的版本注明为1683年。

小说受到赞誉和喜爱,恐怕主要因为它从头到尾充满了儒家精神气息的缘故。从作者用的笔名"名教中人"之中也可明显看到作者对儒家伦理的准绳"正名"的认同。对朋友要仗义,对父母要孝顺,对君主要忠诚,做女人得守贞操等等——这便是小说用有点生硬的说教口吻极力宣扬的头等重要的大事。

小说《好逑传》的故事发生在明末时期的大名府,大名府位于现今河北省的东南角,靠近山东省。从小说头几行对主人公铁中玉的描写便可看出作者走的是不同以往的新路子:

> 话说前朝北直隶大名府有一个秀才,姓铁,双名中玉,表字挺生,甚生得丰姿俊秀,就象一个美人,因此,里中起个诨名,叫做"铁美人"。若论他人品秀美,性格就该温存。不料他人虽生得秀美,性子就似生铁一般,十分执拗;又有几分膂力,有不如意,动不动就要使气动粗,等闲也不轻易见他言笑。倘或交接富贵朋友,满面上霜也刮得下来,一味冷淡。②

上述描写中,男主人公虽然还没有完全摆脱其他同类小说中粘在才人身上的脂粉气,但这一外表特征在以后的情节中并不起什么作用。比如铁中玉从不需要通过展现诗才来证明自己。唯一的例外是故事结尾时他不得不为一个太监写两首诗。此外,充其量还有几本奏文要求他有一点文采。小说不去表现主人公的文才,却大力渲染他的爽直、真诚的品性。这样,铁中玉这个人物看上去便更像是武侠小说里的剑客,一点不像我们已经熟悉的单纯的学者和文人。这是因为小说里铁中玉会遇到许多难办的事情,有时往往还要靠自己的武功去完成使命。他父亲铁英在京城,官居御史,地位显赫,不过一旦在皇上那儿失宠,就可能身败名裂。因为对父亲放心不下,铁中玉便带着一名仆童进京探望。半途上,他对一个遭难的名叫韦佩的年轻人很同情。韦佩出身世家,很

---

① 除上述译本外,还有两种1926年出版的不同的德译本。这里依据的版本是《明代小说——好逑传》(*Eiserz und Edeljaspis oder die Geschichte einer glücklichen Gattenwahl. Ein Roman aus der Ming-Zeit*),孔舫之译,莱比锡/魏玛,吉本霍尔出版社(Kiepenheuer)1981年版。另一版本为《完美爱情故事——中国人的经典爱情小说》(*Die Geschichte einer vollkommenen Liebe. Der klassische Liebesroman der Chinesen*),布吕格曼(H. Brüggmann)译,巴塞尔,莱茵出版社(Rheinverlag),无出版年代。

② 《好逑传》,第一回,第5页及后页。

有才学,他的未婚妻被一位叫大夬的贵族①抢走了。铁中玉考虑到自己父亲有重权在手,便主动提出帮助。谁知他一到家,就听到母亲讲父亲正在坐狱,大吃一惊。父亲被囚禁,其实与进京途中引起他注意的抢夺民女一案有关。原来民女被抢后,她的父母亲向铁御史叫屈。铁英倾听了老夫妻的哭诉,可是没等他对大夬侯采取及时行动,对方却抢先将这对夫妻抓走了。于是铁英身边没了人证,对方便反过来告他毁谤功臣。铁中玉写了一份奏章给皇上,使皇上相信自己的父亲确实在依法办事。为稳住大夬侯,父亲继续留在牢房里。随后,铁中玉成功地深入大夬侯宅院,解救出韩氏一家并逮捕了大夬侯。从此,铁中玉声名大振。但没过多久他又离开京城去山东游学。山东历城是赫赫有名的兵部侍郎水居一和他女儿水冰心的故乡。水居一与其胞弟水运同住在祖居内,②水运是一个不学无术的浪荡子,他一门心思要冰心出嫁走人,这样他便可以独吞全部祖产了。而且机会也正好来了,从京城传来消息说兵部侍郎水居一削职后贬成边庭去了。历城有一个叫过其祖的公子,想要冰心为妻,已窥视多时,而偏偏就在这个时候他父亲新推入阁。足智多谋的冰心假意应允同过公子的婚事。无知贪婪的水运父子不仅忘了检查写着新娘生辰八字的庚帖,而且又以自己女儿的名义接受了聘礼,结果人家就要来迎亲了,他们经受了一场极大的惊吓。

事实上香姑骗过了新郎:她不仅躲过了在宾客面前除去头盖的一劫,而且在新房也叫人早早把灯吹灭,以至过其祖直到第二天早上才发觉自己受骗上当。这部小说中的换新娘之类的常见情节正好在早期的欧洲读者心中唤起一种似曾相识的感觉。除了民间童话和剧本外,欧洲的读者最晚在莎士比亚(Shakespeare)的喜剧《无事生非》里领略过这种换新娘的故事。在《无事生非》中,坏人造谣中伤以及未婚妻希罗(Hero)的佯死使克劳狄(Claudio)的婚事一度受阻,可是到末了克劳狄发现那位是"死者堂妹"的新娘不是别人,就是希罗本人。

过其祖没有把他的第一次失败当回事,他继续处心积虑要把冰心娶到手。在紧要关头,姑娘有幸得到了铁中玉的相助。年轻的主人公出手相助冰心的勇敢行为自然遭到了过其祖的怨恨。留他寄宿的和尚阴谋施毒,铁中玉侥幸逃脱了对自己的谋害。

此时铁中玉和水冰心当然还不会想到以后会发生什么事。起初只是仗义相助,到最后发展到两心相悦。但为了不让一直保持到婚姻的纯洁友情遭到质疑,他们必须用高尚的道德标准自律。因为当时结婚离不了媒人,而他俩鼎力相助的行为使媒人变成

---

① 原书中此人名叫沙利,不叫大夬,只是官封大夬侯。——译者注
② 这一句容易引起误解。其实水居一在京做官,只有女儿一人留在老家。——译者注

了多余,因此两人的关系从一开始就背上了不清不白的恶名。虽然冰心一开始极力驳斥了所谓有违妇德的指责,但是她内心还是十分在意外界的议论的。因此为保全自己的名节,她在花烛之夜回绝了丈夫铁中玉的正当要求:

> 至于今日,父母有命,媒妁有言,事既公矣,而心之私犹未白,故已成而终不敢谓成,既合而犹不敢合者,盖欲操守名节之无愧君子也。①

作了这一痛苦的选择,这对有情人不得不等到皇后亲自澄清真相后才正式完婚。皇后叫人对冰心作仔细检查后才验明冰心依然是处女身,于是一切疑虑烟消云散,夫妻生活也不再受到限制。

才子佳人小说数量很大,即使想对其中部分代表作品介绍得稍微详细一些也无法做到。在这里只能提一提普遍存在的问题和发展趋势。我们对此类作品的内容作过一个粗略的统计,结果表明,像《玉娇梨》和《平山冷燕》那样只注重描绘主人公文学才能的作品只是极少数,而《好逑传》倒是提供了一个创作样本,此后大部分作品都借鉴了这一模式:当描写误会猜疑和柔情蜜意的天地还不够宽广的时候,还须再搭起一个新框架,以便把人物塑造得更贴切丰满,把故事编写得更丰富多彩些。描绘的重点完全可以变化多端。虽然总是在讲一男一女或一男多女及其衍生形式几对男女之间的情爱故事,但完全可以在这一个个男女主人公的身上涂上全新的色彩。男主人公也罢,女主人公也罢,他们可以少展现些自己的文才,多显露点武功,再配上一些历史情节的渲染等。如果说《玉娇梨》和《平山冷燕》只注重写了爱情和才貌,那么后来的代表作品则越来越多地从历史小说和武侠小说中去汲取创作元素。

十六回的早期才子佳人小说《画图缘》约成书于 1644 年至 1690 年,这部作品进一步奠定了《好逑传》开创的文学倾向。我们在前面曾引用过这部小说前言中关于天命的一段话。

1770 年左右,一个名叫陈朗的作者创作了小说《雪月梅传》,把动乱策源地从内陆移到了海边。② 小说题目中隐含的三名女主人公是许雪姐、王月娥和何小梅,此外还写到了另外几个女主人公以及为女主人公安排的配偶如岑秀、林殿勇和刘申等。这些人物的命运被置于抗击日本倭寇的斗争之中,对此作者作了详尽的描述。全书共五十回,

---

① 译自中文版本:《好逑传》,中州古籍出版社 1991 年版,第十五回,第 210 页。
② 此处依据的版本是:齐鲁书社 1986 年版。关于作者陈朗,已无进一步的资料可供查寻。从一些相关资料来看,他可能是嘉兴平湖人,分别与 1760 年和 1769 年考中秀才和举人。

这样的篇幅对当时的社会状况作了一个全景式的描述。在这部小说中,小贩、农民、渔夫以及富贾高官都有自己的一席之地,才子佳人小说的狭隘天地早已被冲破了。

黄岩(约1750—约1830)创作了《岭南逸史》,二十八回,篇幅约为其他同类小说的一倍,成书于1790年左右。① 主人公们在这部小说中不得不手持武器来维护自己的生存。发生在明朝万历年间的故事主要描写少年才士黄逢玉的际遇。黄逢玉探亲途中拯救了张姓一家,遂与张家小姐贵儿订婚。他继续上路,先后落到两名瑶族女强人的手中,一位是人称"公主"的李小鬟,另一位名叫梅映雪。映雪为不叫逢玉生二心,谎称小鬟已经身亡。后来黄逢玉在归家路上被诬陷入狱,两位女豪杰不得不携手行动把他救了出来。逢玉没找到未婚妻贵儿。贵儿因躲强盗,女扮男装出逃,不久当上大总,表现出良好的军事才能。黄逢玉释放后被任命为兵部侍郎,终于也有了大显身手的机会。在一场决战中,他和张贵儿在战术上配合默契,指挥部队取得了抗击盗寇的胜利。与几位妻妾完婚后,他不再过问政事,屏绝人事,在花园修养习静。

《二度梅》是成书于1800年左右的另一部较成熟的才子佳人小说。② 故事发生在很早以前的唐朝,相国卢杞不去组织人民齐心抵御北方游牧民族的威胁,反而在朝廷实行恐怖统治。新上任的吏部给事梅魁对有目共睹的弊病提出直率的批评,但对卢杞的高压统治也奈何不得。由于梅魁策略上考虑欠周,特别因为他坚持不出兵攻打鞑靼人,主张向对方恢复供应承诺过的赈粮,结果失去了相国一开始对他的好感,被革职斩首。他的儿子梅良玉在千钧一发之际尚能保全家中老小性命,大家只得四散逃命。梅良玉不久便走投无路,决定上吊自尽,幸而被一位和尚救活,被介绍到昔日的吏部尚书陈日升家做花匠。梅良玉初次遇到陈大人的女儿,一见钟情,但是他不愿暴露自己的真实身份。在陈大人的花园中,梅花二度怒放,预示梅良玉和陈杏元有情人终成眷属。他俩的婚事也已得到了陈大人的应允。可一件天大的事突然中断了他们短暂的幸福:为国家利益,被封为公主的杏元要由40名扬州姑娘陪同去鞑靼宫廷和亲。这样陈杏元的命运便同历史上有名的王昭君一模一样了。王昭君在汉元帝时期(公元前48—32)为和亲嫁给了匈奴国王,她的生活故事(在史书《前汉书》和《后汉书》里有记载)在此后数百年中被写进许多小说和剧本之中。梅良玉和陈杏元的弟弟一直把这批姑娘送至边境后才返回。在赴鞑靼京都途中,陈杏元来到了王昭君当年告雁传书的落雁崖,舍身跳了下

---

① 此处依据的版本是:百花文艺出版社1995年版。
② 《二度梅》有一个德译本:*Die Rache des jungen Meh oder Das Wunder der Zweiten Pflaumenblüte*,库恩译自中文原著,法兰克福、岛屿出版社(Insel)1978年版(初版于1927年)。库恩把原来的四十回缩为二十四回。关于作者惜阴堂主人,情况不详。

去。一名丫鬟做了陈杏元的替身。陈杏元却被昭君娘娘神奇地救起,并搭驾祥云回归家乡,栖身于邹御史家,碰巧梅良玉后来也来到了这儿。住在同一宅院却无缘见面,两人同时害起了相思病。他们把心事向自己周围的朋友和盘托出后,终于在朋友的撮合下破镜重圆。梅良玉此后殿试登甲,获得高官学士的声援,成功地击垮了相国卢杞,并使他受到了应有的惩罚。故事结尾是双喜临门,一喜是梅良玉与陈杏元和邹云英终于成婚,而另一喜是陈杏元的弟弟陈春生与他的救命恩人渔家姑娘周玉姐缔结良缘。

到了19世纪初,才子佳人这一主题似乎失去了对读者的吸引力。即使出现了被评为十才子书之八的《白圭志》,也未能挽回其颓势。《白圭志》篇幅较短,大约成书于1796年至1821年间,被公认为是一部叫人重新想起才子佳人小说鼎盛时期的佳作,①本节拟用这部小说来收尾。故事开始,一位名叫张博的富商做了一个异梦后生下了儿子庭瑞和女儿兰英。不幸的是他与一个名叫张宏的家伙有了交往,并与张宏一起去了一趟苏州。回程路上,张宏把张博毒死,将其珠宝占为己有,反过来还诬告船户害人。张宏厚颜无耻到极点,回来后竟装作张博的"患难之交",哭哭啼啼地向张妻报丧。于是张家的田庄事务,任从张宏掌管。张宏让人从老家把三岁的儿子美玉带到身边后,也就在这儿定居了下来。时光荏苒,兰英聪敏过人,她女扮男装,顺利地通过了县考府考。此后庭瑞赴庐山继续求学,结识了武建章。武建章其实是庭瑞的表弟,他在多年前随父母坐船时跌落在水中,后被告老回乡的官员武英从河中救出。但他俩不知道彼此是亲戚。庭瑞坐船赴省城,与建章相约一起应试。途中靠岸歇宿,当晚张庭瑞听到了隔壁湖南巡抚杨时昌的船舱内传出女子的歌声。庭瑞惊喜之余,叫书童弹奏《凤求凰》一曲,自己又吟唱道:

> 嫦娥何事夜弹琴,
> 弹出好音正有情。
> 窗内玉人多美伴,
> 可怜明月一孤轮。

……只听得那船内低声和云:

> 窗外何人夜听琴,
> 新诗分外更多情。
> 一轮明月当空照,

---

① 此处依据的版本是:春风文艺出版社1985年版。这部小说共十六回,题"博陵崔象川撰",作者情况不详。

照出江中月一轮。①

由丫鬟从中牵线,庭瑞和巡抚之女杨菊英这一对有情人缔结了"月下之盟"。接下来却是离别,因为一清早两艘船便各奔前程了。

在南昌,男女主人公又聚到一起。特别是女扮男装的兰英在庭瑞向她介绍武建章时②,对这位后来成为她丈夫的青年产生了好感。在接着举行的考试中,没被人看出破绽的兰英姑娘中了第一名解元。再说杨菊英回家后患上了相思病,父亲杨巡抚获知自己女儿与庭瑞在那晚以诗定情一事后,勃然大怒。他抓起一根木棒要去责打女儿。菊英急忙躲避,逃入一口古井。古井随即由一块大石头封了起来。③ 一位忠实的仆人帮助她出逃,于是她孤身一人在荒山野岭流浪。后来张昆山搭救并收留了她,还托人将她写的一封信带给庭瑞。谁知这封信落到了专学自己恶父坏样的奸诈的张美玉的手中,张美玉便一心想把这位俏佳人娶到手。一直临到拜堂后进洞房,菊英偷看到那个所谓的未婚夫,大吃一惊,认定他是假冒的。她与丫鬟一起责成她母亲即巡抚夫人处理此案,知县将美玉痛打一顿后,逐出衙门。张美玉没有信守自己的重新做人的保证,他和他父亲张宏恶贯满盈,报应的时刻就要到了。审判者是一名叫刘忠的人,他梦中得到白圭一块,上面刻着张博被毒身亡一事。刘忠成功地捉到了张宏,验明正身后处之以极刑。美玉也因违法被囚禁,死于狱中。而张庭瑞兄妹以及武建章在京城顺利通过殿试,获得前三名。皇帝想招他们做驸马郡马,两个年轻人以已有婚约为由谢绝了;兰英的八字阴气重不吉利,总算也逃过了这一劫。不过她并不是最后一个为展现才学去参加殿试的女子。杨菊英步其后尘,假扮年轻后生,在殿试中表现出色,皇帝要她和公主成婚,她也只好逃之夭夭。不久,皇帝招一百名美女进宫,发现菊英也在其中,才得知真相。他了解到菊英和庭瑞的月下之盟后,诏庭瑞进京奉旨成婚。故事快到结尾,在兰英、建章成亲之前建章被其亲生母亲认出,于是合家高高兴兴迁居京城。

---

① 此处依据的版本是:春风文艺出版社 1985 年版,第二回,第 11 页及后页。
② 兰英结识武建章没有通过庭瑞的介绍。——译者注
③ 原书中根本没有提到石头。——译者注

## 九 女作家创作的弹词

要深入研究17和18世纪时期中国的家庭伦理和爱情小说,必然会接触到弹词这一深受妇女偏爱的文学体裁。弹词(直译为:弹奏诗词)是一种韵文体故事,演出唱词时由弹拨乐器伴奏。因此,从严格意义上来说弹词不是供人阅读的,而是供演出的脚本,属于传统的叙事诗歌范畴。这一体裁的前身最晚在宋代就已出现,但直到明末清初才流行起来,尤其集中在长江下游城镇地区。至于为什么这一文艺形式尤为妇女钟爱,尚不甚了了。也许是因为传统上弹词主要是由妇女表演的缘故。[①] 从说唱内容中既看不出作者的来龙去脉,也见不到女性特有的视觉立场。弹词主要描写爱情、婚姻和家庭,完全符合言情文学常见的主题和叙事方式。稍微细致地了解一两部弹词作品还是很有必要的。其中《天雨花》是最早的一部长篇巨著,大约创作于17世纪中叶康熙统治前期,[②] 搬上书场演出肯定要几周几个月的时间。作品篇幅很长,差不多与《三国演义》或《西游记》相当,共分三十回,由散文体的说白和七言韵文的唱词交叉组成。谁是《天雨花》的作者尚无定论,不少人认为系一名叫陶贞怀的女作者所著。阿英曾校订过这部著作章回数各不相同的多种版本,只有在其中的一种版本的前言中见到陶贞怀的名字,因而对她是否就是作者表示怀疑。他提到一位名叫徐致和的家庭教师,认为此人也可能是该书作者,但对徐致和提供不出别的详细情况。[③] 此时期的弹词在内容方面可归入用伤感的笔调为明朝唱挽歌的文学作品一类。此类作品从孔尚任(1648—1718)以历史时代为爱情故事背景的传奇戏剧《桃花扇》算起,直到以揭露宦官魏忠贤的长篇暴露小说《明珠缘》为止。当然像《天雨花》这样的巨著不可能仅仅涉及某一项内容。这部弹词的故事正好也发生在魏忠贤当政特别是万历年神宗皇帝时期,有一个宽广的历史背景。不过作品极力颂扬主人公左家的生活方式,把它奉为楷模,并与乱成一团的宫廷生活加

---

[①] 关于女诗人的问题,参看魏爱莲(Ellen Widmer)和孙康宜(Kang-I Sun)编:《中国封建专制晚期的女作家》(Writing Women in Late Imperial China),斯坦福大学出版社(Stanford UP)1997年版。
[②] 此处依据版本:《天雨花》,中州古籍出版社1984年版。
[③] 参看阿英:《读〈天雨花〉旧抄本二十六回本札记》,1962年,载阿英《小说三谈》,上海古籍出版社1979年版,第179—184页。

以对比，我们不难看出这与早期的一些才子佳人小说相仿，作品一心想维护儒家的道德价值。引人注目的是作品显然十分重视妇女的命运。除了描写一批有缺点的女性之外，作品还通过女主人公左仪贞等形象表明一个女人可以比得过任何一个男人。

《天雨花》故事发生在万历十四年（1586年）间湖北襄阳。时值天下大乱，天帝决定派武曲星下凡扶伦立纪。这便是主人公左维明的来历，他就像一阵花雨从天而降，这部弹词也由此得名。左家是省内最富有最有权势的家族之一，年轻的左维明自小修文习武，他的父亲是位将军，在与北番交战中阵亡后家中大事便由左维明掌管。不久他便成了当地最有魅力的婚姻对象，许多富贵人家想同他结亲。他一概拒绝，因此得罪了许多有头有脸的人，其中也包括他在当地的对手孙国英。孙国英是一个花花公子，既贪图钱财又醉心权力。当有人提亲提到孙国英的小姨子时，左维明作了如下的评论：

> 若说她容貌，儿辈常见她倚立在门前观望，且慢说她无一毫嫣然妩媚之容；单只是爱立在门首看街的妇女，可称美德乎？①

要求妇女行为端正，严守童贞，这一精神弥漫在整个作品之中。左母提出孩子的终身大事应由父母作主，左维明提出异议说他一定会找一个符合自己心愿的美女。左维明寻访佳人的这几回让我们明显看到《天雨花》与才子佳人小说相差无几。

春季的一天，左维明游览郊外的留春园。有人告诉他那一天部分院子不让外人进，因为桓家的内眷要到此郊游。左维明出于好奇和同伴躲进园子，想偷看桓家小姐一眼。他对桓小姐的美貌他早有耳闻，还知道桓小姐因父亲去世，服丧期刚过，还没有许配人家。虽然在园子里暗地寻觅，左维明还是没见到美女一眼。不过他捡到了一把扇子，在扇子上桓小姐题了一首咏牡丹的诗。左维明也兴冲冲地把情感寄托在诗句里写到了扇子上，事后又责怪自己的冒失。为了不让扇子落到旁人手中，他一直留在自己身边。他在亭子间守候着桓家人往回走。直到傍晚他终于窥见到年轻姑娘一面，于是他立誓非桓家小姐不娶。

《天雨花》为表现左维明的走上仕途的努力也留出大片空间，如描写了他和友人赵圣治、杜宏仁和桓应征同去省城赶考，一路上碰到许多千奇百怪的事情。这一切都丰富了主人公的阅历。如有一天夜里，一个女吊死鬼讲述自己的故事，左维明见证了这一神奇现象。

---

① 《天雨花》，第一回，第一卷，第18页。

叫一声,蟾宫客,听诉冤情。念女魂,董兰卿,名门之女;有家乡,衡山住,世代簪缨。只为我,命儿低,慈亲早失;抛撇我,年方幼,正在髫龄。母在日,曾许婚,申门季子;刚长成,年十五,父去求名。又逢那,申季子,缠绵疾病;向我家,来说道,冲喜完婚。恨严亲,不顾儿,终身大事;他只愿,无内顾,出外安宁。又没个,百辆迎,三茶六礼;驾扁舟,轻似叶,送到申门。那知道,花烛夜,未成婚礼;申季子,天命绝,气脱亡身!抛撇我,在他家,零丁孤苦;负虚名,受实祸,误了终身。恨只恨,恶姑嫜,申门熊氏;胜豺狼,过虎豹,蛇蝎之心。不念我,少年春,空房独守;不念我,红颜女,一世青灯;不念我,未成婚,终身所失;不念我,家乡远,举目无亲。他把我,冷眼看,待如奴婢;他把我,多轻贱,任意欺凌!他囚我,在空房,不容见面;他绝我,衣和食,难度光阴;他把我,施毒口,千般污蔑;他把我,加毒手,百样施行。念兰卿,无弟兄,慈亲已逝;虽有父,身去远,雁足难凭。因此上,受不过,千魔百难;死虽悲,生何趣,不愿为人。我爱这,秋桂轩,书斋潇洒;去年间,秋八月,此地亡身。守着这,惨凄凄,鲛绡三尺;泣晚风,悲夜雨,难脱沉沦!我欲待,觅他人,捉生替死;怎饶得,申熊氏,杀命仇人。向冥王,苦哀求,早施果报;熊氏女,年寿永,六十余龄。劝兰卿,守桂枝,权时忍耐;待他身,天命绝,任你施行。那知道,这幽魂,凄凉苦楚;早把那,冤仇报,早得超生。因此上,终日去,冥中拜告;指引我,归家去,拜告天星。若得个,大贵人,一言吩咐;许兰卿,将仇恨,立刻行程!我不知,那一位,天星贵客;感冥王,来指示,今始分明。念女魂,怎敢向,生人作祸?为生人,心胆怯,自惹灾殃。今日里,告贵人,一言发付;活捉了,申熊氏,度脱沉沦。①

讲到这儿,女鬼结束了故事。天色渐明,她便消失了。

第二天,左维明在沈家仆人处打听到那位年轻的妇人确实是在那棵桂树上吊死的。他便写了一张状纸。年轻的兰卿获得天帝的核准,对凶恶的婆婆紧追不放。婆婆最后中了兰卿的圈套,不得不做女鬼,要留在这棵树上熬三个年头,而兰卿却重新投生了。

左维明顺利应试后回到家中,娶了桓小姐,他按原先打算,对桓小姐先前抛头露面题诗遗扇的行为作了告诫。因为京试在即,他在家呆的时间很短,途中他在舅舅家稍作逗留,他弟弟左致德就是在舅舅家长大的。致德虽然在这里生活得蛮不错,而且已和周家小姐订了婚,但他还是表示要与左维明一起进京。作为哥哥左维明十分关心致德,一天他发现弟弟在玩棋,便作了一番说教。在这种场合,作品中反复会出现"家法"这一概

---

① 《天雨花》,第一回,第一卷,第86页及后页。

念。左家就像是一个小国家,那儿一切都井井有条,而朝廷上的高官却一个个无法无天,两者形成鲜明的对照,这便是作品的中心话题。作品中的故事实际上始终交替发生在朝廷和左家之间,使"家庭"的重要意义更为凸显。年轻的左维明在殿试中名列榜首,社会地位日益增高。获得声名显赫的都察院左副都御史的职位后,他开始专心处理国内事务,但不久奉命出师北方讨伐北番,便有了展示军事才能的机会。左维明此后因有要事被朝廷召回,卷进一场有关经济政策的纷争,作品对这场纷争作了异乎寻常的详细描写。左维明为减轻老百姓负担,主张废除采矿税;而皇帝宠妃的哥哥国舅郑国泰却主张征税。皇帝倾向左维明的观点,提出不再征税。双方各执一词,毫不相让:郑国泰主张征税以确保昂贵的国防开支和兴建赈灾粮仓的费用。而左维明则要求减轻百姓负担以确保国泰民安。他援引史例说明苛捐杂税可能会官逼民反。他的理由归结为一句话:"富国不如富民。"后来,宰相方从哲和左御史之间也爆发一场争论,双方提出的还是同样的理由。

> 御史奏罢一席话,殿前呆了郑皇亲。神宗天子无言语,半晌之间降玉音:左卿所奏诚无谬,矿税终为不可行。国泰低首多惭愧,转过当朝一宰臣:适才所奏开矿税,实然利国利民情,当日举行这件事,珠玉金银库满盈。自从启奏停止后,府库空虚国渐贫;今日复开诚美政,为何又复阻饶行?从哲启奏方才罢,君皇未及出言论,御史听了奸臣语,难按心头火焰腾!喝声:从哲住了口,安得当朝欺圣君!你道利民兼利国,昔日开时天下行。既然利益诸百姓,纷纷民变为何因?你今且自陈其故,果然善政自当行。从哲听了心中怒,开言就叫:左维明,虽是民心多不喜,实能富国库充盈,边庭常是刀兵动,靡费钱粮无数金,纵饶矿税非良政,也合从权行一行。御史听了冷笑道:好个当朝宰相臣,常言民乃邦之本,本固邦宁汝可闻?便作再行开矿税,金银珠玉库充盈。逼得四方民变纷纷乱,应费钱粮多少金?散处多来聚处少,腹心俱病怎安宁?非但不能成富国,愈令空虚国更贫,奸臣误国今如此!言罢回身复奏君:愿皇速退方从哲,如此妨贤病国臣,启可用之为元辅,混淆圣听乱聪明。神宗天子开言道:左卿所奏不差分,自古聚财则民散,矿税终为不可行。①

书中关于采矿税的争辩明显反映了当时的一场讨论。左维明说的那番理由叫人想起王夫之(1619—1692)提出的"宽以养民"以及"降富于民"的要求。左维明毫不留情地

---

① 《天雨花》,第八回,第302页及后页。

向宰相及其帮凶发起攻势,痛责他们贪腐和卖国。不久后有人收买刺客暗杀他,他不得不警惕起来。在众多政敌中还有昔日家乡的老对手孙国英,一次他向左维明敬毒酒,结果阴谋被揭露。对诸如此类的行刺毒害,左维明却能果敢应对,最后皇上给了他相国的职位。但情势变得越来越危急,那些仇敌居然连他的家人也不放过,乘新宰相出使边境之机,竟然抢走了他那大智大勇的女儿仪贞逼她嫁给郑国泰。他们完全小看了这个年轻的姑娘,把她"要杀死郑国泰"的威胁当成女人的一时气话。大家都以为平安无事了,一天夜里郑国泰跑到"新娘"身边打算睡个好觉醒醒酒,这时左仪贞复仇的机会来了。

宫娥听说都出外,掩上深宫日月门,各人自去来安宿,宫中单说左仪贞,见宫娥一众都去了,四顾房中并没人,凝神静听莲花漏,声传银箭已三更,六宫杳杳人声寂,但闻上床有鼾声。仪贞小姐抬身起,轻轻移步御床门,上前揭起盘龙帐,手持银烛照奸臣。但见他将头低卧龙凤枕,苍髯花白竖根根,一双奸眼牢牢闭,鼻息如雷酒气喷。究竟年已周甲子,睡着浑如一死人。

仪贞近前把枕头往下一扯,见他全然不觉,心中一想:此时再不下手,更待何时?

回身放下通宵烛,灯前忙便卸衣衿,脱了上盖龙凤袄,解下腰间日月裙,头上珠冠来摘下,依然还是旧原身。盘龙宝剑来扯出,凛凛寒光杀气生!便将双袖齐卷起,柳眉倒竖眼圆睁,转身仗剑来床下,挂起盘龙宝帐门,银牙咬定无明烈,泼天雄胆力通神!

心中暗想道:左仪贞啊!

你平日只用身包胆,今宵须要胆包身。报仇雪恨全在此,完节全名只此行,千万不可来手软,须要一刀两段老奸臣!

仪贞便定睛看了奸贼,勃然大怒,立起杀心!不觉浑身用力,右手握剑,左手指定郑国泰道:你这奸贼,胆敢弑君篡国,又敢戏我女中英雄。奸贼,你此刻且吃我一剑!

言罢之时重拂剑,剑尖挑下绣鸾衾,刚刚露得咽喉出,电闪风驰下绝情。纤纤玉手双擎起,凛凛寒光一道横,一剑砍来无阻碍,仪贞小姐大心惊!

只见那老贼,在被中双手往上一抬,两足朝下一蹬,更无声响。仪贞暗想:难道一剑不曾砍着?怎么手下全没一些知觉。便弯倒身仔细观看,忽然床头一阵热血,如喷涌一般掼出。仪贞急急退步,早被血喷满头面,胸襟上也见鲜血淋滴。忙取灯近床一照,早见国泰首级滚在半边,床中热血汪洋,流来淌去。暗喜道:不想这奸贼如此柔脆,只一剑便已落头。①

郑国泰一死,朝廷中少了一个重要的对手,不过左维明高兴不了多长时间。大太监魏忠贤把熹宗皇帝当成傀儡,他成为左维明更危险的政敌。朝廷上有麻烦,家里也出了麻烦。家中的女眷自我意识日益增强,她们结成了一条新战线。左维明只要一离开朝廷,他的权势就会下降;同样,他离家时间一长,便发现回家后说话就不怎么灵了。一次,他得知桓夫人允许女眷游园后反应强烈。接着发生了口角,左维明狠狠地训斥了桓夫人:

想伊那有夫人体?不像皇封诰命人!只望你深居高拱严家法,约束闺中少女们;谁知倒要为领袖,引诱她们到处行。玩耍行中为第一,那见夫人这等轻?今为恶客来窥探,有何面目怎为情?言罢回语亲生女:不可呼她做母亲,只堪与你为姐妹,清闺姐姐是她名。夫人听了一席话,腮边不觉起红云,恼羞变怒开言道:休出狂言铲削人!

今日不过大家说起,到此八年,连房屋还未曾全识,故此出外一看。又因仪贞等念及园中风景,于是同往一游,何曾有什么外人窥探?忽地平空嚼舌,造出是非。我既不像夫人,便连夜让位,待你再娶一位端庄稳重的夫人便了!

说罢了时心转怒,气得腮边两泪倾。三位小姐无言语,左公冷笑两三声:原来今日园中去,又是仪贞起此心。言罢唤过大小姐,开言即便说她听:

我想你母亲只因自幼丧了外祖,其母又过于溺爱,是以未闻闺教。当初未嫁之时,常向外边游耍,所以我方得见,爱其美貌,与之联姻。后来嫁到我家,因闺门严禁,不得出游。她之所以守礼者,只是个勉强而行。汝出吾门,熟谙内则,闺训素闻。且昔日到园中玩耍,第一次惹出是非,第二次引动妖怪,已经谴责数番,如何尚不悔过?今日又引诱母亲到园中玩耍,惹出歹人。汝为人子,不能规谏母亲,反为领袖。今日母亲之责,着你代受便了。②

宅门里有矛盾,朝廷上又要与宦官魏忠贤作斗争,其结果却都不怎么分明。人祸和天灾预告明王朝即将灭亡。左家的宅院越来越变得像个碉堡了,碉堡内全家练武准备

---

① 《天雨花》,第二卷,第十五回,第570页及后页。
② 同上,第三卷,第二十二回,第885页及后页。

抵御流寇。左维明动用了部分御用军同起义军领袖李自成打了一仗,结果进攻失利。最后连纪律严明的左家武装也寡不敌众,一家人决定集体自尽。家人和亲戚登上一条船,结果船至河中心沉没,所有人葬身鱼腹。音乐出自天籁,告诉人们左维明又重返天国了。

《天雨花》篇幅很长,主题宏大,给读者提供了中国文人在改朝换代后如何看待明朝衰亡一个生动的范例。《天雨花》之后的其他弹词作品篇幅较短,以爱情为主题,这种情况延续到19世纪。其中有两部作品,作者不详,约创作于18和19世纪,因被译成外文,故拥有一批超越国界的读者。第一部作品《玉蜻蜓》很可能是部分依据申时行一生的故事编写的。申时行在1585年至1590年任朝廷相国,其生母据说是一位庵堂尼姑。① 在作品中,年轻的冬才②命运坎坷,是个弃婴,他的身世后面藏着一个动人的爱情故事,弹词为此作了详细的描绘。

弹词《珍珠塔》主题更狭窄,在文学传统方面明显靠近才子佳人小说。③ 年轻的才子方卿是个穷苦书生,起初很难实现自己对表姐陈翠娥的爱情夙愿,因为他首先必须打消姑母的顾虑。姑母陈夫人因为这段门不当户不对的婚姻同丈夫大吵一顿后,事情就愈加难办了。后来方卿通过刻苦攻读,成功登上仕途,官封七省巡抚,总算取得圆满的结局。

至清末,弹词作者受整个叙事文学新倾向的影响,加强了对其他主题的关注。其中最著名的一部作品是出版于1901年至1902年间的《庚子国变弹词》,李伯元在作品中讲述了义和团的故事,谴责了八国联军镇压起义的罪行。为能继续保存弹词这一文学体裁,作者们紧跟那时的时政发展,作了不少努力。以爱情为中心题材的弹词一度深受广大百姓的喜欢,但到了清末,却已繁荣不再。

---

① 这部弹词原著共四十回,孔舫之(Franz Kuhn)翻译时缩减为十九回(参看德译本 *Die Jadelibelle*,苏黎世,马内塞出版社 Manesse 1952年版)。这部弹词也被称为《芙蓉洞》(*Die Hibiskushöhle*)。
② 音译,似为小名,正式姓名应为徐元宰。——译者注
③ 该书共二十四回,这里根据版本 *Die Juwelenpagode*,罗道舍尔(Anna von Rottauscher)译,法兰克福,费舍尔出版社(Fischer)1979年版(初版于1958年)。

## 十　城堡——17、18世纪的中国家庭生活小说

我们在本章已经较为详细地介绍了自16世纪以来中国小说艺术的发展情况，并指出其对情感和肉体越来越自觉的感知倾向。情色、性爱、要求和谐以及追求完美是这一方面文学的中心元素，它们似乎总能反映出各个时代的精神风貌。这一发展至18世纪达到了顶峰，出现了一批名著杰作。这些巨著的最大特征是在一个大家庭的现实主义框架下通过对个体或群体命运的揭示来解释一代代的兴衰。这其实已经是所谓的家庭生活小说一大基本特征了。此外，这类小说集中描写某一家族的败落，以表现古老的衰亡主题以及作者选定的某一历史框架内的时代变迁。家庭生活小说的故事形式表现在两个层面上：纵向层面以时间先后次序来叙事；横向层面上则展开对家庭关系的描写。①

我们在前面讲过，对婚姻生活以及家庭共同生活问题的认知已深深扎根在中国人的思维之中。孔夫子在《论语》中提出了相关的行为准则，从此有关社会问题的讨论便再也离不开这些行为准则了。《金瓶梅》是一部描写家庭题材的中国早期的长篇小说，它示范性地构建了家庭生活小说的框架，而这一框架一直被以后同样题材的小说套用，不管是对巴金（1904—2005）的"激流三部曲"（《家》、《春》、《秋》，1940年完成），还是对老舍（1899—1966）1947年完稿的小说《四世同堂》，还是对近期的此类小说都适用。虽然《金瓶梅》表现了家族的氛围，写出了超过两代的家庭故事，详细勾画出大宅门内的种种情况，具备了家庭生活小说的基本元素，但要无保留地将其划归此类小说，人们还是心存顾虑的。其理由为：《金瓶梅》在诠释世界时还带有强烈的寓意色彩，与《红楼梦》和《歧路灯》相比，尚缺乏总体的心理基础；西门庆与他的家庭成员还缺乏个性特征，尽管对他们生活环境的描写很客观，但还不是唯一和独特的"这一个"。潘金莲、西门庆和李瓶儿等依然是为传递某种信息而创造出来的类型，而小说对人物本身却较少作出解释。这种情况到了本节介绍的作品中有所改变。虽然在主人公贾宝玉或谭绍闻身上，文学

---

①　关于Yi-ling Ru对家庭小说的定义可参看：《家庭小说——涉及一个普遍的定义》（*The Family Novel. Toward a Generic Definition*），法兰克福，彼得·朗出版社（Peter Lang）1992年版，第2页。

传统不容否认,但这种传统已发展到超越自我的程度,毋需听命于一个更高的逻辑了。糅合进创作过程中的自传体因素对提高作品的可信性和真实性起了关键的作用,尽管这种因素遇到具体作品时因资料匮乏或没有同时代人的说明很难得到验证。至今无人敢明确把《红楼梦》和《歧路灯》称作自传小说,尽管如此,在小说主人公身上可以看到作者的影子,因此似乎有必要就文学作品的自我问题谈几点意见。

在本章我们曾不止一次指出,明朝灭亡之后,由于害怕满清当局的文字检查,记实文学中个人的思想火花越来越少见了。知识界屈从于当局的要求,将兴趣逐渐转向正统的四书五经,此时小说艺术却开始越来越多地增添自传体的色彩。17世纪的一些文人学者如毛奇龄(1623—1716)的作品完成了这一过渡,毛奇龄的自传体作品带有不少虚构成分。它们是带有明显"自传性敏感"的小说,①这种小说因其虚构性便成了实现自我剖析的十分稳妥的方式。换句话说:当直接的自我表现不被允许时,便出现了间接的自我表现,小说中藏匿在虚构形象背后的"另一个自我"便成为表现自我经历的最佳模式。② 18世纪文人对小说这一文学体裁的评价越来越高,用新的文学形式来表现自我的必然性也就随之增加,中国小说进入了一个全面发展的新阶段。最初的几部长篇如《三国演义》、《水浒》和《西游记》,其丰富的原始故事素材尚出自众多作者之手;而到了此阶段,虽然《红楼梦》文字会被出版者作些修改,但这些作品核心部分是由一个作者独立撰写的。尤其是这些作者不再低调矜持,他们或通过前言(如下一节要介绍的《绿野仙踪》)或通过故事本身(如《红楼梦》)来表现自我,以至人们对它们不能再冠之以先前的"文人小说"这一旧称呼了,而要称之为"文人的小说"。晚至17世纪,创建了一种重要的小说模式。形式上虽然依然分章回,有回目,同先前的话本毫无二致,但实际上早已变成专供亲朋好友欣赏的读物了(大部分作品往往很久以后才印刷出版,之前只是以文稿形式在作者亲友圈子里流传)。作者在小说中讲述了对世界以及对自己命运的看法,他们也许并不期望会有一大批读者,更谈不上通过出版提版税拿红利了。出于安全考虑,作者往往还是使用笔名而不露真相。写作是一件很私密的事,往往只有在决心好好清理自己经历过的恐惧和挫折时才会拿起笔。我们介绍过的《肉蒲团》的作者李渔在一篇讲述剧本创作的文章中说要把自己或家庭的苦难当主题,视写作为自我疗伤。

---

① "自传性敏感"的概念是来源于一项杰出的研究。这项成果是由黄马丁(Martin W. Huang)作出的《文人和自我(重新)展示——18世纪中国小说中的自传性敏感》(*Literati and Self-Re/Presentation. Autobiographical Sensibility in the Eighteenth-Century Chinese Novel*),加州,斯坦福大学出版社(Stanford UP)1995年版。

② 参看,同上,第8页。

若无此种,几于闷杀才人,困死豪杰。予生忧患之中,处落魄之境,自幼至长,自长至老,总无一刻舒眉,惟于制曲填词之顷,非但郁藉以舒,愠为之解,且尝僭作两间最乐之人,觉富贵荣华,其受用不过如此,未有真境之为所欲为,能出幻境纵横之上者。①

下一章我们要介绍吴敬梓的《儒林外史》,这部著作同样表现作者和圈内文人经历的种种波折并且首次将其演变为一种对社会的批判。而在我们下面要讲的《红楼梦》以及其他小说里,居中心地位的则是作者的形象以及他的另一个自我,作品并没有首先向社会提出什么诉求。

我们说接下来要介绍中国早期的家庭生活小说,并不意味着它们都一成不变地采用了同一种模式。其实它们篇幅有长有短,套路有变,人物布局也各各不同。《金瓶梅》、《林兰香》和《红楼梦》看上去相似之处最多,也最符合家庭生活小说的定义,因为它们都把一个家族的历史放进衰落这一主题。这种写法不仅在中国小说的代表作品中很典型,而且也常见于西方小说的代表作品中。西方小说虽然出现较晚,但也有很多相似之处。值得一提的是托马斯·曼(Thomas Mann)的《布登勃洛克一家》(*Buddenbrooks*,1901)、约翰·高尔斯华绥(John Galsworthy)的《福赛特世家》(*Forsyte-Saga*,1906—1922)以及加布里·加西亚·马尔克斯(Gabriel Garcia Márquez)的《百年孤独》(*Hundert Jahre Einsamkeit*,1967年)等名著。② 若对它们作进一步的比较,便会发现中国作品讲述的故事时间范围相对较窄。除《林兰香》的故事跨越了一百多年之外,主人公西门庆和贾宝玉的家庭兴衰在一代人身上便清楚地表现出来了。而《布登勃洛克一家》则不同:虽然故事情节也只是在40多年间展开,但小说副标题《一个家族的衰亡》(*Verfall einer Familie*)一直到第四代体弱多病的哈诺·布登勃洛克(Hanno Buddenbrook)那儿才成局。中国早期家庭生活小说代表作品一般集中写一个主人公,从西门庆、耿朗、贾宝玉一直到谭绍闻以及《蜃楼志》里的苏吉士,这一创作手法贯穿于每一部作品之中。不过对各个家庭的细节和布局则是形式多样,《红楼梦》用的是浓墨

---

① 李渔:"语求肖似",此处引自韩南:《李渔的创造》(*The Invention of Li Yu*),剑桥(马萨诸塞州),哈佛大学出版社(Harvard UP)1988年版,第36页。
② 如果研究停留在亚洲文学的框架之内,那么爱情和家庭小说的传统还可以追溯到更早的时候。日本最早的小说《源氏物语》(*Genji monogatari*,),是由一名叫紫式部的日本皇后的侍女于11世纪初期创作的。德译本是在1937年的威利(Arthur Waley)译本基础上,以 *Die Geschichte vom Prinzen Genji* 为书名完成的,赫利芝卡(Herberth E. Herlitschka)译,法兰克福,岛屿出版社(Insel)1954年版。下面将要介绍的小说《红楼梦》(*Traum der Roten Kammer*)也被多次与《源氏物语》相提并论,参看傅述先(James S. Fu):《〈源氏物语〉和〈红楼梦〉中的镜子和焚香》("The Mirror and the Incense in The Tale of Genji and The Dream of the Red Chamber"),载:《淡江评论》(*Tamkang Review*),第十卷,第2号(1979),第199—209页。

重彩,而《歧路灯》和《蜃楼志》的描写则简洁明了。这自然与作品的长短有很大关系:一百二十回的《红楼梦》自然要比二十回的《蜃楼志》多了许多创作篇幅。但不管长短多少,这些作品有一个共同的特点,那便是个性化的私人视角,能使读者领略中国家庭概念的涵义,并给中国小说带来全新的景象。

## (一) 妇女的警戒线——小说《林兰香》

在前几节中,我们结识了 16 世纪到 18 世纪中国小说中形形色色的女性人物,其中有淫荡女、讨厌鬼、悍妇、侠女乃至娇美人。这一个个人物大都刻画得比较夸张,采用这种简单化的描写大概是为了使情节更精彩。但如果一部小说不是直接把情色、爱情和婚姻当作头等大事,故事情节也不是随着这一主线展开,而是描写大宅门里的家庭关系问题的话,那么它对家庭乃至社会的描绘必然会更确切更到位。《林兰香》就是这样一部小说。小说共六十四回,在清朝前期写成,作者除了笔名随缘下士(意为顺从命运的傻瓜)外,其他情况不得而知。《林兰香》是连接《金瓶梅》和《红楼梦》的重要一环。① 同《金瓶梅》一样,书名《林兰香》也包含小说三位女主人公的名字;此外,小说也讲述了一位大草包和他六房妻妾的故事。② 不过《金瓶梅》重点写的是西门庆荒淫无耻的生活,他的六个妻妾只当陪衬,而《林兰香》却是集中讲述了年轻丈夫耿朗身边那几个女人扮演的角色及其命运。《林兰香》和一百多年后成书的《红楼梦》亦有相似之处,但两者并无直接影响的痕迹。《林兰香》中的耿家和《红楼梦》中的贾家都是贵族,有相同社会背景;此外,耿家也有高墙大院,分东、西两府,内有大花园,令人似曾相识;还有别忘了《林兰香》的故事也发生在首都北京。整个小说中出场的人物有三百多个,不过许多人物往往只是提一下名,并不像《红楼梦》的人物那样有具体的描述。同《红楼梦》一样,《林兰香》也摆脱了才子佳人小说典型的大团圆结局的影响,写悲惨结局比曹雪芹还早。小说结尾一场大火,先人宝物俱毁。再者,《林兰香》与《红楼梦》一样旨在帮助妇女争取权利。③

这部小说要较深入探讨的问题是:从妻妾角度看如何与一位才智平平喜欢过荒唐

---

① 此处依据的版本是:《林兰香》,春风文艺出版社 1985。小说具体创作时间不详,现存最早的版本也只是 1838 年的。不过有一篇关于这部小说的评论写于 18 世纪中期,由此可推断小说成书的时间还要更早些。另可参看马克梦:《吝啬鬼、泼妇、一夫多妻者》,第 207 页。

② 在《林兰香》里找不到姓名中有"兰"字的女性形象的。作者在第一回清楚地说明,"兰"取历史人物"燕姞梦兰之意",专指小说中的燕梦卿这个人物。

③ 此处详看于植元:《林兰香论》,载《明清小说论丛》第一辑,春风文艺出版社 1984 年版,第 190—213 页。该论文也刊登在上述小说版本的附录中。

生活的丈夫打交道。由于对小说作者缺乏了解,因此我们很难得知主人公耿朗的身上有多少作者的影子。不过作者在全书的结尾处泄露了一点天机,他指出了故事的重要性,并强调小说里的女主人公们很可能实有其人:

……则设此奇谈者,将以已为梨园外弹词外梦幻外之人欤?人或信之,吾不以为然!①

小说力图在两个极端——一味纵欲寻欢的淫荡女人和因苦苦规劝丈夫反而失去宠爱的极其贤惠的女人——之间寻求一个平衡点。对一夫多妻制,小说并没有提出任何疑问,而只是把它视为一种既成事实。提出的问题是:什么样的女人最有本事把一大家子治好并确保其繁荣兴旺?小说把这一命题结合描述耿家的命运展开,全部故事发生在1425年至1529年的京城。洪熙皇帝(1425—1426年在位)想起了曾辅助明太祖建业的开国元勋们的家族,他下了一道旨,叫这些有功之臣的后裔或考文或考武,有一才一技,当即录用。一共挑选了16家,其中便有耿家。耿家的祖先名叫耿再成,曾因有功被封为泗国公。耿家后代中只有一个才能平庸的年轻人耿朗有资格报名,而因为要去应试便阴差阳错地耽误了一门亲事。原来耿朗和御史燕玉的女儿梦卿早已订亲。燕梦卿与她的未婚夫一般大,都是16岁,长得光彩照人,而且聪明博学,幽闲贞静。耿朗要应试,便不能按期成婚。他考试成绩不错,延迟婚事似乎还算值得。耿朗被虚授兵部观政,到20岁再正式任职。谁知这门亲事往后一推就推出事情来了。聘礼亦已交换,这时员外郎钱可用急急忙忙来找御史燕玉相商,因为御史茅球上奏告了他俩。他们撰写了分辩札子,因为没有过错,史燕玉显得从容镇定,而钱可用却惊慌失措。他们等呵等,等到了皇上的告示。告示列举了御史茅球揭发的种种徇私舞弊的罪行。钱可用被告受贿;燕玉是钱可用的上司,虽然没有卷进丑闻,但被责为疏于管理,玩忽职守。尤其因为他头脑简单偏听偏信,撰写过渎奏,所以罪加一等。他先被罢官,这样同耿家的亲事又一次搁浅了。后来上面又下了新的命令,他被判处死刑,不过作为同案犯还得接受严格的检审。洪熙驾崩,宣德即位,但史燕玉情况依旧②,要被发配边境充军。充满孝心的梦卿不愿意父母亲白白生下她这个无用的女儿,于是她写了上疏,自愿入宫为婢,代父赎罪。她这举动使朝廷上下齐口颂扬,其父也因此获释,只是与耿朗的婚事告吹了。不过

---

① 《林兰香》,第六十四回,第495页。
② 原书中没提到判他死刑,宣德宣布赦免,他已身故。——译者注

耿朗不久找到了另一位名叫林云屏的姑娘,并与之成婚。林云屏成了正房太太,她是理想当家人的代表,举止高雅,凡事不愿出头露面。婚前,耿朗的几位候选妻子的母亲曾有一次谈话,话题是什么样的姑娘与这位娇生惯养自以为是的公子最相配。对妻妾之间能否处好关系的担心并不是没有理由的,而做男人的总能过得很开心。小说中有一处讲得很客观:男儿知己,四海可逢。女人同心,千秋难遇。① 在那次谈话中有人就已列举了几种不同的女人,而每一种都和后来嫁进耿家的妻妾十分吻合。

> 林夫人道:"依我看,作妇女的有了才智却不甚好。大则克夫,小则刑己,再不然必要受些困苦。"宣安人道:"我看作妇女者,大概有五等:有一等说两头话,行半截事,作善作不到家,为恶亦为不到家,器小易盈,徒资轻贱,是为下等。又有一等东说东去,西说西去。人说好他亦说好,人说歹他亦说歹,一味悠忽,毫无主见,亦属平常。象那谨谨慎慎,寡言寡笑,治家有法,事夫无缺者,又不能多得。倒不如说说笑笑,爽爽利利,你有天大事亦能消解,不屑人说好,亦不令人说不好者为妙。至于大大方方,行事妥协,在言语上不甚留心,诸凡领首不辞勤苦,却是当家人本色。"②

参加那次谈话的夫人们都担心自己的女儿是否能得到幸福,因此话题依然停留在妻妾的命运上。宣爱娘是林云屏的闺中密友,后来成了耿朗的三夫人。

宣爱娘的父亲宣节被指控贪污腐化,为此丢了官,所以耿朗娶宣爱娘,就等于把她救进了耿家。她与林云屏和燕梦卿关系密切,每当耿朗出乖露丑,无忧无虑性格开朗的她便会出来消解。

宣爱娘也总是燕梦卿和其他几个妻妾之间成功的调和者。她有本事使大事化小,小事化了,她的智慧是"忘";而梦卿则不同,她唯忍而已,无法将烦恼丢开。在与耿朗过夫妻生活时,爱娘聪明诙谐,却不淫荡,既不过于正经,又不下贱。

作者总是能高度艺术地搭起耿家女子六重奏的舞台,并深入探讨妇女问题。小说中有一段有趣的小插曲,专讲两个惨遭厄运、徒然寻求情爱的小人物。这个插曲同妻妾之一漂亮的任香儿有关。香儿淫荡成性,此事更加深了这一印象。香儿身边有一名李姓寡妇服侍。尽管年满五十,李寡妇还是十分向往性爱。出身越卑微,其行为越是荒诞

---

① 《林兰香》,第十一回,第85页。
② 同上,第四回,第26页。

可笑。眼见耿朗和自己的女主人纵情欢娱,她往往只好借助淫具来扑灭欲火。一天,李寡妇要去看侄子,便向香儿告假。

住了两日,侄儿外出,侄妇归宁,李寡妇遂替看家。午间小解登东,听得墙外亦有溲溺声音,脚登墙砖望外看时,却是个失目男子,立着小解。其物壮大,伟然可喜。目触心动,勃然兴作。回至屋里,正无聊赖,忽听街上三弦声,急隔门张望,那算命先生正是小解男子。一时情迷,便托算命,将瞎子唤入屋内坐下。那瞎子问明八字,推算一番,无过说些月令平常,小人不足的套话。算毕,李寡妇送一杯茶来。瞎子接茶,正摸着寡妇的手,滑软不干。再察口音,就知年齿亦不甚老。茶毕,寡妇给与命礼钱文,却落了两个在地下。瞎子弯腰乱摸,东一把,西一把,正摸着寡妇的脚,纤细堪足一捻。寡妇反笑道:"好先生,看我家无人,竟敢调戏。"瞎子见如此光景,乃挑道:"小子双瞎,不知回避,该死该死!还求娘子施恩,有登东处,借重片时。"寡妇又恼道:"好先生,望妇人家说这些事,益发没了道理!"因走至瞎子背后,揪住衣领要打。瞎子顺势一仰,将寡妇撞了一交。寡妇力微,手足乱动,两条大腿,正夹着瞎子脖项,落了头巾。瞎子用力一挺,恰好撞着李寡妇小肚,又好笑,又好痛,因道:"先生起来,这是什么样子!"瞎子听得,益发在寡妇身上乱滚,只道夹坏了脖项,弄得寡妇鬓发、纽扣、裙带、弓鞋,大半散落,周身俱被摸索。及至乘便立起,瞎子还在地上摸头巾。寡妇向后一闪,不防被矮凳一绊,两足朝天,一背向地。瞎子摸至凳旁,撞着软屁,即腾身而上,正好合了格式。寡妇因央道:"先生起来,有话商议。"瞎子又象耳聋,寡妇用力推开,还沾了满裤裆秽物。因道:"彼此有情,何必心急!且大晴白日,开门张户,万一有人撞见,如何措处?"瞎子道:"是,是。但小子自幼从无尝此滋味,求娘子可怜则个!"寡妇道:"你走百家门,大街小巷,岂有不知!物理人情,岂有不晓?约你今晚起更后来,人不知,鬼不觉,可享终宵之乐。且定个后会之策,岂不更好?"瞎子大喜,连连应允,急急整理衣巾、三弦、明杖。临行约下咳嗽为号,又抱住李寡妇,没好没歹亲了几个嘴,方一步步走去,李寡妇目送一程。

到得晚间,收拾衾褥,洗沐下体,长在门缝中张望。起更多时,尚不见来。因恨道:"瞎业障!终不济事。早知如此,倒不如白日任他弄了。"又转道:"或是路远也未可知。"等了一会,已交二鼓,便蹲在地下。忽然抬头,瞎子已在面前。才待怪他来迟,突地往后倒仰,一跌惊醒,却是一梦。是一个大黑猫从身下钻去。立起身来,听了听街上,业经三更,又急又气,又怜又骂。欲要去睡,且又难舍。原来那瞎子回到寓所,晚饭之后,托付同伴换上衣服,拄着明杖,走至大街,已是掌灯时候。人马喧杂,被西瓜皮滑了一个筋斗,将头巾跌落。急切寻不着,只得露着头,寻那走熟的便路小巷而行。又错走在泥里,将一支鞋陷了进去。捞摸不着,又只得光了一支脚,一步步漫走。谁知以南作北,以东作西,白走了许久,将近二更,路旁恶狗拦道,瞎子用明杖去打,反被狗将明杖咬夺了去。瞎子急得乱嚷,比及街坊上人出来指明路径,已是二鼓。又无明杖,不敢快走,七曲八折,刚然穿到大街,又被一家醉汉撞了一个仰面朝天。瞎子受了一肚闷气,又被这一撞,就要借端讹诈,便两手捧了小肚,大骂道:"谁家贼根畜生,夺去鞋帽,还踢命根,金吾卫都不拿人!"那汉被讹,酒怒大发,迎面一掌,瞎子便倒。那汉乱打,将衣服扯得粉碎。前番踢命根是假话,今番踢命根是真情矣。瞎子昏卧于地,醉汉一溜烟从小巷中走脱。及至苏醒转来,漏声已交三鼓。是时金风作冷,玉露生寒。带剑诘奸者连类而至,击柝警夜者结伴而来,便要拿瞎子犯夜。瞎子哭诉前情,一齐笑道:"你既作生意,岂不知这条路是走不得的?这条路自元末以来,乃奸人恶鬼出没之场,我们还成群打伙的来往,你一个瞽目之人,如何走得?不伤性命,就是万幸矣。跟我们来,且在铺房中息宿,明日回家,免得犯禁。"瞎子无奈,只得依允,咬牙忍痛而行,时已四更了。①

燕梦卿的世界自然没有如此色情下流。父亲获释后,她的境遇渐渐好转。京城里有权有势人家的公子争相求婚,均遭到她的拒绝,她说自己已许配给耿朗了。燕梦卿的最大特点是从不口是心非。过于刻板地遵循妇德,使她总是以劝诫者身份出现在丈夫身边。为抵父罪,当年她一度放弃婚姻愿入宫为奴,赢得声誉和一致颂扬(她嫁给耿朗后皇帝还亲自诏赐"孝女节妇"四字牌匾),可是进入耿府后这一切并没有带给她什么益处。相反,她作为道德的化身尤其遭到浪荡公子耿朗的讨厌,他一听到她的脚步心里就烦,夫妻关系总是不和。梦卿自然毫不在意,依然不苟言笑,最终却酿成自己的悲剧。她坚信自己遵奉的妇德是天经地义的,丈夫因酒色过度生病,她守在他身边寸步不离。为奉行自古为病人献身的道义,她把自己的身体健康置之度外,割指煮药,不惜走出自残的一步。后来耿朗身体逐渐复原,梦卿成功地把断指一事瞒了过去。身子虚弱再加上怀孕,梦卿的身体彻底垮了。虽然她生出了合家盼望的继承人耿顺,但自己还是没能撑过去,不久离世。作为丈夫的劝诫者,燕梦卿并不很成功;因为早亡,她也未能尽到母亲的职责。不过有一件事能说明梦卿的确是一个和蔼可亲的主妇,把一家大小的祸福

---

① 《林兰香》,第二十八回,第217—220页。

冷热都挂在心上。17岁的耿服是耿朗的本家弟弟①,他疯狂地爱上了丫鬟涣涣,结果是梦卿帮了他的忙。涣涣原在耿服身边,后被支派去另一府侍奉彩云,于是这位年轻人犯上了相思病。梦卿看在眼里,想到自己与丈夫不如意的爱情,很同情耿服的一片痴情。下面对年轻人深陷情网的描写是小说中最精彩的华章,也是中国古典小说中人物情景描写的一段不可多得的范例。

> 无精无彩,到泡子河看了一回河灯。回到家,直坐至日出。梳洗毕,又往各处散闷。看见绝色歌童,也想起涣涣来。看见出众妓女,也想起涣涣来。看见人家少艾,更想起涣涣来。花阴月影,仿佛如见其形。鸟语虫声,依希似闻其韵。一连好几日,又恐父母知觉,且又自想,日日在外,未免反到触目伤心,空劳一番系恋。于是闭门不出,独自在书斋中看些书史。谁知动的时节,还可惜他物消遣。至于静的时候,更不能以力压排。正是茶里也有涣涣,饭里也有涣涣。画上传情,都不怕鬼狐作祟。书中有女,且更信郑卫多情。一连又是好几日,自家又恐劳思太过,白送性命。不得已或山村,或野店,到处游赏。又谁知节序感人,情不自禁。思遍九坑,不亚于登高宋玉。目极千里,恰好似望远张衡。无奈何又回至家中,终日闷闷。有时自己安慰道:"丈夫家何处不得娇妻美妾?家内侍女擅姿色者虽少,而有风味者尚多。且将来成婚之后,倘陪嫁中有似涣涣者,亦未可知。"然想到妻不如妾,妾不如偷,又觉得涣涣最有情最有趣,十分难舍。忽又想道,伯母康夫人行事豁达,伯兄耿瞒照为人友爱,若将实情上达,未必不将涣涣送来。但父母之怒责可忧,兄弟之讥笑可愧,亲戚之议论可羞,奴仆之轻薄可耻。以此千思万虑,真是肠一日而九回矣。②

这位年轻人此后害了重病,梦卿找到了病根,她提议让涣涣重新回到情人身边服侍他。

要不是作者再引进一个竞争对手平彩云的话,任香儿这个人物大概就会太突出了。平彩云进入耿家的方式算得上是最离奇的了。她本是个受害者,被一个采花大盗抢劫,后遇侠士搭救,被装进木箱放进耿家宅地,结果被耿朗发现做了耿朗的第五房太太。继香儿之后,她是耿朗第二位宠爱的性伴侣,不过不像香儿那样充满嫉妒心。平彩云出身

---

① 有误,17岁,侄子。——译者注
② 《林兰香》,第二十六回,第202页及后页。

书香门第,要比生于坏名声富商之家的香儿知书达理得多。她们俩人的关系也比较紧张,始终伴随着嫉妒心理。下面的这段情景描写便是一个典型的例子。从中还可以看到,与《金瓶梅》和前面介绍过的同类其他作品相比,《林兰香》对性爱的描写是相当节制慎重的。

> 耿朗扶在香儿肩背上,一支手搅着脖颈儿,说道:"好姐姐,亲一个嘴何如?"香儿因有彩云在旁,便双手推着道:"好没人样!"又望旁一闪,恰好耿朗扑空,反撞在彩云怀里,两个人都倒在香儿的卧床上。耿朗乱摸乱揉,又是一番好笑。及至立起身来,彩云笑向香儿道:"姐姐!这个贼偷了你的东西了,还不快搜一搜!"香儿真个去搜,耿朗却早在袖内摸出一支睡鞋来,道:"这不干我事,是适才你妹妹藏在我袖子里的。"香儿要夺,耿朗又高高举起,道:"你只望他要就是了。"香儿看着彩云道:"短命鬼,你须替我讨来!"彩云道:"这却不难。"因向耿朗道:"我说个笑话儿,你还他何如?"耿朗道:"无论诗词,不分新旧,只要贴切,我就还他。"彩云随即念道:"玉笋重重裹,金莲步步移。虽然长落地,也有向天时。"①耿朗大笑道:"妙妙妙,如今就教他向天罢!"香儿听了亦笑道:"你两个作成圈套来戏弄我,我须不依。"耿朗道:"亲不亲,尽在我,依不依,怎由你?你若真不依时,我便硬脱你脚上穿的凤头鞋作鞋杯。"香儿此时已有些醉意,猛可的将耿朗向彩云身上一推,笑道:"你两个且亲一亲看!"彩云不防,几乎跌倒,恰好被耿朗抱住,反亲了好几个嘴。②

但下文却没有对性事的描写。香儿吐酒,昏睡了过去。彩云把香儿移到床上,她自己并没有乘香儿醉酒之机,占耿朗一夜。可到第二天,香儿却认定他俩昨夜有戏。出于嫉妒,她将彩云剥得赤条条,又拿彩云的五色香囊汗巾系在耿朗腰间,将双龙戏珠嵌软镯套在耿朗的手腕上。

在一群妻妾之中,耿朗与香儿和彩云最为亲密,虽然从耿朗对香儿颐指气使的蛮横态度中可以看出她俩的地位在许多方面比妓女也高不到哪里去。因此,彩云和香儿看到田春畹由丫头升为六房太太时,心中特别酸溜溜,这位末房太太接的是准正房太太梦卿的班,难怪香儿曾有一次要咒她死。作者用春畹这一形象也回答了谁是最完美的妻子这个问题。春畹纯真贤淑,最具备理想妻子的品性,这恰好应了那句古训:"女子无才

---

① 恐怕只有行家才会十分了解这部分暗示的内容。紧裹的玉笋和金莲指的是妇女的小脚,平时走路用,做爱时却向着天。
② 《林兰香》,第四十二回,第 322 页及后页。

便是德。"她的出众之处并不是自己要当才女和道学家,如梦卿那样老是站在道德高处去劝谏丈夫;更不像香儿和彩云那样只做耿朗的性伙伴以满足丈夫的肉欲。她的功绩在于处心积虑地维持和振兴这个家庭,在梦卿去世后对耿顺承担起母亲的责任,努力让儿子有朝一日超过父亲。她终于如愿以偿:耿顺功成名就,但不久即退隐独居,享年99岁而善终。有了春畹这个人物,小说的故事才圆满;在这个人物身上,寄托了作者对"理性"和对传统继往开来的希望。春畹虽然一度只是个侍女,但因长期待在耿家,知根知底,所以最终在宅院里起了举足轻重的作用。讲来历,春畹也与香儿、彩云截然不同,香儿和彩云只因娘家遭灾才嫁进耿府。有一回,梦卿和香儿谈到了从何处来到何处去的"命运"问题,话题涉及儒释道三家学说及其对组建家庭的意义。

> 至初八日,乃如来生辰,京城风俗,好佛之家,都煮五色豆儿相送,名曰"结缘"。香儿便问梦卿道:"来生之缘,果然结得么?"梦卿道:"生死轮回,儒家不讲。今生既不知前世,则今世岂能又知来生?佛经上说的一切有为法如梦幻泡影,此话看来,是今生来生,总不必管他,又何必结缘?为此说者,不过俗恶僧尼,欲伸其果报之谈耳。"香儿道:"轮回之说,固未足信,但报应之说,恐亦儒家所不废也。"梦卿道:"佛教主气,其说报应处,未免太着形象,故有天堂地狱之谈。儒家主理,其说报应处,似无实据,然却丝毫不爽。如孟子所说,杀人之父者,人亦杀其父。杀人之兄者,人亦杀其兄,非报应而何?"香儿道:"自来莫奉佛法,莫不净重僧尼。韩昌黎必要'人其人,火其书,'无乃太过?"梦卿道:"佛老之教,本不能齐家治国,故自儒家视之,皆是异端。昌黎乃一代大儒,故有此论。"香儿道:"若如此说,则佛老二教,天又留他作甚?"梦卿道:"留与不留,天亦未必有意。依我看来,佛老二家不生男不育女,既少生子,许多人便少了许多灾劫,未尝不与天地恶杀之心反相合也。"……香儿道:"结缘之说,原无凭据,但人与人相交,有一见如故的,有终身如仇的,谁在暗中作主,便教如此不齐?"梦卿道:"若以缘论,夫妻是最有缘的了。然其中有恩爱夫妻,有生死夫妻,有患难夫妻,有冤业夫妻,故谓之有缘不可,谓之无缘亦不可。谓之非缘不可,谓之是缘亦不可。谓之由于缘不可,谓之不由于缘亦不可。总之,随缘而已。"香儿道:"随缘之说,岂非无定向的事了么?则那再醮之人,亦可说随缘矣!"梦卿道:"随缘者,乃随遇而安之意。若重婚再嫁,操守已失,既有乖于名教,如何教得随缘?"①

---

① 《林兰香》,第二十回,第153页及后页。

但要真正做到儒家提倡的"百年好合"是很不容易的。最捉摸不定的东西莫过于感情了,仅仅想在感情之上去建立家庭恐怕是建不起来的。此外,若像香儿和彩云那样只图片刻欢娱自然也是绝对靠不住的。

只是人生本来就短暂,感情又如何长久得了?世间难料之事太多,影响到每个人及其家族的生存。《林兰香》由此时时发出伤感的悲叹。耿顺卸职后,曾将父亲的妻妾尤其是生母燕梦卿的遗物收集到一起,保存在宗祀的一座小楼里。遗物包括一把题诗的扇子,梦卿为丈夫煮药的指骨以及为耿朗护身作甲的头发等。小楼的另一边是藏书,其中有众妻妾的诗集。可是天意不让这些遗物留存到后世。一天夜里,耿顺想查阅资料,便叫侍女掌灯。侍女不小心将灯烛坠落,落在书套上面,引发火灾。大火迅速蔓延,全部纪念品毁之一炬。人们只能从两个老妇人——耿家从前的丫鬟——唱的弹词中依稀回忆起全盛时期的耿家来。世间万物都是转瞬即逝的,这是作者在小说最后留给读者的音讯。

> 不知人生贵贱修短,本自然之数。古今来强似过梦卿,比梦卿贱而且短者,不知多少。古今来不及耿顺,比耿顺修而且贵者又不知多少。气运造化谁为之主?处治斯人至于如此者,恐天地亦不自知也。然则人本无也,忽然而有。既有矣,忽然而无论其世,不过忽然一大账簿。诵其诗,读其书,令人为之泣,令人为之歌者,亦皆忽然之事也。①

## (二) 多重人格——《红楼梦》及其续书

《红楼梦》是一部百科全书式的巨著,仅近几十年来,研究这部小说的论文便数不胜数。要想在本书篇幅内哪怕只是对它作出一定程度上的恰当评价,似乎也显得有些不自量力。② 王国维(1877—1927)、胡适(1891—1962)、俞平伯(1900—1987)以及其他许多国内外学者都对这部小说进行过研究,③促使一门独立的学科——红学的诞生。在他

---

① 《林兰香》,第六十四回,第 495 页。
② 即使是不熟悉作品内容的读者,也能从小说名中的"红楼"一词中得到重要启发,了解作品描述的背景是在有钱人家。"红楼"是和表示妓院的"青楼"相对,更多指富贵人家的闺房。参看高典娜(Diana L. Kao):《〈红楼梦〉的语言特征描述》("Linguistic Characterization in *Dream of the Red Chamber*"),载《词语专栏——国际语言学学会会刊》(*Word. Journal of the International Linguistic Association*),第 31 期(1980),第 110 页及后页。
③ 关于胡适的红楼梦研究论文参看:《胡适红楼梦研究论述全编》,上海古籍出版社 1988 年版。俞平伯的文章收入《俞平伯论红楼梦》,上海古籍出版社 1988 年版。

们的研究中,这部小说的方方面面无一不被涉及。① 这清楚地表明《红楼梦》在中国小说发展史上占有何等特殊重要的地位。但毋庸讳言,对《红楼梦》的特别看重似乎使中国早期的其他小说有点被看走了眼。

《红楼梦》在细腻的刻画以及现实主义的心理描写方面无疑是不可逾越的。与比它早的长篇巨著如《西游记》、《水浒》以及《金瓶梅》不同,《红楼梦》作者不用第二手资料,往往直接切入个人体验的深层领域。② 尽管如此,《红楼梦》还是凸现中国小说发展的传统脉络,而本章对明末以来的小说的介绍也会证明这一点。我们无意质疑《红楼梦》的伟大,但把《红楼梦》视为至清末出版的全部小说的空前绝后的样板——这种盛气凌人的评价至今仍不时会听到——显然也是欠妥当的。我们把《红楼梦》放在这一章节,就是要它当作小说史许多同类小说中的一部来看待。

一开头就已提到,我们在这儿不可能对《红楼梦》的许多细枝末节加以论述,不过我们至少会尽量在适当的场合向读者指出相关的研究专著。我们采用对本章其他小说的同样方法一步步走近《红楼梦》,首先令人惊异的是虽然对这部著作的研究已经多得不能再多了,但我们对作者曹雪芹还是知之甚少。曹雪芹大约生于 1715 年,死于 1763 年左右。③ 只是对他的晚年生活有一些文字记载。尽管缺乏确切的事实根据,也可能正因为缺乏确切的事实根据,当代作家高阳和端木蕻良在过去的几年中先后尝试利用创作的自由空间用小说方式撰写曹雪芹的传记,传记无可质疑地借用了不少《红楼梦》本身的故事情节。④ 由此可见,小说描写的贾家的故事与曹家的命运是息息相通的。为了能一步步走近作者本人并更好地了解他,似有必要先对曹雪芹的家庭背景稍加解读。

曹家的兴衰际遇无疑是同满洲皇族紧紧连在一起的。曹雪芹先世原为汉人,入籍满洲,1621 年被捕,沦为奴隶。后属上三旗之一的正白旗家奴,受满洲统治者的直接管辖,因此其后属清皇室内务府。⑤ 满族统治者为巩固其在中国南部的统治,选派身边的

---

① 关于红楼梦重要研究成果的汇编以及曹雪芹生平资料,可参看:郭豫适(编著):《红楼梦研究文选》,华东师范大学出版社 1988 年版(该书精选汇编了自清代以来直至 1980 年代的研究论文)和韩进廉:《红学史稿》,河北教育出版社 1989 年版。

② 此处参看余珍珠(Angelina Chun-Chu Yee):《同感,均衡和象征意义——红楼梦的结构观》(*Sympathy*, *Counterpoise and Symbolism*:*Aspects of Structure in Dream of Red Chamber*),哈佛大学哲学博士论文 1986,第 121 页及后页。

③ 有关曹雪芹的生卒年月,很多研究众说纷纭。其中一说就是在 1724—1764 年间。我们这里采用英语全译本在译者前言部分的说明,霍克斯(David Hawkes)译前 80 回,闵福德(John Minford)译后 40 回,英国哈蒙兹伍思企鹅出版社(Harmondsworth, Penguin)1973—1986 年(共 5 卷),这里是第一卷,第 15—46 页。关于曹氏宗族的命运,还可参看史景迁(Jonathan D. Spence):《曹寅和康熙帝——奴隶与主人》(*Ts'ao Yin and the K'ang-his Emperor*:*Bondservant and Master*),纽黑文,耶鲁大学出版社(Yale UP)1966 年版。

④ 参看高阳[台湾]:《曹雪芹别传》,中国友谊出版社 1985 年版,以及端木蕻良:《曹雪芹》,北京出版社 1980 年版,第一卷。端木蕻良这部关于曹雪芹生平的历史小说续卷是否出版以及何时出版,这里不能确定。

⑤ 1615 年,后来的清朝统治者创建了满族八旗,1624 年和 1642 年又分别设立了蒙古八旗和汉营八旗。

汉族手下赴当时的经济文化中心南京、苏州和杭州任织造和盐法道，以监督和保证国家重要的工业财政收入。这些人形式上还是皇帝的家奴，但实际上已能指挥数千个下属，掌管着巨额银两，有事也可直接向皇帝报告，成为财势熏天的望族。曹家的先人在10世纪的五个朝代中历任过满族大臣和将军，这恐怕是在顺治皇帝（1644—1662）的侍卫军服过役的曹雪芹的曾祖曹玺在1663年获得江宁织造职位的一个重要的原因吧。江宁织造这个职位其后还传至曹家子孙数代。其中杰出的当数曹雪芹的祖父曹寅（1658—1712）。曹寅先后担任江宁和苏州织造以及扬州盐法道，不仅获得巨大的财富，还深得皇帝的恩宠。康熙皇帝在1699年至1707年间四次南巡，都以江宁织造府为行宫，此外曹寅还把两个女儿嫁给满族王子为妻。不过他的名声并没有停留在当大官和与清朝皇族联姻上。在任官之外，他还是个学者、诗人、艺术爱好者和资助者，为此赢得了荣誉和尊敬。① 那是曹家的鼎盛时期，曹雪芹后来在小说的前十八回中着力表现这一段时期，其高潮便是主人公贾宝玉的姐姐元春入宫嫁给满族王子为妻的婚事。曹雪芹1715年出生时，曹家的全盛时期已经过去了，在直至十二三岁的少年时代，他大概还经历过昔日繁荣家族的最后一点辉煌。曹家的衰败从作者父亲的身份模糊不清便端倪渐显。曹雪芹的父亲很可能是曹頫，曹寅的一个侄子。为延续家庭血脉，曹寅的妻子李氏——从《红楼梦》中贾母身上可以看到她的影子——在曹寅和他的独生子曹顒死后把曹頫过继了过来。② 不管怎么说，就是这个曹頫不得不背起曹家因奢侈生活多年欠下的巨额债务；还是这个曹頫，而今作为户主在18世纪的20年中（正值曹雪芹的生活时期）首当其冲地遭受到来自朝廷的打击。康熙去世后，他的儿子雍正皇帝在宫廷斗争中战胜了兄弟，夺得皇位。随后他便毫不留情地向对手的亲信（曹家正好列入其中）发起攻击。从革职到抄家——据记载发生在1728年——这一系列事件在小说的最后四十四回都有生动的描述。多亏朝中做官的亲戚朋友的影响，曹家得以免遭灭顶之灾，曹頫及部分家人从南方被遣送回北京，那儿还留下一些房产田地。估计雍正去世后，曹家的境遇有所改善，可是在乾隆皇帝（1736—1796）即位后不久的1739年，曹家再一次遭到打击，于是重振家业的希望被彻底打破。这段时期还多多少少留下一些关于曹雪芹生平可信的资料。他大约在1740年开始撰写《红楼梦》，先后花了十年时间完成了大部分文稿。他曾在一所宗族学堂"右翼宗学"里当过老师③，得以勉强生活。我们能看到的关于

———
① 曹寅的一项辉煌成就是主编和刊刻了《全唐诗》，收入唐诗5万首。
② 长期以来学者都认为曹顒也可能是曹雪芹的父亲，直到从近年发现的曹氏族谱上说，曹頫的儿子不是曹雪芹，而是曹天佑。不过不能排除曹雪芹和曹天佑是同一人的可能。
③ 应为"舍夫"，即地位低下的掌管文墨的杂差。——译者注

曹雪芹在这段时间的为人和境遇的资料大多数是出自这一学堂学生的记载。可等到他的表兄福彭亲王1748年去世后曹雪芹丢掉了这个职位，迁至北京西山脚下的一个简陋的村房里，这个故居今天还供人参观。他在那儿是如何勉强度日的，研究者的意见不一致。最常见的一种说法是他靠卖画为生，还一度得到过一个待遇菲薄的小官职。据他的少数朋友如敦敏（约1729—1796）、敦诚（1734—1791）兄弟和张宜泉的记载，曹雪芹生活十分困顿，卖画所得往往还不够偿还他在酒店欠下的酒资。至于谁是他患难与共的妻子，至今尚不得而知。只知道他的发妻先他而去。1762年秋，他的幼子夭殇，数月后他自己"泪尽而逝"。

那么小说的命运又是怎样的呢？据记载，早在曹雪芹生前小说就以抄本的形式首先在亲戚朋友圈子内流传，但后来也能买得到，有一位在1769年赴京赶考后来当上巡台的人证明了这一点。因为是手抄本，所以有好多种，不过有两个共同点：一是书名均为《石头记》，有署名脂砚斋的评语，简称"脂评本"；① 二是均以第八十回告终。自从高鹗（约1746—1815）和程伟元（约1745—1819）在1792年排印出版了一百二十回本的《红楼梦》，脂评本以及作者曹雪芹逐渐被人遗忘。② 高鹗曾说过此书作者不详的话，为此后世研究者曾一度指责他为剽窃者，③ 这一批评后来在很大程度上得到了纠正。按照纠正者的观点，高鹗只做了《红楼梦》出版的工作，并没有续写第八十回以后的章节，这自然并不排斥他作为出版者参与了这部长篇著作的校订。脂砚斋对前八十回作了评注，此人很可能是曹雪芹身边的一个亲人，④ 在脂砚斋的影响下，作者对文字作了多次改动。⑤ 我们从脂评中得知，曹雪芹写稿有一个毛病，特别在故事时间和人物年龄方面不够严谨，往往造成情节中断，出现漏洞。⑥ 至此，手抄本里没有的四十回究竟是谁写的问题仍然没有解决。一种说法是曹雪芹本人完成了其中的大部分书稿，但因内容涉及家庭败落，担心被官方看出作者对朝廷有不满情绪，故而压下没发表。⑦ 此外，曹雪芹与许多其他小说的作者不同，显然有意不讲故事发生的具体时期，更不想把情节内容拐弯抹角地

---

① 《石头记》是《红楼梦》众多小说名的其中一个，因第一回的"梦"而得名。五个书名中的其余三个是《情僧录》、《风月宝鉴》和《金陵十二钗》。
② 胡适在20世纪20年代初发表的论文中首次证实了曹雪芹的作者身份。参看胡适：《〈红楼梦〉考证》，1922年，载：《胡适红楼梦研究论述全编》，第75—120页。
③ 俞平伯也有同样的论述。参看他的文章《略谈新发现的〈红楼梦〉抄本》，1959年，载：《俞平伯论红楼梦》，上海古籍出版社1988年版，第911页及后页。另参看《谈新刊〈乾隆抄本百二十回红楼梦稿〉》，1963，载：同上，第1049—1105页。
④ 这里顺便提一下另一位评论者名叫"畸笏老人"，对《红楼梦》作了15条评点。
⑤ 根据作者在第一回自述，小说从石碑上抄下来的。该回直接点了曹雪芹的名，说他批阅十载，进行了五次修改。
⑥ 此处参看霍克斯的"导言"（Introduction），第39页。小说的早期版本缺第六十四和六十七回，这两回显然由后人作了补写，以不同形式出现在各种版本中。
⑦ 参看：同上，第40页。

去安在某一个先朝时代,以招致别人对他政治中立态度的某种猜疑。① 18世纪70年代和80年代乾隆皇帝颁布禁书令,1838年及1848年官方检查机关分别在浙江和江苏指控《红楼梦》内容淫秽,这似乎说明作者早先的担忧不是没有根据的。② 按另一种说法,八十回至一百二十回是由曹雪芹身边的某位十分熟悉小说原稿的人士所作。③

《红楼梦》博大精深,很难找到一条合适的途径来介绍作品的故事以及其他方方面面的内容。所以我们想一步一步来,先概述一下贾家的命运,再探究一番与主人公贾宝玉密切相关的寓意内容,最后谈谈作者本人的形象和宗旨是如何在作品中表现出来的。④

前面讲到了曹氏大家族的背景,我们由此明白曹雪芹并没有严格按照写自传的方式只写自己青少年时期经历的家族衰败,而是拓展到前几代的辉煌时期,从而概述了一个大家族的兴衰史。同曹家一样,小说中的贾家也出自江南金陵,主要通过监造船舶和受朝廷委托修建苏州和扬州的堤岸致富,同时也要为皇帝临时执行各种不同的任务。小说中对贾家鼎盛时期的回忆多半出自府中老家人之口,并不是故事本身的组成部分。⑤ 作者向我们叙述的故事发生时,贾家已入迁京都,西宅院为荣国府,东宅院为宁国府。仅在荣国府,自下而上就有三百至四百口人,读者由此便可领略到小说《红楼梦》描写的规模了。皇上赐给贾家的官职由宁国府的户主贾敬袭领,贾敬是个贵族隐士,作品对其着墨不多,他生性怪癖,不问世事,一味好道;为图长生不老练汞服丹,最后中毒身亡。宁国府由贾敬的儿子贾珍掌管。贾珍是个叫人捉摸不透的人,因缺德少才,无法秉承家族的辉煌传统,只是一味寻欢作乐。他与儿媳妇秦可卿通奸乱伦,⑥致使秦氏早亡,这一事件早早预告了宁府的衰败。后来发生了惊心动魄的贾府被抄事件,贾珍被指控为不善持家,被捕后发往海疆效力赎罪。

荣国府的家长是贾代善的寡妇年迈的史太君。贾代善又是老荣国公的长子。老太君总是对心爱的孙子宝玉宠爱有加,到末了为了使家族摆脱经济危机,把自己的私房积

---

① 曾有过把小说内容按时间顺序整理的尝试。孔舫之对《红楼梦》进行了节译:法兰克福,岛屿出版社(Insel)1981年版(初版1932年)。他在第二卷的"文字说明"部分(第823页)写道,小说的主要故事情节发生在1729至1737年这一段时间内。小说本身提到时间的地方很少,其中第一百零三回有一处在贾雨村与以前的邻居甄士隐交谈中指出从故事开始到现在已经有19年过去了。
② 大部分的《红楼梦》续篇都受到过审查。
③ 参看霍克斯的"导言",第18页。
④ 除了上述的孔舫之和霍克斯/闵福德等译本之外,还有一些英文全译本,如杨宪益、戴乃迭(Gladys Yang)夫妇的译本(A Dream of Red Mansions),北京,外文出版社1992年第二版(3卷本)以及中文版本《红楼梦》,人民文学出版社1985年版。
⑤ 出自第十六回贾琏乳母的回忆。
⑥ 作品中关于秦可卿描写前后有矛盾,脂砚斋将此归之为曹雪芹修改时的失误。第五回出现的梦境暗示秦可卿在与贾珍的私情败露后上吊自尽。第十三回则说她是患上一怪病而去世的。

蓄都掏了出来。宝玉曾有过一个叫宝珠的哥哥,长得聪明伶俐,但不幸早亡,于是宝玉成为家族这一脉唯一的男性继承人。①史太君万分溺爱宝玉,一心希望宝玉日后能成为一个刚强的功成名就的接班人。她自己的大儿子贾赦只是一个平庸的官员,因好色而招致恶名。他已妻妾成群,还想要老太太的丫鬟鸳鸯做小,鸳鸯宁死不从,老太太也气得要命。这个无能的老色鬼最后遭到与宁国府贾珍类似的命运:被捕后发往边境效力赎罪。在贾母眼中,靠自己的努力和才能而成功的二儿子贾政要强得多。贾政通过两次考试取得举人资格,这在贾府是不多见的。贾政无须参加京城会试,皇帝引见他后便叫他入部习学,后升为员外郎。他为人端方,信守孝敬父母、用功勤读的儒家道德,注定要与逍遥自在的儿子宝玉发生冲突。用一个现代企业管理学的新名词来形容,贾政不懂得"人事管理"。他无力按自己的模式把天资聪颖的宝玉塑造成一名博学多才的官员,更谈不上教会孩子具有管好这一大家子的能力了。在人事管理领域,贾政不仅在自己家失了手,而且在自己的衙门也败下阵来。虽然他好几次成功完成了皇帝委托的使命,但后来有人指控他对下属管教不严,因而丢了江西粮道的职务。

读了上面的简要介绍,不难看出由于中心人物是贾宝玉,因而小说主要描写荣国府里发生的事。我们暂且仍限于少数掌控荣宁两府命运的人物,而不想在这儿细述贾府主子圈中众多的夫人、姨娘、兄弟姐妹以及主人公们的三亲四戚,其中几个主人公如仅次于宝玉的最重要人物林黛玉和薛宝钗我们下面还要提到。《红楼梦》带有明显的教育小说的倾向。从年龄角度看人物的比重,府内年轻的主人公显然处于中心地位。在丫鬟、仆人底一层的人物那儿,我们同样看到作者着重描写的是年轻人,如贾宝玉周围品格各异的丫鬟都写得十分出色。②

前面已经提到,小说故事开始时贾家两府的鼎盛时期已经过去了。虽然后来也描写过几次高潮,诸如宝玉的姐姐元春(她当时已是宫女,不住在家中)封妃、征收年租以及皇上降旨要贾家完成重要使命等,但从几个远亲和了解内情的人士的谈话中人们得知,贾家过着入不敷出的挥霍生活,正逐步走向衰落。③再加上一些家庭成员的所作所为从一开始便留下了腐败堕落的印象。儿媳死后,贾珍也预感到家道中落。④贾府很大,愈益显出大的难处。私下算了一笔账,林黛玉第一个向贾宝玉指出府中支出已大大

---

① 似应加上"正出"两字,贾环不也是贾政的儿子吗?——译者注
② 此处详看魏玛莎(Marsha L. Wagner):《〈红楼梦〉中的侍女和仆人——个性与社会等级》("Maids and Servants in Dream of the Red Chamber: Individuality and the Social Order"),载:何谷理和海诗纳:《中国文学中的自我表现》(*Expressions of Self in Chinese Literature*),纽约,哥伦比亚大学出版社(Columbia UP)1985年版,第251—281页。
③ 见第二回贾雨村和冷子兴的谈话。
④ 该情景见于第十三回。

超过了实际收入。可是这位被周围人称之为只知享乐的年轻人听了总是一点也不着急,他还要探春把家族的财富和威望享用个够。他的这种想法自然说服不了那些忧心忡忡的女眷,他自己也不得不受到那位色鬼贾珍的妻子尤氏的斥责:

> 尤氏道:"谁都像你,真是一心无挂碍,只知道和姊妹们顽笑,饿了吃,困了睡,再过几年,不过还是这样,一点后事也不虑。"宝玉笑道:"我能够和姊妹们过一日是一日,死了就完了。什么后事不后事。……人事莫定,知道谁死谁活。倘或我在今日明日,今年明年死了,也算是遂心一辈子了。"①

宝玉的回答绝不说明他看透了世俗的追求一切皆空。这番话只是表现这个娇生惯养的贵公子无法正视现实,此外还透露出他不想长大直接面对实际生活的意愿。整个贾家蒙上了道德沦丧、贪腐横行的阴影。而此类腐败在荣宁两府表现的方式是不同的。贾珍和贾赦荒淫无耻,道德方面经受不起任何诱惑;而道学先生贾政在实施其道德原则方面却毫无作为。皇上对贾家采取强硬措施,派锦衣军来查抄,表面上看贾政一开始还是安全的。他的哥哥贾赦是荣国府的户主,被指控为"依势凌弱",其家产被悉数没收。多亏贾宝玉的作用,北静王对贾政比较欣赏,贾政一家才免于被抄。宁国府因主子卷入府内府外的阴谋,也没有逃脱被捕和抄家的厄运。贾珍和其子贾蓉被捕,罪名是"引诱世家子弟赌博"以及"强占良民妻子为妾,因其不从,凌逼致死"。对东边宁国府的胡作非为贾政异常生气,但这个气也生得太晚了。② 贾氏家族此时像纸牌搭成的屋子一下子倒塌了。

外界的影响成了贾家败落的先导,这里凸显出中国式的向心思维,即外界的、别人的和陌生的东西被视为对内部的、自己的和熟悉的东西的威胁。③ 贾家长期以来闭门自守,只满足于在高墙深宅之内过舒适安逸的生活。宝玉的家人和亲戚往往只是在"安全"的正式场合,诸如奉皇命出差,参加葬礼和庙宇祭祀才与外界接触。④

我们刚才只能通过若干例子列举了贾家衰败的几个最重要的阶段。显然家族没落的根子从一开始就存在,而部分家庭成员也多少预感到了日暮途穷——整个家族内近

---

① 《红楼梦》,第七十一回,第二卷,第 1014 页。
② 抄家和财产充公发生在第一百零五回。
③ 这个有趣的观点此处不再展开说明。作为例证只需提一下中国人的早期观念:把自己的国家称之为"中央帝国"(Reich der Mitte)。详看费正清(John K. Fairbank)编:《中国的世界观念》(The Chinese World Order),剑桥(马萨诸塞州),哈佛大学出版社(Harvard UP)1968 年版。
④ 参看王蒙:《红楼启示录》,三联书店 1991 年版,第 141 页及后页。

亲婚配的倾向便是个佐证,但是从不想去寻求真正的补救办法。从这个意义上说,如果我们来探求书名的一个新的至今不被重视的涵义的话,荣宁两府的全体成员都身处在梦境之中,久久醒不过来。而贾府周遭的人物乃至整个外界倒不仅在感知贾府的衰朽方面而且在对此施加影响方面均起了重要的作用。来自苏州的贾雨村就是一例,他是作为所谓的边缘人物对贾家的每况愈下发表自己意见的。且不说他在小说中扮演了何等重要的角色,单看作者安排这么一个与贾家命运本来沾不上边的人物来取得对贾府的第一印象,这种做法本身就意味深长。作者不时安排贾雨村与他先前的邻居甄士隐见面,至小说结尾处又少不了碰一次头,让这两位人物为整部小说完成衔接头尾的框架功能。不仅如此,通过他们姓名的谐音让人看到作者的意图,即将"真事隐去",用"假语村言"敷演出来。"假语村言"同时又是作者的谦词,表示自己无德无能。曹雪芹开宗明义,在第一回的开头就点出了这两个名字。①

来自贾家周围的影响自然并不都是负面的。在众多的留下正面印象的人物中首屈一指的当数刘姥姥。硬朗的老妇人刘姥姥是贫苦农民王狗儿的岳母,与贾家并没有直接的亲戚关系,靠与王熙凤的祖父认识来到贾府。② 她质朴自然,与贾府中许多装腔作势目空一切的家族成员迥然不同,作为一个"搞笑人物"颇受欢迎。刘姥姥第一次是来讨救济的(参看第六回),在宁荣两府衰败后她知恩图报。刘姥姥第二次来,顺便带来一些地里的农产品,气氛十分轻松热闹。刘姥姥比贾母还大几岁,看上去却比贾母还要硬朗健康,两位老人谈起话来十分投缘。小说最有趣的高潮无疑发生在第二天众人带她游园的时候。一行人也到妙玉的禅堂稍坐片刻。刘姥姥用过一只非常贵重的茶碗,妙玉便不再要了,她托宝玉等姥姥告别时交给她。此后这位老村妇却闯进了公子的卧室。

众人笑的拍手打脚,还要拿他取笑。刘姥姥觉得腹内一阵乱响,忙的拉着一个小丫头,要了两张纸就解衣。众人又是笑,又忙喝他"这里使不得!"忙命一个婆子带了东北上去了。那婆子指与地方,便乐得走开去歇息。

那刘姥姥因喝了些酒,他脾气不与黄酒相宜,且吃了许多油腻饮食,发渴多喝了几碗茶,不免通泻起来,蹲了半日方完。及出厕来,酒被风禁,且年迈之人,蹲了半天,忽一起身,只觉得眼花头眩,辨不出路径。四顾一望,皆是树木山石楼台房

---

① 参看《红楼梦》,第一回,第一卷,第1页。
② 关于刘姥姥这个形象可参看比克(Lutz Bieg):《大观园——关于刘姥姥形象的观察》("Garten der großen Innenschau. Beobachtungen zur Figur der Liu Laolao"),载《红楼梦——红楼梦研究》(*Hongloumeng. Studien zum Traum der rotten Kammer*),顾彬(Wolfgang Kubin)编,伯尔尼/柏林,彼得·朗出版社(Peter Lang)1999年版,第91—108页(即瑞士亚洲研究专著,*Schweizer asiatische Studien*:*Monographien*,第三十四卷)。

舍,却不知那一处是往那里去的了,只得认着一条石子路慢慢的走来。及至到了房舍跟前,又找不着门,再找了半日,忽见一带竹篱,刘姥姥心中自忖道:"这里也有扁豆架子。"一面想,一面顺着花障走了来,得了一个月洞门进去。只见迎面忽有一带水池,只有七八尺宽,石头砌岸,里面碧浏清水流往那边去了,上面有一块白石横架在上面。刘姥姥便度石过去,顺着石子甬路走去,转了两个弯子,只见有一房门。于是进了房门,只见迎面一个女孩儿,满面含笑迎了出来。刘姥姥忙笑道:"姑娘们把我丢下来了,要我碰头碰到这里来。"说了,只觉那女孩儿不答。刘姥姥便赶来拉他的手,"咕咚"一声,便撞到板壁上,把头碰的生疼。细瞧了一瞧,原来是一幅画儿。刘姥姥自忖道:"原来画儿有这样活凸出来的。"一面想,一面看,一面又用手摸去,却是一色平的,点头叹了两声。一转身方得了一个小门,门上挂着葱绿撒花软帘。刘姥姥掀帘进去,抬头一看,只见四面墙壁玲珑剔透,琴剑瓶炉皆贴在墙上,锦笼纱罩,金彩珠光,连地下踩的砖,皆是碧绿凿花,竟越发把眼花了,找门出去,那里有门?左一架书,右一架屏。刚从屏后得了一门转去,只见他亲家母也从外面迎了进来。刘姥姥诧异,忙问道:"你想是见我这几日没家去,亏你找我来。那一位姑娘带你进来的?"他亲家只是笑,不还言。刘姥姥笑道:"你好没见世面,见这园里的花好,你就没死活戴了一头。"他亲家也不答。便心下忽然想起:"常听大富贵人家有一种穿衣镜,这别是我在镜子里头呢罢。"说毕伸手一摸,再细一看,可不是,四面雕空紫檀板壁将镜子嵌在中间。因说:"这已经拦住,如何走出去呢?"一面说,一面只管用手摸。这镜子原是西洋机栝,可以开合。不意刘姥姥乱摸之间,其力巧合,便撞开消息,掩过镜子,露出门来。刘姥姥又惊又喜,迈步出来,忽见有一副最精致的床帐。他此时又带了七八分醉,又走乏了,便一屁股坐在床上,只说歇歇,不承望身不由己,前仰后合的,朦胧着两眼,一歪身就睡熟在床上。……

袭人一直进了房门,转过集锦槅子,就听的鼾齁如雷。忙进来,只闻见酒屁臭气,满屋一瞧,只见刘姥姥紮手舞脚的仰卧在床上。袭人这一惊不小,慌忙赶上来将他没死活的推醒。那刘姥姥惊醒,睁眼见了袭人,连忙爬起来道:"姑娘,我失错了!并没弄脏了床帐。"一面说,一面用手去掸。袭人恐惊动了人,被宝玉知道了,只向他摇手,不叫他说话。忙将鼎内贮了三四把百合香,仍用罩子罩上。些须收拾收拾,所喜不曾呕吐,忙悄悄的笑道:"不相干,有我呢。你随我出来。"刘姥姥跟了袭人,出至小丫头们房中,命他坐了,向他说道:"你就说醉倒在山子石上打了个盹儿。"刘姥姥答应知道。又与她两碗茶吃,方觉酒醒了,因问道:"这是那个小姐的绣房,这样精致?我就像到了天宫里的一样。"袭人微微笑道:"这个么,是宝二爷的卧室。"那刘姥姥吓的不敢作声。袭人带他从前面出去,见了众人,只说他在草地下睡着了,带了他来的。众人都不理会,也就罢了。①

贾府的人看刘姥姥,首先看到的是她举止笨拙,他们还取笑她的粗野和不卫生,这充分表明他们的矫揉造作。曹雪芹笔下刘姥姥的形象还是正面的,因为她身上表现出来的充沛的活力恰恰是贾家想要也要不到的。

上面我们粗略地概述了整个贾家的命运,下面我们要谈一下《红楼梦》中象征和寓意手法的使用,以揭示小说另一层重要意义。小说一开始,曹雪芹声称要写一部书把自己经历过的一番梦幻记载下来。他特别指出自己打算怎么写(将真事隐去,用假语村言,作者点出了甄士隐和贾雨村这两个姓名的含义),清楚表明了作品的寓意手法,凭借这一手法作者要构建一个多层次的理解模式。由此可见,不能简单地把《红楼梦》视为曹雪芹亲身经历的传记,作者一开头便强调可以对这部书作多方面的解释。② 为此他首先提到创世的神话,此类神话在《西游记》的开始也写过。小说借鉴汉代的哲学著作《淮南子》里讲的女娲补天的上古神话。③ 因为撑天柱被撞断,天塌了下来,出现一个大窟窿,大地也被震裂。天神女娲砍了大龟的脚,立了大地的四极,并到大荒山无稽崖炼成三万六千五百零一块五色石用于补天。娲皇用了三万六千五百块,单单剩下一块未用,弃在青埂峰下。青埂是"情根"的谐音,这里隐喻宝玉情根难断的性格特点。曹雪芹在这里以及小说后边使用的神话故事的地点只有部分出自作者自己的想象。比如无稽崖一词,就源自中国最重要的上古经典神话作品之一《山海经》。曹雪芹与宝玉心有灵犀,宝玉后来帮助那块丢弃的石头来到它向往的人间,这一情节不仅表现了作者的个性,而且主要暗示宝玉人格的不完善,构成小说中反复出现超自然力量影响乃至主人公逃离红尘的故事框架。至于那块没有入选的石头,自经锻炼之后灵性已通,因无才补天而日夜悲哀。一天,这块缩成扇坠一般的石头同从这儿路过的一僧一道谈了一次话。他听到他俩谈到红尘俗世的种种见闻,萌生去人间走一遭的意愿。这一僧一道便邀请他去一个温柔富贵之家,石头大喜。他俩于是带他上路,并帮他投生到人间。又不知过了几世几劫,另有一位道人访道求仙经过青埂峰,见到一块大石,上面字迹分明,记载着那块石头投胎红尘后的种种经历。这便是小说的基础。道人把这部写"情"的著作抄写

---

① 红楼梦,第四十一回,第二卷,第572页及后页。这里引自孔舫之的译本,第一卷,第374页及后页。
② "贾"这个家族姓氏与真假的"假"同音。读者会看到此类谐音现象对这部家庭小说主题的隐喻。
③ 关于女娲及其含义的原始材料,可参看浦安迪:《红楼梦中的原型和寓意》(*Archetype and Allegory in the Dream of the Red Chamber*),普林斯顿大学出版社(Princeton UP)1976年版,第27—42页。

出来,打算传给世人阅读。小说中出现许多梦境,其中一个梦境揭开小说故事的真正序幕:梦境中携带着那块石头的一僧一道向甄士隐透露有一段风流公案正该了结。当道人问僧人此事起于何处,僧人便又说出了一段故事。这段故事讲的就是小说后面的男女主人公贾宝玉和林黛玉,同时又指明黛玉姑娘的传奇背景。小说中贾宝玉初次与林黛玉相见,便有似曾相识的感觉,说明他隐隐约约觉察出其中的缘故。根据那位僧人的叙述,林黛玉在投胎入世之前是一棵绛珠仙草,长在西方灵河岸边三生石畔。① 赤霞宫的神瑛侍者每天以甘露灌溉。而这位施恩的侍者不是别人,正是小说后面出现的宝玉。蒙受侍者的灌溉之恩,这绛珠草得以积蓄天地精华,幻化人形,终日游于"离恨天"处,饥餐"秘情果",渴饮"灌愁水",这是对多愁善感、喜爱流泪的黛玉的明显暗示。五内郁结着一段缠绵不尽之意,这棵昔日的小草一心想酬报侍者之德。得知神瑛想下世为人,她便恳求警幻仙子允许她与侍者一同下凡,好用自己的眼泪回报侍者的雨露之惠。在甄士隐苏醒前,意欲动身的一僧一道还宣称他们现在就要去警幻仙子那里,并取出顽石给甄士隐看。这块石头现在已变成一小块美玉,镌着"通灵宝玉"四字。读者后来知道,宝玉就是口中含着这块玉出生的,而且宝玉的名字也由此而来。② 这一僧一道直到故事结尾又重新露面,用他们自己的话来说,他们要把宝玉送还原所。

同一僧一道关系密切的是围绕那块石头的复杂问题。③ 首先是贾宝玉和那块出世后便不离身的护身宝玉的关系问题。按照小说文字的逻辑,好像还不能把宝玉和那块小玉石混为一谈。根据宝玉奇特的出生经历似乎更应该把这位年轻的主人公视为那块通灵宝玉的载体,是他使那块石头走进了人间。不过那块粗糙的顽石既然可以变为装饰品,就不排除它可以继续化为人形的可能性。这块石头在小说开头的第二个神话中变成了天上的神瑛侍者,这表明它此时已具备人形。不管怎么说,反正小说故事中通灵宝玉和贾宝玉两者之间是相依相存的,尤其是这块玉石在不在身边对贾宝玉来说是生死攸关的。小说九十四回中写到年轻的主人突然丢失那块护身宝玉后马上变得神志恍惚便是证明。贾府悬赏拾得宝玉者,于是阿猫阿狗都手拿玉石来请赏,但只要从贾宝玉

---

① 花和玉石一样,也都表示有灵性的自然。宝玉后来在第七十七回中说这种有灵性的自然表达出与人类的密切关系。

② 可追溯到高鹗对小说内容的安排。创世传说和宝黛关系这两个故事原本毫无联系,现在却以关联的形式表现出来了。小说没有插入与前文情景不相关的新故事。到高鹗笔下,那块四处游荡的石头来到警幻仙子的宫殿。她知道它来历不凡,就把它收留在身边。石头来到河边,遇到了那朵花,并承担起给她浇水的任务。此处参看霍克斯和闵福德(Hawkes/Minford)的译本,所依据的高鹗的中文原著是 1975 年台湾,大众书局的版本。

③ 完整的论述可参看王瑾(Jing Wang):《石头的故事——交织性,中国古代石头传说和〈红楼梦〉、〈水浒传〉和〈西游记〉中石头的象征意义》(*The Story of Stone*:*Intertextuality*,*Ancient Chinese Stone Lore and the Stone Symbolism of Dream of the Red Chamber*,*Water Margin*,*and The Journey to the West*),杜尔哈姆(北卡罗来纳),杜克大学出版社(Duke UP)1992 年版。

不屑一顾的反应中便可知道这些东西没有一颗是真的。为替宝玉冲喜,贾家趁他神志错乱时偷偷实施早已决定的婚姻安排,使事态急转直下。贾府的家长不顾宝玉本人的期待和意愿,选择了宝钗作二少奶奶。至于黛玉姑娘,他们觉得她秉性古怪而且长期体弱多病,所以没有看中。黛玉通过一位快嘴丫鬟的口知道了全部真相,而宝玉此时却还蒙在鼓里,他们俩最后一次的会见场面十分特别:

> 黛玉笑着道:"宝二爷在家么?"袭人不知底里,刚要答言,只见紫鹃在黛玉身后和他努嘴儿,指着黛玉,又摇摇手儿。袭人不解何意,也不敢言语。黛玉却也不理会,自己走进房来。看见宝玉在那里坐着,也不起来让坐,只瞅着嘻嘻的傻笑。黛玉自己坐下,却也瞅着宝玉笑。两个人也不问好,也不说话,也无推让,只管对着脸傻笑起来。袭人看见这番光景,心里大不得主意,只是没法儿。忽然听着黛玉说道:"宝玉,你为什么病了?"宝玉笑道:"我为林姑娘病了。"袭人紫鹃两个吓得面目改色,连忙用言语来岔。两个却又不答言,仍旧傻笑起来。袭人见了这样,知道黛玉此时心中迷惑不减于宝玉,因悄和紫鹃说道:"姑娘才好了,我叫秋纹妹妹同着你搀回姑娘歇歇去罢。"因回头向秋纹道:"你和紫鹃姐姐送林姑娘去罢,你可别混说话。"秋纹笑着,也不言语,便来同着紫鹃搀起黛玉。
>
> 那黛玉也就起来,瞅着宝玉只管笑,只管点头儿。紫鹃又催道:"姑娘回家去歇歇罢。"黛玉道:"可不是,我这就是回去的时候儿了。"说着,便回身笑着出来了,仍旧不用丫头们搀扶,自己却走得比往常飞快。紫鹃秋纹后面赶忙跟着走。黛玉出了贾母院门,只管一直走去。紫鹃连忙搀住叫道:"姑娘往这边来。"黛玉仍是笑着随了往潇湘馆来。离门口不远,紫鹃道:"阿弥陀佛,可到了家了!"只这一句话没说完,只见黛玉身子往前一栽,哇的一声,一口血直吐出来。①

这边黛玉在自己屋里慢慢等死,那边的婚礼却正在举行。宝玉天真地以为蒙着盖头的新娘就是黛玉。待到他揭了盖头终于发现娶回家的竟是宝钗。但为时已晚,他嚷嚷着要去找黛玉,结果家里人只好点起安息香才使他安静下来。宝玉昏昏沉沉睡了好几天,醒来后才得知黛玉已经去世。宝玉又一次失去知觉,恍惚中见一人走来。这个人告诉他只有潜心修养才能与黛玉相见。此番苏醒后,他便觉得心内清爽了。虽然那块玉石仍未找回,但这种状态却还能保持一段时间,直到他与同名的甄宝玉相会。甄宝玉

---

① 《红楼梦》,第九十六回,第三卷,第1360页及后页。这里引自孔舫之的译本,第二卷,第681页及后页。

与我们的主人公相貌极像。贾宝玉初见甄宝玉,竟产生头一次见黛玉时的那种似曾相识的感觉。但谈了半天,却话不投机,宝玉十分失望,又一次闷闷昏昏起来。在梦境中,有好几位已经作古、生前与他关系密切的女子一一现身。听了"世上的情缘,都是那些魔障!"的警告,宝玉苏醒了过来。他似乎完全复原了,而那块真玉也由一个和尚送了回来。不过上述事态发展还是造成宝玉性格上的许多变化,其中最明显的一点是他从此对女孩失去了兴趣。直到此事发生前,贾宝玉一直不思长进,对什么事都无所谓。而通过甄宝玉和贾宝玉的"真""假"面对面以及通灵宝石的失而复得,他的性格就此发生变化。除了外貌相像以外,贾宝玉与那位用功勤读的甄宝玉毫无共同之处。这位"真宝玉"恪守的是外界社会对他提出的做人要求和标准。甄宝玉已经改过自新了。他也有一次梦游的经历,与贾宝玉不同的是,他从中汲取了教训:一天他梦见了好多女子,都变做骷髅,从此他对女孩以及其他世俗的玩意儿失去了任何兴趣,一心遵循古训,做勤奋的读书人(参看第九十三回)。如果那位"真宝玉"如今变成了一个假模假样的人,那么我们的主人公以失而复得的玉石面貌表现出的"真相"又是什么呢?玉石的丢失,尤其是小说中无处不在的谐音现象清楚地表明这块玉代表人生的欲望,诸如"乐趣"、"情欲"等。贾宝玉迷途知返,逐渐认识到人对欲望的追求是徒劳的,他越来越向走近纯正高尚。因此,一开始玉石的丢失对宝玉来说是很大的威胁,但当它重新回到主人手里时,已失去了意义。宝玉抛弃了他所谓的"真相"后走向"真理",并同尘世告别。① 贾宝玉这一条解脱之路早在小说第一回通过此书另一书名《情僧录》有所预告,另一处暗示则是在第三十回,贾宝玉与黛玉吵架后曾赌气说要做和尚。对曹雪芹而言,玉石的失而复得象征着大彻大悟后的自我解脱,这一佛家及道家的观念在小说中体现在一僧一道身上。就是这一僧一道把贾宝玉带进了尘世,又是他俩把贾宝玉引领出尘世的。不过在心灵层面上,在看似简单的过程后面还有许多东西值得体味,还提出了有关人生意义一系列根本问题:在经历了漫长情感纠葛和巨大的内心痛苦之后贾宝玉才离弃了那个痴情的自我,为此他还不得不抛掉活跃在自己身上的同情心。而正是因为他的敏感以及对别人痛苦的感同身受,致使他内心觉醒一拖再拖。那么,是不是只有麻木不仁才能获得自我解脱?是照夏志清的说法,明知人类无可救药的了,不如一起来受业受难?还是为了实现自我拯救,铁下心来对周围的求助不闻不问?② 在这些并未给出答案的反问后面,

---

① 关于玉和人愈益高尚这一观点,也可参看廖咸浩(Hsien-hao Liao):《黛玉还是宝钗——宝玉生存斗争中所昭示的生存悖论》("Tai-yü or Pao-ch'ai: The Paradox of Existence as Manifested in Pao-Yü's Existential Struggle"),载:《淡江评论》(Tamkang Review),第15(XV)期,第1—4号,第485—494页。

② 参看夏志清:《中国古典小说导论》,第322页。

凸显小说的整个哲学思考。

小说把贾宝玉漫长的成熟过程嵌入一个情和淫的压力场中,这不仅仅涉及主人公一人,贾宝玉曾从一个仙姑处得知,自己具有一种十分宝贵的"意淫"品性。这个压力场同时涉及一大批家族亲戚,这里指的是荒淫无耻之徒如贾珍、贾琏和薛蟠等,他们为满足自己的欲望不择手段,给别人带来巨大的痛苦,造成一批秦可卿式的或尤三姐式的爱情殉葬品。① 小说中的核心人物当然是我们的主人公,而梦游太虚幻境则是整个扑朔迷离故事的一个大序幕。在那儿,警幻仙姑向他说出下面一段开场白:

> 那仙姑笑道:"吾居离恨天之上,灌愁海之中,乃放春山遣香洞太虚幻境警幻仙姑是也:司人间之风情月债,掌尘世之女怨男痴。因近来风流冤孽,缠绵于此处,是以前来访察机会,布散相思。今忽与尔相逢,亦非偶然。此离吾境不远,别无他物,仅有自采仙茗一盏,亲酿美酒一瓮,素练魔舞歌姬数人,新填《红楼梦》仙曲十二支,试随吾一游否?"②

宝玉随后跟着仙姑四处走动,看到宫门上写的"孽海情天"四个大字,不知何意,心想从今倒要领略领略。他随了仙姑走过两边配殿,见门上有古怪的匾额,如"痴情司"、"结怨司"等,觉得十分有趣。他获知这里面各司存的是普天下所有的女子过去未来的簿册。照理凡眼尘躯是不让进去的,不过仙姑还是让他到一个房间去看了一眼。宝玉只拣自己家乡的封条看,只见一个橱上写着"金陵十二钗正册"的字样。册中的诗画隐隐约约预告了那些与他特别亲近的年轻女子的命运,可是我们年轻的主人公却不解其意。仙姑也不对他作任何解释。在《红楼梦》十二曲中,第一、第二曲讲的是宝玉的表姐宝钗和表妹黛玉,但看不出两人之中谁排在第一位。由此可见,与其他女子不同,小说中这两位女主人公显然不是现实生活中原形的翻版,而更可能是一位理想女子形象身上的两种互补的性格。黛玉身上的所有品性正是宝钗缺少的,而宝钗身上的所有品性正是黛玉缺少的。由于宝玉没有充分领略仙姑"情即空"的意思,只好回到现实世界中去"以色悟空"。③ 上面提到在小说收尾时,宝玉在梦中再访太虚幻境,见到了众多业已

---

① 关于小说中的情感纠葛,参看余国藩(Anthony C. Yu):《重读石头记——〈红楼梦〉里的情欲与虚构》(*Rereading the Stone: Desire and the Making of Fiction in Dream of the Red Chamber*),普林斯顿大学出版社(Princeton UP)1997年版。
② 《红楼梦》,第五回,第一卷,第74页及后页。这里引自孔舫之的译本,第一卷,第67页及后页。
③ 参看林顺夫(Shuen-Fu Lin):《贾宝玉首访太虚境——从跨学科的角度分析一个文学梦境》("Chia Pao Yü's First Visit to the Land of Illusion: An Analysis of a Literary Dream in Interdisciplinary Perspective"),载:《淡江评论》(*Tamkang Review*),第23(XXIII)期,第1—4号,第470页及后页。

去世的年轻女子后被她们赶了出来(参看第一百十六回),以此对应他的第一次梦游。中国古代小说有一种常见的描写梦境的模式,主人公往往在故事一开始便坠入梦乡,随后在梦中经历一番千奇百怪的事情,大梦醒来后便绝俗遁世。宝玉初访及再访太虚幻境,其间相隔很大的时间跨度,上面提到的传统梦境的描写模式在《红楼梦》中再次得到了应用。我们可以把第五回到第一百十六回之间发生的一切都看作是一场梦,而这一场梦始起于宝玉从太虚幻境一回来就同丫鬟袭人同领警幻所训之事,这表明主人公还深陷于梦境之中。①

  作者要表现现实中的裂变以及人物心灵深处的情感,写梦境并不是唯一的创作形式。另一个表现虚幻并且变换方式一再重现的手段是写镜子,这从作品另一个书名《风月宝鉴》中便可知一斑。曹雪芹出神入化地借用镜子来表现爱与死的主题、唾手可得却又稍纵即逝的美丽以及凡事转眼皆成空的哲理。我们来看看其中描写风月宝鉴的最精彩的一幕。作者在这里进一步探讨太虚梦境中提出的痴情过度十分危险的话题。故事牺牲品同样是一个正走向成熟的年轻男子,这表明曹雪芹在小说的第一部分着意描写处于青春期的青少年的情与性这个主题。贾宝玉在逐渐懂事长大的过程中积累了很多重要的经验,不仅表现在对父母的盛怒感到震惊(参看第三十三回)和在庆典中对自己社会地位的感知(参看第五十三回),而且也表现在对死亡的恐惧上(参看第七十七回和七十八回),②曹雪芹此后主要通过这个人物拓展了上述主题。只是宝玉一直把家长对自己提出来的要求当作耳边风,至多在痛遭父亲毒打时当了一回牺牲品。发展和变化只是发生在这位青少年的周围,而没有发生在他的身上,他永远是个年轻人。曹雪芹似乎希望自己的主人公永远别长大,但大人对宝玉的反应他倒没有略去不写。

  我们还是回到"风月宝鉴"上来。宝玉与族中子弟一起上贾家家塾,开头几天不免引起妒忌,也闹过摩擦,不过仗着父亲在家族中的名望他很快赢得了尊重。家塾教师贾代儒的孙子名叫贾瑞。这个年轻人一天在园子里撞见了宝玉的贴身丫鬟袭人③,拿眼睛不住地看她。他随即向她示爱但遭拒。贾瑞对心爱的袭人④难禁相思,又猜不透她的心思,到晚间便梦魂颠倒,时常手淫。二十一岁正值青春年华,他却由于痴情过度落下大

---

  ① 关于小说中的梦境含义及其解释可参看梅绮雯(Marion Eggert):《梦的信息》("Die Botschaft der Träume"),载:《红楼梦》,顾彬编,第41—60页。另可参看梅绮雯的论文《梦的话题——中国封建皇朝晚期文人阶层关于梦的各种观点》(Rede vom Traum: Traumauffassungen der Literatenschicht im späten kaiserlichen China),斯图加特,施泰纳出版社(Steiner)1993年版。
  ② 此处参看余国藩:《寻找爱欲兄弟——〈石头记〉的佛家提示》("The Quest of Brother Amor: Buddhist Intimations"),载:《哈佛亚洲研究杂志》(HJAS),第四十九卷,第1号(1989),第71页。
  ③ 应为王熙凤。——译者注
  ④ 应为凤姐。——译者注

病。最后他向一名到他家里来化斋的跛足道人求助。

贾瑞一把拉住,连叫"菩萨救我!"那道士叹道:"你这病非药可医。我有个宝贝与你,你天天看时,此命可保矣。"说毕,从褡裢中取出一面镜子来——两面皆可照人,镜把上面錾着"风月宝鉴"四字——递与贾瑞道:"这物出自太虚幻境空灵殿上,警幻仙子所制,专治邪思妄动之症,有济世保生之功。所以带他到世上,单与那些聪明杰俊,风雅王孙等照看。千万不可照正面,只照他的背面,要紧,要紧!三日后吾来收取,管叫你好了。"①

道人说毕,扬长而去。贾瑞自然不顾警告,拿起镜子正反面都照。他按道士嘱咐先向反面一照,只见一个骷髅儿在对他示警,吓了一跳。而道士不让照的镜子正面却美妙无比,他从中见到了心上人的靓容。他荡悠悠进了镜子,与佳人云雨一番。事毕到了床上,"嗳哟"了一声,底下已遗了一滩精。他觉得就这一次还不过瘾,镜中袭人②还在招手叫他,于是他又进去;到了第四次,只见两个人走来,将他拉了就走。贾瑞叫道:"让我拿了镜子再走……"只说这句就再也不能说话了。贾瑞死于纵欲过度。一位亲戚③赶来要烧那镜子。只听镜中④叫道贾瑞自己不听警告实在咎由自取。最后那位道人又重新出现,抢过镜子飘然而去。

主人公贾宝玉也离不开镜子,它以各种不同的方式出现,贯穿于整个小说的始终。在第二十二回,镜子是宝玉出的谜语的谜底;在二十三回,它出现在宝玉的诗句中;在二十八回和五十五回,镜子也被宝玉在酒令中提到⑤。在第五十六回中有一个很有趣的自己认自己的场面。贾宝玉第一次听到有个与他同名的公子甄宝玉,随即做梦梦见了那个甄宝玉,等他醒来后不得不去照镜子看看镜子里是不是就是自己。就这样镜子老是伴随着宝玉,表现出他那充满矛盾的性格:好色却不是色鬼;既乐观开朗又悲观消沉;既聪慧有悟性又不时痴痴呆呆。总之,他具有艺术家的气质,但论天资说到底还是比不上林黛玉。⑥ 这儿我们不可能对作品中五花八门的镜子——作深入的探讨,但通过前面提

---

① 《红楼梦》,第十二回,第一卷,第 171 页。这里引自孔舫之的译本,第一卷,第 136 页及后页。
② 应为凤姐。——译者注
③ 应为代儒夫妇。——译者注
④ 应为空中。——译者注
⑤ 第五十五回中似乎没提到过。——译者注
⑥ 关于主人公的性格特性以及小说中的镜子题材,可参看莫宜佳《镜子题材——假象与真相》("Das Spiegelmotiv: Täuschung und Wahrheit");载《红楼梦》,顾彬编,第 21—40 页。

到的对"真"、"假"宝玉的对照,作者采用了另一种重要的表现手法。曹雪芹根据"真""假"之间辩证关系把负面的谎言演绎成正面的艺术想象,从而创造出一种崭新的艺术创造理论。正如风月宝鉴是由正反两面合成的那样,真的和假的东西也是密不可分的。太虚幻境石牌两边的那副对联讲得很清楚:

假作真时真亦假,
无为有时有还无。①

在小说开头的这两句话初看起来像是佛教教义的一个悖论。但读完了这部作品,人们可以把它们看作是对文学的定义:如果假的(指艺术想象)是真的话(指具有艺术真实性),那么真假就分不清了;如果是无中(指由想象)生有(指艺术作品)的话,那么有无之间也就没有界限了。②

除了梦境和镜子等众多富有想象力的譬喻之外,大观园无疑是作品中天字第一号的象征物了。这座园子是人工堆造起来的理想世界,一个小天地,因大姐元春才选凤藻宫而建,用作省亲别墅。平时却让贾府的年轻姐妹进去居住,宝玉是园中唯一的男性居民(搬迁入园可参看第二十三回)。③ 园林建造(第十六、十七回描写了此园的规划和建造过程)和元妃省亲的巨额开支加重了贾家的财政负担,由此已经可预见贾府后来的衰落。第五十三回写到贾府收到的年租少了,远远抵不上全家的花销时,贾珍不得不承认如果元妃再省一次亲只怕就精穷了。

贾宝玉第一次梦游太虚幻境,看到了那儿远离尘世的天堂美景,便不想离开了。人造的大观园与太虚幻境有异曲同工之妙,也是个乌托邦,事实证明最初的富丽堂皇同样是春梦一场。这个斥巨资建造起来的庭园的选址就意味深长:它正好坐落在宁国府和荣国府之间,是联系两府的重要纽带,也构成了贾家这个诗礼簪缨之族的神秘中心。此外,看建造方式和采用的材料便知大观园汇集了象征自然力量的古老道教的五行标志:水是从宁国府会芳园引来的一股小溪,土是荣国府原有的泥土和山石,还有木和金这两大元素是建造园林必不可少的,至于火嘛,元春元宵省亲园子里点的花灯和放的烟火便是。④ 五行元素从几个主人公的姓名中也听得出来。林黛玉的姓"林",从木;薛宝钗姓

---

① 《红楼梦》,第五回,第一卷,第75页。这里引自莫宜佳:《镜子题材——假象与真相》,第35页。
② 出处同上。
③ 关于大观园的寓意,可参看浦安迪:《红楼梦中的原型和寓意》,第178—211页。
④ 参看刘慧如:《天下无不散的筵席——聚与散的此消彼长》("Jedes Festmahl hat ein Ende: Das Spannungsfeld zwischen ju und san"),载:《红楼梦》,顾彬(Wolfgang Kubin)编,第75—90页。

薛,是雪的谐音,雪的冰凉令人不难想到"金"(属)的这一特性①。此外,这座园林的名字也表示宝玉尚未完善,因为"大观"就是总揽全局的意思。不少评论家一再指出园子称为大观说明宝玉尚未洞察世事②。

大观园又可称作诗歌之乡,诗歌给这座园林增色不少,元妃省亲游园合家就为园内的建筑和景色题了不少诗。此后,有没有诗才变成能不能进入这个理想小圈子的重要标准。园子里有许多消磨时间的玩意儿,如掷骰子,打牌,说酒令,猜谜等,但赋诗作词却占头等重要的地位,③因此没过多久还成立起一个诗社。诗社成员多为年轻人,他们诗歌的第一主题是青春和清纯,不过透过精巧的艺术形式看诗歌的内容,不难看出一个个主人公各各不同的内心世界。④ 大观园尤其对贾宝玉的情感状态显得特别重要,因为只有在这里他可以不受严父的管辖,可以无拘无束地与众姐妹一起嬉游。即使宝玉同表妹黛玉以及表姐宝钗之间存在复杂的三角关系,起初似乎也没有什么问题。为便于读者理解,我们要在这里作进一步的探讨,探讨对象首先是小说第一主人公宝玉,作者显然有意把他塑造成一个具有双重性格的形象。宝玉这个人物一出场,便表现出对一切女性都特别亲近的特性。从男性的本质角度去看,他的所作所为可以理解成对完美无缺的苦苦追求,象征性地表现在女娲补天时不得入选的那块石头的自怨自愧上。⑤ 因此,贾宝玉在自己的周围很少有男性的知己,大概只有很重感情的秦钟和柳湘莲使他感到亲近。他早期有一段话专讲自己为什么喜欢女孩:"女儿是水做的骨肉,男子是泥做的骨肉,我见了女儿便清爽,见了男人便浊臭逼人!"⑥

依宝玉看来,保住自身纯洁的姑娘是高人一等的。他在另一处又说,姑娘一旦嫁了汉子,染了男人的气味,便会丢掉女性的温柔了(见第七十七回)。对此,作者专门描写了几个大观园外的女性人物,王熙凤便是最突出的一例。王熙凤精明干练,是贾府实际上的女当家。她不仅因为书中强调从小在男孩中扎堆,有一个"凤哥"的小名(见第六

---

① 较牵强,不如说"钗"是金做的。——译者注
② 参看浦安迪(Andrew H. Plaks):《〈红楼梦〉和〈西游记〉中的寓意》("Allegory in *His-yu chi* and *Hung-Lou Meng*"),载:浦安迪(主编):《中文的叙事——批判和理论随笔》*Chinese Narrative．Critical and Theoretical Essays*),普林斯顿(马萨诸塞州):普林斯顿大学出版社(Princeton UP)1997年版,第197页及后页。
③ 关于玩乐和消遣,可参看吕福克(Volker Klöpsch):《中国人的玩乐观》("homo ludens chinensis: Zur Bedeutung der Spiele"),载:《红楼梦》,顾彬(Wolfgang Kubin)编,第171—192页。
④ 此处详看高友工(Yu-Kung Kao):《中国叙事传统中的抒情想象——读〈红楼梦〉和〈儒林外史〉》("Lyric Vision in Chinese Narrative Tradition: A Reading of *Hung-Lou Meng and Ju-Lin Wai-Shih*"),载:浦安迪(编):《中文的叙事——批评和理论随笔》,普林斯顿(马萨诸塞州):普林斯顿大学出版社(Princeton UP)1997年版,第227—243页。
⑤ 有关从神话传说中寻找完美的观点可参看:罗宾逊(Lewis S. Robinson):《宝玉和帕尔齐法尔——作为文学亚结构的个人成长》("Pao-Yü and Parsival: Personal Growth as a Literary Substructure"),载:《淡江评论》(*Tamkang Review*),第9期,第4号(1978/79),第407—425页。
⑥ 《红楼梦》,第二回,第一卷,第28页及后页。

回),而且确实具备一系列男子的性格如组织才能,坚强的意志和权力欲望。她还足智多谋,在小说中有好几处说她简直比得上三国时期的历史人物曹操将军。① 王熙凤比小说中所有别的女性强,已成为传统女强人的典型,但除许多强项外,在她身上同时潜伏着不少阴暗、罪恶的品性。

在大观园这个理想世界的群体中,处于中心地位的是宝玉和他的两个表姐妹。他们之间的密切关系从其名字中便可以看出来。黛玉和宝玉都有一个"玉"字,表明他俩对纯洁的共同追求,而宝玉和宝钗则通过相同的"宝"连到一起。② 林黛玉就是那棵要用眼泪还债的绛珠仙草的化身,小说对这个中国小说崭新的女性悲剧性格作了深刻的心理描写。③ 小说一开始讲述了绛珠仙草和神瑛侍者的传奇故事,以超自然的方式揭示了宝黛结合的合法性,此后他俩又成为关系十分亲密的表兄妹。尽管如此,黛玉却从未向宝玉委过身。在第二十回中,宝玉曾向黛玉公开承认自己对她比宝钗更亲,虽然他并没有指感情而言,而是强调姑表关系比姨表关系更近。为此,不时有评论家认为黛玉这个人物象征宝玉的"童贞"母亲,而姨表姐宝钗则是"艳情"母亲的形象。④

作了上面的一番探讨后,我们再来谈谈最后一点,即曹雪芹是如何在《红楼梦》中透露出自传性的因素的。小说开卷有一段开场白,从这段话中便可看出贾宝玉及其他周围姑娘的故事同作者本人的紧密联系。作者在告诉读者,他要讲的便是自己遇到过的年轻女子的生活遭遇。

> 自又云:"今风尘碌碌,一事无成,忽念及当日所有之女子,一一细考较去,觉其行止见识皆出于我之上。何我堂堂须眉,诚不若彼裙钗哉?……当此,则自欲将已往所赖天恩祖德,锦衣纨绔之时,饫甘餍肥之日,背父兄教育之恩,负师友规训之德,以至今日一技无成,半生潦倒之罪,编述一集,以告天下人:我之罪固不免,然闺阁中本自历历有人,万不可因我之不肖,自护己短,一并使其泯灭也。……虽我未学,下笔无文,有何妨用假语村言,敷演出一段故事来,亦可使闺阁昭传,复可悦世之目,破人愁闷,不亦宜乎?"⑤

---

① 关于王熙凤智谋行为,可参看胜雅律(Harro von Senger):《小说〈红楼梦〉的智谋学分析》("Strategemische Analyse des Romans *Hongloumeng*"),载:《红楼梦》,顾彬编,第 61—74 页。
② 关于这方面的解析可参看高典娜:《〈红楼梦〉的语言特征描述》,第 113 页。
③ 参看梅蕙华(Eva Müller):《〈红楼梦〉的女性美学》(*Zur Ästhetik des Weiblichen im Hongloumeng*),第 3 页。
④ 关于这方面的解析,可参看梁秉钧(Ping-leung Chan):《〈红楼梦〉中的神话和心理》("Myth and Psyche in *Hungloumeng*"),载:杨·温斯顿/埃德金思(Winston C. L Yang/Curtis P. Adkins)编:《中国小说评论》(*Critical Essays on Chinese Fiction*),香港:中文大学出版社 1980 年版,第 172 页。
⑤ 《红楼梦》,第一回,第一卷,第 1 页。

从传记角度看，上面这一段话传递了如下信息：首先，这本书要讲一群可爱姑娘的故事，这样曹雪芹自己就退到了后边。但是这部作品同他本人以及他的情感又是分不开的，曹雪芹强调这缘由他自己犯下的过错和失误，这么一来此作品又带有强烈的自传体色彩了。脂砚斋也这么看，这位书评者写道：一个写别人的故事也可以达到写自己的目的。① 因为贾宝玉是小说中第一号男主人公，我们可以推测在贾宝玉身上有作者以往的影子，只有这样，他才能理清家族内部包括上辈与下辈之间各种错综复杂的关系。作者在开场白中声称自己不如女子，同时又在男主人公身上添加了不少女性特征，表明他在作品中不仅仅只在一个人物身上表现自我。曹雪芹写了一个"弱男子"，在以往的小说中这类人物也时有出现。我们前面分析过的《醒世姻缘传》以及《醋葫芦》就是两个突出的例子。但是曹雪芹在构思时并没有把惧内作为作品的出发点，而更多地是发掘男人的内疚以及文人学者当时的失意心理。在这意义上读者倒是可以从女娲补天后那块并未入选自怨自愧的石头上看到另一个自传体的因素。曹家的先辈曾经辉煌过，而曹雪芹作为学者却得不到承认，而且总是得不到一官半职，这一切都体现在那块身处边缘地位的石头身上。男人的尊严被剥夺后，敏感的作者对周围女子才能的洞察眼光也许会变得尤为犀利。作者对王熙凤组织能力和黛玉诗词天赋的描写可视为对女性的一曲颂歌。② 作者推崇她们的才能，给予女性很高的评价，而这种评价作者本人却是从来没有得到过的。使曹雪芹着迷的似乎不是"女子"本身，而是一个怀才不遇的男人身上带有的女性特征以及随之而来的如何重新获得自己"阳刚之气"的问题。③ 贾宝玉这个人物在作品中几乎没有什么实质性的变化，他躲过了成人社会对他提出的要求，直到故事结尾才认清人世间的一切努力都是枉然的道理。曹雪芹借助这一人物为自己也为读者唤起对自己家族鼎盛时期的回忆，尽管我们已经得知他本人并没有亲身经历过这种繁荣。

在这一章节最后部分我们来简要谈谈《红楼梦》的续书。同许多先前的古典小说如《三国演义》、《西游记》一样，《红楼梦》也难免被改编、改写的命运。有一大批文人用各种不同的文学体裁来改写《红楼梦》。虽然这些剧本和小说从文学价值角度看多为平庸之作，但值得注意的是《红楼梦》掀起了一股模仿的浪潮。《红楼梦》故事的素材很早就被人改编采用了，这充分证明曹雪芹原作无与伦比的独创性。1792年程高活字本出

---

① 引自黄马丁(Martin W. Huang)：《文人和自我(重新)展示》(Literati and Self-Re/Presentation)，第77页。文章作者用大量例证指出曹雪芹的生平对《红楼梦》一书创作的影响。
② 关于对这些问题更深入的论述可参看爱德华兹(Louise P. Edwards)：《清代中国的男女——〈红楼梦〉的性别》(Men & Women in Qing China. Gender in The Red Chamber Dream)，莱顿，布里尔出版社(E.J. Brill)1994年版。
③ 参看黄马丁：《文人和自我(重新)展示》，第95页。

版,当年便有人写了一个《红楼梦》故事的剧本,开了此风的先例,其后便出现了形形色色的戏剧(包括京剧)和舞台剧的剧本。不是别人,正是京剧权威人士梅兰芳大师(1894—1961)认为,《红楼梦》里人物性格纷繁复杂,但多为女角,故事情节性不强,以日常饮食起居生活为主,其素材很难搬上舞台。与《红楼梦》不同,许多别的古典章回小说往往包含许多独立的情节紧张的小故事,较易为各类剧种提供素材。因此,由《红楼梦》改编的成功剧目寥寥可数就不足为奇了。①

至少对于写小说的文人来说,改编《红楼梦》的空间则要大得多。有趣的是续书越写越多,许多作者都会在前言中声称自己的作品是唯一忠于原著《红楼梦》的真正续书。《红楼梦》续书比剧作出现得稍晚些,始于18世纪末,至清朝灭亡估计各类续书已多达20至30种。下面我们从改编原著内容的角度重点对部分代表续书作一简略介绍。②绝大多数续书有不少共同点,这十分引人注目。其中一个最突出的倾向就是有意秉承才子佳人小说的传统追求大团圆的结局。这些改编者利用原著线索,不仅千方百计让贾府家道复初,子孙获得高官厚禄娇妻美妾,还昏头昏脑地要贾宝玉与林黛玉的浪漫爱情破镜重圆。只要凭借广泛存在于中国小说创作中的阴间观念以及想象空间,便能解决黛玉的复活问题。在续书中,林黛玉要么在变得越来越具有天堂色彩的太虚幻境中暂作停留后回到人间,与还俗的贾宝玉结合,要么就是靠中草药的神力起死回生。因为这种转生的办法用在谁的身上都很灵验,于是原作中许多早亡的人物一个个都活了过来。宝玉的妻子薛宝钗被写成是个耍权谋的,她的最佳出路是洗心革面后与黛玉分享家庭幸福,从这种理想的观念中我们也能清楚地看到才子佳人小说的影响。单从技术角度而言,红楼梦续书主要分两类,一类从第九十七、九十八回黛玉死后续起,一种则接在第一百二十回宝玉出家之后。而之前的内容则鲜有涉及,这并不意味着原著中早先去世的人物就不能复活了。续书特别写到宝玉还俗后严格按儒家规范为皇上效力。改编者于是不得不完全违背原著精神,赋予我们的主人公一系列新的性格。比如原著中贾宝玉温柔天真,谁也不会想到他有朝一日竟然精通起兵法来,在与海寇和强盗的战斗中大获全胜。我们后面还要以吴沃尧著的续书为例,看看《红楼梦》的素材如何可以巧

---

① 详看尹虹(Irmtrautd Fessen-Henjes):《通过中国传统戏曲来理解接受小说〈红楼梦〉》("Zur Rezeption des Romans Hongloumeng durch das traditionelle chinesische Musiktheater xiqu"),载:《红楼梦》,顾彬编,第259—276页。

② 对《红楼梦》的故事续写这一课题"红学界"至今很少有人研究。其间出现了形形色色的《红楼梦》续集,其中部分书名同原著完全不同,自然很难整理出一份详尽的清单。仅仅北京大学出版社在1980年代末1990年代初就出版了十二部这样的模仿性作品。关于这些续篇作者的情况、出版年月以及主要故事内容我们基本采用《中国小说作品总目录》的资料。《红楼梦》的故事对近代作家依然有很大的吸引力,这里举郭则沄(1881—1947)为例。他于1939/1940写了一部续作——《红楼真梦》,共六十四回,1942年出版时又补上了一篇俞平伯的序言。

妙地用来探讨清朝末年紧迫的现实问题。不过我们还是先来谈谈之前的续书。

《后红楼梦》是《红楼梦》的第一部续书，于嘉庆元年(1796)或稍前写成。因离原作问世时间较近，作者在序言中称这三十回的续书并非自己所作，乃曹雪芹所撰，而他只是从曹家购得此稿照本付样而已。这位不愿暴露自己身份的编者在《后红楼梦》的题词中至少用了"白云外史"以及"散华居士"两个笔名。在续书中，曹雪芹本人成了贾家的常客，末了还受到皇上的敕封，享受到了实际生活中从未遇到的殊荣①。此书在内容上接续《红楼梦》第一百二十回中贾宝玉与贾政的邂逅。贾政在搜索宝玉②的随身物件时发现一匣迷药、一只招魂葫芦以及一些身上扎着针的小木人。这一僧一道在宝玉出闱之日将他拐走，贾政把这两人抓住后，拔下木人身上的小针，让林黛玉和晴雯的魂魄回生，随后便同宝玉踏上归程。贾政从惨痛的往事中汲取了教训，负起了一家之主的责任。黛玉转世，宝玉对林妹妹的一段情却还要经历一番磨练。黛玉承袭原著中描绘的性格，对宝玉矜持冷淡，拒绝他的亲近，让他一等再等。因为父母作主，两人还是成婚了，但黛玉依然守身如玉，不让宝玉进屋同宿。为使他俩圆房，大家把黛玉灌醉，宽衣后送到了宝玉身边。自此，黛玉也就认定这段天赐姻缘，与宝玉相亲相爱，结伴一生。与《后红楼梦》传统风格相似，有最早见于1814年的三十一回续书《红楼圆梦》，作者为梦梦先生；稍晚到1851年至1861年间另有一本题为《红楼梦影》的二十四回续书出现，作者为西湖散人。

与专写世情生活的《后红楼梦》不同，1805年出版的《红楼复梦》强调拯救和解脱。该书一百回，很可能出自陈少海之手，前言作于1799年。这部书的故事也是紧接原著的结尾。宝玉投胎江南祝家，取名梦玉，重新开始一段新的人生。他后来周游各地，遇见了母亲，王夫人居然认出了自己的儿子，并把同样取了别的姓名转世的宝钗、晴雯和袭人许配与他为妻。此后他飞黄腾达，重振家业。但好景不长，梦玉和书中许多人物最终脱离尘世，俱成地仙。

另有一位琅嬛山樵，显然不愿意再去写贾府的具体生活细节，在1820年出版了他的第一部四十二回续书《增红楼梦》。到了1824年，又出了《增红楼梦》的续集三十二回的《增补红楼梦》，几乎把整个故事放到了凡尘的彼岸。宝玉一会儿跑到阴间，一会儿又跑到名曰"芙蓉城"的太虚幻境一般的天堂，最后主人公与他的金陵十二钗在仙境大团圆。

---

① 仔细查找后没发现有此描述。——译者注
② 有误，应为僧道二人。——译者注

序言作于1819年的《红楼梦补》共四十八回,作者署名归锄子,此书与上面介绍的其他续作不同,是从曹雪芹原著的第九十七回续起的①,这样就把原作最后二十三回丢下不管了。按序言所述,作者想以此更正原作的缺陷,特别想按前世作合让宝玉、黛玉终成眷属。在《红楼梦补》的结尾,宝玉在梦境中抄录了"金陵十二钗",拿回来给两位妻子看,黛玉根本不信有什么太虚幻境,意欲把抄来的词句撕毁。此时,天上塌了一块大石下来。宝玉惊醒,原来一切都是一场梦,连天还没有补好呢。就这样,这部续书最终将故事在时间上朝后一退再退,一直回到了原著女娲补天的出发点。

以上介绍的都是《红楼梦》所谓真正的续书。清末出现了一批艳情小说如《风月梦》、《青楼梦》——这些作品我们下面还会讲到——这些小说的题名让我们会想到曹雪芹的大作,它们大抵讲的是上海风月场中的故事,只有个别人物的名字同贾府中的人物相同。

吴沃尧(1866—1910)的《新石头记》是个例外。这部续书同风花雪月毫不沾边,应归入作者的社会谴责小说之列。下一章我们会专门介绍这一类小说,也将更多地了解作者本人。②尽管题材不同,《新石头记》依然是《红楼梦》的一本重要续书,因此我们要在这一章讨论它。小说1905年开始在《南方报》发表,1908年以四十四回篇幅完整的版本首次出书。就像其他续书总要对先前的续书作一番评论那样,吴沃尧在小说一开始也将之前的全部续书说得一无是处:傍人门户,狗尾续貂,无非是荒诞不经之言,看的人没有一个说好的。作者称尽管如此,他还是不避"添足"的嫌疑,撰写起这部《新石头记》,哪怕人家不赞赏。开头这几行文字并没有把作者续写《红楼梦》的动机讲明白。但你要是继续读下去,就会发现作者有意放过爱情的话题不讲,集中只表现《红楼梦》中的某些人物和某些主题;虽然注入了全新的内容,但却十分巧妙地做到大体忠于原著。炼石补天的神话意义十分重大,吴沃尧用了"石头"作书名,这便有别于大多数其他用"梦"题名的续书。小说从原著第一百二十回后续写,说宝玉离家出走后重返大荒山青埂峰下苦修起来,经历几世几劫后内心却起了变化。

  从此又不知过了几世,历了几劫,总是心如槁木死灰,视千百年如一日。也是

---

  ① 提法值得商榷,曹实际上只写了八十回,八十回以后似为高氏所作。——译者注
  ② 这里依据的版本是吴趼人:《新石头记》,郑州,中州古籍出版社1986年版。有关深入的研究可参看倪柏凯(Kai Nieper):《九死一生吴沃尧(1866—1910)——一位晚清小说家》(Neun Tode, ein Leben. Wu Woyao (1866—1910). Ein Erzähler der späten Qing-Zeit),法兰克福,彼得·朗出版社(Peter Lang)1995年版,第224—274页。顺便提一下,《新石头记》还有一部同名续编,只有10回,于1909年出版。作者"南武野蛮"的具体情况不得而知,他显然把吴趼人作品的随意性拿来为我所用。这部短篇还是讲爱情老话题:留学生宝玉在东京遇见林黛玉,两人的婚事还是中国皇帝和日本天皇一起撮合的。

合当有事,这一天,贾宝玉忽然想起,当日女娲炼出五色石来,本是备补天之用,那三万六千五百块都用了,单单遗下我未用。后来虽然通了灵,却只和那些女孩子鬼混了几年,未曾酬我这补天之愿。怎能够完了这个志向,我就化灰化烟,也是无怨的了。如此凡心一动,不觉心血来潮,慢慢的就热如焚起来。把那前因后果尽都忘了,只想回家走一趟,以了此愿。①

《红楼梦》通过石头自轻自贱的隐喻方式表现异化的主题,而《新石头记》却要表现济世的愿望。吴沃尧让石头也即宝玉摆脱了情感世界的纠缠,至少在神话框架内将主人公拔高成一个热忱的济世者,同时通过苍天倾倒的比喻画面表现 19 世纪末 20 世纪初中国当时的险恶形势。在接下来要讲的故事里,吴沃尧自然只是把宝玉定位成一个涉世未深,不乏天真的追求者,并在其向往理想世界、积累人生经验的过程中表现出《红楼梦》里那块石头及其转世者的重要原始性格。宝玉是个剃了头发的和尚,为了去人间完成自己的新使命,他天天只盼头发长出来。他离开了青埂峰,不久便在路上遇见了从前的仆童焙茗。焙茗给他讲述了他离去后家中的变故。《新石头记》从《红楼梦》中借用了四个人物,焙茗便是其中的一个,在小说中只是充当一名配角。在曹雪芹的笔下,那块不被重用的石头自怨自叹,其个性异化还披上一些神话色彩;到了吴沃尧的小说里,这种异化通过宝玉在大不相同的世界里的经历变得具体实在。有意思的是小说写出了宝玉如何慢慢地弄明白自己此番投胎走进了一个完全不同的时代。1901 年出版的一张报纸的日期让他疑惑不解,因为他根本不知道有公历计时这回事。对老家金陵地区的变化他倒是更容易接受些。故乡而今归属一个新设的行政区②,他固然茫然不知,就是到处打听家人的下落也毫无结果。具有讽刺意味的是他走到哪儿都能听到如下的回答:有一个贾家,是在小说《红楼梦》里读到的。于是宝玉也去买了这部书读起来。由于宝玉确信自己已走进另一个时代,估计即使到了北京也见不到任何贾家人了,便同焙茗一起坐船去了上海。在中国文学中,这种时空转换的描写自陶渊明(372—427)的《桃花源记》以来并不少见,往往用来表现虚幻境界。在《新石头记》中,这种转换实现了多种功能。③ 作者以此强调宝玉面对变化了的世界产生的陌生感,并明确地对其种种现象提出了疑问。小说中宝玉偏爱自己熟悉的在许多方面带有理想色彩的旧时代,体现出与

---
① 《新石头记》,第一回,第 2 页及后页。
② 小说中未提到。——译者注
③ 在世纪之交的中国文学中,另有一些乌托邦式的作品出现,其中重要的作者有康有为和谭嗣同,参看倪柏凯(Kai Nieper),《九死一生》(*Neun Tode, ein Leben*),第 261—274 页。

传统的联系,从他对自己周围种种新现象的观察和反应中还能见到中国社会中的文化定性,可惜这种文化定性自20世纪初以来却在慢慢地丢失。

　　吴沃尧把小说最初的故事放到当时最易接受西方影响的上海,显示了作品的旨趣所在。接下来作者就想探讨解决中国社会危机的本土方案与西洋方案之间有什么差异。把宝玉领进这个港口花花世界的不是别人,正是他的表兄薛蟠。宝玉是在房间里听到外面吵闹跑出去遇见薛蟠的。虽然换了朝代,薛蟠似乎还是本性难移,他喝醉了酒正在痛打仆人。在《红楼梦》原著中,薛蟠是个好吃喝嫖赌、胡作非为的人物;到了吴沃尧笔下,薛蟠变成上海滩上崇洋媚外、做黑心生意发财的典型的花花公子。宝玉是以落后的封建时代的遗少身份出场的,在上海结识了一些进步人士,与他们进行了长时期的谈话,接受了他们的一些观点,不久也反对起妇女缠足来。这在当时是一个热门话题,我们下面还要谈到。但他对当地的西方"成就"却感到陌生,说不出是好是坏。他对中国的利益是否已被出卖产生了怀疑。薛蟠作为行家把西方人享受生活的种种做派向宝玉作介绍,因为天性的缘故,薛蟠熟悉的更多的却是这种生活方式的阴暗一面,对此宝玉持排斥态度。下面便是一段品尝各种洋酒的有趣的描写:

　　　　才说到这里,薛蟠连忙挡住道:"罢了,别发论了,给你换一杯罢。"细崽听见,连忙又取过一个香饼杯来,用白布擦了又擦,拿到灯亮处照过一回,方才放下。薛蟠代他斟上一杯,宝玉呷了一口,皱眉道:"这那里是酒,简直是醋。不然,就是走了气,坏了。"伯惠道:"他做成的这个味道,吃惯了,就觉得好吃。"薛蟠道:"你不喝这个,叫他再开一瓶波得罢。"细崽听见,连忙去开了一瓶斟上。宝玉道:"这黑色的倒像是一碗药,堆起了那许多沫子,怎么喝呢?"薛蟠道:"你沫喝下去,就是那沫好呢。"宝玉轻轻呷了一口,只咽了一半,那一半连忙吐了道:"我又不生病,你怎么给药我吃。"说的薛蟠大笑起来。宝玉道:"又涩又苦,怎么不是药?"薛蟠道:"酸了你说是醋,苦的又是药!罢!罢!再开几样来。叫你评评。"于是又叫开拔兰地。①

　　薛蟠后来承袭游侠的做派与宝玉道别,声称有要事去北京。在北京他遇见了一个名叫王威尔的朋友。王威尔是个小混混,他拼命说服薛蟠参加义和团的活动。

　　宝玉对世事的了解逐渐加深,甚至胜过自己的表兄。与薛蟠不同,他对义和团的做法有怀疑。义和团通过作法朝西瓜里下毒,企图借助这种西瓜去挫败洋人,宝玉惊叹他

---

① 《新石头记》,第九回,第63页及后页。

们的天真。持同样怀疑态度的在京城里自然不止他一个人。在一次谈话中,张老头给他讲了义和团的一些愚昧和鲁莽的行为。

> 说话的,又隐隐听见外面一阵枪声。宝玉道:"这近来天听见枪声,总说是攻使馆。这区区一个使馆,攻了这些时候,还攻打不下,那法力也就可想了。"张老头儿笑道:"就是这个话呢!他们老说不怕枪炮,那攻打使馆,被洋枪打死的,也不知多少。好笑他们自己骗自己,拿着一杆来复枪,对着同伙的打去,果然打不倒,人家就信以为真了。谁知他那枪弹子,是倒放进去的,弹子打不出来,放的就同空枪一般。旁人被他骗了,倒也罢了,久而久之,他们自己也以为果然不怕枪炮了。最可笑的,使馆里被他们攻打,自然也回敬。无奈使馆里面,没有许多枪弹子,便设法到外头来买。他们却拿了毛瑟枪子去卖给洋人,只说他拿了去,也打不死我们的,乐得赚他的钱。你说笨的可怜不可怜!"宝玉道:"既然要同他作对,还要与他交易,也不是个道理。"张老头儿道:"岂但这个,天天往使馆里供应伙食、煤、水的,不都是这班人么!"①

以上是吴沃尧讽刺夸张手法的一个典型例子,这种风格在他的许多著作中都能见到。

对手的军事压力越来越大,义和团到头来回天乏术。薛蟠属于最早认清穷途末日的一拨人,及早溜掉了。

宝玉重返上海,见证了在张园举行的一次抗议集会。集会反对 1900 年中俄政府秘密签订的有关东三省的条约内容,因为这个密约实际上对沙俄军队侵占东北作了认可。这里吴沃尧又一次在小说中提到了历史真实事件,要知道他本人在 1901 年 3 月的一次抗议集会上就作过演讲。小说前半部最后写到宝玉去汉口。他去学堂听演讲,并想起自己读书的时光,觉得在以往的一两百年时间内变化不大,教的还是同样的内容,用的还是同样死板的方法。他说了几句批评学督的话,立即被捕入狱。这是作品的一个转折点,至此宝玉身上已带有明显的改革派的特征了。由于现状似乎难以变好,他的头脑反而越来越清醒。对他来说,寻求理想世界的时机已经成熟。幸亏他朋友伯惠救助,宝玉不久获释。小说的后半部讲的是乌托邦理想。而宝玉被捕后对自己"补天"初衷的反思则组成了作品前、后两部分的过渡。

---

① 《新石头记》,第十五回,第 113 页。

宝玉撂过一边,在那里出神。你道他忽然出什么神?原来他想起自己在大荒山青埂峰下,清净了若干年,无端的要偿我那补天志愿,因此走了出来。却不道走到京里,遭了义和团;走到这里,遇了这件事。怪不得说是野蛮之国,又怪不得说是黑暗世界。想我这个志愿,只怕始终难酬的了。要待仍回青埂峰去,又羞见那些木石鹿豕;要待不回青埂峰,却从那里去酬我的志愿?想到这里,不觉六神无主,心中一阵糊涂了。耳无闻目无见的呆呆的出神。①

宝玉对自己今后的命运尚把握不定,这时薛蟠来了一封信,要宝玉去他那里。那是一个叫"自由村"的乌托邦,不过很不好找。宝玉坐船到山东,从山东再往北京方向走陆路。途中他遭到袭击,失去了全部行李,与同伴也走散了,只好一人继续上路。他不停地探问"自由村"怎么走,结果却跑到了一个叫做"文明境界"的地方。边境牌坊的匾额上写着"孔道"两字,儒家学说在此地的影响可想而知。当初宝玉到上海,遇见了吴伯辉,通过他了解到不少上海的情况。这次宝玉刚踏上文明境界,又遇到了一位叫"老少年"的带路人。作者本人曾用"老少年"这个笔名出过一部全集,所以我们从这个人物身上可以隐约看到作者理想的自我形象。在《红楼梦》里,曹雪芹用大观园表现社会精英以及学者文人的理想观念,其中融入了作者亲身经历的成分。大观园是个封闭的理想世界,主要描写了田园牧歌、清纯、园中人际的和谐和艺术的完美,不过由于家道中落,到头来不得不被丢弃掉。而吴沃尧的笔下的"文明境界"则是有湖泊山川,有自己的精神道德标准和社会政治体制,是一个不折不扣的空想社会。这个理想王国据称有两亿平方英里大(差不多是大清王国领土的五倍),这显然是非现实的夸大,但其行政管理却是按照方位分成五大部,下设的辖区分别冠名为"仁"、"义"、"礼"、"智"、"恭"、"礼"、"乐"、"勇"、"孝"、"节"等,显然都是中国传统世界的元素。这些理念大部分只是用作理想世界的符号,对它们并没有作进一步的诠释,"仁"在其中起主导作用。吴沃尧特别强调本国传统的卓越地位,由此出发,他对西方的"假"文明加以口诛笔伐。西方国家认为它们的精神、政治和技术成就比别国高超,非得用这些成就才能造福全世界,于是它们觉得便有资格对别人颐指气使。小说用老少年的话不仅对中国烹调的优点大加赞扬(在此顺便指责西方的菜肴煎烤过多,参看第二十三回),而且认定中医对疾病的疗效也高过西医。即使在技术领域,"文明境界"也已远远地把西方抛到自己的后面。宝玉周游各地乘坐过飞车、潜艇以及隧道车,便可证明。这里,吴沃尧不仅显示他对当时西方

---

① 《新石头记》,第二十回,第152页及后页。

国家研发领域的最新动态了如指掌,而且对儒勒·凡尔纳(1828—1905)的作品内容也十分熟悉。作者并没有标明上述信息的来源,而是不遗余力赞扬本国的文化传统,从中找出早期的同类器具来。读者通过宝玉之口得知,在已出版了几千年的经典著作《山海经》以及李汝珍所著的《镜花缘》中,已经对飞行器有过记载(参看第二十五回)。①

在宝玉和老少年的讨论中,"文明境界"实行的政体也占了相当大的篇幅(参看第二十六回)。他们对当今世界上能见到的三种不同政体即专制、立宪和共和——作了比较。由于集团利益的出现,由于政府无原则地迁就党派权势以及贫富两极分化,后两种政体均遭到了否定。老少年说,在文明境界大家看好专制政体,君主须思想开通,德勇兼备。

> 宝玉道:"何以专制政体倒好?这可真真不懂了。"老少年道:"看着像难懂,其实易懂得狠,不过那做官的和做皇帝的,实行得两句《大学》就够了。"宝玉道:"《大学》虽系治平之书,那里有两句就可以包括净尽的,倒要请教是那两句?"老少年道:"民之所好,好之,民之所恶,恶之。"宝玉想了一想,笑道:"果然只有两句,却一切在内了。然而那做皇帝、做官的,果能体贴这两句,实行这两句才好呢。"②

为了了解民情,在"文明境界"采用民意调查方式,君主对调查结果须听取采纳。由于儒家学说已深入人心,所以这里没有迷信,更谈不上有别的什么宗教。虽然听凭外国人来传教,但他们来了也没有人去听。一切听从孔夫子,就足以实现真正的文明了。书中有一处专讲文明和非文明的区别。

> "你不看见那牌坊上'孔道'两个字么?那就是文明境界之内,都是孔子之道的意思。至于近日外面所说的'文明',恰好是文明的正反对,他却互相夸说是'文明之国'。他要欺天下无人,不知已被我们笑大了口。我请教你,譬如有两个人,在路上行走。一个是赳赳武夫,一个是生痨病的。那赳赳武夫对这生痨病的百般威吓,甚至拳脚交下把他打个半死。你说这赳赳武夫有理么?是文明人的举动么?只怕刑政衙门还要捉他去问罪呢。然而他却自己说是'我这样办法文明得很呢'。你服

---

① 关于吴沃尧在书中提到的科技成果的情况,可参看倪柏凯:《九死一生》,第237页。
② 《新石头记》,第二十六回,第200页及后页。

不服？此刻动不动讲文明的国，那一国不如此？看着人家的国度弱点，便任意欺凌，甚至割人土地，侵人政权，还说是保护他呢。说起来，真正令人怒也不是，笑也不是。照这样说起来，强盗是人类中最文明的了。何以他们国里一样有办强盗的法律呢？倘使天下万国，公共立了一个万国裁判衙门，两国有了交涉，便到那里去打官司，只怕那些文明国都要判成了强盗罪名呢？"①

老少年说，由此看来国外居然为传教也不惜动武就不奇怪了。撇开这一点不谈，西方宗教硬说有一个天堂有一个地狱，就显得十分荒唐无稽。

在"文明境界"可以放弃宗教，这使宝玉很惊奇。即使尊孔也不设庙堂，只不过在各处为他立像。

宝玉离开青埂峰后感到中国既弱小又堕落，如今却看到中国乃是"文明境界"习俗和道德观念的渊源，不禁产生如何给中国定位的问题。他自称在上海见到的好东西不多，不过好像从未听说过有国人醉酒行凶的事儿。老少年借题发挥，指出这是古老的传统数千年来塑造出国人良好品质的缘故，与同时代许多思想家的观点不同，悠久的历史在老少年看来不是负担，而是一种福祉。

老少年道："这里有个道理，中国开化得极早，从三皇五帝时，已经开了文化；到了文、武时，礼、乐已经大备。独可惜他守成不化，所以进化极迟。近今自称文明国的，却是开化的极迟，而又进化的极快。中国开化早，所以中国人从未曾出胎的先天时，先就有了知规矩，守礼法的神经。进化虽迟，他本来自有的性质是不消灭的，所以醉后不乱。……那开化迟的人，他满身的性质，还是野蛮底子。虽然进化的快，不过是硬把'道德'两个字范围着他，他勉强服从了这个范围，已是通身不得舒服。一旦吃醉了，焉有不露出本来性质之理呢？……"②

在"文明境界"，宝玉最后遇见了一位名叫东方文明的长者。东方文明是这个国家的最高精神领袖，作为国事顾问其政治影响力甚至比君主还大。吴沃尧在小说中把这一人物奉为理想王国的楷模，其地位已接近孔夫子，含有特别的寓意。因为这位东方文明不是别人，正是与贾家主人公宝玉同名的甄宝玉。只不过作者在此将"真"与"假"的

---

① 《新石头记》，第二十八回，第220页及后页。
② 同上，第三十二回，第254页。

概念纳入一个全新的范畴。宝玉在"真正"的"文明境界"最终也找到了实现理想的所在地。这里充满着仁爱和进步技术，中国最终也会享受到这些先进成果，这便是小说乐观的基调。宝玉又一次梦游上海，见到了朋友吴伯辉。伯辉向他讲述了政局的变化：各地到处集会，抗议满清朝廷与外国签订了丧权辱国的条约；顺应国内时局的变化，有人正在制定宪法；各国领导人平等参加反对帝国主义的世界和平大会。梦醒后，不懈的探寻者宝玉又上路了，他决心找到"自由村"。

## （三）浪子回头——小说《歧路灯》

在前面我们已经讨论过曹雪芹《红楼梦》中的人物贾宝玉是否经历过真正的蜕变。我们认定贾宝玉天生对大人们向自己提出的要求不予理会。宝玉在较大程度上是其家族衰败的起因，他处在优越得不能再优越的地位，却拒绝接受那些也许对挽救家族有用处的性格。他的遁世从根本上说并不是个人性格变化的结果，而主要由篇首的神话背景决定的：石头转世，经历了变幻无常的人间生活后注定会失败，故而不得不回归原处。

李绿园在其一百零八回的小说《歧路灯》里对罪孽、堕落和改过自新问题作了更为贴近现实的阐明。值得一提的是这部小说与《红楼梦》几乎在同时写成，只不过两位作者彼此不认识。① 李绿园的这部小说写的是一个败家子回头的故事，具备传统小说和戏剧的众多特点。② 与《红楼梦》的富有个性化的剪裁不同，《歧路灯》只是集中写一个主人公的命运。《歧路灯》表现出来的情绪也要比曹氏《红楼梦》乐观得多，这同李绿园的生平不无关系。李绿园一生做官，小有成就，决定了他拥护现有制度的政治倾向。③ 李绿园（1707—1790）原名李海观，出身于河南宝丰一个普通农民家庭，1736年应试中举。④ 后多次赴京赶考名落孙山，便停止学业，于1748年开始创作小说，在其后8年内完成了八十二回。1756年被选任江浙漕运，不得不中断写作，开始舟车海内的生涯，此后一度

---

① 此处依据的版本为三卷本，中州古籍出版社1980年版。

② 这里的例子是唐代白行简的《李娃传》。内容梗概是：年轻的男主人公郑生为了妓女李娃，与家庭不和，陷入贫困，后来李娃帮他重新赢得声誉和威望。另外还有元杂剧《东堂老劝破家子弟》，讲的是一个年轻人把祖传家产挥霍殆尽后一贫如洗，他追悔莫及，在父亲老友东堂老的帮助下，重新走上正道。关于中国文学中的富家子弟浪子回头的素材，可参看孟繁仁：《〈歧路灯〉纵横谈》，载，《〈歧路灯〉论丛》第二辑，中州古籍出版社1984年，第192—201页。

③ 关于作者生平以及小说成书过程主要根据包捷（Lucie Borotová）的研究：《一个浪子回头的儒家故事——李绿园的小说〈歧路灯〉》（1777）（ A Confucian Story of the Prodigal Son. Li Lüyuan's novel 〉 Lantern at the crossroads 〈〈 qiludeng, 1777〉），波鸿，布洛克迈尔出版社（Brockmeyer）1991年版，第5—15页。另外可参看杜贵晨：《〈歧路灯〉简论》，载：《〈歧路灯〉论丛》第二辑，第108—126页。

④ 关于李绿园的生平、作品以及家庭背景等情况，可参看栾星：《〈歧路灯〉研究资料》，中州书社1982年版，第101—155页。

在贵州任知县。直到 1775 年,他卸任回宝丰老家后才有时间继续进行文学创作。1778 年《歧路灯》完稿,此外他还写了两本诗集和一本题为《家训谆言》的小册子。积累了廿年的仕途经验后,作者对小说题材的处理手法有所改变。在前一部分作者主要着眼于描写主人公谭绍闻的种种问题,而在后一部分却十分关注为官之道。比如,作者在第九十回至九十三回描绘了省城会试的背景,在九十四回记叙了赈济饥荒的措施,在一百零四回还写了抵抗倭寇的斗争。无论是写旅行(第一百零一回及第一百零五回)还是写兴建图书馆(第九十九回),作者的目光显得更为成熟,语气也更为老练庄重。在小说前一部分中景况越来越糟的谭绍闻如今却咸鱼翻身,日子愈过愈好:同妻子、仆人以及乡绅朋友重新修好了关系,事业上也有所成就。前一部分故事中的反面角色都一个个幡然觉醒:声名狼藉的酒鬼赌徒谭绍闻突然变成了教子有方的慈父;盛希侨通过殿试取得高位,即使是坏蛋夏逢若也当上了知府[①],而今对谭绍闻也突然毕恭毕敬起来。但小说后半部在文体风格方面反而不如开头部分那么精致。

这儿我们不禁要把《歧路灯》同歌德(Goethe)稍晚一点时间(1795—1796)创作的《威廉·迈斯特的学习时代》(*Wilhelm Meisters Lehrjahre*)作一番比较。迈斯特(Meister)酷爱艺术,自以为有资格成为德国戏剧艺术新纪元的开创者。迈斯特逐渐成熟起来,加强了自我修养:经由谬误接近真知,知错而达到完善,克己而获得自由。为了探索生命的真谛,威廉·迈斯特不得不借助艺术的通道。他离开了舞台这个充满美丽光环的世界,要在真实的世界里获得常人寻求的满足。歌德笔下的个人的修炼是一个普遍规则的凡例。《威廉·迈斯特的学习时代》的故事以贵族阶层承认平民出身的威廉能同他们平起平坐而告终,而贵族阶层认为和谐的精神上的人格培养是至关重要的。相反,谭绍闻面前已经放着做人的标准了。威廉在寻求,而谭绍闻只须回顾一下父辈的道德世界就行了。可是他对一切显得麻木不仁,对什么都不感兴趣。在歌德的小说中,艺术和戏剧是寻求做人道理的驿站,可一到谭绍闻那儿却变成通往堕落的起点。两部小说的故事情景相仿:威廉·迈斯特参加剧组,而谭绍闻则把剧团安置在自己家中,不过并非自愿,他做什么都是别人催的,他从来没有出自内心地要去发现艺术。他是一个极容易学坏而不容易学好的左右摇摆的典型。

同《红楼梦》相似,《歧路灯》很长时间内得不到文人学士的赏识。[②] 起初小说一直只有手抄本,在作者家乡地区流传,直到 1924 年才印了一个全本。此后,中国思想史著名

---

① 原著中似无此一说。——译者注
② 关于该小说的文本历史,可参看马克梦:《吝啬鬼、泼妇、一夫多妻者》,第 223 页及后页。

学者冯友兰(1895—1990)及其妹妹于1927年整理出版了一个缩简本。当时有几位文学史专家如郭绍虞和朱自清对这部作品进行过研究,但对这部作品的兴趣只保持了短短几年,随后它又湮没无闻达数十年之久。其中的原因只能大致推测如下:一来是小说的内容严守儒家教条,整部作品显得陈腐古板;再者读者的口味自然也相当重要,《歧路灯》大力规避爱情题材的描写,让许多读者觉得它没有《红楼梦》那样有吸引力;《歧路灯》也不能像吴敬梓清算传统官场制度的小说《儒林外史》那样赢得众多时代及文化批评人士的关注。① 直到1980年终于出了一种既有校勘又有注释的《歧路灯》现代版本,紧接着又出版了数本此书的评论文集。对这部作品的兴趣被重新激活,有人称此书有如另一本《金瓶梅》、《红楼梦》或《儒林外史》;有人称赞此书是一部使用丰富河南方言的白话文学的典范,对底层社会作了广泛的描写;更有甚者,有人基于小说的逻辑性和统一性把该作品拔高为一部唯一真正的古典中国小说。②

　　上面一番话算是引子,我们现在来看看作品本身。引人注目的是小说明显分为三部分。第一回到第十二回为第一部分,综述了主人公日后误入歧路的背景;与此相对应的是第八十三回到一百零八回的第三部分,阐明了主人公最终获得成功的原因和途径;第十三回到八十二回是篇幅很长的中间部分,作者一回接一回极其详尽地记叙了这位反面主人公如何道德败坏而且越陷越深。谭绍闻所表现出来的消极、散漫、犹豫和麻木说明他在走向堕落的过程中是多么无助。李绿园无意为年轻的主人公开脱罪责,但他同时指出主人公天生懦弱以及父母、朋友的失责,认为把过错归到他一个人身上也是不对的。作者在作品开篇就强调了这一点。

　　　　话说人生在世,不过是成立覆败两端,而成立覆败之由,全在少年时候分路。大抵成立之人,姿禀必敦厚,气质必安详,自幼家教严谨,往来的亲戚,结伴的学徒,都是些正经人家,恂谨子弟。譬如树之根柢,本来深厚,再加些滋灌培植,后来自会发荣畅茂。若是覆败之人,聪明早是浮薄的,气质先是轻飘的,听得父兄之训,便似以水浇石,一毫儿也不入;遇见正经老成前辈,便似坐了针毡,一刻也忍受不来;遇着一班狐党,好与往来,将来必弄的一败涂地,毫无救医。所以古人留下两句话:"成立之难如登天,覆败之易如燎毛。"言者痛心,闻者自应刻骨。其实父兄之痛心者,个个皆然,子弟之刻骨者,寥寥罕觏。③

--------

① 参看胡世厚:《〈歧路灯〉何以遭受冷遇和流传不畅》,载:《〈歧路灯〉论丛》第二辑,第93—106页。
② 参看孟繁仁:《〈歧路灯〉纵横谈》,第200页。
③ 《歧路灯》,第一回,第一卷,第1页。

我们从李绿园对书名的解释中可以看到他立意告诫人们在人生的关键时刻也即在十字路口要用现存的道德力量(他用灯来作这种力量的象征)来规范自己的行动。① 谭绍闻是在嘉靖年间(1522—1566)河南开封府祥符县一户十分规矩的人家中长大的,论出身他是极有希望成为栋梁之材的。其父谭孝移是一个正直的富裕文人,和他的朋友娄潜斋、孔耘轩(后为谭绍闻的岳父)、程嵩淑、苏霖臣和张类村一样都是秀才。② 谭孝移去世后这些朋友虽然诚心诚意地规劝过谭家唯一的小辈谭绍闻改过自新,但均收效甚微。说到孩子母亲王氏的家庭背景也无可指摘,她也出身于书香门第。在最初几回中,这个孩子以乳名端福儿出场,一开始也挑不出什么毛病。他用功勤读,读者认识他时已经7岁,能背诵儒家的经典著作了。孩子最初的状况是极好的,但后来父亲外出,孩子显露出来的某些秉性令人生忧。书上描写其中一个场景:

> 原来端福儿自孝移去后,多出后门外,与邻家小女儿玩耍。
>
> 有日头落早归的,也有上灯时回来的。不过是后门外胡同里几家,跑的熟了,王氏也不在心。偏偏此夕,跑在一家姓郑的家去,小儿女欢喜成团,郑家女人又与些果子点心吃了,都在他家一个小空院里,趁着月色,打伙儿玩耍。定更时,端福儿尚恋群儿,不肯回来。恰好孝移回来,王氏只顾的欢喜张慌,就把端福儿忘了。孝移一问,也只当在前院趁热闹看行李哩。及德喜说没在前院,王氏方才急了,细声说道:"端福儿只怕在后门上谁家玩耍,还没回来么?"孝移变色道:"这天什么时候了?"王氏道:"天才黑呀!"孝移想起丹徒本家,此时正是小学生上灯读书之时,不觉内心叹道:"黄昏如此,白日可知;今晚如此,前宵可知!"
>
> 话犹未完,只见端福儿已在楼门边赵大儿背后站着。此是赵大儿先时看见光景不好,飞跑到郑家空院里叫回来的。孝移看见,一来恼王氏约束不严,二来悔自己延师不早,一时怒从心起,站起来,照端福头上便是一掌。端福哭将起来。孝移喝声:"跪了!"王氏道:"孩子还小哩,才出去不大一会儿。你到家乏刺刺的,就生这些气。"这边端福听得母亲姑息之言,一发号啕大痛。孝移伸手又想打去,这端福挤进女人怀里,仍啼泣不止。孝移愈觉生怒,却见王中在楼门边说道:"前院有客——是东院郑太爷来瞧。"③

---

① 关于这一点可参看包捷(Borotová):《一个浪子回头的儒家故事》(*A Confucian Story of the Prodigal Son*),第2页。
② 小说提到的一些德高望重的师长的影子可在李绿园周围的学者中见到。参看:同上,第6页。
③ 《歧路灯》,第一回,第一卷,第9页及后页。

这个场面与《红楼梦》中宝玉无奈惨遭父亲毒打的一节有惊人的相似之处。不过由于公务需要，总是要长期出远门，所以《歧路灯》里这位老爸谭孝移也担不了多大责任。这回又要进京，指望得到一个任期两年的官职，临行前他恳请他的朋友娄潜斋到家教谭绍闻念书，但是对后来发生的事他也就施展不了任何影响了。那么当孩子"心情不定，阅历不深"，缺少一根主心骨时，谁应该负责呢？① 这个问题的矛头在小说里依据实际情况必然直指母亲。小说一开头便把王氏写成一位充满慈爱、时刻为儿子操心的妇人，在此后的人生中她对儿子还是一味迁就，严不起来。谭绍闻后来改邪归正，在重新发迹时，他自己对母亲的溺爱指责道：

绍闻道："娘呀，你又见我太亲，娇惯的不像样。"王氏道："我见你亲倒不好么？"绍闻道："天下为娘的，没一个不见儿子亲。必定是有管教才好。像我爹爹这样人，学问好，结交的朋友都是正人，教儿子又严又密。娘见亲，就是慈母，若是单依着母亲一个老的——"绍闻便住了口。王氏道："你说么。"绍闻接道："若是单依母亲一个老人家见亲，资性蠢笨的，还不妨事；若是资性聪明的，就要吃了亏。"②

孔慧娘是谭绍闻的第一个妻子，在家里她总是力劝丈夫改过自新。但除了孔慧娘外，小说中包括母亲王氏在内的其他妇女形象都是负面的。她们不是太迁就，对主人公一点也严不起来，就是出于本性专爱惹是生非，至于其中几位以放荡行为把涉世未深的少年主人公拖下水的丑事就更不用提了。李绿园由此作出了如下的结论：

看官，我想人生当年幼时节，父子兄弟直是一团天伦之乐，一经娶妻在室，朝夕卿啾，遂致父子亦分彼此，兄弟竟成仇雠。

所以说处家第一，以不听妇言为先。看来内眷若果能如孔慧娘之贤，就是事事相商而行，亦是不妨的。总之劝丈夫孝敬父母，和睦兄弟的，这便是如孔慧娘之贤的。③

丈夫不在家，母亲王氏犯的第一个大错误就是为谭绍闻选择家庭教师时看走了眼。她看中了那个叫人捉摸不透的文人侯中有，虽然为此受到了忠诚的仆人王中——这位

---

① 《歧路灯》，第二十一回，第一卷，第209页。
② 同上，第八十六回，第三卷，第816页及后页。
③ 同上，第三十六回，第二卷，第332页。

王中后来多次将谭绍闻从困境中拯救出来——的规劝,但依然固执己见。侯中有因为在老家弄出什么丑事又欠着高额赌债逃了出来到祥符投奔亲戚,这家亲戚便把他推荐到谭家教书。这位侯先生并不看重儒家经典,却对星相八卦很感兴趣,一味强调阴阳风水学说的重要性,王氏对这种"活学"方式却十分赏识。老师课不好好上,谭绍闻读书无趣便觉得"闷",于是他跟着先生去找"乐","闷"和"乐"正是主人公早期这一阶段心理发展过程中的两大标志。失去了正确指导,谭绍闻便任人摆布,他或是跟着先生赶会,或是跟着先生玩景。生怕儿子读书读出病来的母亲对这一切都表示首肯。谭孝移因健康状况不佳,又对自己家里放心不下,决定提前离京返家。侯中有对谭绍闻赞不绝口,谭孝移听了半信半疑。一次他俩讨论儒家经典对道德观念培养的价值。听到侯先生称诗歌里包含大量的实际生活智慧应作为主要教材时,谭孝移十分惊讶。他去检查谭绍闻课桌,发现有一本写爱情的剧作《绣像西厢》。问及为什么要读这本书,侯先生答道可以学到作文的章法,此外这部书的题材描写广泛,忽而寺内生活,忽而白马将军等。谭孝移疑惑地点点头,心中暗想:"杀吾子矣!"见到谭孝移点头,侯先生来了精神,便畅谈起"看完西厢,然后与他讲《金瓶梅》"的教学打算。谭孝移不知《金瓶梅》是什么书,侯先生便称这部书十分了不起,大开大合,充满"热结冷遇",全是从左丘明的《左传》和司马迁的《史记》脱化下来的。见到儿子在案上强作哼唧的模样,父亲忧心忡忡。等到他一读到那本名声大噪的书,便惹出了事端。

  到了次日,盥洗更衣,想要回拜来客,忽而端福儿抱着一部书儿到跟前。孝移接过看时,乃是一部《金瓶梅》,问道:"谁叫你拿的?"端福道:"先生说,爹爹没见过这一部书,叫我拿到家里,叫爹爹看。"孝移接过一看,猛然一股火上心,胃间作楚,昏倒在地。王氏急急搀起。这胃脘疼痛病又犯了,少不得覆被而寝,呻吟之声不绝。①

不久,谭孝移去世,那时谭绍闻13岁。在上面故事中出现了一个文学作品中讲文学批评的鲜明例子,表现出对小说发展的不同见解。充满儒家伦理色彩的小说《歧路灯》的作者对艳情小说《金瓶梅》进行了谴责。

  父亲临终的话"用心读书,亲近正人"做儿子的可惜并没有听进去。摆脱了父亲的严密监视后谭绍闻便不再去读书,他与买入家中当侍女的一个叫冰梅的姑娘初次共享

---

① 《歧路灯》,第十一回,第一卷,第123页。

床笫之欢,冰梅后来为他生了个儿子。不过在沉沦的最初阶段,不管他在玩耍还是在大吃大喝,老父亲谭孝移的忠告还会不住地响彻在他耳畔。他刚到外面去做不当之事时常会脸红,行动上也有所顾忌。即使后来他把整个家产几乎全部毁掉了,良心还没有彻底丢失。做了坏事后便会来噩梦,梦中往事历历在目。这说明父亲的道德说教是如何深深地影响着这位花花公子,而梦境中屡屡现身的父亲则是古老的传统道德观念的象征。下面便是印象颇深的一幕:

> 桌上残灯未熄,孤焰闪闪,谯楼更鼓频击,遥听冬冬,已交三更。方觉睡魔来袭,只听得有人拍门,谭绍闻被衣开栓,进来二人,一个不认的,一个却是王中。王中道:"家中好生焦躁,急寻大相公,原来在此。快跟我回去。"谭绍闻只得相随同归。黑夜路上,高一步,低一步,就如驾云一般。到了大门,见有几个人在门首站立,谭绍闻也无暇问其所以。进了二门,望见厅上烛火辉煌,中间坐着一位六品冠服长官,纱帽圆领,甚是威严。绍闻只得近前跪下,叩了头。向上一看,却是自己父亲。骇得心惊胆颤。只见父亲双目圆睁,怒须如戟,开口便道:"好畜牲!我当初怎的嘱咐你,叫你用心读书,亲近正人。畜牲,你还记得这八个字么?"谭绍闻战战兢兢答道:"记得。"父亲道:"你既然记得,怎的我这几年因赴南斗星位,不在家中,你便吃酒赌博,宿娼狎尼,无事不做,将祖宗门第玷辱呢?况你颇有聪明,实指望掇青拾紫,我问你,至今功名何如?你今日一发又撞出人命案。那缢死之人,怨气上腾,将你辈俱告在冥府,我受命勘此一段公案,可怜畜牲性命不久了。"因回顾道:"判注官何在?"只见东侧闪出一个蓝面赤发鬼,手执册簿,躬身候命。父亲问道:"子背父命,孙废祖业,依律当得何罪?"判注官张开血盆般大嘴,口角直到耳门边,朗声答道:"律有三千,不孝为大,案律应该腰斩。"厅下早已跳出四个恶鬼,眼中齐冒火焰,口内直吐蓝烟,狰狞可畏。不由分说,把谭绍闻一脚踢翻,用绳捆起。腰中取出门扇大明晃晃的钢刀,单候上官法旨。绍闻伏在地下,已吓得动弹不得。又听得父亲道:"我与这个畜牲原系父子,不比寻常罪犯,你们可抬将起来,我亲问他一句话,再叫他死未迟。"四鬼领命,将谭绍闻忽的抓起,举在公案前边。谭绍闻哭恳道:"爹呀,念父子之情,格外施仁罢!"只见父亲离了公座,走近身来,说道:"好畜牲,你恨煞我也!"张开口,向谭绍闻肩背上猛力一咬,咬得谭绍闻疼痛钻心,叫得一声:"爹呀!"抱住夏逢若的腿乱颤起来。①

---

① 《歧路灯》,第五十二回,第二卷,第482页及后页。

时光荏苒，谭绍闻已是16岁的少年了。在侯先生那儿他什么都没有学到。家里听了父执娄潜斋的忠告，终于把侯中有辞掉了。他心平气和地接受母亲和仆人王中的指责并发誓改过自新，不过只说不行动。依照先前的"活学"原则他结交了一帮出身各不相同的同龄人。其中一位名叫盛希侨，是最重要的教唆者，小说后面还会详细写到他。他出身豪门，祖上不少人做过大官，单讲门第这种交往似乎对谭绍闻很适宜。然而盛希侨自视高贵，盛气凌人，而且贪玩到极点。他希望谭绍闻同他一样贪玩。盛希侨正经事一桩也不会谈，却疯狂地找乐子玩。每次去朋友家，如果没安排什么玩意儿，那简直就是要他的命。一天，在绍闻家就发生了下面的一段故事：

希侨道："我要走哩，家中还忙着哩。"绍闻道："岂有此理。"逢若道："大哥如何要走？"希侨道："你不叫我走，我实实闲坐不来。既没有戏，也要弄个别的玩意儿，好等着吃你的饭。"绍闻道："先父在日，家法最严，委实没有玩的东西。"希侨道："下边人必有，向他们要，只怕使不尽的。"绍闻道："他们也没有。"希侨道："难了！难了！"逢若道："我顺袋内带了一副色子，可使的么？只是显得我是个赌博人。还没有盆子，没有比子，况也没有掷手。不如咱们说话罢。"希侨道："这两三天，话已说尽了，胡乱弄个碗儿咱玩玩。"宝剑在院里寻了一个浇花的磁碗儿，说："这也使得么？"希侨道："也罢。夏贤弟，掏出你的'巧言令'来。"逢若撩起衣服，解开顺袋，取出六颗色子，放在碗里。希侨抓在手内，只是乱掷。说道："你家未必有赌筹，快取四五吊钱，做码子。去叫王贤弟来，大家好掷。"①

在小说另一处，李绿园以一贫如洗的张绳祖为例从心理角度十分形象地写出了染上赌瘾的原因和危害。张绳祖如今在别人赌钱时专靠抽头过日子。他的父母对他管教太松，只好眼睁睁看着他走上歧路。他的情况与谭绍闻差不多，而此时谭绍闻已经染上赌瘾，但赌运不佳，只是在输得很厉害的情况下才暂时离开一下赌桌。

夏鼎闻言不答。迟了半晌，说道："人家是改志读书，再不赌博的人，就是弄的他来，他不赌也是枉然，你怎肯白给我十两呢？"张绳祖笑道："我把你这傻东西，亏你把一个小宦囊家当儿童尽。你还不晓赌博人的性情么？大凡一个人，除是自幼有好父兄拘束的紧，不敢窥看赌场，或是自己天性不好赌，这便万事都休了。若说

---

① 《歧路灯》，第二十回，第一卷，第201页及后页。

是学会赌博，这便是把疥疮、癣疮送在心窝里长着，闲时便会自痒起来。再遇见我们光棍湿气一潮，他自会搔挠不下。倘是输的急了，弄出没趣来，弄出饥荒来，或发誓赌咒，或摆席请人，说自己断了赌，也有几个月不看赌博的。这就如疥疮挠的流出了血，害疼起来，所以再不敢去挠。及至略好了些，这心窝里发出自然之痒，又要仍蹈前辙。况且伶俐不过光棍，百生法儿与他加上些风湿，便不知不觉麻姑爪已到背上，挠将起来。这谭绍闻已是会赌，况且是赌过不止一次了，你只管勾引上他来，我自有法儿叫他痒。他若是能不赌时，我再加你十两。改了口就是个忘八。这是我拿定的事，聊试试看，能错一星不能？"夏鼎道："你说的逼真。你既这样明白，又这样精能，怎的把产业也弄光了？"张绳祖叹了一口气道："咳！只为先君生我一个，娇养的太甚，所以今日穷了。我当初十来岁时，先祖蔚县、临汾两任官囊是全全的。到年节时，七八个家人在门房赌博，我出来偷看。先母知道了，几乎一顿打死，要把这一起会赌的逐出去。先君自太康拜节回来，先母一五一十说了，先君倒护起短来，说指头儿一个孩子，万一拘束出病来该怎的。先君与先母吵了一大场，这时候我已是把疥癣疮塞在心里。后来先君先母去世。一日胆大似一日，便大弄起来。渐次输的多了，少不得当古董去顶补。岂没赢的时候？都飞撒了。到如今少不得圈套上几个膏粱子弟，好过光阴。粗糙茶饭我是不能吃的，烂缕衣服我是不能穿的，你说不干这事该怎的？总之，这赌博场中，富了寻人弄，穷了就弄人。你也是会荡费家产的人，难说不明白么？总之，你把谭家这孩子只要哄的来，他赌，我分与你十两脚步钱；他不赌，我输给你十两东道钱。"夏鼎把头搔了两搔，说道："再没法儿。"①

小说中的头号反面角色要算引文中已多次提及的夏逢若了。就是他把谭绍闻领进地狱之门的。《歧路灯》对此人的命运也做了入木三分的描述，请看下面这一段：

你说这人是谁？少不得忙里偷闲，把这人来历脚色，述上一述。这个人，正是那姓夏名鼎表字逢若者。诨号叫做兔儿丝。

他父亲也曾做过江南微员，好弄几个钱儿。那钱上的来历，未免与那阴骘两个字些须翻个脸儿。原指望官囊充足，为子孙立个基业，子孙好享用。谁知道这钱来之太易，去之也不难。到了他令郎夏逢若手内，嗜饮善啖，纵酒宿娼，不上三五年，

---

① 《歧路灯》，第四十二回，第二卷，第390页及后页。

已到"鲜矣"的地位。但夏逢若生的聪明,言词便捷,想头奇巧,专一在这大门楼里边,衙门里边,串通走动。赚了钱时,养活萱堂、荆室。①

夏逢若是个彻头彻尾的享乐主义者,他自然想叫谭绍闻也相信自己的这一套"快乐哲学"。他说了一通话,其要旨是人生苦短,无须为读书和挣钱去卖命。柳陌花巷快乐一辈子也是死,固执板样拘束一辈子也是死。做了圣贤道学的事,将来就算立一个牌位又有什么用。古人有勘透的话,说是"人生行乐耳"。他,夏逢若,不如同三朋四友胡混一辈子也就罢了。②

很长一段时间谭绍闻千方百计不让家里知道他在外面的放荡不羁的行为,因为他还想保持自己家中的那份清净,不愿意玷污它。但是一天在朋友的怂恿下,他居然答应戏主茅拔茹让他的戏班子暂时寄宿进他家,这一下便破了例。戏班子进门后搞得鸡犬不宁。少东家助人的动机很可疑,而同时他那批酒肉朋友对这个一度声名显赫的家越来越不放在眼里。一天出现了一个人称"假李逵"真名为贾李魁的追款人,他死活不顾地逼谭绍闻交出在张绳祖处欠下的赌款。与小说《红楼梦》描写的情景相仿,外界势力越来越加强了对谭家人的控制。惊慌失措的王氏预感到局面完全失控了。

谭绍闻放荡不羁,影响面越来越大。他老要还赌债,再加上与孔慧娘结婚的巨额开支给家里造成了明显的经济负担。谭绍闻挖空心思寻求沉湎赌场的机会。经由他的一帮赌友的巧妙策划,打着去地藏庵写字的幌子,他被诱骗出安全的宅院,在那儿"巧遇"张绳祖,很快听从劝说参与了掷色子的赌博。这个一输再输的赌徒这回一下输到了顶,居然输掉了五百两银子。他根本无法兑现自己的承诺,在三天之内偿还这笔债款。在走投无路的情况他决定逃跑。通过对出逃背景和场面的描写,作者塑造了一位并不是心甘情愿的"避世者"形象,这在中国早期小说中大概是独一无二的。同时代的其他小说中,出远门找出路的题材自然是屡见不鲜的,大抵有一个历险的故事背景多见于英雄传奇小说,至于在《西游记》一类的神怪小说中那就见得更多了。但在本章讲的世情小说中,这一出逃是史无前例的。一个像谭绍闻那样出生的年轻人对自己家院有一种传统的依附,这种依附是不允许主人公不辞而别远走他乡的。李绿园在这里一步步地写出了主人公"触动天良"、失败以及通过出逃取得暂时的内心清净的过程,令人称奇。可惜这里不可能把长达整整一回的旅途上发生的事全部照抄下来,摘录其中的一段至少

---

① 《歧路灯》,第十八回,第一卷,第 188 页。
② 夏逢若的有关言论参看:《歧路灯》,第二十一回,第 209 页。

可以让大家大致了解到主人公的坎坷遭际。

却说谭绍闻辞了众赌友,出的张宅门,此时方寸之中,把昨夕醉后欢字、悦字、怡字,都赶到爪洼国去了;却把那悔字领了头,领的愧字、恼字、恨字、慌字、怕字、怖字、愁字、闷字、怨字、急字,凑成半部小字汇儿。端的好难煞人也。

忽然想出逃躲之计。过了府衙门街口,只听得一个人说道:"相公骑脚驴儿罢。"谭绍闻道:"我正要雇脚哩。"那脚户走近前来问道:"相公往那里去?"谭绍闻却无言可答。沉吟了一会,猛可的说道:"上亳州去。"那脚户道:"我不送长脚。"迟一下又道:"相公要多给我钱,我就送去。"两个人就讲脚价,脚户信口说个价钱,谭绍闻信口应答,却早已过了岗了。一齐站住,讲停当价钱。脚户道:"我跟相公店里取行李去。"谭绍闻道:"我没行李,也没有店里住。"

这个脚户姓白,外号儿叫做白日晃,是省城一个久惯牢成的脚户。俗语说:"艄、皂、店、脚、牙"——艄是篙工,皂是衙役,店是当槽的,脚是赶脚的,牙是牛马牙子。天下这几行人,聪明的要紧,阅历的到家,只见了钱时,那个刁钻顽皮,就要做到一百二十四分的。谭绍闻少年学生,如何知道这些。

这白日晃把谭绍闻上下打量一番,说道:"相公上亳州做什么?"谭绍闻道:"看我舅舅去。"白日晃道:"相公舅舅是谁?"谭绍闻道:"东门里春盛号,姓王。"白日晃道:"是春宇王大叔么?我时常送他往亳州去。他落的行,是南门内丁字街周小川家。这王老叔见我才是亲哩。我就送你去。但没有个行李,天虽不冷,店里也不好住。我跟相公去,些须带个被套衣裕儿,今日就好起身。"谭绍闻道:"我又盘算,还去不成。"白日晃道:"啥话些,一天生意,大清早讲停当了,忽然又不去了,这个晦气我不依。"谭绍闻输了钱,方寸乱了,心中想躲这宗赌债,未加深思,信口应了脚户一声。转念一想,大不是事,又急切要走开,不料竟被脚户缠绞住了。见白日晃这个光景,只得说道:"咱到明日起身何如?"白日晃道:"我今日这个生意该怎的?你须与我定钱,外加一日盘缠花消。"旁边又有人撺掇,谭绍闻就手中包儿与了一个银锞儿。白日晃道:"我明日在此相等。这银子到亳州同王叔称了,一总算明。"谭绍闻方才摆脱清白。一径回碧草轩,躺在厢房床上,如病酒一般。

谭绍闻这一向在轩中读书,白日在轩上吃饭,晚间就在厢房睡。因而这一夜外出,家人并不涉意,母亲妻妾以为仍旧在书房,邓祥只说偶然在家中睡了。王中因城中市房难售,利息银两可怕,一向往乡里打算卖地去了。所以家中个个照常,并不知绍闻赌博输钱的事。绍闻一夜不曾眨眼,心中又闷,整整睡到日夕,方才起来吃了一点饭儿。到了晚上，仍自睡倒。左右盘算，俱不是路。旋又想到，这五百两银子，只那假李逵将不知怎样撒泼催逼哩，那个野相，实叫人难当。顿时心中又悔又恨，大加闷躁起来。

到了半夜，猛然床上坐起，说道："罢了，我竟是上亳州寻我舅舅去。天下事躲一躲儿，或者自有个了法。猛做了罢。"因把睡的薄被，用单儿包了，瓶口系在腰间，带上假李逵找的银子。东方微亮时，偷出的碧草轩，一径到了府衙门街。恰好白日晃赶的牲口来，二话不说，搭了牲口，不出东门——怕王隆吉看见，一径出南门，上亳州而去。

……

看官试想，谭绍闻在家时，走一步非马即车，衣服厚了嫌压的脊梁背疼，茶热了怕烧着嘴唇皮。到此时，肩上一个褡裢，一替一脚步行起来，如何能吃消？走不上十五里，肩已压的酸困，脚下已有了海底泡。只得倒坐在一座破庙门下歇了。①

不难看到，谭绍闻在异乡没有遇到什么好人。身上最后一点财物被抢走后，他千辛万苦来到一座寺庙中，在那儿得到一天的食宿。重新上路后他沦为乞丐，来到韩善人老先生家。他答应建桥时帮忙登记布施簿，韩善人收留了他。谭绍闻第一次感到自己在做一件有意义的事。最后，一位偶然路过的熟人又把他带回开封。这一回的收尾诗写道：

身抛滚浪狂风催，此日才能傍岸来。
只为曾无船尾舵，几于鱼腹雁凶灾。②

经过寺庙和旅途的种种遭遇，谭绍闻感触颇深，但此刻还没到他彻底幡然觉醒的时候。回家后，有人告他拖欠赌款，县官主要念及他德高望重的父亲谭孝移，从轻发落，还让他胜出。不过他妻子孔慧娘因家中连遭变故身体彻底拖垮了。随后他娶了出身寻常的巫翠姐，此后把家里的内政也搞成一团糟。他甚至听了夏逢若的话，在家里开了赌场与妓院，一个卖淫女的公公为此气得上吊自尽。为还债，他卖掉了父亲坟上的树木，这无疑是件大逆不道的事，照传统的家法他得挨一百脊杖（见第八十二回）③。从此谭绍闻

---

① 《歧路灯》，第四十四回，第二卷，第401—407页。
② 同上，第413页。
③ 此情节未找到。——译者注

落下一个毁墓人的恶名。连巫翠姐也不愿意跟他了,她离开谭府回了娘家。在众叛亲离的情况下,谭绍闻向忠心耿耿的管家王中求救,王中竭力帮助他重新走上正道。他三十出头了,重新坐回书案准备应考。他的内心起了变化——小说最后部分写得不够理想,这便是一例——不过有点太突然,没有说服力。他的一帮朋友也一个个改邪归正,实现皆大欢喜的结局。谭绍闻后来成了一个立下丰功伟绩的青天大老爷。

## (四) 小说《蜃楼志》——一个商家子弟的故事

在这一节的最后一部小说中我们将进入一个完全陌生的环境。小说《蜃楼志》共二十四回,最早的版本见于1804年,成书则可能还要早几年。故事发生在中国南部广东,这不仅是一个全新的地区,在以前的中国小说中几乎未曾提及,而且其社会背景先前也很少受到关注。①《蜃楼志》详细描述了清朝前期在澳门建立的海关局的问题。1685年,清政府放宽了与海外各国的通商禁令,在广东以及其他几个沿海省份江苏、浙江和福建设立了海关机构。广东以北三省的海关事务分别由当地的官员处理,而广东省则由于与海外贸易量高由皇帝亲自任命特设海关督办一职。根据可靠的历史线索,小说中的故事理应发生在18世纪末期,而作者偏要将其放在明朝嘉庆年间(1522—1566),其中原因颇令人费解。

我们只知道作者的笔名为"庚岭老人"。编者为"庚山老人"。正文前有一篇短序,作者署名为"罗浮居士"。从序文以及其他资料可得知,罗浮居士与庚岭老人过从甚密,多半是广东人氏。而庚山老人则以编者身份出现,在该书出版前可能作过校阅。

《蜃楼志》是通过拓展题材预告中国进入转折时期的那类小说的代表作。在素材方面,小说显然借鉴了一系列先前的作品,这一点我们在后面还会提到。故事的主线很清晰,有两条。第一条主线的主人公是年轻的苏吉士。我们是通过他的父亲、当地商会会长苏万魁知道他的。这批商人经营"鬼子船"舶来的商品,任凭行家报税后即以高额利润销往全国各地。苏万魁人还算老实,但当地百姓并不怎么欢喜他。因为除了经商,他还放高利贷,因而四处树敌。他的借贷条件是七折八扣,三分行息,都要田房抵押,五月内偿还,逼得不少欠债者走投无路。埋在这些百姓心底的愤怒后来终于爆发,化为激烈的行动,一把火将苏万魁的家宅化为灰烬。

一天,商会会员在办公楼相聚,接到了一份公告。公告称澳门粤海关督办赫广大严

---

① 此处依据的版本《蜃楼志》,石家庄,花山文艺出版社1994年版。

责广东商人漏报关税。这些商人罪名为没有把外商交纳的海关关税按规定如数上交国家,因此督办下令将苏万魁和其他商人囚禁在办公楼内。心惊胆颤的商人们共同商量对策,他们预感到如果不向督办交纳一笔重金,谁也无法重获自由。

赫广大其实根本不是一名清官,而是依仗个人权势不遗余力地为自己捞钱的老手。此外,他妻妾成群,生活荒淫糜烂。以下一段生活场景能使读者了解此人的本来面目。

却说老赫这日午后在小妾品娃房内吃烧酒、尝鲜荔枝。吃得高兴,狂荡了一会,踱至西书厅,任鼎走上递茶,老赫见这孩子是杭州人,年方十四,生得很标致,叫他把门掩了,登榻捶腿,这孩子捏着美人拳,蹲在榻上一轻一重的捶,老赫酒兴正浓,厌物陡起,叫他把衣服脱下。这任鼎明晓得要此道了,心上却很巴结,掩着口笑道:"小的不敢。"老赫道:"使得。"将他沙裤扯下,叫他掉转身子。这任鼎咬紧牙关,任其舞弄。弄毕下榻,一声"啊呀!"几乎跌倒,哀告道:"里面已经裂开,疼得要死。"老赫笑道:"不妨,一会就好了。"任鼎扶着桌子,站了一站,方去开门拿洋攒镀金铜盆。走下廊檐,众人都对他扮鬼脸。这孩子满面红晕,一摆两摆的走出,叫茶房拿了热水,自己送上,拦干外取进洋布手巾。老赫净了手,坐在躺椅上。①

在小说中有一系列强暴场面,上面只是第一个。《蜃楼志》中的商人并不都是道德楷模,但从总体上要比赫广大和银行里的头头强得多。这儿,小说作者提到了一个话题,这个话题后来在吴敬梓的《儒林外史》中还会更详细地谈到。如果在官员队伍中再也见不到诚实和正派,那么当官走仕途至少对能够自由择业的苏万魁和其他商会会员来说已经失去了吸引力。这里预示一项社会价值观的转变,因为按照传统价值观,商人的地位总是居末。这些商人自己是这样看的:

正说间,温商回家,特地进来看万魁。慰问一番,分付备酒压惊。摆上一张紫檀圆桌,宾主师弟依次坐下。万魁说起不做洋商及加捐之事。温商道:"这事甚好,只是仁兄恭喜出仕,我们就会少离多了。"万魁道:"哪个真要做官,不过借此躲避耳。"那春才插口道:"苏伯伯,不要做官!"匠山笑道:"春郎,你怎么也晓得做官不好?"春才道:"前日我看见运司在门前过,这雄赳赳的皂班、恶刺刺的刽子手,我很有些怕他。如若做了官,不是天天要看他凶相么?"温商道:"可算呆话!"匠山道:

---

① 《蜃楼志》,第一回,第6页及后页。

"此话呆而不呆。这些狐假虎威、瞒官作弊的人,却也可怕。"万魁道:"据小弟愚见,不但不做官、不为商,要在乡间择一清净地方,归乎农圃,以了此生。"匠山道:"此乐不可多得,苏兄不要太受用了。"大家谈笑畅饮了一回,万魁辞去。①

在此番谈话之前,商人们向赫广大交纳了30万两银子后终于获释,不过苏万魁还免不了受罚挨了一顿打。他的儿子苏吉士乳名为"笑官",即"嘲笑为官"之意。后来皇帝要给他官做,他躲开了,到末了情愿留在自己的家里当商人,便不会使人觉得奇怪了。不过在此之前,他还得经历一番成长的过程。小说中,刚出场的他还是一位柔弱敏感的年轻人,很像《红楼梦》中的贾宝玉,喜欢扎堆姑娘家,不过要比贾宝玉清醒务实。苏吉士在温盐商家遇到了自己喜欢的姑娘,与她们两小无猜过从甚密。温家的小姐素馨和蕙若是同父异母的姐妹,她们对吉士都有好感,而且很早以前两家家长就将蕙若许配给吉士了。素馨悲哀地设想自己也许会同自己的妹妹一起嫁给吉士,至少当二房。她读《西厢记》一类的艳书着了迷,行动上比林黛玉勇敢得多,找机会同自己的情郎幽会,吉士把她变成"女人"。当地河泊所所长的儿子乌岱云同苏吉士一样时常感到性饥渴,行动起来却放肆得多。他一听说素馨要许配给自己,就马上对她动手动脚,并不知道素馨早已是别人的情人。在他的所作所为之中根本没有爱,因而他们后来的夫妻生活也并不和谐。素馨和他的新妾韵娇发生矛盾,肆无忌惮的乌岱云竟然对素馨大打出手。他同苏吉士闹翻后便阴谋对其加害,为此同自己的父亲还吵了一架。他将怒火洒在妻子素馨身上,对她百般凌辱。

必元道:"胡说!苏吉士有什么得罪我家,你这等无义!你娶亲之时,还亏借了他三百银子;后来我升官的贺分,他十倍于人。你要害他,就没良心了。况且此刻督抚因赫大人奏了洋匪的实情,要将赫大人参奏,包大爷刻刻提防,你就办上去,也不依的。"

几句话说得岱云如冰水浇炭的一般,默默而退。回转河泊署中,叫丫头烫酒解闷。他同韵娇坐下,分付丫头把素馨的链子开了,带上房门出去。自己把素馨剥得精赤,拿着一根马鞭子喝道:"淫妇,你知罪不知罪?"素馨已是斗败的输鸡,吓得跪下道:"奴家知罪了。"岱云道:"你既知罪,我也不打你。你好好的执壶,劝你韵奶奶多吃一杯。"素馨道:"奴情愿伏侍,只是求你赏我一件衣服遮遮廉耻罢。"岱云就呼

---

① 《蜃楼志》,第二回,第20页。

呼的两鞭,抽得这香肌上两条红线,骂道:"淫妇,你还有什么廉耻,在这里装憨!"素馨不敢回言,忍耻含羞,在旁斟酒。岱云搂着韵娇,慢慢的浅斟低唱,摸乳接唇,备诸丑态。吃了一会,又喝道:"淫妇,你把你那头毛剪下来与韵奶奶比一比,可如他的阴毛么?"素馨不敢做声,吓得筛糠也似的乱抖。那岱云又跳起来,将马鞭子乱抽,喝道:"还不快剪!"素馨忍着疼痛,只得剪下一缕与他。岱云付与韵娇,要扯开他裤子来比,韵娇不肯,说道:"这油巴巴的脏东西,比我什么呢?"便一手擞在火上烧了。岱云哈哈大笑道:"贱妒妇,你如今可也晓得不如人?停几日,你家讨兄弟媳妇,好好的与我回家,离门断户,省得你丫叉萝卜的妆在眼前,教你韵奶奶生气。但凡房里的东西,一些也不许乱动!"说毕,竟同韵娇去睡了。这素馨前后寻思,终宵痛哭,却又不敢高声。①

备受折磨的素馨最终回到娘家,后来出家当了尼姑。

同他的对手乌岱云相比,苏吉士可爱得多了。即使上了姑娘随便挑的"花艇",他也表现出惊人的克制。他的未婚妻慧若就跟她的姐姐不一样,一直等到举行正式婚礼后才与他同枕。

不过只有经历了人世间种种考验后苏吉士才慢慢地成熟起来。第一次考验便是那批报仇心切的信徒袭击家院。在这次袭击中有一名仆人和数名丫鬟丧生。苏万魁不久后也抑郁而亡,苏吉士放弃了借贷生意。对这一次暴动的描写使人想起了一百年后吴沃尧创作的小说《九条命》。

《蜃楼志》还有另一条主线,第二条主线的事件显得重大多了。中心人物是一位名叫姚霍武的山东人。他此番南下是来找自己的哥哥的。途中,酒店老板王大海给他讲述了当地的盗匪猖獗。庆大人是小说中出现的唯一的清官,他正派博学,在平定海寇的战斗中建立了功勋。但自他调离后,当地治安形势恶化了。姚霍武向老板打听在某县城当官的哥哥的情况,表示要在锄恶战斗中助他一臂之力。

好汉们奋起与当地的贪官污吏抗争,他们招兵买马以求伸张正义。这正是中国武侠小说传统的好汉题材。在这方面,《蜃楼志》的作者向《水浒》作了不少借鉴,诸如第十一回中的打虎场面、以吕又逵为首的一帮好汉一起找牛巡检报仇以及劫狱解救姚霍武等。宋江等好汉躲进水泊梁山,剥夺了权利的姚霍武则与他的一帮兄弟跑到了羊蹄岭的一座寺庙里。他们在那儿干的第一件善事就是解放了被和尚囚禁的大批妇女。官兵

---

① 《蜃楼志》,第十四回,第 174 页及后页。

被派来围剿,形势危急,但义士们却屡屡得胜。一次苏吉士在途中被抓获,姚霍武把他视为自己最好的帮手。这个从前一度柔弱的年轻商家子弟最终也成了英雄。他和姚霍武一起攻占了许多城镇,最后也将海关督察赫广大拉下了马。庆大人重返广东,起义者投奔到他的旗下,以表明忧国忧民伸张正义的心志。他们一起讨伐自立为王的僧人摩刺,赢得了胜利。当地秩序恢复后,苏吉士又能回家安心经商,享受天伦之乐了。

## 十一 小说《绿野仙踪》和《野叟曝言》——对完美的追求

在上一节家庭小说的引言部分我们就已指出：在18世纪中期出现的一系列作品中作者倾向于将他们的小说当作自己忧虑、痛苦和价值观念的传声筒。这一节要向大家介绍《绿野仙踪》和《野叟曝言》两部巨著。与《红楼梦》、《林兰香》这类表现家庭问题并以现实手法白描作者具体生活情景的作品不同，这两部小说另辟了一条蹊径。中心主题不再是大家族及其家族内部形形色色的矛盾，而是个人在世实现自我和以最佳方式完善自我的种种可能性。学派不同，作者在小说中突出的重点自然也就不同：在《绿野仙踪》中，李百川强调了中国宗教神话文学中的解脱观念，而在《野叟曝言》中，夏敬渠塑造了一位几乎是超人的德才俱备的理想形象，其聪明才智主要是从正统的儒家学说中汲取的。如同对作者曹雪芹那样，我们也有必要对这两位作者的生平作一个简短的回顾，以便搞清他们与作品之间的密切关系。不过由于很少有人从事这方面的研究，特别是有关李百川的身世大家知道得很少。

李百川生于1720年左右，卒于1771年后。他大部分情况只能从他的中国小说第一个自传体序言以及他友人的记载中了解到。[①] 值得注意的是根本见不到有关作者参加科举以及试图当官的记载。在这一方面，他与同时代那些或多或少有过仕途经历的文人有很大的差别。他经过商，企望由此发迹，但似乎没交上什么好运，因为据记载他23岁那年曾生意大亏。显然连曾经十分富裕的家庭背景李百川也不知道如何利用，最后他竟然把父母的老家底拿出来去炼制什么长生不老丹，一个家庭的衰败由此清晰可见。于是人们明白李百川是在怎样的贫苦失望的困境中写下这本著作的。小说有两个版本：八十回本和一百回本。作者于1753年在扬州开始撰写，完成了三分之一书稿，据说传阅时深得邻里喜爱。[②] 估计由于他的经济窘况，无法继续留在扬州，此后李百川不

---

[①] 这里依据的是二卷百回本的《绿野仙踪》，人民中国出版社1993年版。参看"出版说明"关于李百川的亲朋好友的情况介绍。

[②] 百回本似乎是李百川的原作。而八十回本可能是后人出版的删节本。可参看马克梦的评论：《吝啬鬼、泼妇、一夫多妻者》，第236页。

得不栖身于辽州堂兄家,在九个月之内接着写出二十一回小说。后来他又迁至河南,直至 1762 年才最终完稿。① 《绿野仙踪》的最早版本见于 1830 年。小说创作断断续续,间隔时间很长,这是因为作者担任一些达官贵人的幕僚,经常要到处跑的缘故。

读过小说序言,便知道作者特别喜爱神鬼故事。在小说中,作者也用很大的篇幅描写了神鬼,以嘲讽社会和政治的弊病。先前的神话幻想小说如《西游记》、《封神演义》等总是把对长生不老的追求纳入宗教层面或是放到虚无缥缈的远古时期。李百川则不同,他把这一主题列为现实人世间(也即绿野)失意者的另一条理想道路。冷于冰和温如玉是小说中最重要的主人公,他们在追求完善的过程中分别踏上不同的途径,经历不同的阶段,遭遇到不同的问题。经受了一系列的失望后,冷于冰不得不放弃做官的念头,此后他运用自己超常的武艺和才能,捉弄了世俗的对手,战胜了邪恶的鬼怪,最后终于得道成仙。而温如玉则首先要战胜自我,特别须洗涤性灵,摈弃肉欲。冷于冰和温如玉形象互补,读者从中可以看到作者李百川的某些性格特征来,这一点我们在谈到曹雪芹时就提到过了。② 这里要指出,小说中对现实世俗生活的刻画当属中国早期小说的上品,而对神仙世界的描写却并不生动,与那几部神话巨篇相比,缺少独特的新奇性。

在头几回中,小说描写了冷于冰在追求完美和真诚的过程中遇见假圣人屡遭失望的经历。故事发生在 16 世纪中期明代嘉靖年间。在广平府成安县有一个名叫冷松的人,出身富家,因精通医术而遐迩闻名。后来他当上了县官,赢得很好的名声。由于他治政从严,老百姓称他为"冷冰"。他卸任回家后夫人生了个儿子。从小就看得出这个孩子将来一定有很大的出息。父亲在自己混名的基础上为孩子起名为冷于冰,希望他青出于蓝胜于蓝。头几场乡试冷于冰高中榜首,考上了秀才;但父亲去世后他进京赶考,却名落孙山。他去宰相严嵩府上当幕友,第一次领略到官场的模样:

> 第二日,即与严嵩家办起事来。见往来内外各官的禀启,不是乞怜的,就是送礼的,却没一个正经为国为民的。于冰总以窥时顺势回复,无一不合严嵩之意,宾主颇称相得,这都是因一篇寿文而起。③

在相府中,冷于冰起初办事深受好评,逐渐成了不可缺少的人。但好景不长。一

---

① 小说完成之后的 10 年内还有两篇序,分别写于 1764 年和 1771 年。
② 此处可参看论文《评〈绿野仙踪〉的写实成就》,载蔡国梁:《明清小说探幽》,浙江文艺出版社 1985 年版,第 65—82 页。尤其是第 65 页起的后页。
③ 《绿野仙踪》,第二回,第一卷,第 18 页。

天,严嵩怒容满面走回家。原来山西发生了旱灾,山西巡按御史提出奏疏急请赈灾,严嵩为此大为生气。严嵩密谋对该御史加以诋毁,打算下令重查灾情,最终炮制出一篇粉饰现状的报告来,以此赢得时间以逃脱罪责,并将那位对自己构成威胁的御史推至不利的境地。冷于冰仗义执词,与严嵩发生了争执,之后他不得不放弃自己的仕途打算:他离开了相府,与推荐人也闹翻了。由于严嵩插手,虽然在科举中他高中榜首,却在中试者名单中被划掉。冷于冰后来决定去江西探亲。一位好友的去世更坚定了他遁世的决心。家里不放他走,他便利用与熟人出游的机会①,不辞而别。由此他斩断了一切后路,可以自由自在地努力完善自我了。他一心赴名山造访隐士、道圣,第一个目标定为百花山,这个山的名字与西游记中孙悟空的老家花果山山名极为相似。冷于冰经历了很多稀奇事。他没有登到山顶,半途去一位隐居当地名叫邹继苏的先生那儿借宿。邹先生写了不少诗词文章,他拿出来给客人看。冷于冰特别欣赏其中一首写"屁"的古风:

臭屁行

屁也屁也何由名?为其有味而无形。臭人臭己凶无极,触之鼻端难为情。我尝静中溯屁源,本于一气寄丹田;清者上升浊者降,积怒而出始呜咽。君不见妇人之屁鬼如鼠,大小由之皆半吐;只缘廉耻重于金,以故其音多叫苦。又不见壮士之屁猛若牛,惊弦脱兔势难留;山崩峡倒粪花流,十人相对九人愁。吁嗟臭屁谁作俑?祸延坐客宜三省。果能改过不号咷,也是文章教尔曹,管教天子重英豪。若必宣泄无底止,此亦妄人也已矣。不啻若自其口出,予惟掩鼻而避耳。呜呼!不毛之地腥且膻,何事时人爱少年?请君咀嚼其肚馔,须知不值半文钱!②

冷于冰又重新上路。但几年过去了,他还是没有遇见真人。不管走到哪儿,他逢人便说出自己的心愿,也总会有人指着远处对他说那儿有什么什么得道高人,每一回事后才知道这些人其实都是骗子。最后他决定去杭州西湖。因为那儿有葛洪(约281—341)真人的遗迹。他曾以抱朴子的笔名写过一本同名著作,里面谈到长生药的制作药方以及得道成仙的事。虽然寻访多年仍一无所得,冷于冰却饱尝了大自然的美丽。他内心的和谐、平和使他终于走向成功。

① 应为:设下计谋,赴京后寻机出走。——译者注
② 《绿野仙踪》,第七回,第一卷,第55页。

那一日晚间,正遇月色横空,碧天如洗,看素魄蟾光,照映的西湖水中如万道金蛇,来回荡漾;又见游鱼戏跃于波中,宿鸟惊啼于树杪,清风拂面,襟袖生凉;觉得此时万念俱虚,如步空凌虚之乐。将走到天竺寺门前,见旁有一人倚石而坐。于冰见他形貌腌臜,是个叫花子,也就过去了。走了数步,心思道:"我来来往往,从未见此辈在此歇卧。今晚月色绝佳,独行寂寞,就与他闲谈几句,何辱于我。"又一步步走回来。

那花子见于冰回来,将冰上下一观,随即将眼闭了。于冰也将那花子一看,见他面色虽然焦枯,那两只眼睛神光灿烂,迥异凡俦。心中暗想道:"或者是个异人,亦未可定。"上前问道:"老兄昏夜在此何为?"那花子见于冰问他,将眼睁开道:"我两日夜水米未曾入口,在此苟延残喘。"于冰道:"老兄既缺饮食,幸亏我带得在此。"将小口袋取出,双手递与。那花子接来一看,见有数十个点心在内,满面都是笑容,念了声"阿弥陀佛!"连忙将点心向口内急塞,顷刻吃了个干净。笑向于冰道:"我承相公救命,又可再活两天。"将布袋交与于冰,口中说了声"得罪",把身子往下一倒,就靠在石头上睡去了。于冰笑道:"饱了就睡,原也是快活事。"随叫道:"老兄且莫睡,我有话说。"那花子被叫不过,说道:"我身上疲困得了不得,有话再遇着说罢。"说毕又睡倒。于冰道:"老兄不可如此拒人,我要问你的名姓。"那花子只是不理。于冰用手推了他几推,只见那花子怒恨恨坐起来,说道:"我不过吃了你几个点心,身子未尝卖与你,你若如此聒噪,我与你吐出来如何?"于冰道:"我见台驾气宇异常,必是希夷、曼倩之流,愿拜求金丹大道,指引迷途。"花子道:"我晓得什么金丹大道小道?你只立心求你的道去,那金丹自然会寻你来。"说罢,又仍旧睡倒。

于冰听了这几句话,越发疑心他不是等闲之人,于是双膝跪倒,极力用手推他,说道:"弟子撇妻弃子五六年有余,今日好容易得遇真仙,仰恳怜念痴愚,明示一条正路,弟子粉骨碎身,也不敢忘仙师的恩典。"那花子被缠不过,一蹶劣坐起来,大怒道:"这是那里的晦气!"用手在地下一指道:"拣起那个东西来!"于冰随指看去,是个大虾蟆,拾在手里一看,见已经破烂,里边有许多虫蚁在内;腥臭之气比屎还难闻,又不敢丢在地下,问那花子道:"拣起这物何用?"那花子大声道:"将它吃了,便是金丹大道!"于冰听罢,半晌说不出话来,心中打算道:"若真正是个神仙,藉此物试我的心诚不诚,便是我终身造化;假若他借此物耍笑我,岂不白受一番秽污。"又想道:"世上那有个轻易渡人的神仙?就便是他要笑我,我就吃了,上天也可以怜念我修道之诚。"随即闭住了气,用嘴对正了虾蟆一咬,起初还有些气味,自一入口,觉得馨香无比;咽在肚内,无异玉液琼浆,觉得精神顿长,两目分外清明。①

那位花子夸奖了冷于冰,心中其实早已知道站在自己面前的人是谁。花子接着介绍自己。他原名郑东阳,战国时期避乱山东房山②,访求仙道。素食80余年后,遇见他的师傅东华帝君。他师傅赐给他一颗火丹,一卷丹经以及若干篇道书。两年以后他领得其中妙旨,修炼成道。上帝敕封他为火龙道人,命他指导冷于冰③。刚才那只虾蟆是他给冷于冰服用的得道丹药。火龙道人还给冷于冰一把木剑和一颗雷火珠,供他今后降妖镇魔用。

此后冷于冰战胜了形形色色的妖怪。他收的第一个徒弟是一只猿猴,名叫猿不邪。同《西游记》的情况正相反,这儿指挥行动的不是一头神猴,而是一位真心得道成仙的人。此后好几年,冷于冰独自守在玉屋洞内炼气修道,虽然年岁增添,但却青春永驻。炼到一定的火候,他接受师父火龙真人以及另一位紫阳真人的指示,同行天下,广积阴德。在小说展开的故事情节中,冷于冰此后的自我完善除了继续降妖伏魔外,主要体现在以各种形式广收门徒上。他各处周游,一再被卷入良民和贪官冲突之中,这种冲突与冷于冰自己经历过的皇权和小民正义感之间的对立大同小异。有两个杰出的门徒是昔日的绿林好汉连城璧和金不换,他俩总需要师父救自己出困境。

温如玉是另一个中心人物,冷于冰为他的灵魂操心。与连城璧和金不换不同,他不是个喜欢冒险的人物,但却纵情嫖赌,经受不起声色犬马的诱惑,这是他得道成仙的最大障碍。连城璧、金不换的障碍主要还是在外面的世界;而对温如玉,冷于冰则要千方百计使其洗心革面,彻底自新。这一使命比教化连、金两人艰难得多,因为在这方面超自然的能力通常是起不了什么作用的。温如玉这个人物在第三十六回才第一次出场,我们见到一个年方21岁的自命不凡的年轻人。他父亲极有才学,做过陕西总督,早年去世。母亲对他十分溺爱,于是这位花花公子整日无所事事,只知道把父母亲的钱财大把大把地花在赌博和美女身上。他的性格特征以及家庭状况(母亲担心他不思上进,如玉则以绝食来威胁要挟)与谭绍闻如出一辙。与谭绍闻一样,年轻的温公子对新鲜事总是表现出极大的兴趣。刚结识冷于冰,他就请于冰去自家表演戏法。在生活道路选择方面,谭绍闻能听从父亲的劝阻,并得到父母辈朋友的指点;而在温如玉的内心深处则蕴藏着良好的品质。正如冷于冰对身边的连城璧和金不换透露的那样,温如玉的身上

---

① 《绿野仙踪》,第十回,第一卷,第79页及后页。
② 有误,应为崂山。——译者注
③ 原作中查不到这一命令。——译者注

有仙骨,他前几世已修炼过,只是功夫还不到家。冷于冰预见到年轻人一家近日免不了刑狱之灾。就像小说人物谭绍闻一样,温如玉也遇到一个道德本性回归的问题。同《歧路灯》那位主人公一样,我们这部小说中的年轻人也免不了一番艰苦的改造自新的过程。

不幸来临了,如玉在外面做一笔买卖时把老家的家产全丢光了。

回家后温如玉向母亲坦告破产情况,母亲异常震惊,不久郁郁而死。温如玉听了一位可疑的家族朋友苗秃子的建议,变卖了剩余的全部家产,搬到附近一个名叫马坡的小村庄去过乡村生活。在那儿他俩受到了一名落难秀才萧天佑的接待,萧天佑外号萧麻子,为人阴险狡诈,当地人都怕他。苗秃子和萧麻子很快就敲诈温如玉一事达成默契。

萧麻子[①]开了一家妓院,温如玉经不起诱惑,没多久便把母亲去世孝期未满一事和到试马坡度日的长期打算忘个精光。他对年轻妓女金钟儿一见倾心。金钟儿接待他的同时还对另一位客人表现出绵绵柔情。冷于冰在试马坡突然露面,对如玉提出告诫。一方面痴恋金钟儿,另一方面又受良心的煎熬,温如玉暂且离开了这个罪恶之乡,但没过多久又重新返回。他和金钟儿重新和好这一片断写得十分精彩,被中国文学史研究者誉为早期艳情小说青楼场面写得最好的一段。[②]

天色晚了,金钟儿铺好床请如玉留下。两人上床后背对背躺下装睡。后来如玉忍不住了,翻身坐起。金钟儿也随即坐起问他做什么。如玉嘲讽地答道去帮她找个合适的主儿。金钟儿顿时泪流满面。如玉受到感动,躺下来安慰她,此时金钟儿又摆出一副受气的样子。他俩互诉衷情后开始做爱。起初如玉动作凶狠,毫无节制,使金钟儿感到疼痛。

苗秃子和他情人玉磬儿在另一间屋里睡,半夜里他想去偷看他们俩是不是和好了。于是就出现下面一个场面:

> 不言两人行房,且说苗秃子与玉磬儿干脆一度,又睡了一觉,醒来想了想:"今夜小温和金钟儿不知和好不和好?我且偷的去看个景象儿。"披了衣服,下地开门。玉磬儿问道:"你出去做什么?"苗秃道:"我要出大恭。"悄悄的出了厅房。走到东房窗子外,只听得咕咕哑哑,响得凶狠之至;忙用指尖将窗子上纸触一小窟。往内一

---

① 有误,妓院老板为郑三。——译者注
② 参看马克梦的说明:《吝啬鬼、泼妇、一夫多妻者》,第236页。

觑,只见金钟儿一只右脚,在如玉手中;一只左脚,在如玉腰间,穿的是大红缎平底花鞋儿,又瘦又小,比玉磐儿的脚端正许多,甚是可爱。再看金钟儿,星眸斜视,粉面通红。苗秃子看了,高兴的了不得,叹息道:"小温儿虽然花了几个钱,花的还算是值。像我苗老秃,就可怜了。"又见如玉,忽将金钟儿两腿掀起,发狠抽提,一下紧似一下;再看金钟儿,双目直视,两手搬住如玉的两肋,大声叫道:"我的亲达达,我今日活不成了。"说罢将头在枕头上来回滚了几下,鼻中声息,似有若无,像个昏去的光景,面皮也看的黄了。

苗秃子那里还挨的住?摸了摸自己的阳物,与铁枪一样,连忙跑入西房,看了看玉磐儿,不在炕上,不想在地下马桶上撒尿,苗秃子也顾不得分说,弯倒腰将玉磐儿一抱,不意抱得太猛了,连马桶也抱起来。玉磐儿不晓的他是什么意思,吓的大惊失色,喊叫道:"你是怎么样?"苗秃子将马桶丢在地下,把玉磐儿放在炕沿上,推倒,急将阳物狠命的插入。他本是情急了的人,还有什么功夫?不过七八抽就停当。拔出来,将腰直起,长出了一口气,揭起被子,钻入里面睡觉去了。玉磐儿坐起,看了看马桶也倒在地下,流的尿屎满地,臭不可闻,不由的心中大怒,指着苗秃子骂道:"冒失鬼的哥哥冒八鬼、冒九鬼,也到不了你这步田地。怎么好好儿出院里去,回来就这般颠狂,比疯子还利害十倍?这不是马桶也倒了,屎尿流下满地,半稀不稠的臭精,弄下我两腿,一泡尿也吓的人也没有溺完,真是那里的晦气!平白里接下个你,还不如接个文雅些的亡八,虽然说是龟钻了龟,少冒失些儿也好。"苗秃子用被蒙了头,一声儿也不敢言语,任凭玉磐儿裁剪;他也由不得自笑不已。①

此后,温如玉陷入这张重新织起的情网,他甚至决定打破等级门第把金钟儿赎出来娶进家门。这对年轻人的情投意合的春梦暂被一个闯进门的醉汉打断。这一段对醉汉性格的刻画入木三分,在中国小说中此类平民生活的描写并不多见,所以我们把整段场面引用如下:

次日午饭后,两个在东房内,并肩叠股,说情趣话儿。只听得院外有人问道:"那个是金钟儿的房?"又听得小女厮说道:"这边就是。"说未完,见一大汉子将帘子挝起,踉踉跄跄的颠将入来:头戴紫绒毡帽,外披一口钟青布哆啰,内穿着蓝布大袄,腰里系着一条褡包。入了门,将屁股一歪,就坐在炕沿边上。如玉躲在地下一

---

① 《绿野仙踪》,第五十一回,第二卷,第 511 页及后页。

把椅子上坐着。金钟儿却待下地,那汉子大喝道:"坐着,不许下去!"金钟儿见这人醉了,只得坐下,问道:"客爷是那里来的?"那汉子把两只眼睛,半闭半开的答道:"你问我么?我从我家里来。"说着,将一条腿往炕一伸,问金钟儿道:"你就是那金钟儿么?"金钟儿道:"我就是金钟儿。"那汉子指着温如玉道:"他是谁?"金钟儿道:"是泰安的温大爷。"那汉子道:"就是温二爷,便怎么?你和他说,我与他结拜个弟兄。"金钟儿道:"温大爷从不和人结拜弟兄。"那汉子道:"想是嫌我的胡子长,我拔了他。"说着,用手拔下几根来,向金钟儿道:"这个使得了,使不得?"金钟儿不言语,那汉子将怪眼睁起,冷笑道:"怎么?我问着你不言语,必定是为我人品不高,玷辱你的姑老?"金钟儿道:"温大爷为人,最是谦和,只是生平不好与人结拜弟兄。"那汉子哈哈的大笑道:"也罢了,他既不好与人结拜弟兄,你与我结拜个弟兄罢。"金钟儿道:"我是个女人,怎么与客爷结拜弟兄?"那汉子道:"与我结拜个两口子罢,我让你做汉子,我做老婆,何如?"金钟儿见话语邪了,叫郑三道:"有客在此,你也不来支应。"叫了几声,郑三也不知那里去了。如玉看见光景不妥,连忙往门外走。那汉子把左胳膊一伸,拦住了门前,不放如玉出去。如玉又只得回椅子上坐下。那汉子道:"温二哥,你上炕来,我与你吃三杯。"如玉不回答。那汉子发话道:"怎么,我让你吃酒,你装聋推哑,你真个当我沾你的光么?别人认得你是温大哥,我的拳头认不得你是温二爷。"金钟儿向如玉道:"你就在我身边坐坐罢。"如玉无奈,坐在炕上。那汉子见如玉坐下,又低着头笑了,从怀中拉出五六寸长的一把小沙壶来,将塞儿去了;又掏出个小酒杯儿来,前仰后合的斟酒;一半斟在杯里,一半斟在杯外。先拿一杯,向金钟儿嘴上一掇,说道:"你吃。"金钟儿接在手内。又从怀里掏出一个酒杯,斟上酒,向如玉脸上一伸,说道:"你吃。"如玉也只得接住。随后又掏出个杯来,斟一杯,一饮而尽,拍着腿长叹道:"杀人可恕,寡酒难当!"又从怀中捞出两个生鸡蛋来,向金钟儿道:"送你一个吃。"金钟儿道:"这是生鸡蛋,该怎么吃?"那汉子笑道:"你原是樱桃小口,吞不了这一个鸡蛋。我与你分开吃罢。"用手一捏,弄的黄子、白子,流的手上、炕上都是。又将一个,在自己牙上一磕,黄白直流嘴上,忙用手掌在嘴上採了几下,弄的胡子皆黄,笑向金钟儿道:"好苏胞东西,一沾手就破了,快拿手绢儿来,我揩手。"金钟儿道:"我没有手绢儿。"那汉子道:"你没手绢儿,你这衣服襟子就好。"说罢,就用手来挝,吓的金钟儿连忙将一块铺枕头的布子递与。那汉子拿过去,胡乱揩了两下,将手上未尽的黄白,都抹在自己眉眼上。金钟儿又叫他妈。少倾,郑婆子从后面走来,见炕上坐着个醉大汉,问道:"客人是那里来的?且去厅上坐。"那汉子斜瞅一眼道:"这是皇宫,是御院?我坐不得么?"郑婆子道:"这房里有客人,请到厅上,有话和我说。"那汉子道:"难道我不是客人么?你的意思,我也明白了。你要替你闺女,挡我一火。只是我禀性不爱老淫妇。"郑婆子道:"客人少胡说。"那汉子大笑道:"这个地方,再不许我胡说,天下也没张口的地方。你且少多说,吃我个响屁鼓儿。"说着,脱下只鞋来,在郑婆子屁股上打了一鞋底,几乎打倒。郑婆子喊天振地的寻萧麻子去了。那汉子哈哈大笑道:"这老淫妇如许年纪,还是这样怯床,不耐调戏,屁股上着了一下,就没命的跑了。"

不言醉大汉在房中吵闹。且说苗秃子家中安顿了一番,又到试马坡来。入门不见郑三家两口子,先走到厅屋西房内瞧了瞧,玉磬儿也不在。原来玉磬儿避嫌疑,躲在后面去了。苗秃子又到东房里来。一掀帘子,见如玉和金钟儿两个坐在东边炕上;西边炕上坐着一个穿布衣服的大汉,指手画脚的与他两个说话。如玉正在难解难分之际,看见苗秃子入来,心下大喜,连忙下地。金钟儿也在炕上站起来。苗秃子满面笑容,向如玉、金钟儿举手道:"久违,久违。"只听得那大汉子大喝了一声:"不许多说!"苗秃子被这一声猛喝,到喝的呆了,掉转头来,眼上眼下的看那汉子。那汉子见苗秃子不转眼的看他,心中大怒,喝叱道:"你看我怎么?"苗秃子摸不着头脑,低声问如玉道:"这是谁?"如玉摇头道:"认不得。"那汉子指着苗秃,问金钟儿道:"他是个什么人?"金钟儿道:"他是泰安州的苗三爷,现做府学秀才。"那汉子冷笑道:"他既是秀才,他的头发都那去了?"金钟儿不好回答。那汉子见金钟儿不言语,心里大疑起来,骂道:"我看这厮光眉溜眼,分明是泰安州的和尚,假扮了秀才,到你家来充嫖客。"又用手指着苗秃子大喝道:"与我摘去帽子,我要验看!"苗秃子见他睁着圆彪彪两只怪眼,与灯盏相似,心上着实害怕,向如玉道:"我走罢。"刚到门前,那汉子提着碗口大的双拳,喝道:"你敢走么!"苗秃子连忙回来。金钟儿见他急走急回,神情景况甚是可笑,不由的嬉笑有声。那汉子见金钟儿笑,他也仰着头笑起来。苗秃趁他笑的空儿,往外飞跑。那汉子见苗秃偷跑出去,大踏步赶出。①

这一幕与上述那段性爱场面说明温如玉已深深陷进情感世界的泥潭之中,不过他还没有堕落到底。如玉的手头越来越紧。对他一往情深的金钟儿出于对他俩今后前途的考虑劝他不要再把钱继续花到妓院里。如玉对她说出想去考科举走仕途的打算,俩人心里燃着一丝希望,相约等应试成功后再结婚。于是如玉进城准备赶考。老鸨想吞掉如玉留下的一笔钱财,金钟儿与老鸨大吵一架后吞毒身亡。之前金钟儿公开宣称:

---

① 《绿野仙踪》,第五十三回,第二卷,第529—532页。

"我心上爱他。"(见第五十六回)"爱"这个字眼在当时的小说里的情人之间是很少公开说出来的。① 金钟儿由此构成了与冷于冰对峙的一极。她的自主力完全出自她那完美无瑕的爱情,其强烈程度宛如冷于冰遏制欲念以求自我高度升华的决心。

得知心上人的死讯,温如玉大惊失色,赶到金钟儿的墓前。贪得无厌的老鸨还伸手要他赔偿损失,如玉厌恶万分,仓皇逃离。回城后获悉自己应举落第,断了发迹的希望。这时候他终于想起了冷于冰的一番忠告,便四下寻访。师徒俩终于见面,师父对他进行了严格的考核。冷于冰最后迁至蓬莱仙岛,而温如玉则还须苦修多年,方可登上仙境。

从上面对《绿野仙踪》一书的介绍可以看到,李百川想通过这部作品向读者传递以下信息:一个生活在人世间的人,不管他学识有多广,品德有多高,也不管他能力有多神奇,在世俗的束缚和问题面前只能是个失败者。作者对生活前景的看法既有悲观的一面,又有乐观的一面。一方面,人们不应该把自己的才能浪费在日常琐事上。世界很坏,人们一旦被怯懦和欲望支配,就会变得自私自利,蓄意报复,拼命往上爬。但如果能坚守自己的天性,保持摈弃一切诱惑的信念,时刻净化自己的内心,诚心诚意地学道求道,那就有望进入仙境。这儿宣扬的生活哲学具体来说就是脱离世俗社会,不断地努力完善自我,使自己能抵御内心深处七情六欲的诱惑和外界别人的种种要求。小说《绿野仙踪》的说教意义归根结缔就在于此。如果把主人公身上在现实生活中无法达到的超常能力排除掉,那么留下来的是一个始终努力追求并且不断改过自新的人。但是这样的一个人不管最终取得多么了不起的成就,也无法承担起家庭和社会赋予他的天然责任。谁要是逃离现实世界,像《绿野仙踪》最后建议的那样去当隐士,那么他就无法再成为大家的榜样,甚至无法去履行做人的基本义务了——这恰恰完全违背了面向社会实际的中国传统思想。

夏敬渠(1705—1787)大概也是持这样的观点。他创作的小说《野叟曝言》塑造了主人公文素臣。这是一个完全不同的自我完善的典型。② 在才艺方面,尤其在降妖伏魔的功夫方面——关于降妖的功能我们下面还要专论——文素臣与冷于冰相比毫不逊色。不过文素臣是个儒家实干家,他不避现世,敢于面对冲突。在小说一开头几行里,这个超人的轮廓就已经被勾画出来了:

且说文素臣这人,是铮铮铁汉,落落奇才,吟遍江山,胸罗星斗。说他不求宦

---

① 关于小说及其他作品中的"爱"这个概念,可参看马克梦:《吝啬鬼、泼妇、一夫多妻者》,第243页及后页。
② 此处依据的是二卷本《野叟曝言》,三秦出版社1993年版。

达,却见理如漆雕;说他不会风流,却多情如宋玉。挥毫作赋,则颉颃相如;抵掌谈兵,则伯仲诸葛。力能扛鼎,退然如不胜衣;勇可屠龙,凛然若将陨谷。旁通历数,下视一行。间涉歧黄,肩随仲景。以朋友为性命,奉名教若神明。真是极有血性的真儒,不识炎凉的名士。他平生有一段大本领,是止崇正学,不信异端。有一副大手眼,是解人所不能解,言人所不能言。①

全书共一百五十四回,算得上是中国最长的小说之一了。1881年,也即在小说完成100年之后才发表。粗粗地通读一遍,文素臣高大的静态形象即呈现在读者眼前。②书中摘录了不少主人公撰写的哲学和自然科学论文,让人立刻觉得这一形象高大得有点做作。为此,鲁迅认为这有损于该小说的文学价值。③但如果对小说仔细研读,便可了解到尽管主人公一出场便有杰出的才能,但仍须经历一番学习过程,故而教育这个环节是必不可少的。只要对故事情节有一个大致的了解,便可知主人公在大功告成之前要经受多少身世沉浮和命运兴衰。书中人物的故事发生在明代宪宗(1465—1488)和孝宗(1488—1505)期间。④文素臣系苏州府吴江县人氏,在一次考试中他作诗质疑道仙抨击佛祖,引起了主考部门的不悦。因为抓不住他其他任何辫子,所以当局也无法对他采取什么行动。出于好奇以及忧国情怀,文素臣带了一名仆人外出周游,在与一条制造洪水的凶龙的斗争中一鸣惊人,初显神威。之后,这位年轻的英雄伟绩不断,名声在外,时太师便打算把他引见给皇上。文素臣后来粉碎了一个宫廷阴谋,辅助东宫太子即位成孝宗皇帝,一举名扬天下。不光在本国是光辉榜样,他还成功地出征蒙古、印度、日本,使这些国家连同欧洲诸国皈依儒家学说。小说结尾的一个梦境预告他终将进入儒家圣贤行列。

我们已经讲过18世纪中期有一大批长篇小说产生。与这些小说相似,《野叟曝言》

---

① 《野叟曝言》,第一回,第一卷,第2页及后页。
② 1881年的版本有一百五十二回,包括序言以及对书名、结构和内容的说明。1882年的版本有一百五十四回,增添了一些前一个版本没有的内容情节。这两个版本的差别在于对性爱的处理。在前一个版本的相关章节中,经常只做委婉的提示;在一些描写狂欢纵欲的段落中,素臣只是被动的牺牲者,而不是主动的参与者。但在1882年的版本中,对有关场面却作了更为详细的描写。这是后来加上去的修饰内容还是出版商采用了作者的原始文稿,已无从查考。参看栗山金玉(Joanna Ching-Yu Kuriyama)在附录部分的说明:《小说中的儒家思想——关于夏敬渠的〈野叟曝言〉的研究》(*Confucianism in Fiction: A Study of Hsia Ching-Ch'u's 〉Yeh-Sou P'u-Yen*⟨),剑桥(马萨诸塞州),哈佛大学哲学博士论文1993年,第210页及后页。
③ 参看鲁迅:《中国小说史略》(*Kurze Geschichte der chinesischen Romandichtung*),第332页。关于自20年代以来中国文学研究对该小说的进一步理解和接受,可参看马克梦《吝啬鬼、泼妇、一夫多妻者》,第154页。
④ 按小说的说法,故事情节始于1465年,终于1521年,这一年是孝宗皇帝统治的第34年。这里作者有意延长孝宗皇帝的统治年月,是为了让自己的主人公参与到"大彻大悟"的皇帝的骄奢淫逸之中。孝宗实际去世的年份是1505年,而小说中提到文素臣在这一年的丰功伟绩足以使他成为一个可以影响历史进程的大人物。第一百四十一回中可以读到孝宗患病,曾打算将皇位传给太子,不过后来听了素臣一番鼓励的话居然康复了。直到小说结束,他统治到了47个年头时依然没有什么身体不适的迹象。参看黄马丁:《文人和自我(重新)展示》,第136页及后页。

书中的故事情节和作者本人的经历也是密不可分的。作者的个人生平资料流传下来不多，我们仅了解某些片断。① 夏敬渠出身的社会环境与曹雪芹的相仿。那是一个富裕的家族，原籍中国浙江省，在明代宣德年间（1426—1435）迁至江阴，在随后的直至作者出生的150年间家族内出了许多功成名就的官员，其中有举人和翰林学士。夏敬渠自幼攻读四书五经并博览群书，具备医药、天文和数学等广博的学识。他周游全国，结交了同时代的文友，了解天下大事。夏敬渠曾以诗咏志，但他的远大理想却没有实现。参加科举考试一再落第，最后连一个秀才名分也没有得到。虽然不乏有影响力的朋友和提携者，但时运不佳，难上仕途。很明显，这与小说主人公文素臣的命运如出一辙。杨名时（1661—1736）官至太师，对夏敬渠的博学多才很赏识，原打算把他推荐给皇帝去编写八旗史，可惜没来得及做这件事就去世了。经济窘迫，又渴望受到赏识，夏敬渠从1740年到1760年将近20年内过着动荡不安的生活，跑遍了整个中国。直到他的一个儿子把自己官职让给他后，他的境况才得到改善。估计也就是在这一段相对舒心的时期，他开始写作这部小说以及一系列随笔散文集和其他学术论文的。《野叟曝言》大约在18世纪70年代他去世前10年左右完稿。

　　通过以上对小说中几个故事情节和夏敬渠身世的比较，我们可大抵了解到作品和作者之间的密切联系。如果我们对小说的书名、主人公以及情节因素作进一步的考察，那么这种联系便更为一目了然了。书名《野叟曝言》出自哲学著作《列子》（约成书于公元前4世纪）中一段著名的成语故事："野人献日"或"野人献曝"。故事说的是一个穷庄稼汉一日发现自己在田野里晒太阳的时候能找到一份享受。他骄傲地对妻子说打算把这个好方法献给统治者，借机也能讨个赏。"献曝"这一礼貌用语此后便有了"进一言"的意思。夏敬渠拿来作书名，表明他在小说里有心里话要对读者讲。小说中的人物与作者本人的联系就更为密切了。小说中主人公以及他母亲的姓分别是"夏"和夏敬渠母亲"汤"氏的偏旁。② 不仅如此，作者还把自己家里的器物名称分别赐给了小说主人公文素臣的4名小妾。她们在主人公精通的文理专业领域中各有所长。文素臣的数学密友"璇姑"正是夏敬渠家用算盘的名称；文素臣的诗词伴侣"湘灵"是夏敬渠睡席的名称；娴于医术的"素娥"是夏敬渠诊脉的垫手名称；第四个小妾"难儿"擅长兵法，据说是夏敬渠书房的门闩；文素臣的次妻"红豆"与正妻田氏的地位相等，是夏敬渠印章的名称。③

---

① 关于这方面的详情可参看栗山金玉：《小说中的儒家思想》，第21—45页。关于作者生平及家庭背景的中文详细情况，可参看赵景深：《〈野叟曝言〉与夏氏宗谱》，载《中国小说丛考》，济南，齐鲁书社1980年版，第433—447页。
② 参看栗山金玉：《小说中的儒家思想》，第110页。
③ 参看马克梦：《吝啬鬼、泼妇、一夫多妻者》，第155页。

夏敬渠把具备超群人格的文素臣贬为一个普普通通的野叟，喻意朝廷对自己卓越的品质和才能不予重视。在小说中他让主人公扮演的正是他认为最适宜自己的那种角色。虽然自己一生落魄失意，夏敬渠却喜欢独自疗伤，不让读者在作品中听出任何感伤，而此类感伤我们在曹雪芹的《红楼梦》里或是在吴敬梓的《儒林外史》中多多少少可以听到。他发出自信的呐喊，推出文素臣这个榜样，用以说明如何使遭受鄙视的当代失意文人得到应有的重视，他们应该获得怎样的器重。没能正式当上官，不论对夏敬渠还是对他的另一个自我文素臣来说都算不了什么，反而使他们显得高尚，因为这种内圣外王的形象（参看第八十七回和八十八回）让人马上想起没有官职终年四处奔波到各国君主那儿当幕僚的孔夫子。① 作者将孔夫子的角色定位在儒家学说的开山鼻祖上，让他帮助文素臣战胜被视为异端邪说的佛教和道教教义。孔夫子及其学说是我们这位热心传道的英雄出征的理论基础。而他实际的生活状况——出生时大富大贵的先兆、被皇帝拒绝的奏本以及对他采取惩罚和放逐的措施——同王阳明（1472—1528）以及孙嘉淦（1683—1753）的命运大同小异。王阳明和孙嘉淦追求自我修身，朝廷叫他们做官时努力做出政绩，夏敬渠把这看成是自己君子理想的第一要素。② 而文素臣办事的方式甚至超越了谦谦君子孔夫子、王阳明和孙嘉淦。至少在前一百回小说中，他主要建功立业的场所是在战场上，给大明帝国的敌人以毁灭性的打击。同努力讨女人欢喜的贾宝玉迥然不同，文素臣充满阳刚之气，具备"文侠"的禀性。他博学多才，但不把自己埋在书堆里，而是勇敢坚决地去捍卫整个国家的利益。这儿，夏敬渠明确指出了18世纪文人力图以时代标准为君子的角色重新定义的倾向。③ 文素臣的侠客角色曾经受到他母亲的批评，对这个课题我们下面还会讨论。

《野叟曝言》题材广泛，结构特殊，常常会用有关宗教、军事或医学题材的长篇大论来中断故事情节，因此被贬称为"文人小说"。除夏敬渠这部小说外，李汝珍的《镜花缘》亦属此类。④ 顾名思义，此类小说的目的不在其故事本身，而是作者以小说为皮学问文章之具：特别是《野叟曝言》，粗粗浏览一遍，很容易作出这样的评价。但如果对小说进

---

① 素臣这个名字，字面译文为"未任职的臣"，与孔子的名称"素王"（未加冕的王）有寓意联系。参看黄马丁：《文人和自我（重新）展示》，第116页。
② 详看：同上，第132—135页。
③ 参看司徒琳（Lynn A. Struve）：《矛盾心理与有所作为——康熙时期的一些失意文人》（"Ambivalence and Action: Some Frustrated Scholars of the K'ang-hsi Period"），载：史景迁（Jonathan D. Spence）和卫思韩（John E. Wills）编：《从明到清——17世纪中国的征服、地域和承继》（From Ming to Chi'ing: Conquest, Region, and Continuity in Seventeenth-Century China），纽黑文，耶鲁大学出版社（Yale UP）1979年版，第332页。
④ 参看韦志清：《文人小说家与中国文化——重评〈镜花缘〉》（"The Scholar-novelist and Chinese Culture: A Reappraisal of Ching-hua yuan"），载：浦安迪编：《中文的叙事》（Chinese Narrative），普林斯顿大学出版社（Priceton UP）1977年版，第269页。

行深入分析,就会发现夏敬渠对这种背离故事情节的处理是作了精心安排的。作者常用的一种方法就是让文素臣各处旅行。在同时代的许多小说中,写旅行就是告诉读者说小说人物换了个地方;而夏敬渠却利用了小说人物从南方老家去京城几天甚至几星期的时间,把故事人物之间的学术对话穿插进去。例如小说开始不久描写文素臣赴京,因为有一位世伯意欲引他入宫见皇上(见第十、十一回)。船上乘客中有一位名叫法雨的和尚以及三个尼姑,文素臣不久便与之发生争执。这儿我们暂且不谈故事情节,下面讲到文素臣宣传儒家学说优越性时会再提到。有意思的是夏敬渠在这儿用很长的篇幅先叙述文素臣和法雨之间的一段学术争论,然后插进一段船上发生的事,紧接着又让文、法两人继续讨论诗文,文素臣当面向法雨指出其诗文的不足。接着他们俩谈到了尼姑的难处,这个话题是由跟和尚同行的小尼姑向文素臣的朋友双人频送秋波引起的。如何治愈这些因思春而已有心病的女子呢?文素臣建议她们应该还俗出嫁。船到了目的地,船上的聚谈也就告以结束,作者便又回到文素臣赴京的本来目的上来了。如果文素臣不出远门,没有与人相遇长谈的契机,那么故事框架也可以非常简单。例如在第六十四回中,作者用短短几行的笔墨交待出合家人聚集在文素臣母亲水夫人的堂屋里,聆听她一段阐述忠孝仁意义的长篇独白。此番话讲得比较突然,而且为什么要挑这个题目讲大家一开始也不清楚。直到后来才明白,忠孝仁正是文素臣今后内心矛盾冲突的中心点,水夫人这番看似离题的说教把这一冲突事先点破了。在这里,水夫人显示出她未卜先知的聪颖,这已经不是头一次了。她清楚自己的儿子想努力恢复儒家的正统地位,而忠孝仁这三个字正是关键。不过此类离开故事主线的长篇说教都在作者的掌控之中。如上面提到的和法雨的谈话占了两回篇幅,几页书翻过后,前面的故事又继续讲下去了。即便再长,作者也不会一股脑儿地和盘托出,而是在中间穿插一些轻松的描写。点评历史在小说中篇幅最长,从第七十一回开始,到七十七回才结束。文素臣届时正在山东巡视,还设法替熊飞娘物色一位乘龙快婿。其间他结识了正人君子白玉麟及其友人,中断了自己的要事达十日之久,与他们一起纵谈经典著作和史书记载中的问题。作者对文素臣中断自己使命作出了解释,指出这不仅仅对白玉麟来说是一次千载难逢的求知良机,文素臣因为能与两位知名文人相会同样也得益非浅。为了不让读者觉得单调无聊,夏敬渠把这些历史事件包装成一出出戏让白玉麟献给贵宾看,看完戏便让大家一起评论。谈话中还穿插一些梦境,这些梦境使其中一些人误以为是要文素臣迎娶白玉麟的女儿。最终真相大白,原来这些梦境和白小姐后来的自杀企图都源于一个家仆冤魂的报复。这个年轻的女人因为曾被白玉麟错误地认定有奸情便寻短见自缢。在文素臣协助下,误会得到了澄清,大家又继续看戏谈史。而后文素臣才继续去执行自己的使命。

这些脱离故事情节的长篇大论有两个主要的功能:一方面它们表现了儒学思想的精细入微之处,构成整个小说的故事框架。另一方面它们又引出了一系列次要人物以及社会问题,给主人公提供了证明其超人才能的机会。总体来说,它们也表明现实世界的错综复杂。《野叟曝言》就其内容而言,无非是正统的儒教战胜异教,善良战胜邪恶,似乎很简单,但主人公要征服的对象不仅仅是诡计多端的高官和邪恶奸诈的内监,它们还表现在心理和道德层面,比如在忠孝之间的矛盾上。夏敬渠在这儿想告诉读者,仅仅熟读孔孟之道还不能说已经具备了向世俗大众传播儒学价值观念的知识和本领。读圣贤书只能说是开了个头,只有掌握了天文、数学、医学、炼丹术、军事以及释梦等方方面面的知识,才能将儒学思想贯彻应用于实际之中。

在介绍了作者生平以及小说的结构特点之后,我们来看看故事的内容。《野叟曝言》的故事内容是多层面的,只有把文素臣这个中心人物钻研透才能理清楚。这部著作包罗万象,文素臣这个人物赋予它以统一性,同时也使它成为一部小说。我们又要回到本节的标题"追求完美"上来了。独善其身对我们这位英雄人物而言,在诸多方面一开头业已完成,前面有一段引文专门讲到了他的人品和本领。我们会看到文素臣在很多方面还必须经过磨练。但一开始他的追求主要不是针对自我,而是针对外部世界,由此他同时担当起传道者和征服者的角色。理想鼓舞着他,谈话中他讲到如下一段:

"……弟向有一梦想,本不可以言之,今被诸兄相责,只得也说出来,以搏一粲。慨自秦汉以来,老、佛之流祸,几千百年矣!韩公《原道》,虽有人其人,火其书,庐其居之说,而托诸空言,虽切何补?设使得时而驾,遇一德之君,措千秋之业。要扫除二氏,独尊圣经,将吏部这一篇亘古不磨的文章,实实见诸行事;天下之民,复归于四;天下之教,复归于一;使数千百年蟠结之大害,如距斯脱。此则弟之梦想而妄冀者也!"[①]

唐代诗人崔颢有一首题为"黄鹤楼"的诗,写圣人离世而去。文素臣在评述这首诗时对佛教和道教宣扬的"无"和"空"的虚无观念和长生不老的思想加以抨击。他认为只有儒家圣贤主张的入世之道才是正路。文素臣看重的是实现信仰和此生的一致,因此他努力完善自己,提高各方面的本领,并在实践中一再证实自己的这些本领。下面我们

---

① 《野叟曝言》,第一回,第一卷,第10页。

先来考察一下主人公威震天下的种种手段,接下来再看看文素臣在情感方面面对的种种刺激和诱惑。克服了这些诱惑后,他的个人形象愈益高大。

文素臣的壮举通常由灾害、造反和形形色色的不平事引起。这里我们无法细谈他先后显示的所有本领,只能对此作一般性的介绍。信仰问题更重要,后面我们还会专门探讨,先来谈一下主人公的知识和组织才能。当时他只是一个没有职位的幕僚,却足以胜任县官一职。在第一百二十一回①中写到文素臣途经某地,当地遭到了大风暴的袭击。他立即与当地官员取得了联系,愿以自己的组织管理才能助他一臂之力。他关注的焦点是如何解除老百姓的灾情。首先必须给失去口粮的人民提供食物,至少要使他们能尽快吃到米粥。而粥厂最好建在人人都能找到的大庙里。接下来要考虑大人小孩各分多少,以及如何具体实施,还要防止有人行骗或偷窃。由此可见,即使在一个很小的小地方,想当好一个行政长官,光靠书本知识是不够的。当官的必须善于精打细算,像法官那样严厉,像会计做账那样把一切安排得井井有条,还必须做到洞察秋毫。

一次文素臣给奉命镇压苗族起义的将军当幕僚。虽然关于战略战术的文献浩如烟海,在这种场合他也只能大致引用其中的几条,讲一讲最精辟的地方。他简单提了一下三国时期征服过南蛮的大军事家诸葛亮,然后讲出了正确的战略设想:

"……苗以愚,吾以智;苗以诈,吾以信;苗以忍,吾以慈;苗以刚,吾以柔;苗以佻,吾以重;苗以乱,吾以整;苗以迫,吾以暇;苗以疑,吾以断;苗以犹豫,吾以神速。其所恃者,高山险峒,则以间袭之;其所藏者,密菁深林,则以火攻之;其所保者,妻子牛羊,则以夜惊之;其所遁逃者,荒徼绝域,则以步步为营之法穷之。此皆征苗之胜算,……不掳一子女,不杀一老弱,降则抚之以诚,叛则厉之以耻,警其豪猾而恤其孤穷,……"②

通向胜利的道路并不是只有一条,更不是残酷的暴力,而是机动灵活的应变能力。诸葛亮从中就获益不浅,他七擒叛军首领孟获,最终迫使孟获看清自己实在无法同蜀相的锦囊妙计抗衡,便心甘情愿服输投降了。

文素臣另一个特长是精通医术,时常治病救人。儒学和医道对他来说是密不可分的。夏敬渠自己在他本人所著的一本医书《医学发蒙》前言中强调了这一点。那篇前言

---

① 在一百二十一回无此情节。——译者注
② 《野叟曝言》,第三十五回,第一卷,第395页及后页。

说,儒学的任务是保住人的思想道德本性,而医道的使命则是保住人的身体和生命。人类要生存,儒学和医道都不可缺,因为身体离不开精神,精神也离不开身体。① 在文素臣这个人物身上同时体现了儒学和医道。他常常乔装改扮成医生出发去执行艰巨的使命,这就使他超越了普通医生的职责,成了一名革除国家痼疾的主刀手。这当然只是对文素臣形象的一个比喻。具体到医学问题,《野叟曝言》对这个领域涉及很广。在《金瓶梅》或《红楼梦》等其他小说中描写炼制长生不老丹或春药时,会较多地提到医道中的神秘处方和炼丹术。而夏敬渠则列举了医道和哲学理念、科学使命和道德义务,提出医学的任务是治病不分患者贵贱(见第十一回),这与西方医生遵奉的希波格拉底的誓言(der hippokratische Eid)有异曲同工之妙。不过文素臣有时也会应用怪异的治疗方法。其中有一次,他为解救一位苗家族长得怪病的儿子采用了一个最不可思议的方法。大家先听听文素臣的诊断,再看看他的奇特疗法:

> 素臣道:"他这病因香而起,如何还好烧这异香?若再闻此香,一二日病虽暂愈,复发即死,断不可救!我烧这许多,一则令其返一返魂;二则试知其病,实系香痨,非因相思而起;当另以法治之,便可得生也!……令郎此病,名为香痨,须以秽臭治之。可于空地,搭一高敞席蓬,用四只大缸,满贮清粪,将令郎用板门杠抬,安放缸上,令四人以木棍不住搅之,待臭气入鼻稍久,便有细白香虫,从口眼耳鼻粪门之中钻出,出完之后,移门于地,令得土气,然后投以药饵粥饮,便可生矣!"②

文素臣有那么多惊人的本领,读者立刻会问为什么他总是不顺利呢。你看他想走仕途,但一次次受阻;他被流放到边远地区,还须防止刺客行刺。这些厄运不是正好与他的英雄气概、勇敢精神以及他强烈的道德使命感完全不相容么?事实表明,文素臣所处的社会大环境很不利,他要把自己的崇高理想付诸实践,可偏偏缺少了一样东西:好运气。在讲到自己的信仰时,文素臣提到了实现抱负的先决条件:如果时机一到,我遇到一位贤明的君主……而实际上在相当长的一段时间中他没有遇到成功介入重大事件的契机,也没有碰到什么恩主。一位提携者来不及向皇上推荐他就去世了,明宪宗也不是什么开明君主,还不听他劝谏。由于自己不合时宜的作为,他再一次走上了孔夫子、屈原、韩愈这些历史人物的老路。不过,尽管出师不利,我们这位主人公还总是充满激

---

① 参看栗山金玉引自夏敬渠撰写的医学书,见《小说中的儒家思想》,第81页。
② 《野叟曝言》,第九十四回,第二卷,第1001页及后页。

情地投入新的冒险行动。他正是在受挫中开始自己的新一轮学习的。他好不容易才弄清楚自己的抱负不管有多崇高，必须同外部的条件协调一致。好运气虽然必不可少，但只是一个因素。同样重要的是善于用批判的眼光评价自己。较长一段时间，文素臣恰恰就是欠缺这一点。他的本领可以说是超群的，但是他毕竟是个人，是一个有弱点的人。在自己的远大志向和社会现实之间存在着一道深深的鸿沟，他是逐步才认清楚这一点的。在他走向成熟的过程中有人一直在指导他，这个人就是他母亲水夫人，她是小说中最重要、最智慧、由于博览经书因此也是思想最深刻的人物。比如，文素臣对她叙述了自己向僧人挑战，后得病，仍不远千里赴京去救一位异姓朋友的经历后，她便向儿子指出侠义和愚蠢的不同之处。

水夫人怫然道："观汝所为，皆古豪侠之徒血气之勇，与圣贤学问，相去霄壤；率此而行，必流为好勇斗狠，忘身及亲之辈；平日所读何书？如此飞扬浮躁，尚有一毫儒者气象耶？"①

文素臣的兄长文古心分不清儒家宣扬的勇气与文素臣见人落难便拔刀相助的行为有何不同，母亲便继续训示道：

水夫人道："汝但知见难不救，便是杨朱；可知见难必救，则为墨翟。有同室之斗，有乡邻之斗，其间权度，差之毫厘，谬以千里！孺子入井，可逝也，不可陷也；逞一朝之忿，亡其身以及其亲，欲更为摩顶放踵之事，得乎？民胞物与，儒者当有此量，当存此心；而素位而行，自有限制，穷则独善，达则兼善，出处自是两途。其兄弯弓，越人弯弓，亲疏非可一视。尔弟所救者，半属乡邻之斗；所行者，俱属摩放之为；他一心以崇正辟邪为事，试问如此作为，与割肉喂虎之释迦、临崖舍身之比邱何异？……"②

水夫人并不是要自己的儿子作懦夫，她强调最要紧的是善于正确评估形势，斟酌轻重缓急。要是不分青红皂白，无条件地为别人的事奔忙，那就无法履行自己对朋友和家庭应尽的义务了。按照水夫人的意思，为抗击僧道而牺牲是值得的。儿子为正义和道

---

① 《野叟曝言》，第五十六回，第一卷，第603页。
② 同上，第603页及后页。

德所从事的事业甚至重于母爱。就这样,她印象深刻地定义儒家学说中的感情作用。对水夫人来说,普遍的道德原则比个人幸福和无忧无虑更为重要。由此,她一生最纯粹地毫不妥协地体现了儒学理想。在她的心目中,道德准则是绝对的,尤其当涉及儿子的所作所为时她总是扮演精神领袖的角色。在夏敬渠的小说里看不到儒家道德观念公式化的说教。《野叟曝言》的多样性使读者不读经书中死板的训导便可看到儒家学说的意义。把哲理和伦理演化为小说形式,使儒家具体的原则呈现出多姿多彩,可视为返璞归真的一种尝试。

  文素臣的动力不仅仅源自他本人的道德观和责任心,同时还源自家中的和谐生活。这种生活状况和性问题是密不可分的。与当时整个国家乱作一团的情况截然相反,文家大院就像一个真正的儒家世外桃源。水夫人每天把时间分为三段,分别用来读经书,做女红和训子孙。文素臣依照母亲的榜样,每天也坚持做三件事:读经、研史和习武。他没有忘记自己作为丈夫和一家之主的义务。他甚至对仆人的身心健康也十分关心,努力教会他们分清善恶,健康做人。他的榜样也使合家内眷之间关系和睦。他的六个妻妾之间从来没有发生过不和现象。文家是一块幸福祥和的绿洲,绿洲中人人兢兢业业各司其职。这与《金瓶梅》描写的充满嫉妒和阴谋的情景完全不同,西门庆正是由于在充满诱惑力的妻妾之间来回周旋而耗尽了自己的精力。同本章前面提到的别的艳情小说不同,夏敬渠毋须为作品中某些下流的色情场面作辩解,也不必为通篇小说去抹上一笔令人疑窦丛生的告诫色彩。他把性和欲诉诸两端,一端站着所谓的理想文素臣,另一端则是种种放纵和淫荡的丑恶现象。不过有时候这两极之间的界限似乎也会发生模糊。文素臣和刘璇姑可算得上相敬如宾的楷模了。因为文素臣从昭庆寺好色的松庵和尚魔爪下救出其姐姐素娥[①],父母[②]为报恩便将这位美丽聪慧的姑娘许给文素臣作妾。两人一起度夜时,璇姑从文素臣那儿听到如下的开导:

  璇姑道:"奴也曾与嫂嫂同床,再不敢着肉贴皮。为何与相公同睡,就如连枝比目一般无比亲呢?"素臣道:"男女之乐原生乎情,你怜我爱自觉遍体俱春。若是村夫俗子不中佳人之意,蠢妻骏妾不生夫主之怜,纵夜夜于飞,止不过一霎雨云,索然兴尽。……"[③]

---

[①] 应为:其嫂子石氏。——译者注
[②] 应为兄嫂。——译者注
[③] 《野叟曝言》,第八回。这一段在中文版本中是缺失的。引自栗山金玉:《小说中的儒家思想》,第135页。

文素臣在这里提出亲密关系是最佳的男女关系，但不包括肉体交合。两情相悦，彼此可以拥抱接吻，眷恋多情，但不必赴阳台之梦。情思俱浓远过肉体的纵欲。文素臣欣喜地发现了这位未来小妾的算术天分。第一次共居一室，他就开始给她讲解。不过他只有征得母亲同意后，才敢将璇姑迎娶进门。《金瓶梅》中的西门庆因耽于纵欲而亡，《肉蒲团》中的未央生为克服自己的情欲只好残酷地宰断男根，而到了文素臣那里，性从一开始就仅仅只是传宗接代的手段。

　　纵欲会产生严重的生理和心理后果。一个家庭中，只有善于克制自己性欲从而使自己的阳气保持纯净和强劲的人才是理想的男人。就这样，文素臣同他的妻妾共生了24个儿子。他从来不服药物和壮阳补品。我们从他自己的口中得知，他多子的前提是节欲，按妻妾的经期，每月分别只同房一次（参看第八十八回）。以文素臣和刘璇姑作榜样，夏敬渠写出了性卫生的理想一面，用以对衬出淫乱放荡的另一面。夏敬渠抨击的目标直指佛僧两教内部的肮脏勾当、反叛的高官以及长生不老信徒们的无耻行为。特别是被文素臣视为邪教徒的和尚道士总是不得好报。我们一开始就提到主人公同法雨和尚在赴京的水路上有过一次争论。在这次争论中，文素臣从抨击纵欲无度着手，最后把矛头直指和尚的信仰：

　　　　明日起来，只见法雨和尚在二舱内，铺出暗龙天青贡缎镶边，宝蓝素缎托里的嘉文簟，靠簟褥斜躺在上，一手擎着细窑茶杯，泡着雪白也似的芽茶，在那里一口一口的咀嚼。一只胳肘，搁在一个大立圆的凉蒲墩上，满墩俱织有细巧花纹，亮晶晶的耀着人眼目。一手执着沉香尘尾，待拂不拂的，掠那飞来的苍蝇。乜斜着一双眼睛，看着素臣，待说不说的问道："你这三舱的客人在那里住？到京里去做甚勾当？"素臣心里本不耐烦，又见法雨模样放肆，出言傲慢，愈加不快。因答道："我本住吴江，生平不喜和尚，你休问我进京去做甚勾当。"法雨不听便罢，听了时，脸上起一朵红云，心头簇一盆赤炭，冷笑道："你这人好莽撞，怎便轻易发话？你说不喜和尚，可知我便不喜俗家哩！"素臣道："你既不喜俗家，却到俗家去则甚？"法雨厉声道："俗家有信吾教者，礼宜接引，何得不知佛理，妄肆狐谈！"素臣怒道："你既知佛理，岂不知佛以寂灭为宗？就该赤体不衣，绝粒不食，登时饿死。何得奔走长途，乞怜豪富！你所接引者，不过金银、布帛、米麦、豆谷耳！以三农辛苦所出之财，饱汝等奸淫无厌之壑，还敢嗥然狗吠，反说我妄肆狐谈！"法雨大怒道："佛家寂灭，不过要人了去万缘，以观自在这一点灵明。正如智珠慧日，活泼泼地广照十方！所以诸佛菩萨常在人心，千年不死。若但言饿死，则是你们竖儒酸子，读了几本破书，寒不可以为衣,饥不可以为食,资身无策,短见无聊之所为。岂佛力神通,法门广大,而轻言饿死乎?以饿死为寂灭,真扪烛之盲谈也!"素臣笑道:"薪以传火,火本随薪而尽;佛教但知薪外有火,薪尽而火自存。殊不知火既不系于薪,何必速求薪尽?有薪方以传火,何能薪去火存?故圣教无心,顺天而化;薪在则不必求薪之尽,薪尽则不复冀火之存;薪以传薪,根不铲则逢春自发。火以传火,薪日盛则流焰无穷。释氏一心牵挂,空自葛藤,斩草除根,终无生意。口口空言,空者何在?心心极乐,乐者何存?吾儒止论实理,乃是真空;素位而行,乃是至乐。此所以鹑衣百结,而歌声若出金石也。若尔等贫则乞食,以布施为良田;富则宣淫,以欢喜为说法。躯壳虽存,良心已死,岂若夷、齐首阳,生理昭昭,生气奕奕,于今为烈耶?你说法门广大,不过纳亡招叛,聚集些盗贼凶徒;佛力神通,不过呕鸽吞针,撮弄些江湖戏法,招提灿烂,那一间是你佛带来!即针头木屑,无非宰官囊橐,商贾风霜!供献庄严,那一件是你佛挣下?即碟果盘蔬,都是织女酸心,农夫血汗!你说不喜俗家,若没有俗家,怕不一个个都做辙内之鱼,沟内之瘠么?我非扪烛之盲谈,汝实游魂之狂叫耳!"法雨听了这一篇议论,连片讥诃,气破胸脯,钉呆了两只眼睛,赤忑忑的看着素臣,半句话也说不出来。①

在第五十九回另有一段对道教的类似的批评。文素臣在引文里所讲的是儒家眼中的佛教基本弊病。对僧尼放荡的指责还只是间接的,只提到他们生活奢侈和迷惑群众。不过在整个故事中和尚好色这一点表现得很明显,和尚尼姑的丑恶形象在小说里总是大同小异的,都是同样的淫荡,同样的不正经和不诚实。小说中善男信女们倒霉就倒在佛教中有一个信奉欢喜佛的门派。儒家正好抓住这一把柄,指出这是从事危险变态性事的典型。这一教派认为,男女肉体交合不仅仅只是对苦苦追求苦行主义和完美主义的僧尼行为的偏离,而是反映了一种完全合理合法的宇宙原则。②夏敬渠从这一自由开放教派的背后看到的只是假正经,小说中对出使日本过程的描写证明了这一点。

文容和奚勒作为中国明朝皇帝的代表出使日本。日本天皇和皇后是欢喜佛教派信徒,他们一见这两位英俊的使者,不同他们谈外务事宜,却对他们俩想入非非。文容为反抗天皇的侵犯,举刀自刎;而奚勒被迫就范,在同皇后交合时被皇后大力拥抱窒息而死。皇后也落得可悲的下场,因奚勒的阳物过长,插入后直顶心口致死,死时两人紧紧

---

① 《野叟曝言》,第十回,第一卷,第 106 页及后页。
② 参看达斯笈多(Dasgupta):《密宗佛学入门》(Introduction to Tantric Buddhism),加尔各答大学出版社(University of Calcutta)1950 年版。

抱在一起。天皇得知两人的死讯,大吃一惊。但没多久请来了一位宫廷大喇嘛,他讲了一番话,使天皇转忧为喜。

大喇嘛看了一会,眉头一皱,忽地合掌膜拜道:"这是大欢喜涅槃之像,万年难遇的,怎么还要咒解?快些大家礼拜,念着大欢喜佛宝号,顶礼三日,欢喜三日,漆起真身,永留圣迹便是了。"木秀道:"怎见得是大欢喜涅槃之像?"佛手儿道:"我庙里没塑着来?也曾和国主讲解过。这大欢喜佛,便是西方的盘古皇帝,开辟时,降下这两尊古佛,一男一女,每日欢喜交媾,生下西天诸佛。数百劫后,两尊古佛入涅槃时,即是此像,放号称大欢喜佛。西方为极乐世界者,此也!这是国王洪福,才得此古佛临凡,垂示欢天圣像。你不见两人之面,满泛桃花,非大欢喜,哪有此象?怎还敢咒解得罪佛爷吗?"

木秀道:"庙里佛像是男佛仰坐在椅,女佛勾坐在身。如今反了转来,是什么缘故?"大喇嘛道:"庙里是先王之像,故露阳佛之面。此乃后天之像,故露阴佛之像。其实翻来复去,俱是一个太极图。两尊古佛虽分男女,神通愿力总是一般。阳佛露面住世千万劫,自然该阴佛露面住世千万劫。这是一定的佛轮,并无别故。"木秀道:"平时看着诸欢喜佛之像,及寺壁上图画的罗汉菩萨,一切神圣俱赤身交媾,说是都由此成佛作祖,还不肯十分信服。如今眼见才信是真。"即欲着衣礼拜。大喇嘛忙止住道:"在大欢喜佛前,还用穿着衣服吗?贫僧也须赤体喃颂,合房之人俱要赤身。与寺壁画像一般寸丝不挂,方成欢喜道场。快些烧起香汤,把两尊佛像拭净,点起香花灯烛,日三遍上香,三遍欢喜。三日之后,漆成真身;断七之后,迎入寺里供养,等通国之人礼拜瞻仰。若有善男信女,于真身佛像前,信心欢喜,布施斋献,比着泥塑金装像前,更得百倍信益。求男得男,求女得女,凡有所求,无不如意。此时天气尚热,像前须供冰盘,把水银殓好。大欢喜佛圆寂在西方,西方便成极乐世界;如今又圆寂此国,此国将来又成一极乐世界!国王既与古佛交媾做过夫妻,将来成佛,尚在文殊、普贤等菩萨之上!房中女侍每日亲见古佛交媾欢喜之状,个个都成佛子,与善才、龙女地位,不相上下。"①

在宗教仪式的规定中既表现了欢喜佛教派中性爱的意义,也显示了喇嘛在幕后的操纵。同文素臣主张的庄重的行为方式迥然不同,日本的那个喇嘛宣扬的无非叫大家

---

① 《野叟曝言》,第一百三十三回,第二卷,第 1441 页及后页。

恣意纵欲。

在夏敬渠的心目中,佛道两教宣扬通过性事得福乃至长生不老只不过是为纵欲辩解的卑鄙伎俩。这么做只会导致道德沦丧,性欲反常和社会不公。就像小说中写到连城听信道家长生不老的邪说,与陪房丫鬟春红做爱,姑娘因纵欲过度而死(见第二十八回)。其实,自私的连城从一开始就预计到春红会因此丧命,因而他的行为特别卑鄙可耻。他用春药先把春红迷倒,在交合时春红预感到死亡的威胁,央告他停下来,可是连城却毫无怜惜之心,把她体内的阴精全部吸尽。就这样,他成了真正的杀人色魔。我们在许多其他艳情小说中,也读到过此类人物。西门庆、未央生等人虽然很荒淫,但至少良心尚未完全泯灭;而连城之流同西门庆、未央生的最大区别就是他们已经坏到极点。在《野叟曝言》中,性事的描写有善恶之别,黑白分明。最明显的是夏敬渠在表现自己的英雄人物文素臣时,大力渲染他的自我克制。他怎么同妻妾过夜的,小说里没有细节描写。但文家子孙满堂,读者总能揣测到文素臣有时会待在女人屋里的,只是此处见不到任何对寻欢作乐的刻画。

如前所述,小说中对性题材的描绘泾渭分明:一方面有文素臣和刘璇姑作为纯贞但又十分亲密的男女关系的典范;另一方面,僧人和高官过着荒淫无耻的生活,他们危害着国家生存,给老百姓带来极度的贫困。但是这种明显的对比并不是自始至终存在的。由于性格方面的复杂性,文素臣有时会偏离小说开头阐述的理想,这表明性会对人的心绪起某种特殊的作用。与此有关的第一个有趣的片段长达数回,主人公落入了一个名叫李又全的精通房中术的道家信徒的魔掌(见第六十五至六十八回)。李又全生性淫荡,一心想长生不老,专吸壮男的阳精。他在自己房屋对面门槛之下放上尿桶,招引路过此地的男人去小便。而他的陪房丫鬟却盯着这些脱裤子的男人,注意力特别集中在那些阳物奇大的人身上,以为阳物大,男人身上的阳精就足。李又全把被相中的男人请到家中设筵款待,给他们喝加入春药的迷魂酒。男人一旦失去知觉,李又全便让丫鬟们去摆弄,直到自己能吸到精液为止。一天,文素臣也正好从房子走过,在那儿方便了一下。丫鬟通过窥孔看到他阳道魁伟。于是他被请到屋里,请上酒桌,事情就这么开始了。不多久,文素臣就明白了自己的处境,他知道一旦大量泄精,自己的身体就会垮掉。于是,他在被人灌醉成为听人摆布的变态狂施暴对象之前,努力使自己的内心坚定起来,尽量不受其诱惑。

想了一会道:我有主意了。我想皇古之人,俱是赤身,所以唤做裸虫。其实阴阳二道,与耳目口鼻一般,同为生人形体。明日只在这上头着想,便不怕满眼的赤身露体之人了。至于诸般怪状,亦只以"目中有妓,心中无妓"八个字应付之。即使欲我用眼注视,用手抚摩,亦譬如看我掌纹、揉我肩背一般,可无厌恶之状,以免其受罚之苦。①

不过自我激励只是第一步。为确保经得住即将来临的考验,文素臣还走出了下一步。随氏是他在李又全家的秘密盟友,他有意对她的裸体注目而视,以试试自己的意志是否坚定。虽然家有众妻,他还是第一次这么仔细和好奇地看到女人的各部位肌体,居然成功地控制住自己的情欲。但这仅仅是他艰难地战胜自己情感世界的第一次胜利。接下来发生的事却使他成为毫无抵御能力的变态狂阴谋的牺牲品。他喝下了迷魂酒,丧失了独立行动的能力。

因大家轮流舔吮,看见丹田之下,皮肉鼓动,齐声说道:"是时候了。"大家动手,扛扶起来,一面把汗巾揩拭,一面说道:"外边丫鬟,快请爷出来。"外面答应道:"爷在这里等着哩!"于是两姬掮着胳膊,一姬拥着屁股,杏绡括住阳物,放在壁板半圆孔之内,帮着那姬把屁股用力推动。那边又全慌忙把阔嘴紧紧裹住,运气吸收,精管顿开,那阳精直冒出来。②

李又全完事后,他的一帮姨娘登场了。李老爷吩咐要众姨娘竞相献技,以刺激文素臣的性趣。其中九姨娘的绝技最最令人难忘,这段描写同时堪称中国艳情小说精彩怪诞之最。

九姨上床仰睡,把两足曲开,露出牝户,用力一努,果然将花房挺出,掀臀就颈,送入口中,舔吮吞吐,备极丑态。次便放出两瓣花心,吸吸扇动,渐渐有声。众人侧耳细听,有春蚕食叶声,有秋虫振羽声,有香露滴花声,有暗泉流石声,有冻露洒窗声,有微风拂弦声,有儿呕母乳声,咨嗟渐沥,喁喁瑟瑟。满屋之人,看者变色,听者神惊,错愕嗟呀,喝采不置。③

---

① 引自栗山金玉:《小说中的儒家思想》,第 167 页。
② 文素臣在李又全家的种种遭遇,在中文版中被大量删节,其中的性描写也被删除。引自栗山金玉:《小说中的儒家思想》,第 160—161 页。
③ 《野叟曝言》,第六十七回。此处引自马克梦(Keith McMahon):《吝啬鬼、泼妇、一夫多妻者》(Misers, Shrews, and Polygamists),第 163 页。

九姨娘表演完毕,被评为最优,她有权第一个同文素臣交合,于是开始了一场真正的淫乱。

……只见九姨微舒星眼,迷迷的笑将转来,道:"可是五姐唱的,便爺死了,也是感激。有这们子好死,就死在鸡巴上,也是快活。不瞒两个妹子说,你九姐有九丢之力哩!"众人听着那淫声浪气,看着那妖形骚状,个个淫兴大发,恨不得扯他下来,爬上身去,狠干一下。八姨瘫化在交椅上,揞住牝户,恨不得打破那大肚皮儿。九姨咬住牙关,颠耸着说道:"好一件活宝,被他弄得浑身瘫化了,怎不睁开眼,瞧一瞧小私窠子脸儿屄儿。五姐,奴的花心也算得灵便的,只被达的鸡巴抵进小肚里去,施展不出法儿。如今侧睡下去,退出他半截来,可便有了主意?"五姨道:"原该是这样,你的花心不比别人,你只把花心去弄耸他,你可就不吃力了?"九姨当真侧睡下去,把素臣身子扳转,将一腿勾压素臣腰胯,把花房紧扣龟头,两瓣花心在龟眼中伸缩吞吐,弄得龟身胀发,一股阳气直贯入腹之内。九姨狂叫道:"快活死了,哎哟,喉咙里火发,要冒出烟来了。他吃了锁龙丸,精是不出来的。怎样这会子的热,就合那精要出来的一般……"……各姨骚发,个个瘫麻,丫鬟们一齐动兴,出神落魄,笙箫弦索,寂静无声。只有九姨的哭声笑声,叫唤声,研察声,合着花心的舔砸声,淫水的喋喋声,搅做一片的怪响。①

但是九姨娘最终在这一场你死我活的斗争中败北,她逐渐精神疲惫,在交合中露出了狐狸精的本相。文素臣阳精未泄,慢慢找回了自己意识和力量。终于成功地把九姨娘压死,得以解脱。这段故事以文素臣逃出李家,消灭李又全,解散这个包括大批女眷的大宅门而告终。

夏敬渠对发生在李又全家的事以及参与者的反应描写得如此细致入微,恰恰同他自己在小说其他章节对性问题通常采取的冷峻和疏远的态度形成对比。其中有的场面写得很夸张,可能有意想达到令人生厌的效果;但这些描写在主观上还是带有一些正面色彩:九姨娘的表演把所有观众带入如痴如醉的境地,同时也宣告她自己的幸福感觉。文素臣本人也并非无动于衷。他配合了九姨娘诱惑性的动作,分泌了阳精,还产生过射精的感觉。体位配合、兴奋、呻吟、麻木、满足,交合过程无一遗漏。夏敬渠自己不置一词,听凭读者对这场纵情狂欢去发挥想象力:笙箫弦索,寂静无声,听到的只是肉体兴奋

---

① 引自栗山金玉:《小说中的儒家思想》,第161—162页。

的碰撞声。

在小说另一处，文素臣在性诱惑面前同样显现出身上的某些弱点，表明这个英雄人物形象的矛盾性。文素臣没能成功说服宪宗太皇帝清除佛道两教的势力。整整7年时间，他神思恍惚，同宪宗太皇帝一起纵情享乐，过着荒淫无度的生活。7年后太皇帝去世，文素臣奇迹般地恢复了原样。文素臣一度坠入声色世界的原委读者一直到故事末尾才从水夫人口中获悉。她儿子文素臣奏本被拒，便听从孝宗的劝告，故意做出荒唐模样以免遭宪宗迫害（参看第一百四十九回）。读者自然会问，为保全自己的赤胆忠心，难道就没有别的更体面的退避之策了吗？为什么偏要用这种顺应太皇帝荒淫生活的奇异方式来保护自己呢？夏敬渠让自己的英雄纵欲一把后依然故我，重新达到新的道德高度，也许要以此强调主人公的纯正。这里，作者突出了性问题，籍以证明性问题在自我完善过程中的中心作用。刻板的道德说教看来只会妨碍这一自我完善。一个君子总要不断接受各种新考验，此类考验的场面随处可见。夏敬渠写到文素臣奉命去苗族居地，并描述了他的所见所闻，以此进一步阐明自己在这方面的观点。苗族在性爱和男女关系方面的生活习惯和儒家传统完全不同，夏敬渠却让主人公宽以待人，对苗家风俗表现出少见的理解。

受孝宗的派遣，文素臣扮作医生赴苗族山寨探听其反叛计划。半路上遇见尹德通两兄弟，他们请他至葵花峒的家中。由四家大户组成苗族部落同汉族宗法家族差异极大：部落没有首领，大事小事都由四大户一起商定。住户要交的赋税比较低，即使出远门也几乎不受什么限制。文素臣欣然领受了尹氏兄弟的一片好客之心。不过刚到苗寨，他对当地的风俗习惯很不适应。比如，当两兄弟把自己妻子介绍给他时，妇人立即跟他握手。文素臣惊慌失措，矜持地往后倒退，结果却得罪了这两位妇人。尹德进不得不从中说合，讲明这是风俗不同之故。后来文素臣得知，苗峒与自己的家乡不同，男女并没有严格隔离。这里男女可以相互握手、拍肩、拥抱和接吻，这是当地常见的社交和问候的方式。由于深受本族儒家"男女授受不亲"观念的影响，文素臣不习惯这种热情大胆的待客之道。不过他没有摆出传教士的姿态，要去改变苗族人的"堕落"的风俗习惯，[①]而是入乡随俗，不仅默许了家中的问候方式，而且也接受了尹家亲戚相互见面的风俗。他不忘肩负的使命，扮演了一个旁观者的角色，因为孝宗并没有要他去革新当地的风情。值得一提的是，讲到苗族人恪守习惯时所采用的民俗视角，苗族官员岑猛是这样

---

[①] 苗家风俗在过去一直是民族学研究的内容。参看葛维汉（David Graham）:《川苗的风俗》（"The Customs of the Ch'üan Miao"），载:《华西边疆学会杂志》（*Journal of the West China Border Research Society*），第9期(1937)，第13—70页及克拉克（Samuel Clarke）:《在中国西南的部落中》（*Among the Tribes in South-west China*），台北，成文出版公司1970年版。

叙述当地的婚俗的：

> 素臣因问起婚姻之礼，岑猛道："苗民土例，唱歌交合，即遣媒议聘，择定婚期，女家亲戚送新人上门，男家亲戚备席款待。其新人则竟入厨下，烧火扫地，替夫家挑满一缸清水，悄从后门而出，仍回母家。嗣后逢墟，再与别男唱和交欢，谓之野郎。待得有了身孕，显而可见，方招聚平日交欢过的野郎，畅饮一宵作别，始归夫家坐蓐。一生不孕，则一生不归夫家；一归夫家，则野郎如路人，不复相见矣！卑职们家中嫁女却不然，结婚以后，就不回家，有孕便罢，无孕则随意所爱，叫进房中同睡，俟有孕后，即打发散去；不必出去赶墟唱歌，寻觅野郎。若与汉人结亲，则一从汉俗，有孕无孕，各安天命的了。"①

岑猛用巧妙的方式让文素臣了解苗族的风俗，并强调了汉、苗习俗之间的兼容性。满脑子孔孟之道的文素臣，平时总是把礼貌规矩看得高于一切。南国人的婚姻观念如此自由放纵，他本应该十分厌恶才是，不过却表现出惊人的通情达理，这倒并不是因为身处异乡出于无奈才这么做的。从文素臣总体反映来看，他对同自己的传统习惯完全不同的苗族风俗显然表现出某种同情心。特别当他听说苗族的这种风气由一位当地圣人首创，从而带有一定神话色彩后，更表现出对异族风情的理解。

葵花峒大户户主锁住给文素臣讲了这方面的掌故。

> 他说："老聃至西戎而效其言，禹适裸国忻然解裳，风气所限，圣人不能立异。况天地之道，阴阳而已；天气下降，地气上升，谓之交泰；若天地不变，谓之否塞。峒里女人，与男子拉手、搭肩、抱腰、捧脸，使地气通乎天，天气通乎地，阴阳交泰之道也。若像中华风俗，男女授受不亲，出必蔽面，把阴阳隔截，否塞不通。男女之情不畅，决而思溃，便钻穴逾墙，做出许多丑事；甚至淫奔拐逃，争风护奸，谋杀亲夫，种种祸端，不可救止；总为防闲太过，使男女慕悦之情，不能发泄故也。至婚家之礼，又只凭父母之命，媒妁之言，不许男女自主，两情岂能投合？若再美女配着丑夫，聪男娶了蠢女，既非出彼自愿，何怪其参商而别求合！若像峒中风气，男女唱歌，互相感慕，然后成婚；则事非出于勉强，情自不至乖离……"②

---

① 《野叟曝言》，第九十回，第二卷，第967页。
② 同上，第九十四回，第二卷，第1006页。

这儿提出的论据令人想起前面讲过的小说《醒世姻缘传》和《醋葫芦》里出现的婚姻问题。锁住这番话讲得头头是道,而平时总是振振有词的文素臣却连一句反驳的话也讲不出来。夏敬渠在这里想表现出对自己传统道德价值观的距离,而这一价值观则体现在远在千里之外的小说主人公身上。苗族的风俗习惯值得重视,它与古板的儒家传统完全不同,表现出世界上生存方式的多种多样性。

夏敬渠对超自然和传奇因素的处理也同样表现出他对儒家正统某种质疑。因为这是一种相类似的距离感,我们在这儿只想简单提一提。在作家眼里,道教、佛教以及形形式式与之临近的宗教诱使世人走向神秘主义或遁世出世,应加以拒绝否定。因为它们不是叫人们去踏实认真地承担人生的职责。但是小说《野叟曝言》写了许多无宗教倾向的人物以及来自另一世界的生物,他们帮助文素臣完成了使命,有权与他平等分享胜利的成果。

这里表现出作者对世事恰如其分的感知。要是有人以严格的理性主义者自居,不愿意接受生存的奇迹,一味坚持自己的怀疑,那么只能说明他闭目塞听,死守着自己的狭隘经验。只有通过寻求和亲自经历,才能探明发生在自己周围的秘密。当文素臣问神猿对未来的事情何以历历如见时,神猿的回答是多么富有智慧呀。

> 神猿道:"物久而灵,心有所触,一切风动云飞,鸟鸣叶落,均可推测;亦如《梅花六壬》等数,稍为变通,益加灵警耳。虽负于心,小灵于术也。"①

尽管对物有灵性的观点不能轻易赞同,夏敬渠的意思还是很清楚的:世上万物都有自己的符号,人们要去解释和认清这些符号。虽然你是个儒家正人君子,但若对世事作出怀疑的评判,就无法弄清楚存在的复杂性。这里作者对孔夫子本人提出了质疑,因为《论语》里有一句话:"子不语怪、力、乱、神。"②

---

① 《野叟曝言》,第九十八回,第二卷,第 1041 页。
② 参看孔子:《论语》(7,21),莫里兹(Ralf Moritz)译自中文原著并出版,法兰克福,勒德贝格出版社(Röderberg)1983 年版,第 71 页。

## 十二 可以买到的爱情：大变革时期爱与性主题的文学倾向
### ——19 世纪与 20 世纪早期

前面的章节已经说明了，自 16 世纪以来，中国小说中对爱与性主题的文学加工曾经历了一个值得注意的转变：从最早的实例中那种自由的描写开始，忠于细节地强调肉欲，至少明显地遵循了一个道德劝戒的目的，比如像《金瓶梅》里常能讽喻地读到的那样，然后到强制审查宣扬理想爱情的才子佳人作品，再到 18 世纪中叶把性与爱当作自我体验手段的小说。至于清代统治的最后一百年，我们得出的却是一幅完全不同的图景。这时处于中心的已不再是同爱情及其肉体性相关的一个个细节、道德寓意和自我质疑，而是性交往的社会方面。这个主题可以说是表面化了，把时代的社会与政治的问题提升到了重要的地位，对此，我们在下面关于谴责小说的章节中还会更详细地谈到。环境描写发生的背景变化已经表明了这一点，选作故事背景的已不再是荒淫的君主的宫殿，或者感到性饥渴的僧侣的寺院，或者花花公子的宅院，而是大城市的艺术界和烟花场，时代的变化就是在那儿首先孕育的。

### （一）完美的男性之爱——小说《品花宝鉴》

在这方面，我们感兴趣的最早作品是陈森（约 1796—1870）的六十回小说《品花宝鉴》。① 正如 1849 年其最早版本的序表明的那样，陈森大约从 1826 年开始写《品花宝鉴》，依据了他在戏园和戏班里的亲身体验。在其后的几年里，他中断了小说的创作，1837 年才又继续写下去。当时，他从中国南方的广西乘船到北京去应试。在应试落第后的闲暇时间里，他在 1839 年前后完成了这部作品。

《品花宝鉴》的整个故事情节发生在京剧界，而京剧是从 17 世纪中国南方的几个地方剧种产生出来的。故事的中心是那些饰演"旦角"的年轻后生的命运。旦角是京剧中总计十种角色中的一种，它们是按照剧中一个个人物的性别、年龄、性格和社会地位来

---
① 这里依据的是两卷本《品花宝鉴》，上海古籍出版社 1990 年版。

划分的。① 一直到20世纪初,京剧的一个特点就是所有角色均由男演员饰演,这种习惯是在清代才强化形成的。在元代,中国的戏剧就已经取得了巨大的发展,当时,女伶这个职业所受限制较少,尽管在戏班里的活动自由很难与儒教社会的习俗相一致,而这也正是女伶在社会地位上居然与妓女同等的原因。② 虽然在这里肯定不会由于两性之间无拘无束的交往而马上发生"淫乱的"行为,但是,优伶作为自由迁徙的候鸟,其形象在很大的程度上是负面的。这时,别忘了演出并不是面对广大的公众,而是往往在富贵人家的宅院里举行,以满足他们对消遣和娱乐的需求。李海观《歧路灯》中的场景就给出了人们对戏班在富人宅院里演出有所保留的印象。因此,对正统观念与传统道德特别重视的满清统治者,要对演艺界引起的弊端加以制止,也就不足为奇了。乾隆皇帝(1736—1796年在位)是个出名的戏迷,但是他却发布公告,禁止女伶饰演女性的角色。这项措施一开始只是为了在皇宫里演出而采取的,后来,自然成了一个在其他地方也必须遵循的范例,从而给这个剧种的延续提出了全新的任务:必须让男人掌握女人的体型特征,以扮演七种类型的"旦角"。正是这种"性别转换",使得中国的戏曲跟欧洲的现实主义戏剧相比更具象征性。饰演旦角要有很多的才华,一个演员无疑要有许多艺术才华、移情能力和灵活技巧,然后才能饰演贤淑和端庄的女子(青衣),或者高雅的贵妇(正旦),活泼、好动的姑娘(花旦),侠义女子(刀马旦和武旦),上了年纪的妇人(老旦),以及女丑角(彩旦)。当时,对男孩与男子饰演旦角的能力提出了很高的要求,不仅使旦角很快就成为京剧里最受尊敬的行当,而且,让那些从20世纪初又进入演艺界的女演员在很长时间内都难以同梅兰芳等男性名旦媲美。梅兰芳饰演旦角非常出色,这一点我们在前面谈到《红楼梦》改编为戏剧时已经介绍过了。

但愿我们对旦角的这个简要说明足以对这种题材在艺术塑造上所能提供的丰富多彩给出一个大致的印象。在过去几十年中国政治变化的背景前,导演陈凯歌1993年把李碧华的小说《霸王别姬》成功地拍成了电影,突出了旦角演员程蝶衣所受的社会与精神的束缚,是近期给我们提供的一个令人难忘的实例。③ 陈凯歌的电影和陈森的小说,背景当然是完全不同的:如果说我们在电影里是在同一个明显正在衰落的剧种打交道,那么,《品花宝鉴》里的京剧尚处在全盛的时期。但是,这两部作品由于题材的一致而十分相似,却令人惊讶。电影和小说都描述了青年演员的性困境,以及他们对自己"真实"

---

① 关于京剧的各种角色,可参看潘侠风:《京剧的舞台技巧,从其起源到今天》(The Stagecrafr of Peking Opera. Form its Origins to the Present Day.),新世界出版社1995年版,第38页。
② 参看斯科特(A.C. Scott):《中国的古典戏剧》,伦敦,乔治·艾伦与昂温出版社(George Allen & Unwin)1957年版,第68页。
③ 李碧华《霸王别姬》的德文版由卡尔·格奥尔格(Karl Georg)翻译,慕尼黑,戈尔德曼出版社(Goldmann)1993年版。

身份的探索。粗暴地强制演员饰演异性角色成了作品的主题。正如著名的歌唱家法里奈利(1705—1782)把他当年在社会上的升迁归功于阉割术那样,电影中的程蝶衣和《品花宝鉴》中的杜琴言,在他们争取上进的路上也再三遭到同性恋者的追逐。这三个形象的共同之处就是那种被戏迷当成女人而危及自己身份的感觉,可是,他们为了成功又不能放弃。比意大利那位成了名的、跟当时与他同病相怜者相比无疑是个例外的歌剧明星更甚,在程蝶衣和杜琴言身上,一个年轻的京剧优伶的极其困难的社会与心理状况显而易见。中国饰演旦角的年轻演员(一般称为伶人、相公或也称为花),不同于那些穿上女性服装出风头的现代易装癖者,在登台演出之余也往往受到如女人一样的对待,成为他们的老师和戏迷的同性恋倾向的受害者。程蝶衣早在学戏期间就曾受到师父的猥亵,此外,还有一个倪老公。后来,他的第一个追求者是有权有势的袁四爷,他在蝶衣委身于他之后才答应救蝶衣及其朋友段小楼摆脱困境。① 杜塞曾援引马格努斯·希施费尔德1964年的论文《男人和女人的同性恋》,作出总体上的判断,指出在革命爆发前的皇朝时期的中国,从天子或其皇室成员起,一直到最卑贱的苦力,各个社会阶级都存在着同性恋。我们且不讨论这是否符合实际,②有关这种题材的作品看来的确证实了这种印象。③ 事实以及同这一节的主题相关而让我们感到兴趣的是:在戏园里,社会上那些喜好同性恋和喜好男色的人找到了"发泄肉欲的对象"。可以认为,《品花宝鉴》开头的场景也证明了这一点,正如我们马上就会看到的那样,中国的戏园成了当地同性恋聚会的地点,而优伶们扮演的是可以用钱买到的受害者角色。他们几乎无一例外都是卑微的社会出身,由于经济上的困境而被亲人卖给戏班,这些年轻的后生在社会上的声望往往比妓女还低。从当时的文献资料中可以得知,妓女有时可以赎身,从而成为一个有地位和声望的男士的夫人,也许甚至会上升到贵族的地位。而这条路对于京剧优伶来说却是走不通的。他们社会地位的恶化对他们的后代有很大的影响。比如在清代,就连优伶的儿子和孙子都不准参加科举考试,也不能进入名人录。④ 谁要是想满足自己的同性恋爱好却又不愿在戏园里作漂亮的包装,那么,他可以去找那种淫荡的男妓。正如我

---

① 相应的场景参看德文版《霸王别姬》,同上,第110—113页。
② 参看杜塞特(Friedrich W. Doucet):《同性恋》(Hom Sexualität),慕尼黑,利希滕贝格出版社(Lichtenberg)1967年版,第49页。
③ 参看小明雄(Xiaomingxiong Samshasha):《中国同性爱史录》,香港,1984年;阿蒙·迪·吴(Ameng di Wu):《晚明时代评论集:断袖篇》,书中包含中国历史上五十多例同性恋的报告,巴勒莫,1990年。另外可参看高罗佩(R. H. van Gulik):《古代中国的性生活》,第48页注2和第62页。马汉茂(Helmut Martin):《云雨之戏:中国的情色文学》(尤其是第八章,中国的同性恋:两个观点),收于《中国的传统文学与开始进入现代》,多特蒙德,项目出版社(projekt)1996年版,第37—61页。
④ 参看潘光旦:《中国文献中的性恋态资料》,收于樊雄:《中国古代房中文化探秘》,广西民族出版社1993年,第334页。

们从清代文学家赵翼(1727—1814)写的一篇关于中国同性恋的文章中所知,从宋代起,就有了相应的设施。当时称为男妓,他们在街上穿着女装招徕嫖客,而且还组成行会。①但是在更为专制的清代,不许再这么公开,于是,他们就躲回了"私寓"。②

对戏剧界的情况作这些简要的介绍很重要,只有这样才能对《品花宝鉴》作出适当的评价。这里先要说明:我们同王大卫对这部作品所作的简要概述不一样,他强调了陈森处理这个题材并不称职,而我们却认为,作者完全胜任他给自己设定的任务,开创了一种新的倾向,对后来的放荡不羁的文学的影响是显而易见的。③我们想简略地说明一下这一点,首先是再回顾一下在中国的情色小说起源时对这里的主题有重要意义的方面。我们在诸如《绣榻野史》或《金瓶梅》等作品里看到,在明末小说肉体审美的背景前,同性恋大多是为了表现主人公生机勃勃的活力。那些主人公几乎都是双性恋,与同性和异性交往感到同等的愉悦,在这两种形式中都显示出了他们的性能力。同性恋在这里并不是下流的或者"变态"的,而是为了显示书中人物拥有强大性能力并寻求其发泄途径的情景。李渔的小说《男孟母教儿三迁》表明在处理这种题材时向前发展了一步。他在很大程度上排除了大胆的肉体描写,在小说中描写了两个男人之间的爱情关系。李渔在他的传奇《怜香伴》中对女同性恋也作了类似的理想化处理,那里是崔夫人同曹语花相怜相爱。两人的关系最后得到了幸福的结局,曹语花被崔夫人的丈夫收为妾。④无论是开头描写的肉欲还是李渔所作的明显的理想化,都可以从倾向上看出同性恋的一种平等性。陈森看来也在这些范畴里继续思考,他对素材作艺术转化的方式根本不像王大卫所说的那样,给"性鄙视"甚至"性迷乱"提供了机会。⑤我们乐于承认,《品花宝鉴》在总体上是一部两性的作品,而《红楼梦》对它的影响是显而易见的。作为例证,我们在这里只须举出徐子云那个让人联想到"大观园"的"怡园"的景致(第五回),或者第十回的镜屏场景。除此以外,两个年轻男子梅子玉和杜琴言之间"真正的爱"的描述,在许多方面也遵循了偶然相遇、感情表白、出现障碍、相互疏远及最后团圆的常见模式。我们在才子佳人小说中对这些已经相当熟悉了。不过,按照我们的看法,陈森的《品花宝鉴》在中国的小说中是一个创新。尽管书中也有许多俗套,但是,它勾画出了一个让情节得以展开的清楚的环境背景。我们这个关于演员在中国戏剧中状况的导言就是

---

① 参看高罗佩:《古代中国的性生活》,第163页。
② 潘光旦:《中国文献中的性变态资料》,第335页。
③ 参看 David. D.W. Wang:《具有教化作用的恶行:晚清的三部妓女小说》,收于 Eva Hong:《传统中国文学的悖论》,香港:中文大学出版社1994年版,第235页。
④ 参看高罗佩:《古代中国的性生活》,第163页。
⑤ 参看 David. D.W. Wang:《具有教化作用的恶行》,第235页和239页。

为了说明这一点,而不是服务于别的目的。爱和性在这里已不再只是刻画主人公受理想主义或者毁灭性的贪欲驱动,追求长生不老与自我实现的佐料,而是多方面地从属于各个主要人物的社会角色。作者在卷首的几行话就证明了这一点,他把"情"这个概念的传统看法加以扩展,从而过渡到他的主题上:

> 京城演戏之盛,甲于天下。地当尺五天边,处处歌台舞榭。人在大千队里,时时醉月评花。真乃说不尽的繁华,描不尽的情态。一时闻闻见见,怪怪奇奇。事不出于理之所无,人尽入于情之所有。遂以游戏之笔,摹写游戏之人。而游戏之中最难得者,几个用情守礼之君子,与几个洁身自好的优伶,真合着"国风好色不淫"一句。
>
> 先将缙绅中子弟分作十种,皆是一个"情"字:一曰情中正,一曰情中上,一曰情中高,一曰情中逸,一曰情中华,一曰情中豪,一曰情中狂,一曰情中趣,一曰情中和,一曰情中乐。
>
> 再将梨园中名旦分作十种,也是一个"情"字:一曰情中至,一曰情中慧,一曰情中韵,一曰情中醇,一曰情中淑,一曰情中烈,一曰情中直,一曰情中酣,一曰情中艳,一曰情中媚。
>
> 这都是上等人物。还有那些下等人物,这个"情"字,便加不上。也指出几种来:一曰淫,一曰邪,一曰黠,一曰荡,一曰贪,一曰魔,一曰祟,一曰蠹。
>
> 大概自古及今,用情于欢乐场中的人,均不外乎邪正两途。耳目所及,笔之于书,共成六十卷,名曰《品花宝鉴》,又曰《怡情佚史》。①

有同性恋倾向的戏迷和年轻的优伶是这部小说的主要人物。按照刚才列举的种种"情"字,他们全都有某一种"情"。陈森在他罗列的清单中提到了许多种,而这些又让人联想到本章开头提到的冯梦龙《情史》中那份更为详尽的目录。我们可以看出,冯梦龙绝不是从一开始就批判同性恋。同性恋以这种或那种方式被提供给人们活动其间的环境,只不过要否定其中的某些变种以及过分的情况。可是陈森却走得更远,他把同性恋当作性交往的一种形式,与异性恋的地位平等。他的《品花宝鉴》以独特的方式注意到了在中国发生的社会与政治的衰败,在下一章里,我们还会更详细地看到。小说在这里怀着对"变态"的宽容,不仅表明了原有道德框架的瓦解,而且,还在颂扬"性倒错"中结束了面对男性理想的可疑倾向:如果说西门庆那样的色情老手虽然腐败堕落却还是得到了赞赏,

---

① 《品花宝鉴》,卷一,第一回,第 1 页。

那么,《醒世姻缘传》和《醋葫芦》等婚姻故事里的怯懦主人公就让人毫不怀疑,男人的形象已经发生了动摇。诗人和儒士在才子佳人小说中写出了一些无性化和女性化的形象,他们开始了一种瓦解的发展进程,而这种进程在《品花宝鉴》中就以性错乱结束。

小说里的主人公梅子玉是个在各方面都无忧无虑的17岁青年。他这个实例表明了人得先发现自己的真实爱好。他随着父亲去了一趟南方,刚刚回到京城,在父亲的朋友李性全那儿准备即将来临的考试。梅子玉本分和勤奋地埋头读书,不让自己为家里众多的丫环和仆妇分心。颜仲清和史南湘是他的两个年轻伙伴,唯有同他们的聚会给他那单调的生活带来了一些调剂。

一天,这两个朋友来看望梅子玉,向他兴奋地介绍了京剧戏班里的一系列新星。同颜仲清和史南湘的期望相反,梅子玉十分轻蔑地表达了他对优伶的看法,说他们极力以色事人,婢膝奴颜,酒食自娱,强笑假欢。子玉在这里首先让人看到了他的优越感,也让人看到了他的审美动机。他对自己的本性还并不了解,在性欲上糊涂迷乱,但十分重视纯洁和自然。按照他的看法,这才是真美的前提条件。朋友们怂恿子玉去戏园看戏,以亲自作出判断。他们想让他明白,佳人并不仅仅限于女子。人们从大自然中撷取实例:家鸡、孔雀、凤凰和鸳鸯,不都是雄性的更美吗?按照颜仲清和史南湘的看法,造化之气也像美一样,先钟于男,而后才钟于女。梅子玉自己的情况又怎么样呢?他是个英俊的后生,难道就不能跟有魅力的女人相比吗?有身穿女装的年轻男子陪伴,超然于一切激情,到底有什么优点呢?后来在小说的进程中,徐子云跟他的夫人交谈,夫人对他与优伶交往有些微词,他就强调说:

"你们眼里看着自然是女孩子好,但我们在外边酒席上,断不能带着女孩子,便有伤雅道。这些相公的好处,好在面有女容,身无女体,可以娱目,又可以制心,使人有欢乐而无欲念,这不是两全其美么?"①

这段简短的话不仅是对他自己的同性恋作灵巧掩饰的一个表示,更是一种暗示:每一个社会都会通过对自然的性行为进行社会规范而创造出非正常的现象来。即使同性恋这种特别的形式,在这里也已经通过人设法满足其情欲的环境得到了说明。从梅子玉这样的高尚人物起,一直到奚十一那样的卑劣人物,都牵涉到恋童癖,把他们的爱好都或多或少地隐藏在拜倒于优伶女性打扮的需要后面。随着同性恋的这些配上了哲学

---

① 《品花宝鉴》,卷一,第十一回,第151页。

底色的审美创造及其用场,读者对下面的情节已经有了准备。梅子玉将信将疑,也和朋友们结伴去看戏。他作为一个只是勉强前去但并不喜欢看戏的人,得到的最初印象并不好,从而证实了他对这个行当的偏见。半路上,他碰见了也有旦癖且正好同路的王恂。读者对当时的环境有了初步的印象。

  子玉一进门,见人山人海,坐满了一园,便有些懊悔,不愿进去。王恂引他从人缝里侧着身子挤到了台口。子玉见满池子坐的,没有一个好人;楼上楼下,略还有些像样的。看座儿的见两位阔少爷来,后头跟班夹着狼皮褥子,便腾出了一张桌子,铺上褥子,与他们坐了,送上茶、香火。此刻是唱的《三国演义》,锣鼓盈天,好不热闹。王恂留心,非但那六旦之中不见一个,就有些中等的也不见。身边走来走去的,都是些黑相公,川流不息,四处去找吃饭的老斗。子玉看了一会闷戏,只见那边桌子上来了一人,招呼王恂。王恂便旋转身子与那人讲话。又见一个人走将过来,穿一件灰色老狐裘,一双泥帮宽皂靴;看他的身材,阔而且偏,有三十几岁,歪着膀子,神气昏迷,在他身边挤了过去,停一会又挤了过来。一刻之间,就走了三四回,每近身时,必看他一眼,又看看王恂,复停一停脚步,似有照应王恂之意。王恂与那人正讲的热闹,就没有留心这人。这人只得走过,又挤到别处去了。子玉好不心烦,如坐涂炭。王恂说完了话,坐正了。子玉想要回去,尚未说出,只见一人领着一个相公,笑嘻嘻的走近来,请了两个安,便挤在桌子中间坐了。王恂也不认的。子玉见那相公,约有十五六岁,生得蠢头笨脑,脸上露着两块大孤骨,脸面虽白,手却是黑的。他倒摸着子玉的手,问起"贵姓"来。子玉颇不愿答他,见王恂问那人道:"你这相公,叫什么名字?"那人道:"叫保珠。"子玉听了,忍不住一笑。又见王恂问道:"你不在桂保处么?"那人道:"桂保处人多,前日出来的。这保珠就住在桂保间壁,少爷今日叫保珠伺候?"王恂支吾。那保珠便拉了王恂的手,问道:"到什么地方去?也是时候了。"王恂道:"改日罢。"那相公便缠住了王恂,要带他吃饭。子玉实在坐不住了,又恐王恂要拉他同去,不如先走为妙,便叫云儿去看车。云儿不一刻进来说:"都伺候了。"子玉即对王恂道:"我要回去了。"王恂知他坐不住,自己也觉得无趣,说道:"今日来迟了,歇一天早些来。"也就同了出来。王恂的家人付了戏钱。那相公还拉着王恂走了几步,看不像带他吃饭的光景,便自去了。子玉、王恂上了车,各自分路而回。①

---

 ① 《品花宝鉴》,卷一,第一回,第14页。

这里描述的戏园景象成了梅子玉的一次关键经历,始终控制着下面的故事情节,并且借助环境中的一系列反面人物,多次富有变化地提到。这与其说是对他后来的经历作了积极的准备,还不如说是让他感到讨厌。子玉坐着自己的车回家,因为车挤,在路上被迫停下了。突然,一阵奇异而又适意的清香涌进了这个年轻人的鼻子,但又非兰非麝(暗示这里并不是女人)。在旁边的车里,子玉看到一个老人,伴着两个妙童,他们都显得比自己年轻。子玉一看到妙童,顿时惊呆了,无法让自己的目光离开他们的脸。但是,这种魔力只延续了短短一瞬间,车子就驶过去了。被戏园里闹哄哄的场面妨害的东西,现在却因为匆匆的偶然相遇而实现了:子玉迷上了其中一个妙童,因为他确实有绝色姑娘的美貌。在这两个有情人命中注定的第一次相见中,以及在下面的小说情节中,陈森都采用了中国爱情小说中常见的套路。正如我们在下面的描述中所知,那辆陌生车子里的两个妙童之一正是子玉后来的知己杜琴言:一个绝色少年,他在家乡由戏班里的师傅培养成饰演旦角的优伶,由于他那女性化的容貌,被誉为戏剧《牡丹亭》中女主人公杜丽娘的化身。陈森对他的小说中这第二个主人公抱有同以前文学作品中著名少女形象一样的强烈同感,也可以从杜琴言这个人与林黛玉颇为相像的描写上看出来。这个优伶被写成爱哭的年轻男子,"阎罗王把块水晶放在他心里,又硬又冷"(第三回)。一场梦暗示了杜琴言和梅子玉直到他们最后在一起要经历的错综复杂的关系。子玉同父母择定的未婚妻琼华订婚,使得整个故事又多了一个颇有刺激性的特点,此外,还可以看出同才子佳人小说中的三角关系相类似的情况,就像《玉娇梨》或《二度梅》那样。子玉当时对自己的同性恋倾向以及对琴言的感情还不大有把握,得知自己将与琼华订婚的消息,与其说是震惊还不如说是高兴。他在朋友安排他与琴言的会见中只是喜欢琴言的女性容貌,并没有把他视为同性的亲密朋友,而是把他当成了女人。在徐子云的"怡园"里,他们俩第一次私下亲密会见,当时,琴言似乎显出猥亵和淫荡的举止,因而会见也就以失败告终。才子佳人作品里那种让人联想到情侣间误会的挫折,在这儿从心理上令人信服地表现出来了:"心地纯洁"的梅子玉对企求得到他好感的杜琴言那毫无掩饰的纠缠表现出反感和厌恶,因为他似乎第一次意识到了自己将卷入什么样的纠纷。

(子云和宝珠)遂一同出去,那镜屏仍复掩上。屋内止剩子玉、琴言两人。琴言让子玉榻上坐了,他却站在子玉身旁,目不转瞬的看着子玉,倒将子玉看得害羞起来,低了头。琴言把身子一歪,斜靠着炕几,一手托着香腮,娇声媚气的道:"梅少爷,大年初六那天,你在楼上看我唱戏的不是?"子玉把头点一点。又道:"你晓得我想念你的心事么?"子玉把头摇一摇。琴言道:"那瑶琴的灯谜,是你猜着的么?"子玉又把头点一点。又道:"好心思! 你可晓得度香的主意么?"子玉又把头摇一摇。琴言用一个指头,将子玉的额抬起来,道:"我听得宝珠说,你背地里很问我,我很感你的情。今日见了面,这里又没有第三个人,为什么倒生分起来?"子玉被他盘问得没法,只得勉强的道:"玉侬,我听说你性气甚是高傲,所以我敬你。为什么到京几天,就迷了本性呢?"琴言道:"原来你不理我,是看我不起,怪不得这样不瞅不睬的,只是可惜我白费了一番心!"说着,脸上起了一层红晕,眼波向子玉一转,恰好眼光对着眼光。子玉把眼一低,脸上也红红的,心里十分不快。

　　琴言惺忪忪两眼,乘势把香肩一侧,那脸直贴到子玉的脸上来。子玉将身一偏,琴言就靠在子玉怀里,嗤嗤的笑。子玉已有了气,把他推开,站了起来,只得说道:"人之相知,贵相知心。你这么样,竟把我当个狎邪人看待了!"琴言笑道:"你既然爱我,你今日却又远我,若彼此相爱,自然有情,怎么又是这样的? 若要口不交谈,身不相接,就算彼此有心,即想死了,也不能明白。我道你是聪明人,原来还是糊糊涂涂的!"子玉气得难忍,即说道:"声色之奉,本非正人,但以之消遣闲情,尚不失为君子。若不争上流,务求下品,乡党自好者,尚且不为。我素以此鄙人,且以自戒,岂肯忍心害理,荡检逾闲! 你虽身列优伶,尚可以色艺致名,何取于淫贱为乐? 我真不识此心为何心! 起初,我以你为高情逸致,落落难合,颇有仰攀之意。今若此,不特你白费了心,我亦深悔用情之误! 魏聘才之赞扬,固不足信,只可惜徐度香爱博而情不专,惟以人之谄媚奉承为乐,未免纨绔习气,其实焉能浇我!"说着气忿忿的,要开镜屏出去。那晓得摸不着消息,任你推送,只是不开。①

　　值得注意的是,陈森在选取这一场戏发生的地点背景时采用了镜屏的隐喻,而镜屏在《红楼梦》里就起过重要的作用。可是,这里不同于《红楼梦》中贾瑞的情况,那里的镜屏是一种有破坏性的自我陶醉的象征,具体地说,是他进入危险的幻想世界的手段,而在《品花宝鉴》里,这里却是暗示了两个恋人关系中的互补和对立。发生的争执表明,他们的感情是同一种激情,可是,他们还不能让这些想法协调起来。仅只是琴言坦率地表达了他的同性恋倾向,而子玉却还完全迷失在这个美少年是女人的情景之中。在子玉的疑虑中,在某种程度上集中反映了儒教社会反对同性恋且视其为变态行为的责难。这种变态在此植根于一种原始的性"怪癖"。② 子玉的父亲注意到了子玉的可疑倾向,在

---

① 《品花宝鉴》,卷一,第十回,第 144 页。
② 参看赫尔穆特·舍尔斯基(Helmut Schelsky):《性社会学》(*Soziologie der Sexualität*),汉堡,罗沃尔特出版社(Rowohlt)1955 年版,第 71 页。

一场梦里责备了他。梅子玉感受到了同社会要求发生的这些冲突。不久前,他到一个朋友的家里去出席婚礼。那次活动引起的幻觉清楚地表现出他对自己定下来的婚事感到忧虑(婚礼的描写在第五十四回)。杜琴言这时已离开北京,去南方了。子玉在梦中见到自己的相好坐着一只小艇过来,又解释不了这次不期而遇有什么意义。两个朋友很快就抱成一团,但是,他们这时突然受到一个年轻女郎的干扰。子玉无奈地转向女郎,得到了前往妓院的邀请,以了结先已确定的姻缘。子玉受这个女人指责,说他对琴言怀着不正当的感情,要求他忘了这个少年,以便实现男女之间符合习俗的结合。在激烈的抗拒中,子玉试图摆脱那个姑娘的搂抱。他挣开了,一跃跨上了一只驶过的船,才重又见到琴言。但琴言的形象这时已改变了,泪眼将枯,面黄于蜡。琴言告诉子玉,说他不该来。这时,子玉的父亲突然出现,面带怒容指责他无耻,竟然偷偷地离开了母亲。这又给最后的场景增加了另一种权威,成了子玉心灵痛苦的根源,他终于吓得醒来了(第五十三回)。

杜琴言提出的温存要求把梅子玉吓坏了。杜琴言的啜泣才使他的激情又苏醒过来。那情形就好像他只能容忍自己的朋友是个哭泣和痛苦的少女似的。

> 那晓得他倒转过脸来,用手帕擦擦眼泪,看着子玉道:"庾香,你的心我知道了。"子玉听这声音,似乎不是琴言,仔细一看,只觉神采奕奕,丽若天仙,这才是那天车中所遇、戏上所见的这个人。子玉这一惊,倒像有暧昧之事被人撞见了似的,心里突突的止不住乱跳,觉得有万种柔情,一腔心事,却一字也说不出来。①

和解终于实现了,这两个朋友喝醉了酒,很快就抱成一团。在这个地方,除了两个短时不睦的知己的朴实和解外,还可以看出子玉和琴言之间的亲密关系,对此我们在小说里已经知道了。肛交本身,似乎是男人之间类似于异性恋性交的实践,而琴言在这一处以及下面的场景中都坚决地避免了。这是一个不可低估的因素,最终让他得到了社会的提升,因为这样他就避免了屈辱做"女人"。毕竟,每一种具体的性交方式,不管是通过阴道、肛门还是口腔,都是针对一个被确定为女性的对象,这是我们在古希腊的男性鸡奸现象中就已经知道的机理。那个处于劣势的性伴侣角色,也就是那个被动的娈童,同出身市民的性伴侣角色形成鲜明的对比。② 在这方面有必要说明,上流社会的同

---

① 《品花宝鉴》,卷一,第十回,第146页。
② 参看卡罗拉·赖因斯贝格(Carola Reinsberg):《古希腊的婚姻、嫖妓与鸡奸》,慕尼黑,贝克出版社(C.H. Beck)1989年版。这里依据的是古滕贝格出版社(Gutenberg)的版本,第192页。另外,妓女界的突出人物可参看海因茨·迪克曼(Heinz Dieckmann):《妓女名录》,慕尼黑,海奈出版社(Heyne)1962年版。

性恋,如梅子玉、魏聘才等,并不是简单地与自己同等级的性伴侣欢娱,而是在社会底层的优伶中寻找他们的性伙伴。没有一个受人尊敬的绅士愿意让自己出丑,容忍自己在性交中充当"卑贱女人"的劣等角色。

子玉和琴言在一起的快乐只延续了很短的时间。魏聘才是梅子玉的一个嫉妒心十足的熟人,他散布了有关琴言的流言蜚语,借此分开了两人。子玉病倒了,他母亲很担忧,就叫人把琴言请到他的床前,这才使他的病情有所好转。子玉因为久病,仍昏昏沉沉,有较长的时间没认出琴言,接着,出现了两人在分别之后相互认出的感人场面,与前面提到的争执形成了鲜明的反差(第二十九回)。于是,杜琴言成为梅少爷经常的陪伴,进入了社会的上层。这个阶层的男人往往用聚会与赛诗来打发时间,让人想起《红楼梦》里的相应场景。可是在陈森的这部作品里,所发生的情况却非常粗鲁,下面的一个笑话就是王恂给他的朋友们逗乐时说的,为上流社会里的色欲打出了一道强光,显示了其中的堕落,艺术在这里变得粗野了。

> 王恂道:"我也有个笑话。一个妓女是个瞎子,有人去嫖她,她虽看不见,却分得人的等次来。那一天,接了三个客。老鸨问她道:'姑娘,你猜今日三个客,是何等样人?'瞎妓道:'头一个是秀才,第二个是刑名师爷,第三个是个近视眼的阿呆。'老鸨道:'你何以分得出来呢?'瞎妓道:'头一个上来斯斯文文,把我两边的股分开去,又合拢来,既作我的正面,又作我的反面。又听他说道:"此处放轻,此处着重。"一深一浅,是个作八股的法子,所以我知道他是秀才。第二个上来,弄了一回,把我细细的看,听他说道:"左太阳有一疤,右乳有指爪伤痕,斜长一寸二分。"停一回,又听他说道:"两足并直,两手放开。"这不是办命案的刑名么?第三个来得奇,一上来,就把我那话儿看。他那眉毛似刷子一样,擦得我痒,看看又闻,闻闻又看。我知道他是个近视眼的阿呆!"①

琴言在有钱人的圈子里淡淡交往,对他的帮助自然不大,他一如既往地深受着自己是优伶这有失体面的身份之苦。他应邀进了华府后,情况虽有所好转,但是又出现了新问题,因为上流社会里的一些人并不在乎艺术,而是对肉欲更感兴趣,因此也就注意到了他。他们当中以奚十一为首,这是一个来自广东的富家子弟,带着十几万银子从南方来到北京,想要捐一个官,而平时就用看戏来打发他在京候选的漫长时光。在优伶们当

---

① 《品花宝鉴》,卷二,第三十九回,第556页。

中,奚十一很快就作为凶残的强暴者出了名。他什么坏事都敢干,只求满足自己的淫欲。奚十一乍一见到琴言,就被他的姣好容貌迷住了。后来,不出所料,琴言表现得相当倔强,让奚十一碰了钉子。于是他就想出一个计划,要把琴言弄到手。有一次在宏济寺,琴言被奚十一和他的朋友们截住了,不得已跟他们一起吃饭。

奚十一道:"我有样东西送你,你可不要嫌轻。"便从怀里掏出个锦匣子,揭开了盖,是一对透水全绿的翡翠镯子,光华射目。潘三伸一伸舌头道:"这个宝贝,只有你有,别人从何处得来? 这对镯子,城里一千吊钱也找不出来。"不住"啧啧啧"的几声。聘才、和尚也睁睁的望着。聘才暗想道:"好出手,头一回就拿这样好东西赏他,看他要不要?"琴言也不来看,只低了头。奚十一道:"你试试大小,包管合式。"便叫琴言带上。琴言站起来,正色的说道:"这个我断不敢受,况且我从不带镯子的。"琴言无心伸出一手给他们看,是带镯子不带镯子的意思。奚十一误猜是要替他带上的意思,便顺手把住了他的膀子,一拽过来,用力太重,琴言娇怯,站立不稳,已跌倒奚十一怀里。奚十一索性抱了他,也忍不住了,脸上先闻了一闻,然后管住他的手,与他带上一个镯子。奚十一再取第二个,手一松,琴言挣了起来,已是泪流满面,哭将起来,也顾不得吉凶祸福,哭着喊道:"我又不认识你! 我如今改了行,你还当我相公看待,糟蹋我! 我回去告诉我主人,再来和你说话!"遂急急的跑了出去,到了院子,忙除下镯子,用力一砸,一声响,已是三段,没命的跑出去了。①

这里表明,琴言的状况已随着他常住华府而有所改善,在很大的程度上摆脱了优伶的坏名声。可是,他并没有因此而感到自由,因为他的没有保障的地位仍产生出新的不幸。他是师傅曹长庆这个戏班子可以赎身的成员,仍然属于这个戏班子。琴言不得不离开这个城市。陈森借着超自然的力量探寻了琴言的真实自我。梅子玉觉得自己的朋友是女子,在很大的程度上表现出异性恋的态度;而跟梅子玉相反,杜琴言却更像是"真正的同性恋"。② 可惜陈森的描写无法让我们进一步了解他的主要人物的社会环境,一直追溯到童年时代,以便根据他的人物形象从社会学来解释这个问题。在现有材料的基础上,我们只能在很大程度上依靠自己的解释。琴言作为优伶的活动,迫使他因为职

---

① 《品花宝鉴》,卷二,第三十六回,第518页。
② 对这个概念的解释可参看舍尔斯基:《性社会学》,第77页。

业的缘故而倾向于同性恋,在这里只是问题的一个方面。正如我们在他与子玉发生争执的那场戏中所见,他以相当自然的形式显示自己,以至于我们不受当时的强制女性化的影响,猜到他从天性上有着强烈的同性恋倾向。强制女性化是"被动女性同性恋"的一种典型习俗,①当年,卡利古拉皇帝就爱好这个。对主人公在性别方面基本上由"生物学"确定的变体的印象,又由于下面的事情得到了强化。我们在这儿不只把陈森的《品花宝鉴》看成简单的爱情故事,他在书中还毫不迟疑地采用了中国小说中大量存在的幻觉等风格要素。作者在诸多方面当然是遵循前辈的传统,但是,他已经处在潮汐转变的界限上,因而在超自然的努力背后,也许能想到比无法解释的单纯超感官性更多的东西。按照陈森在写这部作品时可以采用的所有手段,而且,正如我们在上面介绍曹雪芹的小说时所知,为了让故事的发展达到高潮,梦境和幻觉可以理解为对人的身体与精神的亚世界里一些特定的、固有的内在进程的提示。杜琴言跟屈道翁一起离京南行,成了他的重要体验。

他们俩到了南方的城市扬州,在那儿游览当地的名胜。尽管在总体上觉得愉快,但琴言还是感到抑郁。刘喜要陪他去莫愁湖散心,这个湖的名称源自古时候一个尼姑的名字。琴言一听到这个,就马上想起两句诗,那是在一次扶乩时对他的命运所作的提示:"后日莫愁湖上望,莲花香护女郎坟。"②在湖边休息时,湖里遍布着红色和白色的荷花,琴言的目光扫视着四周。水上飘荡着小船,有小女郎在船里采莲,岸边浅水里嬉戏的小孩子更是修饰了这一片田园景象。琴言暗暗地对天默祷道:

"上仙,上仙!承你指示了我的前身,又没有判出姓来,叫我身亲其地,无从寻觅,殊为恨事。怎样显个灵验出来,指点迷途?"琴仙一面祷告间,望四面空地虽多,并无坟墓。忽见莲花丛中,荡出个小艇来,有一穿红衣垂髫女郎,年可十四五,长眉秀颊,皓齿明眸,妙容都丽,荡将过来。琴仙谛视,以为天仙游戏,尘寰中安得有此丽姝?自觉形神俱俗,肃然而立。见那女郎船上放了几朵荷花,船头上集着一群翠雀,啾啾唧唧,展翅刷翎,毫无畏人之态。琴仙心中甚异。只见那女郎,双目澄澄的望着琴仙。琴仙也望着他。不一刻,拢到岸来。那一群翠雀,便刷的一声都飞向北去了。刘喜还拍一拍手赶他。

刘喜问那女郎道:"湖那边有什么玩的地方没有?"女郎道:"那边是城墙,只有

---
① 参看杜赛特(Doucet),《同性恋》,第56页。
② 《品花宝鉴》,第五十五回。"扶乩"是占卜的一种形式,巫师借助沙子上似乎"无意识"写出的字对命运作出预测。

个杜仙女墓。看兰苕花,翡翠雀,最好玩的。方才那一群翠雀,就是杜仙女墓上的。他懒得飞,搭我的船过来。"琴仙听了有个杜仙女墓,触动了心事,即问道:"这个杜仙女,是几时人?"那女郎道:"我却不知,只听说有七八十年,也是个官家的女儿,死了葬在这里的。"

琴仙问道:"何以要称他仙女呢?"那女郎道:"他看这个地方也数得清的人家,如何有那样华妍妙丽的女郎?见他常常的荡个小船,在莲花丛里,或隐或现的。人若去赶他,就不见了。后来见那边有个小坟,坟周围有许多斑竹,坟后一盘凌霄花,那盖盘得有一间屋子大了,有无数的翠雀,在里面作窠。又有许多兰花,奇奇怪怪,一年开到头。人若采了回去,就要生病,所以地方上人见有些灵验,便不敢作践,倒时常去修葺修葺。也没有牛羊去践踏他。到初一月半,还有人过湖烧香呢!"琴仙道:"我也过湖看看,你肯渡我过去么?"女郎道:"你就下船来。"琴仙即叫刘喜拿了酒盒并香,叫船家先回船去。①

在北京的预言就这样应验了。琴言知道了自己是杜仙女再世,而他遇到的女郎就是前世的他。因此他来到坟旁,点起香,摆上祭品,对刘喜宣布:"我即是他,他即是我。"但是,红衣女郎却提出了异议:"好呆话!既有了你,就没有他,既还有他,就没有你。"可是,两个年轻人彼此交换的目光却表明,两人都很清楚把他们联系在一起的秘密,这一真相应当对在场的刘喜隐瞒。没有具体讲出来的东西,毕竟还是可以从或多或少的暗示中看出来。这就是先前已经提到过的预言,通过它导入了生活启示的整个场景,暗示了寻找的目的和成果。杜琴言和杜仙女都姓杜。对自己出身的这个简单的直线性推导又得到了壮观的自然景象的衬托,其特点就是有许多花,它们也暗示了杜琴言作为优伶的生活以及他的同性恋。② 这些又有翠雀装点,翠雀是美丽女郎的象征,作为幸福爱侣的标志,预示了他与梅子玉最终的缘分。③

杜琴言这个人终于与他的出身和天性达成了和谐,也得到了社会地位的提升。这是他与梅子玉关系的前提条件,现在已不再是障碍了。就连子玉的极为严厉的父亲也看不出别的可能,于是同意了他跟儿子的关系。尽管子玉的妻子这个"真正女性"的人

---

① 《品花宝鉴》,卷二,第五十五回,第805页。
② "花"这个概念,除了表示植物外,也可表示年轻演员的角色名称,指姣好的形象及短暂易逝。在三位演员之间的一场交谈中,陈森描写了这个方面。他无疑是以《红楼梦》中林黛玉的"菊花诗"为样本,其中重要的一句话是杜琴言说的:"据我看,是开花不如不开好。"(参见该书卷二,第四十三回,第614页)
③ 对翠雀象征的性含义,可参看艾伯华(Wolfram Eberhard),《汉语象征词典。中国人的艺术与文学和生活与思想中的隐秘象征》,科隆,迪德里希斯出版社(Diederichs)1983年版,第72页。

物在这儿几乎没怎么提到,但毕竟还是成就了一桩幸福的三人姻缘。

梅子玉和杜琴言的理想形象,其意义和作用是逐渐地显示出来的,与此相反,《品花宝鉴》中那些完全反面的人物形象,却几乎不需要作什么解释。奚十一是一个三人邪恶团伙的头目,除了他以外,还有潘其观和张仲羽。奚十一是个放荡的双性恋,他的行为决不亚于西门庆,最后也遭到了同西门庆类似的命运。他跟《金瓶梅》主人公西门庆的不同就在于他的野蛮粗暴和肆无忌惮。奚十一没能逃脱对他的公正惩罚,染上了一种性病。这部小说传达的信息类似于我们从许多情色文学的早期作品中获知的信息,只不过是增加了同性恋的内容:像梅子玉和杜琴言这样的情况,只要有真诚的激情,就是可以接受的。如果只是追求肉欲的享受,而不能感受到真爱,那么,他就会以身体遭到损毁告终。

## (二) 不幸的嫖客和妓女

如果我们在介绍了优伶的环境之后转向妓女和嫖客的环境,那么,从19世纪中叶起,妓院已成为一系列长篇小说的故事背景。这种类型的小说也许比其他同时代的文学更适合表现中国社会内部的一些堕落倾向,而它们不久后就在谴责小说里成为主题,对此,我们将在下一章作进一步的探讨。关于烟花场的小说多种多样,而且是变化多端的。早期的实例如《风月梦》和《花月痕》,在许多方面仍遵循着爱情浪漫小说的传统,而在本章中曾多次提到的唐代《李娃传》,也由于题材相似而对它们有所影响。可是在一千年以前,真心相爱的主人公也许还有其社会地位上升的可能性,而现在,却往往是欺骗和个人的堕落乃至死亡处于显著的地位。书中的描写也越来越涉及具体的社会弊端,比如,鸦片烟瘾或政治不安定的征兆成为中心。这种类型小说最重要的代表作,主要是世纪之交时产生的《九尾龟》或《恨海》,它们超出了烟花场所,给我们介绍了当时国内的状况,从而同上面我们以《玉闺红》作为实例介绍过的传统联系起来。

令人惊讶的是几乎与此同时,主要是法国的文学,在选用题材方面似乎表现出与中国的趋势有着强烈的一致,尽管在具体的叙述方式上有所区别。在这个世界的两边,有着像巴黎和上海这样的大都市作为中心,集中表现出各自国家的社会、政治和思想的变化,显然是有道理的。娼妓业在日益具有资本主义强制特点的社会中是人的异化的最为多姿多彩也最为令人沮丧的背景。在这里,我们不妨援引一下马克思的话,他说过,卖淫不过是工人普遍卖身的一个特殊表现而已。再没有谁比妓女更急切和全面地要通过出卖肉体来体验自身的商品特点了。可以买到的爱情因而被套用为社会关系整体的一个比喻。① 无论是埃米尔·左拉的小说《娜娜》(1880)里的娜娜，还是月香和刘秋痕——她们分别是中国小说《风月梦》和《花月痕》里的相应人物——全都成了社会瓦解机理的体现。尽管妓女和嫖客之间的爱情关系是那么简单和不成问题，但是，它们却往往受挫于社会的强制或者经济的困境，而毁灭便成为短时虚假幸福的必然后果。正如玛格丽特·戈蒂耶——小仲马的《茶花女》(1848)中那个无节制乱爱的大度的女罪人——在遭到情人阿尔芒·杜瓦尔的亲人拒绝后又回到原来的生活环境中，最后忧郁而死那样，② 刘秋痕最后也把死视为她唯一的出路。在阿尔封斯·都德的小说《萨芙》(1884)里，轻佻的女子法妮·勒格朗和年轻的官员让·戈森之间的爱情，也像陆书和月香之间的爱一样没能实现。③ 在这两种情况中，都没能从折磨人的激情中产生出生命的结合。这表明了男人和女人、情夫和情妇、嫖客和妓女之间的关系毫无指望，揭示了隐藏在破坏性的性关系后面的弊端。受害者和罪犯，双方都一样。这里是放纵淫欲的恶习连同其危及生存的堕落，要把男人拖入深渊；那里是诱骗人的年轻女子的谦卑献身与屈从，尽管自私而残忍，但其自身却只是妓院老鸨的可怜女奴。也正是在这些让我们颇感兴趣的中国作品中，两性之间的较量以几乎是优雅豪赌的语调上升到一个新的层面。有资格成为儒士的男人世界中的轻浮习惯和放荡风气，预示了皇朝时代即将结束。他们已不能胜任官员的职责，而是在妓院的罪恶泥坑中耗尽体力和精力，无法再履行自己身为社会栋梁的使命。

正是这样一幅败坏一切的不正当性关系的图景，严重地背离了以"名妓"形式体现的娼妓界的快乐描写，而那是早期中国文学和史著的大量作品留给我们的。从唐代孙棨的《北里志》(884)④开始，到元代夏庭芝的《青楼集》(1355)，再到钱谦益(1582—1644)的《列朝诗集小传》，直至明清之交余怀(1616—1696)的《板桥杂记》，这里列举出的只是其中几部最重要的作品，书中的儒士和妓女都是出现在一种奇特的共生现象中。只要我们介绍一下社会的背景，那么，不管有什么样的差别，在描写这个"最古老行当"时的变化也就比较好理解了。

正如本章导言中清楚指出的那样，一般说来，性欲在中国并不是被简单地贬低，尽

---

① 参看赫尔穆特·巴赫迈尔(Helmut Bachmaier)为左拉的《娜娜》写的后记，该书由格哈德·克吕格尔(Gerhard Krüger)译成德文，慕尼黑，戈尔德曼出版社(Goldmann)1985年版，第426页。
② 参看小仲马(Alexandre Dumas)：《茶花女》，由奥托·弗拉克(Otto Flake)译自法文，慕尼黑，戈尔德曼出版社(Goldmann)1985年版。
③ 参看阿尔封斯·都德：《萨芙》，由埃费林·帕赛特(Eveline Passet)译自法文，附有乌特·施滕佩尔(Ute Stempel)写的后记，苏黎世，玛奈瑟出版社(Manesse)，1996年版。
④ 罗伯特·德·洛图尔(Robert des Rotours)翻译：《中国唐代末年的妓女，北里志》，巴黎，苏昂吉出版社(Souen K'i) 1968年版。

管各种思想流派对此有着不同的要求和看法。如果说,儒家更强调为传宗接代作好准备的要求,那么,性欲对道家来说就主要是生活中的一个力量源泉。无论是儒家还是道家,性交往都不是禁忌,而是跟各自的生活目的有着具体的联系。道家性实践的目的是延年益寿,对社会整体来说无关紧要,所以我们在此也就不再感兴趣。这一节对我们更重要的是儒家的相应观点。性交往与主要是实现生育联系在一起,使得把配偶之爱理想化地抬得过高在很大程度上显得多余了,就像我们在前面介绍夏敬渠《野叟曝言》的实例里见到的那样。家庭内的和谐关系是值得追求的,这有利于家族的兴旺,然而,由男人施行和允许的一夫多妻制却使得爱情的一个重要基础受到了损害,那就是爱情的排他性和只关注一个异性的伴侣。在这里,我们不想对深受儒家影响的中国和忠于基督教价值观传统的西方国家之间的爱情观进行有意思的文化对比,而是只想勾勒出这个中央帝国里的种种现象,一夫一妻制在这儿被理解为因性别而异的,是只对女性适合的婚姻形式。由于占统治地位的风俗习惯,女人不同于男子,她们不能另选配偶来弥补丈夫的某些缺点或毛病。正如《醒世姻缘传》和《醋葫芦》里出现的泼妇形象那样,女人在社会上的弱势地位只能通过家庭内的权力要求来得到补偿。我们在这儿当然只是说出了中国传统婚姻与家庭的一些基本的事实,而不是怀疑在中国的夫妻之间也能真诚相爱,彼此有真正的好感。如果认为由于所述的情况,中国的婚姻从一开始就都是不幸的,这大概过于武断了。若是进行更为细致的观察分析,因为时间的久远,缺少女人写的文字证明,我们觉得似乎也行不通。而男人方面的资料就有利得多,基本上可以说男人是卖淫的"始作俑者",与此同时,再把女性理想人物的形象以名妓的形式勾画出来。我们在这里有意选用了让人联想到古希腊酒会的"名妓"这个概念,因为在中国的上层社会内部,在相当长的时间里,正是她们决定了可以买到情人的现象,具有阿斯帕齐娅也就是伯里克利那个情妇的相当重要的特点。①

面对刚才所述的具体把握中国婚姻内部情感关系的困难,我们不想讨论那些高官可以买到的情妇到底是仅仅补充了"纯正"的妻子,还是反过来,补充了"婚姻关系所缺少的感情与精神的装饰"。②从我们见到的描写可清楚得知,妓院里的那些年轻女子很早就成了浪漫爱情与色情想象的对象。在这里,大城市的烟花场,如唐代长安的北里或明代南京的秦淮,正是上层社会的老爷们享有个人自由空间的地方,是他们在担任官员

---

① 关于希腊的名妓,可参看赖因斯贝格(Reinsberg):《古希腊的婚姻、嫖妓与鸡奸》,第 80—162 页。万献初列出了中国的一份名妓录:《中国名妓》,漓江出版社 1993 年版。
② 参看雷娜特·舍雷尔(Renate Scherer):《从上海看 1840—1949 年中国的卖淫体系》,柏林自由大学论文,1993 年,第 174 页。

和儒士之余去享受快乐或寻求艳遇的地方。为了能胜任和有教养的男子在一起的要求,在有关的社交场合如庆典和宴会上出场,那些很早就进入妓院的十岁上下的女孩子要上音乐课,要学会读书和写字,还要培养特殊的艺术才能,直到会写诗。① 南齐时期(485—535)的苏小小和姚玉京,就显示出了名妓的诗文在当年享有什么样的声望,她们的诗作收入了《乐府诗集》和《南史》。名妓诗还有一个亮点是唐代薛涛(768—831)和鱼玄机(844—871)的作品,但它们也只是其余大量诗歌的出色代表而已。在《全唐诗》中,至少收入了 19 位妓界才女的作品。李白(701—762)、杜甫(712—770)或孟浩然(689—740)的诗都表明,妓界才女也对唐代的大诗人起过激励的作用。在他们的作品中,如《携妓东山去》、《艳曲三首》和《宴崔明府宅夜观妓》等,都写到了出入烟花场的情况。高雅文学的各种体裁,假如没有妓界才女的表演,简直是无法想象的。唐末宋初时的配乐词就是歌妓的一项特有的专利。平等地接纳一个个女艺术家进入令人敬畏的诗人圈子,这只是男人世界对这些女子表现出明显敬意的一个方面。用钱可以买到并不是缺点,它对于追求高尚、荣誉、忠诚和关注国家命运的爱国之心来说并无损害,就像余怀在《板桥杂记》里告诉我们的那样,正是他用传记《金陵八绝》给我们流传留下来了秦淮歌女道德完美和坚决果敢的榜样。②

在作了开头的这些说明之后,让我们再来看看这一节关注的"可悲的妓院文学"的相关那些小说吧。这里所列作品中的最早一部是《风月梦》,作者在书名以及自序中都有意识地让人联想到半个世纪前问世的《红楼梦》。他觉得自己画的风情画正是继承了《红楼梦》的传统,而且,还在其他方面向《红楼梦》作了一系列的借鉴。③ 这部三十二回小说的作者署名为"邗上蒙人",我们只知道他出自扬州,其余的情况却不得而知。标明写于 1848 年的自序指出,作者曾有过 30 年情爱的痛苦体验。他觉得,那许许多多的荒唐感情和海誓山盟只不过是一场梦,因而戏撰成书,或可警愚醒世。"邗上蒙人"又延续他的自序,在第一回首先叙述了自己在扬州妓院里几十年的经历,但是,随后他就顺畅地转到了小说的男主人公陆书身上。陆书尚不足 20 岁,风华正茂,遵照那个给儿子过多自由的父亲的吩咐,来到城里的亲戚家生活,以促进他的学业。陆书对自己虽会持家但其貌不扬的妻子不大满意,很快就沉醉在这个繁华城市的魅力之中。一次乘船出游,

---

① 参看雷娜特·舍雷尔(Renate Scherer):《从上海看 1840—1949 年中国的卖淫体系》,柏林自由大学论文,1993 年,第 191 页。

② 余怀文章的英译本可参看《雾与花的享受,明末南京的烟花区》,由霍华德·利维(Howard S. Levy)翻译和评述,在日本横滨自费出版,1967 年。

③ 这里依据的是《风月梦》,北京大学出版社 1990 年版。还可参看帕特里克·韩南:《〈风月梦〉和妓女小说》,收于《HJAS》,卷五十八(1998),第 345—372 页。

他结识了妓女月香。月香给他唱《红楼梦》中黛玉和袭人的曲子,迷住了他。陆书很快就成了进玉楼里月香身边的常客,送给她许多首饰和衣服。16岁的月香也被温柔大方的陆书迷住了,梦想着能在陆书的身边生活,让他帮自己赎身。可是,她的主人萧老妈子却意识到这对妓院将会是一大损失,就把月香的兴趣引到了另一个全然不同的方向,叫她把陆书的钱骗光。陆书在婚礼上喝醉了,竟无法确定自己的新娘是不是处女。热闹节庆场面中的歌曲表明了这对新人的困境,一位歌手唱出了下面的歌词:

风月二字人人恋,不贪风月除是神仙!恋风月,朝欢暮乐情不厌;恋风月,千金买笑都情愿。贪恋风月,比蜜还甜。怕只怕,风狂月缺心改变!怕只怕,风狂月缺心改变![1]

嫉妒以及怀疑对方的忠贞终于导致了情人之间的疏远。陆书刚刚挫败一个觊觎月香的竞争对手,自己便就成了大脚妇人张妈勾引技巧的受害者。他在偷情时被月香发现了,月香大闹一场,经过共同的朋友调解,这一对恋人才算和解。可是,这种幸福注定了没有前途。陆书的钱渐渐花光了,月香就遵照老鸨的吩咐,对他的追求表现出冷淡。在争执中,陆书离开了为他担忧的亲戚家,设法向熟人借钱,以维持自己在进玉楼的开销。但是,一场梦向他预示了将与自己的情人分离:月香用自己的积蓄再加上他的钱赎了身,他们想一起迁走,而且为此雇了一条船。这时,码头上却突然出现了一个人,声称自己是月香的丈夫,而月香也挣脱了陆书,竟然用无情的话责怪他:

"当初你有银子,我就没有丈夫;今日你的银子完了,我何能不跟着我丈夫过日子呢?"[2]

当月香这个假定的丈夫用刀威胁陆书时,陆书惊醒了。不久,因为借来的钱花光,陆书被迫返回了家乡。这时,月香早已跟别的有钱男人相好了。

魏秀仁(1818—1874)在五十二回小说《花月痕》中描写了妓院里的一个以悲剧结束的爱情故事。它比《风月梦》稍晚,是在19世纪50年代创作的,正如其1858年的前序里指出的那样。[3] 在整部作品的感伤气氛中,一个个场景都笼罩着淡淡的痛苦,表明了

---

[1] 《风月梦》,第十三回,第97页。
[2] 同上,第二十一回,第149页。
[3] 这里依据的是《花月痕》,中州古籍出版社1993年版。

作者的感情状况,因为他自己的命运就有着许多的坎坷沉浮。普遍的不安表现在下面的判断中,当时,韦痴珠和韩荷生在友人们当中相互告别:

茫茫后果,渺渺前因,悲欢离合,总不由人。①

魏秀仁的生平在一定的程度上是清楚明了的。他出自南方的沿海省份福建,年轻时成功地考取了秀才和举人,可是,却在接下来的京试中失败了。于是,他就在成都的一个书院担任主讲,这让他暂时过上了体面和富裕的生活。由于当地发生的一次暴乱,魏秀仁被迫逃难,失去了他的所有财产,在贫困中度过了最后的岁月。在故事的前面有一篇谈论"情"的短文,作者在短文中道出了这本书的信息:要让情在适当的地方以诚实的方式产生,如果谁习惯了过一种放荡不羁的生活,那么就可能滥用他的情。这个结论的特点是断念,进而导致了对时代精神的控诉:人们掩饰自己的真实面目,戴上面具,只是在演戏。主要人物内心的矛盾与困境都以令人难忘的方式反映在这个受暴动与骚乱危害的帝国的情景里。什么都不再可靠,什么都不再合适了。19世纪末中国儒士危机的新特点,就是自己内心情感状况与外部政治形势之间的直接联系,再隐藏在象征后面就显得多余了。因此,韩荷生有一处谈到韦痴珠,说:

"我们一缕情思,原是虚飘飘的,被风刮到那里,便缠住那里,就是痴珠,今天不将那脉脉柔情都缠在秋痕身上么?可怪秋痕素日和人落落难合,这回见了痴珠,便两心相照,步步关情,也还可喜!只是他两人这情丝一缠,正不晓得将来又是如何收煞哩?"②

仔细看看前几回发生的事情,这种普遍的不安就更加清楚了。作者在那几回里为时代的状况画出了一幅简洁的图画。

韦痴珠在国内漫游了多年,然后到北京应试。在京城的陶然亭,他注意到一个年轻人,那人英俊的外貌打动了他。韩荷生也怀着与韦痴珠相同的目的到北方应试。可是,这两个人又不得不失望地离开了,因为国内的形势不安定,所有的考试不得不停止。韩荷生去了太原,投奔他的亲戚明经略的部队,在那儿做幕僚,为战胜举旗造反的黄巾军

---

① 《花月痕》,第十四回,第139页。
② 同上,第十五回,第140页。

作出了颇为重要的贡献。而韦痴珠一开始去了长安,但动乱又迫使他很快离开了那个地方。这时,回家乡福建去的路已被四处抢掠的乱军阻断了。他被迫在太原滞留了较长的时间,在那儿认识了歌妓刘秋痕,也就是他后来的心上人。秋痕是被父母卖进一家妓院的,在鸨母的盘剥下受了很多苦。她以自己的诗才让痴珠越来越着迷,而痴珠只是在军事机关得到了一个小文书的职位。国内的危急局势很快就对这一对如胶似漆的恋人产生了影响。鸨母的打算是把秋痕卖给年轻而富有的书生,从而赚到一大笔钱,她的这个如意算盘没能实现,因为痴珠基于自己不稳定的处境始终强调,他只是在太原暂时滞留,所以无法答应。于是,鸨母对这位客官失去了兴趣,并且因为秋痕继续跟痴珠交往而嗔怪她。有一次,她揍了秋痕一顿,矛盾瞬间升级,秋痕第一次产生了自杀的念头。后来,两个恋人虽然又多次相会,以唱曲和写诗打发时间,但是,都给人十分勉强的印象。两个人极力创造幸福和满足的氛围,但是,他们都失败了。无聊,成为这些场景里的一个重要的概念。在秋痕吟唱了乐府《鸦片叹》之后,两人围绕着爱情和艺术继续愉快地交谈,但是,对话随后却急转直下,伤心地结束了。这里有一个实例:

秋痕笑把指头向痴珠脸上一抹道:"羞不羞?你通不记今天是祭灶日子么?"痴珠黯然道:"我在客边,我没灶祭。"秋痕笑道:"我没爹没妈,那里还有个灶?"痴珠道:"我有妈也似没妈,有灶也似没灶。"因吟道:"永痛长病母,五年转沟壑,生我不得力,终身两酸嘶!"一面吟,一面伤心起来。秋痕惨然,将痴珠的手掌着自己的嘴,道:"这是我不好,惹你伤心。"①

每一次通常是在亲人当中举行的节庆活动,对于这一对背井离乡、失去父母的恋人来说都是悲伤和痛苦的诱因。新年佳节,街上燃放的鞭炮让两个人泪流不止。痴珠因为时代的限制而背井离乡,与秋痕遭受父母的遗弃相类似。这边是政治上和历史上背井离乡的候补官员,那边是社会上无依无靠的妓女。两个人都是他们身处其中的社会境况的受害者。这时,即使有共同的爱,也无法让这种关系有一个幸福的结局。环境不对头,也就不容有幸福的结局。秋痕在妓院的鸨母因火灾丧命后终于获得了自由,但是,这自由来得还是太迟了。秋痕想要投奔痴珠,却得知他已经死于一场大病。她深感震惊地选择了自尽,在一棵树上吊死了。

俞达(死于1884年)选择了另一种方式来表现妓院的题材。他是六十四回小说《青

---

① 《花月痕》,第三十一回,第346页。

楼梦》的作者,该书又名《香腮春宵镜》,在 1878 年出版。① 这两个书名中的头一个是对曹雪芹《红楼梦》的一个有意选择的影射,实际上,俞达的小说跟差不多一百年前出版的《红楼梦》的确有许多联系。除了爱情的主题外,这里要指出的首先是神话式的故事框架,以及一个个十分突出的主要人物。不过,我们绝不能把《青楼梦》看作《红楼梦》的续篇,"青楼"这个概念并不是对"红楼"的仿效,而是自元代以来就众所周知的"妓院"的一个同义词。总之,一个个姑娘形象以及对人生苦短表示感伤等题材,只是让我们依稀地感受到了《红楼梦》的影响。

关于小说的作者俞达,我们只知道他生于苏州,以及他去世的年份。至于他的其他文章,我们虽了解得多一些,但是,也像他的小说一样,几乎得不出一个传统儒士的印象,因为他的包括 77 个故事的《艳异新编》,在题材上跟小说几乎没什么不同,对妓院作了详细的描写,表明俞达在生活中曾在烟花场积累了很多经验。②

给《青楼梦》选择的神话式框架让俞达得以把故事情节放在"原罪"的环境里,这是一个常见的构思方法,我们在别的一系列作品里已经熟悉了与此类似的形式。人物的尘世经历是对他在天国所犯过错的惩罚,尤其是面对道德高尚的要求所犯过错的惩罚。借助于投胎尘世,已变为肉体的罪人追悔自己的罪过,最后,再重新被接纳到仙界。俞达曾受过神怪小说重要作品的影响是显而易见的。比如,作者采用的花仙的形象,就明显是从李汝珍的《镜花缘》那儿得来的。入世和出世都清楚地显示出了时间的框架,而事情就在这个框架内解决。妓院里爱的短暂以及同妓女的短暂关系,是这类作品都有的一个素材。在《风月梦》以及《花月痕》里,以现实主义的方法表现了嫖客与妓女之间难以克服的社会限制,以及受时代限制的种种现象,比如,普遍的不安全感,而在这里,却是作了神话与想象的加工提高。这一节里介绍的三部作品,尽管对题材有不同的处理方式,但是,在听天由命的笔调上却颇为相似。

《青楼梦》里的主人公金挹香原本是给月老当随从的金童。由于金童和同样生活在仙界的玉女都希望投身于尘世的享受,玉皇大帝大怒,就判罚他们俩来到人间生活。另外,还有 36 个仙女跟他们一起下凡,她们都是分管不同花卉的仙女,因为偶触思凡之念,所以谪降红尘。

金童投生到金家后有一个早期的特点,既指出了他后来的命运,也显现出一幅矛盾的图景。这就是说,他一方面沉醉于歌妓当中的放荡生活,另一方面又保护美女,珍惜

---

① 这里依据的是《香腮春宵镜》,花城出版社 1993 年版。
② 参看蔡国梁的说明,《明清小说探幽》,浙江文艺出版社 1985 年版,第 131—134 页。

友情,在功名上有所成就,但最后又放弃了财富和荣誉。

我们在小说里见到的金童就是金挹香,16岁,他着手完成天国的使命,寻找他要交往的歌妓,最后才理解到这种行动是毫无意义的。有一天,挹香在一场梦里见到了林黛玉,林黛玉说他很像贾宝玉,而贾宝玉也是个对女子极其痴情的人。在挹香的周围总是有新的歌妓,舞台的背景是庆典与歌吟,一幕幕场景轮番交替。在这样的一个庆典上,有14位美人出席,大家玩了一个游戏,规定参加者都要扮演《红楼梦》里的人物(第七回)。这里给人一种抑制性爱的印象,而《青楼梦》这样的作品正是以此为特色的:挹香遇到了妓女钮爱卿,正如梦中预示的那样,钮爱卿成了他的元配夫人。在娱乐场中,他又继续和另一个叫月素的歌妓交往,十分关心她的健康,一天,他发现月素只穿很少的衣服睡在床上,就叫醒了她。

月素惊醒,见是挹香,便打了几个欠呻,复又朝里而睡,因说道:"你勿惊搅我,昨宵听黠鼠相斗,响彻房栊,闹了一夜,未曾稳睡。今日十分疲惫,拥被养神,不睡熟的。"挹香道:"养神未免落寝,疲惫事小,睡而受凉事大。我与你闲谈片刻,就可忘倦了。"月素仍合着眸子道:"我颇困倦,欲略养神,你往别家姊妹处去去再来。"挹香道:"叫我往那里去?即或去了别家,都要推我出来的。"月素听了,嫣然一笑,道:"你既要在此,可坐在那边,不许吵我。"挹香听了,便拜下头去,偎着月素的粉脸道:"不要睡!不要睡!"月素见他面含酒意,口喷酒气,遂问道:"你又在那里喝酒?"挹香道:"才到婉妹家,适婉妹试兰汤,我也洗了一个和合汤。既而到望荷轩乘凉饮酒,我说要到你家来,他便拖我至门口,推我出来。你想该也不该?才得到你处,你又叫我到别处去,岂不是又要推出来的?"月素道:"你在此没有什么好处,还是到婉妹妹家去洗洗和合汤,饮饮和合酒好得多哩!"

挹香听了这句话,也不回答,倒身向床上一睡,将衣袖只管拭泪,说道:"我为了你,在婉妹妹处受了许多气,特来告诉你。你又是冷言冷语,我从此情禅勘破,要去做和尚了!"月素见他发愤,亦将娇躯斜靠在挹香身上,按着挹香,笑道:"我与你玩玩,你倒认起真来。你敢做和尚么?"说着,便拧挹香。挹香连忙讨饶道:"好妹妹,饶了我罢!我不做和尚了!"月素道:"你也会讨饶的么?"挹香道:"妹妹,你要讥诮我,我自然要做和尚了。"月素道:"你还敢说么?"挹香发极道:"不说了,不说了。"①

---

① 《青楼梦》,第十三回,第78页。

这一场戏似乎是听任尘世摆布并且与尘世亲密无间的高潮。与情人分开的痛苦,让挹香真的想去过和尚的生活。

轻松快乐和无忧无虑的活动并不妨碍挹香找机会证明他的侠义品质。例如,他救了一个遭到袭击的女子。即使是面对给妓女当差的少女小素,挹香也表现得彬彬有礼,尊重了她将来才与他结合的愿望。

在与钮爱卿结婚又纳了几个妾之后,挹香在妓女的圈子里放纵自己的时期终于过去了。许多妓女都嫁了人,而且迁走了。挹香在痛苦中真希望自己从没有结识过这些姑娘。个人成就功名后是仕途的成功,他在杭州当了一个县的知县,表现优异,很快又升为知府。可是,这也只是他返回天国路上的一段插曲,因为有一天,"南极仙翁"的一对随从出现,宣布金童及其女伴们的尘世生活已期满了。先前女伴的死亡与离去增强了挹香的放弃愿望。一切美好的东西都逝去了,他觉得就像是一场梦。他后悔自己曾如此强烈地痴情于女人。

> "我金挹香幼负多情,蒙众美人相怜相爱,确是前世修来这一团的艳福,世所罕有。谁知仍旧要你分我散,岂非与做梦一般无异。其中怜香惜玉,拥翠偎红,乃是一个痴梦;花晨月夕,谈笑诙谐,无非是一个好梦;就是入官筮仕,也不过一个富贵梦而已。如今是痴梦、好梦、富贵梦都已醒来,觉得依旧与未梦时,反添了许多惆怅,费了许多精神。徒替他们勤作护花铃,而到底终成离鸾别鹤,真是个水花泡影,过眼皆空。我金挹香悟矣。桃开千岁,乃人间短命之花;昙现霎那,是天上长生之药。况父母的恩也报了,后裔也有望了,众美人已分离尽了,妻妾房帷之乐已领略尽了。生平愿毕,奚妨谢绝红尘,到处云游,寻一个深山隐避,庶不致他日又见妻妾们春归花谢,狼藉芳姿,而使我益添悲苦。"①

正是这种感伤,让人联想到《红楼梦》里贾宝玉的情况。挹香改邪归正了,他也没有拒绝外来的帮助。这时有一个道士出现,夸奖了他放弃尘世的快乐与痛苦和勇破情关的决心。道士给他解释了情在他的生活中所起作用的不同表现,从中暗示了冯梦龙的《情史》:挹香性格中的主要特点是痴情,这同好色有区别,按照道士的说法,其积极的方面就是真诚和同情。与此相关,还有一系列别的情的形态,如"真情"、"离情"、"愁情"以及"悲情"等。

---

① 《青楼梦》,第五十八回,第344页。

金挹香没有说告别的话就悄然动身了，他成为了隐士。解救的时刻到了，他又回到了天上的花仙们身边。

### （三）上海——"东方巴黎"的妓院风情画

在前一节介绍的小说中，各个场景有一个重要的特点，就是描述的现象在地点上没有限定。其共同点并不是具体的命运，而是爱情的难题。这里可以领会到卖淫的几个重要特征，发生的事显然是受时代限定的现象，但是，这种类型的早期作品在很大的程度上还缺乏对真实环境的浓缩。这种情况在19世纪末才有所改变，当时，主要是上海，越来越成为中国的社会与政治活动的中心。这促使好几个相当有名的作家在他们的书里深入分析这个城市的烟花场里发生的事情。它们同早期作品的相似只还在于传统的主题本身，除了对未能实现的爱情、分离和死亡感到痛苦和悲伤外，作者们更加注重他们的主要人物的社会状况，这样就至少是部分地画出了长江流域这座大城市在清代末年的一幅切合实际的社会画面。

在19世纪的中国，几乎没有一座城市像上海这样经历了急剧的繁荣，这主要是由于它处在长江口地区的位置特别有利，有许多江河与水道，通往内地十分方便。它昔日是个渔村的特点也随着商人的到来而改变了。如果说这座繁忙的港口城市吸引了形形色色的人从全国各地来到这里，那么，最迟在19世纪中叶的鸦片战争后，外国人也找到了通达这里的路。上海被分割成了西方列强迫使中国政府答应的租界与华人区，商业首先成为外国人与本地人之间的接触点。一切东西都可以买到；主要是金钱和迅速致富的希望决定了人们之间以及社会方面的关系。尤其是英国人、美国人和法国人聚居的租界，成了妓女们十分活跃的乐园。她们的数量迅速增加，主要从南京来，因为南京在1853年成了太平天国的首都，由于严格的管制，那里禁止卖淫嫖娼，于是妓女们就纷纷涌入上海。不久，又有来自苏州和杭州等大城市的妓女加入进来，因为那里也落入了太平天国的统治。女人和鸦片成了上海迅速繁荣的娱乐业的主要商品，黑社会与专门的犯罪团伙负责让这两者的补给源源不断。①

我们只想作这样一个简略的概述，接下来，让我们还是转向那些以不同的方式把烟花场里的种种现象作为主题的小说吧。在这里，我们感到兴趣的第一部小说是1892—

---

① 关于鸦片贸易的情况可参看舍雷尔（Scherer）：《从上海看1840—1949年中国的卖淫体系》，第110页。

1894年连载的六十四回小说《海上花列传》,①作者是韩子云(1856—1894)。韩子云在有关的文献中也常常以另一个名字韩邦庆出现,除了知道他出自江苏以外,有关他的生平资料很少。我们从他的不多资料中获知,他年轻时同父亲一起在北京生活,父亲是一名政府官员,后来他到南方应试,因为成绩不佳,韩子云最后放弃了当官的希望,在上海从事写作。他本人同一个歌妓十分密切,住在她的寓所里,在一定的程度上知道了妓院的很多第一手情况。除了《海上花列传》以外,他还创作了一系列的故事,但都是用古文写的,模仿蒲松龄的《聊斋志异》。②

为了对上海的娼妓界作出全景式的描绘,韩子云采用了早期中国小说中很少采用的技巧,即一种只是松散地联系起来的插曲式结构,恰如吴敬梓的《儒林外史》那样,而作者在小说的例言里也谈到了这一点。作品利用"穿插"和"藏闪",产生出某种整体的不一致,令人难忘的全景式描绘不惜让情节的协调受到一定的影响。它不是像通常作者的叙述方式那样揭示什么,而是让读者逐渐地了解到一个个关系。韩子云还强化了这一点,他让虚构的讲述者尽量退到后面,采用对话来强调事件的现实意义。用当地的吴语方言写出的对话也显示出了韩子云的努力,以形成一种高度的真实性和可信性,但是,这样就让不熟悉吴语方言的读者在阅读作品时感到困难,因而也就说明了这部作品在当时文学界之所以反响不大的原因。③这种同小说中的命运保持的叙述距离是通过一个虚构的引言来构筑的,讲述者托名为"花也怜侬",说他在梦中到一片花海上漫游,而这正是中文里对妓女的一个委婉的说法。看到凋残和枯萎的花朵,他大为吃惊,开始从高处坠落,很快就坠落到陆家石桥上,也就是旧华人区与外国租界之间的交界处。一个在梦乡里做梦的人,这个讲述者,突然看到一个年轻的后生,而真正的情节就从他开始。作品对所处理的题材进行心理刻画很少,而是强调人物的对话,结果读者对主要人物的想法几乎不了解,更谈不上熟悉他们的社会环境、相貌、年龄以及职业等等了。一切都要不说自明,缺少可以体现出相互关系的解释性倒叙。就连大部分小说常用于章回末尾的叙述套语也没有出现。只有章回的标题从表面上说明了作者有意识的构思。

---

① 这里依据的是《海上花列传》,中州古籍出版社1993年版。小说由作家张爱玲从吴语方言改写为标准汉语。张爱玲完成的英文本只出了一个简短的片断,后来从未出版过全译本。

② 参看斯蒂芬·程的评述:《〈海上花列传〉及其叙述方法》,收于刘春燕编选的《中国的通俗小说,清代和民国初期》,香港,中文大学出版社1984年版,第111页。这篇文章是作者1979年在哈佛大学所写论文的一部分,论文标题为《〈海上花列传〉与晚清的妓女小说》。

③ 小说的语言曾得到卡萨恰·乔吉奥(Casacchia Giorgio)的详细鉴评:《19世纪小说〈海上花列传〉中的苏州方言词汇》,收于《东亚语言学手册》,巴黎东亚语言学研究中心编选,1984年6月,13(1),第101—109页和1984年12月,13(2),第241—263页。

按照韩子云在例言中的说明,他想以《海上花列传》表现的意图是对同时代人的劝诫,而不是别的。读者通过阅读探究娼妓界的秘密,以便对往往"比蛇蝎之毒更要命"的娼妓之卑劣行径作好应付的准备。这样就显示出了一个与前面介绍的作品不同的差别:并不是妓院里的失败爱情、自身感到的震惊以及蕴含的卑鄙无耻促使作者作出劝诫,而是风月场中的状况让人警醒。总之,有情人就这样成了受害者。①

小说的情节其实很简单。男主人公是一个名叫赵朴斋的17岁后生,到上海来看望娘舅洪善卿。他成了妓院里的常客,很快就同叫他回家的娘舅发生了冲突。因为赵朴斋已被上海的种种诱惑迷住,不久后,他又回到了上海。但是,他自谋生路的尝试遭受挫折,最后做了个东洋车夫。这似乎可以简要地概括为男主人公的悲惨命运,给作品赋予了某种小说的整体性。赵朴斋生活中的一个个插曲在总体上显得单薄,也不鲜明,本身并没有多少意义。而那些妓女的场景却显得更为真实,这从赵朴斋妹妹的命运就可以看出,她因为哥哥的社会地位下降而受到了牵连。一天,洪善卿在路上认出了外甥正在干东洋车夫的艰辛工作,就写信给赵朴斋的母亲,而赵母出于担心,便和朴斋聪明的妹妹二宝一起来到了上海。在一家人见面后,赵家兄妹决定不理会舅舅的劝告而留在上海。不出所料,钱很快花光,就连回家的路费也不够了。随后,二宝成了有名的妓女,富有的史三公子很喜欢她,答应跟她成亲。为了婚礼的嫁妆,二宝借了很多钱,购买珠宝和衣服。这时,史三公子却迟迟不回,原来,他已决定另娶扬州的一个歌妓了。为了还清欠债,二宝只得继续当妓女,她盼着过上好日子的幻想彻底破灭了。

小说的插曲式结构让人无法对一个个场景作出内容上的进一步思考。韩子云描述的中心是大约二十个妓女,对她们的命运和性格都或多或少地作了介绍。除了第二十九回有一次下乡郊游的描述外,舞台背景仅仅限于上海的烟花场。我们在这儿想举出妓女诸金花挨打的一个小故事,从而对作者的风格和叙述方法有一个印象。

金花自己撩起裤脚管给翠凤看。两只腿膀,一条青,一条紫,尽是皮鞭痕迹,并有一点一点鲜红血印,参差错落,似满天星斗一般,此系用烟签烧红戳伤的。翠凤不禁惨然,道:"我交代耐,做生意末巴结点,耐勿听我闲话,打到实概样式!"金花道:"勿是呀!倪个无姆勿比得该搭无姆!做生意勿巴结,生来要打,巴结仔再要打哩!故歇就为仔一个客人来仔三四埭,无姆说我巴结仔俚哉,难末打呀!"

---

① 据鲁迅《中国小说史略》第367页的说法,韩子云以他的作品提出了一个相当具体的要求。韩子云试图让实有其人的赵朴斋因为他在妓女中鬼混的描写而丢丑,以便向他敲诈一笔钱。按照鲁迅的提示,韩子云在赵朴斋付钱后于第二十八回中止了小说,后来,由于出版这部得到肯定评价的作品有利可图,才又写了续篇。

翠凤勃然怒道:"耐只嘴阿会说嗄?"金花道:"说个呀! 就是阿姐教拨我个闲话! 我说要我做生意末勁打,打仔生意勁做哉! 倪无海为仔该声闲话,索性关仔房门,喊郭孝婆相帮,揿牢仔榻床浪,一径打到天亮,再要问我阿敢勿做生意!"翠凤道:"问耐末,耐就说定归勿做,让俚咪打末哉唲!"金花攒眉道:"故末阿姐哉,痛得来无那哈哉呀! 再要说勿做呀,说勿来哉呀!"翠凤冷笑道:"耐怕痛末,该应做官人家去做奶奶、小姐个呀! 阿好做倌人!"金凤、珠凤在旁,"嗤"的失笑。金花羞得垂头嘿坐。翠凤又问道:"鸦片烟阿有嗄?"金花道:"鸦片烟有一缸来浪,碰着仔一点点就苦煞个,陆里吃得落嗄! 再听见说,吃仔生鸦片烟,要迸断仔肚肠死㗱,阿要难过!"翠凤伸两指,着实指定金花,咬牙道:"耐个谄头东西!"一句未终,却顿住嘴不说了。①

此外,还有一部著名的同类作品,故事情节比上面介绍的这部小说完整得多。该书有两个书名,即《花柳梦》或《海上繁华梦》,清代末年的最初版本包含六十回,后来在1900—1908年之间,又被一个署名"警梦痴仙"的作者扩展到了两百回。② 这是一本在题材上经过精心琢磨的书,回归传统的叙述方法,仅限于少数几个主要人物,为港口城市上海的诱惑与险恶画出了一幅生动的画面。书中传达的信息也是呼吁保持高尚的品德,号召净化人们的行为:

从来俗语说得好:"酒不醉人人自醉,色不迷人人自迷。"可知"酒"、"色"二字,虽是误人,实是人自己误的。③

上海是个罪孽渊薮的印象被下面这种情形加强了:男主人公们从附近的苏州来到这个大城市前都是品行端正的人,他们在上海不断受到各种各样的诱惑。对黄浦江边这座城市的邪恶所作的局部限制突出了它的例外特点,由于整个国家内部混乱的社会状况,在一个别处都很平静、呆滞和没有变化的秩序海洋里,上海以并非完全现实主义的方式成了一个生活放荡的孤岛。到了《九尾龟》那儿,人们才把目光扩展到了整个长江下游地区的其他城市。而在《花柳梦》里,进入这个邪恶的世界就成了对自己性格的考验,正像其序言中表明的那样。

---

① 《海上花列传》,第三十七回,第325页。
② 这里依据的是两卷六十回本《花柳梦》,时代文艺出版社1993年版。
③ 《花柳梦》,卷一,第一回,第3页。

小说一开场说的是苏州的秀才谢幼安,在家里时同妻子的关系很和谐。他在花灯节上喝醉了酒,做了一个梦,预兆不祥,表示将有祸殃:谢幼安是个道德十分严谨的男子,在朋友杜少牧的陪同下,到了一个陌生的地方,杜少牧突然离他而去。在由此产生的混乱中,谢幼安看到杜少牧被一群人包围了。谢幼安发觉,杜少牧对他的呼唤没反应,而是突然抽出佩剑,以摆脱那群人。最后,谢幼安从梦中大汗淋漓地醒来了。他正在跟妻子解这个梦,杜少牧就出现了,告诉他即将去上海过令人兴奋的生活。受到梦境的警告,谢幼安觉得自己有责任陪同朋友去上海。

不出所料,两个男人很快就被上海这座充满感官享受的城市迷住了。首先是并没有像谢幼安那样事先得到警告的杜少牧,在当地的朋友圈子里聚会时喜欢上了歌妓唱的歌儿。他跟街头的暗娼搭讪,在很短的时间里成了巫楚云家里的常客,巫楚云是城里有名的歌妓,有人帮他作了引见。杜少牧花钱买首饰和衣服,以取得姑娘的青睐,不久开销就大得难以想象。对此感到担心的谢幼安提醒他,催促他回苏州,但是毫无用处。约定的期限被再三推迟。所有奢华的社交娱乐场所,从赛马场到"张园",没有一个地方他不曾光顾过。他在赌博中赢了钱,但随即就给情人买新首饰花掉了。家里人开始对这两个人一连几个月迟迟不归感到担心。杜少牧的妻子写信给丈夫,催促他回家,但是,杜少牧卷进与巫楚云的艳遇似乎已经太深了。后来,他终于要离开了,但巫楚云却又使出新伎俩,装出痛苦的样子博取同情,向杜少牧编造了一个命运悲惨的故事:她出生在苏州一个负债累累的家庭,不得不离开家乡,当妓女挣钱谋生,只须四百两银子,她就可以赎身。杜少牧深受感动,答应帮忙,两人面对点起的香,许下了永远忠实的誓言。在一个大宅院里,作了舒适宜人的布置,杜少牧又向一个有名的出版商借钱,然后让在苏州的家里人还钱。谢幼安因为对朋友的生活变化感到灰心,就独自回了家。杜少牧终于摆脱了这个讨厌的劝告者,于是,又沉湎于新的艳遇。他从住在附近的歌妓颜如玉那儿得知,巫楚云原来的相好潘少安又出现了,而且夺去了他的"情人"。妒火攻心的杜少牧就放弃了巫楚云,转向颜如玉,但是,却又因为住得很近而经常同潘少安争吵,因为潘少安居然又说他无权追求颜如玉。在此时均已亮相的主要人物层面上,作者以不同的配对创造出了一种错综复杂的四角关系。杜少牧名声日下,又染上了鸦片烟瘾,入不敷出,陷入了经济困境。这时,家里的资助在谢幼安作出令人震惊的汇报后又突然中止了。他开始精打细算,显得很小气。颜如玉因此大声责骂他,不过,新装的一筒鸦片烟却又往往能使他们和解。

　　如玉取了个火,点好烟灯,先在右边睡下去烧烟。少牧在左边睡下,隔着烟灯对如玉细瞧。见他妆已卸了,脸上边脂粉不施,那皮肤却仍吹弹得破的,煞是可爱。身上穿一件淡雪妃绉纱,小袖紧身,下身湖色熟罗夹裤,元色排须裤带,小脚上穿一双蓝缎心子墨绣蝴蝶头拖鞋,只套着一点子的鞋尖。一手拿着一只沙地起花白银烟匣,一手拿了一枝钢签,兰花着三个指头把烟烧好,放下烟匣,拿起一支白银镶翡翠嘴的橄榄核烟枪,对准斗门装好一筒,递与少牧。此时少牧愈看愈好,接了烟枪,心满意足的一口气吃完一筒,交与如玉再装。真个鸦片烟的力量甚是利害,吃下去那消三五分钟,便觉得精神顿长。①

虽然颜如玉担心杜少牧吸鸦片成瘾而警告他,但是,她又很乐意为他装烟,所以她表示出来的忧虑便起不到真正的作用。在鸦片与爱情的麻醉中,两者在这里以值得注意的方式发生联系,把传统的"情"这个概念移进了一个在身体上和精神上都受到威胁的范围,主人公已无力自拔,面临着彻底的毁灭。最后,从外面来了救助。由谢幼安带领,杜少牧的亲戚们赶到上海。又过了很长的时间,杜少牧才从感官的诱惑中解脱出来,而他的乡亲钱守愚却又险些成为城里美女勾引技巧的受害者。相关人物之间的冲突加剧,最后,只有暴力和死亡才能使矛盾解决。追求享受与肉欲的贪婪,明代早期情色小说中的这个出发点,也是本章开头谈到的内容,在这里以完全不同的形式加上了暴力,就像几百年以前同样表明了社会的没落。主人公改邪归正的艰难道路以潘少安和杜少牧的斗殴开始,因为杜少牧在颜如玉那儿发现了自己的情敌。杜少牧的结婚计划彻底破灭了,但是,潘少安给颜如玉赎身并搬家到另一个地方也只是一个短暂的胜利。不久就得到消息,他被另一个情敌杀死了。杜少牧恢复了与巫楚云的同居关系,不过后来,巫楚云草草地嫁给了另一个男人,结局不是太悲惨。最后,在一篇题为《花间懊语》的短文中,杜少牧陈述了自己的悔恨,后悔自己在貌似高雅而实则糜烂的半上流社会中的荒唐举止。他的哥哥杜少甫对此感到满意,觉得杜少牧已彻底痊愈了,就同他一起回了苏州。

这一节的末尾要介绍《九尾龟》和《恨海》,这两部作品产生的时间较晚,其作者还写过别的文学作品,已经显示出了清末谴责小说的明显特点,我们将会在下面的章节里进一步详细探讨。在这里,我们想按顺序先对这两本书作较为深入的评析。1906—1910年间发表的小说《九尾龟》有一百九十二回,篇幅相当长,作者是原籍常州的作家张春帆(?—1935)。该书以令人难忘的方式进入了时代限定的题材范围,似乎同烟花场没有

---

① 《花柳梦》,卷一,第二十八回,第324页。

关连,但是仔细一看却大有联系,写出的情景也更为生动。① 关于烟花场里生活与活动的全景画使得这部作品获得了"嫖界指南"的名声,②在对话中常使用吴语方言,不仅具体地说明了当地社会的情况,借助于几个中心人物的活动扩展了空间,而且插入了有关名妓的场景,突出了世纪之交的重要历史事件。这时的中心是赛金花这个人物,我们在下面介绍曾朴的小说《孽海花》时还会谈到她。

小说《九尾龟》中错综复杂的情形要在这个简要的导言后面介绍,一开始让人感到奇怪的书名也同样清楚地显示出了这种复杂性。作者在开场白里对此作了详细的说明:

> 龟有三足,亦有九尾。《尔雅》注云:"南方之龟有九尾,见之者得富贵。"古来麟、凤、龟、龙,列在四灵之内,那乌龟是何等宝贵的东西!降至如今,世风不古,竟把乌龟做了极卑鄙龌龊的混名,妇女或有外遇,群称其夫为"乌龟"。……在下这部小说,名叫《九尾龟》,是近来一个富贵达官的小影。这贵官帷薄不修,闹出许多笑话,倒便宜在下编成了这一部《九尾龟》。③

开场白里的陈述与下面内容的不一致很快就在阅读中显现出来。我们寻找那个帷薄不修的高官,却很长时间都毫无结果,最后,他才在第七十九至八十一回和第一百十五至一百二十七回的两个比较长的故事中出场。原来,此人是作者虚构的名叫康己生的江西巡抚。在小说原本的构思中发生的这个突变让人有理由猜测,张春帆在写作时显然有顾虑,不想让这个虚构的巡抚作为他要揭露的关键人物并成为描写的中心,于是就把相应的场景缩短,插入到一个不大难处理的主要人物的故事中。④ 考虑到官方的审查措施,这样的顾虑是显而易见的,但是,开场白却让人看到了一种两分叉的结构。在阅读时可以证实,对乌龟这个概念自《尔雅》以来发生转变的提示,成了理解这部小说的密码。具体地说,这里涉及了从古代理想状况向当代痛苦状况的没落,这主要是从主人公章秋谷这个形象体现出来的,他就是故事情节的真正主线,也以不同的方式同那些让读者超越烟花场的氛围展望世纪之交时中国状况的场面相联系。章秋谷的家乡是常

---

① 这里依据的是四卷本《九尾龟》(该书又名《风月楼》),青岛出版社 1992 年版。作者张春帆还曾使用过笔名"漱六山房"。
② 这个说法并非源于胡适或鲁迅对这部作品的评论,参看让·杜瓦尔(Jean Duval):《九尾龟是情色作品还是谴责小说?》,收于米列娜·多勒策洛娃-威林格洛娃(Milena Dolezelová-Velingerová)编选的《世纪之交的中国小说》,多伦多大学出版社 1980 年版,第 177 页。
③ 《九尾龟》,卷一,第一回,第 1 页。
④ 参看让·杜瓦尔的评述:《九尾龟是情色作品还是谴责小说?》,第 178 页。

熟,后来他也多次回到常熟,在那儿的家人当中休息。他从常熟开始作横穿中国的旅行,先后到了苏州、上海、天津、北京和南京,最后又到了广州。作者指出,他打算在南方继续过貌似高雅但实际放荡的生活,然后让他从故事情节中淡出,作品也就结束了。①这次长距离漂泊的起点与终点都是章秋谷在倌人们当中的体验,他在她们的陪伴下追求个人的幸福。这种追求跟他在职业上也想获得成功的抱负形成了鲜明的反差。章秋谷的个人故事形成了全书的叙述主线,由此出发,以丰富多彩的次要情节和插曲衬托出了当时社会中的种种现象。章秋谷既是武功高超的英雄,又是知识渊博的才子,这两种素质在前辈作家的武侠小说和才子佳人小说的传统中都曾清楚地显现出来,使得作者能够展示出人物的丰富阅历与经验。打斗与情色这两种在先前的传统文学中显得互不相容的技巧相结合,就产生出了一种新的形式。

在这部小说里,读者一开始见到的章秋谷是个年轻而有抱负的男子,有光彩照人的外貌与才华。他早年由父母包办,与苍白体弱和总体上相当平庸的张氏结婚,感到烦恼,就借口有要紧的事,跑到了苏州。这次因情感冲动的出走,以寻求个人幸福为掩饰,让章秋谷走进了当地一家名为"余香阁"的书场,在那儿跟著名的倌人金月兰开始了一场艳遇。金月兰在逃离纳她为妾的中堂公子黄伯润之后,从杭州经过了几站到达苏州。金月兰是上等歌妓界一批实力相近、坚持独立的倌人中的第一个,张春帆用她们的形象充实了自己的小说。她们显然比那些地位在她们之下的妓女更出色,正如我们在韩子云的《海上花列传》中见到的那样。由于对任性的月兰可能提出的要求吃不准,秋谷一开始对月兰的示爱很谨慎。他的态度在他自愿接受的这个教育过程中才渐渐变得老练和明确了。最初,他还是精心表演的诱惑的对象。月兰有的放矢地讲述自己的困境,以引起同情,于是,我们读到了下面的话:

"现在我是一个落难的人,还有什么一定主意呢?我的意思,只要拣一个中意的客人暂时同住,叫他认了我的开销,或者竟嫁了他,那从前的事乃是一时之错,追悔也追悔不来了!"说着眼圈儿又一红。

在秋谷回应了月兰的情感后,月兰获得了成功,下面的一段证明了这一点。

月兰趁势把纤腰一扭,和身倒在秋谷怀中,含着一泡眼泪,欲言不语的道:"我命苦到这步田地,你还这样硬着心肠,怎的叫人不心上难过呢?"说着又低头拭泪,那神情态度,犹如雨打桃花,风欺杨柳。正是:三眠初起,春融楚国之腰;半面慵

---

① 后期的中国小说有很多都宣布将出续篇,但此处未能得到证实。

妆,香委甄家之髻。那一阵阵的粉香兰气,更熏得人色授魂飞。秋谷见了,好生怜惜,无限关情,心中想道:"这样的上门生意,落得顺水推船,且图现在的风流,莫管将来的牵惹。难道我章秋谷这样的一个人,就会上了他的当么?"当下取出一块丝巾,为他拭干眼泪,又密密切切的劝慰一番。此夜桥填乌鹊,春泛灵槎;玉漏三更,双星照影。①

秋谷在常熟小住后回到上海,在那儿又碰到了月兰。他认为,在她的亲近背后不仅是希望得到稳定的生活,而且感觉到了他作为男人和情人很有吸引力。秋谷很明白,跟一个倌人结合并不符合他的伦理道德,就极力对外隐瞒这次艳遇,拒绝正式纳她为妾并接到家里。他更乐意把她安顿在家乡一个特意布置的爱巢里,叫人严密守护,让月兰的活动空间尽量缩小。因为月兰责备他,说她觉得自己就像一个囚徒,过了一段时间后,秋谷只好放她回到上海的娱乐场所去。最后,他也跟去了,正如他所说,是去"见见世面"。地点的改变对于他的个人发展颇有影响。尽管从这时开始的成熟过程相当突兀,但秋谷还是很快就进入了城里的政治圈子。他第一次以一个对历史颇为关注的英雄形象出现,在他请客的宴席上高谈阔论,开口闭口都是"革命"、"奴役"等概念,抱怨在中国缺乏爱国主义。② 有意思的是张春帆这时改变了传统的直接叙述模式,对宴席上的情况采取偷听的形式,而偷听者就叫方幼恽,作者把这个年轻人又发展成了另一条情节线索。这个方幼恽卷入了同一个倌人的不幸交往,在认识了与倌人打交道已大有长进的章秋谷后,倾听了他对烟花场本质的看法。这样我们就到了一个重要之处,正是在这里,这部作品得到了上面提到的"嫖界指南"的名称。在这里还要指出,秋谷这时已经跟一个叫陈文仙的倌人相好了。她看来是秋谷的理想伴侣,后来成了秋谷的妾,被接到他的家里。秋谷对烟花场发表的议论在下面这个透彻的论断中达到了顶点:上海的倌人不同于以前时代的妓女,那时,也许还能找到真心实意的青楼女子,而现在,她们只是追求自己的好处,十分浅薄。秋谷认为,我们在前面谈到过的杜十娘是过去时代的理想形象,照他所说,在他这个时代,要寻找杜十娘只能是徒劳。他对新朋友方幼恽的规劝就体现在下面的判断中:

大凡古来妓女所重者,第一是银钱,第二是相貌,第三是才情。如今却已改了一

---

① 《九尾龟》卷一,第三回,第 20 页。
② 这个片段可参看《九尾龟》卷一,第七回。

番局面,换了一派情形。近来的上海倌人,第一是喜欢功架,第二才算着银钱,那相貌倒要算在第三。至于'才情'两字,不消说起,是挂在瓢底的了!什么叫做'功架'呢?这'功架'二字,就如人的工夫架子一般,总要行为豪爽,举止大方,谈吐从容,衫裳倜傥,这是功架的外场。倌人做了这种客人,就是不甚用钱,场面上也十分光彩。再要说到功架的内场来,这是神而明之,存乎其人,可以意会,而不可以言传的,只好说个大概给你听听。比如初做一个倌人,最怕做出那小家气相,动脚动手,不顾交情的深浅,一味歪缠,这是他们堂子里最犯忌的事情,免不得就要受他们的奚落;至于碰和吃酒,也要看个时候,不可一味听着他们的说话;或者那倌人生意闹忙,和酒不断,便不必去凑他们的热闹,只要不即不离的,每月总有几场和酒也就是了;或者倌人生意并不见好,和酒疏稀,这却就要不等他们开口,自家请客碰和,绷绷他的场面。若是做了多时,已成熟客,倌人未免要留住夜,却万不可一留便住,总要多方推托,直至无可再推,方才下水。倌人们擒纵客人,只靠一个色字。你越是转他的念头,他越是敲你的竹杠。客人们有了这一身功架,倌人就有通天本事,也无可如何。总之,以我之假,应彼之假,我利彼钝,我逸彼劳,这方是老于嫖界的资格。若用了一点真情,一丝真意,就要上他们的当了。这几句话,便是功架的捷径,嫖界的指南。①

可是,在作者接下来一次次装点他所勾画的烟花场景象的故事背景前,给人的印象是只有章秋谷才有那种眼力,让他自己以及亲近的朋友再三摆脱困境以及诸多的骗局。所有没能因章秋谷勇敢而巧妙的介入获益的受害者,在书中的一处地方都受到了张春帆感叹情况糟糕的抱怨。

> 看官试想:上海堂子里倌人,那一等勾魂摄魄的功夫可厉害不厉害?凭你有些主意的人,不落他的圈套便罢;若要落了他的圈套,就免不得被他们哄得个神志昏迷,梦魂颠倒,甚至败名失操,荡产倾家。古往今来多少英雄才子,到了这一个"色"字关头,往往打他不破,英雄肝胆变做儿女心肠,辜负了万斛清才,耽误了一生事业。你道可怕不可怕?②

章秋谷主要是在倌人的圈子里实现了多次骑士般的征服,最后,以他跟赛金花的艳

---

① 《九尾龟》卷一,第九回,第68页。
② 同上,卷二,第四十一回,第308页。

遇达到了顶峰。据说,赛金花跟那个时代国内外许多地位很高的大人物都有关系。① 有一件事特别引人注目,那是在"正常的生活"中发生的,让章秋谷给人不大好的印象。这件事(第一百零八至一百十二回)表明,秋谷跟倌人们长期交往让他对现实的眼光变得模糊了,让他的行动受到了负面的影响,丧失了完美道德的准则。他对于爱情的概念和想法一下子变得模糊了。一开始秋谷本想按照自己的想法,只限于在倌人当中周旋,但是,这时他却突然把自己的行为与准则滥用在了同一位伍小姐的艳遇中。伍小姐是上海一个糖栈老板的正派女儿,在著名的张园同章秋谷偶然相遇,因而引起了他的兴趣。章秋谷被她的姿色吸引,很快就惊讶地发现,自己十分关注这位年轻的小姐。由于章秋谷的举止和富裕的家庭,他在倌人当中几乎一直是自动得到女性的美貌和妩媚,而这些都浓缩为一幅并不需要纯洁的画面,章秋谷已无法再看清正直的社会尺度。他惊讶地这么说自己:

"天下竟有这般奇事!我章秋谷生平看见的妇人女子也不知多少,就是和他一个样儿的也很多,怎么我在别人面上从没有这样的痴心眷恋,独独的遇着了他就是这般模样,这是个什么道理?"②

秋谷对自己行为的合法性没有丝毫的顾虑,就开始了猎艳的尝试。当时,由于有一个舅太太(他通过引诱使得她顺从)以及伍小姐的奶娘(她得到了厚礼贿赂)从旁协助,他的尝试才没有失败。章秋谷为了达到其目的而表现出的冷酷无情和无所顾忌,不仅降低了他作为小说主人公的地位,而且还可以理解为传统的爱情观已经贬值,因为它在上海这个"罪恶的温床"上似乎缺少了基础。

尽管章秋谷有这里指出的性格缺陷,除此以外,他的人品却是无可指摘的。最后,他跟自己纳的妾陈文仙一起,幸福地回到了家人当中。可是,在实现职业抱负方面,他却没能成功。章秋谷与才子佳人小说里的理想形象不同,他没能当上有威望的大官,这样,作品的时代背景也就实现了其本来的意义。章秋谷去南京是为了应试,乡试过程的详细描写表明了对中国在世纪之交时社会与政治状况的一种危机意识。这种乡试在过去十分严格和庄重,但此时已毫无威严可言。一切似乎都将要瓦解,显得滑稽可笑,恰如一个场景显示的那样。当时,章秋谷和其他考生都被相邻号舍里的喧闹声搅扰了(第

---

① 有关赛金花的故事见第一百七十二——一百七十七回,作者在第一百七十二回提到曾朴的《孽海花》时采用了相关素材。因为在下一章还将更详细地谈到赛金花以及曾朴的《孽海花》,在此我们仅作简要的提示。

② 《九尾龟》卷三,第一百零八回,第759页。

一百八十二回),经过了解得知,那是一个考生在弄他的炊具,炖煮一只鸭子。章秋谷又一次乐于助人,对发生的纠纷作了调解,他对那些并不博学的同伴的大力支持也让这场乡试最终成为了闹剧。章秋谷对自己的才能相当乐观,就回到家乡,可是他又没能成功,正如我们在下面的一回里所知,两年后朋友之间有一次交谈,他们回顾了章秋谷这段时间的遭遇。据当时所说,秋谷成了一个受贿考官阴谋的受害者,那个考官让更有钱的考生取代了他的地位。最后,秋谷和他的亲属也成为社会上道德堕落的受害者,家里穷了下来。秋谷清醒地认识到,这些年他挥霍无度,超出了自己的能力,虽然他勇于维护别人的幸福和利益,却在自己家里粗心地放松了控制。家里开的典当铺让一个经理掌管,而他设下的骗局却导致了经济破产。秋谷只得假造票据自救,又与地方当局陷入了冲突,最后没有别的出路,只好到广东去当教习,寻求他的运气。

这里简要地概述了章秋谷在职业上的失败,而在前面还有一些事情,作为次要情节或者小插曲,表明了小说发展的社会环境,从总体上画出了一幅阴郁的画面。那些穿插其中的主要人物在很大程度上都是作为一定社会群体的典型出现的,无论是贪婪和欺诈的妓女,还是吝啬的嫖客,或者精明的妻子,抑或追求权势的官吏。除了少数例外,这些典型大多是反面人物,他们的动力仅仅是满足自己的物质和肉欲的渴望。章秋谷在这里只是起到了一个让作者以不同的方式加以利用的媒介作用。这里的一个比较受欢迎的形式是他作为谈话的积极参与者,就像上面我们在他与方幼恽认识前了解的那样。不过,秋谷也曾作为旁听者出现过。比如,有一次他乘船出行,听到了两个男人关于中国现实形势的一场热烈讨论。正如我们在下面的一回里所见,谈话的主题是当时的文学作品里表现出来的忧虑:中国人低三下四,民众缺少团结,国家由于政治领导层的软弱而缺乏威信。为了表明作者如何装点这幅风俗画,我们不妨看一看这次谈话中的一件轶事,其中心是李鸿章(1823—1901),清朝末年的中国外交领导人。1896年,他曾受到德皇威廉二世的接见。

> 以前李鸿章到美国去的时候,住在一家客店里头。那客店的头等客房一天要一百五十元美金,合起墨西哥银币来,差不多要三百几十块钱。李鸿章嫌他价钱太贵,就住了二等房间,参随人等都是住的三等。一班美国人都讥笑他的悭吝。我们中国头等的人物倒去住他们美国的二等房间。你想象李鸿章这样的富豪,那般的声望,尚且要这般的贪小利,打算盘,不顾国家的体统,别人更不必说了……①

---

① 《九尾龟》卷四,第一百四十二回,第955页。

这种小品文式的画面只是为读者了解相关信息服务的,同小说本身的故事情节关系不大。除此以外,还有一些实例,要求章秋谷的表现更加强有力,突出他作为正义与秩序的斗士的特点。自然,这里的表现手法不是在国家的最高层面上,而是同烟花场的活动环境联系在一起。作者通过巧妙的情景设计,把许多问题成功地联系起来,就像下面的例子表明的这样:有一次,章秋谷听到从国外回来的留学生的一场高谈阔论,他们把日本的艺妓跟中国的歌妓相比较。这本身就已经是一场闹剧,这时,"一品香"菜馆的环境又让那些留学生不满意,于是,事态很快就尖锐化了,促使秋谷采取了行动,从被动的旁听者变成了积极的行动者。

　　三个留学生倒叫了六个倌人。更有一个留学生把一个倌人抱着,坐在身上,一手在他胸前乱摸,丑态百出。那倌人挣又挣不脱,跑又跑不开,只把他急得满面通红,口中"阿唷阿唷"的喊个不住。又有一个把个倌人的粉面双手捧住了,不住的在他脸上乱闻乱嗅。那倌人躲闪不过,急得几乎要哭将出来。其余的倌人见了,恐怕连累到自家身上,有的背过脸去暗笑,有的立起身来走开。秋谷见了他们这个样儿,大不入眼,冷笑一声,走了开去。辛修甫也在后面看见,就跟了过来,一同倚在阑干上,低头俯眺。辛修甫叹息道:"留学生是最高的人格,怎的现出这样的怪像来?这一班人,真是那留学生中的败类!"秋谷此时,心中十分作恶,听了辛修甫的说话,由不得惹起他的议论来,大声说道:"你还没有晓得,我们中国的人,只有留学生的人格最高,亦唯有留学生的品途最杂。不论什么娼优皂隶,只要剪了头发,穿了一身洋装,就可以充得留学生的样子。你道这班留学生,将来有什么用处么?他开口革命流血,闭口独立自由,平日之间,专会吹牛皮说大话。不论你是个什么人儿,也不是他们的对手。好像为了同胞的国民,真肯把自家的生命当作牺牲,去供那野蛮政府的刀锯鼎镬。其实那到了要紧时候,不要说是叫他流血,就是在公堂之上轻轻的打他几下手心,他也要吓得屁滚尿流,汗流浃背!"①

当然,留学生们听了章秋谷的话很愤怒,于是发生了一场殴斗。在扭打的过程中,一个留学生拔出手枪,对准了章秋谷,可是他一个敏捷的动作,夺下了攻击者的武器。最后,他又以他的宽容和镇定给在场的人留下了深刻的印象。

小说里的这些插曲以及许多类似的插曲,拼成了一幅令人难忘的风俗画。上面曾

---

① 《九尾龟》卷二,第七十回,第520页。

经提到的那个巡抚康己生,是一个经过浓缩的反面形象,因为他是对比章秋谷的形象勾画出来的。他的外表和举止跟章秋谷完全相反。如果说章秋谷的行为在很大程度上是由同情和关心引导的,那么,贪婪和情欲就是康己生的唯一动力。他有许多过失,在这里我们只想点出他在为父亲守孝期间的淫乱行为,以及营私舞弊和滥用职权,这些都给他的家庭带来了负面的影响。章秋谷的家庭情况在很大的程度上还能保持完好,而康己生却由于他跟妓女的关系给家庭带来了许多不幸。康己生由于道德败坏而对自己的失败负完全责任,章秋谷的理想主义和同情心是他压根儿就没有的。因此,康己生的失败是无可挽回的,不同于章秋谷的情况,章秋谷已走向新岸了。书中有一处,章秋谷轻蔑地说起他的看法,把官场同嫖界联系在一起,而康己生这个形象正可以说是登峰造极:

> 大约现在的嫖界,就是今日的官场,第一要讲究资格,第二就是讲究应酬,那"色艺"两字竟可以不讲的了。①

事实表明,《九尾龟》里勾画出的嫖界环境跟同类小说较早作品中的环境不同,并不适合画模拟画,而是已经成了社会批判的手段。小说以章秋谷的家里至少仍保持完好的结构布局,这种结构使得主要人物有防御和撤退的可能,而章秋谷、他母亲、夫人张氏和陈文仙等形象,宛如一个早已逝去的时代的代表。他们在一个受到衰败威胁的世界中的真诚同情和相互关照是一种特殊的荣幸,这是下面将要介绍的小说的主人公们无法分享的。

在20世纪第一个10年中期的两部小说中,上海的烟花场既不是故事的起点,也不是故事的中心,但处于中心的情侣们发生的故事,却是在上海结束的,也是以烟花场的情景达到了高潮,把上海这座大城市的景象比喻成了一个凶神,它不仅给各种想来碰运气的人提供了住处,而且,无情地吞噬了那些原本正派的、被命运送入其魔爪的人们。

《禽海石》和《恨海》,②这两部小说的标题就让我们很感兴趣,作者分别是符霖和吴沃尧。它们也使本章所谈的情感题材告一段落,在与时代大事的紧密结合中,以令人难

---

① 《九尾龟》,卷一,第十六回,第122页。
② 这两部小说不久前因为美国汉学家韩南的翻译得到了很好的介绍,标题为《恨海:中国在世纪之交的两部传奇小说》,檀香山,夏威夷大学出版社1995年版。《禽海石》没有找到中文本,而《恨海》依据的是中文版本,中州古籍出版社,1985年。两本书的篇幅均为十回。

忘和时有创新的方式表现了传统爱情观的问题。① 这两部作品都是在1906年的短短几个月里发表的,书名都源于一个古老的中国神话。据说,炎帝的女儿在东海里淹死了,后来,她复活为精卫鸟,马上像西绪弗斯的徒劳尝试那样,衔来西山的石头填东海。在中国文学中,这个神话被比喻为爱情与婚姻的悲剧结果,得到了相应的加工,在下一节里,我们还将结合秋瑾的作品谈到它。

在《恨海》之前不久发表的小说《禽海石》,作者到底是谁,已无法查清。据估计,符霖是一位匿名作者的笔名,它只是在作品首次发表时出现,后来,在1909年和1913年再版时就废弃不用了。

由于前几个世纪如《西厢记》或《红楼梦》这样的作品里的文学加工,表现出来的旨在改善妇女家庭状况的要求增强,性与爱的主题当然不会从世纪之交时改革力量的要求中排除,我们在谴责小说的范围内还将对此作更详细的讨论。此外,由于翻译活动的增加,对中国以外的文学已有所了解,当时的讨论颇为热烈。正如上面曾提到的,1899年,第一次发表了中文版小说《巴黎茶花女遗事》,1905年,林纾又翻译了哈葛德的小说《迦茵小传》,当时的反响表明了它们对这里介绍的两本书的影响也不可低估。② 符霖和吴沃尧进入了一个现实的时间范畴,以他们的故事参与了情感在个人道德行为中作用的争论:道德行为受激情控制,还是经过了一个在义务的基础上的学习过程?激情的力量能在积极的意义上致力于道德的目的吗?符霖跟他那个时代的谴责笔调密切相联,要比吴沃尧强烈得多。他隐在第一人称讲述者和他的未婚妻纫芬之间不幸的爱情关系后面,揭露了那种专横暴虐的婚姻制度,它阻止已相互许配的未婚夫妻早日结合,致使他们在义和团的动乱中失散,一直到纫芬最后流落到上海的妓院里,久病濒死,他们才重又见面。我们在这儿只想简要地概述一下这部小说:处于中心地位的是两个主人公渴望实现他们爱情的权利和要求,"情"成了支配一切的主导原则,从孩子孝顺父母的义务开始,直到对个人作为国家公民提出的要求。可是,符霖把孟子的学说当成中国家庭体系中孝顺概念的起因,在他讲述故事前所作的论述中加以抨击;而吴沃尧却在自己小说里的同样位置拒绝了毫无保留地归结为两性关系的爱情观;这种情况让人推测,他的《恨海》可以说是对《禽海石》的清醒回答,尽管因为缺少作者的明确解释,在这个问题上未能提供有说服力的证明。据我们对《恨海》的产生过程所知,吴沃尧写完它只用了十几天,然后,没有通读就寄给了出版社,而当时读者对这部作品的热烈欢迎表明,这种做

---

① 吴沃尧除了通常致力于时代批判的作品外,在一些作品里也普涉及爱情题材。这方面有两部重要的小说可证明,我们在此仅列出书名:《电术奇谈》(1903—1905年发表,二十四回)和《劫余灰》(1707—1908年发表,十六回)。
② 参看韩南在其序言中的有关论述,《恨海》英文版,第2页和5页。

法在整体上并没有损害作品。① 同他的《新石头记》类似,吴沃尧在伯和与棣华的爱情故事里也表明了他的文化保守主义,其基本倾向是对过分的改革表示反感,或者说是对符霖主张的"不惜一切代价为情爱"表示拒绝。小说开头的短文很重要,下面我们马上就要引录,吴沃尧在短文中提升了情的概念,把它解释为各种人类行为背后的推动力,无论是合乎道德的还是违反道德的。他的观点可以回溯到儒家学说的传统观念,只要运用得当,情就可以导向适当的道德举止,在儿女关爱父母的孝、父母对待儿女的慈、百姓对于国君的忠和朋友之间的真正情义中得到体现。按照他的看法,道德在儒家的学说里能够很好地发展,而爱情在约定的婚姻里也能像道德一样圆满。吴沃尧这么理解,所以他解释如下:

> 我提起笔来,要叙一段故事,未下笔之先,先把这件事从头至尾想了一遍。这段故事叙将出来,可以叫做写情小说。我素常立过一个议论,说人之有情,系与生俱来,未解人事之前,便有了情。大抵婴儿一啼一笑都是情,并不是那俗人说的情窦初开那个情字。要知俗人说的情,单知道儿女私情是情;我说那与生俱来的情,是说先天种在心里,将来长大,没有一处用不着这个情字,但看他如何施展罢了——对于君国施展起来便是忠,对于父母施展起来便是孝,对于子女施展起来便是慈,对于朋友施展起来便是义。可见忠孝大节,无不是从情字生出来的。至于那儿女之情,只可叫做痴;更有那不必用情,不应用情,他却浪用其情的,那个只可叫做魔。
>
> 还有一说,前人说的那守节之妇,心如槁木死灰,如枯井之无澜,绝不动情的了。我说并不然,他那绝不动情之处,正是第一情长之处。俗人但知儿女之情是情,未免把这个情字看得太轻了。并且有许多写情小说,竟然不是写情,是在那里写魔,写了魔,还要说那是写情,真是笔端罪过。我今叙这一段故事,虽未便先叙明是写那一种情,却是断不犯这写魔的罪过。要知端详,且观正传。②

目的在于回归传统的情的观念,远远超出了性爱,需要一个对儒家"仁"的观念表示赞同的广泛范畴,而吴沃尧则质疑了某些倾向,就像它们在《西厢记》和《红楼梦》之后的中国文学中表现的那样。就像当时的评论家所说,他在自己的开场白里明确针对的正

---

① 《恨海》,第6页。
② 同上,第一回,第1页。

是这两部作品。① 不过，单是这一点仍解释不了吴沃尧的《恨海》成为世纪之交时一部最受欢迎的小说的盛誉。也许正是种种不同的布局和风格的手段，十分简洁的情节框架内活跃的心理描写，构成了《恨海》的声誉，而我们现在就想把注意力放到这上面。

　　故事的背景是来自中国南方的广州和苏州的三个家庭的命运，他们在北京同住在一个院子里。三家的孩子年龄相仿，又在一起长大，彼此间的密切接触让父辈给孩子们的未来制定了计划：王先生和蒋氏的女儿娟娟同陈先生和李氏的儿子仲蔼订了婚；而棣华是张先生和白氏的女儿，则许配给了仲蔼的哥哥伯和。这些年轻人长到了十七八岁，但是，义和团却使这个无忧无虑的集体发生了突然的变故。棣华和伯和成了接下来的故事中心，他们同棣华的母亲一起，带着仆人李富离开了北京。旅途上的密切关系使得两个很重视童贞的未婚夫妻形成了一种奇怪的紧张关系。棣华被未婚夫的关心和爱护打动了，心里萌发了爱的感情，这使她超越了严格的美德要求——她与伯和避免接触的界限。一天夜里，母亲发现她悄悄给伯和盖好一床被子，以免他在床上受凉，而这件事后来竟让她羞愧得淌下泪来。接下来，没等到由此产生出一个真正的浪漫故事，戏剧性的事件又把这几个人拆散了。因为听说了义和团就要来到的消息，居民中产生了混乱。在小说里，故事情节的发展线索在这儿也岔开了。伯和寻找旅伴的描写是以传统的叙述风格进行的，随着他所经历的冒险，推动着故事向前进展。而对棣华境遇的描述则让人感到更为新颖，因为在先前的中国小说里用得少，吴沃尧就尽可能集中在她的心理状况给人的印象上，以表明她内心的激动，从而让国内的混乱局势跟女主人公内心的精神生活相协调。这方面的一个例子就是她梦到伯和的一场梦，伯和乘着车子从她身边经过却没有察觉她。有意思的是棣华当时对此的反应，以及她如何解释自己的状况。这个场景有意把现实与想象之间的界限弄得模糊了。吴沃尧常用这种修辞手段来写棣华，从而让读者看不出作者的讲述和女主人公试图表明自己心情的内心独白之间的变换。②

　　"回想梦中光景，伯和何故不理我？大约是我日间苦思所致。猛可想起梦中见了车夫代伯和赶车，又想起打发那车夫时，曾说及所有银子、汇单都在伯和身上，不要那车夫记在心里，出去遇见，图害了他。此刻乱离的时候，有甚王法。果然如此，可是我害了他了。我想念他，梦见他自是常事，何以又兼见那车夫呢？"愈想愈象真

---

① 参看韩南的英文版《恨海》，第 4 页。
② 参看迈克尔·伊根（Michael Egan）的文章：《〈恨海〉中的人物塑造》，收于米列娜·多列策洛娃-威林格洛娃编选的《世纪之交的中国小说》，第 171 页。

的,不觉如身负芒刺,万箭攒心,一阵阵的冷汗出个不住,不由得呜呜咽咽哭起来。①

　　作者有时以令人难忘的场景来反映棣华所受的精神损害,比如,棣华又一次想到伯和时暗自落泪,接着,突然被身边发生的事吸引了,这时,不安和激动的气氛达到了一个高潮。

　　　　棣华吃过晚饭,正在倚枕歇息,忽然一阵外面人声鼎沸起来,吃了一大惊。推开篷窗观望,又被旁边一号大船挡住,看不见什么。白氏已吓得打颤。棣华道:"母亲休惊,女儿问来。"掀起帘子问李富,李富却往船头去了,叫了几声,都不听见。便对白氏道:"母亲不必惊怕,没有甚事,待女儿出去看来。"白氏道:"你小心点儿。"棣华道:"女儿知道。"说罢,鞠躬出到船头。李富看见,连忙站过半边道:"小姐小心!"棣华出到船头,站起来抬头一看,这一惊非同小可,只见远远的起了六七个火头,照得满天通红,直逼到船上的人脸上也有了火光影子;人声嘈杂之中,还隐隐听得远远哭喊之声,不由得心头小鹿乱撞。忙问李富:"是那里走水?"李富道:"还不得确消息。听说是七八处教堂同时起火,都是义和团干的事。"棣华再抬头望时,只见岸上树林中的鸦鹊之类都被火光惊起,满天飞舞,火光之中,历历可数。天上月亮,映得也变了殷红之色。心中不住地吃吓,忙忙退入内舱,脸上不敢现出惊惶之色。白氏问:"到底是什么事?"棣华道:"又是岸上失火,那些人便大惊小怪起来。没有什么事,母亲只管放心。"说罢,便坐近白氏身边,轻抒玉腕,代为捶腿,心中只念着伯和:"如果他还在天津,此时正是生死存亡的关头,不知可脱得了这个难?"万分悲苦,却又诉不出来,对着母亲,又不敢哭,那眼泪只得向肚子里滚。②

　　在这个充满激动、烦恼和痛苦的世界上,持久存在的唯一东西就是棣华对伯和的挚爱。伯和靠着假扮成义和团的成员,才逃脱性命。他甚至还遇到十分幸运的情况,在混乱中得到了几箱首饰和金钱。他至少在物质上已有保障,就逃到了上海。传统中国小说里常见的情况是对当时有关情节线索的事件作烦琐和详尽的铺叙,可是,吴沃尧却有很大的不同,他在作品的末尾抓紧时间,让读者从伯和的岳父张鹤亭口里得知,男主人公后来的命运怎么样。张鹤亭这时已跟他的女儿棣华在济宁重逢。在母亲亡故后,棣

---

① 《恨海》第五回,第39页。
② 同上,第六回,第48页。

华随父亲到了上海。人们偶然得知,伯和误入了坏人的圈子,已经变穷,他光顾妓院和吸鸦片的钱都是乞讨来的。棣华请求父亲答应对伯和不过分严厉,可是,一切想把他引回正路的努力都失败了。父母被杀的消息使得他彻底绝望。虽然棣华依然相信他俩会有一个共同的未来,到他的住处去看望他,可是,他却用绝情的话对待她,打消了她的所有幻想。

伯和道:"就是我老子复生,我这两口烟是性命,不能戒的。我此刻一贫如洗,拿什么成礼?我是打算定了,做得好便好,不好,我便当和尚去。"

棣华听了,不觉愕然,暗想为什么成这个样子了?正要寻话往下说时,有人在外面叩门。丫头开了门,却是她父亲,带着彭伴渔来看病。连忙从后面门口,回避到楼上去了。暗想:"天下没有不能感格的人。他今日何以如此,见了我只管淡然漠然?莫不是我心还有不诚之处,以致如此?或是我不善词令,说他不动?嗳!怎能够剖了此心,给他一看呢?默默寻思,不禁又扑簌簌的滚下泪来。"①

棣华在这儿颇为奇怪地因为自责而感到内疚,怪自己在传统规定的订婚男女要避免接触方面处置不当,就像她在失散后的一段内心独白中(第三回)承认的那样。她断定,假如自己先前更为开放和坦率,乐于跟伯和说话,不是常回避他,也许就可能救了他,给予他力量,这使她对自己的责难达到了顶点。在伯和所处的困境中,对于美德、习俗和传统的严格要求突然间土崩瓦解了,让位于一种由同情和关爱培育的爱情,甚至连伯和的鸦片烟瘾也得到了原谅。张鹤亭催促棣华跟他结婚,试图以此来挽救这个年轻人。可是,伯和却摆脱了对他的关照,偷偷溜走了。当棣华最后找到他时,他已经濒于死亡。棣华克服了自己身为处女的一切顾忌,夜间也不愿离开他的身边,以便让他得到必要的照顾。面对当时正处于一个全面转变的时代的紧张形势,棣华经常探究自己在文化上和社会上被规定的角色,探究内在的价值观念,而"情"这个概念在作为基本准则的作用方面也给高尚的人格以适当的限定。

不说众人私议,且说棣华铺设好了棕榻,便叫老妈子帮着扶起伯和。伯和一手搭在棣华肩上,棣华用手扶住了腰,扶到棕榻上放下。伯和对着棣华嫣然一笑,棣华不觉把脸一红。忽然又回想道:"我已经立志在此侍奉汤药,得他一笑,正见得他

---

① 《恨海》第九回,第80页。

心中欢喜,我何苦又作羞怯之态,使他不安?大凡有病之人,只要心中舒畅,病自易好的。我能博得他舒畅,正是我的职分。"想罢,索性也对着伯和舒眉一笑,服侍睡下。①

引人注意的是,上面介绍的棣华对伯和的尽心尽力每一次都跟父母的赞同相一致,这样也就兼顾到了儿女孝顺的原则。棣华对父母表现出正确的态度,因而是真正理解了"情"。

最后,伯和似乎也被棣华的爱打动了。在他那冷漠和拒斥的举止中,显现出了一种变化。在死前最后的话里,他对棣华表示了自己的感恩图报。棣华激动地决定出家当尼姑。可是,真正的过错到底在哪儿呢?看来是时代的动荡让人得不到明确的指引。这部作品并不是以简单的道德寓意为基础,恶有恶报,善有善报,仲蔼和他的未婚妻娟娟的实例就表明了这一点。仲蔼不同于他的哥哥伯和,在逃到西安后顶住了妓院的诱惑,可是,他对同样是流落异乡的娟娟的爱情也未能实现。一次去苏州旅行,他才见到已沦为妓女的娟娟。他对此感到极度震惊,厌弃了一切世俗的活动,从此归隐深山。生活对故事里的主要人物都没能善待。幸福的结局,这是以往的言情小说里必不可少的要求,这次却没有出现。虽然吴沃尧也采用了悲欢离合的常规套路,但是,故事的发展却不同于老一套的才子佳人小说,没有出现一个让各方都感到满意的结局。这使得《恨海》上升到了社会悲剧的层面,把中国小说中大多数前辈作家的那种肯定人生的态度远远甩在了后面。②

---

① 《恨海》第十回,第87页。
② 参看尼佩尔的德文译本:《九死一生》,第197页。

中国皇朝末期的长篇小说

第五章 与世界的痛苦碰撞
对传统的质疑和探索

## 一  18世纪至20世纪初的中国谴责小说

> 别人叫他们坏蛋,而不是
> 一本正经的无赖:
> 每一个职务都是欺骗,
> 没有一种行当不存在奸诈。
> ……
> 为国王效劳——好极了!
> 大臣欺骗他们:
> 他戴的王冠,
> 被正人君子窃去。
> 薪酬微薄,却大吃大喝,
> 随后还大肆炫耀。
> 他们枉法以挣钱,
> 却称之为外快,
> 还叫嚷看出了诀窍:
> "这些只不过是酬金!"
> 要是问他们收益如何,
> 就全都沉默不语,
> 因为每一个人都赚得更多。
> 这不是理应得到的,我说,
> 而他也向其他付钱的人承认,
> 这就像赌徒之乐于积敛。
> 他们倒也公平,不论得到什么,
> 他们也都会花出去。
> ——曼德维尔:《蜜蜂寓言》

20世纪20年代早期,鲁迅把清末的一系列小说同"控诉"或"谴责"的概念联系起来,相当贴切地描述了中国小说自1840—1842年的鸦片战争以来愈益显示出来的一个相当重要的特点。① 这个中央帝国经受了巨大的动荡,是先前悠久的中国历史中任何一个时期都不曾有过的,其影响一直到20世纪都能让人感受到。当时国内的冲突,如19世纪中叶的太平天国,以及世界列强的可耻侵略,使中国的主权在自己的领土上受到很大的限制,这些只不过是一个因素。与侵略成性的帝国主义国家的对抗,迫使这个国家不得不进行痛苦的自我反省,正如我们看到的那样,这种反省其实早就开始了。中国在军事上和文化上第一次同一个至少是实力相当的,但在当时的许多人看来是更有优势的对手对垒,对自身弱点的体验就越发令人痛苦。如果说,国家北部和西部的边界过去主要是遭受游牧部落的入侵威胁,而中国文化本身从来都没有受到质疑,那么,这时候,跟在一开始还是零零星星的欧洲航海家后面,各个强国的代表突然出现了。他们出于自身优势的需要,想要强迫中国接受他们的制度。他们不同于那些"没有文化"的草原野蛮人,根本不打算让自己被中国文化同化。这种对峙的一个个阶段,值得一提的有鸦片战争(1840—1842),英法联军攻入北京(1860),强制开放商埠(1876),法国占领向中国纳贡的安南,即今天的越南(1885),中日甲午战争的失败(1894—1895)及辽东半岛和台湾被割让,还有山东的部分土地租借给德国(1897),义和团运动遭到瓦德西统率的八国联军镇压(1900)。这些事都广为人知,这里无须赘述。而且,片面强调这些因素会妨碍我们关注中国社会内部事件的目光,而这些事件对我们论述中国小说的课题具有更大的意义。为了能够了解清末中国作家对自己国家的政治、社会与文化状况作出激烈批判是建立在什么基础上,我们有必要以关注文学家状况的特别眼光来理解前面几个世纪的相应发展,因为文学家们毕竟越来越成为小说的促进者。

首先是刚才提到的19世纪的动荡,从以后的时代对前一个世纪的角度来看,这些动荡让人产生了一个和平与和谐的时期的印象。如果用埃蒂安纳·巴拉茨的话来表述,那么,当时至少是引起了一种假象,似乎这是中国历史上的"一个最不倒霉的时期"。② 如果只是进行肤浅的观察,尤其是面对清朝前几代皇帝长久的当政年代,那么,这种观点有一定的根据:仅仅康熙(1662—1722年在位)和乾隆(1736—1796年在位),就统治了清朝270年历史的几乎一半时间。而且,乾隆朝是在18世纪末,它使中国的领土扩张到了自古以来最广的范围。③ 于是,在权力、影响和财富方面,少数有权有势的

---

① 鲁迅:《中国小说史略》,第385—401页。该书是鲁迅1920—1924年在北京大学讲课的基础上写成的。
② 白乐日(Etienne Balazs):《传统中国的政治理论与治理现实》,伦敦大学亚非研究学院,1965年,第73页。
③ 我们在这里以及下面论述中国清代以来的国内发展时参考了保罗·罗普(Paul S. Ropp)的著作:《中国现代早期的意见分歧,〈儒林外史〉与清代的社会批判》,安阿伯,密歇根大学出版社1981年版,主要可参看第1、第6和第7章。

汉族精英成为统治集团之首,而多数普通官吏和儒士却得不到相应的享受,他们之间存在着巨大的地位差别。然而,外表上的平静却相当迷惑人。

在这里,我们不可能进一步详述相关时期中国社会的发展,因此,这里提到的倾向与问题连同对文学界的说明都是不完整的。不过,正是明末那些"失意文人"构成的群体被推到了中心的地位,而他们给了小说以新的推动。主要由警告者表现出的批判态度本身在中国并不是什么新东西,但是,现在这种态度却是以大臣或官员的形象出现了,他们面对统治者并不怕直陈弊端。这种态度通常只是代表了整体的一部分,但却是相当重要的部分。中国文学基于其传统,给了作家一定的手段,借助于讽刺来谴责和揭露有关的事物,而不是只维护它们。① 这种批判在文学上虽然一开始还是散乱的,有时只是讽喻式地委婉表达的,但是,毕竟已在18世纪之前的《三国演义》或《西游记》等小说中探索出了一条路。在这两部作品里,我们已经感觉到了对官僚机构萌生的某种不满。而《金瓶梅》又以其对富商阶层生活描绘的现实主义谴责画面,指出了描写家庭环境的道路。后来,曹雪芹也在他那笔调相当悲观的《红楼梦》采用了这种形式。在这方面极为典型的是,个人生平与自身命运的意义十分受到重视。像曹雪芹和李汝珍这样的人——这里只是举出两个有名的例子——把他们联系在一起的正是对自己家庭没落、职业受挫和得不到官职所作的文学描写。在吴敬梓那个时代,没有谁比他的《儒林外史》更加尖锐和精辟,在内容上和结构上都给许多晚清小说指明了方向。现在,我们就想用这部作品来开始有关谴责小说的部分。吴敬梓的作品是用一种精致的讽刺笔调写成的,除了李汝珍的《镜花缘》等少数例外,差不多一百年过去后,谴责小说才以比先前更为激烈的形式重又发出其声音。现在,我们就想把目光转向清代末期的发展,尤其是1890—1911年的发展。

为了从整体上把握19世纪末小说方面的情况,再一次指出这种文学体裁在前一个世纪经历的剧烈变化的基础,显然是重要的。不仅小说的本质有所变化,而且,小说的地位也有了很大的提高。人们摆脱了历史样本的呆板模式,获得了一种特有的风格,其特点主要是个性化的、更富情感的笔调。像吴敬梓这样的作者,在撰写他们的作品时开始自觉地摈弃规范的、经典的文言,采用接近口语的白话形式来撰写那些先前几乎完全使用文言的章节。② 因此在19世纪末,人们就转到了把小说的艺术特点同目标明确的

---

① 讽刺小说的传统可参看吴淳邦:《晚清讽刺小说的讽刺艺术》,复旦大学出版社1994年版,尤其是第1—7页。参看提莫西·翁(Timothy C. Wong):《吴敬梓》,波士顿,特威涅出版社(Twayne),1978年,第50页。《文赋》的全译本可参看英文版《写作的艺术》,萨姆·哈姆希尔(Sam Hamhill)译,明尼阿波利斯,米尔克威德出版社(Milkweed)1991年版。

② 关于白话与文言的竞争以及翻译工作的问题,可参看米列娜·多列策洛娃-威林格洛娃的《中国现代文学的起源》,收于默尔·戈尔德曼(Merle Goldman)编选的《五四时期的中国现代文学》,哈佛大学出版社1977年版,第18—25页,第33—35页。

政治与社会的任务结合起来,也就是从总体上脱离了审美鉴赏而转向更为实际的目标。鲁迅概括了许多读者和作者心中在世纪之交时产生的想法,在他的《中国小说史略》中写了如下的话:

> 光绪庚子(1900)后,谴责小说之出特盛。盖嘉庆以来,虽屡平内乱(白莲教、太平天国、捻、回),亦屡挫于外敌(英、法、日本),细民暗昧,尚啜茗听平逆武功,有识者则已翻然思改革,凭敌忾之心,呼维新与爱国,而于"富强"尤致意焉。戊戌变政既不成,越二年即庚子岁而有义和团之变,群乃知政府不足与图治,顿有掊击之意矣。其在小说,则揭发伏藏,显其弊恶,而于时政,严加纠弹,或更扩充,并及风俗。①

文学舞台上的这些变化,如果没有中国社会和国家的状况从19世纪中叶普遍出现的深刻变化,就不可能产生。② 在鸦片战争之后的时期,年轻的中国作家与思想家当中的批判声音,也从上海等城市的租界为他们的时事评论活动提供的安全中获益匪浅。在外国列强的保护下,那里在很大的程度上避开了中国司法审判的干预。而且,小说的风格、内容及发表方式都显示出了新兴的新闻业的强大影响,因此在较晚的时候,基于其"畅销"的本性和不惜任何代价进行揭露和谴责的企图,否定了文学的所有特点。此外,有一类全新的作家产生出来了。像吴沃尧(1866—1910)或李伯元(1867—1906)这样的人,他们都把文学创作当作自己的职业,而不是为了消遣。他们放弃了自己的官职,或者从未担任过官职,满怀奉献精神地投身于他们作为作家或出版家的新任务。他们以新闻业为媒介。自鸦片战争以后,主要是在上海周边的地区,新闻业在西方的影响下日渐繁荣。最早的文学期刊《瀛寰琐记》在1872年创刊,一开始只刊登英文的长短篇小说,从19世纪90年代起,作家同时成为报人,也给自己的作品一块园地,这种状况才发生改变。比如,小说《海上花列传》的作者韩子云,就在1892年创办了杂志《海上奇书》。随后,还有很多这样的实例。清末的大多数较为出名的小说,我们在下面将陆续谈到,都是在4种最重要的期刊上发表的。那就是梁启超(1873—1929)在日本创刊的《新小说》(1902—1910),李伯元的《绣像小说》(1903—1906),曾朴的《小说林》(1907—1908)和吴沃尧的《月月小说》(1906—1909)。不过,按照题材重点的不同,此外也还有

---

① 鲁迅:《中国小说史略》,第385页。
② 清末文学发展中的一些地方性倾向曾在王大卫的论文中述及,《世纪末的辉煌:晚清小说中受压抑的现代性,1849—1911》,斯坦福大学出版社1997年版。

一系列别的刊物。① 这些期刊各有不同的目标定位,但是,都以给中国当代的谴责文学提供论坛为己任,此外,也遵循为西方国家的文学代表作提供园地的要求。仅梁启超的《新小说》就刊载了吴沃尧的许多丰富多彩的作品,如《二十年目睹之怪现状》和《九命奇冤》,此外还发表了许多译文,首次为中国读者展示了托尔斯泰、萧伯纳、歌德、席勒和显克微支等作家的图片。李伯元在《绣像小说》上发表了自己和同时代中国作家的总共17部原创作品,还刊载了《天方夜谭》和马克·吐温一部小说的译文。② 清政府虽然竭尽全力阻止"蛊惑人心"的文学作品的传播,但是,因为这些期刊很少在租界以外出版,当局很少得逞。

　　清末文学观点的转变到底是在什么理论基础上发生的呢?正如我们在导言中所知,对小说的能力和前景的较为积极的评价可以追溯到清代早期。虽然在清代统治末期,对这个方面并没有系统的相关阐述,但还是有许多篇关于文学本质的文章发表,陆续散见于当时的文学杂志,一般观点发生转变是无可否认的。③ 1897年,严复(1854—1921)和夏曾佑(1865—1924)在天津出版的《国闻报》上发表了文章《本馆附印说部缘起》,阐述了小说的价值,批驳了认为小说是平庸而随意的野史的传统批评。这篇文章以及随后大量发表的其他文章都谈到了小说的意义和目的,其特点是把它同往往很实际的好处联系起来,主要服务于政治和社会的目的,而不是为了消遣,更不是为了审美的需求,就像黄摩西主张的那样。④ 作家们卷入了他们所处时代的政治变革,这导致他们的许多作品都带有宣传的特点,文学价值受损,这是一种倾向,面对中国历史和文化适应当时的时代而让人事后感到遗憾的一种倾向。但是在这里,涉及具体作品的讨论显然还没有得出最后的结论。单是作品的数量、多样性以及难于找到刊登这些作品的往往只是短期发行的期刊的困难,就使得我们在这个问题上迄今只是进行了并不充分的研究。⑤ 在对于中国现代文学发展总体的意义上,尤其是在对于1919年五四运动以

---

① 参看下面将要讨论的清末小说的资料。除了这里提到的期刊外,还可参看佩里·林克(E. Perry Link)的《鸳鸯与蝴蝶——20世纪早期中国城市的通俗小说》,伯克利,加利福尼亚大学出版社1981年版,第125页。
② 关于清末新闻业的概况,可参看曹淑英:《新小说的兴起》,收于米列娜·多勒策洛娃-威林格洛娃(Milena Doleželová-Velingerová)的《世纪之交的中国小说》,多伦多大学出版社1980年版,尤其是第24页。此外,补充材料可从近期有关中文出版物的相关章节中获取,如时萌:《晚清小说》,上海古籍出版社1989年版。至于作品西方语言译本的影响,这里只能顺便提一下。参看米列娜·多勒策洛娃-威林格洛娃的文章:《中国现代文学的起源》,尤其是第33页。
③ 有关晚清文学理论的研究应首推阿英:《晚清文学丛钞·小说戏曲研究卷》,北京,1960年。用西方语言撰写的著作尤其要提到程格耐的论文:《晚清小说一览》,斯坦福大学的哲学博士论文,1982年;以及阿黛尔·里基特(Adele A. Rickett)编选的《从孔夫子到梁启超的中国文学研究》,普林斯顿大学出版社1978年版;柯克·登顿(Kirk A. Denton):《现代中国文学思考,关于文学的论文,1893—1945》,斯坦福大学出版社1996年版。
④ 比如,黄摩西主张放弃对分关注细节,也主张设计一个相应的形式,而不只是把材料和印象随意地串在一起。参看程格耐:《晚清小说一览》,第192页。
⑤ 在这一节的评述中,谈到了西方语言以及中国的相关文学。尽管那个时代的作品在迄今的文学研究中只是顺带提及,但现在已经有了一个内容较为丰富的汇编,即多卷本的"中国近代小说大系",百花洲文艺出版社1993年版。

来现实主义小说的意义上,清末文学理论的贡献都是不可低估的。

梁启超对清末文学理论的形成与实践有着极大的影响。在逃亡到日本后,梁启超曾在1898年和1902年的两篇文章中阐述了自己对文学理论的看法,给作家们指出了创作的一个全新的方向。梁启超在布尔沃-利顿和本雅明·迪斯累里等英国作家的影响下,1898年在横滨《清议报》上发表了《译印政治小说序》,第一次把目光投向了小说的政治意义与诉求。作为一种易于为广大公众理解的媒体,小说作品比历史著作以及经典的哲学和文学更有能力,可以对国家过去的情况作出介绍。因此,它们能以出色的方式培养人们的政治觉悟。梁启超在这方面号召进行一场"小说革命",并且创造了"新小说"的概念。他的另一篇指明方向的文章是《论小说与群治之关系》,1902年发表在横滨出版的《新小说》上,概述了新小说的任务如下:

> 欲新一国之民,不可不先新一国之小说。故欲新道德,必新小说,欲新宗教,必新小说,欲新政治,必新小说,欲新风俗,必新小说,欲新学艺,必新小说,乃至欲新人心,欲新人格,必新小说。何以故?小说有不可思议之力支配人道故。①

梁启超的论述是佛教救世说和中国人对于人情感染力看法的融合,此外,主要是受了日本当时关于政治小说讨论的影响,在19世纪的最后20年里,这种小说在日本深受喜爱。梁启超在1898年戊戌变法失败后逃往日本,随后的几年就是在那儿度过的。因此,梁启超当时很可能已经知道了坪内逍遥(1859—1935)的著作,坪内逍遥作为翻译家和小说家,在19世纪80年代登上文坛,1885年发表了著作《小说神髓》,给当时的日本文学指出了新路。坪内逍遥发表了他对艺术特色、体裁等问题的意见,同文学领域密切相连,其范围远远超出了梁启超后来的理论论述,而梁启超则是把小说作者的政治诉求更多地当作重点。②

梁启超这样的文章在文学家中引起的反响是相当大的。出版社和文学期刊如雨后春笋般涌现,为世纪初创作的一千多部小说提供了论坛。正如在选择社会批判题材方面表现出来的情况,即使在属于爱情文学的作品里,就像我们在吴沃尧的创作中看到的那样,也无法避开时代批判方面的义务。

---

① 参看《晚清小说》,第16页。英文全译本可参看《日本的成就,中国的愿望:日本对晚清小说现代化的影响研究》,斯德哥尔摩,普鲁斯·乌特拉出版社(Plus Ultra)1990年版,第104—109页。

② 日本的政治小说在梁启超旅日时已经相当繁荣。参看《严复和梁启超是"新小说"的提倡者》,收于阿黛尔·奥斯汀·里基特(Adele Austin Rickett)编选的《从孔夫子到梁启超的中国文学研究》,普林斯顿大学出版社1978年版,第235页。

那个时期的所有小说在题材上都是描写1880—1910年的中国,但有时也借用历史来委婉地表达。时代的各种现象都涉及到了:1898年的戊戌变法和义和团运动,八国联军的入侵和中央政权的衰弱。传统秩序的瓦解已经可以感觉到了。中国小说还从来没有这么有效和明确过。过去,一直只是委婉地通过对以往时代的提示来建立起跟当代的联系,而现在,表示现实的现在时终于成了描写的中心。故事情节的整体框架被提升到了具体的当代。遥远的国度已不再像《西游记》里那样神秘和陌生,异域的学生与工人的命运也成了确实可知的。与此同时,也第一次更加重视了同社会上所有阶级与阶层的普遍联系。不仅有富裕的官员和商人登台,而且,还有军人、商贩、买办、学生以及同时代的社会群体如革命者、无政府主义者等出场。外国人也在描写中第一次扮演了更为重要的角色。因此,要证明清末的小说以令人难忘的方式把握住了那个时代的社会,显示出了其整体的复杂性和不确定性,并不显得牵强。当时文学家不同的叙述方式和不同的作品结构,适应了在世纪之交这个历史时期限定的社会方面的多样性。因此,有许多作家像吴沃尧在《二十年目睹之怪现状》里的努力那样,喜爱对现实的情况作出尽可能全面的概述,画出一幅全景画。① 而其他人则像李伯元在《官场现形记》里描绘官场那样,抓住一个特定的题材,也模仿吴敬梓《儒林外史》那样的榜样,拼合出成套的画面。至于那些较短的小说,其中一个典型的例子就是吴沃尧的公案小说《九命奇冤》,我们已经有所了解,它们显然更喜欢单一故事的更为紧凑的形式。这里像依靠传统的文体形式一样,也有着与前辈的密切联系。吴沃尧未能完成的小说《痛史》,我们曾作为历史小说谈到过。但是,其他讲述形式也很活跃,如符霖的《禽海石》,在内容、结构和篇幅上都显示出了传统的才子佳人小说的明显影响。阐明作者诉求的激烈程度与思想表述也不一样。如果说,吴沃尧和李伯元支持改革的思潮,依靠传统的叙述方法,心目中显然想到了对读者进行教诲,那么,刘鹗和曾朴则倾向以更为客观的笔调来传达原作密码的信息,面向的是受教育较多的读者,因为只有他们才能解读这些信息。不过,尽管有着这些差别,从时代的感受与震荡中,毕竟还是产生出了一幅相当均质的画面。

---

① 分析晚清小说的结构可参看米列娜·多勒策洛娃-威林格洛娃:《晚清小说中的情节结构类型》,收于她的《世纪之交的中国小说》中,第38—56页。

## 二　虚伪的文人和腐败的官吏

在传统的中国,求学和做官长久以来都是紧密结合在一起的两个方面。为了理解这种情况的意义,我们必须想到,获得一个官职是当时在社会上晋升的关键因素。

作为选拔官吏的手段,科举在中国至少从唐代起就众所周知了。可是,一直到明代初年,除了有随意的指派、推荐和特别任命以外,科举考试只不过是许多种征募方式中的一种。随着皇权的增强和肥缺为贵族所占据,选拔制度越来越服从于客观的标准。清朝统治者全盘采纳了明代的科举制度,让它成为从汉人中选拔官员的基础。生员数目的迅猛增加以及教育水平的普遍提高加剧了竞争,迫使主考官更大限度地采用客观的标准。于是,考试很快就演变成写诗和写八股文,只是比赛单纯的记忆能力并注重形式上的文学要点。① 在内容上,文章研究"四书"(《论语》、《大学》、《中庸》和《孟子》)和"五经"(《诗》、《书》、《礼》、《易》和《春秋》)中严格规定的篇目,就像宋代的儒学家朱熹(1130—1200)规定的那样。而那些感到不满的儒士就是从大批未能通过科举考试的书生中陆续补充的。

### (一) 讽刺大全——吴敬梓的《儒林外史》

面对中国早期小说中那些内容丰富且真实描写苦恼、灾祸和各种弊端而明确地突出了批判思考的作品,给清末的谴责小说确定一个起点是并不容易的。在中国文学史上,它们比先前更加毫不留情地谴责了国家与社会中的弊端。正如我们在相应的章节里所见,而本节导言的简要阐述也再一次证明了我们在明代以来的大多数重要小说中都看到了的时代批判的这个或那个方面。不过,却没有谁能像18世纪的吴敬梓和他的小说《儒林外史》那样,把广泛传播的不满以十分巧妙和审慎的方式表达出来。这部作

---

① 参看涂经诒(Ching-I Tu):《中国科举考试随笔:若干文学思考》,收于 *Monumenta Serica*,卷三十一(1974—1975),第396页。

品在许多方面为这种类型小说的继续发展起到了示范作用。① 没有个人的恶意,采用了一种充满热情与幽默的风格,吴敬梓温和而又嘲讽地谴责了儒林的弊端。② 对这个世界及其种种瑕疵作出讽刺的观察并不新鲜,也没有什么不同寻常之处。如果说《西游记》对上层社会的批评还是采用了较为玄妙委婉的形式,或者如《钟馗传》那样,让有权势者同妖魔鬼怪的世界建立起一种不难理解为批判的联系,那么,吴敬梓就是一个最早的成功者,他通过客观的描写暴露了广为流行的弱点以及追求名利与地位的肆无忌惮的贪婪。③ 1803 年出版的卧闲草堂本中有一篇序,也许错误地过早标明是 1736 年写的,作者使用了"闲斋老人"的笔名,强调他已在一段回末总评中指出了该书在中国小说中应有的特殊地位,这是在 1803 年版序言的作者对虚构文学新老作品的价值表示了普遍的质疑之后,而它们的主要代表就是《三国演义》、《西游记》和《金瓶梅》。④

> 余尝向友人言,大凡学者操觚,有所著作,第一要有功于世道人心为主,此圣人所谓修辞立其诚也……世所传之稗官,实驱朝廷之命官去而之水泊为贼。是书能劝冒险借躯之人出而为国家,效命于疆场,信乎君子立言必不朽也。⑤

吴敬梓在他的作品里把重要的文化产品和风俗习惯放到了检验台上,科举制度也像腐败和伪善的政权机构一样受到了批判。但不光是"制度"负有责任,在大量的邪恶背后出现的是"病态"的、有缺陷的人物,如不孝之子、虚伪文人、江湖骗子和蠢笨傻瓜等典型,他们全都有为自己的善良、诚实和正直作出抉择的可能。当然,吴敬梓也同前面提到过的顾炎武或王夫之等同时代批评家相似,受到了种种限制。他的目光虽然对自己这个时代的缺点看得很清楚,但是,他在提出解决的办法方面却是向后看的,给读者指出的是早已逝去的时代的理想。

正如我们在下面将要看到的,《儒林外史》相当清楚地显示出了传记的特色,所以,

---

① 这里依据的是德文全译本的《儒林外史》,由杨恩霖和格哈德·施密特(Gerhard Schmitt)翻译。莱比锡/魏玛,古斯塔夫·基彭霍伊尔出版社(Gustav Kiepenhauer),1962/1989,两卷本。中文本可参看吴敬梓:《儒林外史》,香港,商务印书馆 1958 年版。
② 此评价可参看鲁迅的《中国小说史略》,第 300 页。对儒士题材作品的评价还可参看斯蒂芬·约翰·罗迪(Stephen John Roddy):《〈儒林外史〉和清代小说中的儒士描写》,普林斯顿大学的哲学博士论文,1990 年。
③ 讽刺的重点目标可参看梅薏华(Eva Müller)为《儒林外史》写的"后记",卷二,第 418—432 页。
④ 序言的译文可参看罗尔斯顿(Rolston)的《怎样读中国小说》,第 249 页。
⑤ 依据《儒林外史》英文版第三十七回的回末总评译出,第 287 页。

我们首先来看一看作者吴敬梓这个人显然是合适的。① 吴敬梓 1701 年出生于长江北岸的安徽省全椒县。世世代代定居于此的吴氏家族本来是农民，随着时间的推移，终于成功地上升为儒士精英。这种社会成功的高潮在 17 世纪达到了顶峰。当时，吴家有四名成员中了进士。最成功的是吴国对（1618—1680），吴敬梓的曾祖父，他在清代初年中了进士，是 1658 年殿试的探花，授翰林院编修。吴敬梓的父辈没有这么优异，父亲吴霖起只是在官场上做过小官。面对先辈的成功，吴敬梓的这部关于儒林的小说可以说在很多方面都是对他自己科举受挫的辩解。② 吴敬梓曾自豪而又伤感地回忆起先辈担任过的光荣职务，1733 年前后，他在《移家赋》中描述了自己一家从全椒迁居南京的情况，讲述了家庭过去的荣耀。他在青年时代早期就离开过家乡。比如，他父亲曾在江苏海边的一个县担任小官，1722 年生了病才返回故乡，并且在吴敬梓 1723 年考取秀才后不久去世。吴敬梓丢下病重的父亲，去参加科举考试，他当时的情感后来在匡超人这个小说形象中体现出来。父亲的去世让这个年轻的继承人很快就不得不面对主持家政的新任务，尽管富裕的遗产使他暂时消除了物质上的困顿。如果说最初是别人的贪婪和嫉妒让他很苦恼，那么，吴敬梓后来在南京秦淮河畔娱乐场所的生活作风大手大脚，却使他最终在经济上破了产。父亲死后仅 6 年，吴敬梓就花光了大部分家产，遭受到贫困的威胁。在家乡全椒，他失去了声望，成了人们讥讽的对象；他在南京也并不好过，很快就在自己的住处附近被人视为败家子。

作为耻辱，吴敬梓曾受到一个负责评判秀才们生活方式的官员训斥，那是 1729 年因为他的举止而训斥他的。现在，我们到处都找不到相关的提示，吴敬梓随后是否再一次积极努力，继续参加科举考试，争取中举或者得到一官半职。在 1733 年移居南京前后，他作出了不再参加科举考试的决定。这对于吴敬梓来说是一个并不轻松的决定，但是，这样他才对科举考试中的普遍弊端有了真正锐利的眼光。至少在非官方的儒士当中，他赢得了作为诗人与学者的一定知名度。由于他获得的声望，1736 年，他又一次有了个当官的机会。那是乾隆皇帝执政的第一年，乾隆想通过"博学鸿词科"的特别考试在全国范围遴选博学的人才，于是，吴敬梓被荐为候选人。吴敬梓参加省级预考很成功，但是随后，他却因为健康不佳放弃了继续考下去。这件事在相关的研究中评价不

---

① 在有关吴敬梓生平的中文资料里，有很多都是吴敬梓亲友的观察与报告。西方文献中对吴敬梓的描述，有前面已摘引过的罗普的文章：《中国现代早期的不同意见》，第 59—88 页，此外，还有下面的论述。这方面较新的中文研究论著有：孟醒仁/孟凡经：《吴敬梓评传》，中州古籍出版社 1987 年版；陈美林：《吴敬梓评传》，南京大学出版社 1990 年版。早在 1920 年或 1922 年，胡适是中国最早研究吴敬梓并汇编他的生平资料的现代学者之一，参看胡适：《吴敬梓传》，于《胡适文存》，亚东图书馆，1921—1940 年，册 1，卷四，第 225—235 页。

② 黄宗泰（Wong）曾论及这个观点：《吴敬梓》（*Wu Ching-Tzu*），第 17 页。

一。《儒林外史》里描写了杜少卿装病(第三十四回),可以说明吴敬梓实际上也是一个装病者。而有关小说作者生平的较新研究结果表明,他确实有身体上的毛病,无法参加考试。① 总之,吴敬梓后来的生活特点是物质上更加贫困,只能通过临时卖文和朋友们的资助得到稍许的缓解。除了小说外,吴敬梓还写出许多严肃的文学作品,这表明他当时正处于一个孜孜不倦的创作时期。在1740年前后,他就以《文木山房集》为题出版了他的诗文,此外,还推出了更长的、现已失传的《诗说》,以及针对《史记》和《汉书》等历史著作撰写的文章。尽管坊间流传着对吴敬梓的攻击,诋毁他的生活作风,但是,他笔下产生的著作却表明,他过的根本不是毫无节制的放荡生活,而是潜心攻读经典著作,捍卫儒家的价值。吴敬梓并没有放弃他对儒家基本原则的信仰,正如我们看到的情况,这主要体现在《儒林外史》开头的理想形象中。吴敬梓在小说里还以其他方式表明了他与古代儒林的联系。《儒林外史》这个书名同所谓的《儒林列传》相似,这并非没有道理,也就是说,它是中国编年史的一个部分,专门记录那些为儒家理论作出贡献的儒士的生平。

吴敬梓在1754年意外地去世,很可能是因为中风,当时,他到扬州去拜访他的朋友程晋芳(1718—1784)。吴烺是吴敬梓4个儿子中的长子,仕途亨通,从18世纪50年代初,在北京当内阁中书舍人。这一事实可以说是对吴敬梓的一个安慰。此外,吴烺还是他那个时代的一位知名的算学家。

吴敬梓大约从1736年开始创作《儒林外史》,写成于1748—1750年之间。后来在1768年,小说由他的朋友金兆燕在扬州出版。跟明清时代的其他许多著名小说不同,《儒林外史》的出处问题比较少,吴敬梓的作者身份并不存在疑问,不同版本的正文也没有多大的差异。迄今对学术界一直是个谜的唯一问题是吴敬梓本人完成的回数到底是多少。金兆燕出版的原始版本很可惜已经失传,据说有五十回。学术界曾不遗余力地尝试,根据语言和风格的分析,从现在流传的文本中考证出吴敬梓亲笔撰写的原本。②

在这些解说之后,我们终于要转向小说本身,考察这部小说的结构了。引人注意的是,《儒林外史》在我们初次阅读时就不同于当时的其他一系列小说,如《红楼梦》或《歧路灯》,那些书已经克服了较早时期作品的插曲性。《儒林外史》有一个极为松散的结构,这种结构使得作品从一开始就表现为一组只是自由组合在一起的短篇故事。文学

---

① 这方面的阐述可参看罗兰·阿尔滕布格尔(Roland Altenburger):《小说〈儒林外史〉中的隐居观念和人物形象,一篇交织的研究论文》,波鸿,布洛克迈尔出版社(Brockmeyer)1994年版(中国部分,卷八十四),第18页。

② 参看上文的评述,第21页。关于小说的语言特点,可参看罗兰·阿尔滕布格尔《1750年前后中国的说话习惯,对小说〈儒林外史〉的社会语言学研究》,伯尔尼,彼得·朗出版社(Peter Lang)1997年版;以及黄宗泰:《吴敬梓》,第127页。

研究对此提出的批评一直到晚清时期都是在一定的限度内。这个时期像吴沃尧这样的知名作家,为他们的小说着眼于全面社会图景的构思,以《儒林外史》为榜样得到了激励,但是在随后时代的评论家中,《儒林外史》却造成了结构布局有缺憾的印象。显然,更加精心构思的作品越来越时兴的时代临近了。针对吴敬梓小说的责难尤其以这种说法达到了顶点:书中描写的情节在随便哪一处都可以中止,或者打个比方说,这部作品宛如一株虽有枝叶却缺少主干的植物。① 由于《儒林外史》缺乏一条连贯的情节主线,也没有一个中心人物,这种印象因而被确认。众多的人物形象都没能自始至终地参与到故事情节中。大多数章回都是集中于一个人物或一组人物,因而出现了一系列的次要人物,由此形成了一定的社会情况。小说始终遵循着一个主题构思,而人物与事件的编排方式却是为了阐明一个主题的不同方面,这样就造成了音乐的主旋律发生变奏的印象。一个个插曲合成组曲,组曲中又有事件形成对照,人物或人物群体并立或对立。吴敬梓在他的小说里发展了一种独特的构思和叙事方法。口头叙述传统中的形式要件,如章回引子、讲究对仗的章回标题和章回开头与结尾的套语,都保留了下来。吴敬梓并没有插入诗歌,只是在第一回和最后一回,各有一首诗。传统的小说很喜欢用对仗工整的诗句来表现浓缩的景象与地点的描写,但《儒林外史》却放弃了诗歌。这样,作者就能把比较长的描写灵活地插入到其余的讲述中。比如,有一个佳例就是他对南京的生动描写:

> 这南京乃是太祖皇帝建都的所在,里城门十三,外城门十八,穿城四十里,沿城一转足有一百二十多里。城里几十条大街,几百条小巷,都是人烟凑集,金粉楼台。城里一道河,东水关到西水关,足有十里,便是秦淮河。水满的时候,画船箫鼓,昼夜不绝。城里城外,琳宫梵宇,碧瓦朱甍,在六朝时,是四百八十寺,到如今,何止四千八百寺!大街小巷,合共起来,大小酒楼有六、七百座,茶社有一千余处。不论你走到一个僻巷里面,总有一个地方悬着灯笼卖茶,插着时鲜花朵,烹着上好的雨水,茶社里坐满吃茶的人。到晚来,两边酒楼上明角灯,每条街上足有数千盏,照耀如同白日,走路人并不带灯笼。那秦淮到了有月色的时候,越是月色已深,更有那细吹细唱的船来,凄清委婉,动人心魄。两边河房里住家的女郎,穿了轻纱衣服,头上簪了茉莉花,一齐卷起湘帘,凭栏静听。所以灯船鼓声一响,两边帘卷窗开,河房里焚的龙涎、沉速,香雾一齐喷出来,和河里的月色烟光合成一片,

---

① 这里指的是 1918 年的一本文学研究论文集,参看林顺夫(Shuen-fu Lin):《〈儒林外史〉中的礼俗和叙事结构》,收于浦安迪编选的《中文记叙文的批评与理论随笔》,普林斯顿大学出版社 1977 年版,第 245 页。

望着如阆苑仙人,瑶宫仙女。还有那十六楼官妓,新妆袨服,招接四方游客。真乃"朝朝寒食,夜夜元宵"!①

吴敬梓在叙述技巧上取得的进展远远超出了这样的形式要素。因此,他几乎放弃了插入作者的议论,更愿意像一个儒生那样去描述事实,或者记下谈话,让读者去解释。在描写方法上,具体表现为他采用了生动活泼的、个性化的对话。跟传统的议论性描写相比,这种"展示"技巧的优点是消除了读者对作品指手画脚的说教风格的反感。小说着眼于借助艺术的手段来让人信服。在正文中,并没有明确地指出人物的性格弱点与缺陷,这些应当从所写的事实中自动得出。描写的可信性可以促使读者去检查自己以及自己的举止。

总体上,引人注目的是描写在内容上紧密地局限于官场的范围。尽管有刚才提到的结构松散,但还是让人产生了这样的印象:我们面前出现了一个完整的产物,因为所有的故事都以同样的矛盾为基础,那就是真正的儒士即体现出传统价值的"真正的人"同只是关心权势与财富的人之间的差别。各个故事相互补充和映衬,一个形象引出下一个形象,这样合起来,就产生了时代的一幅精彩多变的图画。②

在整体结构上,《儒林外史》可分为三大部分。第一部分内容比较广,含第二至三十回,谴责了人对名与利的追求。第二部分为第三十一至三十七回,仿佛全书的"道德脊梁",以杜少卿和他的朋友们兴修泰伯祠为象征。最后一部分是第三十七至五十四回,内容是一系列缺少明显的整体结构的不同故事,其中有一些适合于第一部分和第二部分的讽刺与说教的主旨,而另外一些又符合更为传统的观点。③ 借助于第二至五十四回整个情节框架的简略时间说明,可以勾画出一个大致的轮廓,那就是包含了1487—1595年的时期。第一回讲述了诗人与学者王冕(1287—1359)的故事,在时间和内容上都十分突出,王冕是被作者褒扬为理想人物的人,始终坚定不移地追求知识与完美。

因为要深入研究小说里出现的大约180个人物形象是相当困难的,太费时间太累人,我们在这里只想选出一些具有代表性的典型。在描写中一个个人物的重点不同,有一些地方简直成了一部真正的传记。比如,周进的命运就写得相当详细,读者在第一部分开头的第二回就见到了他。一开始,他在我们眼前是个"失败者形象",小说里有好几个这样的实例。尽管他已经60多岁,年纪相当大了,却只能靠着当蒙师勉强维持简朴

---

① 《儒林外史》,第二十四回,第442页。
② 参看梅薏华为《儒林外史》写的后记,卷二,第425页。
③ 《儒林外史》,收于梅薏华的《中国经典小说》,第253页。

的生活,因为他从来没有进过学,缺少秀才的头衔。周进面对比自己年轻很多的人如梅玖等表现得十分谦恭,因为那些人在科举中取得的地位都在他之上。这样就难免导致尴尬。除此以外,周进还头脑简单、容易轻信和不通世故。因此,他在村里失了馆,就想到省城去当记账先生以糊口。他在参观贡院的一个号房时竟然昏了过去。当时凑巧在场的商人们很同情他,就为他捐了监生进场。然后,周进考试居然高中,接着又进京会试中了进士,升为御史,最后成为广东学道。高升与成功在这儿也像其他人物一样,同性格的变化联系在一起。在首都北京,正如我们从第七回的一个场景所知,周进升到了国子监司业的高位。他已没有丝毫的谦恭,经常粗鲁地回绝求见者。此外,跟周进的生平紧密相联的是范进的生平,周进在广东主考时注意到了他。当时范进实际上已经54岁,却假称30岁,以掩饰自己应试20次遭遇的挫折,文字荒谬让他吃尽了苦头。周进看了范进交来的卷子后印象也不深,但是,他过了一会儿又重看一遍,却觉得颇为喜欢,就给出了一个好分数。范进大喜过望地进学回家,但是,却被丈人胡屠户抢白了一番。胡屠户斥责他,叫他别因为中了相公就装大。最后,当范进向胡屠户借盘费,想进城去参加省试时,胡屠户断然地回绝了。

> 范进因没有盘费,走去同丈人商议,被胡屠户一口啐在脸上,骂了一个狗血喷头,道:"不要失了你的时了!你自己只觉得中了一个相公,就'癞虾蟆想吃起天鹅肉'来!我听见人说,就是中相公时,也不是你的文章,还是宗师看见你老,不过意,舍与你的。如今痴心就想中起老爷来!这些中老爷的都是天上的文曲星!你不看见城里张府上那些老爷,都有万贯家私,一个个方面大耳?像你这尖嘴猴腮,也该撒泡尿自己照照!不三不四,就想天鹅肉吃!"[1]

胡屠户叫他的女婿寻一个馆教书,不过,范进却成功地筹到了钱,而且出色地通过了省试。当中举的喜讯传来时,范进先是一跤跌倒,不省人事,随后就欢喜疯了。

> "噫!好!我中了!"笑着,不由分说,就往门外飞跑,把报录人和邻居都吓了一跳。走出大门不多路,一脚端在塘里,挣起来,头发都跌散了,两手黄泥,淋淋漓漓一身的水,众人拉他不住,拍着,笑着,一直走到集上去了。[2]

---

[1] 《儒林外史》第三回,第57页。
[2] 同上,第61页。

这一处是吴敬梓的意图大获成功的实例之一,而他的意图就是采用讽刺和诙谐的描写,让他那些颇成问题的主人公显得滑稽可笑,在讲故事的层面上加了许多显然是出于朴实意愿而表现出来的要素。①

一个个主要人物的信息往往分散在全书各处,这就使得整个作品具有相当均匀的特点。其中的一个实例就是荀玫。在第二回我们初次见到他,当时他是个 7 岁的孩子,王惠竟梦到他在京城通过了会试。而在接下来第七回的描述中,荀玫却给人不大顺利的印象。读者获悉,荀玫在通过会试后本来可望得到一个官职,但这时却传来了老母亲归天的消息。王惠建议他隐瞒此消息,以免因规定的守孝而晋升受阻。随后,荀玫就申请推迟丧期,但却因为他只能做个小官而遭到回绝。这里也是让事实来说话,正如我们从回末评论中所知,吴敬梓采用了一种传统的描写风格,古时候称为"白描"。② 此处表明吴敬梓非常强调"礼"的作用,也就是礼俗和礼仪的作用,这是儒家伦理的主要价值之一,作为处理社会交往的手段,是具有文明教养的一个重要前提。荀玫作为书中直接描写的重要人物,从这时起就不再出现了,在下面的章回中,读者只能从别人的讲述中得知他的一些情况。

吴敬梓勾画出的图像是多层次的,他对隐士题材的处理就表明了这一点,我们从小说开头王冕这个理想形象就能看出来。③ 至于在这里也有许多的招摇撞骗,权勿用("全无用"的谐音)这个人物的例子就给出了证明。在博学与才智方面,权勿用让人联想到过去的哲人与政要,但是,他不像王冕那样是有高尚品格的隐士,因为他退隐山林缺乏明确的伦理道德,而这对于正直的人来说就是在混乱时期或者政治动乱时拒绝当官,从而保持自身的正直无瑕。

并不是《儒林外史》里的所有人物都给人这种反面的印象。在小说的第二部分,主要涉及泰伯祠的兴建,我们见到了一系列的正面人物。首先是杜少卿,江西赣州知府的儿子。杜少卿的形象有不少重要的特点,例如,他继承了富足的家产,却因为没有能力井井有条地加以管理而使得家产锐减,吴敬梓的自我在这儿大体上显现出来了。由于大手大脚的生活作风,杜少卿很快就不得不卖掉了他家的地产,迁往南京。他没有参加

---

① 参看兹比格纽·斯鲁普斯基(Zbigniew Slupski):《〈儒林外史〉的三个结构层面》,收于 HJAS,册 1,卷四十九,1989 年,第 5—53 页。
② 参看罗尔斯顿:《怎样读中国小说》,第 263 页。
③ 这方面的文献可参看阿尔滕布格尔:《小说〈儒林外史〉中的隐居观念和人物形象》,第 6 页;还可参看维尔伍恩(Vervoorn):《悬崖上与洞穴里的人:中国隐士传统直至汉朝末年的发展》,香港,中文大学出版社 1990 年版;鲍吾刚(Wolfgang Bauer):《隐身的英雄:隐居理想的创造与瓦解》,收于《个人主义和整体主义:儒家与道家的价值》,由芒罗(D. Munro)编选,安阿伯,密歇根大学出版社 1985 年版,第 157—197 页;牟复礼(Frederick W. Mote):《元代的儒士隐居》,收于《儒家》,由阿瑟·赖特(Arthur F. Wright)编选,斯坦福大学出版社 1960 年版,第 202—240 页。

谋取官职的特别考试,可是,他却跟其他朋友一起制定计划,要为纪念泰伯修一个祠。吴泰伯是南京的一位先贤,生活在纪元之前,因为他的一个弟弟登上了王位,他就逃往南方,在那儿为当地"未开化"的民众传播文化。实际上,这里也同吴敬梓的生平有一定关系,我们从当时的资料中得知,吴敬梓确曾在南京参与过一座祠堂的工程。

聚集在杜少卿周围热心建祠的人,还包括迟衡山和庄绍光。庄绍光是有名望的儒生,曾有机会谒见皇上,后来,他又呈送了一篇条陈,给皇上留下了深刻的印象。可是,他并没有得到官职,因为他没有经过殿试。随后,他隐居在皇上赐给他的玄武湖畔。他在这儿跟朋友们商量建祠的事,在泰伯祠建成后又举行了一个盛大的祭典。①

接着,在小说的第三部分即最后一部分,又讲了一个个故事,面对一个更为广阔的社会,不再只是叙述儒生的命运了。可是,我们看到的景象依然像先前一样少有希望。对种种形式迷信的批判,比如扶乩占卜,也像对规则的要求一样明确。所有世俗努力的徒劳无功都象征性地表现在泰伯祠的坍塌上,几个亲密的朋友后来专门到那儿去游玩。小说结束的时间标明为 1595 年,并且强调指出,当时有名的儒生均已离开南京,在那儿几乎再也见不到一个贤人了。作者在他的结语中向读者半严肃、半讽刺地提出了一个问题:将来还会有贤人君子入得《儒林外史》么? 也许只有 4 个人例外,而他们都抵制了做官的追求。他们通过自己与中国艺术的传统形式也就是琴、棋、书、画的联系,体现了他们身为希望使者的品质。然后,作者又在诗中以浓缩的形式再一次表达了儒士们对独立自主的渴望,对启程回乡的渴望,但同时也表达了他们的失望与厌弃的念头。

正如我们在下面介绍清末小说时将要见到的,吴敬梓主要是以作品的主题和生动的描写见长,对后面的批判性作家如《官场现形记》、《文明小史》或《负曝闲谈》的作者都有重要的影响。不过,并非仅仅是这样的影响。一直到 1919 年的五四运动时期,吴敬梓的作品依然是一个重要的范例,以堪称楷模的方式体现了地道的口语在文学中的应用,长期以来都是小说中散文风格的榜样。

## (二) 从官员到无情批判时代的人——李伯元及其作品

清末有极少数杰出的作家,从一开始就必须用自己的作品来维持他们作为时代批判者的俭朴生活。过去,大多数小说的作者都是处在物质上多少有保障的地位写作的,

---

① 《儒林外史》中第三十一——三十七回兴建泰伯祠故事的意义,可参看商伟(Wei Shang):《礼俗、礼仪书和儒林的危机:〈儒林外史〉解读》,收于 HJAS,卷五十八(1998 年),第 373—424 页。

而这时,却有人几乎完全从事文学写作,并以此来承担自己的生活费用,这也许就是一件新鲜事了。正是一种受到爱国主义滋养的、对于国家现状的责任感,使得像李伯元这样的人背弃了可能在官僚机构中飞黄腾达的生涯,献身于中国姗姗来迟的"启蒙事业"。

1867年,李伯元生于江苏武进。① 因为他父亲早逝,一个叫李念仔的堂伯父抚育他,堂伯父曾经当过几年知府。后来,李伯元捐了个小吏的职位,却又拒绝去山东赴任,而是到了上海。1897年,他在上海创办了《游戏报》,开始从事文学活动。1901年,他又拒绝去湖南当官,然后,竭尽全力参加了一次他没能通过的考试,1906年就年纪轻轻地去世了。② 李伯元经过努力,成功地到了上海的租界,从而避开了清政府的书刊审查措施。1900年,当局曾悬赏一万两银子,通缉梁启超和康有为,当时购买和阅读他们的著作都要受罚。1903年,军机大臣张之洞又发布命令,以"新的"内容强化了这些措施。于是,当局也开始缉捕李伯元,因为他在1900年凭着有关义和团的《庚子国变弹词》出了名。除此以外,李伯元还处理过一些棘手的题材,例如,据说出自他笔下的《李莲英》,就是写慈禧太后的一个亲信太监。李伯元在后世享有很高的文学声望,当然是由于他的作品《官场现形记》,该书原打算写一百二十回,可是没有完成,只写了六十回,从1903年起,在上海的《世纪繁华报》上连载,一直到1906年才出了单行本。李伯元利用当时在日本所提供的出版条件,1903年假托吉田太郎,曾在日本知新社出了一个节选本。欧阳钜元是李伯元的一个朋友和同事,在李伯元死后又为他续写了最后一部分,并为1903年的版本写了一篇序言,表述了该书的主要诉求:

> 天下可恶者莫若盗贼,然盗贼处暂而官处常。天下可恨者莫若仇雠,然仇雠在明而官在暗……国衰而官强,国贫而官富,孝弟忠信之旧,败于官之身,礼义廉耻之遗,坏于官之手。而官之所以为人诟病,为人轻亵者,盖非一朝一夕之故,其所由来者渐矣。③

《官场现形记》里的批判重点,如科举弊端、买官鬻爵、腐败堕落和司法不公等等,跟我们在《儒林外史》里见到的不同,不过,《儒林外史》里的"多米诺结构"确实启发了李伯

---

① 李伯元又名李宝嘉,还曾使用过笔名"南亭亭长"。
② 李伯元生平的早期介绍源于吴沃尧写的一份讣文,以及鲁迅、胡适和顾颉刚的描述。最迟从19世纪70年代起,李伯元在西方的汉学家中也颇受重视了,正如有关他这个人及其作品的文献证明的那样。他的生平背景可参看道格拉斯·兰卡夏(Douglas Lancashire)的《李伯元》,波士顿:特威涅出版社(Twayne)1981年版。
③ 引自克里斯特尔·鲁(Christel Ruh):《〈官场现形记〉,晚清"政治小说"一例》,法兰克福(美因),彼得·朗出版社(Peter Lang)1974年版,第19页。

元这部小说的构思。除此以外,在时代的背景前,书中也有一些较为特别的方面,如百姓遭受官吏的残暴统治,在洋人面前的卑躬屈膝等等。面对作品中围绕着八百多个人物展开的许许多多场景,小说结构的一致性也许并不算成功,但是,胡适认为《官场现形记》只是编排了"许多传闻"的评论,也未免显得过分了。但不容否认,李伯元在写作时并不是依据他自己的体验,而是尽可能地选用了当时的新闻报道与民间传闻。与此相应,在一系列的小说人物背后,也就不难指出真实的历史人物,尽管它并没有像曾朴的《孽海花》那样达到影射真人真事的地步。① 有人指责《官场现形记》缺少一个全面的计划,也没有真正塑造出个性突出的人物形象,这大概也适用于当时类似的一系列全景式作品吧。所以,鲁迅和胡适的批评就显得比较有分量,他们说李伯元只是写了负面的东西,小说里没一个好人,所有人物都像是"一群贪婪的狗,用各种各样的声调吠叫"。② 从欧阳钜元的序言可以推断,李伯元本来打算在小说未完成的部分里描写那些诚实工作和正直治国的官员。③ 也许,李伯元由于他那个时代十分广泛的问题而没有别的可能,只能画出全景画里的一些最重要的方面。他在1904年发表的只有十二回也没能完成的小说《中国现在记》中,描写了某些地方如绍兴、常州和山东的官吏与传教士的腐败倾向,就是这种技巧的另一个实例。

  面对书中描述的各种方面的多样性,若想在《官场现形记》这样一部"未完成"但又内容十分丰富的小说里看出一个基本的意图,那么,它大概就是通过讽刺、嘲弄和笑话的转换来取笑那些官员,并且利用特定的官吏典型写出一些题材的组合,在作品中建立起某种一致性了。画面由于以下的情况而得以完善:类似的现象在全国都经常出现,在山东就像在上海、杭州、开封、北京或南京一样可以见到,这里只是提到了故事情节发生的几个地点而已。第一回的一段话对官场作了提纲挈领式的刻画,说明李伯元表述自己的看法相当清楚。故事发生的地点是陕西同州府的一个小县。村子里的人十分激动,因为听说年轻的赵温中了举。方必开想跟赵家攀亲,得知赵温的成功后有些迷糊,想让他的儿子老三也去参加考试。而王仁是这一家人的朋友,便给头脑简单的老三详细讲述当官的好处。

  (王仁)又去拉了老三的手,说道:"老三,你知道你爸爸今儿这个样子,是为的

---

① 胡适最先提出相关的证据,查明黑大叔是李莲英,即慈禧最宠爱的太监,而华中堂是荣禄(1836—1903),慈禧太后的亲信。参看《胡适文存》,卷三,这里依据的也是鲁(Ruh)的著作:《官场现形记》,第25页。
② 《官场现形记》,第30页。
③ 同上,第20页。

谁呀?"

老三回:"我不知道。"

王仁道:"为的是你。"

老三道:"为我什么?"

王仁道:"你没有听见说,不是你赵家大哥哥,他今儿中了举人么?"

老三道:"他中他的,与我什么相干?"

王仁道:"不是这样讲。虽然人家中举,与你无干,到底你爸爸眼睛里总有点火辣辣的。"

老三道:"他辣他的,又与我什么相干?"

王仁道:"这就是你错了!"

老三道:"我错什么?"

王仁道:"你父亲就是你一个儿子,既然叫你读了书,自然望你巴结上进,将来也同你赵家大哥哥一样,挣个举人回来。"

老三道:"中了举人有什么好处呢?"

王仁道:"中举之后,一路上去,中进士,拉翰林,好处多着哩!"

老三道:"到底有什么好处?"

王仁道:"拉了翰林就有官做。做了官就有钱赚,还要坐堂打人,出起门来,开锣喝道。阿唷唷,这些好处,不念书,不中举,那里来呢?"

老三孩子虽小,听到"做了官就有钱赚"一句话,口虽不言,心内也有几分活动了。闷了半天不作声。又停了一会子,忽然问道:"师傅,你也是举人,为什么不去中进士做官呢?"①

这个问题虽然问得很有道理,但毕竟让人觉得有些放肆,老三因而受到了严厉的斥责。随后不久就表明,赵温中举就是达到了他求学的顶点,因为他后来考进士时落第了。

如果说开头的这场对话还描述了做官的并非正当的优点,那么,李伯元最后向读者说的一段坦率的话就是对大臣们作了全盘否定的评价,对中国的官场得出了他的结论:

---

① 这里依据的中文本为李伯元的《官场现形记》,人民文学出版社 1985 年版,第一回,第 4 页。德文版四十五回译本的书名为《共同幸福之家》(Das Haus zum gemeinsamen Glück),由玛丽安娜·李伯曼(Marianne Liebermann)和白定元(Werner Bettin)翻译并附有白定元写的后记,柏林,吕滕和伦宁出版社(Rütten & Loening)1964 年版。

列位看官是知道的:中国的大臣,都是熬资格出来的。等到顶子红了,官升足了,胡子也白了,耳朵也聋了,火性也消灭了。还要起五更上朝;等到退朝下来,一天已过了半天,他的精神更磨的一点没有了。所以人人只存着一个省事的心:能够少一桩事,他就可以多休息一回。倘在他精神委顿之后,就是要他多说一句话也是难的。而且人人又都存了一个心:事情弄好弄坏,都与我毫不相干;只求不在我手里弄坏的,我就可以告无罪了。①

小说里第一个比较详细的故事是写陶子尧,一个奉派到上海去采买机器的官员。我们在第七—十一回见到他,他的命运让人感到又悲又喜:陶子尧通过巧妙的诡计当上了官,随即开始酗酒和逛妓院,最后在妓院里结识了"新嫂嫂",而"新嫂嫂"就施展出浑身解数来骗他。书中有一处,这两个人进行了一场有趣的对话,显示出这位官员和这个妓女在本质上没什么不同。

这里陶子尧没了顾忌,话到投机,越说越高兴。只听见他说道:"我们做官的人,说不定今天在这里,明天就在那里,自己是不能作主的。"

新嫂嫂道:"那末,大人做官格身体,搭子讨人身体差勿多哉。"

陶子尧不懂什么叫做"讨人身体"。新嫂嫂就告诉他,才说得一句"堂子里格小姐",陶子尧就驳他道:"咱的闺女才叫小姐,堂子里只有姑娘,怎么又跑出小姐来了?"

新嫂嫂说:"上海格规矩才叫小姐,也有称先生格。"

陶子尧道:"你又来了。咱们请的西席老夫子才叫先生,怎么堂子里好称先生?"

新嫂嫂知道他是外行,笑着同他说道:"耐勿要管俚先生、小姐。卖拨勒人家,或者是押帐,有仔管头,自家做勿动主,才叫做讨人身体格。耐朵做官人,自家做勿动主,阿是一样格?"

陶子尧道:"你这人真是瞎来来!我们的官是拿银子捐来的,又不是卖身,同你们堂子里一个买进,一个卖出,真正天悬地隔,怎么好拿你们堂子里来比?"说着,那面色很不快活。②

---

① 《官场现形记》,第五十八回,第 1024 页。
② 同上,第八回,第 114 页。

陶子尧利用给他买机器的钱大肆挥霍,最后,当他的上司要收回这笔钱时,他只能靠朋友的帮助救自己。作者指出,他不想再报告陶子尧的活动让读者生厌,就中止了对他的描述。

小说中人物的性格刻画,由于李伯元选择的对话形式而显得特别透彻。上面引录的两段话在这儿就可作为这种"情节插曲"的实例。① 至于他还能用叙述的方法创造出一个布景来,使官员的弱点清晰可见,下面的故事就能证明。这个故事的中心是军队里的一个人物:胡华若统领受上司委派,到据说有土匪作乱的浙江严州去讨伐。胡统领从容地乘船到了"战区",为了提高士气,船上还配了妓女。经过烦琐的准备,终于迎来了适合开战的吉利日子。在大多数官员到达严州并吸足了鸦片后,消息传来,那里根本就没有土匪。但是,看来没有一个人为此感到伤心。为了不让这次使命显得毫无意义,并且从到达该地这件事里捞取好处,有人向胡统领建议,索性在城里驻扎下来,借口是要到周围的山里去搜剿土匪。随后,在一次很不光彩的"讨伐"中,他们迎头痛击了所谓的"敌人"。

自从动身以后,胡统领一直在轿子里打瞌睡,并没有别的事情。渐渐离城已远,偶然走到一个村庄,他一定总要自己下轿踏勘一回,有无土匪踪迹。乡下人眼眶子浅,那里见过这种场面,胆大的藏在屋后头,等他们走过再出来;胆小的一见这些人马,早已吓得东跳西走,十室九空。起先走过几个村庄,胡统领因不见人的踪影,疑心他们都是土匪,大兵一到,一齐逃走,定要拿火烧他们的房子。这话才传出去,便有无数兵丁跳到人家屋里四处搜寻,有些孩子、女人都从床后头拖了出来。胡统领定要将他们正法。幸亏周老爷明白,连忙劝阻。胡统领吩咐带在轿子后头,回城审问口供再办。正在说话之间,前面庄子里头已经起了火了。不到一刻,前面先锋大队都得了信,一齐纵容兵丁搜掠抢劫起来;甚至洗灭村庄,奸淫妇女,无所不至。胡统领再要传令下去阻止他们,已经来不及了。当下统率大队走到乡下,东南西北,四乡八镇,整整兜了一个大圈子。

胡统领因见没有一个人出来同他抵敌,自以为得了胜仗,奏凯班师。将到城门的时候,传令军士们一律摆齐队伍,鸣金击鼓,穿城而过。当他轿子离城还有十里路的光景,府、县俱已得了捷报,一概出城迎接。此时胡统领满脸精神,自以为曾九

---

① 参看唐纳德·霍洛赫(Donald Holoch):《一部背景小说:〈官场现形记〉》,收于多勒策洛娃-威林格洛娃编选的《世纪之交的中国小说》,第77页。

帅克复南京也不过同我一样。①

这次"获胜"的快乐自然只维持了很短的时间。地保们讲述村民们的愤怒,村民们报告官军的劣迹。最后,胡统领登上了他的官船。许多人聚在岸边,哭泣着指点官船。有那么一瞬间,真让人以为这是一个感人的告别场面呢,可是随后,士兵们就用棍棒和鞭子驱赶人群。这时,有声音断续传来:"官兵就是强盗,他们害得我们好苦呀!"胡统领清楚地听到了人们朝他喊的是什么,却装作什么也没听见,让船出发了。在这个占了八回篇幅的故事末尾,全县上下得出的结论是:来搜剿土匪的统领,自己就是土匪。

上面录出的这段文字清楚地显示了当时在郊原上以及乡村地区的状况,这是中国文学早期小说里很少注意的一个方面,它完善了世纪之交时中国社会的错综复杂的画面。整个国家发生的全面变化理应被勾画出来。面对一个个人物的行为构成的许多马赛克拼成的画面,不管他们是处在什么地位和什么地方,主要人物本身的性格及其发展都退到了次要的位置。这种风格虽然在很大程度上使作者发表评论显得多余,但是,李伯元并没有完全放弃评论,比如,他曾在许多处插进了这句斥责的话:"千里为官只为财。"这句话击中了官场的要害。那些或多或少都比较简洁的故事,像上述的例子那样以胡统领的启程作结尾,在别处也不难以这种或那种形式找到。因此下文中描述,高官佟子良奉派从北京到南方,要在芜湖调查安徽巡抚蒋愚斋的情况,蒋中丞据说对土匪严酷无情,但是连居民也受到了伤害。虽然大屠杀的命令的确是蒋中丞发出的,但是,他在得知控告后却摆脱了自己的责任,指责他手下的指挥官黄保信、胡鸾仁和盖道运是罪人。因此,理所当然,在一次检查中,上文提到的胡统领也摆脱了不愉快的麻烦。

《官场现形记》里的绝大多数人物都出自地方上的官场或军队,处于中心位置的是企求当官的巴结奉承,衙门事务的营私舞弊,大肆挥霍与贪污贿赂,以及滥用职权欺压百姓。与外国发生的争执在小说一开头只是次要的题目,外国人起着次要的作用,在李伯元的人物形象中只是起着催化剂的作用,比如,陶子尧在上海买机器时就受了外国人的骗。李伯元大概感觉到,假如他没有指出国家在整体上由于主权丧失而产生的危险,他这个关于中国内部的情况发生了全面灾难的作品就是不完全的,于是在小说的末尾,就像下面摘引的几个高层人物之间的谈话一样,他把读者的注意力合乎逻辑地引到了中国被"瓜分"这个题目上。

---

① 《官场现形记》,第十四回,第220页。

冯中书……想了一想,说道:"除掉腹地里几省,外国人鞭长莫及,其余的虽然没有摆在面子上瓜分,暗地里都各有了主子了。否则我们江南总还有几十年的等头;如今来了这么一位制军,只怕该五十年的,不到五年就要被他双手断送!"

劳主政道:"那亦不见得送得如此容易;就是真个送掉,无论这江南地方属那一国,那一国的人做了皇帝,他百姓总要有的。咱们只要安分守己做咱们的百姓,还怕他们不要咱们吗?你又愁他什么呢!"

梅飏仁道:"劳老先生的话实在是通论,兄弟佩服得很。莫说你们做百姓的用不着愁,就是我们做官的也无须虑得。将来外国人果然得了我们的地方,他百姓固然要,难道官就不要么?没有官,谁帮他治百姓呢?所以兄弟也决计不愁这个。他们要瓜分就让他们瓜分,与兄弟毫不相干。劳老先生以为如何?"

劳主政道:"是极,是极!"

……

梅飏仁说道:"劳老先生,江南地方被外国人拿去,倒是一样不好。""不是别的,只有我们这一位制宪实实在在不好伺候。他一到任,我就碰他一个钉子。这几个月,兄弟总算跟定了他走的了,听说他还是不高兴我。你想,我们做下属的难不难!"

劳主事尚未开口,冯中书抢着说道:"这个老公祖倒可以无须虑得的。如今他是上司,你是属员;等到地方属了外国人,外国人只讲平等,没有什么'大人'、'卑职',你的官就同他一般大,上头只有一个外国皇帝,他管不到你,你也管不到他,你还虑他做什么呢?"[1]

小说在第六十回以甄先生做的可怕的梦结束。李伯元再一次分析了中国的国家与社会,总结了作品的中心思想。甄先生梦见的那些野兽象征着中国的官僚制度,那幢房子的十八级台阶代表了国家相应数目的省份。一部想要拯救中国的书,十分明确地对准官僚们,但是却在一场火灾中烧毁了一半,不过,前半部还是得以出版了。其核心的看法也不难澄清:官吏们没有人性,皇朝的官僚制度没有改变,要想反抗压迫就只能革命,仅仅靠改良是迎不来转变的。

在李伯元的另一部著名小说《文明小史》[2]里,作者比在《官场现形记》里更为尖锐,

---

[1] 《官场现形记》,第五十四回,第五十五回。

[2] 这里依据的是六十回《文明小史》,上海古籍出版社 1982 年版。该小说的一个新译版本是《现代,文明小史》,由道格拉斯·兰卡夏(Douglas Lancashire)翻译,香港,中文大学出版社 1996 年版。关于《文明小史》,有奥托·加斯特(Otto Gast)的一篇较长的德语论文,《文明小史》——晚清的一部讽刺小说,弗里德里希·亚历山大(Friedrich Alexander)大学出版社 1982 年版。

把他的注意力放在一个正处在根本变革中的社会的种种问题上,采用了部分伦理道德描写、部分激烈批判和揭露的笔调。《文明小史》最初发表于 1903—1905 年,在李伯元主办的期刊《绣像小说》上连载,署名为南亭亭长,随后,1906 年又在上海出版了单行本。当时的小说几乎没有一部能比得上它,作者在书中更为清楚地阐析了接受外来文化要素的问题。书中推动业已开始的文明进程的力量,以及整个小说的主要人物,都是出自高贵家庭的年轻人和曾到国外去留学的、学过外语的学生。显然,李伯元同情这些掌握了西方的知识和技术但又不想再和外国打交道的人。外国人在这个意义上既是作为侵略者出现的祸害,又是自己的同胞那些不良的行为方式如奴性十足和卑躬屈膝表示的对象。《文明小史》这个书名就已经清楚地说明了它与文化概念的一种矛盾关系。"文明"在书里显然是指外国所代表的区域,如欧洲、美洲、日本及中国的外国人聚居区,不过,作者在这里也同样追问了自身文化的价值与弱点。

在《文明小史》里,李伯元的震惊和绝望往往隐藏在他对热心改革者的肤浅所作的讽刺抨击后面。而在世纪初撰写的《中国现在记》这部作品里,他更为强烈地阐明了自己在国家发展方面的疑虑,寻求解决问题的可行道路时的整个困境在书中显而易见。其中,有一段重要的话是这么说的:

> 现在中国到了什么时候了?一个人说道:"中国上下相蒙,内外隔绝,武以弓刀为重,文以帖括见长,原是个极腐败不堪的!"在下答道:"成事不说,既往不咎,这是过去的中国,你说他做甚?"又有一个人说道:"中国兴学通商,整军经武,照此下去,不难凌轹万国,雄视九州。"在下又答道:"成效无期,河清难俟,这是未来的中国,我等他不及。"那两个人一齐说道:"这又不是,那又不是,依你看了来,中国将无一而可的了。"在下道:"不然,不然!你我生今之时,处今之势,前不见古人,后不见来者,独立苍茫,怆然涕下。过去之中国,既不敢存鄙弃之心,未来之中国,亦岂绝无期望之念?但是穷而在下,权不我操,虽抱着拨乱反正之心,与那论世知人之识,也不过空口说白话,谁来睬我?谁来理我?"①

在这段话没有译出的部分里阐明的政治主张,比如,反对假维新、贪污腐败以及遏制革命企图的斗争,李伯元在《文明小史》里也同样有所表述,而且,他甚至还采用过并

---

① 十二回小说《中国现在记》曾在《时报》上作为其续篇发表。这里引自阿英序言中的一段话(1955 年),收于《文明小史》,第 3 页。

非出自他笔下的段落。①

《文明小史》就像中国小说当时的许多作品一样,可以分为几个故事。中国与外国在文化和政治上发生争执的画面就通过这种情形显现出来:目光先是投向中国内部的各个方面,但后来也描述了中国文化的代表在国外的遭遇。小说以内容丰富的故事组合开始,包括了前面的十三回,让读者深入内地,到了四川与湖南交界的永顺府。② 作品最重要的主题是官员们非正当行为、教育制度以及外国人的难题,在这里都基本上涉及到了。而下面故事里的描写在很大的程度上构成了这些主题的变体。

永顺原来的田园生活是新知府柳继贤最初还能享受到的,但是很快就不行了,因为三个外国人同当地人发生了一件可笑的事,进而酿成了动乱。一个店主失手打碎了一个外国客人的据说是独一无二的茶碗,因而得赔偿损失,柳继贤受理了这个案子。知府的殷勤态度在当地的百姓中很快就引起了猜疑,人们开始私下议论,说柳继贤想要把当地的山都卖给外国的矿山工程师。一位乡绅,也就是举人黄宗祥,利用这种情况向为首闹事者提出要求,杀死洋人并赶走知府。这件事闹大了,柳继贤就召来军队,还下令杖责黄举人。这是一种让当地士绅无法容忍的侮辱,因为要责罚黄宗祥就应先革除他的举人功名。知府支付了一笔补偿费,打发了纠缠不休的洋人,但是,也因为他的处置不当被湖广总督免了职,这里显然是指张之洞(1837—1909),③他在1889—1907年担任这个官职,其间只有短暂的间断。

在接下来的故事中,以相当夸张的方式质疑了中国的年轻人在适应外来文化时的其他方面。因此,随后发生的事也就绝非偶然地渐次转移到了中国的周边地区,尤其是上海,那里是19世纪外国文化入侵的重要关口。于是,贾家三兄弟,西方文明的狂热崇拜者,竟违抗母亲的禁令,随老师姚文通一起到了处于长江口附近的港口城市上海。形形色色怪人的荒唐行径很快就显示出了作者的主张,那就是对五花八门的假维新表示不满,因为他们在进步和启蒙的要求下却坚持腐败的习俗。可疑的"新学家"郭之问把他的大烟瘾说成是自由权(第十八回),也作为实例列举出来,就像那些胡扯"新学"的中国人一样,他们主要是通过穿上外国的服装来显示自己的派头。在所有这些批评中,李

---

① 这里涉及《文明小史》第五十九回的内容。李伯元在该处收入了一段1500字的短文,它原本出自刘鹗《老残游记》的第十一回。这两部小说在1903年同时发表于《绣像小说》。李伯元在编辑刘鹗的《老残游记》时,竟擅自把其第十一回的内容截留了。随后,刘鹗便停止在该杂志上继续连载,而是在天津的一本刊物上重新发表他的小说。李伯元把他截留的部分用在自己小说的第五十九回里。这段短文攻击了义和团和革命党,改换了主要人物的姓名。在1906年出版的单行本《文明小史》里,已删去了这段短文,后来,又把它放回到《老残游记》的原来位置。我们不清楚李伯元为何把刘鹗作品中的原稿留为己用。但也有人认为,不是李伯元,而是杂志的编辑应当对此负责。
② 这一段的译文参看加斯特(Gast):《文明小史》,第253—438页。
③ 当时流行的口号"中学为体,西学为用"即源于张之洞。

伯元的主张渐渐地清晰了。他对外国的技术与科学的评价是肯定的,就像强调女子教育的重要性一样,他反对的是肤浅和滥用,因为这会导致大有希望的改革尝试遭受失败。在只有贪欲、出风头、虚荣心和自私自利的地方,不可能进行严肃认真的改革。无须多想,在周翰林的尖锐批评后面,我们不难看出作者自己的观点:

> 现在办洋务的,认定了一个模棱主义。不管便宜吃亏,只要没事便罢,从不肯讲求一点实在的。外国人碰着这般嫩手,只当他小孩子玩。明明一块糖里头藏着砒霜,他也不知道。那办学堂的更是可笑,他也不晓得有什么叫做教育,只道中国没得人才,要想从这里头培植几个人才出来,这是上等的办学堂的宗旨了。其次,则为了上司重这个,他便认真些,有的将书院改个名目,略略置办些仪器书籍,把膏火改充学费,一举两得,上司也不能说他不是。还有一种,自己功名不得意,一样是进士翰林,放不到差,得不着缺,借这办学堂博取点名誉,弄几文薪水混过,也是有的。看得学生就同村里的蒙童一般,全仗他们指教。自己举动散漫无稽,倒要顶真人家的礼貌,所以往往闹事退学。我看照这样做下去,是决计不讨好的,总要大大的改良才是。①

小说后半部的故事情节主要涉及华侨的问题。经常变换的故事地点分别发生在日本、中国香港、美国和加拿大,各种各样的人聚在一起,而他们或多或少都是自愿离开家乡的。逃亡的谋杀犯在那里也像留学生和碰运气的人一样受到接纳。李伯元的同胞在世界舞台上不得不在与西方文明的阴谋诡计作斗争的过程中熟悉环境,因而不断成为洋人的笑柄,他们的笨拙也再三成为小说的主题。这里的中心人物是候补道台饶鸿生,他出于声望的缘由接受了制台的一项特别委托,到日本、美国和英国去采购机器。航行途中发生的事说明了他的表现是多么蠢笨。因为饶鸿生缺乏在国际社会上活动的精明与经验,而那是按照西方旅客的标准制订的,所以,就出现了许多尴尬事:

> (饶鸿生)在日本耽搁了十来日,心里有点厌倦了,打听得雪梨公司船是开到美国去的,便定了一间二十号的房间,买了一张二等舱票请翻译去住,买了几张亚洲舱的散票让底下人等去住。那日清晨时分,就上了公司船,船上历乱异常,摸不着头路。后来幸亏翻译和管事的说明白了,给了他个钥匙,把二十号房间开了,所有

---

① 《文明小史》,第三十一回,第 194 页。

铺程行李,一件件搬进去。一看都用不着,原来公司船上的房舱,窗上挂着丝绒的帘子,地下铺着织花的毯子,铁床上绝好的铺垫,温软无比,外面汤台、盥漱的器具,无一不精,就是痰盂也都是细瓷的。饶鸿生心里暗想:"怪不得他要收千把块钱的水脚,原来这样讲究?也算值得的了。"翻译见已布置妥当了,更无别事,便叫仆欧领着到自己二等舱里,去拾掇去了。

这里上等舱每房都有一个伺候的仆欧,茶水饮食都是他来关照,又叮嘱饶鸿生,船上的通例,是不准吸鸦片烟的,要是看见了吸烟的器具,要望海里丢的。又说到了大餐间里吃饭,千万不可搔头皮,剔指甲,及种种犯人厌恶之事。饶鸿生一一领会。

到了中午,饶鸿生听见当的一响,接着当当两响。饶鸿生受过翻译的教,便站起身来,和他姨太太走到饭厅门口,看见许多外国人履声橐橐的一连串来了。直等到当当当的三响,大家鱼贯而入,各人认明白各人的坐位。饶鸿生幸亏仆欧指引他坐在横头第四位,和他姨太太一并排,另外也有男的,也有女的,船主坐了主席。少时端上汤来,大家吃过,第二道照例是鱼,只见仆欧捧上一个大银盆,盆里盛了一条大鱼,船主用刀叉将他分开了,一份份的送与在台诸客。再下去,那些外国人都拿起菜单子来看,拣喜欢吃的要了几样,余下也就罢了。这菜单后来到了饶鸿生手里,那鸿生虽不识外国字,外国号码却是认识的,看见台上连汤吃过了两道菜了,便用手指着"三"字。值席的仆欧摇摇头,去了不多一会,捧上个果盘来,原来那个三样是果盘里的青橄榄。饶鸿生涨得满面通红,仆欧因低低的对他说道:"你不用充内行了,我拣可吃的给你拿来就是了。"饶鸿生听了甚为感激,却不晓得是仆欧奚落他。少时,什么羊肉、鸡鹅肉饭点心,通通上齐了,仆欧照例献上咖啡。饶鸿生用羹匙调着喝完了,把羹匙仍旧放在杯内,许多外国人多对他好笑。后来仆欧告诉他,羹匙是要放在杯子外面碟子里的。咖啡上过,跟着水果。饶鸿生的姨太太,看见盘子里无花果红润可爱,便伸手抓了一把,塞在口袋里。许多外国人看着,又是哈哈大笑,饶鸿生只得把眼瞪着他。

出席之后,别人都到甲板上去运动,饶鸿生把他姨太太送回房间之后,便趿了双拖鞋,拿着枝水烟筒,来到甲板上,站在铁栏杆内凭眺一切。他的翻译也拿着个板烟筒来了,和他站在一处,彼此闲谈。忽然一个外国人走到饶鸿生面前,脱了帽子,恭恭敬敬行了一个礼。饶鸿生摸不着头脑,又听他问了一声,翻译说:"诺,诺,诺,却哀尼斯!"那外国人便哑然失色的走到前面,和一个光着脑袋的外国人叽哩咕噜了半天,同下舱去。饶鸿生却不理会,翻译侧着耳朵听了半日,方才明白。原来那问信的外国人,朝着饶鸿生说:"尊驾可是归日本统属的人?"翻译说:"不是,是中国人。"原来他俩赌东道,一个说是虾夷,一个说不是虾夷。列公可晓得这虾夷么?是在日本海中群岛的土人,披着头发,样子污糟极了。饶鸿生这一天在船上受了点风浪,呕吐狼藉,身上衣服没有更换,着实肮脏。船上什么人都有,单是没有中国剃头的,饶鸿生每天扭着姨太太替他梳个辫子。他姨太太出身虽是大姐,梳辫子却不在行,连自己的头都是叫老妈子梳的,所以替老爷梳出来的辫子,七曲八曲,两边的短头发都披了下来,看上去真正有点像虾夷,无怪外国人看见了他要赌东道。翻译心里虽然明白,却不敢和饶鸿生说,怕他着恼。谈了一回,各自散去。①

饶鸿生这么蠢笨,他的整个使命不大成功也就不足为奇了。他经过了在日本和美国的失望经历,因为缺钱中止了旅程,取消了顺道访问欧洲的计划,回到家乡。

在据称是李伯元写的其他作品中,有一部《海天鸿雪记》,是二十回的未完成小说,写的是上海的半上流社会;又如《李莲英》,写的是慈禧太后的亲信太监;而最为出色的则是《活地狱》,一个 1903—1906 年写成的故事集,包含 16 个独立的故事,每一个故事包含一至八回不等,用尖刻严厉的语句描述了贪官污吏的阴谋诡计。在 1906 年李伯元去世后,吴沃尧和欧阳钜元又续写了几回,但最后还是没完成。

另外一部作品也常同李伯元的名字一起提到,在题材和风格上都很可能出自他笔下,那就是未完成的三十回小说《负曝闲谈》。② 在这部小说 1933 年版的序文中,徐一士说,在别的时候从未出现过的"蘧园新著"后面,作者只能是李伯元。但是两年后,这个说法又在《晚清小说史》里遭到阿英的质疑。③ 如果李伯元不是《负曝闲谈》的真正作者,那么,新近的研究结果表明,作者很可能就是欧阳钜元,或者至少是李伯元的一个熟人。上面提到的这个分歧并不损害《负曝闲谈》的文学价值,书中以生动形象的方式表现了时代的弊端,尤其是集中在官场、科举以及维新的种种腐败现象上。作者蘧园选择他十分熟悉的全景模式,在前面的二十回里描述了几个年轻书生的可疑的努力,他们想要通过科举考试来保证自己在官场上的升迁。这是一种诉求,随着下面对种种阴谋诡计的提示,在下层的平民与军队管理机构马上受到了追问。江苏和浙江成了几个热心改革

---

① 《文明小史》,第五十一回,第 328 页。
② 这部小说是 1903 和 1904 年发表在《绣像小说》上的。这里依据的版本是《负曝闲谈》,上海古籍出版社 1985 年版。书名的翻译是按照出版者对"负曝"这个概念所作的解释。
③ 阿英的这部论晚清小说概况的著作十分重要,后来曾接连再版。这里依据的是新版《晚清小说史》,东方出版社 1996 年版。阿英的有关异议参看第三章,第 34 页。

者以及接下来的故事的地理背景。这幅图画在下面的十回里通过描述维新活动中一系列富裕代表腐败堕落的装腔作势更得到完善,当时,维新运动在广东也像在北京一样发生。这里可选出几个小故事,说明《负曝闲谈》的强烈告诫的风格。第一个场景的中心是陆鹏,江苏吴县一个地主的儿子。他家里人狭隘固执,骄傲自大,有几十亩田,一幢瓦房,三四间屋,此外还有三条耕牛,佃户每年交纳的十多担粮食,自以为富足和体面,但读者却对他们没有好感。而身为晚辈的陆鹏更是少人同情,一个早熟的后生,在村塾几年学到了一点儿知识,就在关帝菩萨圣诞的庆典上对朋友们摆出名流的派头。

>少时摆饭,什么豆腐、面筋、素菜、索粉,大盘大碗的端上来。除掉王老爹跟陆鹏两个,法雨又拉了几个做买卖的来,坐了一桌。陆鹏一面吃着,一面说道:"前儿府里终复,照例有一席酒,是大厨房备的。燕窝、鱼翅、海参那些,倒还不稀罕。有一只鹅,里面包着一只鸡,鸡里面包着一只鸽子,鸽子里面包着一只黄雀,味道鲜的了不得。"同桌一个做买卖的,便把筷子放下说:"阿弥陀佛!一样菜伤了四条命,罪过不罪过呢?"陆鹏板着面孔道:"你们没福的人,吃了自然罪过;我们却不相干。"另外有一个人叉嘴道:"陆相公,据你如此说法,你是有福气的了?"陆鹏把脸一红道:"怎么没有!不要说别的,就是府太爷下座来替我们斟一巡酒,要不是有福气的,就得一个头晕栽了下来。你们当是玩儿的么?"当下众人听了他的话,默默无言。一时吃完,各自散去。①

那些自封的"维新派"也好不了多少,他们在肤浅、幼稚和愚蠢方面决不比爱虚荣的儒生逊色。有一个故事表明,给人们幸福与公正的内容如何变成了地道的空话与姿态,而作者是围绕着殷必佑来讲述这个故事的。殷必佑只是勉强中了举,得了一个"副榜"。然而很不幸,他生活在世界发生变化的时代也迫使传统的考试习惯也作出了改革。殷必佑惊讶地获悉,朝廷这时宣布废除八股文,要求考生写策论,且不许再用传统的经典。殷必佑无可奈何,面对下面即将到来的考试,他只得接受更多的普通教育。这时,他应该使用什么样的课本呢?《负曝闲谈》的作者在下面这一段话里告诉我们:

>这个时候,镇江的风气渐渐开通,就如黑暗里得了一线光明,然尚不能十分透彻。有几个念书的,立了一个阅报阅书会,把上海出的各种报纸,译的各种书籍,一

---

① 《负曝闲谈》第一回,第4页。

种一种的买齐了,放在社里,听凭人家翻看,借以启发愚蒙。殷必佑的东家本做钱庄生意,在上海立有字号,殷必佑特地托东家叫人在上海另外买几种好的报,几种好的书,以便简练揣摩,学战国时候苏秦的样子。

真是光阴似箭,日月如梭。殷必佑在这上用功了半年,心里也有些明白了,懂得有什么二千年历史、五大洲全球那些字面。有时与人谈论,便要举其一二,夸耀于他。比他下一肩的那些秀才们,便送了他一个外号,叫"维新党"。殷必佑想道:"维新党三字,是个好名目,我不妨担在身上。"自从人家叫他做维新党,他亦自居为维新党,动不动说人守旧,说人顽固,人家如何答应他呢,自然而然要闹出口舌来。①

所以,无可避免,殷必佑招致了当地德高望重的老前辈的愤怒,于是他前往上海,想在那儿改善他的学业。当然,书中对他所进入的改革圈子作了描写,而那里从一开始就没什么好事。

原来那时候上海地方,几几乎做了维新党的巢穴。有本钱有本事的办报,没本钱有本事的译书,没本钱没本事的,全靠带着维新党的幌子,到处煽骗。弄着几文的,便高车驷马,阔得发昏。弄不了几文的,便筚路蓝缕,穷的淌屎。他们自己跟自己起了一个名目,叫做"运动员"。有人说过,一个上海,一个北京,是两座大炉,无论什么人进去了,都得化成一堆。殷必佑这个维新党,既无本领,又无眼光,到了上海,如何能够立得稳呢?自然是随波逐流的了。先到一个什么学堂里去投考,投考取了,搬了铺盖,进去念书。上半天念的西文,下半天念的是中文。吃亏一样,殷必佑是镇江口气,读珀拉玛不能圆转自如,自己心上十分着急。迟之又久,听听自己,听听别人,渐渐的一模一样,方才罢了。学堂里的规矩,除掉念西文念中文之外,另外有一两个时辰,叫他们退到自修室里,做别样的功夫。列公,要晓得自修室就是自己的房间,名为做别样功夫,其实叫他们歇息歇息。有几个好动不好静的,便你跑进我的自修室,我跑进你的自修室。有品行的,不过谈天说地;没品行的,三个一群、四个一簇的,讲嫖赌吃着的经络。讲得丝丝入扣,井井有条。②

---

① 《负曝闲谈》第十二回,第59页。
② 同上,第60页。

好奇的殷必佑只能在空闲的礼拜日外出闲逛,因为平时学生们都被关在学堂里。有一个礼拜日,殷必佑同一个世家子弟单幼仁一起外出,单幼仁带着他到了城里的烟花场所。单幼仁在他光顾的这家妓院里并非生客,马上就遇到了一伙也出来假日冶游的志趣相投的朋友。这一伙人以李平等为首,此人头戴一顶拿破仑帽,以此来体现他的光荣观念,他还是国民会的一个接待员。在点了饭菜并邀请倌人来桌边闲聊后,他们在快乐的交谈中开始了欢宴。

就中以李平等最为激烈,讲了半天的时事。论到官场,看他眉毛一扬,胸脯一挺,提着正宫调的喉咙道:"列位要晓得,官是捐来的,升迁调补是拿着贿赂买来的。就以科甲一途而论,鼎甲翰林是用时文小楷换来的,尚书宰相是把年纪资格熬出来的。大家下了实在的本钱,实在的功夫,然后才有这么一日。什么叫做君恩?什么叫做国恩?他既没有好处给人家,人家那里有好心对他,无怪乎要革起命来!"这话没有说完,众人一齐拍手,就和八面春雷一样。殷必佑再拿眼睛去看陈铁血,见他也在那里颠头播脑。众人乱了一阵,才听见陈铁血开口,一口的杭州土白。他说得越清楚,大家听得越糊涂。只听他一字一板的说道:"泰西哲学家说的,一个人有两个公共心,这两个公共心里面,要分出四派。"刚刚说到这里,一个倌人婷婷袅袅的走将进来,在他肩上一拍道:"耐做倽介,实梗叽哩咕噜?"陈铁血吃了一惊,回头一看,原来是他的相好,嘻开嘴笑了一笑,就不往下讲了。①

下文中也插入了这样的空洞言辞,因为那个颇成问题的环境让人不可能进行深入的讨论。谈话在整体上有一些淫荡与伪诈,而国家的压制则给了"维新派"一个有时是全无道理的歹徒地位,作者也清楚地看到了这一点。我们想用下面的论断来结束我们对这本值得一读的《负曝闲谈》的评述。

却说上海那些维新党,看看外国一日强似一日,中国一日弱似一日,不由他不脑气掣动,血脉偾张,拼着下些预备功夫,要在天演物竞的界上,立个基础。又为着中国政府事事压制,动不动便说他们是乱党,是莠民。请教列位,这些在新空气里涵养过来的人,如何肯受这般恶气?有的著书立说,指斥政府,唾骂官场。又靠着

---

① 《负曝闲谈》第十三回,第63页。

上海租界外人保护之权,无论什么人,奈何他们不得,因此他们的胆量渐渐的大了,气焰渐渐的高了。又在一个花园里,设了一个演说坛,每逢礼拜,总要到那演说坛里去演说。①

## (三) 关于权谋与话柄的影射小说——曾朴的《孽海花》

曾朴的小说《孽海花》也像同时代的许多文学作品一样,只是一部不完整的作品。② 显然,曾朴受到其他作者相关文学作品的鼓励,只用极短的时间就在他的"全景式小说"里反映了晚清社会重要的潮流与发展。在1905年的短短几个月里,他就写出了《孽海花》的前二十回。然后,这部小说的创作中止了二十多年,直到20世纪20年代末,曾朴才重又着手修订这部作品。由于这次也没能全部结束,他就把小说的完成托付给了另外一个人。

众所周知,《孽海花》是清末小说中一部最令人信服和语言最精湛的作品,另外,它也是一部最早把目光对准中国以外的世界的作品。题材重点也有所不同:这里出场的不是虚构的普通儒生和官吏,而是皇帝、沙皇以及外交使团的高官们,在他们的文学形象背后,不难辨认出具体的历史人物来。所以,《孽海花》成了那个时代的一部影射小说。③ 不过,我们在这儿并不想急于分析作品,而是把目光先转向作者的生平。通过曾朴在1927—1929年创作的、带有明显自传特点的小说《鲁男子》中的第一部《恋》,我们可以对作者的童年和少年有很好的了解。④ 曾朴在这部小说里描述了他从小一直到参加科举考试的时期。⑤ 除了受中国本土的文学影响外,小说中年轻而浪漫的主人公的思想感情也从歌德的少年维特或罗曼·罗兰的约翰·克利斯朵夫那儿得到了指引。

曾朴祖籍江苏常熟,1872年出生在一个传统的大家庭里,是个独生子。他的家族从12世纪起就住在这座城市,产生过许多大臣、儒士和将军。年轻的曾朴很有文

---

① 《负曝闲谈》第十三回,第65页。
② 这里依据的是《孽海花》,上海古籍出版社1991年版。也可参看德文版《孽海花》,司马涛(Thomas Zimmer)翻译,慕尼黑,尤迪修姆出版社(iudicium)2001年版。
③ 《孽海花》在当时中国文学中的地位,布兰卡·欣茨(Blanka Hinz)曾有过评述:《小说〈孽海花〉及其在中国文学中的地位》,波鸿,布洛克迈尔出版社(Brockmeyer)1995年版。
④ 参看《鲁男子:恋》的台湾版本,台北,文化图书公司1985年版。
⑤ 这里的生平资料是根据Peter Li的描述:《曾朴》,波士顿,特威涅出版社(Twayne)1980年版。

学才华，此外，在家庭的环境里，他也受到了父亲的培养。父亲是当地公认的散文家，而祖母则教他熟悉了弹词的叙事形式。他曾因阅读《红楼梦》而十分兴奋，这表明即使在动乱的年代，《红楼梦》对年轻人的吸引力也没有受损。曾朴似乎把自己同贾宝玉相比，他的一个具体的经历，也就是他同丁家二表姐的不幸恋情，便是这种情况的基础。在他17岁时，两人被分开了，因为这种关系违反了血缘的禁忌。曾朴深感痛苦，据说，他一直没能完全摆脱由此感受的痛苦。后来，他在《鲁男子》里描述了主人公因为不幸恋情而经历的内心斗争，令人难忘，他唯一的安慰就是确信自己对心上人的爱情始终"纯洁"。曾朴以阴郁的色彩勾画出了一幅相对应的画，描写了他的一个朋友的命运，此人与心上人无拘无束地享受了爱的快乐，逾越了一切禁忌，最后，那一对恋人自杀了。

父亲盼咐曾朴进京赶考，于是，他在1892年中了举。接着，他开始了自己的文学活动，1907年前后，又与著名的翻译家林纾建立了联系。但是，他对林纾感到失望，因为林纾不懂外语，全靠别人帮助，而且是把作品译成文言。曾朴主要对法国的作家以及法国的生活方式感兴趣，如文艺沙龙、罗曼蒂克以及法国人那种冲动的性格。1910—1920年，曾朴翻译了许多法国作家的作品，如巴尔扎克、莫里哀、左拉和雨果，尤其受雨果的影响。曾朴在1913年翻译了雨果的《九三年》，接着，1916年又译出了雨果的剧本《吕克莱斯·波尔吉》。曾朴的儿子1919年去欧洲学医，这样，曾朴跟西方的联系就更加密切了。不过，文学创作始终只是曾朴的一项暂时的工作，因为在1908—1926年，他先后在江苏省的不同岗位上担任职务。

当然，曾朴主要是由于他没能完成的小说《孽海花》而留在后人的记忆里，而《孽海花》的产生过程却相当复杂。作品开头的部分源出于金松岑（1874—1947）。1903年，基于中俄关系十分重要的印象，金松岑写出了小说的前几回，书名就是含义模糊的《孽海花》。金松岑是政治活动的积极分子，写过论文学与社会之关系的文章，翻译过俄文和日文的作品，为公众所周知。"孽海"不难解释为统治者和官员作孽后遭受报应的比喻，正是他们在过去的几个世纪里搞垮了中国。这里暗示的是一个变化的中国及其外交事务的复杂情形以及新文化影响的全面图景。其笔调在总体上不像其他同时代的作品那样具有批判性，但是，作者的描写却相当坦诚，毫不留情，阐明了中国的命运与其高官蠢笨行为的联系。曾朴和他的朋友们一起创建了小说林社，1904年，他注意到了这部小说的素材及其第一位作者金松岑。《孽海花》给曾朴留下了深刻的印象，于是，他决心续写这部作品。他没有改动前面的章回，和金松岑一起制订了总计六十回的写作计划。在"爱自由者"（金松岑最初选用的笔名）和1905年初次发表时采用的"东亚病夫"后面，隐藏着对《孽海花》这两位作者的提示,不过,也许只有一小批行内人了解此事。直到1928年,曾朴才揭开了这个秘密。小说的写作一开始进展得很顺利,两位作者很快就对各个章回的标题达成了共识。可是,曾朴在1905年仅用三个月就写完了二十回,随后却突然中止了创作,而接下来的五回直到1907年才发表。然后,他在二十多年后才重又续写《孽海花》。1928年,曾朴着手修订小说的前面部分,直到20世纪20年代末,才把它扩展为三十五回。作品创作的长期中止自然不会没有痕迹,因此,在某些地方能明显看出,从开头对主要人物的谴责到后面有所保留的挖苦讽刺,其间有着情绪的变化。大概是健康原因迫使曾朴又一次中断了他的创作。张鸿(1867—1941)是曾朴的朋友,常熟老乡,曾在日本当过领事。当他敦促曾朴写完这部小说时,曾朴已处于身体过分衰弱的状况,无力再继续这样的创作了。曾朴把续写的任务交给了张鸿,所以,我们至少可从小说续篇的序言中得知,张鸿在1935年曾朴去世后就立即动手续写。① 张鸿也确实成功了,虽然他已将近七旬高龄,但还是把原来拟定的六十回小说赶在去世之前写完了。书稿最初在《中和月刊》上连载,一直刊登到20世纪40年代初期,最后,在作者去世后的1943年才出版了单行本。② 张鸿的《续孽海花》从第三十一回径直接上了《孽海花》三十回本最后的情景,又一次简要地回顾了已经发生的事件,当时,傅彩云在回南方的路上逃离了亡夫家的人,然后,一直到第六十回,写到1900年发生的义和团等历史事件,突出了傅彩云对瓦德西的影响,极力贬低为被杀的德国公使克林德立牌坊对中国的蓄意侮辱。③

《孽海花》在世纪之初受到读者明显的欢迎,这究竟是怎么回事呢?正如我们从曾朴的说明中所知,《孽海花》在第一版后再版了15次,行销总计5万册。④《孽海花》里有大量描写节庆和饮宴之处,还插入了许多诗歌,这让人隐约想起了《红楼梦》里的氛围。此外,曾朴还以巧妙的形式成功地采用了小说广受欢迎的一系列素材,如才子佳人的题材,以及《儒林外史》给人留下了深刻印象的结构创新,对世纪之交前几十年里中国的政治与社会情况画出了一幅全景式图画,从而把目光扩展到了整个世界。所以,《孽海花》的情节结构清楚地显示出了它与《儒林外史》的相似之处。在《儒林外史》里,大多数主要人物仅提到一次,然后就过渡到下一个故事;吴沃尧在《二十年目睹之怪现状》里,也只是借助于第一人称叙事,围绕着那些几乎没什么关联的故事形成一个个括号;而曾朴

---

① 这里依据的是《续孽海花》,花山文艺出版社1994年版。
② 该书是真美善出版社出版的。
③ 参看时萌对《孽海花》与其续篇关系所作的研究:《〈孽海花〉后五回与〈续孽海花〉》,收于时萌的《曾朴研究》,上海古籍出版社1982年版,第129页。
④ 参看曾朴1928年关于《孽海花》谈话所作的说明,这里收于魏绍昌编选的《〈孽海花〉资料》,上海古籍出版社1982年版,第129页。

则把这种体系发展成了一种"错综式":它围绕着金雯青和傅彩云这两个人物,安排了一系列的次要人物,他们出场的机会有多有少,进而画出了一幅包含着社会不同方面的复面画。① 曾朴在 20 世纪 20 年代末修订他的小说时,已感觉到了应采用那个时代的新的艺术形式,而他的提示,说他试图把中国在世纪之交前发生的政治和社会变化以"拍电影的方式"表现出来,就表明了这一点。他试图用一段说明来反驳胡适针对《孽海花》结构过于松散而提出的批评。② 曾朴显然是以名人轶事的方式来让人了解国家上层机构的决策过程,让作品有一种揭露的特色。他采用一种在政治上比刘鹗更有主张的形式,让作者强烈的反满倾向显而易见,对秘密会社和革命者活动的赞许也相当清楚。俄国的虚无党人像中国的革命者一样被提及,公羊学派的改良哲学同圣西蒙的社会哲学相对照。归根结底,《孽海花》成为了解当代大事的影射小说这一特点要归因于这种情况:在几乎所有的主要人物后面,都有具体的历史人物,从洪钧(1840—1893)化名为金雯青开始,洪钧是曾朴父亲的一个结拜兄弟,而妓女傅彩云则是赛金花(约 1872—1936)的化名,据曾朴说,他本人就认识赛金花。③ 冯桂芬(1809—1874)是那个时代的一个学者和进步的思想家;在小说人物薛淑云背后,实际上是薛福成(1838—1894),他是当朝大臣,曾做过驻英国和法国的公使。在这些主要人物后面,小说里还出现了清代更为知名的大臣形象,如李鸿章、张之洞和李慈铭。④ 金雯青在小说里的挫折和失败表明了传统中国贵族与儒士的失败。偏爱不切实际的书本知识,对世界的偏见和误解,对荣誉和名声的过度自负,这些弱点都受到了毫不留情的批判。

《孽海花》在开头仿照传统的小说,精心配备了一个引言,然后,再由超自然的境况引出后来的情节。曾朴首先写到一个遥远的岛,叫做"奴乐岛",它就在"孽海"之中。书中强调了那个岛上的人崇拜强权,因为该岛不与别国交通,所以对自由等概念一无所知,满足于吃喝穿用等最基本的需求,以为身边有个贤惠的妻子,也许还能成就一点儿功名,就是命运的厚赐了。我们由此不难看出该岛与中国的相似之处。在这段引言之后,作者架起了通向当代之桥:去今 50 年前,大约 19 世纪中叶,奴乐岛四周忽然起了怪

---

① Komplexform 是对"错综式"这个术语的翻译,周锡䜣在他的专著《闲话〈孽海花〉》中曾提到,香港,中华书局,1989年,第 131 页。

② 参看李彼得的评述:《〈孽海花〉的戏剧结构》,收于多勒策洛娃-威林格洛娃编选的《世纪之交的中国小说》,第 150 页。

③ 根据资料,曾朴在民国初期认识了赛金花(即小说的前几回写出后),当时把她说成是一个 50 岁左右的浓妆艳抹的女人。正如曾朴在 20 世纪 30 年代强调的那样,赛金花对《孽海花》中的描写曾作过两点反驳:她不是一个苦力的女儿,在乘船去欧洲的航程中也没有与船长发生过暧昧关系。

④ 关于书中主要人物与真实历史人物姓名的对照,可参看时萌的文章:《〈孽海花〉创作规划全貌管窥》,收于时萌的《曾朴研究》,第 132—164 页。

风大潮,可是,岛上的人们却没有看出危险,依然沉湎于种种尘世的享乐,到了1904年,毁灭已不可遏止,奴乐岛终于沉入了孽海狂潮。当时,只还有一条陆桥通到中国的上海。一天,"爱自由者"得到了这部故事,就把它交给朋友"东亚病夫"出版。然后,小说就相当突兀地转向了《孽海花》的男主人公金雯青,一位来自江苏的儒生,他在殿试中夺得第一,成为状元。这自然是一种靠不住的荣誉,金雯青后来的笨拙就证实了这一点,正如曾朴以直言不讳的讽刺在下面的几句话里所强调的:

> 我想列位国民,没有看过登科记,不晓得状元的出色价值。这是地球各国,只有独一无二之中国方始有的,而且积三年出一个,要累代阴功积德,一生见色不乱,京中人情熟透,文章颂扬得体,方才合配。这叫做群仙领袖,天子门生,一种富贵聪明,那苏东坡、李太白,还要退避三舍,何况英国的倍根、法国的卢骚呢?①

小说的第一部分就是这么开始的,谈到了金雯青的成功高升,而与他相对应的历史人物洪钧就是在1869年的殿试中脱颖而出的。随后,洪钧在省里担任了各种官职,一直到当上内阁要员。1887年,他被委任为出使俄国、德国、奥匈帝国和荷兰的钦差大臣。洪钧的飞黄腾达借助于文学形象得到了精湛的描绘。金雯青决心在1861年设立的"总理衙门"里谋求一个职位,然后,他前往北京,研究外交政策,取得了长足的进步。除了原来的情节线索外,书中还有对当时大事的提示,如法国进占越南(1883—1885),而这是因为当时中国的军事领导人不善于利用军事上的胜利。人们逐渐开始感到,自己国家的情况以及政治家推行卓有成效的外交政策的能力非常糟糕。可是,其中有许多都是假象。金雯青对只知醉生梦死的江西巡抚达兴的无耻行为感到愤怒,也是装装样子的。他自己在母亲去世后就无视为母亲守孝一年的规定,经朋友撺掇去参加了一个佳节胜会,虽然他当时不希望叫歌妓作陪,但还是在那儿第一次遇到了后来的情人。

这样,《孽海花》的女主人公也终于出场了。就像金雯青一样,她也是一个历史人物,对她的身世有着许许多多的传闻。这位女主人公在文学和史书中出现的名字就扑朔迷离,她曾先后作为赵彩云、傅彩云、曹梦兰或傅玉莲出现,不过,她最常用的名字还是赛金花,因为从19世纪晚期起她就以此名众所周知了。② 这位女主人公的生平资料

---

① 《孽海花》,第二回,第4页。
② 有一篇出色的论文对赛金花这个形象作了调查,是这里的主要依据。斯特凡·封·明登(Stephan von Minden):《赛金花的奇特故事——义和团时一个传奇产生与传播的历史学与语文学研究》,斯图加特,弗兰茨·施泰纳出版社(Franz Steiner),1994年,慕尼黑东亚研究文集,卷七十。

我们也并不清楚,只知道,这位后来的公使夫人出身于苏州的普通人家。她自称是1874年出生的,不过,很有可能是故意改动了,而实际上也许是1872年。她是一个短工的女儿,10岁时进了上海的一家妓院,1886年认识了她后来的丈夫,也就是钦差大臣洪钧。洪钧纳赛金花为妾,不久后,就被任命为公使。显然,他认为赛金花是自己身边的一个对新事物颇感兴趣的思想开放的伴侣,带上她出使欧洲显然优于带元配夫人,因为按照儒家的观点,让女人参加社会上的交际是不合适的。关于赛金花在柏林和圣彼得堡等地外交舞台上的交际活动,有着许多奢华的描写,而她本人在20世纪30年代的回忆录中也试图以相应的描述让人对此深信不疑。不过,她还是遭到了世人的质疑,因为洪钧是比较保守的男人,不会给他的夫人太多的自由。所以,有关她同德国宰相俾斯麦会见或觐见德国皇帝的描述,都肯定是捏造的。① 洪钧死后,赛金花又重操旧业,曾因卷入一个烟花女子死亡的案件遭法庭起诉,但是由于她有着良好的关系,很快就得以解脱。最后,赛金花成功地回到上海,嫁给了一个高官,一直到20世纪20年代早期,始终保持着颇有声望的社会地位。然而,在这个丈夫1922年过世后,她回到北京的南城,却只能勉强维持贫困的生活,渐渐地被人淡忘了。当新闻媒体在20世纪30年代初再一次关注她的情况时,这种情况才突然改变。随后不久,她在1934年出版了回忆录《赛金花本事》。这在很大的程度上依然是一次"自我炒作",②但是,对这个名声不佳的女人却是晚年的一次成功。而且,读者对她的出乎意料的兴趣还提供了机会,让这个追求享乐的女人从19世纪80年代晚期陪伴外交官的文学故事对历史观产生了影响。早在世纪之初金松岑关注这个题材之前,樊增祥就在1899年夏天的诗作《彩云曲》里描述过洪钧出使的事,不过,他把故事情节移到了英国。即便在曾朴中止了小说的创作后,一直到20世纪30年代乃至更迟,都还是不断有作者拿起这个样品,充满想象力地加以描绘,这样显然更为简便,因为当时已有很长时间无人知道《孽海花》作者的真实身份了。1910年,陆士谔写出了他的小说《新孽海花》,不过,这部作品在内容上已经跟曾朴的本子毫无关系了。两年后他又出版了《孽海花续编》,有好几回都是写这位名妓与外国将军的桃色事件。这个题材还曾在几十年中多次改编为戏剧和歌剧。赛金花在1934年的回忆录里攻击的目标主要是曾朴。赛金花说,她年轻时跟曾朴很熟悉,对文学创作与真实情况的分离并不特别较真。按照她的说法,这个年轻人当时热恋上了她,对她嫁给洪钧感到气愤和失望,所以才写了这部小说。曾朴在回答这些责难时始终否认自己爱

---

① 参看明登《赛金花的奇特故事》,第111页。
② 这一评价出处同上,第43页。

上过赛金花,这在一定程度上听起来是可信的,因为他比赛金花年轻,在相关的时候才刚刚13岁。①

下面我们就来看一看,故事究竟是如何发展的。曾朴在引入了赛金花的文学形象后,以简短的场景勾画出下面的故事情节,小说随着金雯青被任命为特使进入了第二部分。

傅彩云和她的丈夫途经热瓦(热那亚)到达柏林,金雯青在递交国书后住了下来。1888年威廉一世驾崩,构成了当时的时代背景,弗里德里希三世登基,但是只过了99天,威廉二世又即位。傅彩云带有异国情调的形象成为当时德国社会大事的中心。她同维多利亚皇后的相识成了她在柏林期间的一个高潮。对欧洲宫廷权贵生活的描写与中国皇家的种种纠纷形成了强烈的对照,曾朴在小说的末尾对后者作了简要的介绍。那里的中心是慈禧太后与光绪皇帝之间的争执,慈禧也许一直没有原谅过光绪在19世纪90年代对维新倾向的同情,而年轻的皇帝则再三试图违反慈禧太后的意愿。

随着金雯青回到中国(洪钧任满归国实际是在1890年),小说就转入了第三部分即最后一部分。作者在介绍这个外交官的衰落时编织的线索清晰可辨,读者从前面的描述中已经知道了他花费重金购买秘密地图一事,据说,这幅地图将对中国在与俄国进行边界谈判时大有好处。这桩非正当交易的中间人是毕叶,"萨克森"号轮船上那个施催眠术的医生。傅彩云在她的丈夫与毕叶交谈时在场,只有她预感到金雯青很可能上当受骗,就表示反对购买这幅要价一千金镑的地图。不过,她随后就被金雯青打发走了。在买卖成交后,金雯青叫人制作了地图的彩色复制件,并送回北京收藏。

金雯青回到上海后与朋友们交谈时的言论表明,他这次出使国外并没有学到什么。当时,谈到了外交政策的问题。金雯青颇为轻信地重复沙皇的话,说俄国已经心满意足了,绝对无意扩张它在亚洲的领地。他的这些说法理所当然地受到了充分的质疑。

曾朴在这里生动地描述了他那个时代发生的争论。李台霞的建议被认为有局限性,他指出由于几千年的皇朝统治,中国的政体变化是相当困难的,而教育方面的成就却是可以预期的。这时,参加谈瀛会的一个保守人士又提出了疑虑:在办学堂之前,先要把卢梭的《民约论》和孟德斯鸠的《法律魂》等作品加以禁绝,不然学生就会由于教育而步入歧途,只知谈论"革命"、"平权"和"自由"了。靠着文学在民族自强过程中的突出作用,曾朴再一次把他所利用的小说推到了中心位置。过去,为了从感情上影响人们,传递政治的话题,利用戏剧和小说的能力实在是太少了。而文学从古以来就充斥着颇

---

① 明登《赛金花的奇特故事》,第146页。

有问题的题材,如才子佳人的荒唐故事,或者像《西游记》那样的迷信内容。

在出使欧洲后,现实自然也很快就关照到了金雯青。他到北京的总理衙门里接任了一个新的职位,不久,坏消息传来,俄国根据他当初从欧洲高价买回的地图,对帕米尔地区提出了领土要求。

朋友们在地图问题上给他的支持,帮助他缓解了压力,后来人们才得知,帕米尔问题并非始于金雯青的无知。但是,车夫在闲谈时提到的传闻,说傅彩云私下过着放荡的生活,在戏园里鬼混,却给了金雯青一个致命的打击。事实上,洪钧也正是在1893年有关地图问题的争论之后去世的。傅彩云答应仍然留在亡夫的家里,过令人无可非议的生活,但是最后,她却跟随自己的相好,一个叫孙三儿的武生,私自逃到上海去了。

## (四)其他写中国官场症结的小说

我们在上面较为详细地谈到了一些作家及其作品,介绍了清末谴责小说的主要代表。它们在主题上揭露了官场内的实际情况,由于社会分化对于中国的具体情况以及人们的生活的支配意义,这并不令人奇怪。为了完整起见,下面我们还要列举这方面的一些较短的作品,然后再转向另外一些主题,如妇女问题、海外中国人状况的问题和商人问题,以便对那个时代的作家有关现实问题的文学反映有一个全面的了解。

必须强调指出,下面列举的实例只是从中挑选出的一小部分。① 在李伯元和吴沃尧等作家的作品里,无疑已经充分涵盖了这个领域的最重要方面。不过,在观察方式以及激烈程度上,我们还是能看出一些差别,一些迄今没有提到过的作家陈述了他们的主张,所以,这方面的研究显然是有其道理的。②

有一部反映官场症结的早期作品,是1905年出版的《官世界》,三十二回,其佚名作者使用了"蜀冈蠖叟"这个笔名。书中讲述了鲍心愚的故事,他是一个官僚家庭的少爷,世纪之交时住在北京。在北京被镇压义和团的八国联军占领期间,鲍心愚发现他的同事和许多朋友都不见了。他叫自己的妻子当洋人的女伴与情妇,艰难度日,而自己离开了家。动乱平定后他又回到那儿,却只是看到一片废墟。妻子告诉他,他们的家已经在战火中毁掉了。鲍心愚带着自己余下的钱,跑到四川去谋官,采用种种诡计终于又发了财。《官世界》最后以并不令人鼓舞的笔调结尾:鲍心愚周围的坏蛋大多受到了命运的

---

① 这方面的其他书名可参看鲁的译本:《官场现形记》,第11页,那儿也收有阿英《晚清小说史》对第十一回所作摘录的译文。

② 这里依据的是九卷本"中国近代小说大系"中的两卷,百花洲文艺出版社1993年版。

公正惩罚,但鲍心愚却利用阴谋诡计保证了自己在官场里的升迁。

与《官世界》同时,还出版了《廿载繁华梦》,一部背景相近的比较长的小说,作者是黄小配(1872—1912)。① 先前,黄小配作为《洪秀全演义》和另外几部历史与政治小说的作者已经简要介绍过,他无疑是那个时代的一位最具创造性的作家。② 贫穷迫使生于广东的黄小配年纪轻轻就离开了家乡,到东南亚去谋生,在那儿参加了振兴中华的运动。1903年,他回到香港,先是给《中国日报》当记者,后来又为广东的其他报纸做事。1905年10月,黄小配加入了成立不久的"同盟会",成为同盟会在香港的联络员。在随后的几年里,他的政治活动和新闻工作一直没有中断。1911年武昌起义后,广东宣布独立,黄小配担任了民团局长的职务。1912年,军阀陈炯明借口黄小配侵吞军饷而处死了他,黄小配的动荡生活以悲惨的结局告终。

在《廿载繁华梦》里,黄小配写了周庸祐的故事。周庸祐在父亲死后归舅父傅成抚养。这对于因为好赌而总是缺钱花的周庸祐来说当然不是最佳的境遇,但舅父是广东海关的库书,有办法凭借他那虽然卑微却有利可图的职位,依靠非法的收入来保证可观的外快。这位开了窍的外甥及时地获知了傅成的非法勾当,就买下他那有利可图的官职,而舅父则在新总督到任后仓皇出走,逃往香港。周庸祐确保了自己的经济地位,就转而谋求个人的幸福。他回到家乡,要和年轻的邓家三娘结婚。出面说合的刘媒婆用花言巧语打消了邓家的疑虑,描述了库书夫人的富裕生活,画出了在这个社会圈子里活动的生动画面。

邓家三娘听得,登时皱起蛾眉,睁开凤眼,骂一声道:"哎哟!妈妈那里说?这周庸祐我听得是个少年无赖,你如何瞒我?"刘婆道:"三娘又错了,俗话说:'宁欺白须公,莫欺少年穷。'他自从舅父抬举他到库书里办事,因张制台要拿他舅父查办,他舅父逃去,就把一个库书让过他,转眼二三年,已自不同。娘子却把一篇书读到老来,岂不可笑?"三娘道:"原来这样。但不知这个库书有怎么好处?"刘婆道:"老身听人说,海关里有两个册房,填注出进的款项,一个是造真册的,一个是造假册的。真册的,自然是海关大臣和库书知见;假册的,就拿来虚报皇上。看来一个天字第一号优缺的海关,都要凭着库书舞弄。年中进项,准由库书经手,就是一二百万,任他拿来拿去,不是放人生息,即挪移经商买卖,海关大员,却不敢多管。还有

---

① 小说最初是1905年在香港的《时事画报》上连载的,这里依据的是《廿载繁华梦》,中国文联出版社1996年版。
② 除了这里和历史小说一章介绍的小说外,黄小配创作的作品还有《吴里风声》、《陈凯演义》和《党人碑》等。

一宗紧要的,每年海关兑金进京,那库书就预早高抬金价,或串同几家大大的金铺子,瞒却价钱,加高一两换不等。因这一点缘故,那库书年中进项,不下二十万两银子了。再上几年,怕王公还赛他不住。三娘试想,这个门户,可不是一头好亲事吗?"①

尽管心中仍有不少疑虑,邓家三娘最后还是同意了嫁给周庸祐。但是,她在婚后很快就惹得年轻的丈夫不满,因为她不喜欢丈夫的装腔作势。正如所担心的那样,周庸祐也很快就暴露出了他的劣根性,而且,在家中产生不和之后,由于富有为他提供了机会,他就到别处去寻欢作乐。直到20年后他逃到国外,周庸祐在广东和香港营造了不少爱巢,轮流住在他的10个姬妾那儿。才娶邓氏不久,周庸祐自然还不至于这样,不过,邓氏在得知了丈夫最初的绯闻及其金钱方面愈发无耻的举动后非常伤心,不久就抑郁地去世了。此前,周庸祐曾陪同海关监督晋祥去北京,可是,晋祥却在途中意外地死于上海,于是,周庸祐便侵占了他的几十万两银子的钱财。周庸祐对新任海关监督也不害怕。他自己有了很多的钱,就帮助没有钱的联元谋求这个职位,但又事先约定,联元在担任这个职务后跟他平分从海关收入中克扣的款项。在家庭方面,周庸祐也没闲着,在邓氏亡故后就娶了既贪财又贪权的马氏作继室。陈设豪华的家里摆满了值钱的家具,但后来被一场大火烧光了,这场大火无疑暗示了周家的衰败。

随着时间的推移,周庸祐的行动让他进入了省里的上流社会,那里的人都很喜欢这个新盟友,让他在张总督周围的圈子里参与分享新的横财。下面的例子就表明了当时的做法是多么有想象力,也证明了这个社会阶层已彻底腐朽。

  自古道:"运到时来,铁树花开。"那年正值大比之年,朝廷举行乡试。当时张总督正起了一个捐项,唤做海防截缉经费,就是世俗叫做闹姓赌具的便是。论起这个赌法,初时也甚公平,是每条票子,买了怎么姓氏,待至放榜时候,看什么人中式,就论中了姓氏多少,以定输赢。怎晓得官场里的混帐,又加以广东官绅钻营,就要从中作弊,名叫买关节。先和主试官讲妥帐目,求他取中某名某姓,使闹姓得了头彩,或中式每名送回主试官银子若干,或在闹姓彩银上和他均分,都是省内的有名绅士,才敢作弄。②

---

① 《廿载繁华梦》第二回,第327页。
② 《廿载繁华梦》第六回,第349页。

周庸祐的声望和威信不断地增长,在他进入一个到香港去接待英国太子的代表团时达到了第一个高潮。后来,在北京颇有影响的朋友又推荐他作为参赞出使英国。不过,他偕同夫人到南洋去旅行,却由于与新加坡当局发生的不愉快事件中止了。为了不至于放弃性爱的快乐,周庸祐在香港逗留期间给新买的歌妓桂妹安置了一个住处,除了照顾他在当地的生意之外,还有一个合适的理由,那就是让周庸祐能在那儿欢度他的许多时间。

周庸祐受财富和成功迷惑,随着时间的推移,开始过高地估计自己的地位和影响。接着,他由于失职而遭到起诉。他的家族所有找得到的成员都遭到软禁和讯问。当周家人被戴上镣铐押走时,他们显现出一幅悲惨的情景:

> 统计家里人,姨太太三位,生女一口,是已经许配许姓的,及丫环、梳佣、仆妇、管家,以至门子、厨子,不下数十人,由差役押着,一起一起先回南署。那些姨太太、女儿、丫头,都愁容满面,甚的要痛哭流涕,若不胜凄楚,都是首像飞蓬,衣衫不整,还有尚未穿鞋,赤着双足的,一个扶住一个,皆低头不敢仰视,相傍而行。沿途看的,人山人海,便使旁观的生出议论纷纷。有人说道:"周某的身家来历不明,自然受这般结果。"又有人说道:"他自从富贵起来,也忘却少年时的贫困,总是骄奢淫佚,尽情挥霍,自然受这等折数了。"又有人说道:"那姓周的,只是弄功名,及花天酒地,就阔绰得天上有,地下无,不特国民公益没有干些,便是乐善好施,他也不懂得。看他助南非洲赈济,曾题了五千块洋银,及到天津赈饥,他只助五十块银子,今日抄查家产,就不要替他怜惜了。"又有人说道:"周某还有一点好处,生平不好对旁边说某人过失,即是对他不住的人,他却不言,倒算有些厚道。只他虽有如此好处,只他的继室马氏就不堪提了。看他往时摆个大架子,不论什么人家,有不像他豪富的,就小觑他人,自奉又奢侈得很,所吸洋烟,也要参水熬煮。至于不是他所出长子,还限定不能先娶。这样人差不多像时宪书说的三娘煞星。还幸他只是一个京卿的继室,若是在宫廷里,他还要做起武则天来了!所以这回查抄,就是他的果报呢!"①

小说最后以周庸祐等人仓皇逃往国外收尾,"真是半世繁华,只如春梦",在作品的末尾就是这么写的,它以令人惊异的现实主义手法描写了官员的种种作为。

如果说《廿载繁华梦》中的人物在很大的程度上是虚构的,那么,黄小配在 1908 年

---

① 《廿载繁华梦》第三十七回,第 539 页。

发表的三十二回小说《宦海潮》里描写了一位外交官张荫桓(1837—1900),却是当时的一个真实的历史人物。张荫桓在19世纪80年代中叶曾担任出使美国和西班牙的大臣,可是,他在卷入了1898年失败的戊戌变法后被流放到新疆,1900年在新疆被杀害。正如黄小配在序文中强调的那样,与他在有关袁世凯的作品《宦海升沉录》里的描写类似,他努力精心地描述事情的经过,有意作出不同的强调,想以此同那个时代往往倾向于作出片面判断的文学作品划清界限。

这种带有倾向性的作品还有一个实例,就是小说《无耻奴》。它出自生平不详的作者苏同之手,苏同通过第一回里的下述说明让读者明白了他写作此书的意图。①

> 如今闲话休提,书归正传。只说在下这部小说,为什么把他叫作《无耻奴》呢?这里头也有一个道理。在下虽然年少,却是阅历十年,远游万里,遇着了好些奇奇怪怪的事情,见过了无数獉獉狂狂的人物,那些官场里头的奴隶性质,商界中人的龌龊心肠,都被在下看得明明白白,真是无奇不有,好像在下腹中的方寸之地,就如世界上的人类博物馆一般。看官们看了在下的书,不要说在下的议论过于刻毒,要晓得现在的官场人物,只晓得拼命的贪缘钻刺,那里有什么爱国的热诚。商界里头只晓得一心的积累锱铢,那里有什么合群的团体。差不多就是父子兄弟同在一起,也要极力的挤轧倾排,不遗余力。你想,如今世界可还有什么公理么。在下编这部《无耻奴》小说,也不是有意骂人,不过是把在下十年之内所见所闻的人物,所经所历的事情合将拢来,编了一部小说。②

苏同在小说人物江颖甫身上表达了他对受到抨击的社会圈子里无耻行为的愤恨。江颖甫是乾隆朝一位正直文官的孙子。这个不肖的后辈不是维护家族的荣誉,以无私和可敬的祖父为榜样,而是利用每一个出现的机会发财致富,而且令人惊异的是他总能保护自己。如果他造成的损害仅限于金钱,那也许还可以忍受,但是,无耻的江颖甫简直是肆无忌惮,他在台湾的军事行动中无视军令,把交给他的部队卑鄙地交给了敌人。他不知改邪归正,即使逃亡、坐牢和鞭笞也无法好转。最后,他甚至在上海同妓女陈彩林鬼混,在无耻地榨取了她之后,又把她转让给一个叫安弼士的洋人,巴结讨好他。就好像这样过分的描写还不够似的,苏同在类似下面引文之处还爱插入评论,在评论中强

---

① 1907年发表的《无耻奴》为四十回,这里依据的版本是"中国近代小说大系"。
② 《无耻奴》第一回,第8页。

调他的主要人物的卑劣行径。请看以下引文：

> 他起先娶那陈彩林的时候，原是听得人说他手内很有些儿私积，要想骗他的钱，钻头觅缝的，把他娶了回来，把他的钱骗得差不多了，没有什么好处，自己倒要贴钱养他，便又要想个法儿，推他出去，竟是老着面皮，把一个妓女出身的人认作女儿，还觍颜做那安弱士的岳丈。一个人忘廉丧耻负义背恩到了这步田地，竟是个天生的枭獍豺狼。他也不晓得"道义"两字是什么东西，"廉耻"二字是如何写法，一味的有利必趋，有缝必钻，无论什么事情，一到请教了他，一定没有什么好处，论不定还要倒过头来，反咬你们一口。这样的人幸亏生在中国，地方百姓的风气柔弱，没有尚武的精神，没有国民的公理，所以还把他这一条狗命留了下来。若像他这样妨害社会、欺灭同胞的人，生在欧洲或者日本一带地方，早给人一洋枪打死了，还活得到如今么？①

苏同大概是想借助于浅显的说法来传达他的信息，因此，小说中的人物在总体上都显得空泛和肤浅。不出所料，江颖甫的私人生活就像他做生意一样失败了。苏同这样的作品与传统小说不同的可贵之处就在于这种情况：它完全放弃了命运的安排，还有与早期生活中的行为发生的关联等等，让事情完全确定在社会的方面。

苏同的《无耻奴》堪称那个时代一系列类似作品的榜样，而这些作品对事物的消极看法则是与作者的经历和生平分不开的。与此同时，我们可以理所当然地认为，对知识分子和作家的老一套批评也在相当的程度上遵循了当时普遍认可的态度，人们就以这样的态度对时代的挑战作出反应。谁要是不从当时的多种解决方案中选定一种，而我们在下面介绍的改革文学中还会谈到它们的难点问题，那么，他就会面对一种必要性：或者把自己的理想移到想象的领域，就像吴沃尧的《新石头记》那样，或者到陌生的外国地方去寻找，就像苏同在上面引录的段落里表达的这样。除此以外，对于许多人来说，只有过去还能为他们看到一些正面的东西提供担保。苏同大概也是这么感觉的，他在写作《无耻奴》的同时还发表了《傀儡记》，这是一组官场中正面与反面的故事，人们的遭遇被移到1750—1850年的一百年里。其描写仅有一部分是虚构的，因为苏同为他的作品借用了当时的一系列散文。这部短小作品的基本内容比《无耻奴》更为积极，第一个故事写一个布贩陆增荣，就清楚地表明了这一点。有一天，陆

---

① 《无耻奴》第十一回，第74页。

增荣对他的生意感到厌倦了,就用他的钱财捐了个县官的职位。可是,他远远地高估了自己的能力,在一次觐见皇帝时不合时宜地承认了自己的想法,出于继续发财的理由他才谋求这个职位,于是随后就被罢免了。在下面的一个故事中,不肯受贿的赵中堂的例子也表明了不同于当时的状况,正义最终获得了胜利。赵中堂面对出身皇族的佞臣德兴这样一个强大的对手,虽然不得不暂时忍受一系列的屈辱,但最后他还是胜利了,而德兴则被流放到了边疆。当然,苏同并没有犯下把过去描绘得过于美好的错误,在他的《傀儡记》里,也有一系列未受惩罚的坏蛋,但是在这里,我们就不想作进一步的分析了。

张春帆是我们先已介绍过的小说《九尾龟》的作者,在 1909 年的二十回小说《宦海》里,他也描写了正直官员的榜样。可是,他们反对贪污、贿赂及滥用职权的斗争,却由于全面腐败的习俗而不同于《傀儡记》,从一开始就注定了失败。《宦海》里的故事背景又是广东,结构近似于李伯元的《官场现形记》,故事围绕着一个个官员的形象,有只占一两回的,也有占了好几回的。中心思想是官员们在这个富裕的南方省份侵吞钱财,通过赌博来非法致富。除此以外,故事中还有形形色色可疑的坏家伙,从强盗、窃贼直到妓女。有不少官员从京城来到南方,制止滥用职权并恢复秩序,可是,他们的成功总是很短暂,最后,总是受挫于有权有势的士绅家族,也败于那些腐化同僚的顽强反抗。从京城派来的金方伯的例子就表明,即使在正直的官吏家里,不法行为也牵涉甚广。金方伯一开始全力打击赌博业的坏人。有一天,他跟上司李中丞交谈,谈到举人卢从谨。金方伯到赌馆抓赌,抓了王慕维,但中途却被换成了卢从谨,这件事让上司很不满意。

李中丞一见他,劈头就问一句道:"那卢从谨的事情怎么样?"金方伯倒呆了一呆,便道:"司里已经回过大帅的了,大帅为什么问他?"李中丞微微的笑道:"兄弟的意思,还是将就些儿,从宽办理的好。若老哥一定要认真起来,恐怕于老哥身上有些不便。"金方伯听了,不懂李中丞是什么意思,心上十分不悦,便道:"司里只晓得照例办事,不晓得什么便与不便。"……那晓得李中丞还是笑嘻嘻的,没有一些儿生气的样儿,只淡淡的对着金方伯道:"既然如此,那就只好公事公办的了。"金方伯道:"这个自然。"只见李中丞在袖管里头拿出一件东西来,递给金方伯道:"老哥请看,这件事儿,该怎样的一个办法?"……只见那呈词的第一行上写着几个字儿:"呈为大员纵子受贿私钤印信事。"……原来这个呈词,果然是告着金方伯的儿子,说他受了卢从谨一万银子的贿赂,并且自己亲笔写了一张收据,偷了金方伯的藩台印信,印在那收据上头。①

金方伯并不顾忌这种家庭的关系,向李中丞提出逮捕并处死自己的儿子。但是,他的儿子已经听到风声,逃走了。苦闷和愤怒使得金方伯非常痛苦,他一病不起,不久就死去了。

---

① 《宦海》第三回。这里引自阿英的《晚清小说史》,第161页。

## 三 中国所处困境的全景画

全景画这个概念在分析吴敬梓、李伯元和曾朴的作品时已多次提到了。如果说在前两位作家那儿,题材还是与官场的主题紧密相联,那么,曾朴则主要是利用了"空间小说"的技巧,把主要人物的命运放到一个世界范围的环境里,不过,题材范围在很大的程度上仍然同涉及国家事务的人物密切相联。而中国谴责小说在世纪之交的另外两位重要的代表,则在他们的作品中表明了这样一种环境与场景的改变开辟了什么样的可能性,让我们对整个中国的种种弊端作一个全面的概貌式的了解。

### (一)讽喻式告别旧中国——刘鹗的小说《老残游记》

刘鹗的《老残游记》在好几个方面从大量的作品中脱颖而出,但是,却几乎缺少当时的文学那种紧迫的、咄咄逼人的、有时也是尖刻乃至感伤的风格。[①] 我们在不止一个方面看出它与《儒林外史》的相近之处。在这里,我们只想指出这两部作品出色的散文描写,或者它们对各自时代官场进行批判的实例。当然,刘鹗的目光不是朝后看的。他同他那一代作家的共同之处,无疑是感觉到了自己国家与文化的弱点。在发出尘世是苦海的抱怨之后,他在小说的自序中用下面的话宣泄了自己的苦恼:

> 吾人生今之时,有身世之感情,有家国之感情,有社会之感情,有种教之感情。其感情愈深者,其哭泣愈痛:此鸿都百炼生所以有《老残游记》之作也。[②]

这个刘鹗到底是什么人呢?他在 1857 年出生于江苏六合。也许,多才多艺是他的一个最为突出的特点。凭着这个特点,他取得了不同的成绩,曾多次服务于时代,对社

---

[①] 这一节的标题出自马汉茂为屈汉斯(Hans Kühner)翻译的《老残游记》所写后记的标题,法兰克福(美因),岛屿出版社(Insel)1989 年版。本书依据的就是该译本。中文依据的版本,人民文学出版社 1982 年版。

[②] 《老残游记》自序,第 12 页。

会走向进步的发展有所贡献。一开始,他好像是要走他父亲的路,父亲像先前的许多有文化的人一样选择了做官,后来当上了河南的道台。但是,任性的儿子却没能走通这条路。一名主考官在刘鹗参加的科举考试中拒绝给他好成绩,指出刘鹗引用了卢梭的著作,而卢梭并不属于中国的文学大师,刘鹗对主考官的这种做法嗤之以鼻。[①] 毕竟,刘鹗在他早年时就扩大了视野,除了依照传统学习中国的经典著作外,还向天主教神父等进修过数学和法语。他显然受大城市上海所提供的机会吸引,去那儿做过一段时间医生和企业家,但是并不怎么成功。[②] 刘鹗具有良好的经商意识,他在长江下游地区成功进行的地产投机就证明了这一点。当时,他听说了要兴建津浦铁路的消息,就在那一带买了上千公顷的土地,后来转手卖出,获得了可观的赢利。刘鹗还幸运地开发了山西的一个铁矿,为工程争取到了西方的投资,所签的合同规定,矿山的资产在30年后归还给中国。后来因为这个条款没能兑现,反对刘鹗的人就趁机说他有意卖国,这在很大的程度上导致了刘鹗最后惨遭的不幸。其实,《老残游记》的作者有充分的理由尽情享受他的成功,因为在那个时代,刘鹗被看成一个富人,在北京、苏州和上海等地都拥有房产。他曾按照自己古怪的爱好,让人在南京的一所住宅里修建了一个完全用汉砖砌成的房间。不过,刘鹗并非只是无忧无虑地享受自己的富裕生活。1888年,山东与河南的黄河大堤决口,引起一场毁灭性的洪灾。他依据自己在治河问题上的知识,1890—1893年被山东巡抚张曜聘为水利顾问。刘鹗不同于他周围的大多数水利工程专家,提出了几份备忘录,不赞成拓宽河床,而是要求挖深河床。为此,他在清朝的达官贵人中为自己树了敌,小说中有很大一部分就表现了这种紧张关系。不久后,刘鹗又一次担任了公职。在1894—1895年的中日甲午战争期间,他认识到了建立中国的工业与兴建铁路网的重要,有一段时候曾在京汉铁路工程中担任顾问。他显然是遵循着一种舍己为人的追求,而这也在小说的主人公老残身上再三表现出来。1900年,义和团失败和八国联军占领北京后,刘鹗前往北京。当时,那里的居民正面临饥荒。刘鹗听说,朝廷的粮仓被俄国军队查封了,但是并没有被利用,于是,就以便宜的价格购得太仓储粟,再分发给百姓。然而,这并没有给他带来好处。袁世凯手下的人在1908年起诉刘鹗,控告他挥霍国家财产,而这个理由更由于据说他帮助洋人购买土地而加强了。刘鹗被传唤到法庭上,然后,被流放到西部的偏远省份新疆,随后在1909年,由于旅途中过度劳累而去世。

---

[①] 此提示可参看普实克(Jaroslav Průšek):《刘鹗与他的小说〈老残游记〉》,收在他的《中国历史与文学》中,多德赖特(荷兰),赖德尔出版社(D. Reidel),1970年,第153页。普实克在这儿援引了刘鹗同时代人的信函和日记。
[②] 这些与下面的资料可参看《老残游记》英文版的序言,杨宪益和戴乃迭翻译,北京,熊猫丛书,1983年版,第3—10页。

刘鹗不安定的一生充满了仓皇与动乱，这也在他传留下来的小说片断中反映出来。从他儿子刘大绅关于他的工作方式的说明中可以得知，刘鹗在写作时畅所欲言，没有宏大的计划，作品中那些较大的部分看起来没有关系地并列在一起就说明了这一点。当时儿子有心，父亲也有意，都想让读者对作者的情况并不了解，以避免可能出现的困难。所以，我们有很长的时间都不清楚，在"鸿都百炼生"这个笔名的后面到底是谁。其实，这正是刘鹗创作时使用的笔名。小说分段发表也使我们在介绍作品的产生时深感困难。刘鹗在这一点上也像许多同时代的人一样，把作品分成好几个续篇发表，而且，并不总是形成一个结尾。但是对于《老残游记》，由于人们的研究兴趣很大，我们有令人满意的材料基础，所以，小说创作的一个个阶段都不难领会。① 前面的二十回是主要部分，所述的故事几乎没有什么问题。这个部分在艺术上被视为最成功的部分，其质量适于集中发表。因此，第一一九回、第十回的大部分和第十二一十四回，是1903年9月至1904年1月以连载的方式在《绣像小说》上发表的。而删去的部分是由于出版者李伯元违反了书刊审查的一项规定。于是，刘鹗就转而寻求另外一个刊物。最后，小说的前十回又在1904年天津的《日日新闻》上重新发表了。刘厚泽是刘鹗的一个孙子，在他的文章里提到，该书主要的部分曾在《日日新闻》上发表，一次是八回，一次是十二回。因为在该报上没有标明出版日期，所以，开始发表的日期问题一直没解决，但很可能是在1906年。续集到底有多长的问题也一直没完全弄清。据刘大绅介绍，这个续集原本有十四回，但今天只还有九回，因此，二十九回的版本就是大多数版本的基础。按照刘大绅的说法，他父亲在1907年下决心续写这部小说，那正是他做生意失败而有闲暇重新从事文学创作之后。这个续集很快就要发表了，却又因为作者的悲惨命运而落空。一直到1929年，作者的亲属才又发现了相关的部分，而刘大绅却力图阻止它出版。这个续集有一个包含六回的本子，后来落到了文学家林语堂手里，于是他就着手翻译和出版。② 这成为一系列后续版本的依据，大家都把这个二十六回的版本当作出版的基础。据认为，除了这个续集外，刘鹗还写了一个外编，其原稿包括16页，也像续集一样在1929年被发现。但这第二个片断在总体上对于刘鹗的艺术评价并不重要。存在问题的仍然是小说的第十一回，它在1903—1904年的《绣像小说》上发表时被删去，在天津出的版本中也缺失。刘鹗在发表受挫后有可能把这一回完全改写了，到1905年10月才结束这项工作。在民国时期的最后几年，还曾出过一个四十回的版本，但其中的第二

---

① 黄宗泰（音译，Timothy C. Wong）详细研究了这个问题，下面即依据他的论文：《〈老残游记〉的文本史说明》，收于 T'oung Pao LXIX, 1—3(1983)，第23—32页。

② 该书名为《泰山一尼姑和其他译文》(A Nun of Taishan and other Translations)，上海，商务印书馆1936年版。

部分显然是伪造的。①

在这些开头的说明之后,让我们还是转向作品本身吧。小说的开头混合了现实与超越现实的要素,因而可以对作品作出讽喻式的解释。正如吴敬梓在《儒林外史》里把王冕当作贤人的理想那样,刘鹗也以作品开头提到的蓬莱山成功地引起了类似的联想。老残这个形象不能理解为一个普通人。他并不简单,正如普鲁塞克所说,他是一个儒士的理想形象,不受一切义务和责任的约束,致力于自己的兴趣和爱好。② 他体现为一个江湖郎中的角色,其影响力不仅牵涉到个人,而且,涉及了国家的整体形象。在作品一开头,作者就用一系列的讽喻指出了这一点。这位主人公的名字原本叫铁英(意思是"钢铁英雄"),可是,他更喜欢使用自己的号"补残"(意思是"让老弱病残健康")。这个名字源于唐代的懒残和尚,而刘鹗就在第二个"残"字前加了个"老"字表示尊称。对这位主人公的其他情况介绍得很少,只知他一直读书到三十岁,却从来没有进过学。他就连教书的路也走不通。因为老残觉得自己不适合做别的行当,就拜一位道士为师,学了一些医术,带上一个摇串铃的手杖,奔走江湖。这样我们就清楚了,这个主人公并不是不参与事件的旁观者或评论者,而是在他的旅程中从一个故事走向另一个故事。老残作为江湖郎中,在他的旅途中治好了人们心灵上和身体上的伤痛,他的眼睛也看到了社会的弊病,这样他的形象就具有了一个改革者的特点。他随着时间的进程掌握了丰富的侦查破案和实用技术的知识,解决了形形色色的问题,这些都使得作品十分精彩。最后,老残在梦到自己得道成佛时甚至带上了宗教的特色——圣人的形象完美无瑕。

刘鹗在他的小说里采用了完全不同的要素,正是这种题材的多样性,让他这个在社会的舞台上习惯了活跃交际的人并不感到吃力。书中浓郁的传记特色可以从老残途经济南时同当地官员关于水利的谈话中看出来。作者巧妙地利用季节的变换,给他的故事场景创造了一定的氛围。小说的第一部分是秋季和冬季,因而勾画出了寒冷、荒凉和阴沉的景象。这种令人难忘的描写可举例如下:

> 到了次日,老残起来,见那天色阴的很重,西北风虽不甚大,觉得棉袍子在身上有飘飘欲仙之致。洗过脸,买了几根油条当了点心,没精打采的到街上徘徊些时。正想上城墙上去眺望远景,见那空中一片一片的飘下许多雪花来。顷刻之间,那雪便纷纷乱下,回旋穿插,越下越紧。赶急走回店中,叫店家笼了一盆火来。那窗户

---

① 参看马汉茂所作后记的提示,《老残游记》,第449页。
② 参看普实克:《刘鹗与他的小说〈老残游记〉》,第164页。

上的纸,只有一张大些的,悬空了半截,经了雪的潮气,迎着风"霍铎霍铎"价响。旁边零碎小纸,虽没有声音,却不住的乱摇。房里便觉得阴风森森,异常惨淡。①

可是,刘鹗并不止于单纯的自然观察,而是很善于把这种氛围转到自己国家的现状上。老残看到几只老鸦和麻雀被冻得躲在屋檐底下,其饥寒之状殊觉可悯,可是,接着他却得出了下述结论:

"这些鸟雀虽然冻饿,却没有人放枪伤害他,又没有什么罗网来捉他,不过暂时饥寒,撑到明年开春,便快活不尽了。若像这曹州府的百姓呢,近几年的年岁,也就很不好。又有这么一个酷虐的父母官,动不动就捉了去当强盗待,用站笼站杀,吓的连一句话也说不出来,于饥寒之外,又多一层惧怕,岂不比这鸟雀还要苦吗!"想到这里,不觉落下泪来。又见那老鸦有一阵"刮刮"的叫了几声,仿佛他不是号寒啼饥,却是为有言论自由的乐趣,来骄这曹州府百姓似的。想到此处,不觉怒发冲冠,恨不得立刻将玉贤杀掉,方出心头之恨。②

在小说前七回构成的第一部分中,老残这个角色在很大的程度上只是个提醒者和建议者。他面对的人大多是居于高位的官员,这位江湖郎中只是给他们提供咨询。老残在与县官申东造交谈时说到一伙强盗,他建议请一个叫刘仁甫的贤人来帮忙,此人精通武功,乐于在军事上出些主意。刘仁甫的住处在桃花山,这个提示就像先前提到蓬莱岛一样是对仙境的暗示。于是,申东造派他的亲戚申子平去请刘仁甫,接下来申子平就成了描写的中心。申子平一路辛苦进了山,终于走到一个村庄。接下来的情景,也就是第九—十一回的主要部分,包含了这部小说的哲学与政治的主要信息。在申子平和屿姑的交谈中,作者表达了他自己信奉的太古学派的主要观点。③

这里提到的太古学派是按照周太古(1780—1843)的名字命名的,但是,其开端却似乎是源于16世纪的思潮。作为该学派的领导人,在这里要提到李兆恩。④ 他的继承人周太古在思考中依据儒家的一种原始状态,将其早期形式理解为一种顺应人类理想的

---

① 《老残游记》,第六回,第86页。
② 同上,第87页。
③ 关于太古派,《老残游记》的译者屈汉斯(Hans Kühner)有一篇论文,题目为《太古派的理论与发展,儒家正统观念衰落时期的一个异化流派》,威斯巴登,哈拉索维茨出版社(Harrassowitz)1996年版。接下来的评述主要涉及小说译本中第469页注释的内容。
④ 参看普实克:《刘鹗与他的小说〈老残游记〉》,第156页。

宽容的理论。在小说这一部分的主要章回中,刘鹗以山里的生活为背景,讲述了太古学派信仰的主要内容。黄龙子这个人物大概是该学派的北派创始人张记中(1806—1866)。小说中处于显著地位的屿姑,则体现了摆脱儒家伦理道德限制与羁绊的妇女典型。在对儒家的本质作了一系列阐释后,黄龙子讲述了他对尘世万物发展进程的看法,暗示了清朝统治近年的状况:先是小有动乱,在此过程中,5 年后,风潮渐起,掀起改变的大浪。然后,在顶多十年内,局面就会大不同,在形势发生恶化的转折后,也不可避免地跟着形势好转的时期。黄龙子在与申子平的交谈中有一个针对几十年作出的预言最为精彩,使整个作品获得了"预言之书"的声望。

子平道:"……请问后三甲的变动如何?"

黄龙子道:"这就是北拳南革了。北拳之乱,起于戊子,成于甲午,至庚子,子午一冲而爆发,其兴也勃然,其灭也忽然,北方之强也。其信从者,上自宫闱,下至将相而止,主义为'压汉'。南革之乱,起于戊戌,成于甲辰,至庚戌,辰戌一冲而爆发,然其兴也渐进,其灭也潜消,南方之强也。其信从者,下自士大夫,上亦至将相而止,主义为'逐满'。此二乱党,皆所以酿劫运,亦皆所以开文明也。北拳之乱,所以渐渐逼出甲辰之变法;南革之乱,所以逼出甲寅之变法。甲寅之后,文明大著,中外之猜嫌,满汉之疑忌,尽皆销灭。魏真人《参同契》所说,'元年乃芽滋',指甲辰而言。辰属土,万物生于土,故甲辰以后为文明芽滋之世,如木之坼甲,如笋之解箨。其实,满目所见者皆木甲竹箨也,而真苞已隐藏其中矣。十年之间,箨甲渐解,至甲寅而齐。寅属木,为花萼之象。甲寅以后为文明华敷之世,虽灿烂可观,尚不足与他国齐趋并驾。直至甲子,为文明结实之世,可以自立矣。然后由欧洲新文明进而复我三皇五帝旧文明,骎骎进于大同之世矣。然此事尚远,非三五十年事也。"①

随着向宗教内容摇过去的镜头,黄龙子阐述了他对上天诸神力量的看法,提出了对上帝万能的怀疑,而上帝的万能正是靠神正论的宗教思想来滋养的:魔王与邪恶势力要伤害人,但富有同情心的上帝不会允许。于是,与当时国内大事的政治解释结合起来,就得出了对南方革命党和北方义和拳的警告,而这两种势力都是魔王派来的。正是在这些段落里,刘鹗最早表达了建立君主立宪制的主张。随着这些阐述,故事又转向了申子平原来的诉求,最后,他果真请到了自己要找的刘仁甫。

---

① 《老残游记》第十一回,第 158 页。

在接下来的故事里,仿照中国公案小说的传统,探究了这时又成为故事中心的老残的完全不同的品质。① 有一户贾家,13 口人突然死亡,在齐东镇附近引起了很大的轰动,可是,一开始并没有迹象表明是投毒杀人。老残出席了审案,很快就作出了自己的判断,而且,他身为郎中又在当地进行了调查。他查明了案件的起因是私通,所用毒药的效力可以用一种草药来破解。最后,受害者复活,罪犯受到惩处,才结束了这一部分。②

在小说下面的部分里,刘鹗再一次研究了妇女地位的问题,而这是老残先前已同屿姑谈到过的。老残在旅途中游览泰山时发生的事构成了故事的背景,他们借宿的尼姑庵是供奉道家仙姑的斗姥宫,据说斗姆仙姑是大熊星君的母亲。他们想要找尼姑靓云却没能见到。出乎所料,尼姑庵里发生的事似乎成了某些有伤风化的行为的诱因。那些好学的尼姑不仅念经,而且,极力款待人数众多的或官或绅的香客,尼姑庵就靠这种交往的收入维持生计。尽管流行着这样的轻浮习俗,尼姑们却不准同香客睡觉。然而,这毕竟难以防止更为强烈的爱情关系产生。尼姑逸云同附近一个已成家的任三爷相恋,不得不承受着内心的冲突,而这种冲突就成了中国小说传统中这个在心理深度上绝无仅有的描写的中心。逸云在希望与绝望之间犹豫,以美好的景象描画出厮守在恋人身边的生活,制定了筹钱的计划,打算从尼姑庵赎身,可是,任三爷却没有能力支付这笔钱。于是,逸云有那么一瞬间打算同其他有钱的追求者交往,再创造机会跟任三爷相会。事后,她叙述了自己内心的斗争:

> ……算起来一个月里的日子,被牛马朱苟占去二十多天,轮到任三爷不过三两天的空儿;再算到我自己身上,得忍八九夜的难受,图了一两夜的快乐,这事还是不做的好。又想,嗳呀,我真昏了呀! 不要说别人打头客,朱苟牛马要来,就是三爷打头客,不过面子大些,他可以多住些时,没人敢撑他。可是他能常年在山上吗? 他家里三奶奶就不要了吗? 少不得还是在家的时候多,我这里还是得陪着朱苟牛马睡。
>
> 想到这里,我就把镜子一摔,心里说:都是这镜子害我的! 我要不是镜子骗我,搽粉抹胭脂,人家也不来撩我,我也惹不了这些烦恼。我是个闺女,何等尊重,要起什么凡心? 堕的什么孽障? 从今以后,再也不与男人交涉,剪了辫子,跟师父

---

① 这个公案故事参看《老残游记》的第十五—二十一回。
② 在上面提到的中文版中,从第二十一回开始的章节为第二部分,另有一篇"自序",内容是谈论人生短暂如梦。

睡去。①

最后,在实现了真正的顿悟之后,逸云通过一种内心的分裂回避了周围人的要求。后来,她描述如下:

> 近来,我的主意把我自己分做两个人:一个叫做住世的逸云,既做了斗姥宫的姑子,凡我应做的事都做,不管什么人,要我说话就说话,要我陪酒就陪酒,要搂就搂,要抱就抱,都无不可,只是陪他睡觉做不到;又一个我呢,叫做出世的逸云,终日里但凡闲暇的时候,就去同那儒释道三教的圣人顽耍,或者看看天地日月变的把戏,很够开心的了。②

小说最后没完成的部分,是以老残不久后在梦中游历阴间并达到佛境结束的。

## (二)文学家和煽动者——吴沃尧的社会批判代表作

在这些让我们感兴趣的全景式小说的作家中,另外一个代表就是吴沃尧。他是20世纪初中国小说最富创造性和独具风格的作家之一,他的作品在前面的章节里已提到过多次。在仅仅十几年的时间里,吴沃尧(1866—1910)就发表了数量可观的16部小说,然而,也正是由于作者匆匆忙忙的写作方式,其中有几部只是没完成的片断。吴沃尧是个传统的文人,受过经典教育,但很早就放弃了追求一个稳当的官职,转而从事写作,目的是在清廉正直的统治下为百姓实现正义,支持民族自强的运动,通过掌握现代的知识来发现通向更好未来的路。吴沃尧并不是个革命者,他在总体上更倾向于改良运动。他并不认可全面接受西方价值与立场的想法,很担心中国文化本体的丧失。如果说从他那些内容丰富的小说里听到了一个信息,那么,在这里并没有简单的解决办法:光是呼唤改革和立宪还不够,人们自己也必须发生改变。为了正确理解在吴沃尧创作背后的推动力,对他的生平作一个简要的回顾显然是值得的。③

吴沃尧出身于广东一个颇有影响的官员家庭,吴氏家族从宋代起就定居在佛山。

---

① 《老残游记续集》,第四回。
② 同上,第五回。
③ 这里依据的是高尔德(Ann C. B. Gold)的论文:《吴趼人和晚清的"新小说"运动》,伦敦大学的哲学博士论文集,1987年;以及凯·尼佩尔(Kai Nieper)的《九死一生,吴沃尧(1866—1910),晚清的一位小说家》。

当吴沃尧1866年出生于他祖父在北京的官邸时,吴家最兴旺的年代已经过去了。他的曾祖父吴荣光(1773—1843)还能把各种荣誉都集中到自己家中,1799年中了进士后开始其辉煌的做官生涯,1831年和1836年先后担任了御史和福建盐法道,后来官至湖南巡抚,兼署湖广总督。吴荣光除了他的公务活动外,还是出色的学者和古董收藏家,这一事实更加完善了他作为杰出官员的形象。虽然吴荣光的兄弟及其子女们又让家族颇有名望的地位维持了一段时间,但是,这位显赫先辈的后裔还是没能延续这样的命运。有关吴沃尧童年的详细情况已无从知晓,但是,我们可以认为,那些年他是在较贫困的状况中度过的,也就是说,在他祖父去世后不久全家即从北京迁回佛山之后。在当地的私塾读书时,吴沃尧熟悉了中国历史和文化的基础,可是,在认识到书本知识无用的情况下,他很快就拒绝参加科举考试。这个年轻人在16岁就经受了严峻的考验,1882年父亲去世,他成了家里的新家长。明显的物质困境迫使吴沃尧到上海去谋生,后来,他就在那儿度过了自己一生的大部分光阴。1883年,他在上海的江南制造局做书记,此后除了短时间的中断外,他在那儿一直干到19世纪90年代中期。江南制造局是李鸿章(1823—1901)在1865年倡议建立的,目的是同英国与法国的工程师合作,生产武器、舰船和机器。那里很早就附设了一个翻译馆,负责把技术手册翻译成中文。吴沃尧在那儿掌握了不少技术知识,这些在他后来的许多作品里都留下了痕迹。

  吴沃尧开始他的写作生涯是在1897年或1898年脱离江南制造局之后,当时他转到《字林沪报》去任职。接下来几年,一直到20世纪初,吴沃尧又多次转到新的报社去工作,它们虽然以讽刺的方式报道日常生活中的现实问题,但是,也总是跟马路小报密切相关。吴沃尧除了在报上发表他最早的短篇小说外,还写了一部《海上名妓四大金刚奇书》,那是有关上海名妓生活的一部较长的小说。① 事后,吴沃尧对自己写作生涯的这个开端颇为严苛,认为它毫无意义。② 面对中国现实政治发展进程的挑战,除了从政以外,他唯一可行的路就是加强他的文学活动,作为他对国家大事施加影响的一种可能。在世纪之初,最迟在1898年那场失败的百日维新后,吴沃尧和上海的一系列独具特色的媒体代表一起,拒绝参加朝廷定于1901年举行的"经济特科"考试。这一情况证明了具有批判力的中国知识分子对当时的体制是多么疏离。没有官职的负担,就可以更加自由地登台表演。他投身于1900年义和团运动后,越来越强烈的民族主义热情尤为明

---

  ① 《海上名妓四大金刚奇书》发表于1898年,署名"抽丝主人"。吴沃尧的作者身份虽然未能最后证实,但是,他当时经常光顾上海烟花场的经历使他得以把自己在那儿积累的经验写了出来(参看尼佩尔附录中的说明,《九死一生》,第373页)。

  ② 参看上书的引文,第63页。

显。吴沃尧在他最早的一次公开亮相中表明了自己的演讲才能,他在1901年参加了反俄抗议活动,起因是俄国政府派兵进驻中国的东北,并且想以条约的形式确认他们吞并了该地区。

1902年,吴沃尧在《汉口日报》工作了一段时间。如果说这对吴沃尧继续从事文学活动并没有多少意义,那么,他在同一年发表的短文《吴趼人哭》却让人看出了他后来的社会批判小说的核心主题。① 该文对吴沃尧从事文学创作的动机作了说明。官员们解决社会问题十分无能,也在该文中像教育的弊端以及进行改革时的没有见识一样受到了抨击。这时,吴沃尧绝不是要把中国的旧学说彻底抛开。他更主张在保留本国文化遗产的情况下,把眼光扩展到西方政治、教育和科学领域的有用知识上。他以令人信服的笔调说道:

聪明特达之士,知旧学之不足恃,故努力于新学,有时发为议论,亦多新理;闭塞顽锢之徒,不知此理,墨守旧学,转诧攻新学为邪说,为异端,视之如水火。于是旁观者别之曰:"此新党,此旧党也。"候补各员闻人谈新政,愚者掩耳疾走,黠者极口诋毁。②

吴沃尧同过去那些并不缺乏抱怨的作家之间的区别就在于:他不同于他们,不是自曝家丑,对自己的命运进行批判,而是让目光对准全国老百姓的状况。这种情况很可能要归因于马克思主义思潮追随者的影响,因为他们把"群众"的重要性放在自己思考的中心。谁认识到了"群众"是国家的主人,就会很快地了解到他们是承担责任的主体,正如吴沃尧令人难忘地解释的那样:

百姓生于国家疆界之内,遂为此疆界内之百姓。然自受生之日起,至老死之日止,此百姓之读书与否,国家不问,地方有司亦不问;此百姓之治生业与否,国家不问,地方有司亦不问;是此百姓自受生之日起,至老死之日止,曾未受国家一日之教,一日之养也。不教不养,饥寒乘之,遂起而为盗,国家乃饬地方官捉而杀之。天下冤枉之事孰过于此,故强盗缚赴市曹时,吴趼人哭。③

---

① 除了"我佛山人"之外,吴沃尧使用最多的笔名是吴趼人。
② 引自《吴趼人哭》。
③ 同上。

并不是某个具体的经历促使吴沃尧用他的作品来影响事物的进程，发表他的看法。他是用一定的文学形式来表现，抵制某些风格，尝试新的风格，让一种复杂的心理状况也参与进来。令人感到压抑的情况不断地促使他进行创作，他面对外国人对中国居民的蔑视感到压抑。对自身能力的怀疑在他心中产生，他不相信自己能改变什么。① 在吴沃尧和许多同时代作家的作品中，笔调的特点就是寻求宣泄不满的途径。吴沃尧后来总结道，深沉的沮丧在他的心中爆发为诅咒，最后，他在过度的怨恨中找到了写作。前几个世纪的传统小说几乎没能为他提供出样板。他要探询的是某种新东西，不同于那种"呵风云，撼山岳"或者"夺魂魄，泣鬼神"的作品。

> 夫呵风云，撼山岳，夺魂魄，泣鬼神，此雄夫之文也，吾病不能。至若志虫鱼，评月露，写幽恨，寄缠绵，此儿女之文也，吾又不屑。然而愤世嫉俗之念，积而愈深，即砭愚订顽之心，久而弥切，始学为嬉笑怒骂之文，窃自侪于谲谏之列。②

1903 年，吴沃尧终于把 3 部长篇小说开头的章节寄往横滨，在梁启超创办的杂志《新小说》上发表。③ 与《二十年目睹之怪现状》同时，《电术奇谈》和《痛史》也一起发表了。不久后，他又发表了《九命奇冤》以及轶事集、笔记和评论等等。可以认为，吴沃尧如此繁忙地进行创作，起关键作用的不光是他寻找机会对文学施加影响，而且，经济方面的考虑也起着一定的作用，因为作者这时已完全靠自己的写作为生。而吴沃尧之所以没有沦为粗制滥造的写手，显然是因为他为他的作品选择了颇为不同的样式，在风格上也开辟了新路。《二十年目睹之怪现状》主要是社会小说的形式，而《电术奇谈》更应当归为言情小说。《痛史》传达信息主要是靠历史小说的传统。这些都不同于他早期的文章，因为《吴趼人哭》还是用古文写成的，而吴沃尧此时采用的却是一种与白话相适应的变体。

在 1904—1905 年爆发了大规模的抵制运动，反对美国禁止华工移民所采取的措施，当时吴沃尧正在汉口。1907 年，吴沃尧在他的言情小说《劫余灰》里反映了这次抵制运动发生的事情。

吴沃尧回到上海，在经历了政治舞台上的间奏之后，重又致力于文学与出版活动。他给《红楼梦》写的续篇发表了，那就是《新石头记》。与此同时，他在李伯元去世后续写

---

① 参看高尔德的论著：《吴趼人与晚清的"新小说"运动》，第 125 页。
② 引自《近十年之怪现状》自序。
③ 《新小说》的编辑部在 1905 年迁至上海，当年即在上海停刊。

了《活地狱》。继《新小说》和《绣像小说》之后，汪维甫在1906年创办了《月月小说》，吴沃尧担任主编。他在这份刊物上也发表自己写的作品，如历史小说《两晋演义》，但这部作品像他的某些作品一样没有完成。

在皇朝时代的最后几年，团结在孙中山周围的革命者在1905年创建了同盟会。他们同以梁启超为代表的改良力量的争论越来越激烈，争论首先在推翻皇帝的革命是否必要的问题上爆发。梁启超认为革命是多余的，要求在过渡到共和国之前先实行开明的专制；而以孙中山为代表的政治派别面对中国的存在受到列强威胁的情况，主张推翻皇朝。① 吴沃尧这个时候的作品有相当一部分也受到这些争论的影响，我们可以看出，他对革命派持批评态度，就像他在1907年发表的小说《上海游骖录》那样。不同于他先前创作的《痛史》，吴沃尧这时已不再把清朝统治的问题放在中心的地位，而是代以殖民强国的威胁，按照吴沃尧的看法，这种危险显然被革命派低估了。小说中描述了要在一个村子里逮捕年轻而贫穷的儒生辜望延，因为他议论了军队扰民的事。于是，辜望延逃往上海，在那儿加入了革命的力量。

毫不奇怪，在这10年的末尾，经过多年的繁忙创作，吴沃尧为达到他的政治与社会的目标作了一次总结，以判明自己到底实现了什么。面对社会继续衰落和几乎无望转变的情况，结果看来并非很有成效。

在晚年，吴沃尧的创作活动越来越退居次要的地位，他又一次投身于新的工作。他成了上海两广同乡会的发起人之一，1908年担任了同乡会创立不久的广志小学的校长，定居上海的两广人士的子女均在此读书。吴沃尧在学校里大概一直工作到他于1910年去世，正如人们所知，他在学校里负责制订教学计划和聘任教师。关于吴沃尧本人的教学活动，我们可以推测，却无法作出准确的陈述。总之，他那极为广泛的工作范围在这儿收尾了。不过，在世纪之交的时代背景前，他作为作家和身为教师的活动相隔并不远，这是人们可以想见的。因此，像梁启超这样的改革家早在19世纪末就提出要求，在学校的课堂上也应当讲授小说。而吴沃尧正是以他的历史小说为自己赢得了当教师的资格。②

在有关吴沃尧生活与创作的这个简要介绍中，应该强调指出，我们只能强调他的生平的一些重要方面。他的著作中最具代表性的作品已在前面的章节介绍过，所以，再讲

---

① 详情可参看梅利贝斯·卡梅伦(Meribeth E. Cameron)：《中国1898—1912年的维新运动》，斯坦福大学出版社1931年版。

② 参看尼佩尔的《九死一生》，第141页。

就显得多余了。① 我们在这里只想把目光对准一部小说，它与吴沃尧的联系是密不可分的，实际上也正是他的代表作，尽管他的许多较短的作品在艺术方面也毫不逊色，同样得到了赞许。这里说的是《二十年目睹之怪现状》，吴沃尧在他进行文学创作的整个过程中几乎一直都在写这本书，全书一百零八回，1903年发表了前面的部分，后面的部分一直到1909年才完成。②

《二十年目睹之怪现状》在不止一个方面非常出色，这充分表明了吴沃尧给清末小说以新推动的创新精神。整部作品从第一人称的角度叙述，这在中国是一种原来几乎难以见到的叙述方式。讲述者以回忆录的形式报告，他如何作为一位官员朋友的助手开始他的生涯，后来又成为朋友的生意伙伴。讲述以他在全国做生意20多年的观察为基础，囊括了1894年至1904年之间的时期。一开始，他作为困惑与无知的外行出现，了解各地的情况，但随着时间的推移，他掌握了讽刺的观察方法，最后，又转为听天由命和愤世嫉俗，使作品具有了教育小说的特点。作为观察的重点，主题有官员的腐败和无能，爱国主义的缺乏，无知和虚伪，蔑视传统的价值，教育体系的缺点，以及迷信等等，全都是让吴沃尧这样的人感到燃眉之急的怪现状。作者巧妙地做到了在好几个叙述层面上陈述，借助于不同的结构，把几乎两百个故事、轶闻和事件纳入一个统一的形式，从而至少是部分地保持了一部完整作品的特点。一开始，吴沃尧杜撰了上海的一个叫"死里逃生"的出版者。一天，他在街上碰到一个陌生人，那人把一部书稿交给他发表。由于他很快就断定自己与回忆录的撰写者"九死一生"在思想上有相近性，于是，他就满足了那个人的愿望，把这本小说的稿子寄给了在横滨出版的《新小说》。出版者的形象借助于种种注释、评论和结语仍清晰可见，这样，就跟吴沃尧本人建立了联系，因为正是他在那里发表了《二十年目睹之怪现状》及其他各种作品。"死里逃生"对书中的披露感到震惊，不久就退隐山野了。然后，故事情节就在两个层面上展开。第一个层面的中心是回忆录作者"九死一生"以及他的家人和熟人。在那个时代重大事件的背景前，讲述者解释了他的奇特名字的由来：

> 我是好好的一个人，平生并未遭过大风波、大险阻，又没有人出十万两银子的赏格来捉我，何以将自己好好的姓名来隐了，另外叫个什么九死一生呢？只因我出来应世的二十年中，回头想来，所遇见的只有三种东西：第一种是蛇虫鼠蚁；第二种

---

① 吴沃尧小说的详细目录可参看尼佩尔的附录，《九死一生》，第359—378页。
② 这里依据的是《二十年目睹之怪现状》，人民文学出版社1985年版。英文版选译本由 Shih Shun Liu 翻译，香港，中文大学出版社1975年版。

是豺狼虎豹；第三种是魑魅魍魉。二十年之久，在此中过来，未曾被第一种所蚀，未曾被第二种所啖，未曾被第三种所攫，居然被我都避了过去，还不算是九死一生么！所以我这个名字，也是我自家的纪念。①

小说的整个情节以及穿插进去的故事，九死一生在同亲人在一起以及到全国旅行的20年中汇集起来的故事，都需要放在这篇总结了他的体验的讲述背景前加以审视。

第一个叙述层面的事似乎构成了框架故事，很快就在书中得到了介绍。我们得知，讲述者15岁就失去了父亲，家财被托付给了一位伯父，他声称把银子带到上海去存放，再用利息来养活全家人。后来，少年询问那笔钱怎么样了，却很长时间都没有得到答复。于是九死一生前往南京，想亲自向伯父打听，但是却没有找到他。在经济困境中，一个叫吴继之的朋友接纳了这个年轻人。吴继之在京城中了进士，然后分到江苏担任一个官职，顺带也做些生意。他让九死一生也渐渐地参与了他的生意。过了很长时间，九死一生才同他的伯父取得联系，但是，伯父只交出了当初委托给他的财产的一小部分。伯父利用一封伪造的电报，骗这个年轻的侄儿返回家乡。其时，他家的族人正借口修复祠堂的开支很大，要欺诈九死一生和他的母亲。他和母亲愤怒地拒绝了，然后同堂姐和婶娘一起迁往南京，在吴继之家隔壁找了个落脚的地方。九死一生受吴继之委托，在全国到处跑生意，给自己和家人挣取收入，除了邻近的苏州和上海外，还到过广东和北京等遥远的地方，而且在北京住了较长的时间（第六十一—一百零六回）。有一天，传来了一个叔叔在山东去世的消息，九死一生即前往运送装殓死者的棺材，还收养了叔叔的两个遗孤。这时，吴继之已经破产了。随后，讲述者受到债主追逼，就把回忆录交给一个朋友，返回了自己的家乡。

这段简短的概述已经说明，吴沃尧给读者成功地展示了一幅他那个时代社会状况的全景画。这个情况得到了许多同时代的人物证实，而他们都隐在小说里一系列人物的名字后面。② 叙述者"我"及其亲人的不快经历，揭示了人与人之间的关系，而这一方面发生的震荡在传统的家世小说如《金瓶梅》和《红楼梦》里只是得到了并不充分的表现。在自己的家族仍是抵制墙外尘世诱惑的堡垒这个印象占支配地位时，讲述者家乡的族人却以其贪得无厌的举止同那些自私自利的官员和政客只有很少的差别，而书中对后者是通过第二个叙述层面的故事来讲述的，是讲述者在全国到处旅行时了解到的。

---

① 《二十年目睹之怪现状》，第二回，第6页。这里引自尼佩尔的《九死一生》，第155页。
② 详情可参看尼佩尔附录中的说明：《九死一生》，第353—356页。他借助于校勘，列出了这些人的真实姓名。

这里已不再只是对"体制"提出质疑。整个小说更想给出一个印象：这个社会相当腐败，而人们已彻底堕落了。作品彰显了一个像吴沃尧这样的艺术家，他在自己的其他作品中并不是个语调温和的代表，但是在《二十年目睹之怪现状》中，他却做到了在全面批判社会或官场时并没有迷失自己，而这正是与他同时代的某些作家所特有的一种风格。他创造出细腻的层次，揭示了主要人物的人性弱点。在书中，吴继之作为九死一生一家的朋友和恩人，表现出了一系列积极的方面。他作为官员和商人所起的作用，一开始也很成功，无可非议。当然，他的随大流的毛病很快就暴露出来了。他同自己年轻的朋友谈到中国军队中的腐败，用下面的话说明了他那很成问题的职业道德：

> 你说谁是见了钱不要的？而且大众都是这样，你一个人却独标高洁起来，那些人的弊端，岂不都叫你打破了？只怕一天都不能容你呢！就如我现在办的大关，内中我不愿意要的钱，也不知多少，然而历来相沿如此，我何犯着把他叫穿了，叫后来接手的人埋怨我；只要不另外再想出新法子来舞弊，就算是个好人了。①

这自然是尖锐的讽刺：吴继之拒绝贿赂上司，最后自己失去了官职。他作为商人的活动也不成功，结果破产了。正如所述，这些都是故事的中间音，吴继之这个形象是矛盾的，因而也就特别有人性。让他这个形象具有正面特点的是他的判断能力，最后，他把自己的看法总结如下：

> 总而言之，世界上无非一个骗局。你看到了妓院里，他们应酬你起来，何等情殷谊挚，你问他的心里，都是假的。我们打破了这个关子，是知道他是假的；至于那当局者迷一流，他却偏要信是真的。你须知妓院的关子容易打破，至于世界上的关子就不容易破了。惟其不能破，所以世界上的人还这么熙来攘往；若是都破了，那就没了世界了。②

小说中有一个让人更加难忘的反面形象，就是那个满族的候补官员苟才（与"狗才"谐音，也可以译成"狗东西"）。他是吴继之的一个邻居，一直到书的末尾都没有完全消失（在第四——一百零五回曾多次出现），在故事情节中起到了一个重要的括号的作用。

---

① 《二十年目睹之怪现状》第十四回，第119页。
② 同上，第八十六回，第799页。

而且,他这个例子还表明了两个叙述层面之间的联系。

我们第一次注意到苟才,是讲述者有一天看到他穿着华丽的衣服走到房子前面,同一个客人道别。这个满族人的房子旁边挂了一块牌子,对他的很高的社会地位作了介绍。当九死一生向他的朋友和恩人吴继之说起这些时,吴继之对他的好奇询问只是一笑了之,避开了这个话题。到了另一个完全不同的场合,吴继之才又谈起苟才,并且较为详细地介绍了他,作为故事里的故事,使围绕这个满族人的描述从第一个层面上升到第二个层面。我们得知,苟才先前呈交过一份讲述理财政法的条陈,可是在藩台那儿不受欢迎,结果失去了他的职位。过了三年,他又想谋取官职。苟才是官员中的一个重要的反面人物,而这个话题在书中的许多部分都再三提起。这时,一般是让几个故事围绕着一个特定的问题或一个特定的人物。吴沃尧在小说的开头主要是说官场的问题,他让自己虚构的备忘录作者不断地旅行,逐渐把其他题材移到故事的中心。在作品的中间部分,他着手探讨爱情、婚姻和家庭的问题,而九死一生这时正在南方。吴沃尧又抓住了爱情与犯罪的联系,让人隐约想起他那部公案小说《九命奇冤》的内容。

在另一个轶事里讲述了一个感人的故事,那是九死一生在香港逗留时听说的。故事里说到一个幸运儿,他"淘了一口古井",也就是说,他得到了一个有钱的寡妇或妓女的宠爱。这段故事的主人公是乡下人悝阿来,他同父亲吵了一架后就赌气离开家乡,到了香港,在那儿当苦力。他给一位咸水妹当差,抢劫了她,然后带着钱回到家乡。父亲满腹狐疑地打听钱的来历,随后得知了一切。于是,他强迫阿来跟他去香港,归还了抢来的钱。女主人对这样的真诚感激不尽,于是又接纳了阿来,最后还嫁给了他。如果以为这个小故事是想要说明,吴沃尧把乡下的普通人看作带来革新希望的代表,那肯定是过分夸大了。农民虽然人数众多,但是,过去和现在都难以在政治上组织起来。《二十年目睹之怪现状》的作者与城市里的文化活动也有紧密的联系,即便在下层机构那些权力很小的官员身上,种种弊端也暴露得相当明显。这方面的一个实例就是典史卜士仁("不是人"的谐音),他在离职后这样讲述自己的体会:

> 至于官,是拿钱捐来的,钱多官就大点,钱少官就小点;你要做大官小官,只要问你的钱有多少。至于说是做官的规矩,那不过是叩头、请安、站班,却都要历练出来的。任你在家学得怎么纯熟,初出去的时候,总有点蹑于蹑脚的;等历练得多了,自然纯熟了。这是外面的话。至于骨子里头,第一个秘诀是要巴结:只要人家巴结不到的,你巴结得到;人家做不出的,你做得出。我明给你说穿了,你此刻没有娶亲,没有老婆;如果有了老婆,上司叫你老婆进去当差,你送了进去,那是有缺的马

上可以过班,候补的马上可以得缺,不消说的了。头一等的,是上司叫你呵□□,你便马上遵命,还要在这□□上头加点恭维话,这也是升官的吉兆。你不要说做这些事难为情,你须知他也有上司,他巴结起上司来,也是和你巴结他一般的,没甚难为情。譬如我是个典史,巴结起知县来是这样;那知县巴结知府,也是这样;知府巴结司道,也是这样;司道巴结督抚,也是这样。总而言之,大家都是一样,没甚难为情。你千万记得"不怕难为情"五个字的秘诀,做官是一定得法的。如果心中存了"难为情"三个字,那是非但不能做官,连官场的气味也闻不得一闻的了。这是我几十年老阅历得来的,此刻传授给你。①

上述一切跟苟才的行为相比,自然还是相形见绌了。苟才对这里所述的"无耻"一词已彻底心领神会了,以下就用他的故事来结束这一节。

其间,九死一生到了北京,刑部的一个官员在那儿给他介绍了一种官照,说他的同事们都随身带着,如果在违禁嫖娼时被抓获,就可以避免处罚。有一次三个高官去嫖妓,受到一个巡街御史的惊吓,才采用了这种官照。那件事以悲剧告终,因为当时他们试图逃跑,却又被抓住,由于害怕而不肯暴露自己的真实身份,结果遭受了令人屈辱的杖刑,然后就羞愧得自尽了。这时,一位监察御史又让苟才陷入了困境。苟才此刻刚失去一个儿子,承受了很大的不幸。不仅如此,偏偏又有一位钦差大臣来到扬州地区,调查有关渎职的报告,苟才也名列其中。苟才在撤差后不属看管之列,已是不幸中的万幸了。无所事事的等待是难以忍受的。一个朋友很快就想出了主意,让苟才期盼着制台能重新任用他。不久前制台失去了他的爱妾,这时,能否把儿子的遗孀送给他做妾,从而获得这个有权势的上司的恩宠呢?在一个激动人心的场景里,苟才按照自己拟定的计划,试图说服年轻的寡妇,乞求她的帮助。

"媳妇一个弱女子,能办得了什么事?就是办得到的,也要公公说出个办法来,媳妇才可以照办。"

苟才向婆子丢个眼色,苟太太会意,走近少奶奶身边,猝然把少奶奶捺住,苟才正对了少奶奶,又跪下去。吓得少奶奶要起身时,却早被苟太太捺住了;况且苟太太也顺势跪下,两只手抱住了少奶奶双膝。苟才却摘下帽子,放在地下,然后蹚的蹚的,碰了三个响头。原来本朝制度,见了皇帝,是要免冠叩首的,所以在旗的仕宦

---

① 《二十年目睹之怪现状》第九十九回,第926页。

人家,遇了元旦祭祖,也免冠叩首,以表敬意;除此之外,随便对了什么人,也没有行这个大礼的。所以当下少奶奶一见如此,自己又动弹不得,便颤声道:"公公这是什么事?可不要折死儿媳啊!"苟才道:"我此刻明告诉了媳妇,望媳妇大发慈悲,救我一救!这件事除了媳妇,没有第二个可做的。"少奶奶急道:"你两位老人家怎样啊?那怕要媳妇死,媳妇也去死,媳妇就遵命去死就是了!总得要起来好好的说啊。"苟才仍是跪着不动道:"这里的大帅,前个月没了个姨太太,心中十分不乐,常对人说,怎生再得一个佳人,方才快活。我想媳妇生就的沈鱼落雁之容,闭月羞花之貌,大帅见了,一定欢喜的,所以我前两天托人对大帅说定,将媳妇送去给他做了姨太太,大帅已经答应下来。务乞媳妇屈节顺从,这便是救我一家性命了。"少奶奶听了这几句话,犹如天雷击顶一般,头上轰的响了一声,两眼顿时漆黑,身子冷了半截,四肢登时麻木起来;歇了半晌方定,不觉抽抽咽咽的哭起来。苟才还只在地下磕头。少奶奶起先见两老对他下跪,心中着实惊慌不安;及至听了这话,倒不以为意了。苟才只管磕头,少奶奶只管哭,犹如没有看见一般。苟太太扶着少奶奶的双膝劝道:"媳妇不要伤心。求你看我死儿子的脸,委屈点救我们一家,便是我那死儿子,在地底下也感激你的大恩啊!"少奶奶听到这里,索性放声大哭起来。一面哭,一面说:"天啊!我的命好苦啊!爸爸啊!你撇得我好苦啊!"①

其余的亲戚在得知苟才的计划后也都来哀求这个年轻的儿媳,终于打破了她的反抗。她激动地消除了自己内心的顾虑,陷入精神癫狂与玩世不恭的状态。

少奶奶也不答话,站起来往外就走,走到大少爷的神主前面,自己把头上簪子拔了下来,把头一颠,头发都散了,一弯腰,坐在地下,放声大哭起来。一面哭,一面诉;这一哭,直是哭得"一佛出世,二佛涅槃"!任凭姨妈、鸦头、老妈子苦苦相劝,如何劝得住,一口气便哭了两个时辰。哭得伤心过度了,忽然晕厥过去。吓的众人七手八脚,先把他抬到床上,掐人中,灌开水,灌姜汤,一泡子乱救,才救了过来。一醒了,便一咕噜爬起来坐着,叫声:"姨妈!我此刻不伤心了。什么三贞九烈,都是哄人的说话;什么断鼻割耳,都是古人的呆气!唱一出戏出来,也要听戏的人懂得,那唱戏的才有精神,有意思。戏台下坐了一班又瞎又聋的,他还尽着在台上拼命的唱,不是个呆子么!叫他们预备香蜡,我要脱孝了。几时叫我进去,叫他们快快回我!"

---

① 《二十年目睹之怪现状》第八十八回,第816页。

苟才此时还在房外等候消息,听了这话,连忙走近门口垂手道:"宪太太再将息两天,等把哭的嗓子养好了,就好进去。"少奶奶道:"哼!只要炖得浓浓儿的燕窝,吃上两顿就好了,还有工夫慢慢的将息!"苟太太在旁边,便一迭连声叫:"快拣燕窝!要拣得干净,落了一根小毛毛儿在里头,你们小心抠眼睛、撑指头!"鸦头们答应去了。这里姨妈招呼着和少奶奶重新梳裹已毕。少奶奶到大少爷神主前,行过四跪八肃礼,便脱去素服,换上绸衣,独自一个在那里傻笑。①

跟原本希望的不一样,苟才在送出儿媳后并没有马上得到所求的官职,因为总督恰巧这时被调到北方去了。于是,苟才又前去拜访他,恳求一个职位。后来,苟才终于病倒了,最后,由于儿子龙光以及内弟承辉的决定性作用而死去,因为他们俩都觊觎老头子的钱以及他的姬妾。这两个人故意违反对病人的严格的饮食规定,给他吃贵重的鲍鱼等禁忌菜,从而加速了他的死亡。所以,即便是下一代人也没什么指望,父亲的邪恶已经在儿子的心里扎了根,儿子甚至超过了老人。也许可以认为,正是在这儿,吴沃尧委婉地表达了他对中国未来发展的悲观看法。

《二十年目睹之怪现状》的创作时间很长,吴沃尧用九死一生这个以第一人称叙述的形象确定了一种个性化的讲述方式,从而使作品带上了浓郁的自传特色。吴沃尧极力得到比较客观的看法,十分强烈地关注着世纪之交以来的时事,在他去世的1910年,他又写了一部二十回的续集,可是没完成,书名是《最近社会龌龊史》(又名《近十年之怪现状》)。② 吴沃尧在他写的自序中对这本书的源起作了说明:

惟《二十年目睹之怪现状》一书,部分百回,都凡五十万言,借一人为总机捩,写社会种种怪状,皆二十年前所亲见亲闻者,惨淡经营,历七年而犹未尽杀青,盖虽陆续付印,已达八十回,余二十回稿虽脱而尚待讨论也。春日初长,雨窗偶暇,检阅稿末,不结之结,二十年之事迹已终,念后乎此二十年之怪状,其甚于前二十年者,何可胜记?既有前作,胡勿赓续?此念才起,即觉魑魅魍魉,布满目前,牛鬼蛇神,纷扰脑际,入诸记载,当成大观。于是略采近十年见闻之怪剧,支配先后,分别弃取,变易笔法(前书系自记体,此易为传体),厘定显晦,日课如千字,以与喜读吾书者,再结一翰墨因缘。③

---

① 《二十年目睹之怪现状》,第八十九回,第830页。
② 小说《近十年之怪现状》当年发表于《中外日报》。
③ 引自《近十年之怪现状》自序。

即使没有这一段提示,它与《二十年目睹之怪现状》的联系也很快就非常清楚了。吴沃尧直接以小说形象九死一生为起点,透露了他的"真实身份"。我们从中获知,这里涉及到了一个余嗣偁,他在交出自己的手稿后回家乡过了几年,然后又来到上海,在一个熟人的办事处里找了个职位。余嗣偁在那儿很快就被卷入了矿山招股的欺诈活动中,于是有人劝他逃走。在另一幅全景画里,作者描写了官员的堕落行为和商人的骗人交易。在这个续集中,已经转变成为由作者来叙述,这使得吴沃尧可以让自己对事件的参与退居次要的地位,强调了一种与事件保持距离的态度。这样也就没有必要再把整个故事情节纳入第一人称的叙述关系,而这显然有益于插曲性的特点。不过,吴沃尧还是让作品集中于少数几个主要人物,从而成功地保持了《最近社会龌龊史》的完整性。

吴沃尧在1906年发表了十二回的未完成小说《糊涂世界》,①也采用了类似的题材,以一系列松散的故事讽刺抨击了官场的行为。其结构模仿吴敬梓的《儒林外史》,让一个故事的次要人物逐渐成熟为下一个故事的主要人物。作者的看法十分清楚:秩序在中国遭到破坏主要是由于社会的腐败。就连那些小官员也受到了批判,因为他们的追求跟上司的追求相似,只是关心自己的利益。

最后,吴沃尧的社会批判小说由于1907—1908年发表的只有十回的小说《发财秘诀》(又名《黄奴外史》)而更趋完善了。② 小说中描写的故事发生在1856—1872年之间。这一次,官场的题材只是附带出现,中心是一伙游手好闲者和拼命钻营的商人,他们几乎是不择手段地发财致富。这些人仅有少得可笑的外语知识,却足够给洋人当买办,保证生意的成功,这可真是中国教育理想的一场闹剧。《发财秘诀》清楚地表明了作者对1905年抵制美国商人受挫的愤怒和失望,正是那一次,他对上海商界的希望彻底破灭了。

---

① 《糊涂世界》发表于《世界繁华报》,有欧阳钜元的一篇序言。
② 《发财秘史》发表于《小说月报》。

## 四 清末小说中的其他倾向

试图对清代统治的最后十年里发表的大量小说全都作出内容上的介绍,那恐怕是毫无希望的冒险。据新近的研究,在那个时候的大约十几种白话报纸和至少三十种文学杂志中,确实刊登了将近1500部小说,大多以连载的形式发表,其中,有大约1000部后来又出了单行本。① 即便如此,这也只是并不充分地囊括了那个时期的整个文学创作。阿英没有进一步说明他的陈述,放弃了列举具体的数字,他在《晚清小说史》中告诉我们,按照他的估计,世纪初十分活跃的翻译活动使得中文原创作品的数量相形见绌,而从西方和日本的文学中翻译过来的作品占了当时作品总量的2/3以上。② 下面,我们试图指出中国小说在世纪之交的一些重要方面,就像前面的章节一样,主要是关注各个主题及其在文学上的表现。

### (一) 改良还是革命? 一场政治辩论及其在文学中的反映

我们还可以举出一系列有关清末中国官场弊端的小说,不过,这次选择时只想保留那些具有代表性的作品。对于迄今只是顺带涉及的改革难题,我们将转向更宽的范围,从全然不同的立场出发,为这个时期中国的普遍困境探讨解决的办法,在当时的几部小说中寻找其文学表现。

在下面介绍的小说作品里,提出了实行立宪改革的要求,涵盖了从君主立宪一直到实施革命的范围。③ 梁启超在1902年曾发起大讨论,而且在虽然是小说但只写了五回而未能完成的《新中国未来记》里,陈述了他的主张。④ 梁启超在他那个时代的政治讨

---

① 据取自加斯特(Gast)译的《文明小史》,第24页。
② 阿英:《晚清小说史》,第14章,第210页。
③ 马汉茂对晚清小说中的改革主题作了出色的概述:《晚清小说中投机改革家》,收于《塔康评论》(*Tamkang Review*),卷十五,第1、2、3、4号,第509—522页。
④ 《新中国未来记》是1902年在《新小说》上连载的。这里依据的是阿英的《晚清文学丛钞》,中华书局1960年版,卷一,第1—82页。

论中起了十分重要的作用,是清末小说发展的重要推动者,可是,他作为作家取得的成绩却很一般。《新中国未来记》的故事情节并不生动,其红线是两个从欧洲留学归来的主人公黄毅伯(黄克强)和李去病(意思是"去除疾病")在热衷改革的中国的经历。在他们同北京、上海和香港的一系列政治活动家会见并讨论的背景前,梁启超清理了他旅居日本和美国得到的印象。美国因为普遍存在着种种的现象,比如腐败堕落、种族主义和帝国主义,让他几乎没看到可以在自己家乡借鉴的积极方面,所以他显然对在日本看到的国家主义观念更为倾心。梁启超对改革过程在中国的长期性并没有抱很大的幻想,而是得出结论,中国要形成一个独立自主的中产阶级,只有经过国家上层开明统治者的长期监护才能实现。这个观点也就是《新中国未来记》的核心。梁启超在书中多处以讽刺的方式谈论那些混乱而不成熟的社会概念,就像它们在中国各大城市的知识界流传的那样。同较晚的那些描写改革难题的作品的作者相似,梁启超也在他的小说里广泛地批评了这方面的消极现象,却没有进一步表述自己的看法。由于梁启超在改革运动中所起的重要作用,由于《新中国未来记》的发表时间较早,我们有必要对这部作品中重要的第五回作更为深入的考察,因为作者在这里率先采用了后来引起许多人模仿的观察和描写方法。

这一回先是描述了李去病和黄毅伯在北京听到全国都在抗议中俄新密约的消息,十分欣喜。正如梁启超言简意赅地说明的那样,他们欢欣鼓舞,但因为久离故国对新时期的风俗并不熟悉,两个人就跑到上海,盼望在那儿遇到志同道合的人。正如我们在小说前面的章回中所知,这两个朋友在一路的车站上目睹了以改革思想和自由思想进行的激烈辩论。在一个令人更加难忘的场景里(第四回),两个人出席了大诗人拜伦作品的一个朗诵会,而拜伦正是因为参加希腊争取自由的斗争壮烈牺牲被颂为英雄的。

黄毅伯和他的朋友在到达上海后住在一个表叔家里。两个年轻人通过表叔很快就与当地的改革力量取得了联系。一天,一个叫宗明的男子来看望他们,名片上写的是"支那帝国人"和"南京高等学堂退学生民意公会招待员",该公会是一个连梁启超本人也由于学者们的要求而加入了的可疑团体。宗明的外表让人不大信服。他没有辫子,留着齐肩发,穿着西式的皮鞋和衣服,来到主人面前。宗明向新来者宣传的政治纲领也让人感到贫乏。颇有兴趣且十分认真的李去病获悉,民意公会才成立几天,把简单的解决方案写进了纲领,而宗明用简洁的语句概括如下:

我们想,今日的支那,只有革命,必要革命,不能不革命,万万不可以不革命。

那满洲贼,满洲奴,总是要杀的,要杀得个干干净净,半只不留的,这就是支那的民意,就是我们民意公会的纲领。①

李去病接到民意公会在礼拜天集会的邀请有些犹豫,表示他由于家事的原因也许很快就要离开这座城市。他居然有这么多传统的家庭亲情,像宗明这样"思想解放的"、致力于废除一切传统的人自然觉得是可疑的。宗明忍不住发表意见说,旧中国的哲学家强调家庭内部的联系,只是造就出了一群奴隶,所以,任何对亲人的关心照顾都是不合时宜的。李去病气愤地驳斥了这种挑衅性的指责,指出一个人若是连自己的父母都不爱,他也就不可能关爱整个民族。梁启超的主张在李去病和黄毅伯的反应中越来越清楚,带有相当彻底的性质。他嘲讽地描写像宗明那样自封的革命者,批驳不肯承认文化传统的人,因为他们摆出一种不是中国人的姿态,用老一套空洞言辞表达的看法来阻碍认真促成变革的能力。如果说这种描写的语调在这一回的前几页还是轻松的和讽刺的,那么,随着时间的推移,它就带有了越来越严肃的特点。因为李去病和黄毅伯没能及时订到船票,不得不继续留在上海,所以,他们决定接受宗明的邀请,出席会议。国学教习郑伯才就是这次会议上的主讲人。不出所料,会议成为了一场闹剧,报告内容贫乏,而宗明登台也只是重复了他先已讲过的革命空话。唯有演讲后同郑伯才及其他与会者小范围进行的讨论,才算是较为深入地探讨了革命的难点问题。在评价中国的危急形势、改革运动仅限于几个沿海城市以及其他一些要点上,郑伯才跟这两个朋友的意见分歧并不是很大,只不过他们促成变革所要走的路不一样,彼此观点相左。

伯才道:"兄弟想今日中国时局,总免不过这革命的一个关头,今日办事,只要专做那革命的预备;今日教育,只要养成那革命的人才,老兄以为何如呢?"克强道:"不瞒老先生说,晚生从前也是这个主意,到了近来,却是觉得今日的中国,这革命是万万不能实行的。"

伯才听了不胜诧异,连忙问道:"怎么呢?"②伯才道:"今日中国革命,很不容易,我也知道,总是不能因为他难便不做了,你想天下那一件是容易的事呢?这个问题很长,索性等老兄的大著出来,大家再辩论辩论。但兄弟还有一个愚见,革命无论能实行不能实行,这革命论总是要提倡的。为什么呢?第一件,因为中国将来到底

---

① 《新中国未来记》,第五回,第63页。
② 克强不想作深入解释,只提到自己想写一本书细谈。——译者注

要走那么一条路,方才可以救得转来,这时任凭谁也不能断定。若现在不唤起多些人好生预备,万一有机会到来,还不是白白的看他一眼吗?第二件,但使能够把一国民气鼓舞起来,这当道的人才有所忌惮,或者从破坏主义里头生出些和平改革的结果来,也是好的。两君以为何如呢?"

去病听了,连连点头。克强道:"这话虽也不错,但晚生的意见却是两样。晚生以为若是看定革命是可以做得来的,打算实实把他做去么?古语说得好:'有谋人之心,而使人知之者殆也。'如今要办的实事,既是一点儿把握都没有,却天天在那里叫嚣狂掷,岂不是俗语说的'带着铃铛去做贼'吗?不过是叫那政府加二的猜忌提防,闹到连学生也不愿派,连学堂也不愿开,这却有什么益处呢?若是想拿这些议论振起民气来,做将来办事的地步,据晚生想来,无论是和平还是破坏,总要民间有些实力,才做得来。这养实力却是最难,那振民气倒是最易,若到实力养得差不多的时候,再看定时势,应该从那一条路实行,那时有几个报馆,几场演说,三两个月工夫,什么气都振起了。如今整天价瞎谈破坏,却是于实力上头生出许多障碍来。为什么呢?因现在这个时局,但有丝毫血性的人,个个都是着急到了不得,心里头总想去运动做事,若是运动得来,岂不甚好!但是学问未成,毫无凭藉,这运动能有成效吗?就是结识得几个会党绿林,济什么事呢?运动三两个月,觉得头头不是路,这便十个人才堕落的七八个了,岂不是白白送了些人吗?更可怕的,那些年纪太轻的人,血气未定,忽然听了些非常异义,高兴起来,目上于天,往后听到什么普通实际的学问,都觉得味如嚼蜡,嫌他繁难迟久,个个闹到连学堂也不想上,连学问也不想做,只有大言炎炎,睥睨一世的样子,其实这点子客气,不久也便销沉。若是这样的人越发多,我们国民的实力便到底没有养成的日子了。老先生,你说是不是呢?"①

于是,谈话进展到了一个眼看就要迷失于抽象思辨的要点上。人们纷纷散去,黄毅伯和李去病前往张园去参加另一个集会。但是,他们在那儿又碰上了与刚才同样的面孔。这时他们才开始感觉到,上海的改革争论始终吸引着同样一些人,只要参加过他们的一次活动,情况就大多熟悉了。小说最后以两个朋友动身离去并到达香港结束了。

在内容上同梁启超的《新中国未来记》相似,1907 年发表了一部二十六回的小说《未来世界》,作者把自己的真实姓名隐在笔名"春驭"后面。② 一场革命的必要性在这里

---

① 《新中国未来记》,第五回,第 75 页。
② 《未来世界》是在《月月小说》上连载的。

也像让皇室继续掌权一样遭到摈弃。作者的要求是逐步制订出一部宪法,在家庭活动、两性关系及教育方面作出革新。面对随着全面的立宪改革取得的许多成绩,在春驷的理想主义观点中也不乏外交方面的成果。中国取得了打败俄国的胜利,终于又成为东亚的一个强国。小说对立宪国高呼万岁,然后就慷慨激昂地结束了。

在《未来世界》发表的同一年,一位佚名作者发表了《宪之魂》。它同《未来世界》有相似的思想,相当清楚地分为两个部分。前面的九回以现实主义方法描述中国在立宪前的灾难状况,而后面的九回则是从有利的方面谈到立宪后的成果,像《未来世界》一样是抽象推论和理想化的。

在清末,几乎没有一个具有批判力的文学家会真的怀疑变革与改良的必要性,不过也有个别的声音,至少透露出了对改革运动权威人物的异议。批判的重点主要是康有为和梁启超,他们在《文明小史》的一个故事(第四十六回)里已遭到了李伯元的抨击,而在黄小配的《大马扁》或《康梁演义》等小说里,他们就更加糟糕了。① 除了这种带有攻击性和个人性的批评外,还有插入的声音对那些机会主义的力量开火,因为他们只是把改革运动当作个人升官和发财的工具。这里我们想简要介绍下面的两部小说。

1905年发表了十五回小说《上海之维新党》,作者署名为"浪荡男儿"。作者在序言里解释了他写作该书的原由,指出了他对改革运动中种种行为的震惊。他在整个作品里把责难指向维新党的腐败堕落、生活放荡以及金钱贪欲,认为虚伪的维新党在这些方面超过了旧党的追随者,因而在引起积极变革的方面缺少可信性。

一年后,又出版了十六回的小说《官场维新记》。从书中的一系列重要人物看,它比《上海之维新党》更加精巧,其佚名作者描写了一心想升官发财的势力如何利用那个时代的倾向。② 袁伯珍听从堂兄袁希贤的主意,花钱捐了一个官。他清醒地认识到,日本、法国和意大利的真正改革者,比如加里波等人,都难免一死,于是,他决心毫无顾忌地追求个人的目标。随后,在一个维新党人的招牌下,他先是受聘参与创办一家东文学堂,后来,又到一个因为矿工奋起反抗管理腐败的矿山去查办。袁伯珍为另一所学堂拟订的章程表明了他根本不适合做现代的教师,那些章程只知昌明正学,很少重视教育的新内容。他通过与一个洋人的交情,请到了那个洋人给自己做顾问,就以为自己办洋务也就能站得住脚了,可是,他却由于冥顽不灵和低三下四而总是一无所得。袁伯珍建立了一个罪犯习艺所,还做过一个中学堂的总办,但这些项目也都像先前一样失败了。不

---

① 《康梁演义》可参看"历史小说"一章的有关论述。
② 《官场维新记》在有关的中文参考书中没有论及,这里依据的是马汉茂(Martin)的论文:《晚清小说中的投机改革家》。

过,他在官僚们眼中却因此赢得了必要的资格,最后,他成了学务处和财政处的首脑,还被委任为练兵处的长官。

宽小姐,小说的女主人公,受益于那个时代的倾向,也很善于走她的路。她从国外回来后,没有经过媒人中介,就跟袁伯珍交了朋友。随后,两人按照西方的礼仪结了婚。宽小姐得到了官太太的颇有名望的地位,就按照自己的相当独特的计划,去上海参加一个妇女研究讲座。在致力于医学教育并为一个女工传习所效力的幌子下,她实际上同自己的新情人过着放荡的生活。最后,她同丈夫离异了。作者提到了西方的进化理论,否定了他的主人公具有真正的人格,以下面的尖刻评论结束了他的作品:

> 泰西讲人类学和那物竞学说得好:人是猴子变成的,猴子是狗变成的。当年草昧初开时候,狗在兽类之中,能坐而望远,思想最为发达,就慢慢的变做了猴子。久而久之,猴子当中有思想愈发达的,又慢慢的变成了人。
>
> 编小说的以为中国从前的维新,乃是狗变猴子的时代,以后的维新,才是猴子变人的时代。所以就借这袁伯珍来编了这部小说。区区宗旨,也不过望这班假维新的,日后逐渐改良进化,个个变成了真维新。……这袁伯珍既处此狗变猴子、猴子变人之过渡时代,断不能说他是有人格的人,然而说他是个狗与猴子,他也不甘承认。①

在作者对其主人公所作的评论中,我们至少还能看出微弱的希望:时代迟早会发生变化。

谁要是不大耐心,或者不相信和平变革的可能性,那么,他也就没有别的选择,只能让自己献身于革命的思想了。但是,这革命究竟该怎样进行,由于中国历史的特点,却是不那么容易想象的。即便是外国来的征服者,也都有过一位古代皇帝的这种体验:他虽然能骑在马背上征服一个帝国,但是,却不能骑在马背上统治它。因此,在过去的几千年中,中国经历了多次朝代的更迭。当没有掌权的诸侯、地方权贵或皇族的精英有一天要夺取皇位时,国内的危机形势也许会给一个来自底层百姓的造反者开辟爬到国家的最高统治地位的道路,就像明朝的开国皇帝朱元璋那样。因为农民人口众多,精英阶层人数很少,而负责管理的官员毕竟要从精英阶层中培养,于是,新统治者就不得不延续原来的传统,因而也就没有能力在社会领域里作出真正的革新。有一部仅十二回的短小说,是在1908年之前发表的《卢梭魂》,我们完全有理由问它那位"怀仁"的作者,他

---

① 《官场维新记》,第十六回,这里引自马汉茂的《晚清小说中的投机改革家》,第518页。

是否把书名清楚表明的要求当作革命的思想源泉,在构思故事情节时是否受到了《三国演义》或《水浒传》等历史小说的强烈影响。这时,在表现手法上同中国小说的传统机理紧密相连,也把西方的社会纲领过于粗略地放进了一个中国的背景中。因此,作者在楔子中描述了卢梭的灵魂如何来到东方,与阴间的黄宗羲、展雄和陈涉一起现出了新的形象。三个结拜兄弟反抗冥王的起义失败了,于是他们就逃到人间,以新的身份成为唐人国公民,反抗已执政三百年的曼珠人,而曼珠人无疑是暗指清朝的统治者。在清除了曼珠人在当地的一个暴君后,勇武的朱贲和他的两个朋友(也是从阴间投生的)把勇敢的男子都团结在自己周围,逃上汉山,依靠"独立峰"和"自由峡",抵抗曼珠人的围攻。一批爱国的学生也前来投奔,他们从国外返回,来到汉山,但是却寻求旧势力和维新党的支持,把钱花在集会、饮宴和享用"革命佳肴"上,令人失望。只有训练好那些经过战斗考验的好汉,才能给运动补充必要的军事力量,最终占领国库,敲响"自由钟",实现全面的起义,赶走曼珠人。小说《卢梭魂》跟前面介绍的描写改革的作品不同,区别就在于要求进行武装的反抗。除此以外,书中提出的革命、自由与独立的目标,却依然像先前一样只是空洞的老一套。

### (二)赌徒和巨头——清末小说中的商界

如果试着用几句话来概括1840年鸦片战争后中国的经济状况,那么,我们首先注意到:这方面总体发展的主要特点是原来基本上自给自足的中国经济日渐同世界贸易联系在一起了。这个过程远不是自动发生的,绝不像类似常见的说法表达的那样。来自欧洲航海与贸易国家的传教士、旅行者和商人,先是同中国有了犹豫不决的接触,彼此交换了使节,但这些都掩盖不了他们那日益咄咄逼人的姿态,他们甚至不惜使用武力,想为他们在非洲和美洲的殖民成果再加上一件珍宝。即使这没有能在更大的范围内获得成功,但下面的估计却是正确的:中国由于市场被迫开放以及列强对其领土不断地施加影响,经过几十年的时间,势必会沦为一个半殖民地的状况。我们接下来要探究的问题就是这个经济、社会与政治的进程到底原因何在,在这一进程中,19世纪中国的社会与国家的结构愈益解体,而重点特别是在经济方面。①

---

① 关于经济学家和依据文化现象来作出解释的学者之间的争吵,可参看马克·埃尔文(Mark Elvin):《现代以前的中国为什么没有发展工业资本主义? 与马克斯·韦伯所作评价的辩论》,收于《马克斯·韦伯关于儒家和道家的研究,阐述与批判》,沃尔夫冈·施卢赫特尔(Wolfgang Schluchter)编选,法兰克福/美因,苏尔坎普出版社(Suhrkamp)1983年版,第114—133页。"高水平的平衡状况"理论是对中国等国家所作的解说模型。

在政治和经济等方面渐趋明显的弱点背景前,最晚从19世纪60年代起,在领导阶层里就意识到了中国的经济观念必须转变。原来在很大程度上着眼于维持政府与官员的统治功能,让传统上被视为经济基础的农业单方面发展,现在看来都应当放弃。① 此外,像曾国藩(1811—1872)、李鸿章(1823—1901)和张之洞(1837—1909)这样的大臣,也认识到了有必要加强国内的市场,以对抗外国人,让技术在总体上实现现代化。

世纪之交时的中国知识分子对上述发展的反应普遍都很激烈,但尽管如此,我们也还是要避免以陈规俗套来描述当时的形势。从贫困化开始,一直到国家机构的解体,对时代状况的认知可通过对所受屈辱感到震惊和民族主义与爱国热情的高涨来解释。洋人在中国市场上虽然咄咄逼人,却只能在有限的程度上站住脚,这一事实证实了这种估计。大多数居民的生活并没有因为有区区几千个洋人来到中国的领土上就受到很大的影响,本地的经济依然像以往一样,至少是成功地保证了大多数人的最低生活水准。

这意味着并没有发生全面的经济萧条。新的行业出现,拥有土地的乡绅与商人之间的界限逐渐消失了。下面要介绍的一部小说就专门描写了如胡雪岩这样的官僚企业家,胡雪岩把商人与官吏的功能同时结合在了自己身上。因此,毫不奇怪,在下面介绍中国谴责文学的部分里,我们将转向这个在小说中原本受到排斥的方面,努力研究发生变革的潜力。比如,《金瓶梅》里的西门庆给我们展示了古代社会富商的令人难忘的形象,但是,正如《红楼梦》里对贾家命运的描写那样,真正的经济活动在那儿只是起着边缘的作用。除了有一处详细列举了贾家的田租收入,以及贾府豪华设施的巨额开销外,我们对这个大家族的经济状况了解的具体情况并不多。最后,这个家族尽管同朝廷有着密切的联系(贾家的一个女儿成为了皇上的妃子),却还是没能防止衰败。只是在18世纪向19世纪转折时产生的《蜃楼志》里,商界的题材才得到了加强并移到了中心,但即使在那儿,也仅仅限于该书开头的少数场景。

现在,作了这些开头的说明后,让我们还是来看看清末的那些以商界为中心题材的作品吧。有一部从题材来说很有意思的小说是《胡雪岩外传》,1903年发表,十二回,作者署名为"大桥式羽"。② 小说的主人公是清末的一个真实的历史人物,其财富和地位都相当优越,可以同德国奥格斯堡富格尔家族的名望与富裕比美。祖籍安徽的胡雪岩

---

① 这一段可参看福兰阁(Offo Franke)《中华帝国》(*Das chinesische Kaiserreich*),第326—329页;还有于尔根·奥斯特哈默尔(Jürgen Osterhammel):《18世纪至今的中国与世界社会》,慕尼黑:贝克出版社(C.H. Beck)1989年版,第189—201页;以及阿尔贝特·福伊尔沃克(Albert Feuerwerker):《中国经济史》,收于保罗·罗普(Paul S. Ropp)的《中国当代关于中国文明观点的传承》,伯克利,加利福尼亚大学出版社1990年版,第224—241页。当时关于这种发展的思考可参看邓嗣禹(Ssu-yü Teng)、费正清等:《中国对西方的反应,一份文献报告(1839—1923)》,哈佛大学出版社1954年版。

② 这里依据的《胡雪岩外传》收在前已提到的"中国近代小说大系"中。

(1823—1885)在杭州、宁波和上海都开有银号,身为富有的金融巨子,远远超越了他那个时代,在全国十分出名,并且因为他当上了道台而声名远播。即使在19世纪80年代早期他的金融帝国崩溃后,胡雪岩在朝廷以及社会上也仍然有很大的影响。最后,他在重新振兴之前去世了。为这个强有力人物写一本较为翔实的传记,肯定会有足够有趣的素材和颇多流传的轶事,小说附录中的两份正式材料也证明了这一点。① 很可惜,《胡雪岩外传》的作者在一些场景中只是描写了胡雪岩爱讲排场的习气,让人得出对这位已处于衰落中的官员和金融家的印象。整个故事情节围绕着修建新的"芝园"以及全家人在那儿的生活展开,显示出它同《红楼梦》有着密切的联系。书中描述了胡雪岩请皇家建筑大师尹芝到杭州,要他为胡家在西湖边修建一个园子。一天,尹芝碰到一个叫袁公的老人,他对尹芝预言,胡雪岩已开始衰败了。当袁公随后化为白猿飞上天时,这种说法就愈发无可置疑了。由于害怕自己被卷入麻烦,尹芝把继续施工的事托付给年轻的建筑师魏实甫,就返回了京城。于是,魏实甫巧妙地利用他的机会,在富有的胡雪岩身边的社交圈子里发财,故意卖弄,表示可以在50天内建成芝园。当然,并不是魏实甫本人挑起这份责任的重担,他让施工队来承担,而且对施工队每天的报酬采取了十分卑劣的行径。为了压低建设成本,诈取工人们的正当工资,魏实甫让人把钱放到一个高高的架子上,每一个工人都得在当天收工时凭着自己的力量取下来。当然,主要是那些身材矮小的建筑工人一无所得。在魏实甫的周围,甚至连批评的声音也不能容忍。在每一段工程验收时,胡雪岩的挑剔责难都会造成不可避免的解雇后果。修建假山时发生的事故尤其扣人心弦,许多工人被压在沉重的岩石下,丧失了性命。邀请杭州的士绅名流出席盛大的落成典礼,由于发生了这样的事故显然很不合适,只是更加支持了普遍颓废的看法。胡雪岩的妻妾儿女在建成的16个院子里得到了奢华的住处,这还不够,胡雪岩在园子完工后又让洋专家安装了电话(德律风),以便与家人保持方便的联系。胡雪岩并没有认识到自己纵情享乐的腐败,还多次拿自己与隋炀帝相比,而隋炀帝在中国是奢侈挥霍和冷酷无情的象征。一次,胡雪岩施舍大米的赈济活动也成了闹剧,只是证明他已经疏远了一般的居民。受托分配大米的助手们的欺骗行径导致每一个人最后只得到极少的大米。后来,胡家不可遏止地衰败了,出人意料的生意亏损毁掉了全部家财,兴建芝园所垫付的账目无法清偿,胡雪岩家终于破产了。

跟《胡雪岩外传》没能充分利用的传记体开头不同,1905年在《绣像小说》上发表了小说《市声》,作者姬文。他采用颇为实用的插曲结构,同书前标示的"实业小说"相一

---

① 在阿英的《晚清小说史》第78页上,有当时的人写的一篇关于胡雪岩在1883年的日记摘录。

致,对那个时代的经济生活作出了全面的概观。①《市声》的特点使得这部小说颇有阅读价值,跟当时的类似作品有明显的区别,它的内容很具体,还有姬文作出的努力,除了批判商界的丑恶现象如放荡和欺诈外,也指出了摆脱困境的途径,这样就有了改革文学的基本诉求。作者以这种方式画出了一幅现实主义的画面,除了投机商、窃贼和骗子之外,热心改革和诚实正派的商人也占有他们的位置。书中并不是让故事中心的所有人物都得到同样的塑造并发展到最后,而是让一批主要人物出现到书的末尾,显现出一条红线来。在小说的中间部分(第十七—二十回),就像小说的一个环节那样,插入了淘粪头目阿大利的故事。他和他的妻子一起确实是"粪里淘金":他安排工人把粪便运出上海的租界,从而赚到了大钱。可是,阿大利并不满足一个本分商人的地位,而是追求权势与名望,于是就花钱捐了一个官。他在当地士绅中的笨拙举止让他很快就有了暴发户的名声,并且引发了一系列滑稽可笑的情形。

围绕阿大利讲述的讽刺故事,只是一个轻松的间奏曲。在其余都写得相当严肃的故事情节背景中,首先讲述了来自宁波的富商华达泉的故事。他到了上海,要同洋商争高下,寻求自己的幸福。华达泉失败后回到家乡,在他同一个邻居的谈话中,作者谈到了一系列方面,最后又把这些方面综合成一个全面的改革纲领。

> 达泉叹道:"中国的商家,要算我们宁波最盛的了。你道我们宁波人,有什么本事呢?也不过出门人喜结成帮,彼此联络得来,诸般的事容易做些。外省人都道我们有义气,连外国人都不敢惹怒我们。……果然长远不变这个性质,那件事做不成吗?如今不须说起,竟是渐不如前了。我拿银子同人家合了几个公司,用的自然是同乡人多。谁知道他们自己做弄自己,不到十年,把我这几个公司一起败完。像这样没义气,那个还敢立什么公司,做什么生意!要想商务兴旺,万万不能的了。要知道一人弄几个非义之财,自不要紧,只是害了大众。一般的钱,留着大家慢慢用不好么?定要把来一朝用尽。你道可恼不可恼!"②

从接下来的谈话中可知,在这些观点后面隐藏着"要吃千日饭,不吃一日饭"的哲学,于是,华达泉就合乎逻辑地作出决定,同一些富商一起兴办一所商务学堂,向更多的公众介绍正确经营的原理,以经受住与洋人竞争的考验(洋人被视为邪恶之源,就像书中提到

---

① 此处依据的《市声》收在上面提到的"中国近代小说大系"中,小说的前二十五回 1905 年在《绣像小说》上连载,后来,商务印书馆在 1908 年出版了三十六回全本。

② 《市声》第一回,第 92 页。

胡雪岩的生意垮台时强调的那样)。贫困的工匠们,如锡匠余阿五或者张漆匠,因为年前无钱还债而求借,他们的命运反映出了当时普遍穷困的景象。当然,作者对有关情况区分得很仔细,同时也指出了鲁大巧老婆的异议。她认为,求借者陈老二的藤椅质量不佳,这才是他生意不好的原因。很明显,在中国,善于显示自己的手艺也是一种本领。

与这些乡村的景象不同,书中描写的经商活动大多是在上海的商业背景前进行的。读者在那儿首先认识了来自苏州的钱伯廉,他在一家比较大的企业里当采买,利用商品市场上棉花、茶叶和煤油的地区差价发了财。姬文写了他是怎么做的,请看下段:

> 再说上海的棉花出产本不如通州,靠着四处凑集,方才够用。要不是价钱抬高,那个肯载来卖呢?所以价钱涨落不一。四乡的价,比起市面上的价,又是不同。却被钱伯廉觑破机关,始而还不敢冒失做去,后来看看总办也没工夫查察他们这些弊病,不免放胆做起来。说不得为着银钱上面辛苦些,时常到上海来,打听价目。合着市面行情,每包总须赚他若干元;遇着价目相差多的时候,赚一千八百是论不定。伯廉运气好,偏偏收了九块多的子花,上海倒是十块多的价目,因此很赚几文。就在上海新登丰客寓里定下一间房子,两头赶赶。自然堂子里要多送几文,天天的酒局和局闹起来。①

有一天,公司里注意到了钱伯廉的不法活动。一个同事向上司说他坏话,钱伯廉因而失去了有利可图的职位。这当然并不怎么让他痛心,因为他已在上海为自己继续经商建立起了一系列的联系。这样,他很快就发现了一个新的经营领域,从买办周仲和以及富有而年轻的工厂主范慕蠡那儿得知,做蚕茧生意有利可图。这个题材后来在20世纪30年代初也采用过,作家茅盾(1896—1981)就曾在他的短篇小说《春蚕》和《秋收》里写过养蚕的事。② 由于本钱少,钱伯廉凭着借来的钱才凑足了他的那份预付金,让生意得以进行。在接下来的故事中,最突出的人物是范慕蠡,他是小说中最有特色的一个企业家。他当然是个追逐利润的商人,但是,他愿意独力承担自己造成的损失,因而表现出了一定的诚信,最后,他加入了他这个行业注重改革的力量,因为支持公益项目而赢得了很高的威信。正是范慕蠡,在商定了合同之后受大家委托,到上海周边的地区去收购蚕茧。但是情况很快就表明,派范慕蠡去恰恰是选择了最糟的人。鉴于蚕茧市场上

---

① 《市声》第三回,第106页。
② 这两篇小说均收在茅盾《春蚕》的德文本中,由弗里茨·格鲁纳(Fritz Gruner)、约翰娜·赫茨菲尔德(Johanna Herzfeldt)和埃费格赖特·迈茨(Evegret Meitz)翻译,慕尼黑,贝克出版社(C.H. Beck)1987年版。

竞争激烈,大家在他动身时都催促他赶紧,可是在第一站苏州,范慕蠡就因为同以前相好的妓女翠娥重逢,浪费了宝贵的时间。最后,这个商人赶到无锡,发现人家已抢了先,蚕茧生意已十分兴旺。尽管利润空间缩小,但范慕蠡还是收购了一千多担茧子,最后,他在与行家孙拙农的交谈中知道了养蚕的许多问题。孙拙农展示了他的出色的蚕茧,范慕蠡这才感到自己匆匆忙忙没要到最好的货色。现在,我们把表现出现代好学精神的一段话引录如下,这在中国小说中是前所未有的。此外,还有烘干和包装茶叶的机器(第八回)以及吹制玻璃的机器(第十二回)等实例,在全书中也比比皆是。

拙农道:"蚕子要于下雪时放在露天里,任那雪撒上去,所以叫做'天撒种'。那'盐卤种'呢,就是盐卤里泡出来的。'天撒种'的茧子做得极厚,'盐卤种'就差得许多。但是乡里人贪图省事,总是用盐卤的多。再者我们养蚕,只知道蚕的病难治,不晓得察看蚕子。西洋人是把那蚕身用显微镜细细照看,内中有什么一种微粒,西语叫做'克伯斯格'。这个病,叫做'椒末瘟',西名'伯撒灵'。这病极容易传染,一蚕犯了这病,把他蚕都带累坏了。从前法国学士,有一位名巴斯陡,知道这病在蚕身上发得极快,不但传染别蚕,就是他将来变成蛾,生了子,这子也受那老蚕的遗传病。冬季里是不发出来,春季时他长成了个蚕,这病一时俱发。巴斯陡想出一个法子:候那两蛾成双时,用小木桶或小竹圈,把他一对对的隔开,编了记号;待他生下了子,把那蛾一个个的放在乳缸里磨碎了,拿显微镜照看,那个有微粒的,就弃掉了不用,所以永远不出毛病。这法叫做'种蚕分方法'。日本国的法子,更来得周到,他察出高地的蚕子,比低地好。为什么呢?那低地养蚕稠密,不如高地稀疏,力量足些。所以把高地养的蚕子纸,盖了戳记,准人售买。还要预先派人照料他养蚕子的各事,没经过照料的,不肯盖戳记。这时获利,比前加了几倍。人家是国家有人替百姓经理的,我们只得自己留心。怎奈乡愚,再也不肯听信人的话。随你说的天花乱坠,他总有个牢不可破的见识。譬如养蚕如何喂养,如何预备桑叶,如何每眠前后将蚕移到新床,蚕屋内如何生暖,蚕山如何编造,如何拆山收茧,这些成法,大约不甚离奇……那用显微镜看蚕的事,最好叫女工做去。据说外国女工,每天能看四百个哩!近两年蚕务不能兴旺,我细想起来,又有一种弊病,都是种的桑树太密了。养蚕的屋也挤在一处,传染生病,也是有的。总之一件事没条理,件件事都坏。自然知道弊病,肯改就好了!"①

---

① 《市声》,第四回,第115页。

这么多的科学知识,让只是对经商感兴趣的范慕蠡很快就感到懈怠了。他暗自说孙拙农是个讨厌的饶舌鬼,最后未加评论地躲开了。

这时,范慕蠡的合伙人在上海都十分不安,因为他们他们已有很长时间没听到这位收购商的任何消息了,由于蚕茧市场上洋商的竞争,价格眼看就要下跌。大家都很担心,在转手卖出蚕茧时甚至连进货价都卖不到。范慕蠡回来了,货也运到了,但此事还是过了很长时间仍未见分晓。这时,钱伯廉又找到一个新的收入来源,打听到了茶叶贸易的优点和必要性。

戴山道:"我们想开个制茶公司。如今中国茶叶,日见销乏,推原其故,是印度、锡兰产的茶多了。他们是有公司的,一切种茶采茶的事,都是公司里派人监视着。况且他那茶是用机器所制,外国人喜吃这种,只觉中国茶没味。我记得十数年前,中国茶出口,多至一百八十八万九千多担,后来只一百二十几万担了,逐渐减少。茶商还有什么生色呢?我开这个公司的主意,是想挽回利权,学印度的法子,合园户说通,归我们经理,叫园户合商家联成一气,把四散的园户,结成个团体;凑合的商人,也并做一公司。再者,制茶的法子,即使暂用人工,也要十分讲究。我另有说法,将来细谈。最坏是我们茶户专能作假:绿茶呢,把颜色染好;好茶呢,搀和些土在里面,甚至把似茶非茶的树叶,混在里面。难怪人家上过一次当,第二次不敢请教了。倘若合了公司户商一气,好好监视,这种弊病先绝了,畅销外洋,这不是商家的大幸么?"①

在钱伯廉采取新的行动之前,他高兴地获悉,蚕茧的生意结果还不错。范慕蠡同富有且重视改革的企业家李伯正取得了联系,李家原是扬州的大盐商,很有钱。为了破坏洋人的生意,李伯正以较高的价钱收购蚕茧,还从西方引进昂贵的织机,然后在中国市场上销售花样精美的绸缎。另外,李伯正还在自己周围聚集了很多有实力的改革力量,包括聪明的工程师和有才干的业余人才,比如,从国外回来的刘浩三或农民余知化。余知化考取一所工艺学堂后,带上了自己绘制的收割机和切草机的设计图,确实令人难忘。在书的末尾,再谈作者精心构思的故事情节很难,因为这时经常是有关改革难点的理论阐述,有时对一个问题就会出现长达好几页的文章。本节导言中谈到的观点在这里被部分提及,值得加以比较。作者同那些喜爱巫术的同时代人的区别,就在于他承认

---

① 《市声》,第五回,第126页。

自己对进步力量有着过分理想化的希望。面对以前的情况,他对自己的力量感到自豪和自信,这是他并不生疏的,所以在许多现象背后都出现了"为什么是别人而不是我们"这个简单的问题。为什么有些发展是在外国而不是在中国发生的,把其中原因的复杂性给读者一点点地揭示出来。比如,我们从刘浩三的口里得知,全面的技术发展可以通过激励来加以促进:

"譬如国家奖工艺,或是优与出身,或是给凭专利,自然学的人多了,就不患没人精艺工,既有人精了工艺,自然制造出新奇品物,大家争胜,外洋人都来采办起来,工人也值钱了,商人也比从前赚得多了,海军也有饷了,兵船也好造了,在地球上也要算是强国的了。如今把新政的根原倒置之脑后,不十分讲求,使得吗?不论别的,单是轮船上驾驶的人,尚须请教外人,难道中国人没人能驾驶么?只为他既是中国人,人都不信他,怕闹出乱子来,那就坏了大事的。为什么他们外国人,初创轮船之时,敢冒险驶出大洋,这岂是玩的么?一般也出过乱子,他们不怕,这是什么道理?即如气球初创的时节,坐了上去,死的人也不少,然而外国人还到政府去请,定要上去;政府答应了,他便再上去,视死如归。中国人见了这种奇险的事,还了得吗?我说轮船上驾驶的事,早该叫人学习,考验他的本事,要能下得去,便可叫他驾驶。这也是商务中第一件要事。总之,要变,通都变;要学人家,通都学人家。最怕不三不四,抓到了些人家的皮毛,就算是维新了。①

后来,在刘浩三、余知化和范慕蠡的交谈中,提出了这个问题:上海土地昂贵,投资建设新工业是否值得?担心这样会剥夺农民的生存基础。

慕蠡道:"兄弟原是虑着我们上海的地,被外国人买了不少去,要不早些去买,通上海的田都入外人之手。我想自己没资本,尽可合公司办的。其实不碍农民的生计。为什么呢?他们把地皮变出钱来,又好做别的买卖去了。总之,只要在我们中国里面,出头创办新事业,面子上看去,似乎夺了穷人的利,到后来获了赢利,穷人都受益的。"

浩三听了,低头一想,道:"慕翁这话,倒合了计学的公例。为什么呢?大资本家合成公司,果然生出子财,兴办的事儿更多了。办一桩事,就有无数佣人跟着吃

---

① 《市声》,第十四回,第 187 页。

饭。所以上海的乡里人，有饭吃的多，没饭吃的少，比内地觉得好些，就是公司多、机厂多的原故。顽固的人，都怕仿学西法，夺了穷民的利益。即如开矿，怕坏风水，造铁路怕车夫造反。这些迂谬的议论，误了许多大事。要不然，中国的铁路，早些开办，何至外人生心，夺去许多权利去呢？……工艺上也是这个讲究，出货多，自然获利多，只消商家代为转运流通，就没有供多求少的弊病。但是第一要义，总望熟货出口，不然，但能抵制外货，工商界上，影响还小哩。"①

除了揣测及许多不现实的幻想外，内容越来越新的讨论也往往进行得相当彻底。传统的风俗和习惯，下面实例里的商人地位等等，都受到了追问。

成甫又道："富商的经营，办机器，开厂房，都是绝大的事业。财源所聚，关系国本，富商多，国家自富。古人有句话，叫做'藏富于民'，早见到民富自然国富。只可怪古人既然重民富，为何抑末那等利害？周法始行征商，汉制更是贱商，究竟是甚意思，二位高明该有一番说法。"

浩三道："中国地居黄河、扬子江两大流域，土田实在肥美，因此习惯做了个重农的国度。又从古至今，不喜交通，除了汉武帝、唐太宗、元世祖三位雄主，还喜东征西讨，至如所称'仁君'、'圣主'，总之不喜用兵，只须保守自己的国度。又都怕农民没饭吃，以致辍耕太息，造成许多乱象。所以重农抑商，是古来不二法门。如今才悟出商人关系的大，工人关系的更大，但是悔之已晚，早落后尘。赶紧振作一番，还救得转哩。"

成甫道："兄弟的意思，商人关系虽重，却不能替许多同胞，个个谋他的生计。生计还是要自己谋的，只是商人能够提倡扶持，也是正当的义务。现在除了学界人知道外面的世局，以外就只商界里的人，开通的多。农工两界，十分闭塞。农民呢，只知种他的田，和商界没甚交涉。工界却和商界直接交涉哩。"②

除了这些基本的讨论外，还谈到了具体的措施。成甫在他的阐述中谈到了陈列所，它们有类似于行会的负贩团，商人们由此得到各种形式的支持（如食品、服装等等），直到货物的销售。在更大的范围内，还要求建立工业和科技园，然后，各种各样的企业都

---

① 《市声》，第三十二回，第306页。
② 同上，第三十三回，第311页。

可以进入。这些话给人的印象是这样就万事大吉了。由于认识到在整个文明难题的背后归根结底是势力的问题,对自身促进文明力量的怀疑就消除了。"现在世界,并不专斗文野,专斗的是势力。国富兵雄,这国里的人走出来,人人都羡慕他文明,偶然做点野蛮的事,也不妨的;兵弱国贫,这国里的人走出去,虽亦步亦趋,比人家的文明透过几层,人人还说他野蛮。"(第三十五回)一旦在观察思考中如此深入,那么,距离下述认识也就只还有一步了:要恰当利用现有的机会,否则,那就得单独对自己的命运负责。《市声》中的乐观笔调证明了这种观点,因而跟我们先已谈到的吴沃尧在两年后创作的小说《发财秘诀》相比,有着完全不同的特点。有关经济题材的小说,还可以列出《商界鬼蜮记》、①《绅董现形记》、②《六路财神》③或《商界现形记》,④但是,它们都没能近似地达到像《市声》这样全面的、纲领性的观察思考。

### (三) 候鸟——海外华侨的命运

每一个人在他的人生规划和社会联系中都是自觉或不自觉地通过回归以前时代的传统和习俗来阐释自己。家乡是人的出身地点的说明,与他在成长过程中受到的语言、社会和文化的影响一起,构成一个相当模糊的概念,可以被每一个人解释得不一样,取决于他自己的感受以及早期经历的情况。与人作为家乡感知和确定的东西相分离的过程,也许在世界各地都相当近似,往往感受为失落、漂泊和离散等等。但是,在别处很少像在中国这样,以如此多样和全面的方式感受到自己与家乡的联系并受到家乡的制约。儒家占支配地位的思想与道德学派十分重视家庭及相互的关系,在具体针对自己的出生地并且再三通过祖先崇拜来强调的个人举止中,总是首先要把整个国家与民族当作"家"来感受。这种个人从属于"国家"的感觉,把国家的代表当作"父母官"并把皇帝视为天子的感觉,都只是说出了把这个"中央帝国"与不熟悉的"民族大家庭"分开的思路中达到了极致的东西。

在这里只是简要描述的文化背景前,毫不奇怪,那些四处漫游的骑士以及冒险家的形象,他们离开家乡甘冒流落异乡的危险,在中国是并不熟悉的。不过,我们绝不可因此就把这里的居民想象成一个总是呆在家里不爱外出的民族,尽管跟西方国家喜爱冒

---

① 《商界鬼蜮记》在 1907 年发表,第八回,作者署名为"新中国之废物"。
② 《绅董现形记》在 1908 年发表,第十回,作者署名为"白莲室主人"。
③ 《六路财神》在 1910 年发表,第十二回,作者为陆士谔。
④ 《商界现形记》在 1911 年发表,第十六回,作者署名为"云间天赘生"。

险的人物相比,旅行和漫游在中国往往有更为具体的原因。这个"中央帝国"的人有一种突出的现实感,面对十分诱人的生意,懂得利用国家的广袤领土进行内部的迁徙,也善于把海洋、沙漠和山脉形成的天然边界远远地甩在后面,尤其是饥荒和战争往往成为大迁徙的起因,在中国也像在别处一样并不少见。

正是刚才谈到的这些因素,例如生意、战争和饥荒,使得早在17世纪明朝灭亡前,中国的人口就有相当大的部分已跑到国外去寻找他们的幸福了。当时,越南就曾接纳过中国的难民。主要是中国南方对大海感兴趣的商人,从9世纪该地区有史可查的最早痕迹起,就建立了通往东南亚的贸易联系,在葡萄牙人、西班牙人、英国人和荷兰人到达前很久,就在马来亚和爪哇建立了居民点,因而在对外贸易中很快就占据了统治地位。① 19世纪中叶,日益增大的移民压力和家乡的紧张局势,从镇压太平军、哥老会和白莲教的起义开始,一直到西方列强的入侵,都使得大量居民移居海外的决心大大增强。当时,在把美国译成中文时委婉地说它是"美丽之国",人们为这种至今仍不衰减的力量吸引纷纷跑到新大陆这个新兴的经济强国去寻求他们的幸福。

有一部以移居国外为题材的重要小说,是1905年佚名出版的四十八回小说《苦社会》,它详细地描述了人们移居的原因,在旅途中经历的可怕状况,以及他们到达异国时的苦恼。② 最初,阮通甫在父母亲去世后带着妻子回到家乡,回到原本很富裕的苏州,但是,在那儿却维持不了生计。他跟李心纯都有烦恼,李心纯是个教习,苦于房租的负担,以微不足道的价钱卖掉了祖传遗产中一幅珍贵的画。庄明卿和滕筑卿也不快乐,他们在苏州开了一家店铺,可是由于经济不景气,三个月后就关张了。总之,到处都没有艰难度日的些微希望。

> 咳!可晓得这时乡下人是什么景象啊!田呢,没一处不开坼,跌倒的稻叶,早吃下肚,树哩,没留一张叶,连根砍下,当柴卖。家里呢,只有几只破台破凳,三脚的床架,不好拆了生吞;干久了人的躯壳,抵不住热度,瘟疫就跟过来,早上好好一个人,晚上就别大众了。这家死了一个女,那家倒死了两个男。一天二十四个时辰,先是没一秒钟停了哭声,过后一天稀一天,为什么缘故呢?却不是疫气退,死的多,活的就少,灭了门,就没人哭了。③

---

① 这个问题可参看爱德华·佐利希(Eduard J. Solich)的《东南亚的华侨》,法兰克福(美因),阿尔弗雷德·梅茨纳出版社(Alfred Metzner)1960年版。至于近期的华侨状况,可参看斯蒂芬·菲茨杰拉德(Stephen Fitzgerald)的《中国与海外华侨,1949—1970年北京的政策变化研究》,剑桥大学出版社1972年版。
② 这里依据的《苦社会》收在"中国近代小说大系"中。
③ 《苦社会》第十九/二十回,第45页。

这几个人跟另一个叫鲁吉园的落魄朋友一起到了上海,在一份征聘劳力到海外去的招募书中以为见到了救星,就赶到广东上了船。船上的生活让人隐约感到了不妙,就像下面的场景显示的这样:

到了月尽,谢工头差人通说,明晚下午都要上船。三人收拾铺盖,预先各买一只纯皮箱,装几件衣服。

上得船时,谢工头说箱子要下大舱,喊他搬了进去,才招呼到一间房间,上下窄窄的四张铺,先有一人睡在上面。三人把铺盖摊好,谢工头带上门去了。吉园陡觉顿时眼前黑暗到十二分,不禁诧异道:"筑卿,明卿,你们在那里?什么缘故这样黑?"筑卿道:"我在下边榻上,想是没开窗,工头又带上门,故此黑暗。我先把门开了,放些光线,再去开窗。"扒起身,摸着门白旋时,左旋不开,右旋不开,旋了好半歇,出了一身汗,说:"明卿,不要他们上了锁吧?"吉园越发诧异,记起上面一人,是到在前头的,问时却是个本地人。那人答道:"我辈此时,懊悔已是嫌迟,刚才我直昏晕过去。三位有了声音,才慢慢醒转,不必讲他了!"三人听了都默然不语。

约过了三四刻,忽然眼前一亮,原来那边开了一块板,送进八块馒头,又硬又黑。刚要问,那板又关上了,四人都气得撺在半边。

约又过了三四刻,渐渐有骂人声,有鞭子声,有铁索声,有哭声,拉拉杂杂,闹了好一阵,才算安静。渐渐有哭声起,吉园侧耳细听,出自隔房,像是男声,却又像是女声;还有一层稀奇,像是别省人,却又带些苏州口气,只是声音听不过,听不很真。吉园道:"明卿,听见么?隔房的好似我们那边人呵!"明卿道:"我也听见,不知是那个在那里受罪?"筑卿道:"我辈男子到此,已难忍受,隔房那人不更可怜么!"说时,听烟筒里呜呜响过三次,水声四沸,想是开轮了。①

人们渐渐知道了船上乘客的悲惨状况,知道了引诱他们上船的承诺都是虚假的,亲身感受到了秘鲁船主的残酷虐待。他们很快得知,邻舱住的正是阮通甫与其家人。阮通甫被人打伤了,不过,筑卿和他的朋友还是成功地贿赂了一名看守,从受害者身上取下了锁链。然而,这救援还是到得太迟了,因为阮通甫第二天就伤重死去,被抛到船外。当然了,他只是没能活着熬过这次旅程的一百五十个人当中的第一个。而鲁吉园则保全了性命,因为一个看守叫他管账,这样他才免除了艰苦的劳动,得以脱险。

---

① 《苦社会》,第二十三/二十四回,第54页。

最后,船抵达秘鲁。当地的巡捕把一千八百名工人带上岸,用药水给他们消毒,然后清洗了船,把死人抛进大海。劳工们经过利马走完可怕的行程,终于到了预定的地点:山中的一处营地。可是在那儿,也没有好事等着他们。

咳!秘鲁人的刻薄不消说了,就是秘鲁的天,不知和中国人为什么事也犯了对了。下半夜刮起一阵大风,工房前面没扇门,已经吹得人毛发皆竖,冷不可当。风过处,电光连闪三闪,打起一个大大的霹雳,那雨势就象排山倒海价涌来。呵呀呀!不好了!漏了!面上挂了珠子了,身上都潮了。呵呀呀!完了!门外的水进了屋了,身子都浸到水里了。呵呀呀,我的天呵!咳!这样大的雷声雨声,面对面说话,还要留了神才听得仔细。中国人到这里又遇着这时候,任你叫破喉咙,有人也不来睬你。咳!真真是不如猪圈了。①

留在船上的鲁吉园在船再次启航后埋头读史书。他读了当年西班牙征服者占领菲律宾后在当地华侨中进行的大屠杀,开始感到自己的同胞在秘鲁将面临什么样的命运。正如鲁吉园回到香港时所见,当时,只是在沿海较大的城市听说了海外华工的悲惨命运,而在内地比较小的地方,仍然有许多人继续受骗应聘。

于是,船又出海了,这次是前往旧金山。鲁吉园在船上遇见了同乡李心纯,李心纯对阮通甫死亡的消息感到震惊。鲁吉园警告李心纯,在美国他别想指望生意顺利,但李心纯只是当成耳旁风。李心纯被自己对成功的渴望弄花了眼,而鲁吉园基于亲身的经历,对中国人的状况没有幻想,于是,两个人展开了一场有意思的对话。

心纯道:"我一向的生意,都是和美国人往来;并且旧金山开埠还没几年,自然比别处容易做。后来的事,却也料不定。但是美国向来自称是自由祖国,怎么好夺别人的自由?同中国的交谊,素来又好,想不至有什么意外。"

吉园道:"心纯兄,不是这样说。如今世界只有白种的自由,没有黄种的自由。并且本钱大了,贩进贩出,做的是大买卖,或者面子好了,不至受什么大亏;若说本钱短了,不是做他们美人寻常的生意,就单在本国工人身上着想了。若说做美国人能做的生意,是夺他们的利,越发要遭怨恨;若说在本国工人着想,那些工人一月所得的工价,除了伙食,没有什么多余,怎能替人来销货呢?这些情形,我先前也不知

---

① 《苦社会》,第二十九/三十回,第73页。

道,近来逢人便问,方始得的大概。心纯兄,你万不要当我是惊弓之鸟,见影即怕才好哩!"

心纯道:"你虑的未尝不是。只是美国那里,我们有公使,有领事,比不得秘鲁。有事时,还有处伸诉,美国人怎能抹杀两国原订的条约,只用强权呢?"

吉园道:"心纯兄,你既决计不听我的话,但愿你在三四年里,能再多几个钱,趁早收篷,才不枉我一番的苦口。"①

实际上,李心纯抵达旧金山后不久就睁开了眼睛。他从几年前来到美国经营纸烟生意的老华侨顾子丰那儿得知,欢迎中国人帮助开发这个国家的时代早已过去了,在激烈的市场上,现在把他们看成讨厌的竞争对手。先前的友好招募转变成了仇恨,有时给中国人的住处放火,甚至叫暴徒杀死他们,就连大使馆也无能为力。而日本人的情况比中国人好得多,因为他们不是大批地来到,对侮辱作出的反应更为果断,得到其领事机构的支持也更为有效。鲁吉园当初的警告非常正确,李心纯很快就亲身体验到了。在顾子丰的帮助下,他开了一家缝衣厂,起初生意还不错。可是,劳力市场上的形势更加尖锐了,移民法解释得越来越严厉,李心纯不得不把工人送回家乡。随后到来的亲戚和朋友往往不得上岸,马上就被移民局官员遣送回国。甚至连清政府的外交代表机构也难免受辱。有一天,巡捕抓住大使馆的一名随员,殴打了他,那个随员然后愁苦不堪地自缢了。

不过,李心纯在美国还是成功地住了 15 年,依靠在那儿的生意实现了小康。由于限制越来越多的法律让人几乎无望再成功做生意,顾子丰、李心纯及其他合伙人决定放弃纸烟店、缝衣厂以及他们建立的一切,返回家乡。在路上他们表示,决心回到中国寻求他们的幸福,将来再抵制美国的市场。

从不同于《苦社会》的立场出发,同样是在 1905 年,一位作者署名杞忧子发表了十回的小说《苦学生》,内容是以中国留学生的命运为中心。② 该书的笔调正如开头的场景展示的那样,也是爱国的。作者凭借对动物界活动的令人难忘的描述,清楚地衬托出了中国在世界上的政治境况,似乎是无意地说出了几十年后国外针对中国人所作的"黄蚁"这一贬语。书中讲述了年轻学者杞忧子的故事。他在带来凉爽的夏雨过后躺在园子里,用一个新鲜的西瓜解渴,把瓜皮和瓜子不经意地丢在地上。这时,他突然发觉了

---

① 《苦社会》,第三十三/三十四回,第 84 页。
② 这里依据的《苦学生》收在"中国近代小说大系"中。该小说最早是在《绣像小说》上发表的。

墙角有几只蚂蚁。

那知东面墙角,有个蚁穴,先因避雨,群蚁都归穴中,此时骤闻瓜香,争先恐后的拥来寻觅,见左右前后都堆着些瓜渣,不知吃那一处好。一蚁偶然立定了,群蚁便一拥上前,此争彼夺,搅做一堆。

杞忧子仔细看时,原来是群黄蚁。正在难解难分的时候,西面墙角,现出一条白线,却不道蚂蚁微物,居然也有优劣。只见他十个蚂蚁一排,有个大白蚁,在前领路,行到分际,结成方阵,居中一蚁,体质尤巨,像个大统领。那些领路的白蚁,四围走动,似会议,又似传令。一回散开,依旧十蚁一排,百蚁一队,分趋四隅,顷刻间把满地瓜渣,分食殆尽,便想来吃黄蚁那块瓜了。那群黄蚁,乱哄哄尚在争食,不想白蚁四面围来,万喙齐上,把黄蚁都咬得或死或伤,大半送了性命。只剩一种身细如丝、头锐如针的黄蚁,见势危急,退下了几步,也分行列队,奋勇冲锋,直把白蚁逼到西墙。正待擒渠扫穴,忽然白蚁队里,来了无数援应,众寡不敌,黄蚁仍被逼回东墙。

杞忧子先但作壁上观,后来看到黄蚁为白蚁所逼,万分危险,此时忽有所触,便取了一瓢水,装在机器壶内,用指一捺,似雨点般从空飞溅,才把白蚁惊散。自己也回室中,揣想黄白两种胜负的原因,恍然大悟道:"无秩序,无团体,黄蚁之所以负;有秩序,有团体,白蚁之所以胜。秩序与团体,何自而生?生于智识。智识何自而生?生于学问。劣者必亡,优者必存,是万万无可解免,万万无可希冀的。咳!我中国向来以考据为学问,各分门户,出奴入主,争竞了二千年,究竟都讲的空理,就实事上讲究起来,丝毫无涉。骤然间那些智识高似我的,学问强似我的,争存竞胜,这失败自然是意中事了。①

杞忧子痛苦地意识到了自身的状况。他的学问不就是会几句词章,就像写八股文那样,仅饰以空洞的言辞吗?不,他对于真正能给社会作出贡献的东西一无所知。

杞忧子完全沉浸在深思之中。这时,有人给他送来了一份刊有国外留学生纪事的报纸。在浏览中,他的目光停在一个学生黄孙的短消息上。黄孙去美国留学,在那儿获得了学界的认可。杞忧子带着关于黄孙的想法,最后睡着了,梦见了这个年轻人在美国的生活情况。接下来的整个小说就说的是一场长梦的情景。

---

① 《苦学生》,第一回,第131页。

读者获悉,黄孙出自湖南一个富裕商人的家庭。父亲早逝后,母亲设法让儿子在省城长沙接受了全面的学校教育。可是,年轻人很快就看到了自己在家乡所受的限制。母亲勉强地同意了给他提供足够的资金,让他去日本和美国留学8年。在日本的3年很快就过去了,黄孙怀揣着毕业文凭又登船去美国。他在船上认识了官费生文琳,一个出身于富有的清朝贵族的年轻人。文琳夸口自己在北京上过最好的学校,打算在美国大学毕业后研究学问。黄孙对这个同胞的自鸣得意很反感,就试图躲开他,更愿意跟甲板下面三等舱的普通乘客为伴。在到达加利福尼亚州的港口圣迭戈(桑港)时,文琳才知道,他在国外很难指望自己的出身。在移民局百般刁难的官员面前,大家都一样。那些人既挑剔文琳的中国护照,也指摘黄孙的日本文凭,还威胁他们俩,要遣送他们回国。可是,办理实际事务更有经验的黄孙自有主意,借助于出面交涉的日本领事,而日本领事则向美国当局确认了他的文凭。最后,黄孙比文琳更快地上了岸。文琳虽然也得到了中国领事的帮助,但是,他总体上显得更笨,后来在小说的末尾,我们才进一步知道了这个被娇惯坏的贵族子弟的学习情况。黄孙带着荐书横穿美国,前往华盛顿。可是,他没能见到开报馆的哲孟雄,一个来自马尼拉的富有华侨,黄孙本该跟他取得联系。因为黄孙金钱拮据,他就让人介绍在美国人福斯忒的工厂里找了份工作,福斯忒同意在他的工厂里给好学的黄孙安排合适的工作时间,让他同时又能上学。可是,由于嫉妒黄孙成功的同学说坏话,黄孙很快就不得不放弃了在福斯忒那儿的职位,因为他做工违反了禁止华人务工的法令。就连他的雇主向当局抗诉也没有效果。与此同时,他因为在工厂做工,又失去了自己的学生身份。黄孙同大使馆联系,想申请一份奖学金,却遭到了回绝。他在城里失望地徘徊,来到城郊的一个小地方。他的出现在这个小小的华人社区里引起了注意,于是,有人带他去见华侨华盛,华盛是三十年前淘金热时来到美国的。黄孙在华盛的小学堂里得到了教习的职位,因而能维持自己的生活费用了。这时,从菲律宾回来的哲孟雄又给他提供了勤工俭学的机会,让黄孙写随笔和文章在报纸上发表,并争取毕业。实际上,这为黄孙的进一步成功奠定了基础。他终于获得了毕业文凭,4年后离开美国,取道英伦和印度,返回中国。在到达上海时他又遇到了文琳,但文琳却乏善可陈。黄孙得知,文琳遭遇了严重挫折,在纽约时误入赌徒和妓女的圈子,花掉了半数家产。伴随着这些情景,杞忧子也就从梦中醒来了。

1907年,出版了有一部名为《黄金世界》的作品,在结构上比前面介绍的两部小说更复杂。这部二十回小说的作者也不为人所知,仅只署名为"碧荷馆主人"。小说的开头同《苦社会》里我们业已熟悉的情景相联系,描述美国人勃来格及其中国帮凶贝弗仁,一个来自澳门的逃亡赌徒,以及一批工头,采用阴谋诡计,在当地居民中招募男女工人,去古巴开发种植园。① 他们的第一批受害者中有朱阿金和妻子陈氏,在前往加勒比海的船上,他们同其余四百名乘客一起,不得不承受各种各样的苦难。陈氏在途中生了病,后来跳海逃亡,才被一个岛上的居民救起。她在痊愈后自行前往古巴,寻找丈夫,却遭到驱逐,因为她在到达时缺少护照。后来她成功地到了伦敦,上了大学,随后,重又踏上赴古巴之路,因为这次仍没找到丈夫的踪迹,就决定返回自己的家乡。在轮船上,她终于同丈夫阿金重逢了,这时,阿金正陪着一个叫夏建威的富有的纽约华侨,夏建威决心在中国彻底制止诈骗团伙的罪恶行径。对华侨命运的描述到此结束,接着,话题转向一个抵制团体的行动,目标是反对美国延长针对华人的移民禁令并提出种种改革的要求。这些场景的中心人物就是夏建威,他在上海的公众集会上争取商人的支持,呼吁他们抵制进口的美国货,此外,还支持陈氏以及一伙开明妇女兴办学堂的要求。可是,除了在上海曾取得个别成果外,在其他省份也动员起更多支持者的行动却并未成功。所以,聚在夏建威周围的人们最后决定,移居乌托邦式的"螺岛",去那儿创建一种理想的文明。

如果说《黄金世界》还显示出了一种小说式的情节框架,那么在其他一系列作品里,故事情节则几乎完全退到了次要的地位。这些作品都致力于反对 1904 年美国政府同清朝当局为延长移民禁令而举行的谈判。在这些几乎不能算是小说的书中,比如《拒约奇谈》(八回,1906)或者《抵制禁约记》,往往出现一连好几页的长篇大论,就像是针对这个题目公开讲演时所作的记录。但是,它们毕竟表明了华侨问题的具体政治性质,就像先前如《苦社会》等作品生动显示的那样。

## (四)描写妇女解放的小说

假如没有关心妇女情况的重要情结,那么,20 世纪初中国小说的图景就不算完整。在中国文学的悠久历史中,这是第一次在妇女界充分利用了小说的途径,让她们注意到自己的状况。当然,以前也曾有女子用她们的作品对自己国家的文学作出过宝贵的贡献,但是,她们主要是采用文学中更受敬重的体裁样式。而现在,在义和团过后的十年里,她们带着自己创作的小说走向公众,给她们要承担起"半边天"的要求以激烈的艺术表现,为以后几十年的女作家指出了新路。书中提出的要求主要集中在三个方面,总的目标是男女完全平等:像正常人那样活动而无须再缠着小脚跑来跑去的权利;接受教育并且在社会上谋职的权利;最后,要求家庭关系彻底改变,主要表现为自由选择配偶的

---

① 《黄金世界》也收在"中国近代小说大系"中。

权利。基于对传留下来的价值与风俗的普遍质疑,她们改变现状的要求十分强烈,即使在那些并非以妇女为主题的作品里,也勾画出了女性和男性的全新榜样。这是崭新的情况,各界也并不熟悉。主要是因为在自己的国家里几乎没有在实现所要求的转变方面可供效法的榜样,所以,她们不得不借用西方国家的理想人物,而西方国家对妇女问题显然具有相当丰富的文学传统。

那些严重影响妇女生活的社会倾向及思想观念的根源是什么呢?如果我们说,在中国自古以来的社会状况中,始终是一种等级制度的观念占支配地位,而它也扩展到了性交往方面,这大概并不过分吧。正如我们在葛兰言(Marcel Granet)(《古代中国的婚姻种类和亲缘关系》,1939)和克劳德·列维-施特劳斯(Claude Lévi-Strauss)(《家长制的基本结构》,1949)的相关论著问世后所知,在中国的远古时期,曾对母系氏族观念有所提示,但是由于缺乏具体的文字资料,那样的历史时期几乎缺乏历史的可检验性,因而顶多只是乌托邦想象的情况,就像我们在其他许多文化开始时也曾见到的那样。① 即使最初作为认知世界的模型而提出的阴与阳的概念,用来表示湿与干、亮与暗、冷与热、冬与夏等现象的和谐统一,再加上如静与动、软与硬、男与女的对立以及转化到宇宙和社会上,带有了二重性的特点,我们也能清楚地看出男性的阳优越于女性的阴。② 这跟古代中国的神话没什么不同,这种对立在那里也同样表现出来。有许许多多男性的神,作为文化的开创者或人类生活重要方面如农耕或医药的发明者出现,除此以外,却只有少数女神,作为管水或者管天气的神,只能分管次要的方面。仅只有两个女神,一个是女娲,在天崩地裂前拯救了宇宙,并且用泥土创造了人,另一个就是长生不老的西王母,她们俩能作为对立的思路脱颖而出。应当强调指出,这里有必要简明介绍的结构与现象只能与社会上占据主导地位的阶层相关,我们依据有关的资料对这些阶层的情况有较好的了解,而新兴的封建社会的思想方法也从中充分地体现出来。但是,妇女在中国的一直十分庞大的乡村居民中的状况却依然被排除在外,那里的情况大多表现得很不一样。③

正如我们在上面的概述中把目光对准文学创作以及女作家的命运时所见,在女性作为作者出现之处,针对妇女状况的批判性作品只是少量存在,直到在19世纪向20世纪转变的全面的社会批判风暴中,才加强了对这个问题的关注。

---

① 参看克里斯特瓦(Kristeva)的《中国妇女》,第13页。
② 参看古都拉·林克(Gudula Linck)的《中国的妇女和家庭》,慕尼黑,贝克出版社(C.H. Beck)1988年版,第30页。
③ 这一节可参看上书,第50—55页;以及黑默尔(Hemmel V.)和辛德毕尔克(P. Sindbierg)的《中国农村的妇女,文化大革命之前和以后的妇女政策》,伦敦,1984年;以及沃尔夫(Wolf M.)和威特克(R. Witke)的《中国社会中的妇女》,斯坦福大学出版社1978年版。

人们表示抗议的形式和那个时代其余改革运动的形式相同。与实现政治上的联合同时,那些以妇女问题为重点的作品产生出来了,其中主要是以缠足的问题为中心。让我们更感兴趣的是当时出现了许多的报纸杂志,它们为妇女创造了一个提出自己要求的公共论坛。这些从 1900 年出现的宣传女权主义的杂志通常都是由女子创办和出版的,其中有《女报》(1902),还有随后创办的《女界月刊》或《北京女报》(1905)。

在新兴的妇女运动中明确提出的目标,除了中国特有的要求如反对身体的摧残外,还有教育问题以及改革的主张。人们常常提到的罗兰夫人(1754—1793)是法国温和的吉伦特派女领导人,此外还有采取暴力行动在俄国暗杀沙皇的苏菲亚·佩罗夫斯卡娅(1853—1881),都是当时很受欢迎的榜样。[①] 要知道,把在虚构的小说里陈述的实现家庭、国家与社会中的变革的渴望同具体的行动和政治的活动分开,那是十分困难的。

在早期中国的妇女解放运动中,最著名的人物也许就是秋瑾(1875—1907)了。因为她成为作家与革命家的生活道路被研究得最为充分,在这里,我们想以她为例来简要地加以概述。[②] 出身于中国南方的秋瑾在童年与青少年时并不引人注意,除了规定用于女子教育的著作外,她也曾研究过经典的中国文化。她的家庭对某些自由主义倾向并不陌生,事实表明,秋瑾在迁居到绍兴附近后曾练习骑马,还学习过种种兵法。因此,她在 1896 年嫁给一个有保守观念和传统意识的富裕商人,感觉恰似当头一棒。她丈夫的家族与曾国藩(1811—1872)有联系,而曾国藩曾在镇压太平天国时起了决定性的作用。这位年轻的母亲与她的丈夫一起在世纪之初前往北京,因为丈夫在那儿担任了一个新职务。那里有许多到海外去留学的男人和女人的信息,这使她暗下决心,要给自己的命运一个转变。秋瑾究竟是在什么样的背景前作出了自己的决定,在她本人撰写的弹词中有一段给出了答复,当时,女主人公黄鞠瑞的一个女友表达了她的忧虑:

可怜女子不如人!生下若然为女子,便称晦气别家人。……反道是女子多才命不辰。细想起来,我们女子何曾弱?才识同男一样平。若能读就书和史,能出外挣钱养二亲。苦只苦女儿无地谋生计,幽闭闺房了一生。……心中常愤世轻女,胸中壮志日飞腾。实因女子无生计,出外难能四处行,身欲奋时行不得,叫人恨煞女

---

[①] 那个时代的妇女运动题材可参看米夏埃尔·弗罗伊登贝格(Michael Freudenberg):《清代末年中国的妇女运动》,波鸿:布洛克迈尔出版社(Brockmeyer)1985 年版;以及伊尔米·施魏格尔(Irmy Schweiger)的论文:《汉学与妇女研究,对弗罗伊登贝格〈清代末年中国的妇女运动〉一书的方法论评析》,收于《东方/方向》(*Orientierungen*),1/92,第 53—64 页。

[②] 秋瑾的详细生平可参看吉波伦(Gipoulon):《秋瑾:精卫石》,慕尼黑,妇女攻势出版社(Frauenoffensive)1997 年版,第 114—140 页。

儿身！①

最后秋瑾与家庭决裂了，1904年前往日本留学。她在日本不仅参加了中国革命学生联合会的活动，而且开始写作，写了不少诗词和文章，还以弹词的形式创作了一部因为作者早逝而未能完成的《精卫石》。日本政府在1905年底与北京的大清朝廷协商后决定，限制中国留学生在日本的自由，于是，翌年初秋瑾回到了家乡。她先是在一家女学堂当了一段时间的教习，随后不久，就在上海加入了光复会以及孙中山的同盟会，从事具体的革命工作，准备在湖南和江西发动起义。② 1907年7月，在刺杀安徽巡抚的行动发生后，秋瑾作为幕后操纵者遭逮捕，同月即在绍兴被处死。

这个简短的概述可以说明，由于秋瑾的政治活动及由此产生的悲惨后果，她获得了近代中国第一位女志士的地位，对妇女运动中更为激进的力量产生了很大的影响。她在世时没能发表的作品，主要是《精卫石》，在几十年后正式出版，才发挥了其全部影响力。这篇弹词的题目源于一个传说，根据传说，炎帝的女儿在东海里淹死了，死后化为精卫鸟，开始用叼来的石块填大海。这个传说后来成为成语，象征着追求一个目标时的坚定决心，在中文里沿用至今。清代末年，人们往往用这个成语来比喻那些为争取自决权而奋斗的女子采取行动的坚决努力。这个概念独立于秋瑾的作品，曾在下面将要介绍的1904年小说《女狱花》的一行诗里出现，也在沁梅子1906年创作的只有十回而未完成的小说《精禽填海记》书名中出现。那部历史小说的中心是描写17世纪中叶反抗清朝威胁的秦良玉(1574—1648)，一个以忠于明朝而出名的女人。秋瑾在她的弹词中叙述了黄鞠瑞的故事，黄鞠瑞被许配给一个有钱的男人，在同女友们仔细商量后决心逃往日本，这样，秋瑾就描绘出了她自己生活中的重要时期。

在这个有助于我们更好地了解妇女问题的文学反映的开场白之后，让我们还是转向这一节原本的主题吧。由于在20世纪第一个10年针对此问题发表的小说不少，③我们在这里只能对其最重要的代表加以概述。④ 许多用其他文学体裁写的作品都没有考虑，例如，有两篇弹词，一篇是《法国女英雄》(1904)，写罗兰夫人，另一篇是《二十世纪女

---

① 《精卫石》，第四回，第85页。
② 光复会是秋瑾的一个亲戚在1904年创立的。在大多数革命团体联合成孙中山的"同盟会"后，光复会仍然起着特殊的作用，一直到1911年。
③ 《中国通俗小说总目提要》是江苏社会科学院的一个编写组整理的，中国文联出版社1990年版，第1342页。其中，仅在词条"女"一项下就有世纪初关于妇女问题的20部书名。
④ 这个主题的其他作品可参看阿英的《晚清小说史》，第九章，第120—133页；以及吉波伦(Gipoulon)：《秋瑾》，第187页。

界文明灯》(1910),此外还有剧本《维多利亚宝带缘》和《女中华》等等。

正如上面已经强调过的,我们从刚才列举的书名中也可以看出,当时的文学经常借用西方历史中妇女人物的题材。日本人坪内逍遥在1886年翻译了为妇女权利而斗争的法国罗兰夫人的传记,而梁启超在15年后又翻译出了该书的中文本,因此,罗兰夫人在当时的新小说中很有名气。① 俄国的虚无党人苏菲亚·佩罗夫斯卡娅曾在一部关于妇女状况的早期小说中居于中心,成为一个更加激进的女斗士。那个只有五回而没能完成的、但在总体上内容相当丰富的作品是1902—1903年发表的,书名为《东欧女豪杰》。② 小说的女主人公是佩罗夫斯卡娅,书中只提到她的名字苏菲亚。她作为"革命团"的领导成员,在1881年3月1日成功暗杀沙皇亚历山大二世的行动中起了关键作用,是许多中国女志士的榜样,也是文学作品中经常出现的形象。③ 为了纪念这位俄国女志士,同盟会里一个叫张默君(1883—1965)的女子,曾给自己改名为苏菲亚·M.K.张,1911年,她同父亲一起把苏州城交到了孙中山的政党手中。女作家丁玲(1904—1986)在她的著名作品《莎菲女士的日记》(1928)中,也并非偶然地给她的女主人公选用了这个常见的女性名字。④《东欧女豪杰》的作者署名为"岭南羽衣女士",很可能是广东的一个女子。在这部记传体小说里,内容反映了国外中国留学生的困难,作者有可能采用了某个叫罗普的在海外留学时撰写的相关文章。

小说开头描述了年轻的女华人华明卿的命运。她颇为神奇地出生(生母当时已70岁),随后遭遗弃,但又恰好被一个偶然路过的美国女人救活了。明卿后来在美国长大,1873年中学毕业,然后赴瑞士攻读哲学。在那儿,她很快就同一伙年轻的俄国留学生建立了联系。一天,明卿正在埋头阅读卢梭的《民约论》,她的同学莪弥出乎意料地来访,向她告别,因为有十分紧迫的原因促使这个年轻的俄国女子立即返回家乡。莪弥向明卿透露,她属于一个反抗沙皇暴政的秘密团体。作品接下来描述了莪弥与她的同志逃亡国外的原因,更加强了这部以虚无党人佩罗夫斯卡娅为主题的无疑是藏满了炸药的小说的爆炸性,所述情况也可以径直移到晚清时代的中国,引起新的模仿。正如我们从第二回的一段评述中所知,苏菲亚·佩罗夫斯卡娅,这个出身于贵族的无所畏惧的虚

---

① 坪内逍遥的译本依据的是1860年菲利普·沃顿和格雷斯·沃顿(Philip and Grace Wharton)的传记选《社会女杰》。
② 《东欧女豪杰》是1902—1903年在《新小说》上连载的,这里依据的是阿英的《晚清文学丛钞》,卷一,第83—166页。
③ 关于佩罗夫斯卡娅(Perowskaja)的命运,可参看其战友薇拉·菲格涅(Vera Figner)写的生平:《笼罩俄罗斯的暗夜,一个俄国女革命家的生活回忆》,由莉莉·希施费尔德(Lilly Hirschfeld)和莱因霍尔德·封·瓦尔特(Reinhold von Walter)翻译,汉堡,罗沃尔特出版社(Rowohlt)1988年版,第125—132页。
④ 《莎菲女士的日记》德文本由柏林自由大学东亚专业的现代中国文学研究组翻译,法兰克福(美茵):苏尔坎普出版社(Suhrkamp)1980年版。

无党人,在作品中主要是用来暴露名声不佳的中国改革力量的弱点,他们在租界的保护下夸夸其谈,而且沉迷于放荡不羁的生活。不过,让我们还是回到小说上来吧。华明卿探询女友仓促启程的原因,羲弥回答如下:

> 原来敝国是个金字招牌天下闻名的野蛮专制国,上头拥着一个沐猴而冠的,任他称皇称帝,说什么"天下一人",又说什么"神圣不可侵犯"。照公理而论,单有这个,世界上已是大不平等,还喜这种人不多。若使无人助桀为虐,他们势孤力薄,不过是个装饰的木偶,我们平民也忍得把他陈设。最可恨他的前后左右,更有好些毒蛇猛兽托生的贵族,往往贱视我们寻常百姓,嗤为蚁民,任意糟蹋,涂我耳目,缚我手足,绞我脂膏,毒我心腹,偏害了我们无数平民,生不欲生,死不得死。我国悲天悯人的青年志士,耳不忍闻,目不忍睹,立意救此众生,共游文世。因奉着耶尔贞、①渣尼斜威忌、②柏格年③诸先辈的微言大义,立了一个轰轰烈烈的民党。那沿革源流,从前也曾向姊姊大约述了一遍。记得十三年前,那政府民贼,见我党中人物混迹民间,到处游说,只怕我们酿成大事,覆了他们茶碗饭碟,取了他们狗命蛇头,因此下了一张告示,严禁我们演说、集会、作报,又嘱咐巡捕明驱暗访,把我们的天赋自由,都束缚得紧了。④

羲弥接下来又讲述,她那个党的成员由于当局的清洗而纷纷逃往国外,在国外重新组成了虚无党的团体。她说,自己仓促启程的原因是沙皇俄国与瑞士之间的紧密的外交合作,瑞士扬言要把俄国的留学生都驱逐出境。可是她并不绝望,把她即将失去这个在异国的新家说成是新的行动要求。在这里,羲弥也是让她的每一句话都适合中国的情况:

> 近世虽然文学复兴,公理渐明,但可惜都是能知能言而不能行,不过单靠着这些外面的文明,混乱了一时的耳目。试看今日政治上、道德上、宗教上、生计上,凡关于人群的一切制度,认真说来,那有一处不与大同条理相背而驰的?……只见当今凡百现象,都与天然大法相反,若不用破坏手段,把从来旧制一切打破,断难造出

---

① 耶尔贞即赫尔岑(1812—1870),俄国的革命哲学家与作家。
② 渣尼斜威忌即车尔尼雪夫斯基(1828—1889),俄国的哲学家、作家和政论家。
③ 柏格年即巴枯宁(1814—1876),俄国无政府主义的创始者之一。他的著作《国家和无政府状态》曾对民粹运动有重要的影响。此处的中文显得凌乱,因为是按照臆想的发音,名字不时出错。
④ 《东欧女豪杰》,第一回,第88页。

世界真正的文明。因此,我们欲鼓舞天下的最多数的,与那少数的相争,专望求得平等自由之乐。最先则求之以泪,泪尽而仍不能得,则当求之以血。至于实行法子,或刚或柔,或明或暗,或和平,或急激,总是临机应变,因势而施。前者仆,后者继,天地悠悠,务必达其目的而后已……①

羪弥说完这些话就告别了明卿,准备和朋友们先奔巴黎。明卿答应第二天去送女友上火车,可是她赶到车站时,却得知因为一封电报发生了变化,俄国姑娘已经同先前的一个联系人径直启程回国了。羪弥就这样从读者的视野中消失了,一直到小说的末尾,她才重又作为俄国虚无党的领导成员出现。明卿从另一个同学那儿得知了她仓促启程的原因:逮捕羪弥密友苏菲亚的消息起了关键的作用。这样,作者就结束了年轻的中国姑娘在小说第一回里担当的推动者的角色,转向原来的主要人物,读者这时已较为详细地知道了逮捕女主人公的历史背景。我们在这儿只想介绍故事本来的框架,可是,小说却有相当大的部分多次穿插了较长的独白。虚无党的思想在内容上强调要追求平等与正义,几乎同上面引述的羪弥观点相一致,在这些独白中得到了详细的介绍。于是,我们得知了苏菲亚19世纪70年代中期在佐露州的生活。她在那儿热情地推动为农民与农奴启蒙的政治工作,后来在1877年,同另外193名同志一起受到法庭的迫害。在小说里,他们在集会上演讲,语调比羪弥在小说开头提出的纲领远为和解。这里可以让我们很好地了解苏菲亚这个历史人物,正如薇拉·菲格涅在她的回忆中所述,苏菲亚充满深情和体贴入微地关心农民的利益。小说里的对话给我们这样的印象:苏菲亚在这个阶段的目标就是在农民当中促进他们对自身状况的了解。她从人们为什么挨饿的问题,逐渐转到了土地所有制的问题上。苏菲亚认为,不能用暴力夺取地主的土地,而是应为集资,购买富人的土地,再转交到耕种它们的人手中。不过,不是已经有了一个专门的机构,负责引导人们的利益吗?当然啦,那就是政府,可是它却什么也不管。人们必须为自己的权利而斗争。苏菲亚化了装,以免被密探认出来,在佐露州参加一个又一个集会,向人们讲解她的观点。接着,她失去了自由,因为一个巡捕在发生罢工期间查问她的通行证,发现了她的真实身份。苏菲亚·佩罗夫斯卡娅受到审讯和关押,最后,她因为携带禁书(在她的身上发现了舍林格的一本《唯心论》)以及散布谬论被法庭判处一年监禁。苏菲亚入狱后不久,有一天,一个叫晏德烈的朋友来探视。读者从一段较长的说明中得知,晏德烈意识到了俄罗斯居民的悲惨状况后下定决心,参与圣彼得堡

---

① 《东欧女豪杰》,第一回,第90页。

的虚无党活动。他在到达那儿后听说苏菲亚已在佐露州被捕,就作为党的使者赶去帮助朋友。可是,他想要解救苏菲亚的计划却遭到苏菲亚拒绝。一批同志不为所动,仍继续探索实施解救行动的可能性,但最后还是放弃了策划一次全面起义的想法,因为他们看到了对这个女领导人的危险,特别是苏菲亚在与晏德烈再次联系时重申了她的决定,准备在监牢里熬过她的刑期。晏德烈在又一次探视时惊愕地发现,苏菲亚显然已被转移,事情到了危急的关头。同志们担心,当局要秘密处死苏菲亚,就千方百计地打探她的新关押地点,但随后不久就查明,苏菲亚只是在牢里换了个地方。小说最后以这样两个场景结束:从瑞士回来的莪弥介绍了几位刚从狱中出来的虚无党人,然后是一个神秘的女人登台演讲,她也许实际上就是佩罗夫斯卡娅,在女工们的集会上引起了大家的注意。

正如我们从当时中国报刊的评论中所知,《东欧女豪杰》在读者中引起了极大的轰动。小说中的女主人公是一个具体的历史人物,她以其严肃的主张,为自由、平等和正义付出了高昂的代价,所以,她大大地超越了中国本土像花木兰这样的虚构形象。①

不同于《东欧女豪杰》,我们下面要介绍的另一部小说发生在真正中国的背景前。《女狱花》有十二回,发表于 1904 年,大概在它的出自杭州的女作者王妙如(生于 1877 年)去世前后不久。② 这部作品之所以值得注意,是因为书中指出了妇女运动的前景与界限,当妇女运动的代表提出杀死男人这样极端的见解时,那也就是损害了妇女运动本身。《女狱花》是以一种十分紧凑的、自成一体的形式写成的,因为其不加修饰的故事情节而给人以深刻的印象。

在第一回的开头有一首诗,诗中选取精卫鸟的题材,指出了妇女们的觉悟过程,与女主人公沙雪梅发生了直接的联系,而她后来则由于惊人的杀夫之举而获得了"女魔王"的称号。

> 沉沉女界二千年,惨雾愁云断复连;精卫无心填苦海,摆伦何日补情天。
> 自由花已巴黎植,专制魔难祚命延;血雨腥风廿世纪,史臣先记女权篇。
> ……看官,且将这首诗的意思仔细想想,已可知他是一个开辟女子新世界的哥伦布了。但是当日普通的男子,视女人像个买落的奴隶,看了这首诗,无不笑他痴,骂他狂,以为世界上面,岂有此阴阳反覆之事,则女权是无人肯重的。而为女子者,

---

① 关于《东欧女豪杰》在当时受欢迎的情况,可参见《中国通俗小说总目提要》,第 849 页。
② 《女狱花》又名《红闺泪》和《闺阁豪杰谈》。此处依据的版本为"中国近代小说大系"。小说前面有两篇序言,分别为一位叶女士以及俞佩兰所写。

亦因做惯了奴隶,极不知苦痛,所以又把他的说话当作耳边风,不肯细心思量,竭力把自己主权恢复起来。咳,照这样子看来,虽有这个大豪杰婆心佛口鼓吹革命,而我们二万万女子,已是入了十八重地狱,永无超升天界日子呢。岂知天下大势,压力愈深,激力愈大,若顺着时会做去,则将来的破坏还不至十分凶猛。自经一再压制,人心愈奋愈厉,势必推倒前时一切法度,演成一个洪水滔天之祸。所以这个大豪杰的诗词,当日虽极无影响,不到数十年,就酝酿了一位杀人不眨眼的女魔王沙雪梅出来了。①

作者以简洁的话语描述了沙雪梅的少年时期,她在双亲去世前一直是在受到良好监护的情况下长大的。因为父亲在她小时候教她习武,所以,她成为孤儿后也不是完全无法糊口,而是教当地孩子们武功挣饭吃。为了不荒废自己的文化教育,雪梅就在晚上刻苦学习。她在一场梦中被逼着像个女奴那样跪在一伙男人面前,这让她隐约感到了自己将来与异性的较量。

命运让雪梅在父亲还活着的时候就许配给了秦赐贵,一个出身于富裕家庭的年轻秀才。赐贵从私塾以及自学得到的知识自然没多少用处,他父亲也感觉到儿子的能力有限,成不了儒士,所以有一天,就吩咐儿子放下书本,全力打理家里的生意。可是,老人碰到的却是赐贵的置若罔闻,因为他有自己的打算。

> 赐贵心内想道:做我父亲的事业,要茶馆吃茶,酒店吃酒,烟盘吃烟,交接了上上下下许多朋友,我是见了生人就要脸红,这是万乎做不到的。况且古人说,秀才为宰相之根苗,我今年已进了秀才,或者明年举人,后年翰林,大后年放了学差,或后又发达上起,岂不荣宗耀祖吗?②

然而,父亲并不赞成他这些雄心勃勃的计划,认为赐贵谋求这样或那样的功名都是无用的,就强迫儿子研习条律。赐贵当然只是半心半意地听从。他不愿接受时代的变化,而是认同几千年来读书做官的传统,这种行为特点在他娶了沙雪梅以后成了灾难。只要父亲在家,赐贵就读给他指定的课本,可是在其他场合,他就致力于自己的兴趣爱好。最后,父子之间爆发了公开的冲突。有一天,父亲发现了赐贵正在偷看的读本,就

---

① 《女狱花》第一回,第709页。
② 同上,第二回,第715页。

把它撕成了碎片。儿子进行报复,把父亲的一份紧要公事毁掉了,从而造成了父亲的意外死亡,因为老人极度恼火,导致心脏猝然停止了跳动。

赐贵从父亲的严厉管教下解放出来了,过了规定的守孝期,他就转向个人的要求。他又一次同儒家的习俗完全相一致,想到自己已经30岁,该考虑成家了。雪梅由于父亲先前确定的婚约,对他求婚没有多反对,而是顺应了自己的命运,尽管她并不喜欢赐贵的相貌。这时,她自己正忙于钻研当代的读物,对丈夫读书时的传统做法自然不满意,不过,她把这一切视为一个怪僻书虫的装模作样。在赐贵的保守后面,自然隐藏着一种世界观,这对于她自己完全是束缚,雪梅在走访女友后发生的争吵中才明白这一点,当时丈夫责备她:

> 我们诗礼人家,不比寻常小户,做女子的应该坐在深闺刺绣,岂可在外闲走?你前日出门了几次,我已吩咐你过,以后决不准再出去。你总将我的话当做耳边风,这回竟不通知,任性出去,愈觉不像样了。你不看见书上说"女子十年不出闺门"与那三从七出的道理么?①

雪梅决不是能忍受这种指责的女人。她又想起了先前那个受男人压迫的梦,开始预感到自己会面临什么样的命运。你一言我一语,一场激烈的争吵在夫妻之间爆发了。在争吵的过程中,强壮的妻子朝体弱的丈夫踢了致命的一脚。发生的事已无法挽回,但雪梅根本没有想到逃走,而是前去自首,讲述了事情的经过。然而,总不能因为她自首就不判她死刑吧,官员也无法决断,只好先把她关起来。雪梅这个案子在囚犯当中马上引起了极大的轰动。她感到自己有责任对妇女的不幸状况作一场讲演,在讲演的末尾她发誓,要同整个男人世界斗到底:

> 我们女子,在古时候,本有下堂求去之礼,自从出了千刀万剐的秦始皇,会稽刻石,立了许多暴法,又有一班眼小于豆无知无耻的宋儒,逞其臆见,说了好些"饿死事小,失节事大"的狗屁说话,从此女子与男人,正如世俗所说的相去五百级了。咳!种种不平等之事,我也说不能尽。请众位仔细想想,男贼待我们,何尝有一些配偶之礼,直当我们作宣淫的器具,造子的家伙,不出工钱的管家婆,随意戏弄的顽耍物。咳!男贼既待我们如此,我们又何必同他客气呢。我劝众位,同心立誓,从

---

① 《女狱花》第三回,第720页。

此后,手执刚刀九十九,杀尽男贼方罢手。①

说到立即做到,雪梅令在场的囚犯大吃一惊,居然纵身一跃,翻过了监狱的围墙,逃出城,甩掉了追捕者。她在路上来到偏僻的荒野,一想到自己的婚姻就鼓起了勇气,认识到只有自己才是幸福的缔造者,在必要时必须进行流血的斗争,反对时代的压迫。她流落到一个村子里,在那儿被一个叫文洞仁的女子收留了,此人知道沙雪梅的名字。文洞仁属于一个妇女团体,该团体实行独身,但由于她从小缠了足,只能在家里做事,就按照自己的格言"做语言的英雄",给一家妇女报纸写文章。有一次雪梅发烧,在生病的过程中,雪梅宣布,要用她杀死的男人头颅堆一座山,用他们的血造一条新的黄河。但雪梅没能按照她原来的计划行动,不得不在女主人家住了很久时间。不过最后她还是上了路,而且跟一个洋人发生了一次不快的经历:那个洋人习惯了中国人的卑躬屈膝,就向她提出非礼的建议,只是由于他当时喝醉了,才免于受到惩罚。后来,沙雪梅在客栈里碰到一个叫许平权的女人,许平权主张男人和女人有分寸地交往。这两个女人的观点刚好相反,恰如下面的对话所示,这也许是小说的中心段落,作者阐明了她的实用主义和致力于改革的态度。

雪梅道:"妹妹想组织一党,将男贼尽行杀死,胯下求降的,叫他服事女人,做些龌龊的事业。国内种种权利,尽归我们女子掌握。"平权道:"这样的革命,妹妹想来,恐做不成功的。"雪梅道:"何以做不成功?"平权道:"凡流血革命,施之于不同国土,不同宗教,不同语言,不同种族,一无爱情的人,很是容易。女子与男人,同国土,同宗教,同言语,同种族,爱情最深,革命安能成呢?"雪梅道:"话虽如此,但男贼待我们,种种暴虐,已与异族无异。俗语道,仇恨深者,一室也是吴越。一旦事起,何患爱情不能斩断么?"平权道:"就据你说,竟能斩断爱情,与男子血战一场,你想天下动植诸物,谁不爱自由,谁不爱生命。何以若者能自由,若者不能自由? 若者能得生命,若者不能得生命? 可见得天演之理,优胜劣败,花枝一般的女子,安能敌铁包面皮的男人呢?"雪梅道:"我们女子的身体,虽被男贼害得如风吹得动样子,但男贼亦安见强壮呢? 各种卑陋的贼男,我且不必说他,就有几个人人崇拜,号为国民的,平日间烈烈轰轰说些流血事业,及闻捕拿会党的信息,即东逃西窜,甚有改变宗旨者,则平时说几句门面话,不过骗些铜钱,为吸洋烟、吃番菜、坐马车、嫖婊子的

---
① 《女狱花》第四回,第726页。

经费而已。我们女人冰霜性质,何患敌这种墙头草的男贼不过。"平权道:"号为国民的男子虽大半如此,但女人今日已在男子势力圈内,若要挣脱,亦决无此容易。譬彼印度人,性质何等刚勇,一被英人管束后,奴隶之苦,惨不忍言。虽有人日日要革命,日日要独立,弟恐创革命建独立的事业,仍难望诸今日的印度人呢。"雪梅道:"印度乃是贱种,自然不能脱离网罗。我们女子脑质优于男人,安得以印度人为比例呢?"

平权道:"据泰西生理学家说,蝼蚁脑质最优,飞禽次之,人类又次之,何以今日不为蝼蚁世界,又不为飞禽世界,而独为人类世界呢? 推其原因,实由蝼蚁身体的构造大不完备,飞禽亦很有缺憾,故人类独有世界的权利。女子与男人身体构造皆无大异,然女子不读诗书,性灵痼蔽,紧缠小足,身体戕贼,则先天构造虽已完全,而后天缺憾不少。欲行激烈的革命,万不能成功的。"雪梅道:"我们女子虽皆醉生梦死,住在女狱里二千余年,然其中岂无惊天动地的女豪杰么? 你想文章有班婕妤、谢道韫,孝行有缇萦、曹娥,韬略有木兰、梁红玉、唐赛儿,剑侠有红线、聂隐娘、公孙大娘,此外有名豪杰,我也不能尽说。可见我们女子,并非尽染陋习,一无振兴气象。一声革命,恐有如铜山西崩,洛钟东应,罗裙儿为旗,红粉儿为城。顷刻之间,尽是漫天盖地的娘子军了。"平权道:"照这样说,安得为女子即能革命的证据? 你想希腊国,非西欧文化的渊泉么? 诗词有荷马、束福克黎,法律有梭伦、来喀瓦士,哲学有苏格拉底、柏拉图、亚利士多德,武功有泰迷德克黎爱、巴米嫩达、佩洛比大,何以一亡于罗马,再亡于土耳其? 自拿破仑死后,自由空气吹到希腊国来,那时一二爱国的人,即要革命,你想懵懵懂懂的一般希腊人,安能敌精精明明的一班土耳其人呢? 幸有英、俄诸国,鉴他苦衷,去帮助他,方成个似独立非独立的国度。你将今日普通女子形状仔细一想,就知不施教育,决不能革命的。"雪梅道:"我闻天的生人,生命与自由同赋,故泰西人常说,自由与面包不可一日缺少。若缺了面包,人要饿死。缺了自由,人亦要困死的。据你说来,此刻不要革命,则重重束缚与牛马无异,还成一个人吗?"平权道:"天的生物,原是各给他自由,但有自由的资格,方能享受自由。没有自由的资格,决不能享受自由。譬如牛马,天亦何尝不与以自由,人何以要束缚他,只因他没有自由的资格,主人豢养他,非但不肯为主人尽力,有时且反噬主人呢。今日普通女子,一无学问,愚蠢不亚于马牛。若即把他自由,恐要闹出大学程氏一大的笑话来了。"雪梅听到这里,即跳起身来,说道:"照你这样讲,今日我们二万万女子,应该做二万万男贼孝顺奴隶么?"平权见他言词激烈,知他宗旨已定,欲强劝他也无益。且革命之事,无不先从猛烈,后归平和,今日时势,正宜赖他一棒一喝的手段,唤醒女子痴梦,将来平和革命,亦很得其利益,即随口说道:"姊姊时候已不早,明日再谈罢。"雪梅也不回答,匆匆出房而去。①

在这一回的评论里,作者说,她在写这场争论时并不轻松。她仔细斟酌了双方提出的论点,不想让哪一方占便宜或吃亏,全凭着广博的学问才得以成功。平权和雪梅话不投机。第二天早晨,雪梅问起争论的对手,才知道平权已动身离开了。于是她继续旅行,不久就到了办女报的张柳娟处。她在那儿又打听到了许平权的一些情况。柳娟表示,她对平权的观点了解很少,这表明她与好斗的雪梅志同道合。雪梅在报馆里当了撰稿人,以她的第一篇文章《仇书》在附近的妇女当中赢得了普遍的重视。在一些密谋者的圈子里,当时决定要建立一个革命党。而许平权走的是一条比较温和的道路,她跟一个女友一起去国外留学,第一站是东京,后来又到了巴黎,而巴黎在她们的眼里是自由的发祥地。她们在那儿从报道中获悉,雪梅、柳娟以及其余追随者对她们的目标无法实现感到绝望,结果寻了短见。平权对雪梅等人之死感到震惊,决定回国,创办一所女学堂,教导妇女,为和平革命奠定基础。她的目标是给妇女传授知识,让她们靠自己的力量维持生计,实现全面的独立自主。许平权在海船上认识了年轻的学者黄宗祥,黄宗祥后来用他可以支配的一切办法帮助她创建学堂和从事别的活动。许平权在创建了她的事业后,才开始回应宗祥颇有耐心的暗暗的追求。她感到世界上的情况很糟,所有的女人都有可能追随雪梅的好斗行为,但人类的生存显然无法以这种方式得到保障。

平权又说道:"妹近日心内思想有一件事,实男女间之大不平等,但那件事平等的时候,即人类灭绝的时候了。你想男女交媾共享欢娱,何以生育子女的苦痛要女子独受呢?文明极顶的时候,做女子的定创出各种避孕之法,决不必等地球的灭日,人类已是没有的。自此以后,必有比人高等的动物管理世界,其生育子女,雌的决不受一些苦痛,另有神妙的方法。但这个方法,即问今日有名的哲学家,也不能说出来。因其身体构造,不知是什么样子。其安能妄断呢。"②

我们看到,这些观点是多么时尚,至今仍能给人以启发。为了给尽可能多的妇女一个榜样,让她们别走像沙雪梅或未嫁先死的文洞仁那样的道路,也出于对黄宗祥的爱,

---

① 《女狱花》第八回,第742页。
② 同上,第十二回,第757页。

许平权最后同意了结婚。

有一部作品曾在有关妇女运动的小说中起过突出的作用,1905年发表,书名按照女主人公的名字题为《黄绣球》,作者颐琐很可能是一位女士。① 《黄绣球》之所以值得介绍,是因为作者避开了对纲领的描写,把有关妇女的问题放在一个精心讲述的情节框架里。作者选择乡村的景象作为背景,这不同于对城市中心改良力量的行动所作的许多描写,是一个创新,保守主义以及广大居民对具体改良的否定态度都十分强烈地表现出来。从第一回描写的"失乐园"看,《黄绣球》让人联想到清代早期那部篇幅很长的小说《醒世姻缘传》。此外,这部小说还展示了一系列别的方面。

> 话说亚细亚洲东半部温带之中有一处地方,叫做自由村。那村中聚族而居,人口比别的村庄多上几倍,却推姓黄的族分最大。村前村后,分枝布叶,大都是黄氏子孙。合村之中,物产丰盈,田地广阔。所出的人,不论男女,也都文文秀秀,因此享惯现成的福,极怕多事,一向与外村人不通往来。外村人羡慕他村上富饶,妒忌他村上安逸,晓得他一村人的脾气,就渐渐想出法子来联络,又渐渐拿起手段来欺侮,弄得自由村全无一点自由乐趣。这且不在话下。
>
> 单表他村上有一人,名叫黄通理,此人约莫三十几岁,很出过几趟门,随处考察,觉得自家村上各种风物,无一不比外面强,却无一能及外面光彩,想来想去,不懂什么原故。要讲读书人少,眼见秀才举人,比村上的狗子还多;要讲做官人少,眼见红顶子、蓝顶子,用巴斗箩担也就量不清,挑不完;要讲种田经商的人少,眼见田户完粮,却为皇家一宗大大出息,生意买卖,差不多都是累万盈千。怎么问起来,总说是十室九空,只剩得一个外面子好看。②

黄通理决心恢复村子的名誉和声望,就集合朋友,推动全面的整顿与改革,但是由于大家都生活安逸,他遭到了众人的一致拒绝。人们习惯了无忧无虑地过日子,也相当坦率地用下面的说法来表明这一点:

> 人生在世,如白驹过隙,得了一天,算一天。俗语说得好:"前人栽树,后人乘凉。"我们守着祖宗的遗产,过了一生,后来儿孙,自有儿孙之福。我们年纪已渐渐

---

① 这里依据的是阿英的《晚清小说丛钞》,卷一和卷二,第167—389页。三十回的《黄绣球》在1905年的《新小说》上连载至第二十六回,然后,1907年在新小说社出版了全文本。

② 《黄绣球》第一回,第167页。

老了,讲不得德润身,还讲什么富润屋呢?①

作者在这里用房子就要坍塌的景象,相当清楚地表现了那时十分危急的国家状况,这已经通过自由村的居民大都姓黄(黄表示黄色,喻指中国,是亚洲各种族成员的代称)作出了说明。可是,情况也并非全无希望。黄通理发现自己的妻子是很有自我意识的女人,她要求自己完成男人干不了的事情。妻子决心提高村子的名誉和声望,给她的名字黄绣球加上一层新的意思,进而表明了她的意愿:为全球的人作榜样,充实人类的文化形象。她最早亲身实行的改革措施在村民当中引起了轰动:放开了裹脚布,以便为下面的行动作好准备。黄通理面对家里的新声音表现出开明的态度,这表明他是个善解人意和考虑周到的丈夫。黄绣球在梦中见到法国女英雄罗兰夫人,便有了大彻大悟的体会。罗兰夫人在谈话中宣布:

> 男人女人,又都一样的有四肢五官,一样的是穿衣吃饭,一样是国家百姓,何处有个偏枯?偏偏自古以来,做女子的自己就甘心情愿,雌伏一世;稍为发扬点的,人就说他发雌威,骂他雌老虎。一班发雌威、做雌老虎的女子,也一味只晓得瞎吵瞎闹,为钱财斗气,与妾妇争风,落得个悍妒之名,同那粗鲁野蛮的男子一样,可就怪不得要受些压制,永远雌伏,不得出头了。②

在这段话后,罗兰夫人把《英雄传》一书递给绣球,书中介绍了欧洲古代二十五个著名人物的故事。绣球在跟丈夫谈过后又过了很长时间,才获悉梦中对话伙伴的真实身份。总之,在她做梦的经历后,丈夫大力支持她勇于做更崇高的事的想法。她随即付诸具体的行动,对村里的妇女大谈妇女解放的使命。如果说绣球放开裹脚布已在当地引起了很大的轰动,那么,她当众登台讲演更是让官府担心百姓会起来造反。于是当局就下令逮捕她,以防止发生更糟糕的事。经过许多努力,花了很多钱打点,黄通理才让好斗的妻子得到保释。他不仅知道了官场的许多有用的情况,而且,还使开明的刑房书办张开化成为进一步改革计划的可贵助手。整个事情也让村子里的阵线清楚地显现出来。通理现在明白了,他最大的对手其实是那个居心险恶的传谣者黄祸(意思是"黄色祸患"),这是他的一个远亲,其唯一的目的就是想诈取通理的一部分财产。

---

① 《黄绣球》第一回,第171页。
② 同上,第三回,第181页。

在《黄绣球》这样的作品里,对妇女状况的评述当然特别多。我们在这儿想摘录一段,因为它生动地表达了女主人公黄绣球的看法。

话说黄绣球开口言道:"自古说天尊地卑,把男女分配了天地,近来讲天文的,都晓得天是个鸡蛋式,不是什么圆的;地就包在天当中,算是蛋黄,不是另外一块方的。这就天地一气,没有个高卑分得出来。但蛋必先有了黄,然后有白,有衣,才又有壳。那小鸡都从蛋黄里孵出,若是蛋黄坏了,孵不成功。照这样说,要把男女分配天地,女人就好比蛋黄,虽是在里面,被蛋白蛋壳包住,却没有黄,就不会有白有壳。那白呀壳呀,都靠着黄,才相生而至,犹如天没有了地,那五星日月、江海山川、上下纵横,都形形色色没有了依傍。大约天是空气鼓铸,全靠是地来载着;地上的山,是气化蕴积,地上的水也是气化灌输。可见天虽比地来得高,地是比天还容得大。女人既比了地,就是一样的。俗语所说:'没有女人,怎么生出男人?'男人当中的英雄豪杰,任他是做皇帝,也是女人生下来的。所以女人应该比男人格外看重,怎反受男人的压制?如今讲男女平权平等的话,其中虽也要有些斟酌,不能偏信,却古来已说二气氤氲,那氤氲是个团结的意思。既然团结在一起,就没有什么轻重厚薄、高低大小、贵贱好坏的话,其中就有个平权平等的道理。不过要尽其道,合着理,才算是平。譬如男人可读书,女人也可读书,男人读了书可以有用处,女人读了书也可以想出用处来。这就算同男人有一样的权,谓之平权,既然平权,自然就同他平等。若是自己不曾立了这个权,就女人还不能同女人平等,何况男人?男人若是不立他的权,也就比不上女人,女人还不屑同他平等呢!自从世界上认定了女不如男,凡做女人的也自己甘心情愿,事事退让了男人。讲到中馈,觉得女人应该煮饭给男人吃,讲到操作,觉得女人应该做男人的奴仆,一言一动,都觉得女人应该受男人的拘束。最可笑的,说儿子要归老子管教,女儿才归娘的事呢!无非看得男人个个贵重,女人只要学习梳头裹脚、拈针动线,预备着给男人开心,充男人使役。大大小小的人家,都只说要个女人照管家事。有几个或是独当一面的,执管家政,或是店家做个女老板,说起来就以为希罕,不是夸赞能干,便是称说利害,总觉得女人能够做点事的,是出乎意外。这种意见,也不知从几千几百年前头传了下来,弄成了一个天生成的光景。一个人家,男人强的,甚而至于打女人、骂女人,无所不有;男人和平的,也像似他吃得的,我吃不得;他用得的,我用不得,这就瞒着做事,钱要私底下藏几个起来,衣裳要私底下做几件起来。男人马马虎虎的还好,若是顶真的,耳目来得紧,淘气淘得多,这就又要联群结党,彼此勾串。大人家或是在娘家姊妹里、丫头老妈子里寻个腹心,或是借三姑六婆做个名目;小人家更是张家婆婆、李家嫂嫂终日鬼混,什么事情都从这上面起头。再讲那有妯娌姑嫂的,各人瞒各人的丈夫,各人争各人的手势,说得来就大家代瞒,说不来又大家作弄,稀奇八古怪,真可也一言难尽。追考原由,只因为明明暗暗,多有个男人压制女人的势子。女人死不要好,不会争出个做女人的权来,只会低首服从,甘心做那私底下的事。倘然肯大家争立一个权,也是成群结党的做去,岂不好呢!"①

从这段话可知,乡下人的状况只能通过强化教育来改善。黄通理夫妇在绣球获释后决定,力争得到开办一所学堂的特许。他们得到了张开化及其亲戚毕去柔的大力支持。毕去柔是刚从国外回来的女医生,表示出强烈的兴趣,以她掌握的知识建立一所医院。经过长久的讨论,共同的目标和行动方法已渐渐显现出来。首先,要避免加剧社会风气的普遍败坏,更不能效仿改革重镇上海的放荡不羁的性行为。按照毕去柔和黄通理的看法,在上海既没有道德,也没有风俗。这一群人更愿意采取温和的行动,以及小步走的耐心措施。

黄通理说:"……从前外间的风气,怕的是不开。如今一年一年的,风气是开了,却开的乱七八糟,在那体育、德育上,很有缺点。你记得你梦见罗兰夫人吗?他临终时,有两句话道:'呜呼!自由自由,天下古今,几多之罪恶,假汝之名以行!'现在那社会上的千奇百怪,不论男女,都应着这两句话,真是可耻!所以我们在内地办点事情,讲些教育,要着实力矫其弊,不可一窝蜂的闹些皮毛。"

毕太太听了道:"不错呀不错,就如开学堂一事,一时闻风而起,官办民立,大的小的,不计其数,不是成了个制造奴隶厂,便是同三家村授《百家姓》、《千字文》的蒙馆一样。而且那冲突的风潮,腐败的现象,各处皆然。嘴说改良,改来改去改不好;嘴说振兴,兴来兴去兴不长。内地不必讲,越是通都大邑,他那外观极其宏敞,调查他的内容,竟至不堪闻问。……他们一样的坐着橡皮马车,逛张家花园,到四马路一品香吃大菜,上丹桂、天仙、春仙各戏园看戏,看戏还要拣个未包的厢楼,紧紧的靠住戏台。……年日把'平权'、'自由'挂在嘴唇子上,只当是下流社会也可与上流社会的人同受利益,只当是趁我高兴,就算打死一个人也是我的自由,不必偿命的,岂不奇而可笑!我这一番话,你们大家不要疑心我是嚼舌头,造口孽,这的的确确

---

① 《黄绣球》第二十二回,第322页。

是近来新学影响。女流中如此,男子社会上更就可想而知。所以我说不怕创不出新法教育,怕的创出来,流弊更甚。然而我们做事,又不可学那旁观派,一味退缩,只要洞彻其中的弊病,从那弊少利多,细细想些法子,渐求进步,挤着些坚忍工夫,做到铁棒磨成针的地位,看似发达得迟,实在收效最速。……亚当·斯密做一部《原富》,也有十几年才做好出版,他那国中人,就记着他那书出版的年份,作为理财学的诞生年份,何等郑重!可想,事不在乎急,在乎成,又在成而可传。中国自仿办新法以来,不论什么事,都要急切求效。有些少年勇猛的,凭着一时血性,做起事来,霹雳火箭,就同一刻都等不得的。及至草草的放了一响,还没有看见烟焰,倒又都退去几十里路,从此便意懒心灰,不复过问。更有一班凭空的无事无端,口口声声说'不怕流血,不怕破坏',及至遇着了点小事,不要说流血,就连皮肉都干系不着的,他早已躲闪了,不见个人影。这两种人,论他们本心,都是可与有为的,不过没有受得教育,合着中国的一句旧话,叫做'少不更事'而已。至于那误认天赋之权的,剽窃外国哲学的皮毛,借着爱国保种为口头禅,却一旦要灭他自己的家门,杀他自己的父母。家尚不爱,何爱于国?父母生身的血种,尚不欲保,还讲保什么种来?一戴了顶日本式帽子,一穿了双洋式革履,昂然入市,把酒色财气看为英雄豪杰的分内常事,甚而借着妓女优伶,讲求运动。这些人物,就只可陈设在中国博览会中,供东西各国的人冷嘲热笑了……"

当时黄通理、黄绣球两人,都听得津津有味。张先生也连连点首说:"这般看来,还是我们村上风气安顿些。"毕太太道:"这又不然。我说的是开通以后的流弊。内地未曾开通,其弊犹如顽痰一般,给成痞块,横在喉咙里,或是顶在胸口,久之饮食难进,气脉不舒。不把那痰化开来,一霎时痰涎涌塞,死了还无人得知,岂不可惜?那开通以后的弊端,犹如头上生了疖子,腿上长了流注,七穿八洞,脓血淋漓,归不到一处去。两种病,看似生顽痰的不觉得些,其实也是不可忽略的症候。"①

在物色一个合适的地方办女学堂时,有一天,黄绣球跟尼姑王老娘和曹新姑认识了。她成功地争取到了这两个靠乞求施舍维生的出家女子支持她的计划,把尼姑庵改造成了一所女学堂。绣球把要讲授的教材编成像弹词那样的传统口语形式,十分成功,让两个从前的尼姑上台宣讲。这些教材给居民们讲解妇女关心的特有要求,如婚姻卫生、身体与智力的教育及积极丢掉裹脚布等等。随后,村子里富裕户的女人也提供了必

---

① 《黄绣球》第十回,第232—237页。

要的帮助,出钱资助这项共同的事业。甚至连官府也对社会整体的重要进步表示了谅解,黄绣球又请了新上任的县官施有功担任顾问。但是,在施有功调任其他职务后,革新计划又一次受到了威胁。卑鄙的黄祸仍把黄氏夫妇当成灾星,让代理县官猪大肠成为他实现阴险意图的一个有权有势的盟友。村民们同舟共济,在新开办的学堂被关闭,官府下令逮捕黄通理时,怒火爆发了。猪大肠被愤怒的人群从衙门里拖出来,交给了一个匆忙赶来的高官。为了防止将来再发生这样的事情,黄绣球热心地促进村民的团结,建立起一支妇女大军,然后宣布了自由村的独立。最后,她写了一出戏,表现她为了让集体获得成功所作的努力,而那是仿照罗兰夫人在梦中交给她的《英雄传》创作的。

在清代末年的妇女文学中,往往采用部分好斗、部分注重改革或宣扬实用主义的笔调,我们在前面的段落里已经说明了其种种表现。对于妇女运动主题的文学塑造,正如我们在反映其余问题的作品里也见到的那样,除了采用典型的风格与叙述的手段外,特别适合沿用过去几百年的一些叙事种类,而爱情与婚姻问题就在其中起着重要的作用。尤其是清朝初期颇受欢迎的才子佳人小说,有简单的情节结构和乐观的视角,让情侣们在发生了许多纠葛后依然亲密相处,在这里就是合适的榜样。有一部完全按照才子佳人小说的思路创作的作品,就是下面要介绍的小说《女子权》,1907年由署名"思绮斋"发表,这个笔名自然暗示了作者很可能是女性。① 除了篇幅短小,仅有十二回以外,《女子权》与传统言情小说的相同特点是情侣的幸福结局以及对一般发展充满信心的估价,在书中,一般的发展是采用乌托邦的形式。按照对妇女不幸状况的常见哀诉,只有无耻的女人才能得到所想要的自由,而在占统治地位的儒家道德背景前,良家女子却往往受到父辈与丈夫的严格控制,过着悲惨的生活。作者指出,现有的状况虽暂时无法改变,但是,尽可保持理想主义的看法,期待将来会有所好转。随后,作者又作出下面的估价,认为妇女暂时还无法指望得到好消息:

妇女们听者:

话说中国当西历一千九百四十年间,朝廷早已实行立宪,一般也入了万国同盟会,所有主权国体也极其完全。其时可以与欧美各立宪比隆的,约有十端:

(一)上下议院都已成立,海内各洲县已实行自治制度;

(二)监狱裁判已一切改良,已收回外人领事裁判权;

(三)通国国家税、地方税两项,岁入已达一千兆,进出口税则已得以国法

---

① 这里依据的《女子权》收在"中国近代小说大系"中。

制定；

（四）中国与各国所订之约章俱已改正，已无片面的条约；

（五）通国矿山、铁路俱已收回自办，即国债亦一律清偿；

（六）海军大小船舰已达五百艘之数，所有旅居各国之华商，俱有兵轮派往保护；

（七）陆军兵弁，俱系曾受有教育之人，枪炮军械一切，国内皆能自造；

（八）每岁出口商品达五千兆以上，所有内江外海之商轮，悉为华商产业；

（九）全国人民俱负有当兵纳税之义务，无游食无业之民；

（十）全国已改用大同服饰，并废阴历而用阳历。

此外，如男女学堂两项，男学堂大小有六万六千余所，学生共九百八十余万人；女学堂大小有三万余所，学生共二百余万人；还有专门工艺学堂不算在内。照这样看起来，中国国家与人民的程度，也就不十分低下。内中只有一样不及欧美各国的，乃是全国男子虽享有言论自由、出版自由、信教自由的权利，争奈全国妇女，还是处于重重压制之下，那一切不能自由的苦况，也与目下差不多。原来，这时中国的妇女，已有三百兆左右，无如匀均计算，一百个人里面，受过教育的，只不过六七个人。虽然有两个热心公益的妇女，屡次恳请下议院提议开放妇女的政策，却都被上议院驳斥，说是中国女界程度未至，不肯赞从。只有两桩胜似目下的：一是买卖奴婢的风俗，此时已全行禁革；一是妇女缠足的习尚，此时已一律扫除。其余都毫无进步。这且按下不提。①

对事情的乐观看法在下面的小说情节中才表现出来，我们可以理解为对女界的安慰和鼓励，让她们受所述理想状况吸引，引起自己命运的转变。在对未来几十年的变化作出预测后，作者就转向了书中的主要人物。高官袁仲渔与其家人住在汉口，汉口是现今长江边大城市武汉的一部分。我们从最初几行就知道了袁仲渔是正派和守规矩的人，他和妻子韦氏在过了多年幸福的婚姻生活后开始不和，因为随着时间的推移，韦氏成了虔诚的佛教徒，而丈夫却轻蔑地认为宗教是迷信，在劝说无效后认为应防止妻子对家产的侵害，就像他说的那样，必须制止妻子大手大脚的布施行为。不过，并不是这对夫妇，而是他们的独生女儿袁贞娘，处于下面发生的事情中心。仲渔从他妻子没读过书这个例子受到告诫，就像许多小说中也有的情形那样，得出印象，认为缺少学校教育是

---

① 《女子权》第一回，第7页。

受到宗教信仰迷惑的原因,于是仲渔就亲自教育女儿,后来又让她上了汉口的一所女学堂。一个偶然的机会,在几所学堂联合举行的一个庆祝中秋节的盛会上,贞娘注意到客人中有一个仪表非凡的年轻水兵,后来就再也忘不了他。这里值得注意的是,《女子权》沿用了才子佳人小说的结构和浅显的语言,但是在别的方面,尤其是女人的形象,却已经发生了变化,不再是虽然坚决但却无能而只是美丽的女士了。袁贞娘是个既博学又健壮的年轻姑娘,很善于走她自己的路。那个水兵对她也不是无动于衷。后来,贞娘在游览一个亭子时又巧遇小伙子,还在他匆匆离开后发现了一个皮夹,里面装着他的名片以及一首献给她的情诗。她收起这些东西,但在回家看望父母时却把它们遗忘在家里了。于是,它们就像她担心的那样马上被父亲发现了。父亲一开始不露声色,可是,当贞娘以优异的成绩毕业并得到机会到北京去升学时,父亲却对这个喜讯反应很冷淡,这让女儿预感到了不妙。最后,仲渔跟女儿提起那首诗,父女之间不可避免地发生了争执。父亲指责女儿行为不检点,而贞娘自然愤怒地反驳了这种指责。她出于绝望,走投无路,就跳入附近的江里。虽然有一个巡士见到她跃入激流,但是,大规模的救捞行动却无功而返。父母对女儿的失踪感到惊慌失措,第二天,得知女儿死了的悲惨消息。但是,命运却给了贞娘另外的好运,当天夜里,她被一只巡洋舰救起,恢复知觉后发现,救她的人正是她心里钟爱的邓述禹。她当然向他隐瞒了自己最初的自杀计划,假称是不小心掉进了河里。由于这次奇异的救助,她更加增强了非邓述禹不嫁的决心。因为船在途中没有再靠岸,贞娘只得随船到了天津。邓述禹先把她安顿在一家报馆的女主笔那儿,接着,又把贞娘幸免于难的消息通知了她的父母。在天津这个港口城市,两个恋人的路暂时分开了。贞娘应邀参加了报纸的工作,匆匆写成一篇有关女子权利的文章,这让她在城里出了名。但最后,她还是下决心到北京去继续上学。她很快就进到了思想开放、家庭幸福的女同学形成的圈子里。这让她跟别人一起创办了一份自己的报纸,叫做《女子国民报》,从而为自己毕业以后的生活找到了一份有意义的工作。父亲不久后也调到北京,对女儿在妇女运动中的活动怀有理所当然的猜疑,可是,贞娘很快就证明了自己是个成熟和谨慎的女人。她克制刺耳的语调,向所有敌视男人的女权主义者表明了她的拒斥态度。然而,贞娘无法阻止妇女政党在全国如雨后春笋般出现,那些党里面聚集了形形色色的人,有着完全不同的诉求,甚至连妓女也参与了对自由的呼吁。因此,当边远的省份新疆有一伙愤怒的女人杀死一个警察时,官方马上就怀疑到贞娘,因为她在反叛的运动中很有声望,于是就下令对她参与创办的报纸编辑部进行搜查。风波平息后,中国的妇女运动得到了出人意料的帮助:从国外来了一位域多利女士,此人是举足轻重的人物,作为澳洲联邦的女公使,可以出入社会的最高层。域多利进宫递

交国书时,告诉皇后:

"其实妇女的聪明材力,也不弱于男子,没有不可以与男子同登仕版,与闻国政的。"皇后道:"妇女的职分,只在主持闾以内的事。何必使他与闻政治?又何必要什么女权?"域公使道:"不是这般说。大凡一国之中,所有人民,妇女必居其大半。向使毫无女权,那就不论男子如何开通,他那国度便如一个害了半身不遂病症的人,一半已经成为废物,只有一半能知觉运动,就说是富强,也富强不到那里去的了。所以美洲地方,近来有个万国女权会,这会中的妇女,专以扩充已得之女权,进取未得之女权为宗旨。贵国若要免于半立宪之诮,也要准民间创办这会才是。"①

域多利阐述了她认为什么是半立宪,什么是仅仅有利于男人的国家改革。然后,皇后同皇上谈起这件事,而皇上又让大臣们去商议。最后大臣们得出结论,妇女参政的时机在中国尚未成熟。皇上赞同大臣们的看法,要下令禁止妇女联合会。但是,这个问题在外国作出强烈反应后拖了下来。另外,有趣的是皇后也表示了积极支持的态度,于是就产生了这样的印象:似乎在世纪之初,妇女运动界怀有希望,想要让国内女性中地位最高的王后来为自己的目的服务。这当然是一种过于乐观的看法,因为1898年的戊戌变法证明,正是慈禧太后猛烈地粉碎了变法的努力。这儿似乎可以看出一种明显的保守主义,不是把废除整个皇朝作为前提条件,而是想依赖统治者的明智。总之,小说的女主人公袁贞娘看不到自己有希望影响形势,就开始周游世界,先后到了圣彼得堡、柏林、巴黎、伦敦和纽约等地,对这些国家妇女运动的情况得到了种种有益的信息。贞娘沮丧地发现,海外华侨社团的女性成员在那儿被当作外国人,因而失去了一系列权利。这里恰如同类小说中常见的那样,关心妇女的利益与通常的爱国义务融合在一起了。已经成熟的贞娘回到中国后投身于新的活动中,用旅途中积攒的钱创建了一所新的女学堂。此外,她还利用在国外建立起的关系,经过住在那儿的留学生对本国政府施加压力,很快就提交了一份有八万人签名的禀词,禀词中写道:

一是各国见中国不重女权,因而贱视侨居其国之中国妇女,致由此丧失无限权利,甚至不能立足;

一是中国妇女现在之程度较高,若不予以女权,未免不合"天赋人权"之公例;

---

① 《女子权》第六回,第39页。

一是现在家政改良会，实即女权会之变相，凡设有是会之地方，其女子已多不受男子约束，是为无法律之女权。何如明定限制，以顺舆情；

一是国有女权，方足为完全之立宪国，不至居各国之后；

一是女权既伸，凡国内一应学术工艺，其进步必异常疾速，中国可一跃而为世界最头等之国。①

让贞娘发愁的是呈上去的禀词却搁在议院不置可否了。不过，地位更高的人还是注意到了这个已订婚的妇女，给她提供了一个在学部当翻译的工作，贞娘高兴地接受了。在一次觐见皇后时，她终于有机会让自己的外语知识得到了证明。然而，这只不过是一次个人的成功，而上下两议院却决定放弃改革。学生们纷纷集会，外国也施加了巨大的压力，其中主要是女公使域多利所作，她在一次晋谒时甚至不惜以冒犯的方式拒绝向皇后表示必要的恭敬。于是在皇后的权威干预下，朝廷决定实行必要的改革，承认了妇女的全面权利。除了普遍提高妇女的地位，规定了一夫一妻制，给寡妇改嫁的机会外，妇女还终于获得了选举权。全国响起了赞颂朝廷圣明的欢呼声。至此袁贞娘也终于到了该考虑个人幸福的时候，于是便着手实现她与自国外归来的邓述禹结婚的计划。他们完全按照西方国家的习俗，在举行了婚礼后乘车去汉口度蜜月。

下面，我们想以一部内容丰富的小说来结束妇女运动文学的主题。它发表于1909—1911年之间，书名为《侠义佳人》，至少有四十回，全景式地描述了社会里的种种现象。② 在作者的笔名"问渔女史"后面，很可能是个叫邵振华的人。这位女作者避免刺耳的笔调，在描写时很强调理性。男人虽然被视为妇女痛苦的根源，让她们受苦几千年，但是，不能因为他们的性别就诅咒他们，像《女狱花》里的沙雪梅那样，或者像内容丰富但是在这儿只提及书名的《最近女界现形记》的作者那样，该书中道德败坏的主人公让一系列妇女遭受不幸，给她们的运动造成了很大的伤害。③ 邵振华注重的不是让冲突激化，而是通过呼吁正义，通过妇女对事业忠诚、正直和果敢的举止，把男人争取过来，或至少让他们同意给妇女以平等地位。作者在小说的简短自序里说，这是因为妇女对自身的状况也并非完全无辜。

夫男子之敢施其凌虐，而吾女子之所以甘受其凌虐者，何也？其中盖有故焉：

---

① 《女子权》第十一回，第67页。
② 这里依据的《侠义佳人》也收在"中国近代小说大系"中。小说最初拟出三卷，但当时只出版了两卷四十回。
③ 《最近女界现形记》在1909—1910年发表，四十五回，作者署名为"南浦慧珠女士"。

一则男子以为吾女子胆小如鼠,虽受其凌虐,必不敢举而暴诸世;一则吾女子性懒如猫,事事仰赖于人,虽受男子之凌虐,而不敢诉于世。积是二因,遂成恶果。去之不能,拔之不得,辗转相承,演成今日之黑暗女界。其中男子虽为祸首,抑吾女子岂无过欤?谚云:"木腐而后虫生。"果吾女子能如泰西女子之文明高尚,则男子方敬之,畏之,亲之,爱之之不暇,又何敢施其专制手段哉?[①]

妇女不仅仅是受害者,她们自己对女性的苦难也负有不小的责任。她们遵守像缠足或嫁女请媒人等传统,让年轻的儿媳在婆家的生活难以忍受。那些在居民中开展启蒙活动或创办女学堂的积极分子,在邵振华这儿都无一例外地相当顺利,尽管同时代的其他作品,如陆士谔的《女子骗术奇谈》(八回,1911)或《女界风流史》(十二回,1911),却描绘出了完全不同的画面。这也许是因为男作者对事情有不同的看法吧。

借助于小说里反映的许多情况,邵振华成功地描述了那个时代的种种现象:乡村与城市,普通的农妇与身居高位的女人,到处都有对立,也指出了值得仿效的榜样。在济南府偏僻而富足的金村,小说开头的场景描述的就是那儿的田园生活,情况并不像最初以为的那样可喜。年轻的张有才出身于富裕而不大关心教育的家庭,李桂金是一个高傲秀才的女儿。他们完全按照传统的方式(请媒婆,换八字和彩礼)结婚不久,两家之间就发生了争执。这一对年轻夫妇在张家一开始还过着无忧无虑的生活,可是当桂金的婆婆羊氏坚持自己的特权,而儿媳又不愿容忍时,就发生了争吵,并且酿成激烈的冲突。由于张家的社会地位较差,张家老夫妇最后不得不向李家赔礼,这自然使得年轻的儿媳从此在家里发号施令,不再把丈夫和公婆放在眼里。

令人不安的日子在金村开始了,这时,突然有穿着洋装的陌生女人出现,她们都是上海的女子团体"晓光会"派来的,要在乡下开展启蒙活动。这一伙人由华涧泉带领,她在村子里四下巡视,了解妇女的情况。晓光会的成员在一家院子里发现了几个陶俑,塑的都是当地的鼠仙。这时,村妇与外来的女子间爆发了一场关于迷信问题的激烈争执,双方互不相让。

  涧泉又道:"再者,大仙既然会变,他为什么不变个人,给你们看看?说句话,给你们听听?既然不能变人,又不会说话,可见得是没有大仙的了,我劝你们快快不要信了。照我说,大仙的龛坐,折下来烧火,大仙的幔子,拿下来做抹桌布,大仙的

---

[①]《侠义佳人》自序,第85页。

泥身，给小孩子当顽意儿，岂不爽快吗？"羊氏道："华小姐，你们念书人聪明伶俐，说起话来上串的一般，我们乡下人，笨嘴笨舌的，哪里说的你过？不过依我想，神仙鬼怪总是有的，如果没有神仙鬼怪来捉弄人，怎么好好的一个人，无缘无故会死呢？"华润泉道："一个人生在世上，不管吃的用的，住的穿的，哪一样不要心思气力来换？五官四体，哪一样不劳动？有了劳动，就有伤损，伤损多了，就要生病，病的重了，就自然要死。以此推去，这死一层，是人不可少，必须有的事，不算什么怪事，哪有什么神鬼捉弄？你说神鬼捉弄人才死，不捉弄人就不死，如果真是这么着，一个人只要拜神求鬼，烧香念佛，就可千年万年的活去，永远不死了。我问你有这事没有？世上本没有妖魔鬼怪，也没有神仙佛道，天就是一团空气，天上有云有雨是真的，不过这云雨也是从地上上去的，并不是生在天上的。天上没有天堂，也没有玉皇大帝，那些话都是人造出来骗人的。地下也没有地狱，地上的活东西，要算人顶聪明，顶有本事，不论什么厉害东西，人都会想法子去弄来。要说是妖魔鬼怪，神仙佛道，那都是没有的事。"①

有关迷信的题材当时已发表了一些作品，如《玉佛缘》(署名"嘿生"，八回，1905)，或者《扫迷帚》(署名"壮者"，二十四回，1905)，都是专门写这个问题的。在《侠义佳人》的后面部分写一次下乡，迷信也起过一定的作用，而且，在那儿完全扩展为宗教迷信了。以过分开明的态度质疑神仙，乃至人的灵魂，这种严厉的态度似乎预先提示了几十年后文化大革命(1966—1976)中捣毁寺庙的行动。这里引述的争论是在村里的一个老妇和晓光会积极分子萧芷芬之间进行的，背景是对蚕神的祭拜，企望借助于蚕神获得一个好年成。

那老女人道："小姐想是吃洋教的，不相信菩萨，自然说菩萨不好。我不吃洋教，总要靠菩萨过日子。梧城城里耶稣堂里的人，常常出来劝人别信菩萨，别拜祖先，相信什么耶稣。"芷芬道："我们不吃洋教，也不相信耶稣。他们洋人里头，也不是个个人相信耶稣的。不过来中国传教的，是耶稣教里的人，他们劝人相信耶稣，也是瞎说。天上并没有天堂，也没有耶稣。耶稣这个人是真有的，不过已是死了一二千年了，哪里还有什么耶稣？"年老女人道："小姐怎么不相信耶稣？"芷芬道："因为他说的话，虽有些好的，那再生的话，却荒唐的很，天堂地狱更是无稽之言，不能

---

① 《侠义佳人》第四回，第129页。

信的,所以不信他。"那妇人道:"小姐不相信耶稣,又不相信菩萨,到底相信什么?"芷芬道:"什么都不相信。"那妇人道:"菩萨真个没有么?"芷芬道:"真个没有。"年老女人道:"小姐说没有菩萨,祖先有没有?"芷芬道:"祖先死了,就没有了。"年老女人道:"人死了魂也没有吗?"芷芬道:"自然没有魂灵。"那年老女人道:"小姐家中拜祖先不拜?"芷芬道:"拜的。"那年老女人大笑道:"既没有祖先,拜他做什么?"许多女人也跟着年老女人笑道:"拜他做什么?"芷芬道:"看你不出,倒会说两句。但是我们拜祖先,不是要求祖先降福,是不肯忘记祖先的意思。明知祖先是没有了,但拜拜他可以记记祖先在时的事业,子孙可以勉励学他的行为,好的学了,不好的改了。不像你们拜祖先,就想靠着祖先。"(女人们在接下来的谈话中达成了一致:信菩萨和耶稣并不一定是坏事,但是应坚决反对偶像崇拜,因为这对共同的发展没好处,而基督教至少还有一定的道德价值。——德文译者)

芷芬道:"迷信一层,是中外通病。然而外人的迷信,多半在自修。即如遇的医生,因为信奉上帝,愿邀帝福,所以看病格外认真。这样迷信,不但无害,而且有益。中国的迷信,都在倚赖。如适才乡下人那番话,一味靠迷信,不自努力做事。这种迷信,实是贻祸最烈。一样的迷信,彼迷信无害,我迷信则有害,这是什么原因?"剑尘道:"依我说,倒有个原因。是为了'不学'两字。人之不能无迷信,犹如人之不能无嗜欲,人无嗜欲是难得的,无迷信心亦是难得的。人若不学,迷信心就流入荒妄一方面,而倚赖心就从荒妄里头来。若能教之以学,虽不能去其迷信,却可以匡其荒妄。犹如有学问的人,虽不能止其嗜欲,尚可补其邪思。我以为现在中国,说教人不要迷信,尚非其时。只能诱其去倚赖的迷信,而入于自修的迷信,或者能振作精神。"蓉生道:"这么说,我们国里也要立一个国教。但我们中国,向来是尊重孔子的,不如就奉孔子,权当外国的耶稣。叫全国人只许尊重孔子,不许拜别的偶像。村上镇上,都立文庙,专派教习在庙里演说些忠孝节义的话,劝人力行忠孝节义,就可得孔子降福。否则孔子要降灾。每星期人人往文庙听讲一次,不听者听便,但不许拜别的偶像。"芷芬道:"不如拿偶像通毁了,使人无处去拜,自然就不拜了。那前代的忠臣义士,不便湮没的,可毁其庙,而另造一石像,或铜像,当作纪念。以后不论什么庙,什么功臣,都不要立专祠,只立石像或铜像。"剑尘道:"这件事,只要自上出一令,是很容易的……且最相信菩萨的,无非是些老太婆们。少年人迷信菩萨的心不深,男子尤为不深。这几个老婆子,哪怕他们拼命?就是二十四分不愿意,也造不起反来。只是这些和尚不免有怨言,然我倒想了一法。和尚们不愿意,并非不舍的改教,是不舍的寺产。若将寺产变价,尽数给了他们,使他们拿了这笔钱去另营生业,与平民等,寺产几何,寺僧几个,均平分给。年轻的和尚,令入学堂读书……照这样办起来,我看和尚也无怨言。所不满意的,不过几个老和尚。但既要办事,就不能顾这许多。"①

迷信或者说笃信宗教,只不过是一个方面,晓光会的成员希望能在这方面有所改变。她们还非常重视风俗的改革,因为只有依靠正当的风俗和习惯,才可望能有所进步。这里自然可以把情况描写出来,却不能作出具体的规定,就像前面摘引的毁坏宗教设施的情况那样。

迪民忽想起去年在江家吃饭的事,因笑道:"我去年在江家吃过一回饭,他们吃鱼翅,都是一根一根儿吃。一粒虾仁,要分做三口。一席菜只有我一个人算是吃饱,只算我动了动。他们只算没有吃。"秦氏道:"杭州有两家,也是这样。譬如到人家去吃饭,回到家中,是要从新再吃的。请客的这家,也是一样,客去再吃。"剑尘道:"我们中国,无一样不用假。甚至吃饭也用假,真无往而不假了。譬如有钱而言无钱,无势力而装做有势力。心中不喜欢这个人,面上偏要做作出喜欢的样儿来。推而至于做官的,做生意的,做农工手艺的,没有不假。上下以假,相交以假,无怪乎人心日坏,乱事日多,国势日衰了。"芷芬道:"我们中国,要等人心归于真实,还不知何时呢? 还是理财练兵为第一要务。等国强了,再来整顿风俗,不然国已先没有了,还说什么风俗?"迪民道:"这个断乎不行,总是风俗要紧。"剑尘道:"依我说,理财、练兵、风俗,缺一不可。无风俗维持人心,则国虽强,终不能持久。无理财练兵以为之先锋,则风俗虽厚,必失之懦。"薇仙道:"我们倒变做政治家了。"芷芬道:"剑姊这个议论,我不以为然。改天我要同你驳的。"②

不过,让我们还是来继续看故事情节吧。虽然华涧泉在金村和附近村子里的启蒙工作只是取得了很少的具体成果,妇女们反应不一,从谅解到冷淡,乃至愤怒和拒绝,但是,她毕竟还是成功地说服了羊氏和另外一些妇女,跟她一起去济南参加一个有关女子权利的演讲会。这些村妇在那儿第一次得知了创办女学堂及女人开工厂的情况。对乡村情况的描写就以这些场景结束。接着,作者描述晓光会及其主席孟迪民发生的事情,

---

① 《侠义佳人》第三十至三十一回,第 508—514 页。
② 同上,第三十四回,第 587 页。

转向了其后的重要方面。读者了解到晓光会是一个团体,它刚刚在上海兴办了许多项目,比如学校和企业,这些项目都是由孟迪民前些时候继承的一笔财产资助的。作为有活力、审慎而又聪明的女子,孟迪民很善于争取一大批女子来参加这项工作,而最初主要是由张振亚以及书记田蓉生出面。后来木本时前来加入,据说她曾是香港一家女学堂的校长,但孟迪民却似乎从此就不大顺利了,因为木本时很难适应这个妇女团体,她的高傲惹得大多数人很反感。她遭到田蓉生的特别怀疑,蓉生在一系列的奇特事件与仔细观察后很快就确信,她是在同一个女骗子打交道,此人对团体有可能很危险。敏感的田蓉生在与木本时发生了不愉快的争论后记录了自己的心情,也许,这最好用她们自己创造的和谐生活将面临损害来解释。她在秋天沿着河岸独自漫步,产生了下面的想法:

  晚霞留反照,归鸦阵阵,黑影沉沉的起来。蓉生此时乐极生感,觉着人生在世,尚不如鸦鹊自在。真是日出而作,日入而息,无所谓名誉,无所谓羞辱,无所谓富贵,无所谓贫贱,也没有诈骗,也没有侵伐,各各自由,一律平等。我们枉然列为人数,说什么万物之灵,尽日的喧哄扰攘,你争我夺,高尚的争名誉,不肖的争财利,欺骗抢盗,哪一样没有?讲到尽头,也脱不过为了衣食二事,余外的一概都是虚数了。即以名誉而论,千万年后,地球毁灭了,名誉也就没有了。然则现在的名誉,非虚数而何?推而至于帝王的实位,各国的疆土,富人的钱财,贵人的爵位,哪一样不是个虚数?千万年后,哪一样不是消归无何有之乡?甚而至于我自己的身体,也是个虚数,这个虚数,比名誉的虚数远短呢。名誉尚可与地球同灭,我的身体不过数十年之久,就归于无了。照此想来,我做这书记也就很无谓了,就是每日的吃饭穿衣,也不是实在的,不过在这几十年中,做个虚幌子罢了。人生既晓得是虚的,为什么要怕死呢?其实早死晚死,等是一死,又何必怕呢?然而世上哪个人不怕呢?就以我自己而论,今天想着万事都是个虚数,迟早等是一死,我活在世上也是个虚数,然则我何不去寻死呢?我自然不肯的。于是可见好动不好静,好生不好死,是人的本性了。这本性也是虚数,以类而推,至于极位复退回而至原位,无一件不虚。万般事都如浮云掣电,瞥目即过。①

  正是这样插进来的段落,让《侠义佳人》从这类小说的其余那些往往是乱哄哄的作

---

① 《侠义佳人》第十回,第193页。

品中脱颖而出。

田蓉生怀着新的勇气回到自己的房间,发现木本时的房间里还亮着灯,她的目光落到两封内容古怪的神秘信件上。田蓉生决定对此事寻根究底,就请了朋友监视这位可疑的人物。果然,调查暴露出了令人震惊的情况:木本时以前是革命党的成员,因为害怕保安当局的追踪而逃到上海,心里怀有诈取孟迪民与晓光会钱财的打算。田蓉生向孟迪民及时地透露了这些情况,但是,孟迪民并没有揭穿木本时的卑劣行径,而是很大度,花一笔钱甩掉了她。这又是一个实例,说明孟迪民很善于审慎地化解周围的冲突。妇女运动中的种种问题并不是总能如此成功解决的,插进来的那段描写白慧琴的故事就表明了这一点。她虽然钱不多,但还是在离上海不远的江阴城里创办了一所女学堂。光是物色合适的女教习就表明了是一次没有希望的尝试,慧琴很快就发现,她在谈过话的女士那儿遇到的几乎都是冷淡、懈怠和头脑简单。只有一位姜太太表示愿意少要工资。但是,姜太太很快就跟那些并不尊重她的学生发生了冲突,因为她自己受到的教育就不足。居民们对这所新学堂的兴趣不大,因此,慧琴不得不接收五六岁的小女孩,以补足班上的人数。教学活动才开始,就出现了新问题。几个未成年的女生利用上学为她们提供的自由,却遭到当地的男学生欺侮,有几个男生甚至闯入了女学堂的教室。白慧琴找高等小学堂的校长交涉,但不出所料,她并没有得到对方的谅解。那个校长提出的简便办法竟是别让女孩子上学,这样就可以了结此事了。所以,除了提醒女生们团结起来共同对付那些男生外,慧琴也无法给吓坏了的女生更多的忠告。鉴于当地发生了许多不愉快的事情,以及学堂里形形色色的师资力量,白慧琴对别人介绍来做新老师的黄汝真颇有好感。至少从外表上看,黄汝真是个当老师的料子,据说她是绍兴一所教会学校的毕业生。至于她工作很马虎,晚上竟偷偷地骗那些交给她带的女生赌钱,当然是慧琴后来才知道的,这时早已经太晚了。班长方天圭在赌博中债台高筑,没有别的办法,只得从家里偷首饰,被细心的母亲发觉了。母亲痛打女儿一顿,以为女儿与男人有不正当的交往,最后,方天圭被逼得自杀了。这件事在当地引起了轰动,于是黄汝真被捕。白慧琴虽然只是受了惊吓,但也因为此事很灰心,想要把学校解散,多亏朋友们的鼓励才坚持了下去。

很自然,像《侠义佳人》这样的小说,有很大一部分内容是婚姻的主题。作者在这里介绍的理想画面是高剑尘与其丈夫林飞白的相互关心与平静幸福的婚姻,他们是女主人公孟迪民的两个朋友,在小说的不同地方起过有益的作用。此外,在"两性的斗争"中,双方都常有失败者。在描写这种婚姻悲剧时,作者也忠实于她在小说开头的论断:并非一切都是男人的过错。这方面有两个故事,长度不同,在第二十四至二十八回之间,是很有意思的部分,把强迫婚姻和自由婚姻都有可能产生的悲剧作了对比。较短故事的中心所描述的赵笨儿和他那个没说名字的年轻妻子的命运。或许,再也没有什么比他们俩的结合更粗暴了,因为虽经再三催促,赵笨儿的岳母却还是不让成年的赵笨儿迎娶早就许配给他的15岁新娘,理由是要女儿等到20岁才出嫁。于是有一天,赵笨儿听从朋友的怂恿,干脆抢走了姑娘。这一行动符合中国南方某些地方的抢婚风俗,因而没有受制裁。笨儿十分幸福,对年轻的妻子呵护备至。年轻的妻子一开始受到赵老太太的控制,在生了一个儿子后,渐渐把家里的权力夺到了自己手里。一天,夫妇俩一起去庙里烧香,祈求周苍菩萨保佑笨儿在外出做生意时平安无事,这时,忽然发生了奇怪的事:

谁知去了回来,人就呆了,也不说话,叫他吃饭,他也不吃,就去睡了。笨儿以为是他老婆病了,吃了晚饭,就连忙跑进房去看他老婆。将走到床前,他老婆从床上一骨碌爬了起来,劈面几个巴掌,打的笨儿两颊通红。他老婆又睁着两眼,大声喝道:"你是什么人?敢到老爷跟前来?这个美人是我老爷看中的了,老爷要他去做夫人,你好大胆,敢来同老爷争这个美人吗?"那时笨儿才知道,周苍老爷看中了他的老婆,现在是周苍老爷附在他老婆身上,所以说的都是周苍老爷的口气,不是他老婆本人的言语了。当下就吓的索索的抖起来,连连说道:"小人不敢,小人不敢。"就一溜烟逃出了房,急忙的告知了他母亲。他母亲听了这话,也急了,一人也不敢进去,只得出去叫了几个邻居,帮着一同走进房来。他媳妇正在那里唱着,什么美人呀,太太呀,又是脚小呀,头光呀,唱的正热闹呢。他媳妇见众人进房来,就道:"你们来做什么?我老爷只要这个美人,不干你们的事。"他婆婆同笨儿走上前道:"老爷开恩,放了他罢。只求老爷不要他做夫人,我们总要好好的谢谢老爷。"赵家媳妇大喝道:"胡说!老爷是爱财的么?我选来选去,没有碰着这样齐整的女人,你们怎么说叫我不要他做夫人?岂有此理,我老爷一定不依的。"大家都吓的不敢响了。赵家媳妇闹了一夜,大家也都没睡,到了次日,闹的疲倦,就说:"老爷暂且要回庙,去去再来。"不多时,他就清醒了。笨儿此时又悲又喜,喜的是老婆有这样姿色,周苍菩萨都看中了,自己凡人,有这等福气享受,怎么叫他不喜?悲的是怕周苍再来,真个拿他老婆捉了去做夫人,那不是好花不久开了吗?一个现成的美人老婆,被菩萨生生的夺了去,叫他怎么不悲,不觉就拉住他老婆的手,大哭起来。他老婆诧异道:"你哭什么?"笨儿道:"你自己自然不知道你将才怎么样来,你不是被周苍老爷看中了吗?他要你去做夫人,叫我怎么不哭?"他媳妇好像不知道似的道:

"真的吗？我怎么一点都不知道？"此时大家以为周苍老爷总不会再来了,哪知道笨儿媳妇睡醒一觉,吃饱了饭,周苍老爷依旧来了,又是同昨夜似的,闹了一夜。后来竟是日日照样的闹一场,渐渐的村上人也不相信了,大家都说周苍老爷总不像这样胡闹。他是一村之主,像这样一来就看中了人家妇女,那还了得？只有笨儿一人不明白。①

笨儿被夜间没完没了的胡闹折腾得疲惫不堪,后来生了病,不久就死了。他一死,周苍在他女人身上附体的情况就不再出现了。这个寡妇很快就姘了个新男人,而且向婆婆要求改嫁的权利。村里人这时才知道,她对丈夫并不好,其实,一切都是装出来的。

可是自由结婚,正如妇女运动在其旗帜上写的那样,就真的更好,就总是值得提倡的做法吗？邵振华在此提出了疑问,希望至少不要过分轻浮地对待这一权利,把这当作一般的准则。柳飞琼有个妹妹是晓光会的一位成员,也是孟迪民那个学堂的学生,而柳飞琼遭受的苦难就充分说明了这一点。喜爱寻欢作乐的飞琼充分享受她在上海的无拘无束,没有多少顾忌,有一天,她去公园游玩,认识了来自湖南省会长沙的楚孟实。孟实说,他从美国回来,途经长江边的这个大都市作短时的逗留。两个人在公园、茶馆和戏园里打发快乐的日子,不久就结了婚。婚后,年轻的夫妇决定在上海安家。飞琼生了个儿子,小家庭度过了幸福的4年。随着时间的推移,孟实对妻子的兴趣明显地减弱了。他有时在外面过夜,但是,却矢口否认他有另一个女人。于是两人发生了争吵,然后孟实就干脆10天不回家,但随后又与飞琼和解了。不过,情况已不再像先前那样,而且孟实总是三天两头夜不归宿。飞琼确信有别的女人插足,就质问丈夫,甚至还嘲弄地指点他,该如何摆脱那个女人。

孟实道:"我娶人干你甚事？要你叫我打发了？当初我虽花言巧语,嫁不嫁的权柄却在你。你若不肯嫁我,难道我强拉了你来不成？"飞琼道:"怎么说不干我事？有了他人,自然就分了我的爱情。你如不肯打发了他,就要将他送回你的家。"孟实道:"要想将他送回家么？其实也不难,这是你的主意,我就依你的话行事,你愿意么？"②

---

① 《侠义佳人》,第二十四回,第387页。书里曾提及周苍菩萨,有趣的是20世纪40年代初,乡村作家赵树理在短篇小说《假关公》里也写到迷信神仙的问题,周苍同样是一个角色,可参看司马涛的译文:《关公——五十年来的中国乡村故事》,多特蒙德,项目出版社(projekt)1996年版,第23—27页。

② 《侠义佳人》第二十六回,第412页。

说了就干,孟实超紧安排了新人乘船去南方的旅行,为了让飞琼确信他这么做是真的,就叫她在启程时送他去港口。到了码头,有人用虚假的谎言诱使飞琼带着儿子和一个保姆上了一艘船,据说是想让两个女人见一下面。等到船开了,飞琼却没有见到丈夫或者其情妇,这才发觉自己上当了。一个同行的仆人告诉她,他已得到指示,送她到长沙。因为担心孩子,飞琼才没有投江自尽。她走投无路,盼望着在长沙能见到的婆婆会通情达理,让老太太把儿子叫回家,再狠狠地责罚他。可是,情况比她所担心的更糟糕。她一到长沙就惊愕地发现,自己在楚家只不过是一个妾,孟实早就有了个元配苟氏。苟氏为了显示她在家中的权力,让飞琼一到就挨了一顿打。因为楚家不知该怎么处理飞琼,就想到把她卖给楚家的一个无儿无女的朋友,但是,那人的妻子坚决反对,才不得不作罢。受骗上当的飞琼在长沙度过了充满痛苦的几个星期,又是因为担心儿子,她才忍辱活了下来。终于,晓光会的一个能干女子马怜吾赶来帮助她。原来是飞琼的妹妹在飞琼失踪后十分担心,四处调查,才打听到她滞留的地点。按照孟迪民的规定,既不能使用暴力,不能考虑逃走,于是飞琼就给妹妹写了一封信,讲述了自己的遭遇。接下来在上海就下一步的行动进行了磋商,结果却表明要解决这个问题并不简单。因为飞琼是自愿结婚的,并没有媒婆会因为骗人而受到追究。而缺少证婚人更是让这件事很难办。此外还得考虑:儿子怎么办?楚家显然有权要走他。但是能把这个孩子交给父亲吗?讨论表明,楚孟实爱儿子决不如爱他的母亲。所以,结论只能是:对一个女人的尊敬往往取决于她的社会地位以及她在家里的作用。这对于《侠义佳人》中节制有度的笔调是典型的:中国现有的风俗并没有受到根本的质疑,而只是需要改革一下。关键在于要给早已空洞而毫无意义的风俗习惯注入新内容,并且注重人们的教育。这一次,又是孟迪民以其冷静的观点得出了下述论断:

> 那些名人达士,个个多是重男权,抑女权的。妇为夫服丧三年,不会加多就算好了,哪里还肯更为平等的丧服?若照我的心思,其实尊贵不在乎服制轻重,在乎本人有学问有品行。哪怕就是同妻子平等,妻子也会敬重他,尊贵他。要是自家一无所能,品行不端,哪怕贵为天子,也不过是一个虚名。天下的人,没有真敬重他,真尊贵他的心。那些名人达士,动不动就是说抑女权,什么"牝鸡司晨"、"阴盛阳衰"的话,好像女子就同厉鬼一般,近他就要遭殃似的,却不回想想身子从何而来?要知道批评女子,就是批评自家的母亲。贱恶女子,就是贱恶自家的母亲。[①]

---

[①] 《侠义佳人》第二十七回,第445页。

最后，大家决定对孟实施加压力，要他同意跟飞琼离婚，并且让飞琼把儿子带大，以后再让儿子回归楚家，此外还要保障母亲和儿子的生计。因为孟实知道，跟晓光开不得玩笑，自己正处于做官的起点，不能坏了名声，于是，他就同意了以上各点。尽管他犯了错，但孟迪民还是给了他很大的公道。最后，飞琼的妹妹和马怜吾一起到长沙接回了飞琼和她的儿子，这个故事就此结束。接下来是另一个较长的故事，孟迪民去浙江看望一个叫孟菊人的亲戚，在乡村环境的背景前，再一次描述了乡村妇女生活的方方面面。童养媳在夫家被害的案件，以及因担心丈夫变心而突然疯了的妻子等等，都得到了详尽的讨论。只有一处（第三十回），一个因勇敢救助遭袭的邻居而丧失了生命的颜如荣，是值得充分肯定的正面男人榜样，作者在短评中把他当成了中国男人当中的楷模。

小说最后描述了3个女学生的自杀，她们因为跟男人的不当交往而受到指责，一部分有道理，一部分没有道理。由于担心这3个学生所在女学堂的名声，校方迫使3个姑娘的父母在一个公众的会上说明了她们死亡的真实背景。

中国皇朝末期的长篇小说

——

**总结和展望**

我们在这部著作的导言中曾指出伴随着传统小说产生的一系列固有的要素,此外还试图阐明,到底是哪些文化与政治的考虑妨碍了它们更为广泛的传播。

早期的中国小说究竟有哪些成就,到底该怎样评价呢？这里先说说持不同意见的看法:在这项规模相当大的研究工作末尾,我们对相关时期的中国小说并没有什么精心推敲的理论。作为研究基础的材料太丰富了,小说的发展也太多样了,简直无法让抽象概括出的观点毫无例外地应用在每一部所研究的作品上。这种情况也可以从这一事实来解释:这里主要取决于进一步研究小说的产生、小说划分为多种类型以及小说实现其主题的方式。因此,本书是对序言中就这个课题列举的论著的回答及补充,特点是仅只限于多少有些随意选出的一些作品。然而,对早期中国小说的作用与功绩作出批判性的评价却并不过时,我们在这儿还想再作一些探讨。

应该强调指出,小说作为文学体裁对外难免要承受边缘化的责难。新兴的小说批评与评论都十分清楚地表明,人们不难看出一部部作品的区别。另一方面,尽管有明显的努力想让小说得到应有的重视,但我们在这儿却不想掩饰这一点:小说从一开始就被认为是卑下的,作者往往不署名,作品似乎也缺少广大公众的欢迎,即使极有才华的作家,也只是得到了如同粗制滥造的写手一样的地位。而且还应当注意到,两者都是在一个几乎没什么批评的、不负什么责任的统一体中活动。不过,毕竟还是有一定的客观标准,或者至少有一种质量差别的意识,而这种差别在最著名的小说当中形成了一种等级体系,这是不言而喻的。表明这种文体发展的特点到底是什么呢？如果想得出让这样的发展发生的也许是最小的分母,那么,对以后时代的影响就是这里的关键因素。当然,面对小说作品并不稳定的情况,我们在这里也必须容忍这种责难:并不只是传统对质量很重要,因为传统还与很多难以衡量的东西联系在一起,就像我们在《歧路灯》里见到的那样。也许,最稳妥的做法就是放弃客观的评价标准,只是作出含糊的估价,说一部作品比另一部作品更有影响。这样就可以看出某种发展线索,把这里想要了解的历史时期的小说的主要特点更加明显地凸现出来。中国的杰出的小说无疑都很有广度,以它们特有的方式创造出小说的整体。比如,像《金瓶梅》、《红楼梦》、《野叟曝言》或《绿野仙踪》这样的作品,这里只不过是举出了少数几个例子,它们都需要有一定的空间和时间。叙述者的主观情感在作品中得以释放,以便在一个错综复杂的世界中全面地发展。它们在所述情节过程和所写氛围中的那种令人着迷的细节精确性是一个方面;作者表现出自己是学识渊博的人,对显示讲述者的知识感到快乐是另一个方面,而这以令人难忘的方式清楚地说明了小说这种形式是多么开放。

早期的中国小说在文学中无疑占有一个特殊的地位,也在研讨的体系中起着一定的作用。如果用一个力求普遍有效的论断来衡量此处考虑的表现形式,那么,首先让人注意到的是小说的地位在几乎各方面都显示出其模棱两可性。这既不能用一种特别的书面语言来确定,也不能用一系列其他因素来确定。16世纪和17世纪出现的文学批评,针对那个时代已广泛流行的几部杰出的小说,努力填补理论的空缺,以提高小说的价值。小说的作者往往不署名,除了众所周知的审查原因以及早期存在的羊皮纸难题外,原因正是在这里。在传统的文化生产中,小说在很长的时间里都不是可望赢得荣誉的东西。笼罩在小说具体产生过程中的黑暗,本文只能用数量有限的实例来阐明,这给文学研究的分析工作造成了困难。不过,要想更好地了解小说创作的个人动机及相关的问题,其途径似乎并不完全受作家相互可能的影响以及作品与作家生平关系的阻碍。因为我们可以认为,曾经有过一系列的文学团体,作家的身份在其中是众所周知的,对作者和作品的相关说明可以从这个团体的成员也许依然存世的文章中找到。作者的朋友撰写的序言或者出版说明,往往可以证明这样的联系是多么密切。有时候,一本书的印制地点就能成为相应团体得以形成的契机。汉学在过去这些年加强了对地方志的研究,而在相关的地方志里,我们有可能对相关作者的社会文化环境得到更多的了解。这就是说,有关的研究活动仍处于初期的发展阶段,它们将来能否为我们的研究工作提供有用的认识,以及达到什么样的程度,眼下还难以确定,因为毕竟还有许多琐细和艰苦的工作要做,我们对成功还没有确切的希望。

把虚构的叙事艺术和作为其重要代表的小说看成16世纪晚期和17世纪的一个全面的文化运动的组成部分,这无疑是正确的。小说表现其主题的坦率与宽度都表明了它有很大的题材空间,有一种全新标准的叙述景深。它们在一个运转不灵的体系里成为揭露的声音。

正是明朝的最后几十年构成了一个时代,知识界在其中有非常多的选择,假如没有当时的危机以及王朝的更迭,小说方面的发展就无法理解。正如事情发生的那样,在明代晚期和清代早期的文学作品中,不难看出小说的发展有一个突变。特别是在审查的压力下,小说表现出了一种从伤风败俗向耸人听闻发展的趋势。在某些方面出现了所述行为的强烈公式化,说得尖锐些,情感越来越取代性欲。由此显现出了好几条发展的道路。一方面是明显的浅薄和古板,被渴望与和谐的需求所推动。才子佳人作品极有成效的样式表明了在这里是引领发展的带拉车马。另一方面是对"情"这个概念的疑难方面的敏感反应,从混乱的两性关系开始,一直到爱情的理想和人生的短暂。题材的选择强于18世纪中期采用的叙述手段,在一些实例中可以看出有些类似于自传体的敏感反应。

如果说在前面简要描述的这些发展中,我们可以看出对晚明小说中某些特别类型的人物作出的文学回答,而他们主要是艳情作品中出现的充满活力的风流人物,以及惊险小说中的"好汉",那么,在18世纪向19世纪转折时,小说也强化了对时代种种现象的反映。一开始还是以相当得体的语调,例如,吴敬梓对官场与儒林的病态所作的批评,后来,在大约一百年之后,在吴沃尧、李伯元或曾朴的作品中,则对国家和社会中的统治势力作了无情的清算。危机的意识使得讲述者像明朝末年那样(这可以从宦官魏忠贤的例子看出来),把原来在小说里重视很不够的现代提升为小说的题材。过去只是用象征的手法来表现,譬如,采用早已逝去的朝代荒淫腐败的末代统治者这个传统主题,却把现实皇室的弊端放到检验台上,或者用西门庆家里的腐败情形来微观地反映国家的情况,现在已不再有必须克制的约束,而是直接作出生动的描述。危机作为艺术的创造者,给小说开辟了广阔的题材范围,但是,危机并没有因此就得到解决,而是被延续了,这也表明了这种文体在下面的几十年里遭遇到的困难。小说的命运主要是一个表述自由的问题。清末小说有很大一部分受到政治考虑的影响,这让小说获得了力量和影响,奠定了这种文学体裁在世纪之初的繁荣,当然了,与此同时也不得不以其叙述手段迟迟未能改进为代价。

在小说与政治的关系方面,考察小说在世纪初的情况和文学艺术接受共产党领导后的情况,如果说小说的地位在两者之间出现了某些相似之处,那么,现代小说是否接受了传统中国小说的要素,以及在何种程度上接受了这些要素,这个问题依然存在。这个问题牵涉到小说在1911年以后的变化和发展,由于其复杂性,在这篇总结里显然无法作出详细的回答。因此只能作一些简略的说明。但是,我们可以判定,在新近的中国通俗小说里,显然借用了一些传统的固有模式,正是在这个领域里,显示出了它们与古典文学的相应作品有着极其密切的关系。因此,在20世纪20年代中期出现了"鸳鸯蝴蝶派",其题材、风格和通俗性同已有250多年历史且影响相当大的才子佳人作品有颇多相近之处。同样,中国的武侠小说也是这样的情况,一直到最近,它们似乎都没有丧失其广受喜爱的地位。这里尤为引人注目的是通俗文学的这些代表,尽管有叙述风格和叙述方式的调整(如已经放弃了那些叙述套语),但是,基本上可以归结为土生土长的简单模式,比如,一方面是爱情、迷惘和美满的结局,另一方面是危险、英雄气概和超人的力量,面对同时期更有声望的文学作品中结构、题材与叙述的革新,它们显得颇有抵抗力。而那些革新都是通过与西方小说加强交流才得以实现的,是通过全新的小说形式的产生表现出来的,比如,就像丁玲的《莎菲女士的日记》那样。与此同时,传统小说对1920年以后小说的语言产生了不可低估的影响。正如我们在导言中已指明的那样,杰出的小说几乎无一例外都采用了白话,在1919年五四运动的进程中,不仅在文学作品中,而且在公共生活的许多领域,如报刊、杂文等方面,白话均已上升为通用的文体。这方面有一些特别重要的作品是用中国的北方方言创作的,譬如《红楼梦》,后来,语言学家们就在它们的基础上构建了现代汉语普通话的语法。除了在语言方面与传统的联系外,现代的作家主要是对作品的布局和结构感到困难,因而乐于采用传统的手段。把作品严格地划分为一个个章回,这虽然在形式上可以弃而不用,但是,当时还没有创造出一种严格的、集中于一个主人公的小说联系,就像巴金的《家》那样。尤其是在叙述角度这个问题上,要摆脱过去的束缚是十分困难的。比如,鲁迅在他的小说《狂人日记》中采用了现代的日记形式,但是,他就像过去时代的作者常做的那样,给正文加上了一段开头的话,在这段话里阐释了小说的背景,提示了自己作为出版者的身份,赋予小说整体以真实可信的印象。至于讲述者类似的评论性插话,中国许多最有名的作家即使在以后也没有放弃过。茅盾就曾以他的《子夜》构成一个"极为时尚"的例子,勾画出一种个人的叙述语境。可是,老舍与刚才提到的巴金,却在他们的作品中多次采用了无所不知的叙述者形象,让他通过插话来阐述某些事件。我们知道这里举出的例证还很不充分,如果我们给中国的现代文学画出一条宽宽的弧线,那么,尽管有大量的构思与叙述的手段是过去几十年接受了世界各国的文学后获得的,但毕竟还是有许多可以追溯到本国小说的样本,而且有一部分是相当自觉的。在这一方面,王蒙可以说是西方"意识流"与内心独白的一位大师,但除此以外,他也很乐于接受传统风格的影响,譬如,他在1987年发表的小说《活动变人形》,就插入了一些诗歌。他作为中国前任的文化部长,颇为有趣地体现了过去的文学家官员的形象。总起来看,我们可以认为:一直到现在,小说都保留了许多传留下来的特异之处和杂交混合的特点。

# 参考文献

**专著、论文**

A YING: » Notizen zu einem sechsundzwanzig Kapitel umfassenden Manuskript der *Himmelsblumen* «（Du»Tianyuhua« jiu chaoben ershiliu hui ben zhaji, 1962）, in: DERS. :*Mehrere Bemerkungen zum Roman* (Xiaoshuo santan), Schanghai: Shanghai guji 1979, S. 179 – 184.

— DERS. : *Anthologie zur Literatur der späten Qing: Forschungsmaterial zur Kunst von Erzählung und Drama* (Wan Qing wenxue congchao: xiaoshuo xiqu yanjiu juan), Peking: Zhonghua shuiu 1960.

— DERS. : *Geschichte des Romans der späten Qing-Zeit* (Wan Qing xiaoshuoshi), Peking: Dongfang-Verlag 1996.

*Altchinesische Tiergeschichten*, aus dem Chinesischen von ANNA ROTTAUSCHER, Wien, Berlin u. a. : Paul Neff 1955.

ALTENBURGER, ROLAND: *Eremitische Konzepte und Figuren im Roman Rulin waishi. Eine intertextuelle Studie*, Bochum: Brockmeyer 1994.

— DERS. : *Anredeverhalten in China um 1750. Soziolinguistische Untersuchungen am Roman Rulin waishi*, Bern u. a. : Peter Lang 1997.

ANDRES, MARK F. : » Ch'an Symbolism in *Hsi-yu Pu*: The Enlightment of Monkey «, in: *Tamkang Review*, Bd. XX. Nr. 1, 1989, S. 23 – 44.

— DERS. : New Perspectives on Two Late Ming Novels: » His-yu Pu « and »Jou P'u T'uan «, Ph. D. University of Arizona 1988.

ANSLEY, CLIVE: *The Heresey of Wu Han. His Play» Hai Jui's Dismissal « and its Role in China's Cultural Revolution*, Toronto u. a. : University of Toronto Press 1971.

BAKER, HIGH D. H. : *Chinese Family and Kinship*, London u. a. : Macmillan Press 1979.

BALAZS, ETIENNE: *Political Theory and Administrative Reality in Traditional China*, London: School of Oriental and African Studies, University of London 1965.

BARNHART, RICHARD: » The ›Wild and Heterodox School‹ of Ming Painting «, in: *Theories of the Arts in China*, hrsg. von SUSAN BUSH und CHRISTIAN MURCK, Princeton, N. J. : Princeton Up 1983, S. 365 – 396.

BARY, WM. THEODORE DE: » Individualism and Humanitarism in Late Ming Thought « , in: DERS. (Hg.): *Self and Society in Ming Thought*, New York u. a. : Columbia UP 1970, S. 220 – 224.

BAUER, WOLFGANG: *Das Antlitz Chinas*. Die autobigraphische Selbstdarstellung in der chinesischen Literatur von ihren Anfängen bis heute, München u. a. : Hanser 1990.

– DERS. : » The Hidden Hero: Creation and Disintegration of the Ideal of the Eremitism « , in: *Individualism and Holism: Confucian and Taoist Values*, D. MUNRO (Hg.), Ann Arbor: University of Michigan 1985, S. 157 – 197.

BAUR, C. UWE: » Deskriptive Kategorien des Erzählverhaltens « , in: *Erzählung und Erzählforschung im 20. Jahrhundert*, hrsg. v. ROLF KLOEPFER und GISELA JANETZKE-DILLNER, Stuttgart: Kohlhammer 1981, S. 31 – 39.

BEURDELEY, MICHEL(Hg.): *Das Spiel von Wolken und Regen*. Die Liebeskunst in China, München: Keysersche Verlagsbuchhandlung 1969.

LUTZ BIEG: » Ein Meilenstein in der Rezeptionsgeschichte, Die neue Chin P'ing Mei-Übersetzung von D. T. Roy« , in *Oriens Extremus*, Nr. 37,2(1994), S. 247 – 255.

– DERS. » Die Entstehung der großen Romane des Alten China « , in: GÜNTHER DEBON (Hg.): *Ostasiatische Literaturen*, Wiesbaden: Aula 1984, S. 127 – 142.

– DERS. : » › Garten der großen Innenschau ‹ : Beobachtungen zur Figur der Liu Laolao « , in: *Hongloumeng: Studien zum » Traum der roten Kammer «* , hrsg. von WOLFGANG KUBIN, Bern, Berlin u. a. : Peter Lang 1999, S. 91 – 108( = Schweizer asiatische Studien: Monographien; Bd. 34).

BIRRELL, ANNE: *Chinese Mythology*, Baltimore/London: Johns Hopkins University Press 1993.

BISHOP, JOHN L. : » A Colloquial Short Story in the Novel Chin P'ing Mei« , in: DERS. (Hg.): *Studies in Chinese Literature*, Cambridge, Mass. : Harvard UP 1966, S. 226 – 234.

– DERS. : » Some Limitations of Chinese Fiction « , erstmals erschienen in *Far Eastern Quarterly* 15 (1956), S. 239 – 247, als Nachdruck in: DERS. (Hg.): *Studies in Chinese Literature*, S. 237 – 245.

– DERS. : *The Colloquial Short Story in China*. A Study of the San-Yen Collections, Cambridge, Mass: Harvard UP 1956.

BLADER, SUSAN: A Critical Study of » San Hsia Wu-Yi« and Relationship to the » Lung-T'u Kung-An « Textbook, Ph. D. University of Pennsylvania 1997.

BOOTH, WAYNE C. : » Ironieproblem in der älteren Literatur « in: *Ironie als literarisches Phänomen*, hrsg. v. HANS-EGON HASS und GUSTAV-ADOLF MOHRLÜDER, Köln: Kiepenheuer & Witsch 1973, S. 57 – 60.

BOROTOVÁ, LUCIE: *A Confucian Story of the Prodigal Son*. Li Lüyuan's novel» Lantern at the crossroads « (Qiludeng, 1777), Bochum: Brockmeyer 1991.

BRANDAUER, FREDERICK P.: *Tung Yüeh*, Boston: Twayne 1978.

– DERS.: »The *Hsi-Yu Pu* as an Example of Myth-Making in Chinese Fiction«, in *Tamkang Review*, Bd. VI, Nr. 1, April 1975, S. 99 – 120.

– DERS.: »The Significance of a Dog's Tail: Gomments on the *Xu Xiyou ji*«, in: *Journal of the American Oriental Society* 113. 3 (1993), S. 418 – 422.

BRÖMMELHÖRSTER, JÖRN: *Chinesische Romanliteratur im Westen: eine Übersetzungskritik des mingzeitlichen Romans Jin ping mei*, Bochum: Brockmeyer 1990.

BRUCE, CRAWFORD WILLIAM: *Beyond the Garden Wall: A Critical Study of Three ›Tsai-Tzu Chia-Jen ‹Novels*, Ph. D. Indiana University 1972.

BUSH, SUSAN: *The Chinese Literati Painting: Su Shih (1037 – 1101) to Tung Ch'i-ch'ang (1555 – 1636)*, Cambridge, Mass.: Harvard UP 1971.

CAI DONGFAN: *Volkstümliche Darstellung der Dynastien* (Lichao tongsu yanyi), Reprint Hongkong: Wenkuang shuju 1956.

CAI GUOLIANG: *Untersuchungen zum Roman der Ming und Qing* (Ming Qing xiaoshuo tanyou), Hangzhou: Zhejiang wenyi 1985.

– DERS.: »Würdigung der realistishen Darstellungsweise in *Spuren von Unsterblichen*« (*Ping* »Luye xianzong« de xieshi chengjiu), in: DERS.: *Romane und Erzählungen der Ming und Qing* (Ming Qing xiaoshuo tanyou), Hangzhou: Zhejiang wenyi 1985, S. 65 – 82.

CAMERON, MERIBETH E.: *The Reform Movement in China 1898 – 1912*, Stanford UP, Cal. 1931.

CAMPANY, ROB: »Demons, Gods and Pilgrims: The Demonolgy of the *Hsi-yu Chi*«, in: *CLEAR* 7 (1985), S. 95 – 115.

CARLITZ, KATHERINE: *The Rhetoric of Chin p'ing mei*, Bloomington: Indiana UP 1986.

CASS, VICTORIA: »Revels of a Gaudy Night«, in: *CLEAR* 4(1982), S. 213 – 231.

*Celebrated Cases of Judge Dee* (Dee Goong An). An Authentic Eighteenth-Century Chinese Detective Novel, übers. und mit einer Einleitung sowie Anmerkungen von ROBERT VAN GULIK, New York: Dover Publications 1976.

CENG ZUYIN: *Notierte Auswahl von Vorworten und Einleitungen zu Werken der traditionellen chinesischen Erzählkunst* (Zhongguo lidai xiaoshuo xuba xuanzhu), Changjiang 1982.

CHAN, HOK-LAM: *Liu Chi (1311 – 1375), the Dual Image of a Chinese Imperial Adviser*, Ph. D. Princeton University 1967.

– DERS.: »Liu Chi (1311 – 1375) in the Ying-lieh Chuan. The Fictionalization of a Scholar-Hero«, in: *Journal of the Oriental Society of Australia* 5(1967), S. 25 – 42.

CHAN, LEO TAK-HUNG: »Religion and Structure in the *Ching-Hua Yuan*«, in: *Tamkang Review*, Bd.

XX, Nr. 1, 1989, S. 45 – 66.

CHAN, PING-LEUNG: » Myth and Psyche in *Hung-loumeng* « , in: Winston C. L YANG/CURTIS P. ADKINS (Hg.): *Critical Essays on Chinese Fiction*, Hongkong: Chinese UP 1980, S. 165 – 179.

CHANG, H. C.: *Tales of the Supernatural*, New York: Columbia UP 1984.

– DERS.: *Chinese Literature: Popular Fiction and Drama*, Edinburgh: Edinburg UP 1973.

CHANG, SHELLEY HSUEH-LUN: *History and Legend. Ideas and Images in the Ming Historical Novels*, Ann Arbor: The University of Michigan Press 1990.

CHAVES, JONATHAN: » The Panoply of Images: A Reconsideration of the Literary Theory of the Kung-an School « , in: *Theories of the Arts in China*, hrsg. von SUSAN BUSH und CHRISTIAN MURCK, Princeton, N. J.: Princeton UP 1983, S. 341 – 364.

CHEN CHUN-CHI: *Politics and the Novel: A Study of Liang Ch'i-Ch'ao'»The Future of New China« and His Views on Fiction*, Ph. D. Ohio State University 1995.

CHEN DAKANG: *Die historische Entwicklungslinie der volkstümlichen Romane* (Tongsuxiaoshuo de lishi guiji), durchgesehen von Guo Yushi, Changsha: Hh'nan chubanshe 1993.

CHEN, JACK: *The Chinese of America*, From the Beginnings to the Present, San Francisco: Harper & Row 1981.

CH'EN, JEROME: » Rebels Between Rebellions-Secret Societies in the Novel *P'eng Kung An* « , in: *Journal of Asian Studies*, Bd. XXIX, Nr. 4, Aug. 1970, S. 807 – 822.

– DERS.: *Yuan shih-K'ai (1959 – 1916)*, Stanford, Cal.: Stanford UP 1961.

CHEN MEILIN: *Kritische Biographie zu Wu Jingzi* (Wu Jingzi pingzhuan), Nanjing: Nanjing daxue 1990.

CHEN PINGYUAN: *Geschichte der Erzählkunst: Theorie und Praxis* (Xiaoshuoshi: lilun yu shijian), Peking: Beijing daxue 1993.

CH'EN SHOU-YI: *Chinese Literature. A Historical Introduction*, New York: Ronald Press Co. 1961.

CHEN XIANGHUA: » Kurze Bemerkungen zu den Dramenfassungen des Stoffes von den Drei Reichen « (Sanguo gushi ju kaolüe), in: ZHOU ZHAOXIN (Hg.): *Untersuchungen zur Erzählung von den Drei Reichen* (Sanguo yanyi congkao), Peking: Beijing daxue 1995, S. 362 – 435.

CHEN YUANHUI u. a.: *Das System der Privatakademien im alten China* (Zhongguo gudaide shuyuan zhidu), Schanghai: Shanghai jiaoyu 1981.

CHENG GEK NAI: *Late Ch'ing Views on Fiction*, Ph. D. Stanford University 1982.

CHENG, STEPHEN: » *Sing-song Girls of Shanghai* and its Narrative Methods « , in: LIU TS'UN-YAN (Hg.): *Chinese Middlebrow Fiction*, from the Ch'ing and Early Republican Eras, Hongkong: The Chinese UP 1984, S. 111 – 136.

— DERS.: »Flowers of Shanghai« and the Late-Ch'ing Courtesan Novel, Ph. D. Harvard University 1979.

CHEUNG, KAI CHONG: The Theme of Chastity in »Hau Ch'iu Chuan« and Parallel Western Fiction, Frankfurt/M. u. a.: Peter Lang 1994.

— DERS.: »Gattenwahl und Clarissa« (»Haoqiuzhuan yu Kelalisa«), in: HOU JIAN: *Vergleichende Literaturwissenschaft zu chinesischen Romanen* (Zhongguo xiaoshuo bijiao yanjiu), Taipeh: Dongda 1983, S. 95–116.

CHIANG, YING-HO: *Literary Reactions to the Keng-Tzu Incident (1900)*, Ph. D. University of California, Los Angeles 1982.

CHRISTIE, ANTHONY: *Chinesische Mythologie*, ins Deutsche übertragen von ERIKA SCHINDEL, Wiesbaden: Emil Vollmer 1968.

CLARKE, SAMUEL: *Among the Tribes in South-west China*, Taipeh: Ch'eng-wen Publishing Company 1970.

CLEARLY, J. C. (übers./hrsg.): *Worldly Wisdom. Confucian Teachings of the Ming Dynasty*, Boston u. a.: Shambala 1991.

CLELAND, JOHN: *Die Memoiren der Fanny Hill*, Essen: Magnus o. j.

CONZE, EDWARD: *Der Buddhismus. Wesen und Entwicklung*, Stuttgart: Kohlhammer 1953.

COYAJEE, J. C.: *Cults and Legends of Ancient Iran and China*, Bombay: Jehangis B. Karam's Sons 1936.

DASGUPTA, S. B.: *Introduction to Tantric Budhism*, Calcutta: University of Calcutta 1950.

DEBON, GÜNTHER: »Literaturtheorie und Literaturkritik Chinas«, in: DERS.: *Ostasiatische Literaturen*, Bd. 23, in: *Neues Handbuch der Literaturwissenschaft*, hrsg. v. KLAUS V. SEE, Wiesbaden: Aula-Verlag 1984, S. 39–60.

— DERS.: »Goethe erklärt einen chinesischen Roman«, in: DERS.: *Goethes Begegnungen mit Heidelberg. 23 Studien und Miniaturen*, Heidelberg: Guderjahn 1992, S. 181–191.

DEFOE, DANIEL: *Glück und Unglück der berüchtigten Moll Flanders*, Hamburg: Rowohlt 1958.

DEGKWITZ, JOCHEN: *Yue Fei und sein Mythos*, Bochum: Brockmeyer 1983.

DENTON, KIRK A. (Hg.): *Modern Chinese Literary Thought. Writings on Literature, 1893–1945*, Stanford, Cal.: Stanford UP 1996.

DEWOSKIN, KENNETH J.: »The Six Dynasties *Chih-kuai* and the Birth of Fiction«, in: ANDREW H. PLAKS (Hg.): *Chinese Narrative. Critical and Theoretical Essays*, Pinceton, N. J.: Princeton UP 1977, S. 21–52.

— DERS./J. I. CRUMP (Übers.): *In Search of the Supernatural: The Written Record*, Stanford 1996.

DIECKMANN, HEINZ: *Hetärenkatalog*, München: Heyne 1962.

DOLEŽELOVÁ-VELINGEROVÁ, MILENA (Hg.): *The Chinese Novel at the Turn of the Century*, Toronto

u. a. : Toronto UP 1980.

DOLEŽELOVÁ-VELINGEROVÁ, MILENA: » The Origins of Modern Chinese Literature « , in: MERLE GOLDMAN: *Modern Chinese Literature in the May Fourth Era*, Cambridge, Mass. : Harvard UP 1977, S. 17 - 35.

– DIES. : » Typology of Plot-Structures in Late Qing Novels« , in: DIES. : *The Chinese Novel at the Turn of the Century*, S. 38 - 56.

DOLY, WILLIAM G. : *Mythography: The Study of Myths and Rituals*, University of Alabama Press 1986.

DOUCET, FRIEDRICH W. : *Homosexualität*, München: Lichtenberg 1967.

DOYLE, SIR ARTHUR CONAN: *Six Great Sherlock Holmes Stories*, New York: Dover Publications 1992.

DUANMUHONGLIANG: *Cao Xueqin*, Peking: Beijing chubanshe 1980.

DUDBRIDGE, GLEN: » A Pilgrimage in Seventeenth-Century Fiction: T'ai-Shan and the *Hsing-Shih Yin-Yüan Chuan*« , in: *T'oung Pao*, Bd. LXXVII, 4 - 5(1991), S. 226 - 252.

– DERS. : *The» Hsi-yu chi «* . A Study of Antecedents to the Sixteenth-Century Chinese Novel, Cambridge: Cambridge UP 1970.

DUMAS, ALEXANDRE: *Die Kameliendame*, aus dem Französischen von OTTO FLAKE, München: Goldmann 1985.

DUVAL, JEAN: » *The Nine-Tailed Turtle*: Pornography or › Fiction of Exposure ‹ ? « , in: MILENA DOLEŽELOVÁ-VELINGEROVÁ (Hg.): *The Chinese Novel at the Turn of the Century*, S. 177 - 188.

DUYVENDAK, J. J. L. : » Desultory Notes on the Hsi-Yang Chi « , in: *T'oung Pao*, Bd. XLII, 1954, S. 1 - 35.

– DERS. : » A Chinese *Divina Commedia* « , in: *T'oung Pao* Bd. XLI(1952), S. 255 - 316.

EBERHARD, WOLFRAM: *Die chinesische Novelle des 17 - 19. Jahrhunderts*, Beilage IX in»Artibus Asiae « , Ascona 1948.

EBREY, PATRICIA: » Women, Marriage, and the Family in Chinese History « , in: PAUL S. ROPP: *Heritage of China. Contemporary Perspectives on Chinese Civilization*, Berkeley u. a. : University of California Press 1990, S. 197 - 223.

EDWARDS, LOUISE P. : *Men & Women in Qing China. Gender in The Red Chamber Dream*, Leiden u. a. : E. J. Brill 1994.

EGAN, MICHAEL: » Characterization in *Sea of Woe*« , in: MILENA DOLEŽELOVÁ-VELINGEROVÁ (Hg.): *The Chinese Novel at the Turn of the Century*, S. 165 - 176.

EGGERT, MARION: » Die Botschaft der Träume « , in: *Hongloumeng: Studien zum» Traum der roten*

Kammer«, hrsg. von WOLFGANG KUBIN, Bern, Berlin u. a.: Peter Lang 1999, S. 41 – 60 ( = Schweizer asiatische Studien: Monographien; Bd. 34).

– DIES.: Rede vom Traum: Traumauffassungen der Literatenschicht im späten kaiserlichen China, Stuttgart: Steiner 1993.

EICHHORN, WERNER: »Bemerkungen über einen taoistischen Roman«, in: *Studia Sino-Mongolica*. Festschrift für Herbert Franke, hrsg. v. WOLFGANG BAUER, Wiesbaden: Franz Steiner 1979, S. 353 – 361.

ÉLIASBERG, DANIELLE: *Le Roman du Poufendeur de Démons*, Traduction annotées et commentaires. Paris: Collège de France, Institut des Hautes Études Chinoises 1976.

ELVIN, MARK: »Warum hat das vormoderne China keinen industriellen Kapitalismus entwickelt? Eine Auseinandersetzung mit Max Webers Ansatz«, in: *Max Webers Studie über Konfuzianismus und Taoismus. Interpretation und Kritik*, hrsg. von WOLFGANG SCHLUCHTER, Frankfurt/M.: Suhrkamp 1983, S. 114 – 133.

– DERS.: »The Spectrum of Accessibility: Types of Humor in *The Destinies of the Flowers in the Mirror*«, in: *Interpreting Culture Through Translation*, hrsg. von ROGER T. AMES, CHAN SIN-WAI u. a., Hongkong: Chinese UP 1991, S. 101 – 117.

ENDRES, GÜNTHER: *Die Sieben Meister det Vollkommenen Verwirklichung*. Der taoistische Lehrroman Ch'i-chen chuan in Übersetzung und im Spiegel seiner Quellen, Frankfurt/M.: Peter Lang 1985.

EOYANG, EUGENE: »A Taste for Apricots: Approaches to Chinese Fiction«, in: ANDREW H. PLAKS (HG.): *Chinese Narrative. Critical and Theoretical Essays*, Princeton, N. J.: Princeton UP 1977, S. 53 – 69.

EPSTEIN, MARAM: Beauty is the Beast: The Dual Face of Woman in Four Ch'ing Novels, Ph. D. Princeton University 1992.

*The Eternal Love. The Story of Liang Shabo and Zhu Yingtai*, hrsg. und übers. von S. R. MUNRO, Singapore u. a.: Federal Publications 1993.

FAIRBANK, JOHN K. (Hg.): *The Chinese World Order*, Cambridge, Mas.: Harvard UP 1968.

– DERS.: *Geschichte des modernen China 1800 – 1985*, übers. von WALTER THEIMER, München: dtv 1989.

FANG ZHENGYAO: *Geschichtlicher Abriß der chinesischen Erzählkritik* (Zhongguo xiaoshuo piping shilüe), Verlag Zhonggou shehui kexue 1990.

FASTENAU, FRAUKE: *Die Figuren des Chin P'ing Mei und des Yü Huan Chi*, Dissertation, vorgelegt an der Ludwig-Maximilian-Universität 1971.

FEIFEL, EUGEN: *Geschichte der chinesischen Literatur*, dargestellt nach NAGASAWA KIKUYA: *Shina Gakujutsu Bungeishi*, Darmstadt: Wissenschaftliche Buchgesellschaft² 1959.

FELLINGER, RAIMUND: » Zur Struktur von Erzähltexten «, in: *Literaturwissenschaft. Grundkurs 1*, hrsg. von HELMUT BRACKERT und JÖRN STÜCKRATH in Verbindung mit EBERHARD LÄMMERT, Reinbek: Rowohlt 1981, S. 338 - 352.

FENG CHENGJI: » Beiläufige Bemerkungen zur chinesischen Erzählkunst. Anstatt eines Vorworts zu *Der Gelehrtenroman und die chinesische Kultur* « (Man tan Zhongguo xiaoshou. *Wenren xiaoshuo yu Zhongguo wenhua* dai xu), in: XIA ZHIQING (Hg.): *Der Gelehrtenroman und die chinesische Kultur* (Wenren xiaoshuo yu Zhongguo wenhua), Taipeh: Jingcao wenhua shiye 1975, S. 1 - 13.

FENG MENGLONG: *Geschichten zur Erleuchtung der Welt* (Yushi mingyan), Peking: Renmin wenxue 1987.

– DERS.: *Die Geschichte des Gefühls in der baihua-Version* (Baihua qingshi), Hunan: Sanhuan 1991.

– DERS.: *Erzählungen aus alter und neuer Zeit* (Gujin xiaoshuo), Peking: Renmin wenxue 1984.

FESSEN-HENJES, IRMTRAUT: » Zur Rezeption des Romans *Hongloumeng* durch das traditionelle chinesische Musiktheater (*xiqu*) «, in: *Hongloumeng: Studien zum » Traum der roten Kammer «*, hrsg. von WOLFGANG KUBIN, Bern, Berlin u. a.: Peter Lang 1999, S. 259 - 276 ( = Schweizer asiatische Studien: Monographien; Bd. 34).

FEUERWERKER, ALBERT: »Chinese Economic History in Comparative Perspective«, in: PAUL S. ROPP: *Heritage of China's Contemporary Perspectives on Chinese Civilization*, Berkeley u. a: Univ. of Cal. Press 1990, S. 224 - 241.

FIGNER, VERA: *Nacht über Rußland. Lebenserinnerungen einer russischen Revolutionärin*, übersetzt aus dem Russischen von LILLY HIRSCHFELD und REINHOLD VON WALTER, Reinbek bei Hamburg: Rowohlt 1988.

FISK, CRAIG: » Literary Criticism «, in: WILLIAM H. NIENHAUSER, JR. (Hg.): *The Indiana Companion to Traditional Chinese Literature*, Bloomington: Indiana UP 1986, S. 49 - 58.

FITZGERALD, STEPHEN: *China and the Overseas Chinese*, A Study of Peking's changing policy 1949 - 1970, Cambridge: Cambridge UP 1972.

FOCCARDI, GABRIELE: The Chinese Travellers of the Ming Period, Wiesbaden: Harrassowitz 1986.

FONG, GILBERT CHEE FUN: » Time in *Nine Murders*: Western Influence and Domestic Tradition«, in: DOLEŽELOVÁ-VELINGEROVÁ (HG.): *The Chinese Novel at the Turn of the Century*, S. 116 - 128.

FRANKE, HERBERT: » Chinesische erotische Literatur «, in: GÜNTHER DEBON: *Ostasiatische Literaturen*, Bd. 23 in *Handbuch der Literaturwissenschaft*, hrsg. v. KLAUS v. SEE, Wiesbaden: Aula-Verlag 1984, S. 98 - 106.

FRANKE, HERBERT/ROLF TRAUZETTEL: *Das chinesische Kaiserreich*, Frankfurt/M.: Fischer 1968.

FRANZ, RAINER VON: » Die Domestizierung der Gespenster «, in: *minima sinica* 2/1994, S. 1 - 14.

FREUD, SIGMUND: *Das Unbehagen in der Kultur*, Frankfurt/M.: Fischer 1964.

FREUDENBERG, MICHAEL: *Die Frauenbewegung in China am Ende der Qingdynastie*, Bochum: Brockmeyer 1985.

FREYTAG, GUSTAV: *Soll und Haben*, Kehl: SWAN Buch-Vertrieb 1993.

*Frühling und Herbst des Lü Bu Wei*, übers. v. RICHARD WILHELM, Düsseldorf u. a.: Diederichs 1979.

FRYE, NORTHROP: *Anatomy of Criticism. Four Essays*, Princeton, N. J.: Princeton UP 1957.

FU, JAMES S.: »The Mirror and the Incense in *The Tale of Genji* and *The Dream of the Red Chamber*«, in: *Tamkang Review*, Bd. X, Nr. 2(1979), S. 199-209.

– DERS.: *Mythic and Comic Aspects of the Quest*. Hsi-yu chi as seen through Don Quixote and Huckleberry Finn, Singapore: Singapore UP 1977.

FU SINIAN: »Untersuchungen zur Periodisierung der chinesischen Literaturgeschichte« (Zhongguo wenxueshi fenqi zhi yanjiu), in: *Xinchao* 1(1919).

FU XIHUA (Hg.): *Dramensammlung zu den Räubern vom Liangshan-Moor* (Shuihu xiqu ji), Schanghai: Shanghai guji 1985.

GAO YANG: *Inoffizielle Biographie über Cao Xueqin* (Cao Xueqin biezhuan), Peking: Zhongou youyi 1985.

GARDNER, CHARLES S.: *Chinese Traditional Historiography*, Cambridge, Mass., Cambridge UP 1966.

GAST, OTTO: *Wen-ming hsiao-shih. Eine Prosasatire vom Ende der Ch'ing-Zeit*, Diss. an der Friedrich-Alexander-Universität Erlangen-Nürnberg 1982.

GATES, HILL: *China's Motor. A Thousand Years of Petty Capitalism*, Ithaca/London: Cornell UP 1996.

GERNET, JACQUES: *Die chinesische Welt*. Die Geschichte Chinas von den Anfängen bis zur Jetztzeit, aus dem Französischen von REGINE KAPPELER, Frankfurt/M.: Insel 1989.

*Geschichte des chinesischen Romans* (Zhongguo xiaoshuoshi), hrsg. von der ABTEILUNG FÜR CHINESISCH DER UNIVERSITÄT PEKING, Peking: Renmin wenxue 1978.

*Die Geschichte vom Prinzen Genji*, dt. von HERBERTH E. HERLITSCHKA, Frankfurt/M.: Insel 1954.

GIPOULON, CATHERINE: *Qiu Jin, Die Steine des Vogels Jingwei*, Müuchen: Frauenoffensive 1977.

GOGOL, NIKOLAI: *Die toten Seelen*, Rastatt: Moewig 1980.

*Die goldene Truhe*. Chinesische Novellen aus zwei Jahrtausenden, übertragen von WOLFGANG BAUER und HERBERT FRANKE, München: Hanser 1959.

GOODRICH, LUTHER CARRINGTON: *The Literary Inquisition of Ch'ien-lung*, New York: Paragon Book

1966.

GOODE, WALTER: *On the Sanbao taijian xia xiyang-ji and some of its sources*, Ph. D. an der Australian University in Canberra, 1976.

GOLD, ANN C. B. : *Wu jianren and the Late-Qing » New Fiction « Movement*, Ph. D. University of London 1987.

GRAHAM, DAVID: » The Customs of the Ch'üan Miao«, in: *Journal of the West China Border Research Society*, Bd. IX (1937), S. 13 - 70.

GRIMMELSHAUSEN: *Trutz Simplex oder ausführliche und wundersame Lebensbeschreibung der Erzbetrügerin und Landstörtzerin Courasche*, Berlin: Deutsche Buchvertriebs-und Verlangsgesellschaft o. J.

GRONEWOLD, SUE: *Beautiful Merchandise: Prostitution in China 1860 - 1936*, New York u. a. : Harrington Park Press 1985.

GROUSSET, RENÉ: *Die Reise nach Westen*. Oder wie Hsüan-tsang den Buddhismus nach China holte, aus dem Französischen von PETER FISCHER, München: Diederichs 1994.

GRUBE, WILHELM: *Geschichte der chinesischen Literatur*, Leipzig: C. F. Amelangs Verlag 1902.

GUILLÉN, CLAUDIO: *Literature as System: Essays toward the Theory of Literature*, Princeton: Princeton UP 1972.

GULIK, ROBERT VAN: T'ang-yin pi-shih: Parallel Cases from under the Pear Tree, Leiden: Brill 1956.

- DERS. : *Merkwürdige Kriminalfälle des Richters Di*, aus dem Englischen von GRETEL und KURT KUHN, München/Zürich: Dreomer/Knaur 1964.

- DERS. : »Judge Bao's Hundred Cases Reconstructed«, in: *Harvard Journal of Asiatic Studies*, Bd. 40, Nr. 2(1980), S. 301 - 323.

- DERS. : *Sexual Life in Ancient China*, Leiden: E. J. Brill 1974.

GUO YUSHI (Hg.): *Auswahlsammlung von Forschungsarbeiten Zum Traum der Roten Kammer* (Hongloumeng yanjiu wenxuan), Schanghai: Huadong shifan daxue 1988.

HAMBURGER, KÄTE: *Die Logik der Dichtung* (1957), hier die Ausgabe München: dtv 1987.

HAN JINLIAN: *Geschichtlicher Abriß zur Hongloumeng-Forschung* (Hongxue shigao), Shijiazhuang: Hebei jiaoyu 1989.

HANAN, PATRICK: *The Chinese Vernacular Story*, Cambridge, Mass. : Harvard UP 1981.

- DERS. : »*Fengyue Meng* and the Courtesan Novel«, in: *HJAS*, Vol. 58(1998), S. 345 - 372.

- DERS. : » The Text of the *Chin P'ing Mei*«, in: *Asia Major*, Bd. 9 (1962), S. 39 - 46.

- DERS. : *The Invention of Li Yu*, Cambridge, Mass. : Harvard UP 1988.

- DERS. : » The Authorship of some *Ku-chin hsiao-shuo* Stories«, in *HJAS*, 29(1969), S. 190 - 200.

– DERS. : » The Early Chinese Short Story: A Critical Theory in Outline « , in: *Studies in Chinese Literary Genres*, hrsg. von CYRIL BIRCH, Berkeley u. a. : University of California Press 1974, S. 299 – 338.

HAYDEN, GEORGE A. : *Crime and Punishment in Medieval Chinese Drama*. . Three Judge Pao Plays, Cambridge, Mass. u. a. 1978.

HEGEL, ROBERT E. : *The Novel in Seventeenth Century China*, New York. : Columbia UP 1981.

HEGEL, ROBERT E. : *Reading Illustrated Fiction in Late Imperial China*, Stanford: Stanford UP 1998.

– DERS. : » Maturation and Conflicting Values: Two Novelists' Portraits of the Chinese Hero Ch'in Shu-pao « , in: YANG/ADKINS: *Critical Essays on Chinese Fiction*, S. 115 – 150.

– DERS. : » *Sui T'ang Yen-I* and the Aesthetics of the Seventeenth-Century Suchou-Elite « , in: PLAKS (Hg.): *Chinese Narrative*, S. 124 – 159.

– DERS. /HESSNEY, RICHARD C. : *Expressions of Self in Chinese Literature*, New York: Columbia UP 1985.

HEILMANN, WERNER (Hg.) *Fang-chung-shu. Die chinesische Liebeskunst*, München: Wilhelm Heyne 1990.

HEISERMAN, ARTHUR: *The Novel before the Novel*. Essays and Discussions about the Beginnings of Prose Fiction in the West, Chicago/London: The University of Chicago Press 1980.

HEMMEL V. /P. SINDBJERG: *Women in Rural China*. Policy towards women before and after the Cultural Revolution, London: 1984.

HENNESSEY, WILLIAM O. : *The Song Emperor Huizong in Popular History and Romance: The Early Chinese Vernacular Novel » Xuanhe yishi «* , Ph. D. University of Michigan 1980.

HESSNEY, RICHARD C. : *Beautiful, Talented, and Brave: Seventeenth-Century Chinese Scholar-Beauty Romances*, Ph. D. Columbia University 1979.

– DERS. : » Beyond Beauty and Talent: The Moral and Chivalric Self in *The Fortunate Union* « , in: HEGEL/HESSNEY: *Expressions of Self in Chinese Literature*, S. 214 – 250.

HILLEBRAND, BRUNO: *Theorie des Romans. Erzählstrategien der Neuzeit*, Stuttgart u. a. : Metzler 1993.

HINZ, BLANKA: *Der Roman » Eine Blume im Sündenmeer « (Niehaihua) und sein Platz in der chinesischen Literatur*, Bochum: Brockmeyer 1995.

HO, PING-TI: *The Ladder of Success in Imperial China. Aspects of Social Mobility, 1368 – 1911*, New York: Da Capo Press 1976.

– DERS. : *Studies on the Population of China, 1368 – 1953*, Cambridge, Mass. : Harvard UP 1974.

HOLOCH, DONALD: » A Novel of Setting: *The Bureaucrats* « , in: DOLEŽELOVÁ-VELINGE-ROVÁ: *The*

*Chinese Novel at the Turn of the Century*, S. 76 – 115.

HOLZMANN, DONALD: »Confucius and Ancient Chinese Literary Criticism«, in: *Chinese Approaches to Literature from Confucius to Liang Ch'i-ch'ao*, hrsg. von ADELE AUSTIN RICKETT, Princeton, N. J.: Princeton UP 1978, S. 21 – 42.

HOU JIAN: » Über den Ritterroman « (Wuxia xiaoshuolun), in: DERS: *Vergleichende Literaturwissenschaft zu chinesischen Romanen* (Zhongguo xiaoshuo bijiao yanjiu), Taipeh: Dongda tushu 1983, S. 169 – 195.

HOU ZHONGYI (Hg): *Referenzmaterial zur chinesischen Erzählkunst in der » wenyan «* (Zhongguo wenyan xiaoshuo cankao ziliao), Peking: Beijing daxue 1985.

HSIA, C, T.: *Der klassische chinesische Roman, Eine Einführung*, aus dem Englischen von EIKE SCHÖNFELD. Mit einem Nachwort versehen von Helmut Martin, Frankfurt/M.: Insel 1989 (erstmals 1968).

– DERS.: » The Scholar-novelist and Chinese Culture: A Reappraisal of *Ching-hua yuan*«, in ANDREW H. PLAKS (Hg.): *Chinese Narrative*, S. 266 – 305.

– DERS.: » Yen Fu and Liang Ch'i-ch'ao as Advocates of New Fiction«, in: ADELE AUSTIN RICKETT (Hg.): *Chinese Approaches to Literature from Confucius to Liang Ch'i-ch'ao*, S. 221 – 257.

– DERS./T. A. Hsia: » New Perspectives on Two Ming Novels: *Hsi Yu Chi* and *Hsi Yu Pu* «, in: *Wenlin, Studies in the Chinese Humanities*, hrsg. von CHOW TSE-TSUNG, Madison/Milwaukee: Univ. of Wisconsin Press 1968, S. 299 – 245.

– DERS.: » The Military Romance: A Genre of Chinese Fiction «, in: *Studies in Chinese Literature*, hrsg. von CYRIL BIRCH, Berkeley: University of California Press 1974, S. 339 – 390.

HSÜ, IMMANUEL C. Y.: *The Rise of Modern China*, New York u. a.: Oxford University Press 1970.

HU HUAICHEN: » Anmerkungen zur chinesischen Erzähikunst « (Zhongguo xiaoshuo gailun), in: LIU LINSHENG (Hg.): *Acht Aufsätze zur chinesischen Literatur* (Zhongguo wenxue ba lun), Peking: Zhongguo shudian 1985, S. 1 – 54 (Nachdruck der Ausgabe von 1936).

HU SHI: *Vollständige Sammlung von Hu Shis Forschungsarbeiten zum Traum der Roten Kammer* (Hu Shi Hongloumeng yanjiu lunshu quanbian), Schanghai: Shanghai guji 1988.

– DERS.: » Wu Jingzi zhuan «, in: *Gesammelte Werke von Hu Shi* (Hu Shi wencun), Schanghai: Yadong tushuguan 1921 – 1940, Bd. 1, *juan 4*, S. 225 – 235.

– DERS.: » Textkritik zur Reise in den Westen « (Xiyouji kaozheng, 1923), in: *Gesammelte Werke von Hu Shi* (Hu Shi wencun), Taipeh: Yuandong 1953, Bd. 2, S. 354 – 390.

HU SHIHOU: » Einige Gründe, warum *Laterne an der Wegkreuzung* lange Zeit keine Beachtung fand « (Qiludeng heyi zaoshou lengyu he liuchuan bu chuo), in: *Aufsätze zum Roman Laterne an der*

*Wegkreuzung* (Qiludeng luncong), hrsg. vom Verlag Zhongzhou guji 1984, Bd. 2, S. 93 – 106.

HU WANCHUAN: *Feng Menglongs Biographie und seine Verdienste um Romane und Erzählungen* (Feng Menglong shengping ji qi dui xiaoshuozhi gongxian), Taipeh 1973.

HUANG BAOZHEN u. a.: *Geschichte der chinesischen Erzähltheorie* (Zhongguo wenxue lilunshi), Peking: Beijing chubanshe 1991.

HUANG, C. C.: *Wu Han, Hai Jui Dismissed from Office*, Honolulu: The University Press of Hawaii 1972.

HUANG, MARTIN W.: Literati and Self-Re/Presentation. Autobiographical sensibility in the Eigthteenth-Century Chinese Novel, Stanford, Cal.: Stanford UP 1995.

– DERS.: *Desire and Fictional Narrative in Late Imperial China*, Cambridge, Mass.: Harvard UP 2001.

HUANG, RAY: *1587—Ein Jahr wie jedes andere*. Der Niedergang der Ming, aus dem Amerikanischen von GUDRUN WACKER, Frankfurt/M.: Insel 1986.

HUANG YANBO: *Geschichte des chinesischen Kriminalromans* (Zhongguo gong'an xiaoshuoshi), Shenyang: Liaoning renmin 1991.

HUTCHENS, ELEANOR NEWMAN: »Die Identifikation der Ironie«, in: *Ironie als literarisches Phänomen*, hrsg. v. HANS-EGON HASS and GUSTAV-ADOLF MOHRLÜDER, Köln: Kiepenheuer & Witsch 1973, S. 47 – 56.

IDEMA, W. L.: » Novels about the founding of the Sung-Dynasty «, in: *Sung Studies Newsletter* 9, 1974, S. 2 – 9.

– DERS.: *Chinese Vernacular Fiction—the Formative Period*, Leiden: Brill 1974.

– DERS.: » Time and Space in Traditional Chinese Historical Fiction «, in: *Time and Space in Chinese Culture*, hrsg. von CHUN-CHIEH HUANG and ERIK ZÜRCHER, Leiden u. a.: Brill 1995, S. 362 – 379.

IKEDA, DAISAKU: *Der chinesische Buddhismus*, aus d. Englischen von HELGA TRIENDL, Frankfurt/M.: Ullstein 1990.

IRWIN, RICHARD GREGG: *The Evolution of a Chinese Novel. Shui-hu-chuan*, Cambridge, Mass.: Harvard UP 1953.

ISER, WOLFGANG: » Fiktion und Wirklichkeit «, in: DERS *Der Akt des Lesens. Theorie ästhetischer Wirkung*, München: UTB 1976 (Bd. 636), S. 87 – 89; 118 – 120; 282 – 284, hier nach: CORDULA KAHRMANN, GUNTER REISS, MANFRED SCHLUCHTER: *Erzähltextanalyse*, S. 186 – 191.

JAMES, HENRY: » Die Kunst des Romans «, in: DERS.: *Die Kunst des Romans. Ausgewählte Essays zur Literatur*, übertragen aus dem Amerikanischen von HELGA EBERHARDT, Leipzig u. a.: Kiepenheuer 1984, S. 5 – 33.

Janssen, Karl-Heinz: »Mao verreißt einen Räuberroman«, in: *DIE ZEIT*, Nr. 39 v. 19. 9. 1975.

*Japanische Kriminalgeschichten*, ausgewählt und hrsg. von INGRID SCHUSTER, Stuttgart: Philipp Reclan jun. 1985.

Jin Wenjing: » Von der Verbindung der *Grundzüge des durchgehenden Spiegels zur Hilfe bei der Regierung* bis zur *Erzählung von den Drei Reichen* mittels der Szene › Bei Kerzenlicht die Nacht durchwachen‹ « (Cong» Bingzhu dadan« tandao» Sanguo yanyi« he»Tongjian gangmu«de guanxi), in: ZHOU ZHAOXIN (Hg.): *Untersuchungen zur Erzählung von den Drei Reichen* (Sanguo yanyi congkao), Peking: Beijing daxue 1995, S. 272 - 279.

JUGEL, ULRIKE: *Politische Funktion und soziale Stellung der Eunuchen zur späteren Hanzeit* (25 - 220 n. Chr.), Wiesbaden: Franz Steiner 1976.

KAHRMANN, CORDULA, GUNTER REISS, MANFRED SCHLUCHTER: *Erzähltextanalyse*, Bodenheim: Athenäum/Hain-Hanstein ³1993.

K'ANG, T'IEN JU: *Male Anxiety and Female Chastity*. A Comparative Study of Chinese Ethical Values in Min-Ch'ing Tines, Lenden u. a. : Brill 1988.

KAO, DIANA L. : » Linguistic Characterization in Dream of the Red Chamber«, in: *Word. Journal of the International Linguistic Association*, Bd. 31(1980), S. 109 - 117.

KAO, GEORGE (Hg.): *Chinese Wit and Humor*, New York: Coward McCann 1946.

KAO, HSIN-SHENG C. : *Li Ju-Chen*, Boston: Twayne Publishers 1981.

KAO, YU-KUNG: »Lyric Vision in Chinese Narrative Tradition: A Reading of *Hung-Lou Meng* and *Ju-Lin Wai-Shih* «, in: ANDREW H. PLAKS (Hg.): *Chinese Narrative*, S. 227 - 243.

*The Karma Sutra of Vatsyayana*, übers. von SIR RICHARD BURTON (aus dem Sanskrit), Reprint der Ausgabe von 1883, London: Panther Books 1965.

KAYSER, WOLFGANG: *Das sprachliche Kunstwerk*, München u. a. : Francke 1961.

KLÖPSCH, VOLKER: » Homo ludens chinensis: Zur Bedeutung der Spiele im *Traum der Roten Kammer*«, in: Hongloumeng: Studien zum »Traum der roten Kammer«, hrsg. von Wolfgang Kubin, Bern, Berlin u. a. : Peter Lang 1999, S. 171 - 192( = Schweizer asiatische Studien: Monographien; Bd. 34).

KNAPP, GERHARD P. : » Textarten—Typen—Gattungen—Formen«, in: *Crundzüge der Literatur-und Sprachwissenschaft*, hrsg. von HEINZ LUDWIG ARNOLD und VOLKER SINEMUS, Bd. 1, *Literaturwissenschaft*, München: dtv ⁸1986, S. 258 - 269.

KNECHTGES, DAVID R. /STEPHEN OWEN: »General Principles for a History of Chinese Literature«, in: *CLEAR* 1(1979), S. 49 - 53.

KOCKUM, KEIKO: *Japanese Achievement, Chinese Aspiration: A Study of the Japanese Influence on the Modernisation of the Late Qing Novel*, Stockholm: Plus Ultra 1990.

KONFUZIUS: *Gespräche*, aus dem Chinesischen übersetzt und herausgegeben von RALF MORITZ, Frankfurt/M.: Röderberg 1983.

KUBIN, WOLFGANG: »Der unstete Affe. Zun Problem des Selbst im Konfuzianismus«, in: SILKE KRIEGER/ROLF TRAUZETTEL (Hg.): *Konfuzianismus und die Modernisierung Chinas*, Mainz: Hase & Koehler 1990, S. 80 – 113.

– DERS.: *Die Jagd nach dem Tiger*. Sechs Versuche zur modernen chinesischen Literatur, Bochum: Brockmeyer 1994.

KÜHNER, HANS: *Die Lehren und die Entwicklung der »Taigu-Schule«*. Eine dissidente Strömung in einer Epoche des Niedergangs der konfuzianischen Orthodoxie, Wiesbaden: Harrassowitz 1996.

KUNDERA, MILAN: *The Art of the Novel*, übers. aus dem Französischen von LINDA ASHER, New York u. a.: Harper & Row 1988.

KURIYAMA, JOANNA CHING-YU: *Confucianism in Fiction: A Study of Hsia Ching-Ch'u's »Yeh-Sou P'u-Yen«*, Ph. D. Harvard University, Cambridge, Mass. 1993.

LAI XINXIA: *Kleine Einführung in das klassische Katalogwesen* (Gudian muluxue qianshuo), Peking: Zhonghua shuju 1981.

LANCASHIRE, DOUGLAS C.: *Li Po-Yuan*, Boston: Twayne Publishers 1981.

LANCIOTTI, LIONELLO: »A Franciscan Missionary and the *Xiaoshuo*«, in: *Ming Qing Yanjiu*, Napoli/Roma 1996, S. 109 – 113.

LEE, LILIAN: *Lebewohl meine Konkubine*, übersetzt von KARL GEORG, München: Goldmann 1993.

LEE, PING PING: Representations of Women and Satire: ›Gulliver's Travels‹ and ›Flowers in the Mirror‹, Ph. D. University of Alberta, Kanada 1993.

LÉVY, ANDRÉ: »About the Date of the First Printed Edition of the *Ch'in P'ing Mei*«, in: CLEAR 1 (1979), S. 43 – 47.

– DERS.: »Introduction to the French Translation of *Jin Ping Mei cihua*«, übers. v. MARC MARTINEZ, in: *Renditions*, Herbst 1985, S. 109 – 129.

– DERS.: »La Condamnation du Roman en France et en Chine«, in: DERS.: *Études sur le conte et le roman chinois*, Paris: École Française D'Extrême-Orient 1971, S. 1 – 13.

LEVY, HOWARD S.: »T'ang Women of Pleasure«, in: *Sinologica*, Bd. VIII, Nr. 2(1965), S. 89 – 114.

– DERS.: *Chinese Footbinding*. The History of a Curious Erotic Custom, New York: Walton Rawls 1966.

*Li Gi. Das Buch der Riten*, *Sitten und Gebräuche*, aus dem Chinesischen übersetzt und hrsg. von RICHARD WILHELM, Düsseldorf u. a.: Diederichs 1981.

LI HANQIU/HU YIMIN: *Erzählkunst der Qing-Dynastie* (Qingdai xiaoshuo), Hefei: Anhui jiaoyu 1989.

LI, PETER: »Narrative Patterns in *San-Kuo* and *Shui-Hu*«, in: ANDREW PLAKS (Hg.): *Chinese Narrative*, S. 73 – 84.

– DERS. : *Tseng P'u*, Boston: Twayne 1980.

– DERS. : »The Dramatic Strucure of *Niehai hua*«, in: DOLEŽELOVÁ-VELINGEROVÁ: *The Chinese Novel at the Turn of the Century*, S. 150 – 164.

LI SHIREN (Hg.): *Vollständige Sammlung der zensierten Erzählwerke Chinas* (Zhongguo jinhui xiaoshuo daquan), Hefei: Huangshan shushe 1992.

LI YÜ: *Die vollkommene Frau. Das chinesische Schönheitsideal*, aus dem Chinesischen übertragen und eingeleitet von WOLFRAM EBERHARD, Zürich: Die Waage 1963.

LI ZEHOU: *Der Weg des Schönen. Wesen und Geschichte der chinesischen Kultur und Ästhetik*, hrsg. v. KARL-HEINZ POHL und GUDRUN WACKER, Freiburg u. a. : Herder 1992.

LI ZHI: »Über die Eheleute« (Fufulun), in: *Fenshu*, Bd. 3, Beijing: Zhonghua shuju 1975.

LIANG SHOUZHONG: *Der chinesische Ritterroman früher und heute* (Wuxia xiaoshuo hua gujin), Hongkong: Zhonghua shuju 1990.

LIAO CHAOYANG: »*Jinpingmei cihua*«, in: *CLEAR* 6(1984), S. 77 – 99.

LIAO, HSIEN-HAO: »Tai-yü or Pao-ch'ai: The Paradox of Existence as Manifested in PaoYü's Existential Struggle«, in: *Tamkang Review*, Bd. XV, Nr. 1 – 4, Herbst 1984/Sommer 1985, S. 485 – 494.

LIN, SHUEN-FU: »Chia PAO YÜ' First Visit to the Land of Illusion: An Analysis of a Literary Dream in Interdisciplinary Perspective«, in: *Tamkang Review*, Bd. XXIII, Nr. 1 – 4, Herbst 1992/Sommer 1993, S. 431 – 479.

– DERS. : »Ritual and Narrative Structure in *Ju-Lin Wai-Shih*«, in: ANDREW H. PLAKS (Hg.): *Chinese Narrative*, S. 244 – 265.

LIN YUTANG: *My Country and my People*, Taipeh: Meiya 1975.

LINCK, GUDULA: *Frau und Familie in China*, München: C. H. Beck 1988.

LING MENGCHU: *Auf den Tisch schlagen vor Staunen über das Außergewöhnliche* (Paian jingqi), Schanghai: Shanghai guji 1985.

LINK, E. PERRY JR. : *Mandarin Ducks and Butterflies. Popular Fiction in Early Twentieth-Century Chinese Cities*, Berkeley u. a. : Uviversity of California Press 1981.

LIU CHUNFAN: *Bemerkungen zur Geschichte der Drei Reiche* (Sanguoshi hua), Peking: Beijing chubanshe 1981.

LIU HUIRU: »›Jedes Festmahl hat ein Ende‹: Das Spannungsfeld zwischen *ju* und *san*«, in:

*Hongloumeng: Studien zum » Traum der roten Kammer «*, hrsg. von WOLFGANG KUBIN, Bern, Berlin u. a.: Peter Lang 1999, S. 75 – 90 ( = Schweizer asiatische Studien: Monographien; Bd. 34).

LIU, JAMES J. Y.: *The Chinese Knight-Errant*, London: Routledge and Kegan Paul 1967.

– DERS.: *Chinese Theories of Literature*, Chicago u. a.: The University of Chicago Press 1975.

LIU JINGHUA: » Von der Herrschertreue Zhuge Liangs und seinem Versagen« (Zhuge Liang de zhongjun yu shiwu), in: TAN LIANGXIAO (Hg.): *Zhuge Liang und die Kultur der Drei Reiche* (Zhuge Liang yu Sanguo wenhua), Chengdu: Chengdu chubanshe 1993, S. 52 – 61.

LIU TS'DUN-YAN: » Sur l'authenticité des romans historiques de Lo Guanzhong «, in: *Mélanges de Sinologie offerts à M. Paul Demiéville* II, Paris: Presses Universitaires des France 1974, S. 231 –296.

– DERS.: *The Authorship of the Feng Shen Yen I*, Wiesbaden: Otto Harrassowitz 1962.

– DERS.: » Wu Cheng'en: His Life and Career«, in: *T'oung Pao*, Bd. LIII, 1967, S. 1 – 97.

– DERS.: » Lo Kuan-chung and his Historical Romances «, in: YANG/ADKINS: *Critical Essays on Chinese Fiction*, S. 85 – 114.

LIU WU-CHI: » Great Novels by Obscure Writers«, in: DERS.: *An Introduction to Chinese Literatrue*, Bloomington u. a.: Indiana UP 1996, S. 228 – 246.

LIU XIAOLIN: *The Odyssey of the Buddhist Mind: The Allegory of the Later Journey to the West*, Lanham u. a.: University Press of America 1994.

LIU XIE: *The Literary Mind and the Carving of Dragons. A Study of Thought and Pattern in Chinese Literature*, übers. und mit einer Einführung sowie Anmerkungen von VINCENT YU-CHUNG SHIH, New York: Columbia UP 1959.

– DERS.: *Moderne Übertragung von » Literarische Gesinnung und das Schnitzen von Drachen«* (Wenxin diaolong jinyi), Gegenüberstellung der Textfassungen in *wenyan* und *baihua*, hrsg. und mit Anm. versehen von ZHOU ZHENFU, Peking: Zhonghua shuju 1986.

LLEWELLYN, BERNARD: *China's Courts and Concubines. Some People in Chinese History*, London: George Allen & Unwin 1956.

LO, ANDREW HING-BUN: » Sanguo chih yen-i« and » Shuihu chuan« in the Context of Historiography: An Interpretive Study, Ph. D. Princeton University 1981.

LO YEH: *The Tales of an Old Drunkard*, übers. und hrsg. von GEBRIELE FOCCARDI, Wiesbaden: Harrassowitz 1981.

LORD, ALBERT B.: *Der Sänger erzählt. Wie ein Epos entsteht*, München: Hanser 1965.

LU, SHELDON HSIAO-PENG: *From Historicity to Fictionality: The Chinese Poetics of Narrative*, Stanford, Cal.: Stanford UP 1994.

Lu Xun: *Kurze Geschichte der chinesischen Romandichtung* (Zhongguo xiaoshuo shilüe), Peking: Verlag für Fremdsprachige Literatur 1981.

Luan Xing: *Forschungsmaterialien zu » Laterne an der Wegkreuzung «* (Qiludeng yanjiu ziliao), O. O.: Zhongzhou shushe 1982.

Lucács, Georg: *Die Theorie des Romans*. Ein geschichtsphilosophischer Versuch über die Formen der großen Epik, München: dtv 1994.

Lynn, Richard John: » Alternate Routes of Self-Realization in Ming Theories of Poetry «, in: *Theories of the Arts in China*, hrsg. von Susan Bush und Christian Murck, Princeton, N. J.: Princeton UP 1983, S. 317 – 340.

Ma, Tai-loi: » Novels Probihited in the Literary Inquisitition of Emperor Ch'ien-lung, 1722—1788 «, in: Yang/Adkins: *Critical Essays on Chinese Fiction*, S. 208 – 212.

Ma Yau-woon: The Pao-Kung Tradition in Chinese Popular Literature, Ph. D. Yale University 1971.

— Ders.: » Themes and Characterization in the *Lung-T'u kung-An* «, in: *T'oung Pao*, Bd. LIX (1973), S. 179 – 202.

— Ders.: » The Chinese Historical Novel: An Outline of Themes and Contexts «, in: *Journal of Asian Studies*, Feb. 1975, Bd. XXXIV, Nr. 2, S. 227 – 294.

— Ders.: » Fiction «, in: William H. Nienhauser, Jr. (Hg.): *The Indiana Companion to Traditional Chinese Literature*, Bloomington: Indiana UP 1986.

Mair, Victor H.: » The Narrative Revolution in Chinese Literature: Ontological Presuppositions «, in: *CLEAR* 5(1983), S. 1 – 27.

Malek, Roman: *Das Tao des Himmels*. Die religiöse Tradition Chinas, Freiburg u. a.: Herder 1996.

Mammitzsch, Ulrich: Wei Chung-hsien (1568 – 1628): A Reappraisal of the Eunuch and the Factional Strife at the Later Ming Court, Ph. D. University of Hawaii 1968.

Mao Dun: *Seidenraupen im Frühling*, aus dem Chinesischen von Fritz Gruner, Johanna Herzfeldt, Evegret Meitz, München: C. H. Beck 1987.

Mao, Nathan K. /Liu Ts'Un-yan: *Li Yü*, Boston: Twayne Publishers 1977.

— Ders.: » A Preliminary Appraisal of Li Yü's Narrative Art «, in: Yang/Adkins: *Critical Essays on Chinese Fiction*, S. 151 – 164.

Martin, Helmut: Nachwort zu der von ihm herausgegebenen Sammlung *Zhang und die Nonne vom Qiyun-Kloster. Erotische Erzählungen aus dem alten China*, aus d. Chinesischen von Stefan M. Rummel, München: Heyne 1993, S. 206 – 219.

— Ders.: *Li Li-Weng über das Theater*, Dissertation an der Ruprecht-Karls-Universität in Heidelberg 1996, Taipeh: Meiya Publications 1968.

— DERS. : » Wolken- und Regenspiel: Die chinesische erotische Literatur « , in: DERS. : *Traditionelle Literatur Chinas und der Aufbruch in die Moderne*, Dortmund: projekt-Verlag 1996, S. 37 – 61.

— DERS. : » Zur deutschen Übersetzung des Romans Metamorphosen der Götter « in: DERS. : *Traditionelle Literatur Chinas und der Aufbruch in die Moderne. Chinabilder I: Traditionelle Literatur, Späte Qing- und Republikliteratur*, Dortmund: projekt verlag 1996, S. 183 ff.

— DERS. : » A Transitional Concept of Chinese Literature 1897 – 1917: Liang Qichao on Poetry Reform, Historical Drama and the Political Novel», in DERS. : *Traditionelle Literatur Chinas und der Aufbruch in die Moderne. Traditionelle Literatur, Späte Qing- und Republikliteratur*, Dortmund: projekt-Verlag 1996, S. 209 – 258.

— DERS. : »Opportunist Reformers in Late ch'ing *Hsiao-shuo*», in: *Tamkang Review*, Bd. XV, Nr. 1 – 4, Herbst 1984/Sommer 1985, S. 509 – 522.

— DERS. : »Chinesische Literaturkritik: Die heutige Bedeutung des traditionellen Literatur-begriffs sowie Forschungsstand und Quellensituation der Literaturkritikgeschichte»», in: *Oriens Extremus* 27. 1 (1980), S. 115 – 129.

— DERS. : »Russische Studien über Ming- und Qing- Literatur. V. M. Alekseev zum 100. Geburtstag am 2. Januar 1981 gewidmet», in: DERS. : *Traditionelle Literatur Chinas und der Aufbruch in die Moderne*, S. 91 – 144.

MAMMITZSCH, ULRICH: *Wei Chung-hsien ( 1568 – 1628 ): A Reappraisal of the Eunuch and the Factional Strife at the Later Ming Court*, Ph. D. Dissertation, University of Hawaii 1968.

MATTHEWS, BRANDER: *The Historical Novel and other Essays*, New York 1941.

MAYER, A. L. : *Xuanzangs Leben und Werk*, 2 Teile, Wiesbaden: Harrasowitz 1991/1992.

MCLAREN, ANNE ELIZABETH: *Ming Chantefable and the Early Chinese Novel. A Study in the Chenghua Period Cihua*, Ph. D. Australian National University 1994.

MCMAHON, KEITH: *Causality and Containment in Seventeenth-Century Chinese Fiction*, Leiden u. a. : Brill 1988.

— DERS. : »Eroticism in Late Ming, Early Qing Fiction: the Beauteous Realm and the Sexual Battlefield«, in: *T'oung Pao* LXXIII (1987), S. 271 – 264.

— DERS. : *Misers, Shrews, and Polygamists. Sexuality and Male-Female Relations in Eighteenth-Century Chinese Fiction*, Durham u. a. : Duke UP 1995.

MCNAUGHTON, WILLIAM: »The Chinese Novel and Modern Western Historismus«, in: YANG/ ADKINS (Hg. ): *Critical Essays on Chinese Fiction*, S. 213 – 219.

MENG FANRAN: »Bemerkungen zum Roman *Laterne an der Wegkreuzung* « (Qiludeng zonghengtan), in: *Aufsätze zum Roman Laterne an der Wegkreuzung* (Qiludeng luncong), hrsg. von Verlag

ZHONGZHOU GUJI 1984, Bd. 2, S. 192 – 201.

MENG XINGREN/MENG FANJING: *Kritische Biographie zu Wu Jingzi* (Wu Jingzi pingzhuan), He'nan: Zhongzhou guji 1987.

MESKILL, JOHN: *Academies in Ming China*. A Historical Essay, Tuscon, Ariz.: The University of Arizona Press 1982.

MEYER, HERMAN: *Der Sonderling in der deutschen Dichtung*, Frankfurt/M. u. a.: Ullstein 1984.

MIAO YONGHE: *Feng Menglong*, Schanghai 1979.

MILLER, LUCIEN: *Masks of Fiction in» Dream of the Red Chamber«*: *Myth*, *Mimesis*, *and Persona*, Tuscon: University of Arizona Press 1975.

MINDEN, STEPHAN VON: *Die Merkwürdige Geschichte der Sai Jinhua*. Historisch-philologische Untersuchung zu Entstehung und Verbreitung einer Legende aus der Zeit des Boxeraufstands, Stuttgart: Franz Steiner 1994.

MIRABEAU: *Der geflügelte Vorhang oder Lauras Erziehung*, aus dem Französischen von EVA MOLDENHAUER, Nachbemerkung von Norbert Miller, Frankfurt/M.: Insel 1971.

MONSCHEIN, YLVA: Der Zauber der Fuchsfee. Entstehung und Wandel eines »Femme-fatale«-Motives in der chinesischen Literatur, Frankfurt/M.: Haag und Herchen 1988.

MORDELL, ALBERT: *The Erotic Motive in Literature*, New York, N. Y.: Collier 1962.

*Des Mordes schwere Tat*. Kriminalerzählungen von Friedrich Schiller, E. T. A. Hoffmann u. a., ausgewählt und mit einem Nachwort, Anmerkungen und bibliographischen Hnweisen versehen von JOACHIM LINDNER, O. O.: Goldmann 1993.

MOTE, FREDERICK W.: »Confucian Eremitism in the Yuan Period«, in: *The Confucian Persuasion*, ARTHUR F. WRIGHT (Hg.), Stanford: Stanford UP 1960, S. 202 – 240.

MOTSCH, MONIKA: »Ehegeschichten zur Erleuchtung der Welt. Ein Roman aus der Qing-Dynastie«, in: *Orientierungen* 1/1991.

— DIES.: »Das Spiegelmotiv: Täuschung und Wahrheit«, in: *Hongloumeng*: *Studien zum » Traum der roten Kammer«*, hrsg. von WOLFGANG KUBIN, Bern, Berlin u. a.: Peter Lang 1999, S. 21 – 40 ( = Schweizer asiatische Studien: Monographien; Bd. 34).

— DIES.: *Mit Bambusrohr und Ahle*. Von Qian Zhongshus *Guanzhuibian* zu einer Neubetrachtung Du Fus, Frankfurt/M. u. a.: Peter Lang 1994.

MÜHLHAHN, KLAUS: »Herrschaft, Macht und Gewalt: Die Welt des *Shuihuzhuan*«, in: *minima sinica*, 1/1992, S. 57 – 90.

— DERS.: *Geschichte, Frauenbild und kulturelles Gedächtnis*. Der ming-zeitliche Roman *Shuihu zhuan*, München: Minerva Publ. 1994, (Berliner China-Studien Bd. 23).

Munzel, Frank: *Strafrecht im alten China nach den Strafrechtskapitalen in den Ming Annalen*, Wiesbaden: Harrassowitz 1968.

Muschg, Walter: Nachwort in Alfred Döblin: *Die drei Sprünge des Wang-lun*, München: dtv 1980, S. 481 – 501.

Naquin, Susan/Evelyn S. Rawski: *Chinese Society in the Eighteenth Century*, New Haven u. a.: Yale UP 1987.

Needham, Joseph: *Wissenschaftlicher Universalismus*. Über Bedeutung und Besonderheit der chinesischen Wissenschaft, hrsg., eingeleitet und übersetzt von Tilman Spengler, Frankfurt/M.: Suhrkamp 1977.

Neitiandaofu (Japan): *Die Welt des chinesischen Romans* (Zhongguo xiaoshuo shijie), Schanghai: Shanghai guji 1992.

Nieper, Kai: *Neun Tode, ein Leben. Wu Woyao (1866 – 1910). Ein Erzähler der späten Qing-Zeit*, Frankfurt/M. u. a.: Peter Lang 1995.

Osterhammel, Jürgen: *China und die Weltgesellschaft vom 18. Jahrhundert bis in unsere Zeit*, München: C. H. Beck 1989.

Ou Itaï: *Le Roman Chinois*, Einführung von Prof. Fortunat Strowski, Paris: Les Éditions Véga 1933.

Owen, Stephen (hrsg. & übers.): *An Anthology of Chinese Literature. Beginnings to 1911*, New York: Columbia UP 1996.

Pan Guangdan: »Materialien zum Problem der Homosexualität in China in ausgewählten Dokumenten« (Zhongguo wenxianzhongde xingbiantai ziliao), in: Fan Xiong: *Untersuchung zur chinesischen Schlafzimmerkunst des Altertums* (Zhongguo gudai fangzhong wenhua tanmi), Guangxi: Minzu-Verlag 1993.

Pan Xiafeng: *The Stagecraft of Peking Opera. From its Origins to the Present Day*, Peking: New World Press 1995.

Pimpaneau, Jacques: *Histoire de la Litterature Chinoise*, Paris: Éditions Philippe Picquier 1989.

Ping Anqiu/Zhang Peiheng (Hg.): *Vollständige Übersicht zur verbotenen Literatur Chinas* (Zhongguo jinshu daguan), Schanghai: Shanghai wenhua 1990.

Pizan, Christine de: *Das Buch von der Stadt der Frauen*, aus dem Mittelfranzösischen übertragen, mit einem Kommentar und einer Einleitung versehen von Margarete Zimmermann, München: dtv ³1992.

Plaks, Andrew H.: *The Four Masterworks of the Ming Novel*, Princeton, N. J.: Princeton UP 1987.

- DERS. (Hg.): *Chinese Narrative*. Critical and Theoretical Essays, Princeton: Princeton UP 1977.
- DERS.: »After the Fall: *Hsing-shih yin-yüan chuan* and the Seventeenth-Century Chinese Novel«, in: *HJAS*, Bd. 45, Nr. 2(1985), S. 543-580.
- DERS.: *Archetype and Allegory in the Dream of the Red Chamber*, Princeton: Princeton UP 1976.
- DERS.: »Allegory in *Hsi-yu Chi* and *Hung-Lou Meng*«, in: DERS. (Hg.): *Chinese Narrative*, S. 163-202.
- DERS.: »Towards a Critical Theory of Chinese Narrative«, in: DERS.: *Chinese Narrative*, S. 309-352.
- DERS.: »Full Length *Hsiao-shuo* and the Western Novel: A Generic Reappraisal«, in: *New Asia Bulletin* I (1978), S. 163-176.
- DERS.: »The Problem of Structure in Chinese Narrative«, in: *Tamkang Review*, Bd. VI, Nr. 2 & Bd. VII, Nr. 3(1975/1976), S. 429-440.

PORTER, DEBORAH L.: »The Formation of an Image: An Analysis of the Linguistic Patterns that form the Character of Sung Jiang«, in: *Journal of the American Oriental Society* 112.2 (1992), S. 233-253.

PORTMANN, KAI: *Der Fliegende Fuchs vom Schneeberg*. Die Gattung des chinesischen Ritterromans (wuxia xiaoshuo) und der Erfolgsautor Jin Yong, Bochum: Brockmeyer 1994.

PRŮŠEK, JAROSLAV: »Liu O et son Roman ›Le Pèlerinage du Lao Ts'an‹«, in: DERS.: *Chinese History and Literature*, Dordrecht (Holland): D. Reidel 1970, S. 139-169.
- DERS.: »Urban Center: The Cradle of Popular Fiction«, in: *Studies in Chinese Literary Genres*, hrsg. von CYRIL BIRCH, Berkeley u. a.: University of California Press 1974, S. 259-298.
- DERS.: »Researches in the Beginnings of the Chinese Popular Novel«, in: *Archiv Orientální*, Bd. XI, 1939, S. 91-132(Teil I).
- DERS.: »Researches in the Beginnings of the Chinese Popular Novel«, in: *Archiv Orientální*, Bd. XXIII, 1955, S. 620-662(Teil II).

PTAK, RODERICH: *Cheng Hos Abenteuer im Drama und Roman der Ming-Zeit*. Hsia Hsi-Yang: Eine Übersetzung und Untersuchung; Hsi-Yang Chi: Ein Deutungsversuch, Stuttgart: Franz Steiner 1986.
- DERS.: »*Hsi-Yang Chi* - An Interpretation and Some Comparisons with *Hsi-Yu Chi*«, in: *CLEAR* 7 (1985), S. 117-141.

QIAN ZHONGSHU: »Fafen zhushu« in: *Auswahl von gelehrten Aufsätzen des Qian Zhongshu* (Qian Zhongshu lunxue wenxuan), Guangzhou: Huacheng 1990, Bd. 3, S. 162-184.

QU YOU: *Jiandeng xinhua*, Zhongguo xueshu mingzhu (HSMC), Taipeh: Shijie shuju 1962, 1.

Reihe, Ergänzung von notizenhaften Erzählwerken (zengbu biji xiaoshuo), Bd. 1, Bd. 8.

RAWSKI, EVELYN SAKAKIDA: *Education and Popular Literacy in Ch'ing China*, Ann Arbor: The University of Michigan Press 1979.

REINSBERG, CAROLA: *Ehe, Hetärentum und Knabenliebe im antiken Griechenland*, München: C. H. Beck 1989.

RICKETT, ADELE A. (Hg.): *Chinese Approaches to Literature from Confucius to Liang Ch'i-ch'ao*, Princeton: Princeton UP 1978.

RIFTIN, BORIS: *Istoričeskaja epopeja i fol'klornaja tradicija v Kitae, Ustnye i knižnye versii › Troecarstvija‹* (Das historische Epos und die Erzähltradition in China, mündlich tradierte und schriftliche Versionen der ›Drei Reiche‹), Moskau: Namska 1979.

ROBINSON, LEWIS S.: »Pao-Yü and Parsival: Personal Growth as a Literary Substructure«, in: *Tamkang Review*, Bd. 9, Nr. 4(1978/79), S. 407–425.

RODDY, STEPHEN J.: *Literati Identity and It's Fictional Representation in Late Imperial China*, Stanford: Stanford UP 1998.

– DERS.: »*Rulin waishi*« *and the Representation of Literati in Qing Fiction*, Ph. D. an der Princeton University 1990.

ROHMER, SAX: *The Si-Fan Mysteries*. Being a New Phase in the Activities of Fu Manchu, the Devil Doctor, London: Methuen & Co [14] 1934.

ROLSTON, DAVID L. (Hg.): *How to Read the Chinese Novel*, Princeton, N. J.: Princeton UP 1990.

ROPP, PAUL S.: *Dissent in Early Modern China. Ju-lin wai-shih and Ch'ing Social Criticism*, Ann Arbor: University of Michigan Press 1981.

ROTOURS, ROBERT DES: *Courtisans chinoises à la fin des T'ang, entre circa 789 et le 8 janvier 881. Pei-li tche (Anecdotes du quartier du nord) par Souen K'i*, Paris 1968.

ROY, DAVID T.: »Chang Chu-Po's Commentary on the *Chin P'ing Mei*«, in: ANDREW H. PLAKS (Hg.): *Chinese Narrative*, S. 115–123.

RU, YI-LING: *The Familiy Novel. Toward a Generic Definition*, Frankfurt/M. u. a.: Peter Lang 1992.

RU, YU-LING: »The Role of the Guide in Catabatic Journeys: Virgil's *Aeneid*, Dante's *Divine Comedy* and Lo Mou-tengs's *The Voyage to the Western Sea of the Chief Eunuch San-pao*«, in: *Tamkang Review*, Bd. XX, Nr. 1, 1989, S. 67–75.

RUH, CHRISTEL: Das »*Kuan-Ch'ang Hsien-Hsing Chi*« — Ein Beispiel für den »Politischen Roman« der ausgehenden Ch'ing-Zeit, Frankfurt/M. u. a.: Peter Lang 1974.

RUHLMANN:, ROBERT: »Traditional Heroes in Chinese Popular Fiction«, in: ARTHUR F. WRIGHT

(Hg.): *Confucianism and Chinese Civilization*, Stanford, Cal.: Stanford UP 1975, S. 122 - 157.

RUSHTON, PETER H.: The »Jin Ping Mei« and the Nonlinear Dimensions of the Traditional Chinese Novel, Lewiston u. a.: Mellen UP 1994.

SALMON, CLAUDINE (Hg.): *Literary Migrations*. Traditional Chinese Fiction in Asia (17 - 20th centuries), Peking: International Culture Publishing Corporation 1987.

SANTANGELO, PAOLO: » Emotions in Late Imperial China. Evolution and Continuity in Ming-Qing Perception of Passions «, in: *Notions et Perceptions du Changement en Chine*. Textes Présentés aux IX<sup>e</sup> Congrès de I'Association Européenne d'Études Chinoises, préparés pour la publication par Viviane Alleton et Alexeï Volkov, Paris: Collège de France, Institut des Hautes Études Chinoises 1994, S. 167 - 186.

SATYENDARA, INDIRA: » Metaphors of the Sexual Economy of the *Chin P'ing Mei tz'uhua* «, in: *CLEAR* 15(1993), S. 85 - 97.

SCHAPP, WILHELM: *Philosophie der Geschichten*, Frankfurt/M.: Vittorio Klostermann 1981.

SCHELSKY, HELMUT: *Soziologie der Sexualität*, Hamburg: Rowohlt 1955.

SCHERER, RENATE: *Das System der chinesischen Prostitution dargestellt am Beispiel Shanghais in der Zeit von 1840 bis 1949*, Dissertation an der Freien Universität Berlin 1993.

SCHERER, WILHELM: *Poetik*, hrsg. von GUNTER REISS, Tübingen: Max Niemeyer 1977.

SCHILLER, FRIEDRICH: *Über naive und sentimentalische Dichtung*, mit einem Nachwort und Register von Johannes Beer, Stuttgart: Philipp Reclam Jun. 1978.

SCHMIDT-GLINTZER, HELWIG: *Geschichte der chinesischen Literatur*, Bern u. a.: Scherz 1990.

SCHMOLLER, BERND: *Bao Zheng (999 - 1062) als Beamter und Staatsmann*, Bochum: Brockmeyer 1982.

SCHOMMER, SABINE: *Richter Bao-der chinesische Sherlock Holmes*. Eine Untersuchung der Sammlung von Kriminalfällen Bao Gong'an, Bochum: Brockmeyer 1994.

SCHOPENHAUER, ARTHUR: *Parerga und Paralipomena*, vierter Teil (Zur Metaphysik des Schönen und Ästhetik«, § 236), Stuttgart/Berlin: Cotta'sche Buchhandlung o. J.

SCHUTTE, JÜRGEN: *Einführung in die Literaturinterpretation*, Stuttgart: Metzler 1985.

SCHWEIGER, IRMY: » Sinologie und Frauenforschung. Methodische Bemerkungen zu Freudenbergs *Frauenbewegung*« in: *Orientierungen* 1/92, S. 53 - 64.

SCOTT, A. C.: *The Classical Theatre of China*, London: George Allen & Unwin 1957.

SELLMAIR, JOSEF: *Der Mensch in der Tragik*, Krailling vor München: Wewel 1948.

SENGER, HARRO VON: » Strategemische Analyse des Romans *Hongloumeng* «, in: *Hongloumeng*: *Studien zum » Traum der roten Kammer «*, hrsg. von WOLFGANG KUBIN, Bern, Berlin u. a.: Peter

Lang 1999, S. 61 – 74 ( = Schweizer asiatische Studien: Monographien; Bd. 34).

SHAHAR, MEIR: » The Lingyin Si Monkey Disciples and the Origins of Sun Wukong«, in: *HJAS*, 51, 1(1992), S. 193 – 224.

SHAKESPEARE, WILLIAM: *Der Widerspenstigen Zähmung*, fünfter Akt, zweite Szene, in: *Shakespeares Werke*, München: Th. Knaur Nachf. o. J., Bd. 2.

SHANG, WEI: » Ritual, Ritual Manuals, and the Crisis of the Confucian World: An Interpretation of *Rulin Waishi*«, in: *HJAS*, Bd. 58(1998), S. 373 – 424.

SHEN BOJUN: » Rückblick auf die Forschungen zu *Drei Reiche* in den achtziger Jahren und Ausblick« (Bashi niandai yilai »Sanguo« yanjiu de huigu yu zhanwang), 1996 (Manuskript).

SHI CHANGYU: *Erzählkunst* (Xiaoshuo), Peking: Renmin wenxue 1994.

SHI MENG: » Die letzten fünf Kapitel von *Blumen im Meer der Sünde* und *Fortsetzung zu Blumen im Meer der Sünde* (Niehaihua hou wu hui yu Xu Niehaihua«, in: DERS. : *Forschungen zu Zeng Pu* (Zeng Pu yanjiu), Schanghai: Shanghai guji 1982, S. 119 – 131.

– DERS. : » Planungsentwurf und Panoramaperspektive in *Blumen im Meer der Sünde*«, in: DERS. : *Forschungen zu Zeng Pu*, S. 132 – 164.

SHI MING: *Romane aus dem Ende der Qing-Zeit* (Wan Qing xiaoshuo), Schanghai: Shanghai guji 1989.

SHU-SHIEN, JAMES: *The Mystic and the Comic Aspekts in › His-yu Chi‹ : A Quest for Parallels*, Ph. D. Indiana University 1972.

SIMA QIAN: *Records of the Historian*, übers. von YANG HSIEN-YI und GLADYS YANG, Peking: Foreign Languages Press 1979.

– DERS. : *Das Shiji in der baihua-Version* (Baihua Shiji), gemeinsam übertragen von sechzig Professoren aus Taiwan, Changsha: Yuelu 1987.

SLUPSKI, ZBIGNIEW: » Three Levels of Composition of the *Rulin waishi*«, in: *HJAS*, Bd. 49, Nr. 1, 1989, S. 5 – 53.

SMITH, D. HOWARD: *Chinese Religions*, New York u. a. : Holt, Rinehart and Winston 1968.

SOLICH, EDUARD J. : *Die Überseechinesen in Südostasien*, Frankfurt/M. u. a. : Alfred Metzner Verlag 1960.

SPAAR, WILFRIED: *Die kritische Philosophie des Li Zhi (1527 – 1602) und ihre politische Rezeption in der VR China*, Wiesbaden: Harrassowitz 1984.

SPENCE, JONATHAN D. : *Ts'ao Yin and the K'ang-hsi Emperor: Bondservant and Master*, New Haven: Yale UP 1966.

– DERS. : *Chinas Weg in die Moderne*, aus dem Amerikanischen von GERDA KURZ und SIGLINDE

SUMMERER, München u. a.: Hanser 1995.

– DERS.: *God's Chinese Son*. The Taiping Heavenly Kingdom of Hong Xiuquan, New York u. a.: W. W. Norton 1996.

STAHL, FRANK: » Literatur vs Geschichte. Helwig Schmidt-Glintzer: *Geschichte der chinesischen Literatur*, München: Scherz-Verlag 1990«, in: *Orientierungen* 2/1991, S. 155 – 160.

STANZEL, FRANZ K.: *Typische Formen des Romans*, Göttingen: Vandenhoeck 1964.

STRUVE, LYNN A.: »Ambivalence an Action: Some Frustrated Scholars of the K'and-hsi Period«, in: JONATHAN D. SPENCE/JOHN E. WILLS, JR. (Hg.): *From Ming to Ch'ing: Conquest, Region, and Continuity in Seventeenth-Century China*, New Haven: Yale UP 1979, S. 321 – 365.

SU XING: » Der Meister der Sutra von der Himmelsblume und seine Romane über Talente und Schönheiten « (Tianhuazang zhuren ji qi caizi jiaren xiaoshuo), in: *Aufsatzsammlung über die Romane von Talenten und Schönheiten* (Caizi jiaren xiaoshuo shulin), Shenyang: Chunfeng wenyi 1985, S. 9 – 26.

SUN KAIDI: » Die Drei Reiche als *pinghua* und in der Version des volkstümlichen Romans« (Sanguozhi pinghua yu Sanguozhizhuan tongsu yanyi), in: DERS.: *Cangzhouji*, Peking: Zhonghua shuju 1965, Bd. 1, S. 109 – 120.

SUN LONGJI: *Das ummauerte Ich*. Die Tiefenstruktur der chinesischen Mentalität, hrsg. v. HANS KÜHNER, Leipzig: Gustav Kiepenheuer 1994.

SUN XUN/SUN JU (Hg.): *Auszüge aus Materialien zur traditionellen chinesischen Roman-poetik* (Zhongguo gudian xiaoshuo meixue ziliao huicui), Schanghai: Shanghai guji 1991.

SWIHART, DE-AN WU: *The Evolution of Chinese Novel Form*, Ph. D. Princeton University 1990.

TANG LING: »Die Eroberung des Südens mittels der Taktik ›ins Zentrum vorstoßen‹ « (Yi » gongxin« zhinanzhong), in: TAN LIANGXIAO (Hg.): *Zhuge Liang und die Kultur der Drei Reiche* (Zhuge Liang yu Sanguo wenhua), Chengdu: Chengdu chubanshe 1993, S. 86 – 89.

TENG, SSU-YÜ, JOHN K. FAIRBANK u. a.: *China's Response to the West, A Documentary Survey 1839 – 1923*, Cambridge, Mas.: Harvard UP 1954.

TONG CHAO u. a. (Hg.): *Ausgewählte Kapitel aus der Chronik der Drei Reiche*. Versehen mit Anmerkungen und Übertragungen (Sanguozhi jinghua zhuyi), Peking: Beijing guanbo xueyuan 1992.

TRAUZETTEL, ROLF: »Die chinesische Geschichtsschreibung«, in: *Ostasiatische Literaturen*, hrsg. v. GÜNTHER DEBON, Wiesbaden: Aula-Verlag 1984, S. 77 – 89 (= Bd. 23 *Neues Handbuch der Literaturwissenschaft*, hrsg. v. KLAUS VON SEE).

TSAI, SHIH-SHAN HENRY: The Eunuchs in the Ming Dynasty, Albany: State University of New

York 1996.

TSAU, SHU-YING: »The Rise of ›New Fiction‹«, in: DOLEŽELOVÁ-VELINGEROVÁ: *The Chinese Novel at the Turn of the Century*, S. 18 – 33

*Tso Chuan*. Selections from China's oldest Narrative History, übers. von BURTON WATSON, New York: Columbia UP 1989.

TU, CHING-I: »The Chinese Examination Essay: Some Literary Considerations«, in: *Monumenta Serica*, Bd. XXXI (1974 – 75), S. 393 – 406.

TWITCHETT, DENIS: *Printing and Publishing in Medieval China*, London: The Wynkyn de Worde Society 1983.

VOGT, JOCHEN: »Erzählende Texte«, in: *Grundzüge der Literatur-und Sprachwissenschaft*, hrsg. von HEINZ LUDWIG ARNOCD und VOLKER SINEMUS, Bd. 1, *Literaturwissenschaft*, München: dtv$^8$ 1986, S. 285 – 302.

VOLLMANN, ROLF: *Die wunderbaren Flaschmünzer. Ein Roman-Verführer*, Frankfurt/M.: Eichborn 1997.

WAGNER, MARSHA L.: »Maids and Servants in *Dream of the Red Chamber*: Individuality and the Social Order«, in: ROBERT E. HEGEL, RICHARD C. HESSNEY: *Expressions of Self in Chinese Literature*, New York: Columbia UP 1985, S. 251 – 281.

WALTNER, ANN: »From Casebook to Fiction: Kung-An in Late Imperial China«, in: *Journal of the American Oriental Society* 110. 2 (1990), S. 281 – 289.

WAN XIANCHU: *Berühmte Hetären Chinas* (Zhongguo mingji), Guilin: Lijiang-Verlag 1993.

WANG, AN-CHI: *»Gulliver's Travels« and »Ching-hua yuan« Revisited. A Menippean Approach*, New York u. a.: Peter Lang 1995.

WANG, DAVID DER-WEI: *Fin de Siècle Splendor: Repressed Modernities of Late Qing Fiction, 1849 – 1911*, Stanford: Stanford UP 1997.

WANG, JING: *The Story of Stone: Intertextuality, Ancient Chinese Stone Lore and the Stone Symbolism of Dream of the Red Chamber, Water Margin, and The Journey to the West*, Durham, N. c.: Duke UP 1992.

WANG, JOHN CHING-YU: *Chin Sheng-t'an*, New York: Twayne Publishers 1972.

– DERS.: »The Nature of Chinese Narrative: A Preliminary Statement on Methodology«, in: *Tamkang Review*, Bd. VI, Nr. 2 und Bd. VII, Nr. 1 (Okt. 1975 – April 1976), S. 229 – 245.

WANG JUNNIAN: »Über die Historische Erzählung über Hong Xiuquan« (Guanyu »Hong Xiuquan yanyi«), in: *Wenxue yichan*, 1983, Nr. 3, S. 110 – 118.

WANG MENG: *Inspirationen durch den Traum der Roten Kammer* (Hongloumeng qishilu), Peking:

Sanlian 1991.

WANG, RICHARD G. : »The Cult of *Qing*: Romanticism in the Late Ming Period and in the Novel *Jiao Hongji*« , in: *Ming Studies*, Nr. 33 (August 1994), S. 12-55.

WANG SUCUN: »Bemerkungen zum Herrn von Xi Zhou, dem Verfasser der *Ehegeschichten*« (Xingshi yinyuan zuozhe Xi Zhousheng kao), in: YUE HENGJUN (Hg.): *Auswahl von Beiträgen zur klassischen chinesischen Literatur* (Zhongguo gudian wenxue lunwen jingxuan congkan), Taipeh: Youshi wenhua shiye 1980, S. 217-224.

WANG XIANPEI/ZHOU WEIMIN: *Geschichte der Erzähltheorie und-kritik der Dynastien Ming und Qing* (Ming Qing xiaoshuo lilun pipingshi), Guangzhou: Huacheng 1988.

WANG YINGZHI: » Anmerkungen zu dem Konzept› literarische Werke verfassen, um seinem Zorn Ausdruck zu verleihen‹ « (»Fafen zhushu« shuo shuping), in: *Untersuchungen zur Theorie der klassischen Literatur* (Gudai wenxue lilun yanjiu), hrsg. von der KOMMISSION ZUR ERFORSCHUNG DER KLASSISCHEN LITERATURTHEORIE, Schanghai: Shanghai guji 1986, Bd. 11, S. 125-156.

WATSON, BURTON: *Records of the Grand Historian of China*, New York: Columbia UP 1961.

WATT, IAN: *Der bürgerliche Roman*, aus dem Englischen von KURT WÖLFEL, Frankfurt/M.: Suhrkamp 1974.

WATT, JOHN: *The District Magistrate in Late Imperial China*, New York: Columbia UP 1977.

WEGGEL, OSKAR: *Chinesische Rechtsgeschichte*, Leiden u. a.: Brill 1980.

- DERS.: *Die Asiaten*. Gesellschaftsordnungen, Wirtschaftssysteme, Denkformen, Glaubensweisen, Alltagsleben,. Verhaltensstile, München: C. H. Beck 1989.

*Wenfu—The Art of Writing*, übers. von SAM HAMHILL, Minneapolis: Milkweed Editions 1991.

WEI SHAOCHANG: *Materialien zu* »*Blumen im Meer der Sünden*« (»*Niehaihua*« *ziliao*), Schanghai: Shanghai guji 1982.

WEINSTEIN, STANLEY: » Imperial Patronage in the Formation of T'ang Buddhism«, in: A. F. WRIGHT/ DENNIS TWITCHETT (Hg.): *Perspectives on the T'ang*, New Haven 1973, S. 265-306.

WELLEK, RENÉ/AUSTIN WARREN: *Theorie der Literatur*, Königstein/Ts.: Athenäum 1985.

WEN CHUN: » Tsao Tsao and His Poetry«, in: *Chinese Literature* 3/1975, S. 102-108.

WERNER, E. T. C.: *Myths and Legends of China*, London u. a.: George G. Harrap 1924.

WETERING, JANWILLEM VAN DE: *Robert van Gulik. Ein Leben mit Richter Di*, Zürich: Diogenes 1990.

WICKERT, ERWIN: *Der Auftrag des Himmels*, Stuttgart: Deutsche Verlags-Anstalt 1979.

WIDMER, ELLEN: *The Margins of Utopia*. Shui-hu hou-chuan and the Literature of Ming-Loyalism, Cambridge/Mass.: Harvard UP 1987.

- DIES. u. KANG-I SUN (Hg): *Writing Women in Late Imperial China*, Stanford: Stanford UP 1997.

WILE, DOUGLAS: *Art of the Bedchamber*. The Chinese Sexual Yoga Classics including Women's Solo Meditation Texts, Albany: State University of New York Press 1992.

WILHELM, HELLMUT: »From Myth to Myth: The Case of Yue Fei's Biography«, in: *Confucian Personalities*, hrsg. von ARTHUR F. WRIGHT/DENIS TWITCHETT, Stanford, Val.: Stanford UP 1962, S. 146–161.

– DERS.: »Notes on Chou Fiction«, in: *Transition and Permanence: Chinese History and Culture*. Festschrift zu Ehren von Dr. Hsiao Kung-ch'üan, hrsg. von DAVID C. BUXBAUM und FREDERICK W. MOTE, Hongkong: Cathay Press 1972, S. 251–263.

WITKE, CHARLES: »Western Analogues to Chinese Literary Archetypes«, in: *Tamkang Review*, Bd. X, Nr. 3 & 4 (1980), S. 309–317.

WOLF, M./R. WITKE: *Women in Chinese Society*, Stanford, Cal.: Stanford UP 1978.

WONG, SIU-KIT: »*Ch'ing* and *Jing* in the Critical Writings of Wang Fu-chi«, in: »*Chinese Approaches to Literature from Confucius to Liang Ch'i-ch'ao*«, hrsg. von ADELE AUSTIN RICKETT, Princeton, N. J.: Princeton UP 1978, S. 121–150.

WONG, TAI-WAI: »Period Style and Periodization. A Survey of Theory and Practice in the Histories of Chinese and European Literature«, in: *China and the West: Comparative Literature Studies*, hrsg. von WILLIAM TAY, YING-HSIUNG CHOU, HE-HSIANG YUAN, mit einer Einleitung von A. Owen Aldridge, Hongkong: The Chinese UP 1980, S. 45–67.

WONG, TIMOTHY C.: *Wu Ching-Tzu*, Boston: Twayne 1978.

– DERS.: »Notes on the Textual History of the Lao Ts'an Yu-Chi«, in: *T'oung Pao* LXIX, 1–3 (1983), S. 23–32.

WONG, Y. W.: »The Parallelism Between Aristotle's and Two Chinese Novelists' Principles of Catharsis«, in: *Tamkang Review*, Bd. VI–VII 1975/76, S. 465–477.

WONG, YOON WAH: *Essays on Chinese Literature: A Comparative Approach*, Singapore: Singapore UP 1988.

WRIGGINS, SALLY HOVEY: *Xuanzang: A Buddhist Pilgrim on the Silk Road*, Boulder 1996.

WRIGHT, ARTHUR F.: »Values, Roles, and Personalities«, in DERS./DENNIS TWITCHETT (Hg.): *Confucian Personalities*, Standford, Cal.: Stanford UP 1962, S. 3–26.

– DERS.: »The Formation of Sui Ideology, 581–604«, in: JOHN K. FAIRBANK (Hg.): *Chinese Thought & Institution*, Chicago: University of Chicago Press ⁶1973, S. 71–104.

– DERS.: »T'ang T'ai-tsung and Buddhism«, in: DERS./DENNIS TWITCHETT (Hg.): *Perspectives on the T'ang*, New Haven: Yale UP 1973, S. 239–264.

– DERS.: »The Sui dynasty (581–617)«, in: *The Cambridge History of China*, hrsg. von DENNIS

TWITCHETT und JOHN K. FAIRBANK, Cambridge u. a.: Cambridge UP 1979, Bd. 3, S. 48 - 149.

WU, AMENG DI: *La manica tagliata*, hrsg. von GIOVANNI VITIELO, Palermo 1990.

WU SHIYU: *Die kulturellen Mechanismen hinter der Denkungsart des Romans in China* (Zhongguo xiaoshuo siweide wenhua jizhi), Schanghai: Huadong shifandaxue 1990.

*Wu Song* (Wu Song), vorgetragen von WANG SHAOTANG, niedergeschrieben und geordnet von der FORSCHUNGSGRUPPE FÜR ERZÄHLUNGEN IM YANGZHOU-STIL, Jiangxi renmin 1984.

WU, XIAOZHOU: »*Tom Jones* and *Ju-Lin Wai-Shih* as Novels of Manners: A Parallel Study of Genre«, in: *Journal of Oriental Studies*, Bd. XXXI (1993), Nr. 1 (hrsg. v. CENTRE OF ASIAN STUDIES d. University of Hongkong), S. 38 - 68.

WU, YENNA: *The Chinese Virago*. A Literary Theme, Cambridge/Mass. u. a.: Harvard UP 1995.

XIA CHUANCAI: *Moderne Übertragungen von wichtigen Schriften des alten China zur Literaturtheorie* (Zhongguo gudai wenxue lilun mingpian jinyi), Bd. 3 (Schriften aus der Song- bis zur Qing-Dynastie), Tianjin: Nankai daxue 1987.

XIA XIANTING: Gelehrtentum und Literatur zum Ende der Ming-Dynastie (Wan Ming shifeng yu wenxue), Peking: Zhongguo shehui kexue 1994.

XIAOMINGXIONG SAMSHASHA: *History of Homosexuality in China* (Zhongguo tongxing'ai shilu), Hongkong 1984.

XU ZHENGUI: *Geschichte des klassischen chinesischen Romans* (Zhongguo gudai changpian xiaoshuoshi), Zhengzhou: Zhongzhou guji 1990.

*Xuanhe yishi*, Jiangsu guji 1993.

YANG, WINSTON L. Y.: » From Histority to Fiction — the Popular Image of Kuan Yu «, in: *Renditions*, Frühjahr 1981, S. 67 - 79.

– DERS./ADKINS, CURTIS P.: *Critical Essays on Chinese Fiction*, Hongkong: The Chinese UP 1980.

– DERS.: »The Literary Transformation of Historical Figures in the *San-kuo chih yen-i*. A Study of the Use of the *San-kuo chih* as a Source of the *San-kuo chih yen-i*. «, in: YANG/ADKINS: *Critical Essays on Chinese Fiction*, S. 47 - 84.

YE DE JUN: *Untersuchungen zur Dramen- und Erzählkunst* (Xiyu xiaoshuo congkao), Peking: Zhonghua shuju 1979.

YE LANG: *Ästhetik des chinesischen Romans* (Zhongguo xiaoshuo meixue), Peking: Beijing daxue 1982.

YEE, ANGELINA CHUN-CHU: *Sympathy, Counterpoise and Symbolism: Aspects of Structure in Dream of Red Chamber*, Ph. D. Harvard University 1986.

YEH, ALFRED KUANG-YAO: *The Evolution of a Rebel: An Interpretation of Wu Cheng-en's ›Journey to the West‹*, Ph. D. University of Tusla 1976.

YU, ANTHONY C.: »The Quest of Brother Amor: Buddhist Intimations in *The Story of the Stone*«, in: *HJAS*, Bd. 49, Nr. 1(1989), S. 55-92.

– DERS.: *Rereading the Stone: Desire and the Making of Fiction in »Dream of the Red Chamber«*, Princeton/Mass.: Princeton UP 1997.

YU HUAI: *Banqiao zaji*, als Übers.: *A Feast of Mist and Flowers*. The Gay Quarters of Nanking at the End of the Ming, Übersetzung mit Anmerkungen von HOWARD S. LEVY, erschienen im Selbstdruck in Yokohama 1967.

YU PINGBO: *Yu Pingbo über den Traum der Roten Kammer* (Yu Pingbo lun Hongloumeng), Schanghai: Shanghai guji 1988.

YU ZHIYUAN: »Bemerkungen zu Lin Lan Xiang« (Lin Lan Xiang Lun), in: *Aufsatzsammlung zu Erzählungen und Romanen der Ming und Qing* (Ming Qing xiaoshuo luncong), hrsg. v. Verlag CHUNFENG, Shanyang 1984, Bd. 1, S. 190-213.

YUAN, HE-HSIANG: »East-West Comparative Literature: An inquiry into Possibilities«, in: JOHN J. DEENY (Hg.): *Chinese-Western Comparative Literature Theory and Strategy*, Hongkong: The Chinese UP 1980, S. 1-24.

ZELDIN, WENDY I.: *New History of the States*. The Sources and Narrative Structures of a Chinese Fictionalized History, Ph. D. Harvard University 1983.

ZHANG GUOFENG: *Einige Bemerkungen zum Kriminalroman* (Gong'an xiaoshuo manhua), Hongkong: Zhonghua shuju 1989.

ZHANG YING/CHEN SHU: »Untersuchung zur ›Erzählung über die sieben Meister und Heiligen‹« (»Qi zhen zushi liexian zhuan« kaozheng), in: DIES.: *Neue Untersuchungen zum chinesischen Kapitelroman* (Zhongguo zhanghui xiaoshuo xinkao), Zhengzhou: Zhongzhou guji 1991, S. 107-135.

ZHANG YOULUAN: *Auswahl und Übertragung von Geschichten aus dem »Shiji«* (Shiji gushi xuanyi), Schanghai: Shanghai guji 1984.

ZHAO, HENRY Y. H.: *The Uneasy Narrator*. Chinese Fiction from the Traditional to the Modern, Oxford: Oxford UP 1995.

ZHAO JINGSHEN: *Gesammelte Aufsätze zur chinesischen Erzählkunst* (Zhongguo xiaoshuo congkao), Ji'nan: Qilu shushe 1980.

– DERS.: »Betrachtungen eines Landmannes und die Chroniken der Familie Xia« (Yesou puyan yu Xiashi zongpu), in: *Gesammelte Aufsätze zur chinesischen Erzählkunst* (Zhongguo xiaoshuo congkao), S. 443-447.

ZHENG, CHANTAL: *Mythen des alten China*, aus d. Französischen von FRANK FIEDELER, München:

Diederichs 1990.

ZHONG ZHAOHUA (Hg.): *Fünf vollständg illustrierte pinghua aus der Yuna-Zeit samt Anmerkungen* (Yuan kan quan xiang pinghua wu zhong xiaozhu), Chengdu: Bashu shushe 1989.

ZHOU LIN: »Das Geheimnis der Folgeromane des *Jin Ping Mei* « (Jin Ping Mei xushuzhi mi), in: LIU HUI/YANG YANG: *Das Geheimnis des Jin Ping Mei* (Jin Pin Meizhi mi), Peking: Shumu wenxian 1989.

ZHOU XINFU: *Über » Blumen im Meer der Sünde « (Xian hua » Niehaihua « )*, Hongkong: Zhonghua shuju 1989.

ZHOU YINGXIONG: *Roman-Geschichte-Psyche-Persönlichkeit* (Xiaoshuo-lishi-xinli-renwu), Taipeh: Dongda 1989.

ZHOU, ZUYAN: »Carnivalization in *The Journey to the West*: Cultural Dialogism in Fictional Festivity«, in: *CLEAR* 16(1994), S. 69 – 92.

ZHUANG BOHE: » Zur künstlerischen Ästhetik, wie sie in den Bilddrucken der Ming-zeitlichen Erzählwerke zum Ausdruck kommt « (Mingdai xiaoshuo xiuxiang banhua suo fanying de shenmei yishi), in: DERS. : *Ewiges Antlitz der Jugend* (Yongyuan de tongyan), Taipeh: Xiongshi 1992, S. 51 – 70.

ZIMMER, THOMAS: » Schlechter Wein. Zhu Guangqian (1897 – 1986) und das Problem der Trivialiteratur«, in: *minima sinica* 1/1997, S. 41 – 54.

– DERS. : »›Steinmann, Steinmann Nummer zwei, du bist mein Mann, ich bleib dir treu‹. Motive des Traumes und des Phantastischen in ausgewählten Romanen der Ming-und Qing-Zeit«, in: *minima sinica* 1/1996, S. 118 – 148.

– DERS. : *Kriegsgott Guangong*. Chinesische Dorfgeschichten aus fünf Jahrzehnten, Dortmund: projekt-Verlag 1996.

– DERS. : » Das *Huaben* über Han Qinhu«, in: *minima sinica* 2/1992, S. 55 – 72.

– DERS. : *Baihua — zum Problem der Verschriftung gesprochener Sprache im Chinesischen*. Dargestellt anhand morphologischer Merkmale in den *bianwen* aus Dunhuang, St. Augustin: Monumenta Serica 1998.

– DERS. : » *Hongloumeng* — ein früher Vorläufer der *baihua*? Zwischen klassischer Tradition und volkstümlicher Moderne«, in: *Hongloumeng*: Studien zum » Traum der roten Kammer«, hrsg. vog WOLFGANG KUBIN, Bern, Berlin u. a.: Peter Lang 1999, S. 109 – 129 (= Schweizer asiatische Studien: Monographien; Bd. 34).

ZISSLER-GÜRTLER, DAGMAR: *Nicht erzählte Welt noch Welterklärung. Der Begriff » Hsiao-shuo « in der Han-Zeit*, Bad Honnef: Bock und Herchen 1994.

ZOLA, ÉMILE: *Nana*, ins Deutsche übertragen von GERHARD KRÜGER, München: Goldmann 1985.

ZONG BAIHUA: »Die Raumauffassung in den poetischen Bildern Chinas« (Zhongguo shihuazhong suo biaoxiande kongjian yishi), in: DERS.: *Kunst und Raum* (Yijing), Peking: Beijing daxue 1987, S. 200-218.

## 文献目录汇编

A YING: *Katalog der Dramen- und Erzählkunst aus der späten Qing-Zeit* (Wan Qing xiqu xiaoshuo mu, 1937), hier d. Ausgabe Schanghai: Wenyi lianhe 1954.

*Annotierter Gesamtkatalog zu der volkstümlichen Erzählkunst Chinas* (Zhongguo tongsu xiaoshuo zongmu tiyao), veröffentlicht von einem Herausgeberkollektiv der Akademie für Sozialwissenschaften in Jiangsu, Peking: Zhongguo wenlian 1990.

BAI WEIGUO/ZHU SHIZI (Hg.): *Großes enzyklopädisches Wörterbuch der klassischen Erzählkunst* (Gudai xiaoshuo baike da cidian) Peking: Xueyuan chubanshe 1991.

*Bekannte klassische Romane Chinas in hundert Bänden* (Zhongguo gudian xiaoshuo mingshu baibu), Peking: Huaxia 1995.

BERRY, MARGARET: *The Chinese Classic Novels*, New York u. a.: Garland Publishing 1988.

BEST, OTTO F.: *Handbuch literarischer Fachbegriffe*, Frankfurt/M.: Fischer 1994.

*BI-Lexikon Ostasiatische Literaturen*, von einem Autorenkollektiv unter Leitung von JÜRGEN BERNDT, Leipzig, Bibliographisches Institut 1985.

CHENG YIZHONG: *Kleiner Katalog der klassischen Erzählungen* (Gu xiaoshuo jianmu), Peking: Zhonghua shuju 1981.

DAVIDSON, MARTHA (Hg.): *A List of Published Translations from Chinese into English, French, and German*, Part I: Literature, exclusive of Poetry, Ann Arbor, Mich.: Edwards Brothers 1952.

DOLEŽELOVÁ-VELINGEROVÁ, MILENA (Hg.): *A Selective Guide to Chinese Literature 1900-1949*. Bd. 1: The Novel, Leiden u. a.: Brill 1988.

EBERHARD, WOLFRAM: *Lexikon chinesischer Symbole*. Geheime Sinnbilder in Kunst und Literatur, Leben und Denken der Chinesen, Köln: Diederichs 1983.

*Enzyklopädie zur klassischen Erzählkunst Chinas* (Zhongguo gudai xiaoshuo baikequanshu), Peking: Zhongguo baikequanshu-Verlag 1993.

FEIFEL, EUGEN: *Bibliographie zur Geschichte der chinesischen Literatur*, Hildesheim u. a.: Georg Olms 1992.

FRENZEL, ELISABETH: *Motive der Weltliteratur*, Stuttgart: Kröner 1992.

*Große chinesische Enzyklopädie* (Zhongguo dabaike quanshu), Band »Die chinesische Literatur«

(Zhongguo wenxue), hrsg. von einem Verfasserkollektiv des Verlags für die GROSSE CHINESISCHE ENZYKLOPÄDIE, Peking: Zhongguo dabaike quanshu chubanshe 1986.

*Große Sammlung der neuzeitlichen Erzählkunst Chinas* (Zhongguo jindai xiaoshuo daxi), hrsg. vom Baihuazhou wenyi-Verlag in Nanchang 1993.

HOU JIAN (Hg.): *Großes Wörterbuch zur chinesischen Erzählkunst* (Zhongguo xiaoshuo da cidian), Peking: Zuojia chubanshe 1991.

HOU ZHONGYI (Hg.): *Materialien zu den chinesischen Erzählungen in der »wenyan«* (Zhongguo wenyan xiaoshuo cankao ziliao), Peking: Beijing daxue 1985.

– DERS./WANG RUMEI (Hg.): *Materialsammlung zum »Jin Ping Mei«* (Jin Ping Mei ziliao huibian), Peking: Beijing daxue 1985.

HU WENBIN (Hg.): *Wörterbuch zu den chinesischen Ritterromanen* (Zhongguo wuxia xiaoshuo cidian), Shijiazhuang: Huashan wenyi 1992.

HU ZHU'AN (Hg.): *Wörterbuch zu »Räuber vom Liangshan-Moor«* (Shuihu cidian), Schang-hai: Hanyu dacidian chubanshe 1989.

*Kollektion klassischer Ausgaben von Werken der Erzählkunst* (Guben xiaoshuo congkan), Peking: Zhonghua shuju-Verlag 1988–1991.

LI TIEN-YI: *Chinese Fiction. A Bibliography of Books and Articles in Chinese and English*, New Haven, Connec.: Yale University (Far Eastern Publications) 1968.

LIN CHEN/DUAN WENGUI (Hg.): *Große Ausgabe des mythologischen Romans in China* (Zhongguo shenguai xiaoshuo daxi), Chengdu: Bashu shushe 1989.

LYNN, RICHARD JOHN: *Chinese Literature. A Draft Bibliography in Western European Languages*, Canberra: Australian National UP 1979.

MA TIJI: *Werkverzeichnis zu »Räuber vom Liangshan-Moor«* (Shuihu shumu), Schanghai: Shanghai guji 1986.

NIENHAUSER, WILLIAM H. (Hg.): *The Indiana Companion to Traditional Chinese Literatur*, Taipeh: SMC Publishing 1988.

PAN MINGSHEN (Hg.): *Schriftenverzeichnis zu der klassischen chinesischen Erzählkunst Chinas* (Zhongguo gudian xiaoshuo lunwen mu), Hongkong: Zhongwen daxue 1984.

PAPER, JORDAN D.: *Guide to Chinese Prose*, Boston, Mass.: G. K. Hall 1973.

PING ANQIU/ZHANG PEIHENG (Hg.): *Vollständige Übersicht zur verbotenen Literatur Chinas* (Zhongguo jinshu daguan), Schanghai: Shanghai wenhua 1990.

*Sammlung der verbotenen Erzählliteratur Chinas* (Zhongguo lidai jinhui xiaoshuo), Taipeh: Shuang di guoji 1994/1995.

*Sammlung klassischer Ausgaben von Werken der Erzählkunst* (Guben xiaoshuo jicheng), Schanghai: Shanghai Guji 1990 – 1994.

SHEN BOJUN/TAN LIANGXIAO (Hg.): *Wörterbuch zur historischen Erzählung von den Drei Reichen* (Sanguo yanyi cidian), Chengdu: Bashu shushe 1989.

SUN KAIDI: *Katalog von Werken der populären Erzählkunst Chinas* (Zhongguo tongsu xiaoshuo shumu), Peking: Renmin wenxue 1982.

– DERS.: *Katalog zu den Erzählwerken in den in Tokio gesichteten Bibliotheken* (Riben Dongjing suojian xiaoshuo shumu), Peking: Renmin wenxue 1981.

TSIEN TSUEN-HSUIN/JAMES K. M. CHENG: *China. An Annotated Bibliography of Bibliographies*, Boston, Mass.: G. K. Hall 1978.

WANG LIQI (Hg.): *Wörterbuch zum » Jin Ping Mei «* (*Jin Ping Mei* cidian), Changchun: Jilin wenshi 1988.

WILPERT, GERO VON: *Sachwörterbuch der Literatur*, Stuttgart: Kröner 1989.

*Wörterbuch zur künstlerischen Beurteilung des » Traums der Roten Kammer «* (Hongloumeng jianshang cidian), hrsg. von dem Schanghaier Studienverein zum *Traum der Roten Kammer* und der Literaturabteilung der Pädagogischen Hochschule Schanghai, Schanghai: Shanghai guji 1988.

YANG, WINSTON L. Y., PETER LI und NATHAN K. MAO: *Classical Chinese Fiction. A Guide to Its Study and Appreciation. Essays and Bibliographies*, Boston, Mass.: G. K. Hall 1978.

YUAN XINGPEI/HOU ZHONGYI: *Katalog der chinesischen Erzählkunst Chinas in der klassischen Schriftsprachenvariante wenyan* (Zhongguo wenyan xiaoshuo shumu), Peking: Beijing daxue 1981.

ZHANG YING/CHEN SHU: *Neue Untersuchungen zum chinesischen Kapitel-Roman* (Zhongguo zhanghui xiaoshuo xin kao), Zhengzhou: Zhongzhou guji 1991.

**Originalliteratur und Übersetzungen der untersuchten Romane**

*Baigui zhi*, Shenyang: Chunfeng wenyi 1985.

*Bao gong'an*, als Übersetzungen: *The Strange Cases of Magistrate Pao. Chinese Tales of Crime an Detection*, übersetzt aus dem Chinesischen und nacherzählt von LEON COMBER, RUTLAND, Vermont u. a.: Charles E. Tuttle 1964; *Die Leiche im Strom. Die seltsamen Kriminalfälle des Meisters Bao*, übersetzt und vorgestellt von WOLFGANG BAUER, Freiburg i. Br.: Herder 1992.

*Can Tang Wudai shi yanyi zhuan*, Peking: Baowentang 1983.

*Chan zhen houshi*, Peking: Renmin Zhongguo 1993.

*Chan zhen yishi*, Harbin: Heilongjiang renmin 1986.

*Chi pozizhuan*, in: *Sammlung der verbotenen Erzählliteratur Chinas* (Bd. H 407), als Übersetzung:

*Vie d'une Amoureuse*, übersetzt aus dem Chinesischen von HUANG SAN und LIONEL EPSTEIN, Arles: Éditions Philippe Picquier 1994, S. 15 – 79.

*Cu hulu*, Tianjin: Baihua wenyi 1992.

*Da qiao Shi Yu*, in: *Große Sammlung der neuzeitlichen Erzählkunst Chinas*.

*Damo chushen chuandeng zhuan*, in: *Bekannte klassische Romane Chinas in hundert Bänden*.

*Dang kou zhi*, Peking: Renmin wenxue 1985.

*Dengcao heshang*, in: *Sammlung der verbotenen Erzählliteratur Chinas* (Bd. H 411).

*Di Qing yanyi qian zhuan-wu hu ping Xi*, Peking: Zhongguo xiju 1991.

*Dong Xi Jin yanyi*, Schanghai: Shanghai guji 1991.

*Dong'ou nü haojie*, in: A YING: *Auswahlsammlung zur Literatur der späten Qing*, Bd. 1, S. 83 – 166.

*Dongzhou lieguo zhi*, Hefei: Anhui wenyi 1993; als Übersetzung *Royaumes en Proie à la Perdition: chroniques de la Chine ancienne*, übersetzt aus dem Chinesischen von JACQUES PIMPANEAU, Paris: Flammarion 1985.

*Erdu mei*, als Übersetzung: *Die Rache des jungen Meh oder Das Wunder der zweiten Pflaumenblüte*, aus dem Chinesischen übertragen von FRANZ KUHN, Frankfurt/M.: Insel 1978.

*Ernüyingxiong zhuan*, Changsha: Yuelu 1991, als Übersetzung Wen Kang: *Die Schwarze Reiterin*, aus dem Chinesischen von FRANZ KUHN (erstmals 1954), Frankfurt/M.: Insel 1980.

*Ershisi zun dedao Luohan zhuan*, in: *Bekannte klassische Romane Chinas in hundert Bänden*.

*Ershi nian muduzhi guai xianzhuang*, Peking: Renmin wenxue 1985; als Übersetzung in ausgewählten Kapiteln *Bizarre Happenings Eyewitnessed Over Two Decades*, übers. von SHIH SHUN LIU, Hongkong: Chinese University 1975.

*Ershi zai fanhuameng*, Peking: Zhongguo wenlian 1996.

*Feijianji*, in: *Bekannte klassische Romane Chinas in hundert Bänden*.

*Fei long quan zhuan*, Peking: Renmin wenxue 1985.

*Fenzhuanglou quan zhuan*, Peking: Baowentang shudian 1986.

*Fengliu heshang*, in: *Sammlung der verbotenen Erzählliteratur Chinas* (Bd. H 425).

*Fengshen yanyi*, Hangzhou: Zhejiang wenyi 1985; als Übersetzung: *Die Metamorphosen der Götter*, ins Deutsche übertragen von WILHELM GRUBE, Leiden: Brill 1912; *Creation of the Gods*, übers. von GU ZHIZHONG, Peking: New World Press 1992.

*Fengyuelou* (Jiuweigui), Qingdao: Qingdao-Verlag 1992.

*Fengyuemeng*, Peking: Beijing daxue 1990.

*Fupu xiantan*, Schanghai: Shanghai guji 1985.

*Gelian huaying*, als Übersetzung: *Blumenschatten hinter dem Vorhang*, aus dem Chinesischen von

Franz Kuhn, Frankfurt/M.: Insel 1983.

*Guan shijie*, in: *Große Sammlung der neuzeitlichen Erzählkunst Chinas*.

*Guanchang xianxingji*, Peking: Renmin wenxue 1985; als Übersetzung: *Das Haus zum gemeinsamen Glück*, übertragen von Marianne Liebermann und Werner Bettin, mit einem Nachwort von Werner Bettin, Berlin: Rütten & Loening 1964.

*Gui xiao liezhuan*, Hefei: Huangshan-Verlag 1991.

*Hai gong da hong pao quan zhuan*, Peking: Baowentang 1984.

*Haishang hualiezhuan*, Zhengzhou: Zhongzhou guji 1993.

*Han Xiangzi*, in: *Bekannte klassische Romane Chinas in hundert Bänden*.

*Haoqiuzhuan*, Zhengzhou: Zhongzhou guji 1991; als Übersetzung: *Eisherz und Edeljaspis* oder die Geschichte einer glücklichen Gattenwahl. Ein Roman aus der Ming-Zeit, übertragen von Franz Kuhn, Leipzig/Weihmar: Kiepenheuer 1981; *Die Geschichte einer vollkommenen Liebe*. Der klassische Liebesroman der Chinesen, übers. von H. Brüggmann, Basel: Rheinverlag o. J.

*Hedian*, Tianjin: Tianjin guji 1994 bzw. Peking: Renmin wenxue 1992.

*Henhai*, Zhengzhou: Zhongzhou guji 1985; als Übersetzung: Patrick Hanan (hrsg. & übers.): *The Sea of Regret*. Two Turn-of-the-Century Chinese Romantic Novels, Honolulu: University of Hawai'i Press 1995.

*Hong Xiuquan yanyi*, Schanghai: Shanghai guji 1981.

*Hongloumeng*, Peking: Renmin wenxue 1985; als Übersetzung: Cao Xueqin: *The Story of the Stone*, übers. von David Hawkes (Kap. 1 – 80) und John Minford (Kap. 81 – 120), Harmondsworth (England): Penguin 1973 – 1986; *Der Traum der Roten Kammer*, ein Roman aus der frühen Tsing-Zeit. Aus dem Chinesischen von Franz Kuhn, Frankfurt/M.: Insel 1981; *A Dream of Red Mansions*, übers. von Yang Hsien-Yi und Gladys Yang, Peking: Foreign Languages Press [2]1992.

*Hou Shuihuzhuan*, Shenyang: Chunfeng wenyi 1981.

*Hou Xiyouji*, Shenyang: Chunfeng wenyi 1985.

*Huli yuan*, Peking: Beijing Shifan daxue 1992.

*Hualiumeng*, Jilin: Shidai wenyi 1993.

*Huatuyuan*, Shenyang: Chunfeng wenyi 1985.

*Huayuehen*, Zhengzhou: Zhongzhou guji 1993.

*Huangjin shijie*, in: *Große Sammlung der neuzeitlichen Erzählkunst Chinas*.

*Huang Xiuqiu*, in: A Ying: *Auswahlsammlung zur Literatur der späten Qing*, Bd. 1 u. Bd. 2, S. 167 – 389.

*Hun Tang ping Xi zhuan*, Zhengzhou: Zhongzhou guji 1993.

*Ji gong quan zhuan*, Chengdu: Sichuan sheng shehui kexueyuan 1985; als Übersetzung: *Der Heilige als Eulenspiegel*, zwölf Abenteuer eines Zenmeisters, aus dem Chinesischen von LIU GUANYING, Basel/Stuttgart: Benno Schwabe 1958; IAN FAIRWEATHER: *The Drunken Buddha*, Brisbane: University of Queensland Press 1965.

*Jin Ping Mei*, Peking: Renmin wenxue 1992; als Übersetzung: *Djin Ping Meh. Schlehenblüten in goldener Vase*, ein Sittenroman aus der Ming-Zeit, aus dem Chinesischen von OTTO und ARTUR KIBAT, hrsg. und mit einer Einleitung versehen von HERBERT FRANKE, Zürich: Diogenes 1989; *Kin Ping Meh. Oder die abenteuerliche Geschichte von Hsi Men und seinen sechs Frauen*, aus dem Chinesischen von FRANZ KUHN, Leipzig: Insel 1950.

*Jin Yun Qiaozhuan*; als Übersetzung: *Eisvogelfeder – ein Frauenleben*, aus dem Chinesischen und mit einem Nachwort versehen von F. K. ENGLER, Zürich: Die Waage 1988.

*Jing hua yuan*, Hongkong: Guangzhi shuju o. J.; als Übersetzung: LI JU-CHEN: *Flowers in the Mirror*, übers. und hrsg. von LIN TAI-YI, Berkeley u. a.: University of California Press 1965; *Im Land der Frauen*, aus dem Chinesischen von F. K. ENGLER, Zürich: Die Waage 1970.

*Jingweishi*, in: CATHERINE GIPOULON: *Qiu Jin. Die Steine des Vogels Jingwei*, München: Frauenoffensive 1977.

*Jiu ming qiyuan*, Shanghai guji ²1987.

*Jiuyunji*, Nanking: Jiangsu guij 1994.

*Ku shehui*, in: *Große Sammlung der neuzeitlichen Erzählkunst Chinas*.

*Ku xuesheng*, in: *Große Sammlung der neuzeitlichen Erzählkunst Chiinas*.

*Kuileiji*, in: *Große Sammlung der neuzeitlichen Erzählkunst Chinas*.

*Langshi*, in: *Sammlung der verbotenen Erzählliteratur Chinas*. (Bd. H 415).

*Lao Can youji*, Peking: Renmin wenxue 1982; als Übersetzung: LIU E: *Die Reisen des Lao Can*, aus dem Chinesischen von HANS KÜHNER, Frankfurt/M.: Insel 1989; LIU E: *The Travels of Lao Can*, übers. von YANG XIANYI und GLADYS YANG, Peking: Panda Books 1983.

*Lin Lan Xiang*, Shenyang: Chunfeng wenyi 1985.

*Lingnan yishi*, Tianjin: Baihua wenyi 1995.

*Luye xianzong*, Peking: Renmin Zhongguo chubanshe 1993.

*Lü mudan*, Schanghai: Shanghai guji 1993.

*Longtu er lu*, Schanghai: Shanghai guji 1981.

*Lu Nanzi: lian*, Taipeh: Wenhua tushu gongsi 1985.

*Mingzhuyuan*, Guilin: Lijiang-Verlag 1994.

*Nanhai Guanshiyin Pusa chushen xiuxing zhuan*, in: *Bekannte klassische Romane Chinas in hundert Bänden.*

*Niehaihua*, Schanghai: Shanghai guji 1991; als Übersetzung: ZENG PU: *Fleur Sur L'Ocean des peches*, übers. aus dem Chinesischen von ISABELLE BIJON, o. O. : Depot Legal 1983; ZENG PU: *Blumen im Meer der Sünde*, aus dem Chinesischen von THOMAS ZIMMER, München: iudicium 2001.

*Nongqing kuaishi*, in: *Sammlung der verbotenen Erzählliteratur Chinas* (Bd. H 417).

*Nüxian waishi*, Schanghai: Shanghai guji 1991.

*Nüyuhua*, in: *Große Sammlung der neuzeitlichen Erzählkunst Chinas*.

*Nüzi quan*, in: *Große Sammlung der neuzeitlichen Erzählkunst Chinas*.

*Peng gong'an*, Peking: Beijing Shifan daxue 1993.

*Pinhua baojian*, Schanghai: Shanghai guji 1990.

*Ping Shan Leng Yan*, Peking: Beijing shifan daxue 1993.

*Pingyaozhuan*; Schanghai: Shanghai guji 1981; als Übersetzung: LUO GUANZHONG: *Der Aufstand der Zauberer. Ein Roman aus der Ming-Zeit in der Fassung von Feng Menglong*, aus dem Chinesischen und mit einem Vorwort von MANFRED PORKERT, Frankfurt/M. : Insel 1986.

*Qi xia qu yi*, Peking: Zhongguo xiqu-Verlag 1992.

*Qiludeng*, Zhengzhou: Zhongzhou shuhuashe 1980.

*Qi zhen zhuan*; als Übersetzung: GÜNTHER ENDRES: *Die Sieben Meister der Vollkommenen Verwirklichung. Der taoistische Lehrroman Ch'i-chen chuan in Übersetzung und im Spiegel seiner Quellen*, Frankfurt/M. : Peter Lang 1985; *Seven Taoist Masters. A Folk Novel of China*, übers. von EVA WONG, Boston & London: Shambala 1990.

*Qiaoshi yanyi*, in: *Bekannte klassische Romane Chinas in hundert Bänden*.

*Qinhaishi*; als Übersetzung: PATRICK HANAN (hrsg. & übers.): *The Sea of Regret. Two Turn-of-the-Century Chinese Romantic Novels*, Honolulu: University of Hawai'i Press 1995.

*Rouputuan*; als Übersetzung: *Jou Pu Tuan, ein erotisch-moralischer Roman aus der Ming-Zeit*, deutsch von FRANZ KUHN, Brugg u. a. : Fackelverlag 1972; *The Carnal Prayer Mat*, übers. von PATRICK HANAN, London: Arrow Books 1990.

*Rulin waishi*, Hongkong u. a. : Shangwu yinshuguan 1958; als Übersetzung: Wu Jingzi: *Der Weg zu den weißen Wolken. Geschichten aus dem Gelehrtenwald*, aus dem Chinesischen von YANG ENLIN und GERHARD SCHMITT. Leipzig/Weimar: Gustav Kiepenheuer 1962/1989; WU CHING-TZU: *The Scholars*, übers. von YANG HSIEN-YI und GLADYS YANG, Peking: Foreign Language Press 1973.

*Ruyijun zhuan*; als Übersetzung: *Vie d'une Amoureuse*. Übersetzt aus dem Chinesischen von HUANG SAN und LIONEL EPSTEIN, Arles: Éditions Philippe Picquier 1994, S. 95 – 158.

*San Bao taijian Xiyangji tongsu yanyi*, Schanghai: Shanghai guji 1985.

*Sanguo yanyi*, Hubei: Changjing wenyi 1981; als Übersetzung: *Three Kingdoms*, attributed to Luo Guanzhong, übersetzt aus dem Chinesischen von MOSS ROBERTS, Berkeley u. a./Peking: University of California Press/Foreign Languages Press 1991; *Die Drei Reiche*, aus dem Chinesischen von FRANZ KUHN, Frankfurt/M. : Insel 1981.

*San Sui ping yao zhuan*, Peking: Beijing daxue-Verlag 1983.

*San xia wu yi*, Schanghai: Shanghai guji ²1988; als Übersetzung: *Richter und Retter*, übersetzt von P. HÜNGSBERG, Mödling bei Wien 1966.

*Shenlouzhi*, Shijiazhuang: Huashan wenyi 1994.

*Shi gong'an*, Peking: Baowentang 1982.

*Shisheng*, in: Große Sammlung der neuzeitlichen Erzählkunst Chinas.

*Shuihuzhuan*, Peking: Renmin wenxue 1984 bzw. *Shuihu quanzhuan*, Schanghai: Shanghai guji 1976; als Übersetzung: *Die Räuber vom Liangschan-Moor*, aus dem Chinesischen von FRANZ KUHN, Frankfurt/M. : Insel 1975; *Die Räuber vom Liangschan*, aus dem Chinesischen übertragen und herausgegeben von JOHANNA HERZFELDT, Leipzig: Insel 1968; *All Men are Brothers* (Shui Hu chuan), übers. v. PEARL BUCK, New York: The John Day Company 1968 (Reprint der Ausgaben von 1933 & 1937); *The Broken Seals: Part One of » The marshes of Mount Liang «*. Eine neue Übersetzung des *Shuihuzhuan* bzw. *Water Margin* von SHI NAI'AN und LUO GUANZHONG durch JOHN und ALEX DENT-YOUNG, Hongkong: The Chinese UP 1994.

*Shuo Tang houzhuan*, Zhengzhou: Zhongzhou guji 1992.

*Shuo Tang quanzhuan*, Zhengzhou: Zhongzhou guji 1989.

*Shuo Yue quan zhuan*, Peking: Huaxia 1995.

*Sui Yangdi yanshi*, Zhengzhou: Zhongzhou guji 1988.

*Sui Tang yanyi*, Taipeh: Shijie shuju 1982.

*Suishi yiwen*, Peking: Beijing daxue 1988.

*Tang Zhong Kui ping gui zhuan*; als Übersetzung: *Zhong Kui – Bezwinger der Teufel*, aus dem Chinesischen von CLEMENS DU BOIS-REYMONDS, Leipzig u. a. : Gustav Kiepenheuer 1987.

*Tianyuhua*, Zhengzhou: Zhongzhou guji 1984.

*Tieshuji*, in: *Bekannte klassische Romane Chinas in hundert Bänden*.

*Tongshi*, Fuzhou: Fujian renmin 1981.

*Wanhualou Yang Bao Di yanyi*, Peking: Xiju 1991.

*Wenming xiaoshi*, Schanghai: Shanghai guji 1982; als Übersetzung: LI BOYUAN: *Modern Times. A Brief History Enlightenment*, übers. von DOUGLAS LANCASHIRE, Hongkong: The Chinese University of Hongkong, *Renditions* Book 1996.

*Wuchi nu*, in: *Große Sammlung der neuzeitlichen Erzählkunst Chinas*.

*Wutong ying*, in: *Sammlung der verbotenen Erzählliteratur Chinas* (Bd. H 425).

*Wu Zetian si da qi'an*, Peking: Zhongguo xiju-Verlag 1992.

*Xiyoubu*, Schanghai: Shanghai guji 1983; als Übersetzung: *The Tower of Myriad Mirrors*, a supplement to *Journey to the West*, von TUNG YÜEH (1620 - 1686), übers. von SHUEN-FU LIN und LARRY SCHULZ, Berkeley, Cal. : Asian Humanities Press 1988.

*Xiyouji*; Peking: Renmin wenxue 1984; als Übersetzung *The Journey to the West*, übers. und hrsg. von ANTHONY C. YU, Chicago/London: University of Chicago Press 1977; *Journey to the West*, von WU CHENG'EN, übers. von W. J. F. JENNER, Peking: Foreign Languages Press ²1990; WU CHENG'EN: *Monkeys Pilgerfahrt*, Die phantastische Reise des Affen Monkey - ein Buch aus den Essenzen des Himmels und der Erde. Nach der englischen Übersetzung von Arthur Waley übertragen von GEORGETTE BONER und MARIA NILS, München: Goldmann 1983; WU CHENG'EN: *Monkeys Pilgerfahrt*, aus dem Englischen übersetzt von NADIA JOLLOS und GEORGETTE BONER, Zürich: Werner Classen Verlag 1997.

*Xiayi jiaren*, in: *Große Sammlung der neuzeitlichen Erzählkunst Chinas*.

*Xiangsai chunxiao jing*, Guangzhou: Huacheng-Verlag 1993.

*Xiao wu yi*, Peking: Zhongguo xiqu-Verlag 1992.

*Xin Shitouji*, Zhengzhou: Zhongzhou guji 1986.

*Xin Zhongguo weilaiji*, in: A YING: *Auswahlsammlung zur Literatur der späten Qing* (Wan Qing wenxue congchao), Peking: Zhonghua shuju 1960, Bd. 1, S. 1 - 82.

*Xingshi yinyuanzhuan*, Schanghai: Shanghai guji 1985; als Übersetzung: P'U SUNG-LING: *Marriage as Retribution*, übers. von CHI-CHEN WANG, in: *Chinese Middlebrow Fiction*, hrsg. von LIU TS'UN-YAN, Hongkong: Chinese UP 1984, S. 41 - 94; *The Bonds of Matrimony/Hsing-Shih Yin-Yüan Chuan*, (Bd. 1), a Seventeenth-Century Chinese Novel, übers. von EVE ALISON NYREN, Lewiston u. a. : Edwin Mellen 1995.

*Xiu Ge pao quan zhuan*, Peking: Renmin Zhongguo 1993.

*Xiuta yeshi*, in: *Sammlung der verbotenen Erzählliteratur Chinas* (Bd. H 422).

*Xiuyunge*, Shenang: Liao Shen-Verlag 1992.

*Xu Jin Ping Mei*, in: *Drei Folgeromane zum Jin Ping Mei* (*Jin Ping Mei xushu san zhong*), Ji'nan: Qilu shushe, o. O. 1988.

*Xu Niehaihua*, Shijiazhuang: Huashan wenyi 1994.

*Xu Sanguo yanyi*, Changsha: Yuelu chubanshe 1994.

*Xu Xiyouji*, Schanghai: Shanghai guji 1993.

*Xue Yue Mei zhuan*, Ji'nan: Qilu shushe 1986.

*Yang jiafu yanyi*, Schanghai: Shanghai guji 1980.

*Yaohua zhuan*, Shenyang: Liao Shen-Verlag 1992.

*Yesou puyan*, Xi'an: Sanqin 1993.

*Yinshi*, Peking: Zhongguo xiju-Verlag 1993.

*Yinglie zhuan*, Peking: Baowentang 1981.

*Yong qing sheng ping quan zhuan*, Schanghai: Shanghai guji 1993.

*Yu Gui Hong*, als Übersetzung: *Du Rouge au Gynecee*, Roman érotique de la dynastie Ming, aus dem Chinesischen übertragen von MARTIN MAUREY, Arles: Éditions Philippe Picquier 1990.

*Yu Jiao Li*, Schanghai: Shanghai guji 1994.

*Yu Jiao Li*, in: *Große Sammlung von Liebesromanen aus der Ming-und Qing-Dynastie* (Ming Qing yanqing xiaoshuo daguan), hrsg. v. YIN GUOGUANG und YE JUNYUAN, Peking: Huaxia 1993, Bd. 2, S. 126–271; als Übersetzung: Ju-Kiao-Li. Ein chinesischer Familienroman, bearbeitet von EMMA WUTTKE-BILLER, Leipzig: Reclam jun. 1922; Yü Chiao Li. Rotjade und Blütentraum, Übers. v. ANNA VON ROTTAUSCHER, Wien: Frick 1941; Das Dreigespann oder Yu-liao-li, übers. v. MARIO SCHUBERT, Bern: Scherz 1949.

*Yu qingting*, als Übersetzung: *Die Jadelibelle*, aus dem Chinesischen von FRANZ KUHN, Zürich: Manesse 1952.

*Zhaoyang qushi*, als Übersetzung: *Der Goldherr besteigt den weißen Tiger*. Ein historischerotischer Roman aus der Ming-Zeit, aus dem Chinesischen v. F. K. ENGLER (mit einem Nachwort von Herbert Franke), Zürich: Die Waage 1980.

*Zhenzhuta*; als Übersetzung: *Die Juwelenpagode*, übersetzt von ANNA VON ROTTAUSCHER, Frankfurt/M. : Fischer 1979.

*Zheng chun yuan*, Peking: Beijing shifan daxue 1993.

*Zhulin yeshi*, in: *Sammlung der verbotenen Erzählliteratur Chinas* (Bd. H 406); als Übersetzung: *Dschu-lin yä-schi*, ein historisch-erotischer Roman aus der Ming-Zeit, aus d. Chinesischen von F. K. ENGLER, Zürich: Die Waage Felix M. Wiesner o. J.

# 译后记

本书为《中国文学史》第二卷,德文原版分上、下两册。经华东师范大学出版社同意,作者司马涛教授委托顾士渊教授组织本书翻译,中译文作为单卷本出版。

译者共五名,具体分工如下:葛放译前言、第一章以及第二章一二节;丁伟强译第二章三四节和第三章一二节;梁黎颖译第三章四至八节;顾士渊译第四章一至十一节,吴裕康译第四章第十二节、第五章一至四节以及总结与展望。初稿完成后应出版社要求顾士渊对全书译稿做了校订。

华师大出版社编辑储德天女士为本卷中文本出版付出辛勤劳动,做了大量认真细致的工作;陈懋先生在查找中文小说引文方面曾向译者提供过帮助,在此表示由衷的感谢。

图书在版编目(CIP)数据

中国皇朝末期的长篇小说/(德)司马涛著;葛放,顾士渊译.
—上海:华东师范大学出版社,2009
(中国文学史;2)
ISBN 978-7-5617-6626-2

Ⅰ.中… Ⅱ.①司…②葛…③顾… Ⅲ.长篇小说-小说史-中国-古代 Ⅳ.I207.409

中国版本图书馆 CIP 数据核字(2009)第 103983 号

Der chinesische Roman der ausgehenden Kaiserzeit
by Thomas Zimmer
© 2002 by K. G. Saur Verlag GmbH，München
Simplified Chinese translation copyright © 2012 by East China Normal University Press Ltd.
All rights reserved.

上海市版权局著作权合同登记　图字 09-2005-283 号

中国文学史(第二卷)
## 中国皇朝末期的长篇小说

著　者　[德]司马涛(Thomas Zimmer)
译　者　顾士渊　葛　放　吴裕康　丁伟祥　梁黎颖
责任编辑　储德天
文字编辑　吴　澄
责任校对　邱红穗
封面设计　魏宇刚

出版发行　华东师范大学出版社
社　　址　上海市中山北路3663号　邮编 200062
网　　址　www.ecnupress.com.cn
电　　话　021-60821666　行政传真 021-62572105
客服电话　021-62865537　门市(邮购)电话 021-62869887
地　　址　上海市中山北路3663号华东师范大学校内先锋路口
网　　店　http://hdsdcbs.tmall.com

印 刷 者　江苏句容市排印厂
开　　本　787×1092　16开
印　　张　44
字　　数　756千字
版　　次　2012年8月第一版
印　　次　2012年8月第一次
书　　号　ISBN 978-7-5617-6626-2/I·592
定　　价　98.00元

出 版 人　朱杰人

(如发现本版图书有印订质量问题,请寄回本社客服中心调换或电话 021-62865537 联系)